HEYNE <

DAS BUCH

DIE AKTE

Zwei mysteriöse Mordfälle im Umfeld höchster Regierungskreise der Vereinigten Staaten verursachen einen politischen Skandal. Es weist einiges darauf hin, dass es sich in beiden Fällen um denselben Täter handelt - einen professionellen Killer. Aber es gibt kein gemeinsames Motiv. FBI und CIA sind ratlos. Doch dann hat Darby Shaw, Jurastudentin an der Tulane University in New Orleans, eine zündende Idee. Sie kommt der Wahrheit sehr nahe - zu nah. Ihr Leben gerät in höchste Gefahr.

DER VERRAT

Michael Brock ist einer, der es geschafft hat: Der junge, gutverdienende Anwalt steht im Begriff, Teilhaber der namhaften Kanzlei *Drake & Sweeney* zu werden. Dann wird er das Opfer eines Geiselnehmers – in seiner Kanzlei. Der junge Mann überlebt, der obdachlose Geiselnehmer nicht.
Michael kann danach nicht einfach so weitermachen wie zuvor: Das Geschehene lässt ihm keine Ruhe mehr und er setzt alles daran, die Hintergründe der Tat aufzudecken. Doch dann stößt er auf ein schmutziges Geheimnis – eines, in dessen Zentrum *Drake & Sweeney* steht …

DER AUTOR

John Grisham wurde am 8. Februar 1955 in Jonesboro, Arkansas, geboren, studierte in Mississippi und ließ sich 1981 als Anwalt nieder. Der Aufsehen erregende Fall einer vergewaltigten Minderjährigen beeindruckte ihn nachhaltig und brachte ihn zum Schreiben. In Früh- und Nachtschichten wurde daraus sein erster Thriller, *Die Jury*, der in einem kleinen, unabhängigen Verlag erschien - der Beginn einer beispiellosen Erfolgsgeschichte. Seine Romane sind alle bei Heyne erschienen.

JOHN GRISHAM

Die Akte

Der Verrat

Zwei Romane

WILHELM HEYNE VERLAG
MÜNCHEN

DIE AKTE
Titel der Originalausgabe: THE PELICAN BRIEF

Aus dem Englischen von Christel Wiemken

DER VERRAT
Titel der Originalausgabe: THE STREET LAWYER

Aus dem Englischen von Dirk van Gunsteren

FSC
Mix
Produktgruppe aus vorbildlich bewirtschafteten Wäldern und anderen kontrollierten Herkünften
Zert.-Nr SGS-COC-001940
www.fsc.org
© 1996 Forest Stewardship Council

Verlagsgruppe Random House FSC-DEU-0100
Das für dieses Buch verwendete FSC-zertifizierte Papier
Holmen Book Cream liefert Holmen Paper, Hallstavik, Schweden

Taschenbuchausgabe 06/2010

Printed in Germany 2010
Umschlaggestaltung: Nele Schütz Design, München, unter Verwendung eines Fotos von © shutterstock / BelleMedia
Druck und Bindung: GGP Media GmbH, Pößneck
ISBN: 978-3-453-72286-6

www.heyne.de

Die Akte

Für meine ersten Leser:

Renée, meine Frau und inoffizielle Lektorin;
meine Schwestern Beth Bryant und Wendy Grisham;
meine Schwiegermutter Lib Jones
und meinen Freund und Mitverschworenen
Bill Ballard

Danksagungen

Dank schulde ich meinem literarischen Agenten Jay Garon, der vor fünf Jahren meinen ersten Roman entdeckte und damit in New York hausieren ging, bis jemand ja dazu sagte.

Dank auch meinem Lektor David Gernert, Freund und Baseballexperte; Steve Rubin und Ellen Archer und dem Rest der Familie bei Doubleday; und Jackie Cantor, meiner Lektorin bei Dell.

Herzlichen Dank allen, die mir geschrieben haben. Ich habe versucht, allen zu antworten; diejenigen, bei denen mir das nicht gelang, mögen mir verzeihen.

Besonderen Dank schulde ich Raymond Brown, dem noblen, rechtskundigen Anwalt in Pascagoula, Mississippi, für den keine Schwierigkeit zu schwierig war; Chris Charlton, meinem Studienkollegen, der die Straßen von New Orleans kennt wie seine Westentasche; Murray Avent, einem Freund aus den Tagen von Oxford und Ole Miss, der jetzt in D. C. lebt; Greg Block von der *Washington Post* und natürlich Richard und der Mannschaft von Square Books.

1

Kaum zu glauben, daß er noch imstande war, ein solches Chaos auszulösen. Aber vieles von dem, was er da unten sah, ging auf sein Konto. Und das war erfreulich. Er war einundneunzig, halb gelähmt, an einen Rollstuhl gefesselt und auf Sauerstoffzufuhr angewiesen. Sein zweiter Schlaganfall vor sieben Jahren hatte ihm beinahe den Rest gegeben. Dennoch war Richter Abraham Rosenberg nach wie vor am Leben, und selbst mit Schläuchen in der Nase führte er im Obersten Bundesgericht immer noch ein gewichtigeres Wort als seine acht Kollegen. Er war die einzige Legende, die dem Gericht geblieben war; und allein der Umstand, daß er immer noch atmete, brachte den größten Teil des Mobs da unten auf der Straße in Aufruhr.

Er saß in seinem Rollstuhl in seinem Büro im Gebäude des Gerichts. Seine Füße berührten die Fensterkante, und er beugte sich vor, als der Lärm anschwoll. Er haßte Polizisten, aber zu sehen, wie sie in dichten, ordentlichen Reihen dastanden, war doch ein wenig beruhigend. Sie standen unerschütterlich da, während der Mob, mindestens fünfzigtausend Menschen, nach Blut schrie.

»So viele waren es noch nie!« krächzte Rosenberg, ohne sich umzusehen. Er war fast taub. Jason Kline, sein ältester Mitarbeiter, stand hinter ihm. Der erste Montag im Oktober, der Eröffnungstag der neuen Sitzungsperiode, war zu einer traditionellen Feier des Ersten Verfassungszusatzes ausgeartet – einer grandiosen Feier. Rosenberg war begeistert. Für ihn war Redefreiheit gleichbedeutend mit Freiheit zu Demonstration und Aufruhr.

»Sind die Indianer dabei?« fragte er laut.

Jason Kline beugte sich zu seinem rechten Ohr. »Ja!«

»In voller Kriegsbemalung?«

»Ja! Mit allem, was dazugehört.«

»Tanzen sie?«

»Ja!«

Die Indianer, die Schwarzen, Weißen, Braunen, Frauen, Schwulen, Naturschützer, Christen, Abtreibungsaktivisten, Arier, Nazis, Atheisten, Jäger, Tierfreunde, weiße Suprematisten, schwarze Suprematisten, Steuerverweigerer, Farmer – es war ein gewaltiges Meer des Protestes. Und die Einsatzkommandos der Polizei umklammerten ihre schwarzen Stöcke.

»Die Indianer sollten mich lieben!«

»Das tun sie bestimmt.« Kline nickte und lächelte den gebrechlichen kleinen Mann mit den geballten Fäusten an. Seine Ideologie war simpel: die Regierung rangierte vor dem Geschäft, der Einzelne vor der Regierung und die Umwelt vor allem anderen. Und was die Indianer betraf – gebt ihnen, was immer sie haben wollen.

Das Beten, Singen, Skandieren, Rufen und Schreien wurde lauter. Die Polizisten rückten näher zusammen. Der Mob war größer und wütender als in den voraufgegangenen Jahren. Die Atmosphäre war gespannter. Gewalt war an der Tagesordnung. Auf Abtreibungskliniken waren Bombenattentate verübt worden. Ärzte hatte man angegriffen und verprügelt. In Pensacola war einer umgebracht worden, geknebelt, in der Position eines Fetus zusammengeschnürt und mit Säure verätzt. Allwöchentlich kam es zu Straßenschlachten. Militante Schwule hatten Geistliche und Kirchen attackiert. Weiße Suprematisten hatten sich zu einem Dutzend bekannter, finsterer paramilitärischer Organisationen formiert und waren bei ihren Angriffen auf Schwarze, Lateinamerikaner und Asiaten wesentlich kühner geworden. Haß war Amerikas beliebtester Zeitvertreib.

Und natürlich war das Gericht eine bequeme Zielscheibe. Drohungen, ernstzunehmende Drohungen gegen die Richter hatten sich seit 1990 verzehnfacht. Der Polizeischutz des Obersten Bundesgerichts war verdreifacht worden. Mindestens zwei FBI-Agenten waren mit der Bewachung jedes Richters beauftragt und weitere fünfzig damit beschäftigt, den Drohungen nachzugehen.

»Sie hassen mich, nicht wahr?« sagte er laut und schaute aus dem Fenster.

»Ja, etliche von ihnen tun das«, erwiderte Kline belustigt.

Rosenberg freute sich, das zu hören. Er lächelte und inhalierte tief. Achtzig Prozent der Drohungen waren gegen ihn gerichtet.

»Haben sie auch Transparente bei sich?« fragte er. Er war fast blind.

»Eine ganze Menge.«

»Was steht drauf?«

»Das Übliche. Rosenberg soll zurücktreten. Nieder mit Rosenberg. Schluß mit dem Sauerstoff.«

»Solche blöden Sprüche klopfen sie schon seit Jahren. Warum lassen sie sich nicht mal was Neues einfallen?«

Kline antwortete nicht. Abe hätte schon vor Jahren zurücktreten sollen, aber eines Tages würden sie ihn auf einer Bahre hinaustragen. Seine drei Mitarbeiter erledigten den größten Teil der Recherchen, aber Rosenberg bestand darauf, seine Urteile selbst zu schreiben. Er tat es mit einem dicken Filzstift und kritzelte seine Worte auf große Kanzleibogen, ungefähr wie ein ABC-Schütze, der gerade schreiben lernt. Es war ein langsames Arbeiten, aber was macht das schon, wenn man auf Lebenszeit in sein Amt berufen ist? Die Mitarbeiter überprüften seine Urteile und fanden selten einen Fehler.

Rosenberg kicherte. »Wir sollten den Indianern Runyan zum Fraß vorwerfen.« John Runyan war der Gerichtspräsident, ein zäher Konservativer, von einem Republikaner ernannt und bei den Indianern und den meisten anderen Minderheiten unbeliebt. Sieben der neun Richter waren von republikanischen Präsidenten ernannt worden. Seit fünfzehn Jahren wartete Rosenberg auf einen Demokraten im Weißen Haus. Er wollte aufhören, mußte aufhören, aber den Gedanken, daß ein Stockkonservativer vom Typ Runyans seinen Sitz einnehmen könnte, ertrug er nicht.

Er konnte warten. Er konnte hier in seinem Rollstuhl sitzen und Sauerstoff atmen und für die Indianer, die Schwarzen, die Frauen, die Armen, die Behinderten und den Umweltschutz eintreten, bis er hundertfünf war. Und kein Mensch auf der Welt konnte auch nur das mindeste dagegen unternehmen, es sei denn, man brachte ihn um. Und das wäre nicht einmal die schlechteste Lösung.

Sein Kopf schwankte, dann taumelte er und sank auf seine Schulter. Er war eingeschlafen. Kline zog sich leise zurück und machte sich wieder an seine Recherchen in der Bibliothek. Er würde in einer halben Stunde wiederkommen, um den Sauerstoff zu überprüfen und Abe seine Medikamente zu geben.

Das Büro des Gerichtspräsidenten liegt im Hauptgeschoß und ist größer und besser ausgestattet als die anderen acht. Der äußere Raum wird für kleine Empfänge und formelle Veranstaltungen benutzt; im inneren arbeitet der Präsident. Die Tür zum inneren Büro war geschlossen. Im Raum befanden sich der Präsident, seine drei Mitarbeiter, der Chef der Polizei des Obersten Bundesgerichts, drei FBI-Agenten und K. O. Lewis, der stellvertretende Direktor des FBI. Die Stimmung war ernst, alle bemühten sich, den Lärm von der Straße unten zu ignorieren. Es war schwierig. Der Präsident und Lewis erörterten die jüngste Serie von Morddrohungen, und alle anderen hörten zu. Die Mitarbeiter machten sich Notizen.

In den letzten sechzig Tagen hatte das FBI mehr als zweihundert Drohungen registriert, ein neuer Rekord. Es gab das übliche Sortiment von Sprengt das Gericht in die Luft-Drohungen, aber viele waren gezielt und bezogen sich auf Namen, Fälle und Urteile.

Runyan unternahm keinen Versuch, seine Besorgnisse zu verheimlichen. Er las ein vertrauliches FBI-Resümee, in dem die Namen der Organisationen aufgeführt waren, die als Urheber der Drohungen in Frage kamen. Der Ku-Klux-Klan, die Arier, die Nazis, die Palästinenser, die schwarzen Separatisten, die Abtreibungsgegner, die Homosexuellenhasser. Sogar die IRA. Alle, wie es schien, ausgenommen die Rotarier und die Pfadfinder. Eine vom Iran unterstützte Gruppe im Mittleren Osten hatte mit Blutvergießen auf amerikanischem Boden als Vergeltung für den Tod von zwei Justizbeamten in Teheran gedroht. Es gab absolut keinen Beweis dafür, daß die Vereinigten Staaten irgend etwas mit den Morden zu tun hatten. Eine neue, kürzlich zu Ruhm gelangte inländische Terrororganisation, die sogenannte Underground Army, hatte in Texas einen Bundesrichter mit einer Autobombe umgebracht. Niemand war verhaftet worden, aber die UA behauptete, für den Anschlag verantwortlich zu sein. Sie war auch die Hauptverdächtige bei einem Dutzend Bombenattentaten auf Büros der American Civil Liberties Union, aber man konnte ihr nichts nachweisen.

»Was ist mit diesen puertoricanischen Terroristen?« fragte Runyan, ohne aufzuschauen.

»Leichtgewichte. Die machen uns keine Sorgen«, erwiderte Lewis gelassen. »Sie drohen schon seit zwanzig Jahren.«

»Nun, vielleicht ist jetzt für sie die Zeit gekommen, etwas zu tun. Das Klima ist gerade richtig, meinen Sie nicht?«

»Die Puertoricaner können Sie vergessen, Chief.« Runyan ließ sich gerne Chief nennen. Nicht Chief Justice, nicht Mr. Chief Justice. Einfach Chief. »Sie drohen nur, weil alle anderen es auch tun.«

»Sehr komisch«, sagte der Chief, ohne zu lächeln. »Sehr komisch. Ich möchte nicht, daß irgendeine Gruppe außer acht gelassen wird.« Runyan warf das Resümee auf seinen

Schreibtisch und rieb sich die Schläfen. »Reden wir über die Sicherheitsvorkehrungen.« Er schloß die Augen.

K. O. Lewis legte seine Kopie des Resümees gleichfalls auf den Schreibtisch. »Also, der Direktor ist der Ansicht, daß wir jedem Richter vier Agenten zuordnen sollten, zumindest während der nächsten neunzig Tage. Für die Fahrten zum Gericht und zurück werden Limousinen mit Eskorte eingesetzt. Die Polizei des Obersten Bundesgerichts unterstützt uns und bewacht dieses Gebäude.«

»Was ist mit Reisen?«

»Keine gute Idee, zumindest im Augenblick. Der Direktor findet, die Richter sollten bis Ende des Jahres hier in Washington bleiben.«

»Sind Sie verrückt? Ist er verrückt? Wenn ich meine Kollegen aufforderte, dieser Bitte nachzukommen, würden sie alle noch heute abend die Stadt verlassen und den ganzen nächsten Monat herumreisen. Das ist absurd.« Runyan warf seinen Mitarbeitern einen finsteren Blick zu; sie schüttelten entrüstet die Köpfe. Wirklich absurd.

Lewis war unbeeindruckt. Das war zu erwarten gewesen. »Wie Sie wünschen. Es war nur ein Vorschlag.«

»Ein törichter Vorschlag.«

»Der Direktor hat in dieser Hinsicht nicht mit Ihrer Kooperation gerechnet. Er erwartet jedoch, daß er im voraus über alle Reisepläne informiert wird, damit wir unsere Vorkehrungen treffen können.«

»Soll das heißen, daß Sie vorhaben, jeden Richter zu eskortieren, wenn er die Stadt verläßt?«

»Ja, Chief. Genau das haben wir vor.«

»Unmöglich. Diese Leute sind es nicht gewohnt, rund um die Uhr beaufsichtigt zu werden.«

»Ja, Sir. Sie sind es auch nicht gewohnt, daß sich jemand an sie heranmacht. Wir versuchen, Sie und Ihre Kollegen zu beschützen. Natürlich sagt uns niemand, daß wir irgend etwas tun müssen. Ich glaube, Sir, Sie selbst waren es, der uns gerufen hat. Wenn Sie es wünschen, können wir wieder gehen.«

Runyan rückte auf seinem Stuhl nach vorn und attakkierte eine Büroklammer, zog sie auseinander und versuchte, den Draht vollkommen gerade zu biegen. »Und hier?«

Lewis seufzte und hätte beinahe gelächelt. »Das Gebäude macht uns keine Sorgen, Chief. Das läßt sich mühelos sichern. Hier rechnen wir nicht mit Problemen.«

»Wo dann?«

Lewis nickte zum Fenster hinüber. Der Lärm war wieder lauter geworden. »Irgendwo da draußen. Auf den Straßen wimmelt es von Idioten, Verrückten und Fanatikern.«

»Und alle hassen uns.«

»Offensichtlich. Wir machen uns große Sorgen um Richter Rosenberg, Chief. Er weigert sich nach wie vor, unsere Leute in sein Haus zu lassen; sie müssen die ganze Nacht auf der Straße verbringen. Er gestattet einem der Polizisten des Obersten Bundesgerichts, den er besonders schätzt – wie heißt er? Ferguson –, draußen an der Hintertür zu sitzen, aber nur von zehn Uhr abends bis sechs Uhr morgens. Niemand darf hinein außer Richter Rosenberg und seinem Pfleger. Das Haus ist nicht sicher.«

Runyan stocherte mit der Büroklammer auf seiner Schreibunterlage herum und lächelte in sich hinein. Rosenbergs Tod, wie immer er auch eintreten mochte, wäre eine Erleichterung. Nein, er wäre ein grandioses Ereignis. Der Chief würde Schwarz tragen und eine Nachrede halten müssen, aber hinter verschlossenen Türen würde er mit seinen Mitarbeitern kichern. Der Gedanke behagte Runyan.

»Was schlagen Sie vor?« fragte er.

»Können Sie mit ihm reden?«

»Ich habe es versucht. Ich habe ihm erklärt, daß er vermutlich der meistgehaßte Mann in Amerika ist, daß Millionen von Menschen ihn tagtäglich verfluchen, daß die meisten Leute ihn am liebsten tot sähen, daß er viermal soviel Haßbriefe bekommt wie alle anderen Richter zusammen, und daß er für einen Mörder eine ideale und leichte Zielscheibe ist.«

Lewis wartete. »Und?«

»Er hat gesagt, ich könnte ihn am Arsch lecken. Dann ist er eingeschlafen.«

Die Mitarbeiter kicherten, wie es sich gehörte; erst dann begriffen auch die FBI-Agenten, daß Humor erlaubt war, und schlossen sich mit einem kurzen Auflachen an.

»Also was unternehmen wir?« fragte Lewis ungerührt.

»Sie beschützen ihn, so gut Sie können, halten es schriftlich fest und zerbrechen sich deswegen nicht den Kopf. Er fürchtet sich vor nichts, auch nicht vor dem Tod, und wenn er nicht nervös ist, warum sollten Sie es dann sein?«

»Der Direktor ist nervös, also bin ich auch nervös, Chief. Es ist ganz simpel. Wenn einem von Ihnen etwas zustößt, muß das FBI es ausbaden.«

Der Chief schaukelte auf seinem Stuhl. Der Lärm von draußen war entnervend. Diese Zusammenkunft hatte sich lange genug hingezogen. »Vergessen wir Rosenberg. Vielleicht stirbt er im Schlaf. Ich mache mir mehr Sorgen um Jensen.«

»Jensen ist ein Problem«, sagte Lewis und blätterte in seinen Papieren.

»Ich weiß, daß er ein Problem ist«, sagte Runyan langsam. »Er ist eine Pest. Manchmal hält er sich für einen Liberalen und votiert in der Hälfte der Fälle wie Rosenberg. Einen Monat später ist er ein weißer Suprematist und unterstützt die Rassentrennung in den Schulen. Dann entdeckt er seine Liebe zu den Indianern und möchte ihnen Montana schenken. Es ist, als hätte man es mit einem zurückgebliebenen Kind zu tun.«

»Er ist wegen Depressionen in Behandlung.«

»Ich weiß, ich weiß. Er erzählt mir davon. Ich bin seine Vaterfigur. Welches Medikament?«

»Prozac.«

Der Chief stocherte unter seinen Fingernägeln herum. »Was ist mit dieser Aerobic-Lehrerin, mit der er sich immer getroffen hat? Läuft das noch?«

»Eigentlich nicht, Chief. Ich glaube, er macht sich nicht viel aus Frauen.« Lewis war mit sich zufrieden. Er wußte mehr. Er warf einem seiner Agenten einen Blick zu und bestätigte diesen pikanten kleinen Leckerbissen.

Runyan wollte davon nichts hören. »Kooperiert er?«

»Natürlich nicht. In vielem ist er schlimmer als Rosenberg. Er läßt zu, daß wir ihn zu dem Haus begleiten, in dem er wohnt. Aber dann läßt er uns die ganze Nacht auf dem Parkplatz sitzen. Er wohnt im siebenten Stock, wie Sie vielleicht wissen. Wir dürfen uns nicht einmal in der Eingangshalle aufhalten. Das stört die Mitbewohner, sagt er. Also sitzen wir in unseren Wagen. Das Gebäude hat zehn Ein- und Ausgänge, und es ist unmöglich, ihn zu beschützen. Er spielt Verstecken mit uns. Er schleicht die ganze Zeit herum, und wir wissen nie, ob er im Haus ist oder nicht. Bei Rosenberg wissen wir wenigstens, daß er die ganze Nacht über da ist. Jensen ist unmöglich.«

»Großartig. Wenn Sie ihm nicht folgen können, wie kann es dann ein Mörder?«

Der Gedanke war Lewis noch nicht gekommen. Die Ironie entging ihm. »Der Direktor macht sich große Sorgen um Jensens Sicherheit.«

»Er bekommt nicht so viele Drohbriefe.«

»Er ist Nummer sechs auf der Liste, nur ein paar weniger als Sie, Chief.«

»Oh. Also stehe ich auf dem fünften Platz.«

»Ja. Gleich hinter Richter Manning. Der kooperiert übrigens. Voll und ganz.«

»Er fürchtet sich vor seinem eigenen Schatten«, sagte Runyan, dann zögerte er. »Das hätte ich nicht sagen sollen. Tut mir leid.«

Lewis ignorierte es. »Überhaupt ist die Zusammenarbeit einigermaßen gut, von Rosenberg und Jensen abgesehen. Richter Stone beschwert sich dauernd, aber er hört auf uns.«

»Er beschwert sich über alles mögliche, also nehmen Sie es nicht persönlich. Was glauben Sie, wo Jensen sich hinschleicht?«

Lewis warf einem seiner Agenten einen Blick zu. »Wir haben keine Ahnung.«

Ein großer Teil des Mobs vereinigte sich plötzlich zu einem hemmungslosen Chor, und alle Leute auf der Straße schienen einzufallen. Der Chief konnte es nicht länger ignorieren. Er stand auf und beendete die Zusammenkunft.

Das Büro von Richter Glenn Jensen lag im zweiten Stock, der Straße und dem Lärm abgewandt. Es war ein geräumiges Zimmer, aber das kleinste von den neun. Jensen war unter den Bundesrichtern der jüngste und konnte von Glück sagen, daß er überhaupt ein Büro hatte. Als er sechs Jahre zuvor im Alter von zweiundvierzig Jahren nominiert worden war, galt er als strenger, gesetzestreuer Jurist mit ausgesprochen konservativen Ansichten, genau wie der Mann, der ihn nominiert hatte. Seine Bestätigung durch den Senat war eine Schlacht gewesen. Vor dem Komitee hatte Jensen eine schlechte Figur gemacht. Bei heiklen Themen suchte er Ausflüchte, und beide Seiten fielen über ihn her. Die Republikaner waren peinlich berührt. Die Demokraten rochen Blut. Der Präsident hatte getan, was er nur irgend konnte, und Jensen war mit einer Mehrheit von nur einer sehr widerwilligen Stimme bestätigt worden.

Aber er hatte es geschafft, auf Lebenszeit. In seinen sechs Jahren im Amt hatte er es niemandem recht gemacht. Tief verletzt vom Resultat seiner Anhörung hatte er sich geschworen, Mitleid zu empfinden und entsprechend zu urteilen. Das hatte die Republikaner aufgebracht. Sie fühlten sich betrogen, vor allem, als er eine latente Leidenschaft für die Rechte der Kriminellen in sich entdeckte. Fast ohne jeden ideologischen Gewaltakt verließ er schnell die Rechte und rückte zuerst in die Mitte und dann auf die Linke. Und dann, während sich die Rechtsgelehrten die Spitzbärte rauften, schoß Jensen zurück auf die Rechte und schloß sich Richter Sloan bei einem seiner abscheulichen Minderheitsvoten gegen die Rechte der Frauen an. Jensen mochte keine Frauen. Er war neutral, was Gebete anging, skeptisch in bezug auf Redefreiheit, mitfühlend bei Steuerprotestlern, gleichgültig gegenüber den Indianern, ängstlich gegenüber Schwarzen, hart gegen Verfasser pornographischer Schriften, weich gegen Kriminelle und einigermaßen konsequent, was den Umweltschutz anging. Und schließlich hatte Jensen, zur weiteren Bestürzung der Republikaner, die Blut vergossen hatten, um seine Bestätigung durchzusetzen, eine beunruhigende Sympathie für die Rechte der Homosexuellen an den Tag gelegt.

Auf seinen Wunsch hin war ihm der unerfreuliche Fall eines Mannes namens *Dumond* übertragen worden. Ronald Dumond hatte acht Jahre mit seinem Freund zusammengelebt. Sie waren ein glückliches Paar gewesen, einander treu ergeben und vollauf zufrieden, die Erfahrungen des Lebens gemeinsam machen zu können. Sie wollten heiraten, aber die Gesetze von Ohio verboten eine derartige Verbindung. Dann bekam der Freund AIDS und starb eines gräßlichen Todes. Ronald wußte genau, wie er ihn begraben wollte, aber dann mischte sich die Familie des Freundes ein und ließ nicht zu, daß Ronald an der Trauerfeier und der Beerdigung teilnahm. Ronald hatte die Familie verklagt und behauptet, emotionelle und psychische Schäden davongetragen zu haben. Der Fall war sechs Jahre lang vor den unteren Instanzen verhandelt worden und nun plötzlich auf Jensens Schreibtisch gelandet.

Zur Debatte standen die Rechte der »Ehegatten« von

Schwulen. *Dumond* war zum Schlachtruf homosexueller Aktivisten geworden. Schon die bloße Erwähnung von *Dumond* löste Straßenschlachten aus.

Und Jensen hatte den Fall. Die Tür zu seinem kleineren Büro war geschlossen. Jensen und seine drei Mitarbeiter saßen am Konferenztisch. Sie hatten zwei Stunden über *Dumond* verbracht und waren nicht weitergekommen. Sie hatten das Diskutieren satt. Einer der Mitarbeiter, ein Liberaler von der Universität Cornell, wollte eine eindeutige Stellungnahme, die schwulen Partnern weitreichende Rechte einräumte. Die wollte Jensen auch, aber er war nicht bereit, das zuzugeben. Die anderen beiden Mitarbeiter waren skeptisch. Sie wußten, genau wie Jensen, daß es unmöglich sein würde, eine Mehrheit von fünf zu erreichen.

Das Gespräch wendete sich anderen Dingen zu.

»Der Chief ist sauer auf Sie, Glenn«, sagte einer der Mitarbeiter. Wenn sie unter sich waren, nannten sie ihn beim Vornamen. »Richter« war so ein lästiger Titel.

Glenn rieb sich die Augen. »Was gibt es denn nun schon wieder?«

»Einer seiner Leute hat mich wissen lassen, daß der Chief und das FBI sich Sorgen machen wegen Ihrer Sicherheit. Er sagte, daß Sie nicht kooperierten und daß der Chief sehr beunruhigt sei. Er hat mich gebeten, das an Sie weiterzugeben.« Alles wurde durch das Netzwerk der Mitarbeiter weitergegeben. Alles.

»Soll er sich doch Sorgen machen. Das ist sein Job.«

»Er möchte, daß Ihnen zwei weitere Fibbies als Leibwächter zugewiesen werden. Sie wollen Zutritt zu Ihrer Wohnung. Und das FBI möchte Sie zum Gericht und wieder zurück fahren. Außerdem wollen sie, daß Sie Ihre Reisen einschränken.«

»Das habe ich bereits gehört.«

»Ja, das wissen wir. Aber der Mitarbeiter des Chief hat gesagt, der Chief wünscht, daß wir Sie noch einmal ausdrücklich darum bitten sollen, mit dem FBI zu kooperieren, damit die Ihr Leben retten können.«

»Ich verstehe.«

»Und deshalb bitten wir Sie darum.«

»Danke. Schaltet euch wieder ins Netzwerk ein und sagt dem Mitarbeiter des Chief, daß ihr mich nicht nur darum gebeten, sondern mir regelrecht die Hölle heiß gemacht habt, und daß ich euer Bitten und Hölleheißmachen zu würdigen wußte, aber daß es zu einem Ohr hinein und zum anderen wieder hinausgegangen ist. Sagt ihm, Glenn Jensen findet, daß er schon ein großer Junge ist.«

»Wird gemacht, Glenn. Sie haben wohl keine Angst?«

»Nicht die geringste.«

2

Thomas Callahan war einer der beliebteren Professoren an der Tulane University, vor allem deshalb, weil er sich weigerte, Seminare vor elf Uhr vormittags anzusetzen. Er trank ziemlich viel, wie die meisten seiner Studenten, und brauchte die ersten paar Morgenstunden zum Schlafen und dazu, wieder zu sich zu kommen. Seminare um neun und um zehn waren ein Graus. Er war auch beliebt, weil er cool war – ausgeblichene Jeans, Tweedjacketts mit abgeschabten Lederflecken an den Ellenbogen, keine Socken, keine Krawatte. Die schick-liberale Akademikerkluft. Er war fünfundvierzig, aber mit seinem dunklen Haar und der Hornbrille konnte er als Fünfunddreißigjähriger durchgehen; ihm selbst war es allerdings völlig gleichgültig, für wie alt man ihn hielt. Er rasierte sich einmal in der Woche, wenn es zu jucken begann; und wenn das Wetter kalt war, was in New Orleans selten vorkam, ließ er sich einen Bart stehen. Man wußte, daß er oft Affären mit Studentinnen hatte.

Er war auch beliebt, weil er Verfassungsrecht lehrte, ein ziemlich verhaßtes Thema, aber Pflichtstoff. Mit seiner Brillanz und seinem coolen Wesen schaffte er es, Verfassungsrecht interessant zu machen. Das brachte in Tulane sonst niemand fertig. Und im Grunde wollte es auch niemand; also drängten sich die Studenten, um an Callahans Seminar über Verfassungsrecht um elf teilzunehmen, an drei Vormittagen in der Woche.

Achtzig von ihnen saßen in sechs ansteigenden Reihen und flüsterten, während Callahan vor seinem Pult stand und seine Brille putzte. Es war genau fünf Minuten nach elf; immer noch zu früh, dachte er.

»Wer hat Rosenbergs Minderheitsvotum in *Nash gegen*

New Jersey verstanden?« Alle Köpfe senkten sich, und im Saal war es still. Es mußte ein böser Kater sein. Seine Augen waren rot. Wenn er mit Rosenberg anfing, bedeutete das gewöhnlich einen ungemütlichen Verlauf des Seminars. Niemand meldete sich. *Nash?* Callahan ließ den Blick langsam und methodisch durch den Raum schweifen und wartete. Totenstille.

Der Türknauf klickte laut und zerbrach die Spannung. Die Tür ging auf, und eine attraktive junge Frau in ausgewaschenen Jeans und einem Baumwollpullover schob sich rasch hindurch und glitt an der Wand entlang bis zur dritten Reihe, wo sie sich geschickt zwischen den dicht gedrängt sitzenden Studenten hindurchmanövrierte, bis sie ihren Platz erreicht hatte und sich setzte. Die Burschen in der vierten Reihe beobachteten sie bewundernd. Die Burschen in der fünften Reihe reckten die Hälse. Seit inzwischen zwei harten Jahren bestand eines der wenigen Vergnügen des Jurastudiums darin, zu beobachten, wie sie mit ihren langen Beinen und weiten Pullovern die Flure und Säle zierte. Sie waren ganz sicher, daß darunter eine prachtvolle Figur steckte, aber sie war keine von denen, die dergleichen zur Schau stellten. Sie gehörte einfach dazu und kleidete sich so, wie es unter Jurastudenten üblich war – Jeans, Flanellhemden, alte Pullover und übergroße Khakijacken. Was hätten sie nicht für einen Minirock aus schwarzem Leder gegeben!

Sie lächelte den Mann neben ihr kurz an, und eine Sekunde lang waren Callahan und seine Fragen nach *Nash* vergessen. Das dunkelrote Haar reichte ihr gerade bis auf die Schultern. Sie war die perfekte kleine Cheerleaderin mit den vollkommenen Zähnen und dem vollkommenen Haar, in die sich jeder Junge auf der High School mindestens zweimal verliebte. Und mindestens einmal während des Jurastudiums.

Callahan ignorierte ihr Eintreten. Wenn sie in ihrem ersten Studienjahr gewesen wäre und sich vor ihm gefürchtet hätte, dann hätte er sie vielleicht aufs Korn genommen und ein paarmal gebrüllt. »Bei Gericht gibt es kein Zuspätkommen!« war eine alte Maxime, die andere Juraprofessoren längst zu Tode geprügelt hatten.

Aber Callahan war nicht nach Brüllen zumute, und Darby Shaw fürchtete sich nicht vor ihm. Eine kurze Sekunde lang fragte er sich, ob jemand wußte, daß sie miteinander schliefen. Vermutlich nicht. Sie hatte auf absoluter Geheimhaltung bestanden.

»Hat jemand Rosenbergs Minderheitsvotum in *Nash gegen New Jersey* gelesen?« Plötzlich stand er wieder im Rampenlicht, und es herrschte Totenstille. Eine hochgereckte Hand konnte dreißig Minuten pausenlosen Kreuzverhörs auslösen. Keine Freiwilligen. Die Raucher in der obersten Reihe zündeten sich ihre Zigaretten an. Die meisten der achtzig kritzelten irgend etwas auf ihre Blocks. Alle Köpfe waren gesenkt. Es wäre zu offensichtlich und zu riskant gewesen, im Verzeichnis der Gerichtsentscheidungen zu blättern und *Nash* zu suchen; dazu war es zu spät. Jede Bewegung konnte Aufmerksamkeit erregen. Irgendwer würde dran glauben müssen.

Nash stand nicht im Verzeichnis. Es war einer von einem Dutzend unbedeutender Fälle, die Callahan eine Woche zuvor nebenbei erwähnt hatte; jetzt wollte er feststellen, ob irgend jemand ihn nachgelesen hatte. Dafür war er berühmt. Sein Abschlußexamen umfaßte zwölfhundert Fälle, von denen tausend nicht im Verzeichnis standen. Das Examen war ein Alptraum, aber er war ein netter Kerl und ein milder Beurteiler, und wer bei ihm durchfiel, mußte ein ziemlicher Blödmann sein.

In diesem Moment schien er kein netter Kerl zu sein. Er sah sich im Saal um. Zeit für ein Opfer. »Was ist mit Ihnen, Mr. Sallinger? Können Sie uns Rosenbergs Minderheitsvotum erläutern?«

Sofort sagte Sallinger aus der vierten Reihe heraus: »Nein, Sir.«

»Ah ja. Liegt das vielleicht daran, daß Sie Rosenbergs Urteil nicht gelesen haben?«

»Das könnte es. Ja, Sir.«

Callahan funkelte ihn an. Seine geröteten Augen ließen den arrogant finsteren Blick noch drohender wirken. Allerdings sah ihn nur Sallinger, da die Augen aller anderen auf ihre Hefte gerichtet waren. »Und warum nicht?«

»Weil ich versuche, keine Minderheitsvoten zu lesen. Vor allem nicht die von Rosenberg.«

Dumm. Dumm. Dumm. Sallinger hatte offenbar beschlossen, den Kampf aufzunehmen, aber er hatte keine Munition.

»Haben Sie etwas gegen Rosenberg, Mr. Sallinger?«

Callahan verehrte Rosenberg. Betete ihn an. Las Bücher über den Mann und seine Urteile. Studierte ihn. Hatte sogar einmal mit ihm gegessen.

Sallinger zappelte nervös. »O nein, Sir. Ich mag nur keine Minderheitsvoten.«

Es steckte ein bißchen Humor in Sallingers Antwort, aber niemand lächelte. Später, bei einem Bier, würden er und seine Kommilitonen lauthals lachen, wenn über Sallinger und seinen Abscheu vor Minderheitsvoten, insbesondere solchen von Rosenberg, geredet wurde. Aber nicht jetzt.

»Ich verstehe. Lesen Sie Mehrheitsentscheidungen?«

Zögern. Sallingers schwächlicher Versuch zu kämpfen konnte nur eine Demütigung nach sich ziehen. »Ja, Sir. Eine Menge.«

»Großartig. Dann erklären Sie doch bitte die Mehrheitsentscheidung im Fall *Nash gegen New Jersey*.«

Sallinger hatte noch nie von *Nash* gehört, aber jetzt würde er den Fall während seiner gesamten juristischen Laufbahn nie wieder vergessen. »Ich glaube, die habe ich nicht gelesen.«

»Sie lesen also keine Minderheitsvoten, Mr. Sallinger, und jetzt erfahren wir, daß Sie auch Mehrheitsentscheidungen vernachlässigen. Was lesen Sie eigentlich, Mr. Sallinger? Liebesromane? Boulevardzeitungen?«

Es folgte ein flüchtiges Lachen aus den Reihen oberhalb der vierten, und es kam von Studenten, die sich zum Lachen verpflichtet fühlten, aber gleichzeitig keinesfalls die Aufmerksamkeit auf sich lenken wollten.

Sallinger, jetzt rot im Gesicht, starrte Callahan nur an.

»Warum haben Sie den Fall nicht gelesen, Mr. Sallinger?« fragte Callahan.

»Ich weiß es nicht. Er muß mir irgendwie entgangen sein.«

Callahan nahm es erstaunlich gut auf. »Das überrascht mich nicht. Ich habe ihn vorige Woche erwähnt. Letzten Mittwoch, um genau zu sein. Er wird im Abschlußexamen vorkommen. Ich verstehe nicht, wie Sie einen Fall ignorieren können, der Bestandteil des Examens ist.« Callahan wanderte jetzt langsam vor seinem Pult herum und musterte die Studenten. »Hat sich irgend jemand sonst die Mühe gemacht, ihn zu lesen?«

Schweigen. Callahan schaute zu Boden und ließ die Stille einsinken. Alle Augen waren gesenkt, alle Kugelschreiber und Bleistifte erstarrt. Von der obersten Reihe stieg Rauch auf.

Endlich hob auf dem vierten Platz in der dritten Reihe Darby Shaw langsam die Hand, und die Klasse stieß einen kollektiven Seufzer der Erleichterung aus. Sie hatte sie wieder einmal gerettet. Irgendwie erwartete man das von ihr. Sie war die Nummer Zwei in ihrer Klasse, ganz nahe der Nummer Eins, und sie konnte die Fakten und Ansichten und Präzedenzfälle und Minderheitsvoten und Mehrheitsentscheidungen von praktisch jedem Fall zitieren, den Callahan ihnen an den Kopf geworfen hatte. Ihr entging nichts. Die perfekte kleine Cheerleaderin besaß einen Magna cum laude-Grad in Biologie und hatte sich vorgenommen, ein Magna cum laude in Rechtswissenschaft zu erreichen und sich danach ihren Lebensunterhalt damit zu verdienen, daß sie Chemiefirmen wegen Umweltzerstörung verklagte.

Callahan musterte sie mit gespielter Frustration. Sie hatte vor drei Stunden seine Wohnung verlassen, nach einer langen Nacht mit Wein und Rechtswissenschaft. Aber von *Nash* war zwischen ihnen nicht die Rede gewesen.

»Sehr schön, Ms. Shaw. Weshalb ist Rosenberg empört?«

»Er meint, daß das Gesetz von New Jersey gegen den Zweiten Verfassungszusatz verstößt.« Sie sah den Professor nicht an.

»Das ist gut. Und damit auch der Rest der Klasse informiert ist – was besagt dieses Gesetz?«

»Es verbietet halbautomatische Schußwaffen, unter anderem.«

»Wunderbar. Und nur des Spaßes halber – was besaß Mr. Nash zum Zeitpunkt seiner Verhaftung?«

»Eine AK-47.«

»Und was passierte mit ihm?«

»Er wurde zu drei Jahren verurteilt und ging in die Berufung.« Sie wußte über die Details Bescheid.

»Welchen Beruf hatte Mr. Nash?«

»Das wird in dem Urteil nicht genau gesagt, aber es ist von einer zusätzlichen Anklage wegen Rauschgifthandels die Rede. Zur Zeit seiner Verhaftung hatte er keinerlei Vorstrafen.«

»Er war also ein Drogenhändler mit einer AK-47. Aber in Rosenberg hatte er einen Freund, nicht wahr?«

»Natürlich.« Jetzt beobachtete sie ihn. Die Spannung hatte sich gelöst. Die meisten Augen folgten ihm, während er langsam herumwanderte, den Blick durch den Saal schweifen ließ, ein anderes Opfer auswählte. Es kam oft vor, daß Darby in diesen Seminaren den Ton angab, und Callahan ging es um breitere Beteiligung.

»Weshalb, meinen Sie, steht Rosenberg auf seiner Seite?« fragte er die Klasse.

»Er liebt Drogenhändler.« Es war Sallinger, verwundet, aber noch immer kampfbereit. Callahan legte großen Wert auf Diskussionen. Er lächelte sein Opfer an, wie um es wieder beim Blutvergießen willkommen zu heißen.

»Finden Sie, Mr. Sallinger?«

»Klar. Drogenhändler, Kinderbetatzer, Revolverhelden, Terroristen. Solche Leute bewundert Rosenberg. Sie sind seine schwachen und mißhandelten Kinder, also muß er sie beschützen.« Sallinger versuchte, rechtschaffen entrüstet zu sein.

»Und was sollte, Ihrer fachmännischen Ansicht zufolge, mit solchen Leuten geschehen?«

»Simpel. Sie sollten eine faire Verhandlung mit einem guten Anwalt bekommen, dann ein faires, schnelles Berufungsverfahren. Und wenn sie schuldig sind, sollten sie bestraft werden.« Sallinger war gefährlich nahe daran, sich anzuhören wie ein rechtsradikaler Verfechter von Gesetz und Ordnung, für die Jurastudenten von Tulane eine Todsünde.

Callahan verschränkte die Arme. »Bitte, fahren Sie fort.«

Sallinger roch eine Falle, stapfte aber weiter. Er hatte nichts zu verlieren. »Ich meine, wir haben einen Fall nach dem anderen gelesen, wo Rosenberg versucht hat, die Verfassung umzuschreiben und ein neues Schlupfloch für die Nichtzulassung von Beweismaterial zu schaffen, damit ein offenkundig schuldiger Angeklagter freigesprochen wird. Es kann einem beinahe schlecht dabei werden. Er hält alle Gefängnisse für grausame und unnatürliche Orte, und deshalb sollten gemäß dem Achten Verfassungszusatz alle Gefangenen freigelassen werden. Glücklicherweise ist er jetzt in der Minderheit, einer schrumpfenden Minderheit.«

»Ihnen gefällt die Einstellung des Gerichts, ist es nicht so, Mr. Sallinger?«

»So ist es.«

»Sind Sie einer von diesen normalen, tatkräftigen, patriotischen Durchschnittsamerikanern, die sich wünschen, daß der alte Bastard einschläft und nicht wieder aufwacht?«

Hier und dort wurde gekichert. Jetzt war es sicherer, wenn man lachte. Sallinger war zu klug, um wahrheitsgemäß zu antworten. »Das würde ich niemandem wünschen«, sagte er, fast verlegen.

Callahan wanderte wieder herum. »Vielen Dank, Mr. Sallinger. Sie haben uns, wie gewöhnlich, die Ansicht des Laien über das Recht geliefert.«

Jetzt war das Lachen wesentlich lauter. Sallingers Wangen röteten sich, und er sank auf seinem Sitz zusammen.

Callahan lächelte nicht. »So, und nun möchte ich das intellektuelle Niveau ein bißchen anheben. Also, Ms. Shaw, weshalb ist Rosenberg für Nash eingetreten?«

»Der Zweite Verfassungszusatz garantiert das Recht auf den Besitz und das Tragen von Waffen. Für Richter Rosenberg ist dieses Recht absolut und wörtlich zu nehmen. Nichts darf verboten werden. Wenn Nash eine AK-47 besitzen möchte oder eine Handgranate oder eine Bazooka, dann kann der Staat New Jersey kein Gesetz erlassen, das ihm das verbietet.«

»Sind Sie auch dieser Ansicht?«

»Nein, und damit stehe ich nicht allein. Es war eine Entscheidung von acht gegen einen. Niemand hat sich ihm angeschlossen.«

»Welcher Gedanke lag dem Urteil der anderen acht zugrunde?«

»Das liegt auf der Hand. Die Staaten haben zwingende Gründe, den Verkauf und den Besitz bestimmter Waffentypen zu verbieten. Das Interesse des Staates New Jersey ist gewichtiger als die im Zweiten Verfassungszusatz garantierten Rechte von Mr. Nash. Die Gesellschaft kann nicht zulassen, daß Einzelpersonen hochtechnisierte Waffen besitzen.«

Callahan musterte sie eingehend. Attraktive Jurastudentinnen waren selten in Tulane, aber wenn er eine entdeckt hatte, handelte er rasch. Im Verlauf der letzten acht Jahre war er ziemlich erfolgreich gewesen. Und in den meisten Fällen hatte er leichtes Spiel gehabt. Die Frauen kamen emanzipiert und willig an die Universität. Darby war anders gewesen. Zum ersten Mal war sie ihm im zweiten Semester ihres ersten Jahres in der Bibliothek aufgefallen, und es hatte einen Monat gedauert, bis sie mit ihm essen gegangen war.

»Wer hat die Mehrheitsentscheidung geschrieben?«

»Runyan.«

»Und Sie stimmen mit ihm überein?«

»Ja. Der Fall liegt im Grunde sehr einfach.«

»Was also ist in Rosenberg vorgegangen?«

»Ich glaube, er haßt die anderen Richter.«

»Und widerspricht deshalb nur, um ihnen eins auszuwischen?«

»Jedenfalls oft. Es wird immer schwieriger, seine Urteile zu verteidigen. Nehmen wir *Nash.* Für einen Liberalen wie Rosenberg ist die Frage der Kontrolle des Waffenbesitzes leicht zu beantworten. Er hätte die Mehrheitsentscheidung schreiben sollen, und vor zehn Jahren hätte er es auch getan. Bei *Fordice gegen Oregon,* einem Fall aus dem Jahr 1977, hat er den Zweiten Verfassungszusatz wesentlich enger ausgelegt. Seine Inkonsequenz ist beinahe peinlich.«

Callahan hatte *Fordice* vergessen. »Wollen Sie damit sagen, daß Rosenberg senil ist?«

Wie ein schwer angeschlagener Boxer ging Sallinger in die letzte Runde. »Er ist total übergeschnappt, und das wissen Sie. Sie können seine Urteile nicht verteidigen.«

»Nicht immer, Mr. Sallinger, aber zumindest ist er noch da.«

»Sein Körper ist da, aber sein Gehirn ist tot.«

»Er atmet noch, Mr. Sallinger.«

»Ja, mit Hilfe einer Maschine. Sie müssen ihm Sauerstoff in die Nase pumpen.«

»Aber es hilft, Mr. Sallinger. Er ist der letzte unter den großen Richterpersönlichkeiten, und er atmet noch.«

»Sie sollten anrufen und sich vergewissern«, sagte Sallinger, dann hielt er den Mund. Er hatte genug gesagt. Nein, er hatte zuviel gesagt. Als der Professor ihn anfunkelte, senkte er den Kopf, richtete die Augen auf seinen Block und fing an, sich zu fragen, warum er all das gesagt hatte.

Callahan durchbohrte ihn mit Blicken, dann begann er, wieder herumzuwandern. Es war in der Tat ein schlimmer Kater.

3

Er sah jedenfalls aus wie ein alter Farmer, mit Strohhut, sauberer Latzhose, ordentlich gebügeltem Khaki-Arbeitshemd, Stiefeln. Er kaute Tabak und spuckte in das schwarze Wasser unter der Mole. Er kaute wie ein Farmer. Sein Pickup, obwohl ein neueres Modell, war hinreichend verwittert und sah nach staubigen Straßen aus. Nummernschilder von North Carolina. Er stand, hundert Meter entfernt, im Sand am anderen Ende der Mole.

Es war Mitternacht an einem Montag, dem ersten Montag im Oktober, und die nächste halbe Stunde mußte er in der dunklen Kühle an der menschenleeren Mole warten, nachdenklich kauend auf das Geländer gestützt, und dabei intensiv aufs Meer hinausschauend. Er war allein, und er hatte gewußt, daß es so sein würde. Es war so geplant. Um diese Zeit war die Mole immer menschenleer. Hin und wieder flackerten die Scheinwerfer eines Wagens an der Küste entlang, aber um diese Zeit hielten die Scheinwerfer nie an.

Er beobachtete die roten und blauen Fahrrinnenlichter weit draußen. Er sah auf die Uhr, ohne den Kopf zu bewegen. Die dichten Wolken hingen tief, und es würde schwierig sein, es zu sehen, bevor es die Mole fast erreicht hatte. Aber so war es geplant.

Der Pickup kam nicht aus North Carolina, und der Fahrer auch nicht. Die Nummernschilder waren von einem alten Laster auf einem Schrottplatz in der Nähe von Durham abmontiert worden. Der Pickup war in Baton Rouge gestohlen. Der Farmer war aus dem Nichts gekommen und hatte keinen der Diebstähle begangen. Er war ein Profi, und deshalb erledigte jemand anders die schmutzige Kleinarbeit.

Nachdem er zwanzig Minuten gewartet hatte, trieb ein dunkler Gegenstand auf die Mole zu. Ein leiser, gedämpfter Motor brummte und wurde lauter. Der Gegenstand wurde zu einem kleinen Fahrzeug, in dem ein geduckter Schatten den Motor bediente. Der Farmer verriet sich auch nicht mit der geringsten Bewegung. Das Brummen brach ab, und das schwarze Schlauchboot blieb zehn Meter von der Mole entfernt in dem ruhigen Wasser liegen. Auf der Küstenstraße waren keine Scheinwerfer zu sehen.

Der Farmer steckte eine Zigarette zwischen die Lippen, zündete sie an, paffte zweimal und warf sie dann in Richtung Schlauchboot ins Wasser.

»Welche Marke?« fragte der Schatten vom Wasser herauf. Er konnte den Umriß des Farmers am Geländer sehen, aber nicht sein Gesicht.

»Lucky Strike«, antwortete der Farmer. Diese Kennworte waren wirklich albern. Mit wie vielen anderen schwarzen Schlauchbooten war schon zu rechnen, die vom Atlantik hereindrifteten und genau um diese Zeit diese alte Mole ansteuerten? Albern, aber ach so wichtig.

»Luke?« kam die Stimme von dem Boot.

»Sam«, entgegnete der Farmer. Der Name war Khamel, nicht Sam, aber Sam würde es während der nächsten fünf Minuten tun, bis Khamel sein Boot festgemacht hatte.

Khamel antwortete nicht, das wurde nicht verlangt, sondern startete schnell den Motor und steuerte das Boot an der Mole entlang auf den Strand zu. Luke folgte ihm oben. Sie trafen sich am Pickup, ohne Händeschütteln. Khamel deponierte seine schwarze Adidas-Sporttasche zwischen ihnen auf dem Sitz, und der Pickup steuerte die Küstenstraße an.

Luke fuhr und Khamel rauchte, und beide leisteten ganze Arbeit darin, einander zu ignorieren. Ihre Augen wagten nicht, sich zu begegnen. Mit dem dichten Bart, der dunklen Brille und dem schwarzen Rollkragen war Khamels Gesicht unmöglich zu identifizieren. Luke wollte es nicht sehen. Er sollte diesen Fremden nicht nur von der See her in Empfang nehmen; zu seinem Auftrag gehörte auch, daß er ihn nicht anschauen durfte. Und das war nicht schwierig. Das Gesicht wurde in neun Ländern gesucht.

Als sie über die Brücke bei Manteo fuhren, zündete Luke sich eine weitere Lucky Strike an und kam zu dem Schluß, daß sie sich schon einmal begegnet waren. Es war eine kurze, aber zeitlich genau abgestimmte Begegnung auf dem Flughafen in Rom gewesen, vor fünf oder sechs Jahren, wenn er sich recht erinnerte. Es hatte keinerlei Vorstellung gegeben. Die Begegnung hatte in einer Toilette stattgefunden. Luke, damals ein makellos gekleideter amerikanischer Manager, hatte einen Aktenkoffer neben dem Waschbecken, über dem er sich langsam die Hände wusch, an die Wand gestellt, und plötzlich war er verschwunden gewesen. Er hatte im Spiegel einen flüchtigen Blick auf den Mann werfen können – diesen Khamel, dessen war er sich jetzt sicher. Eine halbe Stunde später war der Aktenkoffer zwischen den Beinen des britischen Botschafters in Nigeria explodiert.

Nach allem, was Luke in seiner unsichtbaren Bruderschaft an vorsichtigem Geflüster gehört hatte, war Khamel ein Mann mit vielen Namen und Gesichtern und Sprachen, ein Mörder, der schnell zuschlug und keine Spuren hinterließ, ein sehr wählerischer Killer, der in der Welt herumstreifte, aber nie gestellt werden konnte. Während sie in der Dunkelheit nach Norden fuhren, ließ sich Luke tief in seinen Sitz sinken, wobei die Hutkrempe fast seine Nase berührte und die Hände locker auf dem Lenkrad lagen, und versuchte, sich an die Geschichten zu erinnern, die er über seinen Passagier gehört hatte. Erstaunliche Untaten. Da war der britische Botschafter. Der Hinterhalt, dem 1990 siebzehn israelische Soldaten in der West Bank zum Opfer fielen, war Khamel zugeschrieben worden. Er war der einzige Verdächtige bei der Ermordung eines reichen deutschen Bankiers und seiner Familie mit einer Autobombe 1985. Angeblich sollte er dafür ein Honorar von drei Millionen kassiert haben, bar auf die Hand. Die meisten Geheimdienst-Experten waren überzeugt daß er 1981 hinter dem Versuch der Ermordung des Papstes gesteckt hatte. Aber schließlich wurde Khamel für alle unaufgeklärten terroristischen Angriffe und Morde verantwortlich gemacht. Es war leicht, ihn dafür verantwortlich zu machen, weil niemand sicher war, ob es ihn überhaupt gab.

Das faszinierte Luke. Khamel war im Begriff, auf amerikanischem Boden zu operieren. Luke wußte nicht, wer die vorgesehenen Opfer waren, aber es mußten wichtige Leute sein.

Bei Tagesanbruch hielt der Pickup an der Ecke von Thirtyfirst und M Street im Washingtoner Stadtteil Georgetown. Khamel ergriff seine Sporttasche und stieg wortlos aus. Er wanderte ein paar Blocks nach Osten bis zum Four Seasons Hotel, kaufte im Foyer eine *Post* und fuhr dann mit dem Fahrstuhl in den siebenten Stock. Genau um Viertel nach sieben klopfte er an eine Tür am Ende des Flurs. »Ja?« fragte eine nervöse Stimme von drinnen.

»Ich suche Mr. Sneller«, sagte Khamel langsam in völlig akzentfreiem Amerikanisch und drückte dabei seinen Daumen auf den Spion in der Tür.

»Mr. Sneller?«

»Ja. Edwin F. Sneller.«

Der Türknauf klickte nicht und wurde auch nicht gedreht, und die Tür ging nicht auf. Ein paar Sekunden vergingen, dann wurde ein weißer Briefumschlag unter der Tür durchgeschoben. Khamel hob ihn auf. »Okay«, sagte er, gerade so laut, daß Sneller oder wer immer sonst da drinnen war, es hören konnte.

»Ihr Zimmer ist nebenan«, sagte Sneller. »Ich erwarte Ihren Anruf.« Er hörte sich an wie ein Amerikaner. Im Gegensatz zu Luke hatte er Khamel noch nie gesehen und verspürte auch keinerlei Verlangen danach. Luke hatte ihn jetzt zweimal gesehen und konnte von Glück sagen, daß er noch lebte.

In Khamels Zimmer standen zwei Betten und ein kleiner Tisch am Fenster. Die dicken Vorhänge waren zugezogen; das Sonnenlicht hatte keine Chance. Er stellte seine Sporttasche auf eines der Betten neben zwei dicke Aktenkoffer. Er trat ans Fenster und warf einen Blick hinaus, dann ging er ans Telefon.

»Ich bin's«, sagte er zu Sneller. »Was ist mit dem Wagen?«

»Steht draußen auf der Straße. Unauffälliger weißer Ford mit Connecticut-Kennzeichen. Die Schlüssel liegen auf dem Tisch.«

»Gestohlen?«

»Natürlich, aber desinfiziert. Er ist sauber.«

»Ich lasse ihn kurz nach Mitternacht am Dulles Airport stehen. Ich möchte, daß er vernichtet wird, okay?« Sein Amerikanisch war perfekt.

»So lauten meine Anweisungen. Ja.« Sneller war korrekt und tüchtig.

»Es ist sehr wichtig. Ich habe vor, die Waffe im Wagen zu lassen. Waffen hinterlassen Geschosse und Wagen werden gesehen, also ist es unerläßlich, den Wagen zu vernichten und alles, was darin ist. Verstanden?«

»So lauten meine Anweisungen«, wiederholte Sneller. Diese Lektion mißfiel ihm. Er war kein Neuling im Mordgeschäft. Khamel setzte sich auf die Bettkante. »Die vier Millionen sind vor einer Woche eingegangen, einen Tag zu spät, wenn ich das hinzufügen darf. Jetzt bin ich in Washington, also will ich die nächsten drei.«

»Sie werden vor Mittag überwiesen. Der Vereinbarung entsprechend.«

»Ja, aber ich traue der Vereinbarung nicht so recht. Vergessen Sie nicht – Sie hatten einen Tag Verspätung.«

Das ärgerte Sneller, und da der Killer im Nebenzimmer war und nicht vorhatte herauszukommen, konnte er es sich anmerken lassen, daß er ein bißchen verärgert war. »Das war nicht unsere Schuld, sondern die der Bank.«

Jetzt war Khamel verärgert. »Fein. Ich möchte, daß Sie und Ihre Bank die nächsten drei Millionen auf mein Konto in Zürich überweisen, sobald New York aufmacht. Das wird in ungefähr zwei Stunden der Fall sein. Ich werde es überprüfen.«

»Okay.«

»Und ich möchte keine Probleme, wenn der Job erledigt ist. Ich werde in vierundzwanzig Stunden in Paris sein, und von dort aus reise ich direkt nach Zürich weiter. Ich möchte, daß das ganze Geld dort auf mich wartet, wenn ich ankomme.«

»Es wird dort sein, wenn Sie den Job erledigt haben.«

Khamel lächelte. »Der Job wird erledigt, Mr. Sneller, bis Mitternacht. Das heißt, wenn Ihre Informationen stimmen.«

»Bis jetzt stimmen sie. Und für heute ist nicht mit irgendwelchen Änderungen zu rechnen. Unsere Leute sind auf den Straßen. Alles steckt in den beiden Aktenkoffern: Karten, Zeichnungen, Zeitpläne, die Werkzeuge und Gegenstände, die Sie haben wollten.«

Khamel warf einen Blick auf die Aktenkoffer hinter sich. Dann rieb er sich mit der rechten Hand die Augen. »Ich muß ein Nickerchen machen«, murmelte er ins Telefon. »Ich habe seit zwanzig Stunden nicht geschlafen.«

Darauf fiel Sneller keine Erwiderung ein. Wenn Khamel ein Nickerchen machen wollte, dann sollte er eines machen. Sie zahlten ihm zehn Millionen.

»Möchten Sie etwas zu essen?« fragte Sneller ein wenig unbeholfen.

»Nein. Rufen Sie mich in drei Stunden an, um halb elf.« Er legte den Hörer auf und streckte sich auf dem Bett aus.

Am zweiten Tag der herbstlichen Sitzungsperiode herrschte Ruhe auf den Straßen. Die Richter verbrachten ihn auf ihren Stühlen und hörten sich an, wie die Anwälte, einer nach dem anderen, komplizierte und ziemlich langweilige Fälle vortrugen. Rosenberg verschlief das meiste davon. Er erwachte kurz zum Leben, als der Justizminister von Texas forderte, daß dem Insassen einer Todeszelle Medikamente gegeben werden sollten, damit er bei klarem Verstand war, wenn er die tödliche Injektion erhielt. Wie kann er hingerichtet werden, wenn er geisteskrank ist? fragte Rosenberg fassungslos. Kein Problem, sagte der Justizminister von Texas, seine Krankheit kann mit Medikamenten kontrolliert werden. Also gebt ihm eine kleine Spritze, die ihn klar im Kopf macht, und dann noch eine, die ihn umbringt. Könnte alles ganz einfach und verfassungsgemäß sein. Rosenberg argumentierte und wetterte kurze Zeit, dann ging ihm der Dampf aus. In seinem kleinen Rollstuhl saß er viel tiefer als seine Kollegen auf ihren massiven Lederthronen. Er sah bemitleidenswert aus. In früheren Jahren war er ein Tiger gewesen, der selbst aus den gerissensten Anwälten Kleinholz gemacht hatte. Aber jetzt nicht mehr. Er begann zu murmeln, dann verstummte er. Der Justizminister bedachte ihn mit einem hämischen Blick und fuhr dann fort.

Während der letzten Anhörung des Tages, einem faden Rassentrennungsfall aus Virginia, begann Rosenberg zu schnarchen. Chief Runyan warf ihm einen finsteren Blick zu. Jason Kline, Rosenbergs ältester Mitarbeiter, verstand sofort. Er zog den Rollstuhl langsam vom Richtertisch zurück und aus dem Gerichtssaal heraus. Dann schob er ihn rasch den Flur entlang.

In seinem Büro kam der Richter wieder zu sich, nahm seine Medikamente und sagte Kline, daß er nach Hause wollte. Kline informierte das FBI, und Augenblicke später wurde Rosenberg auf die Ladefläche seines im Keller parkenden Transporters befördert. Zwei FBI-Agenten beobachteten den Vorgang. Ein Pfleger, Frederic, schnallte den Rollstuhl fest, und Sergeant Ferguson von der Polizei des Obersten Bundesgerichts setzte sich ans Steuer des Transporters. Der Richter duldete keine FBI-Agenten in seiner Nähe. Sie würden in ihrem eigenen Wagen folgen und sein Stadthaus von der Straße aus überwachen. Sie hatten Glück, daß sie so nahe herankommen durften. Er mißtraute Polizisten, und FBI-Agenten mißtraute er erst recht. Er brauchte keinen Schutz.

In der Volta Street in Georgetown verlangsamte der Transporter die Fahrt und setzte rückwärts in eine kurze Auffahrt. Der Pfleger Frederic und der Polizist Ferguson rollten den Richter sanft ins Haus. Die Agenten saßen in ihrem Dienstwagen, einem schwarzen Dodge Aries, und sahen von der Straße aus zu. Die Rasenfläche vor dem Stadthaus war winzig und ihr Wagen kaum zwei Meter von der Haustür entfernt. Es war kurz vor vier Uhr nachmittags.

Ein paar Minuten später verließ Ferguson weisungsgemäß das Haus und sprach mit den Agenten. Nach langen Diskussionen hatte Rosenberg eine Woche zuvor nachgegeben und gestattet, daß Ferguson nach seiner Ankunft nachmittags sämtliche Räume oben und unten inspizierte. Danach mußte Ferguson gehen, aber er durfte genau um zehn Uhr abends zurückkommen und bis genau sechs Uhr morgens vor der Hintertür sitzen. Niemand anders als Ferguson durfte es, und er hatte die Überstunden satt.

»Alles in Ordnung«, sagte er zu den Agenten. »Um zehn bin ich wieder hier.«

»Lebt er noch?« fragte einer der Agenten. Die Standardfrage.

»Leider.« Ferguson wirkte müde, als er zu dem Transporter ging.

Frederic war rundlich und schwach, aber Kraft war beim Umgang mit seinem Patienten auch nicht erforderlich. Nachdem er die Kissen gerichtet hatte, hob er ihn aus dem Rollstuhl und setzte ihn behutsam auf die Couch, wo er die nächsten zwei Stunden bewegungslos verbringen, schlafen und CNN sehen würde. Frederic machte sich ein Schinken-Sandwich, stellte einen Teller mit Keksen bereit und blätterte am Küchentisch im *National Enquirer*. Rosenberg murmelte laut irgend etwas und wechselte mit Hilfe der Fernbedienung den Kanal.

Genau um sieben wurde sein Essen aus Hühnerbrühe, Pellkartoffeln und geschmorten Zwiebeln – Schlaganfall-Diät – auf den Tisch gestellt, und Frederic rollte ihn hin. Er bestand darauf, selbst zu essen, und es war kein schöner Anblick. Frederic sah fern. Er würde den Schweinkram später wegputzen.

Um neun war er gebadet, mit einem Nachthemd bekleidet und unter die Bettdecke gesteckt. Das Bett war ein schmales, verstellbares, hellgrünes Ding von der Art, wie sie in Militärkrankenhäusern verwendet wurden, mit einer harten Matratze, Bedienungsknöpfen und Klappgittern, von denen Rosenberg verlangte, daß sie unten blieben. Es stand in einem Zimmer hinter der Küche, das er vor seinem ersten Schlaganfall dreißig Jahre lang als kleines Arbeitszimmer benutzt hatte. Jetzt war das Zimmer klinisch sauber und roch nach Desinfektionsmitteln und nahem Tod. Neben dem Bett stand ein großer Tisch mit einer Krankenhauslampe und mindestens zwanzig Gläsern mit Tabletten. Überall im Zimmer waren dicke, schwere juristische Bücher aufgestapelt. Der Pfleger setzte sich auf einen abgeschabten Lehnstuhl und begann, aus einem Schriftsatz vorzulesen. Er würde lesen, bis er den Richter schnarchen hörte – das allabendliche Ritual. Er las langsam, schrie Rosenberg die Worte zu, der steif und bewegungslos dalag, aber zuhörte. Der Schriftsatz gehörte zu einem Fall, in dem er die Mehrheitsentscheidung schreiben würde. Er ließ sich kein Wort entgehen, eine Zeitlang.

Nach einer Stunde des Lesens und Schreiens war Frederic müde, und der Richter dämmerte langsam ein. Er hob die Hand leicht an, dann schloß er die Augen. Mit einem Knopf am Bett dämpfte er das Licht. Danach war es fast dunkel im Zimmer. Frederic legte den Schriftsatz auf den Boden und machte die Augen zu. Rosenberg schnarchte.

Er würde nicht lange schnarchen.

Kurz nach zehn, als das Haus dunkel und still war, wurde die Tür des Wandschranks in einem der oberen Schlafzimmer leise geöffnet, und Khamel schob sich heraus. Seine Armbandagen, die Nylonmütze und die Laufshorts waren königsblau. Das langärmelige Hemd, die Socken und die Reeboks waren weiß mit königsblauen Applikationen. Perfekte Farbabstimmung. Khamel der Jogger. Er war glattrasiert, und sein sehr kurzes Haar unter der Mütze war jetzt blond, fast weiß.

Das Schlafzimmer war dunkel, ebenso der Flur. Die Stufen knarrten leise unter seinen Reeboks. Er war einsfünfundsiebzig groß und wog weniger als siebzig Kilo, ohne eine Spur von Fett. Er sorgte dafür, daß er straff und leicht blieb, damit er sich schnell und lautlos bewegen konnte. Die Treppe endete nicht weit von der Haustür entfernt in einer Diele. Er wußte, daß zwei Agenten in einem Wagen am Bordstein saßen, die vermutlich das Haus nicht beobachteten. Er wußte, daß Ferguson sieben Minuten zuvor eingetroffen war. Er konnte das Schnarchen aus dem Hinterzimmer hören. Als er in dem Schrank wartete, hatte er daran gedacht, früher zuzuschlagen, bevor Ferguson kam, damit er ihn nicht umzubringen brauchte. Das Umbringen war kein Problem, aber es hinterließ eine weitere Leiche, um die man sich kümmern mußte. Aber er vermutete, zu Unrecht, daß Ferguson womöglich bei dem Pfleger hereinschauen würde, wenn er seinen Dienst antrat. Wenn das der Fall war, dann würde Ferguson die Leichen finden, und er, Khamel, würde ein paar Stunden verlieren. Also hatte er bis jetzt gewartet.

Er glitt lautlos durch die Diele. In der Küche beleuchtete

ein kleines Licht an der Dunstabzugshaube die Arbeitsfläche und machte die Dinge etwas gefährlicher. Khamel verfluchte sich selbst, weil er nicht nachgesehen und die Birne heraus gedreht hatte. Solche kleinen Fehler waren unentschuldbar. Er duckte sich unter einem Fenster und warf einen Blick auf den Hinterhof. Er konnte Ferguson nicht sehen, aber er wußte, daß er einsfünfundachtzig groß und einundsechzig Jahre alt war, an grauem Star litt und mit seiner .375er Magnum nicht einmal ein Scheunentor traf.

Beide schnarchten. Khamel lächelte, als er auf der Schwelle niederkauerte und rasch die .22er Automatik und den Schalldämpfer aus der Ace-Bandage zog, die er um die Taille trug. Er schraubte die zehn Zentimeter lange Röhre auf den Lauf und betrat geduckt das Zimmer. Der Pfleger lag tief in seinem Lehnstuhl, mit herabhängenden Händen und offenem Mund. Khamel setzte das Ende des Schalldämpfers an seine rechte Schläfe und drückte dreimal ab. Die Hände bebten und die Füße zuckten, aber die Augen blieben geschlossen. Dann wendete sich Khamel rasch dem bleichen und verrunzelten Kopf von Richter Abraham Rosenberg zu und pumpte gleichfalls drei Kugeln hinein.

Das Zimmer war fensterlos. Er beobachtete die beiden Opfer und wartete eine volle Minute. Die Füße des Pflegers zuckten ein paarmal, dann hörte das Zucken auf. Die Leichen regten sich nicht mehr.

Er wollte Ferguson im Haus töten. Es war elf Minuten nach zehn, genau die richtige Zeit für irgendeinen Nachbarn, vor dem Schlafengehen den Hund noch einmal auszuführen. Er schlich durch die Dunkelheit zur Hintertür und entdeckte den Polizisten, der ungefähr sechs Meter entfernt friedlich an dem hölzernen Gartenzaun entlangwanderte. Instinktiv öffnete Khamel die Hintertür, schaltete das Verandalicht ein und sagte laut »Ferguson«.

Er ließ die Tür offen und versteckte sich in einer dunklen Ecke neben dem Kühlschrank. Ferguson tappte bereitwillig über die kleine Veranda in die Küche. Das war nicht ungewöhnlich. Frederic rief ihn oft herein, nachdem Seine Ehren eingeschlafen war. Dann tranken sie Pulverkaffee und spielten Rommé.

Diesmal gab es keinen Kaffee, und Frederic wartete nicht auf ihn. Khamel feuerte drei Kugeln in seinen Hinterkopf, und er stürzte auf den Küchentisch.

Khamel schaltete das Verandalicht aus und schraubte den Schalldämpfer ab. Er wurde nicht mehr gebraucht. Schalldämpfer und Pistole verschwanden wieder in der Ace-Bandage. Khamel warf einen Blick durch das Vorderfenster. Die Innenbeleuchtung des schwarzen Dodge war eingeschaltet, und die Agenten lasen. Er stieg über Ferguson hinweg, machte die Hintertür hinter sich zu und verschwand in der Dunkelheit des kleinen Gartens hinter dem Haus. Er sprang lautlos über zwei Zäune und gelangte auf die Straße. Er begann zu laufen. Khamel der Jogger.

Auf dem dunklen Balkon des Montrose Theatre saß Glenn Jensen für sich allein und schaute den nackten und ziemlich aktiven Männern auf der Leinwand zu. Er aß Popcorn aus einer großen Schachtel und nahm nichts zur Kenntnis außer den Körpern. Er war unauffällig genug gekleidet: blaue Strickjacke, Baumwollhose, Mokassins. Eine große Sonnenbrille machte seine Augen unsichtbar, und ein breitkrempiger Hut bedeckte seinen Kopf. Er war gesegnet mit einem Gesicht, das man leicht wieder vergaß und, wenn es noch dazu getarnt gewesen war, nie wiedererkannte. Schon gar nicht um Mitternacht auf dem Balkon eines nahezu leeren Pornokinos für Schwule. Keine Ohrringe, Tücher, Goldketten oder anderer Schmuck, nichts, woraus man hätte schließen können, daß er abgeschleppt werden wollte.

Es war zu einer Art Sport geworden, dieses Katz-und-

Maus-Spiel mit dem FBI und dem Rest der Welt. Auch an diesem Abend hatten sich die Agenten pflichtgemäß auf dem Parkplatz vor dem Haus postiert. Zwei weitere parkten neben dem Ausgang in der Nähe der Hinterveranda, und er ließ sie alle viereinhalb Stunden dort sitzen, bevor er sich verkleidete, in aller Gemütsruhe in die Tiefgarage hinunterfuhr und im Wagen eines Freundes davonrauschte. Das Gebäude hatte so viele Ausgänge, daß es den bedauernswerten Fibbies unmöglich war, ihn zu überwachen. Bis zu einem gewissen Grade taten sie ihm leid aber es war sein eigenes Leben, das er leben wollte. Und wenn die Fibbies ihn nicht finden konnten, wie sollte es dann einem Killer gelingen?

Der Balkon war in drei kleine Abschnitte mit jeweils sechs Reihen unterteilt. Er war sehr dunkel; der dicke blaue Strahl von dem Projektor hinter ihm war die einzige Beleuchtung. An den Außengängen waren zerbrochene Sitze und zusammengeklappte Tische gestapelt. Die Samtvorhänge an den Wänden waren zerschlissen und heruntergesackt. Es war ein wundervoller Ort, um sich zu verstecken.

Früher hatte er befürchtet, entdeckt zu werden. In den Monaten nach seiner Ernennung hatte er eine Heidenangst gehabt. Er konnte sein Popcorn nicht essen und schon gar nicht die Filme genießen. Er sagte sich, wenn er erwischt oder erkannt oder auf irgendeine unerfreuliche Art bloßgestellt werden sollte, dann würde er einfach behaupten, daß er für irgendeinen anhängigen Obszönitätenfall recherchierte. Ein derartiger Fall stand immer auf der Tagesordnung, und vielleicht würde man ihm das abkaufen. Diese Ausrede konnte durchaus ihren Zweck erfüllen, sagte er sich immer wieder und wurde kühner. Aber eines Nachts im Jahre 1990 geriet ein Kino in Brand, und vier Menschen starben. Ihre Namen standen in der Zeitung. Große Story. Richter Glenn Jensen war zufällig auf der Toilette, als er die Schreie hörte und den Rauch roch. Er huschte auf die Straße hinaus und verschwand. Die Toten wurden auf dem Balkon gefunden. Einen von ihnen hatte er gekannt. Zwei Monate verzichtete er auf die Kinobesuche, dann fing er wieder damit an. Er brauchte weitere Recherchen, redete er sich ein.

Und was war, wenn er erwischt wurde? Er war auf Lebenszeit ernannt. Die Wähler konnten ihn nicht nach Hause schicken.

Er mochte das Montrose, weil dienstags die ganze Nacht hindurch Filme gezeigt wurden, aber nie viele Leute da waren. Er mochte das Popcorn, und Bier vom Faß kostete fünfzig Cents.

Im mittleren Abschnitt saßen außerdem zwei alte Männer, die miteinander schmusten. Jensen warf ihnen hin und wieder einen Blick zu, konzentrierte sich dann aber auf den Film. Traurig, dachte er, wenn man siebzig ist, den Tod vor Augen und auf der Flucht vor AIDS, darauf angewiesen, sein Glück auf einem schmutzigen Balkon zu finden.

Ein vierter Mann erschien auf dem Balkon. Er warf einen Blick auf Jensen und die eng umschlungen dasitzenden Männer und ging mit seinem Faßbier und seinem Popcorn zur obersten Reihe des mittleren Abschnitts. Der Vorführraum lag direkt hinter ihm. Rechts von ihm und drei Reihen tiefer saß der Richter. Die grauhaarigen Liebenden waren vor ihm; sie küßten sich und flüsterten und kicherten, blind für die Welt.

Er war angemessen gekleidet. Enge Jeans, schwarzes Seidenhemd, Ohrring, horngefaßter Augenschirm und das ordentlich geschnittene Kopf- und Barthaar des typischen Homosexuellen. Khamel der Schwule.

Er wartete ein paar Minuten, dann rückte er ein Stück nach rechts und setzte sich an den Gang. Niemand nahm es zur Kenntnis. Wen kümmerte es schon, wo er saß?

Zwanzig nach zwölf hatten die beiden alten Männer genug. Sie standen auf und schlichen Arm in Arm auf Zehenspitzen hinaus, immer noch flüsternd und kichernd. Jensen beachtete sie nicht. Er war völlig hingerissen von dem Film, einer tollen Orgie auf einer Jacht mitten in einem Hurrikan. Khamel bewegte sich wie eine Katze über den schmalen Gang zu einem Platz drei Reihen hinter dem Richter. Er nippte an seinem Bier. Sie waren allein. Er wartete eine Minute und rutschte dann schnell noch eine Reihe tiefer. Jensen war zweieinhalb Meter entfernt.

Mit dem Sturm wurde auch die Orgie heftiger. Das Tosen des Windes und die Schreie der Beteiligten erfüllten das kleine Kino. Khamel stellte Bier und Popcorn auf den Boden und zog ein knapp meterlanges Stück gelbes Nylonseil aus dem Hosenbund. Er wickelte die Enden rasch um beide Hände und stieg über die Stuhlreihe vor sich. Sein Opfer atmete schwer. Die Popcornschachtel zitterte.

Der Angriff erfolgte schnell und brutal. Khamel schlang das Seil dicht unter den Kehlkopf und zerrte heftig. Er riß das Seil abwärts und mit ihm den Kopf über die Rücklehne des Sitzes. Das Genick brach. Er legte die Seilenden zusammen und verknotete sie im Genick. Dann schob er eine fünfzehn Zentimeter lange Stahlstange durch den Knoten und drehte die Schlinge, bis das Fleisch aufplatzte und zu bluten begann. In zehn Sekunden war es vorüber.

Auf der Leinwand war auch der Hurrikan vorüber, und zur Feier des Ereignisses begann eine neue Orgie. Jensen sackte auf seinem Sitz zusammen. Sein Popcorn war um seine Schuhe herum verstreut. Es war nicht Khamels Art, seine Arbeit zu bewundern. Er verließ den Balkon, ging gelassen zwischen den Regalen mit Zeitschriften und Geräten im Foyer hindurch und verschwand dann hinaus auf den Gehsteig.

Er fuhr mit dem unauffälligen weißen Ford mit Connecticut-Kennzeichen nach Dulles, zog sich in einem Waschraum um und wartete auf seine Maschine nach Paris.

4

Die First Lady war an der Westküste und nahm an einer Reihe von Frühstücken zu fünftausend Dollar pro Gedeck teil, bei denen die Reichen und die Snobs mit Vergnügen ihr Geld für kalte Eier und billigen Sekt ausgaben und für die Chance, mit der Queen, wie sie genannt wurde, gesehen und vielleicht sogar fotografiert zu werden. Deshalb schlief der Präsident allein, als das Telefon läutete. Zu Beginn seiner Amtszeit hatte er daran gedacht, sich in der großen Tradition der amerikanischen Präsidenten eine Geliebte zuzulegen. Aber jetzt kam es ihm so unrepublikanisch vor. Außerdem war er alt und müde. Er schlief auch dann oft allein, wenn die Queen im Weißen Haus war.

Er hatte einen festen Schlaf. Es läutete zwölfmal, bevor er es hörte. Er griff nach dem Hörer und sah auf die Uhr. Halb fünf. Er hörte sich an, was die Stimme zu sagen hatte, sprang aus dem Bett, und acht Minuten später war er im Oval Office. Keine Dusche, keine Krawatte. Er starrte seinen Stabschef Fletcher Coal an und setzte sich an seinen Schreibtisch.

Coal lächelte. Seine einwandfreien Zähne und sein kahler Kopf glänzten. Erst siebenunddreißig Jahre alt, war er der Wunderknabe, der vier Jahre zuvor einen scheiternden Wahlkampf gerettet und seinen Boß ins Weiße Haus gebracht hatte. Er war ein gerissener Manipulator und ein skrupelloser Opportunist, der sich mit Zähnen und Klauen seinen Weg in den innersten Kreis gebahnt hatte, bis er jetzt zum zweiten Mann im Staat geworden war. Viele hielten ihn für den wahren Boß. Schon die bloße Erwähnung seines Namens versetzte die niederen Ränge in Angst und Schrecken.

»Was ist passiert?« fragte der Präsident langsam.

Coal wanderte vor dem Schreibtisch des Präsidenten hin und her. »Viel weiß ich auch noch nicht. Sie sind beide tot. Zwei FBI-Agenten haben Rosenberg gegen ein Uhr gefunden. Er lag tot in seinem Bett. Sein Pfleger und ein Polizist des Obersten Bundesgericht wurden gleichfalls ermordet. Alle drei mit Kopfschüssen. Sehr saubere Arbeit. Während das FBI und die hiesige Polizei den Tatort untersuchten, kam ein Anruf, daß Jensen in irgendeinem Schwulenklub tot aufgefunden worden war. Das war vor ein paar Stunden. Voyles hat mich um vier angerufen, und danach habe ich Sie angerufen. Er und Gminski müßten eigentlich gleich hier sein.«

»Gminski?«

»Die CIA sollte einbezogen werden, fürs erste jedenfalls.«

Der Präsident verschränkte die Hände hinter dem Kopf und streckte sich. »Rosenberg ist also tot.«

»Ja. Mausetot. Ich schlage vor, daß Sie in ein paar Stunden zur Nation sprechen. Mabry schreibt an einer Rohfassung. Ich werde sie überarbeiten. Wir sollten warten, bis es Tag ist, mindestens bis sechs Uhr. Sonst ist es zu früh, und wir erreichen einen Großteil unserer Zuhörer nicht.«

»Die Presse...«

»Ja. Es ist schon raus. Sie haben die Besatzung des Krankenwagens gefilmt, der Jensen ins Leichenschauhaus brachte.«

»Ich wußte nicht, daß er schwul war.«

»Daran besteht jetzt keinerlei Zweifel mehr. Wir haben die perfekte Krise, Mr. President. Denken Sie einmal nach. Wir haben sie nicht ausgelöst. Es ist nicht unsere Schuld. Niemand kann uns einen Vorwurf machen. Und die Nation wird so geschockt sein, daß sie eine gewisse Solidarität empfindet und das Gefühl hat, daß die Zeit gekommen ist, sich um den Anführer zu scharen. Einfach grandios.«

Der Präsident trank eine Tasse Kaffee und starrte auf die Papiere auf seinem Schreibtisch. »Und ich muß das Gericht umbilden.«

»Das ist das Beste daran. Das wird Ihr Vermächtnis. Ich habe bereits Duvall im Justizministerium angerufen und ihn angewiesen, sich mit Horton in Verbindung zu setzen und eine vorläufige Kandidatenliste aufzustellen. Horton hat gestern abend in Omaha eine Rede gehalten, aber er ist auf dem Rückflug. Ich schlage vor, daß wir später am Vormittag mit ihm reden.«

Der Präsident nickte sein übliches Einverständnis mit Coals Vorschlägen. Er überließ es Coal, sich um die Details zu kümmern. Er war nie ein Mann mit Sinn für Details gewesen. »Irgendwelche Verdächtigen?«

»Bisher nicht. Aber ich weiß nicht viel. Ich habe Voyles gesagt, daß Sie damit rechnen, von ihm informiert zu werden, wenn er hier ist.«

»Mir ist so, als hätte jemand gesagt, das Oberste Gericht stünde unter FBI-Schutz.«

Coal lächelte breiter und kicherte. »Genau. Der Schwarze Peter liegt bei Voyles. Ziemlich peinlich für ihn.«

»Großartig. Ich möchte, daß Voyles seinen Anteil an der Schuld bekommt. Kümmern Sie sich um die Presse. Ich möchte, daß er eins aufs Dach bekommt. Danach können wir ihn vielleicht in die Wüste schicken.«

Dieser Gedanke gefiel Coal. Er hörte auf herumzuwandern und kritzelte eine Notiz auf seinen Block. Ein Wachmann klopfte an die Tür und öffnete sie. Die Direktoren Voyles und Gminski traten zusammen ein. Die Stimmung war plötzlich gedrückt, als alle vier sich die Hand gaben. Die beiden Männer ließen sich vor dem Schreibtisch des Präsidenten nieder, und Coal stellte sich seitlich vom Präsidenten an ein Fenster – seine gewohnte Position. Er haßte Voyles und Gminski, und sie haßten ihn. Coal blühte auf unter Haß. Der Präsident hörte auf ihn, und das war alles, worauf es ankam. Jetzt würde er für ein paar Minuten den Mund halten. Wenn andere Leute zugegen waren, war es wichtig, dem Präsidenten das Feld zu überlassen.

»Es tut mir sehr leid, daß Sie kommen mußten, aber ich danke Ihnen dafür«, sagte der Präsident. Sie nickten ingrimmig und nahmen die offenkundige Lüge zur Kenntnis. »Was ist passiert?«

Voyles sprach rasch und ohne Umschweife. Er beschrieb die Szene in Rosenbergs Haus, als die Leichen gefunden worden waren. Ferguson meldete sich routinemäßig jede Nacht um eins bei den FBI-Agenten auf der Straße. Als er nicht erschien, forschten sie nach. Die Morde waren sehr sauber und professionell ausgeführt worden. Voyles teilte mit, was er über Jensen wußte. Gebrochenes Genick. Strangulation. Gefunden von einem anderen Typ auf dem Balkon. Allem Anschein nach keine Augenzeugen. Voyles war nicht so schroff und barsch wie gewöhnlich. Es war ein schwarzer Tag für das FBI, und er spürte, was ihm bevorstand. Aber er hatte fünf Präsidenten überlebt und würde bestimmt auch diesen Schwachkopf ausmanövrieren.

»Zwischen den beiden Morden besteht offensichtlich ein Zusammenhang«, sagte der Präsident und starrte Voyles an.

»Möglich. Sicher, es sieht so aus, aber...«

»Keine Ausflüchte, Direktor. Im Laufe von zweihundertundzwanzig Jahren haben wir vier Präsidenten umgebracht, zwei oder drei Kandidaten, eine Handvoll Bürgerrechtler, ein paar Gouverneure, aber noch nie einen Richter des Obersten Bundesgerichts. Und nun werden in einer Nacht, im Abstand von wenigen Stunden, zwei von ihnen ermordet. Und Sie sind nicht überzeugt, daß da ein Zusammenhang besteht?«

»Das habe ich nicht gesagt. Irgendwo muß ein Bindeglied zu finden sein. Es ist nur so, daß die Methoden so unterschiedlich waren. Und so professionell. Sie dürfen nicht vergessen, daß wir Tausende von Drohungen gegen das Gericht hatten.«

»Fein. Also wen verdächtigen Sie?«

Niemand nahm E Denton Voyles ins Kreuzverhör. Er funkelte den Präsidenten an. »Für Verdächtige ist es noch zu früh. Wir sind noch dabei, Beweismaterial zu sammeln.«

»Wie ist der Mörder in Rosenbergs Haus gekommen?«

»Das weiß niemand. Schließlich konnten wir nicht sehen, wie er hineingegangen ist. Allem Anschein nach hat er sich eine ganze Weile dort aufgehalten, sich vielleicht in einem Schrank auf dem Dachboden versteckt. Auch das entzieht sich unserer Kenntnis. Rosenberg weigerte sich, uns ins Haus zu lassen. Ferguson inspizierte routinemäßig jeden Nachmittag, wenn der Richter vom Gericht zurückkehrte, das Haus. Es ist immer noch zu früh, aber wir haben nichts gefunden, was auf den Mörder hindeutet. Nichts außer drei Leichen. Am späten Nachmittag werden wir das ballistische Untersuchungsergebnis und den Autopsiebericht haben.«

»Ich möchte sie sehen, sobald Sie sie bekommen haben.«

»Ja, Mr. President.«

»Außerdem wünsche ich bis fünf Uhr heute nachmittag eine kurze Liste von Verdächtigen. Ist das klar?«

»Natürlich, Mr. President.«

»Und ich möchte einen Bericht über Ihre Sicherheitsvorkehrungen und weshalb sie versagt haben.«

»Sie gehen davon aus, daß sie versagt haben.«

»Wir haben zwei tote Richter, die beide vom FBI bewacht wurden. Ich meine, das amerikanische Volk hat ein Anrecht darauf, zu erfahren, was schiefgegangen ist, Direktor. Ja, sie haben versagt.«

»Erstatte ich Ihnen Bericht oder dem amerikanischen Volk?«

»Mir.«

»Und dann berufen Sie eine Pressekonferenz ein und informieren das amerikanische Volk, stimmt's?«

»Fürchten Sie die Untersuchung, Direktor?«

»Keineswegs. Rosenberg und Jensen sind tot, weil sie sich geweigert haben, mit uns zu kooperieren. Beide waren sich der Gefahr, in der sie sich befanden, vollauf bewußt, und trotzdem machten sie nicht mit. Die anderen sieben kooperieren und sind noch am Leben.«

»Im Augenblick. Wir sollten uns vergewissern. Sie fallen um wie die Fliegen.« Der Präsident lächelte Coal an, der Voyles beinahe hämisch angegrinst hätte. Coal entschied, daß es an der Zeit war einzugreifen. »Direktor, wußten Sie, daß Jensen sich an solchen Orten herumtrieb?«

»Er war ein erwachsener Mann mit einer Ernennung auf Lebenszeit. Selbst wenn er auf die Idee gekommen wäre, nackt auf Tischen zu tanzen, hätten wir ihn nicht daran hindern können.«

»Ja, Sir«, sagte Coal höflich. »Aber Sie haben meine Frage nicht beantwortet.«

Voyles holte tief Luft und schaute beiseite. »Ja. Wir haben geargwöhnt, daß er homosexuell war, und wir wußten, daß er gewisse Kinos bevorzugte. Aber wir haben weder die Autorität noch die Absicht, derartige Informationen publik zu machen.«

»Ich möchte diese Berichte heute nachmittag haben«, sagte der Präsident. Voyles betrachtete ein Fenster, hörte zu, reagierte aber nicht. Der Präsident wendete sich an Robert Gminski, Direktor der CIA. »Bob, ich möchte eine eindeutige Antwort.«

Gminski runzelte die Stirn. »Ja, Sir. Um was geht es?«

»Ich möchte wissen, ob irgendein Zusammenhang besteht zwischen diesen Morden und einer Organisation, einem Unternehmen, einer Gruppierung oder was auch immer der Regierung der Vereinigten Staaten.«

»Das kann doch nicht Ihr Ernst sein, Mr. President? Das ist absurd!« Gminski schien schockiert zu sein, aber der Präsident, Coal und sogar Voyles wußten, daß bei der CIA heutzutage alles möglich war.

»Mein voller Ernst, Bob.«

»Ich versichere Ihnen, gleichfalls in vollem Ernst, daß wir damit nichts zu tun hatten. Ich bin fassungslos, daß Sie an so etwas auch nur denken konnten. Unglaublich!«

»Gehen Sie der Sache nach, Bob. Ich möchte ganz sicher sein. Rosenberg hielt nichts von den nationalen Sicherheitsorganen. Er hat sich bei den Geheimdiensten Tausende von Feinden gemacht. Also überprüfen Sie es, okay?«

»Okay, okay.«

»Und ich möchte heute nachmittag um fünf einen Bericht.«

»Gut. Okay. Aber es ist Zeitverschwendung.«

Fletcher Coal trat an den Schreibtisch und stellte sich neben den Präsidenten. »Gentlemen, ich schlage vor, daß wir um fünf hier wieder zusammenkommen. Ist Ihnen das recht?«

Beide nickten und erhoben sich. Coal begleitete sie wortlos zur Tür und machte sie hinter ihnen zu.

»Das haben Sie wirklich gut gemacht«, sagte er zu dem Präsidenten. »Voyles weiß, daß er verwundbar ist. Ich habe Blut gerochen. Wir werden über die Presse auf ihn einschlagen.«

»Rosenberg ist tot«, wiederholte der Präsident. »Ich kann es einfach nicht glauben.«

»Ich habe eine Idee für das Fernsehen.« Coal wanderte wieder herum, ganz der Mann, der das Sagen hat. »Wir müssen aus dem Schock unseren Vorteil ziehen. Sie müssen müde aussehen, so, als wären Sie die ganze Nacht aufgewesen, um der Krise Herr zu werden. Einverstanden? Die ganze Nation wird zuschauen, darauf warten, daß Sie Einzelheiten mitteilen und sie beruhigen. Ich meine, Sie sollten etwas Warmes und Tröstliches tragen. Anzug und Krawatte um sieben Uhr morgens könnten aufgesetzt wirken. Wir sollten uns ein bißchen entspannt geben.«

Der Präsident hörte aufmerksam zu. »Bademantel?«

»Das nicht gerade. Aber wie wäre es mit einer Strickjacke und einer bequemen Hose? Keine Krawatte. Weißes Hemd. Eine Art Großvater-Image.«

»Sie wollen, daß ich der Nation in dieser Stunde der Krise im Pullover gegenübertrete?«

»Ja. Es gefällt mir. Eine braune Strickjacke und ein weißes Hemd.«

»Ich weiß nicht recht.«

»Das Image ist gut. Vergessen Sie nicht, Chef, im nächsten Jahr ist Wahl. Dies ist unsere erste Krise seit drei Monaten, und was für eine wunderbare Krise! Die Leute müssen Sie in etwas anderem sehen, zumal um sieben Uhr morgens. Sie müssen salopp aussehen, häuslich, aber Herr der Lage. Das wird uns in den Meinungsumfragen fünf, vielleicht sogar zehn Punkte einbringen. Vertrauen Sie mir, Chef.«

»Ich kann Pullover nicht ausstehen.«

»Vertrauen Sie mir einfach.«

»Ich weiß nicht recht.«

5

Darby Shaw erwachte in der frühmorgendlichen Dunkelheit mit dem Anflug eines Katers. Nach fünfzehn Monaten Jurastudium weigerte sich ihr Verstand, länger als sechs Stunden zu ruhen. Sie war oft schon vor Tagesanbruch auf, weil sie mit Callahan nicht gut schlafen konnte. Der Sex war grandios, aber das Schlafen war oft ein Tauziehen mit Kissen und Laken.

Sie betrachtete die Zimmerdecke und hörte zu, wie er in seinem von Scotch hervorgerufenen Koma gelegentlich schnarchte. Die Laken hatten sich wie Taue um seine Knie gewickelt. Sie hatte keine Decke, aber ihr war nicht kalt. In New Orleans ist auch der Oktober noch schwül und warm. Die schwere Luft stieg von der Dauphine Street herauf, über den kleinen Balkon vor dem Schlafzimmer und durch die offenstehende Terrassentür. Sie brachte den ersten Strahl Morgenlicht mit. Darby stand auf, zog Callahans Bademantel über und trat an die Tür. Die Sonne ging auf, aber die Dauphine Street war noch dunkel. Im French Quarter nahm niemand den Tagesanbruch zur Kenntnis. Ihr Mund war trocken.

Unten in der Küche kochte Darby eine Kanne dicken Zichorienkaffee vom French Market. Den blauen Ziffern an der Mikrowelle zufolge war es zehn Minuten vor sechs. Für jemanden, der nicht viel trank, war das Leben mit Callahan ein ununterbrochener Kampf. Ihr Limit waren drei Glas Wein. Sie hatte weder ein bestandenes Anwaltsexamen noch einen Job und konnte es sich nicht leisten, sich jede Nacht zu betrinken und lange zu schlafen. Und sie wog sechsundfünfzig Kilo und war entschlossen, ihr Gewicht zu halten. Callahan kannte kein Limit.

Sie trank drei Gläser Eiswasser, dann füllte sie einen

großen Becher mit Zichorienkaffee. Sie schaltete das Licht ein, als sie die Treppe hinaufging und sich wieder ins Bett legte. Sie drückte auf die Tasten der Fernbedienung, und auf dem Bildschirm erschien der Präsident, der an seinem Schreibtisch saß und ziemlich merkwürdig aussah in einer braunen Strickjacke und ohne Krawatte. Es war eine Sondersendung von NBC News.

»Thomas!« Sie rüttelte ihn an der Schulter. Er rührte sich nicht. »Thomas! Wach auf!« Sie drückte auf einen Knopf, und die Lautstärke schwoll an. Der Präsident sagte guten Morgen.

»Thomas!« Sie beugte sich dem Fernseher entgegen. Callahan befreite sich von den Laken und setzte sich auf, rieb sich die Augen und versuchte, zu sich zu kommen. Sie reichte ihm den Kaffee.

Der Präsident hatte Tragisches zu vermelden. Seine Augen waren müde, er wirkte betrübt, aber sein voller Bariton verströmte Zuversicht. Er hatte Notizen, benutzte sie aber nicht. Er blickte tief in die Kamera und informierte das amerikanische Volk über die bestürzenden Ereignisse der vergangenen Nacht.

»Was ist los?« murmelte Callahan. Nachdem er die Todesfälle bekanntgegeben hatte, lieferte der Präsident einen blumigen Nachruf auf Rosenberg. Eine überragende Legende nannte er ihn. Es fiel ihm nicht leicht, aber er verzog keine Miene, während er sich in Lobesworten über einen der meistgehaßten Männer in Amerika erging.

Callahan starrte auf den Bildschirm, ebenso Darby. »Das ist wirklich rührend«, sagte sie. FBI und CIA hatten ihm Bericht erstattet, erklärte der Präsident, und man ginge davon aus, daß die Morde zusammenhingen. Er hatte eine sofortige, gründliche Untersuchung gefordert, und die Verantwortlichen würden zur Rechenschaft gezogen werden.

Callahan saß aufrecht im Bett und bedeckte sich mit den Laken. Er blinzelte und kämmte mit den Fingern sein zerzaustes Haar. »Rosenberg? Ermordet?« murmelte er, ohne den Blick vom Bildschirm abzuwenden. Sein benebelter Kopf war sofort klar geworden, und die Schmerzen waren da, aber er spürte sie nicht.

»Sieh dir die Strickjacke an«, sagte Darby, trank Kaffee und betrachtete das orangefarbene Gesicht mit dem dikken Make-up und das silbrige, sorgfältig frisierte Haar. Er war ein wundervoll gutaussehender Mann mit einer beruhigenden Stimme; dieser Tatsache verdankte er seine politischen Erfolge. Die Falten auf seiner Stirn preßten sich zusammen, und er war jetzt noch betrübter, als er von seinem guten Freund Richter Glenn Jensen sprach.

»Im Montrose Theatre, um Mitternacht«, wiederholte Callahan.

»Wo ist das?« fragte sie. Callahan hatte sein Jurastudium in Georgetown abgeschlossen.

»Ich bin mir nicht sicher, aber ich glaube, es liegt im Schwulenviertel.«

»War er schwul?«

»Ich habe Gerüchte gehört. Offensichtlich.« Jetzt saßen sie beide am Ende des Bettes mit den Laken über den Beinen. Der Präsident ordnete eine Woche Nationaltrauer an. Flaggen auf Halbmast. Bundesbehörden morgen geschlossen. Die Vorbereitungen für die Beisetzungen waren im Gange. Er redete noch ein paar Minuten weiter, immer noch tiefbetrübt, sogar schockiert, sehr menschlich, aber dennoch der Präsident und eindeutig Herr der Lage. Er verabschiedete sich mit seinem patentierten Großvaterlächeln voller Zuversicht, Weisheit und Trost.

Ein NBC-Reporter erschien auf dem Rasen des Weißen Hauses und füllte die Lücken. Die Polizei schwieg sich aus. Im Augenblick schien es keine Verdächtigen zu geben und keine Anhaltspunkte. Ja, beide Richter hatten unter dem Schutz des FBI gestanden, das keinen Kommentar gegeben hatte. Ja, das Montrose war ein Ort, der von Homosexuellen besucht wurde. Ja, es hatte zahlreiche Drohungen gegen beide Männer gegeben, besonders gegen Rosenberg. Und es konnte sein, daß es viele Verdächtige geben würde, bevor alles vorbei war.

Callahan schaltete den Apparat aus und trat an die Terrassentür, wo die frühmorgendliche Luft zunehmend dikker wurde. »Keine Verdächtigen«, murmelte er.

»Mir fallen mindestens zwanzig ein«, sagte Darby.

»Ja, aber weshalb diese Kombination? Rosenberg, das ist einleuchtend, aber weshalb Jensen? Warum nicht McDowell oder Yount, die beide wesentlich liberaler sind als Jensen? Es ergibt keinen Sinn.« Callahan setzte sich auf einen Korbstuhl neben der Tür und raufte sich das Haar.

»Ich hole dir mehr Kaffee«, sagte Darby.

»Nein, nein. Ich bin wach.«

»Wie geht es deinem Kopf?«

»Gut, wenn ich drei Stunden länger hätte schlafen können. Ich glaube, ich werde das Seminar absagen. Mir ist nicht danach.«

»Großartig.«

»Verdammt, ich kann es einfach nicht glauben. Dieser Schwachkopf kann zwei neue Richter ernennen. Und das bedeutet, daß acht der neun von den Republikanern vorgeschlagen wurden.«

»Vorher müssen sie bestätigt werden.«

»In zehn Jahren wird die Verfassung nicht mehr wiederzuerkennen sein. Es ist zum Kotzen.«

»Genau deshalb wurden sie umgebracht, Thomas. Irgendeine Person oder irgendeine Gruppe möchte ein anderes Gericht haben, eines mit einer eindeutig konservativen Mehrheit. Nächstes Jahr ist Präsidentschaftswahl. Rosenberg ist oder war einundneunzig. Manning ist vierundachtzig, Yount knapp achtzig. Sie können bald sterben oder noch zehn Jahre leben. Ein Demokrat könnte zum Präsidenten gewählt werden. Weshalb ein Risiko eingehen? Bringt sie jetzt um, ein Jahr vor der Wahl. Völlig einleuchtend für jemanden, der so denkt.«

»Aber weshalb Jensen?«

»Er war ein wunder Punkt. Und allem Anschein nach eine leichte Zielscheibe.«

»Ja, aber im Grunde war er ein Gemäßigter, der gelegentlich nach links ausscherte. Und er war von einem Republikaner nominiert worden.«

»Möchtest du eine Bloody Mary?«

»Gute Idee. In einer Minute. Ich versuche nachzudenken.«

Darby lehnte sich auf dem Bett zurück, trank ihren Kaffee und sah zu, wie das Sonnenlicht den Balkon erreichte. »Überleg doch mal, Thomas. Das Timing ist wunderbar. Wiederwahl, Nominierungen, Politik, all das. Aber denk an die Gewalttätigkeiten und die Radikalen, die Eiferer, die Abtreibungsgegner und die Schwulenhasser, die Arier und die Nazis, denk an all die Gruppen, die imstande sind, jemanden umzubringen, und an all die Drohungen gegen das Gericht. Für eine unbekannte, unauffällige Gruppe ist es genau der richtige Moment, um sie zu beseitigen. Es ist grausig, aber das Timing ist grandios.«

»Und was für eine Gruppe soll das sein?«

»Wer weiß.«

»Die Underground Army?«

»Die ist nicht gerade unauffällig. Sie hat Richter Fernandez in Texas umgebracht.«

»Arbeitet die nicht mit Bomben?«

»Ja. Experten im Umgang mit Plastiksprengstoff.«

»Die kannst du streichen.«

»Im Augenblick streiche ich überhaupt niemanden.« Darby stand auf und band den Bademantel wieder zu. »Komm mit. Ich mach dir eine Bloody Mary.«

»Nur, wenn du mit mir trinkst.«

»Thomas, du bist Professor. Du kannst deine Seminare absagen, wann du willst. Ich bin Studentin und ...«

»Ich weiß, in welchem Verhältnis wir zueinander stehen.«

»Ich kann keine Seminare schwänzen.«

»Ich lasse dich in Verfassungsrecht durchfallen, wenn du nicht schwänzt und dich mit mir betrinkst. Ich habe ein Buch mit Urteilsbegründungen von Rosenberg. Wir wollen sie lesen, Bloody Marys trinken, dann Wein, dann irgend etwas anderes. Ich vermisse ihn schon jetzt.«

»Ich habe um neun Verfahrensrecht, das kann ich nicht schwänzen.«

»Ich werde den Dekan anrufen und dafür sorgen, daß er alle Vorlesungen und Seminare ausfallen läßt. Wirst du dann mit mir trinken?«

»Nein. Nun komm schon, Thomas.« Er folgte ihr die Treppe hinunter in die Küche, zum Kaffee und zum Alkohol.

6

Ohne den Hörer von der Schulter zu nehmen, drückte Fletcher Coal auf einen weiteren Knopf an dem Telefon auf dem Schreibtisch im Oval Office. Drei Lämpchen blinkten bereits, wartende Gesprächspartner. Er wanderte langsam vor dem Schreibtisch herum und hörte zu, während er einen zweiseitigen Bericht von Justizminister Horton überflog. Er ignorierte den Präsidenten, der geduckt vor einem der Fenster stand, mit behandschuhten Händen seinen Golfschläger umklammerte, zuerst den gelben Ball anstarrte und dann den Blick langsam über den blauen Teppich zu dem drei Meter entfernten Messingloch wandern ließ. Coal knurrte etwas in den Hörer. Der Präsident, der den Ball leicht anschlug und zusah, wie er exakt in das Loch rollte, bekam nichts davon mit. Das Loch klickte und leerte sich selbst, und der Ball rollte einen Meter zur Seite. Der Präsident rückte auf Strümpfen an den nächsten Ball heran; er war orange. Er tippte ihn an, und der Ball rollte direkt ins Loch. Acht hintereinander. Siebenundzwanzig von dreißig.

»Das war Chief Runyan«, sagte Coal und knallte den Hörer auf die Gabel. »Er ist ziemlich aufgeregt. Er möchte Sie heute nachmittag sprechen.«

»Sagen Sie ihm, er soll warten, bis er dran ist.«

»Ich habe ihm gesagt, er soll morgen früh um zehn kommen. Halb elf haben Sie eine Kabinettssitzung und um halb zwölf den Nationalen Sicherheitsrat.«

Ohne aufzusehen, packte der Präsident den Schläger wieder fester und betrachtete den nächsten Ball. »Ich kann es gar nicht erwarten. Was ist mit den Umfragen?« Er holte bedächtig aus und ließ den Ball nicht aus den Augen.

»Ich habe gerade mit Nellson gesprochen. Er hat zwei durchgeführt, die erste am Mittag. Der Computer verdaut sie gerade, aber er meint, die Zustimmungsrate dürfte irgendwo in der Nähe von zweiundfünfzig oder dreiundfünfzig Prozent liegen.«

Der Golfspieler schaute kurz auf und lächelte, dann kehrte er zu seinem Spiel zurück. »Wo lag sie vorige Woche?«

»Bei vierundvierzig. Es war die Strickjacke ohne Krawatte. Genau, wie ich gesagt habe.«

»Ich dachte, es wären fünfundvierzig gewesen«, sagte der Präsident, während er einen gelben Ball anschlug und zusah, wie er genau ins Loch rollte.

»Sie haben recht. Fünfundvierzig.«

»Das ist das höchste seit...«

»Elf Monaten. Seit Flug 402 im November vorigen Jahres sind wir nicht mehr über fünfzig gewesen. Das ist eine wunderbare Krise, Chef. Die Leute sind schockiert, aber viele sind selig darüber, daß Rosenberg tot ist. Und Sie sind der Mann in der Mitte. Einfach wunderbar.« Coal drückte auf einen der blinkenden Knöpfe und griff wieder nach dem Hörer. Dann knallte er ihn wieder auf die Gabel, ohne ein Wort gesprochen zu haben. Er rückte seine Krawatte zurecht und knöpfte sein Jackett zu.

»Es ist halb sechs, Chef. Voyles und Gminski warten.«

Der Präsident schlug und beobachtete den Ball. Er rollte zwei Zentimeter zu weit nach rechts, und er verzog das Gesicht. »Sie sollen ruhig warten. Wir halten morgen früh um neun eine Pressekonferenz ab. Ich nehme Voyles mit, aber er muß den Mund halten. Und hinter mir stehen. Ich liefere ein paar weitere Details und beantworte ein paar Fragen. Die Fernsehstationen werden sie bestimmt live übertragen, meinen Sie nicht auch?«

»Natürlich. Gute Idee. Ich werde es veranlassen.«

Der Präsident zog die Handschuhe aus und warf sie in eine Ecke. »Holen Sie sie herein.« Er lehnte seinen Schläger an die Wand und schlüpfte in seine Bally-Schuhe. Wie gewöhnlich hatte er sich seit dem Frühstück sechsmal umgezogen und trug jetzt einen zweireihigen Glencheck-Anzug mit einer rot und blau gepunkteten Krawatte. Amtstracht. Das Jackett hing an einem Ständer neben der Tür. Er setzte sich an seinen Schreibtisch und betrachtete stirnrunzelnd einige Papiere. Er nickte Voyles und Gminski zu, stand aber nicht auf und bot ihnen auch nicht die Hand. Sie ließen sich auf der anderen Seite des Schreibtisches nieder, und Coal nahm seine übliche Haltung ein, wie ein Wachtposten, der es nicht abwarten kann, draufloszuschießen. Der Präsident griff sich an den Nasenrücken, als hätten die Strapazen des Tages eine Migräne ausgelöst.

»Das war ein langer Tag, Mr. President«, sagte Bob Gminski, um das Eis zu brechen. Voyles sah zum Fenster hinaus.

Coal nickte, und der Präsident sagte: »Ja, Bob. Ein sehr langer Tag. Und ich habe heute abend ein Essen mit ein paar Äthiopiern, also wollen wir es kurz machen. Fangen wir mit Ihnen an, Bob. Wer hat sie umgebracht?«

»Ich weiß es nicht, Mr. President. Aber ich versichere Ihnen – wir hatten damit nichts zu tun.«

»Ihr Ehrenwort, Bob?« Er hörte sich fast flehentlich an.

Gminski hob die rechte Hand so, daß die Handfläche dem Schreibtisch zugewendet war. »Ich schwöre es. Beim Grabe meiner Mutter.«

Coal nickte beifällig, als ob er ihm glaubte und als ob es auf seine Zustimmung ankäme.

Der Präsident richtete den Blick auf Voyles, dessen gedrungene Figur den Stuhl ausfüllte und nach wie vor mit einem formlosen Trenchcoat bekleidet war. Der Direktor kaute langsam auf seinem Gummi herum und musterte den Präsidenten verächtlich.

»Ballistik? Autopsie?«

»Habe ich«, sagte Voyles und öffnete seinen Aktenkoffer.

»Lassen Sie hören. Die Berichte lese ich später.«

»Die Waffe war ein kleines Kaliber, vermutlich eine .22er. Wurde, den Pulverspuren nach zu urteilen, auf Rosenberg und den Pfleger aus allernächster Nähe abgeschossen. Bei Ferguson wissen wir es nicht genau, aber die Entfernung dürfte nicht mehr als dreißig Zentimeter betragen haben. Schließlich waren wir bei der Schießerei nicht zugegen. Drei Kugeln in jeden Kopf. Aus dem von Rosenberg haben sie zwei herausgeholt, die dritte wurde in seinem Kopfkissen gefunden. Allem Anschein nach haben er und der Pfleger geschlafen. Der gleiche Patronentyp, die gleiche Waffe, offensichtlich der gleiche Schütze. Eingehende Autopsieberichte sind noch in Arbeit, aber es gab keine Überraschungen. Schließlich sind die Todesursachen eindeutig.«

»Fingerabdrücke?«

»Keine. Wir suchen noch, aber es war sehr saubere Arbeit. Es sieht so aus, als hätte er nichts hinterlassen als die Projektile und die Leichen.«

»Wie ist er ins Haus gekommen?«

»Keinerlei Anzeichen für gewaltsames Eindringen. Ferguson durchsuchte das Haus, als Rosenberg gegen fünf ankam. Routinemaßnahme. Er hat zwei Stunden später seinen schriftlichen Bericht abgeliefert; demzufolge hat er im Obergeschoß zwei Schlafzimmer, ein Bad und drei Schränke inspiziert und außerdem sämtliche Räume unten und natürlich nichts gefunden. Erklärt, er hätte alle Türen und Fenster überprüft. Rosenbergs Anweisungen entsprechend blieben unsere Leute draußen, und sie schätzen, daß Fergusons Vier-Uhr-Inspektion drei bis vier Minuten dauerte. Ich vermute, daß der Killer bereits in einem Versteck wartete, als der Richter zurückkehrte und Ferguson durchs Haus ging.«

»Warum?« wollte Coal wissen.

Voyles' rote Augen musterten den Präsidenten und ignorierten den Mann, der für ihn die Schmutzarbeit tat.

»Dieser Mann ist offenbar überaus tüchtig. Er tötete einen Richter des Obersten Bundesgerichts – vielleicht sogar zwei – und hinterließ nicht die geringste Spur. Ein Profikiller, vermute ich. Das Eindringen ins Haus wäre für ihn kein Problem gewesen, und Fergusons flüchtiger Inspektion zu entgehen, gleichfalls nicht. Er ist vermutlich sehr geduldig. Er wäre nicht das Risiko eingegangen, ins Haus zu kommen, solange sich jemand darin befand und Polizisten in der Nähe waren. Ich nehme an, daß er irgendwann im Laufe des Nachmittags eingedrungen ist und dann einfach gewartet hat, vielleicht in einem Schrank im Obergeschoß oder auf dem Dachboden. Wir haben auf dem Fußboden unter der ausziehbaren Treppe zwei Stückchen Isoliermaterial vom Dach gefunden, was darauf hindeutet, daß die Treppe erst kürzlich benutzt wurde.«

»Wo er sich versteckt hat, spielt keine Rolle«, sagte der Präsident. »Er wurde nicht entdeckt.«

»So ist es. Uns war es nicht gestattet, das Haus zu durchsuchen, verstehen Sie?«

»Ich verstehe, daß er tot ist. Was ist mit Jensen?«

»Der ist auch tot. Gebrochenes Genick, erdrosselt mit einem Stück Nylonseil, das man in jedem Haushaltswarengeschäft kaufen kann. Die Gerichtsmediziner bezweifeln, daß er an dem Genickbruch gestorben ist. Sie sind ziemlich sicher, daß es das Seil war, das ihn umbrachte. Keine Fingerabdrücke. Keine Zeugen. Das ist nicht die Art Etablissement, wo Zeugen angestürmt kommen, also habe ich auch nicht damit gerechnet, welche zu finden. Der Tod ist ungefähr um halb eins eingetreten. Der zeitliche Abstand zwischen den Morden beträgt zwei Stunden.«

Der Präsident machte sich Notizen. »Wann hat Jensen seine Wohnung verlassen?«

»Das wissen wir nicht. Wie Sie wissen, mußten wir auf dem Parkplatz bleiben. Wir haben ihn gegen achtzehn Uhr nach Hause begleitet und dann sieben Stunden lang das Gebäude bewacht, bis wir erfuhren, daß er in einem Schwulenkino erdrosselt worden war. Wir haben uns natürlich an seine Anweisungen gehalten. Er hat sich im Wagen eines Freundes aus dem Staub gemacht, den wir zwei Blocks von dem Kino entfernt gefunden haben.«

Coal trat mit hinter dem Rücken verschränkten Händen zwei Schritte vor. »Direktor, glauben Sie, daß beide von ein und demselben Mörder umgebracht wurden?«

»Woher zum Teufel soll ich das wissen? Die Leichen sind noch warm. Lassen Sie uns ein bißchen Zeit. Im Augenblick haben wir herzlich wenig. Keine Zeugen, keine Fingerabdrücke, keine Schnitzer. Es braucht Zeit, dieser Sache auf den Grund zu gehen. Es könnte ein und derselbe Mann gewesen sein. Ich weiß es nicht. Es ist noch zu früh.«

»Aber Sie haben doch bestimmt Ihre Vermutungen«, sagte der Präsident.

Voyles schwieg einen Moment und schaute aus dem Fenster. »Möglicherweise ein und derselbe Killer gewesen sein, aber dann muß er Superman höchstpersönlich sein. Wahrscheinlicher ist, daß es zwei oder drei waren, aber auf jeden Fall müssen sie eine Menge Hilfe gehabt haben. Irgend jemand hat ihnen eine Menge Informationen geliefert.«

»Zum Beispiel?«

»Zum Beispiel, wie oft Jensen ins Kino geht, wo er sitzt, wann er dorthin geht, ob er allein geht, ob er sich mit einem Freund trifft. Informationen, über die wir nicht verfügen. Und was Rosenberg betrifft – jemand muß gewußt haben, daß es in seinem kleinen Haus keine Alarmanlage gibt, daß unsere Leute draußen bleiben mußten, daß Ferguson um zehn eintraf und um sechs wieder ging und daß er im Hinterhof sitzen mußte, daß ...«

»Das alles haben Sie gewußt«, unterbrach ihn der Präsident.

»Natürlich haben wir das gewußt. Aber ich versichere

Ihnen, wir haben unser Wissen mit niemandem geteilt.« Der Präsident warf einen schnellen Verschwörerblick auf Coal, der sich, tief in Gedanken versunken, am Kinn kratzte.

Voyles räkelte sich im Sessel und bedachte Gminski mit einem Lächeln, als wollte er sagen, »Tun wir ihnen den Gefallen.«

»Sie vermuten eine Verschwörung«, sagte Coal verständnisvoll mit gerunzelten Brauen.

»Ich vermute überhaupt nichts. Ich erkläre Ihnen, Mr. Coal, und Ihnen, Mr. President, jawohl, eine große Zahl von Leuten hat ihren Teil zu den Morden beigetragen. Vielleicht war es nur ein Killer, vielleicht auch zwei, aber sie hatten eine Menge Hilfe. Es geschah zu schnell und sauber und war zu gut organisiert.«

Coal schien zufriedengestellt. Er richtete sich auf und verschränkte wieder die Hände hinter dem Rücken.

»Wer also sind diese Verschwörer?« fragte der Präsident. »Wen verdächtigen Sie?«

Voyles holte tief Luft und räkelte sich abermals. Er machte seinen Aktenkoffer zu und stellte ihn neben seine Füße. »Wir haben keinen Hauptverdächtigen, jedenfalls im Moment noch nicht, nur ein paar gute Möglichkeiten. Und das muß geheim bleiben.«

Coal tat einen Schritt näher heran. »Natürlich ist das vertraulich«, fuhr er Voyles an. »Sie befinden sich im Oval Office.«

»Ich bin schon sehr oft hier gewesen. Ich war sogar schon hier, als Sie, Mr. Coal, noch mit feuchten Windeln herumliefen. Es gibt Dinge, die haben ihre eigene Art durchzusickern.«

»Ich glaube, bei Ihnen sickert auch einiges durch«, sagte Coal.

Der Präsident hob die Hand. »Es ist vertraulich, Denton. Sie haben mein Wort darauf.« Coal trat einen Schritt zurück.

Voyles musterte den Präsidenten. »Die Sitzungsperiode des Gerichts begann am Montag, wie Sie wissen, und die Verrückten sind seit mehreren Tagen in der Stadt. Im Lauf der letzten beiden Wochen haben wir verschiedene Organisationen überwacht. Wir wissen von mindestens elf Angehörigen der Underground Army, die sich seit einer Woche im Gebiet von D. C. aufhalten. Ein paar von ihnen haben wir heute verhört und dann wieder freigelassen. Wir wissen, daß die Organisation die erforderlichen Mittel hat. Im Augenblick ist sie unser Hauptverdächtiger. Aber das kann sich morgen ändern.«

Coal war nicht beeindruckt. Die Underground Army stand auf jedermanns Liste.

»Ich habe von ihr gehört«, sagte der Präsident dümmlich.

»So. Natürlich. Sie macht viel von sich reden. Wir glauben, daß sie in Texas einen Richter ermordet hat, aber wir können es nicht beweisen. Wir verdächtigen sie bei mindestens hundert Bombenanschlägen auf Abtreibungskliniken, ACLU-Büros, Pornokinos und Schwulenklubs überall im Lande. Genau die Leute, die Rosenberg und Jensen hassen würden.«

»Noch weitere Verdächtige?« fragte Coal.

»Da ist eine Ariergruppe, die sich White Resistance nennt; wir beobachten sie seit zwei Jahren. Sie operiert von Idaho und Oregon aus. Ihr Anführer hat vorige Woche in West Virginia eine Rede gehalten und hält sich seit ein paar Tagen hier auf. Er wurde am Montag bei der Demonstration vor dem Obersten Gericht gesehen. Wir werden versuchen, morgen mit ihm zu reden.«

»Aber sind diese Leute Profikiller?« fragte Coal.

»Sie geben schließlich keine Anzeigen auf. Ich bezweifle, daß irgendeine Gruppe das Töten selbst besorgt. Sie heuern die Mörder an und leisten selbst nur die Vorarbeiten.«

»Also wer sind die Mörder?« fragte der Präsident.

»Es kann durchaus sein, daß wir das nie herausbekommen.«

Der Präsident stand auf und streckte die Beine. Wieder einmal ein harter Tag im Amt. Er lächelte über den Schreibtisch hinweg auf Voyles herab. »Sie haben eine schwere Aufgabe.« Er war die Großvaterstimme, voller Wärme und Verständnis. »Ich beneide Sie nicht darum. Wenn möglich, möchte ich täglich um siebzehn Uhr einen zweiseitigen, maschinegeschriebenen Bericht mit doppeltem Zeilenabstand über die Fortschritte der Untersuchung. Wenn sich etwas ergibt, möchte ich, daß Sie mich unverzüglich anrufen.«

Voyles nickte wortlos.

»Ich gebe morgen früh um neun eine Pressekonferenz. Es wäre mir lieb, wenn Sie dabei wären.«

Voyles nickte abermals wortlos. Sekunden vergingen, und niemand sagte etwas. Voyles stand geräuschvoll auf und schnallte den Gürtel seines Trenchcoats zu. »Also, dann gehen wir jetzt. Sie haben die Äthiopier und das alles.« Er händigte Coal den ballistischen und den Autopsiebericht aus – er wußte, daß der Präsident sie bestimmt nicht lesen würde.

»Danke für Ihr Kommen, Gentlemen«, sagte der Präsident herzlich. Coal machte die Tür hinter ihnen zu, und der Präsident griff nach seinem Golfschläger. »Ich esse nicht mit den Äthiopiern«, sagte er und betrachtete den Teppich und einen gelben Ball.

»Ich weiß. Ich habe Ihre Entschuldigung übersandt. Dies ist eine schwere Krise, Mr. President, und man erwartet von Ihnen, daß Sie sich hier in diesem Büro aufhalten, umgeben von Ihren Beratern und hart arbeitend.«

Der Präsident holte aus, und der Ball rollte einwandfrei in das Loch. »Ich möchte mit Horton reden. Diese Nominierungen müssen Hand und Fuß haben.«

»Er hat eine Auswahlliste mit zehn Namen geschickt. Sieht recht gut aus.«

»Ich möchte konservative junge Weiße, die gegen Abtreibung, Pornographie, Schwule, Einschränkung des Waffenbesitzes, Rassenquoten und all diesen anderen Quatsch sind.« Er verfehlte einen Ball und streifte seine Schuhe ab. »Ich möchte Richter, die Rauschgift und Kriminelle hassen und Verfechter der Todesstrafe sind. Haben Sie verstanden?«

Coal war am Telefon, tastete Nummern ein und nickte seinem Boß zu. Er würde die Kandidaten auswählen und dann den Präsidenten überreden.

K. O. Lewis saß neben dem Direktor im Fond der Limousine, die das Weiße Haus verließ und durch den Feierabendverkehr kroch. Voyles hatte nichts zu sagen. In den ersten Stunden nach der Tragödie war die Presse brutal gewesen. Die Aasgeier kreisten. Nicht weniger als drei Unterausschüsse des Kongresses hatten bereits Anhörungen und Untersuchungen der Morde angekündigt. Und die Leichen waren noch warm. Die Politiker waren wie berauscht und kämpften um einen Platz im Rampenlicht. Eine unverantwortliche Pressemeldung jagte die andere. Senator Larkin aus Ohio haßte Voyles, und Voyles haßte Senator Larkin aus Ohio, und drei Stunden zuvor hatte der Senator eine Pressekonferenz einberufen und verkündet, sein Unterausschuß würde unverzüglich mit der Untersuchung des Schutzes beginnen, den das FBI den beiden toten Richtern hatte zukommen lassen. Aber Larkin hatte eine Freundin, eine ziemlich junge, und das FBI hatte einige Fotos, und Voyles war zuversichtlich, daß die Untersuchung verschoben werden konnte.

»Wie geht's dem Präsidenten?« fragte Lewis schließlich.

»Welchem?«

»Nicht Coal. Dem anderen.«

»Gut. Wirklich gut. Natürlich hat Rosenbergs Tod ihn sehr mitgenommen.«

»Natürlich.«

Sie fuhren schweigend weiter in Richtung Hoover Building. Es würde eine lange Nacht werden.

»Wir haben einen neuen Verdächtigen«, sagte Lewis schließlich.

»Erzählen Sie.«

»Einen Mann namens Nelson Muncie.«

Voyles schüttelte den Kopf. »Nie von ihm gehört.«

»Ich auch nicht. Es ist eine lange Geschichte.«

»Geben Sie mir die Kurzfassung.«

»Muncie ist ein sehr reicher Industrieller aus Florida. Vor sechzehn Jahren wurde seine Nichte von einem Afro-Amerikaner namens Buck Tyrone vergewaltigt und ermordet. Das Mädchen war zwölf. Eine überaus brutale Vergewaltigung und ein ebenso brutaler Mord. Ich erspare Ihnen die Details. Muncie hat keine Kinder und betete seine Nichte an. Tyrone wurde in Orlando vor Gericht gestellt und zum Tode verurteilt. Er wurde schwer bewacht, weil es eine Menge Drohungen gegeben hatte. Ein paar jüdische Anwälte in einer großen New Yorker Firma legten alle nur denkbaren Berufungen ein, und 1984 landete der Fall beim Obersten Bundesgericht. Sie haben es bereits erraten: Rosenberg verliebt sich in Tyrone und verfaßt eine im Grunde lächerliche, auf dem Fünften Verfassungszusatz beruhende Beweisführung, mit der er ein Geständnis für unzulässig erklärt, das der Punker eine Woche nach seiner Verhaftung abgelegt hatte. Ein achtseitiges Geständnis, von Tyrone selbst geschrieben. Kein Geständnis, kein Fall. Aufgrund von Rosenbergs Fünf-zu-Vier-Begründung wird das Urteil aufgehoben. Eine überaus kontroverse Entscheidung. Tyrone wird freigelassen. Zwei Jahre später verschwindet er und ist seither nicht mehr gesehen worden. Gerüchten zufolge hat Muncie dafür bezahlt, daß jemand Tyrone kastrierte, verstümmelte und den Haien zum Fraß vorwarf. Nur Gerüchte, sagen die Behörden in Florida. Und dann wird 1989 Tyrones wichtigster Anwalt, ein Mann namens Kaplan, vor seiner

Wohnung in Manhattan niedergeschossen, anscheinend von einem Straßenräuber. Was für ein Zufall.«

»Von wem haben Sie das?«

»Florida hat mich vor zwei Stunden angerufen. Die Leute dort sind überzeugt, daß Muncie für die Beseitigung von Tyrone und seinem Anwalt eine Menge Geld gezahlt hat. Sie können es nur nicht beweisen. Sie haben einen zögerlichen, nicht identifizierten Informanten, der behauptet, Muncie zu kennen, und der ihnen erzählt hat, daß Muncie seit Jahren davon redet, Rosenberg umzubringen. Sie glauben, daß Muncie ein bißchen ausgerastet ist, seit seine Nichte ermordet wurde.«

»Wieviel Geld hat er?«

»Genug. Millionen. Genaueres weiß niemand. Er ist sehr verschwiegen. Florida ist überzeugt, daß er dazu imstande wäre.«

»Gehen wir der Sache nach. Hört sich interessant an.«

»Ich mache mich noch heute abend dran. Sind Sie sicher, daß Sie dreihundert Agenten auf den Fall ansetzen wollen?«

Voyles zündete sich eine Zigarre an und öffnete sein Fenster. »Ja, vielleicht sogar vierhundert. Wir müssen diesen Fall aufklären, bevor die Presse uns bei lebendigem Leibe auffrißt.«

»Das wird nicht leicht sein. Außer den Projektilen und dem Seil haben diese Kerle nichts hinterlassen.«

Voyles blies Rauch zum Fenster hinaus. »Ich weiß. Es ist fast zu perfekt.«

7

Der Gerichtspräsident saß mit gelockerter Krawatte zusammengesunken an seinem Schreibtisch. Er sah sehr mitgenommen aus. Drei seiner Kollegen und ein halbes Dutzend ihrer Mitarbeiter waren zugegen und unterhielten sich mit gedämpften Stimmen. Der Schock und die Erschöpfung waren nicht zu übersehen. Besonders betroffen wirkte Jason Kline, Rosenbergs engster Mitarbeiter. Er saß auf einem kleinen Sofa und starrte leeren Blickes auf den Boden, während Richter Archibald Manning, nun der älteste Richter, von Protokoll und Beisetzung redete. Jensens Mutter wünschte einen kleinen privaten episkopalischen Gottesdienst am Freitag in Providence. Rosenbergs Sohn, ein Anwalt, hatte Runyan eine Liste mit Anweisungen übergeben, die der Richter nach seinem zweiten Schlaganfall erstellt hatte und derzufolge er wünschte, nach einer nicht-militärischen Zeremonie eingeäschert zu werden. Die Asche sollte über dem Reservat der Sioux-Indianer in South Dakota verstreut werden. Rosenberg war zwar Jude gewesen, hatte der Religion jedoch den Rücken gekehrt und behauptet, Agnostiker zu sein. Er wollte bei den Indianern begraben werden. Runyan fand das angemessen, sagte es aber nicht. Im Vorzimmer tranken sechs FBI-Agenten Kaffee und flüsterten nervös. Im Laufe des Tages hatte es weitere Drohungen gegeben, etliche binnen Stunden nach der Fernsehansprache des Präsidenten. Jetzt war es dunkel, fast Zeit, die überlebenden Richter nach Hause zu eskortieren. Jeder hatte vier Agenten als Leibwächter.

Richter Andrew McDowell, mit einundsechzig jetzt das jüngste Mitglied des Gerichts, stand am Fenster, rauchte seine Pfeife und beobachtete den Verkehr. Wenn Jensen im Gericht einen Freund gehabt hatte, dann war es McDowell.

Fletcher Coal hatte Runyan mitgeteilt, daß der Präsident nicht nur an Jensens Beisetzung teilzunehmen gedachte, sondern auch eine Grabrede halten wollte. Niemand im inneren Büro wollte, daß der Präsident sich äußerte. Runyan hatte McDowell gebeten, ein paar Worte aufzusetzen. McDowell, ein schüchterner Mann, der nur ungern Reden hielt, drehte seine Kragenschleife und versuchte, sich seinen Freund auf dem Balkon mit einem Seil um den Hals vorzustellen. Es war zu grauenhaft, um darüber nachzudenken. Ein Richter des Obersten Bundesgerichts, einer seiner distinguierten Kollegen, einer der neun, schlich sich an einen solchen Ort, sah sich diese Filme an und wurde auf derart gräßliche Art bloßgestellt. Wie tragisch und peinlich zugleich. Er sah sich selbst, wie er vor den Trauergästen in der Kirche stand und Jensens Mutter und die anderen Angehörigen ansah und genau wußte, daß alle an das Montrose Theatre dachten. Sie würden sich gegenseitig im Flüsterton fragen, »Haben Sie gewußt, daß er schwul war?« McDowell jedenfalls hatte es nicht gewußt, nicht einmal geargwöhnt. Und er wollte auch nicht bei der Beisetzung reden.

Richter Ben Thurow, achtundsechzig Jahre alt, ging es weniger darum, die Toten zu begraben, als die Mörder dingfest zu machen. Er war Staatsanwalt in Minnesota gewesen, und seine Theorie ordnete die Verdächtigen einer von zwei Gruppen zu: Leute, die aus Haß oder Rache handelten, und solche, die künftige Entscheidungen beeinflussen wollten. Er hatte seine Mitarbeiter angewiesen, mit den Recherchen anzufangen.

Thurow wanderte im Büro herum. »Wir sind sieben Richter und siebenundzwanzig Mitarbeiter«, sagte er in den Raum hinein, ohne jemanden direkt anzusprechen. »Daß wir in den nächsten Wochen nicht viel tun können, liegt auf der Hand. Alle wichtigen Entscheidungen müssen aufgeschoben werden, bis wir wieder vollzählig sind. Das kann Monate dauern. Deshalb meine ich, unsere Mitarbeiter sollten sich an die Arbeit machen und versuchen, die Morde aufzuklären.«

»Wir sind nicht die Polizei«, sagte Manning geduldig.

»Können wir nicht wenigstens bis nach den Beisetzungen warten, bevor wir anfangen, Dick Tracy zu spielen?« fragte McDowell, ohne sich vom Fenster abzuwenden.

Thurow ignorierte sie, wie gewöhnlich. »Ich werde die Nachforschungen leiten. Überlassen Sie mir für ein oder zwei Wochen Ihre Mitarbeiter. Ich bin sicher, dann können wir eine Liste von eindeutig Verdächtigen aufstellen.«

»Das FBI ist sehr tüchtig, Ben«, sagte der Präsident. »Es hat uns nicht um Hilfe gebeten.«

»Über das FBI möchte ich mich nicht äußern«, sagte Thurow. »Wir können hier zwei Wochen herumsitzen und trauern, oder wir können uns an die Arbeit machen und diese Bastarde finden.«

»Wieso sind Sie so sicher, daß Sie das schaffen können?« fragte Manning.

»Ich bin nicht sicher, ob ich es kann, aber ich meine, es ist einen Versuch wert. Unsere Kollegen wurden aus einem bestimmten Grund ermordet, und dieser Grund steht in direktem Zusammenhang mit einem Fall, über den bereits entschieden wurde oder der jetzt vor diesem Gericht anhängig ist. Wenn es Rache war, ist unsere Aufgabe praktisch unlösbar. Schließlich werden wir, aus dem einen oder anderen Grund, von jedermann gehaßt. Aber wenn es nicht Rache oder Haß war, dann wollte vielleicht jemand für eine künftige Entscheidung ein anderes Gericht haben. Und das macht die Sache interessant. Wer würde Abe und Glenn wegen eines Votums umbringen, das sie in diesem Jahr, im nächsten Jahr oder in fünf Jahren vielleicht abgegeben hätten? Ich möchte, daß unsere Mitarbeiter sich jeden Fall vornehmen, der jetzt bei den elf Bezirksgerichten anhängig ist.«

Richter McDowell schüttelte den Kopf. »Wie stellen Sie sich das vor, Ben? Das sind mehr als fünftausend Fälle, von denen nur ein winziger Bruchteil hier landen wird. Das ist doch absurd.«

Manning war ebenso unbeeindruckt. »Ich habe einunddreißig Jahre mit Rosenberg zusammengearbeitet, und ich war oft nahe daran, selbst auf ihn zu schießen. Aber ich habe ihn geliebt wie einen Bruder. Seine liberalen Ideen wurden in den sechziger und siebziger Jahren akzeptiert, in den achtzigern waren sie überholt und jetzt, in den neunzigern, stoßen sie auf Ablehnung. Er wurde zum Symbol für alles, was mit diesem Land nicht stimmt. Ich glaube, er wurde von einer dieser rechten Radikalen-Gruppen ermordet, und wir können Fälle recherchieren, bis es in der Hölle schneit, ohne irgend etwas zu finden. Es ist Rache, Ben. Schlicht und einfach Rache.«

»Und Glenn?« fragte Thurow.

»Unser Freund hatte ganz offensichtlich ungewöhnliche Neigungen. Das muß sich herumgesprochen haben, und er war für eine solche Gruppe ein leichtes Opfer. Sie hassen die Homosexuellen, Ben.«

Thurow wanderte nach wie vor herum und ignorierte die anderen. »Sie hassen uns alle, und wenn Haß das Mordmotiv war, wird die Polizei sie erwischen. Vielleicht. Aber was ist, wenn sie ermordet wurden, weil jemand das Gericht manipulieren wollte? Was ist, wenn sich irgendeine Gruppe diesen Moment der inneren Unruhe und der Gewalttätigkeiten zunutze machte, um zwei von uns zu beseitigen und auf diese Weise eine Neubesetzung des Gerichts zu erzwingen? Ich halte das für möglich.«

Der Präsident räusperte sich. »Ich bin dafür, daß wir nichts unternehmen, bis sie begraben sind oder ihre Asche verstreut ist. Ich sage nicht nein, Ben, aber wir sollten ein paar Tage warten. Wir stehen noch unter Schock.«

Thurow entschuldigte sich und verließ den Raum. Seine Leibwächter folgten ihm den Flur entlang.

Richter Manning stand auf seinen Stock gelehnt da und wendete sich an den Präsidenten. »Ich komme nicht nach Providence. Ich hasse das Fliegen, und ich hasse Beerdigungen. Mir steht über kurz oder lang die eigene bevor, und daran lasse ich mich nicht gern erinnern. Ich werde der Familie schriftlich mein Beileid aussprechen. Wenn Sie sie sehen, dann entschuldigen Sie mich bitte. Ich bin ein sehr alter Mann.« Er verließ das Büro mit einem seiner Mitarbeiter.

»Ich finde, Richter Thurow hat recht«, sagte Jason Kline. »Wir müssen zumindest die anhängigen Fälle überprüfen, vor allem die, bei denen damit zu rechnen ist, daß sie von den untergeordneten Gerichten an uns überwiesen werden. Es ist ein Schuß ins Blaue, aber es kann durchaus sein, daß wir auf irgend etwas stoßen.«

»Da stimme ich Ihnen zu«, sagte der Präsident. »Es ist nur ein wenig verfrüht, meinen Sie nicht auch?«

»Ja. Aber ich möchte trotzdem gleich anfangen.«

»Nein. Warten Sie bis Montag, dann weise ich Sie Thurow zu.«

Kline zuckte die Achseln und entschuldigte sich. Zwei seiner Kollegen folgten ihm in Rosenbergs Büro, wo sie im Dunkeln dasaßen und den Rest von seinem Brandy tranken.

In einer engen Arbeitsnische im fünften Stock der juristischen Bibliothek, zwischen Regalen mit dicken, selten gebrauchten Büchern, studierte Darby Shaw einen Ausdruck der vor dem Obersten Bundesgericht anhängigen Fälle. Sie hatte ihn schon zweimal gelesen, und obwohl viele von ihnen überaus brisant waren, hatte sie nichts gefunden, was sie interessierte. *Dumond* schlug hohe Wellen. Dann gab es einen Fall von Kinderpornographie aus New Jersey, einen Sodomiefall aus Kentucky, ein Dutzend Einsprüche gegen Todesurteile, ein Dutzend unterschiedlicher Bürgerrechtsfälle und das übliche Quantum an Fällen, bei denen es um Steuern, Bebauungspläne, die Indianer und Kartellsachen ging. Sie hatte Zusammenfassungen sämtlicher Fälle aus dem Computer geholt und alle zweimal gelesen. Sie hatte eine Liste möglicher Verdächtiger aufgestellt, aber auf die würde jedermann stoßen. Die Liste lag bereits im Papierkorb.

Callahan war sicher, daß es die Arier gewesen waren oder die Nazis oder der Ku-Klux-Klan; irgendeine leicht identifizierbare Gruppe inländischer Terroristen; irgendwelche Radikale. Es mußten Leute von der äußersten Rechten gewesen sein, das lag doch auf der Hand, fand er. Darby war da nicht so sicher. Die Radikalengruppen waren zu offensichtlich. Sie hatten zu viele Drohungen ausgesprochen, zu viele Steine geworfen, zu viele Paraden veranstaltet, zu viele Reden gehalten. Sie brauchten Rosenberg lebendig, weil er ein so verlockendes Ziel für ihren Haß war. Rosenberg hielt sie beschäftigt. Sie glaubte, daß jemand dahintersteckte, der wesentlich gefährlicher war.

Callahan saß in einer Bar an der Canal Street, inzwischen betrunken, und wartete auf sie, obwohl sie nicht versprochen hatte, daß sie kommen würde. Sie hatte am Mittag bei ihm hereingeschaut und ihn auf dem Balkon angetroffen, betrunken und in seinem Buch mit Rosenberg-Urteilen lesend. Er hatte sich entschlossen, seinen Kurs über Verfassungsrecht für eine Woche abzusagen; hatte gesagt, daß er jetzt, da sein Held tot war, vielleicht nie mehr würde unterrichten können. Sie hatte ihm gesagt er sollte zusehen, daß er wieder nüchtern würde, und war gegangen.

Kurz nach zehn ging sie in den Computerraum im vierten Stock der Bibliothek und setzte sich vor einen Bildschirm. Der Raum war leer. Sie tippte auf der Tastatur herum, fand, was sie wollte, und wenig später spuckte der Drucker Seite um Seite von Berufungen aus, die bei den elf Bundesberufungsgerichten des Landes anhängig waren. Eine Stunde später hörte der Drucker auf, und sie hatte einen fünfzehn Zentimeter dicken Stapel von Zusammenfassungen der Fälle, mit denen es die elf Gerichte zu tun hatten. Sie schleppte sie in ihre Arbeitsnische hinauf und legte sie auf den bereits vollen Schreibtisch. Es war nach elf, und außer ihr hielt sich niemand im fünften Stock auf. Durch ein schmales Fenster hatte man einen wenig anregenden Blick auf den Parkplatz und ein paar Bäume.

Sie schlüpfte wieder aus den Schuhen und betrachtete den roten Lack auf ihren Zehennägeln. Sie trank eine warme Fresca und starrte leeren Blicks auf den Parkplatz. Die erste Folgerung war einfach – die Morde waren von ein und derselben Gruppe aus ein und demselben Grund begangen worden. Die zweite Folgerung war schwierig – das Motiv war nicht Haß oder Rache, sondern vielmehr Manipulation. Irgendwo gab es einen Fall, der unterwegs war zum Obersten Bundesgericht, und jemand wollte andere Richter. Die dritte Folgerung war ein wenig einfacher – bei dem Fall ging es um eine Menge Geld.

In den vor ihr liegenden Ausdrucken war die Antwort nicht zu finden. Sie las in ihnen bis Mitternacht und ging erst, als die Bibliothek geschlossen wurde.

8

Am Donnerstagmittag brachte eine Sekretärin eine große Tüte, mit Fettflecken dekoriert und gefüllt mit Sandwiches und Zwiebelringen, in einen überheizten Konferenzraum im fünften Stock des Hoover Building. In der Mitte des quadratischen Raums saßen leitende FBI-Beamte aus dem ganzen Land auf den je zwanzig Stühlen an beiden Längsseiten eines Mahagonitisches. Alle hatten die Krawatten gelockert und die Hemdsärmel aufgekrempelt. Der billige Behörden-Kronleuchter anderthalb Meter über dem Tisch war von einer dünnen Wolke aus blauem Dunst umgeben.

Direktor Voyles redete. Erschöpft und wütend paffte er an seiner vierten Zigarre an diesem Vormittag und wanderte langsam vor dem Bildschirm an seinem Ende des Tisches herum. Die Hälfte der Männer hörte zu. Die andere Hälfte hatte Papiere aus dem Stapel in der Mitte des Tisches gezogen und las die Autopsieberichte, den Laborbericht über das Nylonseil, Berichte über Nelson Muncie und ein paar weitere Personen, über die man schnelle Recherchen angestellt hatte. Die Berichte waren ziemlich dünn.

Jemand, der gleichzeitig aufmerksam zuhörte und genau las, war Special Agent Eric East, erst seit zehn Jahren dabei, aber ein brillanter Ermittler. Sechs Stunden zuvor hatte Voyles sich dafür entschieden, ihn mit der Leitung der Untersuchung zu beauftragen. Der Rest des Teams war im Laufe des Vormittags ausgewählt worden, und dies war die Versammlung, auf der alles organisiert werden sollte.

East hörte zu und erfuhr, was er bereits wußte. Die Untersuchung würde Wochen, vielleicht Monate dauern.

Abgesehen von den Kugeln, neun an der Zahl, dem Seil und der Stahlstange, mit der es zugedreht worden war, gab es keinerlei Beweismaterial. Die Nachbarn in Georgetown hatten nichts gesehen; keine verdächtigeren Typen als sonst im Montrose. Keine Fingerabdrücke. Keine Fasern. Nichts. Es gehört eine beträchtliche Begabung dazu, so sauber zu morden, und es kostet eine Menge Geld, eine derartige Begabung anzuheuern. Voyles hatte wenig Hoffnung, daß sie die Killer finden würden. Sie mußten sich auf den- oder diejenigen konzentrieren, die sie angeheuert hatten.

Voyles redete und paffte. »Auf dem Tisch liegt ein Memo über einen gewissen Nelson Muncie, einen Millionär aus Jacksonville, Florida, der angeblich Drohungen gegen Rosenberg geäußert hat. Die Behörden in Florida sind überzeugt daß Muncie einen Haufen Geld für die Ermordung des Vergewaltigers und seines Anwalts bezahlt hat. Das steht in dem Memo. Zwei unserer Leute haben heute morgen mit Muncies Anwalt gesprochen; er war überaus feindselig. Seiner Aussage zufolge ist Muncie nicht im Lande, und natürlich hat er keine Ahnung, wann er zurückzukommen gedenkt. Ich habe zwanzig Männer mit Nachforschungen über ihn beauftragt.«

Voyles zündete seine Zigarre wieder an und betrachtete ein Blatt Papier auf dem Tisch. »Nummer Vier ist eine Gruppe, die sich White Resistance nennt, eine kleine Gruppe von Leuten mittleren Alters, die wir seit ungefähr drei Jahren beobachten. Auch darüber haben Sie ein Memo. Im Grunde keine ernstzunehmenden Verdächtigen. Sie ziehen es vor, Molotow-Cocktails zu werfen und Kreuze zu verbrennen. Nicht viel Finesse. Und, was noch wichtiger ist, nicht viel Geld. Ich bezweifle sehr, daß sie imstande wären, Killer dieses Formats zu bezahlen. Aber ich habe trotzdem zwanzig Männer auf sie angesetzt.«

East wickelte ein dickes Sandwich aus, roch daran und beschloß, darauf zu verzichten. Die Zwiebelringe waren kalt. Ihm war der Appetit vergangen. Er hörte zu und machte sich Notizen. Nummer Sechs auf der Liste war ein bißchen ungewöhnlich. Ein Psychopath namens Clinton Lane hatte den Homosexuellen den Krieg erklärt. Sein einziger Sohn hatte die Familienfarm in Iowa verlassen, um das Schwulendasein zu genießen, war aber sehr schnell an AIDS gestorben. Lane drehte durch und steckte das Büro der Gay Coalition in Des Moines in Brand. Er wurde erwischt und zu vier Jahren verurteilt, konnte aber 1989 ausbrechen und war bisher nicht gefunden worden. Dem Memo zufolge hatte er eine große Koksschmuggel-Organisation aufgebaut und Millionen gescheffelt. Und er benutzte das Geld für seinen Privatkrieg gegen Schwule und Lesben. Das FBI versuchte seit Jahren, seiner habhaft zu werden, vermutete aber, daß er von Mexiko aus operierte. Seit Jahren hatte er Haßbriefe an den Kongreß, das Oberste Bundesgericht, den Präsidenten geschrieben. Voyles hielt nicht viel von Lane als Verdächtigem. Er war ein Spinner und ziemlich weit linksaußen, aber man würde nichts unversucht lassen. Er setzte nur sechs Agenten auf ihn an.

Auf der Liste standen zehn Namen. Jedem Verdächtigen wurden zwischen sechs und zwanzig der besten Special Agents zugewiesen. Für jedes Team wurde ein Anführer ausgewählt. Sie mußten East zweimal täglich Bericht erstatten, und der wiederum würde jeden Vormittag und Nachmittag mit dem Direktor zusammenkommen. An die hundert weitere Agenten würden die Straßen und das Land nach Hinweisen durchstöbern.

Voyles redete von Geheimhaltung. Die Presseleute würden ihnen folgen wie Bluthunde, dennoch durfte über die Untersuchung nicht das geringste durchsickern. Nur er, der Direktor, würde mit der Presse reden, und er würde herzlich wenig zu sagen haben.

Er setzte sich, und K. O. Lewis hielt einen weitschweifigen Monolog über die Beisetzungen und die Sicherheitsvorkehrungen und den Wunsch von Präsident Runyan, bei der Untersuchung mitzuarbeiten.

Eric East trank kalten Kaffee und starrte auf die Liste.

Im Laufe von vierunddreißig Jahren hatte Rosenberg nicht weniger als zwölfhundert Urteilsbegründungen geschrieben. Seine Produktivität setzte die Verfassungswissenschaftler immer wieder in Erstaunen. Er ignorierte gelegentlich die langweiligen Kartellfälle und Steuereinsprüche, aber wenn ein Fall auch nur den geringsten Hinweis auf ein wirklich strittiges Problem enthielt, stürzte er sich darauf. Er schrieb Mehrheitsentscheidungen, Zustimmungen zu Minderheitsvoten und viele, viele Minderheitsvoten. Oft war er als einziger anderer Meinung. Jedes heiße Eisen im Laufe von vierunddreißig Jahren war von Rosenberg auf die eine oder andere Art angepackt worden. Die Wissenschaftler und Kritiker liebten ihn. Sie publizierten Bücher und Aufsätze und Besprechungen über ihn und seine Arbeit. Darby fand fünf verschiedene Sammelbände mit seinen Urteilsbegründungen, mit Anmerkungen der Herausgeber und Fußnoten. Ein Buch enthielt ausschließlich seine großartigen Minderheitsvoten.

Am Donnerstag ließ sie ihre Vorlesungen ausfallen und verkroch sich in der Arbeitsnische im fünften Stock der Bibliothek. Die Computerausdrucke waren auf dem Fußboden ausgelegt. Die Rosenberg-Bücher waren aufgeschlagen und markiert und aufeinandergestapelt.

Es gab einen Grund für die Morde. Für Rosenberg allein wären Haß und Rache akzeptabel gewesen. Aber sobald man Jensen in die Gleichung einbezog, ergaben Haß und Rache viel weniger Sinn. Gewiß war er hassenswert gewesen, aber er hatte nicht einmal so starke Gefühle erregt wie Yount oder gar Manning.

Sie fand keine Bücher, die sich kritisch mit den Schriften von Richter Glenn Jensen auseinandersetzten. Im Laufe von sechs Jahren hatte er nur achtundzwanzig Mehrheitsentscheidungen geschrieben, weniger als alle anderen Richter. Er hatte ein paar Minderheitsvoten geschrieben und ein paar Zustimmungen geliefert, aber er war ein überaus langsamer Arbeiter. Manchmal waren seine Texte klar und einleuchtend, manchmal zusammenhanglos und kläglich.

Sie las Jensens Urteilsbegründungen. Seine Einstellung hatte sich von Jahr zu Jahr radikal geändert. Was den Schutz der Rechte krimineller Angeklagter anging, war er ziemlich konsequent gewesen, aber es gab genügend Ausnahmen, um jeden Rechtswissenschaftler zu verblüffen. Bei sieben Anläufen hatte er fünfmal für die Indianer votiert. Er hatte drei Mehrheitsentscheidungen geschrieben, die entschieden für die Belange der Umwelt eintraten. Steuerproteste hatte er fast immer unterstützt. Aber es gab keine Hinweise. Jensen war zu unberechenbar, als daß man ihn hätte ernst nehmen können. Verglichen mit den anderen acht war er harmlos.

Sie trank noch eine warme Fresca und legte ihre Notizen über Jensen fürs erste beiseite. Ihre Uhr hatte sie in eine Schublade gelegt. Sie hatte keine Ahnung, wie spät es war. Callahan war wieder nüchtern geworden und wollte am späten Abend mit ihr bei Mr. B's im French Quarter essen. Sie mußte ihn anrufen.

Dick Mabry, der gegenwärtige Redenschreiber und Wortgewaltige, saß auf einem Stuhl neben dem Schreibtisch des Präsidenten und sah zu, wie Fletcher Coal und der Präsident den dritten Entwurf für einen geplanten Nachruf auf Richter Jensen lasen. Coal hatte die ersten beiden verworfen, und Mabry wußte immer noch nicht recht, was sie haben wollten. Coal schlug eine Sache vor. Der Präsident verlangte etwas anderes. Früher am Tage hatte Coal angerufen und gesagt, vergessen Sie den Nachruf, der Präsident wird an der Beisetzung nicht teilnehmen. Dann hatte der Präsident angerufen und ihn gebeten, ein paar Worte für seinen Freund Jensen aufzusetzen, der ein Freund bleiben würde, auch wenn er schwul gewesen war.

Mabry wußte, daß Jensen keineswegs ein Freund gewesen war, aber er war ein frisch ermordeter Richter, dem sicherlich eine von den Medien stark beachtete Beisetzung zuteil werden würde.

Dann hatte Coal angerufen und gesagt, sie wüßten noch nicht, ob der Präsident teilnehmen würde, aber er sollte für alle Fälle etwas aufsetzen. Mabrys Büro lag im Old Executive Office Building neben dem Weißen Haus, und im Laufe des Tages waren Wetten darüber abgeschlossen worden, ob der Präsident an der Beisetzung eines bekanntermaßen Homosexuellen teilnehmen würde oder nicht. Die Wetten standen drei zu eins, daß er es nicht tun würde.

»Wesentlich besser, Dick«, sagte Coal und faltete das Blatt zusammen.

»Mir gefällt es auch«, sagte der Präsident. Mabry war längst aufgefallen, daß der Präsident gewöhnlich abwartete, bis Coal sich beifällig oder ablehnend über seinen Text geäußert hatte.

»Ich kann es noch einmal versuchen«, sagte Mabry, der inzwischen aufgestanden war.

»Nein, nein«, erklärte Coal. »Das klingt genau richtig. Sehr erschütternd. Mir gefällt es.«

Er begleitete Mabry zur Tür und machte sie hinter ihm zu.

»Was meinen Sie?« fragte der Präsident.

»Wir sollten die Finger davon lassen. Ich habe ein ungutes Gefühl. Die Publicity wäre großartig, aber Sie würden diese wundervollen Worte über einen Toten sprechen, den man in einem Pornokino für Schwule gefunden hat. Zu riskant.«

»Ja. Ich glaube, Sie haben ...«

»Dies ist unsere Krise, Chef. Das Ergebnis der Meinungsumfragen ist noch besser geworden, und ich möchte einfach kein Risiko eingehen.«

»Sollten wir jemanden hinschicken?«

»Natürlich. Wie wäre es mit dem Vizepräsidenten?«

»Wo ist er?«

»Auf dem Rückflug von Guatemala. Er wird heute abend hier sein.« Coal lächelte plötzlich. »Genau das richtige für den Vizepräsidenten. Eine Schwulen-Beerdigung.«

Der Präsident kicherte. »Perfekt.«

Coal hörte auf zu lächeln und begann, vor dem Schreibtisch herumzuwandern. »Kleines Problem. Rosenbergs Trauerfeier ist Samstag, nur acht Blocks von hier entfernt.«

»Lieber würde ich für einen Tag in die Hölle gehen.«

»Ich weiß. Aber Ihre Abwesenheit würde sehr auffallen.«

»Ich könnte mit Rückenkrämpfen ins Walter-Reed-Hospital gehen. Das hat schon früher funktioniert.«

»Nein, Chef. Nächstes Jahr sind Wahlen. Sie müssen sich von Hospitälern fernhalten.«

Der Präsident hieb mit beiden Händen auf den Schreibtisch und stand auf. »Verdammt noch mal, Fletcher! Ich kann nicht zu seiner Trauerfeier gehen, weil ich pausenlos lächeln müßte. Neunzig Prozent aller Amerikaner haben ihn gehaßt. Sie werden mich lieben, wenn ich nicht hingehe.«

»Protokoll, Chef. Guter Geschmack. Wenn Sie nicht hingehen, werden Sie von der Presse gekreuzigt. Was ist denn schon dabei? Sie brauchen kein Wort zu sprechen. Sie gehen nur hinein und wieder hinaus, sehen überaus traurig aus und lassen die Kameras zum Zuge kommen. Dauert nicht einmal eine Stunde.«

Der Präsident griff nach seinem Golfschläger und fixierte einen orangefarbenen Ball. »Dann muß ich auch zu Jensens Beisetzung.«

»So ist es. Aber vergessen Sie den Nachruf.«

Er schlug den Ball an. »Ich bin ihm nur zweimal begegnet.«

»Ich weiß. Sie sollten bei beiden Trauerfeiern erscheinen, nichts sagen und dann wieder verschwinden.«

Noch ein Schlag. »Ich glaube, Sie haben recht.«

9

Thomas Callahan schlief lange und allein. Er war früh und nüchtern zu Bett gegangen. In den vergangenen drei Tagen hatte er alle Vorlesungen abgesagt. Es war Freitag, morgen sollte die Trauerfeier für Rosenberg stattfinden, und aus Respekt vor seinem Idol würde er erst dann wieder Verfassungsrecht lehren, wenn der Mann in Frieden ruhte.

Er machte sich Kaffee und setzte sich im Bademantel auf den Balkon. Die Temperatur betrug nur achtzehn Grad, der erste kalte Hauch des Herbstes, und in der Dauphine Street herrschte reges Treiben. Er nickte einer namenlosen alten Frau auf dem Balkon an der anderen Straßenseite zu. Bourbon Street war einen Block weit entfernt, und die Touristen waren bereits mit ihren Stadtplänen und Kameras ausgeschwärmt. Den Tagesanbruch nahm im French Quarter niemand zur Kenntnis, aber um zehn wimmelte es auf den engen Straßen von Lieferwagen und Taxis.

In diesen späten Morgenstunden, und von denen gab es viele, freute sich Callahan seiner Freiheit. Sein Jurastudium lag zwanzig Jahre zurück, und viele seiner Altersgenossen schufteten unter ständigem Druck zweiundsiebzig Stunden pro Woche in irgendwelchen Anwaltskanzleien. Er hatte es zwei Jahre in einer privaten Firma ausgehalten. Ein Koloß in Washington mit zweihundert Anwälten hatte ihn direkt nach dem Studium in Georgetown eingestellt und ihn in ein winziges Büro gesteckt, in dem er in den ersten sechs Monaten ausschließlich Schriftsätze verfaßt hatte. Dann wurde er an ein Fließband gesetzt, wo er zwölf Stunden täglich Beweisanfragen der Gerichte beantworten mußte und man von ihm erwartete, daß er dafür sechzehn Stunden in Rechnung stellte. Ihm wurde gesagt, wenn es ihm gelänge, die nächsten zwanzig Jahre in die nächsten zehn zu zwängen, würde er es vielleicht schaffen, im reifen Alter von fünfunddreißig Partner zu werden.

Callahan wollte älter werden als fünfzig, also zog er sich aus der Tretmühle des privaten Rechtswesens zurück. Er machte seinen Master of Law und wurde Professor. Er schlief morgens lange, arbeitete fünf Stunden am Tag, schrieb hin und wieder einen Artikel und freute sich die meiste Zeit seines Lebens. Da er keine Familie zu unterhalten hatte, war sein Gehalt von siebzigtausend im Jahr mehr als ausreichend für seinen zweigeschossigen Bungalow, seinen Porsche und seinen Whisky. Wenn er früh starb, dann würde es am Whisky liegen und nicht an zuviel Arbeit.

Er hatte einiges geopfert. Viele seiner Studienkollegen waren Partner in großen Firmen mit eindrucksvollen Briefköpfen und einem Jahreseinkommen von einer halben Million Dollar. Sie verkehrten mit den großen Bossen von IBM und Texaco und State Farm. Sie hatten einen direkten Draht zu Senatoren und Büros in Tokio und London. Aber er beneidete sie nicht.

Einer seiner besten Freunde von der Universität war Gavin Verheek, der gleichfalls aus dem privaten Rechtswesen ausgestiegen war und jetzt für die Regierung arbeitete. Zuerst war er in der Bürgerrechts-Abteilung des Justizministeriums gewesen, dann war er zum FBI versetzt worden. Jetzt war er beratender Anwalt des Direktors. Callahan mußte am Montag zu einer Tagung von Verfassungsrechtlern nach Washington. Er und Verheek hatten vor, am Montagabend zusammen zu essen und sich zu betrinken.

Er mußte anrufen, um das Essen und Trinken zu bestätigen und Verheek auszuholen. Er wählte die Nummer aus dem Kopf. Dann wurde er von einem Apparat zum anderen weitergereicht, und nachdem er fünf Minuten lang verlangt hatte, Gavin Verheek zu sprechen, war sein Freund am Apparat.

»Bitte ganz kurz«, sagte Verheek.

»Wie schön, deine Stimme zu hören«, sagte Callahan. »Wie geht es dir, Thomas?«

»Es ist halb elf. Ich bin noch nicht angezogen. Ich sitze hier im French Quarter, trinke Kaffee und schaue den Fußgängern auf der Dauphine nach. Was tust du?«

»Was für ein Leben. Hier ist es halb zwölf, und ich bin nicht aus dem Büro herausgekommen, seit am Mittwochmorgen die Toten gefunden wurden.«

»Mir ist speiübel, Gavin. Er wird zwei Nazis nominieren.«

»Nun, in meiner Position darf ich mich zu derartigen Angelegenheiten natürlich nicht äußern. Aber ich vermute, du hast recht.«

»Komm mir nicht mit Vermutungen. Du hast doch bestimmt schon seine Kandidatenliste gesehen, oder etwa nicht, Gavin? Bestimmt stellt ihr schon die nötigen Nachforschungen an. Komm schon, Gavin, mir kannst du es doch verraten. Wer steht auf der Liste? Ich sage es nicht weiter.«

»Und ich auch nicht, Thomas. Aber eins kann ich dir versichern – dein Name steht nicht darauf.«

»Ich bin zutiefst verletzt.«

»Wie geht es dem Mädchen?«

»Welchem?«

»Deinem natürlich.«

»Sie ist schön und brillant und sanft und zärtlich...«

»Mach weiter.«

»Wer hat sie umgebracht, Gavin? Ich habe ein Recht darauf, es zu erfahren. Ich bin Steuerzahler und habe ein Recht darauf, zu erfahren, wer sie umgebracht hat.«

»Wie heißt sie?«

»Darby. Wer hat sie umgebracht und warum?«

»Du hattest immer ein Faible für Namen, Thomas. Ich

erinnere mich an Frauen, von denen du nichts wissen wolltest, weil dir ihr Name nicht gefiel. Großartige, tolle Frauen, aber mit nichtssagenden Namen. Darby. Klingt erotisch. Was für ein Name. Wann lerne ich sie kennen?«

»Ich weiß es nicht.«

»Ist sie bei dir eingezogen?«

»Das geht dich nichts an. Gavin, hör mir endlich zu. Wer hat es getan?«

»Liest du keine Zeitungen? Wir haben keine Verdächtigen. Überhaupt nichts. *Nada*.«

»Aber ein Motiv habt ihr doch bestimmt.«

»Massenhaft Motive. Hier gibt es eine Menge Haß, Thomas. Merkwürdige Kombination, findest du nicht auch? Warum ausgerechnet Jensen? Der Direktor hat uns angewiesen, anhängige Fälle zu recherchieren und kürzlich gefällte Urteile und das jeweilige Stimmenverhältnis und all diesen Mist.«

»Das ist großartig, Gavin. Jetzt spielt jeder Verfassungsrechtler im Lande Detektiv und versucht, die Morde aufzuklären.«

»Und du tust es nicht?«

»Nein. Ich habe mich vollaufen lassen, als ich es erfuhr. Jetzt bin ich wieder nüchtern. Aber das Mädchen hat sich in die gleiche Sorte von Recherchen vergraben, die auch ihr anstellt. Sie ignoriert mich.«

»Darby. Was für ein Name. Wo kommt sie her?«

»Aus Denver. Sehen wir uns am Montag?«

»Vielleicht. Voyles verlangt, daß wir rund um die Uhr arbeiten, bis die Computer uns verraten, wer es getan hat. Aber ich werde versuchen, dich einzuplanen.«

»Danke. Ich erwarte einen eingehenden Bericht, Gavin. Nicht nur den Klatsch.«

»Thomas, Thomas. Immer auf Informationen aus. Und ich kann dir wie gewöhnlich keine liefern.«

»Du wirst dich betrinken und alles erzählen, Gavin. Das tust du immer.«

»Warum bringst du Darby nicht mit? Wie alt ist sie? Neunzehn?«

»Vierundzwanzig, und sie ist nicht eingeladen. Vielleicht später einmal.«

»Vielleicht. Und jetzt muß ich Schluß machen. In einer halben Stunde bin ich beim Direktor. Die Atmosphäre hier ist so geladen, daß man sie direkt riechen kann.«

Callahan wählte die Nummer der juristischen Bibliothek und fragte, ob Darby Shaw dort gesehen worden war. Sie war es nicht.

Darby stellte ihren Wagen auf den fast leeren Parkplatz des Bundesgerichts in Lafayette und ging dann ins Verwaltungsbüro im ersten Stock. Es war Freitagmittag, Verhandlungen fanden nicht statt, die Flure waren leer. Sie blieb vor dem Tresen stehen, schaute durch ein offenes Schalterfenster und wartete. Schließlich erschien eine Angestellte, die noch keine Zeit gefunden hatte, zum Lunch zu gehen und deshalb stocksauer war, auf der anderen Seite des Fensters. »Kann ich Ihnen helfen?« fragte sie mit dem Tonfall einer kleinen Angestellten, die alles lieber tat, als jemandem zu helfen.

Darby schob einen Zettel durch das Fenster. »Ich möchte diese Akte einsehen.« Die Angestellte warf einen flüchtigen Blick auf den Namen des Falls, dann sah sie Darby an. »Weshalb?« fragte sie.

»Das brauche ich nicht zu erklären. Es sind öffentliche Unterlagen, oder etwa nicht?«

»Halb öffentlich.«

Darby nahm den Zettel und faltete ihn zusammen. »Kennen Sie das Gesetz zur Wahrung des Rechts auf Auskunft?«

»Sind Sie Anwältin?«

»Ich brauche nicht Anwältin zu sein, um diese Akte einsehen zu dürfen.«

Die Angestellte öffnete eine Schublade im Tresen und

entnahm ihr ein Schlüsselbund. Sie nickte und deutete mit dem Kopf die Richtung an. »Kommen Sie mit.«

An der Tür stand JURY ROOM, aber drinnen gab es weder Tische noch Stühle, nur Aktenschränke und Kartons an den Wänden. Darby schaute sich um.

Die Angestellte zeigte auf eine Wand. »Dort ist sie. Alles andere in diesem Zimmer ist für Sie uninteressant. Im ersten Aktenschrank finden Sie die Plädoyers und die gesamte Korrespondenz. Der Rest sind Darlegungen, Beweismaterial und der Prozeß.«

»Wann hat der Prozeß stattgefunden?«

»Im Sommer. Er dauerte zwei Monate.«

»Wo finde ich die Berufung?«

»Die steht noch aus. Ich glaube, die Frist endet am 1. November. Sind Sie Reporterin oder so etwas?«

»Nein.«

»Gut. Wie Sie offensichtlich wissen, sind dies in der Tat öffentliche Unterlagen. Aber der Richter, vor dem der Fall verhandelt wurde, hat gewisse Einschränkungen angeordnet. Erstens muß ich Ihren Namen notieren und die Zeit, die Sie in diesem Raum verbringen. Zweitens darf nichts aus diesem Raum entfernt werden. Drittens, nichts aus dieser Akte darf kopiert werden, bis die Berufung vorliegt. Viertens, alles, was Sie hier drinnen anrühren, muß genau da wieder hingelegt werden, wo Sie es gefunden haben. Anweisungen des Richters.«

Darby betrachtete die Aktenschränke an der Wand. »Weshalb darf ich keine Kopien machen?«

»Danach müssen Sie Seine Ehren fragen. Also, wie heißen Sie?«

»Darby Shaw.«

Die Angestellte schrieb den Namen auf ein Clipboard, das neben der Tür hing. »Wie lange werden Sie bleiben?«

»Das weiß ich noch nicht. Drei oder vier Stunden.«

»Wir schließen um fünf. Sagen Sie mir im Büro Bescheid wenn Sie gehen.« Sie verschwand und machte die Tür hinter sich zu. Darby öffnete eine Schublade voller Plädoyers, blätterte Akten durch und machte sich Notizen. Der Prozeß war sieben Jahre alt, mit einem Kläger und achtunddreißig reichen Firmen als Beklagten, die gemeinschaftlich nicht weniger als fünfzehn Anwaltskanzleien überall im Lande engagiert und wieder entlassen hatten. Große Kanzleien, viele davon mit Hunderten von Anwälten in Dutzenden von Niederlassungen.

Sieben Jahre kostspieliger juristischer Kriegführung, und das Ergebnis stand noch keineswegs fest. Erbittertes Streiten. Das Urteil aus der Hauptverhandlung war nur ein vorläufiger Sieg der Beklagten. Das Urteil war erkauft worden oder auf irgendeine andere illegale Art zustandegekommen, behauptete der Kläger in seinem Antrag auf ein erneutes Verfahren. Kartons voller Anträge, Anschuldigungen und Gegenanschuldigungen. Ersuchen um Sanktionen und Geldbußen, die in schneller Folge von beiden Seiten vorgetragen wurden. Seitenweise eidesstattliche Erklärungen über Lügen und Beleidigungen durch die Anwälte und ihre Mandanten. Ein Anwalt war gestorben.

Ein anderer hatte einen Selbstmordversuch unternommen; das hatte Darby von einem Studienkollegen erfahren, der an den Randbereichen des Prozesses mitgearbeitet hatte. Ihr Freund hatte in den Sommerferien bei einer großen Firma in Houston gearbeitet und war bewußt im dunkeln gelassen worden, hatte aber einiges gehört.

Darby stellte einen Stuhl auf und betrachtete die Aktenschränke. Es würde sie allein fünf Stunden kosten, alles zu finden.

Die Publicity war nicht gut gewesen für das Montrose. Die meisten Besucher trugen auch nach Einbruch der Dunkelheit dunkle Sonnenbrillen und beeilten sich beim Betreten und Verlassen des Hauses. Und jetzt, nachdem man einen Richter des Obersten Bundesgerichts tot auf dem Balkon aufgefunden hatte, war das Haus berühmt. Die Neugierigen fuhren zu allen Tages- und Nachtstunden vorbei und machten Fotos. Wenn wenig Verkehr herrschte, warfen die Tapfersten sogar einen Blick hinein.

Er sah aus wie einer von ihnen, als er eintrat und drinnen seine Karte kaufte, ohne den Kassierer anzusehen. Baseballmütze, dunkle Sonnenbrille, Jeans, kurzgeschnittenes Haar, Lederjacke. Er war gut getarnt, aber nicht, weil er ein Homosexueller war, der nicht an einem solchen Ort gesehen werden wollte.

Es war Mitternacht. Er stieg die Treppe zum Balkon hinauf und lächelte bei dem Gedanken an Jensen mit der Schlinge um den Hals. Er suchte sich einen Platz im mittleren Abschnitt des Balkons, ein gutes Stück von anderen Besuchern entfernt. Er hatte sich noch nie zuvor Schwulenfilme angesehen, und nach dieser Nacht hatte er auch nicht die Absicht, es jemals wieder zu tun. Dies war für ihn in den letzten anderthalb Stunden die dritte dieser Schmutzbuden. Er behielt die Sonnenbrille auf und versuchte, nicht auf die Leinwand zu sehen. Aber es war schwierig, und das machte ihn wütend.

Außer ihm waren noch fünf Leute in dem Kino. Vier Reihen höher und rechts von ihm saßen zwei Verliebte, die sich küßten und miteinander spielten. Oh, wenn er nur einen Baseballschläger gehabt hätte, dann hätte er sie von ihrem Elend erlöst. Oder ein hübsches Stück gelbes Nylonseil.

Er litt zwanzig Minuten und war gerade im Begriff, in die Tasche zu greifen, als eine Hand seine Schulter berührte. Eine sanfte Hand. Er gab sich ganz cool.

»Darf ich mich zu Ihnen setzen?« Eine ziemlich tiefe, männliche Stimme direkt hinter seiner Schulter.

»Nein, und Sie können Ihre Hand wegnehmen.«

Die Hand bewegte sich. Sekunden vergingen, und es war offensichtlich, daß es keinen weiteren Annäherungsversuch mehr geben würde. Dann war er fort.

Dies war eine Tortur für einen Mann, der Pornographie aus ganzer Seele haßte. Er hätte sich am liebsten übergeben. Er warf einen Blick hinter sich, dann griff er vorsichtig in seine Lederjacke und holte einen schwarzen Kasten heraus, fünfzehn mal zwölf Zentimeter groß und acht Zentimeter hoch. Er legte ihn zwischen seinen Beinen auf den Boden. Mit einem Skalpell schnitt er das Polster auf dem Nebensitz auf, schaute sich um und schob den schwarzen Kasten in das Polster. Es hatte Sprungfedern, eine echte Antiquität, und er drehte den Kasten vorsichtig von einer Seite zur anderen, bis er richtig saß und der Schalter und das Röhrchen in dem Einschnitt kaum noch zu sehen waren.

Er holte tief Luft. Obwohl das Gerät von einem echten Profi gebaut worden war, einem legendären Genie auf dem Gebiet kleiner Sprengkörper, war es nicht gerade angenehm, das verdammte Ding in einer Innentasche mit sich herumzutragen, nur Zentimeter von seinem Herzen und anderen lebenswichtigen Organen entfernt. Und auch jetzt, da es in dem Sitz neben ihm steckte, war ihm nicht sonderlich wohl zumute.

Dies war sein drittes Objekt in dieser Nacht, und er hatte noch ein weiteres zu plazieren, in einem weiteren Kino, in dem altmodische heterosexuelle Pornofilme gezeigt wurden. Er freute sich fast darauf, und das ärgerte ihn.

Er betrachtete die beiden Verliebten, die keinen Blick auf den Film verschwendeten und von Minute zu Minute erregter wurden, und wünschte sich, daß sie genau hier säßen, wenn der kleine schwarze Kasten anfing, lautlos sein Gas entweichen zu lassen, und dann dreißig Sekunden später, wenn der Feuerball alles in Flammen hüllen würde, was sich zwischen der Leinwand und der Popcornmaschine befand. Das würde ihm gefallen.

Aber seine Gruppe war nicht gewalttätig und gegen das wahllose Umbringen von unschuldigen und/oder unbedeutenden Menschen. Sie hatten ein paar Leute getötet, bei denen es erforderlich gewesen war, aber ihre Spezialität war das Zerstören von Gebäuden, die der Feind benutzte. Sie suchten sich leichte Ziele aus, wehrlose Abtreibungskliniken, unbewachte ACLU-Büros, nichtsahnende Pornoschuppen. Sie konnten sich gratulieren. Keine einzige Verhaftung seit achtzehn Monaten.

Es war halb eins, Zeit zu gehen, vier Blocks weit zu seinem Wagen zu laufen und einen weiteren schwarzen Kasten zu holen, und dann noch sechs Blocks weiter zum Pussycat Cinema, das um halb zwei zumachte. Das Pussycat war entweder Nummer Achtzehn oder Neunzehn auf der Liste, er wußte es nicht mehr genau, aber er war sicher, daß in genau drei Stunden und zwanzig Minuten dem gesamten Pornokino-Geschäft in Washington ein gewaltiger Schlag versetzt werden würde. In zwanzig dieser Schuppen würden in dieser Nacht schwarze Kästen deponiert werden, und um vier Uhr morgens würden alle geschlossen, menschenleer und zerstört sein. Drei Etablissements, die die ganze Nacht geöffnet hatten, waren von der Liste gestrichen worden, weil seine Gruppe nicht gewalttätig war.

Er rückte seine Sonnenbrille zurecht und warf einen letzten Blick auf das Polster des Nebensitzes. Den Plastikbechern und dem Popcorn auf dem Boden nach zu urteilen, wurde der Laden einmal in der Woche gefegt. Niemand würde den Schalter und das Röhrchen bemerken, die unter dem aufgeschlitzten Stoff kaum zu sehen waren. Er legte vorsichtig den Schalter um und verließ das Montrose.

10

Eric East war dem Präsidenten nie begegnet und auch noch nie im Weißen Haus gewesen. Auch Fletcher Coal war er noch nie begegnet, aber er wußte, daß er ihn nicht mögen würde.

Um sieben Uhr am Samstagmorgen folgte er Direktor Voyles und K. O. Lewis ins Oval Office. Es gab weder Lächeln noch Händeschütteln. East wurde von Voyles vorgestellt. Der hinter seinem Schreibtisch sitzende Präsident nickte, stand aber nicht auf. Coal las irgend etwas.

Zwanzig Pornokinos waren in Washington in Brand gesetzt worden, und viele schwelten noch immer. Sie hatten vom Rücksitz der Limousine aus den Rauch über der Stadt gesehen. In einem Schuppen namens Angels hatte ein Hausmeister schwere Verbrennungen erlitten, die er wahrscheinlich nicht überleben würde.

Eine Stunde zuvor hatten sie erfahren, daß sich bei einem Radiosender ein anonymer Anrufer gemeldet und erklärt hatte, für die Brandanschläge wäre die Underground Army verantwortlich, und zur Feier des Todes von Rosenberg würden weitere derartige Unternehmungen folgen.

Der Präsident sprach als erster. Er sieht müde aus, dachte East. Für ihn war es noch sehr früh. »In wie vielen Kinos wurden Bomben gelegt?«

»Hier waren es zwanzig«, erwiderte Voyles. »Siebzehn in Baltimore und ungefähr fünfzehn in Atlanta. Allem Anschein nach war die Aktion sorgfältig koordiniert worden, denn sämtliche Explosionen ereigneten sich genau um vier Uhr morgens.«

Coal schaute von seinem Memo auf. »Direktor, glauben Sie, daß es die Underground Army war?«

»Bis jetzt hat nur sie sich dazu bekannt. Es sieht so aus,

als könnte es durchaus ihr Werk sein. Möglich wäre es.« Voyles sah Coal nicht an, während er seine Frage beantwortete.

»Und wann fangen Sie mit den Verhaftungen an?« fragte der Präsident.

»Wenn wir hinreichende Verdachtsgründe haben, Mr. President. So will es das Gesetz.«

»Soweit ich informiert bin, ist diese Gruppe Ihr Hauptverdächtiger für die Morde an Rosenberg und Jensen. Außerdem sind Sie sich ziemlich sicher, daß sie in Texas einen Richter umgebracht hat. Und höchstwahrscheinlich hat sie vergangene Nacht in mindestens zweiundfünfzig Pornokinos Bomben gelegt. Ich verstehe nicht, wieso sie ungestraft Bomben legen und morden darf. Wir befinden uns im Belagerungszustand, Direktor.«

Voyles' Nacken lief rot an, aber er sagte nichts. Er wendete nur den Blick ab, während der Präsident ihn anfunkelte. K. O. Lewis räusperte sich. »Mr. President, wenn ich das sagen darf – wir sind keineswegs überzeugt, daß die Underground Army etwas mit dem Tod von Rosenberg und Jensen zu tun hat. Wir haben keinerlei Beweise, die sie damit in Verbindung bringen könnten. Wir haben eine Liste von einem Dutzend Verdächtigen, darunter auch die Underground Army. Wie ich schon sagte, die Morde wurden erstaunlich sauber ausgeführt, bis ins letzte Detail organisiert und sehr professionell. Überaus professionell.«

Coal trat vor. »Was Sie damit sagen wollen, Mr. Lewis, ist, daß Sie keine Ahnung haben, wer sie umgebracht hat, und es vielleicht auch nie wissen werden.«

»Nein, das wollte ich nicht damit sagen. Wir werden die Mörder finden, aber es wird Zeit brauchen.«

»Wieviel Zeit?« fragte der Präsident. Es war eine alberne, kindische Frage, auf die es keine gute Antwort gab. East faßte eine spontane Abneigung gegen den Präsidenten, weil er sie gestellt hatte.

»Monate«, sagte Lewis.

»Wie viele Monate?«

»Viele Monate.«

Der Präsident verdrehte die Augen und schüttelte den Kopf, dann stand er voller Entrüstung auf und trat ans Fenster. Er sprach zum Fenster. »Ich kann einfach nicht glauben, daß zwischen dem, was letzte Nacht passiert ist, und den toten Richtern kein Zusammenhang besteht. Ich weiß es nicht. Vielleicht bin ich einfach paranoid.«

Voyles warf Lewis einen schnellen Blick zu. Paranoid, unsicher, ahnungslos, einfältig, wirklichkeitsfremd. Voyles hätte die Liste noch verlängern können.

Der Präsident fuhr fort, immer noch das Fenster betrachtend. »Es macht mich einfach nervös, wenn hier Mörder frei herumlaufen und Bomben hochgehen. Können Sie mir daraus einen Vorwurf machen? Es ist mehr als dreißig Jahre her, seit der letzte Präsident ermordet wurde.«

»Oh, ich glaube, Sie haben nichts zu befürchten, Mr. President«, sagte Voyles mit einem ganz leichten Anflug von Belustigung. »Der Geheimdienst hat alles unter Kontrolle.«

»Großartig. Und weshalb ist mir dann so, als befände ich mich in Beirut?« Er murmelte fast in das Fenster hinein.

Coal empfand die Peinlichkeit und griff nach einem Memorandum, das auf dem Schreibtisch lag. Dann wendete er sich an Voyles, ungefähr wie ein Professor, der vor seinen Studenten eine Vorlesung hält.

»Dies ist eine Liste von potentiellen Kandidaten für das Oberste Bundesgericht. Sie enthält acht Namen, alle mit einer Biographie. Sie wurde vom Justizministerium erarbeitet. Wir haben mit zwanzig Namen angefangen, dann haben der Präsident, Minister Horton und ich sie auf acht reduziert, von denen keiner eine Ahnung hat, daß er in Erwägung gezogen wird.«

Voyles schaute noch immer woanders hin. Der Präsident kehrte an seinen Schreibtisch zurück und nahm sein Exemplar des Memorandums zur Hand. Coal fuhr fort.

»Einige dieser Leute sind umstritten, und wenn sie schließlich nominiert werden sollten, ist ein kleiner Krieg fällig, bis sie vom Senat bestätigt werden. Wir möchten nicht jetzt schon kämpfen müssen. Deshalb muß dies unbedingt vertraulich behandelt werden.«

Voyles fuhr plötzlich herum und richtete den Blick auf Coal. »Sie haben wohl nicht alle Tassen im Schrank, Coal! Das haben wir schon früher gemacht, und ich kann Ihnen versichern wenn wir anfangen, diese Leute zu überprüfen, dann ist die Katze aus dem Sack. Sie wollen, daß wir diese Leute auf Herz und Nieren prüfen, und trotzdem erwarten Sie, daß jeder, mit dem wir sprechen, den Mund hält. So funktioniert das nicht, mein Sohn.«

Coal trat näher an Voyles heran. Seine Augen funkelten. »Sie werden sich den Arsch aufreißen, um dafür zu sorgen, daß diese Namen nicht in den Zeitungen erscheinen, bevor sie nominiert worden sind. Sie sorgen dafür, daß es funktioniert, Direktor. Sie stopfen die Lecks und halten die Sache aus den Zeitungen heraus. Verstanden?«

Voyles sprang auf und zeigte auf Coal. »Hören Sie zu, Sie Arschloch. Wenn Sie sie überprüft haben wollen, dann tun Sie es gefälligst selber. Ich lasse mir von Ihnen keine Pfadfinderbefehle erteilen.«

Lewis stand zwischen ihnen, und der Präsident stand hinter seinem Schreibtisch, und ein oder zwei Sekunden lang fiel kein Wort. Coal legte das Memorandum auf den Schreibtisch und trat mit abgewendetem Blick ein paar Schritte zurück. Jetzt war der Präsident der Friedensstifter. »Setzen Sie sich, Denton. Setzen Sie sich.«

Voyles kehrte zu seinem Stuhl zurück, wobei er Coal anstarrte. Der Präsident lächelte Lewis an, und alle setzten sich. »Wir stehen alle unter großem Druck«, sagte er herzlich.

Lewis sprach gelassen. »Wir werden die Routineuntersuchungen über Ihre Namen durchführen, Mr. President, und zwar unter striktester Geheimhaltung. Aber Ihnen dürfte klar sein, daß wir nicht für sämtliche Personen garantieren können, mit denen wir sprechen.«

»Ja, Mr. Lewis, das ist mir klar. Aber ich verlange äußerst behutsames Vorgehen. Diese Männer sind jung, sie werden die Verfassung prägen, wenn ich schon lange tot bin. Sie sind überzeugte Konservative, und die Presse wird sie in der Luft zerreißen. Sie dürfen weder wunde Punkte noch Leichen im Keller haben. Keine Marihuanaraucher, keine illegitimen Kinder, keine Verfahren wegen Trunkenheit am Steuer, keine radikalen studentischen Aktivitäten oder Scheidungen. Verstanden? Keine Überraschungen.«

»Ja, Mr. President. Aber wir können nicht garantieren, daß unsere Nachforschungen absolut geheim bleiben.«

»Okay. Aber versuchen Sie es wenigstens.«

»Ja, Sir.« Lewis übergab Eric East das Memorandum.

»War das alles?« fragte Voyles.

Der Präsident warf einen Blick auf Coal, der sie alle ignorierte und zum Fenster hinausschaute. »Ja, Denton, das war alles. Es wäre mir lieb, wenn Sie diese Leute innerhalb von zehn Tagen überprüfen könnten. Ich möchte schnell handeln in dieser Sache.«

Voyles war aufgestanden. »Sie bekommen den Bericht in zehn Tagen.«

Callahan war nicht ganz wohl in seiner Haut, als er an die Tür von Darbys Apartment klopfte. Er war ziemlich nervös. Ihm ging vieles durch den Kopf, vieles, das er sagen wollte, aber er wußte, daß er keinen Streit vom Zaun brechen durfte. Es gab etwas, woran ihm noch viel mehr lag als daran, ein bißchen Dampf abzulassen. Sie hatte sich ihm jetzt vier Tage lang entzogen, vier Tage, an denen sie Detektiv gespielt und sich in der juristischen Bibliothek verbarrikadiert hatte. Sie hatte Vorlesungen geschwänzt und auf seine Anrufe nicht reagiert. Sie hatte ihn in seiner Stunde der Not im Stich gelassen. Aber er wußte, wenn sie die Tür aufmachte, würde er lächeln und vergessen, daß er vernachlässigt worden war. Er hatte eine Literflasche Wein bei sich und eine erstklassige Pizza von Mama Rosa's. Es war nach zehn. Samstagabend. Er klopfte abermals und ließ den Blick die Straße auf und ab über die gepflegten Zweifamilienhäuser und Bungalows schweifen. Drinnen klirrte die Kette, und sofort lächelte er. Das Gefühl der Vernachlässigung war verflogen.

»Wer ist da?« fragte sie bei vorgelegter Kette.

»Thomas Callahan. Kennst du mich noch? Ich stehe vor deiner Tür und bettle darum, eingelassen zu werden, damit wir spielen und wieder Freunde sein können.«

Die Tür ging auf, und Callahan trat ein. Sie nahm den Wein und küßte ihn auf die Wange. »Ist alles beim alten?« fragte er.

»Ja, Thomas. Ich war beschäftigt.« Er folgte ihr durch ihr Arbeitszimmer in die Küche. Ein Computer und ein Haufen dicker Bücher bedeckten den Schreibtisch.

»Ich habe angerufen. Warum hast du dich nicht gemeldet?«

»Ich war nicht da«, sagte sie, öffnete eine Schublade und holte einen Korkenzieher heraus.

»Du hast einen Anrufbeantworter. Ich habe mit ihm gesprochen.«

»Willst du Streit, Thomas?«

Er betrachtete ihre nackten Beine. »Nein! Ich schwöre, ich bin nicht wütend. Ich verspreche es. Bitte verzeih mir, wenn es so aussieht, als wäre ich sauer.«

»Hör auf damit.«

»Wann können wir ins Bett gehen?«

»Bist du müde?«

»Ganz und gar nicht. Schließlich waren es drei Nächte, Darby.«

»Fünf. Was für eine Pizza?« Sie zog den Korken und füllte zwei Gläser. Callahan beobachtete jede ihrer Bewegungen.

»Ach, das ist eine dieser Samstagabend-Spezialitäten, wo sie alles darauflegen, was sonst in den Müll geworfen würde. Garnelenschwänze, Eier, die Köpfe von Panzerkrebsen. Der Wein war auch ganz billig. Ich bin ein bißchen knapp bei Kasse, und ich fahre morgen weg, deshalb muß ich mit meinem Geld sehr vorsichtig umgehen, und weil ich wegfahre, dachte ich, ich komme vorbei und gehe heute abend mit dir ins Bett, damit ich nicht in Versuchung gerate, mich in Washington mit einer Frau einzulassen, die mir vielleicht irgend etwas anhängt. Was meinst du?«

Darby öffnete die Pizzaschachtel. »Sieht aus wie Wurst und Peperoni.«

»Können wir trotzdem zusammen ins Bett gehen?«

»Vielleicht später. Trink deinen Wein und laß uns reden. Wir haben seit geraumer Zeit kein längeres Gespräch mehr gehabt.«

»Ich schon. Ich habe die ganze Woche über mit deinem Anrufbeantworter geredet.«

Er nahm sein Glas und die Flasche und folgte ihr in ihr Arbeitszimmer, wo sie die Stereoanlage einschaltete. Sie ließen sich auf der Couch nieder.

»Wir wollen uns betrinken«, sagte er.

»Du bist so romantisch.«

»Ich habe einige Romantik für dich in petto.«

»Du bist eine Woche lang betrunken gewesen.«

»Nein, bin ich nicht. Nur achtzig Prozent einer Woche. Daran bist du schuld, weil du mir aus dem Weg gegangen bist.«

»Was ist los mit dir, Thomas?«

»Ich habe das große Flattern. Ich bin völlig überdreht, und ich brauche Gesellschaft, damit sich das wieder gibt. Was sagst du dazu?«

»Wir wollen uns halb betrinken.« Sie nippte an ihrem Wein und legte ihre Beine auf seinen Schoß. Er hielt den Atem an, als hätte er Schmerzen.

»Wann geht deine Maschine?« fragte sie.

Jetzt schluckte er. »Halb zwei. Nonstop zum National. Bis fünf muß ich mich angemeldet haben, und um acht ist ein Essen vorgesehen. Danach werde ich vielleicht gezwungen sein, auf den Straßen herumzuwandern und nach einer Frau Ausschau zu halten.«

Sie lächelte. »Okay, okay. Das kommt gleich. Aber laß uns zuerst reden.«

Callahan stieß einen Seufzer der Erleichterung aus. »Ich kann zehn Minuten reden, dann breche ich zusammen.«

»Was liegt am Montag an?«

»Die übliche schwachsinnige Acht-Stunden-Debatte über die Zukunft des Fünften Verfassungszusatzes; dann wird ein Komitee den Entwurf eines Konferenzberichts erarbeiten, dem niemand zustimmen wird. Am Dienstag eine weitere Debatte, ein weiterer Bericht, vielleicht ein oder zwei heftige Wortwechsel, dann vertagen wir uns, ohne etwas erreicht zu haben, und fahren nach Hause zurück. Ich werde am späten Dienstagabend wieder hier sein, und dann möchte ich in einem sehr netten Restaurant mit dir essen, wonach wir für eine intellektuelle Diskussion und animalischen Sex in meine Wohnung gehen könnten. Wo ist die Pizza?«

»In der Küche. Ich hole sie.«

Er streichelte ihre Beine. »Bleib, wo du bist. Ich bin überhaupt nicht hungrig.«

»Warum fährst du zu diesen Konferenzen?«

»Ich bin Mitglied und ich bin Professor. Von uns wird erwartet, daß wir überall im Lande herumreisen und an Treffen mit anderen Fachidioten teilnehmen und Berichte verabschieden, die nie jemand liest. Wenn ich es nicht täte, würde der Dekan der Ansicht sein, ich leistete nicht meinen Beitrag zur akademischen Umwelt.«

Sie schenkte Wein nach. »Du bist ziemlich gereizt, Thomas.«

»Ich weiß. Es war eine harte Woche. Wenn ich mir vorstelle, daß ein paar Neandertaler die Verfassung umschreiben, wird mir speiübel. In zehn Jahren werden wir in einem Polizeistaat leben. Und da ich nichts daran ändern kann, werde ich mich wahrscheinlich in den Alkohol flüchten.«

Darby trank langsam und musterte ihn. Die Musik war leise, das Licht gedämpft. »Ich bekomme einen Schwips«, sagte sie.

»Das sieht dir ähnlich. Anderthalb Glas, und du gehörst der Geschichte an. Wenn du aus Irland stammtest, könntest du die ganze Nacht hindurch trinken.«

»Mein Vater war Halbschotte.«

»Das reicht nicht.« Callahan legte die Füße auf dem Couchtisch übereinander und entspannte sich. Er rieb sanft ihre Knöchel. »Darf ich deine Zehennägel lackieren?«

Sie sagte nichts. Was ihre Zehen anging, war er Fetischist; mindestens zweimal im Monat bestand er darauf, die Nägel mit leuchtendrotem Lack zu überziehen. Sie hatten das in *Bull Durham* gesehen, und obwohl er nicht so gut aussah und so nüchtern war wie Kevin Costner, hatte sie sich inzwischen so daran gewöhnt, daß sie die Intimität dieser Handlung genoß.

»Keine Zehen heute abend?« fragte er.

»Vielleicht später. Du siehst müde aus.«

»Ich entspanne mich, aber ich stehe unter männlicher Hochspannung, und du wirst mich nicht los, indem du mir sagst, ich sähe müde aus.«

»Trink noch ein Glas Wein.«

Callahan trank noch ein Glas Wein und versank tiefer in der Couch. »Also, Ms. Shaw, wer hat es getan?«

»Profis. Hast du die Zeitungen nicht gelesen?«

»Doch, natürlich. Aber wer steckt hinter den Profis?«

»Ich weiß es nicht. Nach den Vorgängen der letzten Nacht scheinen sich alle einig zu sein, daß es die Underground Army war.«

»Aber du bist nicht überzeugt?«

»Nein. Es ist noch niemand verhaftet worden. Ich bin nicht überzeugt.«

»Und du hast irgendeinen obskuren Verdächtigen, von dem niemand im Lande eine Ahnung hat?«

»Ich hatte einen, aber jetzt bin ich nicht mehr so sicher. Ich habe drei Tage damit verbracht, der Sache nachzugehen, habe sogar alles fein sauber und ordentlich in meinen kleinen Computer eingegeben und den Entwurf eines Dossiers ausgedruckt, den ich *ad acta* gelegt habe.«

Callahan sah sie fassungslos an. »Du hast drei Tage lang alle Vorlesungen geschwänzt, mich ignoriert, rund um die Uhr gearbeitet, um Sherlock Holmes zu spielen, und jetzt willst du es in den Papierkorb werfen?«

»Es liegt drüben auf dem Tisch.«

»Ich kann es einfach nicht glauben. Die ganze Woche über, während ich meine Einsamkeit mannhaft ertrug, wußte ich, daß ich es für einen guten Zweck tat. Ich wußte, daß ich zum Wohle des Landes litt, weil du die Zwiebel schälen und mir heute abend oder vielleicht morgen sagen würdest, wer es getan hat.«

»Es ist unmöglich, jedenfalls mit juristischen Recherchen. Bei den Morden ist kein Muster erkennbar, kein gemeinsamer Nenner. Ich habe fast die Fakultäts-Computer durchbrennen lassen.«

»Ha! Das habe ich dir doch gesagt. Du vergißt, daß ich auf dem Gebiet des Verfassungsrechts ein Genie bin, und ich habe sofort gewußt, daß Rosenberg und Jensen nichts gemeinsam hatten außer schwarzen Roben und Todesdrohungen. Die Nazis oder die Arier oder der Ku-Klux-Klan oder die Mafia oder wer auch immer haben sie umgebracht, weil Rosenberg Rosenberg war und Jensen das leichteste Opfer und manchen Leuten ein Dorn im Auge.«

»Weshalb rufst du dann nicht das FBI an und teilst ihm deine Einsichten mit? Ich bin sicher, sie sitzen am Telefon und warten nur auf deinen Anruf.«

»Nicht böse sein. Es tut mir leid. Bitte, verzeih mir.«

»Du bist ein Esel, Thomas.«

»Ja, aber du liebst mich doch?«

»Ich weiß es nicht.«

»Können wir trotzdem zusammen ins Bett gehen? Du hast es versprochen.«

»Wir werden sehen.«

Callahan stellte sein Glas auf den Tisch und ging in die Offensive. »Okay, Baby, ich werde dein Dossier lesen. Und wir werden darüber reden. Aber im Augenblick kann ich nicht klar denken, und ich kann nicht weitermachen, bis du meine schwache und zitternde Hand ergriffen und mich zu deinem Bett geführt hast.«

»Vergiß mein kleines Dossier.«

»Bitte, verdammt noch mal, Darby, bitte.«

Sie legte ihm die Arme um den Hals und zog ihn an sich. Sie küßten sich lange und heftig, und es war ein feuchter, fast gewalttätiger Kuß.

11

Der Polizist legte den Daumen auf den Knopf neben dem Namen Gray Grantham und drückte ihn zwanzig Sekunden nieder. Dann eine kurze Pause. Dann weitere zwanzig Sekunden. Pause. Zwanzig Sekunden. Es kam ihm komisch vor, weil Grantham eine Nachteule war und wahrscheinlich noch keine drei Stunden geschlafen hatte, und jetzt ertönte in seinem Flur dieses unaufhörliche Läuten. Er drückte wieder und warf einen Blick auf seinen am Bordstein unter einer Straßenlaterne geparkten Streifenwagen. Es war Sonntagmorgen, kurz vor Anbruch der Dämmerung, und die Straße war leer. Zwanzig Sekunden, Pause. Zwanzig Sekunden.

Vielleicht war Grantham tot. Oder er war hinüber vom Saufen und einem nächtlichen Zug durch die Stadt. Vielleicht hatte er auch eine Frau da oben und keine Lust, auf das Läuten zu reagieren. Pause. Zwanzig Sekunden.

Die Sprechanlage knisterte. »Wer ist da?«

»Polizei!« antwortete der Polizist, der schwarz war.

»Was wollen Sie?« fragte Grantham.

»Vielleicht habe ich einen Haftbefehl.« Der Polizist lachte beinahe. Granthams Stimme wurde sanfter, und er hörte sich verletzt an. »Ist das Cleve?«

»Er ist es.«

»Wie spät ist es, Cleve?«

»Fast halb sechs.«

»Dann muß es gut sein.«

»Keine Ahnung. Sarge hat mir nichts verraten. Er hat nur gesagt, ich sollte Sie wecken, weil er mit Ihnen reden möchte.«

»Warum will er immer mit mir reden, bevor die Sonne aufgeht?«

»Dumme Frage, Grantham.«

Eine kurze Pause. »Ja, da haben Sie recht. Ich nehme an, er will sofort mit mir reden?«

»Nein. Sie haben eine halbe Stunde. Er sagte, Sie sollten um sechs dort sein.«

»Wo?«

»Da ist ein kleines Café an der Vierzehnten Straße in der Nähe des Trinidad-Spielplatzes. Es ist dunkel und sicher, und Sarge mag es.«

»Wie findet er solche Lokale?«

»Wissen Sie, für einen Reporter stellen Sie verdammt dämliche Fragen. Der Name des Cafés ist Glenda's, und ich schlage vor, Sie machen sich auf den Weg, sonst kommen Sie zu spät.«

»Werden Sie auch dort sein?«

»Ich schaue herein, um mich zu vergewissern, daß Sie okay sind.«

»Sie sagten doch, es wäre sicher.«

»Es ist sicher, jedenfalls für diesen Teil der Stadt. Werden Sie es finden?«

»Ja. Ich werde so bald wie möglich dort sein.«

»Schönen Tag noch, Grantham.«

Sarge war alt, sehr schwarz, mit strahlend weißem Haar, das in allen Richtungen von seinem Kopf abstand. Wann immer er wach war, trug er eine Sonnenbrille, und die meisten seiner Kollegen im Westflügel des Weißen Hauses glaubten, er wäre halb blind. Er hielt den Kopf schief und lächelte wie Ray Charles. Manchmal stieß er gegen Türrahmen oder Schreibtische, wenn er Abfalleimer leerte und Möbel abstaubte. Er ging langsam und vorsichtig, als zählte er seine Schritte. Er arbeitete geduldig, immer mit einem Lächeln, immer mit einem freundlichen Wort für jeden, der willens war, ihm seinerseits ein freundliches Wort zukommen zu lassen. Doch zumeist wurde er ignoriert; er galt als ein freundlicher, alter, halbinvalider Hausmeister.

Sarge konnte um Ecken herum sehen. Sein Territorium war der Westflügel, in dem er seit dreißig Jahren putzte. Putzte und lauschte. Putzte und sah. Er räumte um einige überaus wichtige Leute herum auf, die oft viel zu beschäftigt waren, um auf ihre Worte zu achten, zumal in Gegenwart des armen alten Sarge.

Er wußte, welche Türen offen blieben, welche Wände dünn waren und welche Lüftungsschächte Geräusche übertrugen. Er konnte in Sekundenschnelle verschwinden und dann in einem Schatten wieder auftauchen, in dem die wichtigen Leute ihn nicht sehen konnten.

Das meiste behielt er für sich. Aber von Zeit zu Zeit gelangte er in den Besitz einer pikanten Information, die sich mit einer anderen zusammenreimen ließ, und dann kam Sarge zu dem Entschluß, sie weiterzugeben. Er war sehr vorsichtig. Er hatte noch drei Jahre bis zur Pensionierung, und er ging kein Risiko ein. Niemand kam auf die Idee, daß ausgerechnet Sarge die Presse mit Informationen belieferte. Gewöhnlich gab es im Weißen Haus genügend Großmäuler, die sich gegenseitig die Schuld zuschieben konnten. Es war wirklich zum Totlachen. Sarge redete mit Grantham von der *Post;* danach wartete er aufgeregt auf die Story und hörte sich anschließend im Keller das Aufheulen an, wenn die Köpfe rollten.

Er war ein ausgesprochen verläßlicher Informant, und er redete nur mit Grantham. Sein Sohn Cleve, der Polizist, arrangierte die Zusammenkünfte, immer zu ungewöhnlicher Zeit an dunklen und unauffälligen Orten. Sarge trug seine dunkle Brille, Grantham gleichfalls, und dazu einen Hut oder eine Mütze. Cleve setzte sich gewöhnlich zu ihnen und beobachtete die Leute, die in der Nähe waren.

Grantham traf ein paar Minuten nach sechs bei Glenda's ein und ging zu einer Nische im Hintergrund des Lokals, in dem sich noch drei weitere Gäste aufhielten. Glenda selbst briet Eier auf einem Grill in der Nähe der Kasse. Cleve saß auf einem Hocker und sah ihr zu.

Sie gaben sich die Hand. Für Grantham stand eine Tasse Kaffee bereit.

»Tut mir leid, daß ich zu spät komme«, sagte er.

»Macht nichts, mein Freund. Schön, Sie zu sehen.« Sarge hatte eine heisere Stimme, die sich nur schwer zu einem Flüstern dämpfen ließ. Niemand hörte ihnen zu.

Grantham trank Kaffee. »Betriebsame Woche im Weißen Haus.«

»Kann man wohl sagen. Eine Menge Aufregung. Eine Menge Freude.«

»Tatsächlich?« Grantham durfte sich bei diesen Zusammenkünften keine Notizen machen. Das wäre zu auffällig, hatte Sarge gesagt, als er die Grundregeln festlegte.

»Ja. Der Präsident und seine Leute waren hocherfreut über die Sache mit Richter Rosenberg. Sie hat sie sehr glücklich gemacht.«

»Was ist mit Richter Jensen?«

»Nun, wie Ihnen bekannt ist, hat der Präsident an der Trauerfeier teilgenommen, aber keine Rede gehalten. Er hatte es eigentlich vorgehabt, aber dann hat er einen Rückzieher gemacht, weil er sonst nette Dinge über einen Schwulen hätte sagen müssen.«

»Wer hat den Nachruf verfaßt?«

»Die Redenschreiber. Vor allem Mabry. Er hat den ganzen Donnerstag daran gearbeitet. Aber dann hatte sich die Sache erledigt.«

»Er ist auch zu Rosenbergs Trauerfeier gegangen.«

»Ja. Aber er wollte nicht. Sagte, er würde lieber einen Tag in der Hölle verbringen. Aber schließlich gab er klein bei und ging doch. Er ist ziemlich froh darüber, daß Rosenberg ermordet worden ist. Am Mittwoch herrschte im Weißen Haus nahezu festliche Stimmung. Das Schicksal hat ihm wundervolle Karten zugeteilt. Jetzt kann er das Gericht umbilden, und davon ist er hellauf begeistert.«

Grantham hörte genau zu. Sarge fuhr fort.

»Es gibt eine Kandidatenliste. Sie enthielt ursprünglich

zwanzig Namen, dann wurde sie auf acht zusammengestrichen.«

»Wer hat das Zusammenstreichen besorgt?«

»Was glauben Sie denn? Der Präsident und Fletcher Coal. Sie haben eine Heidenangst, daß irgendwas durchsickern könnte. Wie es scheint, enthält die Liste ausschließlich junge, konservative Richter, von denen noch nie jemand was gehört hat.«

»Irgendwelche Namen?«

»Nur zwei. Ein Mann namens Pryce aus Idaho und einer namens MacLawrence aus Vermont. Ich glaube, sie sind beide Bundesrichter. Die anderen kenne ich nicht. Mehr habe ich nicht zu bieten.«

»Wie steht es mit der Untersuchung?«

»Ich habe nicht viel gehört, aber ich halte die Ohren offen. Es scheint sich nicht viel zu tun.«

»Sonst noch etwas?«

»Nein. Wann bringen Sie es?«

»In der Morgenausgabe.«

»Das wird ein Spaß.«

»Danke, Sarge.«

Inzwischen war die Sonne aufgegangen, und im Café war es lauter geworden. Cleve kam herbei und setzte sich zu seinem Vater. »Seid ihr fertig?«

»Ja«, sagte Sarge.

Cleve sah sich um. »Ich glaube, wir müssen verschwinden. Grantham geht zuerst. Ich folge ihm, und Pop kann bleiben, solange er Lust hat.«

»Mächtig nett von dir«, sagte Sarge.

»Danke, Leute«, sagte Grantham und machte sich auf den Weg zum Ausgang.

12

Verheek kam wie gewöhnlich zu spät. In der dreiundzwanzigjährigen Geschichte ihrer Freundschaft war er noch nie pünktlich gewesen, und nie hatte es sich um eine Verspätung von nur einigen Minuten gehandelt. Er hatte keinerlei Zeitgefühl, aber das störte ihn nicht im geringsten. Er trug eine Uhr, schaute aber nie darauf. Wenn Verheek sich verspätete, dann um mindestens eine Stunde, manchmal sogar zwei, zumal wenn die Person, die er warten ließ, ein Freund war, der damit rechnete, daß er sich verspätete, und es ihm verzeihen würde.

Also saß Callahan eine Stunde in der Bar, wogegen er nichts einzuwenden hatte. Nach acht Stunden wissenschaftlichen Debattierens hatte er die Nase voll von der Verfassung und von denjenigen, die sie lehrten. Er brauchte Chivas in den Adern, und nach zwei Doppelten on the rocks fühlte er sich besser. Er betrachtete sich selbst im Spiegel hinter den Flaschenreihen; dazwischen hielt er über die Schulter hinweg immer wieder Ausschau nach Gavin Verheek. Kein Wunder, daß sein Freund in einer privaten Kanzlei, in der das Leben von der Uhr abhing, nicht zu Rande gekommen war.

Als der dritte Doppelte vor ihm stand, eine Stunde und elf Minuten nach sieben Uhr, erschien Verheek in der Bar und bestellte ein Moosehead.

»Tut mir leid, daß ich mich verspätet habe«, sagte er, als sie sich die Hand gaben. »Aber ich wußte, daß es dir nichts ausmachen würde, einige Zeit allein mit deinem Chivas zu verbringen.«

»Du siehst müde aus«, sagte Callahan, nachdem er ihn gemustert hatte. Alt und müde. Verheek alterte unschön und hatte Fett angesetzt. Seine Stirn war seit ihrem letzten

Treffen zwei Zentimeter höher geworden, und bei seiner blassen Haut fielen die dunklen Ringe unter seinen Augen besonders auf. »Wieviel wiegst du?«

»Das geht dich nichts an«, sagte er und schüttete sein Bier hinunter. »Wo ist unser Tisch?«

»Ich habe ihn für halb neun reservieren lassen, weil ich damit rechnete, daß du mindestens anderthalb Stunden zu spät kommst.«

»Dann bin ich ja früh dran.«

»So ist es. Kommst du direkt aus dem Büro?«

»Ich lebe jetzt im Büro. Der Direktor verlangt nicht weniger als hundert Stunden pro Woche, bis sich irgend etwas ergeben hat. Ich habe meiner Frau gesagt, ich käme zu Weihnachten nach Hause.«

»Wie geht es ihr?«

»Gut. Eine sehr geduldige Dame. Wir kommen erheblich besser miteinander aus, wenn ich im Büro lebe.« Sie war Ehefrau Nummer drei in siebzehn Jahren.

»Ich würde sie gern kennenlernen.«

»Nein, würdest du nicht. Ich habe die ersten beiden wegen dem Sex geheiratet, und das hat ihnen so viel Spaß gemacht, daß sie auch andere daran teilhaben ließen. Die Jetzige habe ich des Geldes wegen geheiratet, und sie macht nicht viel her. Sie würde keinen Eindruck auf dich machen.« Er leerte die Flasche. »Ich bin nicht sicher, ob ich durchhalte, bis sie stirbt.«

»Wie alt ist sie?«

»Frag das nicht. Weißt du, ich liebe sie wirklich. Ehrlich. Aber nach zwei Jahren ist mir klargeworden, daß wir nichts gemeinsam haben außer einem brennenden Interesse für die Börsenkurse.« Er sah den Barkeeper an. »Noch ein Bier, bitte.«

Callahan kicherte und trank einen Schluck. »Wieviel Geld hat sie?«

»Längst nicht so viel, wie ich dachte. Ich weiß es nicht so genau. Irgendwo um die fünf Millionen, glaube ich. Sie hat Ehemänner Nummer eins und zwei ausgenommen bis aufs Hemd, und ich glaube, sie fühlte sich zu mir hingezogen, weil es für sie eine Art Herausforderung war, einen ganz gewöhnlichen Typ zu heiraten. Das und der Sex ist großartig, hat sie gesagt. Aber das sagen sie schließlich alle.«

»Du hast immer Nieten gezogen, Gavin, schon während des Studiums. Du hast eine Schwäche für neurotische und depressive Frauen.«

»Und sie haben eine Schwäche für mich.« Er kippte die Flasche und leerte sie zur Hälfte. »Warum essen wir immer hier?«

»Ich weiß es nicht. Eine Art Tradition. Weckt schöne Erinnerungen an unsere Studentenzeit.«

»Wir haben das Jurastudium gehaßt, Thomas. Jeder haßt das Jurastudium. Jeder haßt Anwälte.«

»Du bist ja in einer prächtigen Stimmung.«

»Entschuldige. Seit die Leichen gefunden wurden, habe ich sechs Stunden geschlafen. Der Direktor schreit mich jeden Tag mindestens fünfmal an. Ich schreie alle meine Untergebenen an. Der ganze Laden ist ein einziges Geschrei.«

»Trink aus, Junge. Unser Tisch steht bereit. Laß uns trinken und essen und reden und versuchen, die paar Stunden zu genießen, die wir zusammen haben.«

»Ich liebe dich mehr als meine Frau, Thomas. Hast du das gewußt?«

»Das besagt nicht viel.«

»Da hast du recht.«

Sie folgten dem Empfangschef zu einem kleinen Tisch in der Ecke, dem gleichen Tisch, den sie immer verlangten. Callahan bestellte eine weitere Runde und sagte, mit dem Essen hätten sie es nicht eilig.

»Hast du dieses verdammte Ding in der *Post* gesehen?« fragte Verheek.

»Ja. Wer hat es durchsickern lassen?«

»Wer weiß. Der Direktor hat die Kandidatenliste am Samstagmorgen bekommen, vom Präsidenten höchstpersönlich, mit der strengen Anweisung, sie geheimzuhalten. Über das Wochenende hat er sie niemandem gezeigt, und dann kam die *Post* heute morgen mit den Namen Pryce und MacLawrence heraus. Voyles ist aus der Haut gefahren, als er das sah, und ein paar Minuten später rief der Präsident an. Er stürmte ins Weiße Haus, und sie haben sich eine Menge Grobheiten an den Kopf geworfen. Voyles hat versucht, über Fletcher Coal herzufallen und K. O. Lewis mußte ihn zurückhalten. Sehr unerfreulich.«

Callahan ließ sich kein Wort entgehen. »Eine tolle Geschichte.«

»Ja. Ich erzähle sie dir, weil du später, nach ein paar weiteren Drinks, von mir erwarten wirst, daß ich dir sage, wer sonst noch auf der Liste steht. Und das werde ich nicht tun. Ich versuche, dein Freund zu sein, Thomas.«

»Mach weiter.«

»Bei uns hat die undichte Stelle jedenfalls nicht gelegen. Unmöglich. Es muß aus dem Weißen Haus gekommen sein. Dort wimmelt es von Leuten, die Coal hassen, und es sickert wie aus rostigen Rohren.«

»Wahrscheinlich hat Coal es selbst durchsickern lassen.«

»Kann sein. Er ist ein durchtriebener Hund, und einer Theorie zufolge hat er die Namen von Pryce und MacLawrence durchsickern lassen, um jedermann Angst einzujagen und später dann zwei Kandidaten zu benennen, die scheinbar liberaler sind. So etwas wäre ihm durchaus zuzutrauen.«

»Ich habe noch nie etwas von Pryce und MacLawrence gehört.«

»Das geht dir nicht allein so. Sie sind beide ziemlich jung, Anfang Vierzig, mit herzlich wenig Erfahrung vor Gericht. Wir haben sie noch nicht überprüft, aber allem Anschein nach sind sie radikale Konservative.«

»Und die anderen auf der Liste?«

»Das ging schnell. Ich habe gerade zwei Bier gehabt, und schon fragst du.«

Die Drinks kamen. »Ich möchte ein paar von diesen mit Krebsfleisch gefüllten Pilzen«, teilte Verheek dem Kellner mit. »Als Ohnmachtshappen. Ich bin am Verhungern.«

Callahan reichte ihm sein leeres Glas. »Bringen Sie mir auch eine Portion.«

»Frag mich das nicht wieder, Thomas. Es kann sein, daß du mich in drei Stunden hinaustragen mußt, aber ich werde es dir nicht verraten. Das weißt du. Ich kann dir nur so viel sagen, daß Pryce und MacLawrence offenbar typisch sind für die gesamte Liste.«

»Alle unbekannt?«

»Im Grunde ja.«

Callahan trank langsam seinen Scotch und schüttelte den Kopf. Verheek zog das Jackett aus und lockerte seine Krawatte. »Reden wir über Frauen.«

»Nein.«

»Wie alt ist sie?«

»Vierundzwanzig, aber sehr reif.«

»Du könntest ihr Vater sein.«

»Vielleicht bin ich es. Wer weiß.«

»Wo kommt sie her?«

»Aus Denver. Das habe ich dir schon erzählt.«

»Ich liebe Mädchen aus dem Westen. Sie sind so selbstsicher und natürlich, und meistens tragen sie Levis und haben lange Beine. Vielleicht werde ich einmal eins heiraten. Hat sie Geld?«

»Nein. Ihr Vater ist vor vier Jahren bei einem Flugzeugabsturz ums Leben gekommen, und ihre Mutter erhielt eine hübsche Abfindung.«

»Dann hat sie also doch Geld.«

»Sie hat alles, was sie braucht.«

»Kann ich mir gut vorstellen. Hast du ein Foto?«

»Nein. Sie ist weder mein Enkelkind noch ein Pudel.«

»Warum hast du kein Foto mitgebracht?«

»Ich werde sie bitten, dir eins zu schicken. Warum macht dir das soviel Spaß?«

»Es ist zum Totlachen. Den großen Thomas Callahan, den Mann mit den vielen flüchtigen Affären, hat es schwer erwischt.«

»Hat es nicht.«

»Das muß ein Rekord sein. Wie lange geht das jetzt – acht, neun Monate? Du hast tatsächlich seit fast einem Jahr eine feste Beziehung, stimmt's?«

»Acht Monate und drei Wochen, aber erzähl es nicht weiter, Gavin. Es ist nicht so einfach für mich.«

»Dein Geheimnis ist sicher. Aber ich möchte alles ganz genau wissen. Wie groß ist sie?«

»Einssiebzig, sechsundfünfzig Kilo, lange Beine, enge Levis, selbstsicher, natürlich, dein typisches Mädchen aus dem Westen.«

»So eins muß ich mir auch suchen. Willst du sie heiraten?«

»Natürlich nicht. Trink aus.«

»Bist du jetzt monogam?«

»Du etwa?«

»Wie kommst du auf die Idee? Bin es nie gewesen. Aber wir reden nicht über mich, Thomas, wir reden über Peter Pan, den unerschütterlichen Callahan, den Mann mit der monatlichen Ausgabe der tollsten Frau der Welt. Sag mir, Thomas, und lüge deinen besten Freund nicht an, schau mir nur in die Augen und sag mir, ob du in den Zustand der Monogamie verfallen bist.«

Verheek lehnte sich halb über den Tisch, musterte Callahan und grinste.

»Nicht so laut«, sagte Callahan und schaute sich um.

»Antworte mir.«

»Gib mir die anderen Namen auf der Liste, dann sage ich es dir.«

Verheek wich zurück. »Hübscher Versuch. Ich bin sicher, die Antwort ist ja. Ich glaube, du liebst diese Frau und bist nur zu feige, es zuzugeben. Ich glaube, sie hat dich am Haken, mein Freund.«

»Ich gebe es zu. Fühlst du dich jetzt besser?«

»Ja, viel besser. Wann lerne ich sie kennen?«

»Wann lerne ich deine Frau kennen?«

»Du bringst etwas durcheinander, Thomas. Da besteht ein grundlegender Unterschied. Du willst meine Frau nicht kennenlernen, aber ich möchte Darby kennenlernen. Ich versichere dir, die beiden haben nichts miteinander gemeinsam.«

Callahan lächelte und trank. Verheek entspannte sich, streckte die Beine aus und schlug sie übereinander. Dann hob er die grüne Flasche an die Lippen.

»Du bist überdreht, mein Freund.«

»Entschuldige. Ich trinke, so schnell ich kann.«

Die Pilze wurden in brodelnden Kasserollen serviert. Verheek stopfte zwei in den Mund und kaute wütend. Callahan beobachtete ihn. Der Chivas hatte den Hunger betäubt, und er konnte ein paar Minuten warten. Alkohol hatte bei ihm immer Vorrang vor Essen.

Am Nebentisch ließen sich vier Araber nieder und schnatterten laut in ihrer Sprache. Alle vier bestellten Jack Daniel's.

»Wer hat sie umgebracht, Gavin?«

Verheek kaute eine Minute, dann schluckte er kräftig. »Wenn ich es wüßte, würde ich es dir nicht sagen. Aber ich schwöre dir, ich weiß es nicht. Wir stehen vor einem Rätsel. Die Killer sind spurlos verschwunden. Die Morde waren bis ins letzte Detail geplant und wurden perfekt ausgeführt. Nicht der geringste Anhaltspunkt.«

»Weshalb die Kombination?«

Er stopfte sich einen weiteren Pilz in den Mund. »Ganz einfach. Es ist so simpel, daß man es leicht übersieht. Sie boten sich als Opfer geradezu an. Rosenberg hatte keine Alarmanlage in seinem Haus. Jeder halbwegs tüchtige

Einbrecher konnte kommen und gehen. Und der arme Jensen trieb sich um Mitternacht in diesen Schuppen herum. Sie waren Freiwild. In dem Augenblick, in dem sie starben, hatten die anderen sieben Richter FBI-Agenten im Haus. Deshalb wurden sie ausgewählt. Sie waren dämlich.«

»Und wer hat sie ausgewählt?«

»Jemand, der eine Menge Geld hat. Die Killer waren Profis, und wahrscheinlich waren sie schon wenige Stunden danach außer Landes. Wir gehen davon aus, daß sie zu dritt, vielleicht auch zu viert waren. Die Morde im Haus von Rosenberg könnten vielleicht auf das Konto eines Mannes gehen, aber wir vermuten, daß es bei Jensen mindestens zwei gewesen sein müssen. Einer oder mehrere, die aufpaßten, während der Mann mit dem Seil seine Arbeit tat. Es war zwar ein schmutziger kleiner Laden, aber er war allen zugänglich und ziemlich riskant. Aber sie waren gut, sehr gut.«

»Ich habe eine Theorie gelesen, nach der es nur ein einziger Killer gewesen ist.«

»Vergiß es. Es ist unmöglich, daß ein Mann beide umgebracht hat. Unmöglich.«

»Wieviel würden diese Killer verlangen?«

»Millionen. Und es hat auch eine Stange Geld gekostet, das alles zu planen.«

»Und du hast keine Ahnung?«

»Gib's auf, Thomas. Ich habe mit der Untersuchung nichts zu tun, du mußt dich schon bei diesen Leuten direkt erkundigen. Ich bin sicher, sie wissen eine Menge mehr als ich. Schließlich bin ich nur ein bescheidener Regierungsanwalt.«

»Klar, und so ganz zufällig einer, der mit dem Gerichtspräsidenten auf du und du ist.«

»Er ruft gelegentlich an. Aber das ist doch langweilig. Reden wir lieber wieder über Frauen. Ich hasse Anwaltsgerede.«

»Hast du kürzlich mit ihm gesprochen?«

»Warum versuchst du ständig, mich auszuholen? Ja, wir haben uns heute morgen kurz unterhalten. Er hat alle Richter und ihre Mitarbeiter angewiesen, sämtliche bei den hohen und niederen Bundesgerichten anhängigen Fälle durchzugehen und nach Hinweisen zu suchen. Es ist sinnlos, und das habe ich ihm auch gesagt. Bei jedem Fall, der vor das Oberste Bundesgericht kommt, gibt es mindestens zwei Parteien, und jede Partei würde davon profitieren, wenn ein oder zwei oder drei Richter verschwinden und durch einen oder zwei oder drei andere Richter ersetzt werden würden, die ihrer Sache wohlwollender gegenüberstehen. Es gibt Tausende von Berufungen, bei denen es so sein könnte, daß sie schließlich hier landen, und man kann nicht einfach eine herausgreifen und sagen ›Das ist es! Das ist die Sache, um derentwillen sie umgebracht wurden.‹ Das ist Blödsinn.«

»Was hat er gesagt?«

»Natürlich hat er meiner brillanten Analyse beigepflichtet. Ich glaube, er hat angerufen, nachdem er die Story in der *Post* gelesen hatte, um zu sehen, ob er aus mir etwas herausquetschen könnte. Wie kann ein Mensch nur so unverfroren sein!«

Der Kellner stand neben ihnen und schien es sehr eilig zu haben.

Verheek warf einen Blick auf die Speisekarte, klappte sie zu und gab sie ihm zurück. »Gegrillter Schwertfisch, Schimmelkäse, kein Gemüse.«

»Ich esse nur die Pilze«, sagte Callahan. Der Kellner verschwand.

Callahan griff in die Jackentasche und zog einen dicken Umschlag heraus. Er legte ihn auf den Tisch neben die leere Bierflasche. »Wirf einen Blick darauf, wenn du Zeit dazu findest.«

»Was ist das?«

»Eine Art Akte.«

»Ich hasse Akten, Thomas. Ich hasse die ganze Juristerei und die Anwälte und, von dir einmal abgesehen, die Juraprofessoren.«

»Darby hat es geschrieben.«

»Ich lese es noch heute abend. Um was geht es?«

»Ich glaube, das habe ich schon gesagt. Sie ist überaus gescheit und intelligent und eine sehr interessierte Studentin. Sie schreibt besser als die meisten ihrer Kollegen. Ihre Vorliebe gilt, von mir natürlich abgesehen, dem Verfassungsrecht.«

»Armes Ding.«

»Sie hat sich vorige Woche vier Tage freigenommen und mich und die Welt ignoriert und danach ihre eigene Theorie aufgestellt, von der sie inzwischen nichts mehr hält. Aber lies es trotzdem. Es ist faszinierend.«

»Wen verdächtigt sie?«

Die Araber brachen in brüllendes Gelächter aus, klopften sich auf die Schultern und verschütteten Whisky. Sie beobachteten sie eine Minute, bis sie sich wieder beruhigt hatten.

»Ist so ein Haufen Betrunkener nicht widerlich?« sagte Verheek.

»Verdammt widerlich.«

Verheek steckte den Umschlag in die Tasche seines Jacketts, das über der Stuhllehne hing. »Wie sieht ihre Theorie aus?«

»Sie ist ein bißchen ausgefallen. Aber lies die Akte. Schaden kann es auf keinen Fall. Schließlich könnt ihr ein wenig Hilfe brauchen.«

»Ich lese sie nur, weil sie sie geschrieben hat. Wie ist sie im Bett?«

»Wie ist deine Frau im Bett?«

»Reich. Unter der Dusche, in der Küche, beim Einkaufen. Sie ist reich bei allem, was sie tut.«

»Das kann auf die Dauer nicht gutgehen.«

»Sie wird die Scheidung einreichen, bevor das Jahr um

ist. Vielleicht bekomme ich das Haus in der Stadt und ein bißchen Kleingeld.«

»Kein Ehevertrag?«

»Doch, es gibt einen, aber vergiß nicht, daß ich Anwalt bin. Er hat mehr Schlupflöcher als ein Steuerreformgesetz. Ein Freund von mir hat ihn aufgesetzt. Ist die Juristerei nicht eine tolle Sache?«

»Reden wir von etwas anderem.«

»Von Frauen?«

»Ich habe eine Idee. Du möchtest sie kennenlernen, stimmt's?«

»Wir reden von Darby?«

»Ja. Von Darby.«

»Ich möchte sie unbedingt kennenlernen.«

»Wir wollen über Thanksgiving nach St. Thomas. Wie wär's, wenn du dort zu uns stoßen würdest?«

»Muß ich meine Frau mitbringen?«

»Nein. Sie ist nicht eingeladen.«

»Wird sie in einem von diesen winzigen Bikinis am Strand herumlaufen? Sozusagen eine Show für uns abziehen?«

»Vermutlich.«

»Wow. Ich kann es einfach nicht glauben.«

»Du kannst dir ein Apartment neben unserem mieten, und wir veranstalten eine Party.«

»Wundervoll. Einfach wundervoll.«

13

Das Telefon läutete viermal, der Anrufbeantworter schaltete sich ein, die aufgezeichnete Ansage war zu hören, dann der Pfeifton, anschließend keine Nachricht. Wieder läutete es viermal, der gleiche Ablauf, wieder keine Nachricht. Eine Minute später läutete es abermals, und Gray Grantham griff vom Bett aus nach dem Hörer. Er saß auf einem Kissen und versuchte, zu sich zu kommen.

»Wer ist da?« fragte er mit schmerzendem Kopf. Durchs Fenster fiel kein Licht herein.

Die Stimme am anderen Ende der Leitung war leise und ängstlich. »Spreche ich mit Gray Grantham von der *Washington Post?*«

»Der bin ich. Wer sind Sie?«

Langsam: »Ich kann Ihnen meinen Namen nicht sagen.«

Der Nebel lichtete sich, und er sah auf die Uhr. Es war halb fünf. »Okay, vergessen wir den Namen. Weshalb rufen Sie an?«

»Ich habe gestern Ihre Story über das Weiße Haus und die Kandidaten gelesen.«

»Das ist gut.« Du und noch eine Million andere Leute. »Weshalb rufen Sie zu dieser unchristlichen Zeit an?«

»Tut mir leid. Ich bin auf dem Weg zur Arbeit und habe bei einer Telefonzelle angehalten. Ich kann weder von zu Hause noch vom Büro aus anrufen.«

Die Stimme war klar und kultiviert und klang intelligent. »Was für einem Büro?«

»Ich bin Anwalt.«

Großartig. In Washington gab es rund eine halbe Million Anwälte. »Privat oder Regierung?«

Ein leichtes Zögern. »Das möchte ich lieber nicht sagen.«

»Okay. Und ich würde lieber schlafen. Weshalb rufen Sie an?«

»Es könnte sein, daß ich etwas über Rosenberg und Jensen weiß.«

Grantham setzte sich auf die Bettkante. »Was wissen Sie?«

Eine erheblich längere Pause. »Nehmen Sie das auf?«

»Nein. Sollte ich?«

»Ich weiß es nicht. Ich habe Angst und bin ziemlich durcheinander, Mr. Grantham. Mir wäre es lieber, wenn Sie es nicht aufnehmen würden. Vielleicht den nächsten Anruf, okay?«

»Ganz wie Sie wünschen. Ich höre zu.«

»Kann festgestellt werden, woher dieser Anruf kommt?«

»Durchaus möglich. Aber Sie rufen von einer Zelle aus an. Weshalb sollte Sie das stören?«

»Ich weiß es nicht. Ich habe einfach Angst.«

»Okay. Ich schwöre Ihnen, daß ich nichts aufnehme, und ich schwöre, daß ich dem Anruf nicht nachforschen werde. Und nun sagen Sie mir, was Sie sagen wollten.«

»Also, ich glaube, ich weiß, wer sie umgebracht hat.«

Grantham war aufgestanden. »Das ist ein ganz schön wertvolles Wissen.«

»Es könnte mich das Leben kosten. Glauben Sie, daß sie mich beschatten?«

»Wer? Wer sollte Sie beschatten?«

»Ich weiß es nicht.« Die Stimme wurde schwächer; sie hörte sich an, als schaute er über die Schulter.

Grantham wanderte neben seinem Bett herum. »Ganz ruhig. Sagen Sie mir, wie Sie heißen. Ich schwöre, es bleibt unter uns.«

»Garcia.«

»Das ist nicht Ihr richtiger Name, nicht wahr?«

»Natürlich nicht, aber mehr kann ich nicht sagen.«

»Okay, Garcia. Reden Sie.«

»Ich bin mir nicht sicher, aber ich glaube, ich bin im Büro auf etwas gestoßen, was ich eigentlich nicht hätte sehen dürfen.«

»Haben Sie eine Kopie davon?«

»Vielleicht.«

»Sie haben mich angerufen, Garcia. Wollen Sie nun reden oder nicht?«

»Ich weiß es nicht. Was würden Sie tun, wenn ich Ihnen etwas erzähle?«

»Es gründlich überprüfen. Wenn wir jemanden des Mordes an zwei Richtern des Obersten Bundesgerichts bezichtigen wollen, müssen wir äußerst behutsam vorgehen.«

Es folgte ein sehr langes Schweigen. Grantham blieb neben dem Schaukelstuhl stehen und wartete. »Garcia? Sind Sie noch da?«

»Ja. Können wir später darüber reden?«

»Natürlich. Wir können es auch jetzt tun.«

»Ich muß nachdenken. Ich habe seit einer Woche nicht mehr gegessen und geschlafen, und ich kann nicht mehr klar denken. Ich rufe Sie vielleicht später wieder an.«

»Okay, okay. In Ordnung. Sie können mich in der Redaktion anrufen, am besten um...«

»Nein, in der Redaktion rufe ich nicht an. Tut mir leid, daß ich Sie geweckt habe.«

Er legte auf. Grantham betrachtete die Tasten seines Telefons, drückte sieben von ihnen nieder, wartete, dann sechs weitere und dann noch vier. Er notierte eine Nummer auf einem Block neben dem Apparat. Die Telefonzelle stand in der Fünfzehnten Straße in Pentagon City.

Gavin Verheek schlief vier Stunden und wachte betrunken auf. Als er eine Stunde später im Hoover Building ankam, ließ die Wirkung des Alkohols nach, und die Kopfschmerzen setzten ein. Er verfluchte sich selbst und er verfluchte Callahan, der zweifellos bis Mittag schlafen und dann frisch und munter aufwachen und sich auf den Weg zu seiner Maschine nach New Orleans machen würde. Sie hatten das Restaurant verlassen, als es um Mitternacht schloß, dann waren sie noch in einigen Bars gewesen und hatten spaßeshalber diskutiert, ob sie sich nicht einen oder zwei Pornofilme ansehen sollten, aber da ihr Lieblingskino ausgebrannt war, ging das leider nicht. Also tranken sie bis gegen drei oder vier Uhr weiter.

Er sollte um elf bei Direktor Voyles sein, und da mußte er einen wachen und nüchternen Eindruck machen. Das war unmöglich. Er wies seine Sekretärin an, die Tür zuzumachen, und erzählte ihr, er hätte einen tückischen Virus aufgeschnappt, vielleicht die Grippe, und er wollte an seinem Schreibtisch in Ruhe gelassen werden, sofern nicht etwas verdammt Wichtiges anlag. Sie betrachtete seine Augen und schien mehr als gewöhnlich zu schnüffeln. Der Bierdunst verflüchtigt sich nicht immer während des Schlafs. Sie ging und machte die Tür hinter sich zu. Er schloß sie ab. Um Gleichheit herzustellen, rief er Callahan in seinem Hotel an, aber niemand meldete sich.

Was für ein Leben. Sein bester Freund verdiente fast so viel wie er, arbeitete aber höchstens dreißig Stunden in der Woche und hatte außerdem freie Wahl unter geschmeidigen jungen Dingern, die zwanzig Jahre jünger waren als er. Dann erinnerte er sich an ihre grandiosen Pläne für die Woche auf St. Thomas und stellte sich vor, wie Darby am Strand entlangschlenderte. Er würde hinfahren, selbst wenn das bedeuten würde, daß seine Frau die Scheidung einreichte.

Eine Welle von Übelkeit schwappte durch seinen Brustkorb und in seiner Speiseröhre hoch, und er legte sich schnell auf den Boden. Billiger Behördenteppich. Er atmete tief ein, und unter seiner Schädeldecke setzte das Hämmern ein. Die Gipsdecke drehte sich nicht, und das war ermutigend. Nach drei Minuten war er sicher, daß er sich nicht übergeben würde, jedenfalls jetzt nicht.

Sein Aktenkoffer stand in Reichweite, und er zog ihn vorsichtig zu sich heran. Drinnen fand er den Umschlag und die Morgenzeitung. Er öffnete den Umschlag, entfaltete Darbys Akte und hielt sie mit beiden Händen in fünfzehn Zentimeter Abstand von seinem Gesicht.

Es waren dreizehn Blatt Computerpapier, alle mit doppeltem Zeilenabstand und breiten Rändern. Damit konnte er fertig werden. Auf den Rändern standen handschriftliche Anmerkungen, und ganze Absätze waren durchgestrichen. Oben auf der ersten Seite standen die Worte ERSTER ENTWURF, mit einem Filzstift geschrieben. Ihr Name, ihre Adresse und ihre Telefonnummer waren auf das Deckblatt getippt.

Er würde es ein paar Minuten lang überfliegen, während er auf dem Boden lag; danach, so hoffte er, würde er wieder imstande sein, sich an seinen Schreibtisch zu setzen und so zu tun, als wäre er ein bedeutender Regierungsanwalt. Er dachte an Voyles, und das Hämmern in seinem Kopf wurde schlimmer.

Sie schrieb gut, auf die übliche Juristenart in langen Sätzen, die angefüllt waren mit komplizierten Worten. Aber sie drückte sich klar und deutlich aus. Sie vermied die Mehrdeutigkeiten und den Fachjargon, um den sich die meisten Jurastudenten so verzweifelt bemühten. Sie würde nie eine Anwältin im Dienst der Regierung der Vereinigten Staaten werden.

Gavin hatte noch nie von ihrem Verdächtigen gehört und war sicher, daß er auf niemandes Liste stand. Technisch gesehen war es keine Akte, sondern eher ein Dossier über einen Prozeß in Louisiana. Sie legte die Tatsachen kurz und bündig dar und machte sie interessant. Sogar faszinierend. Er begnügte sich nicht damit, den Text zu überfliegen.

Die Fakten nahmen vier Seiten ein. Die nächsten drei hatte sie mit einer kurzen Geschichte der Parteien gefüllt. Das war ein bißchen lahmer, aber er las weiter. Er war gefesselt. Auf Seite acht des Papiers wurde der Prozeß zusammengefaßt. Seite neun erwähnte die Berufung, und die letzten drei Seiten legten eine eher unglaubwürdige Spur zur Entfernung von Rosenberg und Jensen aus dem Gericht. Callahan zufolge hatte sie diese Theorie bereits wieder verworfen, und gegen das Ende zu schien ihr der Dampf auszugehen.

Aber es war überaus lesenswert. Ein paar Minuten lang hatte er seine Kopfschmerzen vergessen und dreizehn Seiten Text einer Jurastudentin gelesen, während er auf einem schmutzigen Fußboden lag und eine Million andere Dinge zu tun hatte.

Jemand klopfte leise an die Tür. Er setzte sich langsam auf, erhob sich mühsam und ging zur Tür. »Ja?«

Es war die Sekretärin. »Tut mir leid, daß ich Sie stören muß. Aber der Direktor möchte Sie in zehn Minuten in seinem Büro sehen.«

Verheek öffnete die Tür. »Was?«

»Ja, Sir. In zehn Minuten.«

Er rieb sich die Augen und atmete hastig. »Weshalb?«

»Wenn ich solche Fragen stellen würde, wäre ich morgen arbeitslos, Sir.«

»Haben Sie irgendein Mundwasser?«

»Ja, ich glaube schon. Möchten Sie es haben?«

»Wenn ich es nicht haben wollte, hätte ich Sie nicht danach gefragt. Bringen Sie es mir. Haben Sie Kaugummi?«

»Ja, Sir. Möchten Sie das auch haben?«

»Bringen Sie mir das Mundwasser und Kaugummi und ein paar Aspirin, wenn Sie welche haben.« Er ging zu seinem Schreibtisch und setzte sich, hielt den Kopf in den Händen und rieb sich die Schläfen. Er hörte, wie sie Schubladen aufzog und wieder zuknallte, und dann stand sie mit den gewünschten Dingen vor ihm.

»Danke. Tut mir leid, daß ich Sie angefahren habe.« Er deutete auf das Dossier, das auf einem Stuhl neben der Tür lag. »Schicken Sie das an Eric East, er ist im vierten

Stock. Schreiben Sie ein paar Zeilen von mir dazu. Er soll es lesen, wenn er eine Minute Zeit dazu hat.«

Sie ging mit dem Dossier.

Fletcher Coal öffnete die Tür zum Oval Office und begrüßte K. O. Lewis und Eric East. Der Präsident war in Puerto Rico und besichtigte Hurrikanschäden, und Direktor Voyles hatte sich geweigert, mit Coal allein zusammenzukommen. Er hatte seine zweite Garnitur geschickt.

Coal bedeutete ihnen, auf einer Couch Platz zu nehmen. Er selbst ließ sich auf der anderen Seite des Couchtisches nieder. Sein Jackett war zugeknöpft, seine Krawatte saß ordentlich. Er entspannte sich nie. East hatte Geschichten über seine Gewohnheiten gehört. Er arbeitete zwanzig Stunden am Tag, sieben Tage in der Woche, trank nichts als Wasser, und der größte Teil seiner Mahlzeiten stammte aus einem Automaten im Keller. Er konnte lesen wie ein Computer und verbrachte täglich Stunden mit dem Lesen von Memos, Berichten, Briefen und Bergen von anstehenden Gesetzen. Er hatte ein unwahrscheinliches Gedächtnis. Seit einer Woche hatten sie jetzt täglich Berichte über ihre Untersuchungen hergebracht und sie Coal ausgehändigt, der das Material verschlang und es für das nächste Treffen seinem Gedächtnis einverleibte. Wenn irgend etwas nicht übereinstimmte, fiel er über sie her. Er war verhaßt, aber es war unmöglich, ihn nicht zu respektieren. Er war intelligenter als sie. Er arbeitete schwerer. Und er wußte es.

Er genoß die Leere des Oval Office. Sein Boß war unterwegs und zog eine Schau für die Kameras ab, aber die wahre Macht war daheimgeblieben, um das Land zu regieren.

K. O. Lewis legte einen zehn Zentimeter dicken Stapel Berichte auf den Tisch.

»Irgend etwas Neues?« fragte Coal.

»Möglicherweise. Die französischen Behörden haben

sich routinemäßig die Filme angesehen, die von den Sicherheitskameras am Pariser Flughafen aufgenommen werden, und sie glauben, ein Gesicht erkannt zu haben. Sie haben sie mit den Aufnahmen von zwei anderen Kameras in der Halle verglichen, aus unterschiedlichen Blickwinkeln, und dann Interpol informiert. Das Gesicht ist getarnt, aber Interpol glaubt, daß es der Terrorist Khamel war. Sie haben bestimmt schon von ihm gehört.«

»Habe ich.«

»Sie haben sich das Filmmaterial ganz genau angesehen und sind sich fast sicher, daß er mit einer Maschine gelandet ist, die letzten Dienstag, ungefähr zehn Stunden nach der Entdeckung von Jensen, nonstop von Dulles kam.«

»Die Concorde?«

»Nein. United. Anhand des Zeitpunktes und der Position der Kameras können sie feststellen, mit welcher Maschine und durch welchen Ausgang jemand gekommen ist.«

»Und Interpol hat sich mit der CIA in Verbindung gesetzt?«

»Ja. Sie haben Gminski heute mittag gegen eins angerufen.«

Coals Miene war nichts zu entnehmen. »Wie sicher sind sie?«

»Achtzig Prozent. Er ist ein Meister der Verkleidung, und es wäre ziemlich ungewöhnlich für ihn, auf diese Weise zu reisen. Einige Zweifel sind also angebracht. Wir haben Fotos und eine Zusammenfassung für den Präsidenten. Ich habe mir die Bilder angesehen, und ich kann dazu nichts sagen. Aber Interpol kennt den Mann.«

»Freiwillig hat er sich doch seit Jahren nicht fotografieren lassen, oder?«

»Unseres Wissens nicht. Und es gibt Gerüchte, daß er sich alle zwei oder drei Jahre unters Messer begibt und sich ein neues Gesicht machen läßt.«

Coal dachte eine Sekunde lang darüber nach. »Okay.

Was ist, wenn es tatsächlich Khamel war und er mit den Morden zu tun hatte? Was bedeutet das?«

»Es bedeutet, daß wir ihn nie finden werden. Es gibt mindestens neun Länder, Israel eingeschlossen, die versuchen, seiner habhaft zu werden. Es bedeutet, daß ihm jemand eine Menge Geld dafür gezahlt hat, daß er hierzulande tätig wird. Wir haben von Anfang an gesagt, daß der Killer oder die Killer Profis waren, die sich aus dem Staub gemacht haben, noch bevor die Leichen kalt waren.«

»Also bedeutet es sehr wenig.«

»So könnte man es ausdrücken.«

»Gut. Was haben Sie sonst noch?«

Lewis warf einen Blick auf Eric East. »Nun, wir haben den üblichen Tagesbericht.«

»Die letzten Berichte waren ziemlich unergiebig.«

»Ja, das stimmt. Wir haben dreihundertachtzig Agenten, die täglich zwölf Stunden arbeiten. Gestern haben sie hundertsechzig Personen in dreißig Staaten vernommen. Wir haben...«

Coal hob die Hand. »Sparen Sie sich das. Ich werde den Bericht lesen. Ich kann wohl davon ausgehen, daß es nichts Neues gibt.«

»Vielleicht einen neuen kleinen Tip.« Lewis sah Eric East an, der eine Kopie von Darbys Akte in der Hand hielt.

»Um was handelt es sich?«

East war nicht recht wohl zumute. Das Dossier war den ganzen Tag nach oben weitergereicht worden, bis Voyles es gelesen hatte. Es hatte ihm gefallen. Er hielt es für ziemlich weit hergeholt, etwas, das keinerlei ernster Erwägung bedurfte, aber in dem Dossier wurde der Präsident erwähnt, und ihm gefiel die Idee, Coal und seinen Boß zum Schwitzen zu bringen. Er wies Lewis und East an, Coal das Dossier auszuhändigen und so zu tun, als wäre es eine wichtige Theorie, die das FBI ernstnähme. Zum ersten Mal seit einer Woche hatte Voyles gelächelt, während er darüber sprach, wie die Schwachköpfe im Oval Office dieses kleine Papier lesen und dann versuchen würden, den Kopf einzuziehen. Bauschen Sie es auf, hatte Voyles gesagt. Sagen Sie ihnen, wir hätten vor, der Sache mit zwanzig Agenten nachzugehen.

»Es ist eine Theorie, die in den letzten vierundzwanzig Stunden aufgetaucht ist, und Voyles nimmt sie ziemlich ernst. Er fürchtet, sie könnte dem Präsidenten schaden.«

Coal verzog keine Miene. »Wieso das?«

East legte das Dossier auf den Tisch. »Das steht alles in diesem Bericht.«

Coal warf einen Blick darauf, dann musterte er East. »Gut. Ich lese ihn später. War das alles?«

Lewis stand auf und knöpfte sein Jackett zu. »Ja. Wir können gehen.«

Coal begleitete sie zur Tür.

Es gab keinerlei Aufsehen, als die Air Force One kurz nach zehn in Andrews landete. Die Queen war unterwegs, um Geld aufzutreiben, und weder Freunde noch Familienangehörige begrüßten den Präsidenten, als er aus der Maschine stieg und auf seine Limousine zueilte, in der Coal auf ihn wartete. Der Präsident ließ sich in seinen Sitz sinken. »Ich habe nicht damit gerechnet, daß Sie hier sein würden«, sagte er.

»Tut mir leid. Wir müssen reden.« Die Limousine fuhr in Richtung Weißes Haus.

»Es ist spät, und ich bin müde.«

»Wie war der Hurrikan?«

»Beeindruckend. Er hat eine Million Papp- und Wellblechhütten weggefegt, und jetzt werden wir ein paar Milliarden auf den Tisch legen und neue Häuser und Kraftwerke bauen. Die Leute brauchen so ungefähr alle fünf Jahre einen anständigen Hurrikan.«

»Ich habe die Erklärung zum Katastrophengebiet vorbereitet.«

»Okay. Und was ist nun so wichtig?«

Coal reichte ihm eine Kopie dessen, was inzwischen das »Pelikan-Dossier« genannt wurde.

»Ich will es nicht lesen«, sagte der Präsident. »Erzählen Sie nur, um was es geht.«

»Voyles und sein zusammengewürfelter Haufen sind über einen Verdächtigen gestolpert, auf den bisher niemand gekommen war. Ein obskurer, ziemlich ausgefallener Verdächtiger. Eine Jurastudentin in Tulane hat das verdammte Ding geschrieben, und irgendwie ist es zu Voyles gelangt, der es gelesen hat und zu dem Schluß gekommen ist, es könnte etwas daran sein. Vergessen Sie nicht, sie suchen verzweifelt nach Verdächtigen. Die Theorie ist so weit hergeholt, daß sie völlig absurd ist, und die Sache selbst beunruhigt mich nicht. Aber Voyles beunruhigt mich. Er hat beschlossen, sich dahinterzuklemmen und die Presse verfolgt jeden Schritt, den er tut. Es könnte etwas durchsickern.«

»Wir können seine Untersuchung nicht kontrollieren.«

»Aber wir können sie manipulieren. Gminski wartet im Weißen Haus, und...«

»Gminski!«

»Nicht nervös werden, Chef. Ich habe ihm persönlich vor drei Stunden eine Kopie dieser Akte überreicht und ihn zu strengster Geheimhaltung verpflichtet. Er mag inkompetent sein, aber er kann ein Geheimnis wahren. Ich traue ihm wesentlich mehr als Voyles.«

»Ich traue keinem von beiden.«

Das hörte Coal gern. Er wollte, daß der Präsident niemandem traute außer ihm. »Ich finde, Sie sollten die CIA sofort mit der Untersuchung dieser Sache beauftragen. Ich würde gern alles wissen, bevor Voyles zu wühlen anfängt. Keiner von beiden wird etwas finden, aber wenn wir mehr wissen als Voyles, können Sie ihn überreden, daß er die Finger davon läßt. Das ist nicht mehr als vernünftig, Chef.«

Der Präsident war unsicher. »Es ist eine Inlandsangelegenheit, in der die CIA nicht herumschnüffeln darf. Das wäre wahrscheinlich illegal.«

»Es ist illegal, technisch gesehen. Aber Gminski wird es für Sie tun, und er kann es schnell tun, insgeheim und wesentlich gründlicher als das FBI.«

»Es ist illegal.«

»Es ist schon oft so gemacht worden, Chef. Viele Male.«

Der Präsident beobachtete den Verkehr. Seine Augen waren rot und geschwollen, aber nicht vor Müdigkeit. Er hatte im Flugzeug drei Stunden geschlafen. Aber er hatte den ganzen Tag damit verbracht, für die Kameras traurig und mitfühlend auszusehen, und es war nicht einfach, plötzlich damit aufzuhören.

Er nahm das Dossier und warf es auf den leeren Sitz neben sich. »Ist es jemand, den wir kennen?«

»Ja.«

14

Weil New Orleans eine Stadt der Nacht ist, wacht sie nur langsam auf. Noch eine ganze Weile nach Tagesanbruch herrscht Stille, dann schüttelt sie die Spinnweben ab und gleitet in den Morgen. Es gibt kein frühes Verkehrsgewimmel außer auf den Zufahrtsstraßen aus den Vororten und in der geschäftigen Innenstadt. So ist es in allen großen Städten; aber im French Quarter, der Seele von New Orleans, hängt der Duft von Whisky und Jambalaya über den leeren Straßen, bis die Sonne aufgegangen ist. Ein oder zwei Stunden später tritt an seine Stelle das Aroma von French-Market-Kaffee und Schmalzgebäck, und um diese Zeit erwachen auch die Gehsteige zögernd zum Leben.

Darby machte es sich in einem Sessel auf dem kleinen Balkon bequem, trank Kaffee und wartete auf die Sonne. Callahan lag ein paar Meter entfernt, jenseits der offenen Terrassentür, noch in Laken eingehüllt und tot für die Welt. Eine leichte Brise wehte, aber noch vor Mittag würde die Schwüle zurückkehren. Sie zog seinen Bademantel am Hals zusammen und atmete den Duft seines Rasierwassers ein. Sie dachte an ihren Vater und seine weiten baumwollenen Oberhemden, die sie tragen durfte, als sie ein Teenager war. Sie hatte die Ärmel immer bis zum Ellenbogen aufgekrempelt und den Saum bis auf die Knie herabhängen lassen, und dann war sie mit ihren Freundinnen herumgeschlendert, sicher in dem Bewußtsein, daß ihr niemand das Wasser reichen konnte. Ihr Vater war ihr Freund. Um die Zeit, als sie mit der High School fertig war, stand ihr der Inhalt seines Kleiderschranks zur freien Verfügung, solange alles gewaschen und gebügelt und ordentlich wieder aufgehängt wurde.

Sie konnte noch immer das Grey Flannel riechen, das er täglich benutzt hatte.

Wenn er noch lebte, wäre er vier Jahre älter als Thomas Callahan. Ihre Mutter hatte wieder geheiratet und war nach Boise gezogen. Darby hatte einen Bruder in Deutschland. Die drei hatten nur selten miteinander geredet. Ihr Vater war das Bindeglied in einer widerborstigen Familie gewesen, und sein Tod hatte sie auseinandergerissen.

Zwanzig weitere Menschen waren bei dem Flugzeugabsturz ums Leben gekommen, und noch bevor die Vorbereitungen für die Beisetzung getroffen waren, standen die Anwälte vor der Tür. Es war ihre erste echte Begegnung mit der Welt der Juristen, und sie war nicht erfreulich. Der Familienanwalt war ein Immobilienmann, der nicht wußte, wie man einen Prozeß führt. Ein gerissener Schadenersatzanwalt machte sich an ihren Bruder heran und überredete die Familie, schnell zu klagen. Er hieß Herschel, und zwei Jahre lang litt die Familie, während Herschel sie hinhielt und log und den Fall in die Binsen gehen ließ. Eine Woche vor dem Prozeß einigten sie sich auf eine halbe Million, nach Abzug des Schnitts, den Herschel gemacht hatte, und Darby bekam hunderttausend.

Sie beschloß, Anwältin zu werden. Wenn ein Clown wie Herschel es schaffen und Geld scheffeln konnte, indem er die Gesellschaft kaputtmachte, dann konnte sie es auch, zu edleren Zwecken. Sie mußte oft an Herschel denken. Wenn sie ihr Anwaltsexamen bestanden hatte, würde sie ihre erste Anklage gegen ihn vorbringen, wegen strafbaren Verhaltens im Amt. Sie wollte für eine Umweltkanzlei arbeiten. Einen Job zu finden, das wußte sie, war kein Problem.

Die Hunderttausend waren unangebrochen. Der neue Ehemann ihrer Mutter war Manager in einer Papierfabrik, etwas älter und wesentlich reicher, und kurz nach ihrer Heirat teilte sie ihren Anteil an der Abfindung zwischen Darby und ihrem Bruder auf. Sie sagte, das Geld erinnere sie an ihren toten Mann, und die Geste wäre symbolisch. Obwohl sie Darbys Vater immer noch liebte, hätte sie doch ein neues Leben in einer neuen Stadt mit einem neuen Mann, der sich in fünf Jahren mit einem Haufen Geld ins Privatleben zurückziehen würde. Darby begriff nicht recht, was es mit der symbolischen Geste auf sich hatte, aber sie wußte sie zu würdigen und nahm das Geld.

Die Hunderttausend hatten sich verdoppelt. Sie legte den größten Teil davon in Investmentfonds an, aber nur solchen ohne Anteile von chemischen und Erdölfirmen. Sie fuhr einen Accord und lebte bescheiden. Ihre Garderobe war die übliche Kluft der Jurastudenten, die sie in Discountläden kaufte. Sie und Callahan aßen in den besseren Restaurants der Stadt, aber nie zweimal im selben Lokal. Und immer auf getrennte Rechnung.

Geld war ihm ziemlich gleichgültig, und er drang nie in sie, um Genaueres zu erfahren. Sie hatte mehr als die meisten ihrer Kommilitonen, aber in Tulane gab es auch etliche reiche Studenten.

Sie gingen einen Monat lang zusammen aus, bevor sie miteinander schliefen. Sie legte die Grundregeln fest, und er erklärte sich sofort damit einverstanden. Es würde keine anderen Frauen geben. Sie würden sehr diskret sein. Und er mußte aufhören, so viel zu trinken.

An die ersten beiden hielt er sich, aber das Trinken ging weiter. Sein Vater, sein Großvater und seine Brüder waren starke Trinker, und es wurde gewissermaßen von ihm erwartet. Aber zum ersten Mal in seinem Leben war Thomas Callahan verliebt, bis über beide Ohren verliebt, und er kannte den Punkt, an dem der Scotch und seine Geliebte sich ins Gehege kamen. Er war vorsichtig. Mit Ausnahme der vergangenen Woche, unter dem Trauma des Todes von Rosenberg, trank er nie vor fünf Uhr nachmittags. Wenn sie zusammen waren, verzichtete er auf den Chivas, sobald er nicht mehr ganz nüchtern war, und fürchtete, daß er seine Potenz beeinträchtigen könnte.

Es war amüsant zu beobachten, wie ein Mann von fünfundvierzig sich zum ersten Mal verliebte. Er bemühte sich um einen gewissen Grad von Gelassenheit, aber in ihren privaten kleinen Momenten konnte er albern sein wie ein Schuljunge.

Sie küßte ihn auf die Wange und zog seine Steppdecke über ihn. Ihre Kleider lagen ordentlich auf einem Stuhl. Sie machte die Haustür leise hinter sich zu. Die Sonne war inzwischen aufgegangen, lugte zwischen den Gebäuden auf der anderen Seite der Dauphine hervor. Der Gehsteig war menschenleer.

Sie hatte in drei Stunden eine Vorlesung, dann Callahan und Verfassungsrecht um elf. In einer Woche war ein Schriftsatz in einem fingierten Berufungsverfahren fällig. Ihre Fallnotizen aus den juristischen Zeitschriften setzten Staub an. Mit ihren Seminararbeiten war sie zwei Wochen im Rückstand. Es war an der Zeit, wieder Studentin zu werden. Sie hatte vier Tage damit vergeudet, Detektiv zu spielen, und war deshalb sauer auf sich selbst.

Der Accord stand um die Ecke, einen halben Block entfernt.

Sie beobachteten sie, und es war ein erfreulicher Anblick. Enge Jeans, weiter Pullover, lange Beine, eine Sonnenbrille, die makeup-lose Augen verdeckte. Sie beobachteten, wie sie die Tür schloß, schnell die Royal entlangging und dann um die Ecke bog. Das Haar war schulterlang und schien dunkelrot zu sein.

Sie war es.

Er hatte seinen Lunch in einer kleinen braunen Papiertüte bei sich und fand eine leere Parkbank mit dem Rücken zu New Hampshire. Er haßte Dupont Circle mit seinen Stromern, Junkies, Perversen, alternden Hippies und Punkern in schwarzem Leder mit stachligem rotem Haar und bösartiger Zunge. Auf der anderen Seite des Springbrunnens versammelte ein gutgekleideter Mann mit einem Lautsprecher seine Gruppe von Tierschützern für einen Marsch zum Weißen Haus. Die Lederleute verhöhnten und beschimpften sie, aber vier berittene Polizisten waren nahe genug, um Handgreiflichkeiten zu verhindern. Er sah auf die Uhr und schälte eine Banane. Mittag, und er wäre lieber woanders gewesen. Das Treffen würde kurz sein. Er beobachtete das Verhöhnen und Beschimpfen und sah, wie sein Kontaktmann aus der Menge auftauchte. Ihre Augen begegneten sich, ein Nicken, und dann saß er neben ihm auf der Bank. Sein Name war Booker, von der CIA in Langley. Sie trafen sich hier gelegentlich, wenn die üblichen Kommunikationswege gestört waren und ihre Chefs schnelle mündliche Informationen brauchten, ohne daß irgend jemand sonst mithören konnte.

Booker hatte keinen Lunch. Er begann, geröstete Erdnüsse zu schälen und die Schalen unter die kreisrunde Bank zu werfen.

»Was macht Mr. Voyles?«

»Die Niedertracht in Person. Wie üblich.«

Er warf sich Erdnüsse in den Mund. »Gminski war gestern abend bis Mitternacht im Weißen Haus«, sagte Booker.

Darauf war keine Antwort erforderlich. Voyles wußte es.

Booker fuhr fort. »Sie sind in Panik geraten. Dieses kleine Pelikan-Ding hat ihnen einen gewaltigen Schrekken eingejagt. Wie Sie wissen, haben wir es auch gelesen, und wir sind ziemlich sicher, daß ihr nicht viel davon haltet, aber aus irgendeinem Grund hat Coal Angst davor. Er hat den Präsidenten nervös gemacht. Wir glauben, daß ihr euch nur einen kleinen Spaß mit Coal und seinem Boß machen wollt, und weil der Präsident in dem Dossier erwähnt wird und es dieses Foto enthält, glauben wir, daß ihr euren Spaß daran habt. Sie wissen, was ich meine?«

Er biß ein Stück von der Banane ab und sagte nichts.

Die Tierschützer zogen in lockerer Formation ab, und die Lederleute zischten sie aus.

»Aber das ist nicht unser Problem, und es sollte auch nicht euer Problem sein. Die Sache ist nur die, daß der Präsident jetzt wünscht, daß wir insgeheim der Pelikan-Akte nachgehen, bevor ihr es tun könnt. Er ist überzeugt, daß wir nichts finden werden, und er will hören, daß nichts dahintersteckt, damit er Voyles überreden kann, die Finger davonzulassen.«

»Es steckt nichts dahinter.«

Booker beobachtete, wie ein Betrunkener in das Brunnenbecken pißte. Die Polizisten ritten der Sonne entgegen. »Dann will Voyles also nur seinen Spaß haben?«

»Wir gehen allen Hinweisen nach.«

»Aber ihr habt keine echten Verdächtigen?«

»Nein.« Die Banane gehörte der Geschichte an. »Weshalb haben sie solche Angst davor, daß wir diesem kleinen Ding nachgehen?«

Booker zermalmte eine Erdnuß, die noch in ihrer Schale steckte. »Nun, für sie ist das ganz simpel. Sie sind stocksauer, weil bekanntgeworden ist, daß Pryce und MacLawrence auf der Kandidatenliste stehen, und natürlich ist das einzig und allein eure Schuld. Sie mißtrauen Voyles zutiefst. Und sie fürchten, wenn ihr anfangt, dem Pelikan-Dossier auf den Grund zu gehen, könnte die Presse davon erfahren und der Präsident die Hucke voll bekommen. Nächstes Jahr ist seine Wiederwahl fällig, und so weiter.«

»Was hat Gminski dem Präsidenten gesagt?«

»Daß er keine Lust hat, sich in eine FBI-Untersuchung einzumischen, daß wir Besseres zu tun haben und daß es absolut illegal ist. Aber weil der Präsident so inständig darum bat und Coal so viele Drohungen von sich gab, werden wir es trotzdem tun. Und jetzt bin ich hier und erzähle es Ihnen.«

»Voyles wird das zu würdigen wissen.«

»Wir fangen gleich heute an, aber die ganze Sache ist absurd. Wir tun so als ob, kommen euch nicht in die Quere, und in einer Woche berichten wir dem Präsidenten, daß die ganze Theorie nichts ist als ein Schuß ins Blaue.«

Er knickte das obere Ende seiner braunen Tüte um und stand auf. »Gut. Ich werde Voyles Bericht erstatten. Danke.« Er ging in Richtung Connecticut, fort von den Lederpunkern, und verschwand.

Der Monitor stand auf einem mit Papieren übersäten Tisch in der Mitte der Redaktion, und Gray Grantham saß davor, umrauscht vom Summen und Tosen unzähliger Kurzbesprechungen und eiliger Berichte. Es wollte ihm einfach nichts einfallen, und er saß da und starrte auf den Bildschirm. Das Telefon läutete. Er drückte einen Knopf und griff nach dem Hörer, ohne den Blick vom Monitor abzuwenden. »Gray Grantham.«

»Hier ist Garcia.«

Er vergaß den Monitor. »Ja, was gibt es?«

»Ich habe zwei Fragen. Erstens, nehmen Sie diese Anrufe auf, und zweitens, können Sie sie lokalisieren?«

»Nein und ja. Wir nehmen nichts auf, bevor wir um Erlaubnis gebeten haben, und wir können einen Anruf lokalisieren aber wir tun es nicht. Hatten Sie nicht gesagt, Sie würden mich nicht in der Redaktion anrufen?«

»Wollen Sie, daß ich auflege?«

»Nein, das ist schon in Ordnung. Ich rede lieber um drei Uhr nachmittags in der Redaktion mit Ihnen als um sechs Uhr morgens im Bett.«

»Entschuldigung. Ich habe einfach Angst, das ist alles. Ich werde mit Ihnen reden, solange ich Ihnen vertrauen kann. Aber wenn Sie mich jemals anlügen, Mr. Grantham, dann erfahren Sie kein Wort.«

»Abgemacht. Wann fangen Sie an?«

»Ich kann jetzt nicht reden. Ich bin in einer Telefonzelle, und ich habe es eilig.«

»Sie sagten, Sie hätten eine Kopie von irgend etwas.«

»Nein, ich sagte, es könnte sein, daß ich eine Kopie von irgend etwas habe. Wir werden sehen.«

»Okay. Wann kann ich mit Ihrem nächsten Anruf rechnen?«

»Müssen wir eine Zeit vereinbaren?«

»Nein. Aber ich bin viel unterwegs.«

»Ich rufe morgen in der Mittagspause an.«

»Dann warte ich hier auf Ihren Anruf.«

Garcia hatte aufgelegt. Grantham drückte sieben Tasten nieder, dann sechs, dann vier. Er notierte die Nummer, dann blätterte er im Branchenbuch, bis er Pay Phones Inc. gefunden hatte. Die Nummer gehörte zu einer Zelle an der Pennsylvania Avenue in der Nähe des Justizministeriums.

15

Der Streit begann beim Dessert, einem Teil der Mahlzeit, den Callahan am liebsten in flüssiger Form zu sich nahm. Sie war bemüht, den Ton des Vorwurfs zu vermeiden, als sie die Drinks aufzählte, die er bereits konsumiert hatte: zwei doppelte Scotch, während sie auf ihren Tisch warteten, einen weiteren, bevor sie bestellten, und zum Fisch zwei Flaschen Wein, von denen sie zwei Gläser getrunken hatte. Er trank zu schnell, man merkte es ihm an, und als sie ihre Liste heruntergerattert hatte, war er verärgert. Er bestellte Drambuie als Dessert, weil er ihn mochte und weil es plötzlich eine Sache des Prinzips war. Er kippte ihn hinunter und bestellte noch einen, und sie war wütend.

Darby rührte ihren Kaffee um und ignorierte ihn. Mouton's war bis auf den letzten Platz besetzt, und ihr lag daran, es ohne eine Szene zu verlassen und allein in ihre Wohnung zurückzukehren.

Als sie sich auf dem Gehsteig vom Restaurant entfernten, wurde der Streit unerfreulich. Er holte die Schlüssel zu seinem Porsche aus der Tasche, und sie sagte, er wäre zu betrunken, um fahren zu können. Er sollte ihr die Schlüssel geben. Er umklammerte den Bund und torkelte auf den drei Blocks entfernten Parkplatz zu. Sie sagte, sie würde zu Fuß gehen. Viel Vergnügen, sagte er. Sie folgte ihm mit ein paar Schritten Abstand, redete auf ihn ein. Er hatte mindestens zwei Promille. Er war Juraprofessor, verdammt noch mal. Er würde jemanden umbringen. Er torkelte schneller, kam dem Bordstein gefährlich nahe, entfernte sich dann wieder von ihm. Er schrie sie über die Schulter an, etwas von der Art, daß er betrunken besser fahren könnte als sie nüchtern. Sie blieb zurück. Sie war schon mit ihm gefahren, wenn er in einer derartigen Verfassung war, und sie wußte, was ein Betrunkener in einem Porsche anrichten kann.

Er überquerte die Straße blindlings, die Hände in den Taschen, als unternähme er einen spätabendlichen Spaziergang. Er schätzte die Bordsteinkante falsch ein, traf sie mit den Zehen statt mit der Fußsohle, stürzte fluchend auf den Gehsteig, rappelte sich aber wieder auf, bevor sie ihn erreichen konnte. Laß mich verdammt noch mal in Ruhe, herrschte er sie an. Bitte, gib mir die Schlüssel, sonst gehe ich zu Fuß. Er stieß sie beiseite. Viel Vergnügen, sagte er mit einem Auflachen. Sie hatte ihn noch nie so betrunken erlebt. Er hatte sie noch nie im Zorn angerührt, weder betrunken noch nüchtern.

Gegenüber dem Parkplatz war eine schmierige kleine Kneipe mit Neonreklamen für Bier in den Fenstern. Sie warf einen hilfesuchenden Blick durch die offene Tür und dachte gleichzeitig, wie blöde. Die Kneipe war voll von Betrunkenen.

Sie rief ihm nach, als er sich dem Porsche näherte.

»Thomas! Bitte! Laß mich fahren!« Sie stand auf dem Gehsteig, aber weiter wollte sie nicht gehen.

Er torkelte weiter, bedeutete ihr zu verschwinden, murmelte vor sich hin. Dann schloß er die Tür auf, bückte sich und verschwand zwischen den anderen Wagen. Der Motor sprang an und heulte auf, als er Gas gab.

Darby lehnte sich ein paar Meter von der Parkplatzausfahrt entfernt an die Seite des Gebäudes. Sie schaute die Straße hinunter und hoffte beinahe auf einen Polizisten. Sie würde ihn lieber verhaftet sehen als tot.

Es war zu weit, um zu Fuß zu gehen. Sie würde zusehen, wie er davonfuhr, dann ein Taxi bestellen und ihn danach eine Woche lang ignorieren. Mindestens eine Woche. Viel Vergnügen, wiederholte sie in Gedanken. Er gab wieder Gas und ließ die Reifen quietschen.

Die Explosion schleuderte sie auf den Gehsteig. Sie landete auf allen vieren, mit dem Gesicht nach unten, eine

Sekunde lang betäubt, spürte dann aber sofort die Hitze und die winzigen brennenden Trümmer, die auf die Straße fielen. Sie starrte voller Grausen auf den Parkplatz. Der Porsche flog in die Luft, vollführte einen perfekten Salto und landete auf dem Dach. Reifen, Türen und Kotflügel rissen ab. Der Wagen war ein greller Feuerball, eine Masse aus prasselnden Flammen, die ihn sofort verschlangen.

Darby stürzte auf ihn zu, schrie seinen Namen. Trümmer regneten um sie herum herab, und die Hitze ließ sie innehalten. Sie blieb zehn Meter entfernt stehen, schrie mit der Hand vor dem Mund.

Dann schleuderte eine zweite Explosion den Wagen abermals in die Luft und trieb sie zurück. Sie stolperte, und ihr Kopf schlug hart auf die Stoßstange eines anderen Wagens. Das Pflaster fühlte sich heiß an unter ihrem Gesicht, und das war das letzte, woran sie sich einen Augenblick später erinnern konnte.

Die Kneipe leerte sich, und die Betrunkenen waren überall. Sie standen auf dem Gehsteig und starrten. Ein Paar versuchte näher heranzukommen, aber die Hitze rötete ihre Gesichter und hielt sie fern. Dicker schwarzer Rauch stieg aus dem Feuerball auf, und binnen Sekunden brannten zwei weitere Wagen. Es gab Entsetzensschreie und panische Stimmen.

»Wem gehört der Wagen?«

»911 anrufen!«

»War jemand drin?«

»911 anrufen!«

Sie zerrten sie an den Ellenbogen zurück auf den Gehsteig, in die Mitte der Menge. Sie wiederholte den Namen Thomas. Von irgendwoher kam ein kaltes Tuch und wurde ihr auf die Stirn gelegt.

Die Menge wurde dichter, auch auf der Straße waren Leute. Sirenen, sie hörte Sirenen, als sie wieder zu sich kam. An ihrem Hinterkopf war eine Beule und auf ihrem

Gesicht etwas Kaltes. Ihr Mund war trocken. »Thomas, Thomas«, wiederholte sie.

»Ist schon gut, ist schon gut«, sagte ein schwarzes Gesicht dicht über ihr. Der Mann hielt behutsam ihren Kopf und tätschelte ihren Arm. Andere Gesichter schauten auf sie herab. »Ist schon gut.«

Jetzt kreischten die Sirenen. Sie nahm vorsichtig das Tuch ab, und ihr Blick wurde wieder klar. Auf der Straße blitzten rote und blaue Lichter. Die Sirenen gellten ohrenbetäubend. Sie setzte sich auf. Sie lehnten sie an die Hauswand unterhalb der Neon-Bierreklamen. Sie wichen zurück, beobachteten sie aufmerksam.

»Alles in Ordnung, Miss?« fragte der Schwarze.

Sie konnte nicht antworten. Versuchte es gar nicht erst. »Wo ist Thomas?« fragte sie und starrte auf einen Riß im Gehsteig. Sie schauten sich gegenseitig an. Der erste Feuerwehrwagen kam mit quietschenden Bremsen sechs Meter entfernt zum Stehen, und die Menge wich auseinander. Feuerwehrleute sprangen heraus und rannten in alle Richtungen.

»Wo ist Thomas?« wiederholte sie.

»Miss, wer ist Thomas?« fragte der Schwarze.

»Thomas Callahan«, sagte sie leise, als mußte jeder ihn kennen.

»War er in diesem Wagen?«

Sie nickte, dann schloß sie die Augen. Die Sirenen heulten und verstummten, und zwischendurch hörte sie die Rufe besorgter Männer und das Prasseln des Feuers. Sie roch den stickigen Qualm.

Ein zweites, ein drittes Feuerwehrauto kamen heulend aus verschiedenen Richtungen. Ein Polizist bahnte sich einen Weg durch die Menge. »Polizei. Aus dem Weg. Polizei.« Er schob und drängte, bis er sie gefunden hatte. Er ging auf die Knie und schwenkte eine Marke vor ihrer Nase. »Madam, Sergeant Rupert, New Orleans Police Department.«

Darby hörte es, dachte sich aber nichts dabei. Er war direkt vor ihrem Gesicht, dieser Rupert, mit buschigem Haar, einer Baseballmütze, schwarzer und goldener Saints-Jacke. Sie starrte ihn verständnislos an.

»Ist das Ihr Wagen, Madam? Jemand hat gesagt, es wäre Ihr Wagen.«

Sie schüttelte den Kopf. Nein.

Rupert packte ihre Ellenbogen und zog sie hoch. Er redete auf sie ein, fragte sie, ob ihr etwas passiert wäre, und gleichzeitig zog er sie hoch, und es tat teuflisch weh. Ihr Schädel war gespalten, kaputt, und sie stand unter Schock, aber was kümmerte das diesen Idioten. Sie war auf den Beinen. Ihre Knie wollten nicht funktionieren, und sie war schlaff. Er fragte immer wieder, ob ihr etwas passiert wäre. Der Schwarze starrte Rupert an, als wäre er verrückt.

So, nun funktionierten die Knie, und sie und Rupert gingen durch die Menge, hinter einem Feuerwehrwagen vorbei und um einen anderen herum zu einem ungekennzeichneten Polizeifahrzeug. Sie senkte den Kopf und weigerte sich, zum Parkplatz hinüberzusehen. Rupert redete unaufhörlich. Irgend etwas von einem Krankenwagen. Er öffnete die Wagentür und beförderte sie behutsam auf den Beifahrersitz.

Ein weiterer Polizist hockte sich vor die Tür und fing an, Fragen zu stellen. Er trug Jeans und spitze Cowboystiefel. Darby lehnte sich vor und legte den Kopf in die Hände. »Ich glaube, ich brauche Hilfe«, sagte sie.

»Natürlich, Lady. Hilfe ist unterwegs. Nur ein paar Fragen. Wie heißen Sie?«

»Darby Shaw. Ich glaube, ich stehe unter Schock. Mir ist ganz schwindlig, und ich glaube, ich muß mich übergeben.«

»Der Krankenwagen ist unterwegs. Ist das Ihr Wagen da drüben?«

»Nein.«

Ein weiteres Polizeifahrzeug, eines mit Emblemen und Blinklichtern, kam quietschend vor dem von Rupert zum Stehen. Rupert verschwand blitzschnell. Der Cowboy-Polizist knallte plötzlich die Tür zu, und sie war allein im Wagen. Sie beugte sich vor und übergab sich zwischen ihre Beine. Sie begann zu weinen. Ihr war kalt. Sie legte langsam den Kopf auf den Fahrersitz und rollte sich ganz fest zusammen. Stille. Dann Dunkelheit.

Jemand klopfte ans Fenster über ihr. Sie öffnete die Augen. Der Mann trug eine Uniform und einen Hut mit einem Abzeichen daran. Die Tür war verriegelt.

»Machen Sie die Tür auf, Lady«, rief er.

Sie setzte sich auf und öffnete die Tür. »Sind Sie betrunken, Lady?«

Ihr Kopf hämmerte. »Nein«, sagte sie mühsam.

Er machte die Tür weiter auf. »Ist das Ihr Wagen?«

Sie rieb sich die Augen. Sie mußte überlegen.

»Lady, ist das Ihr Wagen?«

»Nein.« Sie starrte ihn an. »Nein. Er gehört Rupert.«

»Okay. Wer zum Teufel ist Rupert?«

Es war nur noch ein Feuerwehrfahrzeug da, und der größte Teil der Zuschauer war verschwunden. Dieser Mann an der Tür war zweifelsohne ein Polizist. »Sergeant Rupert. Ein Kollege von Ihnen«, sagte sie.

Das machte ihn wütend. »Steigen Sie aus, Lady.«

Bereitwillig mühte sich Darby an der Beifahrerseite heraus und trat auf den Gehsteig. In einiger Entfernung hielt ein Feuerwehrmann seinen Schlauch auf den ausgebrannten Rahmen des Porsche.

Ein anderer uniformierter Polizist näherte sich und gesellte sich zu ihnen.

Der erste Polizist fragte: »Wie heißen Sie?«

»Darby Shaw.«

»Weshalb sind Sie in dem Wagen ohnmächtig geworden?«

Sie betrachtete den Wagen. »Ich weiß es nicht. Ich wurde verletzt, und Rupert brachte mich in den Wagen. Wo ist Rupert?«

Die Polizisten sahen sich an. »Wer zum Teufel ist Rupert?« fragte der erste Polizist.

Das machte sie zornig und vertrieb die Spinnweben.

»Er hat gesagt, er wäre Polizist.«

Der zweite Polizist fragte: »Wie sind Sie verletzt worden?«

Darby funkelte ihn an. Sie deutete auf den Parkplatz auf der anderen Straßenseite. »Eigentlich hätte ich auch in dem Wagen da drüben sitzen sollen. Aber ich habe nicht darin gesessen. Deshalb bin ich hier und beantworte Ihre dämlichen Fragen. Wo ist Rupert?«

Die beiden sahen sich mit ausdrucksloser Miene an. Der erste Polizist sagte: »Bleiben Sie hier«, und dann ging er über die Straße zu einem anderen Polizeifahrzeug, wo sich ein Mann in Zivil mit ein paar Leuten unterhielt. Sie flüsterten, dann kehrte der erste Polizist mit dem Mann in Zivil zurück auf den Gehsteig, wo Darby wartete. Der Mann in Zivil sagte: »Ich bin Lieutenant Olson, New Orleans Police Department. Kannten Sie den Mann in dem Wagen?« Er zeigte auf den Parkplatz.

Ihre Knie wurden weich, und sie biß sich auf die Lippe. Dann nickte sie.

»Wie hieß er?«

»Thomas Callahan.«

Olson sah den ersten Polizisten an. »Das hat auch der Computer gesagt. So, und wer ist nun dieser Rupert?«

»Er hat gesagt, er wäre Polizist!«

Olson schaute mitfühlend drein. »Tut mir leid, aber es gibt bei uns keinen Polizisten, der Rupert heißt.«

Sie schluchzte laut. Olson half ihr zur Kühlerhaube von Ruperts Wagen und hielt ihre Schultern, bis das Weinen nachließ und sie sich bemühte, ihre Beherrschung zurückzugewinnen.

»Überprüfen Sie das Kennzeichen«, wies Olson den zweiten Polizisten an, der sich schnell die Nummer von Ruperts Wagen notierte und sie durchgab.

Olson hielt ihre Schultern sanft mit beiden Händen umfaßt und sah ihr in die Augen. »Waren Sie mit Callahan zusammen?«

Sie nickte, immer noch weinend, aber wesentlich leiser. Olson warf dem ersten Polizisten einen Blick zu.

»Wie sind Sie in diesen Wagen gekommen?« fragte er langsam und sanft.

Sie wischte sich die Tränen aus dem Gesicht und sah Olson an. »Dieser Rupert, der gesagt hat, er wäre Polizist, kam und hat mich von dort drüben hierher gebracht. Er hat mich in den Wagen gesetzt, und dieser andere Polizist mit den Cowboystiefeln hat angefangen, mir Fragen zu stellen. Ein anderes Polizeifahrzeug kam an, und sie verschwanden. Und dann bin ich wohl ohnmächtig geworden. Ich weiß es nicht. Ich möchte zu einem Arzt.«

»Holen Sie meinen Wagen«, sagte Olson zu dem ersten Polizisten. Der zweite Polizist kehrte mit verblüffter Miene zurück. »Die Zulassungsnummer ist nicht im Computer. Müssen gefälschte Kennzeichen sein.«

Olson nahm ihren Arm und führte sie zu seinem Wagen. Er sprach rasch mit den beiden Polizisten. »Ich bringe sie ins Charity. Seht zu, daß ihr hier fertig werdet, und kommt dann nach. Stellt den Wagen sicher. Wir werden ihn später untersuchen.«

Sie saß in Olsons Wagen, hörte dem Quaken des Funkgeräts zu und starrte auf den Parkplatz. Vier Wagen waren ausgebrannt. Der Porsche lag umgedreht mittendrin, nur noch ein verbogener Rahmen. Eine Handvoll Feuerwehrleute und anderes Notfallpersonal wieselte darum herum. Ein Polizist sperrte den Parkplatz mit gelbem Plastikband ab.

Sie betastete die Beule an ihrem Hinterkopf. Kein Blut. Tränen tropften ihr vom Kinn.

Olson schlug seine Tür zu und steuerte den Wagen zwischen den geparkten Fahrzeugen hindurch. Er fuhr in Richtung St. Charles Avenue. Er hatte das Blinklicht eingeschaltet, aber nicht die Sirene.

»Ist Ihnen nach Reden zumute?« fragte er.

Sie waren auf der St. Charles. »Ich denke schon«, sagte sie. »Er ist tot, nicht wahr?«

»Ja, Darby. Tut mir leid. Soweit ich weiß, saß er allein im Wagen.«

»Ja.«

»Wie wurden Sie verletzt?«

Er gab ihr ein Taschentuch, und sie trocknete die Tränen ab. »Ich bin auf etwas gefallen. Es gab zwei Explosionen, und ich glaube, die zweite hat mich umgeworfen. Ich kann mich nicht an alles erinnern. Bitte, sagen Sie mir, wer Rupert ist.«

»Ich habe keine Ahnung. Ich kenne keinen Polizisten, der Rupert heißt, und es war auch kein Polizist mit Cowboystiefeln da.«

Sie dachte anderthalb Blocks lang darüber nach.

»Womit hat sich Callahan seinen Lebensunterhalt verdient?«

»Er war Juraprofessor in Tulane. Ich studiere dort.«

»Wer hätte ein Interesse daran gehabt, ihn umzubringen?«

Sie starrte auf die Ampel vor ihnen und schüttelte den Kopf.

»Sie sind sicher, daß es Absicht war?«

»Daran gibt es überhaupt keinen Zweifel. Es war ein sehr starker Sprengstoff. Wir haben ein Stück Fuß gefunden, das fünfundzwanzig Meter entfernt in einem Maschendrahtzaun hing. Entschuldigung, okay. Er wurde ermordet.«

»Vielleicht hat jemand den falschen Wagen erwischt.«

»Das ist natürlich möglich. Wir werden alles genau überprüfen. Wenn ich richtig verstanden habe, hätten Sie normalerweise zusammen mit ihm in dem Wagen gesessen.«

Sie versuchte, etwas zu sagen, konnte aber die Tränen nicht zurückhalten. Sie vergrub ihr Gesicht in dem Taschentuch.

Sie hielten zwischen zwei Krankenwagen in der Nähe der Notaufnahme des Charity und ließen das Blinklicht eingeschaltet. Er führte sie rasch in einen schmutzigen Raum, in dem an die fünfzig Leute mit Schmerzen und Beschwerden verschiedenen Ausmaßes saßen. Sie fand einen Platz neben dem Trinkwasserbehälter. Olson sprach mit der Frau hinter dem Schalter, und er hob die Stimme, aber Darby konnte nicht verstehen, was er sagte. Ein kleiner Junge mit einem blutigen Handtuch um den Fuß weinte auf dem Schoß seiner Mutter. Eine junge Schwarze war kurz vor der Niederkunft. Weder ein Arzt noch eine Schwester waren zu sehen. Alle schienen zu warten.

Olson hockte sich vor ihr nieder. »Es wird ein paar Minuten dauern. Bleiben Sie hier sitzen. Ich stelle nur den Wagen um, bin gleich wieder zurück. Ist Ihnen nach Reden zumute?«

»Ja, natürlich.«

Er war fort. Sie tastete wieder nach Blut und fand keins. Die Doppeltür schwang weit auf, und zwei Schwestern kamen, um die Frau in den Wehen zu holen. Sie schleppten sie gewissermaßen ab, durch die Doppeltür und den Flur entlang.

Darby wartete einen Augenblick, dann folgte sie ihnen. Mit den geröteten Augen und dem Taschentuch sah sie aus wie die Mutter irgendeines Kindes. Der Flur war ein Zoo mit Schwestern und Pflegern und Verletzten, die schrien und es eilig hatten. Sie bog um eine Ecke und sah ein Schild, auf dem EXIT stand. Durch die Tür, einen anderen Flur entlang, der wesentlich ruhiger war, eine weitere Tür, und sie stand auf einer Laderampe. Die Gasse war beleuchtet. Nicht rennen. Stark sein. Es ist okay. Niemand beobachtet dich. Sie war auf der Straße, schritt rasch aus. Die kühle Luft klärte ihre Augen. Sie wollte nicht weinen.

Olson würde einige Zeit brauchen, und wenn er zurückkam, würde er denken, sie wäre aufgerufen worden und wäre jetzt drinnen und würde behandelt. Er würde warten. Und warten.

Sie bog um mehrere Ecken und sah die Rampart Street. Das French Quarter lag direkt vor ihr. Da konnte sie untertauchen. Auf der Royal waren Leute, umherschlendernde Touristen. Sie fühlte sich sicherer. Sie betrat das Holiday Inn, bezahlte mit ihrer Kreditkarte und bekam ein Zimmer im fünften Stock. Nachdem sie die Tür verriegelt und die Kette vorgelegt hatte, rollte sie sich auf dem Bett zusammen, ohne das Licht auszuschalten.

Mrs. Verheek rollte ihren dicken, aber reichen Hintern von der Mitte des Bettes weg und griff nach dem Hörer. »Es ist für dich, Gavin!« rief sie ins Badezimmer. Gavin erschien, das halbe Gesicht voller Rasierschaum, und nahm seiner Frau, die sich tief im Bett vergrub, den Hörer ab. Wie ein Schwein, das sich im Schlamm wälzt, dachte er.

»Hallo«, sagte er ungehalten.

Es war eine Frauenstimme, die er noch nie gehört hatte. »Hier ist Darby Shaw. Sie wissen, wer ich bin?«

Er lächelte sofort und dachte eine Sekunde lang an den knappen Bikini auf St. Thomas. »Natürlich. Ich glaube, wir haben einen gemeinsamen Freund.«

»Haben Sie meine kleine Niederschrift gelesen?«

»Ach ja. Das Pelikan-Dossier, wie wir es nennen.«

»Und wer ist wir?«

Verheek setzte sich auf den Stuhl neben dem Nachttisch. Dies war kein belangloser Anruf. »Weshalb rufen Sie an, Darby?«

»Ich brauche ein paar Antworten, Mr. Verheek. Ich habe fürchterliche Angst.«

»Ich heiße Gavin, okay?«

»Also Gavin. Wo ist das Dossier jetzt?«

»Hier und dort. Was ist passiert?«

»Das kommt gleich. Zuerst sagen Sie mir, was Sie mit dem Dossier gemacht haben.«

»Nun, ich habe es gelesen und dann an eine andere Abteilung geschickt, und ein paar andere Leute vom FBI haben es gesehen und dann Direktor Voyles gezeigt, dem es offenbar gefallen hat.«

»Hat es auch jemand außerhalb des FBI gesehen?«

»Diese Frage kann ich nicht beantworten, Darby.«

»Dann sage ich Ihnen auch nicht, was mit Thomas passiert ist.«

Verheek dachte eine lange Minute darüber nach. Sie wartete geduldig. »Okay. Es wurde auch von Leuten außerhalb des FBI gesehen. Aber ich weiß nicht, von wem und von wie vielen.«

»Er ist tot, Gavin. Er wurde gestern abend gegen zehn ermordet. Jemand hat für uns eine Bombe ins Auto gelegt. Ich habe Glück gehabt, aber jetzt sind sie hinter mir her.«

Verheek hing über dem Telefon, kritzelte Notizen. »Sind Sie verletzt?«

»Körperlich bin ich okay.«

»Wo sind Sie?«

»In New Orleans.«

»Sind Sie ganz sicher, Darby? Ich meine, ich weiß, daß Sie ganz sicher sind, aber, verdammt noch mal, wer sollte ihn umbringen wollen?«

»Ich bin zweien von ihnen begegnet.«

»Wie können Sie...«

»Es ist eine lange Geschichte. Wer hat das Dossier gesehen, Gavin? Thomas hat es Ihnen am Montagabend gegeben. Es hat die Runde gemacht, und achtundvierzig Stunden später ist er tot. Ich sollte zusammen mit ihm sterben. Es ist in die falschen Hände geraten, meinen Sie nicht auch?«

»Sind Sie in Sicherheit?«

»Woher zum Teufel soll ich das wissen?«

»Wo sind Sie jetzt? Wie ist Ihre Telefonnummer?«

»Nicht so schnell, Gavin. Im Augenblick bewege ich mich ganz langsam. Ich spreche von einer Zelle aus, also keine krummen Touren.«

»Sie haben keinen Grund, über mich herzufallen, Darby! Thomas Callahan war mein bester Freund. Sie müssen zu uns kommen.«

»Und wie stellen Sie sich das vor?«

»Geben Sie mir eine Viertelstunde, Darby, und dann ist ein Dutzend Agenten da, die Sie abholen. Ich nehme die nächste Maschine und bin vor Mittag bei Ihnen. Sie können nicht auf der Straße bleiben.«

»Warum, Gavin? Wer ist hinter mir her?«

»Wir reden miteinander, wenn ich dort bin.«

»Ich weiß nicht. Thomas ist tot, weil er mit Ihnen geredet hat. Im Augenblick bin ich ganz und gar nicht scharf darauf, Sie zu sehen.«

»Hören Sie, Darby. Ich weiß nicht, wer es getan hat oder warum, aber ich versichere Ihnen, Sie sind in einer sehr gefährlichen Situation. Wir können Sie beschützen.«

»Vielleicht später.«

Er holte tief Luft und setzte sich auf die Bettkante. »Sie können mir vertrauen, Darby.«

»Okay, ich vertraue Ihnen. Aber was ist mit diesen anderen Leuten? Das ist kein Kinderspiel, Gavin. Mein kleines Dossier hat irgend jemanden fürchterlich aufgeregt, meinen Sie nicht auch?«

»Hat er gelitten?«

Sie zögerte. »Nein, ich glaube nicht.« Die Stimme wurde brüchig.

»Können Sie mich in zwei Stunden wieder anrufen? Im Büro. Ich gebe Ihnen eine Geheimnummer.«

»Geben Sie mir die Nummer, und ich denke darüber nach.«

»Bitte, Darby. Sowie ich im Büro bin, gehe ich zum Direktor. Rufen Sie mich um acht an, Ihre Ortszeit.«

»Geben Sie mir die Nummer.«

Die Bombe war zu spät explodiert, um noch in die Donnerstagmorgen-Ausgabe der *Times-Picayune* zu gelangen. Darby blätterte sie in ihrem Hotelzimmer hastig durch. Nichts. Sie schaltete den Fernseher ein, und da war es. Eine Live-Aufnahme des ausgebrannten Porsche, der immer noch inmitten der Trümmer auf dem Parkplatz lag, säuberlich von gelbem Band umgeben, das überall ausgespannt worden war. Die Polizei ging von Mord aus. Keine Verdächtigen. Kein Kommentar. Dann der Name von Thomas Callahan, fünfundvierzig Jahre alt, namhafter Juraprofessor in Tulane. Dann war plötzlich der Dekan da mit einem Mikrofon vor dem Gesicht und redete über Professor Callahan und den schweren Schock, den all das hinterlassen hatte.

Der Schock, die Erschöpfung, die Angst, der Schmerz, und Darby vergrub ihren Kopf im Kissen. Sie haßte es zu weinen, und es würde für eine Weile das letzte Mal sein. Trauern würde nur dazu führen, daß sie umgebracht wurde.

16

Obwohl es eine wundervolle Krise war, mit Punktgewinnen bei den Meinungsumfragen und Rosenberg tot, mit einem sauberen, aufpolierten Image und einem Amerika, dem wohl zumute war, weil er an der Spitze des Staates stand, mit den Demokraten, die nichts zu melden hatten, und mit der Wiederwahl im nächsten Jahr so gut wie in der Tasche, hatte er diese Krise und die damit verbundenen Zusammenkünfte im Morgengrauen satt. Er hatte F. Denton Voyles satt, seine Selbstgefälligkeit und Arroganz und seine gedrungene kleine Gestalt, Voyles, der in einem zerknitterten Trenchcoat an der anderen Seite seines Schreibtisches saß und aus dem Fenster schaute, während er mit dem Präsidenten der Vereinigten Staaten sprach. Er würde in einer Minute hier sein, wieder eine Zusammenkunft vor dem Frühstück, wieder eine unerfreuliche Begegnung, bei der Voyles nur einen Bruchteil von dem berichten würde, was er wußte.

Er hatte es satt, im dunkeln gelassen und nur mit den Krümeln gefüttert zu werden, die Voyles ihm vor die Füße zu werfen geruhte. Auch Gminski würde ihm ein paar Krümel zuwerfen, und damit sollte er genug haben und zufrieden sein. Verglichen mit ihnen wußte er überhaupt nichts. Immerhin hatte er Coal, der ihre Papiere durchpflügte und seinem Gedächtnis einverleibte und aufpaßte, daß sie nicht logen.

Er hatte auch Coal satt. Seine Perfektion und sein Auskommen ohne Schlaf. Seine Brillanz. Seine Gewohnheit, jeden Tag zu beginnen, wenn die Sonne irgendwo über dem Atlantik stand, und jede verdammte Minute jeder verdammten Stunde zu planen, bis sie über dem Pazifik stand. Und dann griff sich Coal noch einen Karton mit dem ganzen Mist des Tages, nahm ihn mit nach Hause, las ihn, entschlüsselte ihn, speicherte ihn und kam dann ein paar Stunden später wieder an und sprudelte den stinklangweiligen Mischmasch heraus, den er gerade verschlungen hatte. Wenn Coal müde war, schlief er fünf Stunden, aber das Normale waren drei oder vier. Er verließ sein Büro im Westflügel gegen elf Uhr abends, las während der ganzen Heimfahrt auf dem Rücksitz seiner Limousine, und ungefähr um die Zeit, zu der der Motor der Limousine abgekühlt war, wartete Coal bereits darauf, daß sie ihn ins Weiße Haus zurückbrachte. Er hielt es für eine Sünde, später als fünf Uhr morgens an seinem Schreibtisch einzutreffen. Und wenn er hundertzwanzig Stunden pro Woche arbeiten konnte, sollten alle anderen imstande sein, wenigstens achtzig zu leisten. Er verlangte achtzig. Nach drei Jahren konnte sich niemand in der Administration an all die Leute erinnern, die Fletcher Coal gefeuert hatte, weil sie keine achtzig Stunden in der Woche arbeiteten. Das passierte jeden Monat mindestens dreimal.

Coal war am glücklichsten in den Frühstunden, in denen Hochspannung herrschte und eine unerfreuliche Zusammenkunft anstand. In der vergangenen Woche hatte diese Sache mit Voyles bewirkt, daß er ununterbrochen lächelte. Er stand neben dem Schreibtisch und las ein paar Briefe, während der Präsident die *Post* überflog und zwei Sekretärinnen herumwieselten.

Der Präsident warf einen Blick auf ihn. Tadelloser schwarzer Anzug, weißes Hemd, rote Seidenkrawatte, ein bißchen zuviel Pomade im Haar über den Ohren. Er hatte ihn restlos satt, aber er würde darüber hinwegkommen, wenn die Krise vorüber war und er wieder zum Golfspielen zurückkehren und es Coal überlassen konnte, sich um die Details zu kümmern. Er redete sich ein, daß er, als er siebenunddreißig war, ebensoviel Energie und Ausdauer besessen hätte, aber er wußte es besser.

Coal schnippte mit den Fingern, funkelte die Sekretärinnen an, und sie waren froh, das Oval Office verlassen zu dürfen.

»Und er hat gesagt, er würde nicht kommen, wenn ich hier bin. Das ist wirklich ein Witz.« Coal war offensichtlich erfreut.

»Ich glaube, er mag Sie nicht«, sagte der Präsident.

»Er mag nur Leute, die er über den Haufen rennen kann.«

»Ich nehme an, ich muß liebenswürdig zu ihm sein.«

»Tragen Sie dick auf, Chef. Er muß die Finger davon lassen. Diese Theorie ist so schwach, daß sie geradezu lächerlich ist, aber in seinen Händen könnte sie gefährlich werden.«

»Was ist mit der Studentin?«

»Wir überprüfen sie. Sie scheint harmlos zu sein.«

Der Präsident stand auf und streckte sich. Coal hantierte mit Papieren. Eine Sekretärin meldete über die Gegensprechanlage die Ankunft von Voyles.

»Ich verschwinde«, sagte Coal. Er würde hinter der nächsten Ecke zuhören und zusehen. Auf sein Betreiben waren im Oval Office drei Fernsehkameras installiert worden. Die Monitore standen in einem kleinen, verschlossenen Raum im Westflügel, zu dem nur er einen Schlüssel hatte. Sarge wußte von diesem Raum, hatte sich aber nicht die Mühe gemacht, ihn zu betreten. Noch nicht.

Dem Präsidenten war wohler zumute bei dem Gedanken, daß Coal zumindest zusehen würde. Er nahm Voyles an der Tür mit einem warmen Händedruck in Empfang und geleitete ihn zur Couch – ein herzliches, freundschaftliches Geplauder unter vier Augen. Voyles war nicht beeindruckt. Er wußte, daß Coal zuhörte. Und zusah. Voyles zog seinen Trenchcoat aus und legte ihn ordentlich auf einen Stuhl. Er wollte keinen Kaffee.

Der Präsident schlug die Beine übereinander. Er trug die braune Strickjacke. Der Großvater.

»Denton«, sagte er ernst, »ich möchte mich für Fletcher Coal entschuldigen. Er hat nicht viel Fingerspitzengefühl.«

Voyles nickte flüchtig. Du dämlicher Esel. In diesem Büro gibt es genügend Drähte, um der Hälfte aller Bürokraten in Washington einen tödlichen Stromschlag beizubringen. Coal saß irgendwo im Keller und hörte von seinem Mangel an Fingerspitzengefühl. »Er kann eine Pest sein, nicht wahr?« knurrte Voyles.

»Ja, das kann er. Ich muß auf ihn aufpassen. Er ist sehr intelligent und arbeitet hart, aber gelegentlich neigt er dazu, es zu übertreiben.«

»Er ist ein Mistkerl, und das sage ich ihm ins Gesicht.« Voyles schaute zur Lüftungsklappe des Porträts von Thomas Jefferson empor, wo eine Kamera alles aufzeichnete, was darunter passierte.

»Also gut, ich werde dafür sorgen, daß er Ihnen nicht in die Quere kommt, bis die Sache erledigt ist.«

»Tun Sie das.«

Der Präsident trank langsam einen Schluck Kaffee und überlegte, was er als nächstes sagen sollte. Voyles war nicht für seine Plauderkunst berühmt.

»Sie müssen mir einen Gefallen tun.«

Voyles sah ihn an, ohne mit der Wimper zu zucken. »Ja, Sir?«

»Ich brauche Informationen über dieses Pelikan-Ding. Es ist an den Haaren herbeigezogen, aber schließlich kommt mein Name darin vor. Wie ernst nehmen Sie es?«

Oh, war das ein Spaß. Voyles unterdrückte ein Lächeln. Es funktionierte. Der Präsident und Mr. Coal waren wegen des Pelikan-Dossiers ins Schwitzen geraten. Sie hatten es am Dienstagabend erhalten, sich den ganzen Mittwoch darüber Sorgen gemacht, und jetzt, in den frühen Morgenstunden des Donnerstag, lagen sie auf den Knien und bettelten um etwas, das kaum mehr war als ein Studentenulk.

»Wir gehen der Sache nach, Mr. President.« Das war eine Lüge, aber woher sollte er das wissen? »Wir lassen keinen Hinweis, keinen Verdächtigen außer acht. Ich hätte es Ihnen nicht zukommen lassen, wenn ich es nicht ernst nähme.« Die Falten auf der gebräunten Stirn schoben sich zusammen, und Voyles hätte am liebsten gelacht.

»Was haben Sie herausbekommen?«

»Nicht viel, aber wir haben gerade erst angefangen. Wir haben es vor nicht einmal achtundvierzig Stunden bekommen. Ich habe vierzehn Agenten in New Orleans angewiesen, nachzugraben. Es ist alles Routine.« Die Lügen kamen so gut an, daß er fast hören konnte, wie Coal nach Luft schnappte.

Vierzehn! Es versetzte ihm einen derartigen Schlag in die Magengrube, daß er sich aufsetzte und die Kaffeetasse auf den Tisch stellte. Vierzehn Fibbies, die herumliefen, ihre Marken vorzeigten, Fragen stellten, und es war nur eine Frage der Zeit, bis die Sache herauskam. »Vierzehn, sagen Sie. Hört sich an, als wäre es Ihnen ziemlich ernst.«

Voyles gab keinen Millimeter nach. »Es ist uns sehr ernst, Mr. President. Rosenberg und Jensen sind seit einer Woche tot, und die Spur wird immer kälter. Wir gehen Hinweisen nach, so schnell wir können. Meine Männer arbeiten rund um die Uhr.«

»Das alles leuchtet mir ein, aber wie ernst ist diese Pelikan-Theorie zu nehmen?«

War das ein Spaß! Die Akte mußte erst noch nach New Orleans geschickt werden. Sie hatten sich noch nicht einmal mit New Orleans in Verbindung gesetzt. Er hatte Eric East angewiesen, eine Kopie an das dortige Büro zu schikken mit der Anweisung, unauffällig ein paar Fragen zu stellen. Es war eine Sackgasse, genau wie hundert andere Spuren, denen sie nachgingen.

»Ich glaube nicht, daß etwas dahintersteckt, Mr. President, aber wir müssen die Sache überprüfen.«

Die Falten entspannten sich, und es erschien der Anflug

eines Lächelns. »Ich brauche Ihnen wohl nicht zu sagen, Denton, wieviel Schaden dieser Unsinn anrichten kann, wenn die Presse Wind davon bekommt.«

»Wir ziehen nicht die Presse zu Rate, wenn wir eine Untersuchung anstellen.«

»Ich weiß. Lassen wir das. Mir wäre es nur lieb, wenn Sie sich aus dieser Sache zurückziehen würden. Ich meine, schließlich ist es völlig absurd, und es könnte durchaus sein, daß mir etwas angelastet wird. Sie verstehen, was ich damit sagen will?«

Voyles war brutal. »Verlangen Sie von mir, daß ich einen Verdächtigen ignoriere, Mr. President?«

Coal lehnte sich dem Monitor entgegen. Nein, ich will, daß Sie dieses Pelikan-Dossier vergessen! Er hätte es beinahe laut gesagt. Er hätte es Voyles klipp und klar sagen und dann dem dicken kleinen Tropf eine reinhauen können, wenn er frech wurde. Aber er versteckte sich in einem verschlossenen Raum, weit von den handelnden Personen entfernt. Und er wußte, zum gegenwärtigen Zeitpunkt war das genau der Ort, an den er gehörte.

Der Präsident bewegte sich und schlug die Beine andersherum übereinander. »Sie wissen doch, worauf ich hinauswill, Denton. Es gibt wesentlich größere Fische in diesem Teich. Die Presse verfolgt die Untersuchung, ist ganz wild darauf, herauszubekommen, wer verdächtigt wird. Sie wissen, wie die Leute sind. Und ich brauche Ihnen nicht zu erzählen, daß ich bei der Presse keine Freunde habe. Sogar mein eigener Pressesprecher kann mich nicht leiden. Ha, ha, ha. Vergessen Sie es für eine Weile. Lassen Sie die Finger davon und konzentrieren Sie sich auf die wirklich Verdächtigen. Diese Sache ist ein Scherz, aber sie könnte für mich äußerst peinlich werden.«

Denton musterte ihn scharf. Unerbittlich.

Der Präsident bewegte sich wieder. »Was ist mit dieser Khamel-Angelegenheit? Hört sich doch recht gut an, oder?«

»Könnte sein.«

»Ja. Und da wir gerade von Zahlen sprechen – wie viele Männer haben Sie auf Khamel angesetzt?«

Voyles sagte »Fünfzehn« und hätte fast gelacht. Der Mund des Präsidenten klappte auf. Der heißeste Verdächtige in diesem Spiel bekommt fünfzehn, und dieses verdammte Pelikan-Ding bekommt vierzehn.

Coal lächelte und schüttelte den Kopf. Voyles hatte sich in seinen eigenen Lügen verfangen. Auf Seite vier des Mittwochsberichtes gaben Eric East und K. O. Lewis die Zahl mit dreißig an, nicht fünfzehn. Nicht nervös werden, Chef. Er spielt mit Ihnen. Der Präsident war sehr nervös. »Großer Gott, Denton. Weshalb nur fünfzehn? Ich dachte, das wäre ein überaus wichtiger Durchbruch.«

»Es können auch ein paar mehr sein. Ich bin es, der diese Untersuchung leitet, Mr. President.«

»Ich weiß. Und Sie leisten gute Arbeit. Ich will mich nicht einmischen. Ich möchte nur, daß Sie in Erwägung ziehen, Ihre Zeit anderen Dingen zu widmen. Das ist alles. Als ich diese Pelikan-Akte las, ist mir beinahe schlecht geworden. Wenn sie der Presse in die Hände fällt und sie der Sache nachgeht, werde ich gekreuzigt.«

»Sie wünschen also, daß wir uns aus der Sache zurückziehen?«

Der Präsident beugte sich vor und starrte Voyles wütend an. »Ich wünsche es nicht nur, Denton. Ich *befehle* Ihnen, die Finger davon zu lassen. Ignorieren Sie sie für ein paar Wochen. Beschäftigen Sie sich mit anderen Dingen. Wenn die Sache wieder aufflackern sollte, können Sie meinetwegen wieder einen Blick darauf werfen. Vergessen Sie nicht, noch bin ich hier der Boß.«

Voyles gab nach und brachte ein winziges Lächeln zustande. »Ich schlage Ihnen einen Handel vor. Ihr Messerstecher Coal hat mich bei der Presse reingeritten. Sie hat Kleinholz aus mir gemacht wegen dem Schutz, den wir Rosenberg und Jensen zuteil werden ließen.«

Der Präsident nickte ernst.

»Sie halten mir diesen Bullterrier vom Leibe, und ich vergesse die Pelikan-Theorie.«

»Ich lasse mich auf keinen Handel ein.«

Voyles grinste höhnisch, behielt aber einen klaren Kopf. »Gut. Ich schicke morgen fünfzig Agenten nach New Orleans. Und übermorgen weitere fünfzig. Wir werden in der ganzen Stadt unsere Marken schwenken und unser Möglichstes tun, um Aufmerksamkeit zu erregen.«

Der Präsident stand auf und trat ans Fenster. Voyles saß regungslos da und wartete.

»Okay, okay, der Handel gilt. Ich kann Fletcher Coal unter Kontrolle halten.«

Voyles stand auf und ging langsam zum Schreibtisch. »Ich traue ihm nicht, und wenn ich ihn bei dieser Untersuchung nur noch ein einziges Mal rieche, ist der Handel hinfällig und wir gehen dem Pelikan-Dossier mit allen Mitteln nach, die mir zur Verfügung stehen.«

Der Präsident reckte die Hände hoch und lächelte herzlich. »Abgemacht.«

Voyles lächelte, und der Präsident lächelte, und in dem verschlossenen Raum lächelte Fletcher Coal den Bildschirm an. Messerstecher. Bullterrier. Großartig. Das waren die Worte, um die sich Legenden bildeten.

Er schaltete die Monitore aus und schloß die Tür hinter sich ab. Sie würden weitere zehn Minuten damit verbringen, sich über die Kandidaten auf der Liste zu unterhalten, und er würde in seinem Büro zuhören, wo er eine Audio-, aber keine Videoanlage hatte. Um neun hatte er eine Personalversammlung. Um zehn eine Entlassung. Und er hatte etwas zu tippen. Die meisten Memos diktierte er einfach ins Gerät und übergab dann das Band einer Sekretärin. Aber hin und wieder hielt Coal ein Phantom-Memo für erforderlich. Diese Memos waren immer im ganzen Westflügel in Umlauf und immer überaus umstritten und wurden gewöhnlich der Presse zugespielt. Weil sie keinen

Urheber hatten, lagen sie auf fast jedem Schreibtisch herum. Dann brüllte und tobte Coal. Er hatte schon Leute wegen Phantom-Memos entlassen, die auf seiner eigenen Schreibmaschine entstanden waren.

Es waren vier Absätze mit einfachem Zeilenabstand auf einer Seite, eine Zusammenfassung dessen, was er über Khamel und dessen kürzlichen Abflug aus Washington wußte. Und er gab vage Hinweise auf eine Verbindung zu den Libyern und den Palästinensern. Coal bewunderte sein Memo. Wie lange würde es dauern, bis es in der *Post* oder der *Times* stand? Er schloß kleine Wetten mit sich selbst ab, welche Zeitung es zuerst bringen würde.

Der Direktor war im Weißen Haus, und von dort aus würde er nach New York fliegen und erst morgen zurückkommen. Gavin ließ sich vor dem Büro von K. O. Lewis nieder, bis dieser einen Moment Zeit hatte. Er war drinnen.

Lewis war gereizt, aber immer noch Gentleman. »Sie sehen ziemlich mitgenommen aus.«

»Ich habe gerade meinen besten Freund verloren.«

Lewis wartete auf mehr.

»Sein Name war Thomas Callahan. Er ist der Mann aus Tulane, der mir das Pelikan-Dossier mitgebracht hat; es wurde herumgereicht und dann ins Weiße Haus und wer weiß wohin sonst noch geschickt, und jetzt ist er tot. Gestern abend von einer Autobombe in New Orleans in Stücke zerfetzt. Ermordet, K. O.«

»Das tut mir leid.«

»Es geht nicht darum, ob es Ihnen leid tut oder nicht. Die Bombe war ganz offensichtlich für Callahan bestimmt und für die Studentin, die das Dossier geschrieben hat. Sie heißt Darby Shaw.«

»Ich habe ihren Namen auf dem Dossier gesehen.«

»Richtig. Sie waren zusammen aus und sollten eigentlich beide in dem Wagen sitzen, als er in die Luft ging. Aber sie hat überlebt, und heute morgen um fünf bekam ich einen Anruf von ihr. Zu Tode verängstigt.«

Lewis hörte zu, schob es aber bereits beiseite. »Sie sind nicht sicher, daß es eine Bombe war.«

»Sie hat gesagt, es wäre eine Bombe gewesen. Sie machte WUMM! und fetzte alles in Stücke. Ich bin sicher, daß er tot ist.«

»Und Sie glauben, es besteht ein Zusammenhang zwischen seinem Tod und dem Dossier?«

Gavin war Anwalt, untrainiert in der Kunst des Verhörs, und er wollte auf keinen Fall leichtgläubig erscheinen. »Es wäre durchaus möglich. Ja, das glaube ich. Sie nicht?«

»Das spielt überhaupt keine Rolle, Gavin. Ich habe gerade mit dem Direktor gesprochen. Pelikan steht nicht mehr auf unserer Liste. Ich weiß nicht einmal, ob es je draufgestanden hat, aber wir befassen uns nicht mehr damit.«

»Aber mein Freund wurde mit einer Autobombe ermordet.«

»Tut mir leid. Ich bin sicher, die dortigen Behörden gehen der Sache nach.«

»Hören Sie, K. O. Ich bitte Sie um einen Gefallen.«

»Hören Sie mir zu, Gavin. Ich habe keine Gefallen zu vergeben. Wir jagen ohnehin schon genug Kaninchen hinterher, und wenn der Direktor Schluß sagt, dann machen wir Schluß. Es steht Ihnen frei, mit ihm zu reden. Aber ich würde es Ihnen nicht empfehlen.«

»Vielleicht habe ich die Sache falsch angefaßt. Ich dachte, Sie würden mir zuhören und wenigstens so tun, als wären Sie interessiert.«

Lewis wanderte um seinen Schreibtisch herum. »Gavin, Sie sehen schlecht aus. Nehmen Sie sich den Tag frei.«

»Nein, ich gehe in mein Büro, warte dort eine Stunde,

und dann komme ich wieder her und fange von vorn an. Können wir es in einer Stunde noch einmal versuchen?«

»Nein. Voyles hat sich klar und deutlich ausgedrückt.«

»Die Frau auch, K. O. Er wurde ermordet, und sie hat sich irgendwo in New Orleans versteckt, hat Angst vor ihrem eigenen Schatten, bittet uns um Hilfe, und wir sind zu beschäftigt.«

»Tut mir leid.«

»Nein, das tut es nicht. Es ist meine Schuld. Ich hätte das verdammte Ding in den Papierkorb werfen sollen.«

»Es hat einen wichtigen Zweck erfüllt, Gavin.« Lewis legte ihm die Hand auf die Schulter, als wäre seine Zeit um und er hätte genug von diesem Geschwätz. Gavin machte sich frei und ging auf die Tür zu.

»Ja, es hat euch etwas gegeben, womit ihr herumspielen konntet. Ich hätte es verbrennen sollen.«

»Zum Verbrennen ist es zu gut, Gavin.«

»Ich gebe nicht auf. Ich bin in einer Stunde wieder da, und dann fangen wir wieder von vorn an. Diesmal ist es nicht richtig gelaufen.« Verheek knallte die Tür hinter sich ins Schloß.

Sie betrat Rubinstein Brothers von der Canal Street her und verschwand zwischen den Gestellen mit Männerhemden.

Niemand folgte ihr in das Geschäft. Sie suchte sich schnell einen marineblauen Parka aus, kleinste Männergröße, eine geschlechtslose Fliegersonnenbrille und eine englische Fahrermütze, die gleichfalls für Männer gedacht war, ihr aber paßte. Als der Verkäufer die Kreditkarte durchzog, machte sie die Preisschilder ab und zog den Parka an. Er war unförmig wie die Sachen, die sie zu den Vorlesungen trug. Sie stopfte ihr Haar unter den Kapuzenkragen. Der Verkäufer schaute ihr diskret zu. Sie verließ das Geschäft durch den Ausgang zur Magazine Street und tauchte in der Menge unter.

Wieder auf der Canal Street. Eine Busladung Touristen strömte ins Sheraton, und sie mischte sich unter sie. Sie ging zu der Wand mit den Telefonzellen, suchte die Nummer heraus und rief Mrs. Chen an, die Frau, die in dem Doppelhaus neben ihr wohnte. Hatte sie irgend jemanden gesehen oder gehört? Sehr früh hatte jemand an die Tür geklopft.

Es war noch dunkel gewesen, und sie war davon aufgewacht. Sie hatte niemanden gesehen, nur das Klopfen gehört.

Ihr Wagen stand nach wie vor auf der Straße. War alles in Ordnung? Ja, alles bestens. Vielen Dank.

Sie beobachtete die Touristen und wählte die Nummer, die Gavin Verheek ihr gegeben hatte. Es war eine interne Nummer, was bedeutete, daß nur wenig Umstand gemacht wurde, und nach drei Minuten, in denen sie sich weigerte, ihren Namen zu nennen, und den seinen wiederholte, war er am Apparat.

»Wo sind Sie?« fragte er.

»Eines möchte ich von vornherein klarstellen. Im Augenblick sage ich weder Ihnen noch sonst jemandem, wo ich bin. Also fragen Sie nicht.«

»Okay. Ich nehme an, daß Sie es sind, die die Regeln aufstellt.«

»Danke. Was hat Mr. Voyles gesagt?«

»Mr. Voyles war im Weißen Haus und nicht zu erreichen. Ich will versuchen, später mit ihm zu reden.«

»Das ist ziemlich dürftig, Gavin. Sie sind seit fast vier Stunden im Büro, und Sie haben nichts. Ich hatte mehr erwartet.«

»Haben Sie Geduld, Darby.«

»Geduld bedeutet meinen Tod. Sie sind hinter mir her, stimmt's, Gavin?«

»Ich weiß es nicht.«

»Was würden Sie tun, wenn Sie wüßten, daß Sie eigentlich schon tot sein sollten, und daß die Leute, die versuchen, Sie umzubringen, bereits zwei Richter vom Obersten Bundesgericht ermordet und einen simplen Juraprofessor in die Luft gejagt haben und über Milliarden von Dollar verfügen, die sie ganz offensichtlich dazu verwenden, Leute aus dem Weg zu räumen? Was würden Sie tun, Gavin?«

»Mich ans FBI wenden.«

»Thomas hat sich ans FBI gewendet, und er ist tot.«

»Danke, Darby. Das ist nicht fair.«

»Mir geht es nicht um Fairneß oder Gefühle. Mir geht es vielmehr darum, bis Mittag am Leben zu bleiben.«

»Gehen Sie nicht in Ihre Wohnung.«

»Ich bin doch nicht blöd. Sie sind schon dort gewesen. Und ich bin sicher, daß sie auch seine Wohnung beobachten.«

»Wo leben seine Angehörigen?«

»Seine Eltern leben in Naples, Florida. Ich nehme an, die Universität wird sich mit ihnen in Verbindung setzen. Er hat einen Bruder in Mobile, und ich habe daran gedacht, ihn anzurufen und ihm das alles zu erklären.«

Sie sah ein Gesicht. Er ging zwischen den Touristen an der Rezeption herum. Er hatte eine zusammengefaltete Zeitung in der Hand und versuchte, so auszusehen, als wäre er hier zu Hause, nur ein Gast unter anderen, aber sein Gang war ein bißchen zögerlich, und seine Augen suchten.

Das Gesicht war lang und schmal, mit einer runden Brille und glänzender Stirn.

»Hören Sie zu, Gavin. Notieren Sie das. Ich sehe einen Mann, den ich vor kurzem schon einmal gesehen habe. Vor ungefähr einer Stunde. Einsachtzig bis einsfünfundachtzig groß, schlank, dreißig Jahre alt, Brille, zurückweichendes dunkles Haar. Er ist weg. Er ist weg.«

»Wer zum Teufel ist es?«

»Er hat sich mir nicht vorgestellt.«

»Hat er Sie gesehen? Wo halten Sie sich auf?«

»In einer Hotelhalle. Ich weiß nicht, ob er mich gesehen hatte. Ich muß Schluß machen.«

»Darby, einen Moment noch. Was immer Sie tun, bleiben Sie mit mir in Verbindung, okay?«

»Ich werde es versuchen.«

Die Toiletten befanden sich gleich um die Ecke. Sie ging in die letzte Kabine, verriegelte die Tür und blieb eine Stunde darin.

17

Der Fotograf hieß Croft. Er hatte sieben Jahre für die *Post* gearbeitet, bis seine dritte Drogen-Verurteilung ihn für neun Monate aus dem Verkehr zog. Auf Bewährung entlassen, mauserte er sich zum freiberuflichen Künstler und inserierte als solcher im Branchenbuch. Das Telefon läutete nur selten. Er machte ein bißchen Arbeit von der Art, bei der man herumschlich und Leute fotografierte, die nicht wußten, daß die Kamera auf sie gerichtet war. Die meisten seiner Kunden waren Scheidungsanwälte, die schmutzige Wäsche für ihre Prozesse brauchten. Nach zwei Jahren freiberuflichen Arbeitens hatte er etliche Tricks gelernt und hielt sich jetzt für einen gerissenen Privatdetektiv. Er berechnete vierzig Dollar pro Stunde, wenn er sie bekommen konnte.

Einer seiner Kunden war Gray Grantham, ein alter Freund aus seiner Zeit bei der Zeitung, der ihn anrief, wenn es Schmutzarbeit zu tun gab. Grantham war ein guter, gewissenhafter Reporter mit einem Anhauch von Skrupellosigkeit, und wenn er eine krumme Tour abzog, dann rief er an. Croft mochte Grantham, weil er ehrlich war, was seine Skrupellosigkeit anging. Die anderen waren so scheinheilig.

Er saß in Granthams Volvo, weil der ein Telefon hatte. Es war Mittagszeit. Er rauchte seinen Lunch und überlegte, ob der Geruch haften würde, obwohl alle Fenster geöffnet waren. Er arbeitete am besten, wenn er halb high war. Wenn man seinen Lebensunterhalt damit verdient, Motels zu beobachten, muß man high sein.

Von der Beifahrerseite drang ein frisches Lüftchen herein und wehte den Geruch hinaus auf die Pennsylvania. Er parkte vorschriftswidrig, rauchte Gras und machte sich deshalb keine großen Sorgen. Er hatte weniger als eine Unze bei sich, und sein Bewährungshelfer rauchte es auch, also kein Grund zur Aufregung.

Die Telefonzelle war anderthalb Blocks entfernt, auf dem Gehsteig. Mit seinem Teleobjektiv konnte er fast das Telefonbuch lesen. Kleinigkeit. Eine dicke Frau war darin, füllte die Zelle aus und redete mit den Händen. Croft tat einen Zug und hielt im Spiegel Ausschau nach Polizisten. Dies war eine Zone, in der vorschriftswidrig parkende Wagen abgeschleppt wurden. Auf der Pennsylvania herrschte dichter Verkehr.

Zwanzig nach zwölf zwängte sich die Frau aus der Zelle heraus, und aus dem Nirgendwo erschien ein junger Mann in einem guten Anzug und machte die Tür hinter sich zu. Croft griff nach seiner Nikon und stützte das Objektiv aufs Lenkrad. Es war kühl und sonnig, und auf dem Gehsteig wimmelte es von Leuten, die zum Lunch gingen. Die Schultern und Köpfe bewegten sich rasch vorbei. Eine Lücke. Klick. Eine Lücke. Klick. Das Zielobjekt drückte Nummern und sah sich um. Das war ihr Mann.

Er redete dreißig Sekunden, und das Autotelefon läutete dreimal und verstummte dann. Das war das Signal von Grantham in der Redaktion der *Post*. Das war ihr Mann, und er redete mit ihm. Croft drückte immer wieder auf den Auslöser. Machen Sie so viele, wie Sie nur können, hatte Grantham gesagt. Eine Lücke. Klick. Klick. Köpfe und Schultern. Eine Lücke. Klick. Klick. Seine Augen schossen herum, während er redete, aber er wendete der Straße den Rücken zu. Das ganze Gesicht. Klick. Croft verknipste einen 36er-Film in zwei Minuten, dann griff er nach einer anderen Nikon. Er schraubte das Objektiv auf und wartete darauf, daß eine Gruppe von Leuten vorbeigezogen war.

Er tat den letzten Zug und warf die Kippe auf die Straße. Das war kinderleicht. Natürlich, man brauchte Talent, um im Atelier ein gutes Bild zustandezubringen, aber diese

Arbeit auf der Straße machte viel mehr Spaß. Es war etwas Kriminelles am Stehlen eines Gesichts mit einer verborgenen Kamera.

Das Zielobjekt war ein Mann, der nur wenige Worte machte. Er legte den Hörer auf, schaute sich um und kam auf Croft zu. Klick, klick, klick. Volles Gesicht, volle Figur, ging schneller, kam näher, wundervoll, wundervoll. Croft arbeitete fieberhaft und legte erst im allerletzten Moment die Nikon auf den Sitz und sah hinaus auf die Pennsylvania, als der Mann vorbeiging und dann in einer Gruppe von Sekretärinnen verschwand.

So ein Blödmann. Wenn man auf der Flucht ist, sollte man nie dieselbe Telefonzelle zweimal benutzen.

Garcia redete um den heißen Brei herum. Er hätte eine Frau und ein Kind, sagte er, und er hätte Angst. Vor ihm lag eine Karriere mit einer Masse Geld, und wenn er seinen Verpflichtungen nachkam und den Mund hielt, würde er ein reicher Mann werden. Aber er wollte reden. Er ließ sich darüber aus, wie viel ihm am Reden lag, er hatte etwas zu sagen und all das, aber er konnte sich einfach nicht entscheiden. Er traute niemandem.

Grantham drängte nicht. Er ließ ihn so lange reden, daß Croft seine Arbeit tun konnte. Irgendwann würde Garcia auspacken. Es verlangte ihn so sehr danach. Inzwischen hatte er dreimal angerufen und zu seinem neuen Freund Grantham Vertrauen gefaßt, der dieses Spiel schon viele Male gespielt hatte und wußte, wie es lief. Der erste Schritt bestand darin, zu beruhigen und Zutrauen aufzubauen, Wärme und Respekt zu suggerieren, über Recht und Unrecht und moralische Verpflichtungen zu sprechen. Dann redeten sie gewöhnlich.

Die Bilder waren wundervoll. Croft war nicht seine erste Wahl. Er war meistens so high, daß man es seinen Fotos ansah. Aber Croft war skrupellos und diskret, er hatte einige journalistische Erfahrung und war gerade verfügbar gewesen. Er hatte ein Dutzend ausgewählt und sie auf zwölf mal achtzehn vergrößert, und sie waren hervorragend. Rechtes Profil. Linkes Profil. Volles Gesicht zum Telefon. Volles Gesicht direkt in die Kamera. Volle Figur, weniger als sechs Meter entfernt. Kleinigkeit, sagte Croft.

Garcia war unter dreißig, ein sehr gut aussehender, gepflegter Anwalt. Dunkles, kurzes Haar. Vielleicht lateinamerikanischer Abstammung, aber die Haut war nicht dunkel. Die Kleidung war teuer. Marineblauer Anzug, vermutlich Wolle. Kein Muster oder Streifen. Weißes Hemd mit breitem Kragen und Seidenkrawatte. Elegante schwarze oder weinrote Schuhe, auf Hochglanz poliert. Das Fehlen eines Aktenkoffers war verwunderlich. Aber schließlich war es Lunchzeit gewesen, und er war vermutlich nur aus dem Büro geeilt, um anzurufen, und dann wieder zurück ins Büro. Das Justizministerium war nur einen Block weit entfernt.

Grantham betrachtete die Fotos und behielt die Tür im Auge. Sarge verspätete sich nie. Es war dunkel, und das Lokal füllte sich. Granthams Gesicht war das einzige weiße im Umkreis von drei Häuserblocks.

Unter den Zehntausenden von Regierungsanwälten in Washington hatte er einige gesehen, die sich gut zu kleiden wußten, aber nicht viele. Und schon gar nicht unter den Jüngeren. Sie fingen mit vierzigtausend im Jahr an, und Kleidung war nicht wichtig. Aber für Garcia war sie wichtig, und er war zu jung und zu gut angezogen, um ein Regierungsanwalt zu sein.

Also war er ein privater, seit etwa drei oder vier Jahren in einer Firma und mit einem Gehalt von schätzungsweise achtzig Riesen. Großartig. Das engte das Feld auf fünfzigtausend Anwälte ein, und vermutlich wurden es jede Minute mehr.

Die Tür ging auf, und ein Polizist kam herein. Durch den Rauch und Dunst hindurch konnte er erkennen, daß es Cleve war. Dies war ein anständiges Lokal, ohne

Glücksspiel oder Nutten, deshalb regte sich niemand über das Erscheinen eines Polizisten auf. Er ließ sich Grantham gegenüber in der Nische nieder.

»Haben Sie dieses Lokal ausgesucht?« fragte Grantham.

»Ja. Gefällt es Ihnen?«

»Drücken wir es so aus. Wir versuchen, nicht aufzufallen, stimmt's? Ich bin hier, um von einem Angestellten im Weißen Haus geheime Informationen zu erhalten. Dicke Hunde. Und nun sagen Sie mir, Cleve – bin ich unauffällig, wenn ich mit meiner weißen Haut hier sitze?«

»Ich sage es Ihnen nur ungern, Grantham, aber Sie sind bei weitem nicht so berühmt, wie Sie glauben. Sehen Sie diese Typen dort an der Bar?« Er wies auf die Theke, an der Bauarbeiter saßen. »Ich gebe Ihnen meinen Gehaltsscheck, wenn einer von den Typen dort je die *Washington Post* gelesen oder von Gray Grantham gehört hat oder sich auch nur im mindesten dafür interessiert, was im Weißen Haus passiert.«

»Okay, okay. Wo ist Sarge?«

»Sarge fühlt sich nicht wohl. Er hat mir eine Nachricht für Sie mitgegeben.«

Das ging nicht. Er konnte Sarge als ungenannten Informanten benutzen, aber nicht Sarges Sohn oder sonst jemanden, mit dem Sarge gesprochen hatte. »Was ist mit ihm?«

»Das Alter. Ihm war heute abend nicht danach zumute, mit Ihnen zu reden, aber er hat gesagt, es wäre dringend.«

Grantham hörte zu und wartete.

»Ich habe draußen in meinem Wagen einen Brief, fest zugeklebt und versiegelt. Sarge hat sich unmißverständlich ausgedrückt, als er ihn mir gab, und gesagt, ich dürfte ihn auf keinen Fall aufmachen. Übergib ihn Mr. Grantham. Scheint etwas Wichtiges zu sein.«

»Gehen wir.«

Sie schoben sich durch die Menge zur Tür. Der Streifenwagen parkte am Bordstein. Cleve öffnete die Beifahrertür und holte den Umschlag aus dem Handschuhfach. »Das hat er im Westflügel mitgehen lassen.«

Grantham steckte ihn in die Tasche. Es war nicht Sarges Art, etwas zu stehlen, und seit sie miteinander in Verbindung standen, hatte er noch nie ein Dokument abgeliefert.

»Danke, Cleve.«

»Er wollte mir nicht sagen, was es ist – hat mir erklärt, ich müßte abwarten und es dann in der Zeitung lesen.«

»Sagen Sie Sarge, daß ich ihn liebe.«

»Darüber wird er bestimmt ganz aus dem Häuschen sein.«

Der Streifenwagen fuhr davon, und Grantham eilte zu seinem Volvo, der immer noch nach verbranntem Gras stank. Er verriegelte die Tür, schaltete die Deckenbeleuchtung ein und riß den Umschlag auf. Es war ganz eindeutig ein internes Memo aus dem Weißen Haus, und es ging um einen Killer namens Khamel.

Er raste durch die Stadt. Aus Brightwood heraus, auf die Sechzehnte und südwärts in Richtung Stadtzentrum. Es war fast halb acht, und wenn er es in einer Stunde zusammenbrachte würde es noch in die Stadt-Spätausgabe kommen, die größte von einem halben Dutzend Ausgaben, die ab halb elf von den Druckmaschinen ausgespien wurden. Er dankte Gott für das kleine Yuppie-Autotelefon, das zu kaufen ihm so widerstrebt hatte. Er rief Smith Keen an, den für die Recherchen zuständigen Ressortchef, der sich noch in der Redaktion im fünften Stock aufhielt. Dann rief er einen Freund in der Auslandsabteilung an und bat ihn, alles über Khamel herauszusuchen.

Das Memo kam ihm verdächtig vor. Die Worte waren zu heikel, um zu Papier gebracht zu werden und dann im Büro herumzuliegen wie die neueste Anweisung über Kaffee oder Mineralwasser oder Urlaub. Irgend jemand, vermutlich Fletcher Coal, wollte die Welt wissen lassen, daß Khamel als Verdächtiger aufgetaucht war, ausgerechnet ein Araber mit engen Beziehungen zu Libyen, dem Irak und dem Iran, Ländern, von hitzigen Idioten regiert, die Amerika haßten. Irgend jemand im Weißen Narrenhaus wollte, daß die Story auf der Titelseite erschien.

Aber es war eine tolle Story, und sie gehörte auf die Titelseite. Um neun waren er und Smith Keen damit fertig. Sie fanden zwei alte Fotos, von denen allgemein angenommen wurde, daß sie Khamel zeigten, obwohl sie so wenig Ähnlichkeit miteinander hatten, daß sie von zwei verschiedenen Personen zu stammen schienen. Keen sagte, bringt beide. Die Akte über Khamel war dünn. Ein Haufen Gerüchte und Legenden, aber wenig Handfestes. Grantham erwähnte den Papst, den britischen Diplomaten, den deutschen Bankier und den Hinterhalt für die israelischen Soldaten. Und jetzt stand Khamel, einer vertraulichen Quelle aus dem Weißen Haus zufolge, einer überaus verläßlichen und glaubhaften Quelle, in dem Verdacht, die Richter Rosenberg und Jensen ermordet zu haben.

Vierundzwanzig Stunden nach ihrem Untertauchen war sie immer noch am Leben. Wenn es bis zum Morgen dabei blieb, konnte sie einen neuen Tag beginnen und von neuem darüber nachdenken, was sie tun und wohin sie gehen sollte. Aber jetzt war sie müde. Sie war in einem Zimmer im fünfzehnten Stock des Marriott, bei verriegelter Tür und eingeschaltetem Licht, und auf dem Bett lag eine große Sprühdose mit Tränengas. Ihr dichtes, dunkelrotes Haar steckte in einer Papiertüte im Schrank. Als sie sich das letzte Mal das Haar abgeschnitten hatte, war sie drei Jahre alt gewesen, und ihre Mutter hatte ihr den Hosenboden versohlt.

Es hatte sie zwei anstrengende Stunden mit einer stumpfen Schere gekostet, um es abzuschneiden und dennoch so etwas wie eine Frisur zustandezubringen. Sie würde es wer weiß wie lange unter einer Mütze oder einem Hut verstecken. Zwei weitere Stunden verbrachte sie damit, es schwarz zu färben. Sie hätte es bleichen können, aber das wäre zu offensichtlich gewesen. Sie ging davon aus, daß sie es mit Profis zu tun hatte, und aus irgendeinem unerklärlichen Grund war sie im Drugstore zu der Überzeugung gelangt, daß sie vielleicht damit rechneten, daß sie genau das tat und zur Blondine wurde. Und wenn schon. Das Zeug wurde in Flaschen verkauft, und wenn sie morgen früh aufwachte und unmöglich aussah, konnte sie es immer noch blond färben. Die Chamäleon-Strategie. Jeden Tag die Farbe ändern und sie wahnsinnig machen. Clairol bot mindestens fünfundachtzig Töne an.

Sie war todmüde, fürchtete sich aber vorm Schlafen. Sie hatte im Laufe des Tages ihren Freund vom Sheraton nicht wiedergesehen, aber je mehr sie umherstreifte, desto mehr Gesichter kamen ihr bekannt vor. Sie wußte, er war irgendwo da draußen. Und er hatte Freunde. Wenn sie Rosenberg und Jensen ermorden und Thomas Callahan in die Luft sprengen konnten, würden sie bei ihr leichtes Spiel haben.

Sie konnte es nicht riskieren, in die Nähe ihres Wagens zu kommen, und sie wollte keinen mieten. Mietfirmen führten Buch. Und sie lagen vermutlich auf der Lauer. Sie konnte fliegen, aber sie überwachten die Flughäfen. Oder einen Bus nehmen; aber sie hatte noch nie eine Fahrkarte gekauft oder das Innere eines Greyhound gesehen.

Und nachdem sie gemerkt hatten, daß sie verschwunden war, würden sie damit rechnen, daß sie sich aus dem Staube machte. Sie war nur ein Amateur, eine kleine Studentin mit gebrochenem Herzen, die hatte mit ansehen müssen, wie ihr Freund in Stücke zerrissen wurde. Sie würde kopflos irgendwohin flüchten, die Stadt verlassen, und dann würden sie sie erwischen.

Im Augenblick fühlte sie sich in der Stadt am besten aufgehoben. Hier gab es eine Million Hotelzimmer, fast ebenso viele Gassen und Kneipen und kleine Lokale, und außerdem herrschte auf Bourbon, Chartres, Dauphine und Royal ständig ein reger Betrieb. Sie kannte sie gut, besonders das French Quarter, wo man alles zu Fuß erreichen konnte. Sie würde ein paar Tage lang von einem Hotel ins andere ziehen, bis wann? Sie wußte nicht, bis wann. Sie wußte nicht, warum. Unter den gegebenen Umständen kam ihr das Herumziehen einfach vernünftig vor. Sie würde sich vormittags von den Straßen fernhalten und versuchen zu schlafen. Sie würde Kleidung, Kopfbedeckungen und Sonnenbrillen wechseln. Sie würde anfangen zu rauchen und eine Zigarette im Gesicht haben. Sie würde herumziehen, bis sie das Herumziehen satt hatte, und dann würde sie die Stadt vielleicht verlassen. Es war völlig in Ordnung, Angst zu haben. Sie durfte nicht den Kopf verlieren. Sie würde überleben.

Sie dachte daran, sich an die Polizei zu wenden, aber jetzt noch nicht. Sie schrieben Namen auf und führten Buch, und sie konnten gefährlich sein. Sie dachte daran, Thomas' Bruder in Mobile anzurufen, aber es gab nicht das mindeste, womit der arme Mann ihr in diesem Moment hätte helfen können. Sie dachte daran, den Dekan anzurufen, aber wie sollte sie das Dossier erklären, Gavin Verheek, das FBI, die Autobombe, Rosenberg und Jensen und sie selber auf der Flucht, und erreichen, daß es glaubhaft klang? Den Dekan konnte sie vergessen. Sie mochte ihn ohnehin nicht.

Sie dachte daran, ein paar Kommilitonen anzurufen, aber Leute reden und Leute hören mit, und sie konnten dort draußen sein und mithören, wie die Leute über Callahan redeten. Sie wollte mit Alice Stark reden, ihrer besten Freundin. Alice machte sich Sorgen, und Alice würde zur Polizei gehen und melden, daß ihre Freundin Darby Shaw verschwunden war. Sie würde Alice morgen anrufen.

Sie wählte die Nummer des Zimmerservice und bestellte einen mexikanischen Salat und eine Flasche Rotwein. Sie würde den ganzen Wein trinken und dann mit dem Tränengas auf einem Stuhl sitzen und die Tür im Auge behalten, bis sie einschlief.

18

Gminskis Limousine machte auf der Canal Street eine plötzliche Kehrtwendung, als gehörte die Straße ihr allein, und hielt dann vor dem Sheraton an. Beide Hintertüren flogen auf. Gminski war zuerst draußen, rasch gefolgt von drei Gehilfen die mit Reisetaschen und Aktenkoffern hinter ihm hereilten. Es war kurz vor zwei Uhr morgens, und der Direktor hatte es offensichtlich sehr eilig. Er blieb nicht an der Rezeption stehen, sondern steuerte direkt auf die Fahrstühle zu. Die Gehilfen rannten hinter ihm her und hielten ihm die Fahrstuhltür auf, und niemand sprach, als sie sechs Stockwerke hochfuhren.

In einem Eckzimmer warteten drei seiner Agenten. Einer von ihnen öffnete die Tür, und Gminski stürmte ohne ein Wort der Begrüßung hindurch. Die Gehilfen warfen das Gepäck auf eines der Betten. Der Direktor entledigte sich seines Jacketts und warf es auf einen Stuhl.

»Wo ist sie?« fuhr er einen Agenten namens Hooten an. Ein anderer, der Swank hieß, zog die Vorhänge auf, und Gminski trat ans Fenster.

Swank deutete auf das Marriott, einen Block entfernt auf der anderen Straßenseite. »Sie ist im fünfzehnten Stock, drittes Zimmer von der Straße aus, Licht noch an.«

Gminski starrte auf das Marriott. »Sind Sie sicher?«

»Ja. Wir sahen sie hineingehen, und sie hat mit einer Kreditkarte bezahlt.«

»Armes Kind«, sagte Gminski, als er sich vom Fenster zurückzog. »Wo war sie vorige Nacht?«

»Im Holiday Inn an der Royal. Hat mit einer Kreditkarte bezahlt.«

»Haben Sie jemanden gesehen, der ihr gefolgt ist?« fragte der Direktor.

»Nein.«

»Ich möchte ein bißchen Wasser«, sagte er zu einem der Gehilfen, der zum Eiskübel sprang und mit Würfeln klirrte.

Gminski setzte sich auf die Bettkante, verschränkte die Finger ineinander und ließ jeden nur möglichen Knöchel knacken. »Was meinen Sie?« fragte er Hooten, den ältesten der drei Agenten.

»Sie sind hinter ihr her. Sie drehen jeden Stein um. Sie benutzt Kreditkarten, und in achtundvierzig Stunden wird sie tot sein.«

»Ganz dumm ist sie nicht«, warf Swank ein. »Sie hat sich das Haar abgeschnitten und es schwarz gefärbt. Sie bleibt nie lange an einem Ort. Offensichtlich hat sie fürs erste nicht die Absicht, die Stadt zu verlassen. Ich gebe ihr zweiundsiebzig Stunden, bis sie sie gefunden haben.«

Gminski trank von seinem Wasser. »Das bedeutet, daß ihr kleines Dossier den Nagel auf den Kopf getroffen hat. Und es bedeutet, daß unser Freund jetzt vor nichts mehr zurückschrecken wird. Wo ist er?«

Hooten antwortete schnell. »Wir haben keine Ahnung.«

»Wir müssen ihn finden.«

»Seit drei Wochen hat ihn niemand mehr gesehen.«

Gminski stellte das Glas auf den Schreibtisch und griff nach einem Zimmerschlüssel. »Also, was meinen Sie?«

»Holen wir sie?«

»Das wird nicht so einfach sein«, sagte Swank. »Sie könnte bewaffnet sein, und jemand könnte verletzt werden.«

»Sie ist total verängstigt«, sagte Gminski. »Außerdem ist sie eine Zivilperson und gehört keiner Organisation an. Wir können nicht herumlaufen und Zivilpersonen von der Straße auflesen.«

»Dann wird sie nicht lange überleben«, sagte Swank.

»Wie würden Sie vorgehen?« fragte Gminski.

»Es gibt verschiedene Möglichkeiten«, antwortete Hooten. »Sie auf der Straße festnehmen. In ihr Zimmer gehen. Wenn ich sofort losginge, könnte ich in weniger als zehn Minuten in ihrem Zimmer sein. Das ist nicht schwierig. Sie ist kein Profi.«

Gminski wanderte langsam im Zimmer herum, und alle beobachteten ihn. Er sah auf die Uhr. »Ich bin nicht dafür, sie festzunehmen. Wir werden vier Stunden schlafen und uns um halb sieben wieder hier treffen. Wenn ihr mich dann überzeugen könnt, daß wir sie festnehmen sollten, sage ich, daß ihr es tun sollt. Okay?«

Sie nickten gehorsam.

Der Wein erfüllte seinen Zweck. Sie nickte auf dem Stuhl ein dann legte sie sich ins Bett und schlief tief und fest. Das Telefon läutete. Die Decke hing auf den Boden herab, und ihre Füße lagen auf dem Kopfkissen. Das Telefon läutete. Ihre Lider waren verklebt. Ihr Verstand war gelähmt und in Träume versunken, aber irgendwo in den tiefsten Winkeln ihres Gehirns funktionierte etwas und sagte ihr, daß das Telefon läutete.

Die Augen gingen auf, sahen aber nur wenig. Die Sonne war aufgegangen, die Lichter brannten, und sie starrte auf das Telefon. Nein, sie hatte nicht darum gebeten, geweckt zu werden. Sie dachte eine Sekunde darüber nach, dann war sie sicher. Kein Weckanruf. Sie setzte sich auf die Bettkante und hörte dem Läuten zu. Fünfmal, zehn, fünfzehn, zwanzig. Es wollte nicht aufhören. Vielleicht hatte jemand die falsche Nummer gewählt, aber nach dem zwanzigsten Läuten würde er es aufgeben.

Es war keine falsche Nummer. Die Spinnweben lichteten sich, und sie bewegte sich näher an das Telefon heran. Außer dem Mann an der Rezeption und vielleicht seinem Chef und dem Zimmerservice wußte keine lebendige Seele, daß sie sich in diesem Zimmer befand. Sie hatte Essen bestellt, aber sonst niemanden angerufen.

Es hörte auf zu läuten. Gut, falsche Nummer. Sie ging ins Badezimmer, und es läutete abermals. Sie zählte. Nach dem vierzehnten Läuten nahm sie den Hörer ab. »Hallo?«

»Darby, hier ist Gavin Verheek. Sind Sie okay?«

Sie setzte sich aufs Bett. »Woher haben Sie die Nummer?«

»Wir haben Möglichkeiten. Hören Sie, haben...«

»Einen Moment, Gavin. Eine Minute. Lassen Sie mich nachdenken. Die Kreditkarte, stimmt's?«

»Ja. Die Kreditkarte. Die Papierspur. Es ist das FBI, Darby. Wir haben Möglichkeiten. Das ist nicht sonderlich schwierig.«

»Dann könnten sie es auch schaffen.«

»Vermutlich. Halten Sie sich an die kleinen Hotels und zahlen Sie bar.«

In ihrem Magen war ein dicker Knoten, und sie streckte sich auf dem Bett aus. Einfach so. Nicht schwierig. Die Papierspur. Sie konnte längst tot sein. Auf der Papierspur umgebracht.

»Darby, sind Sie noch da?«

»Ja.« Sie warf einen Blick auf die Tür, um sich zu vergewissern, daß die Kette vorgelegt war. »Ja, ich bin noch da.«

»Sind Sie in Sicherheit?«

»Das hatte ich mir eingebildet.«

»Wir haben einige Informationen für Sie. Morgen nachmittag um drei findet auf dem Campus ein Gedenkgottesdienst statt und hinterher die Beisetzung in der Stadt. Ich habe mit seinem Bruder gesprochen, und die Familie möchte, daß ich den Sarg mit trage. Ich komme heute abend, und ich meine, wir sollten uns treffen.«

»Weshalb sollten wir das?«

»Sie müssen mir vertrauen, Darby. Ihr Leben ist in Gefahr, und Sie müssen sich anhören, was ich Ihnen zu sagen habe.«

»Was führt ihr im Schilde?«

Eine kleine Pause. »Wie meinen Sie das?«

»Was hat Direktor Voyles gesagt?«

»Ich habe nicht mit ihm gesprochen.«

»Ich dachte, Sie wären sein Rechtsberater, sozusagen. Was ist los, Gavin?«

»Im Augenblick unternehmen wir nichts.«

»Und was bedeutet das, Gavin? Reden Sie.«

»Deshalb müssen wir uns ja treffen. Ich kann darüber nicht am Telefon sprechen.«

»Das Telefon funktioniert bestens, und es ist alles, was Sie im Augenblick bekommen. Also reden Sie endlich, Gavin.«

»Weshalb trauen Sie mir nicht?« Er war verletzt.

»Ich lege jetzt auf. Das gefällt mir nicht. Wenn ihr wißt, wo ich bin, dann könnte jemand anders schon auf dem Flur auf mich warten.«

»Unsinn, Darby. Denken Sie doch ein bißchen nach. Ich habe Ihre Zimmernummer seit einer Stunde und nichts getan, als Sie anzurufen. Wir sind auf Ihrer Seite, ich schwöre es.«

Sie dachte darüber nach. Es klang einleuchtend, aber sie hatten sie so mühelos gefunden. »Ich höre zu. Sie haben nicht mit dem Direktor gesprochen, und das FBI unternimmt nichts. Weshalb nicht?«

»Das weiß ich nicht genau. Voyles hat gestern beschlossen, daß uns das Pelikan-Dossier nichts mehr angeht, und Anweisung gegeben, die Finger davon zu lassen. Mehr kann ich Ihnen nicht sagen.«

»Das ist nicht gerade viel. Weiß er von Thomas? Weiß er, daß ich eigentlich schon tot sein sollte, weil ich es geschrieben habe, und daß sie, wer immer sie sein mögen, achtundvierzig Stunden, nachdem Thomas es Ihnen, seinem alten Studienfreund, gegeben hatte, versucht haben, uns beide umzubringen? Weiß er das alles?«

»Ich glaube nicht.«

»Das heißt nein, nicht wahr?«

»Ja. Es heißt nein.«

»Okay, hören Sie zu. Glauben Sie, daß er um des Dossiers willen umgebracht wurde?«

»Vermutlich.«

»Das heißt ja, nicht wahr?«

»Ja.«

»Danke. Wenn Thomas um des Dossiers willen ermordet wurde, dann wissen wir, wer ihn umgebracht hat. Und wenn wir wissen, wer Thomas umgebracht hat, dann wissen wir auch, wer Rosenberg und Jensen umgebracht hat. Richtig?«

Verheek zögerte.

»Sagen Sie endlich ja, verdammt noch mal«, fuhr Darby ihn an.

»Ich würde sagen, vermutlich.«

»Fein. *Vermutlich* heißt bei einem Anwalt ja. Ich weiß, mehr können Sie nicht sagen. Es ist ein sehr starkes *Vermutlich*, und trotzdem erzählen Sie mir, daß das FBI in bezug auf meinen kleinen Verdächtigen nichts unternimmt.«

»Beruhigen Sie sich, Darby. Lassen Sie uns heute abend zusammenkommen und darüber reden. Ich könnte Ihnen das Leben retten.«

Sie legte den Hörer unter ein Kissen, ging ins Badezimmer, putzte sich die Zähne und bürstete das, was von ihrem Haar noch übrig war. Dann warf sie ihre Toilettensachen und eine Garnitur Kleidung in eine neue Segeltuchtasche. Sie zog den Parka über, setzte die Mütze und die Sonnenbrille auf und machte leise die Tür hinter sich zu. Der Flur war leer. Sie ging zwei Stockwerke hinauf bis zum siebzehnten, fuhr dann mit dem Fahrstuhl in den zehnten, dann ging sie zu Fuß die zehn Treppen hinunter ins Foyer. Das Foyer schien leer zu sein. Die Treppenhaustür lag dicht neben den Waschräumen, und sie verschwand schnell in der Damentoilette. Sie betrat eine Kabine, verriegelte die Tür und wartete eine Weile.

Freitagmorgen im French Quarter. Die Luft war kühl und klar, ohne den sonst üblichen Geruch nach Essen und Sünde. Acht Uhr – zu früh, als daß schon Leute unterwegs gewesen wären. Sie ging ein paar Blocks, um ihren Kopf klarzubekommen und den Tag zu planen. Auf der Dumaine fand sie in der Nähe des Jackson Square ein Café, das sie schon früher gesehen hatte. Es war fast leer, und hinten gab es einen Münzfernsprecher. Sie schenkte sich Kaffee ein und setzte sich an einen Tisch in der Nähe des Telefons. Hier konnte sie sprechen.

Verheek war in weniger als einer Minute am Apparat. »Ich höre«, sagte er.

»Wo wollen Sie übernachten?« fragte sie und beobachtete dabei die Eingangstür.

»Im Hilton, unten am Fluß.«

»Ich weiß, wo es liegt. Ich rufe am späten Abend oder morgen früh an. Spüren Sie mir nicht wieder nach. Ich bezahle von jetzt an bar. Kein Plastik mehr.«

»Gute Idee, Darby. Bleiben Sie in Bewegung.«

»Vielleicht bin ich schon tot, bevor Sie ankommen.«

»Nein, bestimmt nicht. Können Sie da unten eine *Washington Post* auftreiben?«

»Vielleicht. Weshalb?«

»Besorgen Sie sich eine. Die Morgenausgabe. Hübsche Story über Rosenberg und Jensen und den, der es vielleicht getan hat.«

»Ich kann's kaum erwarten. Ich rufe später wieder an.«

Der erste Zeitungsstand hatte die *Post* nicht. Sie wanderte im Zickzackkurs zur Canal, verwischte ihre Spur, achtete auf Verfolger, die St. Ann hinunter, an den Antiquitätengeschäften auf der Royal vorbei, zwischen den schäbigen Kneipen auf beiden Seiten der Bienville hindurch und schließlich über Decatur und North Peters zum French Market. Sie war flink, aber gelassen. Sie verhielt sich, als ginge sie irgendwelchen Geschäften nach, und hinter der Sonnenbrille schossen ihre Augen in alle Richtungen. Wenn sie irgendwo dahinten im Schatten waren und sie beobachteten und ihr folgten, dann waren sie gut.

Sie kaufte von einem Straßenhändler eine *Post* und eine *Times-Picayune* und fand einen Tisch in einer leeren Ecke des Café du Monde.

Titelseite. Unter Berufung auf eine vertrauliche Quelle berichtete die Story über die Legende Khamel und seine Verwicklung in die Morde. In jüngeren Jahren, hieß es, hatte er aus Überzeugung gemordet, aber jetzt tat er es nur noch für Geld. Massenhaft Geld, vermutete ein Geheimdienstexperte im Ruhestand, der zwar gestattet hatte, daß man ihn zitierte, aber keinesfalls beim Namen genannt werden wollte. Die Fotos waren verschwommen und undeutlich, aber nebeneinander gestellt äußerst dubios. Sie konnten nicht die gleiche Person darstellen. Aber schließlich, sagte der Experte, war er nicht zu identifizieren und seit mehr als einem Jahrzehnt nicht mehr fotografiert worden.

Endlich kam ein Kellner vorbei, und sie bestellte Kaffee und ein Croissant. Der Experte sagte, viele glaubten, er wäre tot. Interpol glaubte, er hätte noch vor sechs Monaten gemordet. Der Experte bezweifelte, daß er mit einer Linienmaschine fliegen würde. Auf der Liste des FBI stand er an erster Stelle.

Sie schlug langsam die Zeitung aus New Orleans auf. Thomas stand nicht auf der Titelseite, aber auf Seite zwei fand sie sein Bild mit einer langen Story. Die Polizei ging von Mord aus, hatte aber nicht viel in der Hand. Eine weiße Frau war kurz vor der Explosion in der Nähe gesehen worden. Die juristische Fakultät stand unter Schock, sagte der Dekan. Die Polizei ließ wenig verlauten. Der Gedenkgottesdienst fand morgen auf dem Campus statt. Es handelte sich um einen grauenhaften Irrtum, sagte der Dekan. Wenn es Mord war, dann mußte jemand die falsche Person umgebracht haben.

Ihre Augen waren feucht, und plötzlich hatte sie wieder

Angst. Vielleicht war es wirklich ein Irrtum gewesen. Es war eine gewalttätige Stadt, in der es viele Verrückte gab, und vielleicht hatte jemand etwas durcheinandergebracht und sich den falschen Wagen ausgesucht. Vielleicht war überhaupt niemand draußen, der ihr folgte.

Sie setzte die Sonnenbrille auf und betrachtete sein Foto. Sie hatten es aus dem Jahrbuch der Fakultät, und auf seinem Gesicht lag das herablassende Grinsen, das er immer aufsetzte, wenn er der Professor war. Er war glattrasiert und sah so gut aus.

Granthams Khamel-Story versetzte Washington am Freitagmorgen in helle Aufregung. In ihr wurden weder das Memo noch das Weiße Haus erwähnt; deshalb war das hitzigste Spiel in der Stadt das Spekulieren über die Quelle, aus der sie stammte.

Besonders hitzig war das Spiel im Hoover Building. Im Büro des Direktors wanderten Eric East und K. O. Lewis nervös hin und her, während Voyles zum dritten Mal in zwei Stunden mit dem Präsidenten sprach. Voyles fluchte, nicht direkt auf den Präsidenten, aber auf alle in seiner Umgebung. Er verfluchte Coal, und als der Präsident zurückzufluchen begann, schlug Voyles vor, den Lügendetektor aufzustellen, jeden einzelnen seiner Mitarbeiter, mit Coal angefangen, daraufzuschnallen und auf diese Weise festzustellen, wer nicht dichtgehalten hatte. Ja, auch er selbst, Voyles, würde sich diesem Test unterwerfen, und überhaupt alle, die im Hoover Building arbeiteten. Und das Wüten ging weiter, hin und zurück. Voyles war rot und schwitzte, und die Tatsache, daß er in den Hörer schrie und daß es der Präsident war, der am anderen Ende der Leitung saß und sich das alles anhören mußte, spielte nicht die geringste Rolle. Er wußte, daß Coal irgendwo mithörte.

Offensichtlich gelang es dem Präsidenten, bei dem Gespräch die Oberhand zu gewinnen, und er gab einen langatmigen Sermon von sich. Voyles wischte sich mit einem Taschentuch die Stirn, ließ sich auf seinem alten Lederdrehstuhl nieder und zwang sich zu kontrolliertem Atmen, um Blutdruck und Puls zu senken. Er hatte einen Herzinfarkt überlebt und mußte mit einem zweiten rechnen, und er hatte K. O. Lewis oft genug erklärt, daß Fletcher Coal und sein Idiot von einem Boß eines Tages seinen Tod bedeuten würden. Aber das hatte er auch schon über die letzten drei Präsidenten gesagt. Er kniff sich in die dikken Falten auf seiner Stirn und ließ sich tiefer in seinen Stuhl sinken. »Das können wir tun, Mr. President.« Er war jetzt fast liebenswürdig. Er war ein Mann, der zu schnellen und radikalen Stimmungsumschwüngen imstande war, und plötzlich war er die Höflichkeit selbst. »Danke, Mr. President. Ich werde morgen da sein.«

Er legte sanft den Hörer auf und sprach mit geschlossenen Augen. »Er will, daß wir diesen Reporter von der *Post* überwachen. Sagt, dergleichen hätten wir schon früher getan, würden wir es also wieder tun? Ich habe ihm gesagt, wir würden.«

»Welche Art von Überwachung?« fragte K. O.

»Wir folgen ihm einfach durch die Stadt. Rund um die Uhr mit zwei Leuten. Stellen fest, wo er abends hingeht, mit wem er schläft. Er ist ledig, stimmt's?«

»Wurde vor sieben Jahren geschieden«, sagte Lewis.

»Paßt genau auf, daß wir nicht erwischt werden. Nehmt Leute in Zivil und wechselt sie alle drei Tage aus.«

»Glaubt er wirklich, daß wir es waren, die nicht dichtgehalten haben?«

»Nein, das wohl nicht. Wenn er meinte, daß das Leck bei uns liegt, weshalb würde er dann verlangen, daß wir den Reporter beschatten? Ich glaube, er weiß, daß es seine eigenen Leute waren. Und er will wissen, wer dahintersteckt.«

»Es ist ein kleiner Gefallen, den wir ihm tun können«, erklärte Lewis hilfsbereit.

»Ja. Aber wir dürfen nicht dabei erwischt werden, okay?«

Das Büro von L. Matthew Barr lag versteckt im dritten Stock eines armseligen, verfallenden Bürohauses an der M Street in Georgetown. An den Türen hingen keine Hinweisschilder. Ein bewaffneter Wachmann mit Jackett und Krawatte hinderte Unbefugte am Verlassen des Fahrstuhls. Der Teppich war abgeschabt, das Mobiliar bunt zusammengewürfelt und verstaubt. Es war offensichtlich, daß die Einheit kein Geld für häusliche Zwecke ausgab.

Barr leitete die Einheit, bei der es sich um eine inoffizielle, geheime Nebenabteilung des Komitees zur Wiederwahl des Präsidenten handelte. Das Komitee verfügte über eine große, elegante Bürosuite jenseits des Flusses in Rosslyn. Dort gab es Fenster, die man öffnen konnte, und Sekretärinnen, die lächelten, und Frauen, die jeden Abend saubermachten. Aber nicht in diesem Loch.

Fletcher Coal trat aus dem Fahrstuhl und nickte dem Wachmann zu, der das Nicken erwiderte, ohne ein Wort zu sagen. Sie waren alte Bekannte. Er durchquerte das kleine Labyrinth schäbiger Büros, hinter denen das von Barr lag. Coal bemühte sich immer, sich selbst gegenüber ehrlich zu sein, und ehrlicherweise sagte er sich, daß er in ganz Washington vor keinem Menschen Angst hatte, Matthew Barr vielleicht ausgenommen. Manchmal hatte er Angst vor ihm, manchmal nicht. Aber bewundern tat er ihn immer.

Barr war ein ehemaliger Marineinfanterist, ein ehemaliger CIA-Agent, ein ehemaliger Spion, der zweimal wegen Sicherheitsaffären verurteilt worden war, bei denen er Millionen beiseite geschafft und das Geld vergraben hatte. Er hatte ein paar Monate in einem der Country Clubs abgesessen, aber nicht sonderlich viele. Coal hatte Barr persönlich als Leiter der Einheit rekrutiert, die offiziell überhaupt nicht existierte. Sie hatte ein Jahresbudget von vier

Millionen, alles bar aus verschiedenen Schmiergeldfonds, und Barr leitete eine kleine Gruppe hochqualifizierter Ganoven, die unauffällig die Arbeit der Einheit taten.

Barrs Tür war immer verschlossen. Er öffnete sie, und Coal trat ein. Die Unterredung würde kurz sein, wie gewöhnlich.

»Lassen Sie mich raten«, begann Barr. »Sie möchten die undichte Stelle finden.«

»Ja, in gewisser Weise. Ich möchte, daß Sie diesem Reporter Grantham folgen, rund um die Uhr, und herausfinden, mit wem er redet. Er bekommt manchmal verdammt gutes Material, und ich fürchte, es kommt von uns.«

»Ihr ganzes Büro besteht aus undichten Stellen.«

»Wir haben ein paar Probleme, aber die Khamel-Story war eine Falle. Ich habe sie selbst geschrieben.«

Barr lächelte. »Das dachte ich mir. Sie kam mir zu prompt und zu sauber vor.«

»Ist Ihnen Khamel jemals über den Weg gelaufen?«

»Nein. Vor zehn Jahren waren wir sicher, daß er tot war. So etwas gefällt ihm. Er hat kein Ego, also wird er nie erwischt werden. Er kann sechs Monate in einem Wellblechschuppen in São Paulo von Wurzeln und Ratten leben, dann nach Rom fliegen, um einen Diplomaten umzubringen, dann für ein paar Monate in Singapur untertauchen. Er liest nicht, was die Zeitungen über ihn schreiben.«

»Wie alt ist er?«

»Wieso interessiert er Sie?«

»Er gibt mir zu denken. Ich glaube, ich weiß, wer ihn angeheuert hat, Rosenberg und Jensen umzubringen.«

»Ach, wirklich? Können Sie es mir verraten?«

»Nein. Noch nicht.«

»Er ist zwischen vierzig und fünfundvierzig, was nicht sonderlich alt ist, aber er hat schon mit fünfzehn einen libanesischen General umgebracht. Er hat also langjährige Berufserfahrung. Aber das sind alles Legenden. Er kann mit beiden Händen töten, mit beiden Füßen, mit einem Autoschlüssel, einem Bleistift oder was auch immer. Er ist ein hervorragender Schütze mit allen Waffen. Spricht zwölf Sprachen. All das haben Sie schon gehört, nicht wahr?«

»Ja, aber ich höre es gern noch einmal.«

»Okay. Er gilt als der tüchtigste und teuerste Killer der Welt. In seiner Jugend war er nur ein gewöhnlicher Terrorist, aber viel zu talentiert, um bloß Bomben zu werfen. Also wurde er ein Mietkiller. Jetzt ist er ein bißchen älter geworden und tötet nur noch für Geld.«

»Wieviel Geld?«

»Gute Frage. Er ist vermutlich in der Preislage von zehn bis zwanzig Millionen pro Job, und es gibt meines Wissens nur noch einen einzigen in dieser Klasse. Einer Theorie zufolge läßt er einen Teil des Geldes anderen Terroristengruppen zukommen. Aber Genaues weiß niemand. Lassen Sie mich raten – Sie wollen, daß ich Khamel finde und ihn lebendig zurückhole.«

»Lassen Sie Khamel in Ruhe. Irgendwie gefällt mir die Arbeit, die er hier getan hat.«

»Er ist sehr talentiert.«

»Ich möchte, daß Sie Grantham folgen und feststellen, mit wem er redet.«

»Irgendwelche Ideen?«

»Mehrere. Da ist ein Schwarzer namens Milton Hardy, der als Hausmeister im Westflügel arbeitet.« Coal warf einen Umschlag auf den Schreibtisch. »Er ist schon sehr lange dort, halb blind, wie es heißt, aber ich glaube, daß er eine Menge sieht und hört. Lassen Sie ihn ein oder zwei Wochen lang beschatten. Jedermann nennt ihn Sarge. Machen Sie Pläne, ihn zu beseitigen.«

»Das ist großartig, Coal. Wir geben eine Menge Geld dafür aus, halbblinde Neger zu beschatten.«

»Tun Sie, was ich gesagt habe. Besser drei Wochen.« Coal erhob sich und ging zur Tür.

»Sie wissen also, wer den Killer angeheuert hat«, sagte Barr.

»Wir kommen der Sache näher.«

»Die Einheit würde Ihnen mit Freuden behilflich sein.«

»Das bezweifle ich nicht.«

19

Mrs. Chen war die Besitzerin des Doppelhauses und vermietete seit fünfzehn Jahren die andere Hälfte an Jurastudentinnen. Sie war wählerisch, aber zurückhaltend; solange Ruhe herrschte, war ihre Devise leben und leben lassen. Das Haus lag sechs Blocks vom Campus entfernt.

Es war dunkel, als sie auf das Läuten hin an die Tür kam. Die Person, die davor stand, war eine hübsche junge Frau mit kurzem, dunklem Haar und einem nervösen Lächeln. Sehr nervös.

Mrs. Chen musterte sie argwöhnisch.

»Ich bin Alice Stark, eine Freundin von Darby. Darf ich hereinkommen?« Sie warf einen Blick über die Schulter. Die Straße war leer und still. Mrs. Chen lebte allein hinter fest verschlossenen Türen und Fenstern, aber Alice war eine hübsche Frau mit einem harmlosen Lächeln, und wenn sie eine Freundin von Darby war, konnte man ihr vertrauen. Sie öffnete die Tür, und Alice war drinnen.

»Irgend etwas stimmt nicht«, sagte Mrs. Chen.

»Darby steckt in einer Klemme, aber wir können nicht darüber reden. Hat sie heute nachmittag angerufen?«

»Ja. Sie sagte, eine junge Frau würde einen Blick in ihre Wohnung werfen.«

Alice holte tief Luft und versuchte, gelassen zu erscheinen. »Es dauert nur eine Minute. Sie hat gesagt, es gäbe eine Tür, die durch irgendeine Wand geht. Mir wäre es lieber, wenn ich nicht die Vorder- oder Hintertür benutzen müßte.« Mrs. Chen runzelte die Stirn und ihre Augen fragten: »Weshalb nicht?« Aber sie sagte nichts.

»Ist in den letzten zwei Tagen irgend jemand in der Wohnung gewesen?« fragte Alice. Sie folgte Mrs. Chen durch einen schmalen Korridor.

»Ich habe niemanden gesehen. Gestern morgen, vor Sonnenaufgang, hat jemand geklopft, aber ich habe nicht nachgesehen, wer es war.« Sie schob einen Tisch vor einer Tür beiseite, steckte einen Schlüssel ins Schloß und öffnete sie.

Alice trat vor sie. »Sie wollte, daß ich allein hineingehe, okay?« Mrs. Chen hätte selbst gern nachgesehen, aber sie nickte und machte die Tür hinter Alice zu. Sie führte auf einen winzigen Flur, in dem es stockfinster war. Links davon lag das Arbeitszimmer; da gab es einen Lichtschalter, den sie nicht benutzen durfte. Alice erstarrte in der Dunkelheit. Die Wohnung war dunkel und heiß und roch stikkig nach altem Müll. Sie hatte damit gerechnet, allein zu sein, aber sie war schließlich eine Jurastudentin im zweiten Jahr und kein hartgesottener Privatdetektiv.

Nimm dich zusammen. Sie tastete in ihrer großen Handtasche herum und fand eine bleistiftdünne Stablampe. Sie hatte drei davon. Für alle Fälle. Welche Fälle? Sie wußte es nicht. Darby hatte sich unmißverständlich ausgedrückt. Durch die Fenster durfte kein Licht zu sehen sein. Es konnte sein, daß sie das Haus beobachteten.

Wer zum Teufel waren »sie«? Das hätte Alice gern gewußt. Darby wußte es auch nicht, sagte, sie würde es ihr später erklären, aber zuerst mußte die Wohnung in Augenschein genommen werden.

Im Laufe des letzten Jahres war Alice Dutzende von Malen in der Wohnung gewesen, aber da durfte sie durch die Vordertür eintreten, und alle Lichter waren eingeschaltet gewesen. Sie kannte alle Zimmer und war zuversichtlich gewesen, daß sie sich auch im Dunkeln zurechtfinden würde. Jetzt war die Zuversicht verschwunden. Verflogen. Und an ihre Stelle war zitternde Angst getreten.

Nimm dich zusammen. Du bist allein. Sie würden sich hier nicht einnisten, nicht mit einer neugierigen Frau nebenan. Wenn sie wirklich hier gewesen waren, dann nur auf einen kurzen Besuch.

Sie drückte auf den Schalterknopf und stellte fest, daß die Stablampe funktionierte. Sie entwickelte die Helligkeit eines verlöschenden Streichholzes. Sie richtete sie auf den Boden und sah einen schwachen Lichtkreis von der Größe einer kleinen Apfelsine. Der Kreis zitterte.

Sie schlich auf Zehenspitzen um eine Ecke ins Arbeitszimmer. Darby hatte gesagt, dort stünde eine kleine Lampe auf dem Bücherregal neben dem Fernseher, die immer eingeschaltet war. Sie benutzte sie als Nachtlicht, und sie hätte eigentlich einen schwachen Lichtschein durch das Arbeitszimmer bis in die Küche werfen müssen. Entweder hatte Darby gelogen, oder die Birne war durchgebrannt. Oder jemand hatte sie herausgedreht. Aber das spielte in diesem Moment keine Rolle; das Arbeitszimmer und die Küche waren stockfinster.

Sie war auf dem Teppich in der Mitte des Arbeitszimmers und näherte sich vorsichtig dem Küchentisch, auf dem ein Computer stehen sollte. Sie stieß gegen die Kante des Couchtisches, und die Stablampe erlosch. Sie schüttelte sie. Nichts. Sie fand Nummer zwei in ihrer Handtasche.

In der Küche war der Geruch stärker. Der Computer stand auf dem Tisch, zusammen mit einer Kollektion leerer Aktenordner und einigen Nachschlagewerken. Sie untersuchte das Gerät mit Hilfe ihres jämmerlichen kleinen Lichtes. Der Schalter befand sich an der Vorderseite. Sie drückte darauf, und der Bildschirm des Monitors erwärmte sich langsam. Er gab ein grünliches Licht von sich, das den Tisch erhellte, aber nicht aus der Küche herausdrang.

Alice setzte sich vor die Tastatur und begann zu tippen. Sie fand das Menü, dann die Textverarbeitung, dann die Dokumente. Das Inhaltsverzeichnis erschien auf dem Bildschirm. Sie las es genau. Es sollten an die vierzig Dokumente vorhanden sein, aber sie sah nicht mehr als zehn. Der größte Teil des gespeicherten Materials war verschwunden. Sie schaltete den Laserdrucker ein, und Sekunden später hatte sie das Inhaltsverzeichnis auf dem Papier. Sie steckte das Blatt in ihre Handtasche.

Mit Hilfe der Taschenlampe inspizierte sie die Dinge, die um den Computer herumlagen. Darby hatte die Zahl ihrer Disketten auf zwanzig geschätzt, aber sie waren alle verschwunden. Keine einzige Diskette. Die Nachschlagewerke betrafen Verfassungsrecht und Ziviles Verfahrensrecht und waren so langweilig und speziell, daß niemand ein Interesse daran haben konnte. Die roten Aktendeckel waren säuberlich aufeinandergestapelt, aber leer.

Es war saubere, geduldige Arbeit. Jemand hatte ein paar Stunden mit Löschen und Einsammeln verbracht und dann die Wohnung mit nicht mehr als einem Aktenkoffer oder einer Tüte voller Material verlassen.

Im Arbeitszimmer schaute Alice durch das Fenster neben dem Fernseher. Der rote Accord stand noch da, kaum einen Meter vom Fenster entfernt. Er sah einwandfrei aus.

Sie drehte die Birne in dem Nachtlicht fest und schaltete die Lampe dann schnell ein und wieder aus. Funktionierte einwandfrei. Sie lockerte sie wieder genauso, wie sie sie vorgefunden hatte.

Ihre Augen hatten sich an die Dunkelheit gewöhnt; jetzt konnte sie die Umrisse von Türen und Möbelstücken erkennen. Sie schaltete den Computer aus und ging vorsichtig durch das Arbeitszimmer in den Flur.

Mrs. Chen wartete genau da, wo sie sie zurückgelassen hatte. »Okay?« fragte sie.

»Alles in bester Ordnung«, sagte Alice. »Aber passen Sie bitte genau auf. Ich rufe morgen oder übermorgen an, um mich zu erkundigen, ob jemand aufgetaucht ist. Und bitte, sagen Sie niemandem, daß ich hier war.«

Mrs. Chen hörte zu, während sie den Tisch wieder vor die Tür schob. »Was ist mit ihrem Wagen?«

»Der bleibt vorerst hier stehen. Behalten Sie ihn bitte im Auge.«

»Geht es ihr gut?«

Sie hatten fast die Haustür erreicht. »Es kommt alles wieder in Ordnung. Ich denke, in ein paar Tagen wird sie wieder hier sein. Vielen Dank, Mrs. Chen.«

Mrs. Chen verschloß und verriegelte die Tür und schaute dann durch das kleine Fenster. Die junge Frau war auf dem Gehsteig, dann verschwand sie in der Dunkelheit.

Alice ging drei Blocks zu ihrem Wagen.

Freitagabend im French Quarter! Morgen sollte Tulane im Dome spielen und am Sonntag die Saints, und die Fans waren zu Tausenden unterwegs, parkten überall, blokkierten die Straßen, streiften in lärmenden Horden umher, tranken aus Pappbechern, drängten sich in den Lokalen, machten sich einen vergnügten Abend und genossen das Leben. Um neun war im Inner Quarter kein Durchkommen mehr.

Alice parkte auf der Poydras, weit weg von der Stelle, an der sie eigentlich hatte parken wollen, und erreichte mit einer Stunde Verspätung das überfüllte Austernrestaurant an der St. Peter mitten im Quarter. Es gab keine freien Tische. An der Bar standen sie in Dreierreihen. Sie zog sich in eine Ecke zurück, stellte sich neben den Zigarettenautomaten und ließ den Blick durch das Restaurant schweifen. Die meisten Gäste waren Studenten, die der Spiele wegen in die Stadt gekommen waren.

Ein Kellner kam auf sie zu. »Suchen Sie eine andere Dame?« fragte er.

Sie zögerte. »Nun – ja.«

Er zeigte über die Bar hinweg. »Um die Ecke herum, erste Tür rechts, dort stehen ein paar kleine Tische. Ich glaube, Ihre Freundin ist da drin.«

Darby saß in einer winzigen Nische, über eine Bierflasche gebeugt, mit Sonnenbrille. Alice drückte ihre Hand. »Schön, dich zu sehen.« Sie betrachtete die Frisur und wunderte sich darüber. Darby nahm die Sonnenbrille ab. Ihre Augen waren gerötet und sahen müde aus.

»Ich wußte nicht, wen ich sonst hätte anrufen können.«

Alice hörte mit unbewegtem Gesicht zu, nicht imstande, sich eine Entgegnung einfallen zu lassen, und nicht imstande, den Blick von der Frisur abzuwenden. »Wer hat dir die Haare abgeschnitten?« fragte sie.

»Hübsch, nicht wahr? Die Art von Punk-Look, die sicher bald wieder groß in Mode sein wird. Sie wird bestimmt Eindruck machen, wenn ich losgehe und mich um einen Job bewerbe.«

»Weshalb?«

»Jemand hat versucht, mich umzubringen, Alice. Mein Name steht auf einer Liste, die einige sehr gefährliche Leute in der Hand halten. Ich glaube, sie verfolgen mich.«

»Umbringen? Hast du ›umbringen‹ gesagt, Darby? Wer sollte dich umbringen wollen?«

»Ich weiß es nicht genau. Was ist mit meiner Wohnung?«

Alice hörte auf, die Frisur zu betrachten, und gab Darby den Ausdruck des Inhaltsverzeichnisses. Darby studierte ihn. Es stimmte wirklich. Dies war kein Traum und auch kein Irrtum. Die Bombe hatte den richtigen Wagen gefunden. Rupert und der Cowboy waren ihr auf der Spur. Das Gesicht, das sie gesehen hatte, hielt nach ihr Ausschau. Sie waren in ihrer Wohnung gewesen und hatten gelöscht, was sie löschen wollten. Sie waren irgendwo da draußen.

»Was ist mit den Disketten?«

»Nichts. Keine einzige. Die Aktendeckel auf dem Küchentisch waren fein säuberlich aufeinandergestapelt und fein säuberlich geleert. Alles andere scheint in Ordnung zu sein. Sie haben die Birne in dem Nachtlicht losgeschraubt, es herrschte also totale Finsternis. Ich habe es überprüft. Funktioniert einwandfrei. Es sind sehr gewissenhafte Leute.«

»Was ist mit Mrs. Chen?«

»Sie hat nichts gesehen.«

Darby steckte den Ausdruck in ihre Tasche. »Weißt du, Alice, ich bekomme es plötzlich mit der Angst zu tun. Man sollte dich nicht mit mir zusammen sehen. Vielleicht war das doch keine so gute Idee.«

»Wer sind diese Leute?«

»Ich weiß es nicht. Sie haben Thomas umgebracht, und sie haben versucht, mich umzubringen. Ich habe Glück gehabt, aber jetzt sind sie hinter mir her.«

»Aber weshalb, Darby?«

»Das solltest du nicht wissen, und ich werde es dir nicht sagen. Je mehr du weißt, desto größer ist die Gefahr, in der du dich befindest. Vertrau mir, Alice. Ich kann dir nicht sagen, was ich weiß.«

»Aber ich würde es nicht verraten. Ich schwöre es.«

»Und was ist, wenn sie dich zwingen?«

Alice sah sich um, als wäre alles in bester Ordnung. Sie musterte ihre Freundin. Sie standen sich seit den Einführungskursen für Studienanfänger nahe. Sie hatten stundenlang zusammen gelernt, Notizen verglichen, Examen durchgestanden, gemeinsam fiktive Prozesse ausgearbeitet, über Männer geredet. Alice war vermutlich unter den Studenten die einzige, die über Darby und Callahan Bescheid wußte. »Ich möchte dir helfen, Darby. Ich habe keine Angst.«

Darby hatte das Bier nicht angerührt. Sie drehte langsam die Flasche. »Nun, ich habe entsetzliche Angst. Ich war dabei, als er starb, Alice. Die Erde hat gebebt. Er wurde in Stücke zerfetzt, und normalerweise hätte ich neben ihm gesessen. Die Bombe war für mich bestimmt.«

»Dann geh zur Polizei.«

»Noch nicht. Vielleicht später. Ich traue mich nicht. Thomas hat sich an das FBI gewendet, und zwei Tage später sollten wir beide tot sein.«

»Also ist das FBI hinter dir her?«

»Das glaube ich nicht. Irgend jemand beim FBI hat geredet, und jemand anders hat sehr genau zugehört, und es ist den falschen Leuten zu Ohren gekommen.«

»Worüber geredet? Komm schon, Darby. Ich bin deine beste Freundin. Hör auf, um den heißen Brei herumzureden.«

Darby nahm den ersten winzigen Schluck aus der Flasche. Blickkontakt wurde vermieden. Sie starrte auf den Tisch. »Bitte, Alice. Laß mich abwarten. Es ist sinnlos, dir etwas zu erzählen was dich das Leben kosten könnte.« Eine lange Pause. »Wenn du mir helfen willst, dann geh morgen zum Gedenkgottesdienst. Laß dir nichts entgehen. Laß verlauten, daß ich dich von Denver aus angerufen habe, wo ich bei einer Tante wohne, deren Namen du nicht weißt, und daß ich dieses Semester sausen lasse, aber im Frühjahr zurückkommen werde. Sorge dafür, daß das Gerücht die Runde macht. Ich glaube, einige Leute werden aufmerksam zuhören.«

»Okay. In der Zeitung war von einer weißen Frau in der Nähe des Tatorts die Rede, als wäre sie eine Verdächtige oder so was.«

»Oder so was. Ich war dort, und ich sollte eines der Opfer sein. Ich lese die Zeitungen mit der Lupe. Die Polizei tappt im dunkeln.«

»Okay, Darby. Du bist schlauer als ich. Du bist die schlaueste Person, die mir je begegnet ist. Also – was nun.«

»Zuerst gehst du zur Hintertür hinaus. Am Ende des Flurs, wo die Toiletten sind, findest du eine weiße Tür. Sie führt in einen Lagerraum und dann durch die Küche zum Hintereingang. Bleib nirgendwo stehen. Die Gasse führt auf die Royal. Nimm dir ein Taxi und laß dich zu deinem Wagen bringen. Paß auf, ob du verfolgt wirst.«

»Ist das dein Ernst?«

»Sieh dir meinen Kopf an, Alice? Würde ich mich so verunstalten, wenn das Ganze nur ein Spiel wäre?«

»Okay, okay. Und weiter?«

»Geh morgen zu dem Gottesdienst, bring das Gerücht in Umlauf, und ich rufe dich innerhalb der nächsten zwei Tage wieder an.«

»Wo wohnst du?«

»Hier und da. Ich ziehe oft um.«

Alice stand auf und küßte sie auf die Wange. Dann war sie verschwunden.

Zwei Stunden lang stapfte Verheek herum, nahm Zeitschriften zur Hand, warf sie wieder beiseite, rief den Zimmerservice an, packte aus, stapfte herum. Die nächsten beiden Stunden saß er auf der Bettkante, trank ein warmes Bier und starrte das Telefon an. Er würde bis Mitternacht warten, erklärte er sich selbst, und dann – ja, was dann?

Sie hatte gesagt, sie würde anrufen. Er konnte ihr das Leben retten, wenn sie nur anrufen würde.

Um Mitternacht warf er eine weitere Zeitschrift beiseite und verließ das Zimmer. Ein FBI-Agent in New Orleans hatte ihm ein bißchen geholfen und ihm ein paar von Jurastudenten frequentierte Lokale in der Nähe des Campus genannt. Er würde sie aufsuchen und sich unter die Leute mischen, ein Bier trinken und zuhören. Die Studenten waren zu dem Spiel in die Stadt gekommen. Sie würde nicht da sein, und das machte nichts, weil er sie noch nie gesehen hatte. Aber vielleicht würde er etwas aufschnappen, und er konnte seinen Namen erwähnen, eine Karte hinterlassen, sich mit jemandem anfreunden, der sie kannte oder vielleicht einen ihrer Freunde. Die Chancen waren ziemlich gering, aber das war immer noch sinnvoller, als herumzusitzen und das Telefon anzustarren.

Er fand einen Platz an der Bar in einem Lokal, das Barrister's hieß und nur drei Blocks vom Campus entfernt war. Es war auf sportlich getrimmt, mit Mannschaftsaufstellungen und Fotos von Footballspielern an den Wänden. Die Gäste waren laut und unter dreißig.

Der Barkeeper sah wie ein Student aus. Nach zwei Bier ging ein Teil der Gäste, und die Bar war halb leer. Gleich würde eine weitere Horde hereinkommen.

Verheek bestellte Nummer drei. Es war halb zwei. »Studieren Sie Jura?« fragte er den Barkeeper.

»Leider.«

»Ganz so schlimm ist es doch wohl nicht, oder?«

Er wischte um die Erdnüsse herum. »Es gibt Dinge, die mehr Spaß machen.«

Verheek sehnte sich nach den Barkeepern, die ihm während seiner Studentenzeit das Bier serviert hatten. Die wußten noch, wie man Konversation machte. Behandelten niemanden als Fremden. Redeten über alles mögliche.

»Ich bin Anwalt«, sagte Verheek leicht verzweifelt.

Sieh mal einer an, der Bursche ist Anwalt. Was für ein seltener Vogel. Etwas ganz Besonderes. Der Junge verzog sich.

Kleiner Mistkerl. Ich hoffe, du fällst durch. Verheek nahm seine Flasche und drehte sich zu den Tischen um. Unter den jungen Leuten kam er sich vor wie ein Großvater. Obwohl er das Jurastudium und die Erinnerungen daran haßte, hatte es doch etliche lange Freitagnächte mit seinem Freund Callahan in den Bars von Georgetown gegeben. Das waren erfreuliche Erinnerungen.

»Auf welchem Gebiet?« Der Barkeeper war zurück. Gavin drehte sich zu ihm um und lächelte.

»Beratender Anwalt beim FBI.«

Er wischte immer noch. »Sie leben also in Washington.«

»Ja. Bin für das Spiel am Sonntag hergekommen. Ich bin ein Fan der Redskins.« Er haßte die Redskins und jede andere organisierte Football-Mannschaft. Er mußte verhindern, daß der Junge nur noch von Football redete. »Wo studieren Sie?«

»Hier. Tulane. Im Mai werde ich fertig.«

»Und dann?«

»Wahrscheinlich Cincinnati für ein oder zwei Jahre Praktikum.«

»Sie müssen ein guter Student sein.«

Er tat es mit einem Achselzucken ab. »Wollen Sie noch ein Bier?«

»Nein. Haben Sie von Thomas Callahan gehört?«

»Klar. Kannten Sie ihn?«

»Wir haben zusammen in Georgetown studiert.« Verheek zog eine Visitenkarte aus der Tasche und gab sie dem Jungen. »Ich bin Gavin Verheek.« Der Junge betrachtete sie und legte sie dann anstandshalber neben das Eis. An der Bar herrschte Ruhe, und der Junge hatte das Geschwätz satt.

»Kennen Sie eine Studentin, die Darby Shaw heißt?«

Der Junge warf einen Blick auf die Tische. »Nein, ich kenne sie nicht persönlich, aber ich weiß, wer sie ist. Ich glaube, sie ist im zweiten Jahr.« Eine lange, ziemlich argwöhnische Pause. »Weshalb?«

»Wir müssen mit ihr reden.« Wir, wie FBI. Nicht einfach Ich, wie Gavin Verheek. Das »Wir« hörte sich wesentlich nachdrücklicher an. »Kommt sie öfters hierher?«

»Ich habe sie ein paarmal gesehen. Sie ist ja auffallend genug.«

»Das habe ich gehört.« Gavin schaute zu den Tischen. »Glauben Sie, daß einer von den Leuten dort sie kennt?«

»Das bezweifle ich. Sie sind alle im ersten Jahr. Hören Sie das nicht? Sie sitzen da und diskutieren über Eigentumsrechte und Durchsuchung und Pfändung.«

Ja, genauso war es damals gewesen. Gavin holte ein Dutzend Karten aus seiner Tasche und legte sie auf die Bar. »Ich wohne für ein paar Tage im Hilton. Wenn Sie sie sehen oder irgend etwas hören, geben Sie dem Betreffenden eine davon.«

»Klar. Gestern abend war ein Polizist hier und hat Fragen gestellt. Sie glauben doch nicht, daß sie etwas mit seinem Tod zu tun hat?«

»Nein, ganz bestimmt nicht. Wir müssen nur mit ihr reden.«

»Ich halte die Augen offen.«

Verheek bezahlte sein Bier, dankte dem Jungen noch einmal und war draußen auf der Straße. Er ging drei Blocks bis zum Half Shell. Es war fast zwei Uhr. Er war todmüde, halb betrunken, und im gleichen Augenblick, in dem er durch die Tür ging, legte eine Band los. Der Laden war dunkel, gedrängt voll, und an die fünfzig Studenten fingen sofort an, mit ihren Mädchen auf den Tischen zu tanzen. Er bahnte sich einen Weg durch das Chaos und konnte sich hinten, in der Nähe der Bar, in Sicherheit bringen. Sie standen in Dreierreihe, Schulter an Schulter, und niemand trat beiseite. Er schob sich irgendwie hindurch, ließ sich ein Bier geben, um cool zu wirken; wieder wurde ihm bewußt, daß er hier bei weitem der Älteste war. Er zog sich in eine dunkle, aber gleichfalls überfüllte Ecke zurück. Es war hoffnungslos. Er konnte nicht einmal seine eigenen Gedanken hören, geschweige denn eine Unterhaltung führen.

Er beobachtete die Barkeeper: alle jung, alle Studenten. Der älteste sah aus, als wäre er Ende Zwanzig. Er tippte einen Bon nach dem anderen ein; offenbar machte er seine Abrechnung. Seine Bewegungen wirkten hastig, als wäre es Zeit, Feierabend zu machen. Gavin ließ ihn nicht aus den Augen.

Er nahm rasch seine Schürze ab, warf sie in eine Ecke, duckte sich unter dem Tresen hindurch und war verschwunden. Gavin bahnte sich mit den Ellenbogen einen Weg durch die Menge und holte ihn ein, als er gerade durch die Küchentür ging. Er hatte eine FBI-Karte in der Hand. »Entschuldigung. Ich bin vom FBI.« Er hielt ihm die Karte vor die Nase. »Wie heißen Sie?«

Der junge Mann erstarrte und musterte Verheek nervös. »Äh, Fountain. Jeff Fountain.«

»Also, Jeff. Kein Grund zur Aufregung. Ich habe nur ein

paar Fragen.« Die Küche hatte schon vor Stunden Schluß gemacht, und sie waren allein. »Dauert nur eine Sekunde.«

»Okay. Was wollen Sie wissen?«

»Sie studieren Jura, stimmt's?« Bitte sag ja. Sein Freund hatte gesagt, die meisten Barkeeper wären Jurastudenten.

»Ja. In Loyola.«

Loyola! Pech! »Ja, das habe ich mir beinahe gedacht. Sie haben doch sicher von Professor Callahan von Tulane gehört. Die Beisetzung ist morgen.«

»Natürlich. Es stand in allen Zeitungen. Die meisten meiner Freunde studieren in Tulane.«

»Kennen Sie dort zufällig eine Studentin im zweiten Jahr, die Darby Shaw heißt? Eine überaus gutaussehende Person.«

Fountain lächelte. »Ja, sie war im letzten Jahr mit einem Freund von mir liiert. Sie kommt gelegentlich her.«

»Wann war sie das letzte Mal hier?«

»Vor ein oder zwei Monaten. Weshalb?«

»Wir müssen mit ihr reden.« Er gab Fountain eine Handvoll Karten. »Behalten Sie die. Ich wohne für ein paar Tage im Hilton. Wenn Sie sie sehen oder irgend etwas hören, geben Sie dem Betreffenden eine davon.«

»Was sollte ich hören?«

»Irgend etwas über Callahan. Wir müssen unbedingt mit ihr Verbindung aufnehmen, okay?«

»Klar.« Er steckte die Karten in die Tasche.

Verheek dankte ihm und kehrte in das Chaos zurück. Er bahnte sich seinen Weg durch die Menge, versuchte, die Unterhaltungsversuche mitzuhören. Eine frische Horde drängte herein, und er boxte sich zur Tür durch. Er war zu alt für so etwas.

Sechs Block weiter parkte er vor einem Studentenwohnheim neben dem Campus. Seine letzte Station für diese Nacht würde eine dunkle, kleine Billardkneipe sein, die, jedenfalls im Moment, nicht überfüllt war. Es gab vier Billardtische, an denen kaum jemand spielte. Ein junger Mann mit einem T-Shirt trat an die Bar und bestellte ein Bier. Das Shirt war grün und grau, und auf der Vorderseite standen die Worte TULANE LAW SCHOOL und darunter etwas, was eine Kennziffer des Wohnheims zu sein schien.

Verheek kam sofort zur Sache. »Sie studieren Jura?«

Der junge Mann musterte ihn, während er in den Taschen seiner Jeans nach Geld fingerte. »Leider.«

»Haben Sie Thomas Callahan gekannt?«

»Wer sind Sie?«

»FBI. Callahan war ein Freund von mir.«

Der Student nippte an seinem Bier und war mißtrauisch. »Ich habe bei ihm Verfassungsrecht gehört.«

Bingo! Darby auch. Verheek versuchte, uninteressiert zu wirken. »Kennen Sie Darby Shaw?«

»Warum wollen Sie das wissen?«

»Wir müssen mit ihr reden. Das ist alles.«

»Wer ist wir?« Der Student war jetzt noch mißtrauischer. Er trat einen Schritt näher an Gavin heran, als wollte er ein paar klare und deutliche Antworten hören.

»FBI«, sagte Verheek lässig.

»Haben Sie eine Marke oder so etwas?«

»Natürlich«, sagte er und zog eine Karte aus der Tasche. Der Student betrachtete sie genau, dann gab er sie zurück. »Sie sind Anwalt, kein Agent.«

Das traf den Nagel auf den Kopf, und der Anwalt wußte, daß er seinen Job verlieren würde, wenn sein Boß erfuhr, daß er Fragen stellte und sich so verhielt, als wäre er ein Agent.

»Ja, ich bin Anwalt. Callahan und ich haben zusammen studiert.«

»Was wollen Sie dann von Darby Shaw?«

Der Barkeeper war näher herangekommen und hörte zu.

»Kennen Sie sie?«

»Weiß nicht«, sagte der Student, und es war offensichtlich, daß er sie tatsächlich kannte, aber nicht reden wollte. »Steckt sie in der Klemme?«

»Nein. Sie kennen Sie, nicht wahr?«

»Kann sein.«

»Hören Sie, wie heißen Sie?«

»Zeigen Sie mir eine Marke, dann sage ich Ihnen, wie ich heiße.«

Gavin tat einen langen Zug aus der Flasche und lächelte den Barkeeper an. »Ich muß mit ihr reden, okay? Es ist sehr wichtig. Ich wohne für ein paar Tage im Hilton. Wenn Sie sie sehen, sagen Sie ihr, sie soll mich anrufen.« Er bot dem Studenten die Karte an, der einen Blick darauf warf und dann davonging.

Um drei schloß er die Tür seines Zimmers auf und hörte den Anrufbeantworter ab. Keine Nachrichten. Wo immer Darby sein mochte, sie hatte immer noch nicht angerufen. Vorausgesetzt natürlich, daß sie noch am Leben war.

20

Garcia rief zum letzten Mal an. Grantham nahm den Anruf am Samstag vor Sonnenaufgang entgegen, knapp zwei Stunden, bevor sie sich zum ersten Mal treffen wollten. Er sagte, er würde aussteigen. Es war der falsche Zeitpunkt. Wenn die Story herauskam, dann würden einige sehr mächtige Anwälte und ihre sehr reichen Mandanten hart fallen, und diese Leute wären das Fallen nicht gewohnt und würden andere Leute mitziehen. Und Garcia konnte etwas passieren. Er hatte eine Frau und eine kleine Tochter. Er hatte einen Job, den er ertrug, weil die Bezahlung großartig war. Weshalb ein Risiko eingehen? Er hatte nichts Böses getan. Sein Gewissen war rein.

»Warum rufen Sie mich dann immer wieder an?« fragte Grantham.

»Ich glaube, ich weiß, weshalb sie umgebracht wurden. Ich bin nicht sicher, aber ich kann es mir sehr gut vorstellen. Ich habe etwas gesehen.«

»Über dieses Thema unterhalten wir uns jetzt seit einer Woche, Garcia. Sie haben etwas gesehen, oder Sie haben etwas in der Hand. Aber das hilft mir nicht weiter, solange Sie es mir nicht zeigen.« Grantham schlug eine Akte auf und zog eine der Vergrößerungen des Mannes am Telefon heraus. »Sie werden von einer Art Verantwortungsgefühl getrieben, Garcia. Deshalb möchten Sie gern reden.«

»Ja, aber es ist durchaus möglich, daß sie wissen, daß ich Bescheid weiß. Sie haben sich merkwürdig benommen, als wollten sie fragen, ob ich es gesehen habe. Aber sie können nicht fragen, weil sie nicht sicher sind.«

»Sie meinen die Leute in Ihrer Firma?«

»Ja. Nein. Einen Moment. Woher wissen Sie, daß ich in einer Firma arbeite? Ich habe es Ihnen nicht gesagt.«

»Ganz einfach. Um ein Regierungsanwalt zu sein, gehen Sie zu früh zur Arbeit. Sie stecken in einer dieser großen Firmen mit zweihundert oder mehr Anwälten, in denen man erwartet, daß die angestellten Anwälte und die jüngeren Partner hundert Stunden pro Woche arbeiten. Als Sie mich das erste Mal anriefen, sagten Sie, Sie wären auf dem Weg ins Büro, und da war es ungefähr fünf Uhr morgens.«

»Na schön. Was wissen Sie sonst noch?«

»Nicht viel. Wir reden um den heißen Brei herum, Garcia. Wenn Sie nicht reden wollen, dann legen Sie auf und lassen mich in Ruhe. Sie halten mich nur vom Schlafen ab.«

»Angenehme Träume.« Garcia legte auf. Grantham starrte den Hörer an.

In den vergangenen acht Jahren hatte er dreimal seine Telefonnummer aus dem Verzeichnis streichen lassen. Er lebte vom Telefon, und seine tollsten Storys kamen aus dem Nirgendwo über den Apparat. Aber nach jeder tollen Story hatte es an die tausend belanglose Anrufe gegeben von Leuten, die sich veranlaßt fühlten, ihm mitten in der Nacht ihre heißen kleinen Informationen zukommen zu lassen. Er war bekannt als Reporter, der sich eher vor ein Erschießungskommando stellen lassen würde, als einen Informanten preiszugeben, also riefen immer wieder Leute an, bis er es endgültig satt hatte und sich eine neue, nicht eingetragene Nummer geben ließ. Dann kam eine Flaute, und er ließ sich schleunigst wieder ins Washingtoner Telefonbuch eintragen.

Im Moment stand er drin. Gray S. Grantham. Der einzige Teilnehmer dieses Namens. Sie konnten ihn zwölf Stunden am Tag in der Redaktion erreichen, aber es war wesentlich verschwiegener und intimer, ihn zu Hause anzurufen, insbesondere mitten in der Nacht, wenn er zu schlafen versuchte.

Er ärgerte sich eine halbe Stunde über Garcia, dann schlief er wieder ein. Er war in einen Traum versunken und tot für die Welt, als es abermals läutete. Er fand den Hörer im Dunkeln. »Hallo.«

Es war nicht Garcia. Es war eine Frau. »Spreche ich mit Gray Grantham von der *Washington Post*?«

»Ja. Und wer sind Sie?«

»Arbeiten Sie noch an der Story über Rosenberg und Jensen?«

Er setzte sich in der Dunkelheit auf und warf einen Blick auf die Uhr. Halb sechs. »Es ist eine große Story. Eine Menge Leute arbeiten daran, aber ja, ich recherchiere.«

»Haben Sie von dem Pelikan-Dossier gehört?«

Er atmete tief ein und versuchte nachzudenken. »Dem Pelikan-Dossier? Nein. Was ist das?«

»Eine harmlose kleine Theorie über die Frage, wer sie ermordet hat. Es wurde letzten Sonntag nach Washington gebracht, von einem Mann namens Thomas Callahan, Juraprofessor in Tulane. Er gab es einem Freund beim FBI, und es wurde herumgereicht. Die Dinge kamen ins Rollen, und am Mittwochabend wurde Callahan in New Orleans mit einer Autobombe ermordet.«

Die Lampe war eingeschaltet, und er machte sich Notizen. »Von wo rufen Sie an?«

»Aus New Orleans. Aus einer Telefonzelle, also machen Sie sich keine Mühe.«

»Woher wissen Sie das alles?«

»Ich habe das Dossier geschrieben.«

Er war jetzt hellwach und atmete hastig. »Okay. Wenn Sie es geschrieben haben, erzählen Sie mir davon.«

»Das möchte ich nicht auf diese Art tun, denn selbst wenn Sie ein Exemplar hätten, könnten Sie die Story nicht bringen.«

»Weshalb nicht?«

»Sie könnten es nicht. Vorher wären gründliche Recherchen erforderlich.«

»Okay. Wir haben den Ku-Klux-Klan, den Terroristen Khamel, die Underground Army, die Arier, die...«

»Nichts da. Keiner von denen war es. Die wären zu naheliegend. In dem Dossier geht es um einen bisher nicht genannten Verdächtigen.«

Er wanderte mit dem Hörer in der Hand am Fußende des Bettes hin und her. »Weshalb können Sie mir nicht sagen, um wen es sich handelt?«

»Vielleicht später. Sie scheinen zu wissen, wie man an Material herankommt. Sehen wir zu, was Sie herausfinden.«

»Die Sache mit Callahan läßt sich leicht überprüfen. Dazu genügt ein Anruf. Geben Sie mir vierundzwanzig Stunden.«

»Ich werde versuchen, Montag früh wieder anzurufen. Wenn wir miteinander ins Geschäft kommen wollen, Mr. Grantham, dann müssen Sie etwas vorzuweisen haben. Wenn ich das nächste Mal anrufe, möchte ich etwas hören, das ich noch nicht weiß.«

Sie rief im Dunkeln von einer Telefonzelle aus an. »Sind Sie in Gefahr?« fragte er.

»Vermutlich. Aber im Augenblick bin ich okay.«

Sie hörte sich jung an, vielleicht Mitte Zwanzig. Sie hatte ein Dossier geschrieben. Sie kannte den Juraprofessor. »Sind Sie Anwältin?«

»Nein, und vergeuden Sie nicht Ihre Zeit damit, mir nachzuspionieren. Sie haben Arbeit vor sich, Mr. Grantham, sonst wende ich mich an jemand anderen.«

»Okay. Sie brauchen einen Namen.«

»Ich habe einen.«

»Ich meine einen Codenamen.«

»Sie meinen, wie Spione und solche Leute? Das wäre ein Spaß.«

»Entweder das, oder Sie nennen mir Ihren richtigen Namen.«

»Nein. Nennen Sie mich einfach Pelikan.«

Seine Eltern waren gute irische Katholiken, aber er war schon vor vielen Jahren gewissermaßen ausgestiegen. Sie waren ein gutaussehendes Paar, würdevoll in ihrer Trauer, sonnengebräunt und gut gekleidet. Hand in Hand betraten sie mit dem Rest der Familie die Rogers Chapel. Sein Bruder aus Mobile war kleiner und sah wesentlich älter aus. Thomas hatte gesagt, er hätte ein Alkoholproblem.

Eine halbe Stunde lang waren Studenten und Professoren in die kleine Kapelle geströmt. Am Abend sollte das Spiel stattfinden, und auf dem Campus hatten sich viele Leute versammelt. Auf der Straße parkte ein Übertragungswagen des Fernsehens. Ein Kameramann wahrte respektvollen Abstand und filmte die Vorderseite der Kapelle. Ein Campus-Polizist beobachtete ihn aufmerksam und sorgte dafür, daß er nicht zu nahe herankam.

Es war schon ein merkwürdiger Anblick, diese Jurastudenten in Kleidern und mit hohen Absätzen beziehungsweise in Anzügen und mit Krawatten. Darby saß in einem dunklen Zimmer im dritten Stock von Newcomb Hall am Fenster und beobachtete die Studenten, die unten herumwanderten, sich leise unterhielten und ihre Zigaretten aufrauchten. Unter ihrem Stuhl lagen vier Zeitungen, bereits gelesen und weggeworfen. Sie war schon seit zwei Stunden dort, hatte gelesen, solange die Sonne schien, und auf den Gottesdienst gewartet. Für sie gab es keinen anderen Platz. Sie zweifelte nicht daran, daß die bösen Buben in den Büschen rund um die Kapelle lauerten, aber sie lernte, geduldig zu sein. Sie war früh gekommen, würde später wieder verschwinden und sich im Schatten halten. Wenn sie sie fanden, dann würden sie es vielleicht schnell tun, und dann war alles vorbei.

Sie griff nach einem zerknüllten Papierhandtuch und trocknete ihre Augen. Jetzt war es in Ordnung, daß sie weinte, aber es mußte das letzte Mal sein. Die Leute waren alle drinnen, und der Übertragungswagen fuhr ab. In der

Zeitung hatte gestanden, es wäre ein Gedenkgottesdienst, dem später die private Beisetzung folgen sollte. Es war kein Sarg in der Kapelle.

Sie hatte sich diesen Augenblick ausgesucht, um zu verschwinden, einen Wagen zu mieten und nach Baton Rouge zu fahren, dann in die erste Maschine zu steigen, die irgendwohin flog, weg von New Orleans. Sie würde das Land verlassen, vielleicht Montreal oder Calgary. Sie würde dort für ein Jahr untertauchen und hoffen, daß die Verbrechen aufgeklärt und die bösen Buben eingelocht wurden.

Aber es war ein Traum. Der schnellste Weg zur Gerechtigkeit führte schnurstracks über sie. Sie wußte mehr als irgend jemand sonst. Die Fibbies waren nahe daran gewesen, dann hatten sie sich zurückgezogen und jagten jetzt hinter Werweißwem her. Verheek hatte nichts erreicht, dabei stand er dem Direktor nahe. Sie würde das Puzzle selbst zusammensetzen müssen. Ihr kleines Dossier hatte Thomas das Leben gekostet, und jetzt waren sie hinter ihr her. Sie kannte die Identität des Mannes, der hinter den Morden an Rosenberg und Jensen und Callahan steckte, und dieses Wissen isolierte sie.

Plötzlich lehnte sie sich vor. Die Tränen trockneten auf ihren Wangen. Da war er! Der dünne Mann mit dem schmalen Gesicht! Er hatte einen Anzug an und trug eine angemessene Trauermiene zur Schau, während er schnell auf die Kapelle zuging. Er war es! Der Mann, den sie zuletzt im Foyer des Sheraton gesehen hatte. Wann war das gewesen? Donnerstagmorgen. Sie hatte gerade mit Verheek gesprochen, als er dort aufgetaucht war und sich umgesehen hatte.

Er blieb an der Tür stehen, blickte nervös über die Schulter – er war wirklich ein Dämlack, sich so zu verraten. Eine Sekunde lang starrte er drei Wagen an, die harmlos auf der Straße parkten, keine fünfzig Meter entfernt. Er öffnete die Tür und verschwand in der Kapelle. Wundervoll.

Die Schweine hatten ihn umgebracht, und nun gesellten sie sich zu seiner Familie und seinen Freunden, um ihm die letzte Ehre zu erweisen.

Ihre Nase berührte die Fensterscheibe. Die Wagen waren zu weit weg, aber sie war sicher, daß auch dort ein Mann war, der nach ihr Ausschau hielt. Bestimmt wußten sie, daß sie nicht so dumm und ihr Herz nicht so gebrochen war, daß sie auftauchen und ihren toten Geliebten betrauern würde. Das wußten sie. Sie war ihnen zweieinhalb Tage entkommen. Die Tränen waren versiegt.

Zehn Minuten später kam der dünne Mann allein wieder heraus, zündete sich eine Zigarette an und schlenderte mit tief in den Taschen vergrabenen Händen auf die drei Wagen zu. Und mit einer Trauermiene. Verdammter Kerl.

Er ging an den Wagen vorbei, blieb aber nicht stehen. Als er außer Sicht war, ging eine Tür auf, und dem mittleren Wagen entstieg ein Mann in einem grünen Tulane-Sweatshirt. Er ging hinter dem Dünnen her die Straße entlang. Er war nicht dünn. Er war klein, untersetzt und kräftig. Ein Stummel.

Er verschwand auf dem Gehsteig hinter dem Dünnen, hinter der Kapelle. Darby lehnte sich so weit vor, daß sie auf der Kante des Klappstuhls saß. Binnen einer Minute kamen sie hinter dem Gebäude wieder zum Vorschein. Jetzt waren sie zusammen und flüsterten etwas, aber nur einen Moment lang; dann trennte sich der Dünne von dem Kräftigen und verschwand die Straße hinunter. Stummel ging schnell zu seinem Wagen und stieg ein. Er saß einfach da, wartete darauf, daß der Gottesdienst zu Ende ging und er noch einen letzten Blick auf die Trauergäste werfen konnte für den unwahrscheinlichen Fall, daß sie wirklich so dämlich gewesen war, daran teilzunehmen.

Der Dünne hatte keine zehn Minuten gebraucht, um sich hineinzuschleichen, die Versammlung von schätzungsweise zweihundert Leuten zu mustern und zu dem Schluß zu gelangen, daß sie nicht da war. Vielleicht hatte er nach dem roten Haar Ausschau gehalten. Oder nach blond gebleichtem. Nein, es war eher zu vermuten, daß sie Leute hatten, die bereits drinnen waren, die andächtig und mit Trauermiene dasaßen und nach ihr suchten oder nach jemandem, der vielleicht so ähnlich aussah wie sie. Sie hätten den Dünnen mit einem Nicken oder Kopfschütteln oder Blinzeln informieren können.

An diesem Ort wimmelte es von ihnen.

Havanna war der ideale Zufluchtsort. Es spielte keine Rolle, ob zehn oder auch hundert Länder eine Prämie auf seinen Kopf ausgesetzt hatten. Fidel war ein Bewunderer und gelegentlicher Klient. Sie tranken zusammen, teilten sich Frauen und rauchten Zigarren. Er hatte alles, was das Herz begehrte: eine hübsche kleine Wohnung an der Calle de Torre in der Altstadt, einen Wagen mit Fahrer, einen Banker, der ein Genie im blitzschnellen Überweisen von Geld in der ganzen Welt war, jedes Boot, das er haben wollte, ein Militärflugzeug, wenn er eines brauchte, und massenhaft junge Frauen. Er sprach die Landessprache, und seine Haut war nicht blaß. Er fühlte sich wohl in der Stadt.

Er hatte sich einmal bereiterklärt, Fidel umzubringen, schaffte es aber nicht. Er war an Ort und Stelle, und es waren nur noch zwei Stunden bis zur Tat, aber er brachte es einfach nicht fertig. Die Bewunderung war zu groß. Das war damals in der alten Zeit, als er noch nicht ausschließlich für Geld mordete. Er spielte ein doppeltes Spiel und informierte Fidel. Sie täuschten einen Hinterhalt vor, und anschließend wurde das Gerücht ausgestreut, der große Khamel wäre auf den Straßen von Havanna niedergeschossen worden.

Nie wieder würde er mit einer Linienmaschine fliegen. Die Fotografen in Paris waren eine Schande für einen Profi wie ihn. Er hatte einen Fehler gemacht, war nach so vielen Jahren Berufserfahrung leichtsinnig gewesen. In Amerika war sein Foto auf den Titelseiten erschienen. Äußerst unerfreulich. Seinem Klienten hatte das nicht gefallen.

Das Boot war ein zwölf Meter langer Schoner mit zwei Mann Besatzung und einer jungen Frau, sämtlich Kubanern. Sie war unten in der Kabine. Ein paar Minuten, bevor sie die Lichter von Biloxi sahen, war er mit ihr fertig geworden. Jetzt war er voll und ganz bei der Arbeit, inspizierte sein Schlauchboot, packte seine Tasche, sprach kein Wort. Die Besatzungsmitglieder hockten auf dem Deck und hielten sich von ihm fern.

Um genau neun Uhr ließen sie das Schlauchboot zu Wasser. Er warf seine Tasche hinein und sprang hinterher. Sie hörten den tuckernden Motor, als er in der Dunkelheit des Sundes verschwand. Sie sollten bis Tagesanbruch vor Anker liegen und dann nach Havanna zurückkehren. Sie hatten einwandfreie Papiere, die auswiesen, daß sie Amerikaner waren – für den Fall, daß sie entdeckt wurden und irgend jemand anfing, Fragen zu stellen.

Er glitt geduldig durch das ruhige Wasser, wich Leuchtbojen aus und machte einen großen Bogen um vereinzelte kleine Wasserfahrzeuge. Auch er hatte einwandfreie Papiere und drei Waffen in seiner Tasche.

Es war Jahre her, daß er in einem Monat zweimal zugeschlagen hatte. Nachdem er angeblich in Kuba niedergeschossen worden war, hatte es eine fünfjährige Trockenzeit gegeben. Geduld war seine Stärke. Sein Durchschnitt war ein Auftrag pro Jahr.

Und dieses kleine Opfer würde kein Aufsehen erregen. Niemand würde ihn verdächtigen. Es war eine Kleinigkeit, aber sein Klient bestand darauf, und er war zufällig in der Gegend und die Bezahlung stimmte, und deshalb saß er wieder in einem kleinen Schlauchboot auf dem Weg zur Küste und hoffte, daß sein Kumpel Luke diesmal nicht als Farmer gekleidet war, sondern als Fischer.

Dies würde für lange Zeit das letzte Mal sein, vielleicht für immer. Er hatte mehr Geld, als er ausgeben oder verschenken konnte. Und er hatte angefangen, kleine Fehler zu machen.

In der Ferne sah er die Mole und bewegte sich von ihr fort. Er mußte noch eine halbe Stunde warten. Er fuhr eine Viertelmeile an der Küste entlang, dann hielt er auf sie zu. Zweihundert Meter von ihr entfernt schaltete er den tukkernden Motor aus, hakte ihn los und ließ ihn ins Wasser fallen. Er lag ausgestreckt in dem Boot, arbeitete, wenn es erforderlich war, mit einem Plastikriemen und dirigierte sich unhörbar zu einer dunklen Stelle hinter eine Reihe von billigen, zehn Meter vom Strand entfernten Ziegelsteingebäuden. Er stand in halbmetertiefem Wasser und stach mit einem kleinen Taschenmesser Löcher in das Schlauchboot. Es sank und verschwand. Der Strand war menschenleer.

Luke saß allein am Ende der Mole. Es war genau elf Uhr, und er war mit einer Angelrute an Ort und Stelle. Er trug eine weiße Mütze, und ihr Schirm bewegte sich langsam vor und zurück, während er das Wasser nach dem Schlauchboot absuchte. Er sah auf die Uhr.

Plötzlich stand ein Mann neben ihm, aus dem Nirgendwo aufgetaucht wie ein Engel. »Luke?« sagte der Mann.

Das war nicht der Code. Luke fuhr zusammen. Er hatte eine Waffe in dem Kasten neben seinen Füßen, aber keine Möglichkeit, schnell genug an sie heranzukommen. »Sam?« fragte er. Vielleicht war ihm etwas entgangen. Vielleicht hatte Khamel von dem Schlauchboot aus die Mole nicht finden können.

»Ja, Luke, ich bin's. Tut mir leid, daß ich abgekommen bin. Probleme mit dem Boot.«

Lukes Herz beruhigte sich, und er atmete erleichtert aus.

»Wo ist der Wagen?« fragte Khamel.

Luke warf einen ganz schnellen Blick auf ihn. Ja, es war Khamel, und er starrte hinter einer dunklen Brille aufs Meer hinaus.

Luke deutete mit einem Kopfnicken auf ein Gebäude. »Roter Pontiac neben dem Schnapsladen.«

»Wie weit ist es bis New Orleans?«

»Halbe Stunde«, sagte Luke, während er die Schnur einholte. Khamel trat zurück und versetzte ihm zwei Schläge ins Genick. Mit jeder Hand einen. Die Wirbel brachen und zerrissen das Rückenmark. Luke stürzte hart und stöhnte einmal. Khamel sah zu, wie er starb, dann zog er ihm die Schlüssel aus der Tasche und beförderte die Leiche mit einem Fußtritt ins Wasser.

Edwin Sneller, oder wie immer er heißen mochte, öffnete nicht die Tür, sondern schob lautlos den Schlüssel darunter durch. Khamel hob ihn auf und schloß die Tür zum Nebenzimmer auf. Er trat ein und ging schnell zum Bett, wo er seine Tasche absetzte, dann ans Fenster, dessen Vorhänge offen waren, so daß er den fernen Fluß sehen konnte. Er zog die Vorhänge zu und trat vom Fenster zurück.

Er ging ans Telefon und wählte Snellers Nummer.

»Erzählen Sie mir von ihr«, sagte Khamel leise zum Fußboden.

»Im Aktenkoffer sind zwei Fotos.«

Khamel öffnete ihn und holte die Fotos heraus. »Ich habe sie.«

»Sie sind mit Eins und Zwei numeriert. Das eine haben wir aus einem Jahrbuch der Juristischen Fakultät. Es ist ungefähr ein Jahr alt und das neueste, das wir bekommen konnten. Es ist eine Vergrößerung von einem winzigen Foto, es sind also eine Menge Details verlorengegangen. Das andere ist zwei Jahre alt und stammt aus einem Jahrbuch der Arizona State University.«

Khamel betrachtete beide Fotos. »Eine schöne Frau.«

»Ja. Sehr ansehnlich. Aber dieses hübsche Haar ist verschwunden. Donnerstagabend hat sie für ein Hotelzimmer mit einer Kreditkarte gezahlt. Freitagmorgen hätten wir sie fast erwischt. Wir fanden lange Haarsträhnen auf dem Boden und einen kleinen Rest von etwas, von dem wir inzwischen wissen, daß es schwarze Haarfarbe ist. Sehr schwarz.«

»Was für ein Jammer.«

»Seit Mittwochabend haben wir sie nicht mehr zu Gesicht bekommen. Sie hat es offenbar geschafft, uns zu entwischen: Kreditkarte für ein Zimmer am Mittwoch, Kreditkarte in einem anderen Hotel am Donnerstag, dann nichts seit der letzten Nacht. Am Freitagnachmittag hat sie fünftausend in bar von ihrem Konto abgehoben. Die Spur ist also kalt geworden.«

»Vielleicht hat sie sich abgesetzt.«

»Kann sein, aber ich glaube es nicht. Gestern abend war jemand in ihrer Wohnung. Wir hatten die Bude verdrahtet, kamen aber zwei Minuten zu spät.«

»Ihr seid nicht gerade die Schnellsten, wie?«

»Es ist eine große Stadt. Wir überwachen den Flughafen und die Bahnhöfe. Und das Haus ihrer Mutter in Idaho. Nichts. Ich glaube, sie ist noch hier.«

»Und wo könnte sie sein?«

»Wandert herum, wechselt die Hotels, benutzt Münzfernsprecher, hält sich fern von den üblichen Orten. Die Polizei von New Orleans sucht nach ihr. Sie hat nach der Bombe am Mittwoch mit ihr gesprochen und sie dann aus den Augen verloren. Wir suchen nach ihr, sie suchen nach ihr. Irgendwann wird sie auftauchen.«

»Was ist mit der Bombe passiert?«

»Ganz einfach. Sie ist nicht in den Wagen gestiegen.«

»Wer hat die Bombe gemacht?«

Sneller zögerte. »Kann ich nicht sagen.«

Khamel lächelte ein wenig, als er einige Straßenkarten aus dem Aktenkoffer holte. »Was ist mit den Karten?«

»Oh, nur ein paar Punkte in der Stadt, die von Interesse sein könnten. Ihre Wohnung, seine Wohnung, die Juristische Fakultät, die Hotels, in denen sie übernachtet hat, die Stelle, an der die Bombe explodierte, ein paar kleine Studentenlokale, in denen sie öfters gewesen ist.«

»Bisher ist sie im Quarter geblieben.«

»Sie ist schlau. Da gibt es eine Million Orte, an denen sie sich verstecken kann.«

Khamel nahm das neueste Foto zur Hand und setzte sich auf das andere Bett. Ihm gefiel das Gesicht. Selbst mit kurzem, dunklem Haar würde es ein faszinierendes Gesicht sein. Er konnte es auslöschen, aber es würde nicht angenehm sein.

»Es ist ein Jammer, nicht wahr?« sagte er, fast zu sich selbst. »Ja. Es ist ein Jammer.«

21

Gavin Verheek war ein müder alter Mann gewesen, als er in New Orleans eintraf, und nach zwei in allen möglichen Lokalen verbrachten Nächten war er erschöpft und ausgelaugt. Er hatte das erste Lokal nur kurze Zeit nach der Beisetzung betreten und anschließend sieben Stunden lang mit den Jungen und Rastlosen Bier getrunken und sich mit ihnen über Straftaten, Verträge, Wall-Street-Kanzleien und andere Dinge unterhalten, die ihm zuwider waren. Er wußte, daß er Fremden gegenüber nicht behaupten durfte, er gehörte zum FBI. Er hatte keine Dienstmarke.

Am Samstagabend besuchte er fünf oder sechs Lokale. Tulane hatte abermals verloren, und nach dem Spiel füllten sich die Lokale mit Schlachtenbummlern. An Unterhaltungen war nicht mehr zu denken, und um Mitternacht gab er es auf.

Er schlief tief und fest mit den Schuhen an den Füßen, als das Telefon läutete. Er stürzte sich darauf. »Hallo? Hallo?«

»Gavin?« fragte sie.

»Darby! Sind Sie das?«

»Wer sonst?«

»Weshalb haben Sie nicht schon früher angerufen?«

»Bitte, stellen Sie keine dämlichen Fragen. Ich rufe von einer Telefonzelle aus an, also keine krummen Touren.«

»Sie können mir vertrauen, Darby. Ich schwöre es.«

»Okay, ich vertraue Ihnen. Was nun?«

Er sah auf die Uhr und begann, seine Schnürsenkel zu lösen. »Das müssen Sie mir sagen. Wie geht es weiter? Wie lange wollen Sie sich in New Orleans verstecken?«

»Woher wissen Sie, daß ich in New Orleans bin?«

Er schwieg eine Sekunde.

»Ich bin in New Orleans«, sagte sie. »Und ich nehme an, Sie möchten, daß ich zu Ihnen komme und wir gute Freunde werden und ich mich dann in die Hände des FBI begebe und mich darauf verlasse, daß mich Ihre Leute für alle Zeit beschützen.«

»So ist es. Wenn Sie es nicht tun, ist es nur eine Sache von Tagen, bis Sie tot sind.«

»Sie machen keine Umschweife, stimmt's?«

»Nein. Sie spielen ein gefährliches Spiel, und Sie wissen nicht, was Sie tun.«

»Wer ist hinter mir her, Gavin?«

»Könnten verschiedene Leute sein.«

»Wer ist es?«

»Ich weiß es nicht.«

»Jetzt sind Sie es, der spielt. Wie kann ich Ihnen vertrauen, wenn Sie nicht reden wollen?«

»Okay. Ich denke, ich kann guten Gewissens sagen, daß Ihr kleines Dossier jemandem einen Schlag versetzt hat. Sie haben richtig vermutet – die falschen Leute haben von dem Dossier gehört, und jetzt ist Thomas tot. Und sie werden Sie in dem Augenblick umbringen, in dem sie Sie finden.«

»Wir wissen, wer Rosenberg und Jensen umgebracht hat, stimmt's, Gavin?«

»Ich denke schon.«

»Weshalb unternimmt das FBI dann nichts?«

»Möglich, daß da ein Vertuschungsversuch läuft.«

»Danke, daß Sie das gesagt haben.«

»Es könnte mich den Job kosten.«

»Wem sollte ich davon erzählen, Gavin? Wer vertuscht was?«

»Ich weiß es nicht genau. Wir waren sehr an Ihrem Dossier interessiert, bis das Weiße Haus Druck machte; jetzt haben wir es *ad acta* gelegt.«

»Das kann ich verstehen. Weshalb glauben sie, die Sache wäre erledigt, wenn sie mich umbringen?«

»Diese Frage kann ich nicht beantworten. Vielleicht sind sie überzeugt, daß Sie mehr wissen.«

»Soll ich Ihnen was erzählen? Kurz nach der Explosion der Bombe, während Thomas in dem brennenden Wagen war und ich halb bewußtlos, brachte mich ein Polizist mit Namen Rupert zu seinem Wagen und setzte mich hinein. Ein anderer Polizist in Jeans und Cowboystiefeln fing an, mir Fragen zu stellen. Mir war schlecht, und ich stand unter Schock. Sie verschwanden, Rupert und sein Cowboy, und wurden nicht mehr gesehen. Sie waren keine Polizisten, Gavin. Sie beobachteten die Explosion, und da ich nicht in dem Wagen saß, gingen sie zu Plan B über. Ich wußte es nicht, aber vermutlich hätte ich ein oder zwei Minuten später eine Kugel in den Kopf bekommen.«

Verheek hörte mit geschlossenen Augen zu. »Was ist mit den beiden passiert?«

»Ich nehme an, sie bekamen es mit der Angst zu tun, als die echten Polizisten erschienen. Sie verschwanden. Ich saß in ihrem Wagen, Gavin. Sie hatten mich.«

»Sie müssen zum FBI kommen, Darby. Bitte, hören Sie auf mich.«

»Erinnern Sie sich an unser Telefongespräch am Donnerstagmorgen, wo ich plötzlich ein Gesicht sah, das mir bekannt vorkam, und ich es Ihnen beschrieben habe?«

»Natürlich.«

»Dieses Gesicht war gestern bei dem Gedenkgottesdienst, zusammen mit ein paar Freunden.«

»Wo waren Sie?«

»Gut versteckt. Er ging ein paar Minuten nach den anderen hinein, blieb zehn Minuten drinnen, schlich sich dann wieder hinaus und traf sich mit Stummel.«

»Stummel?«

»Ja, das ist auch einer von der Bande. Stummel, Rupert, Cowboy und der dünne Mann. Tolle Typen. Ich bin sicher, daß da noch mehr sind, aber denen bin ich noch nicht begegnet.«

»Die nächste Begegnung wird die letzte sein, Darby. Sie haben noch ungefähr achtundvierzig Stunden zu leben.«

»Wir werden sehen. Wie lange wollen Sie hierbleiben?«

»Ein paar Tage. Ich wollte auf alle Fälle bleiben, bis ich Sie gefunden hatte.«

»Hier bin ich. Vielleicht rufe ich morgen wieder an.«

Verheek holte tief Luft. »Okay, Darby. Wie Sie wollen. Aber seien Sie vorsichtig.«

Sie legte auf. Er warf das Telefon durchs Zimmer und verfluchte es.

Zwei Blocks entfernt und fünfzehn Stockwerke hoch schaute Khamel auf den Fernseher und murmelte rasch vor sich hin. Es war ein Film über Leute in einer Großstadt. Sie sprachen Englisch, seine dritte Sprache, und er wiederholte jedes Wort in seiner besten amerikanischen Aussprache. Das tat er stundenlang. Er hatte sich die Sprache angeeignet, während er sich in Belfast versteckte, und in den letzten zwanzig Jahren hatte er sich Tausende von amerikanischen Filmen angesehen. Sein Lieblingsfilm war *Three Days of the Condor.* Er schaute ihn sich viermal an, bis er begriffen hatte, wer wen umbrachte und weshalb. Er hätte Redford ermorden können.

Er wiederholte jedes Wort laut. Er hatte sich sagen lassen, daß sein Englisch als das eines Amerikaners durchgehen konnte, aber ein Patzer, und sie würde weg sein.

Der Volvo stand auf einem Parkplatz, anderthalb Blocks von der Wohnung seines Besitzers entfernt, der hundert Dollar im Monat für den Platz bezahlte und für etwas, was er für eine sichere Bewachung hielt. Sie schlichen durch das Tor, das eigentlich verschlossen sein sollte.

Es war ein 1986er GL ohne Alarmanlage, und binnen Sekunden war die Fahrertür offen. Einer setzte sich auf den Kofferraum und zündete sich eine Zigarette an. Es war Sonntagmorgen, kurz vor vier Uhr.

Der andere öffnete einen kleinen Werkzeugkasten, den er in der Tasche hatte, und machte sich an dem Yuppie-Autotelefon zu schaffen, das Grantham sich so widerwillig zugelegt hatte. Die Innenbeleuchtung reichte aus, und er arbeitete schnell. Ein Kinderspiel. Sobald die Hörmuschel offen war, setzte er einen winzigen Sender ein und klebte ihn fest. Eine Minute später verließ er den Wagen und hockte sich vor die hintere Stoßstange. Der mit der Zigarette reichte ihm eine kleine schwarze Röhre, die er hinter dem Benzintank an einem Gitterrost befestigte. Es war ein Magnetsender, und er würde sechs Tage lang Signale aussenden, bevor er aufhörte und durch einen neuen ersetzt werden mußte.

Nach weniger als sieben Minuten waren sie wieder verschwunden. Montag, sobald er das Gebäude der *Post* an der Fünfzehnten betreten hatte, würden sie sich Zutritt zu seiner Wohnung verschaffen und auch dort sein Telefon anzapfen.

22

Ihre zweite Nacht in der kleinen Pension war besser als die erste. Sie schlief bis in den Vormittag hinein. Vielleicht hatte sie sich inzwischen daran gewöhnt. Sie starrte auf die Vorhänge an dem winzigen Fenster und kam zu dem Schluß, daß es keine Alpträume gegeben hatte, keine Bewegungen im Dunkeln mit Pistolen und Messern, die zum Vorschein kamen und sie angriffen. Es war ein tiefer, schwerer Schlaf gewesen, und sie betrachtete eine ganze Weile die Vorhänge, während ihr Gehirn aufwachte.

Sie versuchte, methodisch zu denken. Dies war ihr vierter Tag als Pelikan, und um Nummer Fünf zu erleben, würde sie denken müssen wie ein Killer, der nichts außer acht ließ. Es war Tag Nummer Vier ihres restlichen Lebens. Eigentlich sollte sie bereits tot sein.

Aber nachdem sie die Augen geöffnet und begriffen hatte, daß sie tatsächlich am Leben und in Sicherheit war und die Tür nicht quietschte und die Dielen nicht knarrten und kein Revolvermann im Schrank lauerte, galt ihr erster Gedanke wie immer Thomas. Der Schock seines Todes ließ nach, und es fiel ihr jetzt leichter, die Geräusche der Explosion und des prasselnden Feuers zu verdrängen. Sie wußte, daß er in Stücke zerrissen worden und sofort tot gewesen war. Sie wußte, daß er nicht hatte leiden müssen.

Also dachte sie an andere Dinge, zum Beispiel an das Gefühl wenn er neben ihr lag, und an sein Flüstern und Kichern, wenn sie im Bett waren und den Sex hinter sich hatten und er schmusen wollte. Er war ein Schmuser, und nachdem sie sich geliebt hatten, wollte er spielen und küssen und streicheln. Und kichern. Er liebte sie sehr, es hatte ihn schwer getroffen. Und zum ersten Mal in seinem Leben konnte er mit einer Frau herumalbern. Es war oft vorgekommen, daß sie mitten in einer seiner Vorlesungen an das Gurren und Kichern gedacht hatte und sich auf die Lippe beißen mußte, um nicht zu lächeln.

Sie hatte ihn auch geliebt. Und es tat so weh. Sie wäre am liebsten im Bett geblieben und hätte eine Woche lang geweint. Am Tag nach der Beisetzung ihres Vaters hatte ihr ein Psychiater erklärt, daß die Seele eine kurze, sehr intensive Periode des Trauerns braucht und dann zur nächsten Phase übergeht. Aber der Schmerz muß sein; sie muß rückhaltlos leiden, bevor es weitergehen kann. Sie hatte seinen Rat befolgt und sich zwei Wochen lang mutlos der Trauer hingegeben, dann hatte sie genug und ging zum nächsten Stadium über. Es funktionierte.

Aber bei Thomas funktionierte es nicht. Sie konnte nicht schreien und mit Gegenständen werfen, wie sie es gern getan hätte. Rupert und der dünne Mann und die anderen erlaubten ihr kein gesundes Trauern.

Nach ein paar Minuten mit Thomas dachte sie als nächstes an sie. Wo würden sie heute sein? Wohin konnte sie gehen, ohne gesehen zu werden? Sollte sie sich nach zwei Nächten in diesem Zimmer eine andere Unterkunft suchen? Ja, das würde sie tun. Nach Einbruch der Dunkelheit. Sie würde anrufen und in einer anderen winzigen Pension ein Zimmer buchen. Wo wohnten sie? Patrouillierten sie auf den Straßen, in der Hoffnung, einfach irgendwo auf sie zu stoßen? Wußten sie, wo sie sich in diesem Augenblick aufhielt? Nein. Dann wäre sie schon tot. Wußten sie, daß sie jetzt eine Blondine war? Das Haar brachte sie aus dem Bett. Sie trat vor den Spiegel über dem Waschbecken und betrachtete sich. Es war jetzt noch kürzer und sehr weiß. Gar nicht so schlecht. Sie hatte gestern abend drei Stunden lang daran gearbeitet. Wenn sie zwei weitere Tage am Leben blieb, würde sie noch ein bißchen mehr abschneiden und zu Schwarz zurückkehren. Wenn sie noch eine weitere Woche lebte, würde sie wahrscheinlich kahl sein.

Ihr Magen knurrte, und eine Sekunde lang dachte sie an Essen. Sie hatte in der letzten Zeit kaum etwas zu sich genommen, und das mußte sich ändern. Es war fast zehn Uhr. In dieser Pension gab es sonntags kein Frühstück. Sie mußte sich hinauswagen und etwas essen und sich die Sonntagsausgabe der *Post* besorgen und es einfach darauf ankommen lassen, ob sie sie jetzt, da ihr Haar blond und ganz kurz war, erwischen würden.

Sie duschte rasch, und das Frisieren dauerte weniger als eine Minute. Kein Make-up. Sie zog eine neue Drillichhose an und eine neue Bomberjacke und war zur Schlacht bereit. Die Augen verbarg sie hinter einer Fliegersonnenbrille.

Obwohl sie ein paarmal irgendwo hineingegangen war, hatte sie seit vier Tagen kein Gebäude durch die Vordertür verlassen. Sie schlich durch die dunkle Küche, schloß die Hintertür auf und trat in die Gasse hinter der kleinen Pension. Es war so kühl, daß sie die Bomberjacke tragen konnte, ohne Aufsehen zu erregen. Albern, dachte sie; im French Quarter würde sie selbst dann kein Aufsehen erregen, wenn sie das Fell und den Kopf eines Eisbären trug. Sie ging flott durch die Gasse mit den Händen tief in den Taschen der Drillichhose, während ihre Augen hinter der Sonnenbrille ständig in alle Richtungen Ausschau hielten.

Er sah sie, als sie in der Burgundy Street auf den Gehsteig trat. Das Haar unter der Mütze war anders, aber sie war immer noch einssiebzig groß, und daran konnte sie nichts ändern. Die Beine waren immer noch lang, und sie ging auf eine bestimmte Weise, und nach vier Tagen konnte er sie aus jeder Menge herauspicken, wie immer ihr Gesicht und ihr Haar auch aussehen mochten. Die Cowboystiefel – Schlangenleder mit spitzen Kappen – traten auf den Gehsteig und machten sich an die Verfolgung.

Sie war tüchtig, bog an jeder Ecke in eine andere Straße ein, ging flott, aber nicht zu schnell. Er vermutete, daß sie zum Jackson Square unterwegs war, wo sonntags immer viel Betrieb herrschte. Dort konnte sie in der Menge untertauchen, mit den Touristen und den Einheimischen umherschlendern, vielleicht einen Bissen essen, die Sonne genießen, eine Zeitung kaufen.

Darby zündete sich eine Zigarette an und paffte im Gehen. Sie inhalierte nicht. Das hatte sie vor drei Tagen versucht, und da war ihr schwindlig geworden. Was für eine schlechte Angewohnheit. Was für eine Ironie würde es sein, wenn sie das alles überlebte, nur um dann an Lungenkrebs zu sterben. Bitte, laß mich an Krebs sterben.

Er saß an einem Tisch in einem belebten Straßencafé an der Ecke von St. Peter und Chartres, und er war keine drei Meter entfernt, als sie ihn sah. Den Bruchteil einer Sekunde später sah er sie, und wahrscheinlich hätte sie es geschafft, wenn sie nicht einen Schritt lang gezögert und heftig geschluckt hätte, als sie ihn sah. Er sah sie, und wahrscheinlich wäre er nur argwöhnisch gewesen, aber das leichte Zögern und der merkwürdige Blick verrieten sie. Sie ging weiter, aber jetzt schneller.

Es war Stummel. Er war auf den Beinen und bahnte sich seinen Weg zwischen den Tischen hindurch, wo sie ihn aus den Augen verlor. Zu ebener Erde war er alles andere als rundlich. Er wirkte muskulös und behende. Auf Chartres konnte sie ihn eine Sekunde lang abhängen, als sie zwischen den Bogen der St.-Louis-Kathedrale in Deckung ging. Die Kirche war offen, und sie dachte einen Moment daran, hineinzugehen, als wäre es eine Freistatt, in der er sie nicht töten würde. Aber er würde sie drinnen töten oder auf der Straße oder in einer Menschenmenge, wo immer er ihrer habhaft werden konnte. Er war hinter ihr her, und Darby wollte wissen, wie rasch er sich näherte. Ging er nur mit schnellen Schritten und versuchte, den Gelassenen zu spielen? Tat er so, als ob er joggte? Oder kam er angerannt, bereit, sich auf sie zu stürzen, sobald er ihrer ansichtig wurde? Sie blieb in Bewegung.

Sie bog nach links in die St. Ann ab, überquerte die

Straße und war fast auf der Royal, als sie einen schnellen Blick hinter sich warf. Er kam. Er war auf der anderen Straßenseite, aber immer noch hinter ihr her.

Der nervöse Blick über die Schulter verriet sie, und jetzt joggte er.

Du mußt zusehen, daß du zur Bourbon Street kommst, dachte sie. Bis zum Anpfiff waren es noch vier Stunden, und Fans der Saints waren in Massen unterwegs, um schon vor dem Spiel zu feiern, weil es hinterher nicht viel zu feiern geben würde. Sie bog in die Royal ein und rannte ein paar Schritte, dann verlangsamte sie zu einem schnellen Gehen. Er bog gleichfalls in die Royal ein, und er joggte in einer Haltung, die es ihm erlaubte, jeden Moment loszurennen. Darby bewegte sich in die Mitte der Straße, wo eine Gruppe von Football-Fans herumstand und die Zeit totschlug. Sie bog nach links auf die Dumaine ab und begann zu rennen. Bourbon Street lag vor ihr, und dort wimmelte es von Leuten.

Jetzt konnte sie ihn hören. Sie brauchte sich nicht mehr umzusehen. Er war hinter ihr, rannte und holte auf. Als sie in die Bourbon einbog, war Mr. Stummel fünfzehn Meter hinter ihr, und das Rennen war vorüber. Sie sah ihre Engel, als sie lärmend ein Lokal verließen. Drei massige, übergewichtige junge Männer, angetan mit allen möglichen Bestandteilen der schwarzgoldenen Saints-Ausrüstung, traten genau in dem Augenblick auf die Straße, als Darby auf sie zurannte.

»Hilfe!« schrie sie hektisch und deutete auf Stummel. »Helft mir! Dieser Mann ist hinter mir her! Er versucht, mich zu vergewaltigen!«

Auf den Straßen von New Orleans ist Sex durchaus nichts Ungewöhnliches, aber sie wollten verdammt sein, wenn sie es zuließen, daß diese Frau mißbraucht wurde.

»Bitte helft mir!« rief sie noch einmal. Plötzlich herrschte Stille auf der Straße. Alle erstarrten, auch Stummel, der ein oder zwei Schritte verhielt und dann vorwärtsstürmte. Die drei Saints stellten sich ihm mit verschränkten Armen und funkelnden Augen in den Weg. Es dauerte nur Sekunden. Stummel benutzte beide Hände gleichzeitig: eine Rechte gegen die Kehle des ersten und ein gemeiner Schlag auf den Mund des zweiten. Sie schrien auf und stürzten zu Boden. Aber Nummer drei dachte nicht ans Fortlaufen. Seine beiden Kumpel waren verletzt, und das machte ihn wütend. Er wäre für Stummel eine Kleinigkeit gewesen, aber Nummer eins fiel auf Stummels rechten Fuß, und das lenkte ihn ab. Als er seinen Fuß wegzog, versetzte ihm Mr. Benjamin Chop aus Thibodaux, Louisiana, Nummer drei, einen Tritt zwischen die Beine, und Stummel gehörte der Geschichte an. Während Darby wieder in der Menge untertauchte, hörte sie, wie er vor Schmerzen heulte.

Als er fiel, trat Mr. Chop ihm in die Rippen. Nummer Zwei stürzte sich mit blutüberströmtem Gesicht auf Stummel, und das Massaker konnte losgehen. Er konnte seine Hände nicht benutzen, weil sie seine stark beschädigten Hoden hielten, und sie traten und beschimpften ihn erbarmungslos, bis jemand »Polizei« rief. Das rettete ihm das Leben. Mr. Chop und Nummer zwei halfen Nummer eins auf die Beine, und das letzte, was man von den Saints sah, war, daß sie in einem Lokal verschwanden. Stummel schaffte es, hochzukommen, und dann kroch er davon wie ein Hund, der unter einen Lastwagen gekommen ist, aber noch lebt und entschlossen ist, zu Hause zu sterben.

Sie versteckte sich in einem Lokal an der Decatur in einer dunklen Ecke, trank Kaffee, dann ein Bier, wieder Kaffee und noch ein Bier. Ihre Hände zitterten, und ihr Magen schlug Purzelbäume. Die Pfannkuchen dufteten köstlich, aber sie konnte nichts essen. Nach drei Bier in drei Stunden bestellte sie einen Teller mit gekochten Garnelen und ging zu Mineralwasser über.

Der Alkohol hatte sie beruhigt, und die Garnelen besorgten den Rest. Hier drinnen bin ich sicher, dachte sie, weshalb sehe ich mir nicht das Spiel an und bleibe einfach sitzen, vielleicht bis der Laden zumacht.

Als der Anpfiff erfolgte, war das Lokal gedrängt voll. Sie schauten auf den großen Bildschirm über der Bar und betranken sich. Sie war jetzt ein Fan der Saints. Sie hoffte, daß ihren drei Rettern nichts Ernstliches passiert war und sie das Spiel genossen. Die Menge brüllte und beschimpfte die Redskins.

Darby blieb in ihrer kleinen Ecke, bis das Spiel lange vorbei war, dann glitt sie hinaus in die Dunkelheit.

Irgendwann während des letzten Viertels, als die Saints mit vier Punkten im Rückstand waren, legte Edwin Sneller den Hörer auf und schaltete den Fernseher aus. Er streckte die Beine, dann kehrte er zum Telefon zurück und rief Khamel im Nebenzimmer an.

»Hören Sie sich mein Englisch an«, sagte der Killer. »Sagen Sie mir, ob Sie auch nur eine Spur von einem Akzent hören.«

»Okay. Sie ist hier«, sagte Sneller. »Einer unserer Leute hat sie heute morgen am Jackson Square gesehen. Er ist ihr drei Blocks gefolgt, dann hat er sie verloren.«

»Wie konnte er sie verlieren?«

»Das tut nichts zur Sache. Sie ist entkommen, aber sie ist hier. Ihr Haar ist jetzt ganz kurz und fast weiß.«

»Weiß?«

Sneller haßte es, sich wiederholen zu müssen, insbesondere bei diesem Bastard.

»Er hat gesagt, es wäre nicht blond, sondern weiß, und sie trug eine grüne Drillichhose und eine braune Bomberjacke. Irgendwie hat sie ihn erkannt und ist abgehauen.«

»Wie konnte sie ihn erkennen? Hatte sie ihn schon vorher gesehen?«

Diese idiotischen Fragen. Kaum zu glauben, daß er für eine Art Superman gehalten wurde. »Das kann ich nicht beantworten.«

»Wie ist mein Englisch?«

»Einwandfrei. An Ihrer Tür liegt eine kleine Karte. Die müssen Sie sich ansehen.«

Khamel legte den Hörer auf ein Kissen und ging zur Tür. Eine Sekunde später war er wieder am Apparat. »Wer ist das?«

»Er heißt Verheek. Holländischer Name, aber er ist Amerikaner. Arbeitet in Washington für das FBI. Callahan und er waren befreundet. Sie haben zusammen in Georgetown studiert, und bei der Beisetzung gestern war Verheek einer der Sargträger. Gestern abend hat er sich in einem Lokal in der Nähe des Campus herumgetrieben und Fragen über die Frau gestellt. Vor zwei Stunden war einer unserer Leute in dem Lokal. Er hat sich als FBI-Agent ausgegeben und sich mit dem Barkeeper unterhalten, der, wie sich herausstellte, Jura studiert und die Frau kennt. Sie sahen sich das Spiel an und redeten eine Weile, dann gab ihm der junge Mann diese Karte. Schauen Sie auf die Rückseite. Er wohnt im Hilton. Zimmer 1909.«

»Das ist nur fünf Minuten von hier.« Die Stadtpläne lagen auf dem Bett.

»Ja. Wir haben ein paar Leute in Washington angerufen. Er ist kein Agent, nur ein Anwalt. Er kannte Callahan, und vielleicht kennt er auch die Frau. Er versucht ganz offensichtlich, sie zu finden.«

»Mit ihm würde sie reden, nicht wahr?«

»Vermutlich.«

»Wie ist mein Englisch?«

»Einwandfrei.«

Khamel wartete eine Stunde, dann verließ er das Hotel. Mit Anzug und Krawatte war er ein Mann unter vielen, die in der Abenddämmerung auf dem Weg zum Fluß die Canal Street entlangschlenderten. Er hatte eine große Sporttasche bei sich und rauchte eine Zigarette, und fünf Minuten später betrat er das Foyer des Hilton. Er bahnte sich seinen Weg durch die Menge der Fans, die aus dem Dome zurückgekehrt waren. Der Fahrstuhl hielt im zwanzigsten Stock, und er ging eine Etage hinunter in den neunzehnten. In 1909 meldete sich niemand. Wenn die Tür bei vorgelegter Kette geöffnet worden wäre, hätte er sich entschuldigt und behauptet, sich in der Zimmernummer geirrt zu haben. Wenn die Tür ohne Kette geöffnet worden wäre und mit einem Gesicht im Türspalt, dann hätte er sie aufgetreten und wäre drinnen gewesen. Aber sie wurde nicht geöffnet.

Sein neuer Freund Verheek trieb sich wahrscheinlich in irgendeinem Lokal herum, verteilte seine Karten, versuchte junge Männer dazu zu bringen, daß sie ihm etwas über Darby Shaw erzählten. Was für ein Spinner.

Er klopfte abermals, und während er wartete, schob er ein fünfzehn Zentimeter langes Plastiklineal zwischen Tür und Rahmen und hantierte behutsam damit, bis das Schloß klickte. Schlösser stellten für Khamel kein großes Hindernis dar. Auch ohne Schlüssel konnte er in weniger als dreißig Sekunden einen verschlossenen Wagen knakken und den Motor anlassen.

Drinnen schloß er die Tür hinter sich wieder ab und legte seine Tasche aufs Bett. Wie ein Chirurg holte er die Handschuhe aus einer Tasche und streifte sie über. Er legte eine .22er und einen Schalldämpfer auf den Tisch.

Das Telefon war schnell erledigt. Er stöpselte das Bandgerät in die Dose unter dem Bett, wo es wochenlang bleiben konnte, bevor jemand es bemerkte. Er rief zweimal das Wetteramt an, um das Bandgerät zu testen. Einwandfrei.

Sein neuer Freund Verheek war ein Schludrian. Die meisten der Kleidungsstücke im Zimmer waren schmutzig und einfach in die Richtung des auf einem Tisch stehenden Koffers geworfen worden. Er hatte nicht ausgepackt. Im Schrank hing ein billiger Kleidersack mit einem einzigen Hemd.

Khamel beseitigte alle Spuren seiner Anwesenheit und ließ sich im Kleiderschrank nieder. Er war ein geduldiger Mann, und er konnte stundenlang warten. Er hielt die .22er in der Hand, nur für den Fall, daß dieser Clown zufällig den Schrank öffnete und er ihn erschießen mußte. Wenn nicht, würde er einfach nur zuhören.

23

Am Sonntag gab Verheek die Runde durch die Lokale auf. Es brachte nichts ein. Sie hatte angerufen, und sie besuchte diese Orte nicht, also zum Teufel damit. Er trank zuviel und aß zuviel, und er hatte New Orleans satt. Er hatte bereits für den späten Montagnachmittag seinen Rückflug gebucht, und wenn sie sich nicht wieder meldete, war mit dem Detektivspielen Schluß.

Er konnte sie nicht finden, und das war nicht seine Schuld. Nicht einmal Taxifahrer fanden sich in dieser Stadt zurecht. Bis es Mittag geworden war, würde Voyles herumschreien. Er hatte getan, was in seinen Kräften stand.

Er lag auf dem Bett, nur mit Boxershorts bekleidet, blätterte eine Zeitschrift durch und ignorierte den Fernseher. Es war fast elf Uhr. Er würde bis zwölf warten und dann zu schlafen versuchen.

Es läutete genau um elf. Er drückte auf einen Knopf der Fernbedienung und schaltete den Fernseher aus. »Hallo?«

Sie war es. »Ich bin's, Gavin.«

»Sie leben also noch.«

»Gerade eben.«

Er setzte sich auf die Bettkante. »Was ist passiert?«

»Sie haben mich heute gesehen, und einer von ihnen, mein Freund Stummel, hat mich durchs Quarter verfolgt. Sie sind Stummel noch nicht begegnet, aber er ist einer von denen, die Sie und alle anderen beim Betreten der Kapelle beobachtet haben.«

»Aber Sie sind davongekommen.«

»Ja. Ein kleines Wunder, aber ich bin davongekommen.«

»Was ist mit Stummel passiert?«

»Den hat's schwer erwischt. Vermutlich liegt er jetzt irgendwo in einem Bett mit Eiswürfeln in seinen Shorts. Er war nur wenige Schritte von mir entfernt, als er sich auf einen Streit mit den falschen Leuten einließ. Ich habe Angst, Gavin.«

»Ist er Ihnen von irgendwoher gefolgt?«

»Nein. Wir sind uns gewissermaßen zufällig begegnet.«

Verheek schwieg eine Sekunde. Ihre Stimme bebte, aber sie hatte sie unter Kontrolle. Sie verlor ihre Gelassenheit. »Hören Sie, Darby. Ich habe für morgen nachmittag einen Flug gebucht. Schließlich habe ich diesen kleinen Job, und mein Boß erwartet, daß ich in meinem Büro sitze. Ich kann also nicht den ganzen nächsten Monat in New Orleans verbringen und darauf hoffen, daß man Sie nicht umbringt und daß Sie zur Vernunft kommen und mir vertrauen. Ich fliege morgen ab, und ich meine, Sie sollten mitkommen.«

»Wohin?«

»Nach Washington. In mein Haus. Fort von dem Ort, an dem Sie sich jetzt befinden.«

»Und was passiert dann?«

»Nun, zum einen bleiben Sie am Leben. Ich rede mit dem Direktor, und ich verspreche Ihnen, Sie werden in Sicherheit gebracht. Irgendwas werden wir unternehmen. Alles ist besser als das.«

»Wie kommen Sie auf die Idee, daß wir einfach von hier abfliegen könnten?«

»Weil drei FBI-Agenten da sein werden, die Sie beschützen. Weil ich kein kompletter Idiot bin. Hören Sie, Darby, sagen Sie mir, wo wir uns gleich jetzt treffen können, und binnen einer Viertelstunde hole ich Sie mit drei Agenten ab. Die Burschen sind bewaffnet und haben keine Angst vor Ihrem kleinen Stummel und seinen Freunden. Wir bringen Sie noch heute nacht aus der Stadt, und morgen fliegen wir nach Washington. Ich verspreche Ihnen, daß Sie meinen Boß, den ehrenwerten F. Denton Voyles, persönlich kennenlernen werden, und danach sehen wir weiter.«

»Sagten Sie nicht, das FBI wäre unbeteiligt?«

»Es ist unbeteiligt, aber das kann sich ändern.«

»Woher kommen dann die drei Agenten?«

»Ich habe Freunde.«

Sie dachte einen Moment nach, und ihre Stimme war plötzlich kräftiger. »Hinter Ihrem Hotel liegt etwas, das Riverwalk heißt. Es ist ein Einkaufszentrum mit Restaurants und ...«

»Ich habe heute nachmittag zwei Stunden dort verbracht.«

»Gut. Im zweiten Stock ist ein Bekleidungsgeschäft, das Frenchmen's Bend heißt.«

»Das habe ich gesehen.«

»Ich möchte, daß Sie morgen mittag Punkt zwölf am Eingang stehen und dort fünf Minuten warten.«

»Morgen mittag um zwölf werden Sie nicht mehr am Leben sein. Machen Sie endlich Schluß mit diesem Katz-und-Maus-Spiel, Darby.«

»Tun Sie, was ich Ihnen sage. Wir sind uns bisher nicht begegnet, ich habe also keine Ahnung, wie Sie aussehen. Tragen Sie ein schwarzes Hemd und eine rote Baseballmütze.«

»Und wo soll ich so etwas finden?«

»Das ist Ihr Problem.«

»Okay, okay. Ich werde mir die Sachen besorgen. Vermutlich wollen Sie, daß ich mir mit einer Schaufel oder so etwas in der Nase bohre. Das ist doch albern.«

»Mir ist nicht nach Albernheiten zumute, und wenn Sie nicht mit diesem Blödsinn aufhören, dann lassen wir es eben.«

»Es geht um Ihren Hals.«

»Bitte, Gavin.«

»Entschuldigung. Ich werde tun, was Sie wollen. An dieser Stelle herrscht ein ziemlicher Betrieb.«

»Ja. Ich fühle mich sicherer an Orten, wo viele Menschen sind. Bleiben Sie ungefähr fünf Minuten am Eingang stehen, mit einer zusammengefalteten Zeitung in der Hand. Ich werde aufpassen. Nach fünf Minuten gehen Sie in den Laden hinein, und zwar in die rechte hintere Ecke. Da ist ein Gestell mit Safarijacken. Beschäftigen Sie sich da eine Weile, und ich werde Sie finden.«

»Und was werden Sie anhaben?«

»Meinetwegen brauchen Sie sich nicht den Kopf zu zerbrechen.«

»Also gut. Und wie geht es dann weiter?«

»Sie und ich, und nur Sie und ich verlassen die Stadt. Ich will nicht, daß irgend jemand sonst davon weiß. Können Sie das verstehen?«

»Nein, das kann ich nicht verstehen. Ich kann dafür sorgen, daß Sie beschützt werden.«

»Nein, Gavin. Ich bin der Boß, okay? Vergessen Sie Ihre drei Agentenfreunde. Einverstanden?«

»Einverstanden. Und wie gedenken Sie mit mir die Stadt zu verlassen?«

»Auch dafür habe ich einen Plan.«

»Mir gefallen Ihre Pläne nicht, Darby. Diese Ganoven sitzen Ihnen im Genick, und jetzt ziehen Sie mich mit in diese Sache hinein. Es wäre wesentlich sicherer, wenn wir es auf meine Art tun würden. Sicherer für Sie, und sicherer für mich.«

»Aber Sie werden um zwölf da sein, ja?«

Er stand neben dem Bett und sprach mit geschlossenen Augen. »Ja, ich werde da sein. Ich hoffe nur, daß Sie auch da sein werden.«

»Wie groß sind Sie?«

»Einsfünfundsiebzig.«

»Wieviel wiegen Sie?«

»Vor dieser Frage habe ich mich gefürchtet. Normalerweise lüge ich. Hundert Kilo, aber ich habe vor, abzunehmen. Ich schwöre es.«

»Wir sehen uns morgen, Gavin.«

»Ich hoffe es.«

Sie hatte aufgelegt. Er warf den Hörer auf die Gabel. »Verdammtes Luder!« brüllte er die Wände an. »Verdammtes Luder!« Er wanderte ein paarmal am Fußende des Bettes entlang, dann ging er ins Badezimmer, wo er die Tür hinter sich zumachte und die Dusche aufdrehte.

Er verfluchte sie zehn Minuten lang, während er unter der Dusche stand, dann drehte er den Hahn zu und trocknete sich ab. Es waren eher hundertacht Kilo, und das meiste davon befand sich an den falschen Stellen seiner einsfünfundsiebzig großen Gestalt. Es war ein unerfreulicher Anblick. Hier war er, im Begriff, diese wundervolle Frau zu treffen, die ihm ihr Leben anvertraute, und was war er für ein Fettwanst.

Er öffnete die Tür. Im Zimmer war es dunkel. Dunkel? Er hatte doch das Licht angelassen. Und wenn schon. Er strebte auf den Schalter neben der Kommode zu.

Der erste Schlag zerschmetterte seinen Kehlkopf. Es war ein gekonnter Schlag, der von der Seite kam, von irgendwo nahe der Wand. Er stöhnte schmerzgepeinigt und sank auf ein Knie, was den zweiten Schlag so einfach machte, wie den einer Axt auf einen dicken Baumstamm. Er traf ihn wie ein Stein auf die Schädelbasis, und Gavin war tot.

Khamel schaltete das Licht ein und betrachtete die erbärmliche nackte Gestalt auf dem Boden. Er gehörte nicht zu den Leuten, die ihre Arbeit bewundern. Er wollte keine Brandstellen auf dem Teppich, also lud er sich die fette Leiche auf die Schultern und legte sie quer übers Bett. Schnell arbeitend und ohne jede überflüssige Bewegung schaltete Khamel den Fernseher wieder ein und stellte ihn auf volle Lautstärke, öffnete den Reißverschluß seiner Tasche, holte eine billige .25er Automatik heraus und setzte sie an die rechte Schläfe des verstorbenen Gavin Verheek. Er bedeckte die Waffe und den Kopf mit zwei Kissen und drückte ab. Jetzt das Wichtigste: Er nahm eines der Kissen und legte es unter den Kopf, warf das andere auf den Boden, bog die Finger der rechten Hand sorgfältig um den Griff der Pistole und legte sie dreißig Zentimeter vom Kopf entfernt hin.

Er holte das Bandgerät unter dem Bett vor und stöpselte den Telefondraht wieder in die Wand. Er drückte auf einen Knopf, lauschte, und da war sie. Er schaltete den Fernseher aus.

Jeder Job war anders. Einmal hatte er in Mexico City eines seiner Opfer drei Wochen lang verfolgt und dann mit zwei Prostituierten im Bett erwischt. Das war ein dummer Fehler gewesen. Während seiner langen Karriere hatten ihm zahlreiche dumme Fehler der Gegenseite die Arbeit erleichtert. In diesem Fall war der ganze Kerl ein dummer Fehler, ein dämlicher Anwalt, der umherzog, große Reden schwang und Karten mit seiner Zimmernummer auf der Rückseite verteilte. Er hatte die Nase in die Welt des Oberliga-Killens gesteckt, und das hatte er nun davon.

Mit ein bißchen Glück würden sich die Polizisten das Zimmer ein paar Minuten lang anschauen und zu dem Schluß kommen, daß hier ein schlichter Selbstmord vorlag. Sie würden ihres Amtes walten und sich ein paar Fragen stellen, die sie nicht beantworten konnten, aber ein paar Fragen tauchten immer auf. Und weil er ein bedeutender FBI-Anwalt gewesen war, würde in ein oder zwei Tage eine Autopsie vorgenommen werden, und am Dienstag würde ein Gerichtsmediziner plötzlich feststellen, daß es kein Selbstmord war.

Am Dienstag würde die Frau tot sein und er in Managua.

24

Seine üblichen offiziellen Quellen im Weißen Haus leugneten jede Kenntnis des Pelikan-Dossiers. Sarge hatte nie davon gehört. Auf gut Glück geführte Anrufe beim FBI förderten nichts zutage. Ein Freund im Justizministerium bestritt, je davon gehört zu haben. Er bohrte das ganze Wochenende über, ohne jeden Erfolg. Die Story über Callahan war verifiziert, als er ein Exemplar der Zeitung von New Orleans gefunden hatte. Als sie am Montag in der Redaktion anrief, hatte er nichts Neues zu berichten. Aber wenigstens rief sie an.

Sie sagte, sie wäre in einer Telefonzelle, er könnte sich also die Mühe des Nachforschens sparen.

»Ich bin immer noch auf der Suche«, sagte er. »Wenn überhaupt ein solches Dossier in der Stadt ist, dann wird es streng geheimgehalten.«

»Ich versichere Ihnen, daß es da ist, und mir ist klar, weshalb es geheimgehalten wird.«

»Sie können mir bestimmt mehr erzählen.«

»Viel mehr. Das Dossier hat mich gestern beinahe das Leben gekostet. Es kann also sein, daß ich früher zum Reden bereit sein werde, als ich ursprünglich vorhatte. Ich muß mit der Sprache herausrücken, solange ich noch am Leben bin.«

»Wer versucht, Sie umzubringen?«

»Dieselben Leute, die Rosenberg und Jensen und Thomas Callahan umgebracht haben.«

»Kennen Sie ihre Namen?«

»Nein, aber seit Mittwoch habe ich mindestens vier von ihnen gesehen. Sie sind hier in New Orleans, schnüffeln herum und hoffen, daß ich irgend etwas Dummes tue und sie mich umbringen können.«

»Wie viele Leute wissen von dem Pelikan-Dossier?«

»Gute Frage. Callahan brachte es zum FBI, und ich glaube, von dort aus gelangte es ins Weiße Haus, wo es anscheinend für eine Menge Aufregung gesorgt hat, und von dort – wer weiß? Zwei Tage, nachdem er es dem FBI gegeben hatte, war Callahan tot. Und ich sollte natürlich mit ihm sterben.«

»Waren Sie zusammen?«

»Ich war ganz in der Nähe, aber nicht nahe genug.«

»Also sind Sie die unbekannte Frau am Tatort?«

»So wurde ich in der Zeitung bezeichnet.«

»Dann kennt die Polizei Ihren Namen?«

»Mein Name ist Darby Shaw. Ich bin Jurastudentin im zweiten Jahr in Tulane. Thomas Callahan war mein Professor. Ich schrieb das Dossier, gab es ihm, und den Rest kennen Sie. Haben Sie alles mitbekommen?«

Grantham machte sich hastig Notizen. »Ja. Ich höre.«

»Ich habe das French Quarter ziemlich satt, und ich habe vor, heute die Stadt zu verlassen. Morgen rufe ich Sie von irgendwo anders aus an. Haben Sie Zugang zu den Aufstellungen der Wahlkampfspenden?«

»Das sind öffentliche Unterlagen.«

»Das weiß ich. Aber wie schnell können Sie sich die Information beschaffen?«

»Welche Information?«

»Eine Liste aller Leute, die zum letzten Wahlkampf des Präsidenten große Beträge beigesteuert haben.«

»Das ist nicht schwierig. Die kann ich mir bis heute nachmittag besorgen.«

»Tun Sie das. Ich rufe Sie morgen früh wieder an.«

»Okay. Haben Sie eine Kopie des Dossiers?«

Sie zögerte. »Nein, aber ich kenne es auswendig.«

»Und Sie wissen, wer für die Morde verantwortlich ist?«

»Ja, und sobald ich es Ihnen gesagt habe, steht auch Ihr Name auf der Abschußliste.«

»Sagen Sie es mir jetzt.«

»Lassen wir's langsam angehen. Ich rufe morgen wieder an.«

Grantham ließ sich kein Wort entgehen, dann legte er auf. Er nahm seinen Notizblock und bahnte sich seinen Weg durch das Labyrinth von Schreibtischen und Leuten zum gläsernen Büro seines Ressortchefs Smith Keen. Keen war ein gesunder und munterer Typ mit einer Politik der offenen Tür, die Chaos in seinem Büro gewährleistete. Er beendete gerade ein Telefongespräch, als Grantham hereinstürmte und die Tür hinter sich zumachte.

»Diese Tür bleibt offen«, sagte Keen scharf.

»Wir müssen reden, Smith.«

»Wir reden bei offener Tür. Machen Sie die verdammte Tür auf.«

»Ich mache sie in einer Sekunde auf.« Grantham sprach mit erhobenen Händen; beide Handflächen waren dem Redakteur zugewandt. Ja, es war ernst. »Lassen Sie uns reden.«

»Okay. Worum geht es?«

»Es ist eine große Sache, Smith.«

»Ich weiß, daß sie groß ist. Sie haben die verdammte Tür zugemacht, also weiß ich, daß sie groß ist.«

»Ich habe gerade mein zweites Telefongespräch mit einer jungen Dame namens Darby Shaw beendet, die weiß, wer Rosenberg und Jensen umgebracht hat.«

Keen richtete sich langsam auf und musterte Grantham. »Ja, mein Sohn, das ist eine große Sache. Aber woher wissen Sie das? Woher weiß sie es? Was können Sie beweisen?«

»Ich habe noch keine Story, Smith, aber sie redet mit mir. Lesen Sie das.« Grantham gab ihm eine Kopie des Zeitungsberichts über Callahans Tod. Keen las ihn langsam.

»Okay. Wer ist Callahan?«

»Heute vor einer Woche hat er ein kleines Papier, das jetzt das Pelikan-Dossier genannt wird, dem FBI übergeben. Wie es scheint, wird in diesem Dossier irgendeine obskure Person mit den Morden in Verbindung gebracht. Das Dossier wird herumgereicht, gelangt ins Weiße Haus und von dort aus weiter zu Leuten, die niemand kennt. Zwei Tage später startet Callahan seinen Porsche zum letzten Mal. Darby Shaw behauptet, sie wäre die unidentifizierte Frau, die in dem Artikel erwähnt wird. Sie war mit Callahan zusammen und sollte eigentlich mit ihm sterben.«

»Weshalb sollte sie sterben?«

»Sie hat das Dossier geschrieben. Jedenfalls behauptet sie das.«

Keen versank tiefer in seinem Sessel und legte die Füße auf den Schreibtisch. Er betrachtete das Foto von Callahan. »Wo ist dieses Dossier?«

»Ich weiß es nicht.«

»Was steht drin?«

»Auch das weiß ich nicht.«

»Also wissen wir überhaupt nichts, oder?«

»Bisher nicht. Aber wenn sie mir alles erzählt, was darinsteht?«

»Und wann wird sie das tun?«

Grantham zögerte einen Moment. »Bald, glaube ich. Ziemlich bald.«

Keen schüttelte den Kopf und warf den Zeitungsausschnitt auf den Schreibtisch. »Wenn wir das Dossier hätten, wäre das eine grandiose Story, Gray, aber wir könnten sie nicht bringen. Bevor wir sie bringen können, muß alles gründlich, einwandfrei und bis ins letzte Detail verifiziert sein.«

»Aber ich habe grünes Licht?«

»Ja, aber ich will stündlich informiert werden. Sie schreiben kein Wort, bevor wir miteinander gesprochen haben.«

Grantham lächelte und öffnete die Tür.

Das war keine Arbeit, die ihm vierzig Dollar pro Stunde einbrachte. Nicht einmal dreißig oder zwanzig. Croft wußte, daß er Glück hatte, wenn er aus Gray für diese verdammte Suche nach der Nadel im Heuhaufen fünfzehn herausschinden konnte. Wenn er andere Arbeit gehabt hätte, dann hätte er Grantham gesagt, er solle sich jemand anderen suchen oder, besser noch sie selbst tun.

Aber die Geschäfte gingen schlecht, und fünfzehn Dollar pro Stunde waren besser als gar nichts. Er rauchte seinen Joint in der hintersten Kabine zu Ende, spülte den Stummel weg und öffnete die Tür. Er setzte sich die dunkle Sonnenbrille auf die Nase und trat hinaus auf den Flur, der zu einer Vorhalle führte, von der aus vier Fahrstühle tausend Anwälte in ihre kleinen Büros hinaufbeförderten, wo sie ihre Tage damit verbrachten, anderen Leuten die Hölle heiß zu machen. Er hatte sich Garcias Aussehen genau eingeprägt. Er träumte sogar von diesem jungen Mann mit dem intelligenten Gesicht und dem schlanken, mit einem teuren Anzug bekleideten Körper. Er würde ihn wiedererkennen, wenn er ihn sah.

Er stand an einer Säule, hielt eine Zeitung in den Händen und versuchte, alle Leute durch seine dunkle Brille zu mustern. Anwälte überall, eilig auf dem Weg nach oben mit ihren schmucken kleinen Gesichtern und ihren schmucken kleinen Aktenkoffern. Mann, wie er diese Anwälte haßte! Weshalb waren sie alle gleich gekleidet? Dunkle Anzüge. Dunkle Schuhe. Dunkle Gesichter. Hin und wieder ein Nonkonformist mit einer kühnen Fliege. Wo kamen die alle her? Die ersten Anwälte direkt nach seiner Verhaftung wegen Drogenbesitzes waren eine Horde von wütenden, von der *Post* angeheuerten Sprachrohren gewesen. Dann hatte er sich selbst einen Anwalt genommen, einen unverschämt teuren Idioten, der den Gerichtssaal nicht finden konnte. Und der Ankläger war natürlich auch ein Anwalt gewesen. Anwälte, Anwälte.

Zwei Stunden am Morgen, zwei Stunden in der Lunchpause, zwei Stunden am Abend, und dann würde Grantham ein anderes Gebäude haben, das er überwachen sollte. Neunzig Dollar am Tag waren lausig, und er würde Schluß machen, sobald er etwas Besseres hatte. Er hatte Grantham gesagt, daß das Ganze aussichtslos war, nichts als ein Schuß ins Blaue. Grantham hatte es zugegeben, aber gesagt, er sollte trotzdem weitermachen. Es war alles, was sie tun konnten. Er hatte gesagt, Garcia hätte Angst und würde nicht mehr anrufen. Sie mußten ihn finden. In seiner Tasche steckten für alle Fälle zwei der Fotos, und aus dem Branchenverzeichnis hatte er sich eine Liste der in dem Gebäude ansässigen Firmen herausgeschrieben. Es war eine lange Liste. Das Gebäude hatte zwölf Stockwerke, in denen fast ausschließlich Firmen saßen, in denen diese geschniegelten Westentaschengentlemen arbeiteten. Eine Schlangengrube.

Halb zehn war der Hauptansturm vorbei, und einige der Gesichter kamen ihm bekannt vor, als sie in einem der Fahrstühle wieder unten einschwebten, zweifellos auf dem Weg zum Gericht oder zu einer Behörde oder einem Mandanten. Croft schob sich durch die Drehtür und wischte sich die Füße auf dem Gehsteig ab.

Vier Blocks entfernt wanderte Fletcher Coal vor dem Schreibtisch des Präsidenten hin und her und lauschte intensiv in den Telefonhörer an seinem Ohr. Er runzelte die Stirn und schloß die Augen; dann schaute er den Präsidenten an, als wollte er sagen: »Schlimme Neuigkeiten, Chef. Wirklich schlimme.« Der Präsident hielt einen Brief in der Hand und musterte Coal über seine Lesebrille hinweg. Daß Coal auf diese Weise herumwanderte, als wäre er ›Der Führer‹, irritierte ihn, und er nahm sich vor, das gelegentlich zur Sprache zu bringen.

Coal knallte den Hörer auf die Gabel.

»Knallen Sie nicht mit den verdammten Telefonen herum!« sagte der Präsident.

Coal zuckte mit keiner Wimper. »Entschuldigung. Das war Zikman. Vor einer halben Stunde hat Gray Grantham bei ihm angerufen und ihn gefragt, ob er irgend etwas über die Pelikan-Akte wüßte.«

»Wundervoll. Grandios. Wie ist er an eine Kopie davon gekommen?«

Coal wanderte immer noch hin und her. »Zikman weiß nichts davon, seine Unwissenheit war also echt.«

»Seine Unwissenheit ist immer echt. Er ist der blödeste Kerl in meinem Stab, Fletcher, und ich will, daß er verschwindet.«

»Wie Sie wünschen.« Coal ließ sich in einem Sessel vor dem Schreibtisch nieder und legte die Fingerspitzen unter dem Kinn gegeneinander. Er war tief in Gedanken versunken, und der Präsident versuchte, ihn zu ignorieren. Beide dachten einen Moment lang nach.

»Hat Voyles es durchsickern lassen?« fragte der Präsident schließlich.

»Vielleicht, wenn überhaupt etwas durchgesickert ist. Grantham ist dafür bekannt, daß er gern blufft. Wir können nicht sicher sein, daß er die Akte gesehen hat. Vielleicht hat er nur davon gehört und versucht jetzt, mehr zu erfahren.«

»Vielleicht, vielleicht. Was ist, wenn sie irgendeine verrückte Story über dieses verdammte Ding bringen? Was dann?« Der Präsident stemmte die Hände auf den Schreibtisch und stand auf. »Was dann, Fletcher? Diese Zeitung haßt mich!« Er starrte zum Fenster hinaus.

»Sie können sie nicht bringen ohne eine andere Quelle, und eine andere Quelle kann es nicht geben, weil nichts dahintersteckt. Es ist nichts als eine verrückte Idee, der wesentlich mehr Beachtung geschenkt wird, als sie verdient.«

Der Präsident gab sich eine Weile seiner schlechten Laune hin und starrte durch das Glas. »Wie hat Grantham überhaupt davon erfahren?«

Coal stand auf und wanderte wieder herum, aber jetzt wesentlich langsamer. Er dachte immer noch angestrengt nach. »Keine Ahnung. Außer Ihnen und mir weiß hier niemand darüber Bescheid. Wir bekamen ein Exemplar, und das ist in meinem Büro eingeschlossen. Ich habe eigenhändig eine Kopie gemacht und sie Gminski gegeben. Ich habe ihn zur Geheimhaltung verpflichtet.«

Der Präsident schnaubte das Fenster an.

Coal fuhr fort. »Okay, Sie haben recht. Inzwischen könnten tausend Kopien im Umlauf sein. Aber es ist harmlos, es sei denn, unser Freund hätte diese schmutzigen Dinge tatsächlich getan, dann...«

»Dann sitze ich ganz tief in der Tinte.«

»Ja. Ich würde sagen, dann sitzen wir beide ganz tief in der Tinte.«

»Wieviel Geld haben wir genommen?«

»Millionen, direkt und indirekt.« Und legal und illegal. Der Präsident hatte kaum eine Ahnung von diesen Transaktionen, und Coal zog es vor, ihn im Ungewissen zu lassen.

Der Präsident ging langsam zur Couch. »Weshalb rufen Sie Grantham nicht an? Versuchen Sie herauszubekommen, was er weiß. Wenn er blufft, ist die Sache klar. Was meinen Sie?«

»Ich weiß nicht recht.«

»Sie haben doch schon öfters mit ihm gesprochen. Jeder kennt Grantham.«

Jetzt wanderte Coal hinter der Couch herum. »Ja. Ich habe schon öfters mit ihm gesprochen. Aber wenn ich jetzt plötzlich aus dem Nirgendwo anrufe, wird das seinen Argwohn erregen.«

»Ja, da könnten Sie recht haben.« Der Präsident stand an einem Ende der Couch, Coal am anderen.

»Was ist die Kehrseite der Medaille?« fragte der Präsident schließlich.

»Unser Freund könnte dahinterstecken. Sie haben

Voyles aufgefordert, die Finger von unserem Freund zu lassen. Unser Freund könnte von der Presse bloßgestellt werden. Voyles könnte sich aus der Affäre ziehen und erklären, Sie hätten ihn aufgefordert, anderen Verdächtigen nachzujagen und unseren Freund zu ignorieren. Die *Post* könnte sich mit einem weiteren Vertuschungsskandal überschlagen. Und die Wiederwahl könnten wir vergessen.«

»Sonst noch was?«

Coal dachte einen Augenblick nach. »Ja. Das ist alles an den Haaren herbeigezogen. Die Akte ist ein Fantasiegebilde. Grantham wird nichts finden, und ich komme zu spät zu einer Besprechung.« Er ging zur Tür. »In der Lunchpause spiele ich Squash. Um eins bin ich wieder hier.«

Der Präsident sah zu, wie die Tür geschlossen wurde, und atmete leichter. Am Nachmittag hatte er vor, achtzehn Löcher zu spielen. Also vergessen wir dieses Pelikan-Ding.

Wenn Coal sich keine Sorgen machte, brauchte er sich auch keine zu machen.

Er tippte eine Nummer in sein Telefon ein, wartete geduldig und hatte schließlich Bob Gminski am Apparat.

Der Direktor der CIA war ein grauenhafter Golfer, einer der wenigen, die der Präsident demütigen konnte, und er lud ihn ein, am Nachmittag mit ihm zu spielen. Gern, sagte Gminski, ein Mann, der tausend andere Dinge zu tun hatte, aber nun ja, er war der Präsident, es würde ihm also ein Vergnügen sein, mit ihm zu spielen.

»Übrigens, Bob, was ist mit diesem Pelikan-Ding in New Orleans?«

Gminski räusperte sich und versuchte, seine Stimme ganz beiläufig klingen zu lassen. »Also, Chef, ich habe Fletcher Coal am Freitag gesagt, daß es sehr einfallsreich ist und eine hübsche Geschichte. Ich meine, die Verfasserin sollte das Jurastudium aufgeben und statt dessen Romane schreiben. Ha, ha, ha.«

»Großartig, Bob. Es steckt also nichts dahinter?«

»Wir graben weiter.«

»Wir sehen uns um drei.« Der Präsident legte auf und steuerte auf seinen Golfschläger zu.

25

Riverwalk zieht sich vierhundert Meter am Wasser entlang und ist immer belebt. Das Einkaufszentrum besteht aus mindestens zweihundert Geschäften, Cafés und Restaurants auf mehreren Ebenen, von denen sich die meisten unter dem gleichen Dach befinden und einige Türen haben, die auf die Promenade am Flußufer hinausführen. Es liegt am Ende der Poydras Street, nur einen Steinwurf vom Quarter entfernt.

Sie kam um elf, trank im Hintergrund eines winzigen Bistros einen Espresso und versuchte, die Zeitung zu lesen und einen gelassenen Eindruck zu machen. Frenchmen's Bend lag eine Etage tiefer um eine Ecke herum. Sie war nervös, und der Espresso half auch nicht gerade.

In der Tasche hatte sie eine Liste der Dinge, die zu tun waren bestimmte Schritte in bestimmten Momenten, sogar Wörter und Sätze, die sie sich für den Fall eingeprägt hatte, daß irgend etwas schiefging und Verheek außer Kontrolle geriet. Sie hatte zwei Stunden geschlafen und den Rest der Nacht skizzierend und notierend mit einem Block verbracht. Wenn sie starb, dann nicht wegen mangelhafter Vorbereitung.

Sie konnte Gavin Verheek nicht trauen. Er war bei einer Polizeiorganisation beschäftigt, die gelegentlich nach eigenen Regeln vorging. Er nahm Befehle entgegen von einem Mann, der berüchtigt war für seine schmutzigen Tricks. Sein Boß erstattete einem Präsidenten Bericht, der an der Spitze einer Administration von Schwachköpfen stand. Der Präsident hatte reiche, skrupellose Freunde, die ihm Unmengen von Geld zukommen ließen.

Aber in diesem Moment gab es sonst niemanden, dem sie hätte trauen können. Nach fünf Tagen und zweimaligem Davonkommen um Haaresbreite warf sie jetzt das Handtuch. New Orleans hatte seinen Reiz verloren. Sie brauchte Hilfe, und wenn sie schon Polizisten trauen mußte, dann waren die Fibbies nicht die schlechtesten.

Viertel vor zwölf. Sie zahlte für den Espresso, wartete auf ein dichtes Gedränge und schloß sich einer Gruppe von einkaufenden Leuten an. Als sie den Eingang von Frenchmen's Bend passierte, wo ihr Freund in ungefähr zehn Minuten sein sollte, sah sie, daß sich in dem Geschäft ungefähr ein Dutzend Leute aufhielten. Sie ging zwei Türen weiter in eine Buchhandlung. In der näheren Umgebung gab es mindestens drei Geschäfte, in denen sie sich aufhalten und verstecken und die Eingangstür von Frenchmen's Bend im Auge behalten konnte. Sie entschied sich für die Buchhandlung, weil die Verkäufer nicht aufdringlich und darauf eingestellt waren, daß die Kunden hier ihre Zeit totschlugen. Sie betrachtete zuerst die Zeitschriften, und drei Minuten vor zwölf trat sie zwischen zwei Regale mit Kochbüchern und hielt nach Gavin Ausschau. Thomas hatte gesagt, er wäre nie pünktlich. Eine Stunde Verspätung wäre für ihn zeitig, aber sie hatte vor, ihm eine Viertelstunde zu geben und dann zu verschwinden.

Sie rechnete damit, daß er genau um zwölf auftauchen würde, und da war er. Schwarzes Sweatshirt, rote Baseballmütze, zusammengefaltete Zeitung. Er war ein wenig schlanker, als sie erwartet hatte, aber er konnte gut und gerne ein paar Kilo abnehmen. Ihr Herz hämmerte. Ruhig bleiben, Mädchen. Ganz ruhig bleiben.

Sie hielt sich ein Kochbuch vor die Augen und lugte darüber hinweg. Er hatte graues Haar und eine dunkle Haut. Die Augen waren hinter einer Sonnenbrille versteckt. Er zappelte und wirkte gereizt, so, wie er sich am Telefon angehört hatte. Er ließ die Zeitung von einer Hand in die andere wandern, trat von einem Fuß auf den anderen und schaute sich nervös um.

Er war okay. Ihr gefiel, was sie sah. Er hatte etwas Verletzliches, Nicht-Profihaftes an sich, das darauf hindeutete, daß auch er Angst hatte.

Nach fünf Minuten ging er, wie sie es verlangt hatte, durch die Tür und begab sich in die rechte hintere Ecke des Geschäfts.

Khamel war darauf trainiert, den Tod willkommen zu heißen. Er war ihm viele Male sehr nahe gewesen, hatte sich aber nie vor ihm gefürchtet. Und nach dreißig Jahren, in denen er ihn ständig erwartet hatte, gab es nichts, absolut nichts, das ihn nervös machen konnte. Beim Sex geriet er in eine gewisse Erregung, aber das war auch alles. Das Zappeln war eine Schau. Die unruhigen kleinen Bewegungen waren gewollt. Er hatte Konfrontationen mit Männern überlebt, die fast so talentiert gewesen waren wie er, und dieses kleine Rendezvous mit einem verzweifelten Kind würde bestimmt ein Kinderspiel sein. Er schaute sich die Safarijacken an und versuchte, nervös zu wirken.

Er hatte ein Taschentuch bei sich, weil er sich plötzlich so stark erkältet hatte, daß seine Stimme ein bißchen dumpf und rauh klang. Er hatte sich die Aufzeichnung hundertmal angehört, und er war sicher, daß er den Tonfall und den Rhythmus und den leichten Akzent des Mittelwestens hatte. Aber Verheeks Stimme war etwas nasaler, deshalb das Taschentuch für die Erkältung.

Es fiel ihm schwer, zuzulassen, daß jemand sich ihm von hinten näherte, aber er wußte, daß er es tun mußte. Sie war hinter ihm, aber ganz nahe, als sie »Gavin« sagte.

Er fuhr schnell herum. Sie hatte einen weißen Panamahut in der Hand und sprach zu ihm. »Darby«, sagte er und zog das Taschentuch für ein vorgetäuschtes Niesen. Ihr Haar war goldfarben und kürzer als seines. Er nieste und hustete. »Wir sollten von hier verschwinden«, sagte er. »Diese Idee gefällt mir nicht.«

Darby gefiel sie auch nicht. Es war Montag, und ihre Kommilitonen büffelten oder saßen in ihren Vorlesungen, und sie war hier, getarnt bis zum Gehtnichtmehr, und spielte eine Mantel- und Degenkomödie mit einem Mann, der sie das Leben kosten konnte. »Tun Sie einfach, was ich sage, okay. Wo haben Sie sich so erkältet?«

Er nieste in sein Taschentuch und sprach so leise wie möglich. Es hörte sich gequält an. »Gestern abend. Habe die Klimaanlage zu kühl eingestellt. Lassen Sie uns von hier verschwinden.«

»Folgen Sie mir.« Sie verließen das Geschäft. Darby nahm seine Hand, und sie gingen rasch eine Treppe hinunter, die zur Promenade führte.

»Haben Sie sie gesehen?« fragte er.

»Nein. Bisher noch nicht. Aber ich bin sicher, daß sie in der Nähe sind.«

»Wohin zum Teufel gehen wir?« Die Stimme war kratzig.

Sie waren auf der Promenade, fast joggend, und redeten, ohne sich anzusehen. »Kommen Sie einfach mit.«

»Sie laufen zu schnell, Darby. Wir fallen auf. Langsamer. Das ist doch verrückt. Lassen Sie mich einen Anruf machen, dann kann uns nichts mehr passieren. In zehn Minuten kann ich drei Agenten hierhaben.« Er hörte sich gut an. Es funktionierte. Sie hielten sich an den Händen und rannten um ihr Leben.

»Nein.« Sie wurde langsamer. Die Promenade wimmelte von Leuten, und am Laufsteg der *Bayou Queen,* einem Raddampfer, hatte sich eine Schlange gebildet. Sie hielten am Ende der Schlange an.

»Was zum Teufel soll das?« fragte er.

»Müssen Sie über alles und jedes nörgeln?« flüsterte sie beinahe.

»Ja. Vor allem über Blödsinn, und das hier ist ausgemachter Blödsinn. Wollen wir auf dieses Schiff?«

»Ja.«

»Weshalb?« Er nieste wieder, dann hustete er heftig. Er hätte sie gleich jetzt mit einer Hand erledigen können, aber überall waren Leute. Leute vor ihnen, Leute hinter ihnen. Er legte großen Wert auf saubere Arbeit, und an diesem Ort würde es ein schmutziges Geschäft sein. Geh mit ihr an Bord, spiel noch ein paar Minuten lang mit, sieh zu, was passiert. Er würde dafür sorgen, daß sie mit aufs Oberdeck kam, sie umbringen, in den Fluß werfen und dann losschreien. Schon wieder so ein grauenhafter Unfall. Das konnte funktionieren. Wenn nicht, würde er sich eben gedulden. In einer Stunde würde sie auf alle Fälle tot sein. Gavin war ein Nörgler, also nörgelte er weiter.

»Weil ich einen Wagen auf einem Parkplatz habe, eine Meile flußaufwärts, wo wir in einer halben Stunde anlegen werden«, erklärte sie mit leiser Stimme. »Wir verlassen das Schiff, steigen in den Wagen und verschwinden.«

Jetzt bewegte sich die Schlange. »Ich hasse Schiffe. Ich werde seekrank. Das ist gefährlich, Darby.« Er hustete und sah sich um wie ein Mann, der verfolgt wird.

»Ganz ruhig, Gavin. Es wird klappen.«

Khamel zupfte an seiner Hose. Sie hatte eine Taillenweite von neunzig Zentimetern und verdeckte acht Lagen Unter- und Turnhosen. Das Sweatshirt hatte die Größe XL, und obwohl er fünfundsiebzig Kilo wog, konnte er für fünfundneunzig durchgehen. Oder was auch immer. Es schien zu funktionieren.

Sie waren fast auf der Laufplanke der *Bayou Queen*. »Das gefällt mir nicht«, murmelte er gerade so laut, daß sie es hören konnte.

»Halten Sie endlich die Klappe«, sagte sie.

Der Mann mit der Waffe rannte ans Ende der Schlange und bahnte sich mit den Ellenbogen seinen Weg zwischen den Leuten mit ihren Taschen und Kameras hindurch. Die Touristen standen dicht gedrängt beieinander, als wäre eine Fahrt auf dem Flußdampfer die großartigste Sache von der Welt. Er hatte schon früher getötet, aber noch nie an einem derart öffentlichen Ort. Durch die Menge hindurch war ihr Hinterkopf zu sehen. Er boxte sich verzweifelt durch die Schlange. Ein paar Leute beschimpften ihn, aber das kümmerte ihn nicht. Die Waffe steckte in seiner Tasche, aber als er sich der jungen Frau näherte, zog er sie heraus und hielt sie neben dem rechten Bein. Sie war fast auf der Laufplanke, fast auf dem Schiff. Er drängelte heftiger und schob Leute aus dem Weg. Sie protestierten wütend, bis sie die Waffe sahen, dann begannen sie zu schreien. Sie hielt den Mann bei der Hand, der ununterbrochen redete. Sie war im Begriff, auf das Deck zu treten, als er die letzte Person aus dem Weg drängte und dem Mann die Waffe blitzschnell unmittelbar unter der roten Baseballmütze aufs Genick setzte. Er drückte ab, und die Leute kreischten und ließen sich zu Boden fallen.

Gavin stürzte schwer auf die Laufplanke. Darby schrie und wich entsetzt zurück. Ihre Ohren dröhnten von dem Schuß, Stimmen kreischten und Leute zeigten mit dem Fingern. Der Mann mit der Waffe rannte auf eine Reihe von Geschäften und eine Menschenmenge zu. Ein schwerer Mann mit einer Kamera brüllte hinter ihm her, und Darby sah ihn noch eine Sekunde, bevor er verschwand. Vielleicht hatte sie ihn schon früher einmal gesehen, aber im Augenblick konnte sie nicht denken. Sie schrie und konnte nicht aufhören.

»Er hat eine Waffe!« schrie eine Frau in der Nähe des Schiffes, und die Menge wich vor Gavin zurück, der jetzt auf allen Vieren kauerte und eine Pistole in der rechten Hand hielt. Er schwankte unsicher hin und her wie ein Kind, das zu krabbeln versucht. Blut strömte von seinem Kinn herab und sammelte sich in einer Pfütze unter seinem Gesicht. Sein Kopf hing fast bis auf die Planke. Seine Augen waren geschlossen. Er bewegte sich ein paar Zentimeter vorwärts; nun waren seine Knie in der dunkelroten Pfütze.

Die Menge wich noch weiter zurück, entsetzt über den

Anblick dieses Verletzten, der gegen den Tod ankämpfte. Er schwankte und rutschte wieder vorwärts, ohne Ziel, wollte sich nur bewegen, leben. Er begann zu schreien, laute, schmerzgepeinigte Worte in einer Sprache, die Darby unbekannt war.

Das Blut strömte, sprudelte aus der Nase und vom Kinn. Er heulte in dieser unbekannten Sprache. Zwei Angehörige der Schiffsbesatzung standen auf der Laufplanke, getrauten sich aber nicht, näher heranzukommen. Sie hatten Angst vor der Pistole.

Eine Frau schrie, dann noch eine. Darby wich weiter zurück. »Er ist ein Ägypter«, sagte eine kleine dunkle Frau. Diese Feststellung hatte keine Bedeutung für die Menge, die jetzt gebannt zuschaute.

Er ruckte vorwärts, der Kante der Promenade entgegen. Die Pistole fiel ins Wasser. Er sackte zusammen, landete mit überhängendem Kopf auf dem Bauch, und das Blut tropfte in den Fluß. Rufe kamen aus dem Hintergrund, und zwei Polizisten stürmten auf ihn zu.

Jetzt drängten an die hundert Leute vorwärts, um den Toten zu sehen. Darby schob sich in den Hintergrund und verließ den Ort des Geschehens. Die Polizisten würden Fragen stellen, und da sie keine Antworten hatte, zog sie es vor, nicht zu reden. Im Riverwalk gab es ein Austernlokal. Jetzt, zur Lunchzeit, war es bis auf den letzten Platz besetzt, und sie fand den Waschraum im Hintergrund. Sie verriegelte die Tür und setzte sich auf eine der Toiletten.

Kurz nach Anbruch der Dunkelheit verließ sie das Riverwalk. Das Westin Hotel war zwei Blocks entfernt, und sie hoffte, daß sie es bis dorthin schaffen würde, ohne unterwegs niedergeschossen zu werden. Ihre Kleidung war anders und unter einem neuen schwarzen Trenchcoat verborgen. Auch die Sonnenbrille und der Hut waren neu. Sie hatte es satt, gutes Geld für Wegwerfkleidung zu verschwenden. Sie hatte eine Menge Dinge satt.

Sie schaffte es, das Westin heil und ganz zu erreichen. Es war kein Zimmer frei, und sie saß eine Stunde in der gut beleuchteten Lounge und trank Kaffee. Es war Zeit, sich aus dem Staub zu machen, aber sie durfte nicht unvorsichtig werden. Sie mußte nachdenken.

Vielleicht dachte sie viel zu viel nach. Vielleicht hielten sie sie jetzt für eine Denkerin und planten dementsprechend.

Sie verließ das Westin und ging zur Poydras, wo sie ein Taxi herbeiwinkte. Am Steuer saß ein ältlicher Schwarzer.

»Ich muß nach Baton Rouge«, sagte sie.

»Himmel, Lady, das ist aber eine verdammt lange Fahrt.«

»Wieviel?« fragte sie rasch.

Er dachte eine Sekunde lang nach. »Hundertfünfzig.«

Sie ließ sich auf den Rücksitz fallen und warf zwei Scheine über die Lehne. »Hier sind zweihundert. Bringen Sie mich hin, so schnell Sie können, und schauen Sie in den Rückspiegel. Es kann sein, daß uns jemand folgt.«

Er schaltete den Taxameter aus und steckte das Geld in seine Hemdentasche. Darby legte sich auf den Rücksitz und machte die Augen zu. Das war kein intelligenter Schachzug, aber ständiges Abwägen des Risikos brachte sie nicht weiter. Der alte Mann war ein guter Fahrer, und binnen Minuten waren sie auf der Schnellstraße.

Das Dröhnen in ihren Ohren hatte sich gegeben, aber sie hörte immer noch den Schuß und sah ihn auf allen vieren, wie er vorwärts und rückwärts schwankte und versuchte, einen Augenblick länger am Leben zu bleiben. Thomas hatte einmal von ihm als von Dutch Verheek gesprochen, aber gesagt, sie hätten den Spitznamen nicht mehr benutzt, als sie mit dem Studium fertig waren und ernsthaft an ihre spätere Laufbahn dachten. Dutch Verheek war kein Ägypter.

Sie hatte nur einen ganz flüchtigen Blick auf den Killer werfen können, als er davonrannte. Irgend etwas an ihm war ihr bekannt vorgekommen. Er hatte im Laufen einen schnellen Blick nach rechts geworfen, und irgend etwas hatte geklickt. Aber sie war hysterisch gewesen und hatte geschrien, und es war verschwommen.

Alles verschwamm. Auf halbem Wege nach Baton Rouge sank sie in tiefen Schlaf.

26

Direktor Voyles stand hinter seinem Schreibtischsessel. Er hatte das Jackett ausgezogen, und der größte Teil der Knöpfe seines schmuddligen, zerknitterten Hemds stand offen. Es war neun Uhr abends, und dem Hemd nach zu urteilen hatte er mindestens die letzten fünfzehn Stunden in seinem Büro verbracht. Ohne ans Heimgehen zu denken.

Den Hörer am Ohr, murmelte er ein paar Anweisungen und legte dann auf. K. O. Lewis saß auf der anderen Seite des Schreibtisches. Die Tür stand offen, alle Lichter waren eingeschaltet; niemand war gegangen. Die Stimmung war düster, gelegentlich wurde leise geflüstert.

»Das war Eric East«, sagte Voyles und ließ sich auf seinem Sessel nieder. »Er ist seit ungefähr zwei Stunden dort, und sie sind gerade mit der Autopsie fertig geworden. Er hat zugesehen. Es war seine erste. Ein Schuß in die rechte Schläfe, aber der Tod war schon früher eingetreten, durch einen einzigen Schlag auf C-2 und C-3. Die Wirbel waren völlig zerschmettert. Keine Pulverspuren an seiner Hand. Ein weiterer Schlag verletzte seinen Kehlkopf schwer, war aber nicht die Todesursache. Er war nackt. Geschätzte Todeszeit: gestern abend zwischen zehn und elf.«

»Wer hat ihn gefunden?« fragte Lewis.

»Die Mädchen, die heute vormittag gegen elf ins Zimmer kamen. Werden Sie es seiner Frau beibringen?«

»Ja, natürlich«, sagte K. O. »Wann wird er überführt?«

»East sagte, die Leiche wird bald freigegeben und sollte heute nacht gegen zwei Uhr hier sein. Sagen Sie ihr, wir werden tun, was immer sie möchte. Ich schicke morgen hundert Agenten los, die die Stadt durchkämmen sollen.

Sagen Sie ihr, wir werden den Mörder finden und so weiter und so weiter.«

»Irgendwelche Spuren?«

»Anscheinend nicht. East sagte, das Hotelzimmer stünde ihnen seit drei Uhr zur Verfügung, und es schiene sich um einen sehr sauberen Job zu handeln. Kein gewaltsames Eindringen. Keine Gegenwehr. Nichts, das uns irgendwie weiterhelfen könnte. Aber wir stehen noch am Anfang.« Voyles rieb sich die geröteten Augen und dachte eine Weile nach.

»Wie ist es möglich, daß er zu einer Beerdigung fuhr und dann ermordet wurde?« fragte Lewis.

»Er hat in dieser Pelikan-Sache rumgeschnüffelt. Einer unserer Agenten, ein Mann namens Carlton, hat East berichtet, daß Gavin versuchte, die Frau zu finden, und daß die Frau ihn angerufen hat. Er hätte gesagt, daß er vielleicht Hilfe brauchen würde, um sie in Sicherheit zu bringen. Carlton hat ein paarmal mit ihm gesprochen und ihm die Namen von ein paar Studentenlokalen in der Stadt genannt. Das war alles, behauptet er jedenfalls. Carlton sagt, daß er, Carlton, sich ein bißchen Sorgen machte, daß Gavin den großen FBI-Mann herauskehren könnte. Das wäre ihm durchaus zuzutrauen.«

»Hat irgend jemand die Frau gesehen?«

»Sie ist vermutlich tot. Ich habe New Orleans angewiesen, sie zu finden, wenn es möglich ist.«

»Wegen ihrem kleinen Dossier haben schon mehrere Leute dran glauben müssen. Wann nehmen wir es ernst?«

Voyles deutete mit einem Kopfnicken auf die Tür, und Lewis stand auf und machte sie zu. Der Direktor war wieder auf den Beinen, ließ seine Knöchel knacken und dachte laut nach. »Wir müssen verdammt vorsichtig sein. Ich meine, wir sollten mindestens zweihundert Agenten auf Pelikan ansetzen, aber höllisch aufpassen, daß nichts durchsickert. Da steckt etwas dahinter, K. O., etwas ganz Übles. Andererseits habe ich dem Präsidenten versprochen, daß wir uns aus der Sache zurückziehen würden. Sie erinnern sich – er selbst hat mir die Anweisung erteilt, wir sollten uns nicht mehr um das Pelikan-Dossier kümmern, und ich habe zugestimmt, zum Teil deshalb, weil wir dachten, es wäre ein Witz.« Voyles brachte ein bitteres Lächeln zustande. »Jedenfalls habe ich unsere kleine Unterhaltung aufgenommen, als er verlangte, daß wir uns zurückziehen. Ich bin ziemlich sicher, daß er und Coal alles im Umkreis von einer halben Meile ums Weiße Haus aufnehmen, weshalb sollte ich es dann nicht auch tun? Ich hatte mein bestes Taschenmikrofon dabei, und ich habe mir das Band angehört. Alles ganz klar und deutlich.«

»Ich verstehe nicht, worauf Sie hinauswollen.«

»Ganz einfach. Wir machen uns an die Arbeit und untersuchen alles und jeden. Wenn das hier die Antwort ist, dann lösen wir den Fall, bringen die Leute vor Gericht, und jedermann ist glücklich. Aber es wird verdammt schwierig sein, das schnell durchzuziehen. Währenddessen haben der Schwachkopf und Coal da drüben keine Ahnung von der Untersuchung. Wenn die Presse davon Wind bekommt, und wenn das Pelikan-Dossier sich als stichhaltig erweist, dann werde ich dafür sorgen, daß das ganze Land erfährt, daß der Präsident uns angewiesen hat, die Finger davon zu lassen, weil es um einen seiner Freunde geht.«

Lewis lächelte. »Das wird ihm den Rest geben.«

»Ja! Coal wird Blut spucken, und der Präsident wird sich nie davon erholen. Nächstes Jahr sind Wahlen, K. O.«

»Das gefällt mir, Denton, aber zuerst einmal müssen wir den Fall lösen.«

Voyles trat langsam hinter seinen Schreibtisch und streifte die Schuhe ab. »Wir werden jeden Stein umdrehen, K. O., aber es wird nicht einfach sein. Wenn es Mattiece ist, dann haben wir einen sehr reichen Mann mit einem ausgeklügelten Plan, bei dem er sich höchst talentierter Killer bedient, um zwei Richter aus dem Weg zu räumen. Solche Leute reden nicht, sie hinterlassen auch keine Spuren. Nehmen Sie nur unseren Freund Gavin. Wir werden zweitausend Stunden damit verbringen, um dieses Hotel herum nachzuforschen, und ich wette, wir werden nicht ein Fetzchen nützliches Beweismaterial finden. Genau wie bei Rosenberg und Jensen.«

»Und Callahan.«

»Und Callahan. Und wahrscheinlich bei der Frau, falls wir jemals ihre Leiche finden.«

»Irgendwie bin ich dafür verantwortlich, Denton. Gavin kam am Donnerstagmorgen zu mir, nachdem er von Callahans Tod erfahren hatte, und ich habe ihm nicht zugehört. Ich wußte, daß er nach New Orleans wollte, aber ich habe ihm nicht zugehört.«

»Es tut mir leid, daß er tot ist. Er war ein guter Anwalt und mir gegenüber immer loyal. Ich weiß das zu würdigen. Ich habe Gavin vertraut. Aber er hat sich seinen Tod selbst zuzuschreiben, weil er seine Befugnisse überschritten hat. Es war nicht seine Sache, den Agenten zu spielen und zu versuchen, die Frau zu finden.«

Lewis stand auf und streckte sich. »Ich mache mich auf den Weg zu Mrs. Verheek. Wieviel soll ich ihr erzählen?«

»Sagen Sie, es sähe aus wie ein Einbruch, die Polizei da unten ist sich noch nicht sicher, die Nachforschungen dauern an, morgen werden wir mehr wissen, und so weiter. Sagen Sie ihr, es hätte mich schwer getroffen, und wir würden tun, was immer sie wünscht.«

Coals Limousine hielt am Bordstein, damit ein Krankenwagen vorbeijagen konnte. Die Limousine kreuzte ziellos durch die Stadt, was nicht ungewöhnlich war, wenn Coal und Matthew Barr über wirklich schmutzige Geschäfte zu reden hatten. Sie saßen im Fond und nippten an ihren Drinks. Coal trank Mineralwasser, Barr hatte sich in einem kleinen Supermarkt eine Dose Budweiser gekauft.

Sie ignorierten den Krankenwagen.

»Ich muß wissen, was Grantham weiß«, sagte Coal. »Heute hat er Zikman angerufen, dann Zikmans Sekretär Trandell und Nelson DeVan, einen meiner früheren Mitarbeiter, der jetzt im Komitee für die Wiederwahl arbeitet. Und das sind nur die, von denen ich weiß. Alles an einem Tag. Er ist ganz wild auf diese Pelikan-Akte.«

»Sie glauben, er hat sie gelesen?« Die Limousine hatte sich wieder in Bewegung gesetzt.

»Nein. Bestimmt nicht. Wenn er wüßte, was darin steht, würde er nicht herumtelefonieren. Aber er weiß offenbar von ihrer Existenz.«

»Er ist gut. Ich beobachte ihn seit Jahren. Er scheint sich im Schatten herumzudrücken und hält Kontakt mit allen möglichen Informanten. Er hat ein paar verrückte Stories geschrieben, aber gewöhnlich hat alles Hand und Fuß.«

»Genau das beunruhigt mich. Er ist hartnäckig, und bei dieser Sache riecht er Blut.«

Barr nahm einen Schluck aus seiner Dose. »Natürlich wäre es Ihnen nicht recht, wenn ich Sie fragen würde, um was es in dieser Akte geht.«

»Fragen Sie nicht. Es ist so verdammt geheim, daß es geradezu beängstigend ist.«

»Wieso weiß Grantham dann davon?«

»Das ist die Frage. Und genau das, was ich wissen möchte. Wie hat er davon erfahren, und wieviel weiß er? Wer sind seine Informanten?«

»Wir haben sein Autotelefon angezapft, aber in seiner Wohnung waren wir noch nicht.«

»Warum nicht?«

»Heute morgen wären wir beinahe von seiner Putzfrau erwischt worden. Wir versuchen es morgen noch einmal.«

»Sie dürfen sich nicht erwischen lassen, Barr. Denken Sie an Watergate.«

»Das waren Idioten, Fletcher. Wir dagegen sind ziemlich begabte Leute.«

»Stimmt. Und nun sagen Sie mir, können Sie und Ihre ziemlich begabten Leute Granthams Telefon in der *Post* anzapfen?«

Barr drehte den Kopf und starrte Coal an. »Haben Sie den Verstand verloren? Unmöglich. Da herrscht Tag und Nacht Betrieb. Sie haben Wachmänner und alles, was sonst noch dazugehört.«

»Es ließe sich machen.«

»Dann machen Sie es, Coal. Wenn Sie so verdammt schlau sind, dann machen Sie es.«

»Denken Sie wenigstens über Möglichkeiten nach, ja? Machen Sie sich ein paar Gedanken darüber.«

»Okay. Ich habe mir Gedanken darüber gemacht. Es ist unmöglich.«

Diese Überzeugung amüsierte Coal, und seine Belustigung ärgerte Barr. Die Limousine fuhr in Richtung Innenstadt.

»Zapfen Sie seine Wohnung an«, befahl Coal. »Ich möchte zweimal täglich über seine sämtlichen Gespräche informiert werden.« Die Limousine hielt, und Barr stieg aus.

27

Frühstück am Dupont Circle. Es war ziemlich kühl, aber die Junkies und die Transvestiten weilten noch bewußtlos in ihren elenden kleinen Welten. Ein paar Säufer lagen herum wie Treibholz. Aber die Sonne war aufgegangen, und er fühlte sich sicher; schließlich war er nach wie vor FBI-Agent mit einem Schulterholster und einer Waffe unter dem Arm. Was hatte er schon zu befürchten? Er hatte die Waffe seit fünfzehn Jahren nicht mehr benutzt und verließ sein Büro nur selten, aber er hätte sie nur zu gern gezogen und abgefeuert.

Sein Name war Trope, und er war ein sehr spezieller Mitarbeiter von Mr. Voyles. So speziell, daß niemand außer ihm und Mr. Voyles von diesen kleinen Unterhaltungen mit Booker von der CIA etwas wußte. Er setzte sich mit dem Rücken nach New Hampshire auf eine runde Bank und packte sein Frühstück aus, eine Banane und ein Stück Kuchen, die er unterwegs gekauft hatte. Er sah auf die Uhr. Booker war immer pünktlich. Trope kam immer als erster, Booker fünf Minuten später, sie redeten jedesmal nur kurz, danach ging zuerst Trope und dann Booker. Sie waren jetzt beide Büromenschen in ziemlich vorgerücktem Alter, aber enge Vertraute ihrer Chefs, die es von Zeit zu Zeit satt hatten, Mutmaßungen darüber anzustellen, was zum Teufel der andere tat, oder auch nur irgend etwas schnell erfahren wollten. Er hieß wirklich Trope, und er fragte sich, ob auch Booker ein wirklicher Name war. Vermutlich nicht. Booker gehörte zur CIA, und in Langley war man so paranoid, daß wahrscheinlich sogar die Bleistiftspitzer Decknamen hatten. Er biß ein Stück von seiner Banane ab. Es würde ihn nicht wundern, wenn die Sekretärinnen dort drei oder vier Namen hatten.

Booker näherte sich dem Springbrunnen mit einem großen weißen Becher voll Kaffee. Er sah sich um, dann ließ er sich neben seinem Freund nieder. Voyles hatte dieses Treffen gewünscht, deshalb würde Trope als erster sprechen.

»Wir haben in New Orleans einen Mann verloren«, sagte er.

Booker umfaßte den heißen Becher mit beiden Händen und trank. »Das hatte er sich selbst zuzuschreiben.«

»Ja, aber er ist nun einmal tot. Waren Sie dort?«

»Ja, aber wir wußten nicht, daß er dort war. Wir waren nahe dran, haben aber andere beobachtet. Was hat er dort gemacht?«

Trope wickelte seinen Kuchen aus. »Das wissen wir nicht. Er fuhr zu der Beisetzung, versuchte, die Frau zu finden, fand einen anderen, und nun haben wir die Bescherung.« Er nahm einen großen Bissen, und die Banane war aufgegessen. »Saubere Arbeit, oder?«

Booker zuckte die Achseln. Was wußte das FBI schon über das Töten von Leuten? »Er war okay. Ziemlich schwacher Versuch, einen Selbstmord vorzutäuschen, wie wir gehört haben.« Er trank einen Schluck von seinem heißen Kaffee.

»Wo ist die Frau?« fragte Trope.

»Wir haben sie in O'Hare aus den Augen verloren. Vielleicht ist sie in Manhattan, aber wir sind nicht sicher. Wir halten nach ihr Ausschau.«

»Und die anderen auch.«

»Zweifellos.«

Sie beobachteten einen der Säufer, der von seiner Bank wegtaumelte und stürzte. Sein Kopf prallte zuerst auf, aber vermutlich spürte er nichts. Er rollte sich herum, und seine Stirn blutete.

Booker sah auf die Uhr. Diese Treffen waren überaus kurz. »Was hat Mr. Voyles vor?«

»Sich an die Arbeit zu machen. Er hat gestern fünfzig

Leute losgeschickt und heute noch mehr. Er mag es nicht, wenn man seine Leute umbringt, vor allem jemand, den er gut kennt.«

»Was ist mit dem Weißen Haus?«

»Er hat nicht vor, sie zu informieren, und vielleicht finden sie es nicht heraus. Was wissen sie?«

»Sie kennen Mattiece.«

Die Erwähnung dieses Namens entlockte Trope ein leichtes Lächeln. »Wo steckt Mr. Mattiece?«

»Das weiß niemand. In den letzten drei Jahren hat er sich in diesem Land kaum sehen lassen. Er besitzt mindestens ein halbes Dutzend Häuser in ebenso vielen Ländern, und er hat Jets und Schiffe. Er kann überall stekken.«

Trope aß seinen Kuchen auf und steckte das Einwickelpapier in die Tüte. »Das Dossier hat den Nagel auf den Kopf getroffen, nicht wahr?«

»Es ist wundervoll. Wenn er den Dingen ihren Lauf gelassen hätte, dann hätte kaum ein Mensch darauf geachtet. Aber er spielt den wilden Mann, fängt an, Leute umzubringen, und je mehr Leute er umbringt, desto glaubwürdiger wird das Dossier.«

Trope sah auf die Uhr. Schon zu lange, aber das war interessant. »Voyles sagt, wir würden vielleicht Ihre Hilfe brauchen.«

Booker nickte. »Okay. Aber das wird eine ziemlich schwierige Sache. Erstens ist der mutmaßliche Killer tot. Zweitens ist der mutmaßliche Hintermann kaum zu fassen. Es war eine bis ins letzte Detail geplante Verschwörung, aber die Verschwörer sind verschwunden. Wir werden versuchen, Mattiece zu finden.«

»Und die Frau?«

»Die auch. Wir versuchen es.«

»Was denkt sie?«

»Wie sie es schaffen kann, am Leben zu bleiben.«

»Können Sie sie nicht einkassieren?« fragte Trope.

»Nein. Wir wissen nicht, wo sie steckt, und wir können nicht einfach unschuldige Zivilpersonen von der Straße weg verhaften. Im Augenblick traut sie niemandem.«

Trope stand mit seiner Frühstückstüte auf. »Das kann ich ihr nicht verübeln.« Dann war er fort.

Grantham betrachtete ein verschwommenes Fax-Foto, das er aus Phoenix bekommen hatte. Sie war Studentin an der Arizona State University, eine sehr attraktive Zwanzigjährige aus Denver, wo ihr Hauptfach Biologie gewesen war. Er hatte zwanzig Shaws in Denver angerufen, bevor er es aufgab. Das zweite Fax kam von einem Lokalreporter für AP in New Orleans. Es war die Kopie eines Fotos, das zu Beginn ihres Studiums in Tulane aufgenommen worden war. Das Haar war länger. Irgendwo in der Mitte des Jahrbuchs hatte der Lokalreporter ein Foto von Darby Shaw gefunden, auf dem sie bei einem Picknick mit Kommilitonen eine Diät-Cola trank. Sie trug einen weiten Pullover und verblichene Jeans, die genau paßten, und es war offensichtlich, daß es ein großer Bewunderer von Darby gewesen sein mußte, der dieses Foto in das Jahrbuch aufgenommen hatte. Es sah aus wie ein Modefoto aus *Vogue*. Sie lachte über jemanden oder etwas. Die Zähne waren vollkommen, und das Gesicht war sympathisch. Er hatte das Foto an die kleine Korktafel neben seinem Schreibtisch geheftet. Er hatte noch ein viertes Fax, ein Foto von Thomas Callahan. Nur der Vollständigkeit halber.

Er legte die Füße auf den Schreibtisch. Es war fast halb zehn, Dienstag. Die Redaktion summte, es herrschte ein ständiges Kommen und Gehen, ein perfekt organisiertes Chaos. In den letzten vierundzwanzig Stunden hatte er achtzig Telefonanrufe getätigt und nichts in der Hand außer den vier Fotos und einem Stapel von Listen mit Wahlkampfspenden. Er kam einfach nicht weiter, aber deshalb brauchte er sich keine grauen Haare wachsen zu lassen. Sie würde gleich anrufen.

Er überflog die *Post* und las die merkwürdige Story über einen gewissen Gavin Verheek und sein Hinscheiden. Das Telefon läutete. Es war Darby.

»Haben Sie die *Post* gesehen?« fragte sie.

»Sie scheinen zu vergessen, daß ich für die *Post* schreibe.«

Sie war nicht in der Stimmung für Belanglosigkeiten. »Die Story über den FBI-Anwalt, der in New Orleans ermordet wurde, haben Sie die gelesen?«

»Ich lese sie gerade. Hängt sie mit Ihnen zusammen?«

»So könnte man es ausdrücken. Hören Sie genau zu, Grantham. Callahan gab das Dossier an Verheek weiter, der sein bester Freund war. Am Freitag kam Verheek zu seiner Beisetzung nach New Orleans. Ich habe am Wochenende mit ihm telefoniert. Er wollte mir helfen, aber ich hatte Angst. Wir vereinbarten ein Treffen für gestern mittag. Verheek wurde gegen elf am Sonntagabend in seinem Zimmer ermordet. Sind Sie soweit mitgekommen?«

»Ja.«

»Verheek erschien nicht zu dem Treffen, weil er da bereits tot war. Ich bekam es mit der Angst zu tun und verließ die Stadt. Jetzt bin ich in New York.«

»Okay.« Grantham machte sich blitzschnell Notizen. »Wer hat Verheek umgebracht?«

»Das weiß ich nicht. Aber es steckt noch mehr dahinter. Ich habe die *Post* und die *New York Times* von der ersten bis zur letzten Seite gelesen und nichts gefunden über einen weiteren Mord in New Orleans. Es handelt sich um einen Mann, mit dem ich gesprochen habe, und den ich für Verheek hielt. Es ist eine lange Geschichte.«

»Das scheint mir auch so. Wann bekomme ich diese lange Geschichte?«

»Wann können Sie nach New York kommen?«

»Ich kann am Mittag dort sein.«

»Das wäre ein bißchen zu schnell. Verabreden wir uns für morgen. Ich rufe Sie morgen um die gleiche Zeit wieder an, mit Anweisungen. Sie müssen ungeheuer vorsichtig sein, Grantham.«

Er bewunderte die Jeans und das Lächeln auf der Korktafel. »Nennen Sie mich Gray, okay? Nicht Grantham.«

»Von mir aus. Es gibt ein paar sehr mächtige Leute, die Angst vor dem haben, was ich weiß. Wenn ich es Ihnen sage, könnte es Sie das Leben kosten. Ich habe die Leichen gesehen, Gray. Ich habe Bomben und Schüsse gehört. Gestern habe ich das Gehirn eines Mannes gesehen, und ich habe keine Ahnung, wer er war oder warum er getötet wurde. Aber er wußte über das Pelikan-Dossier Bescheid. Ich hielt ihn für meinen Freund. Ich vertraute ihm mein Leben an, und jemand schoß ihm in Gegenwart von fünfzig Leuten eine Kugel in den Kopf. Als ich zusah, wie er starb, kam mir der Gedanke, daß er vielleicht doch nicht mein Freund war. Dann habe ich noch ein wenig länger darüber nachgedacht, und mir ist klar geworden, daß er ganz bestimmt nicht mein Freund war.«

»Wer hat ihn getötet?«

»Darüber reden wir, wenn Sie hier sind.«

»Okay, Darby.«

»Da ist noch eine Kleinigkeit, die wir klarstellen müssen. Ich erzähle Ihnen alles, was ich weiß, aber Sie dürfen nie meinen Namen nennen. Was ich geschrieben habe, reicht aus, daß mindestens drei Leute daran glauben mußten, und ich bin ziemlich sicher, daß ich die nächste sein werde. Aber ich will nicht noch mehr Probleme heraufbeschwören. Sie werden meinen Namen niemals nennen, okay, Gray?«

»Abgemacht.«

»Ich setze eine Menge Vertrauen in Sie, und ich weiß nicht, weshalb ich das tue. Wenn ich je an Ihnen zweifeln sollte, werde ich verschwinden.«

»Sie haben mein Wort, Darby. Ich schwöre es.«

»Sie machen einen Fehler. Das ist keine Ihrer normalen Recherchen. Sie könnten dabei umgebracht werden.«

»Von den gleichen Leuten, die Rosenberg und Jensen umgebracht haben?«

»Ja.«

»Wissen Sie, wer Rosenberg und Jensen umgebracht hat?«

»Ich weiß, wer für die Morde bezahlt hat. Ich kenne seinen Namen. Ich kenne sein Geschäft. Ich kenne seine Politik.«

»Und das alles werden Sie mir morgen erzählen?«

»Wenn ich dann noch lebe.« Es folgte eine Pause, während der beide über etwas Angemessenes nachdachten.

»Vielleicht sollten wir uns jetzt gleich unterhalten«, sagte er.

»Vielleicht. Aber ich rufe Sie morgen früh an.«

Grantham legte den Hörer auf und bewunderte einen Moment das leicht verschwommene Foto dieser ausnehmend schönen Jurastudentin, die überzeugt war, daß sie bald sterben mußte. Eine Sekunde lang erlag er Gedanken an Ritterlichkeit und Edelmut und Rettung. Sie war Anfang Zwanzig, mochte, dem Foto von Callahan nach zu urteilen, ältere Männer, und plötzlich vertraute sie ihm unter Ausschluß aller anderen. Er würde dafür sorgen, daß es funktionierte. Und er würde sie schützen.

Die Wagenkolonne verließ die Innenstadt. In einer Stunde sollte er eine Rede in College Park halten, und jetzt saß er entspannt ohne Jackett in der Limousine und las den Text, den Mabry zu Papier gebracht hatte. Er schüttelte den Kopf und machte sich Randnotizen. An einem normalen Tag wäre dies eine angenehme Fahrt gewesen, mit einer netten kleinen Rede in einem hübschen Campus, aber heute nicht. Coal saß neben ihm in der Limousine.

In der Regel nahm der Stabschef an derartigen Ausflügen nicht teil. Er genoß die Momente, in denen der Präsident nicht im Weißen Haus war und er allein das Sagen hatte. Aber sie mußten miteinander reden.

»Mabrys Reden hängen mir zum Hals heraus«, sagte der Präsident verärgert. »Sie hören sich alle gleich an. Ich bin ganz sicher, daß ich dieselbe Rede schon letzte Woche bei dem Rotarier-Treffen gehalten habe.«

»Er ist der beste, den wir haben, aber ich sehe mich um«, sagte Coal, ohne von seinem Memo aufzuschauen. Er hatte die Rede gelesen; sie war gar nicht so schlecht. Aber Mabry schrieb inzwischen seit sechs Monaten, ihm fiel nicht mehr viel ein, und Coal wollte ihn ohnehin entlassen.

Der Präsident warf einen Blick auf Coals Memo. »Was ist das?«

»Die Kandidatenliste.«

»Wer ist noch übrig?«

»Siler-Spence, Watson und Calderon.«

»Großartig, Fletcher. Eine Frau, ein Schwarzer und ein Kubaner. Was ist mit all den Weißen los? Mir ist, als hätte ich gesagt, ich wollte junge Weiße. Junge, harte, konservative Richter mit blütenweißer Weste und vielen Jahren vor sich. Habe ich das nicht gesagt?«

Coal las weiter. »Sie müssen bestätigt werden, Chef.«

»Wir sorgen dafür, daß sie bestätigt werden. Ich werde Leuten die Arme verdrehen, bis sie brechen, aber sie werden bestätigt werden. Ist Ihnen klar, daß neun von zehn weißen Männern in diesem Land für mich gestimmt haben?«

»Vierundachtzig Prozent.«

»Richtig. Also was ist gegen weiße Männer einzuwenden?«

»Das ist keine Sache von Protektion.«

»Unsinn. Es ist Protektion, sonst nichts. Ich belohne meine Freunde, und ich bestrafe meine Feinde. Nur so kann man in der Politik überleben. Man tanzt mit denen, die einen hochgebracht haben. Ich kann einfach nicht glauben, daß Sie eine Frau und einen Schwarzen wollen. Sie werden weich, Fletcher.«

Coal schlug die nächste Seite auf. Das hatte er schon öfters gehört. »Mir geht es in erster Linie um Ihre Wiederwahl«, sagte er ruhig.

»Meinen Sie etwa, mir nicht? Ich habe so viele Asiaten und Lateinamerikaner und Frauen und Schwarze ernannt, daß man mich fast für einen Demokraten halten könnte. Verdammt noch mal, Fletcher, was ist gegen weiße Männer einzuwenden? Es muß im Lande doch an die hundert gute, qualifizierte, konservative Richter geben. Wieso können Sie dann nicht zwei finden, nur zwei, die so aussehen und denken wie ich?«

»Sie haben neunzig Prozent der Stimmen der Kubaner bekommen.«

Der Präsident warf die Rede auf den Sitz und griff nach der *Post*. »Okay, fangen wir mit Calderon an. Wie alt ist er?«

»Einundfünfzig. Verheiratet, acht Kinder. Katholik, aus ärmlichen Verhältnissen, hat sich nach oben gearbeitet und in Yale studiert. Sehr solide, sehr konservativ. Keine dunklen Punkte, abgesehen davon, daß er vor zwanzig Jahren wegen Alkoholismus behandelt wurde. Seitdem völlig nüchtern. Ein Abstinenzler.«

»Hat er je Gras geraucht?«

»Er bestreitet es.«

»Er gefällt mir.« Der Präsident las das Deckblatt.

»Mir auch. Das Justizministerium und das FBI haben seine Unterwäsche überprüft, und er ist sehr sauber. Wen wollen Sie als zweiten? Siler-Spence oder Watson?«

»Was ist Siler-Spence für ein Name? Ich meine, was stimmt nicht mit diesen Frauen, die einen Bindestrich benutzen? Was wäre, wenn sie Skowinski hieße und mit einem Typ namens Levandowski verheiratet wäre? Würde ihre kleine emanzipierte Seele darauf bestehen, daß sie künftig als F. Gwendolyn Skowinski-Levandowski durchs Leben geht? Kommt nicht in Frage. Ich werde nie eine Frau mit einem Bindestrich ernennen.«

»Sie haben es schon einmal getan.«

»Wen?«

»Kay Jones-Roddy, Botschafterin in Brasilien.«

»Abberufen und entlassen.«

Coal brachte ein kleines Lächeln zustande, legte das Memo auf den Sitz und beobachtete den Verkehr. Über Nummer Zwei würde man später entscheiden. Calderon war im Sack, und er wollte Linda Siler-Spence, also würde er sich für den Schwarzen stark machen und den Präsidenten zu der Frau hindrängen. Eine simple Manipulation.

»Ich meine, wir sollten noch zwei Wochen abwarten, bevor wir ihre Namen bekanntgeben«, sagte er.

»Von mir aus«, murmelte der Präsident. Er würde es tun, wenn er dazu bereit war, ohne Rücksicht auf Coals Fahrplan. Er war auch noch nicht sicher, ob er beide gleichzeitig ernennen sollte.

»Watson ist ein sehr konservativer schwarzer Richter, der in dem Ruf steht, ausgesprochen hart zu sein. Er wäre ideal.«

»Ich weiß nicht recht«, murmelte der Präsident, während er über Gavin Verheek las.

Coal hatte die Story auf der zweiten Seite gesehen. Verheek war unter eigenartigen Umständen in einem Zimmer des Hilton in New Orleans tot aufgefunden worden. Der Story zufolge tappte das FBI im dunkeln und hatte nichts darüber zu sagen, weshalb Verheek in New Orleans gewesen war. Voyles war tief betrübt. Vorzüglicher, loyaler Mitarbeiter und so weiter.

Der Präsident durchblätterte die Zeitung. »Unser Freund Grantham hat nichts von sich gegeben.«

»Er ist noch auf der Suche. Meines Erachtens hat er von der Akte gehört, aber mehr auch nicht. Er hat alle möglichen Leute angerufen, ohne zu wissen, wonach er fragen sollte. Er tappt im dunkeln.«

»Nun, ich habe gestern mit Gminski Golf gespielt«,

sagte der Präsident selbstgefällig. »Und er hat mir versichert, daß alles unter Kontrolle ist. Wir haben uns über achtzehn Löcher hinweg eingehend unterhalten. Er ist ein miserabler Golfer, der es nicht schafft, sich vom Sand und vom Wasser fernzuhalten. Es war ein Mordsspaß.«

Coal hatte noch nie einen Golfschläger in der Hand gehabt und haßte das alberne Gerede über Handicaps und dergleichen. »Glauben Sie, daß Voyles da unten der Sache nachgeht?«

»Nein. Er hat mir sein Wort gegeben, daß er es nicht tun wird. Nicht, daß ich ihm vertraue, aber Gminski hat Voyles nicht erwähnt.«

»Und wie weit vertrauen Sie Gminski?« fragte Coal mit einem schnellen Blick auf den Präsidenten.

»Überhaupt nicht. Aber ich glaube, wenn er etwas über die Pelikan-Akte wüßte, dann würde er es mir sagen...« Der Präsident verstummte – ihm war klar geworden, wie naiv sich das anhörte.

Coal gab seinem Zweifel mit einem Grunzen Ausdruck.

Sie überquerten den Anacostia River und befanden sich im Prince Georges County. Der Präsident griff wieder nach der Rede und schaute aus dem Fenster. Zwei Wochen waren seit den Morden vergangen, und den Umfragen zufolge hatte er immer noch mehr als fünfzig Prozent. Die Demokraten hatten keinen sichtbaren Kandidaten, der irgendwo dort draußen saß und Lärm schlug. Er war stark und wurde noch stärker. Die Amerikaner hatten Rauschgift und Verbrechen ebenso satt wie die Tatsache, daß lautstarke Minoritäten ständig die Aufmerksamkeit auf sich lenkten und liberale Idioten die Verfassung zugunsten von Kriminellen und Radikalen interpretierten. Das war seine große Chance. Zwei Ernennungen für das Oberste Bundesgericht auf einmal. Es würde sein Vermächtnis sein.

Er lächelte vor sich hin. Was für eine wundervolle Tragödie.

28

Das Taxi hielt an der Ecke von Fifth Avenue und Zweiundvierzigster Straße und Grantham tat genau, was er tun sollte: Er zahlte schnell und sprang mit seiner Tasche heraus. Die Fahrer der Wagen dahinter hupten und zeigten den Vogel, und er dachte, wie schön es doch war, wieder einmal in New York zu sein. Es war kurz vor fünf Uhr nachmittags, auf der Fifth herrschte dichtes Gedränge, und er konnte sich gut vorstellen, daß das genau das war, was sie gewollt hatte. Sie hatte ihm ganz exakte Anweisungen gegeben. Fliegen Sie mit dieser Maschine vom National nach La Guardia. Nehmen Sie ein Taxi zum Vista Hotel im World Trade Center. Gehen Sie an die Bar, bestellen Sie sich einen Drink oder auch zwei, stellen Sie fest, ob Sie verfolgt wurden, und nach einer Stunde nehmen Sie ein Taxi und fahren damit zur Ecke Fifth und Zweiundvierzigste. Bewegen Sie sich schnell, tragen Sie eine Sonnenbrille und halten Sie unablässig Ausschau, denn wenn Sie verfolgt werden, könnte das uns beide das Leben kosten.

Sie verlangte, daß er alles aufschrieb. Es war ein bißchen albern, ein bißchen übertrieben, aber ihre Stimme ließ keine Einwände zu. Sie hatte Glück, daß sie noch am Leben war, sagte sie, und sie würde keinerlei Risiken mehr eingehen. Und wenn er mit ihr reden wollte, dann mußte er genau das tun, was sie wollte.

Er schrieb es auf. Er kämpfte sich durch das Gedränge und ging so schnell wie möglich die Fifth Avenue entlang bis zur Neunundfünfzigsten, zum Plaza, die Stufen hinauf und ins Foyer, dann an der anderen Seite hinaus zum Central Park South. Niemand konnte ihm folgen. Und wenn sie auf die gleiche Weise vorsichtig war, konnte auch ihr niemand folgen.

Auch auf Central Park South herrschte dichtes Gedränge, und als er sich der Sixth Avenue näherte, ging er sogar noch schneller. Er bemühte sich zwar um Gelassenheit, war aber schrecklich aufgeregt bei dem Gedanken, daß er sie bald kennenlernen würde. Am Telefon hatte sie sich ruhig und methodisch angehört, aber mit einer Spur von Angst und Unsicherheit. Sie war nur eine Jurastudentin, die nicht wußte, was sie tat, und wahrscheinlich würde sie in einer Woche tot sein, wenn nicht schon früher, aber jedenfalls war das die Art, auf die das Spiel gespielt werden mußte. Gehen Sie immer davon aus, daß Sie verfolgt werden, hatte sie gesagt. Sie hatte sieben Tage überlebt, an denen Bluthunde hinter ihr her waren, also bitte tun Sie, was ich sage.

Sie hatte gesagt, er sollte an der Ecke der Sixth im St. Moritz verschwinden, und er tat es. Sie hatte für ihn unter dem Namen Warren Clark ein Zimmer reservieren lassen. Er bezahlte für das Zimmer in bar und fuhr mit dem Fahrstuhl in den neunten Stock. Dort sollte er warten. Einfach hinsetzen und warten, hatte sie gesagt.

Er stand eine Stunde lang am Fenster und sah zu, wie der Central Park dunkel wurde. Dann läutete das Telefon.

»Mr. Clark?« fragte eine Frauenstimme.

»Ja.«

»Ich bin's. Sind Sie allein angekommen?«

»Ja. Wo sind Sie?«

»Sechs Stockwerke über Ihnen. Nehmen Sie den Fahrstuhl zum achtzehnten und gehen Sie über die Treppe in den fünfzehnten. Zimmer 1520.«

»Okay. Jetzt gleich?«

»Ja. Ich warte auf Sie.«

Er putzte sich noch einmal die Zähne, bürstete sein Haar, und zehn Minuten später stand er vor Zimmer 1520. Ihm war zumute wie einem Schuljungen bei seiner ersten Verabredung. Seit den Football-Spielen an der High School hatte er kein solches Lampenfieber mehr gehabt.

Aber er war Gray Grantham von der *Washington Post*, und dies war nur eine Story unter anderen, und sie war nur eine Frau unter anderen, also reiß dich am Riemen, Mann.

Er klopfte an und wartete. »Wer ist da?«

»Grantham«, sagte er zu der Tür.

Der Riegel klickte, und sie machte langsam die Tür auf. Das Haar war verschwunden, aber sie lächelte, und sie sah großartig aus. Sie gab ihm die Hand. »Kommen Sie herein.«

Sie machte die Tür hinter ihm zu und verriegelte sie wieder. »Möchten Sie einen Drink?«

»Gern. Was haben Sie?«

»Wasser, mit Eis.«

»Hört sich gut an.«

Sie ging in ein kleines Wohnzimmer, in dem der Fernseher eingeschaltet war, aber ohne Ton. »Hier herein«, sagte sie. Er stellte seine Tasche auf den Tisch und setzte sich auf die Couch. Sie stand an der Bar, und eine Sekunde lang bewunderte er ihre Jeans. Keine Schuhe. Überlanges Sweatshirt, dessen Halsausschnitt an einer Seite tiefer hing, so daß ein Träger ihres Büstenhalters zu sehen war.

Sie gab ihm das Wasser und setzte sich auf einen Stuhl neben der Tür.

»Danke«, sagte er.

»Haben Sie gegessen?« fragte sie.

»Sie haben nicht gesagt, daß ich es tun sollte.«

Sie lachte leise. »Entschuldigung. Ich habe ziemlich viel durchgemacht. Wir können beim Zimmerservice bestellen.«

Er nickte und lächelte sie an. »Okay. Ich bin mit allem einverstanden, was Sie wollen.«

»Ich möchte einen großen Cheeseburger mit Pommes frites und ein kaltes Bier.«

»Hört sich gut an.«

Sie griff zum Telefon und bestellte. Grantham trat ans

Fenster und betrachtete die auf der Fifth Avenue entlangschleichenden Lichter.

»Ich bin vierundzwanzig. Wie alt sind Sie?« Sie saß jetzt auf der Couch und trank Eiswasser.

Er ließ sich auf dem Stuhl nieder, der ihr am nächsten stand. »Achtunddreißig. Einmal verheiratet. Vor sieben Jahren und drei Monaten geschieden. Keine Kinder. Ich lebe allein mit einer Katze. Weshalb haben Sie sich für das St. Moritz entschieden?

»Es waren Zimmer frei, und ich konnte sie davon überzeugen, daß es wichtig ist, daß ich bar bezahle und keinen Ausweis vorzeige. Gefällt es Ihnen?«

»Es ist in Ordnung. Scheint seine beste Zeit hinter sich zu haben.«

»Wir sind nicht hier, um Urlaub zu machen.«

»Es ist in Ordnung. Was meinen Sie – wie lange werden wir hier bleiben?«

Sie beobachtete ihn. Vor sechs Jahren hatte er ein Buch über Skandale im Wohnungsbau und bei der Stadtentwicklung geschrieben, und obwohl es sich nicht gut verkauft hatte, war es ihr doch gelungen, es in einer öffentlichen Bibliothek in New Orleans zu finden. Er sah sechs Jahre älter aus als auf dem Schutzumschlag-Foto, aber er alterte gut mit einem Anflug von Grau über den Ohren.

»Wie lange Sie bleiben, weiß ich nicht«, sagte sie. »Meine Pläne können sich von Minute zu Minute ändern. Es kann sein, daß ich auf der Straße ein Gesicht sehe und nach Neuseeland fliege.«

»Wann haben Sie New Orleans verlassen?«

»Montagabend. Ich bin mit einem Taxi nach Baton Rouge gefahren, und das wäre leicht zu verfolgen gewesen. Dann flog ich nach Chicago, wo ich vier Tickets zu vier verschiedenen Städten kaufte, einschließlich Boise, wo meine Mutter lebt. In die Maschine nach La Guardia bin ich erst im allerletzten Moment eingestiegen. Ich glaube nicht, daß mir jemand gefolgt ist.«

»Sie sind in Sicherheit.«

»Vielleicht im Augenblick. Man wird auf uns beide Jagd machen, sobald die Story erschienen ist. Sofern sie überhaupt erscheint.«

Grantham ließ sein Eis klirren und musterte sie. »Das hängt davon ab, was Sie mir erzählen. Und davon, wieviel davon aus anderen Quellen verifiziert werden kann.«

»Die Verifizierung ist Ihre Sache. Ich werde Ihnen erzählen, was ich weiß, und danach müssen Sie selbst sehen, wie Sie zurechtkommen.«

»Okay? Wann fangen wir an?«

»Nach dem Essen. Ich rede lieber mit vollem Magen. Sie sind doch nicht in Eile, oder?«

»Natürlich nicht. Ich habe die ganze Nacht Zeit und morgen den ganzen Tag und den nächsten und den übernächsten. Schließlich wollen Sie mir die tollste Story seit zwanzig Jahren erzählen, also rühre ich mich nicht von der Stelle, solange Sie mit mir reden.«

Darby lächelte und wandte den Blick ab. Vor genau einer Woche hatten sie und Callahan in der Bar im Mouton's auf ihr Essen gewartet. Er trug einen schwarzen Seidenblazer, ein Baumwollhemd, eine rote Paisley-Krawatte und eine Khakihose. Schuhe, aber keine Socken. Das Hemd war aufgeknöpft und die Krawatte gelockert. Sie hatten sich über die Virgin Islands und Thanksgiving und Gavin Verheek unterhalten, während sie auf ihren Tisch warteten. Er trank rasch, und das war nicht ungewöhnlich. Später war er betrunken gewesen, und das hatte ihr das Leben gerettet.

In den letzten sieben Tagen hatte sie ein Jahr durchlebt, und jetzt unterhielt sie sich mit einem lebendigen Menschen, der nicht ihren Tod wollte. Sie schlug die Füße auf dem Couchtisch übereinander. Es war nicht unerfreulich, ihn bei sich im Zimmer zu haben. Sie entspannte sich. Sein Gesicht sagte: »Vertrau mir.« Und warum nicht? Wem sonst konnte sie vertrauen?

»Woran denken Sie?« fragte er.

»Es war eine lange Woche. Vor sieben Tagen war ich nur eine Jurastudentin, die wie eine Besessene schuftete, um an die Spitze zu kommen. Und sehen Sie mich jetzt an.«

Er sah sie an. Versuchte, gelassen zu wirken, nicht wie ein hingerissener Schuljunge, aber er sah sie an. Das Haar war dunkel und sehr kurz geschnitten; die lange Version auf dem gestrigen Fax hatte ihm besser gefallen.

»Erzählen Sie mir von Thomas Callahan«, sagte er.

»Weshalb?«

»Ich weiß nicht. Er ist ein Teil der Geschichte, oder etwa nicht?«

»Doch. Ich erzähle Ihnen später von ihm.«

»In Ordnung. Ihre Mutter lebt in Boise?«

»Ja, aber sie weiß nichts. Wo ist Ihre Mutter?«

»In Short Hills, New Jersey«, erwiderte er mit einem Lächeln. Er zerkaute einen Eiswürfel und wartete ab. Sie dachte nach.

»Was gefällt Ihnen an New York?« fragte sie.

»Der Flughafen. Es ist der schnellste Weg heraus.«

»Thomas und ich waren im Sommer hier. Es ist heißer als New Orleans.«

Plötzlich war sie, wie Grantham erkannte, nicht einfach eine reizvolle Studentin, sondern eine trauernde Witwe. Das arme Mädchen litt. Sie hatte keinen Gedanken an sein Haar oder seine Kleidung oder seine Augen verschwendet. Sie grämte sich, verdammt noch mal!

»Das mit Thomas tut mir sehr leid«, sagte er. »Ich werde Sie nicht wieder nach ihm fragen.«

Sie lächelte, sagte aber nichts.

Jemand klopfte laut an. Darby riß die Füße vom Tisch und starrte auf die Tür. Dann holte sie tief Luft. Es war das Essen.

»Ich hole es«, sagte Gray. »Kein Grund zur Aufregung.«

29

Jahrhundertelang tobte, ohne daß sich jemand einmischte, ein stiller, aber gewaltiger Naturkampf an der Küste des Landes, das später Louisiana heißen sollte. Es war ein Kampf um Landgewinn. Erst in neuester Zeit waren Menschen an ihm beteiligt. Von Süden her drängte das Meer mit seinen Gezeiten und Stürmen und Überschwemmungen landeinwärts. Von Norden her trug der Mississippi einen unerschöpflichen Vorrat an Süßwasser und Sedimenten herbei und überspülte die Marschen mit der Erde, die sie zum Leben und Gedeihen brauchten. Das Salzwasser aus dem Golf ließ die Küste erodieren und verbrannte die Süßwassermarschen, indem es das Gras abtötete, das sie zusammenhielt. Der Fluß reagierte darauf, indem er den halben Kontinent entwässerte und seine Erde im unteren Louisiana ablud. Er baute aus seinen Sedimenten langsam eine lange Reihe von Deltas auf, von denen jedes schließlich den Weg des Flusses blockierte und ihn zwang, seinen Lauf abermals zu ändern. Die üppigen Feuchtgebiete wurden von den Deltas geschaffen.

Es war ein grandioser Kampf des Gebens und Nehmens, ausschließlich von den Kräften der Natur gesteuert. Die von dem mächtigen Fluß ständig wieder aufgefüllten Deltas konnten sich nicht nur gegen den Golf behaupten, sondern dehnten sich sogar aus.

Die Marschen waren ein Wunderwerk natürlicher Evolution. Mit Hilfe der nährstoffreichen Sedimente entwikkelten sie sich zu einem grünen Paradies aus Zypressen und Eichen und dicht mit Pontederien und Binsen und Rohrkolben überwachsenen Flächen. Das Wasser wimmelte von Krabben, Garnelen, Austern, Schnapperfischen, Flundern, Makrelen, Brassen, Krebsen und Alligatoren. Die Küstenebene war das unangefochtene Revier der Tiere. Hunderte von Zugvogelarten suchten sie auf, um dort zu brüten.

Die Feuchtgebiete waren riesig und grenzenlos, reich und üppig.

Dann wurde in den dreißiger Jahren dort Öl entdeckt und die Ausbeutung begann. Die Ölgesellschaften baggerten zehntausend Meilen Kanäle aus, um an die Reichtümer zu gelangen. Sie durchzogen das fragile Delta mit einer Unzahl von säuberlichen kleinen Gräben. Sie zerfetzten die Marschen in schmale Bänder.

Sie bohrten, fanden Öl und baggerten wie die Wilden, um daranzukommen. Ihre Kanäle waren ideale Wege für den Golf und sein Salzwasser, das die Marschen wegfraß.

Seit Öl gefunden wurde, sind Zehntausende von Morgen Feuchtgebiet vom Meer verschlungen worden. Alljährlich verschwinden rund hundertfünfzig Quadratkilometer von Louisiana. Jede Viertelstunde geht ein weiterer Morgen verloren.

1979 bohrte eine Ölgesellschaft ein tiefes Loch in Terrebonne Parish und stieß auf Öl. Es war ein Routinetag bei einer Anlage unter vielen, aber es war kein Routinefund. Da war eine Menge Öl. Sie bohrten hundert Meter entfernt ein weiteres Loch und landeten einen weiteren Volltreffer. Sie wichen eine Meile zurück, bohrten und fanden ein noch größeres Vorkommen. Drei Meilen entfernt stießen sie abermals auf Öl.

Die Ölgesellschaft deckte die Bohrlöcher ab und überdachte die Situation. Es handelte sich ohne jeden Zweifel um ein bedeutendes neues Feld.

Die Ölgesellschaft gehörte Victor Mattiece, einem Cajun aus Lafayette, der beim Bohren nach Öl im Süden von Louisiana mehrere Vermögen gemacht und wieder verloren hatte. 1979 war er gerade wieder einmal reich und, was noch wichtiger war, er hatte Zugang zum Geld anderer Leute. Er war schnell überzeugt, daß er ein großes Lager entdeckt hatte, und begann, um die stillgelegten Bohrlöcher herum Land aufzukaufen.

Geheimhaltung ist entscheidend, aber auf den Ölfeldern schwer zu wahren. Mattiece wußte, daß, wenn er mit zu viel Geld um sich warf, bald ein hektisches Bohren rings um seine neue Goldmine herum einsetzen würde. Da er ein Mann von unendlicher Geduld war, der alles genau plante, betrachtete er das großartige Bild und sagte nein zum schnellen Geld. Er beschloß, daß er alles haben wollte. Er setzte sich mit seinen Anwälten und anderen Beratern zusammen und entwickelte einen Plan zum methodischen Ankauf des umliegenden Landes unter einer Unzahl von Firmenbezeichnungen. Sie bildeten neue Gesellschaften, benutzten einige seiner alten, kauften andere, in Schwierigkeiten steckende Firmen ganz oder teilweise auf und machten sich an die Arbeit des Landerwerbs. Die anderen in der Branche kannten Mattiece und wußten, daß er Geld hatte und mehr beschaffen konnte. Mattiece wußte, daß sie es wußten; also setzte er in aller Stille zwei Dutzend gesichtslose Firmen auf die Landbesitzer von Terrebonne Parish an. Es funktionierte ohne größere Probleme.

Der Plan sah vor, das Land zu beschaffen und dann noch einen weiteren Kanal durch die unglückliche, gequälte Marsch zu baggern, damit die Männer und ihre Maschinen zu den Bohrstellen gebracht und das Öl ohne Verzug herausbefördert werden konnte. Der Kanal sollte fünfundfünfzig Kilometer lang werden und doppelt so breit wie die anderen. Auf ihm würde reger Verkehr herrschen.

Weil Mattiece Geld hatte, war er bei den Politikern und Bürokraten beliebt. Er spielte gekonnt ihr Spiel. Er teilte Geld aus, wo immer es erforderlich war. Er liebte die Politik, haßte aber jede Form von Publicity. Er war paranoid und scheute die Öffentlichkeit.

Während der Landerwerb glatt vonstatten ging, mußte Mattiece plötzlich feststellen, daß er knapp bei Kasse war. Anfang der achtziger Jahre ging es mit der Wirtschaft bergab, und seine anderen Anlagen stellten die Förderung ein. Er brauchte Unmengen von Geld, und er wollte Partner, die Erfahrung damit hatten, es aufzubringen und kein Wort darüber zu verlieren. Also hielt er sich von Texas fern. Er ging ins Ausland und fand ein paar Araber, die seine Karten studierten und seiner Schätzung eines Riesenvorkommens an Öl und Erdgas zustimmten. Sie kauften einen Teil des Unternehmens, und Mattiece hatte wieder reichlich Bargeld.

Er machte sich erneut ans Austeilen und erhielt die offizielle Genehmigung, sich seinen Weg durch die empfindlichen Marschen und Zypressensümpfe zu baggern. Die Teile fügten sich großartig zusammen, und Mattiece konnte eine Milliarde Dollar riechen. Vielleicht auch zwei oder drei.

Dann passierte etwas Unvorhergesehenes. Es wurde Anklage erhoben, um dem Baggern und Bohren ein Ende zu machen. Der Kläger war eine obskure Umweltorganisation, die sich Green Fund nannte.

Die Anklage kam völlig unerwartet, weil Louisiana fünfzig Jahre lang zugelassen hatte, daß es von Ölgesellschaften und Leuten wie Victor Mattiece verschlungen und verschmutzt wurde. Es war ein Kuhhandel gewesen. Die Ölgesellschaften beschäftigten viele Leute und zahlten gut. Mit den Steuern auf Öl und Gas, die in Baton Rouge eingingen, wurden die Gehälter der Staatsangestellten bezahlt. Aus den kleinen Dörfern in den Bayous waren schnell hochgeschossene Städte geworden. Die Politiker von den Gouverneuren abwärts nahmen das Ölgeld und spielten mit. Alles war in bester Ordnung; was machte es da schon, wenn ein paar Marschlandschaften litten.

Green Fund reichte die Klage beim US-Bezirksgericht in

Lafayette ein. Ein Bundesrichter stoppte das Projekt bis zu einer Verhandlung der ganzen Angelegenheit.

Mattiece rastete vollkommen aus. Er verbrachte Wochen mit seinen Anwälten, planend und Ränke schmiedend. Er würde keine Kosten scheuen, um zu gewinnen. Tut alles Erforderliche, wies er sie an. Verstoßt gegen jede Regel und jeden ethischen Grundsatz, heuert jeden Experten an, gebt jede Untersuchung in Auftrag, schneidet jede Kehle durch, gebt so viel Geld aus, wie ihr wollt. Hauptsache, ihr gewinnt den verdammten Prozeß.

Ohnehin schon kein Mann, den man je zu Gesicht bekam, verschwand er noch tiefer in der Versenkung. Er zog auf die Bahamas und operierte von einer uneinnehmbaren Festung auf Lyford Cay aus. Einmal wöchentlich flog er nach New Orleans, um sich mit seinen Anwälten zu treffen, dann kehrte er auf die Insel zurück.

Obwohl er jetzt unsichtbar war, sorgte er dafür, daß seine Zuwendungen an Politiker größer wurden. Sein Jackpot lag nach wie vor sicher unter Terrebonne Parish, und eines Tages würde er ihn ans Licht bringen. Aber niemand weiß, wann er gezwungen sein wird, Gefälligkeiten einzufordern.

Als die Anwälte von Green Fund, alle beide, knöcheltief in der Sache steckten, hatten sie es mit mehr als dreißig verschiedenen Beklagten zu tun. Einige besaßen Land. Einige erkundeten es. Andere verlegten Rohrleitungen. Wieder andere bohrten. Die Joint Ventures und Kommanditgesellschaften und Firmenverbände waren ein undurchdringliches Labyrinth.

Die Beklagten und ihre Scharen von hochbezahlten Anwälten reagierten mit schwerem Geschütz. Sie stellten einen Antrag, mit dem der Richter aufgefordert wurde, die Klage wegen Geringfügigkeit fallenzulassen. Abgewiesen. Sie forderten ihn auf, die Fortsetzung der Bohrarbeiten zu gestatten, während sie auf das Verfahren warteten.

Abgewiesen. Sie heulten auf und wiesen in einem weiteren dicken Antrag darauf hin, wieviel Geld bereits in Erkundung, Bohren und so weiter investiert worden war. Gleichfalls abgewiesen. Sie stellten ganze Wagenladungen von Anträgen, und als sie alle abgewiesen wurden und offensichtlich war, daß es eines Tages eine Schwurgerichtsverhandlung geben würde, da wurden die Ölanwälte rabiat und griffen zu schmutzigen Tricks.

Zum Glück für die Klage von Green Fund war das Herz des neuen Ölvorkommens ein Ring von Marschen, der seit Jahren Wasservögeln als natürliche Zuflucht diente – Fischadlern, Reihern, Pelikanen, Enten, Kranichen, Gänsen und vielen anderen. Obwohl Louisiana nicht immer gut zu seinem Land war, zeigte es doch etwas mehr Mitgefühl für seine Tiere. Und weil das Urteil eines Tages von einer Jury aus durchschnittlichen und hoffentlich ganz gewöhnlichen Leuten gefällt werden würde, konzentrierten sich die Anwälte von Green Fund auf die Vögel.

Der Pelikan wurde zum Helden. Nach dreißig Jahren hinterhältiger Verseuchung mit DDT und anderen Pestiziden stand der Louisiana-Braunpelikan am Rande des Aussterbens. Fast zu spät wurde er in die Liste der bedrohten Arten aufgenommen und unter stärkeren Schutz gestellt. Green Fund bemächtigte sich des majestätischen Vogels und heuerte ein halbes Dutzend Experten aus dem ganzen Land an, damit sie ein gutes Wort für ihn einlegten.

Da an die hundert Anwälte beteiligt waren, kam das Verfahren nur langsam in Gang. Zeitweise trat es auf der Stelle, was Green Fund nur recht sein konnte. Die Bohranlagen standen still.

Sieben Jahre, nachdem Mattiece zum erstenmal mit seinem Düsenhubschrauber über Terrebonne Bay herumgeschwirrt war und die Route abgeflogen hatte, die sein kostspieliger Kanal nehmen sollte, kam die Pelikan-Klage in Lake Charles zur Verhandlung. Es war ein bitterer Prozeß, der zehn Wochen dauerte. Green Fund forderte eine

Entschädigung für die bereits angerichteten Verheerungen und ein dauerndes Verbot künftiger Bohrarbeiten.

Die Ölgesellschaften holten sich zum Einreden auf die Jury einen aalglatten Prozeßanwalt aus Houston. Er trug Stiefel aus Elefantenhaut und einen Stetson und konnte, wenn es erforderlich war, wie ein Cajun reden. Er war starker Tobak, vor allem im Vergleich zu den Green Fund-Anwälten, die beide einen Bart trugen und mehr Eifer als Beredsamkeit an den Tag legten.

Green Fund verlor den Prozeß, und das kam nicht völlig unerwartet. Die Ölgesellschaften gaben Millionen aus, und es ist schwierig, einen Bären mit einer Rute zu vertreiben. David hatte losgelegt, aber Goliath hat immer die besseren Karten. Die Geschworenen waren nicht beeindruckt von den eindringlichen Warnungen vor Umweltverschmutzung und den Hinweisen auf die empfindliche Ökologie der Feuchtgebiete. Öl bedeutete Geld, und die Leute brauchten Jobs.

Der Richter hob die einstweilige Verfügung aus zwei Gründen nicht auf. Erstens war er der Ansicht, daß Green Fund seine Argumente hinsichtlich des Pelikans, einer durch Bundesgesetz geschützten Art, bewiesen hatte. Und außerdem war allen klar, daß Green Fund in die Berufung gehen würde. Die Angelegenheit war also noch lange nicht erledigt.

Für eine Weile glätteten sich die Wogen, und Mattiece hatte einen kleinen Sieg errungen. Aber er wußte, daß es andere Tage in anderen Gerichtssälen geben würde. Er war ein Mann mit unendlicher Geduld, der alles genau plante.

30

Das Bandgerät stand mitten auf dem kleinen Tisch, umgeben von vier leeren Bierflaschen.

Er machte sich beim Reden Notizen. »Wer hat Ihnen von dem Prozeß erzählt?«

»Ein Mann namens John Del Greco. Er ist Jurastudent in Tulane, ein Jahr weiter als ich. Er hat im vorigen Sommer bei einer großen Kanzlei in Houston gearbeitet, die am Rande an den Feindseligkeiten beteiligt war. Er selbst hatte mit dem Prozeß nichts zu tun, aber es gab massenhaft Gerüchte und Klatsch.«

»Und alle Kanzleien waren in New Orleans und Houston ansässig?«

»Ja, jedenfalls die prozeßführenden Kanzleien. Aber diese Firmen residieren in einem Dutzend verschiedener Städte und brachten natürlich ihre eigenen Rechtsberater mit. Es waren Anwälte aus Dallas, Chicago und mehreren anderen Städten dabei. Der reinste Zirkus.«

»Wie ist der Stand der Dinge im Augenblick?«

»Nach dem Urteil in erster Instanz wird es zu einem Verfahren vor dem Fünften Bezirks-Berufungsgericht kommen. Die Berufung ist noch nicht abgeschlossen; das dürfte aber in ungefähr einem Monat der Fall sein.«

»Wo tagt das Fünfte Bezirksgericht?«

»In New Orleans. Ungefähr vierundzwanzig Monate, nachdem es dort angekommen ist, wird ein Gremium von drei Richtern den Fall anhören und entscheiden. Die unterlegene Partei wird zweifellos eine Anhörung durch das volle Gremium verlangen, und bis dahin werden weitere drei oder vier Monate vergehen. Das Urteil enthält so viele Mängel, daß damit zu rechnen ist, daß es entweder aufgehoben oder zurückverwiesen wird.«

»Was heißt das?«

»Das Berufungsgericht kann eines von drei Dingen tun. Das Urteil bestätigen, das Urteil aufheben oder so viele Mängel daran feststellen, daß es verlangen kann, daß der Fall noch einmal in erster Instanz verhandelt wird. Es kann auch Teile des Urteils bestätigen, Teile aufheben und Teile zurückverweisen, also alles gründlich durcheinanderbringen.«

Gray schüttelte fassungslos den Kopf. »Wie kann jemand auf die Idee kommen, Anwalt werden zu wollen?«

»Das habe ich mich im Laufe der letzten Woche auch ein paarmal gefragt.«

»Haben Sie eine Vorstellung davon, wie das Fünfte Bezirksgericht entscheiden wird?«

»Nicht die geringste. Bisher haben die Richter noch nicht einmal die Akten gesehen. Die Kläger unterstellen den Beklagten eine Vielzahl von Verstößen gegen das Verfahrensrecht, und in Anbetracht der Art der Verschwörung dürfte etliches davon zutreffen. Das Urteil könnte aufgehoben werden.«

»Und was passiert dann?«

»Dann geht der Spaß erst richtig los. Wenn einer der beiden Parteien die Entscheidung des Fünften Bezirksgerichts nicht gefällt, dann können sie beim Obersten Bundesgericht Berufung einlegen.«

»Überraschung, Überraschung.«

»Jedes Jahr gehen beim Obersten Bundesgericht Tausende von Berufungen ein, aber es ist sehr wählerisch in bezug auf das, was es übernimmt. Aber weil es sich um ein brisantes Thema handelt, bei dem viel Geld im Spiel ist und viel Druck gemacht wird, hat dieser Fall eine reelle Chance, verhandelt zu werden.«

»Wie lange würde es, von heute an gerechnet, dauern, bis das Oberste Bundesgericht über den Fall entschieden hat?«

»Drei bis fünf Jahre.«

»Rosenberg wäre bis dahin ohnehin eines natürlichen Todes gestorben.«

»Ja, aber zu dem Zeitpunkt, an dem er eines natürlichen Todes starb, hätte im Weißen Haus ein Demokrat sitzen können. Also schafft ihn beiseite, solange sein Nachfolger sozusagen kalkulierbar ist.«

»Klingt einleuchtend.«

»Oh, es ist wundervoll. Wenn man Victor Mattiece ist und nur an die fünfzig Millionen hat, aber gern Milliardär werden möchte, und wenn es einem nichts ausmacht, zwei Richter des Obersten Bundesgerichts umzubringen, dann ist jetzt genau der richtige Moment.«

»Aber was ist, wenn das Oberste Bundesgericht es ablehnt, den Fall zu übernehmen?«

»Für Mattiece ist alles in bester Ordnung, wenn das Fünfte Bezirksgericht das Urteil aus erster Instanz bestätigt. Aber wenn es das Urteil aufhebt und das Oberste Bundesgericht den Revisionsantrag ablehnt, dann hat er Probleme. Ich vermute, daß er dann wieder ganz von vorne anfängt, irgendeinen neuen Prozeß anstrengt und das Ganze noch einmal versucht. Es geht um zuviel Geld, als daß er nach Hause gehen und seine Wunden lecken könnte. Wenn er Rosenberg und Jensen aus dem Weg räumen ließ, muß man davon ausgehen, daß er seine Sache durchfechten will.«

»Wo war er während der Prozesse?«

»Völlig unsichtbar. Sie dürfen nicht vergessen, in der Öffentlichkeit ist nicht bekannt, daß er die eigentliche Zentralfigur des Prozesses ist. Als die Verhandlung begann, gab es achtunddreißig beklagte Firmen. Es wurden keine Personen genannt, sondern nur Firmen. Von den achtunddreißig werden sieben öffentlich gehandelt, und an jeder ist er mit nicht mehr als zwanzig Prozent beteiligt. Das sind einfach kleine Firmen, die über den Tresen gehandelt werden. Die anderen einunddreißig sind in Privatbesitz, und über sie konnte ich nicht viel erfahren.

Aber ich habe herausbekommen, daß viele dieser Privatfirmen sich gegenseitig gehören, und ein paar von ihnen gehören sogar den öffentlichen Firmen. Es ist fast undurchschaubar.«

»Aber er hat die Kontrolle?«

»Ja. Ich vermute, daß er achtzig Prozent des Projektes besitzt oder kontrolliert. Ich habe vier der Privatfirmen überprüft. Drei von ihnen sind im Ausland eingetragen. Zwei auf den Bahamas und eine auf den Caymans. Auch Del Greco hat gehört, daß Mattiece unter dem Deckmantel ausländischer Banken und Firmen operiert.«

»Erinnern Sie sich noch an die sieben öffentlichen Firmen?«

»An die meisten. Sie waren natürlich in einer Fußnote in dem Dossier aufgeführt, von dem ich keine Kopie mehr habe. Aber ich habe den größten Teil davon aus dem Gedächtnis neu geschrieben.«

»Darf ich es sehen?«

»Sie können es haben. Aber es ist tödlich.«

»Ich werde es später lesen. Erzählen Sie mir von dem Foto.«

»Mattiece stammt aus einem kleinen Ort in der Nähe von Lafayette, und schon in jüngeren Jahren war er für Politiker im Süden von Louisiana ein Mann mit dicker Brieftasche. Er war schon damals ein undurchsichtiger Typ, der sich beim Geldausteilen immer im Hintergrund hielt. Er machte große Geschenke an Demokraten im Lande und Republikaner in Washington, und im Lauf der Jahre machte er sich bei den Großen in der Regierung beliebt. Er hat sich nie um Publicity bemüht, aber seine Art von Geld ist schwer geheimzuhalten, zumal wenn es Politikern ausgehändigt wird. Vor sieben Jahren, als der Präsident noch Vizepräsident war, kam er nach New Orleans, um für die Republikaner Geld zu beschaffen. Alle großen Tiere waren da, einschließlich Mattiece. Es war ein Essen, bei dem das Gedeck zehntausend Dollar kostete; also versuchte die Presse, hineinzukommen. Irgendwie ist es einem Reporter gelungen, ein Foto von Mattiece zu machen, wie er gerade dem Vizepräsidenten die Hand schüttelt. Es erschien am nächsten Tag in der Zeitung von New Orleans. Es ist ein wundervolles Bild. Sie grinsen einander an, als wären sie die allerbesten Freunde.«

»Das dürfte leicht zu beschaffen sein.«

»Ich hatte es an die letzte Seite meines Dossiers geheftet, nur so zum Spaß. Es ist doch ein Spaß nicht wahr?«

»Ein Mordsspaß.«

»Vor ein paar Jahren verschwand Mattiece von der Bildfläche, und man nimmt an, daß er jetzt an verschiedenen Orten lebt. Er ist sehr exzentrisch. Del Greco hat gesagt, die meisten Leute glaubten, er wäre verrückt.«

Das Bandgerät piepte, und Gray legte ein neues Band ein. Darby stand auf und streckte ihre langen Beine. Er beobachtete sie, während er sich mit dem Gerät beschäftigte. Zwei weitere Bänder waren bereits voll und gekennzeichnet.

»Sind Sie müde?« fragte er.

»Ich habe in letzter Zeit nicht gut geschlafen. Wie viele Fragen wollen Sie mir noch stellen?«

»Wieviel wissen Sie noch?«

»Über die wichtigsten Dinge haben wir gesprochen. Da sind noch ein paar Lücken, die wir morgen früh ausfüllen können.«

Gray schaltete das Gerät aus und stand gleichfalls auf. Sie war am Fenster, streckte sich und gähnte. Er entspannte sich auf der Couch.

»Was ist mit Ihrem Haar passiert?« fragte er.

Darby setzte sich in einen Sessel und zog die Beine unter sich. Rote Zehennägel. Ihr Kinn lag auf den Knien. »Ich habe es in einem Hotel in New Orleans gelassen. Woher wissen Sie davon?«

»Ich habe ein Foto gesehen.«

»Von wo?«

»Sogar drei, um genau zu sein. Zwei aus dem Tulane Jahrbuch und eines von der Arizona State.«

»Wer hat sie Ihnen geschickt?«

»Ich habe Verbindungen. Sie wurden gefaxt, waren also nicht besonders gut. Aber da war dieses prachtvolle Haar.«

»Ich wollte, Sie hätten das nicht getan.«

»Weshalb?«

»Jedes Telefongespräch hinterläßt eine Spur.«

»Ich bin kein Anfänger, Darby.«

»Sie haben hinter mir hergeschnüffelt.«

»Nur ein bißchen Hintergrund. Das ist alles.«

»Damit ist jetzt Schluß, okay? Wenn Sie etwas über mich wissen wollen, fragen Sie mich. Wenn ich nein sage, ist der Fall erledigt.«

Grantham zuckte die Achseln und erklärte sich einverstanden. Vergessen wir das Haar. Machen wir mit weniger heiklen Themen weiter. »Also wer hat sich für Rosenberg und Jensen entschieden? Mattiece ist kein Anwalt.«

»Rosenberg ist einfach. Jensen hat nur wenig über Umweltthemen geschrieben, hat aber immer beharrlich gegen alle Arten von Entwicklungsprojekten votiert. Wenn die beiden überhaupt irgendein gemeinsames Anliegen hatten, dann war es der Schutz der Umwelt.«

»Und Sie meinen, darauf wäre Mattiece von ganz allein gekommen?«

»Natürlich nicht. Ein ziemlich bösartiger Juristenverstand hat ihm die beiden Namen präsentiert. Er hat an die tausend Anwälte.«

»Und keinen in Washington?«

»Das habe ich nicht gesagt.«

»Sie haben doch gesagt, die beteiligten Anwaltsfirmen wären in erster Linie in New Orleans und Houston und ein paar anderen Städten ansässig gewesen. Washington haben Sie nicht erwähnt.«

Darby schüttelte den Kopf. »Sie stellen zu viele Vermutungen an. Mir fallen mindestens zwei Washingtoner Firmen ein, auf die ich gestoßen bin. Die eine davon ist White and Blazevich, eine sehr alte, mächtige, reiche republikanische Kanzlei mit an die vierhundert Anwälten.«

Gray rutschte auf die Kante der Couch.

»Was ist?« fragte sie. Er war plötzlich angespannt, stand auf, wanderte zur Tür und dann zurück zur Couch.

»Das könnte passen. Das könnte es sein, Darby.«

»Ich höre.«

»Hören Sie wirklich zu?«

»Ich schwöre es.«

Er war am Fenster. »Okay, vorige Woche erhielt ich drei Anrufe von einem Washingtoner Anwalt, der sich Garcia nannte; aber das ist nicht sein richtiger Name. Er sagte, er wüßte etwas und hätte etwas über Rosenberg und Jensen gesehen, und ihm lag sehr viel daran, mir zu sagen, was er wußte. Aber dann bekam er es mit der Angst zu tun und verschwand.«

»In Washington gibt es eine Million Anwälte.«

»Zwei Millionen. Aber ich weiß, daß er in einer Privatfirma arbeitet. Er hat es halbwegs zugegeben. Er war aufrichtig und sehr verängstigt; er glaubte, daß sie ihn verfolgten. Ich fragte, wer sie wären, aber das wollte er mir natürlich nicht sagen.«

»Was ist aus ihm geworden?«

»Wir hatten für den frühen Samstagmorgen ein Treffen vereinbart, und dann rief er ganz zeitig an und sagte, ich sollte es vergessen. Sagte, er wäre verheiratet und hätte einen guten Job, und weshalb ihn aufs Spiel setzen. Er hat es nie zugegeben, aber ich glaube, er hat eine Kopie von irgend etwas, die er mir eigentlich zeigen wollte.«

»Das könnte die Bestätigung für Ihre Theorie sein.«

»Was ist, wenn er für White and Blazevich arbeitet? Wir hätten das Feld plötzlich auf vierhundert Anwälte eingeengt.«

»Ein Heuhaufen wäre wesentlich kleiner.«

Grantham griff nach seiner Tasche, blätterte einige Papiere durch und förderte ein zwölf mal achtzehn Zentimeter großes Schwarzweißfoto zutage. Er ließ es in ihren Schoß fallen. »Das ist Mr. Garcia.«

Darby betrachtete das Foto. Es war ein Mann auf einem belebten Gehsteig. »Ich vermute, er hat dafür nicht posiert.«

»Genaugenommen nicht.« Grantham wanderte wieder herum.

»Wie haben Sie es dann bekommen?«

»Ich kann meine Quellen nicht preisgeben.«

Sie legte es auf den Couchtisch und rieb sich die Augen. »Sie machen mir Angst, Grantham. Das kommt mir ziemlich anrüchig vor. Sagen Sie mir, daß es nicht anrüchig war.«

»Es war ein bißchen anrüchig, zugegeben. Der Mann hat zweimal dieselbe Telefonzelle benutzt, und das ist ein Fehler.«

»Ja, ich weiß. Ein schwerer Fehler.«

»Haben Sie ihn gefragt, ob Sie ihn fotografieren dürfen?«

»Nein.«

»Dann war es verdammt anrüchig.«

»Okay, es war verdammt anrüchig. Aber ich habe es getan, und hier haben wir ihn, und er könnte unser Bindeglied zu Mattiece sein.«

»Unser Bindeglied?«

»Ja, unser Bindeglied. Ich dachte, Sie wollten Mattiece festnageln.«

»Habe ich das gesagt? Ich will, daß er zahlt, aber ich würde lieber die Finger von ihm lassen. Er hat mich überzeugt, Gray. Ich habe so viel Blut gesehen, daß es mir reicht. Diesen Ball nehmen Sie und laufen damit.«

Er hörte ihre Worte nicht. Er ging hinter ihr zum Fenster und wanderte dann zur Bar. »Sie erwähnten zwei Firmen. Welches ist die andere?«

»Brim, Stearns und noch jemand. Ich hatte noch keine Gelegenheit, mich näher mit ihr zu beschäftigen. Es ist irgendwie merkwürdig; im Protokoll war keine der beiden Firmen als Vertreter irgendeines Beklagten aufgeführt, aber bei der Durchsicht der Akten bin ich immer wieder auf beide gestoßen, vor allem auf White and Blazevich.«

»Wie groß ist Brim, Stearns und noch jemand?«

»Das kann ich morgen herausfinden.«

»So groß wie White and Blazevich?«

»Glaube ich nicht.«

»Raten Sie einfach. Wie groß?«

»Zweihundert Anwälte.«

»Okay. Jetzt stehen wir bei sechshundert Anwälten in zwei Firmen. Sie sind die Anwältin, Darby. Wie können wir Garcia finden?«

»Ich bin keine Anwältin und auch kein Privatdetektiv. Sie sind der recherchierende Reporter.« Daß er »wir« sagte, gefiel ihr nicht.

»Ja, aber ich bin noch nie in einer Anwaltskanzlei gewesen, außer bei meiner Scheidung.«

»Dann haben Sie Glück gehabt.«

»Wie können wir ihn finden?«

Sie gähnte wieder. Sie hatten fast drei Stunden geredet, und sie war erschöpft. Sie konnten am Morgen weitermachen. »Ich weiß nicht, wie er gefunden werden kann, und ich habe mir darüber auch noch nicht den Kopf zerbrochen. Ich werde darüber schlafen und es Ihnen morgen früh sagen.«

Grantham war plötzlich die Ruhe selbst. Sie stand auf und trat an die Bar, um sich ein Glas Wasser zu holen.

»Ich hole meine Sachen«, sagte er, während er die Tonbänder an sich nahm.

»Würden Sie mir einen Gefallen tun?« fragte sie.

»Vielleicht.«

Sie schwieg einen Moment und betrachtete die Couch. »Würde es Ihnen etwas ausmachen, heute nacht hier auf der Couch zu schlafen? Ich habe schon seit geraumer Zeit nicht mehr gut geschlafen, und ich brauche eine ruhige Nacht. Es wäre – es wäre ein gutes Gefühl, wenn ich wüßte, daß Sie hier drinnen sind.«

Er schluckte hart und betrachtete gleichfalls die Couch. Sie war bestenfalls anderthalb Meter lang und schien alles andere als bequem zu sein.

»Gern«, sagte er und lächelte sie an. »Das kann ich verstehen.«

»Ich bin ziemlich mit den Nerven herunter.«

»Ich verstehe schon.«

»Es tut gut, jemanden wie Sie in der Nähe zu haben.« Sie lächelte schüchtern, und Gray schmolz dahin.

»Es macht mir nichts aus«, sagte er. »Kein Problem.«

»Danke.«

»Schließen Sie die Tür zu, legen Sie sich ins Bett und schlafen Sie gut. Ich werde hier sein, und alles ist in bester Ordnung.«

»Danke.« Sie nickte und lächelte abermals, dann machte sie die Tür zum Schlafzimmer hinter sich zu. Er lauschte, aber sie schloß sie nicht ab.

Er saß im Dunkeln auf der Couch und behielt ihre Tür im Auge. Irgendwann nach Mitternacht döste er ein und schlief, die Knie nicht weit von seinem Kinn entfernt.

31

Ihr Chef war Jackson Feldman, er war der Chefredakteur; dies war ihr Revier, und sie ließ sich von niemandem etwas bieten außer von Mr. Feldman. Besonders nicht von einem unverschämten Typ wie Gray Grantham, der vor Mr. Feldmans Tür stand und sie bewachte wie ein Dobermann. Sie warf ihm finstere Blicke zu, und er lächelte sie an, und das ging nun schon seit zehn Minuten so, seit sie sich da drinnen zusammengesetzt und die Tür hinter sich zugemacht hatten. Weshalb Grantham draußen wartete, wußte sie nicht. Aber dies war ihr Revier.

Das Telefon läutete, und er schrie sie an: »Keine Anrufe!«

Ihr Gesicht rötete sich sofort, und ihr Unterkiefer sackte herab. Sie griff zum Hörer, hörte eine Sekunde zu, dann sagte sie: »Tut mir leid, aber Mr. Feldman ist in einer Besprechung.« Sie funkelte wieder Grantham an, der nachdrücklich den Kopf schüttelte. »Ja, ich werde ihn bitten, so bald wie möglich zurückzurufen.« Sie legte auf.

»Danke!« sagte Grantham, und das brachte sie aus der Fassung. Sie war im Begriff gewesen, etwas Unfreundliches zu sagen, aber nach dem »Danke!« fiel ihr nichts mehr ein. Er lächelte sie an, das machte sie noch wütender.

Es war halb sechs, Zeit, Feierabend zu machen, aber Mr. Feldman hatte sie gebeten, noch zu bleiben. Und Grantham stand nach wie vor lächelnd an der Tür, keine drei Meter von ihr entfernt. Sie hatte Gray Grantham noch nie gemocht. Aber schließlich gab es in der *Post* kaum jemanden, den sie mochte. Ein Volontär erschien und strebte offensichtlich auf die Tür zu, aber der Dobermann stellte sich ihm in den Weg. »Tut mir leid, im Augenblick können Sie nicht hinein«, sagte Grantham.

»Und weshalb nicht?«

»Sie haben eine Besprechung. Geben Sie es bei ihr ab.« Er zeigte auf die Sekretärin, die es haßte, wenn man mit dem Finger auf sie zeigte und von ihr einfach als von ihr sprach. Sie war inzwischen einundzwanzig Jahre hier.

Der Volontär ließ sich nicht so leicht einschüchtern. »Also gut. Aber Mr. Feldman wollte, daß ich diese Papiere hier genau um halb sechs bei ihm abliefere. Jetzt ist es genau halb sechs, hier bin ich, und hier sind die Papiere.«

»Wir sind stolz auf Sie. Aber Sie können nicht hinein. Geben Sie Ihre Papiere der netten Dame dort drüben, und morgen früh wird die Sonne wieder scheinen.« Grantham stellte sich mitten vor die Tür und schien zum Kampf bereit, falls der Junge beharrlich bleiben sollte.

»Ich nehme sie«, sagte die Sekretärin. Sie nahm sie, und der Volontär verschwand.

»Danke!« sagte Grantham abermals laut.

»Ich finde, Sie sind ziemlich unverschämt«, fauchte sie.

»Ich habe ›Danke!‹ gesagt.« Er versuchte, verletzt dreinzuschauen.

»Sie sind ein Klugscheißer.«

»Danke!«

Die Tür wurde plötzlich geöffnet, und eine Stimme rief heraus: »Grantham.«

Er lächelte sie an und ging hinein. Jackson Feldman stand hinter seinem Schreibtisch. Seine Krawatte war bis zum zweiten Knopf herunter gelockert und die Hemdsärmel bis zu den Ellenbogen aufgekrempelt. Er war einsfünfundneunzig groß, ohne ein Gramm Fett. Mit achtundfünfzig nahm er an zwei Marathons im Jahr teil und arbeitete fünfzehn Stunden am Tag.

Smith Keen stand gleichfalls und hielt das vierseitige Exposé einer Story in der Hand, zusammen mit einer Kopie von Darbys handschriftlicher Reproduktion des Pelikan-Dossiers. Feldmans Exemplar lag auf dem Schreibtisch. Sie wirkten leicht benommen.

»Machen Sie die Tür zu«, sagte Feldman zu Grantham.

Gray machte die Tür zu und setzte sich auf die Kante eines Tisches. Niemand sprach.

Feldman rieb sich heftig die Augen, dann sah er Keen an. »Wow«, sagte er schließlich.

Gray lächelte. »Womit Sie sagen wollen, das ist es. Ich liefere Ihnen die tollste Story seit zwanzig Jahren, und Sie sind so hingerissen, daß sie ›Wow‹ sagen.«

»Wo ist Darby Shaw?« fragte Keen.

»Das kann ich Ihnen nicht sagen. Das ist Teil der Abmachung.«

»Welcher Abmachung?«

»Das kann ich Ihnen auch nicht sagen.«

»Wann haben Sie mit ihr gesprochen?«

»Gestern abend, und dann noch einmal heute morgen.«

»Und das war in New York?«

»Was spielt es für eine Rolle, wo wir miteinander gesprochen haben? Wir haben miteinander gesprochen, okay? Sie hat geredet. Ich habe zugehört. Ich bin zurückgeflogen. Ich habe das Exposé geschrieben. Also, was meinen Sie?«

Feldman ließ sich langsam auf seinem Sessel nieder. »Wieviel weiß das Weiße Haus?«

»Keine Ahnung. Verheek hat Darby erzählt, daß es an irgendeinem Tag der vergangenen Woche dem Weißen Haus übergeben wurde und daß zu der Zeit das FBI der Ansicht war, man sollte der Sache nachgehen. Und dann, nachdem das Weiße Haus es hatte, zog sich das FBI aus irgendeinem Grund zurück. Das ist alles, was ich weiß.«

»Wieviel hat Mattiece dem Präsidenten vor drei Jahren gegeben?«

»Millionen. Natürlich alles über eine Unzahl von politischen Aktionskomitees, die er kontrolliert. Dieser Kerl ist äußerst gerissen. Er hat einen Haufen Anwälte, und sie denken sich Wege aus, um Geld hierhin und dorthin zu leiten. Vermutlich ist es sogar legal.«

Die Redakteure dachten langsam. Sie waren so betäubt, als hätten sie gerade eine Bombenexplosion überlebt. Grantham war ziemlich stolz und schwenkte die Füße unter dem Tisch wie ein Kind auf einer Mole.

Feldman griff nach den zusammengehefteten Papieren und blätterte sie durch, bis er das Foto von Mattiece und dem Präsidenten gefunden hatte. Er schüttelte den Kopf.

»Das ist Dynamit, Gray«, sagte Keen. »Das können wir unmöglich bringen, solange es nicht hieb- und stichfest bewiesen ist. Das zu verifizieren, dürfte der härteste Job der Welt sein. Das ist starker Tobak, mein Sohn.«

»Wie wollen Sie das bewerkstelligen?« fragte Feldman.

»Ich habe ein paar Ideen.«

»Ich möchte sie hören. Diese Sache könnte Sie das Leben kosten.«

Grantham sprang auf und steckte die Hände in die Taschen. »Zuerst werden wir versuchen, Garcia zu finden.«

»Wir? Wer ist wir?« fragte Keen.

»Ich, okay. Ich werde versuchen, Garcia zu finden.«

»Macht die Frau dabei mit?« fragte Keen.

»Das kann ich nicht beantworten. Auch das ist ein Teil der Abmachung.«

»Beantworten Sie die Frage«, sagte Feldman. »Bedenken Sie, wie wir dastünden, wenn sie umgebracht würde, während sie Ihnen bei Ihrer Story hilft. Es ist viel zu riskant. Also, wo ist sie und was habt ihr vor?«

»Ich verrate nicht, wo sie ist. Sie ist eine Informantin, und ich schütze meine Informanten. Nein, sie hilft mir nicht bei den Recherchen. Sie ist eine Informantin, nichts sonst, okay?«

Sie musterten ihn ungläubig. Dann sahen sie sich an, und schließlich zuckte Keen die Achseln.

»Brauchen Sie Hilfe?« fragte Feldman.

»Nein. Sie besteht darauf, daß ich es allein mache. Sie ist sehr verängstigt, und daraus kann man ihr keinen Vorwurf machen.«

»Ich habe schon beim Lesen dieses verdammten Dossiers Angst bekommen«, sagte Keen.

Feldman lehnte sich in seinem Sessel zurück und schlug die Füße auf dem Schreibtisch übereinander. Schuhgröße fünfundvierzig. Er lächelte zum erstenmal. »Sie müssen mit Garcia anfangen. Wenn er nicht auffindbar ist, können Sie Monate mit Nachforschungen über Mattiece verbringen und trotzdem nicht durchsteigen. Und bevor Sie sich auf die Spur von Mattiece setzen, sollten wir ausführlich miteinander reden. Irgendwie mag ich Sie, Grantham, und diese Sache ist es nicht wert, daß Sie ihretwegen umgebracht werden.«

»Ich sehe jedes Wort, das Sie schreiben, okay?« sagte Keen.

»Und ich möchte täglich einen Bericht, okay?« sagte Feldman.

»Kein Problem.«

Keen trat an die Glaswand und beobachtete das hektische Treiben in der Redaktion. Im Verlauf jedes Tages kam und ging das Chaos ein halbes dutzendmal. Um halb sechs war der Teufel los. Die letzten Neuigkeiten wurden geschrieben, und um halb sieben fand die zweite Redaktionskonferenz statt. Feldman schaute von seinem Schreibtisch aus zu. »Das könnte das Ende der Flaute sein«, sagte er zu Gray, ohne ihn anzusehen. »Wie lange dauert sie jetzt – fünf, sechs Jahre?«

»Eher sieben«, sagte Keen.

»Ich habe eine ganze Menge gute Stories geschrieben«, erklärte Gray.

»Sicher«, sagte Feldman. »Aber Sie haben fast immer in der zweiten oder dritten Linie gespielt. Es ist lange her, seit Sie Ihren letzten Volltreffer gelandet haben.«

»Und es hat auch eine Menge Auszeiten gegeben«, fügte Keen hilfsbereit hinzu.

»Das kann jedem passieren«, sagte Gray. »Aber dieser Volltreffer wird es in sich haben.« Er öffnete die Tür.

Feldman funkelte ihn an. »Passen Sie auf, daß Ihnen nichts passiert, und lassen Sie nicht zu, daß ihr etwas passiert. Verstanden?«

Gray lächelte und verließ das Büro.

Er hatte fast den Thomas Circle erreicht, als er das Blaulicht hinter sich sah. Der Streifenwagen überholte ihn nicht, sondern hängte sich an seine Stoßstange. Er hatte weder auf die Geschwindigkeitsbegrenzung noch auf seinen Tachometer geachtet. Das würde sein drittes Strafmandat in sechzehn Monaten sein.

Er fuhr auf einen kleinen Parkplatz neben einem Wohnblock. Es war dunkel, und das Blaulicht blitzte in seinen Spiegeln. Er rieb sich die Schläfen.

»Aussteigen«, verlangte der Polizist von der Stoßstange her.

Gray öffnete die Tür und tat, was von ihm verlangt worden war. Der Polizist war schwarz, und plötzlich lächelte er. Es war Cleve. Er zeigte auf den Streifenwagen. »Steigen Sie ein.«

Sie saßen unter dem Blaulicht im Streifenwagen und betrachteten den Volvo. »Warum tun Sie mir das an?« fragte Gray.

»Wir haben unsere Quoten, Grantham. Wir müssen so und so viele Weiße anhalten und ihnen die Hölle heiß machen. Der Chief ist für Gleichberechtigung. Die weißen Polizisten stürzen sich auf unschuldige, arme Schwarze, also stürzen wir Schwarzen uns auf unschuldige, reiche Weiße.«

»Vermutlich wollen Sie mir Handschellen anlegen und mich zusammenschlagen.«

»Nur, wenn Sie Wert darauf legen. Sarge kann nicht mehr reden.«

»Ich höre.«

»Er hat irgendwas gerochen. Ein paar komische Blicke aufgefangen und dieses oder jenes gehört.«

»Zum Beispiel?«

»Zum Beispiel, daß man über Sie redet, und wie gern man wüßte, was Sie wissen. Er glaubt, es könnte sein, daß Sie abgehört werden.«

»Ist das sein Ernst?«

»Er hat gehört, daß über Sie geredet wird. Daß Sie Fragen stellen über irgendein Pelikan-Ding. Sie haben sie wachgerüttelt.«

»Was hat er über dieses Pelikan-Ding gehört?«

»Nur, daß Sie scharf darauf sind. Und daß es ihnen damit verdammt ernst ist. Das sind gemeine und ausgeschlafene Leute, Gray. Sarge sagt, Sie sollen genau aufpassen, wohin Sie gehen und mit wem Sie reden.«

»Und wir können uns nicht mehr treffen?«

»In der nächsten Zeit nicht. Er will den Kopf einziehen und alles über mich laufen lassen.«

»Gut. Ich brauche seine Hilfe, aber sagen Sie ihm, er soll vorsichtig sein. Das ist eine sehr heikle Sache.«

»Was hat es mit diesem Pelikan-Ding auf sich?«

»Das kann ich Ihnen nicht verraten. Aber sagen Sie Sarge, es könnte ihn das Leben kosten.«

»Nicht Sarge. Der ist klüger als alle anderen Leute dort.«

Gray öffnete die Tür und stieg aus. »Danke, Cleve.«

Er schaltete das Blaulicht aus. »Wir bleiben in Kontakt. In den nächsten sechs Monaten fahre ich Nachtschicht, und ich werde versuchen, Sie im Auge zu behalten.«

»Danke.«

Rupert zahlte für sein Zimtbrötchen und setzte sich auf einen Barhocker, von dem aus er den Gehsteig überblicken konnte. Es war Mitternacht, genau Mitternacht, und Georgetown kam zur Ruhe. Ein paar Wagen fuhren die M Street entlang, die letzten Fußgänger strebten nach Hause. Das Café war gut besucht, aber nicht überfüllt. Er trank schwarzen Kaffee.

Er erkannte das Gesicht auf dem Gehsteig, und kurz darauf saß der Mann auf dem Barhocker neben ihm. Er war eine Art Mittelsmann. Sie hatten sich ein paar Tage zuvor in New Orleans kennengelernt.

»Also, wie stehen die Dinge?« fragte Rupert.

»Wir können sie nicht finden. Und das macht uns Sorgen, weil wir heute schlechte Nachrichten bekommen haben.«

»Und?«

»Nun, wir haben Stimmen gehört, unbestätigt, daß die bösen Buben durchgedreht haben, und daß der böse Bube Nummer eins will, daß alle umgebracht werden. Geld spielt keine Rolle, und diese Stimmen berichten uns, daß er zu zahlen gedenkt, was immer es kosten mag, um diese Sache aus der Welt zu schaffen. Er schickt große Jungs mit großen Kanonen ins Feld. Natürlich, sie sagen, er wäre verrückt, aber er ist hundsgemein, und mit Geld kann man eine Menge Leute umbringen.«

Dieses Reden über Mord ließ Rupert kalt. »Wer steht auf der Liste?«

»Die Frau. Und vermutlich jeder Außenstehende, der zufällig etwas über dieses kleine Dossier erfährt.«

»Also was soll ich tun?«

»Bleiben Sie in der Gegend. Wir treffen uns morgen abend wieder, derselbe Ort, dieselbe Zeit. Wenn wir die Frau finden, sind Sie dran.«

»Wie wollen Sie sie finden?«

»Wir glauben, daß sie in New York ist. Wir haben Mittel und Wege.«

Rupert riß ein Stück von seinem Brötchen ab und steckte es in den Mund. »Wo würden Sie hingehen?«

Der Mittelsmann dachte an ein Dutzend Orte, an denen er gern wäre, aber das waren Orte wie Paris und Rom und Monte Carlo, Orte, die er kannte, und Orte, die viele Leute besuchten. Nur dieser eine exotische Ort, den er aufsuchen und an dem er sich für den Rest seines Lebens verstecken konnte, fiel ihm nicht ein. »Ich weiß nicht. Wo würden Sie hingehen?«

»New York City. Da kann man Jahre leben, ohne je gesehen zu werden. Man spricht die Sprache und kennt die Regeln. Es ist das ideale Versteck für einen Amerikaner.«

»Ja, da haben Sie vermutlich recht. Sie glauben, sie ist dort?«

»Ich weiß es nicht. Manchmal ist sie sehr schlau. Dann macht sie wieder irgendwelche Fehler.«

Der Mittelsmann war auf den Beinen. »Morgen abend«, sagte er.

Rupert schwenkte die Hand. Was für ein dämlicher kleiner Affe, dachte er. Rennt herum und flüstert anderen Leuten in Cafés und Bierkneipen wichtige Botschaften ins Ohr. Dann rennt er zu seinem Boß zurück und erstattet ihm bis ins kleinste Detail Bericht.

Er warf den Kaffeebecher in den Müll und trat auf die Straße.

32

Bei Brim, Stearns and Kidlow arbeiteten, so stand es in der neuesten Ausgabe des Juristenhandbuchs von Martindale-Hubbell, hundertneunzig Anwälte. Und bei White and Blazevich waren es vierhundertzwölf. Also stand zu hoffen, daß Garcia nur einer von möglicherweise sechshundertzweien war. Doch wenn Mattiece noch mit anderen Washingtoner Firmen in Verbindung stand, war die Zahl größer, und sie hatten keine Chance.

Wie erwartet, arbeitete bei White and Blazevich niemand, der Garcia hieß. Darby suchte nach einem anderen lateinamerikanischen Namen, fand aber keinen. Es war eine dieser blütenweißen, aristokratischen Firmen, in der nur Leute von den Eliteuniversitäten arbeiteten, die lange, mit Zahlen endende Namen hatten. Es waren ein paar Frauen darunter, aber nur zwei waren Partner. Die meisten der Frauen waren nach 1980 eingestellt worden. Wenn sie lange genug am Leben blieb, um ihr Studium beenden zu können, würde Darby bestimmt nicht für eine Fabrik wie White and Blazevich arbeiten.

Grantham hatte ihr nahegelegt nach lateinamerikanischen Namen zu suchen, weil Garcia als Falschname ein wenig ungewöhnlich war. Vielleicht war der Mann Lateinamerikaner, und da Garcia dort ein häufig vorkommender Name ist, war er ihm vielleicht als erster eingefallen. Es funktionierte nicht. In dieser Firma gab es keine Lateinamerikaner.

Dem Handbuch zufolge waren ihre Mandanten groß und reich. Banken, Unternehmen, die in *Fortune* unter den fünfhundert größten aufgeführt waren, und eine Menge Ölgesellschaften. Vier der in dem Prozeß Beklagten waren als Mandanten aufgeführt, aber nicht Mr. Mattiece. Da waren Chemieunternehmen und Schiffahrtslinien, und White and Blazevich vertrat auch die Regierungen von Nordkorea, Libyen und Syrien. Verrückt, dachte sie. Unsere Feinde heuern unsere Anwälte an, damit sie bei unserer Regierung für sie eintreten. Aber schließlich kann man Anwälte für praktisch alles anheuern.

Brim, Stearns and Kidlow war eine kleinere Version von White and Blazevich, aber hier gab es tatsächlich vier lateinamerikanische Namen. Sie notierte sie. Zwei Männer und zwei Frauen. Vermutlich war diese Firma wegen Geschlechts- und Rassendiskriminierung verklagt worden, denn in den letzten zehn Jahren hatte sie alle möglichen Leute eingestellt. Die Mandantenliste war vorhersagbar: Öl und Gas, Versicherungen, Banken, Regierungskontakte. Ziemlich langweiliger Kram.

Sie saß eine Stunde lang in einer Ecke der juristischen Bibliothek von Fordham. Es war Freitagmorgen, zehn Uhr in New York und neun Uhr in New Orleans, und anstatt sich in einer Bibliothek zu verstecken, in der sie noch nie gewesen war, hätte sie jetzt eigentlich in Verfahrensrecht unter Alleck sitzen sollen, einem Professor, den sie nie gemocht hatte, jetzt aber sehr vermißte. Alice Stark würde neben ihr sitzen. Einer ihrer Kommilitonen, ein Blödmann namens D. Ronald Petrie, würde hinter ihr sitzen, sich mit ihr verabreden wollen und schlüpfrige Bemerkungen machen. Auch ihn vermißte sie. Sie vermißte die stillen Morgenstunden auf Thomas' Balkon, wo sie so oft Kaffee getrunken und darauf gewartet hatte, daß das French Quarter seine Spinnweben abschüttelte und zum Leben erwachte. Sie vermißte den Duft des Rasierwassers an seinem Bademantel.

Sie dankte der Bibliothekarin und verließ das Gebäude. Auf der Zweiundsechzigsten wanderte sie ostwärts auf den Park zu. Es war ein herrlicher Oktobermorgen mit klarem Himmel und kühlem Wind. Eine angenehme Abwechslung nach New Orleans, aber unter den gegebenen

Umständen schwer zu würdigen. Sie trug eine neue Sonnenbrille und einen Schal, den sie bis zum Kinn hochgezogen hatte. Das Haar war nach wie vor dunkel, aber sie würde nicht noch mehr abschneiden. Sie war entschlossen, zu gehen, ohne ständig über die Schulter zu schauen. Vermutlich waren sie nicht hinter ihr her, aber sie wußte, daß es Jahre dauern würde, bevor sie wieder ohne jeden Zweifel eine Straße entlanggehen konnte.

Die Bäume im Park boten eine prachtvolle Schau aus Gelb, Orange und Rot. Der Wind ließ die Blätter sanft herabsegeln. Sie bog nach Süden zum Central Park West ab. Morgen würde sie abreisen und ein paar Tage in Washington verbringen. Wenn sie überlebte, würde sie danach das Land verlassen, vielleicht in die Karibik. Sie war bereits zweimal dort gewesen. Da gab es tausend kleine Inseln, auf denen die meisten Leute irgendeine Art von Englisch sprachen.

Jetzt war die Zeit gekommen, das Land zu verlassen. Sie hatten ihre Spur verloren, und sie hatte sich bereits nach den Flügen nach Nassau und Jamaika erkundigt. Wenn es dunkel wurde, konnte sie schon dort sein.

Sie fand einen Münzfernsprecher im Hintergrund eines Cafés an der Sixth Avenue und wählte Grays Nummer in der *Post*. »Ich bin's«, sagte sie.

»Wunderbar. Ich hatte schon befürchtet, Sie hätten das Land bereits verlassen.«

»Ich denke darüber nach.«

»Können Sie damit noch eine Woche warten?«

»Vermutlich. Ich komme morgen. Was wissen Sie inzwischen?«

»Ich sammle Schrott. Ich habe mir Kopien der Jahresbilanzen der sieben öffentlichen Firmen besorgt, die an dem Prozeß beteiligt waren. In keiner von ihnen ist Mattiece Vorstandsmitglied oder Direktor.«

»Was noch?«

»Nur die übliche endlose Telefoniererei. Gestern habe

ich drei Stunden damit verbracht, bei den Gerichten herumzulungern und nach Garcia Ausschau zu halten.«

»Vor Gericht werden Sie ihn nicht finden. Zu der Sorte Anwälten gehört er nicht. Er ist in einer Wirtschaftsfirma.«

»Das hört sich an, als hätten Sie eine bessere Idee.«

»Ich habe mehrere Ideen.«

»Also gut. Dann bleibe ich einfach hier sitzen und warte auf Sie.«

»Ich rufe an, sobald ich angekommen bin.«

»Rufen Sie mich nicht zu Hause an.«

Sie schwieg eine Sekunde. »Darf ich fragen, warum nicht?«

»Es ist durchaus möglich, daß jemand mithört und mich vielleicht sogar beschattet. Einer meiner besten Informanten meint, ich hätte genügend Staub aufgewirbelt, daß Sie mich nicht mehr aus den Augen lassen werden.«

»Wundervoll. Und da wollen Sie, daß ich komme und mit Ihnen gemeinsame Sache mache?«

»Uns kann nichts passieren, Darby. Wir müssen nur vorsichtig sein.«

Sie umklammerte den Hörer und biß die Zähne zusammen. »Wie können Sie es wagen, mir gegenüber von Vorsicht zu reden! Ich versuche jetzt seit zehn Tagen, Bomben und Schüssen auszuweichen, und Sie sind so von sich eingenommen, daß Sie mir sagen, ich sollte vorsichtig sein. Sie können mir den Buckel runterrutschen, Grantham! Vielleicht sollte ich mich von Ihnen fernhalten.«

Es gab eine Pause, während sie sich in dem kleinen Café umschaute. Zwei Männer an einem Tisch in der Nähe sahen zu ihr herüber. Sie war viel zu laut. Sie wendete sich ab und holte tief Luft.

Grantham sprach langsam. »Tut mir leid. Ich...«

»Vergessen Sie's. Vergessen Sie's einfach.«

Er wartete einen Moment. »Sind Sie okay?«

»Mir geht es großartig. Habe mich nie besser gefühlt.«

»Kommen Sie nach Washington?«

»Ich weiß es nicht. Hier bin ich sicher, und noch sicherer bin ich, wenn ich in ein Flugzeug steige und das Land verlasse.«

»Gewiß, aber ich dachte, Sie hätten diese wunderbare Idee, wie wir Garcia finden und dann vielleicht Mattiece festnageln können. Ich dachte, Sie wären empört und moralisch entrüstet und dürsteten nach Rache. Was ist mit Ihnen los?«

»Nun, zum einen habe ich dieses brennende Verlangen, meinen fünfundzwanzigsten Geburtstag zu erleben. Ich bin nicht selbstsüchtig, aber vielleicht möchte ich auch den dreißigsten noch erleben. Das wäre schön.«

»Ich verstehe.«

»Ich weiß nicht, ob Sie das verstehen. Ich glaube, Sie sind mehr an Pulitzerpreisen und Ruhm interessiert als an meinem hübschen kleinen Hals.«

»Ich versichere Ihnen, daß das nicht stimmt. Vertrauen Sie mir, Darby. Sie werden sicher sein. Sie haben mir die Geschichte Ihres Lebens erzählt. Sie müssen mir vertrauen.«

»Ich werde darüber nachdenken.«

»Das ist nicht definitiv.«

»Nein, das ist es nicht. Lassen Sie mir ein bißchen Zeit.«

»Okay.«

Sie legte auf und bestellte ein Hörnchen. Ein Dutzend Sprachen ertönten um sie herum; das Café war plötzlich überfüllt. Lauf, Baby, lauf, sagte ihr der gesunde Menschenverstand. Nimm ein Taxi zum Flughafen. Bezahle bar für ein Ticket nach Miami. Steig in die nächste Maschine, die nach Süden fliegt. Laß Grantham wühlen und wünsch ihm alles Gute. Er war sehr gut, und er würde eines Tages eine Möglichkeit finden, die Story zu bringen. Und sie würde sie lesen, während sie an einem sonnenüberfluteten Strand lang, eine Piña colada trank und den Windsurfern zuschaute.

Stummel hinkte auf dem Gehsteig vorbei. Sie erhaschte einen Blick auf ihn, durch das Gedränge der Gäste und durch das Fenster hindurch. Ihr Mund war plötzlich trokken, und ihr war schwindlig. Er schaute nicht herein. Er trottete nur vorbei, es sah aus, als hätte er sich verlaufen. Sie lief zwischen den Tischen hindurch und beobachtete ihn von der Tür aus. Leicht hinkend erreichte er die Ecke von Sixth Avenue und Achtundfünfzigster Straße und wartete dort auf Grün. Er begann, die Sixth zu überqueren, dann überlegte er es sich anders und überquerte die Achtundfünfzigste. Ein Taxi hätte ihn beinahe umgenietet.

Er ging nirgendwo hin, sondern wanderte nur leicht hinkend in der Gegend herum.

Croft sah den jungen Mann, als er aus dem Fahrstuhl trat. Er kam in Begleitung eines anderen jungen Anwalts, und da sie ihre Aktenkoffer nicht bei sich hatten, war offensichtlich, daß sie zu einem späten Lunch unterwegs waren. Nach fünftägigem Beobachten von Anwälten hatte Croft ihre Gewohnheiten kennengelernt.

Das Gebäude lag an der Pennsylvania, und Brim, Stearns and Kidlow residierte in den Stockwerken Drei bis Elf. Garcia verließ mit seinem Kollegen das Haus, und sie lachten auf ihrem ganzen Weg die Straße entlang. Irgend etwas war sehr komisch. Croft folgte so dichtauf wie möglich. Sie gingen und lachten fünf Blocks und betraten dann, genau wie er vermutet hatte, für eine schnelle Mahlzeit ein kleines Yuppie-Restaurant.

Croft rief Grantham dreimal an, bevor er ihn erreichte. Es war fast zwei, die Mittagspause war so ziemlich vorbei, und wenn Grantham den Mann erwischen wollte, dann sollte er gefälligst in der Nähe des Telefons bleiben. Grantham hieb den Hörer auf die Gabel. Sie würden sich in dem Gebäude treffen.

Auf dem Rückweg gingen Garcia und sein Kollege etwas langsamer. Es war ein herrlicher Tag, und sie genossen die kurze Erholung von der Tretmühle des Verklagens von Leuten oder was immer sie für zweihundert Dollar pro Stunde taten. Croft versteckte sich hinter seiner Sonnenbrille und hielt Abstand.

Gray wartete im Foyer in der Nähe der Fahrstühle. Croft war dicht hinter ihnen, als sie durch die Drehtür hereinkamen. Er deutete rasch auf ihren Mann. Gray sah das Signal und drückte auf den Fahrstuhlknopf. Er öffnete sich, und er trat einen Augenblick vor Garcia und seinem Kollegen ein. Croft blieb zurück.

Garcia drückte auf den Knopf Nummer Sechs, und einen Sekundenbruchteil später tat Gray dasselbe. Gray las Zeitung und hörte zu, wie die beiden Anwälte über Football redeten. Der junge Mann war nicht älter als sieben- oder achtundzwanzig. Die Stimme war vielleicht vage vertraut, aber er hatte sie nur am Telefon gehört, und sie hatte keine besonderen Merkmale. Das Gesicht war dicht vor ihm, aber er konnte es nicht eingehend betrachten. Die Chancen, daß er es tatsächlich war, standen nicht schlecht. Er sah dem Mann auf den Fotos sehr ähnlich, er arbeitete für Brim, Stearns and Kidlow, und einer ihrer unzähligen Mandanten war Mr. Mattiece. Er war Reporter. Es war sein Job, vorzupreschen und Fragen zu stellen.

Sie verließen den Fahrstuhl im sechsten Stock, noch immer über die Redskins diskutierend, und Gray schlenderte, in seiner Zeitung lesend, hinter ihnen her. Das Foyer der Firma war elegant und üppig, mit Kronleuchtern und Perserteppichen, und an der Wand stand in dikken goldenen Lettern der Firmenname. Die Anwälte blieben an der Rezeption stehen, um sich über eingegangene Anrufe unterrichten zu lassen. Gray ging zielstrebig auf die Sekretärin zu, die ihn eingehend musterte.

»Kann ich Ihnen helfen, Sir?« fragte sie in dem Ton, der bedeutete: »Was zum Teufel wollen Sie?«

Gray war nicht um eine Antwort verlegen. »Ich habe

eine Besprechung mit Roger Martin.« Er hatte den Namen im Telefonbuch gefunden, und er hatte eine Minute zuvor vom unteren Foyer aus angerufen, um sich zu vergewissern, daß Anwalt Martin heute im Hause war. Der Tafel war zwar zu entnehmen, daß die Firma in den Stockwerken Drei bis Elf residierte, aber auf ihr waren nicht alle hundertneunzig Anwälte aufgeführt. Mit Hilfe des Branchenbuches hatte er ein Dutzend schnelle Anrufe getätigt, um in jeder Etage einen Anwalt zu finden. Roger Martin war der Mann im sechsten Stock.

Er warf der Sekretärin einen finsteren Blick zu. »Wir haben schon zwei Stunden zusammengesessen.«

Das verblüffte sie, und ihr fiel keine Erwiderung ein. Gray eilte um die Ecke in einen Korridor und erhaschte gerade noch einen Blick auf Garcia, der eben sein vier Türen entferntes Büro betrat.

Der Name neben der Tür war David M. Underwood. Gray klopfte nicht an. Er wollte schnell zuschlagen und vielleicht schnell wieder verschwinden. Mr. Underwood hängte sein Jackett auf einen Bügel.

»Hi. Ich bin Gray Grantham von der *Washington Post*. Ich suche einen Mann namens Garcia.«

Underwood runzelte die Stirn und schien verblüfft. »Wie sind Sie hier hereingekommen?« fragte er.

Die Stimme klang plötzlich vertraut. »Zu Fuß. Sie sind Garcia, nicht wahr?«

Er zeigte auf eine Schreibtischplakette mit seinem Namen in Goldbuchstaben. »David M. Underwood. In diesem Stockwerk gibt es niemanden, der Garcia heißt. Ich kenne keinen Garcia in dieser Firma.«

Gray lächelte, als spielte er mit. Underwood war ängstlich. Oder verärgert.

»Wie geht es Ihrer Tochter?« fragte Gray.

Underwood kam um den Schreibtisch herum, jetzt ziemlich verwirrt. »Welcher?«

Das paßte nicht. Garcia war sehr besorgt gewesen um

seine Tochter, ein Kleinkind, und wenn er mehr als eine gehabt hätte, dann hätte er es bestimmt erwähnt.

»Der jüngsten. Und Ihrer Frau?«

Underwood war jetzt auf Schlagnähe herangekommen und schob sich noch näher heran. Offensichtlich war er ein Mann, der vor körperlichem Kontakt keine Angst hatte.

»Ich habe keine Frau. Ich bin geschieden.« Er hob die linke Faust, und einen kurzen Moment lang dachte Gray, er wollte zuschlagen. Dann sah er die vier ringlosen Finger. Keine Frau. Kein Ring. Garcia betete seine Frau an, und er würde einen Ring tragen. Es war Zeit zum Gehen.

»Was wollen Sie?« fragte Underwood.

»Ich dachte, Garcia säße in diesem Stockwerk«, sagte er, sich zurückziehend.

»Ist Ihr Freund Garcia Anwalt?«

»Ja.«

Underwood entspannte sich ein wenig. »Nicht in dieser Firma. Wir haben einen Perez und einen Hernandez und vielleicht noch einen weiteren. Aber einen Garcia kenne ich nicht.«

»Nun ja, es ist eine große Firma«, sagte Gray, jetzt an der Tür.

Underwood folgte ihm. »Hören Sie, Mr. Grantham, wir sind es nicht gewohnt, daß Reporter hier auftauchen. Ich werde den Sicherheitsdienst anrufen, vielleicht kann er Ihnen weiterhelfen.«

»Das ist nicht nötig. Vielen Dank.« Grantham war auf dem Korridor und verschwunden. Underwood informierte den Sicherheitsdienst.

Im Fahrstuhl verfluchte Grantham sich selbst. Außer ihm war niemand darin, deshalb fluchte er laut. Dann dachte er an Croft und verfluchte ihn, und als der Fahrstuhl hielt und die Tür aufging, stand Croft im Foyer neben den Münzfernsprechern. Ruhig bleiben, befahl er sich.

Sie verließen das Gebäude gemeinsam. »War nichts«, sagte Gray.

»Haben Sie mit ihm gesprochen.«

»Ja. Der falsche Mann.«

»Verdammt. Ich war ganz sicher, daß er es war. Es war der Mann auf den Fotos, oder etwa nicht?«

»Nein. Er sieht ihm nur ziemlich ähnlich. Versuchen Sie es weiter.«

»Ich habe diese Sache ziemlich satt, Grantham. Ich ...«

»Sie werden dafür bezahlt. Machen Sie noch eine Woche weiter, okay? Ich kann mir schwerere Arbeit vorstellen.«

Croft blieb auf dem Gehsteig stehen, und Gray ging weiter. »Noch eine Woche, dann ist endgültig Schluß«, rief Croft hinter ihm her. Grantham schwenkte die Hand.

Er schloß den vorschriftsmäßig geparkten Volvo auf und fuhr zurück zur *Post*. Das war kein kluger Schachzug gewesen. Es war eine ziemliche Dummheit. Ein solcher Fehler hätte ihm nicht unterlaufen dürfen. Er würde den Vorfall bei seinem täglichen Gespräch mit Jackson Feldman und Smith Keen nicht erwähnen.

Feldman wollte ihn sprechen, sagte ein anderer Reporter, und er eilte in sein Büro. Er lächelte die Sekretärin, die im Begriff war, ihn anzufahren, zuckersüß an. Keen und Howard Krauthammer, der Chef vom Dienst, warteten bei Feldman auf ihn. Keen machte die Tür zu und reichte Gray eine Zeitung. »Haben Sie das gesehen?«

Es war die *Times-Picayune*, die Zeitung von New Orleans, und die Story auf der Titelseite berichtete über den Tod von Verheek und Callahan, mit großen Fotos. Er las sie schnell, während sie ihn beobachteten. Es war von ihrer Freundschaft die Rede und ihrem gewaltsamen Tod in nur sechs Tagen Abstand. Und auch Darby Shaw wurde erwähnt, die verschwunden war. Aber keinerlei Hinweis auf das Dossier.

»Allem Anschein nach ist die Katze aus dem Sack«, sagte Feldman.

»Das sind nur die grundlegenden Tatsachen«, sagte Gray. »Die hätten wir schon vor drei Tagen bringen können.«

»Warum haben wir es nicht getan?« fragte Krauthammer.

»Da steckt nichts dahinter. Es sind zwei Tote, der Name der jungen Frau und tausend Fragen, von denen keine beantwortet wird. Sie haben einen Polizisten gefunden, der bereit war zu reden, aber er weiß nichts außer den blutigen Details.«

»Aber sie recherchieren, Gray«, sagte Keen.

»Wollen Sie, daß ich sie daran hindere?«

»Die *Times* hat die Sache aufgegriffen«, sagte Feldman. »Sie werden mehr bringen, morgen oder Sonntag. Wieviel können sie wissen?«

»Weshalb fragen Sie mich das? Möglich, daß sie eine Kopie des Dossiers haben. Möglich, aber äußerst unwahrscheinlich. Aber sie haben nicht mit der Frau gesprochen. Wir haben die Frau. Sie gehört uns.«

»Das hoffen wir«, sagte Krauthammer.

Feldman rieb sich die Augen und starrte die Decke an. »Nehmen wir an, sie haben eine Kopie des Dossiers und wissen, wer es geschrieben hat, und jetzt ist sie verschwunden. Deshalb können sie es im Moment nicht verifizieren, aber sie scheuen nicht davor zurück, das Dossier zu erwähnen, allerdings ohne Nennung von Mattiece. Sagen wir, sie wissen, daß Callahan ihr Professor war, unter anderem, und daß er das Dossier hierhergebracht und seinem guten Freund Verheek gegeben hat. Und nun sind sie tot, und sie ist auf der Flucht. Das ist eine verdammt gute Story, finden Sie nicht, Gray?«

»Es ist eine tolle Story«, sagte Krauthammer.

»Sie ist nicht der Rede wert im Vergleich zu dem, was noch kommt«, sagte Gray. »Ich will nicht, daß sie erscheint, weil sie nur die Spitze des Eisbergs ist. Außerdem wird sich jede Zeitung im Lande darauf stürzen. Wir können keine tausend Reporter brauchen, die sich gegenseitig auf die Füße treten.«

»Ich bin dafür, daß wir sie bringen«, sagte Krauthammer. »Sonst haut die *Times* sie uns um die Ohren.«

»Wir können die Story nicht bringen«, sagte Gray.

»Und weshalb nicht?«

»Weil ich sie nicht schreiben werde, und wenn jemand anders hier sie schreibt, verlieren wir die Frau. So einfach ist das. Sie überlegt sich schon jetzt, ob sie nicht ins nächste Flugzeug steigen und das Land verlassen soll. Ein Fehler von uns, und sie ist verschwunden.«

»Aber sie hat doch schon erzählt, was sie weiß«, sagte Keen.

»Ich habe ihr mein Wort darauf gegeben, daß ich die Story erst dann schreiben werde, wenn wir alles beisammen haben und Mattiece beim Namen nennen können. Es ist ganz einfach.«

»Sie benutzen sie, stimmt's?«

»Sie ist eine Informantin. Aber sie ist nicht hier in der Stadt.«

»Wenn die *Times* das Dossier hat, dann wissen sie auch über Mattiece Bescheid«, sagte Feldman. »Und wenn sie über Mattiece Bescheid wissen, dann recherchieren sie wie die Wilden, um die Story zu verifizieren. Was ist, wenn sie uns zuvorkommen?«

Krauthammer grunzte entrüstet. »Wir sitzen hier herum und lassen uns die größte Story seit zwanzig Jahren entgehen. Ich sage, wir sollten bringen, was wir haben. Es ist nur die Oberfläche, aber schon jetzt eine tolle Sache.«

»Nein«, sagte Gray. »Ich schreibe sie nicht, bis ich alles zusammen habe.«

»Und wie lange wird das dauern?« fragte Feldman.

»Vielleicht eine Woche.«

»Wir haben keine Woche«, sagte Krauthammer.

Gray war verzweifelt. »Ich kann herausfinden, wieviel die *Times* weiß. Geben Sie mir achtundvierzig Stunden.«

»Sie werden morgen oder Sonntag etwas bringen«, sagte Feldman noch einmal.

»Sollen sie doch. Ich gehe jede Wette darauf ein, daß es dieselbe Story sein wird mit vermutlich denselben Fotos. Warten wir's ab und lesen wir ihre kleine Story, dann sehen wir weiter.«

Die Redakteure schauten sich gegenseitig an. Krauthammer war enttäuscht. Keen war beunruhigt. Aber der Boß war Feldman, und er sagte: »Okay. Wenn sie morgen früh etwas bringen, treffen wir uns um zwölf und sehen es uns an.«

»Gut«, sagte Gray rasch und griff nach der Tür.

»Sie sollten sich beeilen, Grantham«, sagte Feldman. »Viel länger können wir nicht darauf sitzenbleiben.«

Grantham war schon verschwunden.

33

Die Limousine rollte geduldig durch den Feierabendverkehr auf dem Beltway. Es war bereits dunkel, und Matthew Barr las mit Hilfe einer Leselampe. Coal trank Perrier und beobachtete den Verkehr. Er kannte das Dossier auswendig und hätte Barr einfach erzählen können, was darin stand, aber er wollte sehen, wie er reagierte.

Barr reagierte nicht, bis er zu dem Foto kam, dann schüttelte er langsam den Kopf. Er legte das Dossier auf den Sitz und dachte einen Moment darüber nach. »Sehr unerfreulich«, sagte er.

Coal grunzte.

»Wie zutreffend ist es?« fragte Barr.

»Das wüßte ich auch gern.«

»Wann haben Sie es zum ersten Mal gesehen?«

»Letzten Freitag. Es kam vom FBI, zusammen mit dem täglichen Bericht.«

»Was hat der Präsident gesagt?«

»Er war nicht gerade selig darüber, aber es gab keinen Grund zur Aufregung. Nur einer von diesen Schüssen ins Blaue, dachten wir. Er redete mit Voyles, und Voyles erklärte sich bereit, die Sache eine Zeitlang auf sich beruhen zu lassen. Jetzt bin ich nicht mehr so sicher.«

»Hat der Präsident Voyles angewiesen, die Finger davon zu lassen?« Barr stellte die Frage langsam.

»Ja.«

»Das kommt einer Behinderung der Rechtsorgane verdammt nahe, vorausgesetzt natürlich, es stimmt, was in diesem Dossier steht.«

»Und was ist, wenn es stimmt?«

»Dann hat der Präsident Probleme. Ich bin einmal wegen Behinderung verurteilt worden, ich weiß also, wovon ich rede. Sie ist groß und breit und so leicht zu beweisen wie ein Postbetrug. Stecken Sie mit drin?«

»Was dachten Sie denn?«

»Dann haben Sie auch Probleme.«

Sie fuhren schweigend weiter und beobachteten den Verkehr. Coal hatte über den Behinderungs-Aspekt nachgedacht, aber er wollte Barrs Ansicht hören. Wegen einer Strafanzeige machte er sich keine Sorgen. Der Präsident hatte eine einzige, kurze Unterredung mit Voyles gehabt, ihn aufgefordert, sich eine Zeitlang mit anderen Dingen zu beschäftigen, und das war es auch schon. Das konnte man kaum als verbrecherische Tat bezeichnen. Aber Coal machte sich beträchtliche Sorgen um die Wiederwahl, und ein Skandal, in den ein großer Geldgeber wie Mattiece verwickelt war, würde sich verheerend auswirken. Das war ein Gedanke, bei dem einem schlecht werden konnte – ein Mann, den der Präsident kannte und von dem er Millionen genommen hatte, zahlte für die Beseitigung von zwei Richtern des Obersten Bundesgerichts, damit sein Kumpan, der Präsident, verständnisvollere Männer berufen und er sein Öl an Land ziehen konnte. Die Demokraten würden auf die Straße gehen und ein Freudengeheul anstimmen. Jeder Unterausschuß des Kongresses würde Anhörungen abhalten. Jede Zeitung würde ein Jahr lang täglich darüber berichten. Das Justizministerium würde gezwungen sein, der Sache nachzugehen. Coal würde gezwungen sein, die Schuld auf sich zu nehmen und zurückzutreten. Verdammt, mit Ausnahme des Präsidenten würde jeder im Weißen Haus seinen Hut nehmen müssen.

Es war ein Alptraum von grauenhaften Ausmaßen.

»Wir müssen herausfinden, ob es stimmt, was in dieser Akte steht«, sagte Coal zum Fenster.

»Wenn Leute sterben, dann stimmt es. Nennen Sie mir einen besseren Grund für den Tod von Callahan und Verheek.«

Es gab keinen anderen Grund, und Coal wußte es. »Ich möchte, daß Sie etwas tun.«

»Die Frau finden.«

»Nein. Sie ist entweder tot oder versteckt sich in irgendeiner Höhle. Ich möchte, daß Sie mit Mattiece reden.«

»Er steht bestimmt im Branchenbuch.«

»Sie können ihn finden. Wir müssen eine Verbindung herstellen, von der der Präsident nichts weiß. Wir müssen als erstes klären, wieviel von alledem stimmt.«

»Und Sie glauben, Mattiece würde mich ins Vertrauen ziehen und mir seine Geheimnisse verraten?«

»Ja. Irgendwann wird er es tun. Sie sind schließlich kein Polizist. Nehmen wir an, es stimmt, und er glaubt, daß er nahe daran ist, bloßgestellt zu werden. Er ist verzweifelt, und er bringt Leute um. Wie wäre es, wenn Sie ihm erzählten, die Presse hätte die Story und das Ende stünde nahe bevor, und wenn er die Absicht hätte, von der Bildfläche zu verschwinden, wäre jetzt der richtige Zeitpunkt? Schließlich kommen Sie aus Washington zu ihm. Als Insider. Vom Präsidenten, das wird er jedenfalls glauben. Er wird sich anhören, was Sie zu sagen haben.«

»Okay. Und was ist, wenn er sagt, es stimmt? Was steckt dann für uns drin?«

»Ich habe ein paar Ideen, alle in der Kategorie Schadensbegrenzung. Als erstes werden wir unverzüglich zwei Naturliebhaber für das Gericht nominieren. Richtig irre, radikale Vogelbeobachter. Das würde beweisen, daß wir im Grunde unseres Herzens gute Umweltschützer sind. Und damit wären Mattiece und seine Ölfelder gestorben. Das könnten wir binnen weniger Stunden tun. Praktisch gleichzeitig wird der Präsident mit Voyles und dem Justizminister reden und eine sofortige und gründliche Untersuchung von Mattiece und seinen Machenschaften verlangen. Wir werden jedem Reporter in der Stadt eine Kopie der Akte zuspielen und dann den Kopf einziehen und den Sturm über uns hinwegbrausen lassen.«

Barr lächelte bewundernd.

Coal fuhr fort. »Es wird nicht angenehm sein, aber immer noch besser, als einfach dazusitzen und zu hoffen, diese Akte wäre ein Fantasieprodukt.«

»Wie wollen Sie das Foto erklären?«

»Das können wir nicht. Es wird eine Weile schmerzen, aber das war vor sieben Jahren, und Leute verlieren den Verstand. Wir werden Mattiece so hinstellen, als wäre er damals ein guter Bürger gewesen, aber jetzt ein Irrer.«

»Er ist ein Irrer.«

»Ja, das ist er. Und im Augenblick ist er ein verletzter Hund, der sich in eine Ecke verkrochen hat. Sie müssen ihn überzeugen, daß er das Handtuch werfen und von der Bildfläche verschwinden muß. Ich glaube, er wird Ihnen zuhören. Und ich glaube auch, daß wir von ihm erfahren werden, ob es stimmt.«

»Und wie soll ich ihn finden?«

»Ich habe einen Mann, der daran arbeitet. Ich setze einige Hebel in Bewegung und stelle einen Kontakt her. Richten Sie sich darauf ein, am Sonntag abzureisen.«

Barr lächelte das Fenster an. Er würde Mattiece gern kennenlernen.

Der Verkehr stockte. Coal trank einen Schluck von seinem Wasser. »Irgend etwas Neues über Grantham?«

»Eigentlich nicht. Wir hören mit und beobachten ihn, aber es tut sich nichts. Er telefoniert mit seiner Mutter und ein paar Frauen, aber nichts Berichtenswertes. Er arbeitet ziemlich viel. Am Mittwoch hat er die Stadt verlassen und ist Donnerstag zurückgekommen.«

»Wo war er?«

»In New York. Arbeitet vermutlich an irgendeiner Story.«

Cleve hätte eigentlich um genau zehn Uhr abends an der Ecke von Rhode Island Avenue und Sechster Straße sein sollen, aber er war nicht da. Gray sollte die Rhode Island

Avenue entlangrasen, bis Cleve ihn stellte, damit jeder, der ihm vielleicht folgte, glauben würde, er wäre nur ein gewöhnlicher Temposünder. Er raste die Rhode Island Avenue entlang und mit achtzig Stundenkilometern durch die Sechste Straße und hielt nach einem Blaulicht Ausschau. Es war keins zu sehen. Er wendete, und eine Viertelstunde später raste er wieder die Rhode Island entlang. Da! Er sah Blaulicht und fuhr an den Bordstein.

Es war nicht Cleve. Es war ein weißer Polizist, der sehr aufgebracht war. Er riß Gray den Führerschein aus der Hand, studierte ihn und fragte, ob er getrunken hätte. Nein, Sir, sagte er. Der Polizist schrieb den Strafzettel und händigte ihn stolz Gray aus, der hinter dem Lenkrad saß und den Zettel anstarrte, bis er Stimmen hörte, die von seiner hinteren Stoßstange kamen. Ein weiterer Polizist war erschienen, und sie diskutierten. Es war Cleve; er forderte den weißen Polizisten auf, den Strafzettel zu vergessen, aber der weiße Polizist erklärte, daß er ihn bereits ausgeschrieben hätte; außerdem wäre dieser Idiot mit neunzig über die Kreuzung gefahren. Er ist ein Freund von mir, sagte Cleve. Dann bringen Sie ihm bei, wie man fährt, bevor er jemanden umbringt, sagte der weiße Polizist, während er in seinen Streifenwagen stieg und dann davonfuhr.

Cleve kicherte, als er durch das Fenster zu Gray hereinschaute. »Tut mir leid, daß das passiert ist«, sagte er lächelnd.

»Das ist einzig und allein Ihre Schuld.«

»Fahren Sie beim nächsten Mal etwas langsamer.«

Gray warf den Strafzettel auf den Boden. »Lassen Sie uns schnell machen. Sarge hat doch gesagt, die Leute im Westflügel redeten über mich. Richtig?«

»Richtig.«

»Okay. Ich muß von Sarge wissen, ob sie auch über andere Reporter reden, vor allem welche von der *New York Times*. Ich muß wissen, ob sie glauben, daß sonst noch jemand hinter der Story her ist.«

»Ist das alles?«

»Ja. Und ich muß es schnell wissen.«

»Fahren Sie in Zukunft langsamer«, sagte Cleve laut und ging zu seinem Wagen.

Darby bezahlte ihr Zimmer für die nächsten sieben Tage, teils, weil sie einen vertrauten Ort haben wollte, an den sie notfalls zurückkehren konnte, teils aber auch, um einige der neuen Kleidungsstücke zurücklassen zu können, die sie gekauft hatte. Es war sündhaft teuer, dieses Davonlaufen und Zurücklassen aller Sachen. Es war nichts Extravagantes, nur bessere Jurastudentenkluft, aber in New York waren diese Dinge noch teurer, und es wäre schön, sie behalten zu können. Sie würde ihretwegen kein Risiko eingehen, aber sie mochte das Zimmer, und sie mochte die Stadt, und sie wollte die Sachen.

Es war Zeit, wieder davonzulaufen, und sie würde mit leichtem Gepäck reisen. Sie hatte eine kleine Segeltuchtasche bei sich, als sie vor dem St. Moritz in ein wartendes Taxi stieg. Es war fast elf Uhr, Freitagabend, und auf dem Central Park South herrschte dichter Verkehr. Auf der anderen Straßenseite wartete eine Reihe von Pferdekutschen auf Kunden für kurze Fahrten durch den Park.

Das Taxi brauchte zehn Minuten, um bis zur Kreuzung von Zweiundsiebzigster Straße und Broadway zu gelangen. Es war die falsche Richtung, aber die ganze Fahrt sollte schwer zu verfolgen sein. Sie ging zehn Meter zu Fuß und verschwand in einer Station der U-Bahn. Sie hatte eine Karte und eine Broschüre studiert und hoffte, daß es einfach sein würde. Die U-Bahn widerstrebte ihr, weil sie noch nie mit ihr gefahren war und so mancherlei Geschichten über sie gehört hatte. Aber dies war die Broadway-Linie, die meistbefahrene Strecke in Manhattan; den Gerüchten zufolge war sie sicher, jedenfalls zeitweise. Und über der Erde sahen die Dinge auch nicht gerade rosig aus. Die U-Bahn konnte kaum schlimmer sein.

Sie wartete an der richtigen Stelle, zusammen mit einer Gruppe von betrunkenen, aber anständig gekleideten Teenagern, und ein paar Minuten später kam der Zug. Er war nicht überfüllt, und sie ließ sich auf einem Sitz in der Nähe der Mitteltüren nieder. Schau auf den Boden und halt deine Tasche fest, befahl sie sich immer wieder. Sie schaute auf den Boden, beobachtete aber durch ihre dunkle Brille die anderen Fahrgäste. Es war ihr Glücksabend. Keine Straßenpunks mit Messern. Keine Bettler. Keine Perversen, jedenfalls keine, denen man es ansah. Aber für einen Neuling war es trotzdem nervenaufreibend.

Die betrunkenen Kids stiegen am Times Square aus, und sie verließ an der nächsten Haltestelle schnell den Zug.

Sie hatte die Penn Station noch nie gesehen, aber jetzt war nicht die Zeit für eine Besichtigung. Vielleicht konnte sie irgendwann wiederkommen und einen Monat hier verbringen und die Stadt bewundern, ohne ständig Ausschau halten zu müssen nach Stummel und dem dünnen Mann und irgendwelchen anderen Leuten, die hinter ihr her waren. Aber nicht jetzt.

Sie hatte fünf Minuten und fand ihren Zug, als gerade zum Einsteigen aufgefordert wurde. Diesmal setzte sie sich in den hinteren Teil des Wagens und beobachtete alle Mitreisenden.

Sie fand keine bekannten Gesichter. Bestimmt, bitte, bestimmt hatten sie sich auf dieser Zickzack-Flucht nicht an sie gehängt. Ihr Fehler war wieder die Kreditkarte gewesen. Sie hatte in O'Hare vier Tickets mit American Express gekauft, und irgendwie wußten sie, daß sie in New York war.

Sie war sicher, daß Stummel sie nicht gesehen hatte, aber er war in der Stadt, und natürlich hatte er Freunde. Es konnten zwanzig von ihnen sein. Aber sicher wußte sie überhaupt nichts.

Der Zug fuhr mit sechs Minuten Verspätung ab. Er war halb leer. Sie holte ein Paperback aus ihrer Tasche und tat, als läse sie.

Eine Viertelstunde später hielt der Zug in Newark, und sie stieg aus. Sie hatte Glück. Vor dem Bahnhof standen Taxis, und zehn Minuten später war sie am Flughafen.

34

Es war Samstagmorgen, die Queen war in Florida und holte Geld von den Reichen, und draußen war es klar und kühl. Er hatte lange schlafen und dann, wenn er aufgewacht war, Golf spielen wollen. Aber es war sieben Uhr, und er saß in Anzug und Krawatte an seinem Schreibtisch und hörte sich Fletcher Coals Vorschläge an, was sie in dieser oder jener Sache unternehmen sollten. Richard Horton, der Justizminister, hatte mit Coal gesprochen, und jetzt war Coal nervös.

Jemand öffnete die Tür, und Horton kam allein herein. Sie gaben sich die Hand, und Horton ließ sich auf der anderen Seite des Schreibtisches nieder. Coal stand dicht neben ihm, und das irritierte den Präsidenten erheblich.

Horton war schwerfällig, aber aufrichtig. Er war weder dumm noch langsam, er überlegte sich nur alles sehr genau, bevor er handelte. Er dachte über jedes Wort nach, bevor er es aussprach. Dem Präsidenten gegenüber war er loyal, und auf sein gesundes Urteilsvermögen konnte man sich verlassen.

»Wir erwägen ernsthaft die formelle Untersuchung der Morde an Rosenberg und Jensen vor einem Schwurgericht«, verkündete er gewichtig. »In Anbetracht dessen, was in New Orleans passiert ist, meinen wir, daß dies unverzüglich geschehen sollte.«

»Das FBI führt eine Untersuchung«, sagte der Präsident. »Sie haben dreihundert Agenten auf den Fall angesetzt. Weshalb sollten wir da auch noch mitmischen?«

»Gehen sie auch dem Pelikan-Dossier nach?« fragte Horton. Er kannte die Antwort. Er wußte, daß Voyles in diesem Moment mit Hunderten von Agenten in New Orleans war. Er wußte, daß sie mit Hunderten von Leuten geredet und Unmengen von nutzlosem Beweismaterial gesammelt hatten. Er wußte, daß der Präsident Voyles aufgefordert hatte, die Finger von der Sache zu lassen, und er wußte, daß Voyles dem Präsidenten nicht alles erzählte. Horton hatte dem Präsidenten gegenüber das Pelikan-Dossier nie erwähnt, und die Tatsache, daß sogar er über dieses verdammte Ding Bescheid wußte, war ausgesprochen ärgerlich. Wieviel Leute wußten noch darüber Bescheid? Vermutlich Tausende.

»Sie gehen allen Hinweisen nach«, sagte Coal. »Sie haben uns vor fast zwei Wochen eine Kopie davon übergeben, also gehen wir davon aus, daß sie es tun.«

Das war genau das, was Horton von Coal erwartet hatte. »Ich bin der Meinung, daß die Administration der Sache unbedingt sofort nachgehen sollte.«

»Weshalb?« fragte der Präsident.

»Was ist, wenn das Dossier in die Schußlinie gerät? Wenn wir nichts unternehmen und die Wahrheit irgendwann ans Licht kommt, ist der Schaden nicht wieder gutzumachen.«

»Glauben Sie wirklich, daß etwas Wahres daran ist?« fragte der Präsident.

»Daran dürfte kaum ein Zweifel bestehen. Die ersten beiden Männer, die es gesehen haben, sind tot, und die Person, die es geschrieben hat, ist untergetaucht. Es ist völlig logisch, wenn jemand nicht davor zurückscheut, Richter des Obersten Bundesgerichts umbringen zu lassen. Es gibt keine anderen zwingend Verdächtigen. Nach allem, was ich höre, kommt das FBI nicht weiter. Ja, wir müssen der Sache nachgehen.«

Bei Hortons Untersuchungen würde mehr heraussikkern als aus den Rohren im Keller des Weißen Hauses, und Coal schauderte bei dem Gedanken, daß dieser Clown Geschworene auswählte und Zeugen aufrief. Horton war ein ehrenwerter Mann, aber im Justizministerium wimmelte es von Anwälten, die zuviel redeten.

»Halten Sie das nicht für etwas verfrüht?« fragte Coal.

»Nein, das tue ich nicht.«

»Haben Sie heute morgen die Zeitungen gelesen?«

Horton hatte einen Blick auf die Titelseite der *Post* geworfen und den Sportteil gelesen. Schließlich war heute Samstag. Er wußte, daß Coal vor Tagesanbruch acht Zeitungen las, also gefiel ihm die Frage nicht.

»Ich habe eine oder zwei davon gelesen«, sagte er.

»Ich habe auch ein paar gelesen«, sagte Coal bescheiden. »Und es steht nirgends auch nur ein Wort über die beiden toten Anwälte oder die Frau oder Mattiece – nichts, was mit der Akte zu tun hat. Wenn Sie zu diesem Zeitpunkt eine formelle Untersuchung einleiten, dann liefert das den Zeitungen einen Monat lang Stoff für die Titelseite.«

»Glauben Sie, daß sich die Sache einfach von selbst erledigen wird?« fragte Horton Coal.

»Durchaus möglich. Aus naheliegenden Gründen hoffen wir es.«

»Ich glaube, Sie sind zu optimistisch, Mr. Coal. Es ist nicht unsere Art, still dazusitzen und darauf zu warten, daß die Presse uns die Untersuchungen abnimmt.«

Coal grinste und hätte beinahe laut herausgelacht. Er lächelte den Präsidenten an, der ihm einen schnellen Blick zuwarf, und Hortons Gesicht begann sich zu röten.

»Was spricht dagegen, eine Woche abzuwarten?« fragte der Präsident.

»Nichts«, erwiderte Coal sofort.

So schnell war die Entscheidung getroffen worden, eine Woche abzuwarten, und Horton wußte es. »In einer Woche könnte alles aufgeflogen sein«, sagte er wenig überzeugt.

»Warten Sie eine Woche«, befahl der Präsident. »Wir kommen nächsten Freitag wieder zusammen, und dann sehen wir weiter. Ich sage nicht nein, Richard. Sie sollen nur sieben Tage warten.«

Horton zuckte die Achseln. Das war mehr, als er erwartet hatte. Er hatte sich Rückendeckung verschafft. Er würde schnurstracks in sein Büro zurückkehren und ein ausführliches Memo diktieren, das sämtliche Einzelheiten dieses Gesprächs festhielt, an die er sich erinnern konnte, und sein Hals würde geschützt sein.

Coal trat vor und übergab ihm ein Blatt Papier.

»Was ist das?«

»Neue Namen. Sind sie Ihnen bekannt?«

Es war die Umweltschützer-Liste: vier Richter, die viel zu liberal waren, um bequem zu sein; aber Plan B forderte radikale Umweltschützer im Obersten Bundesgericht.

Horton blinzelte mehrmals und studierte sie eingehend. »Das kann doch nicht Ihr Ernst sein.«

»Überprüfen Sie sie«, sagte der Präsident.

»Das sind doch unmögliche Liberale«, murmelte Horton.

»Ja, aber sie beten die Sonne an und den Mond, die Bäume und die Vögel«, erklärte Coal hilfsbereit.

Horton begriff und lächelte plötzlich. »Ich verstehe. Pelikan-Freunde.«

»Sie sind fast ausgestorben, wie Sie vermutlich wissen«, sagte der Präsident.

Coal ging zur Tür. »Ich wollte, sie wären schon vor zehn Jahren ausgerottet worden.«

Um neun, als Gray in der Redaktion ankam, hatte sie noch nicht angerufen. Er hatte die *Times* gelesen, und es stand nichts darin. Er breitete die Zeitung aus New Orleans über dem Durcheinander auf seinem Schreibtisch aus und überflog sie. Nichts. Sie hatten alles gebracht, was sie wußten. Callahan, Verheek, Darby und tausend unbeantwortete Fragen. Er mußte davon ausgehen, daß die *Times* und vielleicht auch die *Times-Picayune* in New Orleans das Dossier gelesen oder davon gehört hatten und über Mattiece Bescheid wußten. Und er mußte auch davon ausgehen, daß sie sich wie die Katzen in die Sache verkrallt hatten, um sie zu verifizieren. Aber er hatte Darby, und sie würden Garcia finden, und wenn Mattiece überführt werden konnte, dann würden sie es tun.

Im Augenblick gab es keinen Alternativplan. Wenn Garcia verschwunden war oder die Mithilfe verweigerte, würden sie gezwungen sein, die finstere, undurchsichtige Welt von Victor Mattiece zu erkunden. Das würde Darby nicht lange durchhalten, und er konnte ihr keinen Vorwurf daraus machen. Er wußte nicht einmal, wie lange er selbst durchhalten würde.

Smith Keen erschien mit einer Tasse Kaffee und setzte sich auf Grays Schreibtisch. »Wenn die *Times* es hätte, würde sie es bis morgen zurückhalten?«

Gray schüttelte den Kopf. »Nein. Wenn sie mehr hätte als die *Times-Picayune,* dann hätte sie es heute gebracht.«

»Krauthammer will, daß wir bringen, was wir haben. Er meint, wir könnten Mattiece beim Namen nennen.«

»Ich verstehe nicht.«

»Er bekniet Feldman. Seine Ansicht ist, daß wir die Story bringen können, wie Callahan und Verheek wegen diesem Dossier umgebracht wurden, in dem zufällig Mattiece genannt wird, der zufällig ein Freund des Präsidenten ist, ohne Mattiece direkt zu beschuldigen. Er sagt, wir könnten überaus vorsichtig sein und es so einrichten, daß in der Story steht, daß Mattiece zwar in dem Dossier genannt wird, aber nicht von uns. Und da das Dossier all diese Todesfälle herbeigeführt hat, ist es bis zu einem gewissen Grade verifiziert.«

»Er will, daß wir uns hinter dem Dossier verstecken.«

»Genau das.«

»Aber das ist doch alles nur Spekulation, solange es unbestätigt ist. Krauthammer hat wohl nicht alle Tassen im Schrank. Nehmen sie einmal eine Sekunde lang an, daß Mr. Mattiece nicht das geringste mit der Sache zu tun hat. Völlig unschuldig. Wir bringen die Story mit seinem Namen, und was dann? Wir stehen da wie die Blödmänner und werden für die nächsten zehn Jahre verklagt. Ich denke nicht daran, die Story zu schreiben.«

»Er will, daß jemand anders sie schreibt.«

»Wenn diese Zeitung eine Pelikan-Story bringt, die nicht von mir geschrieben ist, dann ist die Frau weg. Ich dachte, das hätte ich gestern klargemacht.«

»Das haben Sie. Und Feldman hat es gehört. Er steht auf Ihrer Seite, Gray, und ich auch. Aber wenn diese Sache stimmt, dann wird sie im Laufe der nächsten Tage publik. Wir alle glauben das. Sie wissen, wie sehr Krauthammer die *Times* haßt, und er hat Angst, daß diese Bastarde die Story bringen.«

»Sie können sie nicht bringen, Smith. Vielleicht haben sie ein paar Fakten mehr als die *Times-Picayune,* aber sie können Mattiece nicht nennen. Wir werden die Geschichte früher verifizieren als irgend jemand sonst. Und wenn alles hieb- und stichfest ist, dann schreibe ich die Story und nenne sämtliche Namen, zusammen mit diesem Foto von Mattiece und seinem Freund im Weißen Haus, und dann ist die Bescherung vollkommen.«

»Wir. Sie haben es wieder gesagt. Sie haben gesagt, ›Wir werden sie verifizieren.‹«

»Meine Informantin und ich, okay.« Gray öffnete eine Schublade und fand das Foto von Darby mit der Diät-Cola. Er gab es Keen, der es bewunderte.

»Wo ist sie?« fragte er.

»Ich weiß es nicht genau. Ich vermute, sie ist auf dem Weg von New York hierher.«

»Passen Sie auf, daß sie nicht umgebracht wird.«

»Wir werden sehr vorsichtig sein.« Gray warf einen Blick über beide Schultern. »Ich glaube sogar, daß ich beschattet werde. Ich möchte, daß Sie das wissen.«

»Wie kommen Sie darauf?«

»Ich habe es von einem Informanten im Weißen Haus. Ich benutze meine Telefone nicht.«

»Das sollte ich Feldman sagen.«

»Von mir aus. Ich glaube nicht, daß es gefährlich ist, jedenfalls noch nicht.«

»Er muß es wissen.« Keen sprang auf und verschwand.

Minuten später rief sie an. »Ich bin hier«, sagte sie. »Ich weiß nicht, wie viele böse Buben ich mitgebracht habe, aber ich bin hier und am Leben, jedenfalls im Moment.«

»Wo sind Sie?«

»Im Tabard Inn an der N Street. Gestern habe ich auf der Sixth Avenue einen alten Freund gesehen. Erinnern Sie sich an Stummel, der auf der Bourbon Street böse verletzt wurde? Habe ich Ihnen die Geschichte erzählt?«

»Ja.«

»Nun, er kann wieder laufen. Ein leichtes Hinken, aber er ist gestern in Manhattan herumgewandert. Ich glaube nicht, daß er mich gesehen hat.«

»Ist das Ihr Ernst? Das ist beängstigend, Darby.«

»Es ist mehr als beängstigend. Ich habe sechs Spuren hinterlassen, als ich gestern abend abreiste, aber wenn ich sehe, wie er hier in dieser Stadt irgendeine Straße entlanghinkt, dann gebe ich auf. Ich gehe auf ihn zu und lasse ihn tun, was er will.«

»Ich weiß nicht, was ich sagen soll.«

»Sagen Sie so wenig wie möglich. Diese Leute haben Radar. Ich werde drei Tage lang den Privatdetektiv spielen, dann verschwinde ich. Wenn ich am Mittwochmorgen noch lebe, dann sitze ich in einem Flugzeug nach Aruba oder Trinidad oder irgendeinem anderen Ort mit einem Strand. Wenn ich sterbe, will ich an einem Strand sein.«

»Wann sehen wir uns?«

»Ich denke darüber nach. Ich möchte, daß Sie zweierlei tun.«

»Ich höre.«

»Wo parken Sie Ihren Wagen?«

»In der Nähe meiner Wohnung.«

»Lassen Sie ihn da und mieten Sie sich einen anderen. Nichts auffälliges, einen schlichten Ford oder so etwas. Verhalten Sie sich so, als ob jemand Sie durch ein Zielfernrohr beobachtet. Fahren Sie ins Marbury Hotel in Georgetown und nehmen Sie sich dort ein Zimmer für drei Nächte. Sie akzeptieren Bargeld – ich habe mich bereits vergewissert. Tun Sie es unter einem anderen Namen.«

Grantham machte sich Notizen und schüttelte den Kopf.

»Können Sie sich nach Anbruch der Dunkelheit aus Ihrer Wohnung schleichen?« fragte sie.

»Ich denke schon.«

»Dann tun Sie es und fahren Sie mit einem Taxi zum Marbury. Veranlassen Sie, daß Ihnen der Mietwagen dorthin gebracht wird. Nehmen Sie zwei Taxis zum Tabard Inn und betreten Sie heute abend genau um neun Uhr das Restaurant.«

»Okay. Sonst noch etwas?«

»Bringen Sie ein paar Sachen mit. Richten Sie sich darauf ein, Ihrer Wohnung mindestens drei Tage fernzubleiben. Und auch der Redaktion.«

»Nun hören Sie mal, Darby. Ich glaube, die Redaktion ist sicher.«

»Ich bin nicht in der rechten Stimmung zum Diskutieren. Wenn Sie Schwierigkeiten machen, Gray, verschwinde ich einfach. Ich bin überzeugt, daß ich um so länger leben werde, je schneller ich aus dem Land herauskomme.«

»Ja, Madam.«

»So ist's brav.«

»Ich nehme an, in Ihrem Kopf steckt ein grandioser Plan.«

»Vielleicht. Wir werden beim Essen darüber sprechen.«

»Ist das eine Art Verabredung?«

»Wir wollen einen Bissen essen und es Geschäft nennen.«

»Ja, Madam.«

»Ich mache jetzt Schluß. Seien Sie vorsichtig, Gray. Sie beobachten uns.« Sie hatte aufgelegt.

Sie saß an Tisch siebenunddreißig, in einer dunklen Ecke des kleinen Restaurants, als er genau um neun Uhr eintrat. Das erste, was ihm auffiel, war das Kleid, und als er auf den Tisch zuging, wußte er, daß die Beine daruntersteckten, aber er konnte sie nicht sehen. Vielleicht später, wenn sie aufstand. Er trug Anzug und Krawatte, und sie waren ein gutaussehendes Paar.

Er setzte sich in der Dunkelheit dicht neben sie, damit sie die anderen Gäste im Auge behalten konnten. Das Lokal wirkte so altertümlich, daß schon Thomas Jefferson hier gesessen haben konnte. Eine lärmende Gruppe von Deutschen lachte und redete auf der Terrasse außerhalb des Restaurants. Die Fenster standen offen, die Luft war kühl, und für einen kurzen Moment war es leicht, zu vergessen, weshalb sie sich versteckten.

»Woher haben Sie das Kleid?«

»Gefällt es Ihnen?«

»Es ist sehr hübsch.«

»Ich war heute nachmittag ein bißchen einkaufen. Wie die meisten meiner Anschaffungen in letzter Zeit ist es entbehrlich. Vermutlich werde ich es in meinem Zimmer zurücklassen, wenn ich das nächste Mal um mein Leben renne.«

Der Kellner erschien mit den Speisekarten. Sie bestellten Drinks. Das Restaurant war ruhig und harmlos.

»Wie sind Sie hergekommen?«

»Rund um die Welt.«

»Ich würde es gern wissen.«

»Ich nahm einen Zug nach Newark, ein Flugzeug nach Boston, ein Flugzeug nach Detroit und ein Flugzeug nach Dulles. Ich war die ganze Nacht unterwegs, und zweimal wußte ich nicht mehr, wo ich war.«

»Wie hätten sie Ihnen da folgen können?«

»Sie konnten es nicht. Ich habe mit Bargeld bezahlt, und das wird allmählich knapp.«

»Wieviel brauchen Sie?«

»Ich würde gern etwas von meiner Bank in New Orleans überweisen lassen.«

»Das können wir am Montag veranlassen. Ich glaube, hier sind Sie sicher, Darby.«

»Das habe ich früher auch schon gedacht. Ich fühlte mich sehr sicher, als ich mit Verheek auf das Schiff ging, nur daß es nicht Verheek war. Und ich fühlte mich auch in New York sehr sicher. Und dann hinkte Stummel auf dem Gehsteig vorbei, und seither habe ich nichts mehr gegessen.«

»Sie sehen dünn aus.«

»Danke, falls das ein Kompliment sein soll. Haben Sie schon einmal hier gegessen?« Sie las ihre Speisekarte.

Er betrachtete seine. »Nein, aber das Essen soll sehr gut sein. Sie haben Ihr Haar wieder verändert.« Es war jetzt hellbraun, und er entdeckte eine Spur von Mascara und Rouge. Und Lippenstift.

Die Drinks wurden gebracht, und sie bestellten.

»Wir rechnen damit, daß die *Times* morgen früh etwas bringt.« Die Zeitung von New Orleans wollte er nicht erwähnen, weil sie Fotos von Callahan und Verheek gebracht hatte. Er vermutete, daß sie sie gesehen hatte.

Das schien sie nicht zu interessieren. »Und was?« fragte sie und sah sich dabei um.

»Das wissen wir nicht. Wir hassen es, wenn die *Times* uns zuvorkommt. Es ist eine alte Rivalität.«

»Das interessiert mich nicht. Ich verstehe nichts vom Journalismus, und ich will auch nichts darüber lernen. Ich bin hier, weil ich eine – und nur eine – Idee habe, wie wir Garcia finden können. Wenn sie nicht funktioniert, und zwar schnell, dann bin ich weg.«

»Verzeihen Sie mir. Worüber würden Sie gern reden?«

»Europa. Welches ist Ihr Lieblingsland in Europa?«

»Ich hasse Europa, und ich hasse die Europäer. Ich reise gelegentlich nach Kanada und Australien und Neuseeland. Weshalb mögen Sie Europa?«

»Mein Großvater ist aus Schottland eingewandert, und ich habe dort noch eine Menge Verwandte. Ich habe sie zweimal besucht.«

Gray drückte die Limone über seinem Gin und Tonic aus. Eine Gruppe von sechs Leuten kam von der Bar herein, und sie musterte sie eingehend. Während sie sprach, ließ sie den Blick schnell durch den Raum schweifen.

»Ich glaube, Sie brauchen ein paar Drinks, damit Sie sich entspannen können«, sagte Gray.

Sie nickte, sagte aber nichts. Die sechs setzten sich an einen Tisch in der Nähe und begannen, sich auf französisch zu unterhalten. Es klang angenehm.

»Haben Sie je Cajun-Französisch gehört?« fragte sie.

»Nein.«

»Es ist ein Dialekt, der rasch verschwindet, genau wie die Feuchtgebiete. Man sagt, Franzosen könnten ihn nicht verstehen.«

»Das ist nicht mehr als recht und billig, denn ich bin sicher, daß die Cajuns die Franzosen nicht verstehen.«

Sie trank einen großen Schluck Weißwein. »Habe ich Ihnen von Chad Brunet erzählt?«

»Ich glaube nicht.«

»Er war ein armer Cajun-Junge aus Eunice. Seine Familie lebte vom Fallenstellen und Fischen in den Marschen. Er war ein überaus intelligenter Junge; er besuchte mit einem Vollstipendium die Louisiana State University und studierte dann an der Juristischen Fakultät von Stanford, wo er mit dem höchsten Notendurchschnitt in der Geschichte der Fakultät abschloß. Als er in Kalifornien bei Gericht zugelassen wurde, war er einundzwanzig. Er hätte für jede Anwaltskanzlei im Lande arbeiten können, aber er nahm eine Stellung bei einer Firma in San Francisco an, die sich auf Umweltschutz spezialisiert hatte. Er war brillant, ein wahres juristisches Genie, das schwer arbeitete und bald große Prozesse gegen Öl- und Chemiekonzerne gewann. Im Alter von achtundzwanzig Jahren war er ein überaus versierter Prozeßanwalt, der von großen Ölfirmen und anderen Umweltverschmutzern gefürchtet wurde.« Sie trank noch einen Schluck Wein. »Er verdiente eine Menge Geld und gründete eine Gruppe zum Schutz der Feuchtgebiete von Louisiana. Er wollte in den Pelikan-Fall einsteigen, wie er genannt wurde, hatte aber zu viele andere Verpflichtungen. Er gab Green Fund eine Menge Geld zum Bestreiten der Prozeßkosten. Kurz vor Beginn der Verhandlung in Lafayette verkündete er, daß er nach Hause kommen würde, um den Green Fund-Anwälten zur Seite zu stehen. In der Zeitung von New Orleans standen mehrere Artikel über ihn.«

»Was ist mit ihm passiert?«

»Er beging Selbstmord.«

»Was?«

»Eine Woche vor Beginn der Verhandlung fand man ihn in einem Wagen mit laufendem Motor. Ein Gartenschlauch führte vom Auspuff zum Fahrersitz. Ein simpler Selbstmord durch Kohlenmonoxid-Vergiftung.«

»Wo stand der Wagen?«

»In einer bewaldeten Gegend am Bayou Lafourche in der Nähe der Stadt Calliano. Er kannte die Gegend gut. Im Kofferraum lagen Campingsachen und Angelzeug. Kein Abschiedsbrief. Die Polizei stellte eine Untersuchung an, fand aber nichts Verdächtiges. Der Fall wurde abgeschlossen.«

»Das ist doch unglaublich.«

»Er hatte früher einige Probleme mit Alkohol gehabt und war bei einem Psychiater in San Francisco in Behandlung gewesen. Aber der Selbstmord war eine Überraschung.«

»Glauben Sie, daß er ermordet wurde?«

»Das glauben viele Leute. Sein Tod war ein schwerer Schlag für Green Fund. Sein leidenschaftliches Eintreten für die Feuchtgebiete hätte im Gerichtssaal großen Eindruck gemacht.«

Gray leerte sein Glas und ließ die Eiswürfel klirren. Sie rückte näher an ihn heran. Der Kellner erschien mit dem Essen.

35

Um sechs Uhr am Sonntagmorgen war das Foyer des Marbury Hotels leer. Gray fand ein Exemplar der *Times*. Die Zeitung war fünfzehn Zentimeter dick und wog sechs Kilo, und er fragte sich, wieviel dicker sie sie noch machen wollten. Er eilte zurück in sein Zimmer im achten Stock, breitete sie auf dem Bett aus, beugte sich darüber und überflog sie hastig. Auf der Titelseite stand nichts, und das war das Entscheidende. Wenn sie die große Story hätten, dann würde sie natürlich dort stehen. Er befürchtete große Fotos von Rosenberg Jensen, Callahan, Verheek, vielleicht auch Darby und Khamel; und wer weiß, vielleicht hatten sie sogar ein hübsches Foto von Mattiece. Sie alle würden auf der Titelseite aufgereiht sein wie eine Besetzungsliste, und die *Times* wäre ihnen wieder einmal zuvorgekommen. Davon hatte er geträumt, während er schlief, was er nicht lange getan hatte.

Aber da war nichts. Und je weniger er fand, desto schneller überflog er die Zeitung bis zum Sportteil und den Anzeigen, dann hörte er auf und griff zum Telefon. Er rief Smith Keen an, der bereits wach war. »Haben Sie es gesehen?« fragte er.

»Ist es nicht wundervoll?« sagte Keen. »Ich frage mich, wie das kommt.«

»Sie haben es nicht, Smith. Sie recherchieren wie die Besessenen, aber noch haben sie es nicht. Mit wem hat Feldman gesprochen?«

»Das verrät er nie. Aber angeblich hatte er es aus verläßlicher Quelle.«

Keen war geschieden und lebte allein in einer Wohnung nicht weit vom Marbury entfernt.

»Sind Sie beschäftigt?« fragte Gray.

»Eigentlich nicht. Es ist Sonntagmorgen kurz vor halb sieben.«

»Wir müssen miteinander reden. Wir treffen uns in einer Viertelstunde vor dem Marbury Hotel.«

»Dem Marbury?«

»Ja. Es ist eine lange Geschichte. Ich werde Ihnen alles erklären.«

»Ah, die Frau. Sie Glückspilz.«

»Wenn es nur so wäre. Sie wohnt in einem anderen Hotel.«

»Hier in Washington?«

»Ja. – In einer Viertelstunde.«

»Ich werde da sein.«

Gray trank nervös Kaffee aus einem Pappbecher und wartete im Foyer. Sie hatte ihn verunsichert, und er rechnete fast damit, daß vor der Tür Gangster mit Maschinenpistolen lauerten. Das ärgerte ihn. Er sah, wie sich Keens Toyota auf der M Street näherte, und ging rasch darauf zu.

»Wohin möchten Sie fahren?« fragte Keen, als er den Wagen vom Bordstein fortlenkte.

»Ich weiß nicht. Es ist ein herrlicher Tag. Wie wäre es mit Virginia?«

»Wie Sie wünschen. Hat man Sie aus Ihrer Wohnung hinausgeworfen?«

»Nicht direkt. Ich befolge die Anweisungen der Frau. Sie denkt wie ein Feldmarschall, und ich bin hier, weil sie es so wollte. Ich muß bis Dienstag hier bleiben oder so lange, bis sie nervös wird und mich woanders hinbeordert. Ich habe Zimmer achthundertachtunddreißig, falls Sie mich brauchen sollten, aber sagen Sie es sonst niemandem.«

»Ich vermute, Sie wollen, daß die *Post* das Zimmer bezahlt«, sagte Keen mit einem Lächeln.

»Im Augenblick denke ich überhaupt nicht an Geld. Die Leute, die in New Orleans versucht haben, sie umzubringen, sind am Freitag in New York aufgetaucht. Das glaubt sie jedenfalls. Sie sind unwahrscheinlich gut im Verfolgen, und sie ergreift alle nur erdenklichen Vorsichtsmaßnahmen.«

»Nun, wenn Sie von jemandem verfolgt werden und sie von jemandem verfolgt wird, dann weiß sie vielleicht, was sie tut.«

»Sie weiß ganz genau, was sie tut, Smith. Sie ist so gut, daß es beinahe beängstigend ist, und Mittwochmorgen reist sie endgültig ab. Wir haben also zwei Tage, um Garcia zu finden.«

»Was ist, wenn Garcia überschätzt wird? Was ist, wenn Sie ihn finden und er nicht reden will oder nichts weiß? Haben Sie darüber schon einmal nachgedacht?«

»Ich habe deswegen Alpträume gehabt. Ich bin überzeugt daß er irgendeine große Sache weiß. Da ist ein Dokument oder ein Stück Papier, irgend etwas Greifbares, und er hat es. Er hat ein- oder zweimal darauf angespielt, und als ich in ihn drang, wollte er es nicht zugeben. Aber an dem Tag, an dem wir uns eigentlich treffen wollten, hatte er vor, es mir zu zeigen. Davon bin ich überzeugt. Er hat etwas, Smith.«

»Und was ist, wenn er es Ihnen nicht zeigen will?«

»Dann breche ich ihm das Genick.«

Sie überquerten den Potomac und fuhren am Friedhof Arlington entlang. Keen zündete seine Pfeife an und machte ein Fenster einen Spaltbreit auf. »Was ist, wenn Sie Garcia nicht finden können?«

»Plan B. Sie reist ab, und der Handel ist erledigt. Ich habe die Erlaubnis, alles mit dem Dossier zu tun, was ich will, nur ihren Namen darf ich nicht nennen. Die Arme ist überzeugt, daß sie auf jeden Fall sterben wird, ob wir die Story haben oder nicht, aber sie möchte so viel Schutz wie möglich. Ich kann ihren Namen nie nennen, nicht einmal als Verfasserin des Dossiers.«

»Spricht sie viel über das Dossier?«

»Nicht über das eigentliche Schreiben. Es war eine verrückte Idee, sie ging ihr nach und hatte sie schon fast wieder verworfen, als die Bomben anfingen hochzugehen. Sie bedauert, das verdammte Ding geschrieben zu haben. Sie und Callahan haben sich wirklich geliebt, und auf ihr lastet eine Menge Kummer und Schuldgefühl.«

»Und wie sieht Plan B aus?«

»Wir stürzen uns auf die Anwälte. Mattiece ist zu verschlagen und schlüpfrig, als daß wir ohne Vorladungen und Haftbefehle und derartige Dinge, die uns nicht zur Verfügung stehen, an ihn herankommen könnten. Aber wir kennen seine Anwälte. Er wird von zwei großen Firmen hier in der Stadt vertreten, und auf die konzentrieren wir uns. Ein Anwalt oder eine Gruppe von Anwälten haben das Oberste Bundesgericht sorgfältig analysiert und die Namen von Rosenberg und Jensen vorgeschlagen. Mattiece selbst hätte nicht gewußt, wen er umbringen lassen sollte. Also haben seine Anwälte es ihm gesagt. Es muß eine Verschwörung gewesen sein.«

»Aber Sie können sie nicht zum Reden zwingen.«

»Nicht über einen Mandanten. Aber wenn die Anwälte schuldig sind, dann werden wir irgend etwas herausbekommen. Wir brauchen ein Dutzend Reporter, die eine Million Leute anrufen, Anwälte, Anwaltsgehilfen, Sekretärinnen, Bürokräfte. Wir stürzen uns auf diese Bastarde.«

Keen paffte an seiner Pfeife und schien unbeeindruckt. »Welche Firmen sind das?«

»White and Blazevich und Brim, Stearns and Kidlow. Lassen Sie nachsehen, was wir über sie in unserem Archiv haben.«

»Von White and Blazevich habe ich schon gehört. Es ist ein großer, republikanischer Laden.«

Gray nickte und trank den Rest seines Kaffees.

»Was ist, wenn es eine andere Firma war?« fragte Keen. »Was ist, wenn die Firma nicht in Washington sitzt? Was ist, wenn die Verschwörer dichthalten? Was ist, wenn da nur ein juristischer Kopf am Werk war, der einem obskuren Anwaltsgehilfen in Shreveport gehört? Was ist, wenn einer der Hausanwälte von Mattiece den Plan ausgeheckt hat?«

»Manchmal können Sie mich zur Verzweiflung treiben. Wissen Sie das?«

»Das sind stichhaltige Fragen. Also was ist, wenn?«

»Dann gehen wir zu Plan C über.«

»Und wie sieht der aus?«

»Das weiß ich nicht. So weit ist sie noch nicht gekommen.«

Sie hatte ihn angewiesen, sich von den Straßen fernzuhalten und in seinem Zimmer zu essen. Er hatte ein Sandwich und Pommes frites in einer Tüte und ging brav auf sein Zimmer im achten Stock des Marbury. Ein asiatisches Zimmermädchen kam ihm mit einem Servierwagen in der Nähe seines Zimmers entgegen. Er blieb vor seiner Tür stehen und holte den Schlüssel aus der Tasche.

»Sie etwas vergessen haben, Sir?« fragte das Mädchen.

Gray sah sie an. »Wie bitte?«

»Sie etwas vergessen haben?«

»Nein. Wieso?«

Das Mädchen kam einen Schritt näher. »Sie gerade gegangen, Sir, und jetzt schon wieder da.«

»Ich bin vor vier Stunden gegangen.«

Das Mädchen schüttelte den Kopf und kam noch einen Schritt näher, um ihn genauer zu betrachten. »Nein, Sir. Ein Mann kommt aus Ihrem Zimmer vor zehn Minuten.« Sie zögerte und musterte eingehend sein Gesicht. »Aber, Sir, jetzt ich glaube, es war ein anderer Mann.«

Gray warf einen Blick auf die Zimmernummer an der Tür. 838. Er starrte das Mädchen an. »Sind Sie ganz sicher, daß ein anderer Mann in diesem Zimmer war?«

»Ja, Sir. Vor ein paar Minuten.«

Er geriet in Panik, eilte auf die Treppe zu und rannte acht Stockwerke hinunter. Was war in dem Zimmer?

Nichts außer Kleidungsstücken. Nichts über Darby. Er blieb stehen und griff in eine Tasche. Der Zettel mit der Adresse des Tabard Inn und ihrer Telefonnummer steckte darin. Er holte tief Luft und betrat das Foyer.

Er mußte sie finden, und zwar schnell.

Darby fand einen freien Tisch im Lesesaal im zweiten Stock der Edward Bennett Williams Law Library in Georgetown. Als reisende Kritikerin juristischer Bibliotheken stellte sie fest, daß Georgetown bisher die angenehmste war. Es war ein separates, fünf Stockwerke hohes Gebäude, durch einen schmalen Hof von McDonough Hall, der Juristischen Fakultät, getrennt. Die Bibliothek war neu, glatt und modern, aber trotzdem noch eine juristische Bibliothek, die sich jetzt rasch mit Sonntagsstudenten füllte, die an ihr Abschlußexamen dachten.

Sie schlug Band fünf des Martindale-Hubbell auf und fand das Kapitel mit den Washingtoner Kanzleien. White and Blazevich ging über achtundzwanzig Seiten. Namen, Geburtsdaten, Universitäten, Berufsorganisationen, Auszeichnungen, Preise, Komitees und Veröffentlichungen von vierhundertzwölf Anwälten, zuerst der Partner, dann der angestellten Anwälte. Sie machte sich Notizen.

Die Firma hatte einundachtzig Partner, die übrigen waren Angestellte. Sie gruppierte sie nach dem Alphabet und schrieb sämtliche Namen auf ihren Block. Sie war nur eine einfache Jurastudentin, die sich bei der erbannungslosen Jagd nach einem Job über mögliche Arbeitgeber informierte.

Die Arbeit war langweilig, und ihre Gedanken schweiften ab. Vor zwanzig Jahren hatte Thomas hier studiert. Er war ein hervorragender Student gewesen und hatte behauptet, er hätte viele Stunden in der Bibliothek verbracht. Er hatte für das *Law Journal* geschrieben, etwas, das sie unter normalen Verhältnissen gleichfalls getan hätte.

Der Tod war ein Thema, das sie in den letzten zehn Tagen unter verschiedenen Aspekten betrachtet hatte. Von einem friedlichen Tod im Schlaf abgesehen, war sie sich nicht klar, welches die beste Art sein würde. Ein langsames, qualvolles Hinscheiden infolge einer Krankheit war ein Alptraum für das Opfer und seine Angehörigen, aber zumindest hatte man Zeit für Vorbereitungen und Abschiednehmen. Ein gewaltsamer, unvermuteter Tod war in Sekunden vorbei und vermutlich das Beste für den Dahingeschiedenen. Aber für die Überlebenden war der Schock lähmend. Es gab so viele schmerzhafte Fragen. Hat er gelitten? Was war sein letzter Gedanke? Weshalb ist es passiert? Und beim schnellen Tod eines geliebten Menschen zusehen zu müssen, war unbeschreiblich.

Sie liebte ihn um so mehr, weil sie ihn hatte sterben sehen und sie befahl sich, endlich damit aufzuhören, die Explosion zu hören und den Rauch zu riechen und zuzusehen, wie er starb. Wenn sie in drei Tagen noch am Leben war, würde sie an einem Ort sein, wo sie die Tür abschließen und weinen und mit Gegenständen werfen konnte, bis der Kummer vorüber war. Sie war entschlossen, diesen Ort zu erreichen. Sie war entschlossen, sich ihrem Kummer hinzugeben und ihn zu überwinden. Das war das mindeste, das sie verdiente. Sie memorierte Namen, bis sie mehr über White and Blazevich wußte als sonst jemand außerhalb der Firma. Sie trat hinaus in die Dunkelheit und fuhr mit einem Taxi ins Hotel.

Matthew Barr flog nach New Orleans, wo er sich mit einem Anwalt traf, der ihn anwies, sich in ein bestimmtes Hotel in Fort Lauderdale zu begeben. Der Anwalt ließ sich nicht darüber aus, was in diesem Hotel passieren würde, aber als Barr am Sonntagabend dort ankam, stellte er fest, daß ein Zimmer für ihn reserviert war. Eine Nachricht an der Rezeption besagte, daß er in den frühen Morgenstunden einen Anruf erhalten würde.

Um zehn rief er Fletcher Coal zu Hause an und berichtete ihm über den bisherigen Verlauf der Reise.

Coal hatte andere Dinge im Kopf. »Grantham ist verrückt geworden. Er und ein Typ namens Rifkin von der *Times* rufen alle möglichen Leute an. Sie könnten tödlich sein.«

»Haben sie das Dossier gesehen?«

»Ich weiß nicht, ob sie es gesehen haben, aber sie haben davon gehört. Rifkin hat gestern einen meiner Mitarbeiter angerufen und ihn gefragt, was er über das Pelikan-Dossier weiß. Der Mann wußte nichts und hatte den Eindruck, daß Rifkin sogar noch weniger wußte. Ich glaube nicht, daß er es gesehen hat, aber sicher sind wir nicht.«

»Verdammt, Fletcher. Gegen einen Haufen Reporter kommen wir nicht an. Diese Kerle machen hundert Anrufe pro Minute.«

»Es sind nur zwei. Grantham und Rifkin. Grantham haben Sie bereits angezapft. Tun Sie dasselbe mit Rifkin.«

»Grantham ist angezapft, aber er benutzt weder das Telefon in seiner Wohnung noch das in seinem Wagen. Ich habe vom Flugplatz in New Orleans aus Bailey angerufen. Grantham ist seit vierundzwanzig Stunden nicht zu Hause gewesen, aber sein Wagen steht noch da. Sie haben angerufen und an seine Tür geklopft. Entweder liegt er tot in seiner Wohnung, oder er hat sich im Dunkeln hinausgeschlichen.«

»Vielleicht ist er tot.«

»Das glaube ich nicht. Wir sind ihm gefolgt und die Fibbies auch. Ich nehme an, er hat Wind davon bekommen.«

»Sie müssen ihn finden.«

»Er wird schon wieder auftauchen. Er kann sich nicht weit von der Redaktion im fünften Stock entfernen.«

»Ich möchte, daß Rifkin auch angezapft wird. Rufen Sie Bailey noch heute abend an und veranlassen Sie es, okay?«

»Ja, Sir«, sagte Barr.

»Was, meinen Sie, würde Mattiece tun, wenn er glaubte, Grantham hätte die Story und wäre im Begriff, sie auf der Titelseite der *Washington Post* auszubreiten?« fragte Coal.

Barr streckte sich auf dem Hotelbett aus und schloß die Augen. Monate zuvor hatte er den Entschluß gefaßt, sich nie mit Fletcher Coal anzulegen.

»Er scheut nicht davor zurück, Leute umzubringen, stimmt's?« sagte Barr.

»Glauben Sie, daß Sie Mattiece morgen sehen werden?«

»Ich weiß es nicht. Diese Leute sind sehr verschwiegen. Sie flüstern hinter verschlossenen Türen. Sie haben mir kaum etwas gesagt.«

»Weshalb wollten sie Sie in Fort Lauderdale haben?«

»Auch das weiß ich nicht, aber es liegt wesentlich näher bei den Bahamas. Ich nehme an, ich fahre morgen dorthin. Vielleicht kommt er auch hierher. Ich weiß es einfach nicht.«

»Vielleicht sollten Sie den Grantham-Aspekt übertreiben. Mattiece wird der Story den Garaus machen.«

»Ich werde darüber nachdenken.«

»Rufen Sie mich morgen früh wieder an.«

Sie trat auf den Zettel, als sie ihre Tür öffnete. Darauf stand: *Darby, ich bin auf der Terrasse. Es ist wichtig. Gray*. Sie holte tief Luft und steckte den Zettel in die Tasche. Sie verschloß die Tür und ging die langen, gewundenen Flure entlang bis zum Foyer, dann durch den dunklen Salon, an der Bar vorbei, durch das Restaurant und auf die Terrasse. Er saß an einem kleinen Tisch, teilweise von einer Ziegelsteinmauer verdeckt.

»Wieso sind Sie hier?« flüsterte sie, nachdem sie sich dicht neben ihn gesetzt hatte. Er wirkte müde und besorgt.

»Wo waren Sie?« fragte er.

»Das ist unwichtig. Wichtig ist, weshalb Sie hier sind.

Sie sollten nicht herkommen, es sei denn, ich hätte sie darum gebeten. Was ist los?«

Er gab ihr eine rasche Zusammenfassung seines Vormittags, von dem Anruf bei Smith Keen bis zu dem Zimmermädchen im Hotel. Den Rest des Tages hatte er damit verbracht, in der Stadt herumzufahren, in einer ganzen Reihe von Taxis, was ihn fast achtzig Dollar gekostet hatte, und er hatte gewartet, bis es dunkel geworden war, bevor er sich ins Tabard Inn geschlichen hatte. Er war sicher, daß ihm niemand gefolgt war.

Sie hörte zu. Sie beobachtete das Restaurant und den Zugang zur Terrasse und ließ sich kein Wort entgehen.

»Ich habe keine Ahnung, wie jemand mein Zimmer finden konnte«, sagte er.

»Haben Sie irgend jemandem Ihre Zimmernummer verraten?«

Er dachte einen Moment nach. »Nur Smith Keen. Aber er würde sie niemandem weitersagen.«

Sie sah ihn nicht an. »Wo waren Sie, als Sie ihm Ihre Zimmernummer nannten?«

»In seinem Wagen.«

Sie schüttelte langsam den Kopf. »Ich habe Ihnen ausdrücklich gesagt, Sie sollten sie niemandem verraten. Habe ich das nicht?«

Er konnte nicht antworten.

»Für Sie ist das alles nur ein toller Spaß, stimmt's, Gray? Nur ein weiterer Tag am Strand. Sie sind ein großer Starreporter, der schon früher Morddrohungen bekommen hat, aber Sie sind furchtlos. Die Kugeln werden abprallen, nicht wahr? Sie und ich können ein paar Tage damit verbringen, in der Stadt unsere Possen zu treiben und Detektiv zu spielen, damit Sie einen Pulitzerpreis bekommen und reich und berühmt werden, und die bösen Buben sind im Grunde gar nicht so böse, weil Sie Gray Grantham von der *Washington Post* sind und deshalb mit Ihnen nicht gut Kirschen essen ist.«

»Also wissen Sie, Darby...«

»Ich habe versucht, Ihnen klarzumachen, wie gefährlich diese Leute sind. Ich habe gesehen, wozu sie imstande sind. Ich weiß, was sie mit mir machen werden, wenn sie mich finden. Aber für Sie, Gray, ist das alles nur ein Spiel. Räuber und Gendarm. Verstecken.«

»Ich bin überzeugt. Okay?«

»Das sollten Sie auch sein, großer Meister. Wenn Sie noch einmal Mist bauen, sind wir beide tot. Mir geht allmählich das Glück aus. Haben Sie verstanden?«

»Ja! Ich habe verstanden, ich schwöre es.«

»Nehmen Sie sich hier ein Zimmer. Morgen abend, wenn wir dann noch leben, besorge ich Ihnen ein anderes kleines Hotel.«

»Was ist, wenn hier nichts frei ist?«

»Dann können Sie in meinem Badezimmer schlafen, bei verschlossener Tür.«

Es war ihr todernst. Er kam sich vor wie ein ABC-Schütze, der gerade seine erste Tracht Prügel bekommen hatte. Sie schwiegen ungefähr fünf Minuten.

»Also wie konnten sie mich finden?« fragte er schließlich.

»Ich nehme an, das Telefon in Ihrer Wohnung ist angezapft, und das in Ihrem Wagen. Und ich nehme an, daß Smith Keens Wagen gleichfalls angezapft ist. Diese Leute sind keine Anfänger.«

36

Er verbrachte die Nacht in Zimmer 13, schlief aber kaum. Das Restaurant wurde um sechs geöffnet, und er schlich zum Kaffee hinunter, danach schlich er zurück in sein Zimmer. Das Hotel war alt und verwinkelt und durch die Verbindung von drei Häusern entstanden. Überall gab es kleine Türen und schmale Flure, die in alle Richtungen verliefen. Die Atmosphäre war zeitlos.

Es würde ein langer, anstrengender Tag werden, aber er würde ihn mit ihr verbringen, und darauf freute er sich. Er hatte einen Fehler gemacht, einen schlimmen Fehler, aber sie hatte ihm verziehen. Genau halb neun klopfte er an die Tür von Zimmer 1. Sie öffnete sie schnell und schloß sie dann hinter ihm wieder ab.

»Haben Sie gut geschlafen?« fragte sie, aber nur aus Höflichkeit.

»Nein.« Er warf ein Exemplar der *Times* aufs Bett. Er hatte es bereits überflogen, und es stand wieder nichts darin.

Darby griff zum Telefon und wählte die Nummer der Juristischen Fakultät von Georgetown. Sie sah ihn an und lauschte in den Hörer, dann sagte sie: »Vermittlungsbüro bitte.« Es folgte eine lange Pause. »Ja, hier spricht Sandra Jernigan. Ich bin Partnerin bei White and Blazevich hier in der Stadt, und wir haben Probleme mit unseren Computern. Wir versuchen, einige Lohnlisten zu rekonstruieren, und die Buchhaltung hat mich gebeten, Sie nach den Namen der Studenten zu fragen, die im letzten Sommer als Praktikanten bei uns gearbeitet haben. Soweit ich weiß, waren es vier.« Sie hörte einen Moment zu. »Jernigan. Sandra Jernigan«, wiederholte sie. »Ah ja. Wie lange wird das dauern?« Eine Pause. »Und Ihr Name ist Joan? Vielen

Dank, Joan.« Darby deckte die Sprechmuschel ab und holte tief Luft. Gray beobachtete sie genau, aber mit einem bewundernden Lächeln.

»Ja, Joan. Also sieben waren es. Unsere Unterlagen sind ein einziges Chaos. Haben Sie ihre Adressen und Sozialversicherungsnummern? Wir brauchen sie für die Steuer. Natürlich. Wie lange wird das dauern? Gut. Einer unserer Büroangestellten ist gerade in Ihrer Gegend. Sein Name ist Snowden, und er wird in einer Viertelstunde bei Ihnen sein. Vielen Dank, Joan.« Darby legte den Hörer auf und schloß die Augen.

»Sandra Jernigan«, sagte er.

»Ich bin nicht gut im Lügen«, sagte sie.

»Sie waren wundervoll. Und der Büroangestellte bin vermutlich ich.«

»Sie können ohne weiteres als Angestellter einer Anwaltskanzlei durchgehen. Sie haben etwas von einem alternden Ex-Jurastudenten an sich.« Und Sie sind ziemlich schlau, dachte sie.

»Das Flanellhemd gefällt mir.«

Sie trank einen großen Schluck kalten Kaffee. »Dies kann ein langer Tag werden.«

»So weit, so gut. Ich hole die Liste, und wir treffen uns in der Bibliothek. Richtig?«

»Ja. Das Vermittlungsbüro ist im fünften Stock der juristischen Fakultät. Ich werde in Zimmer 336 sein. Das ist ein kleiner Konferenzraum im dritten Stock. Sie nehmen als erster ein Taxi. Wir treffen uns dort in einer Viertelstunde.«

»Jawohl, Madam.« Grantham war zur Tür hinaus. Darby wartete fünf Minuten und verließ dann mit ihrer Segeltuchtasche das Zimmer.

Die Fahrt war kurz, aber das Taxi kam im Morgenverkehr nur langsam voran. Das Leben auf der Flucht war schon schlimm genug, aber Davonlaufen und Detektivspielen gleichzeitig war zuviel. Sie hatte schon fünf Minuten im Taxi gesessen, bevor sie daran dachte, daß ihr vielleicht jemand folgte. Und das war vielleicht nur gut. Vielleicht würde ein harter Tag als recherchierende Reporterin ihre Gedanken von Stummel und den anderen Quälgeistern ablenken. Sie würde heute und morgen arbeiten, und am späten Mittwochabend würde sie an einem Strand sein.

Sie würden mit Georgetown anfangen. Wenn das eine Sackgasse war, würden sie es mit der Juristischen Fakultät von George Washington versuchen und, wenn dazu noch Zeit war, mit der American University. Drei Versuche, und dann war sie auf und davon.

Das Taxi hielt vor McDonough Hall am Fuße des Capitol Hill. Mit ihrer Tasche und dem Flanellhemd war sie nur eine unter vielen Jurastudentinnen vor einer Vorlesung oder einem Seminar. Sie stieg die Treppe zum dritten Stock hinauf und machte die Tür des Konferenzraums hinter sich zu. Der Raum wurde gelegentlich für Vorlesungen und Einstellungsgespräche benutzt. Sie legte ihre Notizen auf den Tisch und war nur noch eine Jurastudentin, die sich auf ein Seminar vorbereitete.

Nur Minuten später kam Gray zur Tür herein. »Jean ist ein reizendes Mädchen«, sagte er, als er die Liste auf den Tisch legte. »Namen, Adressen und Sozialversicherungsnummern. Ist das nicht nett?«

Darby warf einen Blick auf die Liste und zog ein Telefonbuch aus der Tasche. Darin fand sie fünf der Namen. Sie sah auf die Uhr. »Es ist jetzt fünf nach neun. Ich wette, daß nicht mehr als die Hälfte von diesen Leuten jetzt in einem Seminar sitzt. Einige von ihnen werden später ein Seminar haben. Ich rufe diese fünf an und sehe zu, wer zu Hause ist. Sie nehmen die beiden ohne Telefonnummer und lassen sich in der Registratur ihren Stundenplan geben.«

Gray sah gleichfalls auf die Uhr. »Wir treffen uns hier in einer Viertelstunde wieder.« Zuerst ging er, dann Darby.

Sie ging zu den Münzfernsprechern im ersten Stock und wählte die Nummer von James Maylor.

Eine Männerstimme meldete sich. »Hallo.«

»Spreche ich mit Dennis Maylor?« fragte sie.

»Nein. Ich bin James Maylor.«

»Entschuldigung.« Sie legte auf. Er wohnte zehn Minuten entfernt. Er hatte kein Neun-Uhr-Seminar, und wenn er um zehn eines hatte, würde er noch vierzig Minuten zu Hause sein. Vielleicht.

Sie rief die anderen vier an. Zwei meldeten sich, und sie vergewisserte sich; bei den anderen beiden wurde der Hörer nicht abgenommen.

Gray wartete ungeduldig in der Registratur im dritten Stock. Eine als Teilzeitkraft dort arbeitende Studentin versuchte, die Registratorin zu finden, die sich irgendwo in den hinteren Räumen aufhielt. Die Studentin teilte ihm mit, sie wäre nicht sicher, ob sie Angaben über Stundenpläne machen könnten. Gray sagte, er wäre sicher, sie könnten es, wenn sie nur wollten.

Die Registratorin bog argwöhnisch um eine Ecke. »Kann ich Ihnen helfen?«

»Ja. Ich bin Gray Grantham von der *Washington Post*, und ich versuche, zwei Ihrer Studenten zu finden, Laura Kaas und Michael Akers.«

»Gibt es irgendein Problem?« fragte sie nervös.

»Durchaus nicht. Nur ein paar Fragen. Haben sie heute morgen eine Vorlesung oder ein Seminar?« Er lächelte, und es war ein warmes, vertrauenerweckendes Lächeln, mit dem er gewöhnlich ältere Frauen bedachte. Es verfehlte nur selten seinen Zweck.

»Haben Sie irgendeinen Ausweis oder so etwas?«

»Natürlich.« Er griff in seine Brieftasche und schwenkte ihn langsam vor ihrer Nase, ungefähr so wie ein Polizist, der weiß, daß er ein Polizist ist, und der nicht scharf darauf ist, es alle Welt wissen zu lassen.

»Eigentlich sollte ich mit dem Dekan sprechen, aber...«

»Gut. Wo ist sein Büro?«

»Aber er ist nicht da. Er ist verreist.«

»Ich brauche nur ihren Stundenplan, damit ich sie finden kann. Ich will weder ihre Adressen wissen noch Einzelheiten über ihren Studienstand. Nichts Vertrauliches oder Persönliches.«

Sie warf einen Blick auf die Teilzeitangestellte, die nur die Achseln zuckte, als wollte sie sagen Was ist schon dabei?

»Einen Augenblick bitte«, sagte sie und verschwand wieder um die Ecke.

Darby wartete in dem kleinen Raum, als er die Computerausdrucke auf den Tisch legte. »Diesen Dingern zufolge müßten Akers und Kaas jetzt hier sein«, sagte er.

Darby warf einen Blick auf die Stundenpläne. »Akers hat Verfahrensrecht, Kaas Verwaltungsrecht, beide von neun bis zehn. Ich werde versuchen, sie zu finden.« Sie zeigte Gray ihre Notizen. »Maylor, Reinhard und Wilson waren zu Hause; Ratliff und Linney konnte ich nicht erreichen.«

»Maylor wohnt am nächsten. Ich kann in ein paar Minuten bei ihm sein.«

»Was ist mit einem Wagen?«

»Ich habe bei Hertz angerufen. Er sollte in einer Viertelstunde auf dem Parkplatz der *Post* stehen.«

Maylors Wohnung lag im dritten Stock eines für Studenten und andere Leute mit sehr schmaler Brieftasche umgebauten Lagerhauses. Schon nach dem ersten Klopfen öffnete er die Tür mit vorgelegter Kette.

»Ich suche James Maylor«, sagte Gray wie ein alter Kumpel.

»Der bin ich.«

»Ich bin Gray Grantham von der *Washington Post*, und ich würde Ihnen gern ein paar ganz kurze Fragen stellen.«

Die Kette wurde gelöst und die Tür geöffnet. Gray betrat die Zwei-Zimmer-Wohnung. In der Mitte war ein Fahrrad geparkt, das den größten Teil des Raumes einnahm.

»Worum geht es?« Er war neugierig und offensichtlich bereit, Fragen zu beantworten.

»Soweit ich weiß, haben Sie im Sommer für White and Blazevich gearbeitet.«

»Das stimmt. Drei Monate.«

Gray machte sich Notizen. »In welcher Abteilung?«

»International. Überwiegend Knochenarbeit. Nichts Grandioses. Eine Menge Recherchen und Rohentwürfe für Abkommen.«

»Wem waren Sie unterstellt?«

»Keiner Einzelperson. Da waren drei angestellte Anwälte, die dafür sorgten, daß ich beschäftigt war. Der für sie zuständige Partner war Stanley Coopman.«

Gray zog ein Foto aus der Tasche. Es war Garcia auf dem Gehsteig. »Erkennen Sie dieses Gesicht wieder?«

Maylor nahm das Foto und betrachtete es eingehend. »Ich glaube nicht. Wer ist das?«

»Ein Anwalt, der vermutlich bei White and Blazevich arbeitet.«

»Es ist eine riesige Firma. Ich habe in der Ecke einer Abteilung gesessen. Dort arbeiten mehr als vierhundert Anwälte.«

»Ja, das habe ich gehört. Sie sind sicher, daß Sie ihn nicht gesehen haben?«

»Ganz sicher. Sie residieren auf zwölf Stockwerken, und in die meisten davon bin ich nie gekommen.«

Gray steckte das Foto wieder ein. »Sind Sie dort noch irgendwelchen anderen Praktikanten begegnet?«

»Oh, sicher. Zwei von Georgetown, die ich schon kannte Laura Kaas und JoAnne Ratliff. Zwei Studenten von George Washington, Patrick Franks und einem Typ, der Vanlandingham hieß; einem Mädchen von Harvard namens Elizabeth Larson; einem Mädchen von Michigan namens Amy MacGregor; und einem Typ von Emory, der Moke hieß, aber ich glaube, den haben sie gefeuert. Im Sommer wimmelt es dort immer von Praktikanten.«

»Wollen Sie für die Firma arbeiten, wenn Sie mit dem Studium fertig sind?«

»Ich weiß es noch nicht. Ich bin nicht sicher, ob eine von diesen großen Firmen das richtige für mich ist.«

Gray lächelte und verstaute den Notizblock in seiner Gesäßtasche. »Sie haben dort gearbeitet. Wie kann ich diesen Mann finden?«

Maylor dachte einen Moment lang darüber nach. »Ich nehme an, Sie können nicht dort aufkreuzen und herumfragen.«

»Die Annahme ist richtig.«

»Und alles, was Sie haben, ist dieses Foto?«

»Ja.«

»Dann tun Sie vermutlich genau das Richtige. Einer der Praktikanten wird ihn erkennen.«

»Danke.«

»Steckt der Mann in Schwierigkeiten?«

»Nein, nein. Es könnte nur sein, daß er etwas beobachtet hat. Und selbst das ist nur eine Vermutung.« Gray öffnete die Tür. »Nochmals vielen Dank.«

Darby studierte den Vorlesungsplan für den Herbst am Schwarzen Brett gegenüber den Münzfernsprechern. Sie wußte noch nicht genau, was sie tun würde, wenn die Neun-Uhr-Seminare vorüber waren, aber sie versuchte angestrengt, sich etwas einfallen zu lassen. Das Schwarze Brett sah genauso aus wie das in Tulane: säuberlich untereinander angeordnet die Hörsaal-Angaben; Bemerkungen zu Aufgaben; Anzeigen wegen Büchern, Fahrrädern, Zimmern, Mitbewohnern und hundert anderen derartigen Bedürfnissen, auf gut Glück angeheftet; Hinweise auf Partys, universitätsinterne Sportveranstaltungen, Clubtreffen. Eine junge Frau mit einem Rucksack und Wanderstiefeln blieb neben ihr stehen und betrachtete das Schwarze Brett. Sie war zweifellos eine Studentin.

Darby lächelte sie an. »Entschuldigen Sie. Kennen Sie zufällig Laura Kaas?«

»Natürlich.«

»Ich muß ihr etwas ausrichten. Könnten Sie sie mir zeigen?«

»Ist sie jetzt hier?«

»Ja, sie hat Verwaltungsrecht bei Ship, Zimmer 207.«

Plaudernd wanderten sie gemeinsam in Richtung auf Ships Verwaltungsrecht. Auf dem Flur herrschte plötzlich Gedränge, als vier Säle sich gleichzeitig leerten. Darbys Begleiterin deutete auf eine hochgewachsene, kräftige Frau, die auf sie zukam. Darby dankte ihr und folgte Laura Kaas, bis sich die Menge verlief und das Gedränge nachgelassen hatte. »Entschuldigen Sie, Laura. Sie sind doch Laura Kaas?« Die hochgewachsene Frau blieb stehen und musterte sie. »Ja.«

Das war der Teil, den sie gar nicht mochte. »Ich bin Sara Jacobs, und ich arbeite an einer Story für die *Washington Post*. Darf ich Ihnen ein paar Fragen stellen?« Sie hatte sich für Laura Kaas als erste entschieden, weil sie, im Gegensatz zu Michael Akers, um zehn keine Vorlesung hatte. Bei ihm würde sie um elf ihr Glück versuchen.

»Worüber?«

»Es wird nur eine Minute dauern. Können wir hier hineingehen?« Darby winkte sie in einen leeren Hörsaal. Laura folgte ihr langsam.

»Sie haben im Sommer bei White and Blazevich gearbeitet?«

»Ja.« Sie sprach langsam, argwöhnisch.

Sara Jacobs bemühte sich, ihre Nerven unter Kontrolle zu halten. »In welcher Abteilung?«

»Steuern.«

»Mögen Sie Steuerrecht?« Es war ein schwacher Versuch zu plaudern.

»Früher mochte ich es. Jetzt hasse ich es.«

Darby lächelte, als wäre das das Komischste, das sie seit Jahren gehört hatte. Sie zog ein Foto aus der Tasche und zeigte es Laura Kaas.

»Kennen Sie diesen Mann?«

»Nein.«

»Soweit ich weiß, ist er Anwalt bei White and Blazevich.«

»Da gibt es Unmengen von Anwälten.«

»Sind Sie ganz sicher?«

»Ja. Ich bin nie aus dem fünften Stock herausgekommen. Es würde Jahre dauern, bis man alle kennengelernt hat, und sie kommen und gehen so schnell. Sie wissen ja, wie Anwälte sind.«

Laura schaute sich um, und die Unterhaltung war beendet. »Ich bin Ihnen wirklich sehr dankbar«, sagte Darby.

»Keine Ursache«, sagte Laura, bereits auf dem Weg zur Tür.

Genau um halb elf trafen sie sich wieder in Zimmer 336. Gray hatte Ellen Reinhart auf der Auffahrt erwischt, als sie gerade wegfahren wollte. Sie hatte in der Prozeßabteilung unter einem Partner namens Daniel O'Malley gearbeitet und den größten Teil des Sommers bei der Verhandlung einer Gruppenklage in Miami verbracht. Sie war seit zwei Monaten nicht mehr da und hatte daheim nur kurze Zeit im Washingtoner Büro gearbeitet. White and Blazevich unterhielten Büros in vier Städten, darunter Tampa. Sie kannte Garcia nicht, und sie hatte es eilig.

Judith Wilson war nicht in ihrer Wohnung gewesen, aber ihre Mitbewohnerin hatte gesagt, sie käme gegen eins zurück.

Sie strichen Maylor, Kaas und Reinhart von der Liste, berieten sich flüsternd, dann machten sie sich wieder auf den Weg – Gray, um Edward Linney zu finden, der zwei Sommer als Praktikant bei White and Blazevich gearbeitet hatte. Er stand nicht im Telefonbuch, aber er wohnte in Wesley Heights, nördlich vom Hauptcampus von Georgetown.

Viertel vor elf stand Darby wieder vor dem Schwarzen Brett und hoffte auf ein weiteres Wunder. Akers war ein Mann, und es gab verschiedene Möglichkeiten, an ihn heranzutreten. Sie hoffte, daß er da war, wo er eigentlich sein sollte – in Zimmer 201 bei einem Seminar über Verfahrensrecht. Sie ging dorthin und wartete, bis die Tür aufging und rund fünfzig Jurastudenten herausströmten. Aus ihr würde nie eine Reporterin werden. Sie brachte es nicht fertig, sich vor Fremden aufzubauen und ihnen einen Haufen Fragen zu stellen. Es ging ihr gegen den Strich. Dennoch ging sie auf einen schüchtern wirkenden jungen Mann mit traurigen Augen und dicken Brillengläsern zu und sagte: »Entschuldigen Sie, kennen Sie zufällig Michael Akers? Ich glaube, er ist in diesem Kurs.«

Der junge Mann lächelte. Er war glücklich, daß er bemerkt worden war. Er deutete auf eine Gruppe von Männern, die auf den Haupteingang zugingen. »Dort ist er, in dem grauen Pullover.«

»Danke.« Sie ließ ihn stehen. Beim Verlassen des Gebäudes löste sich die Gruppe auf, und Akers und ein Freund waren auf dem Gehsteig angelangt.

»Mr. Akers«, rief sie ihm nach.

Sie blieben beide stehen und drehten sich um, dann lächelten sie, als sie nervös auf sie zukam. »Sind Sie Michael Akers?« fragte sie.

»Der bin ich. Und wer sind Sie?«

»Mein Name ist Sara Jacobs. Ich arbeite an einer Story für die *Washington Post*. Könnte ich Sie einen Moment allein sprechen?«

»Klar.« Der Freund kapierte und ging weiter.

»Worum geht es?« fragte Akers.

»Sie haben im Sommer als Praktikant bei White and Blazevich gearbeitet?«

»Ja.« Akers war umgänglich und genoß die Unterhaltung.

»In welcher Abteilung?«

»Immobilien. Stinklangweilig, aber es war ein Job. Weshalb wollen Sie das wissen?«

Sie zeigte ihm das Foto. »Kennen Sie diesen Mann? Er arbeitet bei White and Blazevich.«

Akers hätte ihn gern gekannt. Er wollte ihr helfen und sich lange mit ihr unterhalten, aber das Gesicht sagte ihm nichts.

»Nicht ganz astrein, dieses Foto, stimmt's?«

»Kann sein. Kennen Sie den Mann?«

»Nein. Habe ihn nie gesehen. Es ist eine riesige Firma. Bei ihren Zusammenkünften tragen die Partner Schildchen mit ihren Namen. Können Sie sich das vorstellen? Die Leute, denen der Laden gehört, kennen sich nicht einmal gegenseitig. Es muß an die hundert Partner geben.«

Einundachtzig, um genau zu sein. »Waren Sie jemandem unterstellt?«

»Ja, einem Partner namens Walter Welch. Ein Widerling. Mir hat es dort überhaupt nicht gefallen.«

»Erinnern Sie sich an irgendwelche anderen Praktikanten?«

»Klar. Es wimmelte dort von ihnen.«

»Wenn ich ihre Namen brauchen sollte, darf ich dann auf Sie zurückkommen?«

»Jederzeit. Steckt dieser Mann in Schwierigkeiten?«

»Ich glaube nicht. Er weiß vielleicht etwas.«

»Ich hoffe, sie werden alle aus der Anwaltskammer ausgeschlossen. Sie sind nichts als ein Haufen Ganoven, und das Arbeiten dort war eine Pest. Alles politisch.«

»Danke.« Sie lächelte und wendete sich zum Gehen. Er bewunderte die Rückenansicht und sagte: »Sie können mich jederzeit anrufen.«

»Danke.«

Darby, die recherchierende Reporterin, ging zum Bibliotheksgebäude nebenan und stieg die Treppe zum fünften Stock hinauf, wo in einer Reihe von engen Büros das *Georgetown Law Journal* untergebracht war. Sie hatte in der Bibliothek die neueste Nummer des *Journal* gefunden und festgestellt, daß JoAnne Ratliff Mitherausgeberin war. Sie vermutete, daß sich alle juristischen Zeitschriften mehr oder minder glichen. In den Redaktionen saßen die Topstudenten und arbeiteten an ihren gelehrten Artikeln und Kommentaren. Sie fühlten sich dem Rest der Studentenschaft überlegen und bildeten eine isolierte, sich ihres brillanten Verstandes bewußte Gruppe. Sie hielten sich fast ständig in der Redaktion auf. Sie war ihre zweite Heimat.

Sie trat ein und fragte einen jungen Mann, der ihr begegnete, wo sie JoAnne Ratliff finden könnte. Er deutete um eine Ecke herum. Zweite Tür rechts. Die zweite Tür öffnete sich in ein vollgestopftes Arbeitszimmer mit Reihen von Büchern. Zwei Frauen waren in ihre Arbeit vertieft.

»JoAnne Ratliff?« sagte Darby.

»Das bin ich«, erwiderte eine ältere Frau von ungefähr vierzig.

»Hi. Ich heiße Sara Jacobs, und ich arbeite an einer Story für die *Washington Post.* Darf ich Ihnen ganz kurz ein paar Fragen stellen?«

Die Frau legte langsam ihren Kugelschreiber auf den Tisch und warf der anderen einen finsteren Blick zu. Was immer sie auch tun mochten, es war ungeheuer wichtig, und diese Störung war ausgesprochen lästig. Schließlich waren sie namhafte Jurastudentinnen.

Darby hätte am liebsten gegrinst und eine boshafte Bemerkung gemacht. Schließlich war sie selbst Nummer zwei ihres Jahrgangs, also tut gefälligst nicht so, als wäret ihr etwas ganz Besonderes.

»Worum geht es bei dieser Story?« fragte Ratliff.

»Könnten wir uns allein unterhalten?«

Die beiden Frauen tauschten abermals einen finsteren Blick. »Ich habe sehr viel zu tun«, sagte Ratliff. Ich auch, dachte Darby. Du überprüfst Zitate für irgendeinen unbedeutenden Artikel, und ich versuche, den Mann festzunageln, der zwei Richter des Obersten Bundesgerichts umgebracht hat.

»Das tut mir leid«, sagte Darby. »Ich verspreche Ihnen, es dauert nicht länger als eine Minute.«

Sie gingen zusammen auf den Flur hinaus. »Es tut mir sehr leid, daß ich Sie bei der Arbeit störe, aber es ist sehr wichtig.«

»Und Sie sind Reporterin bei der *Post?*« Es war eher eine Herausforderung als eine Frage, und sie war gezwungen, noch mehr zu lügen. Sie sagte sich, sie könnte zwei Tage lang lügen und betrügen und stehlen, dann ging es ab in die Karibik, und Grantham konnte zusehen, wie er zurechtkam.

»Ja. Haben Sie im Sommer bei White and Blazevich gearbeitet?«

»Ja. Weshalb interessiert Sie das?«

Schnell, das Foto. Ratliff nahm es und analysierte es.

»Kennen Sie den Mann?«

Sie schüttelte langsam den Kopf. »Ich glaube nicht. Wer ist das?«

Diese Person würde eine großartige Anwältin abgeben. So viele Fragen. Wenn sie wüßte, wer er war, würde sie nicht hier auf diesem engen Flur stehen und sich mit dieser hochnäsigen Person abgeben.

»Er ist Anwalt bei White and Blazevich«, sagte Darby so aufrichtig wie möglich. »Ich dachte, Sie kennen ihn vielleicht.«

»Nein.« Sie gab Darby das Foto zurück.

Das reichte. »Trotzdem vielen Dank. Und entschuldigen Sie die Störung.«

»Keine Ursache«, sagte Ratliff und verschwand durch die Tür.

Sie sprang in den neuen Pontiac von Hertz, als er an der Ecke hielt, und sie fädelten sich in den Verkehr ein. Sie hatte genug von der Juristischen Fakultät von Georgetown.

»Ich hatte Pech«, sagt Gray. »Linney war nicht zu Hause.«

»Ich habe mit Akers und Ratliff gesprochen, und beide haben nein gesagt. Das sind fünf von sieben, die Garcia nicht kannten.«

»Ich habe Hunger. Wir wär's mit Lunch?«

»Gute Idee.«

»Ist es möglich, daß fünf Praktikanten drei Monate in einer Firma arbeiten und nicht einer von ihnen einen jungen angestellten Anwalt wiedererkennt?«

»Das ist nicht nur möglich, es ist sogar höchst wahrscheinlich. Vergessen Sie nicht, wir handeln auf gut Glück. Vierhundert Anwälte, das heißt in Wirklichkeit tausend Leute, wenn Sie sämtliche Mitarbeiter und Bürokräfte hinzurechnen. Und die Anwälte neigen dazu, sich ausschließlich auf ihrem eigenen kleinen Territorium aufzuhalten.«

»Sind die einzelnen Abteilungen räumlich voneinander getrennt?«

»Ja. Es ist durchaus möglich, daß ein Bankenanwalt im dritten Stock einen Bekannten in der Prozeßabteilung im zehnten Stock wochenlang nicht zu Gesicht bekommt. Das sind vielbeschäftigte Leute.«

»Kann es sein, daß wir uns die falsche Firma ausgesucht haben?«

»Vielleicht die falsche Firma, vielleicht die falsche Universität.«

»Der erste, Maylor, hat mir die Namen von zwei Studenten von George Washington genannt, die im Sommer dort gearbeitet haben. Vielleicht sollten wir sie nach dem Lunch ausfindig machen.« Er verlangsamte und parkte hinter einer Reihe von kleinen Gebäuden.

»Wo sind wir?« fragte sie.

»Einen Block vom Mount Vernon Square entfernt. Von hier aus sind es sechs Blocks bis zur *Post* und vier bis zu meiner Bank. Und dieses kleine Restaurant liegt gleich um die Ecke.«

Sie gingen in das Restaurant, das sich schnell mit Mittagsgästen füllte. Sie wartete an einem Tisch beim Fenster, während er sich anstellte, um Clubsandwiches zu holen. Der halbe Tag war vorüber, und obwohl ihr diese Art von Arbeit keinen Spaß machte, war es doch gut, etwas zu tun zu haben und die Schatten vergessen zu können. Sie würde nie Reporterin werden, und im Augenblick kam ihr auch eine juristische Laufbahn sehr zweifelhaft vor. Vor gar nicht langer Zeit hatte sie daran gedacht, nach ein paar Jahren Praxis Richterin zu werden. Vergessen wir das. Es war entschieden zu gefährlich.

Gray brachte ein Tablett mit Sandwiches und Eistee, und sie begannen zu essen.

»Ist dies ein typischer Tag für Sie?« fragte sie.

»Damit verdiene ich meinen Lebensunterhalt. Ich schnüffele den ganzen Tag herum, schreibe am späten Nachmittag meine Stories und recherchiere dann weiter bis tief in die Nacht hinein.«

»Wie viele Stories schreiben Sie pro Woche?«

»Manchmal drei oder vier, manchmal überhaupt keine. Ich suche mir meine Themen selbst aus, und mir redet kaum jemand drein. Dies hier ist ein bißchen anders. Ich habe seit zehn Tagen nichts geschrieben.«

»Was ist, wenn Sie nichts über Mattiece herausbekommen? Was werden Sie dann in Ihrer Story schreiben?«

»Das hängt davon ab, wie weit ich komme. Wir hätten diese Story über Verheek und Callahan bringen können, aber welchen Sinn hätte das gehabt? Es war eine große Story, aber es steckte nichts dahinter. Die anderen haben nur die Oberfläche angekratzt und dann aufgehört.«

»Und Sie wollen den großen Schlag landen.«

»Ich hoffe es. Wenn es uns gelingt, Ihr kleines Dossier zu verifizieren, dann haben wir den großen Schlag.«

»Sie sehen schon die Schlagzeilen vor sich, nicht wahr?«

»Ja. Das Adrenalin wird ausgepumpt. Dies wird die größte Story sein seit...«

»Watergate?«

»Nein. Watergate war eine Folge von Stories, die klein anfingen und sich dann immer mehr aufblähten. Die Leute sind monatelang Hinweisen nachgegangen und haben nicht lockergelassen, bis die Teile sich zusammenfügten. Eine Menge Leute kannte unterschiedliche Teile der Story. Dies, meine Liebe, ist etwas völlig anderes. Es ist eine wesentlich größere Story, und nur sehr wenige Leute kennen die Wahrheit. Watergate war ein stupider Einbruch und ein mißglückter Vertuschungsversuch. Hier geht es um meisterhaft geplante Verbrechen sehr reicher und gerissener Leute.«

»Und die Vertuschung?«

»Die kommt als nächstes. Wenn wir Mattiece mit den Morden in Verbindung gebracht haben, können wir die große Story loslassen. Dann ist die Katze aus dem Sack, und über Nacht wird ein halbes Dutzend Untersuchungen eingeleitet werden. Ganz Washington wird fassungslos sein, zumal wenn herauskommt, daß der Präsident und Mattiece alte Freunde sind. Wenn sich der Staub legt, nehmen wir uns die Administration vor und versuchen herauszufinden, wer wann was gewußt hat.«

»Aber zuerst Garcia.«

»Ja. Ich weiß, daß er irgendwo da draußen ist. Er ist Anwalt in dieser Stadt, und er weiß etwas sehr Wichtiges.«

»Was ist, wenn wir ihn ausfindig machen und er nicht reden will?«

»Wir haben Mittel und Wege.«

»Zum Beispiel?«

»Folter, Entführung, Erpressung, Drohungen aller Art.«

Ein massiger Mann mit wutrotem Gesicht stand plötzlich neben dem Tisch. »Beeilt euch!« brüllte er. »Ihr redet zu viel.«

»Danke, Pete«, sagte Gray, ohne aufzuschauen. Pete verschwand in der Menge, aber sie konnten ihn an einem anderen Tisch brüllen hören. Darby ließ ihr Sandwich fallen.

»Er ist der Besitzer«, erklärte Gray. »Das gehört zum Ambiente.«

»Wie reizend. Kostet es extra?«

»Oh, nein. Das Essen ist billig, also muß die Masse es bringen. Er weigert sich, Kaffee zu servieren, weil er keine langen Unterhaltungen will. Er erwartet, daß wir essen wie auf der Flucht und dann schleunigst wieder verschwinden.«

»Ich bin satt.«

Gray sah auf die Uhr. »Es ist Viertel nach zwölf. Um eins müssen wir in der Wohnung von Judith Wilson sein. Wollen Sie jetzt Ihr Geld anfordern?«

»Wie lange wird es dauern?«

»Wir können jetzt den Auftrag erteilen und das Geld später abholen.«

»Gehen wir.«

»Wieviel wollen Sie haben?«

»Fünfzehntausend.«

Judith Wilson wohnte im zweiten Stock eines baufälligen alten Gebäudes, das in Zwei-Zimmer-Studentenwohnungen unterteilt worden war. Um eins war sie noch nicht zu Hause, und sie fuhren eine Stunde herum. Gray spielte den Stadtführer. Er fuhr langsam am Montrose Theatre vorbei, das immer noch vernagelt und ausgebrannt war. Er zeigte ihr den täglichen Auftrieb am Dupont Circle.

Viertel nach zwei parkten sie auf der Straße, als ein roter Mazda in der schmalen Einfahrt hielt. »Das ist sie«, sagte Gray und stieg aus. Darby blieb im Wagen.

Er erwischte Judith auf der Vordertreppe. Sie war entgegenkommend genug. Sie redeten miteinander, er zeigte ihr das Foto, sie betrachtete es ein paar Sekunden und schüttelte dann den Kopf. Gleich darauf saß er wieder im Wagen.

»Niete Nummer sechs«, sagte er.

»Damit bleibt nur noch Edward Linney, der vermutlich unser heißestes Eisen ist, weil er zwei Sommer dort gearbeitet hat.«

Sie fanden einen Münzfernsprecher in einem kleinen Supermarkt, und Gray wählte Linneys Nummer. Niemand meldete sich. Er knallte den Hörer auf die Gabel und kehrte in den Wagen zurück. »Er war heute morgen um zehn nicht zu Hause, und jetzt ist er es auch nicht.«

»Er könnte in der Universität sein«, sagte Darby. »Wir brauchen seinen Vorlesungsplan. Sie hätten ihn sich zusammen mit dem der anderen geben lassen sollen.«

»Davon haben Sie nichts gesagt.«

»Wer ist denn hier der Detektiv? Wer ist der intelligente Reporter von der *Washington Post?* Ich bin schließlich nur eine kleine Ex-Jurastudentin, die auf dem Vordersitz hingerissen zuschaut, wie Sie operieren.«

Wie wäre es mit den Rücksitzen? hätte er beinahe gesagt. »Und wohin jetzt?«

»Zurück zur Juristischen Fakultät«, sagte sie. »Ich warte im Wagen, während Sie hineingehen und sich Linneys Vorlesungsplan verschaffen.«

»Ja, Madam.«

Jetzt saß ein Student am Schreibtisch im Büro der Registratorin. Gray bat um den Vorlesungsplan von Edward Linney, und der junge Mann machte sich auf die Suche nach der Registratorin. Fünf Minuten später kam die Registratorin langsam um die Ecke und bedachte ihn mit einem finsteren Blick.

Er produzierte das Lächeln. »Erinnern Sie sich an mich?

Gray Grantham von der *Post*. Ich brauche noch einen Vorlesungsplan.«

»Der Dekan hat nein gesagt.«

»Ich denke, der Dekan ist nicht in der Stadt.«

»Ist er auch nicht. Der stellvertretende Dekan hat nein gesagt. Keine weiteren Vorlesungspläne. Sie haben mir schon genug Scherereien eingebracht.«

»Das verstehe ich nicht. Schließlich bitte ich Sie nicht um persönliche Unterlagen.«

»Der stellvertretende Dekan hat nein gesagt.«

»Wo ist der stellvertretende Dekan.«

»Er ist beschäftigt.«

»Ich werde warten. Wo ist sein Büro?«

»Er wird noch sehr lange Zeit beschäftigt sein.«

»Dann warte ich eben sehr lange Zeit.«

Sie baute sich vor ihm auf und verschränkte die Arme. »Er wird die Herausgabe weiterer Vorlesungspläne nicht zulassen. Unsere Studenten haben ein Recht auf ihr Privatleben.«

»Natürlich haben sie das. Was für Scherereien habe ich Ihnen eingebracht?«

»Das werde ich Ihnen sagen.«

»Bitte tun Sie es.«

Der Student verschwand um die Ecke herum.

»Einer der Studenten, mit denen Sie heute morgen gesprochen haben, hat White and Blazevich angerufen, und die haben den stellvertretenden Dekan angerufen, und der stellvertretende Dekan hat mich angerufen und gesagt, daß Reporter keine weiteren Vorlesungspläne erhalten sollen.«

»Weshalb sollte ihnen das etwas ausmachen?«

»Es macht ihnen etwas aus, okay? Wir arbeiten seit langem mit White and Blazevich zusammen. Sie stellen eine Menge von unseren Studenten ein.«

Gray versuchte, erbarmungswürdig und hilflos auszusehen. »Ich versuche ja nur, Edward Linney zu finden. Ich schwöre, er steckt nicht in irgendwelchen Schwierigkeiten. Ich muß ihm nur ein paar Fragen stellen.«

Sie roch einen Sieg. Sie hatte einen Reporter der *Post* in die Schranken verwiesen, und darauf war sie ziemlich stolz. Also bot sie ihm einen Krümel an. »Mr. Linney ist nicht mehr immatrikuliert. Das ist alles, was ich Ihnen sagen kann.«

Er wich zur Tür zurück und murmelte »Danke«.

Er hatte fast seinen Wagen erreicht, als jemand seinen Namen rief. Es war der Student aus der Registratur.

»Mr. Grantham«, sagte er, während er auf ihn zulief. »Ich kenne Edward. Er ist für eine Weile aus dem Studium ausgestiegen. Persönliche Probleme.«

»Wo ist er?«

»Seine Eltern haben ihn in eine Privatklinik gesteckt. Er macht eine Entziehungskur.«

»Wo ist er?«

»In Silver Springs. Im Parklane Hospital.«

»Wie lange ist er schon dort?«

»Ungefähr einen Monat.«

Grantham reichte ihm die Hand. »Danke. Ich werde niemandem verraten, daß Sie es mir gesagt haben.«

»Er steckt doch nicht in Schwierigkeiten, oder?«

»Nein. Mein Ehrenwort.«

Sie hielten bei der Bank an, und Darby verließ sie mit fünfzehntausend Dollar Bargeld. Das viele Geld machte ihr angst. Linney machte ihr angst. Und plötzlich machten auch White and Blazevich ihr angst.

Parklane war eine Entziehungsklinik für die Reichen oder für Leute mit einer teuren Versicherung. Es war ein kleines, von Bäumen umgebenes Gebäude, das ein paar hundert Meter von der Straße entfernt für sich allein stand. Sie kamen zu dem Schluß, daß dies schwierig werden konnte.

Gray betrat als erster das Foyer und fragte die Frau am Empfang nach Edward Linney.

»Er ist einer unserer Patienten«, sagte sie mit amtlicher Stimme.

Er machte von seinem besten Lächeln Gebrauch. »Ja, ich weiß, daß er ein Patient ist. Das hat man mir in der Juristischen Fakultät gesagt. In welchem Zimmer liegt er?«

Darby betrat das Foyer und wanderte zum Wasserbehälter, um dort sehr lange zu trinken.

»Er ist in Zimmer 22, aber Sie dürfen nicht zu ihm.«

»In der Juristischen Fakultät hat man mir gesagt, ich könnte mit ihm reden.«

»Wer sind Sie überhaupt?«

Er war überaus verbindlich. »Gray Grantham von der *Washington Post*. In der Juristischen Fakultät hat man mir gesagt, ich könnte ihm ein paar Fragen stellen.«

»Tut mir leid, daß man Ihnen das gesagt hat. Aber Sie müssen verstehen, Mr. Grantham, für dieses Hospital sind wir verantwortlich.«

Darby griff nach einer Zeitschrift und ließ sich auf einer Couch nieder.

Sein Lächeln verblaßte beträchtlich, aber es war immer noch da. »Das verstehe ich durchaus«, sagte er, noch immer höflich. »Könnte ich mit dem Verwaltungsdirektor sprechen?«

»Weshalb?«

»Weil diese Sache sehr wichtig ist und ich Mr. Linney unbedingt heute noch sprechen muß. Wenn Sie es mir nicht gestatten, dann muß ich mit Ihrem Boß reden. Ich gehe nicht von hier fort, bevor ich mit dem Verwaltungsdirektor gesprochen habe.«

Sie bedachte ihn mit ihrem besten Scheren-Sie-sich-zum-Teufel-Blick. »Einen Moment bitte. Sie können inzwischen Platz nehmen.«

»Danke.«

Sie verschwand, und Gray drehte sich zu Darby um. Er zeigte auf eine Doppeltür, hinter der die einzige Diele zu liegen schien. Sie holte tief Luft, ging schnell hindurch und stand auf einem großen Vorplatz, von dem drei sterile Korridore abzweigten. Ein Messingschild verwies auf Zimmer 18 bis 30. Es war der Mittelflügel des Hospitals, und der Vorplatz war düster und still mit dickem Teppichboden und geblümter Tapete.

Das konnte sie ins Gefängnis bringen. Sie würde von einem großen Wachmann oder einem kräftigen Pfleger überwältigt und in einen verschlossenen Raum gebracht werden, wo die Polizisten nicht gerade sanft mit ihr umgehen würden, wenn sie angekommen waren, und ihr Helfer draußen würde hilflos zusehen, wie man sie in Handschellen abführte. Ihr Name würde in der Zeitung stehen, in der *Post*, und Stummel, sofern er lesen konnte, würde ihn sehen, und dann hatten sie sie.

Als sie an diesen geschlossenen Türen vorbeischlich, schienen die Strände und die Piñas coladas in unerreichbare Ferne gerückt zu sein. Auch die Tür zu Nummer 22 war geschlossen. Auf einem Schild standen die Namen Edward L. Linney und Dr. Wayne McLatchee. Sie klopfte an.

Der Verwaltungsdirektor war noch arroganter als die Frau am Empfang. Aber schließlich bekam er auch mehr Geld. Er erklärte, sie hätten strikte Besuchsregeln. Ihre Patienten wären sehr kranke und labile Leute, und sie müßten sie schützen. Ihre Ärzte, die besten auf ihrem Gebiet, wären, was Besuche bei ihren Patienten anging, sehr streng. Besuche wären nur samstags und sonntags erlaubt, und auch dann nur für sorgfältig ausgewählte Personen, gewöhnlich nur Familienangehörige und enge Freunde, die zu den Patienten durften, und das auch nur für eine halbe Stunde. Sie mußten sehr streng sein.

Dies waren sehr empfindliche Leute, und sie konnten auf gar keinen Fall eine Befragung durch einen Reporter verkraften, ganz gleich, wie schwerwiegend die Umstände auch sein mochten.

Mr. Grantham fragte, wann Mr. Linney entlassen werden würde. Absolut vertraulich, erklärte der Verwaltungsdirektor. Vermutlich dann, wenn die Versicherung abgelaufen war, meinte Mr. Grantham, der redete und hinzögerte und halbwegs damit rechnete, jenseits der Doppeltür laute und wütende Stimmen zu hören.

Die Erwähnung der Versicherung machte den Verwaltungsdirektor ziemlich wütend. Mr. Grantham fragte, ob er, der Verwaltungsdirektor, Mr. Linney fragen könnte, ob er Mr. Grantham zwei Fragen beantworten wollte. Das Ganze würde nicht länger als dreißig Sekunden dauern.

Kommt nicht in Frage, erklärte der Verwaltungsdirektor. Sie hatten sehr strenge Regeln.

Eine Stimme antwortete leise, und sie trat in das Zimmer. Der Teppich war dicker, und die Möbel waren aus Holz. Er saß in Jeans und ohne Hemd auf dem Bett, las in einem dicken Roman und sah sehr gut aus.

»Entschuldigen Sie«, sagte sie herzlich, während sie die Tür hinter sich zumachte.

»Kommen Sie herein«, sagte er mit einem Lächeln. Es war seit zwei Tagen das erste nicht-medizinische Gesicht. Ein wunderschönes Gesicht. Er klappte das Buch zu.

Sie trat ans Fußende des Bettes. »Ich bin Sara Jacobs, und ich arbeite an einer Story für die *Washington Post.*«

»Wie sind Sie hereingekommen?« fragte er, offensichtlich erfreut, daß sie bei ihm war.

»Einfach so. Haben Sie im Sommer bei White and Blazevich gearbeitet?«

»Ja, und im vorigen Sommer auch. Sie haben mir einen Job angeboten, wenn ich mit dem Studium fertig bin. Falls ich es abschließe.«

Sie reichte ihm das Foto. »Kennen Sie diesen Mann?«

Er nahm es und lächelte. »Ja. Er heißt – warten Sie einen Moment. Er arbeitet in der Öl- und Gasabteilung im neunten Stock. Wie heißt er doch gleich?«

Darby hielt den Atem an.

Linney schloß die Augen und versuchte nachzudenken. Er betrachtete das Foto, und dann sagte er: »Morgan. Ich glaube, er heißt Morgan. Ja.«

»Sein Zuname ist Morgan?«

»So ist es. Sein Vorname fällt mir im Moment nicht ein. So etwas wie Charles – nein, das ist es nicht. Ich glaube, er fängt mit C an.«

»Und Sie sind sicher, daß er in der Öl- und Gasabteilung arbeitet?« Sie konnte sich zwar nicht an die genaue Zahl erinnern, aber sie war sicher, daß es bei White and Blazevich mehr als nur einen Morgan gab.

»Ja.«

»Im neunten Stock?«

»Ja. Ich habe in der Insolvenzenabteilung im achten Stock gearbeitet, und Öl und Gas nimmt die Hälfte des achten und den ganzen neunten Stock ein.«

Er gab ihr das Foto zurück.

»Wann kommen Sie hier heraus?« fragte sie. Es wäre unhöflich, einfach so aus dem Zimmer zu rennen.

»Nächste Woche, hoffe ich. Was hat dieser Mann getan?«

»Nichts. Wir müssen nur mit ihm reden.« Sie wich vom Bett zurück. »Ich muß weiter. Danke. Und viel Glück.«

»War mir ein Vergnügen.«

Sie machte leise die Tür hinter sich zu und eilte auf das Foyer zu. Die Stimme kam von hinten.

»He, Sie! Was tun Sie hier?«

Darby drehte sich um und stand vor einem hochgewachsenen schwarzen Wachmann mit einer Waffe an der Hüfte. Sie sah sehr schuldbewußt aus.

»Was machen Sie hier?« fragte er abermals, während er sie an die Wand drängte.

»Ich habe meinen Bruder besucht«, sagte sie. »Und schreien Sie mich gefälligst nicht an.«

»Wer ist Ihr Bruder?«

Sie deutete mit einem Kopfnicken auf seine Tür. »Zimmer 22.«

»Jetzt ist keine Besuchszeit. Sie haben hier nichts zu suchen.«

»Es war wichtig. Und ich gehe ja schon, okay?«

Die Tür von Zimmer 22 ging auf, und Linney schaute heraus.

»Ist das Ihre Schwester?« fragte der Wachmann.

Darby flehte mit den Augen.

»Ja, lassen Sie sie in Ruhe. Sie wollte gerade gehen.«

Sie atmete aus und lächelte Linney an. »Mom kommt am Wochenende.«

»Fein«, sagte Linney leise.

Der Wachmann trat zurück, und Darby rannte fast zu der Doppeltür. Grantham hielt dem Verwaltungsdirektor einen Vortrag über die Kosten des Gesundheitswesens. Sie kam durch die Tür, durchquerte das Foyer und hatte schon fast die Eingangstür erreicht, als der Verwaltungsdirektor sie ansprach.

»Miß! Oh, Miß! Darf ich wissen, wie Sie heißen?«

Darby war zur Tür hinaus und eilte zum Wagen. Grantham verabschiedete sich mit einem Achselzucken von dem Verwaltungsdirektor und verließ das Gebäude. Sie stiegen schnell ein und brausten davon.

»Garcias Nachname ist Morgan. Linney hat ihn sofort erkannt, aber es fiel ihm schwer, sich an den Namen zu erinnern. Der Vorname fängt mit C an.« Sie wühlte sich durch ihre Notizen aus dem Martindale-Hubbell. »Er hat gesagt, er arbeitet in der Öl- und Gasabteilung im neunten Stock.«

Grantham fuhr, so schnell er konnte. »Öl und Gas!«

»Das hat er gesagt.« Sie hatte es gefunden. »Curtis D. Morgan, Öl- und Gasabteilung, neunundzwanzig Jahre alt. Es gibt noch einen weiteren Morgan in der Prozeßabteilung, aber der ist Partner und einundfünfzig.«

»Garcia ist Curtis Morgan«, sagte Gray erleichtert. Er

sah auf die Uhr. »Es ist Viertel vor vier. Wir müssen uns beeilen.«

»Ich kann es kaum erwarten.«

Rupert entdeckte sie, als sie von der Auffahrt des Parklane abbogen. Er fuhr wie ein Wilder, nur um sie nicht aus den Augen zu verlieren, dann gab er über Funk Bescheid.

37

Matthew Barr hatte noch nie in einem Rennboot gesessen, und nach fünf Stunden knochenzermürbender Fahrt übers Meer war er völlig durchgeweicht und hatte überall Schmerzen. Sein Körper war taub, und als er Land sah, sprach er ein Gebet, das erste seit Jahrzehnten. Dann fuhr er fort, Fletcher Coal alle Übel der Welt an den Hals zu wünschen.

Sie gingen in einem kleinen Jachthafen in der Nähe einer Stadt an Land, von der er glaubte, daß es Freeport war. Als sie Florida verließen, hatte der Kapitän irgend etwas über Freeport zu einem Mann gesagt, der Larry genannt wurde. Sonst war während der ganzen Fahrt kein Wort gesprochen worden. Welche Rolle Larry bei dieser Strapaze spielte, war ihm nicht klar. Er war mindestens einsfünfundneunzig groß und hatte einen gewaltigen Stiernacken, und er tat nichts, als Barr zu beobachten, was ihn anfangs nicht weiter störte, nach fünf Stunden aber ausgesprochen lästig war.

Sie standen steif auf, als das Boot festmachte. Larry stieg als erster aus und bedeutete Barr, ihm zu folgen. Ein weiterer großer und massiger Mann kam auf den Anleger zu, und die beiden eskortierten Barr gemeinsam zu einem wartenden Transporter.

An diesem Punkt hätte Barr seinen neuen Freunden nur zu gern Lebewohl gesagt und wäre einfach in Richtung Freeport verschwunden, um dort in die nächste Maschine nach Washington zu steigen und auf Coal einzuschlagen, sobald er seiner habhaft wurde. Aber er mußte cool bleiben. Sie würden es nicht wagen, ihm etwas anzutun.

Der Transporter hielt nur Augenblicke später auf einem kleinen Flugplatz, und Barr wurde zu einem schwarzen

Lear Jet eskortiert. Er bewunderte die Maschine kurz, bevor er Larry die Treppe hinauf folgte. Er war cool und entspannt; es war nur ein Job wie andere auch. Schließlich war er früher einmal einer der besten CIA-Agenten in Europa gewesen. Er war ein ehemaliger Marineinfanterist. Er konnte selbst auf sich aufpassen.

In der Kabine saß er allein. Die Fenster waren verhängt, und das ärgerte ihn. Aber er verstand es. Mr. Mattiece legte Wert auf Ungestörtheit, und dafür hatte Barr volles Verständnis. Larry und der andere Schwergewichtler hatten sich im vorderen Teil der Kabine niedergelassen, blätterten in Zeitschriften und ignorierten ihn.

Eine halbe Stunde nach dem Start ging der Jet wieder herunter, und Larry trat neben ihn.

»Legen Sie das an«, befahl er und gab ihm ein dickes Tuch zum Verbinden der Augen. An diesem Punkt wäre ein Anfänger in Panik geraten. Ein Amateur hätte angefangen, Fragen zu stellen. Aber Barr waren schon früher die Augen verbunden worden, und obwohl er, was seinen Auftrag anging, schwere Bedenken hatte, nahm er gelassen das Tuch entgegen und verband sich die Augen.

Der Mann, der ihm die Binde abnahm, stellte sich als Emil, Assistent von Mr. Mattiece, vor. Er war ein kleiner, drahtiger Mann mit dunklem Haar und einem kleinen Schnurrbart auf der Oberlippe. Er ließ sich einen Meter entfernt auf einem Stuhl nieder und zündete sich eine Zigarette an.

»Unsere Leute haben uns gesagt, daß Sie legitimiert sind, gewissermaßen«, sagte er mit einem freundlichen Lächeln. Barr sah sich in dem Zimmer um. Es hatte keine Wände, nur aus vielen kleinen Scheiben zusammengesetzte Fenster. Die Sonne war grell und stach ihm in die Augen. Draußen umgab ein üppiger Garten eine Reihe von Springbrunnen und Pools. Sie befanden sich im hinteren Teil eines sehr großen Hauses.

»Ich bin im Auftrag des Präsidenten hier«, sagte Barr.

»Wir glauben Ihnen.« Emil nickte. Er war ganz offensichtlich ein Cajun.

»Darf ich fragen, wer Sie sind?« sagte Barr.

»Ich bin Emil, das reicht. Mr. Mattiece fühlt sich nicht wohl. Vielleicht sollten Sie Ihre Botschaft mir ausrichten.«

»Ich habe Anweisung, mit ihm selbst zu sprechen.«

»Anweisung von Mr. Coal, nehme ich an.« Emil hörte keine Sekunde auf zu lächeln.

»So ist es.«

»Ich verstehe. Mr. Mattiece zieht es vor, Sie nicht zu empfangen. Er möchte, daß Sie mit mir reden.«

Barr schüttelte den Kopf. Falls es hart auf hart gehen sollte, wenn ihm die Dinge aus der Hand glitten, dann würde er mit Emil reden, wenn es unbedingt sein mußte. Aber fürs erste gedachte er, fest zu bleiben.

»Ich bin nicht befugt, mit irgend jemandem außer Mr. Mattiece zu reden«, erklärte Barr.

Das Lächeln verschwand fast völlig. Emil deutete über die Pools und Springbrunnen hinweg auf ein großes, pavillonähnliches Gebäude mit Fenstern vom Boden bis zur Decke, das umgeben war von Reihen säuberlich beschnittener Sträucher und Blumen. »Mr. Mattiece ist in seinem Pavillon. Folgen Sie mir.«

Sie verließen das Sonnenzimmer und gingen langsam um einen flachen Pool herum. Barr hatte einen dicken Knoten im Bauch, aber er folgte seinem kleinen Freund, als wäre dies nichts als ein weiterer Tag im Büro. Von irgendwoher kam das Plätschern fallenden Wassers. Zu dem Pavillon führte ein schmaler Steg. Sie blieben vor der Tür stehen.

»Ziehen Sie bitte die Schuhe aus«, sagte Emil mit einem Lächeln. Emil war barfuß. Barr zog die Schuhe aus und stellte sie neben die Tür.

»Treten Sie nicht auf die Handtücher«, sagte Emil ernst.

Die Handtücher?

Emil öffnete die Tür für Barr, der allein eintrat. Der

Raum war kreisrund und hatte einen Durchmesser von ungefähr fünfzehn Metern. Darin standen drei Sessel und eine Couch, alle mit weißen Laken abgedeckt. Dicke Frotteehandtücher lagen auf dem Fußboden und bildeten kleine Pfade durch den Raum. Die Sonne schien grell durch Oberlichter. Eine Tür ging auf, und Mr. Mattiece kam aus einem kleinen Nebenzimmer.

Barr erstarrte und glotzte den Mann an. Er war dürr und hager, mit langem grauem Haar und einem schmutzigen Bart. Er hatte nichts an außer einer weißen Turnhose und wanderte über die Handtücher, ohne Barr anzusehen.

»Setzen Sie sich dorthin«, sagte er und deutete auf einen Sessel. »Treten Sie nicht auf die Handtücher.«

Barr vermied die Handtücher und setzte sich. Mattiece drehte ihm den Rücken zu und schaute aus dem Fenster. Seine Haut war lederig und dunkel bronzefarben. Seine nackten Füße waren von häßlichen Adern durchzogen. Die Zehennägel waren lang und gelb. Er war völlig verrückt.

»Was wollen Sie?« fragte er, zum Fenster gewandt.

»Der Präsident schickt mich.«

»Tut er nicht. Fletcher Coal hat Sie geschickt. Der Präsident weiß überhaupt nicht, daß Sie hier sind.«

Vielleicht war er doch nicht verrückt. Er sprach, ohne einen Muskel in seinem Körper zu bewegen.

»Fletcher Coal ist der Stabschef des Präsidenten. Er hat mich geschickt.«

»Ich weiß Bescheid über Coal. Und ich weiß Bescheid über Sie. Und über Ihre kleine Organisation. Also, was wollen Sie?«

»Information.«

»Halten Sie mich nicht zum Narren. Was wollen Sie?«

»Haben Sie die Pelikan-Akte gelesen?« fragte Barr.

Der dürre Körper bewegte sich nicht. »Haben Sie sie gelesen?«

»Ja«, erwiderte Barr schnell.

»Glauben Sie, daß stimmt, was darin steht?«

»Es könnte sein. Deshalb bin ich hier.«

»Weshalb macht sich Mr. Coal wegen dieser Akte so viele Gedanken?«

»Weil zwei Reporter Wind davon bekommen haben. Und wenn es stimmt, dann müssen wir es sofort wissen.«

»Wer sind diese Reporter?«

»Gray Grantham von der *Washington Post*. Er hat als erster davon erfahren. Er weiß mehr als alle anderen, und er versucht, noch mehr herauszubekommen. Mr. Coal glaubt, daß er im Begriff ist, etwas zu veröffentlichen.«

»Den können wir aus dem Weg räumen«, sagte Mattiece zu den Fenstern. »Wer ist der andere?«

»Rifkin von der *Times*.«

Mattiece hatte sich noch immer nicht bewegt. Barr ließ den Blick über die Laken und die Handtücher schweifen. Ja, er mußte verrückt sein. Der Raum war sterilisiert und roch nach Franzbranntwein. Vielleicht war er krank.

»Glaubt Mr. Coal, daß stimmt, was darin steht?«

»Ich weiß es nicht. Er macht sich große Sorgen. Deshalb bin ich hier, Mr. Mattiece. Wir müssen es wissen.«

»Was ist, wenn es stimmt?«

»Dann haben wir Probleme.«

Endlich bewegte sich Mattiece. Er verlagerte sein Gewicht auf das rechte Bein und verschränkte die Arme vor der schmalen Brust. Aber seine Augen bewegten sich nicht. In der Ferne gab es Sanddünen und Strandhafer, aber nicht das Meer.

»Wissen Sie, was ich glaube?« sagte er leise.

»Was?«

»Ich glaube, Coal ist das Problem. Er hat die Akte zu vielen Leuten gegeben. Er hat sie der CIA gegeben. Er hat zugelassen, daß Sie sie lesen. Das gefällt mir ganz und gar nicht.«

Darauf fiel Barr keine Erwiderung ein. Es war lächerlich, davon auszugehen, daß Coal das Dossier verbreiten wollte. Das Problem sind Sie, Mr. Mattiece. Sie haben die Richter ermordet. Sie sind in Panik geraten und haben Callahan umgebracht. Sie sind der gierige Mistkerl, der nicht bereit war, sich mit lumpigen fünfzig Millionen zufriedenzugeben.

Mattiece drehte sich langsam um und sah Barr an. Die Augen waren dunkel und rot. Er hatte nicht die geringste Ähnlichkeit mit dem Foto, auf dem er mit dem Vizepräsidenten zu sehen war, aber das lag sieben Jahre zurück. In den letzten sieben Jahren war er um zwanzig Jahre gealtert, und vielleicht hatte er irgendwann in dieser Zeit die Grenze des Irrsinns überschritten.

»Das ist die Schuld von euch Clowns in Washington«, sagte er, jetzt etwas lauter.

Barr konnte ihn nicht ansehen. »Stimmt es, Mr. Mattiece? Das ist alles, was ich wissen möchte.«

Hinter Barr wurde lautlos eine Tür geöffnet. Larry, in Socken und den Handtüchern ausweichend, schob sich zwei Schritte vor und blieb dann stehen.

Mattiece ging auf den Handtüchern zu einer Glastür und öffnete sie. Er schaute hinaus und sagte leise: »Natürlich stimmt es.« Er trat durch die Tür und machte sie langsam hinter sich zu. Barr sah zu, wie der Irre auf einem Pfad, der zu den Dünen führte, davonschlurfte.

Was nun? dachte er. Vielleicht würde Emil kommen und ihn abholen. Vielleicht.

Larry näherte sich mit einem Seil, und Barr hörte und spürte nichts, bevor es zu spät war. Mattiece wollte kein Blut in seinem Pavillon, also brach Larry ihm einfach das Genick und preßte seinen Hals zusammen, bis es vorüber war.

38

Der Schlachtplan sah vor, daß sie an diesem Punkt ihrer Suche in diesem Fahrstuhl zu stehen hatte, aber wie sie es sah, waren so viele unerwartete Ereignisse eingetreten, daß eine Änderung des Schlachtplans angezeigt gewesen wäre. Er war nicht dieser Meinung. Es hatte eine eingehende Debatte über diese Fahrt im Fahrstuhl gegeben, und nun stand sie darin. Er hatte recht: Es war der kürzeste Weg zu Curtis Morgan. Und sie hatte auch recht: Es war ein gefährlicher Weg zu Curtis Morgan. Aber die anderen Wege waren nicht weniger gefährlich. Der ganze Schlachtplan war mörderisch. Sie trug ihr einziges Kleid und ihre einzigen Schuhe mit hohen Absätzen. Gray sagte, sie sähe sehr gut aus, aber das war zu erwarten gewesen. Der Fahrstuhl hielt im neunten Stock, und als sie heraustrat, hatte sie Magenkrämpfe und konnte kaum atmen.

Zum Empfang mußte sie ein elegantes Foyer durchqueren. An der Wand prangte in großen, dicken Messingbuchstaben der Name WHITE AND BLAZEVICH. Ihre Knie waren weich, aber sie schaffte es bis zu der Frau am Empfang, die freundlich lächelte. Es war zehn vor fünf.

»Kann ich Ihnen helfen?« fragte sie. Dem Namensschild zufolge hieß sie Peggy Young.

»Ja«, brachte Darby nach einem Räuspern heraus. »Ich bin um fünf Uhr mit Curtis Morgan verabredet. Mein Name ist Dorothy Blythe.«

Die Frau war fassungslos. Ihr Unterkiefer sackte herab, und sie starrte Darby, jetzt Dorothy, an. Sie konnte nicht sprechen.

Darby blieb das Herz stehen. »Fehlt Ihnen etwas?«

»Äh – nein. Entschuldigung. Einen Augenblick bitte.« Peggy Young stand schnell auf und verschwand.

Hau ab! Ihr Herz dröhnte wie eine Trommel. Hau ab! Sie versuchte, ihre Atmung zu kontrollieren, aber sie mußte gegen Hyperventilation ankämpfen. Ihre Beine fühlten sich an, als wären sie aus Gummi. Hau ab!

Sie sah sich um, versuchte, so gelassen zu wirken, als wäre sie nichts als eine Mandantin, die auf ihren Anwalt wartet. Bestimmt würde man sie nicht hier im Foyer einer Anwaltskanzlei niederschießen.

Er kam zuerst, gefolgt von der Empfangsdame. Er war ungefähr fünfzig, mit buschigem grauen Haar und gräßlich finsterer Miene. »Hi«, sagte er, aber nur, weil er es mußte. »Ich bin Jarreld Schwabe, ein Partner hier. Sie sagen, Sie hätten eine Verabredung mit Curtis Morgan?«

Bleib dabei. »Ja. Um fünf. Gibt es ein Problem?«

»Und Ihr Name ist Dorothy Blythe?«

Ja, aber Sie können mich Dot nennen. »Ja, das habe ich bereits gesagt. Was ist los?« Sie hörte sich an, als wäre sie echt verärgert. Er rückte näher an sie heran. »Wann haben Sie die Verabredung getroffen?«

»Ich weiß es nicht mehr so genau. Vor ungefähr zwei Wochen. Ich habe Curtis auf einer Party in Georgetown kennengelernt. Er hat mir erzählt, daß er Öl- und Gas-Anwalt ist, und zufällig brauche ich einen solchen Anwalt. Deshalb rief ich hier an und vereinbarte eine Zusammenkunft. Und nun sagen Sie mir bitte, was hier vorgeht?« Sie war erstaunt, wie gut diese Worte aus ihrem trockenen Mund herauskamen.

»Wozu brauchen Sie einen Öl- und Gas-Anwalt?«

»Ich glaube nicht, daß Sie das etwas angeht«, sagte sie, und es klang ziemlich bissig.

Die Fahrstuhltür ging auf, und ein Mann in einem billigen Anzug kam rasch herbei, um dem Gespräch folgen zu können. Darby warf ihm einen finsteren Blick zu. Ihre Beine konnten jede Sekunde ihren Dienst versagen.

Schwabe war unerbittlich. »In unseren Unterlagen steht nichts von einer solchen Verabredung.«

»Dann feuern Sie die Sekretärin, die den Terminkalender führt. Werden bei Ihnen alle neuen Mandanten auf diese Art empfangen?« Oh, sie war empört, aber Schwabe ließ nicht locker.

»Sie können Curtis Morgan nicht sehen«, sagte er.

»Und weshalb nicht?« wollte sie wissen.

»Er ist tot.«

Ihre Knie waren butterweich und im Begriff nachzugeben. Ein heftiger Schmerz schoß durch ihren Magen. Aber, dachte sie schnell, es war völlig in Ordnung, wenn sie schockiert wirkte. Schließlich hätte er ihr neuer Anwalt sein sollen.

»Das tut mir leid. Weshalb hat mich niemand angerufen?«

Schwabe war noch immer argwöhnisch. »Wie ich schon sagte, haben wir keine Unterlagen über eine Dorothy Blythe.«

»Was ist mit ihm passiert?« fragte sie fassungslos.

»Er wurde vor einer Woche überfallen und niedergeschossen. Vermutlich von einem Straßenräuber.«

Der Mann in dem billigen Anzug kam einen Schritt näher. »Können Sie sich irgendwie ausweisen?«

»Wer zum Teufel sind Sie?« fuhr sie ihn laut an.

»Er gehört zum Sicherheitsdienst«, sagte Schwabe.

»Was gibt es hier zu sichern?« fragte sie sogar noch lauter. »Ist das hier eine Anwaltskanzlei oder ein Gefängnis?«

Der Partner sah den Mann in dem billigen Anzug an, und es war offensichtlich, daß keiner von beiden so recht wußte, was er in dieser Situation tun sollte. Sie sah sehr gut aus, sie hatten sie verärgert, und ihre Geschichte klang irgendwie glaubhaft. Sie entspannten sich ein wenig.

»Vielleicht sollten Sie lieber gehen, Ms. Blythe«, sagte Schwabe.

»Mit Vergnügen!«

Der Wachmann wollte ihr helfen. »Hier entlang«, sagte er.

Sie schob ihn beiseite. »Wenn Sie mich anrühren, wird morgen früh meine erste Handlung darin bestehen, daß ich Sie verklage. Gehen Sie mir aus dem Weg!«

Das erschütterte sie ein wenig. Sie war wütend und schlug um sich. Vielleicht waren sie ein bißchen zu hart.

»Ich begleite Sie hinunter«, sagte der Wachmann.

»Ich finde allein hinaus. Mich wundert nur, daß Sie überhaupt noch Mandanten haben.« Sie bewegte sich rückwärts. Ihr Gesicht war gerötet, aber nicht vor Wut. Es war Angst. »Ich habe Anwälte in vier Staaten und bin noch nie so behandelt worden«, schrie sie sie an. Sie war in der Mitte des Foyers. »Voriges Jahr habe ich eine halbe Million Anwaltskosten bezahlt, und dieses Jahr wird es eine ganze Million sein, aber dieser Laden hier wird keinen Cent davon sehen.« Je näher sie dem Fahrstuhl kam, desto lauter schrie sie. Sie sahen ihr nach, bis sich die Fahrstuhltür geschlossen hatte und sie verschwunden war.

Gray wanderte mit dem Telefon in der Hand am Fußende des Bettes herum und wartete auf Smith Keen. Darby hatte sich auf dem Bett ausgestreckt und die Augen geschlossen.

Gray blieb stehen. »Hallo, Smith. Ich möchte, daß Sie ganz schnell etwas überprüfen.«

»Wo sind Sie?« fragte Keen.

»In einem Hotel. Gehen Sie sechs oder sieben Tage zurück. Ich brauche die Todesanzeige von Curtis D. Morgan.«

»Wer ist das?«

»Garcia.«

»Garcia! Was ist mit Garcia passiert?«

»Er ist offensichtlich tot. Von Straßenräubern erschossen.«

»Daran erinnere ich mich. Wir haben vorige Woche einen Bericht über einen jungen Anwalt gebracht, der ausgeraubt und erschossen wurde.«

»Das muß er gewesen sein. Können Sie für mich nachsehen? Ich brauche den Namen und die Adresse seiner Frau, falls wir sie haben.«

»Wie haben Sie ihn gefunden?«

»Das ist eine lange Geschichte. Wir wollen versuchen, noch heute abend mit seiner Witwe zu sprechen.«

»Garcia ist tot. Mann, das ist gespenstisch.«

»Das ist mehr als gespenstisch. Der Mann hat etwas gewußt, und sie haben ihn um die Ecke gebracht.«

»Und Sie – sind Sie in Sicherheit?«

»Wer weiß?«

»Wo ist die Frau?«

»Hier bei mir.«

»Was ist, wenn sie sein Haus beobachten?«

Daran hatte Gray noch nicht gedacht. »Das Risiko müssen wir eingehen. Ich rufe in einer Viertelstunde wieder an.«

Er stellte das Telefon auf den Fußboden und setzte sich in einen alten Schaukelstuhl. Auf dem Tisch stand warmes Bier, und er nahm einen großen Schluck. Er betrachtete sie. Ein Unterarm bedeckte beide Augen. Sie trug jetzt Jeans und ein Sweatshirt. Das Kleid hatte sie in eine Ecke geworfen, die Schuhe mit den hohen Absätzen von sich geschleudert.

»Sind Sie okay?« fragte er leise.

»Mir geht es wunderbar.«

Sie war ungeheuer schlagfertig, und das gefiel ihm. Natürlich, sie war fast Anwältin, und vermutlich wurde ihnen an der Universität Schlagfertigkeit beigebracht. Er trank Bier und bewunderte die Jeans. Er genoß es, sie anstarren zu können, ohne dabei erwischt zu werden.

»Starren Sie mich an?« fragte sie.

»Ja.«

»Sex ist das letzte, was mich im Moment interessiert.«

»Warum erwähnen Sie es dann?«

»Weil ich das Gefühl habe, daß es Sie nach meinen roten Zehennägeln gelüstet.«

»Stimmt.«

»Ich habe Kopfschmerzen. Hundsgemeine Kopfschmerzen.«

»Die haben Sie sich redlich erarbeitet. Kann ich Ihnen irgend etwas bringen?«

»Ja. Ein Ticket nach Jamaika.«

»Sie können noch heute abend abreisen. Ich bringe Sie gleich jetzt zum Flughafen.«

Sie nahm den Unterarm von den Augen und massierte ihre Schläfen. »Tut mir leid, daß ich geweint habe.«

Er leerte die Bierdose. »Sie haben sich das Recht dazu verdient.« Ihr Gesicht war tränenüberströmt gewesen, als sie aus dem Fahrstuhl trat. Er wartete auf sie wie ein werdender Vater, nur daß er eine .38er in der Tasche hatte – eine .38er, von der sie nichts wußte.

»Nun, was halten Sie von der Arbeit eines recherchierenden Reporters?« fragte er.

»Ich würde lieber Schweine schlachten.«

»Nun, ehrlich gesagt, nicht jeder Tag ist so ereignisreich. An manchen Tagen sitze ich nur an meinem Schreibtisch und rufe Hunderte von Bürokraten an, die mir alle nichts sagen.«

»Hört sich großartig an. Lassen Sie uns das morgen tun.«

Er streifte seine Schuhe ab und legte die Füße aufs Bett. Sie schloß die Augen und atmete tief. Minuten vergingen ohne ein weiteres Wort.

»Haben Sie gewußt, daß man Louisiana den Pelikan-Staat nennt?« fragte sie mit geschlossenen Augen.

»Nein, das habe ich nicht gewußt.«

»Im Grunde ist es eine Schande, weil die Braunpelikane Anfang der 60er Jahre praktisch ausgerottet wurden.«

»Was passierte mit ihnen?«

»Pestizide. Sie fressen nur Fische, und die Fische leben in Flußwasser voll von Pestiziden. Der Regen spült die Pestizide vom Land in kleine Bäche, und von dort gelangen sie in größere Flüsse und schließlich in den Mississippi. Wenn dann die Pelikane in Louisiana die Fische fressen, sind sie voll von DDT und anderen Chemikalien, die sich im Fettgewebe der Vögel ablagern. Das führt nur selten sofort zu ihrem Tod. Aber in Streßzeiten, zum Beispiel bei Nahrungsknappheit oder schlechtem Wetter, sind die Pelikane und Adler und Kormorane gezwungen, auf ihre Reserven zurückzugreifen. Dabei werden sie buchstäblich von ihrem eigenen Fett vergiftet. Wenn sie nicht daran sterben, sind sie in der Regel unfähig, sich fortzupflanzen. Die Schalen ihrer Eier sind so dünn und empfindlich, daß sie beim Bebrüten zerbrechen. Haben Sie das gewußt?«

»Woher sollte ich das wissen?«

»Ende der sechziger Jahre hat man in Louisiana damit begonnen, Braunpelikane aus Südflorida anzusiedeln, und im Lauf der Jahre hat sich die Population langsam wieder vergrößert. Aber die Vögel sind nach wie vor stark gefährdet. Vor vierzig Jahren gab es Tausende von ihnen. Die Zypressensümpfe, die Mattiece vernichten möchte, sind die Heimat von nur ein paar Dutzend Pelikanen.«

Gray dachte über diese Dinge nach. Sie schwieg lange Zeit.

»Welchen Tag haben wir heute?« fragte sie schließlich, ohne die Augen zu öffnen.

»Montag.«

»Heute vor einer Woche habe ich New Orleans verlassen. Heute vor zwei Wochen haben Thomas und Verheek zusammen gegessen. Und das war der schicksalsträchtige Moment, in dem das Pelikan-Dossier weitergegeben wurde.«

»Morgen ist es drei Wochen her, daß Rosenberg und Jensen ermordet wurden.«

»Ich war eine unschuldige kleine Jurastudentin, die sich um ihre eigenen Angelegenheiten kümmerte und ein wundervolles Verhältnis mit ihrem Professor hatte. Aber diese Zeiten sind vermutlich vorbei.«

Mit dem Studium und dem Professor ist sicherlich Schluß, dachte er. »Wie sehen Ihre weiteren Pläne aus?«

»Ich habe keine. Ich versuche nur, aus dieser verdammten Sache herauszukommen und am Leben zu bleiben. Ich werde irgendwohin verschwinden und mich ein paar Monate verstecken, vielleicht auch ein paar Jahre. Ich habe genug Geld, um mich längere Zeit über Wasser zu halten. Wenn ich an dem Punkt angelangt bin, an dem ich nicht mehr über die Schulter sehe, falls das jemals wieder der Fall sein sollte, komme ich vielleicht zurück.«

»An die Universität?«

»Nein. Die Juristerei hat ihren Reiz verloren.«

»Weshalb wollten Sie Anwältin werden?«

»Aus Idealismus und wegen des Geldes. Ich dachte, ich könnte die Welt verändern und dafür bezahlt werden.«

»Aber es gibt doch ohnehin schon so verdammt viele Anwälte. Weshalb strömen all diese intelligenten jungen Leute in die Juristischen Fakultäten?«

»Ganz einfach. Es ist Habgier. Sie wollen BMWs und goldene Kreditkarten. Wenn man an eine gute Universität geht, unter den ersten zehn Prozent abschließt und einen Job bei einer großen Firma bekommt, dann hat man nach ein paar Jahren ein sechsstelliges Gehalt, und von da an geht es ständig aufwärts. Das ist garantiert. Im Alter von fünfunddreißig kann man schon ein Partner sein, der mindestens zweihunderttausend im Jahr einsackt. Manche verdienen noch viel mehr.«

»Und was ist mit den anderen neunzig Prozent?«

»Für die sieht es weniger rosig aus. Sie müssen sich mit dem begnügen, was übrigbleibt.«

»Die meisten Anwälte, die ich kenne, hassen ihren Beruf. Sie würden lieber etwas anderes tun.«

»Aber sie können nicht ausscheiden, wegen dem Geld. Sogar ein lausiger Anwalt in einer kleinen Kanzlei kann nach zehn Jahren Praxis an die hunderttausend im Jahr verdienen. Vielleicht hassen sie ihren Beruf, aber wo sonst könnten sie so viel Geld scheffeln?«

»Ich verabscheue Anwälte.«

»Und vermutlich glauben Sie, daß Reporter angebetet werden.«

Gutes Argument. Gray sah auf die Uhr, dann griff er zum Telefon. Er wählte Keens Nummer. Keen las ihm die Todesanzeige vor und die *Post*-Story über den sinnlosen Straßenmord an dem jungen Anwalt. Gray machte sich Notizen. »Noch ein paar Dinge«, sagte Keen. »Feldman macht sich große Sorgen um Ihre Sicherheit. Er hat damit gerechnet, heute in seinem Büro von Ihnen informiert zu werden, und war stocksauer, weil er nichts von Ihnen gehört hat. Sehen Sie zu, daß Sie ihm morgen vormittag Bericht erstatten. Verstanden?«

»Ich werde es versuchen.«

»Versuchen reicht nicht, Gray. Wir sind alle sehr nervös.«

»Die *Times* ist uns auf den Fersen, stimmt's?«

»Es ist nicht die *Times*, die mir im Augenblick Sorgen macht. Ich mache mir wesentlich mehr Sorgen um Sie und die Frau.«

»Uns geht's gut. Es ist alles in bester Ordnung. Was haben Sie sonst noch?«

»In den letzten beiden Stunden sind drei Anrufe für Sie eingegangen, von einem Mann namens Cleve. Sagt, er wäre Polizist. Kennen Sie ihn?«

»Ja.«

»Nun, er möchte Sie heute abend sprechen. Sagt, es wäre dringend.«

»Ich rufe ihn nachher an.«

»Okay. Aber seien Sie vorsichtig. Wir sind noch bis spät abends hier, also melden Sie sich.«

Gray legte auf und betrachtete seine Notizen. Es war kurz vor sieben. »Ich fahre zu Mrs. Morgan. Und ich möchte, daß Sie hierbleiben.«

Sie setzte sich auf und legte die Arme um die Knie. »Ich möchte mitkommen.«

»Was ist, wenn sie das Haus beobachten?« fragte er.

»Weshalb sollten sie das Haus beobachten? Er ist tot.«

»Vielleicht sind sie jetzt argwöhnisch, weil heute eine mysteriöse Mandantin aufgetaucht ist und nach ihm gefragt hat. Obwohl er tot ist, erregt er Aufmerksamkeit.«

Sie dachte eine Minute darüber nach. »Nein. Ich komme mit.«

»Es ist zu riskant, Darby.«

»Kommen Sie mir nicht mit Risiken. Ich habe zwölf Tage in den Minenfeldern überlebt. Das hier ist ein Kinderspiel.«

Er wartete an der Tür auf sie. »Übrigens, wo soll ich heute übernachten?«

»Im Jefferson Hotel.«

»Haben Sie die Telefonnummer?«

»Was dachten Sie denn?«

»Dumme Frage.«

Der Privatjet mit Edwin Sneller an Bord landete ein paar Minuten nach sieben auf dem National Airport in Washington. Er war froh gewesen, New York verlassen zu können. Er hatte sechs Tage dort verbracht und ausschließlich in seiner Suite im Plaza Hotel herumgesessen. Fast eine Woche lang hatten seine Männer Hotels überprüft, Flughäfen beobachtet und auf den Straßen patrouilliert, und sie wußten verdammt gut, daß sie nur ihre Zeit vergeudeten. Aber Befehl war Befehl. Sie waren angewiesen worden, zu bleiben, bis sich irgend etwas tat und sie woanders weitermachen konnten. Der Versuch, die Frau in Manhattan zu finden, war absurd, aber sie mußten in der Nähe bleiben für den Fall, daß sie einen Fehler machte wie einen Telefonanruf oder eine Kreditkarten-Transaktion, durch die man ihr auf die Spur kommen konnte. Dann wurden sie gebraucht.

Sie hatte keinen Fehler gemacht bis halb drei an diesem Nachmittag, als sie Geld brauchte und zur Bank ging. Sie wußten, daß dies passieren würde, zumal wenn sie vorhatte, das Land zu verlassen, und davor zurückscheute, Plastikgeld zu benutzen. Irgendwann würde sie Geld brauchen, und es mußte überwiesen werden – ihre Bank war in New Orleans und sie nicht. Snellers Auftraggeber gehörten acht Prozent der Bank, nicht gerade viel, aber ein hübscher Zwölf-Millionen-Dollar-Anteil, mit dem sich einiges bewirken ließ. Kurz nach drei hatte er einen Anruf aus Freeport erhalten.

Sie hatten nicht damit gerechnet, daß sie in Washington sein würde. Sie war eine schlaue Person, die vor Schwierigkeiten davonlief, nicht mitten hinein. Und sie hatten schon gar nicht damit gerechnet, daß sie sich mit dem Reporter zusammentun würde. Auf die Idee waren sie nicht gekommen, aber jetzt kam es ihnen logisch vor. Und das war schlimmer als nur bedenklich.

Fünfzehntausend wanderten von ihrem Konto auf seines, und schon war Sneller wieder im Geschäft. Er hatte zwei Männer bei sich. Ein weiterer Privatjet war von Miami aus unterwegs. Er hatte sofort ein Dutzend Männer angefordert. Es würde ein schneller Job sein oder überhaupt keiner. Sie durften keine Sekunde verlieren.

Sneller hatte keine großen Hoffnungen. Mit Khamel im Team war offensichtlich alles möglich gewesen. Er hatte Rosenberg und Jensen sauber umgebracht und war dann verschwunden, ohne eine Spur zu hinterlassen. Jetzt war er tot, in den Kopf geschossen wegen einer kleinen Jurastudentin.

Das Haus der Morgans lag in einem hübschen Vorort in Alexandria. Hier wohnten nur junge, wohlhabende

Leute, und vor jedem Haus standen Fahrräder und Dreiräder.

Drei Wagen parkten in der Auffahrt. Einer davon hatte Ohio-Kennzeichen. Gray läutete und beobachtete die Straße. Nichts Verdächtiges.

Ein älterer Mann machte die Tür einen Spaltbreit auf. »Ja?« sagte er leise.

»Ich bin Gray Grantham von der *Washington Post*, und dies ist meine Assistentin Sara Jacobs.« Darby zwang sich zu einem Lächeln. »Wir hätten gern mit Mrs. Morgan gesprochen.«

»Ich glaube nicht, daß sich das machen läßt.«

»Bitte. Es ist sehr wichtig.«

Er musterte sie eingehend. »Warten Sie einen Moment.« Er schloß die Tür und verschwand.

Das Haus hatte eine schmale, überdachte hölzerne Veranda. Sie standen im Schatten und konnten von der Straße aus nicht gesehen werden. Ein Wagen fuhr langsam vorüber.

Er machte die Tür wieder auf. »Ich bin Tom Kupcheck, ihr Vater, und sie möchte mit niemandem reden.«

Gray nickte, als hätte er dafür volles Verständnis. »Es würde keine fünf Minuten dauern, das verspreche ich.«

Er kam auf die Veranda und machte die Tür hinter sich zu. »Sie scheinen schwerhörig zu sein. Ich sagte, sie möchte mit niemandem reden.«

»Ich habe gehört, was Sie sagten, Mr. Kupcheck. Ich weiß, was sie durchgemacht hat, und ich respektiere ihr Privatleben.«

»Seit wann respektiert ihr Reporter irgend jemandes Privatleben?«

Offensichtlich hatte Mr. Kupcheck eine sehr kurze Leitung. Und sie war nahe daran durchzubrennen.

Gray blieb ruhig. Darby wich zurück. Für einen Tag hatte sie genug Wortwechsel gehabt.

»Ihr Mann hat mich vor seinem Tod dreimal angerufen.

Ich habe am Telefon mit ihm gesprochen, und ich glaube nicht, daß sein Tod ein Zufall war und daß er von einem Straßenräuber umgebracht wurde.«

»Er ist tot. Meine Tochter ist mit ihren Nerven am Ende. Sie will mit niemandem reden. Und nun verschwinden Sie.«

»Mr. Kupcheck«, sagte Darby eindringlich, »wir haben Grund zu der Annahme, daß Ihr Schwiegersohn Zeuge einer organisierten kriminellen Aktivität war.«

Das machte ihn etwas ruhiger, und er musterte Darby. »Ach, wirklich? Aber ihm können Sie keine Fragen mehr stellen. Und meine Tochter weiß von nichts. Sie hatte einen schlechten Tag und hat Medikamente bekommen. Also gehen Sie bitte.«

»Können wir sie morgen sprechen?« fragte Darby.

»Das bezweifle ich. Rufen Sie vorher an.«

Gray reichte ihm eine Visitenkarte. »Wenn Sie reden möchte, soll sie mich unter der Nummer auf der Rückseite anrufen. Ich wohne zur Zeit in einem Hotel. Ich rufe morgen gegen Mittag wieder an.«

»Tun Sie das. Aber jetzt verschwinden Sie. Sie haben sie schon jetzt aufgeregt.«

»Das tut mir leid«, sagte Gray, während er die Veranda verließ. Mr. Kupcheck öffnete die Tür, beobachtete aber ihr Fortgehen. Gray drehte sich zu ihm um. »War irgendein anderer Reporter bei Ihnen, oder hat jemand angerufen?«

»Einen Tag, nachdem er umgebracht wurde, hat ein ganzer Haufen angerufen. Sie wollten alles mögliche wissen. Unverschämte Bande.«

»Aber keiner in den letzten paar Tagen?«

»Nein. Und jetzt verschwinden Sie endlich.«

»Jemand von der *New York Times?*«

»Nein.« Er trat ins Haus und knallte die Tür zu.

Sie eilten zu dem vier Häuser weiter geparkten Wagen. Auf der Straße herrschte keinerlei Verkehr. Gray fuhr kreuz und quer durch die kurzen Vorortstraßen und bahnte sich im Zickzack seinen Weg aus dem Viertel heraus. Er schaute unablässig in den Rückspiegel, bis er ganz sicher war, daß sie nicht verfolgt wurden.

»Ende der Spur Garcia«, sagte Darby, als sie auf die 395 einbogen und auf die Innenstadt zufuhren.

»Noch nicht. Wir unternehmen morgen noch einen letzten verzweifelten Versuch, und vielleicht können wir dann mit ihr reden.«

»Wenn sie etwas wüßte, hätte sie es ihrem Vater gesagt. Und wenn ihr Vater Bescheid wüßte, wäre er nicht so unkooperativ gewesen. Da ist nichts zu holen, Gray.«

Das leuchtete ein. Sie fuhren ein paar Minuten schweigend weiter. Die Erschöpfung setzte ein.

»Wir können in einer Viertelstunde am Flughafen sein«, sagte er. »Ich setze Sie dort ab, und in einer halben Stunde können Sie abfliegen. Nehmen Sie die nächste Maschine, ganz gleich wohin. Hauptsache, Sie verschwinden.«

»Ich fliege morgen ab. Ich brauche ein bißchen Ruhe, und ich möchte darüber nachdenken, wo ich hin will. Danke.«

»Fühlen Sie sich sicher?«

»Im Augenblick, ja. Aber das kann sich von einer Sekunde auf die andere ändern.«

»Ich könnte heute nacht in Ihrem Zimmer schlafen. Genau wie in New York.«

»In New York haben Sie nicht in meinem Zimmer geschlafen, sondern auf einer Couch im Wohnzimmer.« Sie lächelte, und das war ein gutes Zeichen.

Er lächelte ebenfalls. »Okay. Dann schlafe ich heute nacht eben im Wohnzimmer.«

»Ich habe kein Wohnzimmer.«

»Und wo kann ich dann schlafen?«

Plötzlich lächelte sie nicht mehr. Sie biß sich auf die Lippe, und ihre Augen füllten sich mit Tränen. Er war zu schnell vorgeprescht. Es war wieder Callahan.

»Ich bin einfach noch nicht so weit.«

»Und wann werden Sie so weit sein?«

»Gray, bitte. Lassen wir das.«

Sie beobachtete den Verkehr vor ihnen und schwieg. »Es tut mir leid«, sagte er.

Langsam ließ sie sich auf den Sitz sinken und legte den Kopf in seinen Schoß. Er rieb sanft ihre Schulter, und sie umklammerte seine Hand.

»Ich habe fürchterliche Angst«, sagte sie leise.

39

Er hatte ihr Zimmer gegen zehn verlassen, nach einer Flasche Wein. Er hatte Mason Paypur angerufen, den Nacht-Polizeireporter der *Post*, und ihn gebeten, sich bei seinen Informanten über den Mord an Morgan zu erkundigen. Es war in der Innenstadt passiert, in einer Gegend, die nicht für Morde berüchtigt war und in der nur gelegentlich jemand überfallen und verprügelt wurde.

Er war müde und mutlos. Und unglücklich, weil sie morgen abreisen würde. Die *Post* schuldete ihm sechs Wochen Urlaub, und er war versucht, sie zu begleiten. Mattiece konnte sein Öl haben. Aber er hatte Angst, daß er nie zurückkommen würde. Das bedeutete für ihn zwar nicht das Ende der Welt, aber ihn störte der Gedanke, daß sie Geld hatte und er nicht. Mit seinem Geld konnten sie ungefähr zwei Monate am Strand entlangwandern und die Sonne genießen, dann würde sie an der Reihe sein. Und, was wichtiger war, sie hatte ihn nicht eingeladen, sie zu begleiten. Sie trauerte. Er konnte ihren Schmerz spüren, wann immer sie Thomas Callahan erwähnte.

Jetzt war er im Jefferson Hotel an der Sechzehnten, nach ihren Anweisungen natürlich. Er rief Cleve zu Hause an.

»Wo stecken Sie?« fragte Cleve verärgert.

»In einem Hotel. Das ist eine lange Geschichte. Was liegt an?«

»Sie haben Sarge krankheitshalber für neunzig Tage beurlaubt.«

»Was fehlt ihm?«

»Nichts. Er sagt, sie wollen ihn für eine Weile aus dem Haus haben. Dort geht es zu wie in einem Bunker. Alle Leute wurden angewiesen, den Mund zu halten und mit niemandem zu reden. Sie haben eine Heidenangst. Sarge mußte heute mittag gehen. Er glaubt, daß Sie in großer Gefahr sind. Er hat in der letzten Woche Ihren Namen tausendmal gehört. Sie sind besessen von Ihnen und davon, wieviel Sie wissen.«

»Wer sind sie?«

»Coal natürlich, und sein Stellvertreter Birchfield. Sie regieren das Weiße Haus wie die Gestapo. Manchmal ist es auch dieser – wie heißt er doch gleich –, dieses kleine Frettchen mit der Fliege? Interne Angelegenheiten.«

»Emmitt Waycross.«

»Genau der. Aber in erster Linie sind es Coal und Birchfield, die die Drohungen ausstoßen und die Strategie planen.«

»Was für Drohungen?«

»Niemand im Weißen Haus, der Präsident ausgenommen, darf ohne Coals Zustimmung mit der Presse reden, weder offiziell noch inoffiziell. Das gilt auch für den Pressesprecher. Coal zensiert alles.«

»Das ist ja unglaublich.«

»Sie haben Angst. Und Sarge meint, sie wären gefährlich.«

»Okay. Ich bin untergetaucht.«

»Ich war gestern am späten Abend bei Ihrer Wohnung. Ich wollte, Sie sagten mir Bescheid, bevor Sie verschwinden.«

»Ich melde mich morgen abend wieder.«

»Was fahren Sie?«

»Einen gemieteten viertürigen Pontiac. Sehr sportlich.«

»Ich habe heute nachmittag den Volvo überprüft. Alles in Ordnung.«

»Danke, Cleve.«

»Und Sie sind okay?«

»Ich denke schon. Sagen Sie Sarge, daß es mir gut geht.«

»Rufen Sie mich morgen an. Ich mache mir Sorgen.«

Er schlief vier Stunden und war wach, als das Telefon läutete. Draußen war es dunkel, und das würde es noch mindestens zwei Stunden bleiben. Er betrachtete das Telefon und nahm nach dem fünften Läuten den Hörer ab.

»Hallo?« sagte er argwöhnisch.

»Spreche ich mit Gray Grantham?« Es war eine sehr schüchterne Frauenstimme.

»Ja. Wer sind Sie?«

»Beverly Morgan. Sie waren heute abend hier.«

Gray war auf den Beinen, hellwach, und ließ sich kein Wort entgehen. »Ja. Tut mir leid, daß wir Sie aufgeregt haben.«

»Nein. Mein Vater ist sehr besorgt um mich. Und wütend. Die Reporter waren widerlich, nachdem Curtis umgebracht worden war. Sie riefen von überallher an. Sie wollten alte Fotos von ihm und neue Fotos von mir und dem Kind. Sie riefen zu jeder Tages- und Nachtzeit an. Es war gräßlich, und mein Vater hatte es satt. Er hat zwei von ihnen von der Veranda heruntergestoßen.«

»Da haben wir ja Glück gehabt.«

»Ich hoffe, er ist Ihnen nicht zu nahe getreten.«

»Durchaus nicht.«

»Jetzt schläft er, unten auf der Couch. Deshalb kann ich mit Ihnen reden.«

»Weshalb schlafen Sie nicht?« fragte er.

»Ich nehme Tabletten, damit ich schlafen kann, und jetzt bin ich völlig aus dem Rhythmus. Ich habe tagsüber geschlafen und bin in den Nächten herumgewandert.« Es war offensichtlich, daß sie hellwach war und reden wollte.

Gray setzte sich aufs Bett und versuchte, sich zu entspannen. »Ich kann mir vorstellen, was für ein Schock das für Sie gewesen sein muß.«

»Es dauert mehrere Tage, bis man es begriffen hat. Zuerst ist der Schmerz grauenhaft. Einfach grauenhaft. Ich konnte kein Glied bewegen, ohne daß es weh tat. Ich konnte einfach nicht denken, weil es so ein Schock war und ich es nicht glauben konnte. Irgendwie habe ich die Beisetzung überstanden, und jetzt kommt sie mir vor wie ein böser Traum. Langweilt Sie das?«

»Durchaus nicht.«

»Ich muß von diesen Tabletten loskommen. Ich schlafe so viel, daß ich überhaupt nicht dazu komme, mit erwachsenen Menschen zu reden. Und außerdem hält mein Vater alle Leute von mir fern. Nehmen Sie das auf?«

»Nein. Ich höre Ihnen nur zu.«

»Heute vor einer Woche wurde er umgebracht. Ich dachte, er arbeitete bis in die Nacht hinein, was nicht ungewöhnlich war. Sie haben ihn erschossen und seine Brieftasche mitgenommen, deshalb konnte die Polizei ihn nicht identifizieren. Ich erfuhr aus den Spätnachrichten, daß in der Innenstadt ein junger Anwalt ermordet worden war, und ich wußte, daß es Curtis war. Fragen Sie mich nicht, woher sie wußten, daß er Anwalt war, obwohl sie seinen Namen nicht kannten. Es war merkwürdig, eines dieser unheimlichen kleinen Dinge, die bei einem Mord passieren.«

»Weshalb arbeitete er noch so spät?«

»Er arbeitete achtzig Stunden in der Woche, manchmal noch mehr. White and Blazevich ist eine Tretmühle. Sie versuchen sieben Jahre lang, die angestellten Anwälte umzubringen, und wenn es ihnen dann nicht gelungen ist, machen sie sie zu Partnern. Curtis haßte die Firma. Er hatte es satt, Anwalt zu sein.«

»Wie lange war er dort?«

»Fünf Jahre. Er verdiente neunzigtausend im Jahr, also nahm er die Schufterei in Kauf.«

»Wissen Sie, daß er mich angerufen hat?«

»Nein. Mein Vater teilte mir mit, daß Sie das gesagt hätten, und ich habe den ganzen Abend darüber nachgedacht. Was hat er gesagt?«

»Seinen Namen hat er mir nie genannt. Er gebrauchte den Namen Garcia. Fragen Sie mich nicht, wie ich herausbekommen habe, wer er in Wirklichkeit war – das würde Stunden dauern. Er sagte, er wüßte möglicherweise etwas über die Morde an den Richtern Rosenberg und Jensen, und er wollte mir sagen, was er wußte.«

»Sein bester Freund in der Grundschule hieß Randy Garcia.«

»Ich hatte den Eindruck, als hätte er im Büro irgend etwas gesehen und als wüßte vielleicht irgend jemand im Büro, daß er es gesehen hatte. Er war sehr nervös und rief immer von Telefonzellen aus an. Wir hatten uns für frühmorgens am vorletzten Samstag verabredet, aber kurz vorher rief er mich an und sagte die Verabredung ab. Er hatte Angst und sagte, er müsse an seine Familie denken. Haben Sie irgend etwas davon gewußt?«

»Nein. Ich wußte, daß er unter Streß stand, aber das war in den letzten fünf Jahren ständig der Fall. Er hat zu Hause nie über das Büro geredet. Er haßte den Laden.«

»Warum haßte er ihn?«

»Er arbeitete für einen Haufen Halsabschneider, einen Haufen Ganoven, die seelenruhig zusahen, wie jemand für einen Dollar verblutete. Sie geben tonnenweise Geld aus für die Fassade der Respektabilität, aber sie sind Abschaum. Curtis war ein Spitzenstudent und konnte sich aussuchen, für wen er arbeiten wollte. Sie waren prächtige Kerle, als sie ihn einstellten, und absolute Ungeheuer, wenn man mit ihnen arbeiten mußte. Absolut unmoralisch.«

»Und weshalb ist er dann bei der Firma geblieben?«

»Das Gehalt wurde immer besser. Vor einem Jahr wäre er beinahe gegangen, aber aus dem anderen Job wurde nichts. Er war sehr unglücklich, aber er versuchte, es sich nicht anmerken zu lassen. Ich glaube, er fühlte sich schuldig, weil er einen solchen Fehler gemacht hatte. Wir hatten eine Art kleine Routine. Wenn er heimkam, fragte ich ihn, wie sein Tag verlaufen wäre. Manchmal war das zehn Uhr abends; dann wußte ich, daß es ein schlimmer Tag gewesen war. Aber er sagte immer, der Tag wäre einträglich gewesen, das war das Wort, einträglich. Und dann sprachen wir über unser Kind. Er wollte nicht über das Büro reden, und ich wollte nichts davon hören.«

Nun ja, so viel über Garcia. Er war tot, und er hatte seiner Frau nichts erzählt. »Wer hat seinen Schreibtisch ausgeräumt?«

»Irgend jemand im Büro. Sie haben das Zeug am Freitag gebracht, alles säuberlich in drei zugeklebte Pappkartons verpackt. Sie können die Sachen gern durchsehen.«

»Nein, besten Dank. Ich bin sicher, daß darin nichts zu finden sein wird. Was für eine Lebensversicherung hatte er?«

Sie schwieg einen Moment. »Sie sind ein kluger Mann, Mr. Grantham. Vor zwei Wochen schloß er eine Versicherung über eine Million Dollar ab, mit doppelter Summe im Falle eines tödlichen Unfalls.«

»Das sind zwei Millionen Dollar.«

»Ja, Sir. Vermutlich haben Sie recht. Es sieht so aus, als hätte er so etwas befürchtet.«

»Ich glaube nicht, daß er von Straßenräubern umgebracht wurde, Mrs. Morgan.«

»Das ist doch unmöglich.« Sie keuchte ein wenig, kämpfte aber dagegen an.

»Hat Ihnen die Polizei viele Fragen gestellt?«

»Nein. Es war einer von den vielen Überfällen in Washington, bei denen der Räuber einen Schritt zu weit ging. Keine große Sache. So etwas passiert alle Tage.«

Seine Lebensversicherung war interessant, aber nutzlos. Gray hatte allmählich genug von Mrs. Morgan und ihrer monotonen Weitschweifigkeit. Sie tat ihm leid, aber sie wußte nichts, es war also Zeit, sich von ihr zu verabschieden.

»Was, meinen Sie, könnte er gewußt haben?« fragte sie.

Das konnte Stunden dauern. »Ich weiß es nicht«, erwiderte Gray und warf einen Blick auf die Uhr. »Er sagte, er wüßte etwas über die Morde, aber mehr wollte er mir nicht verraten. Ich war überzeugt, daß wir uns irgendwo treffen und er dann mit der Sprache herausrücken und mir etwas zeigen würde. Ich habe mich geirrt.«

»Woher sollte er etwas über diese toten Richter wissen?«

»Keine Ahnung. Er hat mich einfach aus heiterem Himmel angerufen.«

»Wenn er Ihnen etwas zeigen wollte – was könnte das gewesen sein?« fragte sie.

Er war der Reporter und damit derjenige, der Fragen stellte. »Ich weiß es wirklich nicht. Er hat nicht einmal eine Andeutung gemacht.«

»Wo würde er so etwas verstecken?« Die Frage war ernst gemeint, aber ärgerlich. Dann begriff er. Sie wollte auf irgend etwas hinaus.

»Auch das weiß ich nicht. Wo hat er wichtige Papiere aufbewahrt?«

»Wir haben ein Schließfach für Urkunden und Testamente und solche Dinge. Über dieses Schließfach wußte ich immer Bescheid. Um alle juristischen Angelegenheiten hat er sich gekümmert, Mr. Grantham. Ich habe das Schließfach vorigen Donnerstag zusammen mit meinem Vater durchgesehen, und es war nichts Ungewöhnliches darin.«

»Sie haben nicht damit gerechnet, etwas Ungewöhnliches zu finden, nicht wahr?«

»Nein. Und dann, ganz früh am Samstagmorgen, es war noch dunkel, habe ich die Papiere in seinem Schreibtisch im Schlafzimmer durchgesehen. Wir haben so ein antikes Schreibpult, das er für seine privaten Briefe und Papiere benutzte, und dort habe ich etwas gefunden, was ein bißchen ungewöhnlich ist.«

Gray war auf den Beinen, umklammerte den Hörer und starrte fassungslos auf den Boden. Sie hatte um vier Uhr morgens angerufen. Sie hatte zwanzig Minuten belangloses Zeug geredet. Und sie hatte gewartet, bis er nahe daran war, den Hörer aufzulegen, bevor sie die Bombe hochgehen ließ.

»Was ist es?« fragte er so gelassen wie möglich.

»Es ist ein Schlüssel.«

Er hatte einen Klumpen in der Kehle. »Ein Schlüssel wozu?«

»Zu einem anderen Schließfach.«

»Bei welcher Bank?«

»First Columbia. Bei der hatten wir nie ein Konto.«

»Ich verstehe. Und von diesem anderen Schließfach haben Sie nichts gewußt?«

»Nein. Nicht vor Samstagmorgen. Ich habe mich gewundert, tue es immer noch, aber in dem alten Schließfach habe ich alle unsere Papiere gefunden, also hatte ich keine Veranlassung, in diesem Fach nachzusehen. Ich dachte, ich sehe einmal hinein, wenn mir danach zumute ist.«

»Wäre es Ihnen recht, wenn ich das für Sie tun würde?«

»Ich dachte mir, daß Sie das sagen würden. Was ist, wenn Sie dort finden, wonach Sie suchen?«

»Ich weiß nicht, wonach ich suche. Aber falls ich etwas finden sollte, das er hinterlassen hat, und es ist etwas, das sich als sehr, sagen wir, berichtenswert erweist?«

»Benutzen Sie es.«

»Keine Bedingungen?«

»Nur eine. Wenn es meinen Mann auf irgendeine Weise verunglimpft, dann dürfen Sie es nicht benutzen.«

»Einverstanden. Sie haben mein Wort darauf.«

»Wann wollen Sie den Schlüssel?«

»Haben Sie ihn in der Hand?«

»Ja.«

»Wenn Sie damit auf die Vorderveranda hinausgehen, bin ich in drei Sekunden bei Ihnen.«

Der Privatjet aus Miami hatte nur fünf Männer gebracht, also standen Edwin Sneller nur sieben zur Verfügung. Sieben Männer, keine Zeit und herzlich wenig Ausrüstung. Montagnacht hatte er nicht geschlafen. Seine Hotelsuite war eine kleine Kommandozentrale, in der sie die ganze Nacht hindurch Karten studierten und versuchten, die nächsten vierundzwanzig Stunden zu planen. Ein paar Dinge standen fest. Grantham hatte eine Wohnung, war aber nicht darin. Er hatte einen Wagen, den er nicht benutzte. Er arbeitete bei der *Post*, und die lag an der Fünfzehnten Straße. White and Blazevich residierten in einem Gebäude an der Zehnten. Morgans Witwe wohnte in Alexandria. Davon abgesehen suchten sie nach zwei Leuten unter drei Millionen.

Die Leute, die er brauchte, waren nicht von der Sorte, die man aus der Schlafbaracke holen und ins Gefecht schicken konnte. Sie mußten gefunden und angeheuert werden, und ihm waren bis zum Ende des Tages so viele wie möglich versprochen worden.

Sneller war kein Anfänger im Mordgeschäft, aber das hier war hoffnungslos. Es war zum Verzweifeln. Der Himmel stürzte ein. Sie würden ihr Bestes tun unter den gegebenen Umständen, aber Edwin Sneller hatte bereits einen Fuß vor der Hintertür.

Sie ging ihm nicht aus dem Kopf. Sie war Khamel begegnet und mit heller Haut davongekommen. Sie war Kugeln und Bomben ausgewichen und den Besten in der Branche entschlüpft. Er würde sie gern kennenlernen, nicht, um sie umzubringen, sondern um ihr zu gratulieren. Eine Amateurin, die auf der Flucht war, am Leben blieb und davon erzählen konnte.

Sie würden sich auf das *Post*-Gebäude konzentrieren. Es war der einzige Ort, an den er zurückkommen mußte.

40

Der Verkehr in der Innenstadt schob sich Stoßstange an Stoßstange voran, und Darby hatte dagegen nichts einzuwenden. Sie hatte es nicht eilig. Die Bank machte um halb zehn auf, und irgendwann gegen sieben, bei Kaffee und nicht angerührten Croissants in ihrem Zimmer, hatte er sie davon überzeugt, daß sie es sein müßte, die den Tresorraum aufsuchte. Es war ihm nicht gelungen, sie völlig zu überzeugen, aber eine Frau sollte es tun, und es waren nicht viele Frauen verfügbar. Beverly Morgan hatte Gray erzählt, daß ihre Hausbank, die First Hamilton, sofort nach Bekanntwerden von Curtis' Tod ihr Schließfach gesperrt hatte, und daß sie nur den Inhalt durchsehen und eine Bestandsaufnahme machen durfte. Ihr wurde auch erlaubt, das Testament zu kopieren, aber das Original wurde wieder in das Fach gelegt und im Tresor eingeschlossen. Das Fach würde erst freigegeben werden, nachdem die Steuerprüfer ihre Arbeit beendet hatten.

Also war die vordringliche Frage, ob die First Columbia wußte, daß er tot war. Die Morgans hatten dort nie ein Konto gehabt. Beverly hatte keine Ahnung, weshalb er sich für sie entschieden hatte. Es war eine riesige Bank mit einer Million Kunden, und sie kamen zu dem Schluß, daß es ziemlich unwahrscheinlich war.

Darby hatte es satt, sich auf Wahrscheinlichkeiten einzulassen. Am Abend zuvor hatte sie eine wundervolle Gelegenheit, in ein Flugzeug zu steigen, vorbeigehen lassen, und nun war sie hier, im Begriff, als Beverly Morgan die First Columbia zu überlisten, damit sie einem toten Mann etwas stehlen konnte. Und was gedachte ihr treuer Begleiter zu tun? Er gedachte sie zu beschützen. Er hatte seine Waffe, die ihr eine Heidenangst einjagte und auf ihn dieselbe Wirkung hatte, obwohl er es nicht zugab, und er wollte am Eingang den Leibwächter spielen, während sie das Schließfach ausraubte.

»Was ist, wenn sie wissen, daß er tot ist«, fragte sie, »und ich sage, er ist es nicht?«

»Dann versetzen Sie der Person einen Schlag ins Gesicht und rennen davon. Ich warte am Eingang auf Sie. Ich habe eine Waffe, und wir schießen uns unseren Weg frei.«

»Mir ist nicht nach Witzen zumute, Gray. Ich weiß nicht, ob ich das schaffe.«

»Sie schaffen es, okay? Bleiben Sie ganz cool. Seien Sie selbstbewußt. Behandeln Sie sie von oben herab. Das sollte Ihnen eigentlich nicht schwerfallen.«

»Vielen Dank. Und was ist, wenn sie den Sicherheitsdienst rufen? Gegen Sicherheitsdienste habe ich neuerdings eine starke Abneigung.«

»Dann rette ich Sie. Ich komme und stürme durch das Foyer wie ein Einsatzkommando.«

»Wir werden beide dabei umkommen.«

»Ruhig, Darby, ganz ruhig. Es wird funktionieren.«

»Weshalb sind Sie so aufgekratzt?«

»Ich rieche es. Irgend etwas ist in diesem Schließfach, Darby. Und Sie müssen es herausholen. Jetzt hängt alles von Ihnen ab.«

»Danke, daß Sie den Druck mildern.«

Sie waren auf der E Street in der Nähe der Neunten. Gray verlangsamte die Fahrt, dann parkte er in einer Ladezone, zwölf Meter vom Haupteingang der First Columbia entfernt. Er sprang heraus. Darby verließ den Wagen wesentlich langsamer. Zusammen gingen sie schnell auf die Tür zu. Es war fast zehn Uhr. »Ich warte hier«, sagte er und deutete auf eine Marmorsäule. »Und nun auf in den Kampf.«

»Auf in den Kampf«, murmelte sie und verschwand durch die Drehtür. Immer war sie es, die den Löwen zum Fraß vorgeworfen wurde. Das Foyer war so groß wie ein

Fußballplatz, mit Säulen und Kronleuchtern und imitierten Perserteppichen.

»Schließfächer?« fragte sie eine junge Frau am Informationsschalter. Die Frau deutete in eine Ecke rechts hinten.

»Danke«, sagte sie und strebte in die angegebene Richtung. Links von ihr standen Leute in Viererreihen vor den Schaltern, und rechts von ihr sprachen hundert schwerbeschäftigte Vizepräsidenten in ihre Telefonapparate. Es war die größte Bank in der Stadt, und niemand nahm von ihr Notiz.

Der Tresorraum lag hinter zwei massiven Bronzetüren, die so poliert waren, daß sie beinahe golden aussahen, zweifellos, um den Eindruck absoluter Sicherheit und Uneinnehmbarkeit zu erwecken. Die Türen wurden spaltbreit geöffnet, um einigen Auserwählten Zutritt und Ausgang zu gewähren. Links saß eine wichtig aussehende, ungefähr sechzigjährige Dame hinter einem Schreibtisch, auf dem SCHLIESSFÄCHER zu lesen war. Ihr Name war Virginia Baskin.

Virginia Baskin musterte Darby, als diese sich ihrem Schreibtisch näherte. Es gab kein Lächeln.

»Ich brauche Zugang zu einem Schließfach«, sagte Darby, ohne zu atmen. Sie hatte in den letzten zweieinhalb Minuten nicht geatmet.

»Die Nummer bitte«, sagte Ms. Baskin. Sie tippte etwas ein und richtete den Blick auf den Monitor.

»F 566.«

Sie gab die Nummer ein und wartete darauf, daß die Worte auf dem Bildschirm erschienen. Sie runzelte die Stirn und brachte das Gesicht dicht an den Monitor heran. Hau ab! dachte Darby. Sie runzelte die Stirn noch stärker und kratzte sich am Kinn. Hau ab, bevor sie zum Hörer greift und den Sicherheitsdienst ruft. Verschwinde, bevor Alarm gegeben wird und mein idiotischer Begleiter durch das Foyer stürmt.

Ms. Baskin zog ihren Kopf vom Monitor zurück. »Das

wurde erst vor zwei Wochen gemietet«, sagte sie fast zu sich selbst.

»Richtig«, sagte Darby, als hätte sie es gemietet.

»Ich nehme an, Sie sind Mrs. Morgan«, sagte sie, auf der Tastatur tippend.

Machen Sie weiter mit Ihren Annahmen, Lady. »Ja, Beverly Anne Morgan.«

»Und Ihre Adresse?«

»891 Pembroke, Alexandria.«

Sie nickte zum Bildschirm, als könnte er sie sehen und seine Zustimmung geben. »Telefonnummer?«

»703-664-5980.«

Das gefiel Ms. Baskin. Und dem Computer gefiel es auch. »Wer hat dieses Fach gemietet?«

»Mein Mann, Curtis D. Morgan.«

»Und seine Sozialversicherungsnummer?«

Darby öffnete ganz ruhig ihre neue, ziemlich große lederne Schultertasche und holte ihre Brieftasche heraus. Wie viele Frauen kannten schon die Sozialversicherungsnummer ihrer Männer auswendig? Sie öffnete die Brieftasche. »510-96-8686.«

»In Ordnung«, sagte Ms. Baskin, wendete sich von der Tastatur ab und griff in ihren Schreibtisch. »Wie lange wird es dauern?«

»Nur eine Minute.«

Sie legte eine breite Karte auf einem kleinen Clipboard auf den Schreibtisch und deutete darauf. »Bitte unterschreiben Sie hier, Mrs. Morgan.«

Darby unterschrieb nervös in der zweiten Zeile. Die erste Eintragung hatte Mr. Morgan gemacht, als er das Fach mietete.

Ms. Baskin betrachtete die Unterschrift, während Darby den Atem anhielt.

»Haben Sie Ihren Schlüssel?« fragte sie.

»Natürlich«, sagte Darby mit einem freundlichen Lächeln. Ms. Baskin holte einen kleinen Kasten aus der

Schublade und kam um den Schreibtisch herum. »Kommen Sie mit.« Sie gingen durch die Bronzetüren. Der Tresorraum war so groß wie eine Bankfiliale in einer Vorstadt, gebaut wie ein Mausoleum, ein Labyrinth aus Gängen und kleinen Kammern. Zwei uniformierte Männer gingen an ihnen vorbei. Sie passierten vier identische Räume mit Reihen von Schließfächern an den Wänden. F 566 befand sich offensichtlich im fünften Raum, weil Ms. Baskin in ihn hineinging und ihren kleinen schwarzen Kasten öffnete. Darby schaute sich nervös um.

Virginia war ganz geschäftsmäßig. Sie ging zu F 566, das sich in Schulterhöhe befand, und steckte ihren Schlüssel ein. Sie warf Darby einen Blick zu, als wollte sie sagen: »Sie sind dran, Dummchen.« Darby zog den Schlüssel aus ihrer Tasche und steckte ihn neben dem anderen ein. Dann drehte Virginia beide Schlüssel und zog das Fach fünf Zentimeter weit aus seiner Halterung heraus.

Sie deutete auf eine kleine Kabine mit einer hölzernen Falttür. »Gehen Sie damit dort hinein. Wenn Sie fertig sind, schließen Sie das Fach wieder zu und kommen an meinen Schreibtisch.« Noch während sie sprach, wendete sie sich zum Gehen.

»Danke«, sagte Darby. Sie wartete, bis Virginia außer Sichtweite war, dann zog sie das Fach aus der Wand. Es war nicht schwer. Die Vorderseite war fünfzehn mal dreißig Zentimeter groß, und es war fünfundvierzig Zentimeter lang. Oben war es offen, und es lagen zwei Dinge darin: ein dünner brauner Umschlag und eine unbezeichnete Videokassette.

Sie brauchte die Kabine nicht. Sie stopfte den Umschlag und die Kassette in ihre Schultertasche und schob das Fach wieder an seinen Platz. Sie verließ den Tresorraum.

Virginia hatte gerade die Ecke ihres Schreibtisches umrundet, als Darby hinter ihr herkam. »Ich bin fertig«, sagte sie.

»Das ging aber schnell.«

Verdammt richtig. Alles geht schnell, wenn man vor Nervosität nahezu durchdreht. »Ich habe gefunden, was ich suchte«, sagte sie.

»Wunderbar.« Ms. Baskin war plötzlich eine freundliche Person. »Haben Sie vorige Woche diese grauenvolle Geschichte über diesen Anwalt in der Zeitung gelesen? Sie wissen schon, den, der nicht weit von hier auf der Straße ermordet wurde. Hieß er nicht Curtis Morgan? Mir ist so, als hätte er Curtis Morgan geheißen. Grauenvoll.«

Oh, du blöde Person. »Nein, die habe ich nicht gelesen«, sagte Darby. »Ich war im Ausland. Danke.«

Jetzt waren ihre Schritte durch das Foyer ein wenig schneller. In der Bank herrschte reger Betrieb, und es waren keine Wachmänner in Sicht. Ein Kinderspiel.

Der Revolvermann bewachte die Mannorsäule. Die Drehtür wirbelte sie auf den Gehsteig, und sie war schon fast beim Wagen, als er sie einholte. »Steigen Sie ein!« befahl sie.

»Was haben Sie gefunden?« wollte er wissen.

»Lassen Sie uns erst verschwinden.« Sie riß die Tür auf und sprang hinein. Er startete den Motor, und sie fuhren los.

»Nun reden Sie schon«, sagte er.

»Ich habe das Fach ausgeräumt«, sagte sie. »Ist jemand hinter uns her?«

Er schaute in den Rückspiegel. »Woher zum Teufel soll ich das wissen? Was war drin?«

Sie machte ihre Handtasche auf und zog den Umschlag heraus. Sie öffnete ihn. Gray stieg auf die Bremse, weil er fast auf den vor ihnen fahrenden Wagen aufgeprallt wäre.

»Passen Sie gefälligst auf!«

»Okay, okay. Was ist in dem Umschlag?«

»Ich weiß es nicht! Ich habe es noch nicht gelesen, und wenn Sie mich umbringen, werde ich es niemals lesen können.«

Der Wagen fuhr wieder. Gray holte tief Luft. »Wir sollten aufhören, uns gegenseitig anzuschreien. Wir sollten ganz cool bleiben.«

»Ja. Sie fahren, und ich bleibe cool.«

»Okay. So, sind wir cool?«

»Ja. Entspannen Sie sich. Und passen Sie auf, wo Sie hinfahren. Wohin fahren wir eigentlich?«

»Ich weiß es nicht. Was ist in dem Umschlag?«

Sie zog eine Art Dokument heraus. Sie warf einen Blick auf ihn, und er starrte auf das Dokument. »Passen Sie auf, wo Sie hinfahren.«

»Lesen Sie endlich das verdammte Ding.«

»Bei Ihrer Fahrerei ist mir schlecht geworden. Dabei kann ich nicht lesen.«

»Verdammt! Verdammt! Verdammt!«

»Sie schreien schon wieder.«

Er riß das Lenkrad nach rechts herum und steuerte den Wagen in ein Halteverbot auf der E Street. Hupen ertönten, als er auf die Bremse stieg. Er funkelte sie an.

»Danke«, sagte sie und fing an, laut zu lesen.

Es war eine vierseitige eidliche Versicherung, säuberlich getippt und vor einem Notar beschworen. Sie war auf Freitag datiert, dem Tag vor Garcias letztem Anruf bei Grantham. Unter Eid erklärte Curtis Morgan, daß er in der Öl- und Gasabteilung von White and Blazevich arbeitete, und zwar seit seinem Eintritt in die Firma fünf Jahre zuvor. Seine Mandanten waren ölsuchende Privatfirmen in vielen Ländern, aber in erster Linie Amerikaner. Seit er in die Firma eingetreten war, hatte er für einen Mandanten gearbeitet, der in einen gewaltigen Prozeß im Süden von Louisiana verstrickt war. Der Mandant war ein Mann namens Victor Mattiece, und Mr. Mattiece, dem er nie begegnet war, den die Seniorpartner von White and Blazevich jedoch gut kannten, wollte den Prozeß unbedingt gewinnen und danach aus den Sumpfgebieten von Terrebonne Parish, Louisiana, Millionen von Barrel Öl herausholen. Außerdem gab es dort Hunderte von Millionen Kubikmetern Erdgas. Der bei White and Blazevich für diesen Fall zuständige Partner war F. Sims Wakefield, der Victor Mattiece sehr nahestand und ihn oft auf den Bahamas besuchte.

Sie saßen im Parkverbot, und die hintere Stoßstange des Pontiac ragte gefährlich weit in die rechte Fahrspur hinein, aber sie achteten nicht auf die Wagen, die um sie herum ausscheren mußten. Sie las langsam, und er hörte mit geschlossenen Augen zu.

Weiter: der Prozeß war sehr wichtig für White and Blazevich. Die Firma war an der Verhandlung und der Berufung nicht direkt beteiligt, aber alles ging über Wakefields Schreibtisch. Er arbeitete an nichts anderem als dem Pelikan-Fall, wie er genannt wurde. Er verbrachte den größten Teil seiner Zeit am Telefon, wobei er entweder mit Mattiece sprach oder mit einem der hundert an diesem Fall beteiligten Anwälte. Morgan arbeitete pro Woche im Durchschnitt zehn Stunden an dem Fall, aber immer an der Peripherie. Seine Stundenabrechnungen mußte er immer Wakefield persönlich aushändigen, und das war ungewöhnlich, weil alle anderen Abrechnungen an die Öl- und Gasbuchhaltung gingen und von dieser den Mandanten angelastet wurden. Im Laufe der Jahre hatte er Gerüchte gehört und war überzeugt, daß Mattiece White and Blazevich nicht nach dem üblichen Stundensatz bezahlte. Er glaubte, daß die Firma den Fall für einen Anteil am Profit übernommen hatte. Er hatte die Zahl von zehn Prozent des Nettogewinns der Förderung gehört. So etwas hatte es in der Branche noch nie gegeben.

Bremsen quietschten laut, und sie wappneten sich gegen den Zusammenstoß. Er wurde um Haaresbreite vermieden. »Wir werden hier noch totgefahren«, fuhr Darby ihn an.

Gray schaltete auf Drive und zog das rechte Vorderrad über den Bordstein auf den Gehsteig. Jetzt waren sie aus dem Verkehr heraus. Der Wagen stand schräg an einer verbotenen Stelle mit der vorderen Stoßstange auf dem Gehsteig und der hinteren knapp außerhalb des Verkehrsstroms. »Lesen Sie weiter«, fuhr er sie seinerseits an.

Weiter: Am oder um den 28. September herum war Morgan in Wakefields Büro. Er ging hinein mit zwei Akten und einem Stapel von Dokumenten, die nichts mit dem Pelikan-Fall zu tun hatten. Wakefield telefonierte. Wie üblich gingen Sekretärinnen ein und aus. In dem Büro ging es immer sehr hektisch zu.

Er stand da und wartete darauf, daß Wakefield sein Gespräch beendete, aber es zog sich in die Länge. Nachdem er fast zehn Minuten gewartet hatte, nahm Morgan seine Akten und Dokumente, die er auf Wakefields mit Papieren übersäten Schreibtisch gelegt hatte, wieder an sich und ging. Er kehrte in sein Büro am anderen Ende des Gebäudes zurück und machte sich an seinem Schreibtisch an die Arbeit. Es war gegen zwei Uhr nachmittags. Als er nach einer Akte griff, fand er unter dem Stapel Dokumente, die er gerade in sein Büro gebracht hatte ein handschriftliches Memo. Er hatte es versehentlich von Wakefields Schreibtisch mitgenommen. Er stand sofort auf, um es Wakefield zurückzubringen. Dann las er es. Und las es abermals. Er warf einen Blick aufs Telefon. Wakefields Nummer war immer noch besetzt. Eine Kopie des Memos war der Erklärung beigefügt.

»Lesen Sie das Memo vor«, verlangte Gray ungeduldig.

»Ich bin mit der Erklärung noch nicht fertig«, fuhr sie ihn an. Es hatte keinen Sinn, sich auf eine Diskussion mit ihr einzulassen. Sie war die Juristin, und dies war ein juristisches Dokument, und sie würde es genau so vorlesen, wie sie es für richtig hielt.

Weiter: Er war bestürzt über das Memo. Und es jagte ihm entsetzliche Angst ein. Er verließ sein Büro, ging den Flur entlang zum nächsten Xerox und machte eine Kopie. Er kehrte in sein Büro zurück und legte das Original-Memo an die ursprüngliche Stelle unter den Akten auf seinem Schreibtisch. Er würde schwören, daß er es nie gesehen hatte.

Das Memo bestand aus zwei Absätzen, mit der Hand auf firmeninternem White and Blazevich-Papier geschrieben. Es stammte von M. Velmano, Marty Velmano, einem der Seniorpartner. Es war auf den 28. September datiert, an Wakefield gerichtet und lautete:

Sims:
Mandanten informieren, daß Recherchen abgeschlossen sind – das Gericht wird wesentlich zugänglicher sein, nachdem Rosenberg in den Ruhestand getreten ist. Die zweite Pensionierung ist etwas ungewöhnlich. Einstein ist auf Jensen verfallen, ausgerechnet. Aber der hat natürlich seine eigenen Probleme.

Weiterhin mitteilen, daß der Pelikan, andere Faktoren vorausgesetzt, in vier Jahren hier eintreffen sollte.

Das Memo trug keine Unterschrift.

Gray kicherte und runzelte gleichzeitig die Stirn. Sein Mund stand offen. Sie las schneller.

Weiter: Marty Velmano war ein skrupelloser Hai, der achtzehn Stunden am Tag arbeitete und sich unnütz vorkam, wenn nicht jemand in seiner Umgebung blutete. Er war das Herz und die Seele von White and Blazevich. Für die Mächtigen in Washington war er ein zäher Verhandler mit massenhaft Geld. Er dinierte mit Kongreßabgeordneten und spielte Golf mit Kabinettsmitgliedern. Das Halsabschneiden betrieb er hinter der Tür seines Büros.

Einstein war der Spitzname von Nathaniel Jones, einem geisteskranken juristischen Genie, das die Firma in seiner eigenen kleinen Bibliothek im sechsten Stock weggeschlossen hatte. Er las jedes Urteil des Obersten Bundesgerichts, der elf Bundes-Berufungsgerichte und der Obersten Gerichte der fünfzig Staaten. Morgan war Einstein nie begegnet. In der Firma bekam ihn nur ganz selten jemand zu Gesicht.

Nachdem er das Memo kopiert hatte, faltete er seine Kopie zusammen und legte sie in eine Schreibtischschublade. Zehn Minuten später stürmte Wakefield in sein Büro, blaß und sehr aufgeregt. Sie suchten auf Morgans Schreibtisch herum und fanden das Memo. Wakefield war stocksauer, was bei ihm nichts Ungewöhnliches war. Er fragte Morgan, ob er es gelesen hätte. Nein, versicherte er. Offensichtlich hatte er es versehentlich mitgegriffen, als er sein Büro verließ, erklärte er. Was ist denn schon dabei? Wakefield war wütend. Er hielt Morgan einen Vortrag über die Heiligkeit eines Schreibtisches. Er schäumte regelrecht, überschüttete Morgan mit Vorwürfen und tobte in seinem Büro herum, bis er endlich begriff, daß er zu heftig reagierte. Er versuchte, sich zu beruhigen, aber der Eindruck war nicht zu übertünchen. Er ging mit dem Memo.

Morgan versteckte die Kopie in einem Buch in der Bibliothek im neunten Stock. Wakefields Hysterie hatte ihm angst gemacht. Bevor er an diesem Nachmittag ging, ordnete er die Papiere und Gegenstände in seinen Regalen und auf seinem Schreibtisch auf eine bestimmte Art. Am nächsten Morgen überprüfte er sie. Jemand hatte in der Nacht seinen Schreibtisch durchsucht.

Morgan wurde sehr vorsichtig. Zwei Tage später fand er hinter einem Buch in seiner Handbibliothek einen kleinen Schraubenzieher. Dann fand er ein Stückchen schwarzes Isolierband, das jemand zusammengeknüllt und in seinen Papierkorb geworfen hatte. Er vermutete, daß man sein Büro verdrahtet und seine Telefone angezapft hatte. Er registrierte argwöhnische Blicke von Wakefield. Er sah Velmano öfter als üblich in Wakefields Büro.

Dann wurden die Richter Rosenberg und Jensen umgebracht. Für ihn gab es keinerlei Zweifel daran, daß es das Werk von Mattiece und seinen Helfershelfern war. In dem Memo wurde Mattiece nicht erwähnt, aber es war die Rede von einem »Mandanten«. Wakefield hatte keine anderen Mandanten. Und kein Mandant konnte von einem neuen Gericht so viel profitieren wie Mattiece.

Der letzte Absatz der Erklärung war bestürzend. Nach den Morden war Morgan zweimal ganz sicher gewesen, daß er beschattet wurde. Er wurde von dem Pelikan-Fall abgezogen. Ihm wurde mehr Arbeit abverlangt, mehr Stunden, mehr Leistung. Er hatte Angst, umgebracht zu werden. Wenn sie zwei Richter umgebracht hatten, würden sie auch einen bescheidenen Anwalt umbringen.

Er unterschrieb die Erklärung vor Emily Stanford, einer Notarin, und beeidete sie. Ihre Adresse stand unter ihrem Namen.

»Bleiben Sie sitzen. Ich bin gleich wieder da«, sagte Gray, während er die Tür öffnete und hinaussprang. Wagen ausweichend, rannte er über die E Street. Vor einer Bäckerei stand eine Telefonzelle. Er wählte Smith Keens Nummer und schaute dabei zu seinem auf gut Glück geparkten Mietwagen auf der anderen Straßenseite hinüber.

»Smith, hier ist Gray. Hören Sie genau zu und tun Sie, was ich Ihnen sage. Ich habe gerade weiteres Material über das Pelikan-Dossier bekommen. Es ist eine ganz große Sache. Smith, ich brauche Sie und Krauthammer in einer Viertelstunde in Feldmans Büro.«

»Was ist es?«

»Garcia hat eine Abschiedsbotschaft hinterlassen. Wir müssen noch einmal Station machen, dann sind wir da.«

»Wir? Die Frau kommt auch mit?«

»Ja. Sorgen Sie dafür, daß ein Fernseher und ein Videorecorder im Konferenzraum stehen. Ich glaube, Garcia möchte mit uns sprechen.«

»Er hat eine Kassette hinterlassen?«

»Ja. In einer Viertelstunde.«

»Sind Sie in Sicherheit?«

»Ich denke schon. Ich bin nur verdammt nervös.« Er legte auf und rannte zurück zum Wagen.

Ms. Stanford leitete ein Büro für Gerichtsprotokollierungen. Sie staubte gerade Bücherregale ab, als Gray und Darby hereinkamen. Sie hatten es sehr eilig.

»Sind Sie Emily Stanford?« fragte er.

»Ja. Weshalb?«

Er zeigte ihr die letzte Seite der Erklärung. »Haben Sie das hier notariell beglaubigt?«

»Wer sind Sie?«

»Gray Grantham von der *Washington Post*. Ist das Ihre Unterschrift?«

»Ja. Ich habe es beglaubigt.«

Darby reichte ihr das Foto von Garcia, jetzt Morgan, auf dem Gehsteig. »Ist das der Mann, der die eidesstattliche Erklärung unterschrieben hat?«

»Ja, das ist Curtis Morgan.«

»Danke«, sagte Gray.

»Er ist tot, nicht wahr?« fragte Ms. Stanford. »Ich habe es in der Zeitung gelesen.«

»Ja, er ist tot«, sagte Gray. »Haben Sie diese Erklärung gelesen?«

»O nein. Ich habe nur seine Unterschrift bezeugt. Aber ich wußte, daß etwas faul war.«

»Danke, Ms. Stanford.« Sie verschwanden so schnell, wie sie gekommen waren.

Der dünne Mann versteckte seine glänzende Stirn unter einem abgetragenen Filzhut. Seine Hose bestand aus Fetzen, seine Schuhe waren zerlöchert, und er saß in einem uralten Rollstuhl vor dem Gebäude der *Post* und hielt ein Schild hoch, auf dem stand, daß er HUNGRIG UND OBDACHLOS war. Sein Kopf kippte von einer Schulter auf die andere, als versagten die Muskeln in seinem Hals vor Hunger den Dienst. Ein Pappteller mit ein paar Dollar und Münzen stand auf seinem Schoß, aber es war sein eigenes Geld.

Er sah erbarmungswürdig aus, als er so dasaß wie ein

Häufchen Elend, mit wegkippendem Kopf und einer grünen Kermit-der-Frosch-Sonnenbrille. Er beobachtete jede Bewegung auf der Straße.

Er sah, wie der Wagen um die Ecke jagte und vor dem Gebäude anhielt. Der Mann und die Frau sprangen heraus und rannten auf ihn zu. Er hatte eine Waffe unter der zerlumpten Decke, aber sie bewegten sich zu schnell. Und es waren zu viele Leute auf dem Gehsteig. Sie betraten das *Post*-Gebäude.

Er wartete eine Minute, dann rollte er sich weg.

41

Smith Keen wanderte erregt vor Feldmans Büro herum, und die Sekretärin schaute zu. Er sah, wie sie sich eilig ihren Weg durch den Gang zwischen den Schreibtischreihen bahnten. Gray hielt ihre Hand. Sie sah wirklich gut aus, aber das würde er später würdigen. Sie waren außer Atem.

»Smith Keen, das ist Darby Shaw«, sagte Gray zwischen zweimaligem Luftholen.

Sie gaben sich die Hand. »Hallo«, sagte sie und schaute sich in der betriebsamen Redaktion um.

»Ich freue mich, Sie kennenzulernen, Darby. Nach allem, was ich gehört habe, sind Sie eine bemerkenswerte Frau.«

»Stimmt«, sagte Grantham. »Aber plaudern können wir später.«

»Kommt mit«, sagte Keen, und sie waren wieder unterwegs. »Feldman will, daß wir den Konferenzraum benutzen.« Sie durchquerten die Redaktion und betraten einen großen Raum mit einem langen Tisch in der Mitte. Er war voll von Männern, die sofort verstummten, als sie eintraten. Feldman machte die Tür zu.

Er griff nach ihrer Hand. »Ich bin Jackson Feldman, der Chefredakteur. Sie müssen Darby sein.«

»Wer sonst?« fragte Gray, immer noch außer Atem.

Feldman ignorierte ihn und ließ den Blick um den Tisch wandern. Er stellte vor. »Das ist Howard Krauthammer, Chef vom Dienst; Ernie DeBasio, stellvertretender Chef vom Dienst/Ausland; Elliot Cohen, stellvertretender Chef vom Dienst/Inland; und Vince Litsky, unser Anwalt.«

Sie nickte höflich und vergaß die Namen sofort wieder. Sie waren alle mindestens fünfzig, alle in Hemdsärmeln, alle überaus interessiert. Sie konnte die Spannung spüren.

»Geben Sie mir die Kassette«, sagte Gray.

Sie holte sie aus ihrer Handtasche und gab sie ihm. Der Fernseher und der Videorecorder standen im hinteren Teil des Raums auf einem Tisch. Er legte die Kassette in den Recorder ein. »Das haben wir vor zwanzig Minuten bekommen und deshalb selbst noch nicht gesehen.«

Darby setzte sich auf einen Stuhl an der Wand. Die Männer rückten näher an den Bildschirm heran und warteten auf ein Bild.

Zuerst erschien das Datum – 12. Oktober. Dann saß Curtis Morgan auf einem Stuhl in einer Küche. Er hielt einen Schalter in der Hand, mit dem er offenbar die Kamera bediente.

»Mein Name ist Curtis Morgan, und wenn Sie dies sehen, bin ich vermutlich tot.« Es war ein schlimmer erster Satz. Die Männer rückten noch näher heran.

»Heute ist der 12. Oktober, und ich tue dies in meinem Haus. Meine Frau ist beim Arzt. Ich sollte eigentlich bei der Arbeit sein, aber ich habe mich krank gemeldet. Meine Frau weiß nichts von alledem. Ich habe es niemandem gesagt. Wenn Sie mich sehen, haben Sie auch das hier gelesen. Dies ist eine eidesstattliche Erklärung, die ich unterschrieben habe, und ich habe vor, sie zusammen mit dieser Kassette aufzubewahren, wahrscheinlich in einem Schließfach bei einer Bank in der Innenstadt. Ich werde die Erklärung vorlesen und noch auf einige andere Dinge zu sprechen kommen.«

»Wir haben die Erklärung«, sagte Gray schnell. Er stand neben Darby an der Wand. Niemand sah ihn an. Alle Augen hingen am Bildschirm. Morgan las langsam die Erklärung vor. Sein Blick wanderte von den Seiten zur Kamera, hin und her, hin und her.

Dazu brauchte er zehn Minuten. Jedesmal, wenn Darby das Wort ›Pelikan‹ hörte, schloß sie die Augen und schüttelte langsam den Kopf. Darauf war alles hinausgelaufen. Es war ein böser Traum. Sie versuchte zuzuhören.

Als Morgan mit der Erklärung fertig war, legte er sie auf den Tisch und wendete sich ein paar Notizen auf einem Block zu. Er war ein gutaussehender Mann, der jünger wirkte als neunundzwanzig. Er war zu Hause, deshalb trug er keine Krawatte, nur ein gestärktes weißes Oberhemd. White and Blazevich war nicht gerade der ideale Ort, um dort zu arbeiten, aber die meisten der vierhundert Anwälte waren anständig und hatten vermutlich keine Ahnung von Mattiece. Er bezweifelte sogar, daß außer Wakefield, Velmano und Einstein noch andere an der Verschwörung beteiligt waren. Es gab einen Partner namens Jarreld Schwabe, dem zuzutrauen war, daß er daran beteiligt war, aber Morgan hatte keinen Beweis dafür. (Darby erinnerte sich gut an ihn.) Da war eine Sekretärin, die die Firma ein paar Tage nach den Morden ganz plötzlich verlassen hatte. Ihr Name war Miriam LaRue, und sie hatte achtzehn Jahre in der Öl- und Gasabteilung gearbeitet. Durchaus möglich, daß sie etwas wußte. Sie wohnte in Fall Church. Eine andere Sekretärin, deren Namen er nicht nennen wollte, hatte ihm erzählt, sie hätte gehört, wie Wakefield und Velmano darüber sprachen, ob man ihm, Morgan, vertrauen könnte. Aber sie hatte nur Bruchstücke gehört. Sie behandelten ihn anders, nachdem das Memo auf seinem Schreibtisch gefunden worden war. Es war, als hätten sie ihn am liebsten an die Wand gestellt und ihm mit dem Tode gedroht, falls er über das Memo sprechen sollte, aber das konnten sie nicht, weil sie nicht sicher waren, ob er es gesehen hatte. Sie scheuten davor zurück, deshalb einen großen Wirbel zu machen. Aber er hatte es gesehen, und sie waren fast sicher, daß er es gesehen hatte. Und wenn sie bei den Morden an Rosenberg und Jensen die Hand im Spiel gehabt hatten – er war schließlich nur ein angestellter Anwalt und in Sekundenschnelle zu ersetzen.

Litsky, der Anwalt, schüttelte ungläubig den Kopf. Die Lähmung ließ nach, und sie bewegten sich ein wenig auf ihren Stühlen.

Morgan fuhr mit dem Wagen zur Arbeit, und zweimal war ihm jemand gefolgt. Einmal, beim Lunch, hatte er einen Mann gesehen, der ihn beobachtete. Er redete eine Weile über seine Familie, dann begann er abzuschweifen. Es war offensichtlich, daß er keine harten Tatsachen mehr zu bieten hatte. Gray gab Feldman die Erklärung und das Memo, der es las und Krauthammer übergab, der es seinerseits weiterreichte.

Morgans letzte Worte waren erschreckend. »Ich weiß nicht, wer diese Kassette sehen wird. Ich werde dann tot sein, also spielt es wohl keine Rolle. Ich hoffe, Sie werden dies dazu benutzen, Mattiece und seine skrupellosen Anwälte festzunageln. Aber wenn die skrupellosen Anwälte dies sehen, dann könnt ihr alle zur Hölle fahren.«

Gray nahm die Kassette aus dem Recorder. Er rieb sich die Hände und lächelte die Anwesenden an. »Nun, meine Herren, haben wir Ihnen genug Beweismaterial gebracht, oder wollen Sie noch mehr?«

»Ich kenne diese Leute«, sagte Litsky fassungslos. »Wakefield und ich haben im vorigen Jahr zusammen Tennis gespielt.«

Feldman war aufgestanden und wanderte herum. »Wie haben Sie Morgan ausfindig gemacht?«

»Das ist eine lange Geschichte«, sagte Gray.

»Geben Sie mir die Kürzestfassung.«

»Wir haben einen Jurastudenten gefunden, der im Sommer als Praktikant bei White and Blazevich gearbeitet hat. Er hat ein Foto von Morgan identifiziert.«

»Wie sind Sie an das Foto gekommen?« fragte Litsky.

»Fragen Sie nicht. Das tut nichts zur Sache.«

»Ich bin dafür, daß wir die Story bringen«, sagte Krauthammer laut.

»Ich auch«, sagte Elliot Cohen.

»Wo waren die Kassette und die Erklärung?«

»In einem Schließfach der First Columbia. Morgans Frau hat mir heute morgen um fünf den Schlüssel gegeben. Ich habe nichts Unrechtes getan. Das Pelikan-Dossier ist von einem Unbeteiligten vollauf verifiziert worden.«

»Wir sollten sie bringen«, sagte Ernie DeBasio. »Mit der größten Schlagzeile seit NIXON ZURÜCKGETRETEN.«

Feldman blieb neben Smith Keen stehen. Die beiden Freunde musterten sich eingehend. »Wir sollten sie bringen«, sagte Keen.

Er wendete sich an den Anwalt. »Vince?«

»In juristischer Hinsicht gibt es keine Einwände. Aber ich würde die Story gern sehen, wenn sie geschrieben ist.«

»Wie lange werden Sie dazu brauchen?« fragte der Chefredakteur Gray.

»Der Teil über das Dossier ist bereits skizziert. Den kann ich in ungefähr einer Stunde fertig haben. Geben Sie mir zwei Stunden für Morgan. Höchstens drei.«

Feldman hatte nicht gelächelt, seit er Darby die Hand gegeben hatte. Jetzt durchquerte er den Raum und baute sich vor Gray auf. »Was ist, wenn diese Kassette ein Schwindel ist?«

»Ein Schwindel? Wir reden über Leichen, Jackson. Ich habe die Witwe gesehen. Sie ist eine echte, lebendige Witwe. Unsere Zeitung hat über den Mord an Morgan berichtet. Er ist tot. Sogar seine Firma hat gesagt, daß er tot ist. Und das ist er selbst auf der Kassette, der vom Sterben redet. Ich weiß, daß er es ist. Und wir haben mit der Notarin gesprochen, die seine Unterschrift auf der eidesstattlichen Erklärung beglaubigt hat. Sie hat ihn identifiziert.« Gray wurde lauter und ließ den Blick durch den Raum wandern. »Alles, was er gesagt hat, verifiziert das Pelikan-Dossier. Alles. Mattiece, den Prozeß, die Morde. Und dann haben wir Darby, die Verfasserin des Dossiers. Und weitere Leichen, und sie haben sie durchs ganze Land gejagt. Da gibt es keine Löcher, Jackson. Es ist eine Story.«

Endlich lächelte Feldman. »Es ist mehr als eine Story. Sehen Sie zu, daß Sie bis zwei Uhr fertig sind. Jetzt ist es elf. Benutzen Sie diesen Konferenzraum und schließen Sie die Tür zu.« Feldman wanderte wieder herum. »Wir kommen um Punkt zwei hier wieder zusammen und lesen den Entwurf. Zu niemandem ein Wort.«

Die Männer standen auf und verließen den Raum, aber nicht, bevor jeder Darby die Hand gegeben hatte. Sie wußten nicht recht, ob sie herzlichen Glückwunsch oder danke oder was auch immer sagen sollten, deshalb lächelten sie nur und schüttelten ihr die Hand. Sie blieb sitzen.

Nachdem sie allein waren, setzte sich Gray neben sie, und sie hielten sich bei den Händen.

»Wie fühlen Sie sich?« fragte er.

»Ich weiß nicht. Dies ist das Ende der Straße, nehme ich an. Wir haben es geschafft.«

»Das hört sich nicht sonderlich glücklich an.«

»Ich habe schon bessere Monate gehabt. Ich freue mich für Sie.«

Er sah sie an. »Weshalb freuen Sie sich für mich?«

»Sie haben die Teile zusammengefügt und morgen kommt es heraus. Und es steht ganz groß Pulitzerpreis darauf.«

»Daran habe ich überhaupt nicht gedacht.«

»Lügner.«

»Okay, vielleicht einmal. Aber als Sie gestern aus dem Fahrstuhl kamen und mir sagten, daß Garcia tot ist, da habe ich aufgehört, an Pulitzerpreise zu denken.«

»Das ist nicht fair. Ich habe die ganze Arbeit getan. Wir haben meinen Verstand und mein Aussehen und meine Beine benutzt, und Sie heimsen den ganzen Ruhm ein.«

»Ich werde mit Vergnügen Ihren Namen nennen. Ich werde sagen, daß Sie das Dossier geschrieben haben. Wir bringen Ihr Foto auf der Titelseite, neben denen von Rosenberg, Jensen, Mattiece, dem Präsidenten, Verheek und...«

»Thomas? Wird auch sein Foto gebracht werden?«

»Das hat Feldman zu entscheiden. In diesem Fall hat er das letzte Wort.«

Sie dachte darüber nach und sagte nichts.

»Also, Ms. Shaw. Ich habe drei Stunden, um die größte Story meiner Laufbahn zu schreiben. Eine Story, die die Welt erschüttern wird. Eine Story, die einen Präsidenten zu Fall bringen kann. Eine Story, die die Morde aufklärt. Eine Story, die mich reich und berühmt machen wird.«

»Sie sollten mich sie schreiben lassen.«

»Würden Sie das tun? Ich bin müde.«

»Holen Sie Ihre Notizen. Und Kaffee.«

Sie machten die Tür zu und setzten sich an den Tisch. Ein Volontär rollte einen PC mit einem Drucker herein. Sie baten ihn, eine Kanne Kaffee zu bringen. Und etwas Obst. Sie umrissen die Story abschnittsweise, beginnend mit den Morden, dann der Pelikan-Fall im Süden von Louisiana, dann Mattiece und seine Verbindung zum Präsidenten, dann das Pelikan-Dossier und das ganze Unheil, das es angerichtet hatte, Callahan, Verheek, dann Curtis Morgan und seine Straßenräuber, dann White and Blazevich und Wakefield, Velmano und Einstein. Darby zog es vor, mit der Hand zu schreiben. Sie umriß den Prozeß und das Dossier und das, was von Mattiece bekannt war. Gray übernahm den Rest und tippte rohe Notizen in den Computer. Darby war ein Muster an Organisation, mit ordentlich auf dem Tisch ausgelegten Notizen und sorgfältig auf Papier niedergeschriebenen Worten. Er war ein Wirbelwind von Chaos – er redete mit dem Computer und druckte auf gut Glück Absätze aus, die verworfen wurden, sobald sie auf dem Papier standen. Sie sagte ihm immer wieder, er sollte ruhig sein. Dies ist keine juristische Bibliothek, erklärte er ihr. Dies ist eine Zeitung. Hier arbeitete man mit einem Telefon an jedem Ohr und jemandem, der einem etwas zuruft.

Halb eins schickte Smith Keen Essen herein. Darby aß ein kaltes Sandwich und beobachtete den Verkehr unten auf der Straße. Gray wühlte sich durch Berichte über Wahlkampffinanzierungen.

Sie sah ihn. Er lehnte an der Mauer eines Hauses auf der anderen Seite der Fünfzehnten Straße, und er wäre nicht verdächtig gewesen, wenn er nicht eine Stunde zuvor am Madison Hotel gelehnt hätte. Er trank etwas aus einem großen Plastikbecher und beobachtete den Vordereingang der *Post*. Er trug eine schwarze Mütze und Jeansjacke und -hose. Er war unter dreißig. Und er stand einfach da und schaute über die Straße. Sie knabberte an ihrem Sandwich und beobachtete ihn zehn Minuten. Er trank aus seinem Becher und rührte sich nicht von der Stelle.

»Gray, kommen Sie bitte einmal her.«

»Was ist?« Er trat zu ihr. Sie zeigte auf den Mann mit der schwarzen Mütze.

»Sehen Sie ihn sich genau an«, forderte sie ihn auf. »Sagen Sie mir, was er tut.«

»Er trinkt etwas, vermutlich Kaffee. Er lehnt an dem Haus dort drüben, und er beobachtet dieses Gebäude.«

»Was hat er an?«

»Jeans von Kopf bis Fuß und eine schwarze Mütze. Und anscheinend Stiefel. Was ist mit ihm?«

»Vor einer Stunde habe ich ihn dort drüben am Hotel gesehen. Er war halb verdeckt von dem Wagen der Telefongesellschaft, aber ich wußte, daß er es war. Und jetzt steht er hier.«

»Also?«

»Also hat er zumindest während der letzten Stunde hier herumgestanden und nichts getan, als dieses Gebäude zu beobachten.«

Gray nickte. Dies war nicht der Augenblick für eine dumme Bemerkung. Der Mann sah verdächtig aus, und sie war beunruhigt. Sie waren ihr zwei Wochen lang gefolgt, von New Orleans nach New York und jetzt vielleicht nach Washington. Vom Verfolgtwerden verstand sie mehr als er.

»Was meinen Sie, Darby?«

»Nennen Sie mir einen guten Grund, weshalb dieser Mann, der offensichtlich kein Penner ist, so etwas tut.«

Der Mann sah auf die Uhr und ging langsam den Gehsteig entlang, bis er außer Sicht war. Auch Darby sah auf die Uhr.

»Jetzt ist es genau eins«, sagte sie. »Sehen wir jede Viertelstunde nach.«

»Okay. Ich bezweifle, daß etwas dahintersteckt«, sagte er – ein Versuch, sie zu beruhigen. Es funktionierte nicht. Sie setzte sich an den Tisch und betrachtete ihre Notizen.

Er beobachtete sie und kehrte dann langsam zum Computer zurück.

Gray tippte intensiv eine Viertelstunde lang, dann trat er wieder ans Fenster. Darby beobachtete ihn genau. »Ich sehe ihn nicht«, sagte er.

Sie sahen ihn um halb zwei. »Darby«, sagte er und deutete auf die Stelle, an der sie ihn zuerst gesehen hatte. Sie schaute aus dem Fenster und richtete langsam den Blick auf den Mann mit der schwarzen Mütze. Jetzt trug er einen dunkelgrünen Anorak, und er schaute nicht zur *Post* herüber. Er betrachtete seine Stiefel und warf nur von Zeit zu Zeit einen Blick auf den Haupteingang. Das machte ihn noch verdächtiger, aber er stand halb versteckt hinter einem Lieferwagen. Der Plastikbecher war verschwunden. Er zündete sich eine Zigarette an. Er warf einen Blick auf die *Post*, dann beobachtete er den Gehsteig vor dem Gebäude.

»Weshalb habe ich dieses flaue Gefühl im Magen?« sagte Darby.

»Wie konnten sie Ihnen folgen? Es ist unmöglich.«

»Sie haben gewußt, daß ich in New York war. Das kam mir damals auch unmöglich vor.«

»Vielleicht sind sie mir gefolgt. Man hat mir gesagt, daß ich beobachtet würde. Und genau das tut der Kerl. Woher sollte er wissen, daß Sie hier sind? Der Typ hat es auf mich abgesehen.«

»Vielleicht«, sagte sie langsam.

»Haben Sie ihn schon einmal gesehen?«

»Sie stellen sich nicht vor.«

»Wir haben noch eine halbe Stunde, und dann sind sie hier, um unsere Story zurechtzuschnitzen. Wir sollten zusehen, daß wir fertig werden. Danach können wir uns mit dem Typen dort drüben beschäftigen.«

Sie machten sich wieder an die Arbeit. Viertel vor zwei sah er wieder aus dem Fenster, und der Mann war fort. Der Drucker ratterte den ersten Entwurf heraus, und sie machte sich ans Überarbeiten.

Die Redakteure lasen mit ihren Bleistiften. Litsky, der Anwalt, las zu seinem Vergnügen. Ihm schien es mehr Spaß zu machen als den anderen.

Es war eine lange Story, und Feldman strich sie zusammen. Smith Keen machte Randnotizen. Krauthammer gefiel, was er las.

Sie lasen langsam und schweigend. Gray überarbeitete das Ganze noch einmal. Darby stand am Fenster. Der Typ war wieder da, jetzt mit einem marineblauen Blazer zu den Jeans. Es war bewölkt, um die fünfzehn Grad, und er trank aus dem Becher. Er hatte ihn mit beiden Händen umfaßt, um sich warm zu halten. Er trank einen Schluck, schaute zur *Post*, schaute die Straße entlang und wieder auf seinen Becher. Er stand jetzt vor einem anderen Gebäude, und genau um Viertel nach zwei begann er, auf der Fünfzehnten nach Norden hin Ausschau zu halten.

Ein Wagen hielt auf seiner Straßenseite an. Die hintere Tür wurde geöffnet, und da war er. Der Wagen fuhr schnell davon. Leicht hinkend ging Stummel auf den Mann mit der schwarzen Mütze zu. Sie wechselten ein paar Worte, dann ging Stummel südwärts zur Kreuzung von Fünfzehnter und L Street. Der Typ blieb, wo er war.

Sie sah sich im Konferenzraum um. Sie waren in die Story vertieft. Stummel war nicht mehr zu sehen, also konnte sie ihn Gray nicht zeigen, der las und lächelte. Nein, sie beobachteten nicht den Reporter. Sie warteten auf sie.

Und sie mußten zu allem entschlossen sein. Sie standen auf der Straße und hofften darauf, daß irgendein Wunder geschah – daß sie aus dem Gebäude kam und sie sie erledigen konnten. Sie war drinnen, packte aus und schwenkte Kopien dieses verdammten Dossiers. Irgendwie mußten sie ihr Einhalt gebieten. Sie hatten ihre Anweisungen.

Sie war in einem Raum voller Männer, und plötzlich fühlte sie sich nicht mehr sicher.

Feldman wurde als letzter fertig. Er schob sein Exemplar Gray zu. »Kleinigkeiten. Dürfte ungefähr eine Stunde kosten. Reden wir über Telefonanrufe.«

»Nur drei, meine ich«, sagte Gray. »Das Weiße Haus, das FBI und White and Blazevich.«

»Von denen haben Sie nur Wakefield beim Namen genannt. Weshalb?« fragte Krauthammer.

»Ihn hat Morgan am schwersten belastet.«

»Aber das Memo kam von Velmano. Ich finde, sein Name sollte auch genannt werden.«

»Einverstanden«, sagte Smith Keen.

»Gleichfalls«, sagte DeBasio.

»Ich habe seinen Namen hineingeschrieben«, sagte Feldman. »Auf Einstein kommen wir später. Warten Sie bis halb fünf oder fünf, bevor Sie im Weißen Haus und bei White and Blazevich anrufen. Wenn Sie es früher tun, drehen sie vielleicht durch und rennen zum Gericht.«

»Stimmt«, sagte Litsky, der Anwalt. »Sie können es nicht verhindern, aber sie werden es versuchen. Ich würde mit dem Anruf bis fünf warten.«

»Okay«, sagte Gray. »Um halb vier bin ich mit der Überarbeitung fertig. Dann rufe ich das FBI an und höre mir an, was man dort dazu zu sagen hat. Dann das Weiße Haus, dann White and Blazevich.«

Feldman war schon fast zur Tür hinaus. »Wir treffen uns hier um halb vier wieder. Bleibt in der Nähe eurer Telefone.«

Als der Raum wieder leer war, schloß Darby die Tür und zeigte auf das Fenster. »Habe ich Ihnen gegenüber je Stummel erwähnt?«

»Ist er etwa aufgetaucht?«

Sie schauten auf die Straße hinunter.

»Ja. Er hat sich mit unserem kleinen Freund getroffen, dann ist er wieder verschwunden. Ich bin ganz sicher, daß er es war.«

»Damit bin ich wohl aus dem Spiel.«

»Höchstwahrscheinlich. Ich möchte so schnell wie möglich von hier fort.«

»Wir lassen uns etwas einfallen. Ich informiere unseren Sicherheitsdienst. Soll ich es Feldman sagen?«

»Nein. Noch nicht.«

»Ich kenne einige Polizisten.«

»Großartig. Und sie können einfach anmarschiert kommen und die Kerle zusammenschlagen.«

»Diese Polizisten könnten es.«

»Sie können ihnen nichts anhaben. Was tun sie denn schon?«

»Sie planen nur einen Mord.«

»Wie sicher sind wir in diesem Gebäude?«

Gray dachte kurz nach. »Erlauben Sie, daß ich es Feldman sage. Wir werden zwei Wachmänner vor diese Tür postieren.«

»Okay.«

Um halb vier hieß Feldman die zweite Fassung gut, und Gray bekam grünes Licht für seinen Anruf beim FBI. Vier Telefone wurden in den Konferenzraum gebracht, und das Bandgerät wurde eingeschaltet. Feldman, Smith Keen und Krauthammer hörten an den Nebenapparaten mit.

Gray rief Phil Norvell an, einen guten Bekannten und gelegentlichen Informanten, wenn es so etwas innerhalb des FBI überhaupt gab. Norvell meldete sich an seinem eigenen Apparat. »Phil, Gray Grantham von der *Post*.«

»Ich weiß, für wen Sie arbeiten, Gray.«

»Ich habe das Bandgerät eingeschaltet.«

»Dann muß es etwas Ernstes sein. Was liegt an?«

»Wir bringen morgen früh eine Story mit allen Einzelheiten über eine Verschwörung zur Ermordung von Rosenberg und Jensen. Wir benennen Victor Mattiece, einen Ölspekulanten, und zwei seiner Anwälte hier in Washington. Wir erwähnen auch Verheek, natürlich nicht als einen der Verschwörer. Wir glauben, daß das FBI schon frühzeitig über Mattiece Bescheid wußte, es aber auf Drängen des Weißen Hauses unterließ, der Sache nachzugehen. Wir wollten euch Gelegenheit zu einem Kommentar geben.«

Vom anderen Ende der Leitung kam keine Reaktion. »Phil, sind Sie noch da?«

»Ja, natürlich.«

»Irgendein Kommentar?«

»Ich bin sicher, daß wir einen Kommentar dazu haben, aber ich muß Sie zurückrufen.«

»Wir gehen bald in Druck. Sie sollten sich also beeilen.«

»Also, Gray, das ist wirklich ein Schuß aus dem Hinterhalt. Können Sie es einen Tag zurückhalten?«

»Ausgeschlossen.«

Norvell schwieg einen Moment. »Okay. Ich spreche mit Mr. Voyles, dann rufe ich zurück.«

»Danke.«

»Nein, ich danke Ihnen, Gray. Das ist wundervoll. Mr. Voyles wird hellauf begeistert sein.«

»Wir warten.« Gray drückte auf einen Knopf und machte die Leitung frei. Keen stellte das Bandgerät ab.

Sie warteten acht Minuten, dann war Voyles selbst am Apparat. Er bestand darauf, mit Jackson Feldman zu sprechen. Das Bandgerät war wieder eingeschaltet.

»Mr. Voyles?« sagte Feldman herzlich. Die beiden hatten sich viele Male getroffen, das »Mister« war also unnötig.

»Nennen Sie mich Denton, verdammt noch mal. Hören Sie, Jackson, was hat Ihr Junge schon in der Hand? Ihr springt von einer Klippe hinunter. Wir haben Mattiece nachgespürt, spüren ihm immer noch nach, und es ist zu früh, gegen ihn vorzugehen. Also, was hat Ihr Junge in der Hand?«

»Sagt Ihnen der Name Darby Shaw etwas?« Feldman lächelte, als er die Frage stellte. Sie stand an der Wand.

Voyles reagierte sehr langsam. »Ja«, sagte er nur.

»Mein Junge hat das Pelikan-Dossier, Denton, und ich sitze hier und sehe Darby Shaw an.«

»Ich hatte befürchtet, sie wäre tot.«

»Nein. Sie ist überaus lebendig. Sie und Gray haben die in dem Dossier angeführten Fakten aus anderer Quelle bestätigt. Es ist alles hieb- und stichfest, Denton.«

Voyles stieß einen tiefen Seufzer aus und warf das Handtuch. »Wir stellen Nachforschungen über Mattiece als Verdächtigen an«, sagte er.

»Das Bandgerät ist eingeschaltet, Denton, also seien Sie vorsichtig.«

»Wir müssen miteinander reden. Von Mann zu Mann, meine ich. Vielleicht kann ich Ihnen ein paar Hintergründe liefern.«

»Sie können gern herkommen.«

»Das werde ich tun. Ich bin in zwanzig Minuten bei Ihnen.«

Die Redakteure hatten einen Mordsspaß bei der Vorstellung, wie der große F. Denton Voyles in seine Limousine sprang und zur *Post* raste. Sie hatten ihn seit Jahren beobachtet und wußten, daß er ein Meister darin war, sich mit Niederlagen abzufinden. Er haßte die Presse, und seine Bereitwilligkeit, auf ihrem eigenen Spielfeld zu reden, konnte nur eines bedeuten – er würde auf jemand anderen zeigen. Aller Wahrscheinlichkeit nach aufs Weiße Haus.

Darby hatte kein Verlangen, dem Mann zu begegnen. Ihre Gedanken beschäftigten sich mit dem Entkommen. Sie konnte auf den Mann mit der schwarzen Mütze deuten, aber der war schon seit einer halben Stunde nicht mehr da. Und was konnte das FBI schon tun? Zuerst mußten sie ihn fangen, und was dann? Ihm vorwerfen, daß er herumgelungert und einen Hinterhalt geplant hatte? Ihn foltern und zwingen, alles zu gestehen? Wahrscheinlich würden sie ihr kein Wort glauben.

Sie wollte mit dem FBI nichts zu tun haben. Sie wollte seinen Schutz nicht. Sie war im Begriff, eine Reise zu machen, und niemand würde wissen, wohin. Gray vielleicht ausgenommen. Aber vielleicht auch nicht.

Er wählte die Nummer des Weißen Hauses, und sie griffen nach den Nebenapparaten. Keen schaltete das Bandgerät ein.

»Fletcher Coal, bitte. Ich bin Gray Grantham von der *Washington Post*, und es ist sehr dringend.«

Er wartete. »Weshalb Coal?« fragte Keen.

»Alles muß über ihn laufen«, sagte Gray mit der Hand auf der Sprechmuschel.

»Sagt wer?«

»Sagt ein Informant.«

Die Sekretärin meldete sich mit der Nachricht, Mr. Coal wäre unterwegs. Bitte warten Sie. Gray lächelte. Das Adrenalin durchflutete seinen Körper.

Endlich: »Fletcher Coal.«

»Ja, Mr. Coal. Gray Grantham von der *Post*. Ich nehme dieses Gespräch auf. Haben Sie verstanden?«

»Ja.«

»Stimmt es, daß Sie sämtlichen Personen im Weißen

Haus mit Ausnahme des Präsidenten eine Direktive haben zukommen lassen, derzufolge alle Mitteilungen an die Presse zuvor von Ihnen gutgeheißen werden müssen?«

»Völliger Unsinn. Um diese Dinge kümmert sich der Pressesprecher.«

»Ich verstehe. Wir bringen morgen früh eine Story, die, kurz gesagt, die in dem Pelikan-Dossier aufgezeigten Fakten bestätigt. Sie kennen das Pelikan-Dossier?«

Langsam: »Ich kenne die Akte.«

»Wir wissen, daß Mr. Victor Mattiece den Wahlkampf des Präsidenten vor drei Jahren mit mehr als vier Millionen Dollar unterstützt hat.«

»Vier Millionen und zweihunderttausend, alles auf legalen Wegen.«

»Wir glauben außerdem, daß das Weiße Haus interveniert und versucht hat, die Nachforschungen des FBI in bezug auf Mr. Mattiece zu behindern, und wir hätten dazu gern Ihren Kommentar.«

»Ist das etwas, was Sie glauben, oder etwas, was Sie zu drucken vorhaben?«

»Wir versuchen, dafür eine Bestätigung zu bekommen.«

»Und wer, glauben Sie, wird Ihnen das bestätigen?«

»Wir haben unsere Informanten, Mr. Coal.«

»Ach, haben Sie die? Das Weiße Haus bestreitet nachdrücklich jede Einmischung in diese Untersuchung. Nach dem tragischen Tod von Rosenberg und Jensen hat der Präsident darum gebeten, über den Stand der gesamten Untersuchung auf dem laufenden gehalten zu werden, aber es hat weder eine direkte noch eine indirekte Einmischung des Weißen Hauses in irgendeinen Aspekt der Untersuchung gegeben. Da sind Sie falsch informiert worden.«

»Hält der Präsident Victor Mattiece für einen Freund?«

»Nein. Sie sind sich einmal begegnet, und Mr. Mattiece

hat, wie bereits erwähnt, einen beachtlichen Beitrag zum Wahlkampf geleistet, aber er ist kein Freund des Präsidenten.«

»Aber sein Beitrag war der größte, nicht wahr?«

»Das kann ich nicht bestätigen.«

»Haben Sie sonst noch irgendeinen Kommentar?«

»Nein. Ich bin sicher, daß der Pressesprecher morgen früh darauf eingehen wird.«

Sie legten auf, und Keen schaltete das Bandgerät aus. Feldman war auf den Beinen und rieb sich die Hände. »Ich würde ein Jahresgehalt dafür geben, wenn ich jetzt im Weißen Haus sein könnte«, sagte er.

»Er ist eiskalt, nicht wahr?« sagte Gray bewundernd.

»Ja, aber sein eiskalter Hintern steckt jetzt ganz tief in kochendem Wasser.«

42

Für einen Mann, der es gewohnt war, seine Macht zu demonstrieren und zuzusehen, wie andere vor ihm krochen, war es schwierig, mit dem Hut in der Hand aufzutreten und um gut Wetter zu bitten. Er durchquerte mit K. O. Lewis und zwei Agenten im Schlepp die Redaktion so bescheiden, wie er nur konnte. Er trug seinen üblichen verknautschten Trenchcoat mit dem um die Mitte seiner kleinen, massigen Gestalt eng zusammengeschnallten Gürtel. Er machte nicht viel her, aber sein Gebaren und sein Gang ließen keinen Zweifel daran, daß er es gewohnt war, seinen Kopf durchzusetzen. Alle mit dunklen Mänteln angetan, erweckten sie den Eindruck eines Mafiabosses mit seinen Leibwächtern. In der geschäftigen Redaktion trat für einen Moment Stille ein, als sie sie schnell durchquerten. F. Denton Voyles war, bescheiden oder nicht, eine nicht zu übersehende Persönlichkeit.

Eine kleine, angespannte Gruppe von Redakteuren wartete auf dem kurzen Flur vor Feldmans Büro. Howard Krauthammer kannte Voyles und ging ihm entgegen. Sie gaben sich die Hand und flüsterten. Feldman war am Telefon und sprach mit Mr. Ludwig, dem Verleger, der in China war. Smith Keen gesellte sich zu ihnen und gab Voyles und Lewis die Hand. Die beiden Agenten hielten Abstand.

Feldman öffnete seine Tür und sah Denton Voyles. Er bedeutete ihm, hereinzukommen. K. O. Lewis folgte ihm. Sie tauschten Routinehöflichkeiten aus, bis Smith Keen die Tür schloß und alle sich niedergelassen hatten.

»Ich nehme an, Sie haben eine eindeutige Bestätigung des Pelikan-Dossiers«, sagte Voyles.

»Die haben wir«, erwiderte Feldman. »Wollen Sie und

Mr. Lewis nicht das Manuskript der Story lesen? Ich meine, das würde die Sache vereinfachen. Wir gehen in ungefähr einer Stunde in Satz, und der Reporter, Mr. Grantham, möchte Ihnen Gelegenheit zu einem Kommentar geben.«

»Das weiß ich zu würdigen.«

Feldman ergriff ein Exemplar des Manuskripts und reichte es Voyles, der es leicht widerstrebend nahm. K. O. Lewis beugte sich vor, und sie begannen sofort mit der Lektüre. »Wir gehen nach draußen«, sagte Feldman. »Lassen Sie sich Zeit.« Er und Keen verließen das Büro und machten die Tür hinter sich zu. Die beiden Agenten rückten enger zusammen.

Feldman und Keen durchquerten die Redaktion und steuerten auf die Tür des Konferenzraums zu. Davor standen zwei massige Wachmänner. Als sie eintraten, fanden sie Gray und Darby allein darin vor.

»Sie müssen White and Blazevich anrufen«, sagte Feldman.

»Ich habe nur auf Sie gewartet.«

Sie nahmen die Hörer der Nebenapparate ab. Krauthammer war anderswo beschäftigt, und Keen gab Darby seinen Hörer. Gray wählte die Nummer.

»Marty Velmano, bitte«, sagte Gray. »Ich bin Gray Grantham von der *Washington Post*, und ich muß mit ihm sprechen. Es ist dringend.«

»Einen Moment, bitte«, sagte die Sekretärin.

Der Moment verging, und eine andere Sekretärin war am Apparat. »Mr. Velmanos Büro.«

Gray identifizierte sich abermals und verlangte nach ihrem Boß.

»Er ist in einer Sitzung«, sagte sie.

»Ich auch«, sagte Gray. »Gehen Sie hinein, sagen Sie ihm, wer ich bin, und sagen Sie ihm weiterhin, daß heute um Mitternacht sein Foto auf der Titelseite der *Post* erscheinen wird.«

»Nun – ja, Sir.«

Sekunden später sagte Velmano: »Ja, was gibt es?«

Gray nannte seinen Namen zum dritten Mal und wies auf das Bandgerät hin.

»Ich habe verstanden«, fuhr Velmano ihn an.

»Wir bringen in der Morgenausgabe eine Story über Ihren Mandanten Victor Mattiece und seine Verwicklung in die Morde an den Richtern Rosenberg und Jensen.«

»Großartig! Dafür werden wir Sie die nächsten zwanzig Jahre vor Gericht schleifen. Sie müssen den Verstand verloren haben, Mann. Wir werden die *Post* aufkaufen.«

»Ja, Sir. Denken Sie daran, wir nehmen das auf.«

»Nehmen Sie auf, was Sie wollen. Wir werden Sie verklagen. Das wird großartig werden! Victor Mattiece wird die *Washington Post* kaufen! Das ist fantastisch!«

Gray schüttelte fassungslos den Kopf. Die Redakteure lächelten den Fußboden an. Das war im Begriff, überaus spaßig zu werden.

»Ja, Sir. Haben Sie von dem Pelikan-Dossier gehört? Wir haben eine Kopie.«

Totenstille. Dann ein fernes Grunzen, wie das letzte Keuchen eines sterbenden Hundes. Dann abermals Stille.

»Mr. Velmano? Sind Sie noch da?«

»Ja.«

»Wir haben außerdem eine Kopie des Memos, das Sie am 28. September an Sims Wakefield geschickt haben und in dem Sie darauf hinweisen, daß die Aussichten Ihres Mandanten wesentlich besser wären, wenn Rosenberg und Jensen aus dem Gericht entfernt würden. Wir wissen aus sicherer Quelle, daß diese Idee von jemandem recherchiert wurde, der Einstein genannt wird und unseres Wissens in einer Bibliothek im sechsten Stock Ihrer Firma sitzt.«

Stille.

Gray fuhr fort: »Wir haben die Story so weit fertig, daß sie in Satz gehen kann, aber wir wollten Ihnen Gelegenheit zu einem Kommentar geben. Möchten Sie einen Kommentar abgeben, Mr. Velmano?«

»Ich habe Kopfschmerzen.«

»Okay. Sonst noch etwas?«

»Haben Sie vor, das Memo Wort für Wort zu bringen?«

»Ja.«

»Wollen Sie mein Foto bringen?«

»Ja. Es ist ein altes, von einer Anhörung vor dem Senat.«

»Sie Mistkerl.«

»Vielen Dank. Sonst noch etwas?«

»Ich stelle fest, daß Sie bis fünf Uhr gewartet haben. Eine Stunde früher, und wir hätten zum Gericht laufen und diese verdammte Sache stoppen können.«

»Ja, Sir. Das haben wir absichtlich getan.«

»Sie Mistkerl.«

»Okay.«

»Ihnen macht es wohl nichts aus, Leute zu ruinieren, ja?« Die Stimme versagte, und er hörte sich fast bemitleidenswert an. Was für ein wundervolles Zitat. Gray hatte zweimal auf das Bandgerät hingewiesen, aber Velmano war zu schockiert, um daran zu denken.

»Nein, Sir. Sonst noch etwas?«

»Sagen Sie Jackson Feldman, daß die Klage morgen früh um neun, sowie das Gericht öffnet, erhoben wird.«

»Das werde ich tun. Bestreiten Sie, das Memo geschrieben zu haben?«

»Natürlich.«

»Bestreiten Sie die Existenz des Memos?«

»Es ist pure Erfindung.«

»Es wird kein Verfahren geben, Mr. Velmano, und ich glaube, Sie wissen es.«

Stille, dann: »Sie Mistkerl.«

In den Hörern klickte es, und sie hörten nur noch das Freizeichen. Sie lächelten einander ungläubig an. »Möchten Sie nicht Journalistin werden, Darby?« fragte Keen.

»Oh, das macht schon Spaß«, sagte sie. »Aber gestern wäre beinahe zweimal jemand über mich hergefallen. Nein, danke.«

Feldman stand auf und deutete auf das Bandgerät. »Ich bin dafür, daß wir nichts davon benutzen.«

»Aber mir hat der Satz über das Ruinieren von Leuten gefallen. Und was ist mit den Prozeßdrohungen?«

»Wir brauchen sie nicht, Gray. Die Story nimmt schon jetzt die gesamte Titelseite ein. Vielleicht später.«

Jemand klopfte an die Tür. Es war Krauthammer. »Voyles möchte Sie sehen«, sagte er zu Feldman.

»Bringen Sie ihn her.«

Gray erhob sich, und Darby ging zum Fenster. Die Sonne wurde schwächer, Schatten breiteten sich aus. Der Verkehr kroch die Straße entlang. Von Stummel und seinen Genossen war nichts zu sehen, aber sie waren da, warteten zweifellos darauf, daß es dunkel wurde, planten zweifellos einen letzten Versuch, sie umzubringen, entweder vorbeugend oder aus Rache. Gray sagte, er hätte einen Plan, wie sie nach Redaktionsschluß das Gebäude verlassen könnten, ohne daß es zu einer Schießerei käme, aber er ließ sich nicht näher darüber aus.

Voyles kam mit K. O. Lewis herein. Feldman machte sie mit Gray Grantham und Darby Shaw bekannt. Voyles ging zu ihr und schaute lächelnd zu ihr auf. »Also Sie sind es, die all das ins Rollen gebracht hat«, sagte er und versuchte, es bewundernd klingen zu lassen. Es funktionierte nicht.

Er war ihr sofort unsympathisch. »Das war wohl eher Mr. Mattiece«, sagte sie kalt. Er wendete sich ab und zog den Trenchcoat aus.

»Können wir uns setzen?« fragte er in den Raum hinein.

Sie ließen sich um den Tisch herum nieder – Voyles, Lewis, Feldman, Keen, Grantham und Krauthammer. Darby blieb am Fenster stehen.

»Ich habe einen offiziellen Kommentar abzugeben«,

verkündete Voyles und ließ sich von Lewis ein Blatt Papier reichen. Gray bereitete sich darauf vor, Notizen zu machen.

»Heute vor zwei Wochen haben wir ein Exemplar des Pelikan-Dossiers bekommen und es noch am gleichen Tag dem Weißen Haus übergeben. Es wurde vom stellvertretenden Direktor, K. O. Lewis, Mr. Fletcher Coal persönlich ausgehändigt, der es zusammen mit unserem Tagesbericht für das Weiße Haus erhielt. Bei dieser Zusammenkunft war Special Agent Eric East zugegen. Wir waren der Ansicht, daß es genügend Fragen aufwarf, um der Sache nachzugehen. Aber das ist sechs Tage lang unterblieben, bis Mr. Gavin Verheek, beratender Anwalt des Direktors, in New Orleans ermordet aufgefunden worden war. Daraufhin hat das FBI sofort mit umfassenden Nachforschungen über Victor Mattiece begonnen. Mehr als vierhundert Agenten von siebenundzwanzig Büros waren an der Untersuchung beteiligt, haben mehr als elftausend Stunden erbracht, mehr als sechshundert Leute verhört und Reisen in fünf andere Länder unternommen. Zur Zeit läuft die Untersuchung auf vollen Touren. Wir halten Victor Mattiece für den Hauptverdächtigen bei den Morden an den Richtern Rosenberg und Jensen, und gegenwärtig versuchen wir, ihn ausfindig zu machen.«

Voyles faltete das Blatt zusammen und gab es Lewis zurück.

»Was werden Sie tun, wenn Sie Mattiece finden?« fragte Grantham.

»Ihn verhaften.«

»Haben Sie einen Haftbefehl?«

»Den werden wir bald haben.«

»Haben Sie eine Ahnung, wo er steckt?«

»Offengestanden, nein. Wir versuchen seit einer Woche, ihn ausfindig zu machen, bisher ohne Erfolg.«

»Hat sich das Weiße Haus in Ihre Nachforschungen bezüglich Mattiece eingemischt?«

»Dazu werde ich mich inoffiziell äußern. Einverstanden?«

Gray warf einen Blick auf den Chefredakteur. »Einverstanden«, sagte Feldman.

Voyles musterte Feldman, dann Keen, dann Krauthammer, dann Grantham. »Was jetzt kommt, ist inoffiziell, okay? Sie dürfen es unter keinen Umständen verwenden. Sind wir uns darüber einig?«

Sie nickten und beobachteten ihn aufmerksam. Auch Darby beobachtete ihn.

Voyles warf Lewis einen mißtrauischen Blick zu. »Vor zwölf Tagen hat der Präsident der Vereinigten Staaten mich im Oval Office aufgefordert, Victor Mattiece als Verdächtigen zu ignorieren. Er hat verlangt, daß wir uns aus der Sache zurückziehen.«

»Hat er einen Grund dafür angegeben?« fragte Grantham.

»Den offenkundigen. Er hat gesagt, es wäre sehr peinlich für ihn und könnte seinen Bemühungen um eine Wiederwahl schweren Schaden zufügen. Er wäre der Ansicht, daß hinter dem Pelikan-Dossier nicht viel stecke, und wenn wir ihm nachgingen, würde die Presse Wind davon bekommen und er politischen Schaden erleiden.«

Krauthammer hörte mit offenem Mund zu. Keen starrte auf den Tisch. Feldman ließ sich kein Wort entgehen.

»Sind Sie ganz sicher?« fragte Gray.

»Ich habe das Gespräch aufgenommen. Ich habe ein Band, das niemand zu hören bekommt, es sei denn, daß der Präsident diese Unterredung abstreitet.«

Es folgte ein langes Schweigen, während dessen sie diesen niederträchtigen kleinen Bastard und sein Bandgerät bewunderten. Ein Tonband!

Feldman räusperte sich. »Sie haben die Story gelesen. Es gibt eine leere Zeitspanne zwischen dem Tag, an dem das FBI das Dossier bekam, und dem Beginn der Untersuchung. Die muß in der Story erklärt werden.«

»Sie haben meine Stellungnahme. Mehr bekommen Sie nicht.«

»Wer hat Gavin Verheek umgebracht?« fragte Gray.

»Ich kann mich über Details der Untersuchung nicht äußern.«

»Aber Sie wissen es?«

»Wir haben eine Vermutung. Aber mehr sage ich nicht.«

Gray ließ den Blick um den Tisch wandern. Es war offensichtlich, daß Voyles im Moment nicht mehr zu sagen hatte. Die Redakteure genossen den Augenblick.

Voyles lockerte seine Krawatte und lächelte beinahe. »Das ist natürlich inoffiziell, aber wie ist es Ihnen gelungen, Morgan, den toten Anwalt, ausfindig zu machen?«

»Ich kann mich über Details der Untersuchung nicht äußern«, sagte Gray mit einem boshaften Grinsen. Alle lachten.

»Wie geht es jetzt weiter?« fragte Krauthammer Voyles.

»Morgen mittag wird ein Geschworenengericht zusammentreten. Schnelle Anklageerhebung. Wir werden versuchen, Mattiece zu finden, aber das wird schwierig sein. Wir haben keine Ahnung, wo er sich aufhält. Er hat den größten Teil der letzten fünf Jahre auf den Bahamas verbracht, aber er besitzt Häuser in Mexiko, Panama und Paraguay.« Voyles warf zum zweiten Mal einen Blick auf Darby. Sie lehnte neben dem Fenster an der Wand und hörte zu.

»Wann kommt die erste Ausgabe heraus?« fragte Voyles.

»Wir drucken die ganze Nacht hindurch, ab halb elf«, sagte Keen.

»In welcher Ausgabe wird die Story erscheinen?«

»In der Stadt-Spätausgabe, ein paar Minuten vor Mitternacht. Sie hat die höchste Auflage.«

»Werden Sie Coals Foto auf der Titelseite bringen?«

Keen sah Krauthammer an, der Feldman ansah. »Sollten wir wohl. Wir werden Sie dahingehend zitieren, daß das Dossier Fletcher Coal persönlich ausgehändigt wurde, und ihn werden wir dahingehend zitieren, daß Mattiece dem Präsidenten vier Komma zwei Millionen Dollar hat zukommen lassen. Ja, ich finde, das Gesicht von Mr. Coal sollte auf der Titelseite erscheinen, zusammen mit denen aller anderen.«

»Das finde ich auch«, sagte Voyles. »Wenn ich um Mitternacht einen Mann herschicke, kann ich dann ein paar Exemplare bekommen?«

»Natürlich«, sagte Feldman. »Warum?«

»Weil ich sie Coal persönlich bringen möchte. Ich möchte um Mitternacht an seine Tür klopfen, ihn im Pyjama sehen und die Zeitung vor seiner Nase schwenken. Dann möchte ich ihm sagen, daß ich mit einer Vorladung vors Geschworenengericht wiederkommen werde, und kurz darauf werde ich eine Anklageschrift haben. Und danach erscheine ich mit den Handschellen.«

Er sagte das mit solcher Genugtuung, daß es beängstigend war.

»Nur gut, daß Sie keinen Groll gegen ihn hegen«, sagte Gray. Nur Smith Keen fand das spaßig.

»Glauben Sie, daß er vor Gericht gestellt wird?« fragte Krauthammer sofort.

Voyles warf wieder einen Blick auf Darby. »Er wird sich für den Präsidenten opfern. Er wird sich freiwillig vor das Erschießungskommando begeben, um seinen Boß zu retten.«

Feldman schaute auf die Uhr und schob seinen Stuhl vom Tisch zurück.

»Darf ich Sie um einen Gefallen bitten?« fragte Voyles.

»Natürlich. Welchen?«

»Ich würde gern ein paar Minuten allein mit Ms. Shaw reden. Wenn sie nichts dagegen hat.«

Alle sahen Darby an, die mit einem Achselzucken ihr Einverständnis erklärte. Die Redakteure und K. O. Lewis standen auf und verließen den Raum. Darby ergriff Grays Hand und bat ihn zu bleiben. Sie setzten sich Voyles gegenüber an den Tisch.

»Ich wollte mit Ihnen allein sprechen«, sagte Voyles.

»Er bleibt«, sagte sie. »Es ist inoffiziell.«

»Also gut.«

Sie kam ihm zuvor. »Wenn Sie mich verhören wollen – ich äußere mich nur in Gegenwart eines Anwalts.«

Er schüttelte den Kopf. »Nichts dergleichen. Ich habe mich nur gefragt, was Sie nun vorhaben.«

»Weshalb sollte ich Ihnen das sagen?«

»Weil wir Ihnen helfen können.«

»Wer hat Gavin Verheek umgebracht?«

Voyles zögerte. »Inoffiziell.«

»Inoffiziell«, sagte Gray.

»Ich werde Ihnen sagen, wer ihn unserer Ansicht nach umgebracht hat. Aber zuerst möchte ich wissen, wie oft Sie mit ihm gesprochen haben, bevor er umgebracht wurde.«

»Wir haben im Laufe des Wochenendes ein paarmal miteinander telefoniert. Wir wollten uns vorigen Montag treffen und New Orleans verlassen.«

»Wann fand das letzte Gespräch statt?«

»Sonntagabend.«

»Und wo war er da?«

»In seinem Zimmer im Hilton.«

Voyles holte tief Luft und schaute dann zur Decke. »Und Sie vereinbarten mit ihm das Treffen am Montag?«

»Ja.«

»Kannten Sie ihn persönlich?«

»Nein.«

»Der Mann, der ihn umgebracht hat, war derselbe, den Sie an der Hand hielten, als ihm das Gehirn weggepustet wurde.«

Sie scheute vor der Frage zurück. Gray stellte sie für sie. »Wer war es?«

»Ein gewisser Khamel.«

Sie rang nach Luft und versuchte, etwas zu sagen. Aber sie schaffte es nicht.

»Das ist ziemlich verwirrend«, sagte Gray, um Sachlichkeit bemüht.

»So könnte man es ausdrücken. Der Mann, der Khamel tötete, ist ein freiberuflich arbeitender Agent, den die CIA angeheuert hat. Er war vor Ort, als Callahan umgebracht wurde, und ich glaube, Darby hat ihn kennengelernt.«

»Rupert«, sagte sie leise.

»Das ist natürlich nicht sein wirklicher Name, aber Rupert tut es auch. Er hat vermutlich zwanzig Namen. Wenn er der ist, von dem ich glaube, daß er es ist, dann ist er Engländer und überaus zuverlässig.«

»Haben Sie eine Ahnung, wie verwirrend das alles ist?« fragte sie.

»Ich kann es mir vorstellen.«

»Weshalb war Rupert in New Orleans? Weshalb ist er ihr gefolgt?« fragte Gray.

»Das ist eine sehr lange Geschichte, und ich kenne nur einen Teil davon. Ich versuche, Abstand von der CIA zu halten, das können Sie mir glauben. Ich habe selbst genug um die Ohren. Es geht auf Mattiece zurück. Vor ein paar Jahren brauchte er mehr Geld, um sein großes Vorhaben in die Tat umzusetzen. Deshalb verkaufte er einen Anteil davon an die Regierung von Libyen. Ich bin nicht sicher, ob das legal war, aber daraufhin schaltete sich die CIA ein. Allem Anschein nach überwachte sie Mattiece und die Libyer sehr eingehend, und als es zu dem Prozeß kam, verfolgte ihn die CIA. Ich glaube nicht, daß sie Mattiece bei den Richtermorden verdächtigte, aber nur wenige Stunden, nachdem wir dem Weißen Haus ein Exemplar ausgehändigt hatten, erhielt auch Bob Gminski eine Kopie Ihres kleinen Dossiers. Fletcher Coal gab sie ihm. Ich habe keine Ahnung, wem Gminski etwas von dem Dossier erzählt hat, aber die falschen Worte gelangten in die falschen Ohren, und vierundzwanzig Stunden später war Mr. Callahan tot. Und Sie, meine Liebe, haben sehr viel Glück gehabt.«

»Weshalb fühle ich mich dann nicht glücklich?« sagte sie.

»Das erklärt Rupert nicht«, sagte Gray.

»Ich weiß es nicht mit Sicherheit, aber ich vermute, daß Gminski sofort Rupert losschickte mit dem Auftrag, Darby im Auge zu behalten. Ich glaube, das Dossier beunruhigte Gminski anfänglich mehr als uns alle. Wahrscheinlich schickte er Rupert los, damit er sich an Darby hängte, teils, um sie zu beobachten, teils, um sie zu beschützen. Dann fliegt der Wagen in die Luft, und damit hatte Mr. Mattiece das Dossier bestätigt. Welchen anderen Grund könnte es geben, Callahan und Darby umzubringen? Ich habe Grund zu der Annahme, daß sich nur ein paar Stunden, nachdem der Wagen explodierte, Dutzende von CIA-Leuten in New Orleans aufhielten.«

»Aber warum?«

»Das Dossier hatte sich als stimmig erwiesen, und Mattiece brachte Leute um. Der größte Teil seiner Firmen sitzt in New Orleans. Und ich glaube, die CIA war sehr besorgt wegen Darby. Zu ihrem Glück. Sie war zur Stelle, als es darauf ankam.«

»Wenn die CIA so schnell handelte, weshalb haben Sie es dann nicht getan?« fragte sie.

»Gute Frage. Wir hielten nicht soviel von dem Dossier, und wir wußten nicht einmal halb soviel wie die CIA. Es kam uns ziemlich unwahrscheinlich vor, und wir hatten ein Dutzend andere Verdächtige. Wir haben es ganz einfach unterschätzt. Außerdem hatte der Präsident uns angewiesen, die Finger davon zu lassen, und das fiel uns nicht schwer, weil ich noch nie von Mattiece gehört hatte. Ich hatte keinen Grund, seiner Anweisung zuwiderzuhandeln. Aber dann wurde mein Freund Gavin umgebracht, und daraufhin setzte ich die Truppen in Marsch.«

»Weshalb hat Coal Gminski das Dossier gegeben?« fragte Gray.

»Es hat ihm angst gemacht. Und, um die Wahrheit zu sagen, das ist einer der Gründe, weshalb wir es ihm zukommen ließen. Gminski ist – nun ja, Gminski ist eben Gminski, und manchmal tut er Dinge auf seine Art, ohne Rücksicht auf kleine Hindernisse wie Gesetze und dergleichen. Coal wollte das Dossier überprüft haben, und er glaubte, Gminski würde das schnell und unauffällig tun.«

»Also war Gminski Coal gegenüber nicht aufrichtig.«

»Er haßt Coal, wofür ich vollstes Verständnis habe. Gminski ist nur dem Präsidenten Rechenschaft schuldig und, nein, er war Coal gegenüber nicht aufrichtig. Es ging alles so schnell. Vergessen Sie nicht, es ist gerade erst zwei Wochen her, daß Gminski, Coal, der Präsident und ich das Dossier zum ersten Mal sahen. Wahrscheinlich hatte Gminski vor, dem Präsidenten einen Teil der Geschichte zu erzählen, hatte aber einfach keine Gelegenheit dazu.«

Darby schob ihren Stuhl zurück und trat wieder ans Fenster. Draußen war es inzwischen dunkel, und der Verkehr war dicht und stockend. Es war gut und schön, diese Geheimnisse erklärt zu bekommen, aber sie warfen nur weitere Fragen auf. Sie wollte einfach verschwinden. Sie hatte es satt, auf der Flucht zu sein und gejagt zu werden; hatte es satt, mit Gray Reporter zu spielen; hatte es satt, sich den Kopf darüber zu zerbrechen, wer was getan hatte und warum; hatte das Schuldgefühl satt, das sie seit der Niederschrift dieses verdammten Dossiers nicht verlassen hatte; hatte es satt, sich alle drei Tage eine neue Zahnbürste kaufen zu müssen. Sie sehnte sich nach einem kleinen Haus an einem abgelegenen Stück Strand ohne Telefone und ohne Leute, die sich hinter Fahrzeugen und Torpfosten versteckten. Sie wollte drei Tage lang schlafen, ohne Alpträume zu haben und ohne Schatten zu sehen. Es war Zeit, zu verschwinden.

Gray beobachtete sie genau. »Man ist ihr nach New

York und dann hierher gefolgt«, sagte er zu Voyles. »Wer ist es?«

»Sind Sie sicher?« fragte Voyles.

»Sie haben den ganzen Tag auf der Straße gestanden und das Gebäude beobachtet«, sagte Darby und deutete mit einem Kopfnicken auf das Fenster.

»Wir haben aufgepaßt«, sagte Gray. »Sie sind irgendwo da draußen.«

Voyles schien skeptisch. »Haben Sie sie früher schon einmal gesehen?« fragte er Darby.

»Einen von ihnen. Er hat mich bei dem Gedenkgottesdienst für Thomas in New Orleans beobachtet. Er hat mich durchs French Quarter gejagt. Er hätte mich beinahe in Manhattan gefunden, und vor ungefähr fünf Stunden habe ich gesehen, wie er mit einem anderen Mann redete. Ich bin ganz sicher, daß er es war.«

»Wer ist es?« fragte Gray Voyles noch einmal.

»Ich glaube nicht, daß die CIA Sie jagen würde.«

»Oh, der hat mich gejagt.«

»Sehen Sie sie jetzt?«

»Nein. Sie sind vor zwei Stunden verschwunden. Aber sie sind irgendwo da draußen.«

Voyles stand auf und streckte seine dicken Arme. Er wanderte langsam um den Tisch herum und wickelte eine Zigarre aus. »Stört es Sie, wenn ich rauche?«

»Ja, es stört mich«, sagte sie. Er legte die Zigarre auf den Tisch.

»Wir können helfen«, sagte er.

»Ich will Ihre Hilfe nicht«, sagte sie zum Fenster.

»Was wollen Sie dann?«

»Ich will das Land verlassen, aber wenn ich es tue, will ich absolut sicher sein, daß mir niemand folgt. Nicht das FBI, nicht sie, nicht Rupert oder einer von seinen Kumpanen.«

»Sie werden zurückkommen und vor dem Geschworenengericht aussagen müssen.«

»Nur, wenn man mich finden kann. Ich gehe an einen Ort, an dem man sich um Vorladungen nicht zu kümmern braucht.«

»Was ist mit der Verhandlung? Bei der Verhandlung werden Sie gebraucht.«

»Die findet frühestens in einem Jahr statt. Darüber denke ich nach, wenn es soweit ist.«

Voyles steckte die Zigarre in den Mund, zündete sie aber nicht an. »Ich schlage Ihnen einen Handel vor.«

»Ich bin nicht in der richtigen Stimmung für einen Handel.«

Sie lehnte jetzt an der Wand und sah abwechselnd ihn und Gray an.

»Es ist ein guter Handel. Ich habe Flugzeuge und Hubschrauber und massenhaft Leute, die bewaffnet sind und kein bißchen Angst haben vor diesen Kerlen, die da draußen Verstecken spielen. Erstens bringen wir Sie aus diesem Gebäude heraus, ohne daß jemand es merkt. Zweitens setzen wir Sie in mein Flugzeug und fliegen Sie an jeden von Ihnen gewünschten Ort. Drittens, von dort aus können Sie verschwinden. Sie haben mein Wort, daß wir Ihnen nicht folgen werden. Und viertens, Sie gestatten mir, über Mr. Grantham hier mit Ihnen in Verbindung zu treten, falls es dringend erforderlich werden sollte, aber nur dann.«

Sie sah Gray an, während Voyles sein Angebot machte, und es war offensichtlich, daß ihm der Handel gefiel. Sie verzog keine Miene, aber verdammt noch mal, es hörte sich gut an. Wenn sie Gavin nach seinem ersten Anruf vertraut hätte, dann wäre er noch am Leben, und sie hätte Khamel nie bei der Hand gehalten. Wenn sie New Orleans mit Gavin verlassen hätte, als er es vorschlug, wäre er nicht ermordet worden. Darüber hatte sie in den letzten sieben Tagen alle fünf Minuten nachgedacht.

Diese Sache war größer, als daß sie sie hätte verkraften können. Es kommt ein Punkt, an dem man aufgibt und anfängt, Leuten zu vertrauen. Sie mochte diesen Mann nicht, aber in den letzten zehn Minuten war er ihr gegenüber bemerkenswert ehrlich gewesen.

»Ist es Ihr Flugzeug? Und Ihre Piloten?«

»Ja.«

»Wo steht es?«

»In Andrews.«

»Machen wir es so. Ich steige in das Flugzeug, und es fliegt nach Denver. Und niemand ist an Bord außer mir, Gray und Ihren Piloten. Und eine halbe Stunde nach dem Start weise ich den Piloten an, nach – sagen wir – Chicago zu fliegen. Kann er das tun?«

»Er muß den Flugplan vorlegen, bevor er startet.«

»Ich weiß. Aber Sie sind der Direktor des FBI und können einiges bewirken.«

»Okay. Was passiert, wenn Sie in Chicago angekommen sind?«

»Ich verlasse allein die Maschine, und sie fliegt mit Gray nach Andrews zurück.«

»Und was tun Sie in Chicago?«

»Ich tauche in einem von Menschen wimmelnden Flughafen unter und fliege mit der nächsten Maschine weiter.«

»Das dürfte funktionieren. Und Sie haben mein Wort, daß wir Ihnen nicht folgen werden.«

»Ich weiß. Entschuldigen Sie, daß ich so vorsichtig bin.«

»Der Handel gilt. Wann möchten Sie von hier fort?«

Sie sah Gray an. »Wann?«

»Ich brauche eine Stunde, um den Text noch einmal zu überarbeiten und Mr. Voyles' Kommentar einzufügen.«

»In einer Stunde«, sagte sie zu Voyles.

»Ich warte auf Sie.«

»Können wir allein reden?« sagte sie zu Voyles und deutete mit einem Kopfnicken auf Gray.

»Natürlich.« Er ergriff seinen Trenchcoat. An der Tür blieb er noch einmal stehen und lächelte sie an. »Sie sind eine tolle Frau, Ms. Shaw. Mit Ihrem Verstand und Ihrem

Mut haben Sie einen der widerwärtigsten Männer in diesem Land zur Strecke gebracht. Ich bewundere Sie. Und ich verspreche Ihnen, daß ich Ihnen gegenüber immer aufrichtig sein werde.«

Er steckte die Zigarre in die Mitte seines freundlichen Lächelns und verließ den Raum.

Sie schauten zu, wie die Tür geschlossen wurde. »Glauben Sie, daß ich in Sicherheit sein werde?« fragte sie.

»Ja. Ich glaube, er meint es ehrlich. Außerdem hat er Männer, die Sie hier herausbringen können. Es ist okay, Darby.«

»Sie können mich doch begleiten, nicht wahr?«

»Natürlich.«

Sie ging zu ihm und legte ihm die Arme um die Taille. Er hielt sie fest umschlungen und machte die Augen zu.

Um sieben versammelten sich die Redakteure an diesem Dienstagabend zum letzten Mal um den Tisch herum. Sie lasen schnell den Abschnitt mit Voyles' Kommentar, den Gray noch eingefügt hatte. Feldman kam etwas später herein, mit einem gewaltigen Lächeln.

»Ihr werdet es nicht glauben«, sagte er. »Ich hatte zwei Anrufe. Ludwig hat aus China angerufen. Der Präsident hat ihn dort ausfindig gemacht und ihn angefleht, die Story vierundzwanzig Stunden zurückzuhalten. Ludwig, immer der Gentleman, hörte respektvoll zu und sagte höflich nein. Der zweite Anruf kam von Richter Roland, einem alten Freund von mir. Allem Anschein nach haben ihn die Jungs von White and Blazevich vom Eßtisch weggeholt und darum gebeten, noch heute abend eine Verhandlung anzusetzen und eine einstweilige Verfügung zu erlassen. Richter Roland hörte ziemlich respektlos zu und sagte unhöflich nein.«

»Also bringen wir das Ding!« rief Krauthammer.

43

Der Start ging glatt vonstatten, und der Jet flog westwärts, angeblich nach Denver. Er war angemessen, aber keinesfalls luxuriös ausgestattet; schließlich gehörte er den Steuerzahlern und stand einem Mann zur Verfügung, der sich nicht viel aus den feineren Dingen des Lebens machte. Kein guter Whisky, stellte Gray fest, als er in den Schränken nachsah. Voyles war Abstinenzler, und das ärgerte Gray in diesem Moment – er war Gast an Bord und hatte großen Appetit auf einen Drink. Er fand zwei halbgekühlte Sprite im Kühlschrank und gab eine davon Darby.

Der Jet schien seine Flughöhe erreicht zu haben. Der Kopilot erschien an der Kabinentür. Er war höflich und stellte sich vor.

»Uns wurde gesagt, daß Sie uns kurz nach dem Start ein neues Ziel nennen würden.«

»Stimmt«, sagte Darby.

»Gut. In zehn Minuten müssen wir es wissen.«

»Okay.«

»Gibt es in diesem Ding irgendwo etwas Alkoholisches?« fragte Gray.

»Nein. Tut mir leid.« Der Kopilot lächelte und kehrte ins Cockpit zurück.

Darby und ihre langen Beine nahmen den größten Teil der kleinen Couch ein, aber er war entschlossen, neben ihr Platz zu finden. Er hob ihre Füße an und setzte sich ans Ende. Sie lagen auf seinem Schoß. Rote Zehennägel. Er streichelte ihre Knöchel und dachte an nichts anderes als an dieses große Ereignis – daß er ihre Füße hielt. Für ihn war das etwas sehr Intimes, aber ihr schien es nichts auszumachen. Sie lächelte jetzt sogar ein wenig, entspannte sich. Es war vorbei.

»Haben Sie Angst gehabt?« fragte er.

»Ja. Und Sie?«

»Ja, aber ich fühlte mich gleichzeitig sicher. Ich meine, es ist schwierig, sich gefährdet vorzukommen, wenn man von sechs bewaffneten Männern umgeben ist. Und es ist schwierig, in einem fensterlosen Transporter das Gefühl zu haben, daß man beobachtet wird.«

»Voyles hat es Spaß gemacht, meinen Sie nicht auch?«

»Er war wie Napoleon, machte Pläne und befehligte seine Truppen. Für ihn war es ein großer Augenblick. Morgen früh wird er unter Beschuß geraten, aber es wird von ihm abprallen. Der einzige Mensch, der ihn entlassen kann, ist der Präsident, und ich würde sagen, er kann Voyles im Moment nichts anhaben.«

»Und die Morde sind aufgeklärt. Ihm muß sehr wohl sein in seiner Haut.«

»Ich glaube, wir haben seine Amtszeit um zehn Jahre verlängert. Ausgerechnet wir!«

»Ich glaube, er ist tüchtig«, sagte Darby. »Anfangs mochte ich ihn nicht, aber irgendwie nimmt er einen für sich ein. Als er von Verheek sprach, sah ich eine Spur von Feuchtigkeit in seinen Augen.«

»Ein reizender Mensch. Ich bin sicher, Fletcher Coal wird entzückt sein, wenn dieser nette kleine Mann in ein paar Stunden bei ihm aufkreuzt.«

Ihre Füße waren lang und schlank. Einfach perfekt. Er streichelte den Spann und kam sich vor wie ein Schuljunge, der bei der zweiten Verabredung vom Knie aus höher vordringt. Sie waren blaß und brauchten Sonne, und er wußte, sie würden in wenigen Tagen braun sein, und zwischen den Zehen würde sich Sand festgesetzt haben. Sie hatte ihn nicht eingeladen, sie später zu besuchen, und das beunruhigte ihn. Er hatte keine Ahnung, wohin sie wollte, und das war Absicht. Vielleicht wußte sie selbst noch nicht, wo sie landen würde.

Das Spiel mit den Füßen erinnerte sie an Thomas. Jetzt,

in dem leise dröhnenden und leicht vibrierenden Jet, war er plötzlich viele Meilen von ihr entfernt. Er war erst seit zwei Wochen tot, aber es kam ihr viel länger vor. So vieles hatte sich verändert. Es war besser so. Wenn sie noch in Tulane wäre, an seinem Büro vorbeigehen, seinen Hörsaal sehen, mit anderen Professoren reden, von der Straße aus zu seiner Wohnung hinaufschauen würde, dann wäre das fürchterlich aufwühlend. Auf lange Sicht sind die kleinen Erinnerungen angenehm, aber in der Zeit des Trauerns stehen sie im Wege. Sie war jetzt ein anderer Mensch, mit einem anderen Leben an einem anderen Ort.

Und ein anderer Mann streichelte ihre Füße. Anfangs war er eine Pest gewesen, arrogant und aufdringlich, ein typischer Reporter. Aber er war sehr schnell aufgetaut, und unter der zynischen Schale war ein warmherziger Mann zum Vorschein gekommen, der sie offensichtlich sehr gern hatte.

»Morgen ist ein großer Tag für Sie«, sagte sie.

Er trank einen Schluck Sprite. Er hätte ein kleines Vermögen bezahlt für ein eiskaltes Importbier in einer grünen Flasche. »Großer Tag«, sagte er, die Zehen bewundernd. Es würde mehr sein als nur ein großer Tag, aber er hatte das Gefühl, es herunterspielen zu müssen. In diesem Augenblick galten seine Gedanken ihr, nicht dem Chaos des morgigen Tages.

»Was wird passieren?« fragte sie.

»Ich werde wohl in die Redaktion zurückkehren und darauf warten, daß die Bombe einschlägt. Smith Keen hat gesagt, er würde die ganze Nacht dort sein. Eine Menge Leute werden sehr früh kommen. Wir versammeln uns im Konferenzraum, und weitere Fernseher werden hereingebracht. Wir verbringen den Vormittag damit, zuzusehen, was sich tut. Es wird ein Mordsspaß sein, die offizielle Stellungnahme des Weißen Hauses zu hören. White and Blazevich werden etwas von sich geben. Bei Mattiece bin ich da nicht so sicher. Von Runyan wird ein Kommentar kommen. Voyles wird eine große Rolle spielen. Die Anwälte werden Geschworenengerichte einberufen. Und bei den Politikern wird das ganz große Flattern anfangen. Sie werden den ganzen Tag über auf dem Capitol Hill Pressekonferenzen abhalten. Es wird ein Tag werden, an dem eine wichtige Nachricht auf die andere folgt. Schade, daß Sie das verpassen werden.«

Sie gab ein sarkastisches kleines Schnauben von sich. »Was wird Ihre nächste Story sein?«

»Wahrscheinlich Voyles und sein Tonband. Es ist damit zu rechnen, daß das Weiße Haus jede Einmischung bestreitet, und wenn für Voyles die Tinte zu heiß wird, schlägt er zurück. Ich möchte dieses Band haben.«

»Und danach?«

»Das hängt davon ab, wie sich die Dinge entwickeln. Nach sechs Uhr morgen früh haben wir die Konkurrenz auf dem Hals. Es wird eine Million Gerüchte und tausend Stories geben, und jede Zeitung im Lande wird mitmischen wollen.«

»Aber Sie werden der Star sein«, sagte sie bewundernd, aber nicht sarkastisch.

»Ja, ich werde meine Viertelstunde haben.«

Der Kopilot klopfte und öffnete die Tür. Er sah Darby an. »Atlanta«, sagte sie, und er machte die Tür wieder zu.

»Warum Atlanta?« fragte Gray.

»Sind Sie schon einmal in Atlanta umgestiegen?«

»Natürlich.«

»Haben Sie sich beim Umsteigen in Atlanta schon einmal verlaufen?«

»Ich glaube, ja.«

»Plädoyer beendet. Der Flughafen ist riesig und herrlich überfüllt.«

Er leerte die Dose und stellte sie auf den Boden. »Und wohin von dort aus?« Er wußte, daß er nicht fragen sollte, weil sie es ihm nicht von sich aus gesagt hatte. Aber er wollte es wissen.

»Ich fliege so schnell wie möglich irgendwohin. Auf die übliche Tour mit Tickets zu vier verschiedenen Flughäfen. Es ist wahrscheinlich unnötig, aber ich fühle mich dabei sicherer. Zum Schluß werde ich irgendwo in der Karibik landen.«

Irgendwo in der Karibik. Das engte es auf an die tausend Inseln ein. Weshalb war sie so vage? Vertraute sie ihm nicht? Er saß da und spielte mit ihren Füßen, und sie wollte ihm nicht verraten, wohin sie reiste.

»Was soll ich Voyles sagen?«

»Ich rufe Sie an, wenn ich angekommen bin. Vielleicht schreibe ich auch ein paar Zeilen.«

Großartig! Sie würden Brieffreunde sein. Er konnte ihr seine Stories schicken, und sie schickte ihm Ansichtskarten vom Strand.

»Wollen Sie sich vor mir verstecken?« fragte er und sah sie dabei an.

»Ich weiß noch nicht, wo ich landen werde, Gray. Das ergibt sich erst, wenn ich dort bin.«

»Aber Sie werden anrufen?«

»Ja, irgendwann. Ich verspreche es.«

Um elf Uhr abends waren nur noch fünf Anwälte von White and Blazevich im Hause, und sie saßen im Büro von Marty Velmano im zehnten Stock. Velmano, Sims Wakefield, Jarreld Schwabe, Nathaniel (Einstein) Jones und ein bereits im Ruhestand befindlicher Partner namens Frank Cortz. Auf Velmanos Schreibtisch standen zwei Flaschen Scotch. Die eine war ganz leer, die andere fast. Einstein hockte allein in einer Ecke und murmelte vor sich hin. Er hatte wirres, struppiges graues Haar und eine spitze Nase und sah in der Tat verrückt aus. Besonders jetzt. Sims Wakefield und Jarreld Schwabe saßen vor dem Schreibtisch, ohne Krawatte und mit aufgekrempelten Hemdsärmeln.

Cortz beendete ein Telefongespräch mit einem Mitarbeiter von Victor Mattiece. Er übergab Velmano das Telefon, der es auf den Schreibtisch stellte.

»Das war Strider«, berichtete Cortz. »Sie sind in Kairo in der Penthouse-Suite irgendeines Hotels. Mattiece will nicht mit uns reden. Strider sagt, er ist übergeschnappt und benimmt sich höchst merkwürdig. Er hat sich in seinem Zimmer eingeschlossen und denkt natürlich nicht daran, auf diese Seite des Ozeans zurückzukehren. Strider hat gesagt, sie hätten die Jungs mit den Kanonen angewiesen, sofort aus der Stadt zu verschwinden. Die Jagd ist abgeblasen. Die Katze ist aus dem Sack.«

»Und was tun wir jetzt?« fragte Wakefield.

»Wir sind auf uns allein gestellt«, sagte Cortz. »Mattiece will von uns nichts mehr wissen.«

Sie redeten ruhig und bedächtig. Das Anschreien hatte Stunden zuvor aufgehört. Wakefield hatte Velmano wegen des Memos Vorwürfe gemacht. Velmano gab Cortz die Schuld, weil er der Firma einen derart anrüchigen Mandanten zugeführt hatte. Das war vor zwölf Jahren, krächzte Cortz zurück, und seither haben wir seine dicken Honorare gern eingesteckt. Schwabe gab Velmano und Wakefield die Schuld, weil sie mit dem Memo so unvorsichtig umgegangen waren. Sie zogen Morgan wieder und wieder durch den Dreck. Nur er konnte es gewesen sein. Einstein saß in der Ecke und beobachtete sie. Aber das alles lag jetzt hinter ihnen.

»Grantham hat nur mich und Sims erwähnt«, sagte Velmano. »Ihr anderen dürftet in Sicherheit sein.«

»Weshalb verschwinden Sie und Sims nicht einfach aus dem Land?« fragte Schwabe.

»Ich bin morgen früh um sechs in New York«, sagte Velmano. »Dann nach Europa für einen Monat von Ort zu Ort.«

»Ich kann nicht verschwinden«, sagte Wakefield. »Ich habe eine Frau und sechs Kinder.«

Sie hatten sich jetzt fünf Stunden sein Gejammer wegen

seiner sechs Kinder anhören müssen. Als ob sie keine Familien hätten. Velmano war geschieden, und seine beiden Kinder waren erwachsen. Sie konnten damit fertig werden. Und er konnte damit fertig werden. Es war ohnehin Zeit, in den Ruhestand zu treten. Er hatte massenhaft Geld beiseite geschafft, und er liebte Europa, vor allem Spanien, deshalb hieß es für ihn adios. Irgendwie tat Wakefield ihm leid, der erst zweiundvierzig war und nicht sonderlich viel Geld besaß. Er verdiente gut, aber seine Frau war eine Verschwenderin, die versessen war auf Kinder. Wakefield war ziemlich verstört.

»Ich weiß nicht, was ich tun soll«, sagte Wakefield zum dreißigsten Mal. »Ich weiß es einfach nicht.«

Schwabe versuchte, ihm ein bißchen zu helfen. »Ich finde, Sie sollten es Ihrer Frau sagen. Ich habe keine, aber wenn ich eine hätte, würde ich versuchen, sie darauf vorzubereiten.«

»Das kann ich nicht«, sagte Wakefield kläglich.

»Natürlich können Sie das. Sie können es ihr entweder jetzt sagen oder sechs Stunden warten, bis sie Ihr Foto auf der Titelseite der *Post* sieht. Sie müssen es ihr sagen, Sims.«

»Das kann ich nicht.« Er weinte beinahe.

Schwabe sah Velmano und Cortz an.

»Und was wird aus meinen Kindern?« fragte Wakefield. »Mein ältester Sohn ist dreizehn.« Er rieb sich die Augen.

»Nicht nervös werden, Sims. Nehmen Sie sich zusammen«, sagte Cortz.

Einstein stand auf und ging zur Tür. »Ich fahre in mein Haus in Florida. Rufen Sie nicht an, wenn es nicht unbedingt sein muß.« Er ging hinaus und knallte die Tür hinter sich zu.

Wakefield erhob sich matt und steuerte auf die Tür zu. »Wo wollen Sie hin, Sims?« fragte Schwabe.

»In mein Büro.«

»Weshalb?«

»Ich muß mich eine Weile hinlegen. Sonst ist alles okay.«

»Ich kann Sie heimfahren«, sagte Schwabe. Sie musterten ihn eingehend. Er öffnete die Tür.

»Das ist nicht nötig«, sagte er, und er hörte sich kräftiger an. Er ging und machte die Tür hinter sich zu.

»Glauben Sie, daß mit ihm alles in Ordnung ist?« fragte Schwabe Velmano.

»Nein, das glaube ich nicht«, sagte Velmano. »Wir haben alle schon bessere Tage gehabt. Vielleicht sollten Sie in ein paar Minuten nachsehen, wie es ihm geht.«

»Das werde ich tun«, sagte Schwabe.

Wakefield steuerte zielstrebig auf die Treppe zu und ging eine Etage tiefer in den neunten Stock. Als er sich seinem Büro näherte, beschleunigte er seine Schritte. Er weinte, als er die Tür hinter sich abschloß.

Tu es schnell! Vergiß den Abschiedsbrief. Wenn du ihn schreibst, redest du dich nur selbst aus der Sache heraus. In der Lebensversicherung steckt eine Million. Er öffnete eine Schreibtischschublade. Denk nicht an die Kinder. Es würde dasselbe sein, wie wenn er bei einem Flugzeugabsturz ums Leben gekommen wäre. Er zog die .38er unter einer Akte hervor. Tue es schnell! Schau nicht zu ihren Fotos an der Wand.

Vielleicht würden sie es eines Tages verstehen. Er steckte sie tief in den Mund und zog den Abzug durch.

Die Limousine kam vor dem zweigeschossigen Haus in Dumbarton Oaks, einem Teil von Georgetown, zum Stehen. Sie blockierte die Straße, aber das machte nichts, denn es war zwanzig Minuten nach Mitternacht, und es gab keinen Verkehr. Voyles und zwei Agenten stiegen aus dem Fond des Wagens und gingen rasch auf die Haustür zu. Voyles hatte eine Zeitung in der Hand. Er hämmerte mit der Faust gegen die Tür.

Coal schlief nicht. Er saß im Dunkeln in seinem Arbeitszimmer, in Pyjama und Bademantel, was Voyles sehr freute, als er an die Tür kam.

»Hübscher Pyjama«, sagte Voyles, seine Hose bewundernd.

Coal trat auf die winzige Betonveranda heraus. Die beiden Agenten schauten von dem schmalen Gehsteig aus zu. »Was zum Teufel wollen Sie?« fragte er langsam.

»Ich wollte Ihnen nur das hier bringen«, sagte Voyles und hielt ihm die Zeitung vors Gesicht. »Da ist ein hübsches Bild von Ihnen, direkt neben dem Präsidenten, wie er Mattiece umarmt. Ich weiß, wie sehr Sie Zeitungen lieben, deshalb dachte ich, ich sollte Ihnen eine bringen.«

»Morgen wird Ihr Gesicht darin sein«, sagte Coal, als hätte er die Story bereits geschrieben.

Voyles warf ihm die Zeitung vor die Füße und wendete sich zum Gehen. »Ich habe ein paar Tonbänder, Coal. Wenn Sie anfangen zu lügen, ziehe ich Ihnen in aller Öffentlichkeit die Hose runter.«

Coal starrte ihn an, sagte aber nichts.

Voyles hatte die Straße fast erreicht. »In zwei Tagen komme ich mit einer Vorladung wieder«, brüllte er. »Ich komme gegen zwei Uhr nachts und übergebe sie Ihnen selbst.« Er war beim Wagen angekommen. »Als nächstes bringe ich dann die Anklage. Natürlich wird Ihr Arsch bis dahin Geschichte sein, und der Präsident wird einen anderen Haufen Idioten haben, die ihm sagen, was er tun soll.« Er verschwand in der Limousine, und sie brauste davon.

Coal hob die Zeitung auf und ging ins Haus.

44

Gray und Smith Keen saßen allein im Konferenzraum und lasen den gedruckten Text. Die Zeit der Begeisterung darüber, eine seiner Stories auf der Titelseite zu sehen, lag viele Jahre zurück, aber diese ließ ihn nicht kalt. Es hatte noch nie eine größere gegeben. Darüber waren säuberlich die Gesichter aufgereiht: Mattiece, wie er den Präsidenten umarmt, Coal telefonierend auf einem offiziellen Foto des Weißen Hauses, Velmano während der Anhörung vor einem Unterausschuß, Wakefield, aus einem Gruppenbild von einem Anwaltstreffen herausgeschnitten, Verheek, der auf einer FBI-Veröffentlichung in die Kamera lächelt, Callahan aus dem Jahrbuch und Morgan auf einem aus dem Video herausgeholten Foto. Mrs. Morgan hatte ihre Einwilligung gegeben. Eine Stunde zuvor hatte Paypur, der Polizeireporter der Nachtschicht, ihnen von Wakefield erzählt. Er tat Gray leid, aber er wollte sich deshalb keine Vorwürfe machen.

Abgesehen von Wakefields Tod gab es vorerst keine Neuigkeiten. Die Fernsehstationen schalteten zwischen dem Weißen Haus, dem Obersten Bundesgericht und den Schreibtischen der Redakteure hin und her. Sie warteten vorm Hoover Building, in dem zur Zeit völlige Stille herrschte. Sie brachten die Fotos aus den Zeitungen. Sie konnten Velmano nicht finden. Sie spekulierten über Mattiece. CNN zeigte Live-Aufnahmen vom Haus der Morgans in Alexandria, aber Morgans Schwiegervater hielt die Kameras vom Grundstück fern. NBC hatte einen Reporter vor dem Gebäude stehen, in dem White and Blazevich ihre Büros hatten, aber er konnte nichts Neues berichten. Und obwohl ihr Name in der Story nicht genannt wurde, war die Identität der Verfasserin des Dossiers kein

Geheimnis. Es gab massenhaft Spekulationen über Darby Shaw.

Um sieben war der Raum gedrängt voll, und es herrschte Stille. Die vier Bildschirme zeigten alle das gleiche Bild – Zikman steuerte im Presseraum des Weißen Hauses nervös aufs Podium zu. Er war müde und sah mitgenommen aus. Er verlas eine kurze Erklärung, in der das Weiße Haus zugab, über verschiedene von Victor Mattiece kontrollierte Kanäle Wahlkampfzuwendungen erhalten zu haben, aber er bestritt energisch, daß irgend etwas von dem Geld schmutzig gewesen war. Der Präsident war nur einmal mit Mr. Mattiece zusammengetroffen, und damals war er noch Vizepräsident gewesen. Seit er zum Präsidenten gewählt worden war, hatte er nicht mehr mit dem Mann gesprochen, und er betrachtete ihn ganz gewiß nicht als Freund, ungeachtet des Geldes. Für den Wahlkampf waren mehr als fünfzig Millionen gespendet worden, und der Präsident hatte nichts davon in die Hand bekommen. Dafür hatte er ein Komitee. Niemand im Weißen Haus hatte versucht, sich in die Ermittlungen gegen Mattiece als Verdächtigen einzumischen, und alle gegenteiligen Behauptungen waren eindeutig falsch. Ihren bescheidenen Kenntnissen zufolge lebte Mr. Mattiece nicht mehr in diesem Land. Der Präsident begrüßte eine eingehende Untersuchung der in der *Post*-Story erhobenen Anschuldigungen, und falls Mr. Mattiece diese grauenhaften Verbrechen begangen haben sollte, würde er vor Gericht gestellt werden. Dies war lediglich eine erste Stellungnahme. Eine reguläre Pressekonferenz würde folgen. Zikman verließ das Podium ein wenig zu eilig.

Es war eine schwächliche Vorstellung von einem beunruhigten Pressesprecher, und Gray war erleichtert. Er fühlte sich plötzlich eingekesselt und brauchte frische Luft. Er fand Smith Keen vor der Tür.

»Lassen Sie uns frühstücken gehen«, flüsterte er.

»Gern.«

»Außerdem muß ich bei meiner Wohnung vorbeifahren, wenn es Ihnen recht ist. Ich bin seit vier Tagen nicht mehr dort gewesen.«

An der Fünfzehnten winkten sie ein Taxi heran und genossen die frische Herbstluft, die durch die offenen Fenster hereinwehte.

»Wo ist die Frau?« fragte Keen.

»Ich habe keine Ahnung. Ich habe sie vor ungefähr neun Stunden in Atlanta zuletzt gesehen. Sie hat gesagt, sie wollte in die Karibik.«

Keen grinste. »Ich nehme an, Sie möchten bald einen langen Urlaub haben.«

»Wie haben Sie das erraten?«

»Wir haben eine Menge Arbeit vor uns, Gray. Im Augenblick stecken wir mitten in der Explosion, und bald werden die Trümmer herunterregnen. Sie sind der Mann der Stunde, aber Sie müssen am Ball bleiben. Sie müssen die Trümmer einsammeln.«

»Ich kenne meinen Job, Keen.«

»Ja, aber Sie haben so einen verträumten Ausdruck in den Augen. Der macht mir Sorgen.«

»Sie werden dafür bezahlt, daß Sie sich Sorgen machen.«

Sie hielten an der Kreuzung Pennsylvania Avenue. Das Weiße Haus stand majestätisch vor ihnen. Es war beinahe November, und der Wind fegte Blätter über den Rasen.

45

Nach acht Tagen in der Sonne war die Haut braun genug, und das Haar nahm wieder seine natürliche Farbe an. Vielleicht hatte sie es doch nicht ruiniert. Sie wanderte meilenweit an den Stränden entlang und aß nur gegrillten Fisch und einheimische Früchte. An den ersten paar Tagen schlief sie sehr viel, dann hatte sie genug davon.

Die erste Nacht hatte sie in San Juan verbracht, wo sie eine Reiseveranstalterin fand, die behauptete, eine Expertin für die Virgin Islands zu sein. Die Dame besorgte ihr ein kleines Zimmer in einer Pension in der Innenstadt von Charlotte Amalie auf der Insel St. Thomas. Darby wollte Gedränge und dichten Verkehr in engen Straßen, zumindest für ein paar Tage. In dieser Beziehung war Charlotte Amalie ideal. Die Pension lag auf einer Anhöhe, vier Blocks vom Hafen entfernt, und ihr Zimmer lag im dritten Stock. An dem gesprungenen Fenster gab es weder Vorhänge noch Läden, und am ersten Morgen wurde sie von der Sonne geweckt, ein sinnlicher Weckruf, der sie ans Fenster lockte und vor ihr die Majestät des Hafens ausbreitete. Es war atemberaubend. Ein Dutzend Kreuzfahrtschiffe verschiedener Größe lag unbewegt auf dem schimmernden Wasser und erstreckte sich in einer zufälligen Formation fast bis zum Horizont. Im Vordergrund, nahe der Mole, war der Hafen mit zahllosen Segelbooten übersät, die die massigen Touristenschiffe in Schach zu halten schienen. Das Wasser unter den Segelbooten war klar, blaßblau und glatt wie Glas. Es wogte sanft um Hassel Island und wurde dunkler, bis es indigofarben war und dann violett, wo es den Horizont berührte. Eine makellose Reihe von Kumuluswolken markierte die Linie, an der Wasser und Himmel zusammentrafen.

Ihre Uhr steckte in einem Koffer, und sie gedachte, sie mindestens die nächsten sechs Monate nicht zu tragen. Trotzdem warf sie einen Blick auf ihr Handgelenk. Das Fenster ließ sich mit einiger Mühe öffnen, und die Geräusche des Einkaufsviertels hallten durch die Straßen. Die Wärme drang herein wie in einer Sauna.

An diesem ersten Morgen auf der Insel stand sie eine Stunde lang an dem kleinen Fenster und sah zu, wie der Hafen zum Leben erwachte. Niemand hatte es eilig. Er erwachte gemächlich; die großen Schiffe schoben sich langsam übers Wasser, und von den Decks der Segelboote kamen leise Stimmen.

Daran konnte sie sich gewöhnen. Ihr Zimmer war klein, aber sauber. Es hatte keine Klimaanlage, aber der Ventilator funktionierte gut. Das Wasser lief fast immer. Sie beschloß ein paar Tage, vielleicht eine Woche, hierzubleiben. Das Gebäude war eines von Dutzenden, die dicht aneinandergedrängt an zum Hafen hinabführenden Straßen standen. Im Augenblick gefiel ihr die Sicherheit, die Menschenmenge und Straßen ihr boten. Sie konnte herumwandern und sich besorgen, was immer sie brauchte. St. Thomas war berühmt für seine Geschäfte, und die Idee, Kleider kaufen zu können, die sie behalten konnte, stimmte sie froh.

Es gab elegantere Zimmer, aber dieses würde es fürs erste tun. Als sie San Juan verließ, hatte sie sich geschworen, nie wieder ängstlich nach hinten über die Schulter zu sehen. Sie hatte in Miami eine Zeitung gelesen und an einem Fernseher am Flughafen den ganzen Wirbel mitbekommen, und sie wußte, daß Mattiece verschwunden war. Wenn sie ihr jetzt noch folgten, dann war es pure Rache. Und wenn sie sie trotz des Zickzackkurses, auf dem sie geflogen war, hier fanden, dann waren sie Übermenschen, und sie würde sie nie loswerden.

Sie waren nicht da draußen, davon war sie überzeugt. Zwei Tage lang blieb sie immer in der Nähe des kleinen

Zimmers und wagte sich nicht weit von ihm fort. Das Einkaufsviertel lag dicht vor ihrer Haustür. Nur vier Blocks lang und zwei Blocks tief, war es ein Labyrinth von Hunderten kleiner Geschäfte, in denen alles Erdenkliche verkauft wurde. Auf den Gehsteigen und in den engen Gassen wimmelte es von Amerikanern von den großen Schiffen. Sie war nur eine weitere Touristin mit einem breitkrempigen Strohhut und farbenfrohen Shorts.

Sie kaufte ihren ersten Roman seit anderthalb Jahren und las ihn innerhalb von zwei Tagen, unter dem leisen Schwirren des Ventilators auf dem schmalen Bett liegend. Sie schwor sich, nichts Juristisches mehr zu lesen, bevor sie fünfzig war. Jede Stunde trat sie mindestens einmal ans Fenster und schaute auf den Hafen hinaus. Einmal zählte sie zwanzig Kreuzfahrtschiffe, die darauf warteten, anlegen zu können.

Das Zimmer erfüllte seinen Zweck. Sie verbrachte einige Zeit mit Thomas und weinte und war entschlossen, daß es das letzte Mal sein sollte. Sie wollte das Schuldgefühl und den Kummer in dieser winzigen Ecke von Charlotte Amalie zurücklassen und mit schönen Erinnerungen und einem guten Gewissen fortgehen. Es war nicht so schwierig, wie sie es zu machen versuchte, und am dritten Tag kamen keine Tränen mehr. Sie hatte das Taschenbuch nur einmal an die Wand geworfen.

Am vierten Morgen packte sie ihre neuen Koffer und bestieg eine Fähre nach Cruz Bay, zwanzig Minuten entfernt auf der Insel St. John. Von einem Taxi ließ sie sich zur North Shore Road fahren. Die Fenster waren offen, und der Wind wehte über die Hintersitze. Die Musik war eine rhythmische Mischung aus Blues und Reggae. Der Taxifahrer trommelte aufs Lenkrad und sang mit. Sie trommelte mit dem Fuß und schloß die Augen vor der Brise. Es war berauschend.

Das Taxi verließ die Straße bei Maho Bay und fuhr langsam aufs Wasser zu. Sie hatte sich unter Hunderten von

Inseln für diesen Ort entschieden, weil er noch so unentwickelt war. An dieser Bucht waren nur eine Handvoll Strandhäuser und Cottages zugelassen. Der Fahrer hielt auf einer schmalen, von Bäumen gesäumten Straße, und sie bezahlte ihn.

Das Haus lag fast an der Stelle, an der der Berg mit dem Meer zusammentraf. Die Architektur war rein karibisch – weißes Fachwerk unter einem roten Ziegeldach –, und es war der Aussicht wegen ein Stückchen den Hang hinauf gebaut worden. Sie bog von der Straße auf einen kurzen Pfad ein und stieg die Stufen zum Haus hinauf. Es war eingeschossig mit zwei Schlafzimmern und einer Terrasse zum Wasser hin. Es kostete zweitausend pro Woche, und sie hatte es für einen Monat gemietet.

Sie stellte ihr Gepäck im Wohnzimmer ab und trat auf die Terrasse. Zehn Meter unterhalb davon begann der Strand. Die Wellen rollten fast lautlos ans Ufer. Zwei Segelboote lagen unbewegt in der Bucht, die an drei Seiten von Bergen umschlossen war. Zwischen den Booten bewegte sich ziellos ein Schlauchboot voll planschender Kinder.

Das nächste Wohnhaus war so weit entfernt, daß sie gerade noch sein Dach über den Baumkronen sehen konnte. Sie zog schnell einen winzigen Bikini an und ging hinunter ans Wasser.

Es war schon fast dunkel, als das Taxi endlich an dem Pfad hielt. Er stieg aus, bezahlte den Fahrer und sah den Rücklichtern nach, als das Taxi an ihm vorbeifuhr und dann verschwand. Er hatte einen Koffer bei sich, und er ging den Pfad zum Haus hinauf. Die Lichter brannten. Er fand sie auf der Terrasse mit einem eisgekühlten Getränk in der Hand. Sie war braungebrannt und sah aus wie eine Einheimische.

Sie wartete auf ihn, und das war ungeheuer wichtig. Er wollte nicht behandelt werden wie ein Hausgast. Ihr Gesicht blühte auf, sobald sie seiner ansichtig wurde, und sie stellte ihren Drink auf den Tisch.

Sie küßten sich eine lange Minute auf der Terrasse.

»Du bist spät dran«, sagte sie, während sie sich in den Armen lagen.

»Es war nicht ganz einfach, diesen Ort zu finden«, sagte Gray. Er streichelte ihren Rücken, der nackt war bis zur Taille, wo ein langer Rock begann und den größten Teil der Beine verdeckte. Er würde sie später sehen.

»Ist das nicht schön?« sagte sie und schaute auf die Bucht hinaus.

»Es ist großartig«, sagte er. Er stand hinter ihr, und sie beobachteten, wie ein Segelboot aufs Meer hinausglitt. Er hielt ihre Schultern. »Du bist fantastisch.«

»Laß uns einen Spaziergang machen.«

Er wechselte seinen Anzug schnell gegen Shorts aus und fand sie am Wasser wartend. Sie hielten sich bei den Händen und gingen langsam.

»Deine Beine brauchen Sonne«, sagte sie.

»Ziemlich bleich, nicht wahr?« sagte er.

Ja, dachte sie, sie waren bleich, aber sie waren nicht schlecht. Ganz und gar nicht schlecht. Der Bauch war flach. Eine Woche mit ihr am Strand, und er würde aussehen wie ein Rettungsschwimmer. Sie spritzten mit den Füßen Wasser auf.

»Du bist früh abgereist«, sagte sie.

»Ich hatte es satt. Seit der großen habe ich jeden Tag eine Story geschrieben, und trotzdem wollten sie noch mehr. Keen wollte dies und Feldman wollte jenes, und ich habe täglich achtzehn Stunden gearbeitet. Gestern habe ich Adieu gesagt.«

»Ich habe seit einer Woche keine Zeitung mehr gesehen«, sagte sie.

»Coal ist draußen. Sie haben ihm die ganze Schuld zugeschoben, aber eine Anklage ist fraglich. Ich glaube nicht, daß der Präsident viel damit zu tun hatte. Er ist einfach dämlich, und dafür kann er nichts. Du hast von Wakefield gehört?«

»Ja.«

»Velmano, Schwabe und Einstein wurden angeklagt, aber Velmano ist unauffindbar. Natürlich wurde auch Mattiece angeklagt, zusammen mit vier seiner Leute. Später werden noch mehr Anklagen erhoben werden. Vor ein paar Tagen ist mir klar geworden, daß es im Weißen Haus keinen großen Vertuschungsversuch gegeben hat, und danach war die Luft raus. Ich glaube, es wird ihn die Wiederwahl kosten, aber er ist kein Verbrecher. Washington ist ein Zirkus.«

Es wurde dunkler, und sie gingen schweigend weiter. Sie hatte genug von alledem gehört, und er hatte es gleichfalls satt. Am Himmel stand ein Halbmond, der sich in dem stillen Wasser spiegelte. Sie legte ihm den Arm um die Taille, und er zog sie näher an sich heran. Sie waren im Sand, ein Stück vom Wasser entfernt. Das Haus lag ein paar hundert Meter hinter ihnen.

»Du hast mir gefehlt«, sagte sie leise.

Er holte tief Luft, sagte aber nichts.

»Wie lange wirst du bleiben?« fragte sie.

»Ich weiß es nicht. Ein paar Wochen. Vielleicht ein Jahr. Das liegt bei dir.«

»Wie wäre es mit einem Monat?«

»Einen Monat kann ich brauchen.«

Sie lächelte ihn an, und seine Knie wurden weich. Sie schaute hinaus auf die Bucht, auf das Spiegelbild des Mondes, an dem das Segelboot vorbeiglitt. »Nehmen wir uns jeweils einen Monat, einverstanden, Gray?«

»Einverstanden.«

Der Verrat

1

Der Mann mit den Gummistiefeln trat hinter mir in den Aufzug, doch zunächst sah ich ihn nicht. Allerdings roch ich ihn: den stechenden Geruch nach Rauch und billigem Wein und einem Leben auf der Straße, ohne Seife. Auf der Fahrt hinauf waren wir allein, und als ich ihm schließlich einen Blick zuwarf, sah ich die schwarzen, schmutzigen und viel zu großen Stiefel. Unter dem abgetragenen, zerrissenen Trenchcoat, der ihm bis zu den Knien reichte, waren Schichten ungewaschener Kleider, die am Bauch Falten warfen und ihn stämmig, ja beinahe dick wirken ließen. Dabei war er alles andere als das. Im Winter tragen die Obdachlosen in Washington alle Kleider, die sie besitzen, am Körper – jedenfalls sehen sie so aus.

Er war schwarz und nicht mehr jung. Sein Bart und seine Haare waren halb ergraut und seit Jahren weder gewaschen noch geschnitten worden. Er trug eine dunkle Sonnenbrille, sah starr geradeaus und ignorierte mich vollkommen. Sein Verhalten war so, dass ich mich einen Augenblick lang fragte, warum ich ihn eigentlich musterte.

Er gehörte nicht hierher. Er gehörte nicht in dieses Gebäude und in diesen Aufzug. Es war ein Ort, den er sich nicht leisten konnte. Die Rechtsanwälte auf diesen acht Etagen arbeiteten für Stundensätze, die mir auch nach sieben Jahren noch obszön erschienen.

Er war bloß irgendein Penner, der sich mal aufwärmen wollte. In der Innenstadt von Washington passierte das andauernd. Bei uns gab es für so was einen Sicherheitsdienst.

Der Aufzug hielt in der fünften Etage, und jetzt erst fiel mir auf, dass der Mann keinen Knopf gedrückt, keine Etage gewählt hatte. Er folgte mir. Ich stieg schnell aus, und als ich in das schicke, mit Marmor ausgekleidete Foyer von Drake & Sweeney trat, warf ich einen kurzen Blick über die Schulter. Der Mann stand im Aufzug, sah noch immer starr geradeaus und beachtete mich auch jetzt nicht.

Madame Devier, eine unserer sehr energischen Empfangsdamen, begrüßte mich mit ihrem üblichen geringschätzigen Blick. »Behalten Sie den Aufzug im Auge«, sagte ich.

»Warum?«

»Ein Penner. Sie sollten vielleicht den Sicherheitsdienst rufen.«

»Diese schräcklischen Menschen«, sagte sie mit ihrem dick aufgetragenen französischen Akzent.

»Und Desinfektionsspray.«

Ich zog im Gehen meinen Mantel aus und hatte den Mann mit den Gummistiefeln schon fast vergessen. Heute Nachmittag würde ich eine Besprechung nach der anderen haben, wichtige Besprechungen mit wichtigen Leuten. Ich bog um eine Ecke und wollte gerade etwas zu Polly, meiner Sekretärin, sagen, als ich den ersten Schuss hörte.

Madame Devier stand wie versteinert hinter ihrem Tisch und starrte in die Mündung einer beeindruckend langen Pistole, die unser Freund, der Penner, in der Hand hielt. Da ich der Erste war, der ihr zu Hilfe eilte, richtete er die Waffe höflicherweise auf mich, worauf ich ebenfalls zu Stein erstarrte.

»Nicht schießen«, sagte ich und hob die Hände. Ich hatte so viele Filme gesehen, dass ich genau wusste, wie ich mich zu verhalten hatte.

»Halten Sie die Klappe«, nuschelte er sehr gelassen.

Hinter mir hörte ich Stimmen auf dem Gang. Jemand

schrie: »Er hat eine Pistole!« Dann entfernten sich die Stimmen und wurden leiser und leiser: Meine Kollegen rannten zur Feuertreppe. Wahrscheinlich fehlte nicht viel und sie wären aus den Fenstern gesprungen.

Links von mir war eine schwere Holztür, die zu einem Konferenzraum führte. Dort saßen gerade acht unserer Anwälte aus der Prozessabteilung – acht abgebrühte, furchtlose Prozessanwälte, die ihre Zeit auf Erden damit verbrachten, andere fertig zu machen. Der Härteste von ihnen war ein kampflustiger kleiner Terrier namens Rafter, und als er die Tür aufriss und rief: »Was ist das für ein Lärm hier?«, richtete sich die Waffe auf ihn, und der Mann in den Gummistiefeln hatte gefunden, was er gesucht hatte.

»Runter mit der Pistole!«, befahl Rafter, und im nächsten Augenblick zerriss ein weiterer Schuss die Stille im Foyer. Die Kugel schlug weit über Rafters Kopf in die Decke ein und verwandelte ihn in einen bloßen Sterblichen. Der Mann zielte wieder auf mich und nickte. Ich gehorchte und trat hinter Rafter in den Konferenzraum. Das Letzte, was ich von der Welt außerhalb dieses Raumes sah, war Madame Devier, die geschockt und zitternd an ihrem Tisch stand. Der Kopfhörer mit Mikrofon hing um ihren Hals, die hochhackigen Schuhe standen ordentlich neben dem Papierkorb.

Der Mann mit den Gummistiefeln schlug die Tür zu und schwenkte die Pistole langsam hin und her, damit alle acht Prozessanwälte sie bewundern konnten. Sie schienen gebührend beeindruckt. Der Geruch des Pulverdampfes überdeckte den des Mannes.

Das beherrschende Möbelstück in diesem Raum war ein langer Tisch voller Dokumente und Papiere, die eben noch schrecklich wichtig gewesen waren. Die Fenster gingen auf den Parkplatz, und die beiden Türen führten auf den Gang.

»Alle an die Wand«, befahl der Mann, und dass er dabei die entsprechende Bewegung mit der Pistole machte, verlieh seinen Worten erheblichen Nachdruck. Dann hielt er sie sehr nah an meinen Kopf und sagte: »Schließen Sie die Tür ab.«

Was ich tat.

Kein Wort von den acht Anwälten, als sie an die Wand zurückwichen. Kein Wort von mir, als ich rasch die Tür verriegelte und ihn um Anerkennung heischend ansah.

Aus irgendeinem Grund dachte ich die ganze Zeit an das Postamt und all die schrecklichen Schießereien: Der unzufriedene Angestellte bringt nach der Mittagspause ein ganzes Waffenarsenal mit und löscht fünfzehn Kollegen aus. Ich dachte an Massaker auf Spielplätzen, an Gemetzel in Hamburger-Restaurants.

Dort waren die Opfer allerdings unschuldige Kinder und unbescholtene Bürger gewesen. Wir dagegen waren ein Rudel Anwälte!

Knurrend und mit der Pistole dirigierend, reihte er die acht anderen an der Wand auf. Als er mit dem Arrangement zufrieden war, wandte er seine Aufmerksamkeit wieder mir zu. Was hatte er vor? Wollte er uns ausfragen? Wenn ja, dann würde er von mir alles erfahren, was er wissen wollte. Wegen der Sonnenbrille konnte ich seine Augen nicht erkennen. Er dagegen sah meine, und die Pistole war direkt auf sie gerichtet.

Er zog den schmutzigen Trenchcoat aus, faltete ihn zusammen, als wäre er neu, und legte ihn mitten auf den Tisch. Der Geruch der mir im Aufzug in die Nase gestochen war, breitete sich aus, erschien mir aber nicht mehr wichtig. Der Mann stand am Kopfende des Tisches und zog langsam die nächste Schicht Kleidung aus – eine weite, graue Strickjacke.

Dass sie weit war, hatte seinen Grund. Darunter trug er eine Reihe roter Stangen, die für mein ungeübtes Auge wie Dynamit aussahen. In ihren Enden steckten bunte, an Spaghetti erinnernde Drähte, und das alles war mit silbergrauem Klebeband befestigt.

Mein erster Impuls war zu flüchten, mit wild fuchtelnden Armen und Beinen zur Tür zu rennen und auf Glück und einen schlecht gezielten Schuss zu hoffen, während ich am Schloss herumfummelte, und auf einen zweiten schlecht gezielten Schuss, wenn ich durch die Tür auf den Gang stürzte. Doch meine Knie zitterten, und das Blut war mir in den Adern gefroren. Die acht an der Wand keuchten und stöhnten leise, und das schien den Geiselnehmer zu stören. »Ruhe, bitte«, sagte er im Ton eines geduldigen Professors. Seine Gelassenheit entnervte mich. Er rückte ein paar der Spaghetti an seinem Bauch zurecht und zog dann ein Klappmesser und ein ordentlich aufgerolltes gelbes Nylonseil aus einer Tasche seiner geräumigen Hose.

Zu allem Überfluss richtete er die Pistole auf die entsetzten Gesichter vor sich und sagte: »Ich will keinem wehtun.«

Das war nett, aber nicht glaubwürdig. Ich zählte zwölf Stangen und war mir sicher, dass diese Menge ausreichte, mir einen schnellen und schmerzlosen Tod zu verschaffen.

Die Pistole zielte wieder auf mich. »Sie«, sagte der Mann, »werden sie fesseln.«

Rafter hatte genug. Er machte einen kleinen Schritt vorwärts und sagte: »Hören Sie, mein Freund, was wollen Sie eigentlich?«

Die dritte Kugel schlug über seinem Kopf in der Decke ein. Der Schuss klang wie Kanonendonner, und im Foyer schrie Madame Deviers oder irgendeine andere Frau. Rafter duckte sich, und als er wieder hochkam, stieß Umstead ihm seinen kräftigen Ellbogen in die Brust und schob ihn wieder an die Wand zurück.

»Halt's Maul«, sagte Umstead mit zusammengebissenen Zähnen.

»Nennen Sie mich nicht ›mein Freund‹«, sagte der Mann, und sogleich existierte diese Anrede nicht mehr.

»Wie möchten Sie denn angeredet werden?«, fragte ich, denn ich hatte das Gefühl, dass ich dabei war, so etwas wie der Sprecher der Geiseln zu werden. Ich sagte es sehr leise und mit großem Respekt, und das gefiel ihm.

»Mister«, sagte er, und alle Anwesenden waren sich einig, dass dies eine sehr gute Anrede sei.

Das Telefon läutete, und für einen Augenblick dachte ich, er werde darauf schießen, doch er machte nur eine Geste mit der Pistole. Ich stellte den Apparat vor ihn auf den Tisch. Er nahm den Hörer mit der linken Hand ab; in der rechten hielt er die Pistole, und die zielte noch immer auf Rafter.

Wenn wir hätten abstimmen dürfen, wäre Rafter das erste Opferlamm gewesen. Acht zu eins.

»Hallo?«, sagte Mister. Er hörte kurz zu und legte auf. Dann ging er langsam rückwärts zu dem Sessel am Kopfende des Tisches und setzte sich.

»Nehmen Sie das Seil«, sagte er zu mir.

Ich sollte die acht an den Handgelenken aneinander fesseln. Ich schnitt das Seil in Stücke, machte die Knoten und versuchte, nicht in die Gesichter meiner Kollegen zu sehen, deren Tod ich beschleunigte. Ich spürte förmlich, wie die Pistole auf meinen Rücken zielte. Er wollte, dass alle stramm gefesselt waren, und ich bemühte mich, ihm zu zeigen, wie fest ich das Seil anzog, während ich es in Wirklichkeit so lose wie möglich ließ.

Rafter murmelte etwas, und ich hätte ihn am liebsten geohrfeigt. Umstead konnte, als ich den Knoten geknüpft hatte, die Handgelenke so bewegen, dass die Schlinge fast herabfiel. Malamud schwitzte und atmete flach. Er war nicht nur der älteste von uns, sondern auch der einzige Teilhaber, und er hatte vor zwei Jahren seinen ersten Herzinfarkt überstanden.

Ich musste Barry Nuzzo ansehen, meinen einzigen Freund in dieser Runde. Wir waren gleich alt – zweiunddreißig – und zur selben Zeit in die Kanzlei eingetreten. Er war in Princeton gewesen, ich in Yale. Sowohl seine als auch meine Frau stammten aus Providence. Seine Ehe lief gut: drei Kinder in vier Jahren. Meine befand sich im Endstadium eines langen Niedergangs.

Unsere Blicke trafen sich. Wir dachten beide an seine Kinder, und ich fand, dass ich von Glück reden konnte, keine zu haben.

Wir hörten die Erste von vielen Sirenen, und Mister befahl mir, die Jalousien herunterzulassen. Ich machte mich gewissenhaft an die Arbeit und suchte mit den Augen den Parkplatz dort unten ab, als wäre ich in Sicherheit, wenn mich jemand sähe. Ein einsamer Polizeiwagen stand mit blinkenden Lichtern da. Er war leer – die Polizisten waren bereits im Gebäude.

Da waren wir also: neun weiße Jungs und Mister.

Laut letzter Zählung beschäftigten Drake & Sweeney achthundert Anwälte in Kanzleien in aller Welt. Die Hälfte davon arbeitete in Washington, D.C., in diesem Gebäude, in das Mister soeben eingedrungen war. Er befahl mir, den ›Boss‹ anzurufen und ihm zu sagen, er sei bewaffnet und trage eine Bombe aus zwölf Dynamitstäben am Körper. Ich rief Rudolph, den leitenden Teilhaber meiner Abteilung – der Abteilung für Kartellrecht –, an und gab die Nachricht weiter.

»Ist bei Ihnen alles in Ordnung, Mike?«, fragte er. Mister hatte den Telefonlautsprecher auf größte Lautstärke gestellt.

»Alles ganz wunderbar«, sagte ich. »Bitte tun Sie, was er will.«

»Was will er denn?«

»Das weiß ich noch nicht.«

Mister machte ein Zeichen mit seiner Pistole. Das Gespräch war beendet.

Auf einen weiteren Wink hin blieb ich neben dem Konferenztisch stehen, nur ein, zwei Schritte von Mister entfernt, der die irritierende Angewohnheit entwickelt hatte, geistesabwesend mit den Drähten an seiner Brust zu spielen.

Er sah hinunter und zupfte an einem roten Draht. »Wenn ich den hier rausziehe, ist alles vorbei.« Nach dieser kleinen Warnung sahen mich die Augen hinter der Sonnenbrille an. Ich hatte das Gefühl, etwas sagen zu müssen.

»Warum sollten Sie das tun?«, fragte ich in dem verzweifelten Bemühen, ein Gespräch in Gang zu bringen.

»Ich will es ja gar nicht tun, aber warum sollte ich es lassen?«

Seine Ausdrucksweise fiel mir auf. Er sprach in langsamen, gemessenem Rhythmus und verschluckte keine Silbe. Im Augenblick mochte er ein Penner sein, aber er hatte sicher schon bessere Tage gesehen.

»Warum sollten Sie uns umbringen?«, fragte ich ihn.

»Ich diskutiere nicht mit Ihnen«, erwiderte er. Keine weiteren Fragen, euer Ehren.

Ich bin Rechtsanwalt und lebe nach der Uhr, und so sah ich auf meine Armbanduhr, damit später alles ordnungsgemäß festgehalten werden konnte – vorausgesetzt, es gelang uns irgendwie zu überleben. Es war zwanzig nach eins. Mister wollte Ruhe, und so ertrugen wir eine nervenaufreibende Stille, die vierzehn Minuten dauerte.

Ich konnte nicht glauben, dass wir sterben würden. Es schien kein Motiv, keinen Grund zu geben, uns zu töten. Ich war mir sicher, dass keiner von uns diesem Mann je zuvor begegnet war, und mir fiel die Fahrt mit dem Aufzug ein und die Tatsache, dass er offenbar kein bestimmtes Ziel gehabt hatte. Er war bloß ein Verrückter, der Geiseln nehmen wollte, und damit erschiene das Blutbad nach heutigen Maßstäben leider als etwas beinahe Normales.

Es war genau die Art von sinnlosem Gemetzel, das vierundzwanzig Stunden Schlagzeilen machen und für Kopfschütteln sorgen würde. Und dann würden Witze über tote Anwälte die Runde machen.

Ich sah schon die Überschriften und hörte schon die Reporter, aber ich weigerte mich zu glauben, dass es passieren würde.

Aus dem Foyer drangen Stimmen, draußen jaulten die Polizeisirenen; irgendwo auf dem Gang krächzte das Sprechfunkgerät eines Polizisten.

»Was haben Sie zu Mittag gegessen?«, wollte Mister von mir wissen. Seine Stimme durchschnitt die Stille. Ich war zu überrascht, um mir eine Lüge auszudenken, zögerte einen Augenblick und sagte: »Gegrillte Hähnchenbrust in Sherrysauce.«

»Allein?«

»Nein, ich war mit einem Freund verabredet.« Mit einem ehemaligen Kommilitonen aus Philadelphia.

»Wie hoch war die Rechnung für Sie beide?«

»Dreißig Dollar.«

Das gefiel ihm nicht. »Dreißig Dollar«, wiederholte er. »Für zwei Personen.« Er schüttelte den Kopf und musterte die acht Prozessanwälte. Wenn er vorhatte, sie zu befragen, dann hoffte ich, dass sie lügen würden. Unter ihnen waren ein paar Feinschmecker, die schon für eine Vorspeise dreißig Dollar ausgaben.

»Wissen Sie, was ich zu Mittag gegessen habe?«, fragte er mich.

»Nein.«

»Suppe. Suppe und Cracker in einer Obdachlosenunterkunft. Die Suppe war umsonst, und ich war froh, dass ich welche bekommen habe. Wissen Sie eigentlich, dass man mit dreißig Dollar hundert von meinen Freunden satt kriegen könnte?«

Ich nickte so ernst, als würde mir soeben die Schwere meiner Verfehlung bewusst.

»Sammeln Sie alle Brieftaschen, Geldscheine, Uhren und Schmuckstücke ein«, sagte er mit einem Schlenker der Pistole.

»Darf ich fragen, warum?«

»Nein.«

Ich legte Brieftasche, Uhr und Bargeld auf den Tisch und begann, die Taschen der anderen Geiseln auszuräumen.

»Das ist für die Hinterbliebenen«, sagte Mister, und wir alle erbleichten.

Er befahl mir, alles in einen Aktenkoffer zu legen, diesen zu verschließen und dann wieder den ›Boss‹ anzurufen. Rudolph nahm nach dem ersten Rufton ab. Vor meinem geistigen Auge sah ich den Leiter des Einsatzkommandos neben ihm sitzen.

»Rudolph, ich bin's wieder, Mike. Die Freisprechanlage ist eingeschaltet.«

»Ja, Mike. Ist jemand verletzt?«

»Nein. Der Herr mit der Pistole möchte, dass ich die Tür, die dem Foyer am nächsten ist, ein Stück aufmache und einen schwarzen Aktenkoffer auf den Gang stelle. Danach werde ich die Tür wieder schließen und verriegeln. Haben Sie verstanden?«

»Ja.«

Die Mündung der Pistole lag an meinem Hinterkopf, als ich die Tür langsam einen Spalt breit öffnete und den Aktenkoffer auf den Gang warf. Ich sah keine Menschenseele.

Nur wenige Dinge stehen zwischen dem Anwalt einer großen Kanzlei und der Freude, honorarfähige Stunden zu berechnen. Eines davon ist Schlaf, doch die meisten von uns schliefen nur wenig. Essen ist eine durchaus honorarfähige Tätigkeit, insbesondere wenn es um ein Mittagessen geht, das der Mandant bezahlt. Die Minuten schleppten sich dahin, und ich fragte mich, wie die anderen vierhundert Anwälte es anstellten, die Zeit zu berechnen, in der sie darauf warteten, dass die Geiselnahme zu Ende ging. Vor meinem geistigen Auge sah ich sie auf dem Parkplatz, wo die meisten wahrscheinlich in ihren Wagen saßen, um sich warm zu halten, und per Handy mit irgendwelchen Mandanten sprachen, nur damit sie jemandem etwas in Rechnung stellen konnten. Ich kam zu dem Schluss, dass die Geschäfte der Kanzlei reibungslos weiterliefen.

Einigen dieser Halsabschneider dort unten war es vollkommen gleichgültig, *wie* diese Sache zu Ende ging – Hauptsache, sie ging schnell zu Ende.

Mister schien ein wenig einzudösen. Sein Kinn sackte nach unten, und er atmete tiefer. Rafter machte durch einen kurzen Knurrlaut auf sich aufmerksam und gab mir durch eine Kopfbewegung zu verstehen, ich solle etwas unternehmen. Das Problem war nur, dass Mister in der rechten Hand eine Pistole hatte, und wenn er tatsächlich ein Nickerchen machte, dann tat er es, ohne den gefährlichen roten Draht, den er in der Linken hielt, loszulassen.

Und Rafter wollte, dass ich den Helden spielte. Obgleich er der ausgekochteste und erfolgreichste Prozessanwalt der Kanzlei war, hatte man ihn noch nicht zum Teilhaber gemacht. Er war nicht in meiner Abteilung, und wir waren nicht in der Armee. Ich nahm keine Befehle entgegen.

»Wie viel Geld haben Sie im letzten Jahr verdient?«, fragte Mister, der einen hellwachen Eindruck machte, mich mit klarer Stimme.

Wieder war ich überrascht. »Ich … äh … Da muss ich nachdenken …«

»Und lügen Sie mich nicht an.«

»Hundertzwanzigtausend.«

Auch diese Auskunft gefiel ihm nicht. »Und wie viel haben Sie gespendet?«

»Gespendet?«

»Ja. An wohltätige Einrichtungen.«

»Ach so. Tja, das weiß ich nicht so genau. Um die Rechnungen und so weiter kümmert sich meine Frau.«

Alle acht Prozessanwälte schienen gleichzeitig von einem Bein auf das andere zu treten.

Auch diese Antwort gefiel Mister nicht, und er war nicht bereit, sich damit abspeisen zu lassen. »Wer füllt Ihre Steuererklärung aus?«

»Sie meinen für die Einkommensteuer?«

»Genau.«

»Das macht unsere Steuerabteilung, unten, in der ersten Etage.«

»In diesem Gebäude?«

»Ja.«

»Dann lassen Sie sie kommen. Lassen Sie die Steuererklärungen aller Leute hier im Raum kommen.«

Ich sah die anderen an. Ein paar von ihnen machten Gesichter, als wollten sie sagen: »Erschieß mich lieber sofort!« Ich zögerte wohl etwas zu lange, denn Mister rief: »Und zwar sofort.« Ein Wink mit der Pistole unterstrich seinen Wunsch.

Ich rief Rudolph an, der ebenfalls zögerte, sodass ich laut werden musste. »Faxen Sie sie uns«, rief ich. »Nur die vom letzten Jahr.«

Während der folgenden fünfzehn Minuten starrten wir auf das Faxgerät in der Ecke, als fürchteten wir, Mister könnte uns erschießen, wenn unsere Steuererklärungen nicht schleunigst übermittelt wurden.

2

Als frisch ernannter Schreiber der Gruppe setzte ich mich auf einen Stuhl, den Misters Pistole mir angewiesen hatte. Vor mir lag ein Stapel Faxkopien. Meine Kollegen standen nun schon seit fast zwei Stunden an der Wand, aneinander gefesselt und kaum in der Lage, sich zu rühren. Sie sackten langsam in sich zusammen und sahen ziemlich angeschlagen aus.

Ihr Unbehagen sollte sich jedoch noch deutlich steigern.

»Sie zuerst«, sagte Mister. »Wie heißen Sie?«

»Michael Brock«, antwortete ich höflich. Freut mich, Sie kennen zu lernen.

»Wie viel haben Sie letztes Jahr verdient?«

»Das habe ich Ihnen doch schon gesagt: hundertzwanzigtausend, vor Steuern.«

»Und wie viel haben Sie gespendet?«

Ich war sicher, dass ich ihm etwas vorlügen konnte. Zwar war ich kein Steueranwalt, doch ich würde seinen Fragen geschickt ausweichen können. Ich fand meine Steuererklärung und blätterte sie durch. Claire hatte als Assistenzärztin im zweiten Jahr einunddreißigtausend verdient, sodass wir ein ganz ansehnliches Bruttoeinkommen hatten. Allerdings mussten wir dreiundfünfzigtausend Dollar abführen – für die Einkommensteuer und eine verblüffende Vielzahl anderer Steuern –, und nach Abzug der Tilgungsraten für die Studienkredite, der Ausgaben für Claires berufliche Weiterbildung, der Kosten für eine sehr hübsche Wohnung in Georgetown (zweitausendvierhundert pro Monat), zwei neue Wagen mit den üblichen Leasingverträgen und einen Haufen anderer Annehmlichkeiten, die zu einem komfortablen Leben gehören, hatten wir nur zweiundzwanzigtausend in Investmentfonds angelegt.

Mister wartete geduldig. Seine Geduld begann mir auf die Nerven zu gehen. Ich nahm an, dass die Männer des Einsatzkommandos inzwischen durch Luftschächte krochen, auf nahe gelegene Bäume kletterten, über die Dächer der benachbarten Gebäude robbten, die Grundrisse der Büroräume studierten und all die Dinge taten, die man aus dem Fernsehen kannte – alles mit dem Ziel, Mister eine Kugel in den Kopf zu schießen. Doch ihn schien das nicht zu kümmern. Er hatte sein Schicksal akzeptiert und war bereit zu sterben. Ganz im Gegensatz zu uns.

Er spielte ständig mit dem roten Draht herum und sorgte so dafür, dass meine Pulsfrequenz nicht unter hundert sank.

»Ich habe der Yale University tausend Dollar gespendet«, sagte ich. »Und zweitausend Dollar an United Way.«

»Wie viel haben Sie den Armen gegeben?«

Ich bezweifelte, dass das Geld für Yale irgendwelchen bedürftigen Studenten zugute kam. »Na ja, United Way verteilt das Geld auf verschiedene Projekte, und ich bin sicher, dass ein Teil davon für die Armenhilfe aufgewendet worden ist.«

»Wie viel haben Sie den Hungrigen gegeben?«

»Ich habe dreiundfünfzigtausend Dollar Steuern bezahlt, und ein nicht gerade kleiner Teil davon ist an die Sozialhilfe, Medicaid, Kinderhilfsorganisationen und so weiter gegangen.«

»Und haben Sie das Geld freiwillig gezahlt, im Geiste brüderlicher Solidarität?«

»Ich habe mich nicht beklagt«, sagte ich und log damit wie die meisten meiner Mitbürger.

»Sind Sie je hungrig gewesen?«

Er mochte einfache Antworten. Mit Witz und Sarkasmus würde ich nicht weit kommen. »Nein«, sagte ich. »Nie.«

»Haben Sie je im Schnee geschlafen?«

»Nein.«

»Sie verdienen viel Geld, aber Sie sind zu raffgierig, um mir ein bisschen Kleingeld zu geben, wenn ich Sie auf der Straße anspreche.« Er zielte mit der Pistole auf die anderen acht. »Sie alle. Sie gehen vorbei, wenn ich dasitze und bettle. Sie geben mehr für Kaffeespezialitäten aus als ich für Essen. Warum helfen Sie den Armen, den Kranken, den Obdachlosen nicht? Sie haben so viel.«

Ich ertappte mich dabei, dass ich diese raffgierigen Saukerle mit Misters Augen betrachtete. Sie waren kein schöner Anblick. Die meisten hatten den Blick gesenkt. Nur Rafter starrte ihn über den Tisch hinweg an und dachte, was wir alle dachten, wenn wir über die Mister auf den Straßen von Washington hinwegstiegen: Wenn ich dir Geld gebe, wirst du a) in den nächsten Schnapsladen laufen, b) weiterbetteln und c) nie von der Straße verschwinden.

Stille. Irgendwo in der Nähe knatterte ein Hubschrauber, und über das, was sie auf dem Parkplatz planten, konnte ich nur spekulieren. Gemäß Misters Weisungen waren die Telefone stummgeschaltet, sodass Gespräche mit der Außenwelt nicht möglich waren. Er wollte nicht mit denen da draußen reden oder verhandeln. Sein Publikum saß hier im Konferenzraum.

»Wer von denen verdient am meisten?«, fragte er mich.

Malamud war der einzige Teilhaber, und ich kramte in den Papieren nach seinen Unterlagen.

»Das bin wahrscheinlich ich«, sagte Malamud.

»Wie heißen Sie?«

»Nate Malamud.«

Ich blätterte in seiner Steuererklärung. Es war eine seltene Gelegenheit, die intimeren Details seines Erfolges als Teilhaber zu erfahren, doch was ich sah, bereitete mir keine Freude.

»Wie viel?«, wollte Mister wissen.

Ach, die Freuden einer Steuererklärung! Wie hätten Sie's denn gern, Sir? Bruttoverdienst? Angepasster Bruttoverdienst? Nettoverdienst? Steuerpflichtige Einnahmen? Einnahmen aus Löhnen und Gehältern? Einnahmen aus Immobilien und Kapitalvermögen?

Malamuds Monatseinkommen belief sich auf fünfzigtausend Dollar, und der jährliche Teilhaberbonus, von dem wir alle träumten, betrug fünfhundertzehntausend Dollar. Es war, wie wir alle wussten, ein sehr gutes Jahr gewesen. Malamud war einer von vielen Teilhabern, die mehr als eine Million verdient hatten.

Ich beschloss, auf Nummer sicher zu gehen. Auf den hinteren Seiten der Erklärung waren noch eine Menge Einkünfte versteckt – Mieteinnahmen, Dividenden, ein kleines Geschäft –, aber ich nahm an, dass Mister, sollte er selbst einen Blick in die Erklärung werfen, sich in all diesen Zahlen nicht zurechtfinden würde.

»Eine Million einhunderttausend«, sagte ich und ließ zweihunderttausend Dollar unter den Tisch fallen.

Er war einen Augenblick in Gedanken versunken. »Sie haben eine Million Dollar verdient«, sagte er zu Malamud, der sich dieser Tatsache nicht im Mindesten schämte.

»Ja, das stimmt.«

»Wie viel haben Sie den Hungrigen und Obdachlosen gegeben?«

Ich suchte bereits nach dem entsprechenden Eintrag.

»Ich weiß es nicht mehr genau. Meine Frau und ich unterstützen eine Menge Hilfsorganisationen. Ich erinnere mich an eine Spende – fünftausend Dollar, glaube ich – an den Greater D.C. Fund, der das Geld, wie Sie sicher wissen, an die Bedürftigen verteilt. Wir geben viel, und wir geben gern.«

»Das kann ich mir lebhaft vorstellen«, erwiderte Mister mit einer ersten Spur von Sarkasmus.

Er wollte nicht hören, wie großzügig wir *eigentlich* waren. Er wollte nur die Tatsachen. Ich musste alle neun Namen aufschreiben und daneben das letzte Jahreseinkommen und die Summe der Spenden notieren.

Das dauerte eine Weile, und ich wusste nicht, ob ich mich beeilen oder gewissenhaft sein sollte. Würde er uns abschlachten, wenn er mit der Summe nicht zufrieden war? Vielleicht sollte ich mich lieber nicht beeilen. Es war schon sehr bald offensichtlich, dass wir reichen Säcke eine Menge Geld gemacht und verdammt wenig davon weitergegeben hatten. Zugleich wusste ich aber, dass die Pläne für unsere Rettung umso verrückter werden würden, je länger sich die Geiselnahme hinzog.

Er hatte nicht gesagt, er werde stündlich eine Geisel umbringen. Er wollte keine Freunde aus dem Gefängnis freipressen. Eigentlich schien er gar nichts zu wollen.

Ich ließ mir Zeit. Malamud stand an erster Stelle. Der letzte war Colburn, ein Mitarbeiter im dritten Jahr, der bloß auf sechsundachtzigtausend kam. Ich war empört, als ich feststellte, dass mein Freund Barry Nuzzo elftausend mehr verdiente als ich. Darüber würde noch zu reden sein.

»Abgerundet drei Millionen Dollar«, erstattete ich Mister Bericht. Er schien schon wieder zu schlafen. Die linke Hand hielt den roten Draht.

Er schüttelte langsam den Kopf. »Und wie viel für die Armen?«

»Die Summe der Spenden beträgt hundertachtzigtausend.«

»Ich will nicht die Summe der Spenden. Werfen Sie mich und meine Leute nicht in einen Topf mit dem Symphonieorchester und der Synagoge und diesen hübschen Klubs für Weiße, wo Wein und Autogramme zugunsten der Pfadfinder versteigert werden. Ich spreche von Essen. Essen für hungrige Menschen, die in derselben Stadt leben wie Sie. Essen für kleine Kinder. Hier. Hier, in dieser Stadt, in der Leute wie Sie Millionen verdienen, gibt es Kinder, die nachts Hunger haben, die weinen, weil sie hungrig sind. Wie viel haben Sie alle für Essen gespendet?«

Er sah mich an. Ich sah auf das Papier vor mir. Ich konnte nicht lügen.

Er sprach weiter. »In der ganzen Stadt gibt es Suppenküchen, wo die Armen und Obdachlosen was zu essen kriegen können. Wie viel Geld haben Sie den Suppenküchen gespendet? Haben Sie ihnen überhaupt was gespendet?«

»Nicht direkt«, sagte ich. »Aber einige dieser Organisationen …«

»Halten Sie den Mund!«

Er fuchtelte wieder mit der Pistole.

»Was ist mit den Notunterkünften? Da können wir schlafen, wenn es draußen zehn Grad minus hat. Wie viele Notunterkünfte haben Sie unterstützt?«

Mir fiel keine Lüge ein. »Keine«, sagte ich leise.

Er sprang so unvermittelt auf, dass wir hochschreckten. Die roten Stangen unter dem silbrigen Klebeband waren gut zu sehen. Er stieß den Stuhl zurück. »Was ist mit den Kliniken? Wir haben diese kleinen Kliniken, wo Ärzte – gute, anständige Menschen, die einmal eine Menge Geld verdient haben – die Kranken umsonst behandeln. Sie kriegen keinen Cent dafür. Früher hat der Staat Zuschüsse für die Miete, für Medikamente und so weiter gezahlt. Aber jetzt ist Newt Gingrich der Staat, und es gibt kein Geld mehr. Wie viel haben Sie für Kliniken gespendet?«

Rafter sah mich an, als sollte ich etwas unternehmen, als sollte ich vielleicht plötzlich etwas in den Unterlagen entdecken und rufen: »Hier! Sehen Sie sich das an! Wir haben eine halbe Million Dollar für Kliniken und Suppenküchen gespendet!«

Das war genau das, was Rafter getan hätte. Ich würde es nicht tun. Ich wollte schließlich nicht erschossen werden. Mister war ein ganzes Stück schlauer, als er aussah.

Während ich in den Unterlagen blätterte, trat Mister ans Fenster und spähte durch die Jalousie. »Überall Bullen«, sagte er so leise, dass wir es gerade noch hören konnten. »Und jede Menge Krankenwagen.«

Dann wandte er sich von dieser Szenerie ab, schlurfte am Tisch entlang und blieb vor seinen Geiseln stehen. Sie ließen ihn nicht aus den Augen, und ihr besonderes Interesse galt den Dynamitstangen. Langsam hob er die Pistole und zielte aus einem Meter Entfernung auf Colburns Nase.

»Wie viel haben Sie den Kliniken gespendet?«

»Nichts«, sagte Colburn, kniff die Augen zusammen und schien in Tränen ausbrechen zu wollen. Mein Herz stand still, ich hielt den Atem an.

»Wie viel für die Suppenküchen?«

»Nichts.«

»Wie viel für die Notunterkünfte?«

»Nichts.«

Anstatt Colburn zu erschießen, zielte er auf Nuzzo und wiederholte die Fragen. Nuzzos Antworten waren dieselben wie Colburns, und Mister ging weiter, zielte, stellte dieselben Fragen, bekam dieselben Antworten. Zu unserem Leidwesen erschoss er auch Rafter nicht.

»Drei Millionen Dollar«, sagte Mister mit tiefer Verachtung, »und nicht einen Cent für die Kranken und Hungrigen. Was sind Sie doch für jämmerliche Menschen!«

Wir fühlten uns jämmerlich. Und mir wurde klar, dass er uns nicht töten würde.

Woher sollte ein Penner Dynamit haben? Und wer würde ihm beibringen, wie man eine Bombe baute?

Gegen Abend sagte er, er sei hungrig, und befahl mir, den ›Boss‹ anzurufen und Suppe von der Methodist Mission, Ecke L Street und 17th in Northwest, holen zu lassen. Die täten mehr Gemüse in die Suppe, sagte Mister, und das Brot sei nicht so altbacken wie in den meisten anderen Suppenküchen.

»Haben Suppenküchen einen Lieferservice?«, fragte Rudolph ungläubig. Die Frage hallte durch den Raum.

»Tun Sie einfach, was er sagt«, fuhr ich ihn an. »Und lassen Sie zehn Portionen kommen.« Mister befahl mir, aufzulegen und das Telefon wieder stummzuschalten.

Ich sah geradezu vor mir, wie unsere Freunde und eine Abteilung Polizisten im dicksten Feierabendverkehr quer durch die Stadt rasten und in das friedliche kleine Haus der Mission einfielen, wo zerlumpte Obdachlose zusammengesunken über ihren Suppenschüsseln saßen und sich fragten, was, zum Teufel, hier eigentlich los war. Zehn Portionen zum Mitnehmen, mit extra viel Brot.

Als wir wieder das Knattern des Hubschraubers hörten, ging Mister abermals zum Fenster. Er spähte hinaus, trat einen Schritt zurück, zupfte an seinem Bart und überdachte die Situation. Was für eine Befreiungsaktion hatten sie im Sinn, dass dafür ein Hubschrauber benötigt wurde? Vielleicht wollte man damit die Verwundeten abtransportieren.

Umstead war seit einer Stunde unruhig, sehr zum Unwillen von Rafter und Malamud, die an ihn gefesselt waren. Schließlich hielt er es nicht mehr aus.

»Äh, entschuldigen Sie, Sir, aber ich muss mal, äh, für kleine jungs.«

Mister zupfte weiter an seinem Bart. »Für kleine Jungs. Was ist für kleine Jungs?«

»Ich muss mal austreten, Sir«, sagte Umstead wie ein Drittklässler. »Ich kann's nicht mehr aushalten.«

Mister sah sich im Raum um. Sein Blick fiel auf eine Porzellanvase, die unschuldig auf einem niedrigen Tischchen stand. Mit einem Wink seiner Pistole befahl er mir, Umstead loszubinden.

»Für kleine Jungs ist da drüben«, sagte Mister.

Umstead nahm die Blumen aus der Vase, kehrte uns den Rücken und pinkelte ausgiebig, während wir den Boden betrachteten. Als er endlich fertig war, befahl Mister uns, den Konferenztisch ans Fenster zu rücken. Er war sechs Meter lang und, wie die meisten Möbel bei Drake & Sweeney, aus massivem Walnussholz. Gemeinsam – ich am einen Ende, der ächzende Umstead am anderen – gelang es uns, den Tisch Zentimeter für Zentimeter um etwa zwei Meter zur Seite zu schieben, bis Mister sagte, das sei genug. Dann befahl er mir, Malamud und Rafter aneinander zu fesseln. Umstead blieb frei. Den Grund dafür würde ich nie verstehen.

Dann mussten sich die sieben gefesselten Geiseln mit dem Rücken zur Wand auf den Tisch setzen. Niemand wagte zu fragen, warum, aber ich nahm an, dass sie ein Schutzschild gegen Scharfschützen sein sollten. Später erfuhr ich, dass die Polizei welche auf dem Nachbargebäude postiert hatte. Vielleicht hatte er sie bemerkt.

Nachdem sie fünf Stunden gestanden hatten, waren Rafter und die anderen Kollegen froh, sich setzen zu dürfen. Umstead und ich mussten uns auf Stühle setzen, während Mister am Kopfende des Tisches Platz nahm. Wir warteten.

Das Leben auf der Straße erzog offenbar zur Geduld. Er schien es gewohnt zu sein, lange Zeit schweigend dazusitzen, den Kopf vollkommen reglos, die Augen hinter der Sonnenbrille verborgen.

»Wer sind die Zwangsvollstrecker?«, murmelte er vor

sich hin. Er wartete ein paar Minuten und sagte es noch einmal.

Wir sahen einander verwirrt an und hatten keine Ahnung, was er eigentlich meinte. Er schien auf eine Stelle auf dem Tisch zu starren, nicht weit entfernt von Colburns rechtem Fuß.

»Sie tun nicht nur nichts für die Obdachlosen, Sie helfen auch noch, wenn es darum geht, sie auf die Straße zu setzen.«

Natürlich beeilten wir uns zu nicken – schließlich sangen wir alle vom selben Blatt. Wenn er uns beschimpfen wollte, waren wir gern bereit, es über uns ergehen zu lassen.

Unser Essen kam um kurz vor sieben. Man klopfte an die Tür. Mister befahl mir, Rudolph anzurufen und die Polizei zu warnen, er werde einen von uns töten, wenn draußen jemand zu sehen oder zu hören sei. Ich erklärte Rudolph diesen Punkt besonders ausführlich und betonte, man solle keinen Befreiungsversuch unternehmen. Wir seien dabei zu verhandeln.

Rudolph sagte, er verstehe vollkommen.

Umstead ging zur Tür, entriegelte sie und sah Mister fragend an. Der stand hinter ihm und hielt die Pistole zwanzig Zentimeter von seinem Kopf entfernt.

»Öffnen Sie ganz langsam die Tür«, sagte Mister.

Ich war ein, zwei Meter hinter Mister, als die Tür aufschwang. Das Essen stand auf einem kleinen Wagen, wie ihn die Hilfskräfte verwendeten, um die gewaltigen Papiermengen, die wir erzeugten, zu transportieren. Ich sah vier große Plastikbehälter mit Suppe und eine braune Papiertüte voller Brot. Ich weiß nicht, ob auch etwas zu trinken dabei war. Das sollten wir nie erfahren.

Umstead trat einen Schritt vor, packte den Wagen und wollte ihn gerade in den Raum ziehen, als ein Schuss krachte. Ein Scharfschütze hatte sich zwölf Meter entfernt hinter dem Bücherschrank neben Madame Deviers

Schreibtisch postiert und bekam die Gelegenheit zum Schuss, auf die er gewartet hatte. Als Umstead sich vorbeugte, um den Wagen zu ziehen, war Misters Kopf für den Bruchteil einer Sekunde ungedeckt und die Kugel unterwegs.

Ohne einen Laut taumelte Mister zurück. Blut und noch etwas anderes spritzte mir ins Gesicht. Ich dachte, ich sei ebenfalls getroffen und schrie vor Schmerzen. Umstead brüllte etwas in der Halle. Die anderen sieben sprangen vom Tisch, als hätte man sie mit kochendem Wasser begossen. Sie schrien und zogen und zerrten einander zur Tür. Ich lag auf den Knien, hielt mir die Augen zu und wartete auf die Explosion des Dynamits. Dann sprang ich auf und rannte fort von diesem Durcheinander, zur anderen Tür. Ich entriegelte sie und riss sie auf. Als ich einen letzten Blick auf Mister warf, lag er zuckend auf einem unserer teuren Orientteppiche. Seine Arme waren ausgestreckt, und keine seiner Hände war in der Nähe des roten Drahtes.

Auf dem Gang wimmelte es plötzlich von Polizisten des Einsatzkommandos. Sie trugen martialisch wirkende Helme und dicke Westen, eilten geduckt auf uns zu und packten uns. Sie waren blitzschnell. Wir wurden durch das Foyer zu den Aufzügen getragen.

»Sind Sie verletzt?«, fragten sie mich.

Ich wusste es nicht. Auf meinem Gesicht und meinem Hemd waren Blut und eine klebrige Flüssigkeit, die die Ärzte später als Zerebrospinalflüssigkeit identifizierten.

3

Im Erdgeschoss, so weit wie möglich entfernt von Mister, saßen die Angehörigen und Freunde. Dutzende von Mitarbeitern und Kollegen standen in den Büros und auf den Gängen und warteten auf unsere Befreiung. Als sie uns sahen, begannen sie zu jubeln.

Weil ich blutbespritzt war, wurde ich in einen Fitnessraum im Untergeschoss gebracht. Er gehörte der Kanzlei und wurde von sämtlichen Anwälten buchstäblich ignoriert. Wir waren zu beschäftigt, um uns fit zu halten, und jeder, der an einem der Geräte erwischt wurde, bekam mit an Sicherheit grenzender Wahrscheinlichkeit mehr Arbeit auf den Tisch.

Sogleich kümmerten sich Ärzte um mich. Leider war meine Frau nicht unter ihnen. Sobald sie sich davon überzeugt hatten, dass das Blut nicht mein eigenes war, ließ ihre Betriebsamkeit nach. Sie machten eine Routineuntersuchung. Mein Blutdruck war hoch, die Pulsfrequenz ebenfalls. Sie gaben mir eine Tablette.

Am meisten sehnte ich mich nach einer Dusche, doch ich musste zehn Minuten lang auf einem Tisch liegen, während sie meinen Blutdruck beobachteten.

»Stehe ich unter Schock?«, fragte ich.

»Wahrscheinlich nicht.«

Ich fühlte mich aber so. Wo war Claire? Ich war sechs Stunden lang mit einer Pistole bedroht worden, mein Leben hatte an einem seidenen Faden gehangen, und sie hatte es nicht einmal für nötig befunden, herzukommen und mit den anderen Angehörigen zu warten.

Ich duschte lange und heiß. Ich wusch mir dreimal mit viel Shampoo die Haare, und danach blieb ich eine

Ewigkeit lang einfach stehen und ließ das Wasser abtropfen. Die Zeit stand still. Nichts war wichtig. Ich war am Leben, ich atmete, ich dampfte.

Ich zog den sauberen und viel zu großen Jogginganzug eines Kollegen an und ging wieder zu dem Tisch, um mir noch einmal den Blutdruck messen zu lassen. Polly, meine Sekretärin, kam herein und umarmte mich lange. Das hatte mir sehr gefehlt. In ihren Augen standen Tränen.

»Wo ist Claire?«, fragte ich sie.

»Wir versuchen, sie zu erreichen. Ich habe im Krankenhaus angerufen.«

Polly wusste, dass von unserer Ehe nicht mehr viel übrig war.

»Ist bei Ihnen alles in Ordnung?«, fragte sie.

»Ich glaube schon.«

Ich dankte den Ärzten und verließ den Fitnessraum. Auf dem Gang wartete Rudolph. Er schloss mich unbeholfen in die Arme und äußerte das Wort »Glückwunsch«, als hätte ich irgendetwas besonderes geleistet.

»Niemand erwartet von Ihnen, dass Sie morgen kommen«, sagte er. Glaubte er, ein freier Tag würde alle meine Probleme lösen?

»Über morgen hab ich noch gar nicht nachgedacht«, antwortete ich.

»Sie brauchen ein bisschen Ruhe«, fügte er hinzu, als hätten die Ärzte vergessen, es zu sagen.

Ich wollte mit Barry Nuzzo sprechen, aber die anderen Geiseln waren bereits fort. Abgesehen von ein paar Druckstellen an den Handgelenken waren alle unversehrt geblieben.

Die Verluste beschränkten sich auf ein Minimum, die Guten hatten gesiegt und lächelten stolz, und so kehrte die Kanzlei Drake & Sweeney bald zum Tagesgeschäft zurück. Die meisten Anwälte und Mitarbeiter hatten nervös im Erdgeschoss gewartet, möglichst weit entfernt von

Mister und seiner Bombe. Polly hatte meinen Mantel mitgebracht. Ich zog ihn über den zu großen Jogginganzug. Meine Slipper passten nicht dazu, aber das war mir egal.

»Draußen sind ein paar Reporter«, sagte Polly.

Ach, ja, die Medien. Was für eine Story! Das hier war keine Feld-, Wald- und Wiesen-Schießerei unter Kollegen – hier hatte ein verrückter Obdachloser einen Haufen Rechtsanwälte als Geiseln genommen.

Nur dass sie ihre Story nicht kriegten. Den Rechtsanwälten war kein Haar gekrümmt worden, der Finsterling hatte eine Kugel in den Kopf bekommen, die Bombe hatte nur leise gezischt, als ihr Besitzer zu Boden gegangen war. Ach, wäre das schön gewesen! Ein Schuss, eine Explosion, ein weißer Blitz, splitternde Fenster, abgerissene Arme und Beine auf der Straße, und alles festgehalten von der Kamera von Channel Nine – der Aufmacher für die Abendnachrichten.

»Ich fahre Sie nach Hause«, sagte Polly. »Kommen Sie.«

Ich war sehr dankbar dafür, dass mir jemand sagte, was ich tun sollte. Meine Gedanken waren langsam und unbeholfen – ein Standfoto nach dem anderen, ohne Konzept, ohne Handlung, ohne Schauplatz.

Wir verließen das Gebäude durch einen Nebenausgang. Die Nachtluft war kalt, und ich atmete ihren süßen Duft ein, bis meine Lungen schmerzten. Während Polly ihren Wagen holte, wartete ich an der Ecke des Gebäudes und sah mir den Menschenauflauf vor dem Haupteingang an. Dort standen Polizeiwagen, Krankenwagen und ein paar Übertragungswagen von Fernsehgesellschaften. Sogar die Feuerwehr war da. Man packte die Gerätschaften wieder ein und fuhr davon. Einer der Krankenwagen parkte mit dem Heck zum Gebäude und wartete offenbar darauf, Mister in die Leichenhalle zu bringen.

Ich lebe! Ich lebe! Ich sagte es mir immer wieder vor. Zum ersten Mal lächelte ich. Ich lebe!

Ich schloss fest die Augen und sprach in Gedanken ein kurzes, aber inniges Dankgebet.

Ich hörte wieder die Geräusche. Wir saßen schweigend im Wagen. Polly fuhr langsam und wartete darauf, dass ich etwas sagte. Ich hörte den durchdringenden Knall des Scharfschützengewehrs, den dumpfen Einschlag der Kugel, die Schritte der anderen Geiseln, die vom Tisch sprangen und zur Tür rannten.

Was hatte ich gesehen? Ich hatte einen Blick zum Tisch geworfen, wo meine sieben Kollegen gesessen und gespannt auf die Tür gestarrt hatten, und dann wieder zu Mister geblickt, der die Pistole gehoben und auf Umsteads Kopf gezielt hatte. Als die Kugel ihn getroffen hatte, war ich unmittelbar hinter ihm gewesen. Wie kam es, dass sie nicht wieder aus seinem Körper ausgetreten war und mich getroffen hatte? Kugeln konnten Wände, Türen und Menschen durchschlagen.

»Er wollte uns nicht töten«, sagte ich, gerade so laut, dass sie es verstehen konnte.

Polly war erleichtert, dass ich das Schweigen brach. »Was hatte er vor?«

»Ich weiß es nicht.«

»Was wollte er?«

»Das hat er nicht gesagt. Es ist erstaunlich, wie wenig gesprochen wurde. Wir haben stundenlang bloß dagesessen und uns angesehen.«

»Warum wollte er nicht mit der Polizei sprechen?«

»Keine Ahnung. Das war sein größter Fehler. Wenn er mich hätte telefonieren lassen, hätte ich die Polizei davon überzeugen können, dass er uns nicht umbringen wollte.«

»Sie geben aber nicht der Polizei die Schuld, oder?«

»Nein. Erinnern Sie mich daran, dass ich mich schriftlich bedanke.«

»Werden Sie morgen arbeiten?«

»Was sollte ich sonst tun?«

»Ich dachte nur, ein freier Tag würde Ihnen vielleicht gut tun.«

»Ich bräuchte eher ein freies Jahr. Ein Tag ist nicht genug.«

Unsere Wohnung lag im zweiten Stock eines Reihenhauses in der P Street in Georgetown. Polly hielt am Bordstein. Ich dankte ihr und stieg aus. An den dunklen Fenstern erkannte ich, dass Claire noch nicht zu Hause war.

Ich hatte Claire eine Woche nach meinem Umzug nach Washington kennen gelernt, mein Studium in Yale lag hinter mir, und ich war von einer großen Kanzlei eingestellt worden. Vor mir und den anderen fünfzig Jahrgangsbesten lag eine glänzende Zukunft. Claire war gerade dabei, ihren Abschluss in Politikwissenschaft an der American University zu machen. Ihr Großvater war Gouverneur von Rhode Island gewesen, und ihre Familie hatte seit Jahrhunderten exzellente Beziehungen.

Das erste Jahr betrachtet man bei Drake & Sweeney – wie in den meisten anderen Kanzleien – als eine Art Grundausbildungszeit. Ich arbeitete sechs Tage pro Woche, fünfzehn Stunden am Tag. Sonntags trafen wir uns. Sonntags abends war ich wieder im Büro. Wir dachten, wenn wir heirateten, würden wir mehr Zeit füreinander haben. Wenigstens würden wir im selben Bett schlafen, aber schlafen war dann auch so ziemlich das Einzige, was wir dort taten.

Die Hochzeit war aufwendig, die Flitterwochen waren kurz, und als der erste Glanz verblasst war, arbeitete ich wieder neunzig Stunden pro Woche. Im dritten Monat unserer Ehe hatten wir achtzehn Tage nacheinander keinen Sex. Claire zählte sie.

In den ersten Monaten hielt sie sich tapfer, aber nach und nach wurde sie es leid, ständig vernachlässigt zu werden. Ich konnte sie verstehen, doch in den heiligen Hallen von Drake & Sweeney war man über Klagen junger Mitarbeiter nicht erbaut. Weniger als zehn Prozent der Berufsanfänger wurden zu Teilhabern gemacht, und so war die Konkurrenz gnadenlos. Die Belohnung war allerdings dementsprechend hoch – mindestens eine Million Dollar im Jahr –, und die Abrechnung möglichst vieler honorarfähiger Stunden erschien wichtiger als eine glückliche Ehefrau. Scheidungen waren an der Tagesordnung. Ich dachte nicht einmal im Traum daran, Rudolph zu bitten, mein Pensum zu verringern.

Am Ende unseres ersten Ehejahres war Claire sehr unglücklich, und wir begannen uns zu streiten.

Sie wollte nicht mehr zu Hause sitzen und fernsehen, und da sie fand, sie könne genauso egoistisch sein wie ich, beschloss sie, Medizin zu studieren. Ich hielt das für eine sehr gute Idee. Es befreite mich weitgehend von meinen Schuldgefühlen.

Nach vier Jahren in der Kanzlei begannen meine Vorgesetzten, Andeutungen über eine Beförderung zum Teilhaber zu machen. Die jungen Mitarbeiter registrierten solche Andeutungen und verglichen sie miteinander. Allgemein war man der Ansicht, dass ich direkt auf eine Teilhaberschaft zusteuerte. Allerdings würde ich noch härter arbeiten müssen als bisher.

Claire war entschlossen, weniger Zeit in unserer Wohnung zu verbringen als ich, und so gaben wir uns beide der Idiotie einer extremen Arbeitssucht hin. Wir hörten auf, uns zu streiten, und lebten uns immer weiter auseinander. Sie hatte, wie ich, ihre eigenen Freunde und Interessen. Zum Glück hatten wir nicht den Fehler begangen, Kinder zu bekommen.

Ich wollte, ich hätte es anders gemacht. Wir hatten uns geliebt und unsere Liebe verschenkt.

Als ich die dunkle Wohnung betrat, brauchte ich

Claire, zum ersten Mal seit Jahren. Wenn man dem Tod ins Auge gesehen hat, muss man mit jemandem darüber sprechen. Man braucht das Gefühl, gebraucht zu werden, man sehnt sich danach in den Arm genommen zu werden, und will jemanden sagen hören, dass er sich Sorgen gemacht hat.

Ich schenkte mir einen Wodka auf Eis ein und setzte mich auf das Sofa im Fernsehzimmer. Anfangs war ich gekränkt und wütend, weil ich allein war, aber dann wandten sich meine Gedanken den sechs Stunden zu, die ich in Misters Gesellschaft verbracht hatte.

Zwei Wodkas später hörte ich Claire an der Tür. Sie schloss auf und rief: »Michael?«

Ich sagte nichts. Ich war noch immer gekränkt und wütend. Sie kam ins Fernsehzimmer und blieb stehen, als sie mich sah. »Ist alles in Ordnung?«, fragte sie. In ihrer Stimme lag echte Sorge.

»Mir geht's gut«, sagte ich leise.

Sie ließ ihre Tasche und den Mantel fallen, trat zum Sofa und beugte sich über mich.

»Wo warst du?«, fragte ich.

»Im Krankenhaus.«

»Ach ja, natürlich.« Ich nahm einen großen Schluck Wodka. »Ich hatte übrigens einen anstrengenden Tag.«

»Ich weiß, was passiert ist, Michael.«

»Tatsächlich?«

»Natürlich.«

»Dann würde ich gern wissen, wo du warst.«

„Im Krankenhaus.«

»Neun Menschen werden von einem Verrückten als Geiseln genommen. Acht Familien kommen in die Kanzlei, weil sie ein wenig besorgt sind. Wir haben Glück und werden befreit, und ich muss mich von meiner Sekretärin nach Hause fahren lassen.«

»Ich konnte nicht kommen.«

»Natürlich konntest du nicht kommen. Wie gedankenlos von mir.«

Sie setzte sich in den Sessel neben dem Sofa. Wir starrten einander wütend an. »Sie haben uns nicht weggelassen«, begann sie mit eisiger Stimme. »Wir wussten von der Geiselnahme. Es bestand die Möglichkeit, dass es Verletzte geben würde. In solchen Situationen ist das Routine: Die Krankenhäuser werden benachrichtigt, und dort ist alles in Bereitschaft.«

Ich trank noch einen großen Schluck und suchte nach einer schlagfertigen Antwort.

»In der Kanzlei konnte ich dir nicht helfen«, sagte sie. »Ich habe im Krankenhaus gewartet.«

»Hast du angerufen?«

»Ich hab's versucht und bin nicht durchgekommen. Schließlich hat ein Polizist abgenommen und gleich wieder aufgelegt.«

»Wir sind vor zwei Stunden befreit worden. Wo bist du gewesen?«

»Im OP. Wir hatten einen kleinen Jungen, der angefahren worden war. Er ist während der Operation gestorben.«

»Tut mir Leid«, sagte ich. Ich konnte nie verstehen, wie Ärzte es aushielten, ständig mit dem Tod konfrontiert zu sein. Mister war erst der zweite Tote gewesen, den ich gesehen hatte.

»Mir auch«, sagte sie, ging in die Küche und kam mit einem Glas Wein zurück. Eine Weile saßen wir schweigend im Halbdunkel. Wir hatten wenig Übung in Kommunikation, und so fiel uns das Reden schwer.

»Möchtest du darüber sprechen?«, fragte sie.

»Nein. Nicht jetzt.« Ich wollte wirklich nicht darüber sprechen. Der Alkohol verstärkte die Wirkung der Tablette, die man mir gegeben hatte. Ich atmete tiefer. Ich dachte an Mister und daran, wie ruhig und gelassen er gewesen war, obwohl er mit einer Pistole herumgefuchtelt und ein paar Stangen Dynamit am Körper getragen hatte. Auch lange Zeiten der Stille hatten ihm offenbar nicht das Geringste ausgemacht

Stille – das war es, was ich jetzt wollte. Morgen konnten wir reden.

4

Das Mittel wirkte bis vier Uhr morgens. Beim Aufwachen hatte ich den unangenehmen Geruch von Misters klebriger Gehirnflüssigkeit in der Nase. Es war dunkel, und für einen Augenblick geriet ich in Panik. Ich rieb mir Nase und Augen und warf mich auf dem Sofa herum, bis ich eine Bewegung hörte. Claire schlief im Sessel neben mir.

»Es ist alles in Ordnung«, sagte sie und legte mir die Hand auf die Schulter. »Du hast nur schlecht geträumt.«

»Könntest du mir ein Glas Wasser holen?«, fragte ich. Sie ging in die Küche.

Wir redeten eine Stunde lang. Ich erzählte ihr alles, woran ich mich erinnern konnte. Claire saß neben mir, strich mir über das Knie, hielt das Glas Wasser und hörte aufmerksam zu. In den letzten Jahren hatten wir so wenig miteinander gesprochen.

Sie musste um sieben Uhr zur Visite im Krankenhaus sein, und so machten wir uns gemeinsam ein Frühstück aus Waffeln und gebratenem Speck. Wir aßen an der Küchentheke, auf der auch ein kleiner Fernseher stand. Die Sechs-Uhr-Nachrichten begannen mit dem Geiseldrama. Man sah das Gebäude der Kanzlei, die wartende Menge der Gaffer und einige meiner befreiten Kollegen, wie sie nach unserer Befreiung eilig das Haus verließen. Mindestens einer der Hubschrauber hatte dem Fernsehsender gehört. Durch das Teleobjektiv konnten wir ein paar Sekunden lang Mister erkennen, der durch die Jalousie spähte.

Er hieß DeVon Hardy, war fünfundvierzig Jahre alt und ein Vietnamveteran mit einem kurzen Vorstrafenregister.

Hinter der Sprecherin wurde ein Polizeifoto eingeblendet, das nach einer Festnahme wegen Einbruchs gemacht worden war. Der Mann auf dem Foto sah überhaupt nicht wie Mister aus: Er trug weder Bart noch Brille und war viel jünger. Es hieß, er sei obdachlos und drogensüchtig gewesen. Ein Motiv für seine Tat sei nicht bekannt, und es hätten sich keine Angehörigen gemeldet.

Unsere Kanzlei gab keinen Kommentar ab, und damit war die Geschichte zu Ende.

Als Nächstes kam der Wetterbericht. Am späten Nachmittag musste mit heftigen Schneefällen gerechnet werden. Es war der 12. Februar, und der Schnee hatte bereits Rekordhöhen erreicht.

Claire fuhr mich zur Kanzlei. Es wunderte mich keineswegs, dass neben meinem Lexus noch andere Importwagen standen. Der Parkplatz war nie leer. Bei uns gab es Leute, die im Büro schliefen.

Ich versprach Claire, sie am späten Vormittag anzurufen. Wir wollten versuchen, in der Nähe des Krankenhauses gemeinsam zu Mittag zu essen. Sie wollte, dass ich ein bisschen kürzer trat, wenigstens für ein oder zwei Tage.

Was sollte ich tun? Auf dem Sofa liegen und Tabletten schlucken? Man schien allgemein der Ansicht zu sein, dass ich einen freien Tag gebraucht hätte und dann wieder mit voller Kraft arbeiten würde.

Ich wünschte den beiden sehr wachsamen Sicherheitsleuten in der Lobby einen guten Morgen. Drei der vier Aufzüge standen bereit, sodass ich die freie Wahl hatte. Ich entschied mich für den, mit dem Mister und ich gefahren waren, und mit einem Mal schien die Zeit stillzustehen.

Hundert Fragen zugleich stürmten auf mich ein: Warum war er ausgerechnet in dieses Gebäude gegangen? Warum in unsere Kanzlei? Wo war er gewesen, unmittelbar bevor er die Lobby betreten hatte? Wo waren die Sicherheitsleute gewesen, die normalerweise in der Nähe des Eingangs postiert waren? Warum ich? Hier gingen täglich Hunderte von Anwälten ein und aus. Warum die fünfte Etage?

Und was hatte er eigentlich gewollt? Ich glaubte nicht, dass DeVon Hardy sich die Mühe gemacht hatte, Sprengstoff an seinem Körper zu befestigen und sein Leben – mochte es auch noch so unbedeutend gewesen sein – zu riskieren, nur um ein paar reiche Anwälte für ihren Geiz zu bestrafen. Er hätte reichere Leute finden können. Vielleicht auch gierigere.

Seine Frage: »Wer sind die Zwangsvollstrecker?« war nie beantwortet worden. Doch die Antwort sollte nicht lange auf sich warten lassen.

Der Aufzug hielt, und ich stieg aus, ohne dass mir diesmal jemand folgte. Um diese Uhrzeit lag Madame Devier noch im Bett, und in der fünften Etage war es still. Vor ihrem Tisch blieb ich stehen und starrte auf die beiden Türen zum Konferenzraum. Langsam öffnete ich die vordere, in der Umstead gestanden hatte, als die Kugel über seinen Kopf hinweggeflogen war und in den von Mister eingeschlagen hatte. Ich atmete tief durch und schaltete das Licht an.

Es war nichts geschehen. Der Konferenztisch und die Stühle standen ordentlich da. Der Orientteppich, auf dem Mister gelegen hatte, war durch einen noch schöneren ersetzt worden. Die Wände waren frisch gestrichen. Selbst das Einschussloch über der Stelle, wo Rafter gestanden hatte, war verschwunden.

Die Mächte, die die Geschicke von Drake & Sweeney lenkten, hatten gestern Abend einiges investiert, um sicherzustellen, dass dieses Ereignis nie stattgefunden hatte. Im Lauf des Tages würden vielleicht ein paar Neugierige diesen Raum sehen wollen, und man hatte dafür gesorgt, dass es hier absolut nichts zu sehen gab. Die

Mitarbeiter hätten ja für ein paar Minuten ihre Arbeit vernachlässigen können. In unseren erlauchten Hallen duldete man keinen Schmutz von der Straße.

Es war eine kaltblütige Vertuschungsaktion, und leider verstand ich die Logik, die dahinter stand, nur zu gut. Ich war einer der reichen, weißen Jungs. Was hatte ich eigentlich erwartet? Ein Blumenarrangement von Misters Kumpels von der Straße?

Ich wusste nicht, was ich erwartet hatte. Aber bei dem Geruch nach frischer Farbe wurde mir übel.

Wie jeden Morgen lagen auf meinem Schreibtisch die *Washington Post* und das *Wall Street Journal*, am selben Platz wie immer. Früher hatte ich den Namen des Boten gewusst, der sie dorthin legte, doch inzwischen hatte ich ihn längst vergessen. Auf der ersten Seite des Lokalteils der *Post*, knapp unterhalb der Mitte, waren das Polizeifoto von DeVon Hardy und ein langer Artikel über die gestrige kleine Krise.

Da ich annahm, dass ich mehr wusste als irgendein Reporter, überflog ich den Artikel nur. Dennoch erfuhr ich einige interessante Einzelheiten. Die roten Stangen waren kein Dynamit gewesen. Mister hatte ein paar Besenstiele in Stücke gesägt, mit dem bedrohlich wirkenden silbrigen Klebeband umwickelt und uns damit in Todesangst versetzt. Die Pistole war eine gestohlene 44er Automatik.

Weil es die *Post* war, stand in dem Artikel mehr über DeVon Hardy als über die Opfer. Allerdings sah ich zu meiner Zufriedenheit, dass vonseiten der Kanzlei Drake & Sweeney nicht die kleinste Information durchgesickert war.

Laut einem gewissen Mordecai Green, Leiter des Rechtsberatungsbüros in der 14th Street, hatte DeVon Hardy viele Jahre als Hausmeister im Botanischen Garten gearbeitet und seinen Job infolge einer Budgetkürzung verloren. Anschließend hatte er wegen Einbruchs ein paar Monate im Gefängnis gesessen und war dann auf der Straße gelandet. Er hatte mit Alkohol und Drogensucht zu kämpfen gehabt und war immer wieder wegen Ladendiebstahls festgenommen worden. Greens Büro hatte ihn mehrmals verteidigt. Sofern er eine Familie gehabt hatte, wusste sein Rechtsanwalt nichts von ihr.

Was das Motiv betraf, so konnte Green nur Vermutungen anstellen. Er sagte, DeVon Hardy habe eine Wohnung in einem alten Lagerhaus gehabt, aus der er kürzlich auf die Straße gesetzt worden sei.

Eine Zwangsräumung ist ein juristischer Vorgang, für den Anwälte erforderlich sind. Ich konnte mir ziemlich genau vorstellen, welche der zahllosen Kanzleien in Washington Mister aus seiner Wohnung vertrieben hatte.

Green sagte, das Rechtsberatungsbüro in der 14th Street werde durch Spenden finanziert und arbeite ausschließlich für die Obdachlosen. »Früher, als wir noch Bundeszuschüsse bekamen, hatten wir sieben Rechtsanwälte. Inzwischen sind wir nur noch zu zweit.«

Es war kaum verwunderlich, dass das Journal die Story nicht brachte. Wäre einer der neun Justitiare des fünftgrößten Strumpfherstellers des Landes getötet oder auch nur leicht verletzt worden, hätte die Geschichte auf der Titelseite gestanden.

Gott sei Dank war es keine größere Story geworden. Ich saß an meinem Schreibtisch, ich las die Zeitung, ich war heil und unversehrt und hatte jede Menge Arbeit. Und ich hätte ebenso gut neben Mister in der Leichenhalle liegen können.

Polly kam um kurz vor acht und brachte ein breites Lächeln und einen Teller selbst gebackene Kekse mit. Sie war keineswegs überrascht, mich an meinem Schreibtisch zu sehen.

Alle neun Geiseln erschienen zur Arbeit, die meisten

vor dem offiziellen Beginn. Es wäre ein allzu offensichtliches Zeichen von Schwäche gewesen, zu Hause zu bleiben und sich von seiner Frau verwöhnen zu lassen.

»Arthur ist am Telefon«, meldete Polly. Es gab in der Kanzlei mindestens zehn Arthurs, aber nur einen, der ohne Nachnamen auskam. Arthur Jacobs war der Seniorteilhaber, der Vorstandsvorsitzende, die treibende Kraft der Kanzlei, ein Mann, den wir sehr achteten und bewunderten. Wenn die Kanzlei ein Herz, eine Seele besaß, dann war es Arthur. In sieben Jahren hatte ich dreimal mit ihm gesprochen.

Ich sagte ihm, es gehe mir gut. Er gratulierte mir zu meinem Mut und meinem Durchhaltevermögen, und ich fühlte mich fast wie ein Held. Ich fragte mich, wie viel er wusste. Vermutlich hatte er zuerst mit Malamud gesprochen und arbeitete sich nun nach unten vor. Bald würde man sich Geschichten über die Geiselnahme erzählen, und dann Witze. Die Episode mit Umstead und der Vase würde zweifellos viel Heiterkeit erregen.

Arthur wollte sich um zehn mit uns im Konferenzraum treffen und unsere Aussagen auf Video aufnehmen lassen.

»Warum?«, fragte ich.

»Die Jungs von der Prozessabteilung halten das für eine gute Idee«, sagte er. Trotz seiner achtzig Jahre war seine Stimme glasklar. »Seine Familie wird wahrscheinlich die Polizei verklagen.«

»Natürlich«, sagte ich.

»Und uns wohl ebenfalls. Die Leute prozessieren auf Teufel komm raus.«

Zum Glück, hätte ich beinahe gesagt. Wo wären wir ohne Prozesse?

Ich dankte ihm für seine Anteilnahme. Er verabschiedete sich und rief den Nächsten an.

Der Aufmarsch begann bereits vor neun: Ein beständiger Strom von Gratulanten und Neugierigen suchte mich in meinem Büro heim, und alle waren tief besorgt und erkundigten sich nach Einzelheiten. Ich hatte viel Arbeit zu erledigen, doch ich kam nicht dazu. In den ruhigen Augenblicken zwischen zwei Besuchern starrte ich auf die Akten, denen ich mich widmen sollte, und fühlte mich wie betäubt. Meine Hände weigerten sich, nach den Unterlagen zu greifen.

Alles hatte sich verändert. Die Arbeit war nicht mehr so wichtig. Mein Schreibtisch war nicht lebensnotwendig. Ich war dem Tod begegnet, ich hatte ihn beinahe gespürt, und es war naiv von mir gewesen zu denken, ich könnte mit einem Schulterzucken weitermachen, als wäre nichts geschehen.

Ich dachte an DeVon Hardy und die roten Stangen mit dem Gewirr bunter Drähte. Er hatte Stunden damit verbracht, dieses Spielzeug zu bauen und seine Aktion zu planen. Er hatte eine Pistole gestohlen, war in die Kanzlei eingedrungen und hatte einen entscheidenden Fehler gemacht, der ihn das Leben gekostet hatte. Und niemand, nicht ein einziger meiner Kollegen, interessierte sich auch nur flüchtig für ihn.

Schließlich verließ ich die Kanzlei. Der Andrang wurde immer größer, und ich musste mich mit Leuten unterhalten, die ich nicht ausstehen konnte. Zwei Reporter riefen an. Ich sagte Polly, ich hätte außer Haus einiges zu erledigen, und sie erinnerte mich an den Termin mit Arthur. Ich ging zu meinem Wagen, ließ den Motor an, schaltete die Heizung ein und dachte lange darüber nach, ob ich an dieser Rekonstruktion teilnehmen sollte. Wenn ich nicht hinging, würde Arthur verärgert sein. Einen Termin mit Arthur ließ man nicht platzen.

Ich fuhr davon. Es war eine seltene Gelegenheit, etwas Dummes zu tun. Ich war traumatisiert. Ich musste weg hier. Arthur und der Rest der Kanzlei würden für eine Weile auf mich verzichten müssen.

Ich fuhr in Richtung Georgetown, hatte aber kein besonderes Ziel. Die Wolken waren dunkel, die Passanten hasteten durch die Straßen, die Räumfahrzeuge waren in Bereitschaft. In der M Street kam ich an einem Bettler vorbei und fragte mich, ob er DeVon Hardy gekannt hatte. Wohin gingen Obdachlose bei einem Schneesturm?

Ich rief im Krankenhaus an und erfuhr, meine Frau werde noch für Stunden in einer Notoperation sein. Aus unserem romantischen Mittagessen in der Cafeteria des Krankenhauses würde also nichts werden.

Ich kehrte um, fuhr am Logan Circle vorbei nach Northeast, in den weniger schönen Teil der Stadt, und fand das Rechtsberatungsbüro in der 14th Street, Ecke Q Street. Als ich meinen Lexus am Straßenrand parkte, war ich sicher, dass ich ihn nie wieder sehen würde.

Das Büro nahm die Hälfte eines dreistöckigen, roten Backsteinhauses im viktorianischen Stil ein, das seine beste Zeit hinter sich hatte. Die Fenster im obersten Stock waren mit verwitterten Spanplatten vernagelt. Nebenan befand sich ein heruntergekommener Waschsalon. In der Nähe gab es sicher auch Crack-Häuser.

Den Eingang zierte eine leuchtend gelbe Markise. Ich wusste nicht, ob ich klopfen oder einfach hineingehen sollte. Die Tür war nicht verschlossen, und so drehte ich langsam den Knauf und betrat eine neue Welt.

Es war zwar eine Art Kanzlei, doch sie sah ganz anders aus als die von Marmor und Mahagoni beherrschten Räumlichkeiten bei Drake &- Sweeney. In dem großen Raum standen vier Schreibtische aus Stahl, auf denen sich eine Furcht erregende Anzahl von Akten fast einen halben Meter hoch stapelten. Weitere Akten lagen willkürlich auf dem abgetretenen Teppich rings um die Tische verstreut. Die Papierkörbe quollen über, zerknüllte Notizzettel lagen auf dem Boden. Aktenschränke in verschiedenen Farben nahmen eine ganze Wand ein. Die

Computer und Telefone waren zehn Jahre alt. Die Bretter der Bücherregale bogen sich durch. Ein großes, verblasstes Foto von Martin Luther King hing schief an der hinteren Wand. Von diesem großen Raum gingen einige kleinere Zimmer ab.

Es war schmutzig. Es herrschte geschäftiges Treiben. Ich war fasziniert.

Eine energisch wirkende hispanische Frau musterte mich kurz und hörte auf zu tippen. »Suchen Sie was?«, fragte sie mich. Es war eher eine Herausforderung als eine Frage. Für eine solche Begrüßung wäre eine Empfangsdame bei Drake &- Sweeney auf der Stelle gefeuert worden.

Laut dem Namensschild, das an der Seite des Schreibtisches befestigt war, handelte es sich um Sofia Mendoza, und ich sollte bald merken, dass sie weit mehr als eine Empfangsdame war. Aus einem der kleineren Büros drang lautes Gebrüll. Ich zuckte zusammen, während Sofia völlig unbeeindruckt blieb.

»Ich möchte zu Mordecai Green«, sagte ich höflich, und in diesem Augenblick kam der Genannte, von seinem Gebrüll angekündigt, in den großen Raum gestapft. Der Boden erzitterte unter seinen Schritten. Er schrie quer durch den Raum nach jemandem, der Abraham hieß.

Sofia nickte in seine Richtung, betrachtete meinen Wunsch als erledigt und wandte sich wieder ihrem Computer zu. Green war ein riesiger Schwarzer, mindestens einen Meter dreiundneunzig groß und mit einer imposanten Statur. Er war Anfang fünfzig und trug einen grauen Bart und eine Brille mit runden, rot eingefassten Gläsern. Er sah mich kurz an, sagte aber nichts, sondern brüllte weiter nach Abraham, und die Dielenbretter quietschten unter seinen Schritten. Er verschwand in einem der anderen Zimmer und kehrte Sekunden später ohne Abraham zurück.

Er musterte mich abermals und sagte: »Kann ich etwas für Sie tun?«

Ich stellte mich vor.

»Freut mich, Sie kennen zu lernen«, sagte er, doch das war nicht mehr als eine Floskel. »Was führt Sie zu uns?«

»DeVon Hardy«, sagte ich.

Er sah mich einige Sekunden lang an und blickte kurz zu Sofia, die jedoch wieder in ihre Arbeit versunken war. Dann nickte er in Richtung seines Büros, und ich folgte ihm in ein vier mal vier Meter großes fensterloses Zimmer, in dem jeder Quadratzentimeter des Bodens mit Aktenordnern, zerlesenen Gesetzbüchern und Kommentarsammlungen bedeckt war.

Ich gab ihm eine meiner goldgeprägten Visitenkarten von Drake & Sweeney, die er stirnrunzelnd studierte. Er reichte sie mir zurück und sagte: »Sie wollen mal richtig ergreifendes Elend sehen, stimmt's?«

»Nein«, sagte ich und nahm die Karte wieder an mich.

»Was wollen Sie dann?«

»Ich komme in Frieden. Mr. Hardy hätte mich beinah erschossen.«

»Sie waren eine der Geiseln?«

»Ja.«

Er holte tief Luft, und seine Stirn glättete sich. »Setzen Sie sich doch«, sagte er und zeigte auf den einzigen Besucherstuhl. »Aber passen Sie auf, dass Sie sich nicht schmutzig machen.«

Wir saßen uns gegenüber. Meine Knie berührten fast den Tisch, und meine Hände steckten tief in den Manteltaschen. Hinter Green pochte ein Heizkörper. Wir sahen einander an und wandten den Blick wieder ab. Ich hatte ihn aufgesucht, also war ich derjenige, der etwas sagen musste. Doch er ergriff als Erster das Wort.

»Das war ein schlechter Tag, was?«, sagte er. Seine raue Stimme war leiser und klang beinahe mitfühlend.

»Für mich nicht so schlecht wie für Hardy. Ich habe Ihren Namen in der Zeitung gelesen – darum bin ich gekommen.«

»Ich weiß aber noch immer nicht, was Sie von mir wollen.«

»Glauben Sie, dass die Familie klagen wird? Wenn ja, sollte ich vielleicht lieber gehen.«

»Es gibt keine Familie, und es wird wohl auch keine Klage geben. Ich könnte ein bisschen auf die Pauke hauen. Der Polizist, der ihn erschossen hat, ist wahrscheinlich ein Weißer. Die Stadtverwaltung würde vielleicht ein paar Dollar ausspucken, damit ich aufhöre, Lärm zu machen, aber so was macht mir keinen Spaß.« Er wies auf seinen Schreibtisch. »Ich hab weiß Gott genug anderes zu tun.«

»Den Polizisten habe ich gar nicht gesehen«, sagte ich. Diese Tatsache war mir eben erst bewusst geworden.

»Es wird also keine Klage geben. Sind Sie deswegen gekommen?«

»Ich weiß nicht, warum ich gekommen bin. Ich habe mich heute Morgen an den Schreibtisch gesetzt, als wäre das alles nie passiert, aber ich konnte keinen klaren Gedanken fassen. Ich bin einfach in der Gegend herumgefahren. Und jetzt bin ich hier.«

Er schüttelte langsam den Kopf, als falle es ihm schwer, das zu begreifen. »Möchten Sie einen Kaffee?«

»Nein, danke. Sie kannten Mr. Hardy recht gut, nicht?«

»Ja, DeVon war regelmäßig bei uns.«

»Wo ist er jetzt?«

»Wahrscheinlich in der städtischen Leichenhalle des General Hospital.«

»Was geschieht mit ihm, wenn er keine Angehörigen hat?«

»Dann wird er auf Kosten der Stadt beerdigt. In den

Büchern taucht so was als ›Armenbegräbnis‹ auf. In der Nähe des RFK-Stadions liegt ein Friedhof, wo diese Toten unter die Erde gebracht werden. Sie würden sich wundern, wie viele es gibt, auf die niemand Anspruch erhebt.«

»Bestimmt.«

»Sie würden sich wahrscheinlich über jeden Aspekt des Lebens von Obdachlossen wundern.«

Das war eine kleine Spitze, aber für Spiegelfechtereien war ich nicht in Stimmung. »Wissen Sie, ob er AIDS hatte?«

Er legte den Kopf schief, sah zur Decke und dachte ein paar Sekunden über diese Frage nach. »Warum?«

»Ich stand hinter ihm. Sein Hinterkopf wurde in Stücke gerissen. Mein Gesicht war voller Blut. Darum.«

Mit dieser Auskunft war ich nicht mehr einer der Bösen, sondern nur noch ein Durchschnittsweißer.

»Ich glaube nicht, dass er AIDS hatte.«

»Wird das denn nach dem Tod überprüft?«

»Bei Obdachlosen?«

»Ja.«

»Meistens ja. DeVon ist allerdings auf andere Art ums Leben gekommen.«

»Könnten Sie es herausfinden?«

Er zuckte die Schultern und taute noch ein bisschen mehr auf. »Klar«, sagte er zögernd und zog einen Stift aus der Brusttasche. »Sind Sie deswegen gekommen? Weil Sie Angst vor AIDS haben?«

»Ich glaube, das ist einer der Gründe. Hätten Sie keine Angst?«

»Doch.«

Abraham trat ein, ein kleiner, hektischer Mann um die vierzig, dessen ganze Erscheinung geradezu die Karikatur eines Armenanwalts war. Er war Jude, trug einen dunklen Bart, eine Hornbrille, einen verknitterten Blazer, eine ebenso verknitterte khakifarbene Hose und schmutzige Turnschuhe, und er umgab sich mit der gewichtigen Aura eines Mannes, der ausgezogen ist, die Welt zu retten.

Er beachtete mich nicht, und Green hielt offenbar nicht viel von Formalitäten. »Es sind starke Schneefälle angekündigt worden«, sagte Green zu ihm. »Wir müssen dafür sorgen, dass alle verfügbaren Notunterkünfte geöffnet sind.«

»Ich bin bereits dabei«, erwiderte Abraham knapp und war schon wieder draußen.

»Ich weiß, dass Sie viel zu tun haben«, sagte ich.

»War das alles, was Sie wissen wollten? Eine Blutuntersuchung?«

»Ich glaube ja. Haben Sie eine Ahnung, warum er es getan hat?«

Er nahm die Brille ab, putzte sie mit einem Tuch und rieb sich die Augen. »Er war geisteskrank, wie viele dieser Leute. Wenn Sie jahrelang auf der Straße leben, sich ständig betrinken und Crack rauchen, wenn Sie in der Kälte auf dem Bürgersteig schlafen und von Polizisten und kleinen Ganoven herumgestoßen werden, dann werden Sie irgendwann verrückt. Außerdem hatte er noch eine Rechnung offen.«

»Die Zwangsräumung.«

»Ja. Vor ein paar Monaten ist DeVon in ein verlassenes Lagerhaus Ecke New York und Florida gezogen. Irgendjemand hat das Ding mit ein paar Spanplatten in kleine Zimmer unterteilt. Nach Obdachlosenmaßstäben war es nicht mal schlecht: ein Dach über dem Kopf, ein paar Toiletten, fließendes Wasser. Hundert Dollar pro Monat zahlbar an einen ehemaligen Zuhälter, der die Trennwände eingezogen hatte und behauptete, der Besitzer zu sein.«

»Und? War er der Besitzer?«

»Ich glaube, ja.« Er zog einen dünnen Ordner aus einem der Stapel auf seinem Tisch. Wunderbarerweise war es der richtige. Er blätterte darin. »Und da wird es dann kompliziert. Letzten Monat ist das Objekt von einer Gesellschaft namens RiverOaks gekauft worden, einem großen Immobilienkonzern.«

»Und RiverOaks hat alle vor die Tür gesetzt?«

»Ja.«

»Ich nehme an, dass RiverOaks von unserer Kanzlei vertreten worden ist.«

»Da könnten Sie Recht haben.«

»Warum wird es kompliziert?«

»Ich habe gehört, dass der Zwangsräumung keine Benachrichtigung vorausgegangen ist. Die Leute behaupten, sie hätten Miete an den Zuhälter gezahlt, und wenn das stimmt, dann waren sie keine Hausbesetzer. Dann waren sie Mieter und hatten die entsprechenden Rechte.«

»Hausbesetzer haben kein Recht auf eine Benachrichtigung.«

»Nein. So was passiert alle Tage. Obdachlose ziehen in ein verlassenes Gebäude, und meistens kümmert sich kein Mensch darum. Also denken sie, das Haus gehört ihnen. Aber der Besitzer kann sie, wenn er sich die Mühe macht, mal vorbeizuschauen, ohne weiteres rausschmeißen. Als Hausbesetzer hat man keinerlei Rechte.«

»Und wie hat DeVon Hardy herausgefunden, dass unsere Kanzlei daran beteiligt war?«

»Wer weiß? Er war nicht dumm. Er war verrückt, aber nicht dumm.«

»Kennen Sie den Zuhälter?«

»Ja. Vollkommen unzuverlässig.«

»Wo, sagten Sie, war das Lagerhaus?«

»Das Lagerhaus gibt es nicht mehr. Es ist letzte Woche abgerissen worden.«

Ich hatte seine Zeit lange genug in Anspruch genommen. Er sah auf seine Uhr, ich auf die meine. Wir tauschten unsere Telefonnummern aus und versprachen, in Verbindung zu bleiben.

Mordecai Green war ein warmherziger, mitfühlender Mensch, der auf der Straße arbeitete, um die Rechte seiner namenlosen Mandanten zu verteidigen. Sein Verständnis von Recht erforderte mehr innere Kraft, als ich je haben würde.

Auf dem Weg hinaus beachtete ich Sofia nicht, denn sie beachtete mich ebenso wenig. Mein Lexus stand noch am Straßenrand. Der Schnee lag bereits ein paar Zentimeter hoch.

5

Im Schneetreiben fuhr ich durch die Stadt. Ich konnte mich nicht erinnern, wann ich das letztemal ohne Termindruck durch die Straßen von Washington gefahren war. Ich saß warm und geborgen in meinem schweren Luxuswagen, ließ mich einfach treiben und hatte kein Ziel.

In der Kanzlei würde ich mich für eine Weile lieber nicht blicken lassen. Arthur würde wütend auf mich sein, und außerdem würde ich die zahllosen unangekündigten Besucher ertragen müssen, deren erster Satz unweigerlich lautete: »Wie geht's Ihnen?«

Mein Telefon läutete. Es war Polly, sie klang panisch. »Wo stecken Sie denn?«, wollte sie wissen.

»Wer will das wissen?«

»Eine Menge Leute. Arthur zum Beispiel. Rudolph. Dann hat noch ein Reporter angerufen. Ein paar Mandanten wollten einen Rat. Und Claire hat aus dem Krankenhaus angerufen.«

»Was wollte sie?«

»Sie war besorgt, wie alle anderen.«

»Mir geht's gut, Polly. Sagen Sie, ich sei beim Arzt.«

»Und sind Sie beim Arzt?«

»Nein, aber ich könnte es sein. Was hat Arthur gesagt?«

»Er hat nicht angerufen. Aber Rudolph. Sie haben auf Sie gewartet.«

»Sie werden noch länger warten müssen.«

Sie zögerte und sagte dann ganz langsam: »Okay. Wann werden Sie voraussichtlich wieder hier sein?«

»Weiß ich noch nicht. Wenn der Arzt mich lässt. Gehen Sie ruhig nach Hause – schließlich haben wir einen Schneesturm. Ich rufe Sie morgen an.« Damit legte ich auf.

Unsere Wohnung war ein Ort, den ich selten bei Tageslicht gesehen hatte, und die Vorstellung, am Kamin zu sitzen und zuzusehen, wie es schneite, gefiel mir nicht besonders. Und wenn ich in eine Bar ging, würde ich wahrscheinlich dort sitzen bleiben.

Also fuhr ich. Ich reihte mich ein in den Strom der Pendler, die ihren eiligen Rückzug in die Vororte, nach Virginia und Maryland, antraten, und als ich zurück in die Stadt fuhr, waren die Straßen fast leer. Ich fand den Friedhof beim RFK-Stadion, wo diejenigen beerdigt wurden, auf die niemand Anspruch erhob, und kam an der Methodist Mission in der 17th Street vorbei, von der unser ungegessenes Abendessen stammte. Ich fuhr durch Stadtteile, die ich noch nie gesehen hatte und wahrscheinlich auch nie wieder sehen würde.

Um vier war die Stadt praktisch menschenleer. Der Himmel hatte sich verdunkelt, und der Schnee fiel dicht. Er lag bereits mehrere Zentimeter hoch, und im Wetterbericht hieß es, es sei noch viel mehr Schnee zu erwarten.

Natürlich brachte nicht einmal ein Schneesturm die Arbeit der Kanzlei Drake & Sweeney zum Erliegen. Ich kannte Anwälte, die am liebsten sonntags oder spät in der Nacht arbeiteten, weil sie dann nicht von läutenden Telefonen gestört wurden. Ein Schneesturm war ein willkommener Aufschub der blödsinnigen Plackerei endloser Besprechungen und Telefonkonferenzen.

Ein Mann vom Sicherheitsdienst in der Lobby sagte mir, die Sekretärinnen und die meisten anderen Mitarbeiter seien um drei nach Hause geschickt worden. Ich fuhr wieder mit Misters Aufzug.

Ordentlich aufgereiht lagen mitten auf meinem

Schreibtisch ein Dutzend rosafarbene Anrufnotizen, die mich jedoch überhaupt nicht interessierten. Ich ging zu meinem Computer und begann, unser Mandantenverzeichnis zu durchsuchen.

RiverOaks war eine Gesellschaft mit Sitz in Delaware, gegründet 1977, Hauptverwaltung in Hagerstown, Maryland. Sie befand sich in Privatbesitz, sodass nur wenige Informationen über ihre Finanzlage verfügbar waren. Der für RiverOaks zuständige Anwalt hieß N. Braden Chance. Ich hatte den Namen noch nie gehört.

Ich sah in unserer riesigen Datenbank nach. Chance war Teilhaber und arbeitete in der Immobilienabteilung, irgendwo unten in der dritten Etage. Vierundvierzig Jahre alt, verheiratet, College in Gettysburg, danach Jurastudium in Duke. Ein beeindruckender, aber durch und durch geradliniger Werdegang.

Bei achthundert Anwälten, die täglich Druck ausübten und prozessierten, hatte unsere Kanzlei über sechsunddreißigtausend aktive Dateien. Damit unsere Vertretung in New York nicht einen unserer Mandanten in Chicago verklagte, wurde jede neue Datei unverzüglich in der Datenbank abgelegt. Jeder Anwalt, jede Sekretärin, jeder Gehilfe bei Drake & Sweeney hatte einen Computer und somit ungehinderten Zugang zu allen allgemeinen Informationen über Mandanten. Wenn einer unserer Anwälte für Erbschaftsrecht in Palm Beach den Nachlass eines reichen Mandanten regelte, brauchte ich nur ein paar Tasten zu drücken, und schon war ich über die Grundzüge des Falls im Bilde.

Es gab zweiundvierzig RiverOaks-Dateien, und in fast allen Fällen war es um Grundstückskäufe gegangen. Der zuständige Anwalt war jedes Mal Chance gewesen. In vier Fällen war es um Zwangsräumungen gegangen, von denen drei im letzten Jahr stattgefunden hatten. Die erste Phase der Recherche war einfach.

Am 31. Januar hatte RiverOaks ein Objekt an der Florida Avenue erworben. Der Verkäufer war eine Gesellschaft namens TAG, Inc. Am 4. Februar hatte unser Mandant eine Anzahl Hausbesetzer aus dem verlassenen Lagerhaus vertreiben lassen. Einer dieser Hausbesetzer war, wie ich inzwischen wusste, Mister DeVon Hardy gewesen, der die Zwangsräumung persönlich genommen und die verantwortliche Kanzlei aufgespürt hatte.

Ich notierte mir den Namen und die Nummer der Datei und machte mich auf den Weg in die dritte Etage.

Niemand, der in eine große Kanzlei eintrat, hatte das Ziel, Immobilienanwalt zu werden. Schließlich gab es andere, weit prestigeträchtigere Arenen, in denen man sich einen Ruf erwerben konnte. Die Prozessabteilung war seit jeher ein bevorzugtes Ziel, und Prozessanwälte genossen noch immer die größte Bewunderung – zumindest in der Kanzlei. Einige viel versprechende Talente fühlten sich zum Körperschaftsrecht hingezogen – Fusionen und Übernahmen waren begehrte Abteilungen, die Effektenabteilung erfreute sich beständiger Popularität. Auch mein Spezialgebiet – Kartellrecht – war hoch angesehen. Steuerrecht war schrecklich kompliziert, doch wer sich darauf spezialisierte, genoss großen Respekt. Und die Pflege der politischen Landschaft (die Tätigkeit als Lobbyist) war zwar widerwärtig, aber so lohnend, dass jede größere Kanzlei in Washington ganze Rudel von Anwälten beschäftigte, die nichts anderes zu tun hatten, als die Gesetzgebungsmaschinerie an den richtigen Stellen zu schmieren.

Doch niemand hatte das Ziel, Immobilienanwalt zu werden. Ich wusste nicht, wie man einer wurde. Immobilienanwälte blieben unter sich, lasen wahrscheinlich unentwegt das Kleingedruckte in Hypothekenverträgen und galten beim Rest der Kanzlei als irgendwie mittelmäßig.

Bei Drake & Sweeney bewahrte jeder Anwalt die Unterlagen für die aktuellen Fälle in seinem Büro auf, oft in einem verschlossenen Schrank. Nur die erledigten Fälle wurden den anderen Mitarbeitern zugänglich gemacht. Kein Anwalt konnte gezwungen werden, einem anderen Einsicht in die Akten zu geben, es sei denn, ein Seniorteilhaber oder ein Mitglied des Vorstands forderte ihn dazu auf.

Die Akte über die Zwangsräumung trug immer noch den Vermerk ›aktuell‹, und ich war sicher, dass sie jetzt, nach der Mister-Episode, vor jedem Zugriff geschützt sein würde.

An einem Tisch neben dem Schreibzimmer stand ein Gehilfe und scannte Blaupausen ein. Ich fragte ihn nach dem Büro von Braden Chance, und er nickte in Richtung einer offenen Tür auf der anderen Seite des Gangs.

Zu meiner Überraschung saß Chance an seinem Schreibtisch und machte den Eindruck eines sehr beschäftigten Mannes. Er war konsterniert über meinen Besuch, und das mit Recht. Die normale Vorgehensweise wäre gewesen, ihn anzurufen und einen Termin zu vereinbaren. Aber die normale Vorgehensweise interessierte mich im Augenblick nicht.

Er bot mir keinen Stuhl an. Ich setzte mich trotzdem, was seine Laune nicht verbesserte.

»Sie waren eine der Geiseln«, sagte er in ärgerlichem Ton, als ihm dämmerte, warum ich gekommen war.

»Ja.«

»Muss schlimm gewesen sein.«

»Jetzt ist es vorbei. Mr. Hardy, der Mann mit der Pistole, wurde am 4. Februar im Zuge einer Zwangsräumung aus einem Lagerhaus vertrieben. Wurde diese Zwangsräumung von unserer Kanzlei beantragt?«

»Allerdings.« Er war sehr zugeknöpft, und ich nahm an, dass er sich die Akte heute noch einmal vorgenommen hatte. Wahrscheinlich hatte er sie zusammen mit

Arthur und den anderen hohen Tieren gründlich durchgesehen. »Was ist damit?«

»War Hardy ein Hausbesetzer?«

»Darauf können Sie Gift nehmen. Die haben allesamt illegal dort gewohnt. Unser Mandant versucht, diese Plage ein bisschen einzudämmen.«

»Sind Sie sicher, dass er ein Hausbesetzer war?«

Sein Kinn klappte herunter, und seine Augen wurden schmal. Er holte tief Luft. »Was wollen sie eigentlich?«

»Könnte ich die Akte mal sehen?«

»Nein. Der Fall geht Sie nichts an.«

»Vielleicht geht er mich doch etwas an.«

»Wer ist Ihr leitender Teilhaber?« Er zückte einen Stift, als wollte er sich den Namen des Mannes notieren, der mich zurechtweisen würde.

»Rudolph Mayes.«

Er schrieb es in Großbuchstaben auf. »Ich bin sehr beschäftigt«, sagte er. »Würden Sie jetzt bitte gehen?«

»Warum kann ich die Akte nicht sehen?«

»Weil es meine ist und ich es nicht will. Das reicht als Begründung.«

»Vielleicht reicht es nicht.«

»Für Sie reicht es. Und jetzt gehen Sie bitte.« Er stand auf und wies mit zitternder Hand auf die Tür. Ich lächelte ihn an und ging hinaus.

Der Gehilfe hatte alles gehört. Als ich an seinem Tisch vorbeikam, wechselten wir verwunderte Blicke. »Was für ein Idiot«, sagte er so leise, dass ich es von seinen Lippen ablesen musste.

Ich lächelte abermals und nickte. Ein Idiot, und obendrein ungehobelt. Wenn Chance mir freundlich erklärt hätte, Arthur oder irgendein anderes hohes Tier habe angeordnet, die Akte sei unter Verschluss zu halten, hätte ich keinen Verdacht geschöpft. Doch nun war offensichtlich, dass sie irgendetwas Interessantes enthielt.

Es würde nicht leicht sein, die Akte zu bekommen.

Angesichts der vielen elektronischen Kommunikationsgeräte, die Claire und ich besaßen – Handy, Autotelefon, nicht zu vergessen diverse Pager –, hätte es ganz einfach sein müssen, in Verbindung zu bleiben. Doch in unserer Ehe war nichts einfach. Gegen neun Uhr telefonierten wir schließlich miteinander. Sie war erschöpft von einem Arbeitstag, der wie immer weit anstrengender gewesen war, als meine es je sein konnten. Es war ein Spiel, das wir bis an die Grenze ausreizten: Meine Arbeit ist wichtiger, weil ich Ärztin, weil ich Anwalt bin.

Dieses Spiel ging mir langsam auf die Nerven. Ich spürte, wie sehr ihr die Vorstellung gefiel, dass meine Begegnung mit dem Tod Nachwirkungen hatte, dass ich meinen Schreibtisch verlassen hatte und ziellos durch die Straßen von Washington gefahren war. Ihr Tag war zweifellos sehr viel produktiver gewesen als meiner.

Sie hatte den Ehrgeiz, die beste Neurochirurgin des Landes zu werden, eine Ärztin, an die sich sogar Männer wenden würden, wenn es keinerlei Hoffnung mehr gab. Sie war eine ausgezeichnete Studentin, wild entschlossen und mit einem enormen Durchhaltevermögen gesegnet. Sie würde die Männer hinter sich lassen, so wie sie auch mich langsam hinter sich ließ, einen gewieften Aufsteiger mit Durchhaltevermögen. Das Rennen zog sich schon zu lange hin.

Sie fuhr einen Miata Sportwagen ohne Allradantrieb, und angesichts des schlechten Wetters machte ich mir ein wenig Sorgen um sie. Sie würde in einer Stunde fertig sein – etwa die Zeit, die ich brauchte, um zum Georgetown Hospital zu fahren. Ich würde sie abholen, und dann würden wir versuchen, uns auf ein Restaurant zu einigen. Sollte uns das nicht gelingen, würden wir uns etwas beim Chinesen holen. Wir lebten praktisch von chinesischem Essen.

Ich ordnete die Papiere und Gegenstände auf meinem Schreibtisch und übersah dabei geflissentlich die zehn aktuellen Fälle, die dort aufgereiht standen. Ich hatte immer nur zehn Akten auf meinem Tisch – eine Methode, die ich von Rudolph übernommen hatte –, und jede davon studierte ich täglich. Dabei spielten honorarfähige Stunden eine gewisse Rolle. Unter meinen Top Ten waren stets die reichsten Mandanten, ganz gleich, wie dringlich ihre juristischen Probleme waren. Auch dies war ein Trick, den ich von Rudolph gelernt hatte.

Man erwartete, dass ich zweitausendfünfhundert Stunden pro Jahr in Rechnung stellte. Wenn man fünfzig Wochen zugrundelegt, waren das fünfzig Stunden pro Woche. Mein durchschnittlicher Honorarsatz lag bei dreihundert Dollar pro Stunde, und das hieß, dass ich meiner geliebten Kanzlei jährlich siebenhundertfünfzigtausend Dollar einbrachte. Davon bekam ich hundertzwanzigtausend sowie einen Bonus von dreißigtausend. Zweihunderttausend wurden für laufende Kosten aufgewendet, und der Rest ging an die Teilhaber und wurde jährlich nach einem unglaublich komplizierten Schlüssel aufgeteilt, über dessen Festlegung es gewöhnlich zu heftigen Auseinandersetzungen kam.

Ein Teilhaber verdiente selten weniger als eine Million im Jahr, und einige verdienten über zwei Millionen. Und eine Ernennung zum Teilhaber galt auf Lebenszeit. Wenn ich es also bis zu meinem fünfunddreißigsten Lebensjahr schaffte, Teilhaber zu werden – und bei dem Tempo, das ich vorlegte, war das durchaus im Bereich des Möglichen –, dann erwarteten mich dreißig Jahre voll gewaltiger Einkünfte und immensem Reichtum.

Das war der Traum, der uns zu allen Tages- und Nachtzeiten an den Schreibtisch fesselte.

Ich kritzelte diese Zahlen auf ein Blatt Papier. Es war eine Rechnung, die ich oft und gern anstellte, und ich vermutete, das alle Anwälte in unserer Kanzlei das taten. In diesem Augenblick läutete das Telefon. Es war Mordecai Green.

»Mr. Brock?«, sagte er höflich. Seine Stimme war gut zu verstehen, musste sich jedoch gegen viele Hintergrundgeräusche durchsetzen.

»Ja«, sagte ich. »Bitte nennen Sie mich Michael.«

»Gut. Ich habe ein bisschen herumtelefoniert. Sie brauchen sich keine Sorgen zu machen – der Bluttest war negativ.«

»Danke.«

»Keine Ursache. Ich dachte nur, Sie würden das Ergebnis so bald wie möglich wissen wollen.«

»Danke«, sagte ich nochmals. Der Lärm im Hintergrund wurde lauter. »Wo sind Sie?«

»In einer Notunterkunft. Der Schnee treibt die Leute schneller herein, als wir sie füttern können, also sind alle Helfer im Einsatz. Ich muss an die Arbeit.«

Der Tisch war aus altem Mahagoni, der Teppich stammte aus Persien, die Sessel waren mit karminrotem Leder bezogen, alle technischen Geräte waren vom Neuesten und Feinsten. Als ich mein schön ausgestattetes Zimmer betrachtete, fragte ich mich zum ersten Mal, wie viel das alles gekostet haben mochte. Jagten wir nicht bloß dem Geld nach? Warum arbeiteten wir so schwer? Um einen kostbareren Teppich oder einen älteren Schreibtisch zu kaufen?

In meinem warmen, gemütlichen, schönen Zimmer dachte ich an Mordecai Green, der in diesem Augenblick als freiwilliger Helfer in einer überfüllten Notunterkunft Essen an frierende, hungrige Menschen austeilte, zweifellos mit einem warmen Lächeln und einem freundlichen Wort.

Wir hatten beide Jura studiert, hatten dieselben Prüfungen abgelegt und beherrschten die komplizierte Sprache der Juristen. Ich half meinen Mandanten, ihre Konkurrenten zu schlucken, damit die Bilanzsumme mehr Nullen aufwies, und dafür würde ich reich werden. Er half seinen Mandanten, etwas zu essen und ein warmes Bett zu finden.

Ich betrachtete das Gekritzel auf dem Papier – mein Jahreseinkommen, der Weg zum Reichtum – und stellte fest, dass es mich traurig machte. So viel offenkundige, schamlose Gier!

Das Läuten des Telefons riss mich aus meinen Gedanken.

»Warum bist du noch im Büro?«, fragte Claire. Sie sprach sehr langsam und deutlich, und jedes Wort war mit einer Eisschicht überzogen.

Ich sah ungläubig auf meine Uhr. »Ich … äh … ein Mandant von der Westküste hat angerufen. Bei denen schneit es nicht.«

Ich glaube, ich hatte diese Lüge schon einmal benutzt. Es spielte keine Rolle.

»Ich warte, Michael. Soll ich lieber zu Fuß gehen?«

»Nein, ich komme so schnell ich kann.«

Ich hatte sie schon öfter warten lassen. Das gehörte zum Spiel: Wir waren viel zu beschäftigt, um pünktlich zu sein.

Ich rannte hinaus in den Schneesturm. Eigentlich machte es mir nicht sehr viel aus, dass wieder einmal ein Abend ruiniert war.

6

Endlich schneite es nicht mehr. Claire und ich saßen am Küchenfenster und tranken Kaffee. Ich las im Licht der strahlenden Morgensonne die Zeitung. Man hatte den Flughafen nicht schließen müssen.

»Lass uns nach Florida fahren«, sagte ich. »Jetzt gleich.«

Sie bedachte mich mit einem vernichtenden Blick. »Florida?«

»Na gut, dann die Bahamas. Wir könnten heute Nachmittag da sein.«

»Geht nicht.«

»Natürlich geht das. Ich werde ein paar Tage nicht arbeiten, und … «

»Warum nicht?«

»Weil ich sonst noch verrückt werde. Und wenn in der Kanzlei jemand verrückt wird, kriegt er ein paar Tage frei.«

»Ich glaube fast, es ist schon so weit.«

»Ich weiß. Eigentlich macht es sogar Spaß. Die Leute machen einem Platz, sie fassen einen mit Samthandschuhen an und sind höflich und zuvorkommend. Ich fange an, es zu genießen.«

Ihr Gesicht wurde wieder hart. »Ich kann nicht.«

Damit war der Vorschlag erledigt. Ich hatte ihn ganz spontan gemacht, obwohl ich wusste, dass sie zu viel zu tun hatte. Es war gemein gewesen, fand ich, als ich mich wieder der Zeitung zuwandte, aber ich bereute es nicht. Claire wäre auch sonst unter keinen Umständen mitgefahren.

Plötzlich hatte sie es eilig: Termine, Seminare, Visiten

– das Leben einer ehrgeizigen jungen Assistenzärztin. Sie duschte, zog sich an und war bereit zu gehen. Ich fuhr sie zum Krankenhaus.

Während der Wagen durch die verschneiten Straßen kroch, wechselten wir kein Wort.

»Ich fahre für ein paar Tage nach Memphis«, sagte ich, als wir am Eingang in der Reservoir Street angekommen waren.

»Ach ja?«, sagte sie ohne eine erkennbare Reaktion.

»Ich will meine Eltern besuchen. Das letzte Mal war ich vor fast einem Jahr bei ihnen, und jetzt ist eine gute Gelegenheit. Ich mag Schnee nicht, und ich bin nicht in der Stimmung zu arbeiten. Ich bin einfach ein bisschen durchgedreht.«

»Tja ... ruf mich an.« Sie öffnete die Tür, stieg aus und warf sie zu – kein Kuss, kein Abschied, keine Anteilnahme. Ich sah ihr nach, als sie zum Eingang eilte und verschwand.

Es war vorbei. Mir war unwohl bei dem Gedanken, dass ich es meiner Mutter würde sagen müssen.

Meine Eltern waren Anfang sechzig, erfreuten sich bester Gesundheit und bemühten sich tapfer, die Freuden des vorzeitigen Ruhestands zu genießen. Mein Vater hatte dreißig Jahre lang Passagiermaschinen geflogen, meine Mutter war Filialleiterin einer Bank gewesen. Sie hatten schwer gearbeitet, viel gespart und uns eine Kindheit und Jugend in gesicherten Verhältnissen ermöglicht. Meine beiden Brüder und ich waren auf die besten Privatschulen gegangen, für die wir uns hatten qualifizieren können.

Sie waren solide Menschen, konservativ, patriotisch, ohne schlechte Angewohnheiten und in ihrer Liebe zueinander unerschütterlich. Sie gingen sonntags in die Kirche, sie gingen am Unabhängigkeitstag zur Parade, sie gingen einmal pro Woche zum Rotary Club, und sie verreisten, wann immer sie Lust dazu hatten.

Noch heute, drei Jahre danach, waren sie traurig über die Scheidung meines Bruders Warner. Er war Anwalt in Atlanta und hatte seine Collegeliebe geheiratet, ein Mädchen aus Memphis, dessen Familie wir kannten. Nach zwei Kindern ging die Ehe in die Brüche. Seine Frau bekam das Sorgerecht und zog nach Portland, Oregon. Meine Eltern sahen ihre Enkel einmal im Jahr, wenn es hoch kam. Es war ein Thema, das ich nie anschnitt.

Am Flughafen in Memphis mietete ich mir einen Wagen und fuhr nach Osten in die wuchernden Vorstädte, wo die Weißen lebten. Die Schwarzen hatten die Innenstadt, die Weißen die Vororte. Manchmal übernahmen Schwarze ein paar Straßenblocks, und dann zogen die Weißen fort. Memphis breitete sich in Richtung Osten aus, ein ständiges Zurückweichen und Nachrücken.

Meine Eltern wohnten an einem Golfplatz, in einem neuen Haus mit sehr viel Glas, das so gebaut war, dass man aus jedem Fenster ein Fairway sehen konnte. Ich konnte dieses Haus nicht ausstehen, weil auf den Fairways ständig Spieler waren. Das behielt ich allerdings für mich.

Ich hatte vom Flughafen aus angerufen, und meine Mutter begrüßte mich mit großer Freude. Mein Vater war irgendwo hinten am neunten Loch.

»Du siehst müde aus«, sagte sie, nachdem sie mich umarmt und geküsst hatte. Das war ihre übliche Begrüßung.

»Danke, Mom. Und du siehst großartig aus.« Und das stimmte. Sie war schlank und gebräunt, denn sie verbrachte täglich Stunden auf dem Tennisplatz und in einem Liegestuhl im Country Club.

Sie machte uns einen Eistee, den wir in der Loggia tranken, von wo wir anderen Pensionären dabei zusehen konnten, wie sie in ihren Golfwagen über die Fairways fuhren.

»Was ist los?«, fragte sie, kaum dass wir uns gesetzt hatten und noch bevor ich einen Schluck Tee getrunken hatte.

»Nichts. Mir geht's gut.«

»Wo ist Claire? Ihr ruft uns nie an. Ich habe ihre Stimme seit zwei Monaten nicht gehört.«

»Claire geht's gut, Mom. Wir sind beide gesund und munter und arbeiten sehr viel.«

»Verbringt ihr genug Zeit miteinander?«

»Nein.«

»Verbringt ihr überhaupt Zeit miteinander?«

»Nicht viel.«

Sie runzelte die Stirn, sah mich mit mütterlicher Sorge an und ging zum Angriff über. »Seid ihr in Schwierigkeiten?«, fragte sie.

»Ja.«

»Ich wusste es. Ich wusste es. Ich hab's deiner Stimme angehört, als du vorhin angerufen hast. Aber ihr wollt euch doch wohl nicht scheiden lassen? Habt ihr es mit einer Partnerschaftsberatung probiert?«

»Nein. Beruhige dich, Mom.«

»Aber warum? Sie ist ein wunderbarer Mensch, Michael. In einer Ehe muss man einander alles geben, was man hat.«

»Das versuchen wir ja, Mom. Aber es ist schwierig.«

»Affären? Drogen? Alkohol? Glücksspiel? Irgendwelche schlimmen Sachen?«

»Nein. Nur zwei Menschen, die getrennte Wege gehen. Ich arbeite achtzig Stunden pro Woche. Sie arbeitet die anderen achtzig.«

»Dann arbeitet weniger. Geld ist nicht alles.« Ihre Stimme zitterte ein wenig, und in ihren Augen standen Tränen.

»Es tut mir Leid, Mom. Wenigstens haben wir keine Kinder.«

Sie biss sich auf die Unterlippe und versuchte Haltung zu bewahren, aber in ihr starb etwas. Ich wusste genau, was sie jetzt dachte: Zwei gescheitert, bleibt noch einer. Sie würde meine Scheidung als ihr persönliches Versagen betrachten, genau wie damals bei meinem Bruder. Sie würde eine Möglichkeit finden, die Schuld auf sich zu nehmen.

Ich wollte kein Mitleid. Um zu einem interessanteren Thema überzuleiten, erzählte ich ihr von Mister und spielte die Gefahr, in der ich gewesen war, herunter. Vielleicht hatte die Geschichte nicht in den hiesigen Zeitungen gestanden, und wenn ja, dann hatten meine Eltern sie übersehen.

»Und dir ist nichts passiert?«, fragte sie entsetzt.

»Nein. Die Kugel ist an mir vorbeigeflogen. Ich bin hier.«

»Ja, Gott sei Dank. Ich meine, ob es dir gefühlsmäßig gut geht.«

»Ja, Mom, alles in Ordnung. Ich bin heil und unversehrt. In der Kanzlei wollten sie, dass ich mir ein paar Tage frei nehme, und so bin ich hergekommen.«

»Mein armer Junge. Erst Claire, und dann das.«

»Mir geht's gut, Mom. Wir hatten gestern eine Menge Schnee – es war ein guter Zeitpunkt, um mal rauszukommen.«

»Ist Claire allein sicher?«

»So sicher wie jeder andere in Washington. Sie lebt praktisch im Krankenhaus, und das ist wahrscheinlich der beste Ort, wo man sich aufhalten kann.«

»Wenn ich die Verbrechensstatistiken sehe, mache ich mir immer solche Sorgen um euch. Washington ist eine sehr gefährliche Stadt.«

»Fast so gefährlich wie Memphis.«

Wir sahen, wie ein Ball in der Nähe der Loggia landete und warteten auf seinen Besitzer. Eine dicke Frau stieg aus einem Golfwagen, blieb kurz bei dem Ball stehen und drosch ihn in weitem Bogen ins Gebüsch.

Meine Mutter ging hinaus, um noch Tee zu holen und sich die Augen zu wischen.

Ich weiß nicht, wer enttäuschter war: meine Mutter oder mein Vater. Meine Mutter wünschte sich starke Familien und viele Enkelkinder. Mein Vater wollte, dass seine Jungs schnell Karriere machten und die schwer verdienten Früchte ihres Erfolges genossen.

Später am Nachmittag gingen mein Vater und ich über den Golfplatz. Er spielte neun Löcher, und ich trank Bier und fuhr den Wagen. Golf übte bis jetzt noch keine besondere Faszination auf mich aus. Zwei kalte Biere, und ich wurde redselig. Ich hatte beim Mittagessen noch einmal von der Geiselnahme erzählt, und so nahm mein Vater an, dass ich mir nur eine kleine Auszeit genommen hatte, bevor ich mich mit neuer Energie in die Arbeit stürzte.

»Ich bin diese große Kanzlei langsam leid, Dad«, sagte ich, als wir am dritten Abschlag warten mussten, bis der Vierer vor uns die Bahn freigab. Ich war nervös, und das ärgerte mich. Schließlich war es mein Leben, nicht seins.

»Was meinst du damit?«

»Damit meine ich, dass ich meine Arbeit leid bin.«

»Herzlich willkommen in der Wirklichkeit. Meinst du vielleicht, der Mann, der in der Fabrik an der Drehbank steht, ist seine Arbeit nicht leid? Du wirst wenigstens reich dabei.«

Die erste Runde ging an ihn. Es war fast ein K.-o.-Sieg. Zwei Löcher später sagte er, während wir im Gebüsch nach seinem Ball suchten: »Willst du dir einen neuen Job suchen?«

»Ich denke darüber nach.«

»Und was schwebt dir vor?«

»Ich weiß es nicht. So weit bin ich noch nicht. Ich hab mich noch nicht umgesehen.«

»Wenn du dich noch nicht umgesehen hast, woher weißt du dann, dass ein neuer Job besser sein wird als der alte?« Er hob den Ball auf und ging zurück zum Fairway.

Während er zu seinem Ball ging, fuhr ich allein auf dem schmalen, gepflasterten Weg weiter und fragte mich, warum ich vor diesem weißhaarigen Mann so viel Angst hatte. Er hatte seine Söhne dazu angehalten, sich Ziele zu setzen, hart zu arbeiten, stark zu sein – und das alles, um viel Geld zu verdienen und den amerikanischen Traum zu leben. Alles, was wir brauchten, hatte er bezahlt.

Wie meine Brüder besaß auch ich kein sehr hoch entwickeltes soziales Gewissen. Wir spendeten für die Kollekte, weil in der Bibel viel Wert auf das Almosengeben gelegt wurde. Wir zahlten Steuern, weil das gesetzlich vorgeschrieben war. Sicher wurde mit dem, was wir gaben, irgendwo und irgendwie etwas Gutes getan, und auf diese Weise hatten wir einen Anteil daran. Politik war etwas für Leute, die bereit waren, sich auf dieses Spiel einzulassen – ein ehrlicher Mann konnte dort nicht zu Reichtum kommen. Wir waren dazu erzogen worden, produktiv zu sein. Je mehr Erfolg wir hatten, desto mehr würde die Gesellschaft auf irgendeine Weise davon profitieren. Man setzte sich Ziele, man arbeitete hart, man war fair und brachte es zu Wohlstand.

Das fünfte Loch beendete er mit zwei Schlägen über Par. Als er in den Wagen stieg, schob er die Schuld auf seinen Putter.

»Vielleicht suche ich gar nicht nach einem besseren Job«, sagte ich.

»Warum sagst du nicht einfach, was du sagen willst?« Wie gewöhnlich fühlte ich mich wie ein Schwächling, weil ich das Thema nicht direkt zur Sprache gebracht hatte.

»Ich überlege, ob ich mich mehr für das Gemeinwohl engagieren soll.«

»Was soll das denn heißen?«

»Das heißt, dass ich mich zum Wohl der Gesellschaft einsetzen und weniger Geld verdienen würde.«

»Was bist du – ein Demokrat? Ich glaube, du bist schon zu lange in Washington.«

„In Washington gibt es jede Menge Republikaner. Sie haben sogar die Regierung übernommen.«

Wir fuhren schweigend zum nächsten Abschlag. Mein Vater war ein guter Golfer, aber seine Schläge wurden immer schlechter. Seine Konzentration war dahin.

Als wir wieder einmal durch das Gebüsch neben dem Fairway stapften, sagte er: »Habe ich das richtig verstanden: Irgendein Säufer von der Straße kriegt eine Kugel durch den Kopf, und du ziehst aus, um die Gesellschaft zu verändern?«

»Er war kein Säufer. Er war in Vietnam.«

Mein Vater hatte in den ersten Kriegsjahren B-52-Bomber geflogen. Meine Bemerkung ließ ihn verstummen – allerdings nur für einen Augenblick. Er war nicht bereit, auch nur einen Zentimeter nachzugeben. »Einer von denen also.«

Ich gab keine Antwort. Der Ball war hoffnungslos verloren, und mein Vater suchte eigentlich gar nicht mehr nach ihm. Er warf einen neuen auf den Fairway und schlug ihn in die Büsche auf der anderen Seite. Wir fuhren weiter.

»Ich will nicht zusehen, wie du eine gute Karriere aufgibst«, sagte er. »Du hast zu schwer gearbeitet. In ein paar Jahren bist du Teilhaber.«

»Vielleicht.«

»Du brauchst Urlaub, das ist alles.«

Alle Welt schien zu glauben, das sei ein Allheilmittel.

Zum Abendessen lud ich sie in ein gutes Restaurant ein. Wir bemühten uns, die Themen Claire, meine Karriere und die Enkelkinder, die sie so selten zu sehen bekamen, zu vermeiden, und sprachen über alte Freunde und die Viertel, in denen wir früher gewohnt hatten. Ich ließ mir den neuesten Klatsch erzählen, der mich nicht im Mindesten interessierte.

Am Freitagmittag, vier Stunden vor meinem Abflug, verabschiedete ich mich von meinen Eltern und wandte mich wieder meinem in Unordnung geratenen Leben in Washington zu.

7

Natürlich war die Wohnung leer, als ich Freitagnacht zurückkam, aber diese Leere hatte eine besondere Qualität. Auf der Küchentheke fand ich einen Zettel: Claire war meinem Beispiel gefolgt und für ein paar Tage zu ihren Eltern nach Providence gefahren. Einen Grund nannte sie nicht. Sie bat mich, sie anzurufen, sobald ich wieder zu Hause war.

Ich rief ihre Eltern an. Dort war man gerade beim Abendessen. Wir quälten uns durch fünf Minuten Geplauder und stellten fest, dass alles gut war: Uns ging es gut, Memphis war gut, Providence war gut, unseren Eltern ging es gut, und Claire würde irgendwann am Sonntagnachmittag wieder in Washington sein.

Ich legte auf, machte mir einen Kaffee und trank ihn am Schlafzimmerfenster. Ich sah die Autos auf der noch immer schneebedeckten P Street dahinkriechen. Wenn etwas von all dem Schnee geschmolzen war, dann war es mit bloßem Auge nicht zu erkennen.

Ich hatte den Verdacht, dass Claire ihren Eltern dieselbe trostlose Geschichte erzählte, die ich meinen Eltern aufgebürdet hatte. Es war traurig und seltsam, im Grunde aber erstaunlich, dass wir unseren Eltern reinen Wein einschenkten, bevor wir einander die Wahrheit eingestanden. Ich hatte genug davon. Sehr bald, vielleicht schon am Sonntag, würden wir uns irgendwo hinsetzen – wahrscheinlich an den Küchentisch – und der Realität ins Auge sehen. Wir würden einander unsere Ängste und Gefühle eingestehen und, da war ich ganz sicher, mit der Planung einer getrennten Zukunft beginnen. Ich wusste, dass sie sich von mir trennen wollte. Ich wusste nur noch nicht, wie sehr sie es wollte.

Ich probte die Worte, die ich zu ihr sagen würde, so lange, bis sie überzeugend klangen, und machte dann einen langen Spaziergang. Es war zwölf Grad minus, und es ging ein scharfer Wind, sodass die Kälte durch meinen Trenchcoat drang. Ich ging an den hübschen Bungalows und gemütlichen Reihenhäusern vorbei, in denen ich echte Familien essen und lachen und die Behaglichkeit ihrer Wohnung genießen sah, und kam schließlich zur M Street, wo sich die drängten, denen zu Hause die Decke auf den Kopf fiel. Selbst an einem kalten Freitagabend war auf der M Street jede Menge los: Die Bars waren gut besucht, in den Restaurants musste man auf einen Tisch warten, und die Cafés waren überfüllt.

Ich stand im knöcheltiefen Schnee vor dem Fenster eines Musikklubs, hörte einen Blues und sah den jungen trinkenden und tanzenden Paaren zu. Zum ersten Mal in meinem Leben fühlte ich mich nicht wie ein junger Mann. Ich war zweiunddreißig, aber in den vergangenen sieben Jahren hatte ich mehr gearbeitet als die meisten anderen in zwanzig Jahren. Ich war müde. Ich war nicht alt, aber ich steuerte auf die Mitte des Lebens zu und musste mir eingestehen, dass ich nicht mehr frisch von der Universität kam. Diese hübschen Mädchen da drinnen würden sich nicht nach mir umdrehen.

Mir war kalt, und es hatte wieder angefangen zu schneien. Ich kaufte mir ein Sandwich, stopfte es in die Tasche und stapfte wieder zurück zu unserer Wohnung. Ich mixte mir einen starken Drink, machte ein kleines Feuer im Kamin, aß im Halbdunkel das Sandwich und fühlte mich sehr allein.

Früher hätte mir Claires Abwesenheit einen Grund geliefert, das Wochenende in der Kanzlei zu verbringen, ohne ein schlechtes Gewissen haben zu müssen. Jetzt, da ich am Kamin saß, fand ich diesen Gedanken abstoßend. Drake & Sweeney würden auch lange nach meinem Abgang noch blühen und gedeihen, und um die Mandanten und ihre Probleme, die mir so unerhört bedeutend erschienen waren, würden sich ganze Trupps junger Anwälte kümmern. Für die Kanzlei würde meine Kündigung nichts als eine kleine, kaum wahrnehmbare Irritation sein. Wenige Minuten nachdem ich mein Büro geräumt hatte, würde es einem anderen zugewiesen werden.

Um kurz nach neun läutete das Telefon und riss mich aus einem langen, düsteren Tagtraum. Es war Mordecai Green, der laut in ein Handy sprach. »Sind Sie sehr beschäftigt?«, fragte er.

»Äh … eigentlich nicht. Wieso?«

»Es ist eiskalt, es schneit wieder, und wir haben hier zu wenig Helfer. Haben Sie ein paar Stunden Zeit?«

»Wofür?«

»Für Arbeit. Wir brauchen wirklich ein paar Leute, die zupacken können. Die Notunterkünfte und Suppenküchen sind brechend voll, und wir haben nicht genug freiwillige Helfer.«

»Ich weiß nicht, ob ich dafür qualifiziert bin.«

»Können Sie Erdnussbuttersandwiches machen?«

»Ich glaube schon.«

»Dann sind Sie qualifiziert.«

»Okay, wohin soll ich kommen?«

»Wir sind hier ungefähr zehn Blocks vom Büro entfernt. An der Kreuzung 13th und Euclid Street steht rechts eine gelbe Kirche, die Ebenezer Christian Fellowship. Wir sind im Keller.«

Ich schrieb mir das auf, und meine Schrift wurde mit jedem Wort zittriger. Es war eine Wegbeschreibung in ein Kampfgebiet. Ich wollte mich schon erkundigen, ob ich eine Pistole einstecken sollte, und fragte mich, ob er eine trug. Aber er war schwarz, und ich nicht. Und was war mit meinem Wagen, meinem schönen Lexus?

»Haben Sie das?«, knurrte er nach einer kurzen Pause.

»Ja. Ich bin in zwanzig Minuten da«, sagte ich tapfer. Mein Herz klopfte schon jetzt wie verrückt.

Ich zog mir Jeans, ein Sweatshirt und Designer-Wanderstiefel an und nahm die Kreditkarten und das meiste Bargeld aus meiner Brieftasche. Ganz oben im Schrank fand ich eine alte, mit Wollstoff gefütterte Jeansjacke, die Kaffee- und Farbflecken hatte, ein Relikt aus meiner Studienzeit. Dann stellte ich mich vor den Spiegel und hoffte, dass ich einen abgerissenen Eindruck machte, doch davon konnte leider keine Rede sein. Wenn ein junger Schauspieler in dieser Aufmachung für das Titelfoto von *Vanity Fair* posiert hätte, wäre sofort ein neuer Trend geboren worden.

Ich wünschte mir eine kugelsichere Weste. Ich hatte Angst, doch als ich die Tür abschloss und hinaus in den Schnee trat, spürte ich auch eine eigenartige Erregung.

Ich wurde weder zur Zielscheibe für Schüsse aus vorbeifahrenden Wagen noch Opfer eines Überfalls irgendeiner Straßengang. Im Augenblick sorgte das Wetter dafür, dass die Straßen leer und sicher waren. Ich fand die Kirche und parkte auf dem Grundstück gegenüber. Die Kirche sah aus wie eine kleine Kathedrale. Sie war mindestens hundert Jahre alt und offenbar von ihrer ursprünglichen Gemeinde aufgegeben worden.

Vor einem Seiteneingang standen dicht aneinander gedrängt einige Männer. Ich schob mich an ihnen vorbei, als wüsste ich genau, wohin ich wollte, und betrat die Welt der Obdachlosen.

Ich wollte eigentlich einfach weitergehen und so tun,

als hätte ich das alles schon oft gesehen und eine Menge Arbeit zu erledigen, doch ich konnte mich nicht rühren. Ich starrte verwundert auf diese Masse von armen Menschen, die sich im Keller drängten. Einige lagen auf dem Boden und versuchten zu schlafen. Andere hockten in Grüppchen beisammen und unterhielten sich leise. Wieder andere saßen auf ihren Klappstühlen oder an langen Tischen und aßen. Entlang der Wände war kein Fuß breit mehr frei: Überall saßen Menschen. Kleine Kinder weinten oder spielten, und ihre Mütter versuchten sie im Auge zu behalten. Betrunkene lagen reglos da und schnarchten. Freiwillige Helfer gingen umher und verteilten Äpfel und Decken.

Die Küche war am anderen Ende des Raums. Hier herrschte geschäftiges Treiben: Das Essen wurde gekocht und ausgegeben. Im Hintergrund sah ich Mordecai, der Fruchtsaft in Pappbecher goss und dabei unaufhörlich redete. An der Ausgabe wartete geduldig eine Menschenschlange.

Es war warm, und die Mischung aus Ausdünstungen, Düften und der Wärme der Gasheizung erzeugte einen starken, nicht unangenehmen Geruch. Ein in mehrere Lagen Kleider gehüllter Obdachloser, der Ähnlichkeit mit Mister hatte, rempelte mich an. Ich musste den Weg freimachen.

Ich ging direkt zu Mordecai, der sich sichtlich freute, mich zu sehen. Wir schüttelten uns die Hände wie alte Freunde, und dann stellte er mich zwei freiwilligen Helfern vor, deren Namen ich noch nie gehört hatte.

»Es ist der Wahnsinn«, sagte er. »Es muss nur einmal lange schneien, es muss nur mal richtig kalt werden, und schon arbeiten wir die ganze Nacht durch. Das Brot ist da drüben.« Er zeigte auf ein Tablett mit geschnittenem Weißbrot. Ich nahm es und folgte ihm zu einem Tisch.

»Es ist sehr kompliziert. Hier ist Wurst, und da sind Senf und Mayo. Die eine Hälfte der Sandwiches machen Sie mit Senf, die andere mit Mayo. Eine Scheibe Wurst, zwei Scheiben Brot. Ab und zu können Sie mal ein Dutzend mit Erdnussbutter machen. Kapiert?«

»Ja.«

»Sie sind ja richtig fix.« Er klopfte mir auf die Schulter und verschwand.

Ich machte schnell zehn Sandwiches und fand mich ausgesprochen tüchtig. Dann ließ ich es langsamer angehen und betrachtete bei der Arbeit die Menschen, die in der Schlange warteten. Sie sahen zu Boden, warfen aber immer wieder Blicke auf das Essen an der Ausgabe. Sie bekamen einen Pappteller, eine Plastikschüssel, einen Löffel und eine Serviette. Die Schüssel wurde mit Suppe gefüllt, auf den Teller kamen ein halbes Sandwich, ein Apfel und ein Keks, und am Ende der Theke gab es einen Pappbecher mit Apfelsaft.

Die meisten sagten leise »Danke« zu den Helfern, die den Saft ausgaben, und gingen weiter. Sie balancierten behutsam den Teller und die Schüssel, und selbst die Kinder waren still und vorsichtig.

Viele aßen langsam und genossen die Wärme und den Geschmack des Essens, den Duft in ihrer Nase. Andere aßen so schnell wie möglich.

Neben mir stand ein Herd mit vier Gasflammen, auf denen vier große Suppentöpfe köchelten. Auf der anderen Seite des Herds war ein Tisch, auf dem Sellerie, Karotten, Zwiebeln, Tomaten und ganze Hühner lagen. Ein Helfer war emsig dabei, mit einem großen Messer das Gemüse zu schneiden und die Hühner zu zerlegen. Zwei weitere standen am Herd. Andere brachten die fertigen Speisen zu den Ausgabetischen. Im Augenblick war ich der einzige Sandwichmann.

»Wir brauchen mehr Erdnussbuttersandwiches«, sagte Mordecai im Vorbeigehen. Er griff unter den Tisch und zog einen Zehn-Liter-Kanister Erdnussbutter hervor. »Kommen Sie damit zurecht?«

»Darin bin ich Experte«, sagte ich.

Er sah mir zu. Die Schlange war gerade nicht sehr lang; er wollte reden.

»Ich dachte, Sie seien Rechtsanwalt«, sagte ich und strich Erdnussbutter auf die Brote.

»Ich bin in erster Linie Mensch und dann erst Rechtsanwalt. Man kann das durchaus miteinander vereinbaren. Nicht so dick, wir müssen sparen.«

»Woher kommt das Essen eigentlich?«

»Von der Lebensmittelsammelstelle. Alles gespendet. Heute Abend haben wir Glück – wir haben Suppenhühner gekriegt. Meistens gibt's nur Gemüse.«

»Das Brot ist nicht gerade frisch.«

»Dafür ist es aber umsonst. Es kommt von einer Großbäckerei – die schicken uns das Zeug vom Vortag. Wenn Sie wollen, können Sie sich ein Sandwich nehmen.«

»Danke, ich hab gerade eins gegessen. Essen Sie auch hier?«

»Selten.« Seiner Leibesfülle nach zu schließen lebte Mordecai nicht von Gemüsesuppe und Äpfeln. Er setzte sich auf die Tischkante und ließ den Blick über die Menge schweifen. »Ist das Ihr erster Besuch in einer Notunterkunft?«, fragte er.

»Ja.«

»Was ist das erste Wort, das Ihnen dazu einfällt?«

»Hoffnungslos.«

»Das war nicht anders zu erwarten. Aber darüber kommen Sie schon hinweg.«

»Wie viele Menschen leben hier?«

»Keiner. Das hier ist nur eine Behelfsunterkunft. Die Küche gibt jeden Tag Mittag- und Abendessen aus, aber eigentlich ist es keine reguläre Notunterkunft. Die Kirche ist so freundlich, die Türen zu öffnen, wenn das Wetter schlecht ist.«

Ich versuchte zu begreifen. »Aber wo leben diese Leute dann?«

»Einige sind Hausbesetzer. Sie leben in verlassenen Gebäuden, und das sind die Glücklichen. Einige leben auf der Straße, in Parks, in Busstationen, unter Brücken. Da können sie überleben, solange das Wetter einigermaßen freundlich ist. Aber heute Nacht würden sie erfrieren.«

»Und wo sind die Notunterkünfte?«

»Über die ganze Stadt verstreut. Es gibt ungefähr zwanzig. Die Hälfte wird privat finanziert, die andere Hälfte bezahlt die Stadt, die dank der Budgetkürzungen demnächst zwei Unterkünfte schließen wird.«

»Wie viele Betten?«

»So um die fünftausend.«

»Und wie viele Obdachlose?«

»Das ist eine gute Frage. Die sind nämlich nicht so leicht zu zählen. Zehntausend ist eine gute Schätzung.«

»Zehntausend?«

»Ja, und das sind nur die, die auf der Straße leben. Es gibt wahrscheinlich noch einmal zwanzigtausend, die bei Familienangehörigen oder Freunden leben und demnächst obdachlos sein werden.«

»Dann sind also mindestens fünftausend Menschen auf der Straße?«, fragte ich ungläubig.

»Mindestens.«

Ein Helfer rief nach mehr Brot. Mordecai half mir, und gemeinsam machten wir noch ein Dutzend Erdnussbuttersandwiches. Dann hielten wir inne und betrachteten die Menschen. Die Tür ging auf, und eine junge Mutter mit einem Baby auf dem Arm trat langsam ein. Drei kleine Kinder folgten ihr. Eines davon trug eine kurze Hose, nicht zusammenpassende Strümpfe und keine Schuhe. Es hatte sich ein Handtuch um die Schultern gelegt. Die anderen beiden hatten zwar Schuhe, waren aber zu dünn angezogen. Das Baby schlief anscheinend.

Die Mutter wirkte benommen und wusste offenbar nicht recht, wohin sie sich wenden sollte. An den Tischen war kein Platz frei. Sie führte ihre Kinder zur Essensausgabe, und zwei Helfer traten lächelnd vor. Der eine führte sie zu einer Ecke in der Nähe der Küche und gab ihnen etwas zu essen, während der andere sie mit Decken versorgte.

Mordecai und ich verfolgten das Geschehen. Ich versuchte, nicht allzu offensichtlich hinzustarren. Andererseits: Wer sollte sich daran stören?

»Was geschieht mit ihr, wenn der Schneesturm vorüber ist?«, fragte ich.

»Wer weiß? Warum fragen Sie sie nicht selbst?«

Damit war ich am Zug. Aber ich war noch nicht bereit, die Initiative zu ergreifen.

»Sind Sie Mitglied in der Anwaltsvereinigung?«, fragte er.

»Ich glaube schon. Warum?«

»Ich war nur neugierig. Die Vereinigung leistet eine Menge Gratisarbeit für die Obdachlosen.«

Er wollte mich anködern, aber ich ließ mich nicht fangen. »Ich arbeite für Todeskandidaten«, sagte ich stolz, und irgendwie stimmte das sogar. Vor vier Jahren hatte ich einem unserer Teilhaber geholfen, eine Eingabe für einen Todeskandidaten in Texas zu verfassen. Die Kanzlei befürwortete durchaus, dass ihre Mitarbeiter Gratisarbeit leisteten, solange das nicht auf Kosten der honorarfähigen Stunden ging.

Wir sahen der Mutter und ihren vier Kindern zu. Die kleinen aßen zuerst ihren Keks und warteten darauf, dass ihre Suppe abkühlte. Die Mutter hatte entweder Drogen genommen oder stand unter Schock.

»Gibt es einen Ort, wo sie für eine Weile wohnen könnten?«, fragte ich.

»Wahrscheinlich nicht«, sagte Mordecai nonchalant und ließ seine großen Füße baumeln. »Gestern standen auf der Warteliste für die Behelfsunterkunft fünfhundert Namen.«

»Behelfsunterkunft?«

»Ja. Es gibt eine städtische Behelfsunterkunft, die gnädigerweise geöffnet wird, wenn die Temperatur unter den Gefrierpunkt fällt. Die wäre ihre einzige Chance, aber ich bin sicher, dass sie jetzt völlig überfüllt ist. Sobald Tauwetter einsetzt, ist die Stadt so freundlich, die Behelfsunterkunft wieder zu schließen.«

Der Hilfskoch konnte nicht länger bleiben, und da ich der einzige Helfer war, der im Augenblick nichts zu tun hatte, wurde ich dienstverpflichtet. Während Mordecai Sandwiches machte, schnitt ich eine Stunde lang Zwiebeln, Sellerie und Karotten, alles unter den wachsamen Augen von Miss Dolly, einer der Gründerinnen dieser Kirchengemeinde. Seit elf Jahren gab sie nun schon Essen an die Obdachlosen aus. Es war ihre Küche. Ich fühlte mich geehrt, hier arbeiten zu dürfen, und erfuhr, dass meine Selleriestücke zu groß seien, worauf sie sehr schnell kleiner wurden. Miss Dollys Schürze war makellos weiß, und sie war sehr stolz auf ihre Arbeit.

»Haben Sie sich eigentlich je an den Anblick dieser Menschen gewöhnt?«, fragte ich sie irgendwann. Wir standen am Herd und waren für einen Augenblick abgelenkt durch einen Streit, der weiter hinten im Gange war. Mordecai und der Pfarrer beruhigten die Gemüter, und bald war wieder Frieden eingekehrt.

»Nein, nie«, sagte sie und wischte sich die Hände an einem Handtuch ab. »Es bricht mir immer noch das Herz. Aber im Buch der Sprüche Salomos heißt es: ›Glücklich der Mann, der die Armen speist.‹ Und das gibt mir Kraft.«

Sie drehte sich um und rührte in der Suppe. »Das Huhn ist fertig«, sagte sie in meine Richtung.

»Und was heißt das?«

»Das heißt, dass Sie den Topf vom Herd nehmen, die Brühe in diesen Topf da abgießen, das Huhn abkühlen lassen und es auslösen.«

Das Auslösen war eine Kunst, jedenfalls wenn man Miss Dollys Methode anwendete. Danach waren meine Hände heiß und voller Blasen.

8

Mordecai führte mich eine dunkle Treppe hinauf in den Vorraum. »Passen Sie auf, wo Sie hintreten«, sagte er im Flüsterton, als wir durch die Schwingtüren in die Kirche traten. Es war halb dunkel, denn überall waren Menschen, die zu schlafen versuchten. Sie hatten sich auf den Bänken ausgestreckt und schnarchten, sie wälzten sich unruhig unter den Bänken. Mütter ermahnten ihre Kinder, leise zu sein. In den Gängen lagen Menschen und ließen nur einen schmalen Pfad frei, auf dem wir in Richtung Kanzel gingen. Selbst die Chorempore war voller Obdachloser.

»Es gibt nicht viele Kirchen, die bereit sind, so etwas zu tun«, flüsterte Mordecai, als wir am Altar standen und die Bankreihen überblickten.

Ich konnte ihre Zurückhaltung verstehen. »Was ist am Sonntag?«, flüsterte ich zurück.

»Kommt auf das Wetter an. Der Pfarrer ist einer von uns. Er hat schon mal den Gottesdienst ausfallen lassen, um die Obdachlosen nicht hinauswerfen zu müssen.«

Ich wusste nicht recht, was »einer von uns« heißen sollte – jedenfalls fühlte ich mich diesem Klub nicht zugehörig. Ein Deckenbalken knarzte, und ich merkte, dass wir unter einer hufeisenförmigen Empore standen. Ich kniff die Augen zusammen und sah, dass auch dort oben dicht an dicht Menschen schliefen. Auch Mordecai blickte hinauf

»Wie viele …«, sagte ich und brachte es nicht fertig, den Gedanken zu Ende zu denken.

»Wir zählen sie nicht. Wir geben ihnen Essen und ein Dach über dem Kopf.«

Eine Windbö traf die Seite des Gebäudes und ließ die Fenster klirren. In der Kirche war es erheblich kälter als im Keller. Wir stiegen auf Zehenspitzen über die Schlafenden und verließen den Raum durch eine Tür neben der Orgel.

Es war fast elf. Im Keller war es immer noch voll, doch die Schlange an der Essensausgabe war verschwunden. »Kommen Sie mit«, sagte Mordecai.

Er nahm eine Plastikschale und hielt sie einem Helfer hin, damit er sie füllte. »Wollen mal sehen, wie gut Sie kochen können«, sagte er und lächelte.

Wir setzten uns mitten unter die Obdachlosen an einen Klapptisch. Er aß und sprach, als wäre alles in schönster Ordnung, doch ich war dazu nicht fähig. Ich rührte in meiner Suppe, die dank Miss Dollys Bemühungen wirklich sehr gut schmeckte, konnte aber nicht glauben, dass ich, Michael Brock, ein wohl situierter Weißer aus Memphis, Rechtsanwalt in der Kanzlei Drake & Sweeney, in Northwest in einem Kirchenkeller zwischen Obdachlosen saß. Ich hatte nur ein einziges weißes Gesicht gesehen: das eines Säufers mittleren Alters, der etwas gegessen hatte und dann wieder verschwunden war.

Ich war sicher, dass mein Lexus inzwischen gestohlen war und ich außerhalb dieses Gebäudes keine fünf Minuten überleben würde. Insgeheim beschloss ich, mich an Mordecai zu halten, ganz gleich, wann und wie er von hier aufbrechen würde.

»Das ist eine gute Suppe«, erklärte er. »Sie ist jedes Mal anders. Es kommt darauf an, welche Zutaten gerade da sind. Außerdem sind die Rezepte verschieden.«

»Neulich gab's bei Martha's Table Nudeln«, sagte der Mann rechts von mir, dessen Ellbogen meiner Schale näher war als mein eigener.

»Nudeln?«, fragte Mordecai mit gespielter Ungläubigkeit. »In der Suppe?«

»Ja. Ungefähr einmal im Monat gibt's Nudeln. Aber jetzt wissen's alle, und darum ist es ganz schön schwer, da noch einen Tisch zu kriegen.«

Ich wusste nicht, ob er Witze machte oder nicht, aber seine Augen funkelten. Dass ein Obdachloser sich darüber beklagte, wie schwer es sei, in seiner Lieblings-Suppenküche einen Tisch zu bekommen, fand ich jedenfalls ziemlich witzig. Wie oft hatte ich von meinen Freunden in Georgetown gehört, wie schwierig es sei, in diesem oder jenem Restaurant einen Tisch zu bekommen?

Mordecai lächelte. »Wie heißen Sie?«, fragte er. Ich sollte noch merken, dass er immer den Namen seines Gegenübers wissen wollte. Die Obdachlosen, denen er sich verschrieben hatte, waren für ihn mehr als Opfer – sie waren so etwas wie seine Angehörigen.

Auch ich war neugierig. Ich wollte wissen, wie diese Obdachlosen obdachlos geworden waren. Es gab doch ein gut ausgebautes Sozialhilfesystem. Wie konnte es geschehen, dass Amerikaner so arm waren, dass sie unter Brücken leben mussten?

»Proper«, sagte er und kaute auf einem meiner größeren Selleriestücke.

»Proper?«, fragte Mordecai.

»Proper«, wiederholte der Mann.

»Und ihr Nachname?«

»Ich hab keinen. Zu arm.«

»Und wer hat Ihnen den Namen Proper gegeben?«

»Meine Mutter.«

»Wie alt waren Sie denn da?«

»Ungefähr fünf.«

»Und warum Proper?«

»Wir hatten ein Baby, das einfach nie still war. Hat die ganze Zeit geschrien, sodass keiner schlafen konnte. Da hab ich ihm ein bisschen Meister Proper gegeben.« Er rührte in der Suppe. Es war eine gut einstudierte, gut erzählte Geschichte, und ich glaubte ihm kein Wort. Aber die anderen hörten ihm zu, und Proper schien das zu genießen.

»Was ist dann passiert?«, fragte Mordecai und gab Proper damit das Stichwort.

»Das Baby ist gestorben.«

»Das war Ihr Bruder.«

»Nein, meine Schwester.«

»Aha. Dann haben Sie also Ihre Schwester umgebracht.«

»Ja, aber danach konnten wir endlich wieder schlafen.«

Mordecai zwinkerte mir zu, als habe er solche Geschichten schon oft gehört.

»Wo leben Sie?«, fragte ich Proper.

»Hier, in Washington, D.C.«

Mordecai präzisierte meine Frage. »Wo schlafen Sie?«

»Hier und da. Es gibt jede Menge reiche Ladys, die mir Geld geben, damit ich ihnen Gesellschaft leiste.«

Die beiden Männer, die rechts von Proper saßen, fanden das komisch. Der eine kicherte, der andere lachte laut.

»Und wohin lassen Sie sich Ihre Post schicken?«, fragte Mordecai.

»Ans Postamt«, antwortete Proper. Er schien auf jede Frage eine schnelle Antwort parat zu haben. Wir ließen ihn weiteressen.

Nachdem sie den Herd ausgestellt hatte, machte Miss Dolly Kaffee für die freiwilligen Helfer. Die Obdachlosen legten sich schlafen.

Mordecai und ich setzten uns in der dunklen Küche auf die Kante eines Tisches, tranken Kaffee und betrachteten durch das große Fenster der Essensausgabe die in Decken gehüllten Menschen. »Wann fahren Sie nach Hause?«, fragte ich.

Er zuckte die Schultern. »Kommt darauf an. Wenn ein

paar hundert Leute in einem Raum zusammen sind, passiert meistens was. Der Pfarrer möchte, dass ich noch bleibe.«

»Die ganze Nacht?«

»Das hab ich schon oft gemacht.«

Ich hatte nicht vor, hier, unter all diesen Menschen, zu schlafen. Und ebenso wenig hatte ich vor, ohne Mordecais Schutz das Gebäude zu verlassen.

»Sie können gehen, wann immer Sie wollen«, sagte er. Ich hatte nicht viele Optionen, aber das war die schlechteste. Es war Freitag, Mitternacht. Ich war ein Weißer mit einem teuren Wagen, unterwegs in Washington-Northwest. Schnee hin oder her – es war mir zu gefährlich.

»Sind Sie verheiratet?«, fragte ich Mordecai.

»Ja. Meine Frau ist Sekretärin im Arbeitsministerium. Drei Söhne. Einer ist auf dem College, einer in der Armee.« Er ließ den Satz in der Luft hängen, ohne etwas über den dritten Sohn zu sagen. Ich fragte ihn nicht danach.

»Und einen haben wir vor zehn Jahren auf den Straßen von Washington verloren. Streetgangs.«

»Das tut mir Leid.«

»Und was ist mit Ihnen?«

»Verheiratet, keine Kinder.«

Zum ersten Mal seit mehreren Stunden dachte ich an Claire. Wie hätte sie reagiert, wenn sie gewusst hätte, wo ich war? Keiner von uns hatte Zeit für etwas, das auch nur entfernt mit Wohltätigkeit zu tun hatte.

Sie würde murmeln: »Jetzt ist es wirklich so weit«, oder etwas Ähnliches.

Es war mir gleichgültig.

»Was macht Ihre Frau?«, fragte er im Plauderton.

»Sie ist Assistenzärztin auf der chirurgischen Station im Georgetown Hospital.«

»Dann gehen Sie ja herrlichen Zeiten entgegen. Ihre

Frau wird Chirurgin, und Sie werden Teilhaber in einer großen Kanzlei. Und wieder ist ein amerikanischer Traum Wirklichkeit geworden.«

»Kann sein.«

Mit einemmal stand der Pfarrer neben uns und zog Mordecai zum Ende der Küche, um in gedämpftem Ton mit ihm zu sprechen. Ich nahm vier Kekse aus der Schüssel und ging zu der Ecke, in der die junge Mutter saß und schlief. Sie hatte sich ein Kissen unter den Kopf geschoben und hielt das Baby im Arm. Die beiden kleineren Kinder lagen reglos unter ihren Decken, doch das Älteste, ein Junge, war wach.

Ich hockte mich neben ihm hin und bot ihm einen Keks an. Seine Augen leuchteten, und er griff danach und aß ihn bis auf den letzten Krümel auf. Dann wollte er noch einen.

Der Kopf der Mutter sackte nach vorn, und sie fuhr hoch, sah mich mit müden, traurigen Augen an und merkte, dass ich den guten Onkel spielte. Sie lächelte schwach und rückte ihr Kissen zurecht.

»Wie heißt du?«, flüsterte ich dem kleinen Jungen zu. Nach zwei Keksen war er mein Freund fürs Leben.

»Ontario«, sagte er langsam und deutlich.

»Wie alt bist du?«

Er hielt vier Finger hoch, bog einen und streckte ihn dann wieder.

»Vier?«, fragte ich.

Er nickte und streckte die Hand nach einem weiteren Keks aus, den ich ihm gern gab. Ich hätte ihm alles gegeben.

»Wo schlaft ihr sonst?«, flüsterte ich.

»In einem Wagen«, flüsterte er zurück.

Es dauerte einen Augenblick, bis ich begriffen hatte, was er da sagte. Ich wusste nicht, was ich als Nächstes fragen sollte, und er war zu sehr mit dem Keks beschäftigt, um sich um die Fortsetzung dieser Unterhaltung zu kümmern. Ich hatte drei Fragen gestellt und drei ehrliche Antworten bekommen. Sie lebten in einem Wagen.

Am liebsten wäre ich zu Mordecai gerannt und hätte ihn gefragt, was man tun musste, wenn man Menschen fand, die in einem Wagen lebten, doch ich blieb und lächelte Ontario zu. Er lächelte zurück. Schließlich sagte er: »Kann ich noch mehr Apfelsaft?«

»Klar«, sagte ich, ging in die Küche und füllte zwei Becher.

Den ersten trank er in einem Zug aus. Ich reichte ihm den zweiten.

»Wie heißt das Zauberwort?«, sagte ich.

»Danke«, sagte er und streckte die Hand nach einem Keks aus. Ich trieb einen Klappstuhl auf und setzte mich neben Ontario an die Wand. Zeitweise war es ruhig im Keller, wenn auch nicht still. Wer kein Bett hat, schläft nicht friedlich. Hin und wieder stieg Mordecai über Schlafende hinweg, um einen Streit zu schlichten. Er war so groß und einschüchternd, dass niemand es wagte, seine Autorität in Frage zu stellen.

Ontarios Bauch war wieder gefüllt, und er nickte ein. Sein kleiner Kopf lag auf den Füßen seiner Mutter. Ich schlich in die Küche, schenkte mir noch eine Tasse Kaffee ein und setzte mich wieder auf meinen Stuhl in der Ecke.

Dann begann das Baby zu schreien. Sein jämmerliches Weinen war von erstaunlicher Lautstärke und schien sich in Wellen im ganzen Raum auszubreiten. Die Mutter war benommen, müde und verärgert, weil sie geweckt worden war. Sie sagte dem Baby, es solle den Mund halten, legte es sich auf die Schulter und wiegte sich vor und zurück. Es schrie nur noch mehr, und unter den anderen Schlafenden wurde wütendes Gemurmel laut.

Ohne nachzudenken beugte ich mich vor und nahm ihr das Kind ab. Dabei lächelte ich sie an, um ihr Vertrauen zu gewinnen. Es war ihr gleichgültig – sie war froh, das Kind loszuwerden.

Das Baby wog so gut wie nichts und war tropfnass. Das merkte ich allerdings erst, als ich es an meine Schulter legte und ihm beruhigend auf den Rücken klopfte. Ich ging in die Küche und suchte verzweifelt nach Mordecai oder einem anderen Helfer, der mich retten würde. Miss Dolly war vor einer Stunde nach Hause gegangen.

Zu meiner Überraschung und Erleichterung verstummte das Baby, als ich um den Herd herumging, ihm auf den Rücken klopfte, beruhigende Laute von mir gab und nach einem Handtuch oder etwas Ähnlichem suchte. Meine Hand war feucht.

Wo war ich? Was, zum Teufel, machte ich hier eigentlich? Was würden meine Freunde denken, wenn sie sehen könnten, wie ich in dieser dunklen Küche umherging, dem Baby einer Obdachlosen etwas vorsummte und betete, dass die Windel nur nass war?

Ich roch nichts Schlimmeres als Urin, aber ich spürte förmlich, wie Läuse vom Kopf des Kindes auf meinen umstiegen. Mein bester Freund Mordecai erschien und schaltete das Licht an. »Wie süß«, sagte er.

»Gibt's hier irgendwo Windeln?«, flüsterte ich.

»Pipi oder Kaka?«, fragte er freundlich und ging zu einem Schrank.

»Weiß ich nicht. Machen Sie schnell.«

Er holte eine Packung Windeln aus dem Schrank, und ich drückte ihm das Baby in den Arm. Meine Jeansjacke hatte einen großen, nassen Fleck an der linken Schulter. Mit beeindruckender Geschicklichkeit legte er das Kind auf die Arbeitsfläche, zog ihm die nasse Windel aus – wobei sich herausstellte, dass es sich um ein Mädchen handelte –, wischte es mit einem Öltuch ab und zog ihm eine frische Windel an. »Hier«, sagte er stolz und gab es mir zurück. »So gut wie neu.«

»Was man beim Jurastudium doch alles nicht lernt«, sagte ich.

Ich ging eine Stunde lang auf und ab, bis das Baby eingeschlafen war. Dann wickelte ich es in meine Jacke und legte es vorsichtig zwischen seine Mutter und Ontario.

Inzwischen war es fast drei Uhr morgens. Ich musste gehen. Mein gerade erst wiedererwachtes Gewissen konnte nur ein bestimmtes Quantum Elend pro Tag verkraften. Mordecai begleitete mich bis zur Tür, dankte mir für mein Kommen und schickte mich ohne Jacke hinaus in die Nacht. Mein Wagen stand dort, wo ich ihn geparkt hatte. Er war schneebedeckt.

Als ich davonfuhr, stand Mordecai vor der Kirche und sah mir nach.

9

Seit dem vergangenen Dienstag, als ich Mister begegnet war, hatte ich für Drake & Sweeney keine einzige Stunde in Rechnung gestellt. In fünf Jahren hatte ich im Durchschnitt zweihundert Stunden pro Monat berechnet, also acht Stunden am Tag, sechs Tage pro Woche, und noch ein paar Extrastunden hier und da. Kein Tag durfte vergeudet werden, und nur sehr wenige Stunden erschienen auf keiner Abrechnung. Wenn ich, was nur selten vorkam, hinter meinem Durchschnitt zurückblieb, arbeitete ich am Samstag zwölf Stunden und am Sonntag vielleicht noch einmal zwölf. Wenn ich nicht unter dem Durchschnitt lag, arbeitete ich samstags nur sieben bis acht Stunden und noch ein paar am Sonntag. Kein Wunder, dass Claire lieber Medizin studierte.

Als ich am späten Samstagmorgen an die Schlafzimmerdecke starrte, fühlte ich mich wie gelähmt. Ich wollte nicht in die Kanzlei fahren. Schon bei dem Gedanken daran sträubte sich alles in mir. Wenn ich an die ordentlichen Reihen rosafarbener Telefonnotizen dachte, die Polly auf meinen Schreibtisch gelegt hatte, an die Memos von den Teilhabern aus den oberen Etagen, die sich nach meinem Befinden erkundigten und mit mir sprechen wollten, an die neugierigen Fragen der Gerüchteköche und das unvermeidliche: »Wie geht's?« von Freunden, ehrlich Besorgten und vollkommen Uninteressierten, packte mich das Grauen. Und vor der Arbeit graute es mir am meisten. Kartellfälle waren lang und schwierig, und die Akten waren so dick, dass sie in Kartons aufbewahrt werden mussten. Und wozu das Ganze?

Eine milliardenschwere Gesellschaft kämpfte gegen eine andere, und hundert Rechtsanwälte waren damit beschäftigt, bedrucktes Papier zu produzieren.

Ich gestand mir ein, dass ich meine Arbeit noch nie geliebt hatte. Sie war ein Mittel zum Zweck. Wenn ich mich hineinkniete und zu einem Experten wurde, würde ich eines Tages ein gefragter Anwalt sein. Mein Spezialgebiet hätte ebenso gut Steuerrecht, Arbeitsrecht oder Prozessführung sein können. Wer konnte sich schon für Kartellrecht begeistern?

Unter Aufbietung aller Willenskraft schaffte ich es, aufzustehen und unter die Dusche zu gehen.

Mein Frühstück bestand aus einem Croissant von einer Bäckerei in der M Street und einer Tasse starkem Kaffee. Ich aß und trank mit einer Hand am Steuer und fragte mich, was Ontario wohl zum Frühstück bekam, ermahnte mich aber, mich nicht selbst zu quälen. Ich hatte das Recht zu essen, ohne mich schuldig zu fühlen, doch zugleich verlor Essen für mich immer mehr an Bedeutung.

Im Radio hieß es, die Tagestemperaturen würden voraussichtlich zwischen minus sieben und minus siebzehn Grad liegen; mit Schnee sei erst in einer Woche wieder zu rechnen.

Erst in der Lobby wurde ich von einem meiner Brüder im Geiste angesprochen. Bruce Soundso von der Abteilung für Öffentlichkeitsarbeit trat mit mir in den Aufzug und sagte ernst: »Wie geht's Ihnen, mein Freund?«

»Prima. Und Ihnen?«, gab ich zurück.

»Okay. Wir hängen uns für Sie rein. Bleiben Sie am Ball.«

Ich nickte, als wäre seine Unterstützung von entscheidender Bedeutung. Zum Glück stieg er in der ersten Etage aus, allerdings nicht ohne mir auf die Schulter zu klopfen wie ein Basketballspieler im Umkleideraum. Mach sie fertig, Bruce.

Ich war angeschlagen. Meine Schritte wurden langsamer, als ich an Madame Deviers Tisch und dem Konferenzraum vorbeiging. Ich bog in einen mit Marmor ausgekleideten Gang ein; in meinem Büro angekommen, ließ ich mich erschöpft in den lederbezogenen Drehsessel fallen.

Polly hatte mehrere Methoden, meine Telefonnotizen anzuordnen. Wenn ich die Anrufe gewissenhaft beantwortete und sie mit meinen Bemühungen zufrieden war, fand ich nur ein oder zwei Notizen neben meinem Telefon. Wenn ich jedoch nachlässig war und sie daher Grund zu Beanstandungen hatte, bereitete es ihr Freude, die Zettel in chronologischer Reihenfolge und mitten auf meinem Schreibtisch zu einem Meer von Rosa auszulegen.

Ich zählte neununddreißig Zettel, einige davon mit dem Vermerk ›Dringend‹, einige mit Nachrichten von oben. Nach der von Polly gelegten Spur schien insbesondere Rudolph irritiert. Ich las die Notizen langsam, sammelte sie ein und legte sie beiseite. Erst wollte ich meinen Kaffee austrinken, in Ruhe und ohne Druck, und so saß ich an meinem Schreibtisch, die Tasse in beiden Händen, starrte ins Leere und hatte vermutlich große Ähnlichkeit mit einem Mann am Rand des Abgrunds, als Rudolph hereinkam.

Die Späher mussten ihm Bescheid gesagt haben: irgendein Gehilfe, der nach mir Ausschau halten sollte, oder vielleicht auch Bruce aus dem Aufzug. Vielleicht war die ganze Kanzlei in Alarmbereitschaft versetzt worden. Nein – die Leute waren zu beschäftigt.

»Hallo, Mike«, sagte er knapp, setzte sich, schlug die Beine übereinander und war bereit für ein ernstes Gespräch.

»Hallo, Rudy«, sagte ich. Ich hatte ihn noch nie Rudy genannt, immer nur Rudolph. Seine derzeitige Frau und die Teilhaber nannten ihn Rudy, sonst niemand.

»Wo haben Sie gesteckt?«, fragte er ohne die leiseste Andeutung von Mitgefühl.

»In Memphis.«

»In Memphis?«

»Ja. Ich musste meine Eltern mal wieder sehen. Außerdem ist dort unser Psychiater.«

»Psychiater?«

»Ja. Er hat mich für ein paar Tage unter Beobachtung gehabt.«

»Unter Beobachtung?«

»Ja, in einer dieser hübschen kleinen Kliniken mit Orientteppichen in den Zimmern und Räucherlachs zum Frühstück. Tausend Dollar pro Tag.«

»Zwei Tage? Sie waren zwei Tage dort?«

»Ja.« Das Lügen fiel mir leicht – ich hatte kein schlechtes Gewissen. Wenn sie es für angebracht hielt, konnte die Kanzlei hart, ja rücksichtslos sein, und ich hatte nicht vor, mich von Rudolph zusammenstauchen zu lassen. Er hatte einen Marschbefehl vom Vorstand und würde wenige Minuten, nachdem er mein Büro verlassen hatte, seinen Bericht abfassen. Sollte es mir gelingen, sein Herz zu rühren, würde der Bericht wohlwollend ausfallen, und die Herren dort oben würden sich wieder entspannen. Für eine kurze Zeit würde das Leben leichter sein.

»Sie hätten anrufen sollen«, sagte er, noch immer hart, doch es zeigten sich bereits die ersten Sprünge.

»Ich bitte Sie, Rudolph. Ich war völlig abgeschnitten. Kein Telefon.« In meiner Stimme lag etwas Gequältes, das ihn rühren würde.

Nach einer langen Pause sagte er: »Fühlen Sie sich wieder gut?«

»Ja.«

»Es geht Ihnen gut?«

»Der Psychiater hat gesagt, es geht mir gut.«

»Hundert Prozent?«

»Hundertzehn Prozent. Kein Problem, Rudolph. Ich

hab bloß ein paar Tage ausspannen müssen, das ist alles. Mir geht's gut. Ich bin wieder voll da.«

Das war alles, was Rudolph hören wollte. Er lächelte, entspannte sich und sagte: »Wir haben viel zu tun.«

»Ich weiß. Ich kann's kaum erwarten.«

Er rannte praktisch aus meinem Büro. Wahrscheinlich würde er gleich zum Telefon greifen und melden, dass eine der vielen Produktivkräfte der Kanzlei wieder auf dem Posten war.

Ich schloss die Tür, schaltete das Licht aus und verbrachte eine qualvolle Stunde damit, meinen Schreibtisch mit beschriebenem Papier zu bedecken. Es kam zwar nichts dabei heraus, aber ich leistete honorarfähige Arbeit.

Als ich es nicht mehr aushielt, stopfte ich die Telefonnotizen in meine Jackentasche und ging hinaus. Ich konnte ungesehen entkommen.

Ich hielt an einer großen Discount-Drogerie an der Massachusetts Avenue und gab mich einem angenehmen Kaufrausch hin: Schokolade und kleine Spielzeuge für die Kinder, Seife und Toilettenartikel für alle, Strümpfe und Jogginghosen in verschiedenen Kindergrößen, eine große Packung Windeln. Ich hatte noch nie so viel Spaß daran gehabt, zweihundert Dollar auszugeben.

Und ich würde auch das nötige Geld ausgeben, um ihnen einen warmen, trockenen Platz zu verschaffen. Wenn sie für einen Monat in ein Motel ziehen mussten – kein Problem. Sie würden bald meine Mandanten sein, und ich würde mit Freuden so lange drohen und prozessieren, bis sie eine angemessene Wohnung hatten. Ich konnte es kaum erwarten, jemanden zu verklagen.

Ich parkte gegenüber der Kirche und hatte weniger Angst als in der Nacht zuvor, war aber auf der Hut. Es erschien mir klüger, meine Geschenkpakete im Wagen zu lassen. Wenn ich hier auftrat wie der Weihnachtsmann, würde es einen Tumult geben. Ich wollte die Familie abholen, in ein Motel fahren, dafür sorgen, dass alle gewaschen und entlaust wurden, sie mit Essen voll stopfen und auf Krankheiten untersuchen lassen, vielleicht Schuhe und warme Kleider für sie kaufen und ihnen dann wieder etwas zu essen vorsetzen, und es spielte keine Rolle, wie lange es dauern und wie viel es kosten würde.

Ebenso wenig wie es eine Rolle spielte, ob die Leute dachten, ich sei bloß irgendein reicher Weißer, der versuchte, sein Gewissen ein bisschen zu besänftigen.

Miss Dolly freute sich, mich zu sehen. Sie begrüßte mich und zeigte auf einen Haufen Gemüse, das geputzt werden musste. Bevor ich mich an die Arbeit machte, sah ich mich nach Ontario und seiner Familie um, konnte sie aber nirgends entdecken. Sie waren nicht an ihrem Platz. Ich suchte den ganzen Keller ab und stieg über Dutzende von Obdachlosen hinweg. Auch im Kirchenraum und auf der Empore sah ich sie nicht.

Während ich Kartoffeln schälte, unterhielt ich mich mit Miss Dolly. Sie erinnerte sich an die Familie von gestern Nacht, sagte aber, als sie heute gegen neun Uhr gekommen sei, seien sie schon nicht mehr hier gewesen.

»Wohin könnten sie gegangen sein?«, fragte ich sie.

»Mein Lieber, diese Leute sind ständig in Bewegung. Sie gehen von Suppenküche zu Suppenküche, von Notunterkunft zu Notunterkunft. Vielleicht hat die Mutter gehört, dass es drüben in Brightwood heute Käse gibt, oder irgendwo anders Decken. Vielleicht hat sie sogar einen Job bei McDonald's und lässt die Kinder bei ihrer Schwester. Man kann es nicht wissen. Aber sie bleiben nie lange an einem Ort.«

Ich bezweifelte sehr, dass Ontarios Mutter einen Job hatte, aber das wollte ich nicht mit Miss Dolly in ihrer Küche diskutieren.

Als sich die Schlange für das Mittagessen bildete, erschien Mordecai. Ich sah ihn, bevor er mich bemerkte, und als sein Blick auf mich fiel, strahlte er über das ganze Gesicht.

Ein neuer Helfer schmierte Brote; Mordecai und ich arbeiteten an der Ausgabe, tauchten Kellen in Töpfe und füllten Suppe in Plastikschalen. Das war eine regelrechte Kunst: Zu viel Brühe, und der Empfänger runzelte finster die Stirn, zu viel Gemüse, und im Topf würde bald nur noch Brühe sein. Mordecai hatte seine Technik schon vor Jahren perfektioniert, ich dagegen bekam eine Reihe wütender Blicke, bevor ich den Bogen heraus hatte. Mordecai sagte zu jedem, der eine Schüssel Suppe bekam, ein freundliches Wort: Hallo, guten Morgen, wie geht's, schön, Sie mal wieder zu sehen. Einige lächelten zurück, andere sahen nicht einmal auf.

Als der Mittag näherrückte, stand die Tür nicht mehr still, und die Schlange wurde länger. Weitere Helfer erschienen aus dem Nichts, und in der Küche herrschte die rege Geschäftigkeit gut gelaunter Menschen, die mit Freude bei der Arbeit waren. Ich hielt weiter nach Ontario Ausschau. Der kleine Bursche wusste noch nicht, dass der Weihnachtsmann auf ihn wartete.

Als die Schlange verschwunden war, füllten wir uns selbst je eine Schale. Die Tische waren allesamt besetzt, und so aßen wir in der Küche, im Stehen und an die Spüle gelehnt.

»Erinnern Sie sich an die Windel, die Sie gestern gewechselt haben?«, fragte ich Mordecai.

»Wie könnte ich das vergessen?«

»Ich hab die Familie heute noch nicht gesehen.«

Er kaute und dachte einen Augenblick lang nach. »Als ich heute Morgen kam, waren sie noch hier.«

»Um wie viel Uhr war das?«

»Um sechs. Sie waren da drüben, in der Ecke, und haben tief geschlafen.«

»Wohin sind sie wohl gegangen?«

»Das kann man nicht wissen.«

»Der kleine Junge hat mir erzählt, dass sie in einem Wagen wohnen.«

»Sie haben mit ihm gesprochen?«

»Ja.«

»Und jetzt wollen Sie ihn finden, stimmt's?«

»Ja.«

»Rechnen Sie lieber nicht damit.«

Nach dem Mittagessen brach die Sonne durch die Wolken, und in die Menge kam Bewegung. Einer nach dem anderen ging an der Ausgabe vorbei, nahm sich einen Apfel oder eine Orange und verließ den Keller.

»Obdachlose sind rastlos«, erklärte Mordecai, während wir zusahen. »Sie streifen herum. Sie haben Gewohnheiten und Rituale, sie haben Lieblingsplätze, Freunde und Dinge, die sie erledigen wollen. Sie gehen wieder in ihre Parks und Gassen und suchen sich ein schneefreies Fleckchen.«

»Draußen sind es minus fünf Grad. Gestern Nacht waren es minus zwanzig.«

»Sie kommen wieder. Warten Sie, bis es dunkel wird, dann ist es hier wieder brechend voll. Kommen Sie – wir fahren ein bisschen herum.«

Wir sagten Miss Dolly Bescheid, die uns für eine Weile beurlaubte. Mordecais ziemlich mitgenommener Ford Taurus stand neben meinem Lexus. »Der wird hier nicht alt werden«, sagte er und zeigte auf meinen Wagen. »Wenn Sie vorhaben, einen Teil Ihrer Zeit in dieser Gegend zu verbringen, würde ich Ihnen empfehlen, sich was Billigeres zu suchen.«

Nicht im Traum würde ich mich von meinem wunderschönen Wagen trennen. Ich war beinahe beleidigt.

Wir stiegen in seinen Taurus und fuhren aus der Parklücke. Schon nach wenigen Sekunden war mir klar, dass

Mordecai ein entsetzlicher Fahrer war. Ich wollte den Sicherheitsgurt anlegen, doch das Schloss funktionierte nicht. Mordecai schien es nicht zu bemerken.

Wir fuhren durch die gut geräumten Straßen von Northwest, vorbei an Blocks von Mietshäusern, die mit Brettern vernagelt waren, an Sozialsiedlungen, die so verrufen waren, dass Krankenwagenfahrer sich weigerten, hierher zu kommen, an Schulen, deren Zäune von Stacheldraht gekrönt waren, durch Gegenden, in denen Unruhen unauslöschliche Narben hinterlassen hatten. Mordecai war ein beeindruckender Führer. Hier gehörte jeder Quadratzentimeter zu seinem Revier, jede Ecke, jede Straße hatte eine Geschichte zu erzählen. Wir kamen an anderen Notunterkünften und Suppenküchen vorbei. Er kannte die Köchinnen und die Pfarrer. Die Kirchen waren entweder gut oder schlecht – Zwischentöne gab es nicht. Entweder öffneten sie den Obdachlosen ihre Türen oder sie hielten sie verschlossen. Er zeigte mir die Law School in Howard, einen Ort, der ihn mit immensem Stolz erfüllte. Sein Studium hatte fünf Jahre gedauert. Er hatte abends gelernt und außerdem einen Voll- und einen Teilzeitjob gehabt. Er zeigte mir ein ausgebranntes Mietshaus, in dem früher Crack verkauft worden war. Sein dritter Sohn Cassius war auf dem Bürgersteig vor dem Haus gestorben.

Als wir in der Nähe seines Büros waren, fragte er mich, ob ich etwas dagegen hätte, wenn er kurz nach seiner Post sehe. Ich hatte überhaupt nichts dagegen. Schließlich gab es für mich ja ohnehin nichts zu tun.

Das Büro war dämmrig, kalt und leer. Er schaltete das Licht an und sagte: »Wir sind zu dritt: Sofia Mendoza, Abraham Lebow und ich. Sofia ist eigentlich Sozialarbeiterin, aber sie versteht mehr vom Sozialrecht als Abraham und ich zusammen.« Ich folgte ihm zwischen den mit Papier übersäten Schreibtischen hindurch. »Früher waren hier sieben Anwälte zusammengepfercht.

Können Sie sich das vorstellen? Damals kriegten Rechtsbeistände von Bedürftigen einen Zuschuss vom Staat. Jetzt sind die Republikaner am Ruder, und wir bekommen keinen Cent mehr. Da drüben sind drei Büros, und hier sind noch einmal drei.« Er zeigte in verschiedene Richtungen. »Jede Menge Platz.«

Was zusätzliches Personal betraf, gab es vielleicht genug Platz, doch es war schwer, sich hier zu bewegen, ohne über einen Korb voller Akten oder einen Stoß verstaubter juristischer Fachbücher zu stolpern.

»Wem gehört das Haus?«, fragte ich.

»Der Cohen-Stiftung. Leonard Cohen war der Gründer einer großen New Yorker Kanzlei. Er ist 1968 gestorben – muss fast hundert Jahre alt gewesen sein. Er hatte nie etwas anderes getan als Geld zu scheffeln, und gegen Ende seines Lebens beschloss er, dass er nicht mit all diesem Geld sterben wollte. Also hat er es verteilt, und eine seiner zahlreichen Stiftungen ist für Anwälte bestimmt, die Obdachlosen helfen. So ist dieses Büro entstanden. Die Stiftung unterhält drei Büros: in New York, in Newark und hier. Ich wurde 1983 eingestellt und 1984 zum Direktor befördert.«

»Alles Geld stammt aus einer einzigen Quelle?«

»Praktisch alles. Im letzten Jahr hat uns die Stiftung hundertzehntausend Dollar gegeben. Im Jahr davor waren es hundertfünfzigtausend gewesen, also mussten wir einen Anwalt entlassen. Der Betrag wird jedes Jahr kleiner. Die Stiftungsgelder werden nicht gut verwaltet, und jetzt fressen die Kosten langsam das Kapital auf. Ich bezweifle, dass wir in fünf Jahren noch hier sein werden. Vielleicht können wir noch drei Jahre durchhalten.«

»Können Sie nicht anderswo Geld auftreiben?«

»Klar. Letztes Jahr haben wir neuntausend Dollar zusammengekriegt. Aber das kostet Zeit. Entweder wir leisten juristische Hilfe, oder wir versuchen Spenden zu sammeln. Sofia kann nicht gut mit Leuten umgehen.

Abraham ist New Yorker, und man weiß ja, wie verbindlich die sind. Bleiben also nur ich und meine charismatische Persönlichkeit.«

»Wie hoch sind die laufenden Kosten?« Ich war neugierig, fand mich aber nicht aufdringlich. Fast jedes nicht gewinnorientierte Unternehmen legte jährlich einen Bericht vor, in dem alle relevanten Zahlen standen.

»Zweitausend im Monat. Nach Abzug aller Unkosten und einer kleinen Reserve haben wir drei uns neunundachtigtausend Dollar geteilt. Zu gleichen Teilen. Sofia betrachtet sich als Teilhaberin, und wir haben, ehrlich gesagt, Angst, uns mit ihr zu streiten. Ich habe also fast dreißigtausend Dollar verdient, was, soviel ich weiß, für einen Armenanwalt völlig normal ist. Willkommen auf der Straße.«

Wir hatten endlich sein Büro erreicht. Ich setzte mich ihm gegenüber.

»Haben Sie vergessen, die Heizungsrechnung zu bezahlen?«, fragte ich beinahe zitternd.

»Wahrscheinlich. Wir arbeiten nicht oft am Wochenende. Das spart Geld. Dieses Büro lässt sich weder vernünftig heizen noch kühl halten.«

Auf diesen Gedanken war bei Drake & Sweeney noch nie jemand gekommen: Am Wochenende ist die Kanzlei geschlossen – das spart Geld. Und rettet Ehen.

»Und wenn es zu gemütlich ist, bleiben unsere Mandanten einfach hier sitzen. Darum ist es im Winter kalt und im Sommer heiß – das hält uns die Laufkundschaft vom Hals. Möchten Sie einen Kaffee?«

»Nein, danke.«

»Das war natürlich nur ein Witz. Wir würden nichts tun, was diese Leute davon abhalten würde, zu uns zu kommen. Das Klima macht uns nichts aus. Unsere Mandanten frieren und haben Hunger – warum sollten wir uns also darüber beklagen? Hatten Sie ein schlechtes Gewissen, als Sie heute Morgen gefrühstückt haben?«

»Ja.«

Er lächelte mich an wie ein weiser alter Mann, dem nichts fremd ist. »Das ist ganz normal. Früher haben hier eine ganze Menge junger Anwälte aus großen Kanzleien ausgeholfen – ich nenne sie immer ›Gratisenthusiasten‹ –, und alle haben mir erzählt, dass sie als Erstes das Interesse am Essen verloren haben.« Er tätschelte seinen dicken Bauch. »Aber das geht vorbei.«

»Was haben diese Gratisenthusiasten gemacht?«, fragte ich. Ich wusste, dass ich mich dem Köder näherte, und Mordecai wusste, dass ich es wusste.

»Wir haben sie in die Notunterkünfte geschickt. Sie haben mit den Mandanten gesprochen, und wir haben die Supervision der Fälle übernommen. Die meisten sind einfach: Der Anwalt ruft irgendeinen schwerfälligen Bürokraten an und macht ihm Beine. Da geht es um Lebensmittelmarken, Veteranenpensionen, Mietzuschüsse, medizinische Versorgung, Beihilfen für Kinder, und so weiter. Ein Viertel unserer Arbeit hat mit Beihilfen zu tun.«

Ich hörte aufmerksam zu. Mordecai konnte offenbar meine Gedanken lesen und begann, die Schnur einzuholen.

»Die Obdachlosen haben keine Stimme. Niemand hört ihnen zu, niemand kümmert sich um sie, und sie erwarten auch gar keine Hilfe. Wenn sie also versuchen, ihren Anspruch telefonisch durchzusetzen, kommen sie nicht weit. Sie landen in der Warteschleife, und da bleiben sie dann. Niemand ruft zurück. Sie haben keine Adresse. Den Bürokraten sind sie egal – die schikanieren die Menschen, denen sie eigentlich helfen sollten. Ein erfahrener Sozialarbeiter kann so einen Beamten wenigstens dazu bringen, dass er zuhört, mal einen Blick in die Akten wirft und einen Telefonanruf macht. Aber sobald ein Anwalt am Apparat ist, der laut wird und diesem Burschen die Hölle heiß macht, passiert plötzlich was. Der Beamte ist motiviert, Akten werden bearbeitet. Die Adresse fehlt? Kein Problem – schicken Sie den Scheck an mich, und ich leite ihn an meinen Mandanten weiter.«

Er sprach lauter und gestikulierte mit beiden Händen. Offenbar war Mordecai der geborene Geschichtenerzähler. Ich hatte den Verdacht, dass er es verstand, Geschworene sehr wirkungsvoll zu bearbeiten.

»Eine komische Geschichte«, sagte er. »Vor ungefähr einem Monat ging einer meiner Mandanten zum Sozialamt, um sich einen Antrag für eine Unterstützung zu holen. Eigentlich eine Routinesache. Er ist sechzig Jahre alt und hat chronische Rückenschmerzen. Wenn man zehn Jahre lang auf Parkbänken und Steinböden schläft, kriegt man die. Er musste zwei Stunden vor der Tür stehen. Drinnen musste er noch einmal eine Stunde warten. Schließlich wurde er aufgerufen. Er versuchte, der Beamtin zu erklären, was er wollte, und wurde von der Frau, die anscheinend einen schlechten Tag hatte, auf übelste Weise abgekanzelt. Sie machte auch eine Bemerkung über seinen Körpergeruch. Er war natürlich gedemütigt und ging ohne seinen Antrag. Dann rief er mich an. Ich machte ein paar Telefonanrufe, und letzten Mittwoch gab es dann im Sozialamt eine nette kleine Zeremonie. Mein Mandant und ich waren da. Die Beamtin war da, ihr Vorgesetzter und der Vorgesetzte ihres Vorgesetzten waren da, der Leiter des Washingtoner Sozialamtes und ein großes Tier vom Sozialministerium waren ebenfalls da. Die Beamtin stand vor meinem Mandanten und las ihm eine lange Entschuldigung vor. Es war sehr schön, richtig rührend. Dann gab sie meinem Mandanten den Antrag, und alle Anwesenden versicherten, dass dieser sogleich bearbeitet werden würde. Das ist Gerechtigkeit, Michael, das ist es, was ein Armenanwalt bewirken kann. Die Achtung der Menschenwürde.«

Es folgten noch mehr Geschichten, eine nach der anderen, und in allen war der Armenanwalt der Held, und seine Mandanten trugen den Sieg davon. Ich wusste, dass zu seinem Repertoire mindestens ebenso viele, vielleicht sogar noch mehr herzzerreißende Geschichten gehörten, aber im Augenblick leistete er nur die Vorarbeit.

Ich achtete nicht auf die Zeit. Er erwähnte seine Post mit keinem Wort. Schließlich gingen wir wieder hinaus und fuhren zur Notunterkunft.

In einer Stunde würde es dunkel sein – eine gute Zeit, fand ich, um sich in dem gemütlichen Kirchenkeller zu verkriechen, bevor finstere Gestalten die Straßen unsicher machten. Ich stellte fest, dass ich in Mordecais Gesellschaft langsam und sorglos ging. Wäre ich allein gewesen, dann wäre ich vornübergebeugt durch den Schnee gestapft, mit schnellen, nervösen Schritten.

Miss Dolly hatte irgendwo einen ganzen Berg Suppenhühner aufgetrieben und wartete bereits auf mich. Sie kochte die Hühner, und ich zerlegte sie.

Mordecais Frau JoAnne half uns, als der Andrang am größten war. Sie war ebenso freundlich wie ihr Mann und hatte beinahe seine Statur. Beide Söhne waren über zwei Meter groß. Cassius war zwei Meter zehn groß gewesen, ein heftig umworbener Basketballspieler, als er mit siebzehn Jahren erschossen worden war.

Um Mitternacht fuhr ich nach Hause. Von Ontario und seiner Familie keine Spur.

10

Der Sonntag begann am späten Vormittag mit einem Anruf von Claire und einem neuerlichen gezwungenen Geplauder, mit dem sie kaschierte, dass sie mir nur ihre Ankunftszeit mitteilen wollte. Ich schlug vor, in unserem Lieblingsrestaurant zu Abend zu essen, doch dazu hatte sie keine Lust. Ich fragte sie nicht, ob irgendetwas sie bedrückte. Darüber waren wir hinaus.

Unsere Wohnung lag in der zweiten Etage, und es war mir noch nicht gelungen, eine zufrieden stellende Lösung für die Zustellung der Sonntagsausgabe der *Washington Post* zu finden. Wir hatten es mit verschiedenen Methoden probiert, aber oft genug suchte ich vergeblich nach unserer Zeitung.

Ich duschte und zog mehrere Schichten Kleider an. Der Wetterbericht sagte Höchsttemperaturen von minus fünf Grad voraus, und kurz bevor ich die Wohnung verlassen wollte, begann die Sprecherin mit der Top-Story des Morgens. Es traf mich wie ein Hammerschlag – ich hörte die Worte, doch ihre Bedeutung wurde mir erst nach und nach bewusst. Ich ging zu dem Fernseher, der auf der Küchentheke stand; meine Füße waren schwer, mir wurde kalt ums Herz, und mein Mund stand in ungläubigem Entsetzen offen.

Gegen elf Uhr nachts hatten Polizeibeamte in einer gefährlichen Gegend beim Fort Totten Park in Northeast einen kleinen Wagen überprüft, dessen abgefahrene Reifen im Schneematsch steckten. Sie fanden eine junge Mutter und ihre vier Kinder, allesamt erstickt. Man nahm an, dass die Familie in dem Wagen gelebt hatte und den Motor hatte laufen lassen, um die Heizung in

Gang zu halten. Der Auspuff des Wagens war durch Schnee, der von der Straße gepflügt worden war, verstopft worden. Es gab noch ein paar Details, aber keine Namen.

Ich rannte hinaus. Auf dem Bürgersteig wäre ich fast ausgerutscht, doch ich fing mich wieder und lief die P Street hinunter zur Wisconsin Avenue und hinüber zur Ecke 34th Street, wo es einen Zeitungskiosk gab. Erregt und außer Atem griff ich mir eine Sonntagszeitung und fand ganz unten auf der ersten Seite eine kleine, offenbar in letzter Minute eingefügte Notiz. Auch hier keine Namen.

Ich schlug den Lokalteil auf und ließ den Rest der Zeitung auf den nassen Boden fallen. Die Story wurde auf Seite 14 fortgesetzt: ein paar Standard-Verlautbarungen der Polizei sowie die üblichen Warnungen vor verstopften Auspuffrohren. Dann kamen die furchtbaren Einzelheiten: Die Mutter war zweiundzwanzig und hieß Lontae Burton. Das Baby hieß Temeko. Die beiden Kleinkinder, Alonzo und Dante, waren Zwillinge. Der ältere Junge hieß Ontario und war vier Jahre alt.

Ich muss ein seltsames Geräusch von mir gegeben haben, denn ein Jogger sah mich misstrauisch an, als könnte ich gefährlich werden. Ich setzte mich langsam in Bewegung, stieg über die anderen zwanzig Teile der Zeitung und hielt dabei den Lokalteil aufgeschlagen vor mich.

»He, Sie!«, rief mir eine ziemlich unangenehme Stimme nach. »Würden Sie die Zeitung gefälligst bezahlen?« Ich ging einfach weiter.

Er lief mir nach und rief: »He, Mister!« Ich blieb stehen, zog einen Fünf-Dollar-Schein aus der Tasche und warf ihn, ohne den Mann anzusehen, auf den Boden.

In der P Street, in der Nähe meiner Wohnung, lehnte ich mich an die Gartenmauer eines gepflegten Reihenhauses. Der Bürgersteig war makellos sauber. Langsam las ich den Artikel noch einmal, in der verzweifelten Hoffnung, er könnte diesmal anders enden. Fragen und Gedanken stürmten so schnell auf mich ein, dass ich gar nicht mehr nachkam, doch zwei davon tauchten immer wieder auf: Warum waren sie nicht in die Notunterkunft zurückgekehrt? Und: War das Baby in meine Jeansjacke gewickelt gewesen?

Das Denken war schwer genug – ich konnte fast keinen Fuß vor den anderen setzen. Nach dem ersten Schock kamen die Schuldgefühle. Warum hatte ich nicht schon Freitag nacht, als ich sie kennen gelernt hatte, etwas für sie getan? Ich hätte sie doch auf der Stelle in ein warmes Motel bringen und ihnen zu essen geben können.

Als ich die Wohnung betrat, läutete das Telefon. Es war Mordecai. Er fragte mich, ob ich den Artikel gelesen hätte, und ich fragte ihn, ob er sich an die nasse Windel erinnerte. »Es war dieselbe Familie«, sagte ich. Er hatte die Namen noch nie gehört. Ich erzählte ihm von meiner Unterhaltung mit Ontario.

»Es tut mir so Leid, Michael«, sagte er, nun noch viel trauriger.

»Mir auch.«

Ich brachte nicht viel heraus, mir fehlten die Worte. Wir verabredeten uns für später. Ich ging zum Sofa und blieb eine Stunde lang reglos sitzen.

Dann ging ich zum Wagen und holte die Tüten voller Lebensmittel, Spielzeug und Kleidung heraus, die ich für sie gekauft hatte.

Mordecai kam aus reiner Neugier gegen Mittag in mein Büro. Er hatte viele große Kanzleien kennen gelernt, aber er wollte die Stelle sehen, wo Mister erschossen worden war. Ich machte einen kurzen Rundgang mit ihm und erzählte ihm, wie die Geiselnahme abgelaufen war.

Wir nahmen seinen Wagen. Ich war dankbar für den spärlichen Sonntagsverkehr, denn Mordecai achtete nicht sonderlich auf andere Verkehrsteilnehmer.

»Lontae Burtons Mutter ist achtunddreißig und sitzt gerade eine zehnjährige Strafe wegen Dealens mit Crack ab«, sagte er mir. Er hatte ein wenig herumtelefoniert. »Sie hatte zwei Brüder, beide im Gefängnis. Sie selbst hatte Vorstrafen wegen Drogen und Prostitution. Keine Ahnung, wer der Vater oder die Väter der Kinder sind.«

»Woher wissen Sie das?«

»Ich hab ihre Großmutter aufgetrieben – sie wohnt in einer Sozialsiedlung. Als sie Lontae das letzte Mal gesehen hat, hatte die nur drei Kinder und verkaufte zusammen mit ihrer Mutter Drogen. Die Großmutter sagt, dass sie wegen dieser Drogengeschäfte den Kontakt zu ihrer Tochter und ihrer Enkelin abgebrochen hat.«

»Wer sorgt für die Beerdigung?«

»Dieselben Leute, die sich um die von DeVon Hardy gekümmert haben.«

»Und wie viel würde ein anständiges Begräbnis kosten?«

»Das ist Verhandlungssache. Würden Sie die Kosten übernehmen?«

»Ich möchte, dass sie anständig bestattet werden.«

Wir waren auf der Pennsylvania Avenue und fuhren, im Hintergrund das Capitol, an den riesigen Gebäuden des Kongresses vorbei, und ich schickte in Gedanken ein oder zwei Flüche in Richtung der Dummköpfe, die Monat für Monat Milliarden verschwendeten, obwohl es so viele Obdachlose gab. Wie konnte es geschehen, dass vier unschuldige Kinder auf der Straße, praktisch im Schatten des Capitols, starben, nur weil sie keine Wohnung hatten?

In der Gegend, in der ich wohnte, gab es Leute, die sagen würden, es wäre besser gewesen, wenn sie gar nicht erst geboren worden wären.

Die Leichname waren zur Leichenhalle gebracht worden, einem zweistöckigen, braunen Gebäude aus Fertigteilen, das neben dem General Hospital stand. Dort würden sie bleiben, es sei denn, jemand erhob Anspruch auf sie. Wenn sich innerhalb von achtundvierzig Stunden niemand meldete, würde man sie, wie es vorgeschrieben war, einbalsamieren, in einen billigen Sarg legen und sie umgehend auf dem Friedhof beim RFK-Stadion begraben.

Mordecai parkte auf einem Behindertenparkplatz, zögerte einen Augenblick und sagte: »Sind Sie sicher, dass Sie da reingehen wollen?«

»Ich glaube ja.«

Er war nicht zum ersten Mal hier und hatte vorher ein paar Telefongespräche geführt. Ein Mann in der schlecht sitzenden Uniform des Sicherheitsdienstes wagte es, uns aufzuhalten, und Mordecai fuhr ihn so laut an, dass ich ängstlich zusammenzuckte. Ich hatte ohnehin ein Gefühl im Magen, als hätte ich einen Stein verschluckt.

Der Mann vom Sicherheitsdienst zog sich zurück und war froh, aus der Schusslinie zu sein. Auf einer großen Doppeltür aus Glas stand in schwarzer Schrift LEICHENHALLE, und Mordecai trat ein, als sei die ganze Dienststelle sein Privatbesitz.

»Ich bin Mordecai Green, Anwalt der Familie Burton«, knurrte er den jungen Mann hinter dem Tresen an. Es klang weniger wie eine Feststellung als vielmehr wie eine Drohung.

Der junge Mann blätterte die Papiere auf einem Klemmbrett durch und wühlte in weiteren Unterlagen.

»Was machen Sie da eigentlich?«, raunzte Mordecai ihn an.

Der junge Mann sah auf und machte ein Gesicht, als wollte er Widerworte geben, doch dann wurde ihm mit einemmal bewusst, wie groß sein Gegenüber war. »Einen Moment«, sagte er und trat an den Computer.

Mordecai wandte sich zu mir und sagte laut: »Man könnte meinen, die haben hier tausend Leichen.«

Mir wurde klar, dass er für Beamte und Staatsangestellte keinerlei Geduld aufbrachte. Die Geschichte über die Entschuldigung der Beamtin beim Sozialamt fiel mir ein. Die Hälfte von Mordecais Anwaltstätigkeit bestand aus Einschüchtern und Drohen.

Ein blasser Mann mit schlecht gefärbtem schwarzen Haar und einem feuchtkalten Händedruck erschien und stellte sich als Bill vor. Er trug einen blauen Laborkittel und Schuhe mit dicken Gummisohlen. Wo fand man Leute, die in der Leichenhalle arbeiten wollten?

Wir folgten ihm durch eine Tür und einen kahlen Gang entlang, in dem es deutlich kühler war, und kamen schließlich zum Hauptsaal.

»Wie viele haben Sie heute?«, fragte Mordecai, als käme er regelmäßig hier vorbei, um die Leichen zu zählen.

Bill öffnete die Tür und sagte: »Zwölf.«

»Alles in Ordnung?«, fragte Mordecai mich.

»Ich weiß nicht.«

Bill schob die schwere Metalltür auf, und wir traten ein. Die Luft war eiskalt und roch nach Desinfektionsmittel. Der Boden war weiß gekachelt, und das Licht kam von bläulichen Neonröhren. Ich folgte Mordecai mit gesenktem Kopf und versuchte, nicht nach rechts oder links zu sehen, doch es war unmöglich. Die Leichen waren mit weißen Tüchern zugedeckt wie im Fernsehen. Wir kamen an zwei weißen Füßen vorbei, am Zeh baumelte ein Schildchen. Dann kamen zwei braune Füße.

Wir bogen ab und blieben in einer Ecke stehen. Links war eine Bahre, rechts ein Tisch.

»Lontae Burton«, sagte Bill und zog mit dramatischer Geste das Laken bis zu ihrer Taille herunter. Es war Ontarios Mutter. Sie trug ein schlichtes weißes Leichenhemd. Der Tod hatte keine Spuren auf ihrem Gesicht zurückgelassen – sie hätte ebenso gut schlafen können. Ich konnte nicht aufhören, sie anzusehen.

»Das ist sie«, sagte Mordecai, als würde er sie schon seit Jahren kennen. Er sah mich Bestätigung heischend an. Ich konnte nur nicken. Bill drehte sich um, und ich hielt den Atem an. Die Kinder lagen alle unter einem Laken.

Sie lagen dicht nebeneinander in einer Reihe, die Hände über den Leichenhemden gefaltet – schlafende Cherubim, kleine Straßensoldaten, die endlich Frieden gefunden hatten.

Ich wollte Ontario berühren, ich wollte ihn streicheln und ihm sagen, wie Leid es mir tat. Ich wollte ihn wecken und mit nach Hause nehmen, ihm etwas zu essen vorsetzen und alles geben, was er nur haben wollte.

Ich trat einen Schritt vor, um ihn besser ansehen zu können. »Nicht anfassen«, sagte Bill.

Ich nickte, und Mordecai sagte: »Das sind sie.«

Als Bill sie wieder zudeckte, sprach ich in Gedanken ein kurzes Gebet um Gnade und Vergebung. Sorg dafür, dass es nicht wieder geschieht, sagte Gott zu mir.

In einem Raum am Ende des Gangs zeigte uns Bill zwei große Drahtkörbe, in denen sich die persönliche Habe der Familie befand. Er stellte sie auf den Tisch, und gemeinsam machten wir eine Aufstellung. Die Kleider waren schmutzig und abgetragen. Meine Jeansjacke war das am besten erhaltene Stück. Außerdem waren in den Körben drei Decken, eine Handtasche, ein paar billige Spielsachen, Milchpulver, ein Handtuch, weitere schmutzige Kleider, eine Schachtel Kekse mit Vanillegeschmack, eine ungeöffnete Dose Bier, ein paar Zigaretten, zwei Kondome und etwa zwanzig Dollar in Scheinen und Kleingeld.

»Der Wagen ist in der städtischen Verwahrstelle«, sagte Bill. »Angeblich voller Abfall.«

»Wir werden uns darum kümmern«, sagte Mordecai.

Wir unterschrieben die Empfangsbestätigung und nahmen die persönliche Habe der Familie Burton mit.

»Was machen wir nun mit diesem Zeug?«, fragte ich.

»Wir bringen es zur Großmutter. Wollen Sie die Jacke zurück haben?«

»Nein.«

Das Beerdigungsinstitut gehörte einem Priester. Mordecai kannte ihn und mochte ihn nicht besonders, weil seine Kirche nicht sehr freundlich zu den Obdachlosen war, aber er kam mit ihm zurecht.

Wir parkten vor der Kirche an der Georgia Avenue in der Nähe der Howard University, einem saubereren Teil der Stadt, wo nicht so viele Fenster mit Brettern vernagelt waren.

»Sie bleiben lieber im Wagen«, sagte Mordecai. »Unter vier Augen kann ich besser mit ihm reden.«

Ich wollte eigentlich nicht allein im Wagen sitzen bleiben, aber andererseits vertraute ich Mordecai ja ohnehin mein Leben an. »Na gut«, sagte ich, rutschte ein wenig tiefer und sah mich um.

»Ihnen passiert schon nichts.«

Er ging, und ich verriegelte die Türen. Nach ein paar Minuten entspannte ich mich und begann nachzudenken. Mordecai wollte aus geschäftlichen Gründen allein mit dem Priester sprechen. Meine Anwesenheit hätte die Dinge nur kompliziert. Wer war ich, und welches Interesse hatte ich an der Familie? Der Preis wäre sofort gestiegen.

Die Straße war belebt. Ich sah, wie die Menschen im schneidend kalten Wind vorübereilten. Eine Mutter mit zwei Kindern ging vorbei. Alle waren hübsch angezogen und hielten sich an den Händen. Wo waren sie gestern Nacht gewesen, als Ontario und seine Familie sich in dem kalten Wagen aneinander gedrängt und das geruchlose Kohlenmonoxid eingeatmet hatten, bis sie davongeschwebt waren? Wo waren wir anderen alle gewesen?

Die Welt ging den Bach hinunter. Nichts ergab einen Sinn. In weniger als einer Woche hatte ich sechs tote Obdachlose gesehen, und ich hatte nicht die innere Statur, um mit diesem Schock fertig zu werden. Ich war ein gebildeter weißer Anwalt, wohlhabend und gut ernährt, und steuerte zielstrebig auf echten Reichtum und all die schönen Dinge zu, die er mir bescheren würde. Meine Ehe stand zwar vor dem Ende, aber darüber würde ich schnell hinwegkommen. Es gab so viele schöne Frauen. Ich brauchte mir keine Sorgen zu machen.

Ich verfluchte Mister, der mich aus der Bahn geworfen hatte. Ich verfluchte Mordecai, der mir ein schlechtes Gewissen machte. Und ich verfluchte Ontario, der mir das Herz gebrochen hatte.

Jemand klopfte ans Fenster. Ich schreckte hoch. Meine Nerven waren nicht die besten. Mordecai stand am Rand des Bürgersteigs im Schnee. Ich öffnete das Fenster einen Spalt breit.

»Er sagt, er macht's für zweitausend Dollar, alle fünf.«

»Einverstanden«, antwortete ich, und Mordecai ging wieder hinein.

Wenig später kam er zurück, setzte sich ans Steuer und gab Gas. »Der Gottesdienst ist am Dienstag, hier in der Kirche. Holzsärge, aber schöne. Er wird noch Blumen besorgen, damit alles ein bisschen hübsch aussieht. Ursprünglich wollte er dreitausend, aber ich habe ihm gesagt, dass die Presse dabei sein wird und er vielleicht ins Fernsehen kommt. Das hat ihm gefallen. Zweitausend ist nicht schlecht.«

»Danke Mordecai.«

»Ist alles in Ordnung?«

»Nein.«

Auf dem Weg zu meinem Büro sprachen wir nur sehr wenig.

Bei Claires jüngerem Bruder James war die Hodgkin-Krankheit festgestellt worden – daher also die Einberufung des Familienrats nach Providence. Es hatte gar nichts mit mir zu tun. Sie erzählte mir von dem Wochenende, von dem Schock, als sie die Nachricht erhalten hatte, von den Tränen und Gebeten, mit denen sie James, seine Frau und sich selbst getröstet hatten. In Claires Familie weinte und umarmte man sich ständig, und ich war ihr dankbar, dass sie mich nicht dorthin mitgeschleppt hatte. Die Behandlung würde sofort beginnen, und die Prognose war gut.

Sie freute sich, wieder zu Hause zu sein und mit jemandem reden zu können. Wir tranken Wein vor dem offenen Kamin, eine Decke über den Füßen. Es war beinahe romantisch, auch wenn ich viel zu mitgenommen war, um auf irgendwelche sentimentalen Gedanken zu kommen. Ich gab mir redliche Mühe, ihr zuzuhören, den armen James gehörig zu bedauern und an den richtigen Stellen angemessene Bemerkungen zu machen.

Es war nicht das, was ich erwartet hatte, und ich wusste nicht recht, ob es das war, was ich wollte. Ich hatte gedacht, wir würden ein paar Scheingefechte führen und uns vielleicht sogar einige echte Scharmützel liefern. Bald würde der Streit ernst und heftig werden, aber dann würden wir uns hoffentlich wieder besinnen und wie erwachsene Menschen mit unserer Trennung umgehen. Nach meinem Erlebnis mit Ontario war ich jedoch nicht imstande, mich mit irgendeinem Problem auseinanderzusetzen, bei dem Gefühle mitspielten. Ich war ausgelaugt. Claire sagte mir mehrmals, ich sähe müde aus. Fast hätte ich mich bei ihr bedankt.

Ich hörte ihr aufmerksam zu, und dann kamen wir langsam auf mich und mein Wochenende zu sprechen.

Ich erzählte ihr alles: von meinem neuen Leben als freiwilliger Helfer in einer Notunterkunft, von Ontario und seiner Familie. Ich zeigte ihr den Zeitungsartikel.

Sie war ehrlich berührt, aber auch verwirrt. Ich war nicht mehr der, der ich vor einer Woche gewesen war, und sie wusste nicht, ob ihr das neue Modell besser gefiel als das Alte. Ich wusste es ebenso wenig.

11

Als junge Workaholics brauchten Claire und ich keinen Wecker, schon gar nicht montags morgens, wenn eine ganze Woche voller Herausforderungen auf uns wartete. Wir standen um fünf Uhr auf, aßen um halb sechs ein Müsli-Frühstück und jagten dann in verschiedene Richtungen davon, als hätte der gewonnen, der als Erster das Haus verließ.

Dank des Weins hatte ich schlafen können, ohne von dem Albtraum des Wochenendes heimgesucht zu werden, und auf dem Weg zur Kanzlei beschloss ich, etwas mehr Distanz zwischen mich und die Obdachlosen zu legen. Ich würde die Beerdigung hinter mich bringen. Ich würde irgendwie Zeit finden, Gratisarbeit für Obdachlose zu leisten. Ich würde meine Freundschaft zu Mordecai vertiefen und ihn vielleicht sogar regelmäßig in seinem Rechtsberatungsbüro besuchen. Ich würde gelegentlich bei Miss Dolly vorbeischauen und ihr helfen, die Hungrigen zu speisen. Ich würde für die Armen spenden und helfen, weitere Spenden zu sammeln. Jemand, der Geldquellen auftat, war gewiss nützlicher als ein weiterer Armenanwalt.

Während ich im Dunkeln zur Kanzlei fuhr, kam ich zu dem Schluss, dass ich ein paar Achtzehn-Stunden-Tage brauchte, um meine Prioritäten wieder klar ins Auge zu fassen. Wenn ich mich in die Arbeit stürzte, würde der kleine Knick, den meine Karriere bekommen hatte, bald wieder beseitigt sein. Nur ein Dummkopf würde die Zukunftsperspektive, die sich mir bot, aufgeben.

Diesmal nahm ich einen anderen Aufzug. Mister war

Vergangenheit. Ich sah nicht zu dem Konferenzraum hin, in dem er gestorben war. In meinem Büro legte ich Mantel und Aktentasche auf einem Stuhl ab und holte mir einen Kaffee. Es war noch nicht einmal sechs Uhr morgens, und ich ging mit federnden Schritten durch die Gänge, sprach hier mit einem Kollegen, dort mit einem Gehilfen, zog mein Jackett aus und krempelte die Ärmel hoch – es war eine Freude, wieder hier zu sein.

Ich blätterte zunächst das *Wall Street Journal* durch, teils weil ich wusste, dass darin ganz gewiss nichts über erstickte Obdachlose in Washington stand. Danach kam die Post an die Reihe. Auf der ersten Seite des Lokalteils standen ein kurzer Artikel über Lontae Burtons Familie und ein Foto der weinenden Großmutter vor dem Hintergrund eines Hochhauses mit Sozialwohnungen. Ich las den Artikel und legte die Zeitung beiseite. Ich wusste mehr als der Reporter und war entschlossen, mich nicht ablenken zu lassen.

Unter der *Post* lag ein unscheinbarer Aktendeckel, wie es ihn in der Kanzlei millionenfach gab. Er war allerdings nicht beschriftet und damit ungewöhnlich. Er lag einfach da, mitten auf meinem Schreibtisch. Irgendjemand hatte ihn dorthin gelegt. Ich schlug ihn langsam auf

Er enthielt nur zwei Bögen Papier: eine Kopie des gestrigen Artikels in der *Post,* den ich zehnmal gelesen und Claire gezeigt hatte, sowie die Kopie eines Schriftstücks, das aus einer offiziellen Drake & Sweeney-Akte stammte. Die Überschrift lautete: ZWANGSRÄUMUNG – RIVEROAKS/TAG, INC.

Links standen untereinander die Zahlen von eins bis siebzehn. Nummer vier war DeVon Hardy. Hinter Nummer fünfzehn stand: »Lontae Burton und drei oder vier Kinder.«

Ich legte das Blatt langsam auf den Tisch, stand auf, ging zur Tür, schloss sie ab und lehnte mich dagegen.

Ein paar Minuten vergingen in absoluter Stille. Ich starrte die Liste auf meinem Schreibtisch an. Dass sie stimmte und vollständig war, konnte ich annehmen. Warum hätte sich irgendjemand so etwas ausdenken sollen? Ich nahm die Liste wieder in die Hand und bemerkte, dass mein unbekannter Informant mit Bleistift auf die Innenseite des Aktendeckels geschrieben hatte: »Die Zwangsräumung war illegal und moralisch falsch.«

Es waren Druckbuchstaben, damit ich auch durch eine Schriftanalyse nicht herausfinden konnte, wer der Verfasser war. Die Schrift war ganz schwach – der Stift hatte kaum die Pappe des Aktendeckels berührt.

Ich ließ die Tür für eine Stunde verschlossen. In dieser Zeit stand ich am Fenster, betrachtete den Sonnenaufgang, setzte mich dann wieder an den Schreibtisch und starrte die Liste an. Auf dem Gang gingen immer mehr Leute vorbei, und schließlich hörte ich Pollys Stimme. Ich öffnete die Tür, begrüßte sie, als wäre alles in bester Ordnung, und folgte der täglichen Routine.

Der Vormittag war angefüllt mit Konferenzen und Besprechungen, zwei davon mit Rudolph und Mandanten. Ich hielt mich gut, auch wenn ich nachher nicht mehr wusste, was wir gesagt oder getan hatten. Rudolph war stolz, seinen Star wieder mit voller Kraft arbeiten zu sehen.

Zu denen, die sich mit mir über die Geiselnahme und ihre Nachwirkungen unterhalten wollten, war ich beinahe grob. Nach außen war ich wieder ganz der alte, arbeitswütig wie immer, und so lösten sich die Bedenken in Bezug auf mein seelisches Gleichgewicht in Wohlgefallen auf. Am späten Vormittag rief mein Vater an. Ich konnte mich nicht erinnern, wann er mich zuletzt in der Kanzlei angerufen hatte. Er sagte, in Memphis regne es. Er sitze zu Hause herum und langweile sich, und … na ja, meine Mutter und er machten sich

Gedanken um mich. Ich sagte ihm, Claire gehe es gut, und um sicheren Boden unter den Füßen zu bekommen, erzählte ich ihm von ihrem Bruder James, dem er nur einmal, bei unserer Hochzeit, begegnet war. Ich sprach mit angemessener Sorge über Claires Familie, und das gefiel ihm.

Mein Vater war froh, dass er mich in der Kanzlei erreicht hatte: Ich war da, verdiente viel Geld und arbeitete darauf hin, noch mehr zu verdienen. Er bat mich, gelegentlich anzurufen.

Eine halbe Stunde später rief mein Bruder Warner aus seinem Büro hoch über der Innenstadt von Atlanta an. Er war sechs Jahre älter als ich und Teilhaber einer anderen Megakanzlei, ein mit allen Wassern gewaschener Prozessanwalt. Wegen des Altersunterschieds waren Warner und ich uns in unserer Kindheit nie sehr nahe gewesen, aber wir kamen sehr gut miteinander aus. Als seine Ehe vor drei Jahren geschieden worden war, hatte er mir wöchentlich sein Herz ausgeschüttet.

Seine Zeit war, wie die meine, nach honorarfähigen Stunden bemessen, und so wusste ich, dass das Gespräch kurz sein würde. »Ich hab mit Dad gesprochen«, sagte er. »Er hat mir alles erzählt.«

»Das kann ich mir vorstellen.«

»Ich verstehe, wie du dich fühlst. Wir alle machen das irgendwann mal durch. Man arbeitet schwer, man macht das große Geld und vergisst vollkommen, den kleinen Leuten zu helfen. Dann passiert etwas, und man denkt an seine Studienzeit, an die ersten Semester, als man voller Ideale war und als Rechtsanwalt die Menschheit retten wollte. Weißt du noch?«

»Ja. Ist lange her.«

»Genau. Als ich mit dem Studium angefangen habe, wurde bei uns eine Umfrage gemacht. Über die Hälfte der Erstsemester wollte ihr Wissen in den Dienst des Gemeinwohls stellen. Drei Jahre später, nach dem Abschluss, waren alle nur noch hinter dem Geld her. Ich weiß auch nicht, was da passiert ist.«

»Ganz einfach: Ein Jurastudium macht geldgierig.«

»Wahrscheinlich. In unserer Kanzlei gibt es die Möglichkeit, ein Jahr Urlaub zu nehmen, ein Sabbatjahr sozusagen, und sich mit Musterprozessen für das Gemeinwohl auszutoben. Nach zwölf Monaten kommt man zurück, als wäre nie etwas gewesen. Gibt's das bei euch auch?«

Typisch Warner. Ich hatte ein Problem – er hatte die hübsche, saubere Patentlösung. Zwölf Monate, und ich wäre ein neuer Mensch. Ein kleiner Umweg, aber meine Zukunft wäre nach wie vor gesichert.

»Nicht für Mitarbeiter«, sagte ich. »Ich hab mal gehört, dass der eine oder andere Teilhaber in irgendeinem Ministerium gearbeitet hat und nach ein paar Jahren wieder in die Kanzlei zurückgekehrt ist. Aber für einfache Mitarbeiter gilt das nicht.«

»Aber dein Fall liegt anders. Du bist traumatisiert und wärst um ein Haar umgebracht worden, bloß weil du bei Drake & Sweeney arbeitest. Ich würde mal ein bisschen auf den Putz hauen und ihnen sagen, dass du Abstand brauchst. Lass dich für ein Jahr beurlauben – danach bist du wieder voll da.«

»Das könnte funktionieren«, sagte ich, um ihn zu beschwichtigen. Er war ein Alpha-Männchen, das anderen immer zusetzte und immer bereit war, sich zu streiten, besonders innerhalb der Familie. »Ich hab jetzt einen Termin«, sagte ich. Ihm ging es nicht anders. Wir versprachen, demnächst wieder zu telefonieren.

Das Mittagessen nahm ich mit Rudolph und einem Mandanten in einem teuren Restaurant ein. Es war ein Arbeitsessen, was bedeutete, dass wir keinen Alkohol tranken und dem Mandanten die Zeit für das Essen in Rechnung stellen würden. Rudolph kostete vierhundert Dollar pro Stunde, ich dreihundert. Wir aßen und arbeiteten zwei Stunden lang, so dass dieses Mittagessen unseren Mandanten vierzehnhundert Dollar kostete. Die Kanzlei hatte ein Konto bei diesem Restaurant. Das Essen würde also zunächst von Drake & Sweeney bezahlt werden, aber die Erbsenzähler im Untergeschoss würden sicher eine Möglichkeit finden, dem Mandanten auch die Kosten für das Essen in Rechnung zu stellen.

Der Nachmittag bestand aus Telefongesprächen und Konferenzen. Ich setzte mein professionelles Gesicht auf und brachte ihn durch reine Willenskraft hinter mich – es waren honorarfähige Stunden. Das Kartellrecht war mir noch nie so hoffnungslos stumpfsinnig und langweilig erschienen.

Es war fast fünf Uhr, als ich endlich ein paar Minuten für mich hatte. Ich wünschte Polly einen schönen Abend, verschloss meine Tür, schlug den mysteriösen Aktendeckel auf und machte mir Notizen: Kritzeleien und Diagramme mit Pfeilen, die aus allen Richtungen auf »RiverOaks« und »Drake & Sweeney« zielten. Braden Chance, der Teilhaber aus der Abteilung Immobilien, den ich nach der Akte gefragt hatte, bekam die meisten Pfeile ab.

Mein Hauptverdächtiger war sein Gehilfe, der junge Mann, der unseren scharfen Wortwechsel gehört und Chance wenig später, als ich aus seinem Zimmer getreten war, als Idioten bezeichnet hatte. Er kannte sicher alle Einzelheiten des Zwangsräumungsverfahrens und hatte Zugang zu der entsprechenden Akte.

Um eine etwaige Überwachung der Hausleitung zu umgehen, rief ich mit meinem Handy einen Gehilfen in der Abteilung Kartellrecht an, dessen Büro nur wenige Schritte von meinem entfernt war. Er leitete mich an einen anderen weiter, und binnen kurzem hatte ich ohne viel Mühe herausgefunden, dass der Mann, den ich suchte, Hector Palma hieß. Er arbeitete seit etwa drei Jahren bei uns, und zwar ausschließlich in der Immobilienabteilung. Ich beschloss, mit ihm zu sprechen, allerdings außerhalb der Kanzlei.

Mordecai rief mich an und fragte, ob ich schon irgendwelche Pläne für ein Abendessen hätte. »Ich lade Sie ein«, sagte er.

»Zu einer Suppe?«

Er lachte. »Natürlich nicht. Ich kenne ein hervorragendes Restaurant.«

Wir verabredeten uns für sieben Uhr. Claire befand sich im Chirurgen-Orbit und verschwendete keinen Gedanken an Zeit, Essen oder Ehemann. Sie hatte irgendwann am Nachmittag angerufen, um »mal kurz hallo zu sagen«. Sie habe keine Ahnung, wann sie heimkommen werde, sicher sehr spät. Für das Abendessen war also jeder auf sich selbst gestellt. Ich machte ihr keinen Vorwurf – immerhin hatte sie diesen Lebensstil von mir gelernt.

Wir trafen uns in einem Restaurant in der Nähe des Dupont Circle. Die Bar am Eingang war voller gut bezahlter Regierungstypen, die noch einen Drink nahmen, bevor sie aus der Stadt flohen. Wir setzten uns weiter hinten in eine enge Nische und bestellten etwas zu trinken.

»Die Burton-Story wird groß und größer«, sagte Mordecai und nahm einen Schluck Bier.

»Tut mir Leid, aber ich war in den vergangenen zwölf Stunden vollkommen abgeschnitten von der Welt. Was ist passiert?«

»Viel Presse. Eine Mutter und vier tote Kinder in einem Wagen, der ihre Wohnung war. Und das eine Meile vom Capitol Hill entfernt, wo sie gerade dabei sind, das Sozialwesen zu reformieren und noch mehr Mütter auf die Straße zu setzen. Das ist doch mal was.«

»Dann wird die Beerdigung also eine große Veranstaltung werden.«

»Aber ja. Ich hab heute mit einem Dutzend Initiativgruppen gesprochen. Die kommen alle, und sie werden die Leute, die sie betreuen, mitbringen. Die Kirche wird voller Obdachloser sein. Und voller Presseleute natürlich. Vier kleine Särge neben dem der Mutter – das werden sich die Sechs-Uhr-Nachrichten nicht entgehen lassen. Vorher gibt's eine Kundgebung und danach einen Demonstrationszug.«

»Dann hat ihr Tod vielleicht doch noch etwas Gutes.«

»Vielleicht.«

Als erfahrener Anwalt wusste ich, dass hinter jeder Einladung zum Mittag- oder Abendessen eine Absicht steckte. Mordecai hatte etwas vor, das merkte ich schon daran, wie er mich ansah.

»Haben Sie eine Ahnung, warum sie obdachlos waren?«, fragte ich sondierend.

»Nein. Wahrscheinlich das Übliche. Ich hab keine Zeit gehabt, Fragen zu stellen.«

Auf dem Weg hierher war ich zu dem Schluss gekommen, dass ich ihm nichts von dem mysteriösen Aktendeckel und seinem Inhalt sagen durfte. Das war vertraulich, und ich wusste nur davon, weil ich bei Drake & Sweeney arbeitete. Wenn ich ihm gesagt hätte, was ich über die Aktivitäten eines Mandanten in Erfahrung gebracht hatte, wäre das eine schwere Verletzung der Schweigepflicht gewesen. Schon der Gedanke an eine solche Enthüllung machte mir Angst. Außerdem hatte ich noch nichts überprüft.

Der Ober brachte unsere Salate, und wir begannen zu essen. »Wir haben heute Nachmittag eine Kanzleikonferenz abgehalten«, sagte er zwischen zwei Bissen. »Sofia, Abraham und ich. Wir brauchen Hilfe.«

Das überraschte mich nicht. »Was für eine Art von Hilfe?«

»Noch einen Anwalt.«

»Ich dachte, Sie sind pleite.«

»Wir haben eine kleine Reserve. Und eine neue Marketingstrategie.«

Die Vorstellung, dass das Rechtsberatungsbüro in der 14th Street über eine Marketingstrategie verfügte, belustigte mich, und das hatte er auch beabsichtigt. Wir lächelten.

»Wenn ein Anwalt bereit wäre, zehn Stunden pro Woche damit zu verbringen, Spendengelder aufzutreiben, würde er sich selbst finanzieren.«

Wieder beiderseitiges Lächeln.

»So ungern ich es auch zugebe: Unser Überleben wird davon abhängen, ob wir es schaffen, Geld aufzutreiben«, fuhr er fort. »Die Cohen-Stiftung geht den Bach runter. Bisher konnten wir uns den Luxus leisten, nicht zu betteln, aber das ist jetzt vorbei.«

»Und woraus besteht der Rest der Arbeit?«

»Aus der Vertretung von Menschen, die auf der Straße leben. Sie haben ja schon einen gewissen Eindruck davon bekommen. Und Sie haben unser Büro gesehen. Es ist ein Loch. Sofia ist eine Kratzbürste, Abraham ist ein Sturkopf, die Mandanten riechen schlecht, und das Gehalt ist ein Witz.«

»Wie viel?«

»Wir könnten Ihnen dreißigtausend im Jahr anbieten, aber garantieren können wir Ihnen nur die erste Hälfte, die ersten sechs Monate.«

»Warum?«

»Das Geschäftsjahr der Stiftung endet am 30. Juni. Dann erfahren wir, wie viel Geld wir für das nächste Jahr kriegen, das mit dem 1. Juli beginnt. Wir haben genug Reserven, um Sie für die nächsten sechs Monate zu bezahlen. Danach werden wir vier uns teilen, was nach Abzug der laufenden Kosten übrig bleibt.«

»Abraham und Sofia waren einverstanden?«

»Ja, nachdem ich eine kleine Ansprache gehalten hatte. Wir nehmen an, dass Sie gute Kontakte zu den höheren Etagen der Juristerei haben, und da Sie gebildet, intelligent, präsentabel und so weiter sind, dürfte es Ihnen nicht schwer fallen, Geld aufzutreiben.«

»Und wenn ich keins auftreiben will?«

»Dann schrauben wir vier unsere Gehälter noch weiter herunter, vielleicht auf zwanzigtausend. Später dann auf fünfzehn. Und wenn die Stiftung pleite ist, stehen wir auf der Straße wie unsere Mandanten. Obdachlose Anwälte.«

»Dann liegt die Zukunft des Rechtsberatungsbüros in der 14th Street also in meinen Händen?«

»Zu diesem Schluss sind wir jedenfalls gekommen. Sie werden Teilhaber. Ich bin gespannt, ob Drake & Sweeney da mithalten kann.«

»Ich bin gerührt«, sagte ich. Doch ich hatte auch ein bisschen Angst. Das Angebot kam nicht überraschend, aber es öffnete eine Tür, vor der ich zurückschreckte.

Der Ober brachte schwarze Bohnensuppe, und wir bestellten noch mehr Bier.

»Woher kommt Abraham?«, fragte ich.

»Er ist aus einer jüdischen Familie in Brooklyn. Kam nach Washington, um in Senator Moynihans Stab zu arbeiten. Hat ein paar Jahre auf dem Capitol Hill verbracht und ist dann auf der Straße gelandet. Äußerst intelligent. Er verbringt die meiste Zeit damit, Prozessstrategien und -termine mit Gratisanwälten aus den großen Kanzleien abzusprechen. Im Augenblick klagt er gegen das Amt für Statistik, um durchzusetzen, dass Obdachlose ebenfalls gezählt werden. Und er verklagt die Schulbehörde von Washington, D.C., um sicherzustellen, dass obdachlose Kinder eine Schulausbildung bekommen. Was seinen Umgang mit Menschen betrifft, hat er noch viel zu lernen, aber als Hinterzimmerstratege ist er erstklassig.«

»Und Sofia?«

»Eine engagierte Sozialarbeiterin, die seit elf Jahren

Abendseminare für Jura besucht. Sie denkt und handelt wie eine Anwältin, besonders, wenn sie Beamten die Hölle heiß macht. Sie sagt zehnmal am Tag: ›Guten Tag, hier ist Sofia Mendoza. Ich bin Anwältin.‹«

»Ist sie auch die Sekretärin?«

»Nein. Wir haben keine Sekretärin. Für das Schreiben, Abheften und Kaffeekochen ist jeder selbst zuständig.« Er beugte sich ein wenig vor und senkte die Stimme. »Wir drei arbeiten schon sehr lange zusammen, und jeder hat seine kleine Nische. Um ehrlich zu sein: Wir brauchen ein neues Gesicht und neue Ideen.«

»Das Gehalt ist wirklich verführerisch«, sagte ich. Es war ein ziemlich flauer Witz.

Er grinste trotzdem. »Sie werden das nicht wegen des Geldes tun. Sie tun es für Ihre Seele.«

Meine Seele hielt mich den größten Teil der Nacht wach. Hatte ich wirklich den Mumm, einfach zu gehen? Zog ich einen Job, bei dem ich so wenig verdiente, wirklich ernsthaft in Erwägung? Wenn ich mich dafür entschied, ließ ich mir buchstäblich Millionen Dollar entgehen.

Meine jetzigen Wünsche würden dann nur noch eine ferne Erinnerung sein.

Der Zeitpunkt war nicht schlecht gewählt. Meine Ehe lag in Scherben, und es erschien mir irgendwie angemessen, auch an anderen Fronten drastische Veränderungen vorzunehmen.

12

Am Dienstag meldete ich mich krank. »Wahrscheinlich eine Grippe«, sagte ich zu Polly, die, wie sie es gelernt hatte, sofort nach Details fragte: Fieber, Gliederschmerzen, Halsschmerzen, Kopfschmerzen? Ja. Sowohl als auch – mir war es egal. Man musste schon sehr krank sein, um die Arbeit liegen zu lassen. Polly würde ein Formular ausfüllen und es an Rudolph schicken. Ich musste also mit einem Anruf von ihm rechnen und machte am frühen Morgen einen Spaziergang durch Georgetown. Der Schnee schmolz jetzt rapide dahin, die Tageshöchsttemperaturen würden zwischen zehn und fünfzehn Grad liegen. Ich schlug eine Stunde am Hafen tot, wo ich in verschiedenen Cafés Cappuccinos trank und den frierenden Ruderern auf dem Potomac zusah.

Um zehn Uhr machte ich mich auf den Weg zur Beerdigung.

Der Bürgersteig vor der Kirche war abgesperrt. Polizeibeamte gingen auf und ab und hatten ihre Motorräder auf der Straße abgestellt. Ein Stück weiter standen die Übertragungswagen der Fernsehsender.

Als ich vorbeifuhr, lauschte die Menge einem Redner, der in ein Mikrofon brüllte. Einige hielten hastig gemalte Plakate hoch, damit sie gut ins Bild kamen. Nachdem ich drei Blocks weiter in einer Seitenstraße geparkt hatte, eilte ich zurück zur Kirche, vermied aber den Haupteingang und steuerte auf einen Nebeneingang zu, der von einem älteren Mann bewacht wurde. Ich fragte ihn, ob es einen Platz auf der Galerie gebe. Er wollte wissen, ob ich Reporter sei.

Er führte mich hinein und zeigte auf eine Tür. Ich dankte ihm, trat ein, stieg eine wacklige Treppe hinauf und gelangte auf eine Galerie, von der aus man den schönen Kirchenraum überblicken konnte. Der Teppich war dunkelrot, die Bänke waren aus dunklem Holz, die Buntglasfenster waren sauber. Einen Augenblick lang konnte ich verstehen, warum der Pfarrer seine Kirche nicht für Obdachlose öffnen wollte.

Ich war allein und konnte mir meinen Platz aussuchen. Leise ging ich zu einem Platz über dem Portal, von wo aus ich über den Mittelgang bis zur Kanzel sehen konnte. Draußen, auf der Eingangstreppe, begann ein Chor zu singen. Ich saß in der friedlichen, leeren Kirche, und von draußen wehte die Musik herein.

Dann klang sie aus, die Türen wurden geöffnet, und der Ansturm begann. Der Boden der Galerie bebte, als die Trauergemeinde in die Kirche strömte. Der Chor stellte sich hinter der Kanzel auf. Der Pfarrer wies den verschiedenen Gruppen ihre Plätze zu: die Fernsehteams in eine Ecke, die kleine Familie in die erste Bank, die Initiativgruppen und die Obdachlosen in die Mitte. Mordecai war in Begleitung von zwei Männern, die ich nicht kannte. Eine Seitentür wurde geöffnet, und die Gefangenen marschierten herein: Lontaes Mutter und zwei Brüder in blauer Gefängnismontur, an Händen und Füßen gefesselt, aneinander gekettet und von vier bewaffneten Wärtern bewacht. Sie setzten sich in die zweite Reihe, hinter die Großmutter und die wenigen anderen Verwandten.

Als Ruhe eingekehrt war, begann die Orgel, eine leise, traurige Melodie zu spielen. In den Reihen unter mir gab es einen Streit, und alle Köpfe wandten sich um. Der Pfarrer stieg auf die Kanzel und hieß uns aufstehen.

Weiß behandschuhte Angestellte des Beerdigungsinstitutes rollten die Särge durch den Mittelgang und stellten sie, Lontaes in der Mitte, vor dem Altar auf. Der Sarg des Babys war winzig, nicht einmal einen Meter lang. Ontarios, Alonzos und Dantes Särge waren mittelgroß. Es war ein furchtbarer Anblick, und Klageschreie wurden laut. Die Chorsänger begannen zu summen und sich hin und her zu wiegen.

Die Männer stellten Blumengebinde auf, und einen schrecklichen Augenblick lang dachte ich, sie würden die Särge öffnen. Ich war noch nie bei einer Trauerfeier in einer schwarzen Gemeinde gewesen und wusste nicht, was dabei üblich war, aber ich hatte in den Nachrichten Filmberichte von anderen Beerdigungen gesehen, bei denen manchmal der Sarg geöffnet worden war, damit die Hinterbliebenen den Leichnam küssen konnten. Die Geier mit den Kameras standen bereit.

Doch die Särge blieben geschlossen, und so erfuhr die Welt nicht, was ich wusste: dass Ontario und seine Familie sehr friedlich aussahen.

Wir setzten uns, und der Pfarrer sprach ein langes Gebet. Dann kamen ein Solo von Schwester Soundso und eine Schweigeminute. Der Pfarrer las eine Bibelstelle und hielt seine Predigt. Darauf folgte eine Aktivistin von einer Obdachloseninitiative, die Attacken gegen eine Gesellschaft und ihre Politiker ritt, die solche Dinge geschehen ließen. Sie gab dem Kongress und besonders den Republikanern die Schuld, aber auch der Stadt, die nichts unternahm, sowie den Gerichten und der Verwaltung. Die schärfsten Angriffe aber richteten sich gegen die Oberschicht, gegen die Menschen, die zwar Macht und Geld besaßen, aber nichts für die Armen und Kranken taten. Sie war zornig, rhetorisch geschickt und, wie ich fand, sehr mitreißend, auch wenn Beerdigungen nicht ihr eigentliches Wirkungsfeld zu sein schienen.

Als sie geendet hatte, bekam sie Beifall. Dann wetterte der Pfarrer lange gegen alle, die weiß waren und Geld hatten.

Noch ein Solo, noch mehr Bibelstellen, und dann begann der Chor mit einem Lied, das mir die Tränen in die Augen trieb. Es bildete sich eine Schlange von Menschen, die ihre Hand auf die Särge legen wollten, doch binnen kurzem herrschte ein heilloses Durcheinander. Die Trauernden begannen zu klagen und streckten die Hände nach den Särgen aus. »Macht sie auf«, rief einer, aber der Pfarrer schüttelte den Kopf. Sie drängten sich um die Kanzel und die Särge und schrien und schluchzten, und der Chor legte noch mehr Gefühl in seinen Gesang. Die Großmutter schrie am lautesten und wurde von den anderen gestreichelt und getröstet.

Ich konnte es nicht glauben. Wo waren all diese Leute in den letzten Monaten von Lontaes Leben gewesen? Die Kinder, die da in den Särgen lagen, hatten zu Lebzeiten nie so viel Liebe erfahren wie jetzt.

Die Kameras schoben sich näher und näher, und mehr und mehr Trauernde brachen unter der Last ihres Schmerzes zusammen. Das Ganze war im wesentlichen Show.

Schließlich sorgte der Pfarrer für Ruhe. Er predigte noch einmal, und im Hintergrund spielte die Orgel. Als er geendet hatte, zog die Trauergemeinde in einer langen Reihe ein letztes Mal an den Särgen vorbei.

Der Gottesdienst hatte eineinhalb Stunden gedauert. Für zweitausend Dollar gar nicht so schlecht. Ich war stolz.

Draußen gab es weitere Ansprachen, und dann begann der Demonstrationszug in Richtung Capitol Hill. Mordecai war unter den Anführern, und als sie um eine Ecke verschwanden, fragte ich mich, bei wie vielen Märschen und Demonstrationen er schon mitgemacht hatte. Seine Antwort hätte wahrscheinlich gelautet: »Bei zu wenigen.«

Rudolph Mayes war im Alter von dreißig Jahren Teilhaber von Drake & Sweeney geworden – ein noch immer ungebrochener Rekord. Und wenn sein Leben weiterhin wie geplant verlief, würde er eines Tages der älteste aktive Teilhaber sein. Die Juristerei war sein Leben, das konnten seine drei geschiedenen Frauen bezeugen. Alles andere, was er anfasste, geriet ihm zur Katastrophe, doch als Teammitglied in einer großen Kanzlei war Rudolph unübertroffen.

Er empfing mich um sechs Uhr abends in seinem Büro, hinter einem Berg von Akten. Polly und die anderen Sekretärinnen waren gegangen, ebenso wie die meisten anderen Bürokräfte und Gehilfen. Nach halb sechs nahm der Verkehr auf den Gängen deutlich ab.

Ich schloss die Tür und setzte mich. »Ich dachte, Sie seien krank«, sagte er.

»Ich kündige, Rudolph«, sagte ich so entschlossen wie möglich. Dennoch hatte ich ein flaues Gefühl im Magen.

Er schob ein paar Bücher beiseite und schraubte die Kappe auf seinen teuren Füllhalter. »Ich höre.«

»Ich kündige. Ich habe ein Angebot von einer Kanzlei, die für Bedürftige arbeitet.«

»Seien Sie nicht töricht, Michael.«

»Ich bin nicht töricht. Ich habe es mir gut überlegt. Und ich möchte möglichst wenig Staub aufwirbeln, wenn ich gehe.«

»In drei Jahren sind Sie Teilhaber.«

»Ich habe ein besseres Angebot.«

Darauf fiel ihm keine Antwort ein. Er verdrehte entnervt die Augen. »Jetzt hören Sie schon auf, Mike. Sie werden sich doch von so einem Zwischenfall nicht aus der Bahn werfen lassen.«

»Ich bin nicht aus der Bahn geworfen, Rudolph. Ich wende mich nur einem neuen Betätigungsfeld zu.«

»Keine von den anderen acht Geiseln reagiert so extrem.«

»Na prima. Es freut mich für sie, dass sie mit ihrem

Leben zufrieden sind. Außerdem sind sie allesamt Prozessanwälte, eine seltsame Gattung.«

»Wohin wollen Sie gehen?«

»In ein Rechtsberatungsbüro in der Nähe des Logan Circle. Die Mandanten sind hauptsächlich Obdachlose.«

»Obdachlose?«

»Ja.«

»Wie viel zahlen die Ihnen?«

»Ein Vermögen. Wie wär's mit einer Spende?«

»Sie sind verrückt.«

»Es ist bloß eine kleine Krise, Rudolph. Ich bin erst zweiunddreißig, zu jung für eine echte Midlife-Crisis. Ich hab mir gedacht, ich bringe meine lieber früh hinter mich.«

»Nehmen Sie einen Monat Urlaub. Arbeiten Sie mit Obdachlosen, schwitzen Sie's aus, und kommen Sie dann wieder zurück. Das ist ein sehr ungünstiger Moment, den Sie sich da ausgesucht haben, Mike. Sie wissen ja, wie sehr wir schon im Verzug sind.«

»So funktioniert das nicht, Rudolph. Mit Sicherheitsnetz macht es einfach keinen Spaß.«

»Spaß? Sie machen das zum Spaß?«

»Aber natürlich. Denken Sie nur daran, wie viel mehr Spaß die Arbeit macht, wenn man dabei nicht auf die Stoppuhr sehen muss.«

»Und was ist mit Claire?«, fragte er und enthüllte damit das ganze Ausmaß seiner Verzweiflung. Er kannte Claire kaum und war in der ganzen Kanzlei der Letzte, der in der Lage gewesen wäre, in Partnerschaftskrisen gute Ratschläge zu geben.

»Claire geht's gut«, sagte ich. »Ich möchte am Freitag aufhören.«

Stöhnend gab er sich geschlagen, schloss die Augen und schüttelte langsam den Kopf. »Ich kann es nicht fassen.«

»Es tut mir Leid, Rudolph.«

Wir gaben uns die Hand und verabredeten uns zu einem frühen Frühstück, bei dem wir die Einzelheiten meiner nicht abgeschlossenen Fälle besprechen würden.

Ich wollte nicht, dass Polly es von jemand anderem erfuhr, und so ging ich in mein Büro und rief sie an. Sie war zu Hause, in Arlington, und kochte gerade das Abendessen. Ich verdarb ihr die ganze Woche.

Auf dem Heimweg kaufte ich thailändisches Essen. Ich legte Wein in den Kühlschrank, deckte den Tisch und probte meinen Text.

Wenn Claire einen Hinterhalt erwartet hatte, ließ sie es sich nicht anmerken. Im Lauf der Jahre hatten wir uns angewöhnt, uns nicht mehr zu streiten, sondern einander einfach zu ignorieren. Daher war unsere taktische Finesse eher unterentwickelt.

Aber mir gefiel der Gedanke, eine volle Breitseite abzufeuern, mit kühler Berechnung einen Schock zu versetzen und dann noch ironische Bemerkungen parat zu haben. Ich fand das hübsch unfair und im Rahmen einer in die Brüche gehenden Ehe vollkommen angemessen.

Es war fast zehn; sie hatte schon vor Stunden gegessen, und so gingen wir gleich mit unseren Weingläsern ins Wohnzimmer. Ich zündete ein Feuer im Kamin an, und wir setzten uns in unsere Lieblingssessel. Nach kurzem Schweigen sagte ich: Mir müssen reden.«

»Worum geht es?«, fragte sie ganz arglos.

»Ich spiele mit dem Gedanken, bei Drake & Sweeney zu kündigen.«

»Tatsächlich?« Sie trank einen Schluck Wein. Ich bewunderte ihre Gelassenheit. Entweder hatte sie damit gerechnet, oder sie wollte den Eindruck erwecken, das Ganze lasse sie kalt.

»Ja. Ich kann dort nicht weiter arbeiten.«

»Warum nicht?«

»Ich brauche eine Veränderung. Diese Kartellrechtsfälle erscheinen mir mit einem Mal so langweilig und unwichtig, und ich will etwas tun, was den Menschen dient.«

»Das ist schön.« Sie dachte bereits an Geld, und ich war gespannt, wie lange sie brauchen würde, um diesen Aspekt der Sache anzusprechen. »Das ist geradezu bewundernswert, Michael.«

»Ich hab dir doch von Mordecai Green erzählt. Er hat mir einen Job in seinem Rechtsberatungsbüro angeboten. Ich fange am Montag an.«

»Nächsten Montag?«

»Ja.«

»Dann hast du deine Entscheidung ja schon getroffen.«

»Ja.«

»Ohne sie mit mir zu besprechen. Ich habe in dieser Sache offenbar nichts zu sagen.«

»Ich kann nicht zurück, Claire. Ich habe es Rudolph heute Abend gesagt.«

Noch ein Schluck Wein, ein leises Zähneknirschen, ein kleines Aufflammen von Wut, doch sonst nichts. Ihre Selbstbeherrschung war wirklich bemerkenswert.

Wir sahen ins Feuer, hypnotisiert von den orangeroten Flammen. Sie brach das Schweigen. »Darf ich fragen, was das finanziell für uns bedeutet?«

»Es verändert einiges.«

»Wie hoch ist dein neues Gehalt?«

»Dreißigtausend im Jahr.«

»Dreißigtausend im Jahr«, wiederholte sie. Dann sagte sie es noch einmal, und irgendwie klang der Betrag jetzt noch lächerlicher. »Das ist weniger, als ich verdiene.«

Ihr Gehalt betrug einunddreißigtausend und würde in den kommenden Jahren deutlich ansteigen. Nicht mehr lange, und sie würde viel Geld verdienen. Was diese Diskussion betraf, so war ich entschlossen, keine

Sympathien für irgendwelche Klagen über Geld zu haben.

»Man setzt sich nicht für Obdachlose ein, um damit Geld zu verdienen«, sagte ich und versuchte, nicht allzu salbungsvoll zu klingen. »Wenn ich mich recht erinnere, hast du dein Medizinstudium nicht angefangen, weil du viel Geld verdienen wolltest.«

Wie jeder andere Medizinstudent hatte sie anfangs geschworen, der Gedanke an Geld habe bei der Wahl ihres Studienfaches überhaupt keine Rolle gespielt. Sie wolle den Menschen helfen. Dasselbe behaupteten Jurastudenten von sich. Wir hatten allesamt gelogen.

Sie sah ins Feuer und rechnete die Sache im Kopf durch. Ich nahm an, dass sie an die Miete dachte. Es war eine sehr hübsche Wohnung. Für zweitausendvierhundert im Monat hätte sie noch viel hübscher sein sollen. Die Möbel waren elegant. Wir waren stolz auf unsere Wohnung – die richtige Adresse, ein schönes Reihenhaus, ein gepflegtes Viertel –, aber wir verbrachten hier viel zu wenig Zeit. Und wir luden nur selten Gäste ein. Ein Umzug würde auch ein Umbruch sein, doch den konnten wir verkraften.

Über unsere Finanzen hatten wir immer offen gesprochen, es gab keine versteckten Kassen. Sie wusste, dass wir etwa einundfünfzigtausend Dollar in Investmentfondspapieren besaßen und zwölftausend auf dem Girokonto hatten. Ich war erstaunt, wie wenig wir in sechs Jahren Ehe gespart hatten. Wenn man als ehrgeiziger junger Anwalt in einer großen Kanzlei arbeitet, kommt es einem so vor, als würde der Geldstrom nie versiegen.

»Ich nehme an, es wird einige Veränderungen geben«, sagte Claire und musterte mich mit kaltem Blick. Das Wort ›Veränderungen‹ hatte mehrere Untertöne.

»Das nehme ich auch an.«

»Ich bin müde«, verkündete sie. Sie trank ihr Glas aus und ging ins Schlafzimmer.

Wie armselig, dachte ich. Wir brachten noch nicht einmal genug Wut auf, um uns einen ordentlichen Streit zu liefern.

Ich sah natürlich, was für ein Bild ich abgab. Es war eine wunderbare Geschichte: Junger, ehrgeiziger Jurist wird zum Anwalt der Armen und kehrt der Geldmaschine den Rücken, um für einen Apfel und ein Ei zu arbeiten. Auch wenn sie den Eindruck hatte, dass ich im Begriff war, den Verstand zu verlieren, fiel es Claire schwer, einen Heiligen zu kritisieren.

Ich legte noch ein Scheit aufs Feuer, schenkte mir ein zweites Glas Wein ein und schlief auf dem Sofa.

13

Die Teilhaber hatten ihr eigenes Kasino in der siebenten Etage, und bei den Angestellten galt es als Ehre, dorthin eingeladen zu werden. Rudolph gehörte zu den Menschen, die dachten, eine Schale irische Haferflocken um sieben Uhr morgens, eingenommen in diesen heiligen Hallen, würde mir helfen, wieder zur Besinnung zu kommen. Wie konnte ich mich einer Zukunft verweigern, in der mich Kraftfrühstücke dieser Art erwarteten?

Er hatte gute Nachrichten. Gestern Abend habe er mit Arthur gesprochen, und man habe vor, mir eine zwölfmonatige Abwesenheit zu genehmigen. Die Kanzlei werde das Gehalt, das ich in meinem neuen Job verdiente, entsprechend aufstocken. Es sei ein ehrenwertes Unterfangen, und sie seien der Meinung, man müsse mehr tun, um die Rechte der Armen zu verteidigen. Man werde mich also ein ganzes Jahr lang als Gratisanwalt betrachten, und alle Beteiligten würden zufrieden sein. Wenn ich meine anderen Interessen zur Genüge verfolgt hätte, würde ich mit neuer Energie zu Drake & Sweeney zurückkehren und meine Talente wieder voll und ganz in den Dienst der Kanzlei stellen.

Ich war beeindruckt und gerührt von diesem Angebot, das ich nicht einfach ablehnen konnte. Ich versprach ihm, darüber nachzudenken und eine schnelle Entscheidung zu treffen. Er wies mich darauf hin, dass diese Regelung, da ich kein Teilhaber sei, noch vom Vorstand abgesegnet werden müsse. Einen solchen Urlaub für einen Mitarbeiter habe es bei Drake & Sweeney bisher noch nie gegeben.

Rudolph versuchte verzweifelt, mich zu halten, und

das hatte nur wenig mit Freundschaft zu tun. Unsere Abteilung für Kartellrecht war vollkommen überlastet. Eigentlich hätten wir noch zwei weitere Mitarbeiter mit meiner Erfahrung gebraucht. Es war der denkbar ungünstigste Moment, um die Kanzlei zu verlassen, aber das war mir gleichgültig. In dieser Kanzlei arbeiteten achthundert Anwälte. Man würde eine Möglichkeit finden, die Lücke zu schließen.

Im Vorjahr hatte ich knapp siebenhundertfünfzigtausend Dollar in Rechnung gestellt. Darum bekam ich ein Frühstück in diesem hübschen Raum serviert und durfte mir anhören, womit sie mich zum Bleiben bewegen wollten. Und darum mochte es sinnvoll erscheinen, mein Jahresgehalt den Obdachlosen oder irgendeiner Hilfsorganisation zu spenden und mich so nach Ablauf eines Jahres wieder in die Kanzlei zu locken.

Nachdem er mir den Vorschlag, ich könne ein Sabbatjahr nehmen, unterbreitet hatte, wandten wir uns den dringlichsten Fällen auf meinem Schreibtisch zu. Wir stellten gerade eine Liste der Dinge zusammen, die sofort erledigt werden mussten, als Braden Chance sich an einen Tisch in unserer Nähe setzte. Zunächst bemerkte er mich nicht. Etwa ein Dutzend anderer Teilhaber frühstückten hier, die meisten allein und in Zeitungen vertieft. Ich versuchte, ihn zu ignorieren, aber schließlich sah ich zu ihm hinüber und merkte, dass er mich wütend anstarrte.

»Guten Morgen, Braden«, sagte ich so laut, dass er zusammenzuckte und Rudolph sich umdrehte, um zu sehen, wen ich begrüßte.

Chance nickte, sagte aber nichts und war plötzlich sehr mit seinem Toast beschäftigt.

»Kennen Sie ihn?«, fragte Rudolph leise.

»Flüchtig«, antwortete ich. Bei unserer kurzen Begegnung in seinem Büro hatte er mich nach meinem leitenden Teilhaber gefragt, und ich hatte Rudolphs Namen genannt. Offenbar hatte er sich nicht über mich beschwert.

»Ein Idiot«, sagte Rudolph kaum hörbar. Das war anscheinend das einhellige Urteil. Er blätterte in seinem Notizbuch und würdigte Chance keines Gedankens mehr. Auf meinem Schreibtisch lag eine Menge unerledigte Arbeit.

Ich dagegen stellte fest, dass mir Chance und seine Unterlagen über die Zwangsräumung nicht mehr aus dem Kopf gingen. Er machte einen weichlichen Eindruck: Seine Haut war blass, er hatte ein zartes Gesicht, und seine Gesten wirkten gekünstelt. Ich konnte ihn mir nicht auf der Straße vorstellen, wie er verlassene Lagerhäuser voller Obdachloser in Augenschein nahm, sich die Hände schmutzig machte, um sich zu vergewissern, dass seine Arbeit gründlich erledigt wurde. Natürlich brauchte er das auch nicht zu tun – dafür gab es schließlich Gehilfen. Chance saß am Schreibtisch, erledigte den Papierkram und berechnete ein paar hundert Dollar pro Stunde, während die Hector Palmas sich um die unappetitlichen Einzelheiten kümmerten. Chance ging mit den Direktoren von RiverOaks zum Essen und spielte mit ihnen Golf. Das war seine Aufgabe als Teilhaber.

Er kannte wahrscheinlich nicht einmal die Namen derer, die aus dem Lagerhaus vertrieben worden waren, und warum sollte er auch? Es waren bloß Hausbesetzer – namenlos, gesichtslos, obdachlos. Er war nicht dabei gewesen, als die Polizisten sie aus ihren improvisierten Wohnungen gezerrt und auf die Straße gesetzt hatten. Hector Palma dagegen hatte es vermutlich gesehen.

Und solange Chance die Namen von Lontae Burton und ihren Kindern nicht kannte, konnte er auch keine Verbindung zwischen der Zwangsräumung und ihrem Tod sehen. Aber vielleicht sah er sie inzwischen. Vielleicht hatte es ihm jemand erzählt.

Die Antwort auf diese Fragen würde Hector Palma

mir bald geben müssen. Heute war Mittwoch. Freitag war mein letzter Tag.

Rudolph beendete unser Frühstück um acht, gerade rechtzeitig für eine Besprechung mit sehr wichtigen Leuten. Ich setzte mich an den Schreibtisch und las die *Washington Post*. Im Lokalteil waren ein herzzerreißendes Foto der fünf geschlossenen Särge in der Kirche und ein ausführlicher Artikel über den Gottesdienst und die anschließende Demonstration.

Außerdem brachte die *Post* einen Kommentar, einen gut geschriebenen Appell an alle, die ein Dach über dem Kopf und genug zu essen hatten, über die vielen Lontae Burtons in unserer Stadt nachzudenken. Sie würden nicht einfach verschwinden. Man konnte sie nicht einsammeln und an irgendeinem entlegenen Ort aussetzen, wo man sie nicht sehen würde. Sie lebten in Autos, hausten in Hütten und froren in improvisierten Zelten, sie schliefen auf Parkbänken und standen Schlange für ein Bett in einer der überfüllten und manchmal gefährlichen Notunterkünfte. Sie lebten in derselben Stadt wie wir, sie gehörten zu unserer Gesellschaft. Wenn wir ihnen nicht halfen, würde ihre Zahl sich vervielfachen. Und sie würden weiterhin auf den Straßen unserer Stadt sterben.

Ich schnitt den Kommentar aus, faltete ihn zusammen und steckte ihn in die Brieftasche.

Über andere Gehilfen gelang es mir, ein Treffen mit Palma zu vereinbaren. Es wäre unklug gewesen, ihn offen anzusprechen – Chance lag vermutlich auf der Lauer.

Wir trafen uns in der Hauptbibliothek in der zweiten Etage zwischen Bücherregalen, weit entfernt von Überwachungskameras und neugierigen Blicken. Er war extrem nervös.

»Haben Sie mir den Aktendeckel auf den Tisch gelegt?«, fragte ich ihn geradeheraus. Wir hatten keine Zeit für langwierige Eröffnungen.

»Was für einen Aktendeckel?«, erwiderte er und warf gehetzte Blicke in alle Richtungen, als wären Scharfschützen dabei, uns ins Visier zu nehmen.

»Die Zwangsräumung für RiverOaks/TAG, Sie waren damit befasst, stimmt's?«

Er war sich nicht sicher, wie viel oder wie wenig ich wusste. »Ja«, sagte er.

»Wo ist die Akte?«

Er zog ein Buch aus dem Regal und tat so, als vertiefte er sich darin. »Chance hat alle Akten unter Verschluss.«

»In seinem Büro?«

»Ja. In einem verschlossenen Aktenschrank.« Wir sprachen im Flüsterton. Ich war vor diesem Treffen nicht nervös gewesen, doch nun ertappte ich mich dabei, dass ich mich prüfend umsah. Jeder, der uns beobachtete, würde sofort wissen, dass hier irgendwelche Heimlichkeiten vor sich gingen.

»Was steht in der Akte?«, fragte ich.

»Schlimme Sachen.«

»Zum Beispiel?«

»Ich habe eine Frau und vier Kinder, und ich will meinen Job behalten.«

»Sie haben mein Wort.«

»Sie gehen bald. Ihnen kann's egal sein.«

Gerüchte sprachen sich schnell herum. Ich war nicht überrascht. Schon oft hatte ich mich gefragt, wer wohl die größten Klatschmäuler waren – die Anwälte oder die Sekretärinnen. Wahrscheinlich die Anwaltsgehilfen.

»Warum haben Sie mir die Liste auf den Tisch gelegt?«, fragte ich.

Er griff nach einem anderen Buch, und seine rechte Hand zitterte sichtlich. »Ich weiß nicht, wovon Sie reden.«

Er blätterte in dem Buch und ging zum Ende des Regals. Ich folgte ihm und überzeugte mich, dass wir allein waren. Er blieb stehen und suchte noch ein Buch heraus; offenbar wollte er das Gespräch nicht abbrechen.

»Ich brauche die Akte«, sagte ich.

»Ich hab sie nicht.«

»Wie kann ich sie bekommen?«

»Sie werden sie klauen müssen.«

»Gut. Wo ist der Schlüssel.«

Er musterte mein Gesicht und versuchte herauszufinden, wie ernst ich es meinte. »Ich habe keinen Schlüssel«, sagte er.

»Wie sind Sie dann an die Liste gekommen?«

»Ich weiß nicht, wovon Sie reden.«

»Doch, Sie wissen es. Sie haben sie mir auf den Schreibtisch gelegt.«

»Sie sind verrückt«, sagte er und ließ mich stehen. Ich sah ihm nach: Diesmal hielt er nirgends an, sondern ging an den Regalen, an den mit Büchern beladenen Lesetischen und der Ausleihe vorbei zum Ausgang und verschwand.

Ganz gleich, was ich Rudolph glauben gemacht hatte – ich hatte nicht die Absicht, in meinen letzten drei Tagen in der Kanzlei bis zur Erschöpfung zu arbeiten. Stattdessen breitete ich Unterlagen zu verschiedenen Kartellfällen auf meinem Tisch aus, schloss die Tür, sah die Wand an und lächelte bei dem Gedanken an das, was ich hinter mir ließ. Mit jedem Atemzug ließ der Druck nach. Ich würde nicht mehr mit der Stoppuhr um den Hals arbeiten. Ich würde nicht mehr achtzig Stunden pro Woche schuften, nur weil meine ehrgeizigen Kollegen fünfundachtzig herunterrissen. Ich würde keine Vorgesetzten mehr umschmeicheln. Ich würde keine Albträume mehr haben, in denen mir die Teilhaberschaft verweigert wurde.

Ich rief Mordecai an und nahm die Stelle an. Er lachte

und machte Witze darüber, dass wir nun nur noch einen Weg finden müssten, mich zu bezahlen. Ich sollte am Montag anfangen, aber er bat mich, schon vorher vorbeizukommen, damit er mich kurz einweisen könne. Ich dachte an die Räumlichkeiten des Rechtsberatungsbüros in der 14th Street und fragte mich, welches der unbenutzten, vollgestellten Zimmer ich bekommen würde. Als gäbe es da Unterschiede.

Den späten Nachmittag verbrachte ich hauptsächlich damit, mir von Freunden und Kollegen, die überzeugt waren, dass ich den Verstand verloren hatte, ernst die Hand schütteln zu lassen.

Ich trug es mit Fassung. Schließlich war ich dabei, ein Heiliger zu werden.

Inzwischen suchte meine Frau den Rat einer Scheidungsanwältin, die in dem Ruf stand, aus den Ehemännern ihrer Mandantinnen erbarmungslos das Äußerste herauszupressen.

Claire erwartete mich in der Küche, als ich gegen sechs, also recht früh, nach Hause kam. Der Küchentisch war mit Notizzetteln und Computerausdrucken bedeckt. Ein Taschenrechner lag bereit. Sie war kühl und gut vorbereitet. Diesmal lief ich in einen Hinterhalt.

»Ich schlage vor, wir lassen uns wegen unüberbrückbarer Differenzen scheiden«, begann sie freundlich. »Wir streiten uns nicht. Wir waschen keine schmutzige Wäsche. Wir gestehen uns ein, was wir uns bisher nicht eingestanden haben: dass unsere Ehe vorbei ist.«

Sie hielt inne und wartete darauf, dass ich etwas sagte. Ich konnte nicht so tun, als wäre ich überrascht. Sie hatte sich entschieden, und irgendwelche Einwände würden nichts ändern. Ich musste einen ebenso kaltblütigen Eindruck wie sie machen. »Gut«, sagte ich so nonchalant wie möglich. Dass wir endlich ehrlich waren, hatte etwas Erleichterndes. Mich störte nur, dass sie mehr als ich auf eine Scheidung drängte.

Um die Initiative nicht aus der Hand zu geben, erwähnte sie die Zusammenkunft mit ihrer Anwältin, Jacqueline Hume, deren Namen sie wie eine Mörsergranate auf mich abfeuerte, und gab dann die abgedroschenen Ansichten zum Besten, die ihre neue Vertreterin geäußert hatte.

»Warum hast du dir eine Anwältin genommen?«, unterbrach ich sie.

»Ich wollte sicher sein, dass ich nicht übervorteilt werde.«

»Glaubst du denn, dass ich dich übervorteilen würde?«

»Du bist Anwalt. Also brauche ich ebenfalls einen Anwalt. So einfach ist das.«

»Du hättest dir einen Haufen Geld sparen können«, sagte ich und versuchte, streitlustig zu wirken. Immerhin ging es hier um eine Scheidung.

»Trotzdem fühle ich mich jetzt viel wohler.«

Sie reichte mir Beweisdokument A, eine Aufstellung unserer Aktiva und Passiva. Beweisdokument B war ein schriftlicher Vorschlag, wie diese geteilt werden sollten. Es überraschte mich keineswegs, dass sie den größeren Teil haben wollte. Wir hatten zwölftausend Dollar auf dem Girokonto, und davon wollte sie die Hälfte, um den Bankkredit für ihren Wagen zu tilgen. Ich sollte zweitausendfünfhundert vom Rest bekommen. Die sechzehntausend, die ich noch für meinen Lexus abbezahlen musste, waren ihr keine Erwähnung wert. Von den einundfünfzigtausend, die wir in Investmentfonds angelegt hatten, wollte sie vierzigtausend. Dafür durfte ich meinen Rentenanspruch behalten.

»Das ist nicht gerade eine gerechte Teilung«, sagte ich.

»Das soll sie auch gar nicht sein«, sagte sie mit dem Selbstvertrauen eines Menschen, der sich gerade einen Pit Bull gemietet hat.

»Und warum nicht?«

»Weil ich nicht derjenige bin, der eine Midlife-Crisis hat.«

»Dann ist es also meine Schuld?«

»Wir reden nicht von Schuld. Wir teilen die Vermögenswerte. Aus Gründen, die nur du verstehst, hast du dich entschlossen, neunzigtausend Dollar weniger zu verdienen. Warum sollte ich die Konsequenzen dafür tragen? Meine Anwältin ist zuversichtlich, dass sie den Richter wird überzeugen können, dass deine Handlungsweise uns in den finanziellen Ruin treibt. Wenn du ausflippen willst, bitte. Aber erwarte nicht, dass ich hungere.«

»Das wird nicht nötig sein.«

»Ich will mich nicht mit dir streiten.«

»Das würde ich auch nicht wollen, wenn ich alles bekäme.« Ich fühlte mich verpflichtet, sie ein bisschen zu ärgern. Wir waren nicht imstande, zu schreien oder mit Gegenständen zu werfen. Wir würden ganz sicher nicht weinen. Affären oder Drogenabhängigkeit konnten wir uns auch nicht unter die Nase reiben. Und das sollte eine Scheidung sein?

Offenbar eine sehr sterile. Claire ignorierte meinen Einwand und hielt sich, zweifellos von ihrer Anwältin präpariert, an ihre Notizen. »Der Mietvertrag läuft am 30. Juni aus. Bis dahin bleibe ich hier. Das macht zehntausend an Miete.«

»Und wann soll ich ausziehen?«

»So bald wie möglich.«

»Gut.« Wenn sie mich aus dem Haus haben wollte, würde ich nicht darum betteln, bleiben zu dürfen. Es war ein Wettkampf: Wer von uns beiden konnte sich geringschätziger geben?

Beinahe hätte ich etwas Dummes gesagt, wie: »Soll hier dann ein anderer einziehen?« Ich wollte sie aufrütteln, ich wollte zusehen, wie ihr Eis in Sekundenschnelle taute.

Stattdessen blieb ich kühl und gelassen. »Bis zum Wochenende bin ich weg«, sagte ich. Darauf hatte sie keine Antwort, aber sie runzelte auch nicht die Stirn.

»Wieso glaubst du, dass dir achtzig Prozent von dem Investmentgeld zustehen?«, fragte ich.

»Ich kriege ja keine achtzig Prozent. Ich werde zehntausend für die Miete ausgeben, weitere dreitausend für Nebenkosten und zweitausend für unsere gemeinsamen Kreditkarten. Und unsere gemeinsame Steuerschuld wird etwa sechstausend betragen. Macht zusammen einundzwanzigtausend.«

Beweisdokument C war eine lückenlose Aufstellung der gemeinsamen Güter, angefangen beim Wohnzimmer bis hin zum leeren Gästeschlafzimmer. Keiner von uns wollte sich die Blöße geben, Übertöpfe und Pfannen zu streiten, und so erfolgte diese Teilung in bestem Einvernehmen. »Nimm, was du willst«, sagte ich mehrmals, besonders wenn es um Dinge wie Handtücher und Bettzeug ging. Ein paar Sachen tauschten wir mit Finesse. Meine Haltung gegenüber bestimmten Möbelstücken war mehr von der Abneigung, sie zu transportieren bestimmt, als von einem vorhandenen oder nicht vorhandenen Gefühl des Besitzerstolzes.

Ich wollte den Fernseher und ein paar Teller. Das Leben als Junggeselle sprang mich recht unvermittelt an, und ich hatte Schwierigkeiten, mir die Ausstattung einer neuen Wohnung vorzustellen. Claire dagegen hatte bereits Stunden in der Zukunft verbracht.

Aber sie war fair. Wir brachten Beweisdokument C hinter uns und erklärten uns für einvernehmlich getrennt. Wir würden eine Trennungsvereinbarung unterschreiben, sechs Monate warten, gemeinsam vor Gericht erscheinen und unsere Ehe nach den gesetzlichen Bestimmungen scheiden lassen.

Keinem von uns war nach einem kleinen Gedankenaustausch zumute. Ich nahm meinen Mantel, machte einen langen Spaziergang durch die Straßen von Georgetown und dachte darüber nach, wie dramatisch sich mein Leben verändert hatte.

Der Niedergang unserer Ehe war ein langsamer, aber unaufhaltsamer Prozess gewesen. Die Veränderung auf dem beruflichen Sektor aber hatte mich wie ein Schuss aus dem Hinterhalt getroffen. Alles geschah viel zu schnell, aber ich war nicht imstande, es anzuhalten.

14

Das Sabbatjahr wurde vom Vorstand abgelehnt. Obgleich angeblich niemand wusste, was bei diesen Konferenzen hinter verschlossener Tür gesagt wurde, teilte mir ein sehr düsterer Rudolph mit, man habe befürchtet, einen Präzedenzfall zu schaffen. Wenn eine so große Kanzlei einem ihrer Mitarbeiter ein Jahr Urlaub gewährte, konnte das eine Welle von ähnlichen Anträgen anderer Unzufriedener nach sich ziehen.

Es würde also kein Sicherheitsnetz geben. Die Tür würde, kaum dass ich hindurchgegangen war, hinter mir ins Schloss fallen.

Er stand vor meinem Schreibtisch. »Sind Sie sicher, dass Sie wissen, was Sie tun?«, fragte er. Polly packte bereits meine Sachen in zwei große Kartons.

»Ja, ich bin sicher«, sagte ich. »Machen Sie sich um mich keine Sorgen.«

»Ich habe versucht, Ihnen zu helfen.«

»Danke, Rudolph.« Er ging kopfschüttelnd hinaus.

Nach Claires gestriger Breitseite hatte ich nicht mehr über das Sabbatjahr nachdenken können. Dringlichere Fragen hatten mich beschäftigt. Ich stand vor der Scheidung, ich war allein und ebenfalls obdachlos.

Meine Gedanken kreisten um eine neue Wohnung, meinen neuen Job, mein Büro, meine Karriere. Ich schloss die Tür und studierte die Wohnungsanzeigen.

Ich würde den Wagen verkaufen und mir die monatliche Ratenzahlung von vierhundertachtzig Dollar sparen. Ich würde eine alte Schrottkiste kaufen, sie hoch versichern und darauf warten, dass sie in der Finsternis der Gegend, in der ich in Zukunft leben würde, verschwand. Bald wurde mir klar, dass ich für eine anständige Wohnung den größten Teil meines neuen Gehalts würde ausgeben müssen.

Ich machte früh Mittagspause, fuhr zwei Stunden lang in Washington herum und sah mir Lofts an. Das billigste war eine Bruchbude für elfhundert im Monat, zu teuer für einen Armenanwalt.

Als ich wieder ins Büro kam, erwartete mich ein neuer Aktendeckel, unbeschriftet und am selben Platz wie der Erste. Als ich ihn aufschlug, sah ich zwei Schlüssel, die mit Klebeband auf der linken Seite befestigt waren. Auf die rechte Seite war ein Zettel geheftet.

> Der obere Schlüssel ist für Chances Tür, der untere für den Aktenschrank unter dem Fenster. Machen Sie Kopien und legen Sie das Original wieder zurück. Vorsicht, Chance ist sehr misstrauisch. Lassen Sie die Schlüssel verschwinden.

In diesem Augenblick trat Polly ein, wie sie es oft tat: ohne anzuklopfen und so geräuschlos wie eine plötzliche Geistererscheinung. Sie schmollte und ignorierte mich. Wir arbeiteten seit vier Jahren zusammen, und sie tat, als wäre sie durch meinen Weggang am Boden zerstört. In Wirklichkeit standen wir uns gar nicht so nahe. In wenigen Tagen würde sie in einem anderen Vorzimmer sitzen. Sie war ein sehr netter Mensch, aber im Augenblick hatte ich andere Sorgen.

Ich klappte den Aktendeckel schnell zu und wusste nicht, ob sie ihn gesehen hatte. Während sie sich mit den Pappkartons beschäftigte, wartete ich auf eine Bemerkung von ihr, doch es kam keine – ein sicheres Zeichen, dass sie nichts gemerkt hatte. Doch da sie den Gang vor meinem Büro ständig im Auge hatte, konnte ich mir nicht vorstellen, wie Hector oder irgendjemand anders ungesehen hatte kommen und gehen können.

Mein Freund Barry Nuzzo, der ebenfalls zu den Geiseln gehört hatte, schaute herein, um mit mir zu reden. Er schloss die Tür hinter sich und kam im Slalom um die Kartons herum zu meinem Schreibtisch. Ich wollte nicht über mein Ausscheiden aus der Kanzlei sprechen, und so erzählte ich ihm von Claire. Seine Frau stammte wie Claire aus Providence, was in Washington eigenartig bedeutsam erschien. Wir hatten uns im Lauf der Jahre einige Male gegenseitig eingeladen, doch das war ebenso eingeschlafen wie meine Ehe.

Er war erst überrascht und dann traurig, schien es aber ganz gut zu verkraften. »Das ist ein schlechter Monat«, sagte er. »Es tut mir Leid für dich.«

»Es war ein langer, langsamer Niedergang.«

Wir sprachen über alte Zeiten und die Kollegen, die gekommen und gegangen waren. Wir hatten uns nicht die Zeit genommen, die Mister-Sache bei einem Bier zu bereden, und das erschien mir seltsam. Zwei Freunde sehen dem Tod ins Auge, kommen aber davon und sind dann zu beschäftigt, um einander zu helfen, damit fertig zu werden.

Schließlich kamen wir doch darauf zu sprechen. Angesichts der Kartons, die mitten im Zimmer standen, war es schwierig, das Thema zu vermeiden. Mir wurde bewusst, dass die Geiselnahme der Grund für diese Unterhaltung war.

»Es tut mir Leid, dass ich dich habe hängen lassen«, sagte er.

»Ach, komm schon, Barry.«

»Nein, wirklich. Ich hätte dir helfen sollen.«

»Warum?«

»Weil es offensichtlich ist, dass du den Verstand verloren hast«, sagte er lachend.

Ich versuchte, das Thema so locker zu behandeln wie

er. »Ja, ich bin im Augenblick vielleicht ein bisschen verrückt, aber darüber komme ich schon hinweg.«

»Nein, im Ernst: Ich hatte gehört, dass du Probleme hast. Letzte Woche wollte ich mit dir reden, aber du warst nicht da. Ich hab mir Sorgen um dich gemacht, aber du weißt ja, ich hatte bei Gericht zu tun, das Übliche.«

»Ich weiß.«

»Ich habe wirklich ein schlechtes Gewissen, weil ich nicht mit dir gesprochen habe, Mike. Es tut mir Leid.«

»Jetzt hör schon auf.«

»Wir alle hatten eine Riesenangst, aber du hättest wirklich getroffen werden können.«

»Er hätte uns alle umbringen können, Barry. Wenn es echtes Dynamit gewesen wäre und der Schuss ihn verfehlt hätte, wären wir in die Luft geflogen. Lass uns das nicht noch mal durchkauen.«

»Das Letzte, was ich gesehen habe, als wir zur Tür hinausstürzten, warst du, schreiend und voller Blut. Ich dachte, du wärst getroffen. Wir schafften es hinaus auf den Gang, die Leute packten uns und schrien auf uns ein, und ich wartete auf die Explosion. Ich dachte: Mike ist noch da drinnen, und er ist verletzt. Bei den Aufzügen blieben wir stehen. Irgendjemand schnitt die Seile an unseren Handgelenken durch, und als ich mich umsah, schleppten dich die Polizisten gerade hinaus. Ich werde nie das viele Blut vergessen. Dieses viele Blut.«

Ich sagte nichts. Er brauchte das. Es würde irgendwie sein Gewissen beruhigen. Er würde Rudolph und den anderen sagen können, er habe wenigstens versucht, es mir auszureden.

»Auf dem Weg nach unten hab ich immer wieder gefragt: ›Ist Mike verletzt? Ist Mike verletzt?‹ Keiner wusste es. Es kam mir vor wie eine Stunde, bis endlich jemand sagte, dass du unverletzt bist. Ich wollte dich anrufen, sobald ich zu Hause war, aber die Kinder haben mir keine Ruhe gelassen. Ich hätte es tun sollen.«

»Vergiss es.«

»Es tut mir Leid, Mike.«

»Bitte sag es nicht noch einmal. Es ist vorbei, erledigt. Wir hätten tagelang darüber reden können, und es wäre ganz genauso gekommen.«

»Wann hast du beschlossen, aus der Kanzlei auszuscheiden?«

Darüber musste ich kurz nachdenken. Die Wahrheit wäre gewesen: in jenem Augenblick am vergangenen Sonntag, als Bill das Laken zurückgezogen und ich meinen Freund Ontario gesehen hatte, wie er in Frieden ruhte. In diesem Augenblick, in der städtischen Leichenhalle, war ich ein anderer Mensch geworden.

»Am Wochenende«, sagte ich, ohne es weiter zu erklären. Er brauchte keine Erklärung.

Er schüttelte den Kopf, als wäre es in erster Linie seine Schuld, dass die Pappkartons hier standen. Ich beschloss, es ihm leichter zu machen. »Du hättest mich nicht davon abhalten können, Barry. Niemand hätte mich davon abhalten können.«

Er nickte – irgendwie verstand er es. Eine Pistole wird auf deinen Kopf gerichtet, die Zeit steht still, das Wichtigste stürzt auf dich ein: Gott, Familie, Freunde. Geld ist mit einemmal völlig unbedeutend. Die Kanzlei und die Karriere lösen sich in nichts auf, während die Sekunden verstreichen und dir bewusst wird, dass dies der letzte Tag deines Lebens sein könnte.

»Wie steht's mit dir?«, fragte ich ihn. »Wie kommst du damit zurecht?«

Die Kanzlei und die Karriere treten für ein paar Stunden in den Hintergrund.

»Wir haben am Dienstag einen Prozess begonnen. Auf den haben wir uns vorbereitet, als Mister hereinplatzte. Wir konnten den Richter nicht um einen neuen

Termin bitten, weil unser Mandant schon vier Jahre lang auf diesen Prozess gewartet hatte. Und es war ja niemand verletzt. Nicht körperlich jedenfalls. Also haben wir Gas gegeben, uns in den Prozess gestürzt und ganze Arbeit geleistet. Der Prozess hat uns gerettet.«

Natürlich. Arbeit ist Therapie – bei Drake & Sweeney ist sie sogar Erlösung. Ich hätte ihn am liebsten angeschrien, denn noch vor zwei Wochen hätte ich wahrscheinlich dasselbe gesagt.

»Gut«, sagte ich. Wie schön. »Dann geht es dir also gut?«

»Ja.« Er war Prozessanwalt, ein Krieger mit einer Teflonhaut. Außerdem hatte er drei Kinder, und darum kam der Luxus eines Karriereknicks mit dreißigtausend Dollar im Jahr für ihn nicht in Betracht.

Plötzlich tickte in seinem Kopf wieder die Stoppuhr. Wir schüttelten uns die Hand, umarmten uns und gaben uns die üblichen Versprechen, miteinander in Verbindung zu bleiben.

Ich ließ die Tür geschlossen, damit ich den Aktendeckel anstarren und entscheiden konnte, was ich tun sollte. Ich stellte eine Reihe von Hypothesen auf. Erstens: Die Schlüssel passten. Zweitens: Es war keine Falle; ich hatte keine Feinde und würde ohnehin in wenigen Tagen aus der Kanzlei ausgeschieden sein. Drittens: Die Akte befand sich tatsächlich in Chances Büro, im Aktenschrank unter dem Fenster. Viertens: Es war möglich, an sie heranzukommen, ohne erwischt zu werden. Fünftens: Sie konnte innerhalb kurzer Zeit kopiert werden. Sechstens: Ich konnte sie zurücklegen, so dass niemand Verdacht schöpfen würde. Siebentens, und das war der entscheidende Punkt: Die Akte enthielt tatsächlich Beweise für dunkle Machenschaften.

Das alles notierte ich auf einem Blatt Papier. Die Entwendung einer Akte war ein Grund für eine fristlose

Kündigung, aber das war mir egal. Dasselbe galt natürlich, wenn ich mit einem Schlüssel, den ich von Rechts wegen gar nicht haben durfte, in Chances Büro angetroffen wurde.

Die eigentliche Schwierigkeit war das Kopieren. Da es in der Kanzlei keine Akte gab, die weniger als drei Zentimeter dick war, würde ich, wenn ich über die gesamte Akte verfügen wollte, wahrscheinlich hundert Seiten kopieren müssen. Ich würde, für alle sichtbar, minutenlang am Kopiergerät stehen müssen. Das war zu gefährlich. Kopien machten nicht Anwälte, sondern Sekretärinnen und Gehilfen. Die Geräte waren hochmodern und kompliziert und warteten nur darauf, einen Papierstau zu produzieren, kaum dass ich auf einen Knopf gedrückt hatte. Außerdem waren sie kodiert: Man musste eine bestimmte Ziffernfolge eingeben, damit die Kopien einem Klienten in Rechnung gestellt werden konnten. Und zu allem Überfluss waren sie von allen Seiten zugänglich – mir fiel kein einziges Kopiergerät ein, das in einer Ecke stand. Vielleicht gab es in einer anderen Abteilung der Kanzlei eines, aber dort würde meine Anwesenheit auffallen.

Ich würde also mit der Akte das Gebäude verlassen müssen, und das grenzte, auch wenn ich sie nicht stahl, sondern nur auslieh, an eine strafbare Handlung.

Um vier ging ich mit aufgekrempelten Ärmeln und einem dicken Aktenbündel durch die Immobilienabteilung, als hätte ich dort etwas Wichtiges zu tun. Hector war nicht an seinem Tisch. Braden Chance war in seinem Büro. Er telefonierte, und die Tür stand einen Spalt breit offen, so dass ich seine belfernde Stimme hörte. Eine Sekretärin lächelte mich an. Ich sah keine Überwachungskameras. In einigen Etagen gab es sie, in anderen nicht. Wem würde es schon einfallen, ausgerechnet in der Immobilienabteilung gegen die Sicherheitsbestimmungen zu verstoßen?

Um fünf Uhr verließ ich die Kanzlei. In einem Feinkostgeschäft kaufte ich ein paar Sandwiches, dann fuhr ich zu meinem neuen Büro.

Meine Teilhaber waren noch da und erwarteten mich. Sofia lächelte sogar, als sie mir die Hand schüttelte, wenn auch nur für einen Augenblick.

»Willkommen an Bord«, sagte Abraham ernst, als wäre ich dabei, ein sinkendes Schiff zu betreten. Mordecai wies mit einer ausladenden Geste auf einen kleinen Raum neben dem seinen.

»Wie wär's damit?«, fragte er. »Das ist Suite E.«

»Ausgezeichnet«, sagte ich und betrat mein neues Reich. Das Zimmer war etwa halb so groß wie das bei Drake & Sweeney. Mein Schreibtisch hätte nicht hineingepasst. An einer Wand standen vier Aktenschränke, jeder in einer anderen Farbe. Das Licht kam von einer nackten Glühbirne an der Decke. Ich sah kein Telefon.

»Gefällt mir«, sagte ich, und das war nicht gelogen.

»Morgen besorgen wir Ihnen ein Telefon«, sagte Mordecai und zog das Rollo über die in das Fenster eingebaute Klimaanlage. »Der Letzte, der dieses Zimmer benutzt hat, war ein Anwalt namens Banebridge.«

»Wieso hat er aufgehört?«

»Er kam mit dem vielen Geld nicht zurecht.«

Es wurde langsam dunkel, und Sofia wollte anscheinend gern gehen. Abraham zog sich in sein Büro zurück. Mordecai und ich aßen an seinem Schreibtisch zu Abend: die mitgebrachten Sandwiches und seinen schlechten Kaffee.

Das Kopiergerät war ein Klotz aus den achtziger Jahren, ohne Knöpfe für Codeeingaben und den Schickschnack, der in meiner ehemaligen Kanzlei so geschätzt wurde. Ich saß in einer Ecke des großen Zimmers neben einem der vier unter alten Akten begrabenen Schreibtische.

»Wann gehen Sie heute nach Hause?«, fragte ich Mordecai.

»Ich weiß nicht. Vielleicht in einer Stunde. Warum?«

»Ich bin bloß neugierig. Ich fahre noch für ein paar Stunden zu Drake & Sweeney – wichtige Dinge, die ich noch abschließen soll. Danach würde ich gern mein Bürozeug herbringen. Geht das?«

Kauend zog er eine Schublade auf, holte einen Ring mit drei Schlüsseln hervor und warf ihn mir zu. »Sie können kommen und gehen, wie Sie wollen.«

»Ist die Gegend sicher?«

»Nein. Seien Sie also vorsichtig. Parken Sie so nah an der Tür wie möglich. Gehen Sie schnell. Und schließen Sie die Tür hinter sich ab.«

Er musste die Furcht in meinen Augen gesehen haben, denn er sagte: »Seien Sie vernünftig. Gewöhnen Sie sich daran.«

Um halb sieben ging ich mit schnellen Schritten zu meinem Wagen. Der Bürgersteig war verlassen – keine Straßengangster, keine Schüsse, kein Kratzer an meinem Lexus. Als ich aufschloss und davonfuhr, war ich stolz. Vielleicht würde ich es ja doch schaffen, auf der Straße zu überleben.

Für die Fahrt zu Drake & Sweeney brauchte ich elf Minuten. Wenn das Kopieren dreißig Minuten dauerte, würde die Akte insgesamt eine Stunde nicht in Chances Büro sein. Vorausgesetzt, alles ging glatt. Er würde es gar nicht merken. Ich wartete bis acht und schlenderte dann hinunter in die Immobilienabteilung, wieder mit aufgekrempelten Ärmeln, als wäre ich sehr beschäftigt.

Auf den Gängen war niemand. Ich klopfte an Chances Tür. Keine Antwort. Sie war verschlossen. Dann versuchte ich es an den anderen Türen: Ich klopfte erst leise, dann lauter und drehte schließlich den Griff. Etwa die Hälfte war verschlossen. An jeder Ecke sah ich mich nach Überwachungskameras um. Ich öffnete die Türen zu Konferenzzimmern und Sekretärinnenpools. Keine Menschenseele.

Der Schlüssel zu Chances Tür sah genauso aus wie meiner, er hatte dieselbe Größe und Farbe. Er passte perfekt, und plötzlich stand ich in einem dunklen Büro und war mit der Frage konfrontiert, ob ich das Licht anschalten sollte oder nicht. Jemand, der vorbeifuhr, konnte nicht wissen, welches Büro plötzlich erleuchtet war, und ich bezweifelte, dass man auf dem Gang einen Lichtschein unter der Tür sehen konnte. Außerdem war es sehr dunkel, und ich hatte keine Taschenlampe mitgebracht. Ich verriegelte die Tür, schaltete das Licht an, ging zu dem Aktenschrank unter dem Fenster und öffnete ihn mit dem zweiten Schlüssel. Ich kniete nieder und zog leise die Schublade heraus.

Es waren Dutzende von Akten darin, die allesamt etwas mit RiverOaks zu tun hatten und nach irgendeinem System geordnet waren. Chance und seine Sekretärin waren gut organisiert, und das schätzte man in dieser Kanzlei. Ein dicker Ordner trug die Aufschrift »RiverOaks/TAG, Inc.« Ich zog ihn heraus und blätterte darin, denn ich wollte mich zunächst davon überzeugen, dass ich die richtige Akte hatte.

Auf dem Gang rief eine männliche Stimme: »He!« Mir blieb fast das Herz stehen.

Von etwas weiter entfernt antwortete ein anderer Mann. Die beiden blieben nicht weit von Chances Tür stehen und unterhielten sich. Es ging um Basketball, um die Washington Bullets und die New York Knicks.

Mit weichen Knien ging ich zur Tür, schaltete das Licht aus und lauschte auf ihre Stimmen. Dann saß ich zehn Minuten lang auf Chances teurem Ledersofa. Wenn ich gesehen wurde, wie ich das Büro mit leeren Händen verließ, würde nichts geschehen. Morgen war ohnehin mein letzter Tag. Allerdings hätte ich dann auch nicht die Akte.

Und wenn mich jemand mit der Akte hinausgehen sah? Sobald man mich zur Rede stellte, wäre ich geliefert.

Ich dachte verzweifelt nach, und in jedem Szenario, das ich entwarf, wurde ich geschnappt. Geduld, ermahnte ich mich. Sie werden nicht lange bleiben. Nach Basketball ging es um Mädchen. Die beiden klangen nicht, als wären sie verheiratet. Wahrscheinlich waren es Jurastudenten aus Georgetown, die hier nachts als Hilfskräfte arbeiteten. Bald waren ihre Stimmen verklungen.

Ich schloss den Aktenschrank im Dunkeln ab und nahm die Akte. Fünf Minuten, sechs, sieben, acht. Ich öffnete leise die Tür und spähte durch den Spalt den Gang hinauf und hinunter. Niemand. Ich huschte hinaus, an Hectors Tisch vorbei, und ging in zügigem Tempo in Richtung Empfangsbereich, wobei ich mich bemühte, einen gelassenen Eindruck zu machen.

»He!«, rief jemand hinter mir. Während ich um eine Ecke bog, wandte ich mich rasch um und sah, dass ein Mann mir folgte. Die nächste Tür führte in eine kleine Bibliothek. Ich schlüpfte hinein; zu meinem Glück war es hier dunkel. Zwischen den Bücherregalen hindurch ging ich zur gegenüberliegenden Wand, wo ich eine zweite Tür entdeckte. Ich öffnete sie und sah über einer Tür am Ende eines kurzen Gangs ein beleuchtetes Schild mit der Aufschrift »Ausgang«. Ich riss sie auf und befand mich im Treppenhaus. Da ich schneller hinunter als hinauf laufen konnte, rannte ich in Richtung Erdgeschoss, obgleich mein Büro zwei Etagen höher lag. Wenn der Mann mich durch Zufall erkannt hatte, würde er mich vielleicht dort suchen.

Außer Atem kam ich im Erdgeschoss an. Ich trug keine Jacke und wollte nicht gesehen werden, am wenigsten von dem Mann des Sicherheitsdienstes, der den

Aufzug bewachte, damit nicht noch weitere Obdachlose hereinkamen. Ich ging zu einem Seiteneingang – denselben, den Polly und ich benutzt hatten, um nicht den Reportern über den Weg zu laufen. Es war eiskalt, und es nieselte, als ich zu meinem Wagen rannte.

Die Gedanken eines dilettantischen Ersttäters. Es war eine Dummheit. Eine gigantische Dummheit. Hatte man mich erkannt? Niemand hatte mich Chances Büro verlassen sehen. Niemand wusste, dass ich im Besitz einer Akte war, die mir nicht gehörte.

Ich hätte nicht davonrennen sollen. Ich hätte stehen bleiben und mich mit ihm unterhalten sollen, als wäre alles in schönster Ordnung, und wenn er die Akte hätte sehen wollen, hätte ich sein Ansinnen empört von mir weisen und ihn wegschicken sollen. Wahrscheinlich war es bloß eine der Hilfskräfte gewesen, deren Unterhaltung ich zuvor mitangehört hatte.

Aber warum hatte er gerufen? Wenn er mich nicht kannte, warum hatte er dann versucht, mich vom anderen Ende des Ganges aus anzuhalten? Ich fuhr auf die Massachusetts Avenue – ich hatte es eilig, die Akte zu kopieren und irgendwie wieder an ihren Platz zu stellen. Ich hatte schon des öfteren die Nacht durchgearbeitet, und wenn ich bis drei Uhr warten musste, um in Chances Büro zu schleichen, dann würde ich eben warten.

Ich entspannte mich ein wenig. Die Heizung lief auf vollen Touren.

Ich konnte nicht wissen, dass eine Polizeiaktion schief gegangen und ein Polizist angeschossen worden war. Ich konnte nicht wissen, dass der Jaguar eines Dealers die 18th Street entlangraste. An der Ampel an der New Hampshire Avenue hatte ich grünes Licht, aber die Kerle, die auf den Polizisten geschossen hatten, kümmerten sich nicht um die Straßenverkehrsordnung. Der Jaguar war nur ein verschwommenes Etwas zu meiner Linken. Im nächsten Augenblick nahm mir der Airbag die Sicht.

Als ich zu mir kam, drückte die Fahrertür in meine linke Schulter. Schwarze Gesichter starrten mich durch das zersplitterte Fenster an. Ich hörte Sirenen, dann wurde wieder alles verschwommen.

Der eine Sanitäter löste meinen Sicherheitsgurt, und gemeinsam zogen sie mich über die Mittelkonsole und durch die Beifahrertür. »Ich seh gar kein Blut«, sagte jemand.

»Können Sie gehen?«, fragte einer der Sanitäter. Meine Schulter und Rippen schmerzten. Ich versuchte zu stehen, aber meine Beine gaben unter mir nach.

»Alles in Ordnung«, sagte ich und setzte mich auf eine Bahre. Hinter mir war Lärm, aber ich konnte mich nicht umdrehen. Sie schnallten mich auf die Bahre, und als ich in den Krankenwagen gehoben wurde, sah ich den Jaguar. Er lag auf dem Dach und war umringt von Polizisten und Sanitätern.

Während sie meinen Blutdruck maßen, sagte ich immer wieder: »Alles in Ordnung, alles in Ordnung.« Wir fuhren mit ausgeschalteter Sirene los.

Sie brachten mich zur Notaufnahme des George Washington University Medical Center. Die Röntgenbilder zeigten keine Brüche. Ich hatte lediglich sehr schmerzhafte Prellungen davongetragen. Man gab mir Schmerztabletten und legte mich in ein Einzelzimmer.

Irgendwann in der Nacht erwachte ich. Claire saß schlafend auf einem Stuhl neben meinem Bett.

15

Sie ging, bevor es hell wurde. In einem liebevollen Brief auf dem Nachttisch erklärte sie mir, sie müsse ihre Visite machen und werde später am Morgen wieder kommen. Sie habe mit den behandelnden Ärzten gesprochen. Es deute alles darauf hin, dass ich es überstehen würde.

Man hätte meinen können, wir wären ein ganz normales, glückliches Paar und einander liebevoll zugetan. Während ich wieder einschlief, fragte ich mich, warum wir uns eigentlich scheiden lassen wollten.

Eine Schwester weckte mich um sieben und gab mir den Brief. Ich las ihn noch einmal durch, während sie über das Wetter sprach – Schnee und Schneeregen – und meinen Blutdruck maß. Ich bat sie um eine Zeitung. Sie brachte sie eine halbe Stunde später, zusammen mit dem Frühstück. Die Story war auf der ersten Seite des Lokalteils. Der V-Mann hatte mehrere Kugeln abbekommen; sein Zustand war kritisch. Einen der Dealer hatte er erschossen. Der zweite Dealer war der Fahrer des Jaguars. Er war am Unfallort gestorben, unter Umständen, die noch ermittelt wurden. Ich wurde nicht erwähnt, was mir sehr recht war.

Wäre ich nicht beteiligt gewesen, dann wäre die Geschichte für mich nichts weiter ein Scharmützel zwischen Polizisten und Dealern gewesen – ich hätte den Artikel wahrscheinlich nicht einmal gelesen. Willkommen auf der Straße. Ich versuchte mir einzureden, dass so etwas jedem Anwalt in Washington hätte passieren können, doch das war schwer zu glauben. Wenn man nach Einbruch der Dunkelheit in diesem Teil der Stadt unterwegs war, musste man mit Ärger rechnen.

Mein linker Oberarm war geschwollen und lief bereits blau an. Die linke Schulter und das Schlüsselbein waren steif und druckempfindlich. Meine Rippen schmerzten so sehr, dass ich mich so wenig wie möglich bewegte. Am schlimmsten war es, wenn ich atmete. Ich schaffte es bis ins Badezimmer, wo ich auf die Toilette ging und mein Gesicht im Spiegel betrachtete. Ein Airbag ist eine kleine Bombe. Wenn er sich aufbläst, trifft er mit voller Wucht auf Gesicht und Brust. Dennoch war der Schaden minimal: Nase und Augenpartie waren leicht geschwollen, die Oberlippe hatte eine neue Form. Nichts, was nicht über das Wochenende verschwinden würde.

Die Schwester kam und brachte noch mehr Tabletten. Ich ließ mir zu jeder einzelnen detailliert Auskunft geben und lehnte dann alle ab. Es waren schmerzlindernde und krampflösende Mittel, doch ich brauchte einen klaren Kopf. Der Arzt sah um halb acht vorbei und untersuchte mich kurz. Da ich keine Brüche oder schweren Verletzungen davongetragen hatte, würde ich bald entlassen werden. Er schlug eine zweite Serie von Röntgenaufnahmen vor, nur zur Sicherheit. Ich wollte Einwände machen, aber er hatte die Sache bereits mit meiner Frau besprochen.

Und so humpelte ich eine halbe Ewigkeit in meinem Zimmer herum, betastete vorsichtig die verletzten Körperpartien, schaute mir das Frühstücksfernsehen an und hoffte, dass nicht plötzlich jemand hereinkam und mich in meinem gelben Krankenhausnachthemd sah.

Es war erstaunlich zeitraubend, in Washington einen abgeschleppten Wagen zu finden, besonders so kurz nach dem Unfall. Ich begann mit dem Telefonbuch, dem einzigen Verzeichnis, das mir zur Verfügung stand. Die Hälfte der Anschlüsse im Straßenverkehrsamt war unbesetzt. Bei der anderen Hälfte begegnete man meiner Anfrage mit großer Gleichgültigkeit. Es war noch früh, das Wetter war schlecht, und außerdem war Freitag – warum sich also mit Arbeit belasten?

Die meisten Unfallwagen wurden zu einer städtischen Verwahrstelle an der Rasco Road in Northeast gebracht. Das erfuhr ich von einer Sekretärin im Polizeipräsidium, die – ich probierte inzwischen aufs Geratewohl alle möglichen Durchwahlen – in der Abteilung für Tierverwahrung arbeitete. Manche Wagen, sagte sie, landeten aber woanders, und es könne durchaus sein, dass meiner noch bei dem Abschleppunternehmer herumstehe. Diese Unternehmen seien in privater Hand, erklärte sie mir, und das habe schon immer Probleme bereitet. Sie habe früher bei der Verkehrspolizei gearbeitet, ihre Arbeit aber von Herzen gehasst.

Mir fiel Mordecai ein, meine neue Quelle für alle Informationen, die irgendetwas mit den Straßen von Washington zu tun hatten. Ich wartete bis neun, dann rief ich ihn an. Ich erzählte ihm die Geschichte, sagte ihm, ich sei zwar im Krankenhaus, aber in blendender Verfassung, und fragte ihn, ob er wisse, wie man einen abgeschleppten Unfallwagen finden könne. Er sagte, er habe da eine Idee.

Danach rief ich Polly an und erzählte ihr dasselbe.

»Heißt das, Sie kommen nicht?«, fragte sie bestürzt.

»Polly, ich habe Ihnen doch gerade gesagt, dass ich im Krankenhaus liege.«

Sie zögerte und bestätigte damit meine Befürchtungen. Ich sah die Torte geradezu vor mir, daneben eine Schüssel mit Punsch, das Ganze wahrscheinlich in einem Konferenzzimmer, und fünfzig Leute standen herum, brachten Toasts aus und hielten kurze Reden darüber, was für ein wunderbarer Mensch ich war. Ich war auf einigen dieser Partys gewesen. Sie waren grässlich. Ich wollte bei meinem Abschied nicht dabei sein.

»Wann werden Sie entlassen?«, fragte sie.

»Weiß ich nicht. Vielleicht morgen.« Das war gelogen. Ich würde noch vor Mittag gehen, mit oder ohne Einverständnis des behandelnden Arztes.

Abermaliges Zögern. Die Torte, der Punsch, die wichtigen Reden furchtbar beschäftigter Männer, vielleicht auch ein, zwei Geschenke. Was sollte sie tun?

»Das tut mir Leid«, sagte sie.

»Mir auch. Hat jemand nach mir gefragt?«

»Nein. Noch nicht.«

»Gut. Sagen Sie Rudolph bitte, dass ich einen Unfall hatte. Ich werde ihn später anrufen. Ich muss jetzt aufhören. Die wollen noch ein paar Untersuchungen machen.«

Und so fand meine einst viel versprechende Karriere bei Drake & Sweeney ein unspektakuläres Ende. Ich schwänzte meine eigene Abschiedsfeier. Ich war zweiunddreißig und hatte die Fesseln der Sklavenarbeit für eine große Kanzlei abgeschüttelt. Das Geld hatte ich ebenfalls abgeschüttelt. Ich konnte tun, was mein Gewissen mir befahl. Es war ein großartiges Gefühl – wenn ich nur nicht bei jeder Bewegung ein Messer zwischen den Rippen gespürt hätte.

Claire kam kurz nach elf und beriet sich auf dem Gang mit dem behandelnden Arzt. Dann traten sie ein und verkündeten meine Entlassung. Ich zog die Kleider an, die Claire mir mitgebracht hatte, und dann fuhr sie mich nach Hause. Während der kurzen Fahrt sprachen wir nur wenig. Es gab keine Versöhnung. Warum hätte ein simpler Autounfall irgendetwas ändern sollen? Sie tat das alles nicht als Ehefrau, sondern als Freundin und Ärztin.

Zu Hause kochte sie mir eine Tomatensuppe und deckte mich auf dem Sofa zu. Dann reihte sie meine Tabletten auf der Küchentheke auf, gab mir ein paar ärztliche Anweisungen und ging.

Ich blieb zehn Minuten liegen, aß die Hälfte der Suppe und ein paar Salzcräcker und griff zum Telefon. Mordecai hatte nichts in Erfahrung bringen können.

Ich schlug die Mietangebote in der Zeitung auf und sprach mit Maklern und Hausverwaltern. Dann rief ich eine Mietwagenfirma an, bestellte einen Wagen mit Fahrer und duschte ausgiebig, um die verspannten Muskeln zu lockern.

Mein Fahrer hieß Leon. Ich setzte mich auf den Beifahrersitz und versuchte, nicht bei jedem Schlagloch zu stöhnen und das Gesicht zu verziehen.

Wenn ich mir auch keine schöne Wohnung leisten konnte, so sollte sie doch wenigstens in einer sicheren Gegend liegen. Leon hatte ein paar Vorschläge. Wir hielten an einem Zeitungsstand und ließen uns zwei Gratis-Broschüren über den Grundstücksmarkt in Washington geben.

Nach Leons Meinung war Adams-Morgan, nördlich des Dupont Circle, eine gute Wohngegend – allerdings könne sich das, warnte er mich, innerhalb eines halben Jahres ändern. Es war ein bekanntes Viertel, in dem ich schon viele Male gewesen war, ohne das Verlangen zu verspüren, mich dort umzusehen. Entlang der Straßen standen Reihenhäuser aus der Jahrhundertwende, die allesamt bewohnt waren – es war also ein für Washingtoner Verhältnisse belebtes Viertel. Die Bars und Klubs in dieser Gegend waren im Augenblick sehr beliebt, und laut Leon befanden sich hier auch die besten neuen Restaurants der Stadt. Die übleren Stadtteile lagen gleich um die Ecke, und natürlich musste man äußerst vorsichtig sein. Wenn so bedeutende Leute wie Senatoren auf dem Capitol Hill ausgeraubt wurden, war wirklich niemand mehr sicher.

Auf dem Weg nach Adams-Morgan tauchte vor uns

plötzlich ein Schlagloch auf, das größer war als unser Wagen. Wir rumpelten hindurch, hoben für zehn Sekunden – so lang kam es mir jedenfalls vor – ab und landeten hart. Ich schrie auf. Meine ganze linke Seite schmerzte rasend.

Leon erschrak. Ich musste ihm die Wahrheit sagen und erzählte ihm, wo ich die gestrige Nacht verbracht hatte. Er fuhr erheblich langsamer und verwandelte sich in meinen Makler. Er half mir die Treppe zum ersten Objekt hinauf, einer heruntergekommen Wohnung, von deren Teppich ein unverkennbarer Geruch nach Katzenurin aufstieg. Leon sagte dem Vermieter, er solle sich schämen, die Wohnung in einem solchen Zustand anzubieten.

Die zweite Wohnung war in einem Loft im vierten Stock, fast hätte ich es nicht die Treppe hinauf geschafft. Kein Aufzug. Und die Heizung war nicht der Rede wert. Leon dankte dem Verwalter höflich.

Das nächste Loft war im dritten Stock, aber das Haus verfügte über einen schönen, sauberen Aufzug. Es lag an der Wyoming Avenue, einer hübschen, schattigen Straße, die von der Connecticut Avenue abging. Die Miete betrug fünfhundertfünfzig pro Monat, und ich hatte praktisch schon zugesagt, bevor ich die Wohnung überhaupt gesehen hatte. Ich baute rapide ab, dachte immer öfter an die Schmerztabletten, die ich zu Hause gelassen hatte, und hätte jede halbwegs akzeptable Wohnung genommen.

Drei winzige Zimmer in einem Dachgeschoss mit schrägen Wänden, ein Badezimmer mit anscheinend funktionierenden sanitären Anlagen, saubere Fußböden und so etwas wie eine Aussicht auf die Straße.

»Wir nehmen sie«, sagte Leon zum Vermieter. Ich lehnte an einem Türrahmen und war kurz davor zusammenzubrechen. In einem kleinen Zimmer im Untergeschoss überflog ich den Mietvertrag, unterschrieb ihn und stellte einen Scheck über die Kaution und die erste Monatsmiete aus.

Ich hatte Claire gesagt, ich würde bis zum Wochenende ausgezogen sein, und war entschlossen, diese Ankündigung wahr zu machen.

Wenn Leon sich wunderte, wieso ich vom schicken Georgetown in ein Drei-Zimmer-Loch in Adams-Morgan zog, so ließ er sich nichts anmerken. Dazu war er zu professionell. Er brachte mich nach Hause und wartete im Wagen, während ich meine Tabletten nahm und ein kleines Nickerchen machte.

Irgendwo im Schmerztablettennebel läutete ein Telefon. Ich stolperte umher, fand den Apparat und murmelte: »Hallo?«

»Ich dachte, Sie wären im Krankenhaus«, sagte Rudolph.

Ich hörte seine Stimme und erkannte sie auch, doch der Nebel lichtete sich nur langsam. »War ich auch«, sagte ich. »Jetzt nicht mehr. Was wollen Sie?«

»Wir haben Sie heute Nachmittag vermisst.«

Ach ja. Die Torte und der Punsch. »Bitte vielmals um Entschuldigung, Rudolph. Ich hatte nicht vor, einen Autounfall zu haben.«

»Eine Menge Leute wollten sich von Ihnen verabschieden.«

»Sie können mir ja eine Karte schreiben. Sagen Sie ihnen, sie sollen mir faxen.«

»Es geht Ihnen nicht besonders gut, nicht?«

»Genau. Ich fühle mich, als hätte ich einen Autounfall gehabt.«

»Hat man Ihnen Schmerztabletten gegeben?«

»Wieso interessiert Sie das?«

»Entschuldigung. Übrigens war Braden Chance vor einer Stunde bei mir. Er wollte Sie unbedingt sprechen. Eigenartig, nicht?«

Der Nebel lichtete sich – mein Kopf war schon viel klarer. »Weswegen wollte er mich sprechen?«

»Das hat er nicht gesagt. Aber er sucht Sie.«

»Sagen Sie ihm, ich bin ausgeschieden.«

»Das habe ich. Tut mir Leid, dass ich Sie gestört habe. Schauen Sie doch mal wieder vorbei. Sie haben hier immer noch Freunde.«

»Danke, Rudolph.«

Ich steckte die Schmerztabletten ein. Leon schlief im Wagen. Als wir losfuhren, rief ich Mordecai an. Er hatte den Unfallbericht ausfindig gemacht, und dort war vermerkt, dass mein Wagen von einer Firma namens Hundley Towing abgeschleppt worden war. Bei Hundley Towing hatte er den Anrufbeantworter erreicht. Die Straßen waren glatt, es gab jede Menge Unfälle, und wer einen Abschleppwagen besaß, hatte viel zu tun. Gegen drei hatte sich schließlich ein Mechaniker gemeldet, der ihm jedoch nicht hatte weiterhelfen können.

Leon fand die Firma an der Rhode Island Avenue in der Nähe der 7th Street. In besseren Tagen war hier einmal eine Tankstelle gewesen, doch jetzt betrieb man eine Werkstatt und ein Abschleppunternehmen, verkaufte Gebrauchtwagen und vermietete Lieferwagen. Alle Fenster des Gebäudes waren mit schwarzen Gitterstäben gesichert. Leon parkte so nah wie möglich am Eingang. »Geben Sie mir Deckung«, sagte ich und ging mit schnellen Schritten hinein. Die Tür schlug zurück, als ich sie aufstieß, und prallte gegen meinen linken Arm. Ich krümmte mich vor Schmerzen. Ein Mechaniker in ölverschmiertem Overall bog um eine Ecke und starrte mich feindselig an.

Ich erklärte ihm, warum ich gekommen war. Er nahm ein Klemmbrett und studierte die Zettel, die darauf befestigt waren. In einem der hinteren Räume hörte ich fluchende Männerstimmen – sicher spielten sie Würfel und tranken Whiskey, und wahrscheinlich wurde hier auch Crack verkauft.

»Der Wagen ist noch bei den Bullen«, sagte der Mechaniker.

»Und wissen Sie auch, warum?«, fragte ich ihn.

»Eigentlich nicht. Hat die Sache irgendwas mit einem Verbrechen oder so zu tun?«

»Ja, aber mein Wagen war nicht darin verwickelt.«

Er sah mich ausdruckslos an. Offenbar hatte er seine eigenen Probleme.

»Haben Sie eine Ahnung, wo er sein könnte?«, fragte ich und versuchte, freundlich zu bleiben.

»Wenn ein Wagen beschlagnahmt wird, bringen sie ihn meistens zu einer Verwahrstelle an der Georgia Avenue, nördlich der Howard University.«

»Wie viele Verwahrstellen hat die Stadt?«

Er zuckte die Schultern und wandte sich zum Gehen. »Mehr als die eine jedenfalls«, sagte er und verschwand.

Diesmal öffnete ich die Tür vorsichtiger. Ich eilte zum Wagen.

Als wir die Verwahrstelle gefunden hatten, war es bereits dunkel. Ein halber Block war mit Maschen- und Stacheldraht eingezäunt. Dahinter standen Hunderte von Unfallwagen kreuz und quer durcheinander. Manche waren sogar übereinander gestapelt.

Leon stand neben mir auf dem Bürgersteig und spähte durch den Zaun. »Da drüben«, sagte ich und zeigte auf meinen Lexus, der neben einem Schuppen mit dem Kühler uns zugewandt stand. Links vorne hatte die Wucht des Aufpralls alles demoliert. Der Kotflügel war abgerissen, der Motor lag frei und war nur noch Schrott.

»Sie haben ein Riesenglück gehabt«, sagte Leon.

Neben meinem Wagen stand der Jaguar. Das Dach war plattgedrückt, sämtliche Fenster waren zersplittert.

In dem Schuppen befand sich eine Art Büro, doch es

war abgeschlossen und dunkel. Die Tore waren mit schweren Ketten gesichert. Der Stacheldraht glitzerte im Regen. An der nächsten Ecke lungerten einige dunkle Gestalten herum. Ich konnte spüren, dass sie uns beobachteten.

»Lassen Sie uns hier verschwinden«, sagte ich.

Leon fuhr mich zum National Airport, den einzigen Ort in dieser Stadt, von dem ich wusste, dass man dort einen Wagen mieten konnte.

Der Tisch war gedeckt, und auf dem Herd stand mitgebrachtes Essen vom Chinesen. Claire wartete auf mich und hatte sich Sorgen gemacht, auch wenn sie mir nicht verriet, wie viel Sorgen sie sich gemacht hatte. Ich sagte ihr, ich hätte auf Anraten meiner Versicherung einen Wagen gemietet. Sie untersuchte mich gewissenhaft und ließ mich eine Tablette schlucken.

»Ich dachte, du wolltest dich ausruhen«, sagte sie.

»Ich hab's versucht, aber es ging nicht. Ich habe Hunger.«

Dies würde unser letztes gemeinsames Essen als Ehepaar sein. Unsere Beziehung endete, wie sie begonnen hatte: mit einer schnellen Mahlzeit, die jemand anderes zubereitet hatte.

»Kennst du einen Hector Palma?«, fragte sie während des Essens.

Ich schluckte. »Ja.«

»Er hat vor einer Stunde angerufen und gesagt dass er dich unbedingt sprechen muss. Wer ist er?«

»Ein Anwaltsgehilfe aus der Kanzlei. Ich sollte heute Morgen einen meiner Fälle mit ihm durchgehen. Er steht ganz schön unter Druck.«

»Scheint so. Er will sich heute Abend um neun mit dir treffen, bei Nathan's in der M Street.«

»Warum in einer Bar?«, fragte ich.

»Hat er nicht gesagt. Es klang verdächtig.«

Mir verging der Appetit, doch ich aß weiter, um mir nichts anmerken zu lassen. Es war eine unnötige Vorsichtsmaßnahme. Claire war das alles vollkommen gleichgültig.

Ich ging zu Fuß zur M Street, in einem leichten Regen, der sich immer mehr mit Schnee vermischte, und unter ziemlich großen Schmerzen. Freitags abends war es praktisch unmöglich, dort einen Parkplatz zu finden. Außerdem brauchte ich ein bisschen Bewegung und einen klaren Kopf.

Dieses Treffen konnte nur bedeuten, dass es Schwierigkeiten gab, und ich bereitete mich innerlich darauf vor. Ich dachte mir Lügen aus, mit denen ich meine Spur verwischen würde, und weitere Lügen, um die zuerst ausgedachten abzusichern. Jetzt, da ich etwas gestohlen hatte, erschienen mir diese Lügen wie eine Kleinigkeit. Hector handelte vielleicht im Auftrag der Kanzlei; es bestand die Möglichkeit, dass er verkabelt war. Ich würde aufmerksam zuhören und so wenig wie möglich sagen.

Die Bar war erst halb voll. Ich kam zehn Minuten zu früh, aber Hector erwartete mich bereits in einer kleinen Nische. Als ich näher kam, sprang er auf und streckte mir die Hand hin. »Sie müssen Michael sein. Ich bin Hector Palma aus der Immobilienabteilung. Freut mich, Sie kennen zu lernen.«

Es war wie ein Überfall, eine Überschwänglichkeit, die mich wachsam werden ließ. Ich schüttelte ihm die Hand und sagte etwas wie: »Freut mich ebenfalls.«

Er zeigte auf die Nische. »Setzen wir uns doch«, sagte er mit einem herzlichen Lächeln. Ich ging vorsichtig in die Knie und zwängte mich zwischen Tisch und Bank.

»Was ist mit Ihrem Gesicht passiert?«, fragte er.

»Ich habe einen Airbag geküsst.«

»Ja, ich hab von dem Unfall gehört«, sagte er schnell. Sehr schnell. »Ist alles in Ordnung? Nichts gebrochen?«

»Nein«, sagte ich langsam und versuchte, mir ein Bild von ihm zu machen.

»Ich habe gehört, den anderen hat's erwischt«, sagte er einen Sekundenbruchteil, nachdem ich geantwortet hatte. Er bestimmte den Kurs dieses Gesprächs – ich sollte ihm folgen.

»Ja, es war irgendein Dealer.«

»Was für eine Stadt!«, sagte er, als der Ober erschien. »Was möchten Sie trinken?«, fragte Hector mich.

»Einen Kaffee, schwarz, bitte«, sagte ich. In diesem Augenblick, während er darüber nachdachte, was er trinken wollte, stieß Hector mich mit der Schuhspitze an.

»Was für Bier haben Sie?«, fragte er den Ober, eine Frage, die sie hassten. Der Ober sah starr geradeaus und rasselte die Marken herunter.

Ich sah Hector an. Seine Hände lagen gefaltet auf dem Tisch. Während der Ober uns abschirmte, krümmte Hector den rechten Zeigefinger und zeigte auf seine Brust.

»Molson«, sagte er plötzlich, und der Ober verschwand.

Er war verkabelt, und wir wurden beobachtet. Egal, wo sie saßen: Der Ober hatte uns verdeckt. Instinktiv wollte ich mich nach den anderen Leuten in der Bar umdrehen, doch ich widerstand der Versuchung, unter anderem, weil mein Hals so steif wie ein Brett war.

Das erklärte die herzliche Begrüßung, bei der er sich benommen hatte, als wären wir uns noch nie begegnet. Hector war den ganzen Tag verhört worden und hatte alles geleugnet.

»Ich bin Gehilfe in der Immobilienabteilung«, erklärte er. »Sie kennen sicher Braden Chance, einen unserer Teilhaber.«

»Ja.« Da meine Antworten aufgezeichnet wurden, beschloss ich, so wenig wie möglich zu sagen.

»Ich arbeite hauptsächlich für ihn. Wir haben ein paar Worte gewechselt, als Sie letzte Woche in seinem Büro waren.«

»Wenn Sie es sagen ... ich kann mich nicht erinnern, Sie gesehen zu haben.«

Ich bemerkte ein ganz schwaches Lächeln, eine Entspannung der Muskeln rings um die Augen – nichts, was man auf dem Film einer geheimen Überwachungskamera sehen würde. Ich stieß ihn mit dem Fuß an und hoffte, dass wir zur selben Melodie tanzten.

»Ich wollte mit Ihnen sprechen, weil eine Akte aus Bradens Büro fehlt.«

»Und ich soll der Dieb sein?«

»Nein, aber Sie sind einer der Verdächtigen. Es handelt sich um die Akte, nach der Sie gefragt hatten, als Sie letzte Woche in sein Büro geplatzt sind.«

»Dann werde ich also tatsächlich beschuldigt«, sagte ich wütend.

»Noch nicht. Regen Sie sich nicht auf. Die Kanzlei untersucht den Fall sehr gründlich, und wir reden einfach mit allen, die in Frage kommen könnten. Da ich gehört habe, wie Sie Braden nach der Akte gefragt haben, wurde ich beauftragt, mit Ihnen zu sprechen. So einfach ist das.«

»Und ich weiß nicht, wovon Sie eigentlich reden. So einfach ist das.«

»Sie wissen nichts von dieser Akte?«

»Natürlich nicht. Warum sollte ich eine Akte aus dem Büro eines Teilhabers stehlen?«

»Würden Sie sich einem Lügendetektortest unterziehen?«

»Selbstverständlich«, sagte ich entschlossen, ja indigniert. Selbstverständlich würde ich mich unter keinen Umständen einem Lügendetektortest unterziehen.

»Gut. Jeder, der jemals mit dieser Akte zu tun gehabt hat, wird gebeten werden, diesen Test zu machen.«

Das Bier und der Kaffee wurden gebracht, und so entstand eine kurze Pause, in der wir das Gesagte und das weitere Vorgehen überdenken konnten. Hector hatte mir gerade zu verstehen gegeben, dass er in großen Schwierigkeiten steckte. Ein Lügendetektortest würde ihm das Genick brechen. Haben Sie Michael Brock gekannt, bevor er aus der Kanzlei ausschied? Haben Sie mit ihm über die fehlende Akte gesprochen? Haben Sie ihm Kopien von Schriftstücken aus der Akte gegeben? Haben Sie ihm geholfen, die Akte an sich zu bringen? Ja oder nein. Schwierige Fragen mit simplen Antworten. Er würde nicht lügen können. Er würde den Test nicht überstehen.

»Sie nehmen auch Fingerabdrücke«, sagte er. Das sagte er leiser – nicht um das versteckte Mikrofon zu überlisten, sondern um den Schlag zu abzumildern.

Es traf mich dennoch hart. Weder vor noch nach dem Diebstahl hatte ich jemals daran gedacht, dass ich überall meine Fingerabdrücke hinterließ. »Schön für sie«, sagte ich.

»Den ganzen Nachmittag lang haben sie einen Fingerabdruck nach dem anderen gefunden. An der Tür, am Lichtschalter, am Aktenschrank. Jede Menge Fingerabdrücke.«

»Hoffentlich finden sie den, der's war.«

»Es ist schon ein toller Zufall: Braden hatte über hundert aktuelle Akten in seinem Büro, und die Einzige, die fehlt, ist die, auf die Sie so scharf waren.«

»Was soll das heißen?«

»Nur das, was ich gesagt habe. Ein toller Zufall.« Das war für die Ohren der Mithörer bestimmt.

Ich fand, dass ich vielleicht auch ein bisschen schauspielern sollte. »Die Art, wie Sie das sagen, gefällt mir nicht«, schrie ich ihn fast an. »Falls Sie mir etwas vorwerfen wollen, dann gehen Sie zur Polizei und lassen Sie mich festnehmen. Falls nicht, behalten Sie Ihren Blödsinn für sich.«

»Die Polizei ist ja schon eingeschaltet«, sagte er sehr kühl, und meine aufgesetzte Empörung fiel in sich zusammen. »Es geht immerhin um einen Diebstahl.«

»Natürlich geht es um einen Diebstahl. Finden Sie den Dieb und verschwenden Sie Ihre Zeit nicht mit mir.«

Er trank einen großen Schluck. »Hat Ihnen jemand die Schlüssel zu Bradens Büro gegeben?«

»Selbstverständlich nicht.«

»Man hat nämlich einen leeren Aktendeckel auf Ihrem Schreibtisch gefunden, zusammen mit einer Notiz, in der irgendwas von zwei Schlüsseln stand. Einer für die Tür und einer für einen Aktenschrank.«

»Davon weiß ich nichts«, sagte ich so arrogant wie möglich, während ich versuchte, mich daran zu erinnern, wohin ich den Aktendeckel gelegt hatte. Die Indizien deuteten immer mehr auf mich. Ich hatte gelernt, wie ein Rechtsanwalt zu denken, nicht wie ein Verbrecher.

Hector nahm noch einen großen Schluck. Ich nippte an meinem Kaffee.

Er hatte genug gesagt. Die Botschaften waren übermittelt worden – eine von der Kanzlei, die andere von Hector. Die Kanzlei wollte die Akte zurück, und zwar vollständig, und Hector wollte mich wissen lassen, dass seine Beteiligung ihn den Job kosten konnte.

Ich konnte ihn retten. Ich konnte die Akte zurückgeben, alles gestehen und Stillschweigen geloben. Wahrscheinlich würde die Kanzlei mir verzeihen. Niemand würde zu Schaden kommen. Ich konnte sogar die Bedingung stellen, dass Hector seinen Job behielt.

»Sonst noch etwas?«, fragte ich. Plötzlich hielt es mich nicht mehr hier.

»Nein. Wann können Sie den Lügendetektortest machen?«

»Ich rufe Sie an.«

Ich nahm meinen Mantel und ging.

16

Aus Gründen, die ich bald verstehen sollte, hegte Mordecai eine heftige Abneigung gegen Washingtoner Polizisten, auch wenn die meisten davon Schwarze waren. Seiner Meinung nach war ihr Verhalten Obdachlosen gegenüber unnötig hart, und das war der Maßstab, nach dem er die Menschen beurteilte.

Doch mit einigen Polizisten war er bekannt. Einer davon war Sergeant Peeler, den er mit den Worten charakterisierte, er sei ›von der Straße‹. In einem Jugendzentrum nicht weit von der Kanzlei arbeitete Peeler mit gefährdeten Jugendlichen, und außerdem gehörten Mordecai und er derselben Kirchengemeinde an. Peeler hatte Verbindungen und würde sie spielen lassen, damit ich Zugang zu meinem Wagen bekam.

Am Samstagmorgen kam er um neun in die Kanzlei. Mordecai und ich tranken gerade Kaffee und versuchten, uns zu wärmen. Peeler hatte samstags dienstfrei. Ich hatte den Eindruck, dass er gern länger im Bett geblieben wäre.

Ich saß hinten. Mordecai fuhr den Wagen und redete in einem fort, während wir auf schnee- und eisglatten Straßen nach Northeast fuhren. Statt des vorausgesagten Schnees fiel kalter Regen. Der Verkehr war spärlich. Es war ein ungemütlicher Februarmorgen, und nur die Entschlossenen wagten sich auf die Straße.

Wir parkten vor dem mit Vorhängeschlössern gesicherten Tor der städtischen Verwahrstelle an der Georgia Avenue. »Warten Sie hier«, sagte Peeler. Ich konnte die Überreste meines Lexus sehen.

Peeler ging zum Tor und drückte auf den Klingelknopf am Pfosten. Die Schuppentür öffnete sich. Ein kleiner, dünner Polizist trat mit einem Regenschirm heraus, und die beiden redeten kurz miteinander.

Peeler kam zurück, schlug die Tür zu und streifte die Regentropfen von den Schultern. »Er erwartet Sie«, sagte er.

Ich stieg aus, spannte meinen Regenschirm auf und ging rasch zum Tor, wo Officer Winkle ohne eine Spur von Freundlichkeit oder Sympathie auf mich wartete. Er holte ein paar Dutzend Schlüssel hervor, fand irgendwie die drei, die zu den schweren Vorhängeschlössern passten, und sagte, während er das Tor öffnete: »Hier entlang.« Ich folgte ihm und wich dabei den tiefen, mit braunem Wasser und Matsch gefüllten Löchern aus. Bei jeder Bewegung hatte ich Schmerzen, und so waren meine Sprünge recht unbeholfen. Er ging geradewegs zu meinem Wagen.

Ich sah sogleich auf dem Beifahrersitz nach. Keine Akte. Nach einem Augenblick der Panik fand ich sie unbeschädigt auf dem Boden hinter dem Fahrersitz. Ich hob sie auf und wandte mich zum Gehen, denn ich war nicht in der Stimmung, mir das Wrack, dem ich entronnen war, genauer anzusehen. Das Einzige, was zählte, war, dass ich diesen Unfall ohne größere Verletzungen überstanden hatte. Nächste Woche würde ich mich mit der Versicherungsgesellschaft auseinandersetzen müssen.

»Ist das alles?«, fragte Winkle.

»Ja«, sagte ich und wäre am liebsten losgerannt.

»Kommen Sie mit.«

Wir traten in den Schuppen, wo ein zischender Gasbrenner in der Ecke Wärme verströmte. Winkle nahm eins von zehn Klemmbrettern von der Wand und starrte auf die Akte, die ich in der Hand hielt. »Ein brauner Aktenordner«, sagte er, während er schrieb. »Etwa fünf Zentimeter dick.« Ich umklammerte die Akte, als wäre sie aus purem Gold. »Steht da ein Name drauf?«

Ich war nicht in der Lage, Einwände zu erheben. Eine einzige schnoddrige Bemerkung, und man würde mich nie wieder sehen. »Wozu brauchen Sie den?«, fragte ich.

»Legen Sie die Akte auf den Tisch.«

Ich legte sie auf den Tisch. »RiverOaks Schrägstrich TAG, Inc.«, sagte er und schrieb. »Nummer TBC–96–3381.« Die Spur, die ich hinterließ, wurde immer breiter.

»Gehört das Ihnen?«, fragte er und sah mich mit unverhohlenem Misstrauen an.

»Ja.«

»Gut. Sie können gehen.«

Ich bedankte mich und erhielt keine Antwort. Am liebsten wäre ich zum Tor gerannt, doch das Gehen fiel mir schon schwer genug. Winkle schloss hinter mir die Vorhängeschlösser ab.

Als ich wieder im Wagen saß, drehten Mordecai und Peeler sich um und sahen die Akte an. Keiner von beiden wusste, worum es ging. Ich hatte Mordecai lediglich gesagt, sie sei sehr wichtig, und ich müsse sie holen, bevor sie zusammen mit dem Wagen vernichtet würde.

So viel Aufwand für eine Akte?

Auf dem Rückweg war ich in Versuchung, sie durchzublättern, tat es aber nicht.

Ich dankte Peeler, verabschiedete mich von Mordecai und fuhr vorsichtig zu meiner neuen Wohnung.

Es ging um Bundesgelder, was in Washington nichts Ungewöhnliches war. Die Post plante eine neue Verteilstelle für zwanzig Millionen Dollar, und RiverOaks war eine der aggressiv auftretenden Immobiliengesellschaften, die sich Hoffnungen machten, diese Stelle bauen, vermieten und verwalten zu dürfen. Mehrere Standorte, allesamt in ärmeren, heruntergekommenen Vierteln, waren in Erwägung gezogen worden. Im vorigen Dezember hatte RiverOaks schließlich eine Liste mit drei

Standorten vorgelegt und begonnen, die billigen Grundstücke aufzukaufen, die man brauchen würde.

TAG war eine rechtmäßig eingetragene Gesellschaft, deren alleiniger Besitzer Tillman Gantry war, ein zweifach vorbestrafter ehemaliger Zuhälter und Kleinkrimineller, wie es in einer Aktennotiz hieß. Leute wie er waren in dieser Stadt nichts Ungewöhnliches. Nach seiner gescheiterten Karriere als Krimineller hatte Gantry sich auf Gebrauchtwagen und Grundstücksgeschäfte verlegt. Er kaufte verlassene Häuser auf, ließ sie oberflächlich renovieren und verkaufte oder vermietete sie als Gewerberäume. Es waren vierzehn Objekte aufgelistet, die sich im Besitz von TAG befanden. Als die Post eine neue Verteilstelle brauchte, hatten sich die Wege von RiverOaks und Gantry gekreuzt.

Am 6. Januar hatte die Postdirektion RiverOaks per Einschreiben davon in Kenntnis gesetzt, dass die Gesellschaft den Zuschlag bekommen habe und der Erbauer, Eigentümer und Vermieter der neuen Verteilstelle sein werde. Eine schriftliche Vereinbarung sah jährliche Mietzahlungen in Höhe von 1,5 Millionen Dollar vor, und zwar über einen garantierten Zeitraum von zwanzig Jahren. In dem Brief stand auch, dass der Vertrag zwischen der Postdirektion und RiverOaks spätestens am 1. März unterschrieben sein müsse, was auf eine für Regierungsbehörden völlig unübliche Hast hindeutete. Nach sieben Jahren des Erwägens und Planens sollte die neue Verteilstelle praktisch über Nacht gebaut werden.

RiverOaks und ihre Anwälte und Makler machten sich an die Arbeit. Im Januar kaufte die Gesellschaft vier Grundstücke an der Florida Avenue, in der Nähe des Lagerhauses, wo die Zwangsräumung erfolgt war. In der Akte befanden sich zwei Karten der Gegend, auf denen die Grundstücke, die man bereits erworben hatte oder über die man noch verhandelte, farbig markiert waren.

Bis zum 1. März war es nur noch eine Woche. Kein Wunder, dass Chance die Akte so schnell vermisst hatte: Er bearbeitete sie wahrscheinlich täglich.

Das Lagerhaus an der Florida Avenue hatte TAG im vergangenen Juli für eine nicht genannte Summe erworben. Am 31. Januar hatte RiverOaks es für zweihunderttausend Dollar gekauft, vier Tage vor der Zwangsräumung, in deren Verlauf DeVon Hardy und die Familie Burton auf die Straße gesetzt worden waren.

Auf dem nackten Holzboden des Raums, der mein Wohnzimmer werden sollte, nahm ich ein Dokument nach dem anderen aus dem Ordner, las es sorgfältig durch und machte mir detaillierte Notizen, damit ich die Akte später wieder zusammenfügen konnte. Ich fand die übliche Ansammlung von Papieren, wie sie wohl zu jedem Grundstücksgeschäft gehörten: Steuerbescheide für die vorangegangenen Jahre, eine chronologisch geordnete Reihe von Besitzurkunden und Kaufverträgen, einen neuen Kaufvertrag, Korrespondenz mit dem Makler, abschließende Briefe. Weil das Geschäft in bar abgewickelt worden war, gab es keine Bankunterlagen.

Auf der linken Innenseite des Aktenordners befand sich das Journal, ein Vordruck, auf dem jeder Bestandteil der Akte mit Datum und kurzer Beschreibung eingetragen wurde. Anhand der Genauigkeit der Einträge im Journal ließ sich das Organisationsvermögen einer Sekretärin bei Drake & Sweeney beurteilen. Alles, was in die Akte aufgenommen wurde – jedes Stück Papier, jede Karte, jedes Foto, jede Grafik –, musste im Journal verzeichnet sein, das war uns in der Einarbeitungszeit eingehämmert worden. Die meisten hatten es auf die harte Tour lernen müssen: Es gab nichts Frustrierenderes, als eine dicke Akte durchzublättern und nach einem Dokument zu suchen, dessen Beschreibung im Journal nicht genau genug war. Der einschlägige Lehrsatz lautete: Wenn man es nicht innerhalb von dreißig Sekunden finden kann, ist es nutzlos.

Chances Akte war penibel geführt; seine Sekretärin war eine Frau, die auf Details achtete. Doch irgendjemand hatte sich daran zu schaffen gemacht.

Am 22. Januar war Hector Palma allein zum Lagerhaus gegangen, um es routinemäßig vor dem Kauf in Augenschein zu nehmen. Als er durch eine als Eingang gekennzeichnete Tür getreten war, hatten ihn zwei Straßenräuber überfallen, mit einem Stock niedergeschlagen, ihm ein Messer unter die Nase gehalten und sich mit seiner Brieftasche und seinem Geld aus dem Staub gemacht. Hector war am 23. zu Hause geblieben und hatte den Überfall in einer Aktennotiz beschrieben. Der letzte Satz war: »Werde das Objekt am Montag, dem 27. Januar, in Begleitung eines Wachmanns besichtigen.« Die Aktennotiz war ordentlich eingeheftet.

Über seinen zweiten Besuch gab es jedoch keine Aktennotiz. Am 27. Januar dagegen war ins Journal eingetragen worden: »AN von HP – Objektbesichtigung, Inspektion des Geländes.«

Hector war am 27. in Begleitung eines Wachmanns zum Lagerhaus gegangen, hatte es besichtigt, zweifellos festgestellt, dass es bewohnt war, und eine Aktennotiz geschrieben, die, nach den anderen von ihm verfassten Unterlagen zu urteilen, recht ausführlich gewesen war.

Diese Aktennotiz war entfernt worden. Das war natürlich kein Verbrechen – auch ich hatte zigmal irgendwelchen Akten irgendwelche Unterlagen entnommen, ohne das im Journal zu vermerken. Allerdings hatte ich immer darauf geachtet, diese Unterlagen wieder einzuheften. Wenn ein Dokument im Journal eingetragen war, musste es in der Akte aufzufinden sein.

Das Geschäft wurde am 31. Januar, einem Freitag, abgewickelt. Am darauf folgenden Dienstag kehrte Hector zum Lagerhaus zurück, um die Hausbesetzer auf die

Straße zu setzen. Er wurde von einem Angestellten eines privaten Sicherheitsdienstes, einem Polizisten und vier harten Jungs von einer Räumungsfirma begleitet. Laut seiner zwei Seiten umfassenden Aktennotiz dauerte die Aktion drei Stunden. Hector hatte versucht, seine Gefühle zu verbergen, doch es wurde deutlich, dass Zwangsräumungen nicht nach seinem Geschmack waren.

Mein Herz stockte, als ich las: »Die Frau hatte vier Kinder, eins davon im Säuglingsalter. Die Familie lebte in einer Zwei-Zimmer-Wohnung ohne sanitäre Installationen und schlief auf zwei Matratzen auf dem Boden. Während die Mutter dem Polizisten Widerstand leistete, sahen die Kinder zu. Die Wohnung wurde schließlich geräumt.«

Also hatte Ontario gesehen, wie seine Mutter sich gegen den Polizisten gewehrt hatte.

Eine Liste der Betroffenen war beigefügt. Es waren siebzehn Namen, die Namen der Erwachsenen – dieselbe Liste, die man mir am Montagmorgen zusammen mit einer Kopie des Artikels in der *Washington Post* auf den Schreibtisch gelegt hatte.

Am Ende der Akte waren die Räumungsaufforderungen an die siebzehn Betroffenen eingeheftet. Sie waren weder im Journal eingetragen noch benutzt worden. Hausbesetzer hatten keinerlei Rechte, nicht einmal das auf eine Benachrichtigung. Die Aufforderungen waren im Nachhinein eingefügt worden, um die Sache zu vertuschen. Wahrscheinlich waren sie nach dem Mister-Vorfall von Chance höchstpersönlich dort platziert worden, für den Fall, dass er sie brauchte.

Die Manipulation war offenkundig und dumm. Andererseits war Chance Teilhaber. Dass ein Teilhaber eine seiner Akten dem Vorstand hatte vorlegen müssen, war noch nie vorgekommen.

Sie war auch nicht vorgelegt, sondern gestohlen worden. Das war eine kriminelle Handlung, und man war dabei, Beweismaterial zu sammeln. Der Dieb war ein Idiot.

Vor sieben Jahren, als ich eingestellt worden war, hatte ein privater Sicherheitsdienst meine Fingerabdrücke genommen. Es würde ein Leichtes sein, sie mit denen an Chances Aktenschrank zu vergleichen. Das würde nur wenige Minuten in Anspruch nehmen, und ich war sicher, dass man es bereits getan hatte. Würde man einen Haftbefehl gegen mich erlassen? Es war unvermeidlich.

Nach drei Stunden hatte ich die Akte, deren Inhalt den ganzen Boden des Zimmers bedeckte, durchgearbeitet. Sorgfältig heftete ich alles in der richtigen Reihenfolge wieder ein. Dann fuhr ich zum Rechtsberatungsbüro und kopierte alles.

Auf dem Zettel stand, sie sei einkaufen gegangen. Wir hatten schönes Gepäck, ein gemeinsamer Besitz, den wir bei unserer Aufteilung gar nicht berücksichtigt hatten. Claire würde in der näheren Zukunft häufiger verreisen als ich, und darum nahm ich das billigere Zeug: eine Reisetasche und ein paar kleinere Sporttaschen. Ich wollte nicht mit ihr zusammentreffen, und so warf ich die Grundausstattung auf das Bett: Socken, Unterwäsche, T-Shirts, Waschzeug und Schuhe, allerdings nur die, die ich im Lauf des vergangenen Jahres getragen hatte. Mit den anderen konnte sie machen, was sie wollte. Danach räumte ich rasch die Schubladen und meine Hälfte des Badezimmerschränkchens aus. Ich litt körperliche und seelische Qualen, als ich die Taschen nach unten trug, im Mietwagen verstaute und wieder hinaufging, um meine Anzüge zu holen. Ich stieß auf meinen alten Schlafsack, den ich vor mindestens fünf Jahren zum letzten Mal benutzt hatte, und lud ihn, eine Bettdecke und ein Kopfkissen in den Wagen. Außerdem hatte ich Anrecht auf einen Wecker, ein Radio, einen tragbaren CD-

Spieler und ein paar CDs, den kleinen Fernseher auf der Küchentheke, eine Kaffeekanne, einen Föhn und einen Satz blauer Handtücher.

Als der Wagen voll war, schrieb ich auf einen Zettel, ich sei ausgezogen, und legte ihn neben ihren. Ich las ihn nicht noch einmal durch. Meine Gefühle waren gemischt und lauerten dicht unter der Oberfläche, und ich war im Augenblick nicht imstande, mich mit ihnen auseinander zu setzen. Ich war noch nie aus einer gemeinsamen Wohnung ausgezogen und wusste nicht, wie man das machte.

Ich schloss die Tür und ging die Treppe hinunter. In ein paar Tagen würde ich zurückkehren, um meine restlichen Sachen zu holen, und doch hatte ich das Gefühl, es sei das letzte Mal.

Claire würde den Zettel lesen, in den Schränken und Schubladen nachsehen, was ich mitgenommen hatte, und sich dann, wenn feststand, dass ich tatsächlich ausgezogen war, ins Wohnzimmer setzen und ein paar Tränen vergießen. Vielleicht würde sie tatsächlich weinen. Aber sie würde schnell darüber hinwegkommen und sich in den nächsten Abschnitt ihres Lebens stürzen.

Als ich davonfuhr, fühlte ich mich nicht befreit. Ich fand es nicht erregend, wieder allein stehend zu sein. Claire und ich hatten beide verloren.

17

Ich schloss mich im Büro ein. Es war Sonntag, und hier drinnen war es noch kälter als gestern. Ich trug einen dicken Pullover, eine Kordhose und Wintersocken und las die Zeitung an meinem Schreibtisch, auf dem eine dampfende Tasse Kaffee stand. Es gab eine Heizung, aber ich hatte nicht vor, an der Temperatureinstellung etwas zu ändern.

Mir fehlte mein lederbezogener Chefsessel, auf dem ich nach Belieben wippen und herumrollen konnte. Mein neuer Bürosessel war nur wenig besser als ein Klappstuhl, wie man ihn für eine Gartenparty mieten würde. An guten Tagen würde er wohl nur unbequem sein, doch in meiner gegenwärtigen Verfassung war er das reinste Folterinstrument.

Der Tisch war ramponiert und aus zweiter Hand. Er hatte ursprünglich vermutlich in einer Schule gestanden, war viereckig wie eine Schachtel und verfügte rechts und links über je drei Schubladen, die sich wirklich öffnen ließen, wenn auch nur unter Anwendung von Gewalt. Die beiden Stühle für die Mandanten waren tatsächlich Klappstühle – der eine war schwarz, der andere hatte eine grünliche Farbe, die ich noch nie zuvor gesehen hatte.

Die Wände waren verputzt und vor Jahrzehnten gestrichen worden, doch inzwischen war aus dem ursprünglichen Weiß eine Art blasses Zitronengelb geworden. Der Putz hatte Risse, und in den oberen Ecken hatten Spinnen ihre Netze gespannt. Der einzige Wandschmuck war ein gerahmtes Plakat von 1988, das zu einem Marsch für Gerechtigkeit auf der Mall aufrief.

Der Boden bestand aus uralten Eichendielen, deren Kanten abgeschliffen waren, was auf starke Beanspruchung in früheren Jahren hindeutete. Er war kürzlich gefegt worden. Besen und Kehrblech standen noch in der Ecke – ein zarter Wink. Wenn es mir hier zu schmutzig werden sollte, würde ich mich selbst darum kümmern müssen.

Ach, wie tief war ich gefallen! Wenn mein lieber Bruder Warner mich so hätte sehen können – es war Sonntag, ich saß frierend an meinem jämmerlichen kleinen Schreibtisch, starrte auf die Risse im Putz und hatte die Tür verschlossen, damit meine potentiellen Mandanten nicht hereinkommen und mich ausrauben konnten –, dann hätte er mich mit so deftigen und ausgefallenen Schimpfwörtern bedacht, dass ich sie unbedingt hätte aufschreiben müssen.

Die Reaktion meiner Eltern konnte ich mir nicht einmal vorstellen. Ich würde sie bald anrufen und ihnen den doppelten Schock meiner beiden Adressenänderungen versetzen müssen.

Ein lautes Klopfen an der Tür jagte mir einen Heidenschreck ein. Ich fuhr hoch und wusste nicht, was ich tun sollte. Waren irgendwelche Straßenräuber hinter mir her? Während ich zur Tür ging, klopfte es wieder, und ich konnte eine Gestalt erkennen, die durch die Gitterstäbe und das dicke Glas der Vordertür zu spähen versuchte.

Es war Barry Nuzzo. Er zitterte und hatte es eilig, in die Sicherheit des Büros zu kommen. Ich schloss auf und ließ ihn ein.

»Was für ein Loch!«, sagte er freundlich und sah sich um, während ich die Tür wieder abschloss.

»Ein bisschen verstaubt, nicht?«, sagte ich. Ich war vollkommen überrascht von seinem Erscheinen und fragte mich, was es zu bedeuten hatte.

»Was für eine Bruchbude!« Er amüsierte sich über die

Räumlichkeiten, trat an Sofias Schreibtisch und zog langsam die Handschuhe aus, berührte jedoch nichts, aus Angst, eine Aktenlawine auszulösen.

»Wir halten die laufenden Kosten so niedrig wie möglich, damit wir mehr Geld nach Hause tragen können«, sagte ich. Es war ein alter Witz bei Drake & Sweeney. Die Teilhaber nörgelten ständig wegen der hohen laufenden Kosten, dabei dachten die meisten ununterbrochen über die Ausstattung ihrer Büros nach.

»Dann hast du also wegen des Geldes gewechselt?«, fragte er, noch immer amüsiert.

»Natürlich.«

»Du bist verrückt.«

»Ich habe meine Berufung gefunden.«

»Berufung? Du meinst, du hörst Stimmen?«

»Bist du deshalb gekommen? Um mir zu sagen, dass ich verrückt bin?«

»Ich hab mit Claire telefoniert.«

»Und was hat sie gesagt?«

»Dass du ausgezogen bist.«

»Stimmt. Wir werden uns scheiden lassen.«

»Was ist mit deinem Gesicht passiert?«

»Ein Airbag.«

»Ach ja, stimmt, das hatte ich vergessen. Ich hab gehört, es war nur ein Blechschaden.«

»Ja, nur ein Blechschaden.«

Er legte seinen Mantel über einen Stuhl, zog ihn jedoch rasch wieder an. »Habt ihr bei eurem Sparkurs vielleicht vergessen, die Heizung zu bezahlen?«

»Hin und wieder lassen wir mal einen Monat aus.«

Er schlenderte herum und sah in die kleinen Büros, die von dem Hauptraum abgingen. »Wer bezahlt diesen Laden?«

»Eine Stiftung.«

»Eine Stiftung auf dem absteigenden Ast?«

»Ja, auf dem steil absteigenden Ast.«

»Wie hast du diesen Laden gefunden?«

»Mister war öfter hier. Die Leute hier waren seine Anwälte.«

»Der gute alte Mister«, sagte er. Er unterbrach seine Inspektion und starrte an die Wand. »Glaubst du, er hätte uns wirklich umgebracht?«

»Nein. Aber keiner hat ihm zugehört. Er war bloß irgendein Obdachloser. Er wollte gehört werden.«

»Hast du dir überlegt, ob du versuchen sollst, ihn zu überwältigen?«

»Nein, aber ich habe mit dem Gedanken gespielt, ihm die Pistole zu entreißen und Rafter zu erschießen.«

»Hättest du's nur getan.«

»Vielleicht beim nächsten Mal.«

»Kann ich einen Kaffee haben?«

»Klar. Setz dich.«

Die Küche ließ viel zu wünschen übrig, und darum wollte ich nicht, dass Barry mir dorthin folgte. Ich fand einen Becher, wusch ihn aus und füllte ihn mit Kaffee. Dann bat ich Barry in mein Büro.

»Hübsch«, sagte er und sah sich um.

»Hier werden die wirklich wichtigen Fälle besprochen«, sagte ich stolz. Wir setzten uns einander gegenüber an den Schreibtisch. Die Stühle quietschten und standen anscheinend kurz vor dem Zusammenbruch.

»Hast du *davon* geträumt, als du auf der Uni warst?«, fragte er.

»An die Uni kann ich mich nicht mehr erinnern. Ich hab seitdem zu viele honorarfähige Stunden abgerissen.«

Endlich sah er mich an, ohne zu grinsen oder zu lächeln, und wurde ernst. Es war ein schlimmer Gedanke, und doch fragte ich mich unwillkürlich, ob Barry wohl verkabelt war. Sie hatten Hector geschickt, um ein bisschen auf den Busch zu klopfen, und ein Mikrofon unter seinem Hemd versteckt, bei Barry würden sie dasselbe tun. Er würde sich nicht freiwillig dazu hergeben, aber sie konnten ja Druck ausüben. Ich war der Feind.

»Dann bist du also auf den Spuren von Mister hierher gekommen?«, sagte er.

»Ich glaube schon.«

»Und was hast du gefunden?«

»Stellst du dich dumm, Barry? Was ist in der Kanzlei los? Habt ihr schon eine Wagenburg gebildet? Habt ihr meine Verfolgung aufgenommen?«

Er trank rasche, kleine Schlucke von seinem Kaffee und dachte nach. »Dieser Kaffee schmeckt entsetzlich«, sagte er und machte ein Gesicht, als wollte er ihn ausspucken.

»Wenigstens ist er heiß.«

»Die Sache mit Claire tut mir Leid.«

»Danke, aber ich möchte lieber nicht darüber sprechen.«

»Eine Akte ist gestohlen worden, und alle haben dich im Verdacht.«

»Wer weiß, dass du hier bist?«

»Meine Frau.«

»Hat die Kanzlei dich geschickt?«

»Absolut nicht.«

Ich glaubte ihm. Seit sieben Jahren war er ein guter, manchmal sogar ein sehr guter Freund. Leider waren wir die meiste Zeit zu beschäftigt gewesen, um unsere Freundschaft zu pflegen.

»Warum haben sie mich im Verdacht?«

»Die Akte hat irgendwas mit Mister zu tun. Du bist zu Braden Chance gegangen und hast Einsicht verlangt. In der Nacht, in der sie gestohlen wurde, bist du in der Nähe seines Büros gesehen worden. Es gibt Indizien dafür, dass jemand dir Schlüssel gegeben hat, die du vielleicht nicht hättest haben dürfen.«

»Ist das alles?«

»Und es gibt Fingerabdrücke.«

»Fingerabdrücke?«, fragte ich und versuchte, ein überraschtes Gesicht zu machen.

»Überall in Chances Büro. An der Tür, am Lichtschalter, am Aktenschrank. Es sind deine. Du warst da, Michael. Du hast die Akte an dich genommen. Was willst du jetzt tun?«

»Was weißt du von dieser Sache?«

»Mister ist von einem unserer Immobilienmandanten auf die Straße gesetzt worden. Er war ein Hausbesetzer. Er hat durchgedreht und uns zu Tode erschreckt, und du hättest fast eine Kugel abgekriegt. Und dann bist du durchgedreht.«

»Ist das alles?«

»Das ist alles, was sie uns gesagt haben.«

»Und ›sie‹ sind?«

»›Sie‹ sind die großen Tiere aus der Vorstandsetage. Am Freitag kurz vor Büroschluss kam ein Rundschreiben an alle Mitarbeiter der Kanzlei – Anwälte, Sekretärinnen, Gehilfen, alle –, in dem man uns davon in Kenntnis setzte, dass eine Akte gestohlen worden sei, dass du der Hauptverdächtige seist und dass sämtlichen Mitarbeitern der Kanzlei jeglicher Kontakt mit dir verboten sei. Ich dürfte eigentlich gar nicht hier sein.«

»Ich werde es niemandem verraten.«

»Danke.«

Wenn Braden Chance die Verbindung zwischen der Zwangsräumung und Lontae Burton gesehen hatte, würde er es nicht zugeben. Nicht einmal gegenüber den anderen Teilhabern. Aber Barry sagte die Wahrheit. Wahrscheinlich dachte er, ich sei nur wegen DeVon Hardy an dieser Akte interessiert.

»Warum bist du dann gekommen?«

»Weil ich dein Freund bin. Im Augenblick geht alles drunter und drüber. Mein Gott, am Freitag hatten wir die Polizei im Haus, kannst du dir das vorstellen? Vor einer Woche war's das Einsatzkommando, und wir waren Geiseln. Und jetzt bist du über die Klippe gegangen. Und dann die Sache mit Claire. Lass uns doch mal eine Pause machen, ein paar Wochen irgendwo Urlaub machen. Wir nehmen unsere Frauen mit.«

»Wohin?«

»Was weiß ich? Ist doch egal. Nach Hawaii.«

»Und was würde das bringen?«

»Wir könnten zum Beispiel mal ein bisschen Sonnenenergie tanken. Tennis spielen. Schlafen. Unsere Batterien aufladen.«

»Auf Kosten der Kanzlei?«

»Auf meine Kosten.«

»Claire brauchst du nicht einzuplanen. Es ist vorbei, Barry. Es hat lange gedauert, aber jetzt ist es vorbei.«

»Na gut, dann eben nur wir beide.«

»Aber dir ist jeglicher Kontakt mit mir verboten.«

»Ich habe eine Idee: Ich gehe zu Arthur und spreche mit ihm. Wir können die Sache regeln. Du bringst die Akte zurück und vergisst alles, was drinsteht, die Firma vergibt und vergisst ebenfalls, du und ich spielen zwei Wochen Tennis auf Maui, und wenn wir zurückkommen, setzt du dich wieder in dein schönes Büro, wo du hingehörst.«

»Sie haben dich geschickt, stimmt's?«

»Nein. Ich schwöre es.«

»Es wird nicht gehen, Barry.«

»Nenn mir einen guten Grund. Bitte.«

»Rechtsanwalt zu sein, bedeutet mehr als honorarfähige Stunden zu berechnen und Geld zu scheffeln. Warum sollten wir uns zu Huren des großen Geldes machen? Ich habe es satt, Barry. Ich will etwas bewirken.«

»Du klingst wie ein Erstsemester.«

»Genau. Wir haben Jura studiert, weil wir dachten, das Recht sei eine edle, erhabene Sache. Wir wollten gegen Ungerechtigkeiten und soziale Missstände angehen und alle möglichen großen Taten vollbringen, denn wir waren ja Rechtsanwälte. Früher haben wir unser Handeln an Idealen ausgerichtet. Was hält uns davon ab, das wieder zu tun?«

»Ratenzahlungen.«

»Ich will dich nicht auf meine Seite ziehen. Du hast drei Kinder – Claire und ich haben zum Glück keine. Ich kann es mir leisten, ein bisschen verrückt zu sein.«

Ein Heizkörper in der Ecke, den ich bisher gar nicht bemerkt hatte, begann zu rasseln und zu zischen. Wir sahen ihn an und hofften auf ein wenig Wärme. Eine Minute verging. Dann zwei.

»Sie werden dich drankriegen, Michael«, sagte er und starrte noch immer auf den Heizkörper, ohne ihn wirklich zu sehen.

»›Sie‹? Du meinst ›wir‹?«

»Ja. Die Kanzlei. Du kannst nicht hingehen und eine Akte stehlen. Denk an den Mandanten. Er hat ein Recht auf Vertraulichkeit. Wenn eine Akte verschwindet, bleibt der Kanzlei gar nichts anderes übrig, als sie wiederzubeschaffen.«

»Strafanzeige?«

»Wahrscheinlich. Sie sind fuchsteufelswild, Michael. Und das kann man ihnen auch nicht verdenken. Ein Disziplinarverfahren vor dem Standesgericht der Anwaltskammer ist ebenfalls im Gespräch. Vermutlich wird es eine einstweilige Verfügung geben. Rafter arbeitet schon daran.«

»Warum konnte Mister nicht ein bisschen tiefer zielen?«

»Sie wollen dir ans Leder.«

»Die Kanzlei hat mehr zu verlieren als ich.«

Er musterte mich. Offenbar wusste er nicht, was in der Akte stand. »Es geht um mehr als um Mister?«, fragte er.

»Um viel mehr. Die Kanzlei bewegt sich auf sehr dünnem Eis. Wenn die mich drankriegen wollen, werde ich sie ebenfalls drankriegen.«

»Du kannst eine gestohlene Akte nicht als Beweismaterial verwenden. Kein Gericht im ganzen Land würde das zulassen. Du hast keine Ahnung von Prozessführung.«

»Ich lerne. Sag ihnen, sie sollen mich in Ruhe lassen. Denk daran: Ich hab die Akte, und da ist viel Schmutz drin.«

»Es waren bloß ein paar Hausbesetzer, Michael.«

»Die Sache ist viel komplizierter. Jemand sollte sich mal mit Braden Chance zusammensetzen und die Wahrheit aus ihm herauspressen. Sag Rafter, er soll seine Hausaufgaben machen, sonst könnte sein Schuss nach hinten losgehen. Glaub mir, Barry, das wird Schlagzeilen machen. Wenn das rauskommt, werdet ihr euch nicht mehr aus dem Haus trauen.«

»Du schlägst also einen Waffenstillstand vor? Du behältst die Akte, und wir lassen dich in Ruhe?«

»Für den Augenblick jedenfalls. Was nächste oder übernächste Woche sein wird, weiß ich nicht.«

»Warum soll ich nicht mit Arthur sprechen? Ich mache den Vermittler. Wir drei setzen uns zusammen, schließen die Tür ab und klären diese Angelegenheit. Was meinst du?«

»Dafür ist es zu spät. Es hat Tote gegeben.«

»Mister hat es nicht anders gewollt.«

»Es gibt noch andere.« Damit hatte ich genug gesagt. Er war zwar mein Freund, aber über den größten Teil unseres Gespräches würde er seinen Bossen berichten.

»Könntest du mir das erklären?«

»Nein. Das ist vertraulich.«

»Aus dem Mund eines Anwalts, der Akten stiehlt, klingt das ein bisschen aufgesetzt.«

Der Heizkörper gluckste und gurgelte, und für eine Weile war es leichter, ihn anzusehen als zu sprechen.

Keiner von uns wollte etwas sagen, das er später bereuen würde.

Er fragte nach den anderen Mitarbeitern des Rechtsberatungsbüros. Ich führte ihn herum. Mehr als einmal murmelte er: »Unglaublich.«

»Wollen wir in Verbindung bleiben?«, fragte er an der Tür.

»Klar.«

18

Meine Einweisung dauerte etwa dreißig Minuten. Das war die Fahrtzeit vom Büro zum Samaritan House in Northeast. Mordecai fuhr und redete, und ich saß da, umklammerte meine Aktentasche und war so nervös wie ein Anfänger vor seiner ersten Bewährungsprobe. Ich trug Jeans, ein weißes Hemd und Krawatte, einen alten marineblauen Blazer, weiße Socken und alte Nike Turnschuhe. Ich hatte mich nicht rasiert. Als Armenanwalt konnte ich mich kleiden, wie ich wollte.

Mordecai war die Veränderung meines Erscheinungsbildes natürlich in dem Augenblick aufgefallen, in dem ich ins Büro trat und verkündete, ich wolle mit der Arbeit anfangen. Er sagte nichts, aber sein Blick verweilte bei den Turnschuhen. Er kannte das schon: Irgendwelche Typen von den großen Kanzleien kamen aus den Bürohochhäusern, um ein paar Stunden bei den Armen zu verbringen. Aus irgendeinem Grund fühlten sie sich verpflichtet, sich einen Bart wachsen zu lassen und Jeans zu tragen.

»Ihre Mandanten lassen sich nach Dritteln klassifizieren«, sagte er. Er fuhr, und das erbärmlich, mit einer Hand, hielt in der anderen einen Becher Kaffee und achtete nicht auf die Fahrzeuge um uns herum. »Etwa ein Drittel hat Arbeit, ein Drittel sind Familien mit Kindern, ein Drittel ist geistig zurückgeblieben, und ein Drittel sind Veteranen. Und etwa ein Drittel von denen, die Anrecht auf eine Sozialwohnung haben, wohnen auch tatsächlich in einer. In den letzten fünfzehn Jahren sind zweieinhalb Millionen Sozialwohnungen vom Markt verschwunden, und die Bundeszuschüsse dafür sind um siebzig Prozent gekürzt worden. Kein Wunder, dass die Leute auf der Straße leben. Alle Regierungen sparen auf Kosten der Armen.«

Mühelos rasselte er Statistiken herunter. Dies war sein Leben, sein Beruf. Als Anwalt war ich darauf getrimmt, alles sorgfältig zu notieren, und ich musste gegen den Impuls ankämpfen, meine Aktentasche aufzureißen und mitzuschreiben. Ich saß nur da und hörte zu.

»Diese Leute arbeiten für Mindestlohn. Die normalen Mietwohnungen vom freien Markt kommen für sie also nicht in Frage. Nicht mal im Traum. Und ihre Löhne haben mit der Entwicklung der Mietpreise nicht Schritt gehalten. Also wird die Kluft immer größer, und gleichzeitig werden immer mehr Hilfsprogramme eingestellt. Stellen Sie sich vor: Nur vierzehn Prozent der obdachlosen Behinderten bekommen die Behindertenrente, die ihnen zusteht. Vierzehn Prozent! Sie werden eine Menge solcher Fälle zu sehen bekommen.«

Mit quietschenden Reifen kamen wir an einer roten Ampel zum Stehen. Mordecais Wagen ragte weit in die Kreuzung hinein. Ringsum ertönten Hupen. Ich ließ mich tiefer in den Sitz sinken und wartete auf den Aufprall. Mordecai merkte gar nicht, dass sein Wagen den Berufsverkehr blockierte. Er starrte ins Leere und war in einer anderen Welt.

»Das Beängstigende an der Obdachlosigkeit ist das, was man nicht auf der Straße sieht. Etwa die Hälfte aller Armen muss siebzig Prozent ihres Einkommens dafür aufwenden, um ihre Wohnung zu halten. Nach der offiziellen Statistik dürfte die Wohnung aber nur ein Drittel des Einkommens kosten. Es gibt in dieser Stadt Zehntausende, die am Rande der Obdachlosigkeit stehen – ein verspäteter Gehaltsscheck, ein unerwarteter Krankenhausaufenthalt, ein unvorhergesehener Notfall, und sie verlieren ihre Wohnung.«

»Und wohin gehen sie dann?«

»Meistens nicht direkt in die Notunterkünfte. Zuerst wohnen sie bei Verwandten, dann bei Freunden. Die Belastung ist gewaltig, denn diese Verwandten und Freunde wohnen ebenfalls in Sozialwohnungen, und in den Verträgen ist genau festgelegt, wie viele Menschen dort wohnen dürfen. Wer hilft, ist also gezwungen, gegen seinen Vertrag zu verstoßen, und das ist ein Kündigungsgrund. Sie wohnen also mal hier, mal da. Ein Kind lassen sie bei der Schwester, ein anderes bei einer Freundin. Es geht immer weiter bergab. Viele Obdachlose haben Angst vor den Notunterkünften und tun alles, um nicht dort zu landen.«

Er hielt inne und nahm einen Schluck Kaffee. »Warum?«, fragte ich.

»Nicht alle Notunterkünfte sind sicher. Es hat Schlägereien gegeben, Überfälle, ja sogar Vergewaltigungen.«

Und hier sollte ich also den Rest meines Berufslebens verbringen. »Ich habe vergessen, meinen Revolver einzustecken«, sagte ich.

»Ihnen passiert nichts. Es gibt hier Hunderte freiwilliger Helfer, und ich habe noch nie gehört, dass einem von ihnen was passiert wäre.«

»Das freut mich.« Wir fuhren weiter, ein wenig sicherer als zuvor.

»Etwa die Hälfte der Leute hat irgendwelche Drogenprobleme, wie Ihr Freund DeVon Hardy. Das kommt sehr häufig vor.«

»Was können wir für sie tun?«

»Leider nicht allzu viel. Es gibt noch ein paar Hilfsprogramme, aber es ist schwer, einen Platz zu finden. Hardy konnten wir in einer Rehabilitationsklinik für Kriegsveteranen unterbringen, aber er hat die Therapie abgebrochen. Der Süchtige entscheidet, wann er seine Sucht loswerden will.«

»Und welche Droge wird am häufigsten gebraucht?«

»Alkohol. Der ist am erschwinglichsten. Außerdem viel Crack, weil das ebenfalls billig ist. Man sieht so ziemlich alles. Designerdrogen sind zu teuer und darum eher selten.«

»Worum wird es bei meinen ersten fünf Fällen gehen?«

»Sie sind nervös, stimmt's?«

»Ja, und ich habe keine Ahnung, was mich erwartet.«

»Nur die Ruhe. Die Fälle sind nicht kompliziert, aber Sie werden Geduld brauchen. Dem einen wird eine ihm zustehende Unterstützung, wahrscheinlich Lebensmittelgutscheine, verweigert. Der andere will sich scheiden lassen. Einer hat eine Beschwerde gegen seinen Vermieter. Oder gegen den Arbeitgeber. Außerdem werden Sie garantiert auch ein Strafverfahren kriegen.«

»Was für eine Art von Strafverfahren?«

»Kleinkram. Der Trend geht dahin, Obdachlosigkeit zu kriminalisieren. In den großen Städten sind Verordnungen erlassen worden, die sich ausschließlich gegen Menschen richten, die auf der Straße leben: Man darf nicht betteln, nicht auf einer Bank schlafen, nicht unter einer Brücke kampieren, keine persönlichen Gegenstände in einem öffentlichen Park lagern, nicht auf dem Bürgersteig sitzen, nicht in der Öffentlichkeit essen. Viele dieser Verordnungen sind von Gerichten aufgehoben worden. Abraham hat großartige Arbeit geleistet, als er Bundesrichter davon überzeugt hat, dass diese miesen Verordnungen gegen den ersten Verfassungszusatz verstoßen. Also sind die Städte dazu übergegangen, allgemein gehaltene Gesetze anzuwenden: gegen Herumlungern, gegen Landstreicherei, gegen Trunkenheit in der Öffentlichkeit. Damit zielt man auf die Obdachlosen. Wenn ein Typ in einem schicken Anzug sich in einer Bar betrinkt und draußen an die Wand pinkelt, interessiert das niemanden. Wenn ein Obdachloser an dieselbe Wand pinkelt, wird er wegen öffentlichen Urinierens festgenommen. Razzien sind an der Tagesordnung.«

»Razzien?«

»Ja. Sie nehmen sich eine bestimmte Gegend der Stadt vor, sammeln alle Obdachlosen ein und karren sie irgendwo anders hin. Das haben sie vor den Olympischen Spielen in Atlanta gemacht. All diese Armen sollten nicht unter den Augen der ganzen Welt betteln und auf Parkbänken schlafen. Also haben sie die Einsatzkommandos losgeschickt und das Problem beseitigt. Und dann hat die Stadt damit geprahlt, wie hübsch alles aussah.«

»Wohin haben sie die Leute gebracht?«

»Jedenfalls nicht in Notunterkünfte – die gibt es dort nämlich nicht. Sie haben sie einfach hin und her geschoben, von einem Stadtteil zum anderen, und sie auf- und abgeladen wie Müll.« Er nahm einen Schluck Kaffee und verstellte den Heizungsregler. Fünf Sekunden ohne eine Hand am Steuer. »Vergessen Sie nicht, Michael: Jeder muss irgendwo sein. Diese Leute haben keine Alternative. Wenn man hungrig ist, bettelt man, um essen zu können. Wenn man müde ist, schläft man, wo man einen Platz findet. Auch wenn man obdachlos ist, muss man irgendwo leben.«

»Werden sie verhaftet?«

»Jeden Tag, und das ist eine idiotische Politik. Stellen Sie sich einen Mann vor, der auf der Straße lebt. Mal schläft er in einer Notunterkunft, mal nicht. Er arbeitet irgendwo und bekommt den Mindestlohn, und er gibt sich alle Mühe, wieder Tritt zu fassen und sein Leben in den Griff zu bekommen. Dann wird er verhaftet, weil er unter einer Brücke geschlafen hat – aber jeder muss irgendwo schlafen. Er ist schuldig, weil der Stadtrat in seiner unendlichen Weisheit beschlossen hat, dass es ein Verbrechen ist, obdachlos zu sein. Er muss dreißig Dollar bezahlen, um aus dem Gefängnis zu kommen, und noch einmal dreißig Dollar Strafe. Sechzig Dollar aus einer sehr dünnen Brieftasche. Und der Mann rutscht noch eine Stufe tiefer. Man hat ihn verhaftet, erniedrigt und bestraft, und er soll nun seinen Fehler einsehen und sich eine Wohnung suchen. Er soll nicht auf der Straße sein. Das passiert in den meisten Städten.«

»Wäre er im Gefängnis nicht besser dran?«

»Waren Sie in letzter Zeit mal im Gefängnis?«

»Nein.«

»Gehen Sie lieber nicht hin. Die Polizisten sind nicht ausgebildet für den Umgang mit Obdachlosen, besonders was die Geistesgestörten und Süchtigen betrifft. Die Gefängnisse sind überfüllt. Das Strafvollzugssystem ist ein Albtraum ganz eigener Art, und dadurch, dass man die Obdachlosen verfolgt, belastet man es nur noch mehr. Und das Idiotischste ist: Ein Häftling kostet pro Tag fünfundzwanzig Prozent mehr als Unterkunft, Essen, Beförderung und Beratung eines Obdachlosen. Diese Hilfs- und Beratungsdienste hätten einen langfristigen Nutzen und wären natürlich sinnvoller. Fünfundzwanzig Prozent. Und darin sind die Kosten für die Verhaftung und das bürokratische Verfahren noch gar nicht enthalten. Die meisten Städte sind sowieso pleite, besonders Washington – deswegen schließen sie ja die Notunterkünfte –, und doch werfen sie Geld zum Fenster hinaus, indem sie Obdachlose zu Kriminellen machen.«

»Das riecht nach einer Klage«, sagte ich, doch er brauchte kein Stichwort.

»Wir klagen wie verrückt. Im ganzen Land gehen Rechtsanwälte gegen diese Verordnungen an. Die verdammten Stadtverwaltungen geben für Rechtsanwälte mehr Geld aus als für Notunterkünfte. Man muss dieses Land lieben. New York, die reichste Stadt der Welt, kann seinen Bürgern kein Dach über dem Kopf garantieren.

Also schlafen viele Menschen auf den Straßen und betteln in der Fifth Avenue, und das empört die feinfühligen New Yorker, die Rudy Soundso wählen, weil er ihnen verspricht, die Straßen sauber zu halten, und der lässt seine erlauchten Stadträte dann eine Verordnung verabschieden, nach der Obdachlosigkeit verboten ist, einfach so: betteln, auf dem Bürgersteig sitzen, obdachlos sein – alles verboten. Sie kürzen Ausgaben wie verrückt, sie schließen Notunterkünfte und streichen Zuschüsse, und gleichzeitig werfen sie New Yorker Anwälten, die diese Art von Armutsbekämpfung verteidigen, ein Vermögen in den Rachen.«

»Wie schlimm ist es in Washington?«

»Nicht so schlimm wie in New York, aber auch nicht viel besser, fürchte ich.« Wir waren in einem Teil der Stadt, durch den ich noch vor zwei Wochen nicht einmal bei Tageslicht in einem gepanzerten Wagen gefahren wäre. Die Geschäfte waren mit schweren Gittern gesichert. Die Wohnhäuser waren hoch und wirkten leblos, und auf den Balkonen hing Wäsche. Die Gebäude waren grau und geprägt von jener architektonischen Fadheit, die eine Voraussetzung für eilig vergebene Bundesgelder zu sein scheint.

»Washington ist eine Stadt mit einem hohen Anteil von Schwarzen und Wohlfahrtsempfängern«, fuhr Mordecai fort. »Es kommen eine Menge Leute hierher, die eine Veränderung wollen, eine Menge Aktivisten und Radikale. Leute wie Sie.«

»Ich bin doch wohl kaum ein Aktivist oder Radikaler.«

»Es ist Montagmorgen. Wo haben Sie in den letzten sieben Jahren den Montagmorgen verbracht?«

»Art meinem Schreibtisch.«

»An einem sehr schönen Schreibtisch.«

»Ja.«

»In einem sehr eleganten Büro.«

»Ja.«

Er grinste mich breit an und sagte: »Dann sind Sie jetzt ein Radikaler.«

Und damit war meine Einweisung beendet.

Rechts an einer Straßenecke standen ein paar dick vermummte Männer um einen tragbaren Gasofen. Wir bogen ab und parkten am Randstein. Das Gebäude war einst, vor vielen Jahren, ein Kaufhaus gewesen. Auf einem handgemalten Schild stand: Samaritan House.

»Es ist eine private Unterkunft«, sagte Mordecai. »Neunzig Betten, anständiges Essen, finanziert von einem Verband von Kirchengemeinden in Arlington. Wir kommen seit sechs Jahren hierher.«

Ein Lieferwagen einer Lebensmittelsammelstelle stand vor dem Eingang; freiwillige Helfer luden kistenweise Gemüse und Obst aus. Mordecai sprach mit einem älteren Mann, der an der Tür stand, und wir durften eintreten.

»Ich werde Sie kurz herumführen«, sagte Mordecai. Während wir durch das Erdgeschoss gingen, hielt ich mich dicht bei ihm. Es war ein Labyrinth aus kurzen Korridoren, mit kleinen Räumen zu beiden Seiten, deren Wände aus Spanplatten bestanden. Jeder Raum hatte eine mit einem Schloss versehene Tür. Eine stand offen. Mordecai warf einen Blick in das Zimmer und sagte: »Guten Morgen.«

Ein kleiner Mann mit wildem Blick saß auf der Bettkante und starrte uns an, sagte aber nichts. »Das ist ein gutes Zimmer«, sagte Mordecai. »Ein abschließbarer Raum mit einem Bett, Platz für persönliche Dinge und Elektrizität.« Er betätigte einen Schalter neben der Tür, und die Glühbirne einer kleinen Lampe erlosch. Der Raum war für einen Augenblick dunkel, dann schaltete Mordecai das Licht wieder an. Der wilde Blick des Mannes blieb unverändert.

Das Zimmer war nach oben offen; die Decke des alten Kaufhauses war zehn Meter über uns.

»Gibt es Badezimmer?«, fragte ich.

»Die sind hinten. Private Badezimmer gibt es nur in wenigen Unterkünften. Schönen Tag noch«, sagte er zu dem Mann auf dem Bett. Der nickte nur.

Ein paar Radios waren eingeschaltet; einige brachten Musik, andere Nachrichten. Menschen gingen umher. Es war Montagmorgen, und sie mussten zur Arbeit oder hatten andere Dinge zu erledigen.

»Ist es schwer, hier einen Platz zu bekommen?«, fragte ich und ahnte bereits die Antwort.

»So gut wie unmöglich. Die Warteliste ist kilometerlang, und jeder, der hier einziehen will, muss sich einem Drogentest unterziehen.«

»Und wie lange bleiben die Leute hier?«

»Das ist unterschiedlich. Im Durchschnitt ungefähr drei Monate. Es ist eine der besseren Unterkünfte – hier ist man sicher. Sobald sich einer wieder gefangen hat, versucht man, eine bezahlbare Wohnung für ihn zu finden.«

Er stellte mich der Leiterin vor, einer jungen Frau in schwarzen Militärstiefeln. Ich war ›unser neuer Anwalt‹. Sie hieß mich willkommen. Die beiden unterhielten sich über einen Mandanten, der verschwunden war, und ich schlenderte durch die Korridore, bis ich die Abteilung für Familien gefunden hatte. Ich hörte ein Baby weinen und kam an eine offene Tür. Dieser Raum war größer als die anderen und in zwei kleine Zimmer unterteilt. Eine untersetzte Frau, nicht älter als fünfundzwanzig, saß mit nacktem Oberkörper auf einem Stuhl und stillte einen Säugling. Meine Gegenwart schien sie nicht im Mindesten zu stören. Auf dem Bett tobten zwei Kleinkinder herum, und aus dem Radio kam Rap.

Die Frau legte die Hand an ihre freie Brust und bot sie

mir an. Ich floh den Korridor entlang und fand Mordecai.

Die Mandanten erwarteten uns bereits. Unsere Beratung fand in einer Ecke des Speisesaals statt, neben der Küche. Wir liehen uns vom Koch einen Klapptisch, Mordecai schloss einen Aktenschrank auf, der in der Ecke stand, und damit war die Kanzlei geöffnet. Auf an der Wand aufgereihten Stühlen saßen sechs Leute.

»Wer ist der Erste?«, fragte Mordecai, und eine Frau nahm ihren Stuhl und setzte sich uns gegenüber. Wir hielten Block und Bleistift bereit und waren ihre Anwälte – der eine ein Veteran, der andere völlig unbeleckt.

Sie hieß Waylene und war siebenundzwanzig Jahre alt. Unverheiratet, zwei Kinder.

»Die eine Hälfte wohnt hier«, sagte Mordecai, während er sich Notizen machte, »die andere kommt von der Straße.«

»Und wir nehmen jeden?«

»Jeden, der obdachlos ist.«

Waylenes Problem war nicht kompliziert. Sie hatte in einer Imbissstube gearbeitet, bevor sie, aus Gründen, die Mordecai unerheblich fand, gekündigt hatte. Es standen noch zwei Gehaltsschecks aus: Weil sie keinen festen Wohnsitz hatte, waren sie von ihrem Arbeitgeber an die falsche Adresse geschickt worden. Die Schecks waren verschwunden, doch das war Waylenes ehemaligem Boss vollkommen egal.

»Wo werden Sie in der nächsten Woche unterkommen?«, fragte Mordecai.

Das wusste sie noch nicht. Vielleicht hier, vielleicht dort. Sie suchte Arbeit, und wenn sie eine gefunden hatte, würden vielleicht bestimmte andere Dinge passieren, und dann könnte sie möglicherweise bei Soundso einziehen. Oder sich sogar eine eigene Wohnung leisten.

»Ich werde Ihnen Ihr Geld verschaffen. Ich lasse die

Schecks an unser Büro schicken.« Er gab ihr eine Visitenkarte. »Rufen Sie mich in einer Woche unter dieser Nummer an.«

Sie nahm die Karte, bedankte sich und eilte davon.

»Rufen Sie ihren Boss an«, sagte Mordecai zu mir, »und stellen Sie sich als ihr Anwalt vor. Seien Sie erst einmal nett und freundlich, aber hauen Sie kräftig auf den Putz, wenn er nicht kooperationsbereit ist. Wenn es sein muss, fahren Sie hin und holen Sie die Schecks persönlich ab.«

Ich schrieb diese Anweisungen mit, als wären sie kompliziert. Waylene hatte zweihundertzehn Dollar zu bekommen. Der letzte Fall, den ich bei Drake & Sweeney bearbeitet hatte, war ein Kartellverfahren gewesen, bei dem es um neunhundert Millionen Dollar gegangen war.

Der zweite Mandant konnte kein bestimmtes juristisches Problem vorbringen. Er wollte nur mit jemandem reden. Er war betrunken oder geistesgestört oder beides, und Mordecai ging mit ihm in die Küche und schenkte ihm einen Kaffee ein.

»Einige dieser armen Teufel können einer Schlange einfach nicht widerstehen«, sagte er.

Nummer drei war eine Hausbewohnerin, und zwar seit zwei Monaten, so dass das Adressenproblem noch leichter zu lösen war. Sie war achtundfünfzig, gepflegt, die Witwe eines Veteranen. Aus den Unterlagen, die ich durchsah, während mein Kollege mit ihr sprach, ergab sich, dass ihr eine Veteranenrente zustand. Allerdings gingen die Schecks auf ein Konto bei einer Bank in Maryland, zu dem sie keinen Zugang hatte. Sie erklärte die Gründe dafür. Die Schriftstücke belegten ihre Angaben. Mordecai sagte: »Die Leute bei der Veteranenverwaltung sind in Ordnung. Wir werden dafür sorgen, dass die Schecks hierher transferiert werden.«

Während wir fachkundig einen Mandanten nach dem

anderen berieten, wurde die Schlange der Wartenden länger. Für Mordecai war das alles nichts Neues: Lebensmittelgutscheine kamen mangels eines festen Wohnsitzes nicht mehr an, ein Vermieter wollte die Kaution nicht herausrücken, ein Vater weigerte sich, Unterhalt zu zahlen, es lag ein Haftbefehl wegen ungedeckter Schecks vor, ein Antrag auf Sozialhilfe wurde nicht bearbeitet. Nach zwei Stunden und zehn Mandanten setzte ich mich ans andere Ende des Tisches und beriet meine Mandanten selbst. An meinem ersten richtigen Arbeitstag als Armenanwalt war ich bereits auf mich allein gestellt; ich machte mir Notizen und trat ebenso gewichtig auf wie mein Kollege.

Mein erster Mandant war Marvis. Er wollte sich scheiden lassen. Ich ebenfalls. Nachdem ich mir seine Leidensgeschichte angehört hatte, wäre ich am liebsten zu Claire gefahren und hätte ihr die Füße geküsst. Mavis' Frau war eine Prostituierte, die früher einmal Klasse gehabt hatte – bis sie Crack entdeckte. Durch das Crack landete sie erst bei einem Dealer, dann bei einem Zuhälter und schließlich auf der Straße. Im Verlauf dieses Niedergangs hatte sie gestohlen, was nicht niet- und nagelfest war, den gemeinsamen Besitz verkauft und Schulden angehäuft, die an Marvis hängen geblieben waren. Er hatte einen Offenbarungseid geleistet, sie hatte die beiden Kinder genommen und war zu ihrem Zuhälter gezogen.

Marvis hatte ein paar allgemeine Fragen zum Ablauf eines Scheidungsverfahrens, und da ich dieses selbst nur in den Grundzügen kannte, mogelte ich mich durch, so gut es ging. Während ich mir Notizen machte, sah ich vor meinem inneren Auge plötzlich Claire, die eben jetzt im eleganten Büro ihrer Anwältin saß und die Auflösung unserer Ehe plante.

»Wie lange wird es dauern?«, fragte er und riss mich aus meinem kurzen Tagtraum.

»Sechs Monate«, antwortete ich. »Glauben Sie, dass sie die Scheidung anfechten wird?«

»Wie meinen Sie das?«

»Wird sie in die Scheidung einwilligen?«

»Darüber haben wir noch nicht gesprochen.«

Sie war vor einem Jahr ausgezogen, und das klang für mich nach einem klaren Fall von böswilligem Verlassen. Der Ehebruch kam noch hinzu. Meiner Meinung nach war der Fall schon so gut wie gewonnen.

Marvis war seit einer Woche hier. Er nahm keine Drogen, war nüchtern und suchte Arbeit. Ich genoss die halbe Stunde, die unser Gespräch dauerte, und schwor mir, seine Scheidung durchzusetzen.

Der Morgen verging schnell, und meine Nervosität verschwand. Ich half Menschen mit echten Problemen, armen Menschen, die keine andere Möglichkeit hatten, juristischen Beistand zu bekommen. Sie hatten nicht nur vor mir Ehrfurcht, sondern auch vor der riesigen Welt der Gesetze und Verordnungen, der Gerichte und Behörden. Ich lernte zu lächeln und ihnen das Gefühl zu vermitteln, willkommen zu sein. Manche entschuldigten sich dafür, dass sie nicht imstande waren, mich zu bezahlen. Geld sei nicht wichtig, sagte ich ihnen. Geld war nicht wichtig.

Um zwölf gaben wir den Tisch frei, damit das Mittagessen serviert werden konnte. An der Ausgabe stand eine Schlange. Die Suppe war fertig.

Da wir ohnehin in der Gegend waren, hielten wir am Florida Avenue Grill, wo es karibisches Essen gab. Ich war der einzige Weiße in dem gut besetzten Restaurant, doch mit diesem Umstand kam ich immer besser zurecht. Bis jetzt hatte noch niemand versucht, mich zu ermorden. Ob ich weiß war oder nicht, schien keinen zu kümmern.

Sofia trieb einen funktionierenden Telefonapparat für mich auf. Er befand sich unter einem Stapel Akten auf dem Tisch bei der Tür. Ich dankte ihr und zog mich in mein Büro zurück. Acht Leute warteten still und geduldig darauf, dass Sofia, die keine Rechtsanwältin war, ihnen juristische Ratschläge gab. Mordecai schlug vor, ich solle mir am Nachmittag die Fälle vornehmen, die wir morgens im Samaritan House angenommen hatten. Es waren insgesamt neunzehn. Er legte mir auch nahe, zügig zu arbeiten, damit ich Sofia helfen konnte.

Wenn ich gedacht hatte, das Arbeitspensum eines Armenanwalts würde kleiner sein, so hatte ich mich getäuscht. Mit einemmal steckte ich bis zum Hals in den Problemen anderer Leute. Als eingefleischter Arbeitssüchtiger war ich dieser Aufgabe jedoch glücklicherweise gewachsen.

Mein erster Anruf ging allerdings an Drake & Sweeney. Ich fragte nach Hector Palma in der Immobilienabteilung und kam in die Warteschleife. Nach fünf Minuten legte ich auf und versuchte es erneut. Schließlich bekam ich eine Sekretärin an den Apparat, die mich jedoch abermals warten ließ. Unvermittelt bellte Braden Chances raue Stimme in mein Ohr. »Kann ich Ihnen helfen?«

Ich schluckte und sagte: »Ja, ich versuche, Hector Palma zu erreichen.« Ich sprach mit hoher Stimme und verschliff die Worte.

»Und wer sind Sie?«, wollte er wissen.

»Rick Hamilton. Ich bin ein alter Schulfreund von Hector.«

»Tut mir Leid, er arbeitet nicht mehr hier.« Chance legte auf, und ich starrte das Telefon an und überlegte, ob ich Polly anrufen und sie bitten sollte, sich mal umzuhören, was aus Hector geworden war. Es würde nicht lange dauern, bis sie es in Erfahrung gebracht hatte. Ich konnte auch Rudolph anrufen oder Barry Nuzzo oder meinen ehemaligen Gehilfen. Doch dann wurde mir bewusst, dass sie nicht mehr meine Freunde waren. Ich war draußen. Ich war gesperrt. Ich war der Feind. Ich hatte Ärger gemacht, und die Großmächtigen hatten verboten, mit mir auch nur zu sprechen.

Im Telefonbuch standen drei Hector Palmas. Ich wollte sie anrufen, aber die Leitungen waren besetzt. Das Rechtsberatungsbüro hatte zwei Leitungen, aber vier Mitarbeiter.

19

Am Ende meines ersten Arbeitstages hatte ich es nicht sehr eilig, das Büro zu verlassen. Mein Zuhause war eine leere Mansardenwohnung, nicht größer als drei Kammern im Samaritan House. Mein Zuhause war ein Schlafzimmer ohne Bett, ein Wohnzimmer mit einem Fernseher ohne Kabelanschluss und eine Küche mit einem Klapptisch und ohne Kühlschrank. Ich hatte unbestimmte und nicht sehr dringliche Pläne, die Wohnung zu renovieren und einzurichten.

Sofia ging pünktlich um fünf, wie immer. Die Gegend, in der sie wohnte, war gefährlich, und darum wollte sie bei Einbruch der Dunkelheit zu Hause und hinter verschlossenen Türen sein. Mordecai ging um sechs, nachdem er mit mir eine halbe Stunde lang die Fälle des heutigen Tages besprochen hatte. »Bleiben Sie nicht zu lange«, warnte er mich, »und gehen Sie am besten nicht allein.« Er hatte Abraham Lebow gefragt, der vorhatte, bis um neun zu arbeiten, und riet uns, gemeinsam aufzubrechen. Parken Sie in der Nähe. Gehen Sie schnell. Behalten Sie die Umgebung im Auge.

»Und? Wie gefällt es Ihnen?«, fragte er und blieb auf dem Weg hinaus an der Tür stehen.

»Ich finde die Arbeit faszinierend. Und der zwischenmenschliche Kontakt hat etwas Beflügelndes.«

»Hin und wieder wird es Ihnen das Herz brechen.«

»Das hat es schon.«

»Das ist gut. Wenn Sie an den Punkt kommen, wo es nicht mehr wehtut, ist es an der Zeit aufzuhören.«

»Ich habe doch gerade erst angefangen.«

»Ich weiß, und ich freue mich darüber. Einen Angehörigen der weißen Oberschicht haben wir dringend gebraucht.«

»Ich freue mich, ein Quotenmann zu sein.«

Er ging, und ich schloss die Tür zu meinem Büro wieder. Ich hatte festgestellt, dass hier unausgesprochen eine Politik der offenen Tür herrschte. Ich hatte mich den ganzen Nachmittag über Sofia amüsiert, die am Telefon vor den Ohren aller Anwesenden einem Bürokraten nach dem anderen die Hölle heiß gemacht hatte. Auch Mordecai war am Telefon der reinste Kettenhund, der mit tiefer, rauer Stimme Forderungen stellte und üble Drohungen ausstieß. Abraham war viel leiser, aber auch seine Tür stand immer offen.

Da ich noch nicht wusste, was ich hier eigentlich tat, hielt ich die meine geschlossen. Bestimmt würden die anderen Geduld mit mir haben.

Ich rief die drei Hector Palmas aus dem Telefonbuch an. Der Erste war nicht der Hector, den ich sprechen wollte. Bei der zweiten Nummer hob niemand ab. Die dritte Nummer bescherte mir nur einen Anrufbeantworter. Die Nachricht war kurz und bündig: »Es ist niemand zu Hause – bitte hinterlassen Sie eine Nachricht, wir rufen Sie zurück.«

Es war Hectors Stimme.

Die Kanzlei hatte zahllose Verbindungen, und es gab viele Orte, wo man Hector Palma verstecken konnte. Drake & Sweeney beschäftigte achthundert Anwälte und hundertsiebzig Gehilfen und unterhielt Filialen in New York, Chicago, Los Angeles, Portland, Palm Springs, London und Hongkong. Sie waren nicht so dumm, ihn zu entlassen – er wusste zu viel. Also würden sie sein Gehalt verdoppeln, ihn befördern und in eine Filiale in einer anderen Stadt versetzen, wo er obendrein eine größere Wohnung bekommen würde.

Ich schrieb die Adresse aus dem Telefonbuch ab. Wenn der Anrufbeantworter noch funktionierte, war er vielleicht noch nicht umgezogen. Ich war mir sicher, dass ich ihn mit Hilfe meines frisch erworbenen Straßenwissens würde ausfindig machen können.

Jemand klopfte leise an die Tür, die dabei aufschwang. Die Falle des Schlosses war alt und schnappte nicht mehr richtig ein. Abraham trat ein. »Haben Sie eine Minute Zeit?«, fragte er und setzte sich.

Das war seine Begrüßung, sein Höflichkeitsbesuch. Er war ein stiller, zurückhaltender Mensch mit einer intellektuellen, intensiven Ausstrahlung, die mich eingeschüchtert hätte, wenn ich nicht die letzten sieben Jahre in einer Kanzlei mit vierhundert Anwälten aller möglicher Couleur verbracht hätte. Ich kannte ein Dutzend Abrahams – ernste, distanzierte Menschen, die von geschmeidigen Umgangsformen nicht viel hielten.

»Ich wollte Sie willkommen heißen«, sagte er und begann sogleich mit einer leidenschaftlichen Rechtfertigung der Arbeit für die Belange der Öffentlichkeit. Er stammte aus der Mittelschicht von Brooklyn, hatte auf der Columbia University Jura studiert, drei grässliche Jahre in einer Kanzlei in der Wall Street, vier Jahre in Atlanta bei einer Initiative gegen die Todesstrafe und zwei frustrierende Jahre auf dem Capitol Hill verbracht. Dann war sein Blick auf eine Kleinanzeige in einer Anwaltszeitschrift gefallen: Ein Rechtsberatungsbüro in der 14th Street suchte einen Anwalt.

»Das Recht ist eine Berufung«, sagte er. »Es kann nicht nur darum gehen, Geld zu scheffeln.« Und dann kam die nächste Rede, eine Tirade gegen die großen Kanzleien und berühmten Anwälte, die Millionen an Honoraren kassierten. Ein Freund aus Brooklyn verdiente zehn Millionen Dollar pro Jahr mit Prozessen gegen Firmen, die Brustimplantate herstellten. »Zehn Millionen pro Jahr! Damit könnte man jedem einzelnen Obdachlosen in Washington Essen und ein Dach über dem Kopf bezahlen!«

Jedenfalls freute er sich, dass ich auf den rechten Weg

gefunden hatte. Die Sache mit Mister tat ihm allerdings Leid.

»Was machen Sie eigentlich genau?«, fragte ich. Die Unterhaltung gefiel mir. Er war intelligent und begeisterungsfähig und verfügte über einen enormen Wortschatz.

»Zweierlei. Politisches Zeug. Ich arbeite mit anderen Anwälten zusammen, um Einfluss auf die Gesetzgebung zu nehmen. Und ich dirigiere Verfahren, hauptsächlich Sammelklagen. Wir haben das Wirtschaftsministerium verklagt, weil die Obdachlosen bei der Volkszählung 1990 krass unterrepräsentiert waren. Wir haben die Schulbehörde von Washington verklagt, weil sie obdachlose Kinder nicht zum Unterricht zulassen wollte. Wir haben eine Sammelklage eingereicht, weil die Stadtverwaltung mehrere tausend Wohnzuschüsse ohne die erforderliche Anhörung gestrichen hat. Wir sind gegen viele der Verordnungen angegangen, mit denen die Obdachlosigkeit kriminalisiert werden soll. Wenn Obdachlose benachteiligt werden, gehen wir auf die Barrikaden.«

»Das sind ziemlich komplizierte Verfahren.«

»Stimmt, aber glücklicherweise gibt es hier in Washington viele sehr gute Anwälte, die bereit sind, uns ihre Zeit zur Verfügung zu stellen. Ich bin der Trainer. Ich entwerfe die Taktik, mache die Mannschaftsaufstellung und betreue das Spiel.«

»Sie sprechen nicht mit den Mandanten?«

»Nur gelegentlich. Ich bin am besten, wenn ich allein in meinem kleinen Büro da drüben sitzen kann. Darum freue ich mich auch so, dass Sie hier sind. Wir brauchen Verstärkung für die Laufkundschaft.«

Er sprang auf – die Unterhaltung war vorüber. Wir verabredeten, um Punkt neun Uhr zu gehen, und schon war er wieder draußen. Während einer seiner Reden war mir aufgefallen, dass er keinen Ehering trug.

Er hatte sein Leben dem Kampf um Gerechtigkeit verschrieben. Das alte Bonmot, dass die Juristerei eine eifersüchtige Geliebte sei, hatte durch Leute wie Abraham und mich eine neue Dimension bekommen.

Die Juristerei war alles, was wir hatten.

Die Polizei wartete bis ein Uhr morgens und schlug dann in einer rollkommandoartigen Aktion zu. Die Beamten läuteten und begannen unmittelbar danach, mit den Fäusten an die Tür zu hämmern. Als Claire sich gefasst und einen Bademantel angezogen hatte, bearbeiteten sie die Tür bereits mit den Füßen und waren drauf und dran, sie einzutreten. »Polizei!«, schrien sie, als Claire ängstlich fragte, wer da sei. Sie öffnete langsam die Tür und wich entsetzt zurück, als vier Männer – zwei Uniformierte, zwei in Zivil – hereinstürmten, als stünden Menschenleben auf dem Spiel.

»Zurück an die Wand!«, fuhr einer der Männer sie an. Sie brachte kein Wort heraus.

»Zurück an die Wand!«, schrie er sie an.

Sie knallten die Tür hinter sich zu. Der Einsatzleiter trug einen billigen, eng sitzenden Anzug und hieß Lieutenant Gasko. Er trat vor und zog ein paar zusammengefaltete Formulare aus der Tasche. »Sind Sie Claire Brock?«, fragte er in schlechtestem Columbo-Stil.

Sie stand mit offenem Mund da und nickte nur.

»Ich bin Lieutenant Gasko. Wo ist Michael Brock?«

»Er wohnt nicht mehr hier«, brachte sie heraus. Die anderen drei standen da, als wären sie drauf und dran, sich auf irgendetwas zu stürzen.

Gasko glaubte ihr kein Wort, doch er war nicht gekommen, um mich zu verhaften, sondern um die Wohnung zu durchsuchen. »Ich habe einen Durchsuchungsbefehl für diese Wohnung, ausgestellt um siebzehn Uhr von Richter Kisner.« Er entfaltete die Formulare und hielt sie ihr hin, als wäre dies der geeignete Augenblick, um das Kleingedruckte zu lesen und zu verstehen.

»Treten Sie bitte zurück«, sagte er. Claire trat noch weiter zurück.

»Wonach suchen Sie eigentlich?«, fragte sie.

»Steht alles da drin«, antwortete Gasko und warf die Papiere auf die Küchentheke. Die vier Männer schwärmten in der Wohnung aus.

Das Handy lag neben meinem Kopf, und der lag auf dem Kissen, das ich am Kopfende des Schlafsacks auf den Boden gelegt hatte. Es war meine dritte Nacht auf dem Fußboden – ich versuchte, mich in das Leben meiner Mandanten einzufühlen. Ich aß wenig, schlief noch weniger und sah Parkbänke und Bürgersteige mit neuen Augen. Die linke Körperhälfte war bis hinunter zum Knie grün und blau und schmerzte, weswegen ich auf der rechten Seite schlief.

Der Preis erschien mir nicht zu hoch. Ich hatte ein Dach über dem Kopf, ich hatte einen Job und die Gewissheit, dass ich auch morgen satt werden würde. Ich hatte eine Zukunft.

Ich tastete nach dem Handy und sagte: »Ja?«

»Michael!«, zischte Claire im Flüsterton. »Die Polizei ist hier und durchsucht die Wohnung.«

»Was?«

»Die Polizei ist hier. Vier Beamte, und sie haben einen Durchsuchungsbefehl.«

»Und wonach suchen sie?«

»Nach einer Akte.«

»Ich bin in zehn Minuten da.«

»Bitte beeil dich.«

Ich stürmte in die Wohnung wie ein Besessener. Als Erstes traf ich auf Gasko. »Ich bin Michael Brock. Wer, zum Teufel, sind Sie?«

»Lieutenant Gasko«, sagte er mit einem bösen Grinsen.

»Zeigen Sie mir Ihren Ausweis.« Ich wandte mich zu

Claire, die, eine Tasse Kaffee in der Hand, am Kühlschrank lehnte. »Hol mir ein Stück Papier«, sagte ich.

Gasko zog seinen Dientstausweis aus der Jackentasche und hielt ihn hoch.

»Larry Gasko«, sagte ich. »Sie sind der Erste, den ich morgen früh um neun verklagen werde. Wen haben Sie mitgebracht?«

»Es sind noch drei andere«, sagte Claire und reichte mir ein Blatt Papier. »Ich glaube, sie sind in den Schlafzimmern.«

Ich ging nach hinten, gefolgt von Gasko und, in einigem Abstand, von Claire. Im Gästezimmer hockte ein Beamter in Zivil auf allen vieren und spähte unter das Bett. »Ihren Ausweis!«, schrie ich ihn an. Er sprang auf und nahm die Fäuste hoch. Ich trat einen Schritt vor, biss die Zähne zusammen und knurrte: »Ausweis, aber schnell!«

»Wer sind Sie?«, fragte er, wich einen Schritt zurück und sah zu Gasko.

»Michael Brock. Wer sind Sie?«

Er zog seinen Dienstausweis hervor. »Darrell Clark«, las ich laut und notierte mir den Namen. »Beklagter Nummer zwei.«

»Sie können mich nicht verklagen«, sagte er.

»Sie werden's erleben, Sie Schlaumeier. In acht Stunden werde ich Sie vor einem Bundesgericht wegen Hausfriedensbruchs auf eine Million Dollar Schmerzensgeld verklagen. Und ich werde gewinnen und mir einen Titel auf ihr Vermögen und Ihren Besitz besorgen und Ihnen so lange in den Arsch treten, bis Sie einen Offenbarungseid leisten.«

Die anderen beiden Beamten kamen aus meinem früheren Schlafzimmer. Ich war von Polizisten umringt.

»Claire«, sagte ich, »hol die Videokamera. Ich will das hier gefilmt haben.« Sie verschwand im Wohnzimmer.

»Wir haben einen von einem Richter ausgestellten Durchsuchungsbefehl«, sagte Gasko. Er wirkte jetzt deutlich weniger forsch. Die anderen drei traten einen Schritt vor und machten den Kreis enger.

»Die Durchsuchung ist unrechtmäßig«, sagte ich bitter. »Ich werde den Unterzeichner verklagen. Ich werde jeden von Ihnen verklagen. Sie werden vom Dienst suspendiert werden, wahrscheinlich ohne Bezüge, und ich werde ein Zivilverfahren gegen Sie anstrengen.«

»Wir sind durch das Gesetz gedeckt«, sagte Gasko und sah seine Kollegen an.

»Einen Scheiß sind Sie.«

Claire kam mit der Kamera. »Hast du ihnen gesagt, dass ich nicht mehr hier wohne?«, fragte ich sie.

»Ja«, sagte sie und hob die Kamera ans Auge.

»Und trotzdem haben Sie mit der Durchsuchung begonnen, obwohl sie von diesem Zeitpunkt an unrechtmäßig war. Sie wussten, dass Sie hätten umkehren müssen, aber dann hätten Sie ja keinen Spaß gehabt. Es macht doch einen Mordsspaß, in den Privatsachen anderer Leute herumzuschnüffeln, nicht? Sie hätten umkehren können, aber Sie haben's nicht getan, und jetzt werden Sie die Konsequenzen tragen müssen.«

»Sie sind ja verrückt«, sagte Gasko. Sie versuchten, sich keine Angst anmerken zu lassen, aber sie wussten, dass ich Rechtsanwalt war. Sie hatten mich nicht in der Wohnung angetroffen, und vielleicht war ich ja tatsächlich im Recht. Das war ich nicht, aber in diesem Augenblick klang das, was ich sagte, verdammt gut.

Das juristische Eis, auf dem ich mich bewegte, war sehr dünn.

Ich beachtete ihn nicht. »Ihre Namen, bitte«, sagte ich zu den beiden uniformierten Polizisten. Sie zeigten mir ihre Dienstausweise: Ralph Lilly und Robert Blower. »Danke«, sagte ich wie ein richtiger Schleimscheißer. »Das sind dann also die Beklagten Nummer drei und vier. Und jetzt wäre der richtige Augenblick, um zu verschwinden.«

»Wo ist die Akte?«, fragte Gasko.

»Die Akte ist nicht hier, weil ich nicht mehr hier wohne. Darum werde ich Sie ja auch verklagen, Lieutenant Gasko.«

»Ich werde andauernd verklagt. Keine große Sache.«

»Gut. Wer ist Ihr Anwalt?«

In der entscheidenden Sekunde, die meiner Frage folgte, fiel ihm kein Name ein. Ich ging ins Wohnzimmer. Sie folgten mir.

»Gehen Sie«, sagte ich. »Die Akte ist nicht hier.«

Claire hielt die Kamera auf sie gerichtet, und so beschränkten sich ihre Einwände auf ein Minimum. Auf dem Weg zur Tür murmelte Blower etwas über Rechtsanwälte.

Als sie hinaus waren, las ich mir den Durchsuchungsbefehl durch. Claire saß am Küchentisch, nippte an ihrem Kaffee und sah mir zu. Sie hatte den Schock überwunden und war wieder sehr zurückhaltend, ja eisig. Sie würde nicht zugeben, dass sie Angst gehabt hatte, sie würde es nicht wagen, auch nur ein bisschen Verletzlichkeit zu zeigen, und ganz gewiss würde sie mir nicht den Eindruck vermitteln, dass sie irgendeine Art von Hilfe brauchte.

»Was steht in der Akte?«, fragte sie.

Sie wollte es eigentlich gar nicht wissen. Claire wollte lediglich die Zusicherung, dass so etwas nicht noch einmal vorkommen würde.

»Das ist eine lange Geschichte«, sagte ich. Mit anderen Worten: Frag lieber nicht. Sie verstand.

»Willst du sie wirklich verklagen?«

»Nein. Ich habe keine Handhabe für eine Klage. Ich wollte sie nur loswerden.«

»Es hat funktioniert. Werden sie noch einmal kommen?«

»Nein.«

»Das freut mich zu hören.«

Ich faltete den Durchsuchungsbefehl zusammen und steckte ihn in die Tasche. Er betraf nur einen Gegenstand: Die RiverOaks/TAG-Akte, die sich jetzt, zusammen mit einer Kopie, in einer Zwischenwand meiner neuen Wohnung befand.

»Hast du ihnen gesagt, wo ich wohne?«, fragte ich Claire.

»Ich weiß nicht, wo du wohnst«, antwortete sie. Dann trat eine Pause ein, in der sie mich danach hätte fragen können. Sie tat es nicht.

»Es tut mir sehr Leid, Claire.«

»Schon gut. Versprich mir nur, dass es nicht noch einmal vorkommt.«

»Ich verspreche es.«

Wir verabschiedeten uns ohne Umarmung, ohne Kuss, ohne irgendeine Berührung. Ich sagte einfach: »Gute Nacht«, und ging hinaus. Das war genau das, was sie wollte.

20

Dienstag war Beratungstag bei der Community for Creative Non-Violence, die die bei weitem größte Notunterkunft der Stadt unterhielt. Auch diesmal setzte sich Mordecai ans Steuer. Er hatte vor, mich während meiner ersten Woche zu begleiten und dann auf die Stadt loszulassen.

Meine Drohungen und Mahnungen waren auf taube Ohren gestoßen. Drake & Sweeney wollte die Sache offenbar nicht gütlich regeln, und das überraschte mich nicht. Die Durchsuchung meiner ehemaligen Wohnung in den frühen Morgenstunden war eine unfreundliche Warnung vor dem, was noch kommen würde. Ich musste Mordecai sagen, was ich getan hatte.

Als wir im Wagen saßen und losfuhren, sagte ich: »Meine Frau und ich haben uns getrennt. Ich bin ausgezogen.«

Um acht Uhr morgens war der arme Kerl noch nicht auf so düstere Neuigkeiten eingestellt. »Das tut mir Leid«, sagte er, sah mich an und hätte um ein Haar einen unvorsichtigen Fußgänger überfahren.

»Braucht es aber nicht. Heute in den frühen Morgenstunden war die Polizei in meiner ehemaligen Wohnung und hat nach mir und besonders nach einer Akte gesucht, die ich aus der Kanzlei mitgenommen habe.«

»Was für eine Akte?«

»Die DeVon-Hardy-und Lontae-Burton-Akte.«

»Ich bin ganz Ohr.«

»Wie wir inzwischen wissen, hat DeVon Hardy Geiseln genommen und ist dabei erschossen worden, weil Drake & Sweeney ihn auf die Straße gesetzt hat. Und zwar zusammen mit sechzehn anderen sowie einigen Kindern. Lontae und ihre Familie gehörten ebenfalls dazu.«

Er dachte darüber nach und sagte dann: »Diese Stadt ist wirklich klein.«

»Das ehemalige Lagerhaus stand zufällig auf einem Grundstück, auf dem RiverOaks eine neue Postverteilstelle bauen wollte. Das ist ein 20-Millionen-Projekt.«

»Ich kenne das Gebäude. Da waren schon immer Besetzer.«

»Nur dass es in diesem Fall keine Besetzer waren. Jedenfalls glaube ich das nicht.«

»Ist das eine Vermutung? Oder wissen Sie das genau?«

»Im Augenblick ist es nur eine Vermutung. An der Akte ist manipuliert worden – es sind Unterlagen entfernt und hinzugefügt worden. Ein Gehilfe namens Hector Palma hat die schmutzige Arbeit erledigt – die Inspektionen und die Zwangsräumung –, und er ist auch meine Quelle. Er hat mir einen anonymen Brief geschrieben, in dem stand, dass die Zwangsräumung nicht rechtens war. Er hat mir bestimmte Schlüssel gegeben, damit ich mir die Akte holen konnte. Seit gestern arbeitet er nicht mehr in der Washingtoner Kanzlei.«

»Wo ist er?«

»Das würde ich auch gern wissen.«

»Er hat Ihnen die Schlüssel gegeben?«

»Nicht direkt. Er hat sie zusammen mit einer Notiz auf meinen Schreibtisch gelegt.«

»Und Sie haben sie benutzt?«

»Ja.«

»Um eine Akte zu stehlen?«

»Ich wollte sie ja nicht stehlen. Ich war unterwegs zu unserem Büro, um sie zu kopieren, als irgendein Idiot eine rote Ampel überfahren hat und ich im Krankenhaus gelandet bin.«

»Ist das die Akte, die wir aus Ihrem Wagen geholt haben?«

»Ja. Ich wollte sie kopieren und bei Drake & Sweeney wieder an ihren Platz stellen. Niemand hätte etwas gemerkt.«

»Ich weiß nicht, ob das klug war.« Am liebsten hätte er mich einen Dummkopf genannt, aber dafür kannten wir uns noch nicht lange genug.

»Was fehlt aus der Akte?«, fragte er.

Ich fasste die Geschichte von RiverOaks und ihren Bemühungen um den Post-Auftrag kurz zusammen. »Es wurde also Druck ausgeübt, um das Grundstück möglichst schnell in die Hand zu bekommen. Palma wollte sich das Lagerhaus ansehen und wurde überfallen. Das steht in einer Aktennotiz. Er ging noch mal hin, diesmal mit einem Wachmann, aber die entsprechende Aktennotiz fehlt. Sie war ordnungsgemäß eingeheftet worden, ist aber entfernt worden, wahrscheinlich von Braden Chance.«

»Und was steht in dieser Aktennotiz?«

»Weiß ich nicht. Aber ich habe so ein Gefühl, dass Hector das Lagerhaus inspizieren wollte und dabei auf die Besetzer in ihren Behelfswohnungen gestoßen ist. Er hat mit ihnen gesprochen und erfahren, dass sie Tillman Gantry Miete zahlten. Sie waren also keine Besetzer, sondern Mieter mit sämtlichen entsprechenden Rechten. Aber die Abrissbirne war schon unterwegs, das Geschäft musste abgeschlossen werden, Gantry wollte ein Vermögen verdienen, und so wurde die Aktennotiz ignoriert und die Zwangsräumung durchgeführt.«

»Es waren siebzehn Leute?«

»Ja, und einige Kinder.«

»Kennen Sie die Namen der anderen?«

»Ja. Jemand – ich nehme an, es war Palma – hat mir eine Liste gegeben. Er hat sie auf meinen Schreibtisch gelegt. Wenn wir diese Leute finden, haben wir unsere Zeugen.«

»Vielleicht. Wahrscheinlicher ist, dass Gantry ihnen eine Heidenangst eingejagt hat. Er ist ein Riesenkerl mit einer Riesenkanone und hält sich für eine Art Paten. Wenn er den Leuten sagt, sie sollen den Mund halten, dann halten sie ihn auch, sonst fischt man sie irgendwann aus dem Fluss.«

»Aber Sie haben doch keine Angst vor ihm, oder? Los, wir finden ihn und nehmen ihn ein bisschen in die Zange. Er wird zusammenbrechen und alles gestehen.«

»Wie viel Zeit haben Sie eigentlich auf der Straße verbracht? Herrgott, ich habe einen Dummkopf angestellt.«

»Wenn er uns sieht, macht er sich vor Angst in die Hose.«

Um diese Uhrzeit funktionierte mein Humor noch nicht. Ebenso wenig wie die Heizung von Mordecais Wagen. Das Gebläse lief auf Hochtouren, und doch war es eiskalt.

»Wie viel hat Gantry für das Gebäude gekriegt?«, fragte er.

»Zweihunderttausend. Er hatte es sechs Monate vorher gekauft. Aus den Unterlagen geht nicht hervor, wie viel er damals dafür bezahlt hat.«

»Von wem hat er es denn gekauft?«

»Von der Stadt. Es stand leer.«

»Dann hat er wahrscheinlich fünftausend dafür bezahlt. Höchstens zehntausend.«

»Kein schlechter Gewinn.«

»Allerdings. Und für Gantry ist das ein Schritt auf der Karriereleiter. Bisher hat er nur Kleinkram gemacht: Garagen, Autowaschanlagen, kleine Gemüseläden – nichts Großes.«

»Warum hat er ein Lagerhaus gekauft und billig vermietet?«

»Um an Bargeld zu kommen. Nehmen wir mal an, er

hat fünftausend dafür bezahlt und noch mal tausend für ein paar Wände und ein paar Toiletten hineingesteckt. Er lässt den Strom wieder anschließen, und schon ist er im Geschäft. Es spricht sich herum, Mieter tauchen auf, er kassiert hundert Dollar pro Monat, und zwar in bar. Seine Mieter halten sowieso wenig von Papierkram. Er sorgt dafür, dass das Haus weiterhin verkommen aussieht, damit er, wenn die Stadt ihm auf die Schliche kommt, sagen kann, dass diese Leute nur Besetzer sind. In diesem Fall verspricht er, sie rauszuschmeißen, aber das hat er in Wirklichkeit nicht vor. So was passiert andauernd. Die amtliche Bezeichnung dafür ist ›ungeschützte Zurverfügungstellung von Wohnraum‹.«

Fast hätte ich gefragt, warum die Stadt nicht eingriff und ihre Verordnungen durchsetzte, doch zum Glück besann ich mich rechtzeitig. Die Antwort gaben die Schlaglöcher, die zu zahlreich waren, um sie zählen oder ihnen ausweichen zu können, die Polizeiwagen, von denen ein Drittel eine Gefährdung des Straßenverkehrs darstellte, die Schulen, deren Dächer durchhingen, die Krankenhäuser, in denen man Patienten in Abstellkammern unterbringen musste, und die fünfhundert obdachlosen Mütter mit ihren Kindern, die keine Unterkunft fanden. Diese Stadt funktionierte einfach nicht mehr.

Und ein Mann, der unrechtmäßig Wohnraum vermietete und somit Obdachlosen ein Dach über dem Kopf bot, hatte nicht gerade erste Priorität.

»Wie wollen Sie Hector Palma finden?«, fragte Mordecai.

»Ich nehme an, die Kanzlei ist so schlau, ihn nicht zu entlassen. Es gibt sieben Filialen, also werden sie ihn in irgendeiner davon untergebracht haben. Ich werde ihn schon auftreiben.«

Wir waren mittlerweile in der Innenstadt. Er zeigte nach vorn und sagte: »Sehen Sie die Wohncontainer, die da drüben aufgestapelt sind? Das ist Mount Vernon Square.«

Das Gelände umfasste einen halben Block. Es war hoch umzäunt, damit man nicht hineinsehen konnte. Die Container waren verschieden lang und groß, manche wirkten heruntergekommen, und alle waren schmutzig.

»Das ist die schlechteste Notunterkunft in der ganzen Stadt. Es sind alte Container der Post, ein Geschenk der Regierung an die Stadt, die auf die brillante Idee gekommen ist, sie als Notbehausungen für Obdachlose zu verwenden. Die sitzen da drinnen wie Sardinen in der Dose.«

An der Ecke 2nd Street und Avenue D zeigte er mir ein langes, dreistöckiges Gebäude, in dem eintausenddreihundert Menschen wohnten.

Das CCNV war in den frühen siebziger Jahren von Kriegsgegnern gegründet worden, die sich in Washington versammelt hatten, um der Regierung Dampf zu machen. Sie lebten gemeinsam in einem Haus in Northwest. Bei ihren Protesten rings um das Capitol lernten sie obdachlose Veteranen kennen und nahmen sie bei sich auf. Ihre Zahl wuchs, und sie zogen in größere Quartiere an verschiedenen Stellen der Stadt. Nach dem Krieg wandten sie ihre Aufmerksamkeit den Obdachlosen von Washington zu. In den frühen achtziger Jahren setzte sich ein Mann namens Mitch Snyder an die Spitze der Organisation und machte sich bald einen Namen als leidenschaftlicher und lautstarker Kämpfer für die Sache der Obdachlosen.

Das CCNV entdeckte ein leer stehendes College-Gebäude, das mit staatlichen Mitteln gebaut worden war und sich immer noch in Bundesbesitz befand, und besetzte es mit sechshundert Obdachlosen. Es wurde das Hauptquartier des CCNV und ein Heim für Obdachlose. Man unternahm verschiedene Versuche, sie zu vertreiben, doch alle waren erfolglos. 1984 trat Snyder in einen einundfünfzig Tage dauernden Hungerstreik, um auf die menschenunwürdige Behandlung der Obdachlosen aufmerksam zu machen. Einen Monat vor der Wahl erklärte Präsident Reagan mit großer Gebärde, er werde das Gebäude in eine Modellunterkunft für Obdachlose umwandeln. Snyder beendete seinen Streik. Alle waren zufrieden. Nach seiner Wiederwahl vergaß Reagan sein Versprechen. Es folgten viele hässliche Gerichtsverfahren.

1989 baute die Stadt in Southeast, weit vom Zentrum entfernt, eine neue Notunterkunft und wollte die Unterstützer des CCNV dorthin umsiedeln, musste jedoch feststellen, dass diese recht widerspenstig waren. Sie hatten nicht die Absicht umzuziehen. Snyder verkündete, sie seien dabei, die Fenster zu verbarrikadieren und sich auf eine Belagerung vorzubereiten. Die Gerüchte überschlugen sich: Dort drinnen seien achthundert Obdachlose; man habe Waffen gehortet; es werde ein Blutbad geben.

Die Stadt nahm ihr Ultimatum zurück und schloss Frieden. Das CCNV verfügte schließlich über dreizehnhundert Betten. 1990 beging Snyder Selbstmord. Die Stadt benannte eine Straße nach ihm.

Als wir ankamen, war es fast halb neun, die Zeit, zu der die Obdachlosen das Haus verlassen mussten. Viele hatten Jobs, und die anderen würden den Tag draußen verbringen. Hundert Männer standen vor dem Haupteingang herum und genossen nach einer warmen, ruhigen Nacht ein kleines Schwätzchen in der kühlen Morgenluft.

Im Erdgeschoss sprach Mordecai mit dem Pförtner in seinem Glaskasten. Er trug sich in ein Buch ein, und dann gingen wir durch die Lobby, gegen den Strom von Männern, die auf dem Weg nach draußen waren. Ich bemühte mich, die Tatsache zu vergessen, dass ich ein Weißer war, aber es war unmöglich. Ich war einigermaßen gut gekleidet, mit Jackett und Krawatte, ich hatte mein bisheriges Leben in Wohlstand verbracht und trieb nun in einem Meer von Schwarz: junge, abgebrühte Burschen, von denen die meisten vorbestraft waren und die wenigsten mehr als drei Dollar in der Tasche hatten. Bestimmt würde einer von ihnen über mich herfallen und mir die Brieftasche abnehmen. Ich vermied direkten Blickkontakt und sah stirnrunzelnd zu Boden. Wir warteten vor dem Aufnahmeraum.

»Bei Besitz von Waffen oder Drogen wird ein lebenslanges Hausverbot ausgesprochen«, sagte Mordecai, während wir zusahen, wie die Männer zum Ausgang strömten. Ich fühlte mich ein wenig sicherer.

»Werden Sie hier drinnen nicht manchmal nervös?«, fragte ich ihn.

»Man gewöhnt sich daran.« Er hatte leicht reden – schließlich beherrschte er die Sprache.

An einem Klemmbrett neben der Tür hing eine Anmeldeliste für die Rechtsberatung. Mordecai und ich studierten die Namen unserer Mandanten. Bislang waren es dreizehn. »Etwas unter dem Durchschnitt«, sagte er. Während wir auf den Schlüssel warteten, gab er mir eine kleine Einführung. »Da drüben ist die Poststelle. Zu unseren frustrierenderen Aufgaben gehört es, den Kontakt mit unseren Mandanten zu halten. Adressen wechseln häufig. In den guten Unterkünften dürfen die Leute Post schicken und empfangen.« Er deutete auf eine andere Tür in der Nähe. »Das ist die Kleiderkammer. Jede Woche werden hier dreißig bis vierzig neue Männer aufgenommen. Der erste Schritt ist eine medizinische Untersuchung – im Augenblick ist Tuberkulose die größte Gefahr. Die zweite Station ist die Kleiderkammer, wo man drei Garnituren Unterwäsche, Socken und übrige Kleidung bekommt. Einmal im Monat kann man sich einen neuen Anzug abholen, sodass man am Ende des Jahres eine anständige Garderobe hat. Und zwar keine alten, abgetragenen Sachen. Die Leute hier bekommen mehr Kleiderspenden, als sie je verwenden können.«

»Ein Jahr?«

»Ja, nach einem Jahr müssen sie das Haus verlassen. Auf den ersten Blick erscheint das vielleicht hart, aber das ist es nicht. Das Ziel heißt Selbstständigkeit. Wenn ein Mann hier aufgenommen wird, weiß er, dass er ein Jahr Zeit hat, seine Sucht loszuwerden, ein paar Fertigkeiten zu erlernen und einen Job zu finden. Die meisten gehen, bevor das Jahr um ist. Ein paar würden am liebsten für immer bleiben.«

Ein Mann namens Ernie erschien mit einem beeindruckenden Schlüsselbund. Er schloss die Tür zum Beratungsraum auf und verschwand wieder. Wir rückten ein paar Tische zurecht und waren bereit, juristischen Beistand zu leisten. Mordecai ging mit dem Klemmbrett zur Tür und rief unseren ersten Mandanten auf: »Luther Williams.«

Luther passte kaum durch die Tür, und der Stuhl ächzte, als er sich darauf niederließ. Er trug einen grünen Arbeitsanzug, weiße Socken und orangefarbene Gummisandalen und arbeitete in der Nachtschicht in einem Heizungskeller unter dem Pentagon. Seine Freundin hatte ihn verlassen, alles mitgenommen und jede Menge Schulden gemacht. Er hatte seine Wohnung verloren und schämte sich, in einer Obdachlosenunterkunft zu wohnen. »Ich brauch bloß 'ne neue Chance«, sagte er. Er tat mir Leid.

Er hatte viele Schulden. Kreditagenturen waren hinter ihm her. Im Augenblick versteckte er sich beim CCNV.

»Wir machen einen Offenbarungseid«, sagte Mordecai zu mir. Ich hatte keine Ahnung, wie man dabei vorging, und nickte stirnrunzelnd. Luther schien zufrieden.

Zwanzig Minuten lang füllten wir Formulare aus, und dann verließ er uns als glücklicher Mann.

Der nächste Mandant war Tommy. Er glitt elegant herein und streckte uns eine Hand entgegen, deren Fingernägel knallrot lackiert waren. Ich schüttelte sie, Mordecai nicht. Tommy machte eine stationäre Entziehungskur – Crack und Heroin – und hatte Steuerschulden. Er hatte seit drei Jahren keine Steuererklärung abgegeben, und das Finanzamt hatte dieses Versäumnis bemerkt. Außerdem schuldete er ein paar tausend Dollar Unterhaltszahlungen. Ich war einigermaßen erleichtert zu hören, dass er Vater war, jedenfalls so eine Art. Die Entziehungskur war intensiv – er verbrachte praktisch seine gesamte Zeit in der Klinik –, sodass an eine geregelte Arbeit nicht zu denken war.

»Steuerschulden und Unterhaltszahlungen sind von einem Offenbarungseid nicht betroffen«, sagte Mordecai.

»Tja, ich kann nicht arbeiten, weil ich einen Entzug mache, und wenn ich den abbreche, haue ich mir in null Komma nichts wieder was rein. Wenn ich nicht arbeiten kann und keinen Offenbarungseid leisten kann, was kann ich denn dann tun?«

»Nichts. Machen Sie sich keine weiteren Gedanken. Bringen Sie Ihren Entzug zu Ende und suchen Sie sich einen Job. Und dann setzen Sie sich mit meinem Kollegen Michael Brock in Verbindung.«

Tommy lächelte, zwinkerte mir zu und schwebte hinaus.

»Ich glaube, er mag Sie«, sagte Mordecai.

Ernie brachte uns noch ein Anmeldeformular mit elf weiteren Namen. Vor der Tür hatte sich eine Schlange gebildet. Wir beschlossen, getrennt zu marschieren: Ich setzte mich an einen Tisch am anderen Ende des Raums, und Mordecai blieb, wo er war, sodass wir zwei Mandanten gleichzeitig beraten konnten.

Der Erste war ein junger Mann, der einem Drogenverfahren entgegensah. Ich schrieb alles auf, damit ich Mordecai den Fall später genau schildern konnte.

Der nächste Mandant schockierte mich. Er war ein Weißer um die vierzig, ohne Tätowierungen, Narben, abgebrochene Zähne, Ohrringe, blutunterlaufene Augen oder rote Nase. Sein Bart war eine Woche alt, und sein Kopf war vor etwa einem Monat rasiert worden. Als wir uns begrüßten, fiel mir auf, wie weich und zart seine Hand war. Er hieß Paul Pelham und wohnte seit drei Monaten hier. Früher war er Arzt gewesen.

Drogen, Scheidung, Offenbarungseid, Entzug der Approbation – das alles war vorbei und nur noch ein Haufen frischer, aber rasch verblassender Erinnerungen. Er wollte sich nur mit jemandem unterhalten, möglichst mit jemandem, der weiß war. Hin und wieder warf er Mordecai einen ängstlichen Blick zu.

Pelham war in Scranton, Pennsylvania, ein allseits geachteter Gynäkologe gewesen – großes Haus, Mercedes, hübsche Frau, reizende Kinder. Anfangs nahm er Valium, doch bald stieg er auf härtere Drogen um und wurde süchtig. Er entdeckte seine Vorliebe für Kokain und die Körper von Sprechstundenhilfen. Außerdem spekulierte er mit Grundstücken und hatte viele Bankkredite. Dann ließ er bei einer komplikationslosen Entbindung das Baby fallen. Es starb. Der Vater, ein angesehener Pfarrer, war bei der Geburt anwesend. Ein demütigendes Gerichtsverfahren, noch mehr Drogen, noch mehr Sprechstundenhilfen – und dann brach alles zusammen. Er steckte sich bei einer Patientin mit Herpes an und gab ihn an seine Frau weiter. Sie bekam bei der Scheidung alles und zog nach Florida.

Ich lauschte wie gebannt. Bei jedem Mandanten, mit dem ich in meiner kurzen Laufbahn als Armenanwalt gesprochen hatte, hatte ich die traurigen Details seiner Geschichte hören wollen. Ich wollte die Zusicherung, dass mir so etwas nicht passieren konnte, dass Leute aus meiner Gesellschaftsschicht solche Schicksalsschläge nicht zu befürchten hatten.

Pelham faszinierte mich, weil ich bei ihm zum ersten Mal sagen konnte: ja, das könnte ich sein. Auf irgendeine Art konnte das Leben jeden zerstören. Und er war durchaus bereit, darüber zu sprechen.

Vielleicht, deutete er an, sei noch nicht alles verloren. Ich hatte ihm lange genug zugehört und wollte ihn gerade fragen, warum er eigentlich einen Anwalt brauche, als er sagte: »Ich hab bei meinem Offenbarungseid ein paar Sachen verschwiegen.«

Während wir beiden weißen Jungs dasaßen und plauderten, herrschte bei Mordecai ein reges Kommen und Gehen. Ich begann, mir Notizen zu machen. »Was für Sachen?«

Sein damaliger Anwalt sei ein Halsabschneider gewesen, sagte er und erzählte, die Banken hätten die Zwangsvollstreckung zu früh beantragt und ihn ruiniert. Er sprach leise, und jedes Mal, wenn Mordecai herübersah, verstummte er.

»Und noch was«, sagte er.

»Was?«

»Das ist doch ein vertrauliches Gespräch, oder? Ich meine, ich habe schon oft mit Anwälten geredet, aber ich habe sie immer bezahlt. Und wie ich sie bezahlt habe!«

»Selbstverständlich ist das Gespräch höchst vertraulich«, sagte ich ernst. Ich arbeitete zwar umsonst, aber ob ich bezahlt wurde oder nicht, spielte für die Vertraulichkeit des Verhältnisses zu meinen Mandanten keine Rolle.

»Sie verraten es keiner Menschenseele?«

»Kein Wort.« Mir kam der Gedanke, dass man sich in einer Obdachlosenunterkunft in Washington, unter dreizehnhundert anderen Obdachlosen, hervorragend verstecken konnte.

Das schien ihn zu beruhigen. »Als ich noch ganz oben war«, sagte er noch leiser als zuvor, »kam ich dahinter, dass meine Frau einen Geliebten hatte. Eine meiner Patientinnen hat's mir verraten. Wenn man nackte Frauen untersucht, erzählen sie einem alles. Ich war am Boden zerstört. Ich beauftragte einen Privatdetektiv, und tatsächlich – es stimmte. Und dieser Geliebte ist dann eines Tages, na, sagen wir: verschwunden.« Er hielt inne und wartete auf meine Reaktion.

»Verschwunden?«

»Ja. Seitdem hat ihn niemand mehr gesehen.«

»Ist er tot?«, fragte ich bestürzt.

Er nickte leicht.

»Wissen Sie, wo er ist?«

Wieder ein Nicken.

»Wann war das?«

»Vor vier Jahren.«

Meine Hände zitterten, als ich das alles aufschrieb.

Er beugte sich vor und flüsterte: »Er war ein FBI-Agent. Ein alter Freund aus College-Zeiten. Penn State.«

»Soll das ein Witz sein?« Ich war mir wirklich nicht sicher, ob er die Wahrheit sagte.

»Sie sind hinter mir her.«

»Wer?«

»Das FBI. Die jagen mich seit vier Jahren.«

»Und was soll ich jetzt tun?«

»Ich weiß nicht. Vielleicht einen Deal mit denen machen. Ich bin's leid, gejagt zu werden.«

Ich dachte einen Augenblick lang darüber nach, während Mordecai sich von einem Mandanten verabschiedete und den Nächsten hereinrief. Pelham ließ ihn nicht aus den Augen.

»Ich brauche mehr Informationen«, sagte ich. »Kennen Sie den Namen des FBI-Agenten?«

»Ja. Und ich weiß, wann und wo er geboren ist.«

»Und wann und wo er gestorben ist.«

»Ja.«

Er hatte keinerlei Unterlagen dabei.

»Kommen Sie in mein Büro und bringen Sie alles Nötige mit. Dann können wir uns weiter unterhalten.«

»Ich werd's mir überlegen«, sagte er und sah auf die Uhr. Er erklärte mir, er habe einen Teilzeitjob als Hausmeister in einer Kirche und sei bereits spät dran. Wir schüttelten uns die Hand, und dann war er verschwunden.

Ich lernte schnell, dass man als Armenanwalt vor allem die Fähigkeit besitzen musste zuzuhören. Viele meiner Mandanten wollten nur mit jemandem sprechen. Sie alle waren auf irgendeine Weise gestoßen und getreten worden, und wenn juristische Beratung gratis zu haben war, warum dann nicht das alles bei einem Anwalt abladen? Mordecai beherrschte meisterhaft die Kunst, die Geschichten vorsichtig darauf abzutasten, ob es sich um ein echtes juristisches Anliegen handelte. Ich war noch immer beeindruckt davon, wie arm Menschen sein konnten.

Außerdem lernte ich, dass die besten Fälle die waren, die sich an Ort und Stelle klären ließen, ohne dass man sich noch einmal damit befassen musste. Ich hatte einen Umschlag mit Anträgen für Lebensmittelgutscheine, Wohngeld, medizinische Versorgung, Sozialversicherungskarten und sogar Führerscheine. Im Zweifelsfall füllte ich einfach ein Formular aus.

Bis zum Mittag hatten wir mit sechsundzwanzig Mandanten gesprochen. Als wir die Beratung beendeten, waren wir erschöpft.

»Gehen wir spazieren«, sagte Mordecai, als wir vor dem Gebäude standen. Der Himmel war blau, und nach drei Stunden in einem stickigen, fensterlosen Raum war die kalte, windige Luft erfrischend. Gegenüber war das Bundesgericht für Steuersachen, ein hübsches, modernes Gebäude. Tatsächlich war das CCNV von ansprechenderen Bauten neueren Datums umgeben. An der Ecke 2nd Street und Avenue D blieben wir stehen.

»Der Mietvertrag läuft in vier Jahren aus«, sagte Mordecai. »Die Immobiliengeier kreisen bereits. Zwei Blocks weiter ist ein neues Kongresszentrum geplant.«

»Das wird ein harter Kampf«, sagte ich.

»Das wird ein Krieg.«

Wir überquerten die Straße und gingen in Richtung Capitol.

»Der weiße Typ vorhin – was hat er Ihnen erzählt?«, fragte Mordecai.

Der einzige Weiße war Pelham gewesen. »Eine erstaunliche Geschichte«, sagte ich und wusste nicht, wo ich anfangen sollte. »Er war mal Arzt in Pennsylvania.«

»Und wer ist jetzt hinter ihm her?«

»Was?«

»Und wer ist jetzt hinter ihm her?«

»Das FBI.«

»Interessant. Beim letzten Mal war es die CIA.«

Ich blieb stehen, er nicht. »Kennen Sie ihn?«

»Ja, er macht die Runde. Peter Soundso.«

»Paul Pelham.«

»Auch der Name ist nicht immer derselbe«, sagte Mordecai über seine Schulter. »Aber er erzählt seine Geschichte ganz hervorragend, finden Sie nicht?«

Ich brachte kein Wort heraus. Ich stand da und sah Mordecai nach, der die Hände tief in den Taschen seines Trenchcoats vergraben hatte und dessen Schultern zuckten, weil er so lachen musste.

21

Als ich den Mut aufbrachte, Mordecai zu erklären, dass ich einen freien Nachmittag brauchte, setzte er mich recht barsch davon in Kenntnis, dass ich den anderen Mitarbeitern absolut gleichgestellt sei, dass niemand die Anzahl meiner Stunden kontrolliere und dass ich mir, wenn ich einen freien Nachmittag brauchte, doch einfach freinehmen solle. Ich verließ eilends das Büro. Nur Sofia schien es zu bemerken.

Ich verbrachte eine Stunde beim Sachbearbeiter meiner Versicherung. Der Lexus war ein Totalschaden. Die Versicherung bot 21 480 Dollar gegen Abtretung aller Ansprüche, damit sie die Angelegenheit mit der Versicherung des Jaguars regulieren konnte. Ich schuldete der Bank 16 000 Dollar, und so bekam ich einen Scheck über 5000 Dollar und ein bisschen Kleingeld; auf jeden Fall genug, um mir einen Wagen zu kaufen, der zu meiner neuen Position eines Armenanwalts passte und keine Autodiebe in Versuchung führen würde.

Eine weitere Stunde vertat ich im Wartezimmer meines Arztes. Als viel beschäftigter Anwalt mit Handy und vielen Mandanten kochte ich innerlich, während ich in Illustrierten blätterte und dem Ticken der Uhr zuhörte.

Eine Sprechstundenhilfe sagte mir, ich solle mich bis auf die Unterhose ausziehen, und dann saß ich zwanzig Minuten lang auf einem kalten Untersuchungstisch. Die Prellungen waren jetzt dunkelbraun. Der Arzt tastete sie ab und machte alles nur noch schlimmer, bevor er mich für weitere zwei Wochen krankschrieb.

Um Punkt vier Uhr betrat ich die Kanzlei von Claires Anwältin und wurde von einer maskulin gekleideten

Empfangsdame mit steinernem Gesicht begrüßt. Alles verströmte eine Atmosphäre der Auflehnung gegen männliche Dominanz, alle Geräusche waren Manifeste gegen die Welt der Männer: die abrupte, rauchige Stimme der Telefonistin, der Gesang der Countrysängerin, der aus den Lautsprechern schmalzte, der gelegentliche spitze Schrei aus den Büros am Ende des Korridors. Die Kanzlei war in sanften Pastelltönen gehalten: Lavendel, Rosa und Beige. Die Illustrierten auf den Couchtischen legten Zeugnis ab: knallharte Frauenthemen, ohne Glamour oder Klatsch. Die Besucher sollten sie nicht lesen, sondern bewundern.

Jacqueline Hume hatte eine Menge Geld damit verdient, gegen Ärzte zu prozessieren, die vom rechten Weg abgekommen waren. Anschließend hatte sie sich einen Ruf wie Donnerhall erworben, indem sie ein paar ehebrecherische Senatoren fertig gemacht hatte. Die bloße Erwähnung ihres Namens ließ jedem unglücklich verheirateten Washingtoner mit gutem Einkommen die Haare zu Berge stehen. Ich wollte nur rasch die nötigen Papiere unterschreiben und wieder verschwinden.

Stattdessen durfte ich eine halbe Stunde warten und war kurz davor, eine hässliche Szene zu machen, als eine Mitarbeiterin mich abholte und in ein Büro führte. Dort überreichte sie mir die Trennungserklärung, und zum ersten Mal sah ich der Realität ins Auge. Die Überschrift lautete: »Claire Addison Brock gegen Michael Nelson Brock«.

Vor einem Scheidungsurteil mussten wir sechs Monate getrennt sein. Ich las die Erklärung sorgfältig, unterschrieb sie und ging. Zum Erntedankfest würde ich offiziell wieder Junggeselle sein.

Meine vierte Station an diesem Nachmittag war der Parkplatz von Drake & Sweeney, wo Polly mich um fünf Uhr mit zwei Kartons mit persönlichen Dingen aus meinem ehemaligen Büro erwartete. Sie war höflich und verbindlich, sagte aber sehr wenig und war selbstverständlich in Eile. Wahrscheinlich war sie verdrahtet.

Ich ging einige Blocks weit, blieb an einer Straßenecke stehen, lehnte mich an die Wand und wählte Barry Nuzzos Nummer. Er war, wie üblich, in einer Besprechung. Ich nannte meinen Namen und sagte, es handle sich um einen Notfall, und dreißig Sekunden später war Barry am Apparat.

»Können wir miteinander reden?«, fragte ich. Ich nahm an, dass das Gespräch abgehört wurde.

»Klar.«

»Ich bin ein Stück weit die Straße hinunter, an der Ecke K und Connecticut. Lass uns einen Kaffee trinken.«

»Ich kann erst in einer Stunde.«

»Nein. Entweder jetzt oder gar nicht.« Ich wollte den Jungs keine Zeit für irgendwelche Pläne geben. Auch nicht für versteckte Mikrofone.

»Na gut, mal sehen … ja, es geht. Ich komme.«

»Ich bin bei Bingler's Coffee.«

»Das kenne ich.«

»Ich warte. Und komm allein.«

»Du hast zu viele Filme gesehen, Mike.«

Zehn Minuten später saßen wir am Fenster des gut besuchten kleinen Cafés, hatten heiße Kaffeetassen in der Hand und betrachteten die Passanten auf der Connecticut Avenue.

»Wozu die Haussuchung?«, fragte ich.

»Es ist unsere Akte. Du hast sie, wir wollen sie zurückhaben. Ganz einfach.«

»Ihr werdet sie nicht finden. Also hört auf mit diesen verdammten Durchsuchungen.«

»Wo wohnst du jetzt?«

Ich gab ein Knurren von mir und schenkte ihm mein schönstes freches Lächeln. »Normalerweise kommt erst der Haussuchungsbefehl und dann der Haftbefehl«, sagte ich. »Wird das in diesem Fall auch so sein?«

»Ich bin nicht befugt, das zu sagen.«

»Herzlichen Dank, alter Kumpel.«

»Pass auf, Mike: Lass uns mal davon ausgehen, dass du im Unrecht bist. Du hast etwas genommen, das nicht dir gehört. Das ist lupenreiner Diebstahl. Und damit hast du dich gegen die Kanzlei gestellt. Und ich, dein Freund, arbeite für diese Kanzlei. Du kannst von mir nicht erwarten, dass ich dir bei Handlungen helfe, die sich zum Nachteil der Kanzlei auswirken können. Du hast den Karren in den Dreck gefahren, nicht ich.«

»Braden Chance hat euch nicht alles gesagt. Der Kerl ist ein Wurm, ein arroganter kleiner Wichser, der seine Sorgfaltspflicht verletzt hat und jetzt versucht, die Sache zu vertuschen. Er will euch weismachen, dass es bloß um den Diebstahl einer Akte geht und ihr mir ruhig auf den Pelz rücken könnt. Aber der Inhalt dieser Akte kann sich für die Kanzlei zu einer schweren Belastung auswachsen.«

»Worauf willst du hinaus?«

»Pfeift die Polizei zurück. Tut nichts Unüberlegtes.«

»Wie zum Beispiel dich verhaften zu lassen?«

»Zum Beispiel. Ich hab mich den ganzen Tag immer wieder umgesehen, und das macht mir keinen Spaß.«

»Du hättest nicht stehlen sollen.«

»Ich wollte die Akte ja gar nicht stehlen. Ich wollte sie kopieren und wieder zurückbringen, aber das hab ich nicht mehr geschafft.«

»Dann gibst du also zu, dass du sie hast?«

»Ja. Aber ich kann es genauso gut abstreiten.«

»Du spielst, Michael, aber das hier ist kein Spiel. Du wirst auf die Nase fallen.«

»Nicht, wenn ihr stillhaltet. Nur für ein paar Tage. Ich schlage einen Waffenstillstand für eine Woche vor. Keine Durchsuchungsbefehle. Kein Haftbefehl.«

»Okay, und was bietest du als Gegenleistung?«

»Dass ich die Kanzlei nicht bloßstellen werde.«

Barry schüttelte den Kopf und trank einen Schluck Kaffee. »Ich bin bloß ein kleiner Mitarbeiter und nicht ermächtigt, irgendwelche Abkommen zu treffen.«

»Hat Arthur das Sagen?«

»Natürlich.«

»Dann sag Arthur, dass ich nur mit dir rede.«

»Du gehst von falschen Voraussetzungen aus, Michael. Du nimmst an, dass die Kanzlei mit dir reden will. Es will aber niemand mit dir reden. Sie sind empört darüber, dass du die Akte gestohlen hast und sie nicht herausgeben willst, und das kann man ihnen nicht verdenken.«

»Du musst sie aufrütteln, Barry. Das ist Material für Schlagzeilen. Für riesengroße Schlagzeilen und viele, viele Journalisten, die sich an die Story anhängen. Wenn ich verhaftet werde, rufe ich sofort die *Post* an.«

»Du bist verrückt.«

»Kann sein. Chance hatte einen Gehilfen namens Hector Palma. Schon mal von ihm gehört?«

»Nein.«

»Du bist nicht auf dem Laufenden.«

»Hab ich auch nie behauptet.«

»Palma weiß zu viel über die Akte. Gestern hat er nicht mehr dort gearbeitet, wo er letzte Woche gearbeitet hat. Ich weiß nicht, wo er ist, aber es wäre interessant, es herauszufinden. Frag Arthur.«

»Gib die Akte doch einfach zurück, Michael. Ich weiß nicht, was du damit vorhast. Vor Gericht kannst du sie sowieso nicht verwenden.«

Ich trank meinen Kaffee aus und stand auf. »Eine Woche Waffenstillstand«, sagte ich im Gehen. »Und sag Arthur, er soll dich auf dem Laufenden halten.«

»Arthur nimmt von mir keine Befehle entgegen«, rief er mir nach.

Ich verließ schnell das Café, wand mich zwischen den anderen Passanten auf dem Bürgersteig hindurch und rannte fast zum Dupont Circle. Ich wollte Barry und alle, die man vielleicht auf mich angesetzt hatte, abschütteln.

Laut Telefonbuch handelte es sich bei Hector Palmas Adresse um ein Apartmenthaus in Bethesda. Da ich es nicht eilig hatte und ohnehin nachdenken musste, fuhr ich, Stoßstange an Stoßstange mit Millionen anderer, auf dem Schnellstraßenring einmal rund um die Stadt.

Ich nahm an, dass meine Chancen, innerhalb einer Woche verhaftet zu werden, fünfzig zu fünfzig standen. Die Kanzlei hatte keine andere Wahl, als mir nachzusetzen, und wenn Braden Chance tatsächlich sowohl Arthur als auch den Vorstand belogen hatte, würden sie nichts dabei finden, die Sache auf die harte Tour zu spielen. Es gab ausreichende Indizien für meine Täterschaft, um einen Haftrichter zu überzeugen.

Der Mister-Vorfall hatte die Kanzlei aufgeschreckt. Chance war vor den Vorstand zitiert und nach allen Regeln der Kunst ausgequetscht worden, und es war unvorstellbar, dass er irgendwelche krummen Machenschaften zugegeben hatte. Er hatte gelogen, in der Hoffnung, die Akte so manipulieren zu können, dass er mit weißer Weste dastand. Seine Opfer waren ja bloß ein paar obdachlose Hausbesetzer.

Wie war es ihm gelungen, Hector Palma so schnell loszuwerden? Geld spielte keine Rolle – Chance war immerhin Teilhaber. An seiner Stelle hätte ich Hector als Zuckerbrot eine Menge Bargeld und als Peitsche die fristlose Kündigung angeboten. Und ich hätte einen Freund und Teilhaber, beispielsweise in Denver, angerufen und um einen Gefallen gebeten: einen schnellen Wechsel für einen Anwaltsgehilfen. Es wäre nicht sehr schwer gewesen.

Hector war irgendwo untergebracht worden, wo ich oder sonst wer, der ihm Fragen stellen wollte, ihn nicht finden würde. Er arbeitete noch immer für die Kanzlei, und sein Einkommen hatte sich wahrscheinlich verbessert.

Und was war mit dem Lügendetektortest? War das bloß eine Drohung gewesen, die die Kanzlei gegen mich und Hector einsetzte? Hatte er den Test absolviert und bestanden? Wohl kaum.

Chance brauchte Hector, um die Wahrheit zu vertuschen. Hector brauchte Chance, um seinen Job zu behalten. An irgendeinem Punkt hatte der Teilhaber dafür gesorgt, dass man den Plan, einen Lügendetektor einzusetzen, fallen ließ – falls man ihn überhaupt je in Erwägung gezogen hatte.

Das Apartmentgebäude war lang gestreckt und verwinkelt; man hatte es, als die Stadt sich nach Norden ausdehnte, erweitert. In den Straßen der Umgebung gab es viele Schnellimbisse, Tankstellen und Videoverleihe – was man als Berufspendler eben so brauchte, wenn man Zeit sparen wollte.

Ich parkte neben ein paar Tennisplätzen und sah mir den Komplex genauer an. Ich ließ mir Zeit, denn ich wusste ohnehin nicht, wohin ich nach diesem Abenteuer gehen sollte. Überall konnten mich Polizisten mit Handschellen und einem Haftbefehl erwarten. Ich versuchte, nicht an die Horrorgeschichten zu denken, die ich über das Washingtoner Gefängnis gehört hatte.

Eine jedoch war mir wie ins Gedächtnis gebrannt: Vor einigen Jahren hatte ein junger Mitarbeiter von Drake & Sweeney an einem Freitag nach Feierabend ein paar Stunden in einer Bar in Georgetown verbracht. Als er die Staatsgrenze nach Virginia überquert hatte, war er unter dem Verdacht der Trunkenheit am Steuer verhaftet worden. Auf dem Polizeirevier hatte er sich geweigert, ins Röhrchen zu blasen, und war sofort in die Ausnüchterungszelle gebracht worden. Die Zelle war überfüllt, und er war der Einzige mit Anzug, einer schönen Uhr, teuren Schuhen und einem weißen Gesicht. Er trat versehentlich einem anderen auf den Fuß und wurde brutal zusammengeschlagen. Nach drei Monaten in einem Krankenhaus, wo sein Gesicht wieder einigermaßen hergestellt wurde, ging er zurück nach Wilmington, wo seine Familie sich um ihn kümmerte. Der Hirnschaden war nicht sehr gravierend, aber immerhin groß genug, um eine Karriere in einer großen Kanzlei unmöglich zu machen.

Das erste Hausmeisterbüro war geschlossen. Ich machte mich auf die Suche nach einem anderen. Im Telefonbuch hatte nur die Adresse, keine Apartmentnummer gestanden. Der Komplex war bewacht. Auf den kleinen Balkonen standen Fahrräder und Plastikspielzeug. Durch die gitterlosen Fenster sah ich Familien beim Essen und vor dem Fernseher. Auf den Parkplätzen standen mittelgroße Wagen von Pendlern, die meisten sauber und mit allen vier Radkappen.

Ein Mann vom Sicherheitsdienst hielt mich an. Nachdem er sich davon überzeugt hatte, dass ich keine Gefahr darstellte, beschrieb er mir den Weg zum Hauptbüro, das mindestens fünfhundert Meter entfernt war.

»Wie viele Wohnungen umfasst der Komplex?«, fragte ich ihn.

»Viele«, antwortete er. Warum hätte er die Zahl auch wissen sollen?

Die Nachtbereitschaft hatte ein Student, der gerade ein Sandwich aß. Ein Physikbuch lag aufgeschlagen auf dem Tisch, doch er hatte den Blick auf einen kleinen Fernseher gerichtet, wo das Spiel der Bullets gegen die Knicks lief. Ich fragte nach Hector Palma, und er tippte den Namen in den Computer ein. Wohnung G-134.

»Die sind allerdings umgezogen«, sagte er mit vollem Mund.

»Ja, ich weiß«, sagte ich. »Ich war ein Kollege von ihm. Freitag war sein letzter Tag. Ich suche eine Wohnung und wollte fragen, ob ich mir seine mal ansehen kann.«

Bevor ich ausgeredet hatte, schüttelte er schon den Kopf. »Nur samstags. Wir haben hier neunhundert Wohnungen. Und es gibt eine Warteliste.«

»Am Samstag bin ich nicht da.«

»Tut mir Leid«, sagte er, nahm noch einen Bissen und wandte sich wieder dem Spiel zu.

Ich holte meine Brieftasche hervor. »Wie viele Schlafzimmer hat die Wohnung?«

Er sah auf den Fernseher. »Zwei.«

Hector hatte vier Kinder. Ich war sicher, dass seine neue Wohnung größer war.

»Was kostet sie pro Monat?«

»Siebenhundertfünfzig.«

Ich zog einen Hundert-Dollar-Schein aus der Brieftasche. Den sah er sofort. »Ich mache Ihnen einen Vorschlag: Sie geben mir den Schlüssel, ich sehe mir die Wohnung mal an und bin in zehn Minuten wieder zurück. Keiner wird es je erfahren.«

»Wir haben eine Warteliste«, wiederholte er und legte das Sandwich auf den Pappteller.

»Ist die hier im Computer?«, sagte ich und zeigte auf den Monitor.

»Ja«, sagte er und wischte sich den Mund ab.

»Dann wäre es ja ganz leicht, sie ein bisschen umzustellen.«

Er nahm den Schlüssel aus einer verschlossenen Schublade und steckte den Schein ein. »Zehn Minuten«, sagte er.

Die Wohnung lag in der Nähe, im Erdgeschoss eines dreistöckigen Gebäudes. Der Schlüssel passte. Schon bevor ich eintrat, roch ich den Geruch frischer Farbe. Tatsächlich waren die Arbeiten noch gar nicht abgeschlossen: Im Wohnzimmer stieß ich auf eine Leiter, Planen und weiße Eimer.

Nicht einmal ein Team von der Spurensicherung hätte irgendwelche Hinweise darauf gefunden, dass die Familie Palma hier gelebt hatte. Alle Schränke und Kammern waren leer, die Teppichböden waren herausgerissen und weggebracht worden. Sogar die Kalkränder in Toilette und Bad waren entfernt worden. Kein Staub, kein Schmutz, keine Spinnweben unter der Küchenspüle. Die Wohnung war makellos sauber. Alle Zimmer waren weiß gestrichen, mit Ausnahme des Wohnzimmers, das erst halb fertig war.

Ich ging wieder ins Büro und warf den Schlüssel auf die Theke.

»Und? Wie sieht's aus?«, fragte der Student.

»Zu klein«, sagte ich. »Aber trotzdem vielen Dank.«

»Wollen Sie Ihr Geld zurück?«

»Sind Sie auf der Uni?«

»Ja.«

»Dann behalten Sie's.«

»Danke.«

An der Tür drehte ich mich noch einmal um und fragte: »Hat Palma eigentlich eine Nachsendeadresse hinterlassen?«

»Ich dachte, er war Ihr Kollege«, sagte er.

»Richtig«, sagte ich und schloss rasch die Tür hinter mir.

22

Als ich am Mittwochmorgen zur Arbeit kam, saß die kleine Frau auf unserer Schwelle. Es war kurz vor acht, die Tür war noch verschlossen, und die Temperatur lag unter Null. Zunächst dachte ich, sie habe dort übernachtet und im Eingang Schutz vor dem Wind gesucht. Doch als sie mich kommen sah, sprang sie auf und sagte: »Guten Morgen«.

Ich lächelte, begrüßte sie und holte die Schlüssel hervor.

»Sind Sie Anwalt?«, fragte sie.

»Ja.«

»Für Leute wie mich?«

Ich nahm an, dass sie obdachlos war, und das war die einzige Bedingung, die unsere Mandanten erfüllen mussten. »Ja. Kommen Sie rein«, sagte ich und öffnete die Tür. Drinnen war es kälter als draußen. Ich stellte einen Thermostaten ein, der, soweit ich hatte feststellen können, mit keinem Heizkörper verbunden war. Ich setzte Kaffee auf und bot ihr ein paar altbackene Donuts an, die ich in der Küche gefunden hatte. Sie schlang einen hinunter.

»Wie heißen Sie?«, fragte ich. Wir saßen im Empfangsraum neben Sofias Schreibtisch, warteten auf den Kaffee und beteten darum, dass die Heizkörper wärmer wurden.

»Ruby.«

»Ich bin Michael. Wo wohnen Sie, Ruby?«

»Hier und da.« Sie trug einen grauen Trainingsanzug, dicke braune Socken und schmutzige weiße Turnschuhe ohne Markennamen. Sie war zwischen dreißig und vierzig, sehr dünn und hatte einen leichten Silberblick.

»Na, kommen Sie schon«, sagte ich und lächelte. »Ich muss wissen, wo Sie wohnen. In einer Obdachlosenunterkunft?«

»Früher mal, aber dann musste ich da weg. Ich wär um ein Haar vergewaltigt worden. Ich hab einen Wagen.«

Ich hatte bei meiner Ankunft keinen Wagen in der Nähe des Büros gesehen. »Sie haben einen Wagen?«

»Ja.«

»Fahren Sie damit herum?«

»Der ist nicht zum Fahren. Ich schlafe auf dem Rücksitz.«

Fragen zu stellen, ohne einen Notizblock vor mir zu haben, war ich nicht gewohnt. Ich schenkte Kaffee in zwei große Pappbecher, und dann gingen wir in mein Büro, wo der Heizkörper glücklicherweise tickte und gurgelte. Ich schloss die Tür. Mordecai würde bald eintreffen, und die Kunst des leisen Auftritts hatte er nie gelernt.

Ruby saß auf der Kante des braunen Klappstuhls für Mandanten. Sie ließ die Schultern hängen, ihr ganzer Oberkörper schien sich um den Kaffeebecher zu schmiegen, als wäre es das letzte Warme, was sie in ihrem Leben bekommen würde.

»Was kann ich für Sie tun?«, fragte ich. Meine Notizblocks lagen in Reichweite.

»Es geht um meinen Sohn, Terrence. Er ist sechzehn, und sie haben ihn mir weggenommen.«

»Wer hat ihn Ihnen weggenommen?«

»Die Stadt, die Pflegeeltern.«

»Wo ist er jetzt?«

»Bei ihnen.«

Ihre Antworten waren kurz und nervös und folgten unmittelbar auf meine Fragen. »Entspannen Sie sich und erzählen Sie mir von Terrence«, sagte ich.

Das tat sie dann auch. Ohne auch nur den Versuch zu machen, mir in die Augen zu sehen, und mit beiden Händen den Kaffeebecher umklammernd, schnurrte sie ihre Geschichte herunter. Vor ein paar Jahren – sie wusste nicht mehr genau, wann, aber Terrence war etwa zehn Jahre alt gewesen – hatten sie allein in einer kleinen Wohnung gewohnt. Dann hatte man sie wegen Drogenhandels verhaftet. Sie musste für vier Monate ins Gefängnis, und Terrence lebte in dieser Zeit bei ihrer Schwester. Nach ihrer Entlassung holte sie Terrence ab, und dann begann der Albtraum eines Lebens auf der Straße. Sie schliefen in Autos, kampierten in leer stehenden Gebäuden, im Sommer auch unter Brücken, und zogen im Winter in eine Unterkunft. Irgendwie gelang es ihr, Terrence in der Schule zu lassen. Sie bettelte auf der Straße, sie verkaufte ihren Körper – »wackeln gehen« nannte sie das – und ein bisschen Crack. Sie tat alles, um Terrence warme Mahlzeiten, anständige Kleidung und regelmäßigen Schulbesuch zu ermöglichen.

Aber sie war süchtig und konnte die Finger nicht vom Crack lassen. Sie wurde schwanger, und als das Kind geboren war, nahm die Stadt es ihr sofort weg. Es war ein Crack-Baby.

An diesem Kind schien ihr nichts zu liegen – sie liebte nur Terrence. Die Behörden begannen, nach ihm zu fragen, und Mutter und Kind zogen sich immer tiefer in die Schatten der Obdachlosigkeit zurück. In ihrer Verzweiflung wandte Ruby sich an eine Familie, bei der sie einmal als Hausmädchen gearbeitet hatte. Die Rowlands hatten selbst Kinder, die aber längst aus dem Haus waren. Und sie hatten ein warmes, kleines Haus in der Nähe der Howard University. Sie bot ihnen fünfzig Dollar pro Monat, wenn sie Terrence bei sich aufnehmen würden. Über der hinteren Veranda war ein kleines Zimmer, das Ruby oft geputzt hatte und das für Terrence ideal war. Zunächst zögerten die Rowlands, doch schließlich waren sie einverstanden. Damals waren sie gute, anständige Menschen. Ruby durfte ihren Sohn täglich für eine Stunde besuchen. Seine schulischen Leistungen verbesserten sich, er nahm keine Drogen und lebte in einer sicheren Umgebung. Ruby war sehr mit sich zufrieden.

Er war das Zentrum, um das ihr Leben kreiste. Sie suchte sich neue Suppenküchen und Essensausgabestellen, die in der Nähe der Rowlands lagen, andere Notunterkünfte, andere Gassen und Parks und ausrangierte Wagen. Jeden Monat brachte sie das versprochene Geld auf, und jeden Abend besuchte sie ihren Sohn.

Bis sie wieder verhaftet wurde. Die erste Verhaftung erfolgte wegen Prostitution, die zweite, weil sie auf einer Parkbank am Farragut Square geschlafen hatte. Vielleicht war sie auch ein drittes Mal verhaftet worden – sie konnte sich nicht genau erinnern.

Einmal, als man sie bewusstlos auf der Straße gefunden hatte, war sie ins Krankenhaus gebracht worden. Man hatte sie auf kalten Entzug gesetzt, aber nach drei Tagen war sie wieder gegangen, weil Terrence ihr fehlte.

Eines Abends in seinem Zimmer starrte er auf ihren Bauch und fragte sie, ob sie wieder schwanger sei. Sie sagte, sie glaube schon. Er wollte wissen, wer der Vater sei. Sie sagte, sie wisse es nicht, worauf er sie so lautstark beschimpfte, dass die Rowlands sie baten zu gehen.

Während ihrer Schwangerschaft wollte Terrence praktisch nichts mit ihr zu tun haben. Es brach ihr fast das Herz: Sie schlief in Schrottwagen, bettelte auf der Straße und zählte die Stunden, bis sie ihn wieder sehen konnte – und saß dann eine Stunde lang in seinem Zimmer, während er seine Hausaufgaben machte und sie ignorierte.

Hier begann Ruby zu weinen. Ich machte mir Notizen und hörte, wie Mordecai im Empfangsraum herumstapfte und versuchte, einen Streit mit Sofia vom Zaun zu brechen.

Ihr drittes Kind, vor einem Jahr geboren, war wieder ein Crack-Baby und wurde ihr sofort weggenommen. Vier Tage lag sie im Krankenhaus, erholte sich von der Entbindung und konnte Terrence nicht besuchen. Als man sie entließ, kehrte sie zu dem einzigen Leben zurück, das sie kannte.

Terrence war ein guter Schüler mit ausgezeichneten Leistungen in Mathematik und Spanisch. Er spielte Posaune und wirkte bei Aufführungen der Theatergruppe mit. Er träumte davon, auf die Marineschule zu gehen. Mr. Rowlands hatte in der Marine gedient.

Eines Abends war Ruby in besonders schlechter Verfassung. Als Mrs. Rowlands ihr in der Küche Vorwürfe machte, gab es einen Streit. Es fielen harte Worte; Ultimaten wurden gestellt. Terrence stand auf der Seite der Rowlands – drei gegen eine. Entweder sie bemühte sich um Hilfe, oder sie würde das Haus nicht mehr betreten dürfen. Ruby erklärte, sie werde ihren Jungen einfach mitnehmen. Terrence sagte, er werde nicht mitkommen.

Am nächsten Abend erwartete sie ein Mitarbeiter des Jugendamtes mit vielen Formularen. Es gab bereits ein Gerichtsurteil. Terrence war den Rowlands als Pflegekind zugeteilt worden. Er lebte ja schon seit drei Jahren bei ihnen. Ruby würde ihn erst wieder besuchen dürfen, wenn sie sich einer Entziehungskur unterzogen hatte und sechzig Tage drogenfrei war.

Seitdem waren drei Wochen vergangen.

»Ich will meinen Sohn sehen«, sagte sie. »Er fehlt mir so sehr.«

»Machen Sie eine Entziehungskur?«, fragte ich.

Sie schüttelte den Kopf und schloss die Augen.

»Warum nicht?«

»Ich kriege keinen Platz.«

Ich hatte keine Ahnung, wie eine obdachlose Süchtige einen Platz in einer Entzugsklinik bekommen konnte, aber es war an der Zeit, es herauszufinden. Ich stellte mir Terrence in seinem hübschen, warmen Zimmer vor: Gesund, gut gekleidet, geborgen, sauber und drogenfrei machte er seine Hausaufgaben unter der strengen Aufsicht von Mr. und Mrs. Rowlands, die ihn inzwischen beinahe so liebten wie seine Mutter. Ich sah ihn vor mir, wie er am Frühstückstisch saß und Spanisch-Vokabeln lernte und wie Mr. Rowlands die Zeitung beiseite legte und ihn abhörte. Terrence war normal und in sich gefestigt, im Gegensatz zu meiner armen Mandantin, die in einer Hölle lebte.

Und ich sollte die Familienzusammenführung ermöglichen.

»Das wird aber eine Weile dauern«, sagte ich – dabei hatte ich keine Ahnung, wie lange irgendetwas dauerte. In einer Stadt, in der fünfhundert Familien auf einen Platz in einer Notunterkunft warteten, konnte es nicht viele freie Plätze in Entzugskliniken geben.

»Sie werden Terrence erst wieder sehen, wenn Sie keine Drogen mehr nehmen«, sagte ich und bemühte mich, nicht allzu selbstgerecht zu klingen.

Sie hatte Tränen in den Augen, sagte aber nichts.

Mir wurde bewusst, wie wenig ich über Sucht wusste. Woher bekam sie ihre Drogen? Wie viel kosteten sie? Wie viele Portionen konsumierte sie täglich? Wie lange würde es dauern, bis ihr Organismus drogenfrei war? Wie lange würde es dauern, bis das Verlangen nach Drogen verschwunden war? Konnte sie es schaffen, eine Sucht zu Überwinden, mit der sie seit über zehn Jahren lebte?

Und was tat die Stadt mit all diesen Crack-Babys?

Keine Papiere, keine Adresse, keine Unterlagen – nur eine herzzerreißende Geschichte. Sie schien ganz zufrieden zu sein, auf meinem Mandantenstuhl zu sitzen, und ich begann mich zu fragen, wie ich sie bitten könnte zu gehen. Der Kaffee war ausgetrunken.

Sofias schrille Stimme riss mich aus meinen Gedanken. Andere Stimmen bellten Kommandos. Als ich zur Tür stürzte, war mein erster Gedanke, dass ein bewaffneter Verrückter wie Mister hereingekommen war.

Doch es waren andere Bewaffnete. Lieutenant Gasko war wieder da und hatte Unterstützung mitgebracht. Drei uniformierte Polizisten gingen auf Sofia zu, die wie ein Rohrspatz schimpfte, was aber gar nichts nützte. Zwei Männer in Jeans und Sweatshirt warteten auf ihr Stichwort. Mordecai und ich traten gleichzeitig aus unseren Büros.

»Hallo, Mikey!«, sagte Gasko zu mir.

»Was soll das hier werden?«, brüllte Mordecai, dass die Wände bebten. Einer der Uniformierten griff nach seinem Dienstrevolver.

Gasko ging zu Mordecai. »Eine Durchsuchung«, sagte er und hielt ihm ein paar Papiere hin. »Sind Sie Mr. Green?«

»Allerdings«, sagte Mordecai und riss ihm den Durchsuchungsbefehl aus der Hand.

»Was suchen Sie hier?«, schrie ich Gasko an.

»Immer dasselbe«, schrie er zurück. »Geben Sie's uns, und wir hören sofort auf.«

»Sie ist nicht hier.«

»Was für eine Akte?«, fragte Mordecai und sah von dem Durchsuchungsbefehl auf.

»Die über die Zwangsräumung«, sagte ich.

»Ich warte noch auf Ihre Anzeige«, sagte Gasko zu mir. Zwei der uniformierten Polizisten waren Lilly und Blower. »War wohl alles bloß leeres Geschwätz.«

»Raus hier!«, schrie Sofia Blower an, der auf ihren Tisch zuging.

Gasko fühlte sich als Herr der Lage. »Passen Sie auf, meine Liebe«, sagte er mit seinem üblichen schmutzigen

Grinsen, »es gibt genau zwei Möglichkeiten. Entweder Sie setzen sich auf den Stuhl da und halten den Mund, oder wir legen Ihnen Handschellen an, und Sie können die nächsten zwei Stunden auf dem Rücksitz des Streifenwagens verbringen.«

Einer der Polizisten steckte den Kopf in die angrenzenden Büros. Ich spürte, dass Ruby dicht hinter mir stand.

»Entspann dich«, sagte Mordecai zu Sofia. »Setz dich und entspann dich.«

»Was ist oben?«, fragte Gasko.

»Lager«, sagte Mordecai.

»Ihr Lager?«

»Ja.«

»Sie ist nicht hier«, sagte ich. »Sie verschwenden Ihre Zeit.«

»Dann bleibt uns wohl nichts anderes übrig.«

Ein potentieller Mandant öffnete die Eingangstür. Alle drehten sich zu ihm um. Sein Blick huschte durchs Zimmer und heftete sich auf die drei Polizisten in Uniform. Er machte auf dem Absatz kehrt – auf der Straße war es offenbar sicherer.

Ich bat auch Ruby zu gehen. Dann trat ich in Mordecais Büro und schloss die Tür.

»Wo ist die Akte?«, fragte er leise.

»Nicht hier, ich schwöre es. Die Durchsuchung ist eine reine Schikane.«

»Der Durchsuchungsbefehl ist in Ordnung. Es ist ein Diebstahl geschehen, und es liegt natürlich nahe zu vermuten, dass die Akte bei dem Anwalt ist, der sie gestohlen hat.«

Ich zermarterte mir den Kopf nach einem juristischen Wissensbrocken, irgendeinem bestechenden Argument, das die Durchsuchung beenden und die Polizisten zum Rückzug zwingen würde, aber leider fiel mir nichts ein. Ich schämte mich, der Anlass dafür zu sein, dass die Polizei im Beratungsbüro herumschnüffelte.

»Haben Sie eine Kopie der Akte?«, fragte Mordecai.

»Ja.«

»Haben Sie schon daran gedacht, das Original zurückzugeben?«

»Das kann ich nicht. Das wäre ein Schuldeingeständnis. Sie wissen nicht mit Sicherheit, ob ich die Akte habe. Und selbst wenn ich sie zurückgeben würde, könnten sie sich ausrechnen, dass ich eine Kopie gemacht habe.«

Er strich sich über den Bart und gab mir Recht. Als wir aus dem Büro traten, stolperte Lilly gegen den unbenutzten Schreibtisch neben dem Sofias. Eine Aktenlawine stürzte zu Boden. Sofia schrie Lilly an, Gasko schrie Sofia an. Die Spannung wuchs. Bald würde sie sich nicht mehr in Worten, sondern in körperlicher Gewalt entladen.

Ich schloss die Vordertür ab, damit nicht noch mehr Mandanten Zeugen der Durchsuchung wurden. »Ich schlage Folgendes vor«, sagte Mordecai. Die Polizisten sahen ihn finster an, waren aber dankbar für jede Anregung. Eine Anwaltskanzlei war etwas anderes als eine Bar voller Minderjähriger.

»Also: Ich verspreche ihnen, die Akte ist nicht hier. Sie können sich alle Akten ansehen, aber Sie dürfen keine öffnen. Das wäre ein Verstoß gegen die Vertraulichkeit des Verhältnisses zwischen Anwalt und Mandant. Einverstanden?«

Die anderen sahen Gasko an, der die Schultern zuckte, als wäre das gerade noch annehmbar.

Wir begannen in meinem Büro. Alle sechs Polizisten, Mordecai und ich drängten sich in dem winzigen Raum und gaben sich große Mühe, jeden Körperkontakt zu vermeiden. Ich öffnete alle Schubladen meines Schreibtischs, was einiges Ziehen und Zerren erforderte. Ich hörte Gasko flüstern: »Tolles Büro.«

Ich zog jede einzelne Akte aus dem Regal, hielt sie Gasko unter die Nase und stellte sie wieder zurück. Ich war erst seit Montag da, und so gab es nicht viel zu durchsuchen.

Mordecai ging zu Sofias Schreibtisch und telefonierte. Als Gasko mein Büro für durchsucht erklärte und wir hinausgingen, hörten wir Mordecai sagen: »Ja, euer Ehren. Danke. Hier ist er.«

Er hielt Gasko den Hörer hin und lächelte von einem Ohr zum anderen. »Hier ist Richter Kisner, der den Durchsuchungsbefehl unterschrieben hat. Er möchte mit Ihnen sprechen.«

Gasko nahm den Hörer, als könnte er sich daran mit Lepra infizieren. »Gasko«, sagte er und hielt ihn sich ein paar Zentimeter vom Ohr weg.

Mordecai wandte sich den anderen Polizisten zu. »Meine Herren, Sie dürfen nur diesen Raum durchsuchen, nicht aber die anderen Büros. Anordnung des Richters.«

Gasko murmelte: »Ja, euer Ehren«, und legte auf.

Eine Stunde lang beobachteten wir alles, was sie taten. Sie nahmen sich einen Tisch nach dem anderen vor, insgesamt vier, auch den von Sofia. Schon nach wenigen Minuten wurde ihnen klar, dass die Durchsuchung erfolglos bleiben würde, und so dehnten sie sie aus, indem sie sich so langsam wie möglich bewegten. Auf jedem Tisch stapelten sich Akten, die seit langem geschlossen waren. Die Bücher und Fachzeitschriften waren zuletzt vor Jahren benutzt worden. Einige Stapel waren mit einer dicken Staubschicht bedeckt. Auch mit Spinnweben musste man rechnen.

Jede Akte hatte ein Zeichen, und der Name war entweder in Druckbuchstaben oder mit der Maschine geschrieben. Zwei Polizisten schrieben die Namen und Zahlen auf, die Gasko und die anderen ihnen zuriefen. Es war zeitraubend und vollkommen sinnlos.

Sofias Tisch sparten sie sich bis zuletzt auf. Sie nahm die Sache selbst in die Hand und rief den Polizisten die Namen zu, wobei sie auch die einfacheren buchstabierte: Jones, Smith, Williams. Die Beamten blieben auf Distanz. Sie öffnete die Schubladen gerade so weit, dass man einen kurzen Blick hineinwerfen konnte. Eine enthielt persönliche Dinge, die niemand sehen wollte. Ich war mir sicher, dass sie darin Waffen verwahrte.

Die Polizisten gingen grußlos hinaus. Ich entschuldigte mich bei Mordecai und Sofia für die Störung und zog mich in die Sicherheit meines Büros zurück.

23

Der fünfte Name auf der Liste der von der Zwangsräumung Betroffenen lautete Kelvin Lam und kam Mordecai bekannt vor. Irgendwann hatte er die Zahl der Obdachlosen in Washington auf zehntausend beziffert, und im Beratungsbüro lagen mindestens ebenso viele Akten herum. Es gab keinen Namen, der Mordecai nicht irgendwie bekannt vorgekommen wäre.

Er machte seine Runde, klapperte Suppenküchen, Unterkünfte und Hilfsorganisationen ab und sprach mit Pfarrern, Polizisten und anderen Armenanwälten. Als es dunkel wurde, fuhren wir in die Innenstadt zu einer Kirche, die von teuren Bürogebäuden und feinen Hotels umgeben war. In einem großen Kellerraum, zwei Stockwerke unter der Straße, fand gerade die ›Fünf-Brote-Speisung‹ statt. Überall waren Klapptische aufgestellt, an denen hungrige Menschen aßen und sich unterhielten. Es war keine Suppenküche; auf den Tellern waren Mais, Kartoffeln, eine Scheibe Hähnchen- oder Putenfleisch, Obstsalat und Brot. Ich hatte noch nicht zu Abend gegessen, und der Duft des Essens machte mich hungrig.

»Ich bin schon seit Jahren nicht mehr hier gewesen«, sagte Mordecai, als wir an der Tür stehen blieben und hinunter auf die Essenden sahen. »Hier werden jeden Tag dreihundert Menschen satt. Ist das nicht wunderbar?«

»Woher kommt das Essen?«

»Von D.C. Central Kitchen im Keller des CCNV. Sie sammeln bei örtlichen Restaurants überschüssige Lebensmittel ein, wohlgemerkt keine Reste, sondern frische Lebensmittel, die sonst verderben würden. Sie haben mehrere Kühlwagen, fahren überall in der Stadt herum und holen Lebensmittel ab, die sie dann zu Tiefkühlmahlzeiten verarbeiten. Zweitausend Stück pro Tag.«

»Sieht lecker aus.«

»Es schmeckt wirklich sehr gut.«

Eine junge Frau namens Liza kam auf uns zu. Sie war neu hier. Mordecai kannte ihren Vorgänger. Sie unterhielten sich kurz über ihn, während ich den Menschen beim Essen zusah.

Mir fiel etwas auf, das ich schon vorher hätte bemerken müssen. Es gab verschiedene Stadien, deutliche Abstufungen der Obdachlosigkeit. An einem Tisch saßen sechs Männer und unterhielten sich angeregt über ein Basketballspiel, das sie im Fernsehen gesehen hatten. Sie waren relativ gut gekleidet. Einer trug beim Essen Handschuhe, aber davon abgesehen hätten sie in jeder Arbeiterkneipe sitzen können, ohne sofort als Obdachlose aufzufallen. Hinter ihnen saß ein hünenhafter Mann mit einer dunklen Sonnenbrille für sich allein da und aß mit den Fingern. Seine Gummistiefel sahen ähnlich aus wie die, in denen Mister gestorben war, sein Mantel war schmutzig und zerlumpt. Der Mann nahm keinen Anteil an seiner Umgebung. Sein Leben war erheblich schwerer als das der Männer, die am Nebentisch lachten: Sie hatten Zugang zu warmem Wasser und Seife, er wusch sich einfach nicht mehr; sie schliefen in einer Unterkunft, er bei den Tauben im Park. Aber sie waren allesamt obdachlos.

Liza kannte Kelvin Lam nicht, wollte sich aber umhören. Wir sahen ihr nach, als sie zwischen den Tischen hindurchging, mit Leuten sprach, auf die Papierkörbe in den Ecken des Raums zeigte und sich zu einer älteren Frau hinunterbeugte. Sie setzte sich zwischen zwei Männer, die sie nicht ansahen, während sie mit ihnen sprach. Sie ging zum nächsten Tisch und dann zum nächsten.

Zu unserer Überraschung erschien ein Anwalt, ein junger Mitarbeiter einer großen Kanzlei, der gratis für die Washingtoner Rechtsberatungsstelle für Obdachlose arbeitete. Er hatte Mordecai vor einem Jahr bei einer Wohltätigkeitsveranstaltung kennen gelernt. Wir fachsimpelten ein bisschen, und dann ging er in einen der hinteren Räume, um drei Stunden zu arbeiten.

»Die Washingtoner Rechtsberatungsstelle für Obdachlose hat hundertfünfzig freiwillige Helfer«, sagte Mordecai.

»Ist das genug?«

»Es ist nie genug. Ich glaube, wir sollten unser Freiwilligenprogramm wieder beleben. Vielleicht haben Sie ja Lust, sich darum zu kümmern. Abraham findet die Idee sehr gut.«

Es war schön zu wissen, dass Mordecai und Abraham und zweifellos auch Sofia sich Gedanken darüber gemacht hatten, um welches Programm ich mich kümmern könnte.

»So bekämen wir eine breitere Basis, würden in Anwaltskreisen stärker wahrgenommen und hätten es leichter, Geld aufzutreiben.«

»Klar«, sagte ich ohne rechte Begeisterung.

Liza kam zurück. »Kelvin Lam sitzt da hinten«, sagte sie mit einer Kopfbewegung in die entsprechende Richtung. »Am zweitletzten Tisch. Der mit der Redskin-Mütze.«

»Haben Sie mit ihm gesprochen?«, fragte Mordecai.

»Ja. Er ist nüchtern und macht einen ziemlich intelligenten Eindruck. Er sagt, er wohnt beim CCNV und hat einen Teilzeitjob bei der Müllabfuhr.«

»Gibt es hier einen kleinen Raum, den wir mal kurz benutzen könnten?«

»Ja.«

»Dann sagen Sie Lam bitte, dass ein Armenanwalt mit ihm sprechen möchte.«

Lam sagte weder Hallo, noch machte er Anstalten, uns die Hand zu schütteln. Mordecai saß am Tisch, ich stand in einer Ecke, und Lam setzte sich auf den einzigen freien Stuhl und warf mir einen Blick zu, der mir eine Gänsehaut verursachte.

»Es ist alles in Ordnung«, sagte Mordecai beruhigend. »Wir müssen Ihnen bloß ein paar Fragen stellen.«

Lam sagte keinen Ton. Sein Äußeres – Sweatshirt, Jeans, Turnschuhe, Wolljacke – verriet, dass er in einer Unterkunft wohnte. Wer unter Brücken schlief, trug meist viele Schichten übel riechender Kleider.

»Kennen Sie ein Frau namens Lontae Burton?«, sagte Mordecai. Wir hatten vereinbart, dass er die Fragen stellen würde.

Lam schüttelte den Kopf.

»DeVon Hardy?«

Wieder ein Kopfschütteln.

»Haben Sie letzten Monat in einem leer stehenden Lagerhaus gelebt?«

»Ja.«

»An der Ecke New York und Florida?«

»Ja.«

»Haben Sie dafür Miete bezahlt?«

»Ja.«

»Hundert Dollar pro Monat?«

»Ja.«

»An Tillman Gantry?«

Lam erstarrte und schloss die Augen, um die Frage zu überdenken. »An wen?«, fragte er.

»Wem gehörte das Lagerhaus?«

»Ich hab die Miete an einen Typ namens Johnny abgedrückt.«

»Und für wen hat dieser Johnny gearbeitet?«

»Weiß ich nicht. War mir egal. Ich hab ihn nicht gefragt.«

»Wie lange haben Sie dort gewohnt?«

»Ungefähr vier Monate.«

»Und warum sind Sie ausgezogen?«

»Ich bin rausgeschmissen worden.«

»Wer hat Sie rausgeschmissen?«

»Weiß ich nicht. Eines Tages kamen die Bullen mit ein paar anderen Typen. Sie haben uns rausgetrieben und unsere Sachen auf den Bürgersteig geschmissen. Ein paar Tage später haben sie das Haus abgerissen.«

»Haben Sie den Polizisten gesagt, dass Sie Miete gezahlt haben?«

»Ein paar von den anderen haben's ihnen gesagt. Eine Frau mit ein paar kleinen Kindern hat versucht, sich zu wehren, aber das hat ihr nichts genützt. Ich hab mich nicht mit den Bullen angelegt – tu ich nie. Es war 'ne böse Szene.«

»Hat man Ihnen vor der Zwangsräumung irgendwas Schriftliches gegeben?«

»Nein.«

»Irgendeine Benachrichtigung, dass Sie das Haus räumen müssten?«

»Nein. Nichts. Auf einmal waren sie einfach da.«

»Nichts Schriftliches?«

»Nichts. Die Bullen haben gesagt, wir wären bloß Besetzer und müssten sofort verschwinden.«

»Sie sind also im letzten Herbst, etwa im Oktober, dort eingezogen?«

»Könnte hinkommen.«

»Wie haben Sie von diesem Haus erfahren?«

»Weiß ich nicht mehr. Irgendjemand hat gesagt, in dem Lagerhaus gäb's kleine Wohnungen. Billig. Also bin ich hingegangen, um mich mal umzusehen. Sie haben gerade Zwischenwände aus Spanplatten und so weiter eingezogen. Das Dach war in Ordnung, das Klo war nicht allzu weit entfernt, und es gab fließendes Wasser. Alles in allem nicht schlecht.«

»Also sind Sie eingezogen?«

»Genau.«

»Hatten Sie einen Vertrag?«

»Nein. Der Typ hat gesagt, dass die Wohnungen illegal sind, also gab es nichts Schriftliches. Wenn mich jemand fragte, sollte ich sagen, dass ich einfach so da eingezogen bin.«

»Und er wollte das Geld in bar?«

»Immer in bar.«

»Haben Sie jeden Monat Miete bezahlt?«

»Ich hab's versucht. Er kam immer am fünfzehnten.«

»Waren Sie, als Sie vertrieben wurden, mit der Miete im Rückstand?«

»Ein bisschen.«

»Wie viel?«

»Einen Monat vielleicht.«

»War das der Grund für die Zwangsräumung?«

»Weiß ich nicht. Sie haben uns keinen Grund gesagt. Sie haben einfach alle rausgeschmissen.«

»Kannten Sie die anderen Leute in dem Lagerhaus?«

»Ein paar. Aber eigentlich hat sich jeder um seinen eigenen Kram gekümmert. Jede Wohnung hatte eine Tür mit einem guten Schloss.«

»Diese Frau, die Sie vorhin erwähnt haben, die Mutter, die Widerstand geleistet hat – kannten Sie die?«

»Nein. Ich hatte sie vielleicht ein-, zweimal gesehen. Sie wohnte am anderen Ende.«

»Am anderen Ende?«

»Ja. In der Mitte des Gebäudes gab's keine Anschlüsse für Wasser und Kanalisation, also haben sie die Zwischenwände an den Enden eingezogen.«

»Konnten Sie von Ihrer Wohnung aus die Wohnung der Frau sehen?«

»Nein. Das Lagerhaus war ziemlich groß.«

»Wie groß war Ihre Wohnung?«

»Zwei Zimmer. Wie viele Quadratmeter es waren, weiß ich nicht.«

»Elektrizität?«

»Ja. Sie hatten ein paar Leitungen gelegt. Wir konnten Radios und so weiter anschließen. Wir hatten Licht. Es gab fließendes Wasser, aber bloß Gemeinschaftsklos.«

»Heizung?«

»Nicht viel. Es war kalt, aber nicht annähernd so kalt wie auf der Straße.«

»Dann waren Sie also zufrieden?«

»Es war in Ordnung. Ich meine, für hundert Scheine pro Monat war's nicht schlecht.«

»Sie sagten, dass Sie ein paar andere Leute dort kannten. Wie hießen die?«

»Herman Harris und Shine Soundso.«

»Wo sind sie jetzt?«

»Ich hab sie seitdem nicht mehr gesehen.«

»Und wo wohnen Sie jetzt?«

»Beim CCNV.«

Mordecai zog eine Visitenkarte aus der Tasche und reichte sie Lam. »Wie lange werden Sie dort bleiben?«

»Ich weiß nicht.«

»Würden Sie mit mir in Verbindung bleiben?«

»Warum?«

»Weil Sie vielleicht bald einen Anwalt brauchen werden. Rufen Sie mich bitte an, wenn Sie in eine andere Unterkunft oder eine eigene Wohnung ziehen.«

Lam steckte die Karte wortlos ein. Wir bedankten uns bei Liza und fuhren zurück ins Büro.

Wie bei jedem Verfahren gab es auch hier mehrere denkbare Vorgehensweisen. Wir hatten drei Gegner – RiverOaks, Drake & Sweeney und TAG – und waren nicht darauf erpicht, dieser Liste noch weitere hinzuzufügen.

Die erste Möglichkeit war ein Hinterhalt. Die zweite war ›Serve und Volley‹.

Bei einem Hinterhalt würden wir unsere Anschuldigungen grob umreißen, Klage erheben, die Sache an die

Presse durchsickern lassen und hoffen, dass wir genug Beweise zusammenbekamen. Der Vorteil hierbei war, dass die Gegenseite bloßgestellt wurde und der Überraschungseffekt und hoffentlich auch die öffentliche Meinung zu unseren Gunsten arbeiten würden. Der Nachteil war, dass diese Methode einem Sprung von der Klippe entsprach, den man in der durch nichts gedeckten Überzeugung unternimmt, dass irgendwo da unten ein Netz gespannt ist.

Bei ›Serve und Volley‹ würden wir die Gegenpartei zunächst nicht verklagen, sondern ihr einen Brief schreiben, in dem wir dieselben Anschuldigungen erhoben und sie zu einem Gespräch über die Angelegenheit aufforderten. Es würden Briefe gewechselt werden, und im Großen und Ganzen würde jede Seite schon im Voraus wissen, was die andere tun würde. Wenn wir einen Verstoß gegen Gesetze oder Bestimmungen nachweisen konnten, würde man uns vermutlich eine stille außergerichtliche Einigung vorschlagen. Es musste nicht unbedingt zu einem Prozess kommen.

Die Methode des Hinterhalts gefiel Mordecai und mir aus zwei Gründen. Erstens: Die Kanzlei hatte offenbar nicht vor, mich in Ruhe zu lassen; die beiden Durchsuchungen waren ein deutliches Zeichen dafür, dass Arthur und der Vorstand sowie Rafter und seine hart gesottenen Prozessanwälte es auf mich abgesehen hatten. Meine Verhaftung würde eine schöne Zeitungsmeldung abgeben, und man würde sie sofort durchsickern lassen, um weiteren Druck auf mich auszuüben. Wir mussten zum Gegenangriff bereit sein.

Der zweite Grund war der Dreh- und Angelpunkt unseres Falls: Hector und die anderen Zeugen konnten nur dann zu einer Aussage gezwungen werden, wenn wir Klage erhoben. Wenn dann die Beweismittel offen gelegt werden mussten, würden wir Gelegenheit haben, den Beklagten alle möglichen Fragen zu stellen, und sie würden sie unter Eid beantworten müssen. Außerdem würden wir vorladen können, wen wir wollten. Wenn es uns gelang, Hector Palma aufzuspüren, konnten wir ihn vereidigen lassen und in die Zange nehmen. Wenn wir die anderen Opfer der Zwangsräumung fanden, konnten wir sie zwingen zu sagen, was geschehen war.

Wir mussten herausfinden, wer wie viel wusste, und dazu brauchten wir die Unterstützung eines Gerichts.

Theoretisch lag der Fall ganz einfach: Die Leute, die in dem Lagerhaus gewohnt hatten, waren Mieter gewesen. Sie hatten bar bezahlt, ohne Quittung, und zwar an Tillman Gantry oder jemanden, der in dessen Auftrag handelte. Gantry hatte sich die Gelegenheit geboten, das Anwesen an RiverOaks zu verkaufen, allerdings nur, wenn das Geschäft schnell abgewickelt werden konnte. Er hatte RiverOaks und die für diese Firma arbeitenden Anwälte bezüglich der Mieter belogen. Drake & Sweeney hatte gewissenhaft Hector Palma zu dem Objekt geschickt, damit er es inspizierte. Hector wurde bei seinem ersten Besuch überfallen, nahm beim zweiten einen Mann vom Sicherheitsdienst mit und stellte fest, dass die vermeintlichen Besetzer in Wirklichkeit Mieter waren. Er erstattete Braden Chance Bericht, der es jedoch unglückseligerweise vorzog, diese Information zu ignorieren und die Zwangsräumung vornehmen zu lassen. Die Mieter wurden rücksichtslos und gesetzwidrig auf die Straße gesetzt.

Ein ordentliches Räumungsverfahren hätte einen Aufschub von mindestens dreißig Tagen bewirkt, und keiner der Beteiligten wollte so viel Zeit verlieren. Der schlimmste Winter wäre vorüber gewesen, es hätte weniger Schneefälle und strenge Nachtfröste gegeben, und man hätte nicht unbedingt bei laufendem Motor im Wagen schlafen müssen.

Es waren bloß ein paar Obdachlose ohne Papiere und

Unterlagen, ohne Belege für Mietzahlungen und ohne eine Spur, der man hätte folgen können.

Theoretisch lag der Fall also ganz einfach. Praktisch aber standen wir vor gewaltigen Hürden. Es konnte riskant sein, sich auf die Aussagen der Obdachlosen zu verlassen, besonders wenn Mr. Gantry beschloss, seinen Einfluss geltend zu machen. Er beherrschte die Straßen, und das war eine Arena, in der ich mich ihm nicht unbedingt stellen wollte. Mordecai verfügte über ein verzweigtes Netz von Beziehungen, aber gegen Gantrys Artillerie würde er nichts ausrichten können. Wir sprachen eine Stunde lang darüber, wie wir es vermeiden könnten, TAG als Beklagten zu benennen. Es lag auf der Hand, dass dieses Verfahren mit Gantry als Beteiligtem sehr viel schmutziger und gefährlicher sein würde. Wir konnten ihn übergehen und es den anderen Beklagten – RiverOaks und Drake & Sweeney – überlassen, ihn als dritten Beklagten zu benennen.

Doch Gantry hatte die Umstände, aus denen wir ein Verschulden ableiten konnten, mitverursacht, und wenn wir ihn nicht als Beklagten benannten, würden wir im Verlauf des Verfahrens ernsthafte Probleme bekommen.

Wir mussten Hector Palma finden. Und wenn wir ihn gefunden hatten, mussten wir ihm klarmachen, dass er die verschwundene Aktennotiz entweder vorlegen oder aber sagen musste, was darin gestanden hatte. Ihn zu finden würde vergleichsweise einfach sein; möglicherweise würde es uns aber nicht gelingen, ihn zum Reden zu bringen. Wahrscheinlich würde er nicht reden wollen – er brauchte seinen Job. Er hatte mich schon ziemlich früh darauf hingewiesen, dass er eine Frau und vier Kinder hatte.

Das Verfahren warf noch andere Probleme auf, von denen das Erste rein technischer Natur war. Als Anwälte waren wir nicht berechtigt, im Namen der Erben von Lontae Burton und ihrer vier Kinder zu klagen. Wir brauchten eine Vollmacht der Familie. Da Lontaes Mutter und ihre beiden Brüder im Gefängnis saßen und der Vater bislang unbekannt war, vertrat Mordecai die Meinung, wir sollten beim Familiengericht die Einsetzung eines Treuhänders beantragen. In diesem Fall konnten wir ihre Familie zumindest anfangs übergehen. Sollte es tatsächlich zur Zahlung von Schmerzensgeld kommen, wäre die Familie ein einziger Albtraum. Die vier Kinder hatten mit ziemlicher Sicherheit mindestens zwei verschiedene Väter, und jeder von ihnen musste benachrichtigt werden, sobald Geld den Besitzer wechselte.

»Darüber werden wir uns später den Kopf zerbrechen«, sagte Mordecai. »Erst mal müssen wir gewinnen.« Wir saßen im Empfangsraum, an dem Tisch neben dem von Sofia. Hier stand ein altersschwacher Computer, der die meiste Zeit funktionierte. Mordecai ging diktierend auf und ab, und ich tippte.

Bis Mitternacht schmiedeten wir Pläne, entwarfen und änderten die Klageschrift, erörterten Theorien, diskutierten über die Vorgehensweise und träumten davon, RiverOaks und meine ehemalige Kanzlei in einen Prozess zu verwickeln, der eine Menge Staub aufwirbeln würde. Für Mordecai war der Fall ein Wendepunkt, eine günstige Gelegenheit, das öffentliche Interesse für die Obdachlosen wieder wachzurütteln. Für mich war er eine Gelegenheit, ein Unrecht wieder gutzumachen.

24

Frühstück mit Ruby. Als ich um Viertel vor acht am Büro ankam, wartete sie auf den Eingangsstufen und freute sich, mich zu sehen. Wie konnte jemand, der acht Stunden versucht hatte, auf dem Rücksitz eines Schrottwagens zu schlafen, so gut gelaunt sein?

»Haben Sie Donuts?«, fragte sie, als ich das Licht anschaltete.

Es war bereits eine Gewohnheit geworden.

»Ich werde mal nachsehen. Setzen Sie sich – ich mache uns einen Kaffee.« Ich durchstöberte die Küche, wusch die Kaffeekanne aus und suchte nach etwas Essbarem. Die gestern schon recht zähen Donuts waren inzwischen noch zäher, aber etwas anderes war nicht da. Ich nahm mir vor, morgen neue zu kaufen, für den Fall, dass Ruby auch am dritten Tag in Folge auftauchte. Irgendwie hatte ich das Gefühl, dass sie das tun würde.

Sie aß einen Donut, knabberte an den harten Rändern herum und versuchte, höflich zu sein.

»Wo frühstücken Sie?«, fragte ich sie.

»Normalerweise gar nicht.«

»Und wie sieht's mit Mittag- und Abendessen aus?«

»Mittagesssen bei Naomi in der 10th Street. Zum Abendessen gehe ich zur Calvary Mission drüben in der 15th.«

»Was machen Sie so den ganzen Tag?«

Sie beugte sich wieder über den Pappbecher mit Kaffee, als wollte sie ihren zarten Körper daran wärmen.

»Die meiste Zeit bin ich bei Naomi.«

»Wie viele Frauen sind da sonst noch?«

»Weiß ich nicht. Eine ganze Menge. Sie kümmern sich gut um uns, aber das ist nur für tagsüber.«

»Und nur für obdachlose Frauen?«

»Ja. Sie schließen um vier. Die meisten anderen Frauen leben in Unterkünften, manche auch auf der Straße. Ich hab einen Wagen.«

»Weiß man dort, dass Sie Crack nehmen?«

»Ich glaube schon. Sie wollen, dass ich zu Treffen für Alkoholiker und Drogensüchtige gehe. Ich bin nicht die Einzige. Eine Menge Frauen nehmen Crack.«

»Und haben Sie gestern Abend was genommen?«, fragte ich sie. Die Worte hallten mir in den Ohren. Ich konnte kaum glauben, dass ich solche Fragen stellte.

Sie ließ den Kopf hängen und schloss die Augen.

»Sagen Sie mir die Wahrheit«, sagte ich.

»Ich musste. Ich tu's jeden Abend.«

Ich wollte ihr keine Vorhaltungen machen. Seit gestern hatte ich nichts unternommen, um ihr einen Platz in einer Entzugsklinik zu besorgen. Plötzlich jedoch erschien mir nichts wichtiger als das.

Sie bat mich um noch einen Donut. Ich wickelte den letzten in ein Stück Alufolie und schenkte ihr Kaffee nach. Sie sagte, sie habe bei Naomi etwas zu erledigen und sei spät dran, und im nächsten Augenblick war sie verschwunden.

Der Trauermarsch begann mit einer Kundgebung für Gerechtigkeit am District Building. Da Mordecai in der Welt der Obdachlosen zu Hause war, ließ er mich in der Menge stehen und ging zu seinem Platz auf dem Podium.

Auf den Stufen stellte sich ein Kirchenchor in weinroten und goldfarbenen Roben auf und sang einige schwungvolle Kirchenlieder. Hunderte Polizisten schlenderten auf und ab. Die Straße war für den Verkehr gesperrt.

Das CCNV hatte tausend Teilnehmer versprochen, und sie kamen gemeinsam: eine lange, beeindruckende, ungeordnete Marschkolonne aus Männern, die obdachlos, aber nicht gebrochen waren. Ich hörte sie, bevor ich sie sehen konnte – ihre gut einstudierten Parolen waren deutlich zu verstehen. Als sie um die Ecke bogen, gab es unter den Kameraleuten ein Gerangel um die besten Plätze.

Die Männer stellten sich in einem Block vor dem District Building auf und begannen, ihre Plakate zu schwenken, von denen die meisten selbst gemacht und handgeschrieben waren: WIE VIELE MÜSSEN NOCH STERBEN? – MEHR UNTERKÜNFTE – ICH HABE EIN RECHT AUF EINE WOHNUNG – WIR BRAUCHEN ARBEIT, ARBEIT, ARBEIT! Die Plakate tanzten im Rhythmus der Lieder und der lautstarken Parolen.

An den Sperren hielten Kirchenbusse, denen Hunderte von Menschen entstiegen, viele sahen nicht so aus, als lebten sie auf der Straße. Es waren adrett gekleidete Gemeindemitglieder, hauptsächlich Frauen. Die Menge wuchs, und um mich herum wurde es enger. Außer Mordecai kannte ich niemanden hier. Sofia und Abraham waren irgendwo in der Menge, doch ich konnte sie nirgends entdecken. Der Trauermarsch für Lontae und ihre Kinder war seit zehn Jahren die größte Demonstration von Obdachlosen.

Ein Foto von Lontae Burton war vergrößert, mit einem schwarzen Rand versehen und auf Plakate gedruckt worden; darunter standen die Worte: WER HAT SIE AUF DEM GEWISSEN? Diese wurden nun verteilt und waren bald die bevorzugten Plakate, selbst unter den Männern vom CCNV, die eigene Spruchbänder mitgebracht hatten. Lontaes Kopf hüpfte und schwankte über der riesigen Menge.

In der Ferne heulte eine Sirene und kam dann näher. Ein Leichenwagen mit Polizeieskorte wurde durchgelassen und hielt vor dem District Building inmitten der Demonstranten. Die hinteren Türen wurden geöffnet, und die Träger – sechs obdachlose Männer – hoben einen schwarz lackierten leeren Sarg heraus und machten Anstalten, sich an die Spitze des Zuges zu setzen. Vier weitere Särge, ebenfalls schwarz, aber viel kleiner, wurden von anderen Trägern aus dem Wagen gehoben.

Die Menge teilte sich, und der Zug bewegte sich langsam auf die Stufen des District Buildings zu, während der Chor ein gefühlvolles Lied anstimmte, das mir beinahe die Tränen in die Augen trieb. Es war ein Trauermarsch. Einer der kleinen Särge war für Ontario.

Die Menge drängte heran. Hände reckten sich, um die Särge zu berühren, sodass diese zu schweben schienen und sacht hin und her schwankten.

Es war eine kraftvolle Inszenierung, und die in der Nähe der Plattform aufgebauten Kameras zeichneten jeden Augenblick des feierlichen Trauerzuges auf. In den nächsten achtundvierzig Stunden würden wir diese Szenen immer wieder zu sehen bekommen.

Die Särge wurden nebeneinander – Lontaes in der Mitte – auf einem kleinen Holzgestell auf der Treppe abgestellt, ein, zwei Meter unterhalb der Plattform, auf der Mordecai stand. Sie wurden gefilmt und fotografiert, und dann begannen die Reden.

Der erste Redner war ein Aktivist, der allen Gruppen dankte, die bei der Organisation des Marsches mitgewirkt hatten. Es war eine beeindruckende Liste, zumindest was die Zahl der Gruppen betraf. Als er die Namen herunterrasselte, war ich angenehm überrascht, wie viele Unterkünfte, Missionen, Suppenküchen, Aktionsbündnisse, medizinische Einrichtungen, Rechtsberatungsbüros, Kirchen, Zentren, Selbsthilfegruppen, Umschulungsprogramme und Suchthilfestellen es gab – und sie alle waren in irgendeiner Weise an dieser Demonstration beteiligt. Sogar einige gewählte Volksvertreter wurden bei der Aufzählung genannt.

Wie konnte es angesichts einer so breiten Unterstützung ein Obdachlosenproblem geben?

Die nächsten sechs Redner beantworteten die Frage: vor allem infolge von Geldmangel und Budgetkürzungen, aber auch wegen der Taubheit der Regierung und der Blindheit der Stadtverwaltung und begünstigt durch den Mangel an Mitgefühl unter den begüterten Schichten und ein Gerichtswesen, das viel zu konservativ geworden war. Die Liste war lang und wurde immer länger.

Alle diese Themen wurden von jedem Redner außer Mordecai aufgegriffen. Er sprach als fünfter, und als er von den letzten Stunden der Familie Burton erzählte, schwieg die Menge. Es herrschte atemlose Stille, als er berichtete, wie er dem Baby die Windel, wahrscheinlich die Letzte, gewechselt hatte. Kein Husten, kein Flüstern. Ich sah auf die kleinen Särge, als enthielte einer von ihnen tatsächlich das Baby.

Dann habe die Familie die Unterkunft verlassen, sagte er langsam, mit tiefer, tragender Stimme. Die fünf seien wieder auf die Straße gegangen, hinaus in den Schneesturm, wo Lontae und ihre Kinder nur ein paar Stunden überlebt hätten. An dieser Stelle nahm er sich einige erzählerische Freiheiten, denn niemand wusste genau, was passiert war. Doch das war mir egal, und die Menge war von Mordecais Bericht ebenso fasziniert wie ich.

Als er die letzten Augenblicke beschrieb, in denen die Familie sich in dem vergeblichen Versuch, sich zu wärmen, aneinander schmiegte, hörte ich einige Frauen in meiner Umgebung schluchzen.

Plötzlich ertappte ich mich bei Nützlichkeitserwägungen. Wenn dieser Mann, mein Freund und Kollege, von einer leicht erhöhten, fünfzig Meter entfernten

Plattform aus eine in die Tausende gehende Menge in seinen Bann schlagen konnte, was würde er dann erst bei zwölf Geschworenen bewirken, denen er so nahe kam, dass er sie berühren konnte?

In diesem Augenblick wurde mir klar, dass es im Fall Burton niemals zu einer Verhandlung kommen würde. Kein Verteidiger, der sein Geld wert war, würde zulassen, dass Mordecai Green in dieser Stadt vor einer Jury von Schwarzen sprach. Wenn sich unsere Vermutungen als richtig erwiesen und wir sie beweisen konnten, würde es kein Gerichtsverfahren geben.

Nach eineinhalb Stunden Reden wurde die Menge unruhig und wollte marschieren. Der Chor begann wieder zu singen, und die Sargträger setzten sich in Bewegung und führten den Marsch an. Hinter den Särgen gingen die Organisatoren, unter ihnen auch Mordecai. Der Rest der Menge folgte. Jemand drückte mir ein Lontae-Plakat in die Hand, und ich hielt es ebenso hoch wie die anderen.

Privilegierte Menschen demonstrieren und protestieren nicht – ihre Welt ist sicher und sauber und wird durch Gesetze geschützt, die dafür sorgen sollen, dass sie zufrieden sind. Ich war noch nie auf die Straße gegangen. Wozu auch? Auf den ersten ein-, zweihundert Metern kam ich mir etwas sonderbar vor: Ich marschierte in einer Menschenmasse und hielt ein an einem Stock befestigtes Plakat hoch, auf dem eine zweiundzwanzigjährige schwarze Mutter von vier unehelichen Kindern abgebildet war.

Doch ich war nicht mehr der, der ich noch vor wenigen Wochen gewesen war. Und es gab kein Zurück mehr, selbst wenn ich das gewollt hätte. In der Vergangenheit war mein Leben von Geld, Besitz und Status bestimmt gewesen, von Zielen, die mir jetzt eher suspekt waren.

Und so entspannte ich mich. Ich rief Parolen mit den

Obdachlosen, ich schwenkte mein Plakat im Gleichtakt mit den anderen und versuchte sogar, Kirchenlieder zu singen, die mir vollkommen unbekannt waren. Ich genoss meine erste Demonstration. Es würde nicht meine Letzte sein.

An den Kreuzungen hielten uns die Straßensperren den Weg zum Capitol Hill frei. Der Marsch war gut organisiert und zog wegen seiner Größe viel Aufmerksamkeit auf sich. Die Särge wurden auf die Stufen des Capitols gestellt. Wir versammelten uns um sie und hörten eine weitere Serie zorniger Reden von Aktivisten der Bürgerrechtsbewegung und zwei Kongressabgeordneten.

Die Reden wiederholten sich – ich hatte genug gehört. Meine obdachlosen Brüder hatten nicht viel zu tun, ich dagegen hatte seit dem Beginn meiner neuen Karriere am Montag einunddreißig Fälle bearbeitet. Einunddreißig wirkliche Menschen warteten darauf, dass ich ihnen Lebensmittelgutscheine verschaffte, mich um die Zuweisungen von Sozialwohnungen kümmerte, Scheidungen einreichte, ihre Verteidigung in Strafsachen übernahm, ausstehende Lohnzahlungen eintrieb, Zwangsräumungen verhinderte, bei Suchtproblemen half – mit einem Wort: dass ich mit den Fingern schnippte und irgendwie für Gerechtigkeit sorgte. Als Anwalt für Kartellrecht hatte ich meine Mandanten nur selten von Angesicht zu Angesicht gesehen. Das hatte sich nun gründlich geändert.

Bei einem Straßenhändler kaufte ich mir eine billige Zigarre und machte einen kleinen Spaziergang auf der Mall.

25

Ich klopfte an die Tür neben der Wohnung, in der die Palmas gelebt hatten. Eine Frau fragte: »Wer ist da?«, machte aber keinerlei Anstalten, die Tür zu öffnen. Ich hatte meine Taktik lange und gründlich bedacht. Auf dem Weg hierher hatte ich sogar meinen Text einstudiert, aber ich glaubte selbst nicht, dass ich überzeugend wirkte.

»Bob Stevens«, sagte ich und verzog das Gesicht. »Ich suche Hector Palma.«

»Wen?«

»Hector Palma. Er war Ihr Nachbar.«

»Was wollen Sie?«

»Ich schulde ihm Geld und will ihn finden, das ist alles.« Hätte ich Schulden eintreiben wollen oder einen ähnlich unwillkommenen Auftrag gehabt, dann wäre die Nachbarin natürlich sehr viel weniger hilfsbereit gewesen. Ich fand mich ziemlich raffiniert.

»Die sind weg«, sagte die Frau.

»Das weiß ich. Wissen Sie, wo sie hingezogen sind?«

»Nein.«

»In eine ganz andere Gegend?«

»Weiß ich nicht.«

»Haben Sie den Umzug gesehen?«

Die Antwort lautete natürlich ja – so ein Umzug war ja nicht zu übersehen. Doch die Hilfsbereitschaft der Nachbarin war erschöpft; sie verschwand von der Wohnungstür und rief wahrscheinlich den Sicherheitsdienst an. Ich wiederholte meine Frage und läutete noch einmal. Keine Reaktion.

Also ging ich zur Tür der Nachbarn auf der anderen

Seite. Ich läutete zweimal. Die mit einer Vorlegekette gesicherte Tür öffnete sich einen Spalt breit, und ein Mann in meinem Alter und mit etwas Mayonnaise im Mundwinkel sagte: »Was wollen Sie?«

Ich erzählte meine Bob-Stevens-Geschichte. Er hörte aufmerksam zu, während hinter ihm der Fernseher lief und Kinder im Wohnzimmer herumtobten. Es war nach acht, es war dunkel und kalt, und ich hatte beim Abendessen gestört.

Doch er war nicht unfreundlich. »Ich kannte ihn überhaupt nicht«, sagte er.

»Und seine Frau?«

»Auch nicht. Ich muss viel reisen. Die meiste Zeit bin ich nicht da.«

»Kannte Ihre Frau die Palmas?«

»Nein.« Das sagte er zu schnell.

»Haben Sie oder Ihre Frau gesehen, wie die Palmas umgezogen sind?«

»Letztes Wochenende waren wir nicht da.«

»Und Sie haben keine Ahnung, wohin sie gezogen sind?«

»Nein.«

Ich bedankte mich bei ihm, drehte mich um und stand vor einem bulligen Mann in der Uniform des Sicherheitsdienstes, der sich wie die Karikatur eines Streifenpolizisten in einem Film mit dem Schlagstock in die linke Hand klatschte. »Was machen Sie hier?«, knurrte er.

»Ich suche jemanden«, sagte ich. »Stecken Sie das Ding weg.«

»Hausierer sind hier unerwünscht.«

»Sind Sie taub? Ich hausiere nicht, ich suche jemanden.« Ich ging an ihm vorbei in Richtung Parkplatz.

»Wir haben eine Beschwerde bekommen«, rief er mir nach. »Sie müssen gehen.«

»Ich gehe ja schon.«

Mein Abendessen bestand aus einem Taco und einem Bier in einem Restaurant in der Nähe. Beim Essen fühlte ich mich in den Vororten sicherer. Es war ein gepflegtes Lokal und gehörte zu einer landesweiten Kette, die mit hübschen Gaststätten für die ganze Familie reich geworden war. Das Publikum bestand hauptsächlich aus jungen Staatsangestellten, die noch auf dem Heimweg waren und sich über Politik unterhielten, Bier vom Fass tranken und lautstark ein Baseballspiel im Fernsehen kommentierten.

An die Einsamkeit musste ich mich erst noch gewöhnen. Ich hatte Frau und Freunde hinter mir gelassen. Die sieben Jahre in der Tretmühle von Drake & Sweeney waren nicht dazu angetan gewesen, Freundschaften – oder meine Ehe – zu pflegen. Ich war zweiunddreißig Jahre alt und schlecht vorbereitet auf ein Leben als Junggeselle. Ich sah das Baseballspiel und die Frauen und fragte mich, ob ich von nun an in Bars und Nachtklubs würde gehen müssen, um Gesellschaft zu finden. Es musste doch auch andere Orte und Methoden geben.

Deprimiert ging ich hinaus.

Ich fuhr langsam in die Stadt, denn ich hatte es nicht eilig, in meine Wohnung zu kommen. Mein Name stand auf einem Mietvertrag, und ich nahm an, dass die Polizei wenig Mühe haben würde, meine neue Adresse herauszufinden. Wenn sie mich verhafteten, würden sie sicher mitten in der Nacht kommen. Es würde ihnen Spaß machen, mich einzuschüchtern, indem sie mich um Mitternacht aus dem Bett holten, mich bei der Leibesvisitation ein bisschen hart anfassten und die Handschellen eng anlegten, mich in den Flur stießen und im Aufzug nach unten in den Polizeigriff nahmen, mich auf den Rücksitz eines Streifenwagens verfrachteten und ins Polizeigefängnis brachten, wo ich der einzige Weiße mit einem Job sein würde, der in dieser Nacht verhaftet worden war. Sie würden mich nur zu gern mit ein paar üblen Burschen in eine Zelle sperren, wo ich vollkommen auf mich allein gestellt sein würde.

Zwei Dinge hatte ich immer bei mir: ein Handy, damit ich im Falle meiner Verhaftung sofort Mordecai anrufen konnte, und ein Bündel Geldscheine – zwanzig Hunderter –, damit ich Kaution stellen und auf freien Fuß kommen konnte, bevor ich auch nur in die Nähe des Polizeigefängnisses kam.

Ich parkte zwei Blocks entfernt und achtete auf etwaige verdächtige Gestalten in anderen Wagen am Straßenrand. Kurz darauf betrat ich meine Wohnung unbehelligt und als freier Mann.

Mein Wohnzimmer war inzwischen mit zwei Gartenstühlen und einer Vorratskiste aus Plastik ausgestattet, die als Couchtisch und Fußschemel diente. Der Fernseher stand ebenfalls auf einer Vorratskiste. Die Spärlichkeit der Einrichtung gefiel mir, doch ich war entschlossen, sie niemandem zu zeigen. Niemand sollte sehen, wie ich lebte.

Meine Mutter hatte angerufen. Ich hörte mir ihre Nachricht an. Mein Vater und sie machten sich Sorgen um mich und wollten mich besuchen. Sie hatten die Sache mit meinem Bruder Warner besprochen, und er würde vielleicht ebenfalls kommen. Ich konnte beinahe hören, wie sie mein neues Leben bewerteten. Jemand musste mich zur Vernunft bringen.

Die Demonstration war der Aufmacher der Elf-Uhr-Nachrichten. Es gab Großaufnahmen von den fünf Särgen auf den Stufen des District Buildings und während des Marsches durch die Straßen zum Capitol. Mordecai sprach zur Menge, die größer war, als ich gedacht hatte – man schätzte sie auf fünftausend Menschen. Der Bürgermeister wollte keinen Kommentar abgeben.

Ich schaltete den Fernseher aus und wählte Claires Nummer. Wir hatten seit vier Tagen nicht miteinander gesprochen, und ich wollte so höflich sein, das Eis zu brechen. Genaugenommen waren wir noch immer verheiratet. Es würde schön sein, in einer Woche oder so mit ihr zu Abend zu essen.

Nach dem dritten Klingelton sagte eine fremde Stimme: »Hallo?« Es war ein Mann.

Eine Sekunde lang war ich so verblüfft, dass ich kein Wort herausbrachte. Es war Donnerstag nacht, halb zwölf. Claire hatte Besuch von einem Mann. Ich war vor nicht einmal einer Woche ausgezogen. Fast hätte ich aufgelegt, aber dann fasste ich mich und sagte: »Kann ich bitte Claire sprechen?«

»Wer ist da?«, fragte er barsch.

»Michael, ihr Mann.«

»Sie ist unter der Dusche«, sagte er mit einem Unterton von Befriedigung.

»Dann sagen Sie ihr, dass ich angerufen habe.« Ich legte rasch den Hörer auf.

Bis Mitternacht ging ich in meinen drei Zimmern auf und ab, dann zog ich mich wieder an und machte einen Spaziergang. Wenn eine Ehe zerbricht, geht man in Gedanken alle möglichen Szenarien durch. Lag es einfach daran, dass wir uns langsam auseinander entwickelt hatten, oder war es viel komplizierter? Hatte ich die Warnsignale übersehen? War dieser Mann ein flüchtiger Bekannter, oder hatten sie schon seit Jahren ein Verhältnis miteinander? War er irgendein überhitzter Arzt mit Frau und Kindern oder ein junger, viriler Medizinstudent, der ihr gab, was ihr bei mir gefehlt hatte?

Ich sagte mir immer wieder, dass es gleichgültig war. Wir ließen uns nicht wegen ehelicher Untreue scheiden. Wenn Claire durch andere Betten wanderte, dann war es jetzt zu spät, um sich darüber Gedanken zu machen.

Unsere Ehe war vorbei – so einfach war das. Die Gründe spielten keine Rolle mehr. Was Claire tat, war mir vollkommen egal. Sie war vorbei, erledigt, vergessen. Wenn ich den Frauen nachlaufen durfte, galt umgekehrt dasselbe für sie.

Natürlich.

Um zwei Uhr morgens war ich am Dupont Circle. Ich ignorierte die Angebote der Strichjungen und stieg über Männer hinweg, die in Decken gehüllt auf Bänken schliefen. Es war gefährlich, aber das war mir gleichgültig.

Ein paar Stunden später kaufte ich eine Schachtel gemischte Donuts, zwei große Becher Kaffee und eine Zeitung. Ruby wartete wie zuvor zitternd vor der Tür. Ihre Augen waren geröteter als sonst, und ihr Lächeln kam nicht so bereitwillig.

Wir setzten uns an den Schreibtisch im Empfangsraum, auf dem der kleinste Stapel längst erledigter Akten lag. Ich räumte sie ein wenig beiseite und stellte die Kaffeebecher und die Donuts auf den Tisch. Ruby mochte die mit Schokolade nicht so gern und nahm lieber die mit Fruchtgeleefüllung.

»Haben Sie schon die Zeitung gelesen?«, fragte ich sie.

»Nein.«

»Wie gut können Sie lesen?«

»Nicht sehr gut.«

Also las ich sie ihr vor. Ich begann mit der Titelseite, hauptsächlich weil dort ein großes Foto der fünf Särge abgedruckt war, die auf einem Meer von Menschen zu treiben schienen. Die Schlagzeile ging über die ganze untere Hälfte der Seite. Ich las Ruby alles vor, und sie hörte aufmerksam zu. Sie hatte vom Tod der Familie Burton gehört, und die Einzelheiten faszinierten sie.

»Könnte ich auch so sterben?«, fragte sie.

»Nein, es sei denn, Ihr Wagen hat einen Motor und Sie lassen ihn laufen, damit die Heizung funktioniert.«

»Ich wollte, ich hätte eine Heizung.«

»Sie könnten an Unterkühlung sterben.«

»Hm?«

»Sie könnten erfrieren.«

Sie wischte sich den Mund mit einer Serviette ab und trank einen Schluck Kaffee. In der Nacht, als Ontario und seine Familie gestorben waren, waren es zwölf Grad unter Null gewesen. Wie hatte Ruby überlebt?

»Wohin gehen Sie, wenn es sehr kalt wird?«, fragte ich sie.

»Nirgendwohin.«

»Sie bleiben im Wagen?«

»Ja.«

»Und wie halten Sie sich warm?«

»Ich hab jede Menge Decken. Ich vergrabe mich einfach unter Decken.«

»Sie gehen nie in eine Unterkunft?«

»Nie.«

»Würden Sie in eine Unterkunft gehen, wenn es Ihnen helfen würde, Terrence wieder zu sehen?«

Sie legte den Kopf schief und sah mich eigenartig an. »Könnten Sie das wiederholen?«

»Sie wollen Terrence sehen, stimmt's?«

»Ja.«

»Dann müssen sie die Finger von den Drogen lassen.«

»Ja.«

»Dazu müssen Sie für eine Weile in einer Entzugsklinik leben. Wären Sie dazu bereit?«

»Vielleicht«, sagte sie. »Nur vielleicht.«

Es war ein kleiner, aber bedeutender Schritt.

»Ich kann Ihnen helfen, Terrence wieder zu sehen, und Sie können wieder einen Platz in seinem Leben einnehmen. Aber zuerst müssen Sie clean werden und bleiben.«

»Wie soll ich das machen?«, fragte sie und schaffte es nicht, mir in die Augen zu sehen. Sie hielt den Kaffeebecher in beiden Händen. Vor ihrem Gesicht stieg Dampf auf.

»Gehen Sie nachher wieder zu Naomi?«

»Ja.«

»Ich habe mit der Direktorin gesprochen. Es gibt heute zwei Gruppensitzungen – Alkoholiker und Drogensüchtige. Ich will, dass Sie an beiden teilnehmen. Die Direktorin wird mich anrufen.«

Sie nickte wie ein gescholtenes Kind. Im Augenblick wollte ich keinen weiteren Druck ausüben. Sie aß ihre Donuts, trank ihren Kaffee und hörte wie gebannt zu, während ich einen Artikel nach dem anderen vorlas. Für Auslandsnachrichten und Sport hatte sie wenig übrig, aber der Lokalteil interessierte sie. Vor vielen Jahren war sie einmal zur Wahl gegangen, und was im Rathaus geschah, war nicht kompliziert. Den Nachrichten über Verbrechen lauschte sie verständnisvoll.

Ein langer Leitartikel zog über den Kongress und die Stadtverwaltung her, weil sie keine Mittel für die Obdachlosen bereitstellten. Der Verfasser prophezeite weitere Todesfälle. Weitere Kinder würden auf unseren Straßen sterben, im Schatten des Capitols. Ich fasste den Inhalt kurz zusammen, und Ruby war mit allem einverstanden.

Ein leichter, gefrierender Regen hatte eingesetzt, und so fuhr ich Ruby zu ihrer nächsten Station. Naomis Frauenzentrum war ein vierstöckiges Reihenhaus in der 10th Street und umgeben von ähnlichen Gebäuden. Es war von sieben bis vier Uhr geöffnet und bot Essen, Duschen, Kleidung, gemeinsame Tätigkeiten und Beratung für alle obdachlosen Frauen, die den Weg dorthin fanden. Ruby ging regelmäßig dorthin und wurde bei unserem Eintreffen von ihren Freundinnen herzlich begrüßt.

Ich hatte eine leise geführte Unterredung mit der Direktorin, einer jungen Frau namens Megan. Wir verabredeten, Ruby von den Drogen abzubringen. Megan sagte, die Hälfte der Frauen sei geistesgestört oder süchtig, ein Drittel sei HIV positiv. Soweit sie wisse, habe Ruby keine ansteckenden Krankheiten.

Als ich ging, hatten sich die Frauen im Aufenthaltsraum versammelt und sangen.

Ich saß am Schreibtisch und hatte mich in die Arbeit vertieft, als Sofia anklopfte und eintrat, bevor ich Zeit hatte, »Herein« zu rufen.

»Mordecai hat mir erzählt, dass Sie jemanden suchen«, sagte sie. Sie hielt einen Block in der Hand, bereit, sich Notizen zu machen.

Ich überlegte einen Augenblick. Dann fiel mir Hector ein. »Ja, das stimmt.«

»Ich kann Ihnen vielleicht helfen. Erzählen Sie mir alles, was Sie über ihn wissen.« Sie setzte sich und schrieb alles auf: Name, Adresse, Adresse des letzten Arbeitgebers, Personenbeschreibung und die Tatsache, dass er Frau und vier Kinder hatte.

»Alter?«

»Etwa dreißig.«

»Ungefähres Einkommen?«

»Fünfunddreißigtausend.«

»Bei vier Kindern kann man annehmen, dass mindestens eins in der Schule ist. Und bei diesem Einkommen und einer Adresse in Bethesda ist es unwahrscheinlich, dass es eine private Schule ist. Er ist spanischer Abstammung, also vermutlich katholisch. Noch etwas?«

Mir fiel nichts mehr ein. Sie ging hinaus, setzte sich an ihren Tisch und begann in einem dicken Ringbuch zu blättern. Ich ließ die Tür offen, damit ich sie sehen und hören konnte. Zuerst rief sie jemanden bei der Post an, verfiel aber sogleich ins Spanische, das ich nicht verstand. Sie machte einen Anruf nach dem anderen. Sie meldete sich auf Englisch, ließ sich durchstellen und sprach dann nur noch Spanisch. Ein Gesprächspartner war jemand von der Erzdiözese, und danach folgte eine Reihe kurzer Telefonate. Ich verlor das Interesse.

Eine Stunde später kam sie an meine Tür und sagte: »Die Familie ist nach Chicago gezogen. Brauchen Sie die Adresse?«

»Wie haben Sie ...?« Ich sprach den Satz nicht zu Ende und starrte sie ungläubig an.

»Fragen Sie lieber nicht. Der Freund eines Freundes gehört zu ihrer Kirchengemeinde. Sie sind letztes Wochenende in aller Eile umgezogen. Brauchen Sie ihre neue Adresse?«

»Wie lange würde das dauern?«

»Das wird nicht so leicht sein. Aber so ungefähr kann ich es herausfinden.«

Am Fenster saßen mindestens sechs Mandanten, die darauf warteten, sich von ihr beraten zu lassen. »Nicht jetzt«, sagte ich. »Vielleicht später. Aber jedenfalls vielen Dank.«

»Keine Ursache.«

Keine Ursache. Ich hatte mich darauf gefasst gemacht, stundenlang in Kälte und Dunkelheit an die Türen von Nachbarn zu klopfen, den Männern vom Sicherheitsdienst aus dem Weg zu gehen und zu hoffen, dass niemand auf mich schoss. Und sie setzte sich eine Stunde ans Telefon und fand den Vermissten.

Drake & Sweeney beschäftigte in ihrer Chicagoer Filiale mehr als hundert Anwälte. Ich war im Zusammenhang mit Kartellrechtsfällen zweimal dort gewesen. Die Kanzlei befand sich in einem Wolkenkratzer in der Nähe des Sees. Das Foyer war mehrere Etagen hoch und verfügte über Springbrunnen und Geschäfte. Aufzüge schossen hinauf und hinunter. Es war ein idealer Ort, um sich auf die Lauer zu legen und auf Hector Palma zu warten.

26

Obdachlose kennen die Straßen, das Pflaster, die Bordsteine, den Beton, den Schmutz, die Kanaldeckel und Hydranten, die Papierkörbe und Bushaltestellen und Ladenfronten. Jeden Tag bewegen sie sich langsam auf vertrautem Terrain, und weil Zeit ihnen wenig bedeutet, bleiben sie stehen, um miteinander zu reden oder um einen neuen Dealer an der Straßenecke, ein neues Gesicht im Revier oder einen Wagen mit abgewürgtem Motor zu beobachten, der den Verkehr behindert. Sie sitzen auf dem Bürgersteig, verborgen unter Hüten und Mützen und hinter billigen Sonnenbrillen und achten wie Wachposten auf jede Bewegung. Sie hören die Geräusche der Stadt, sie atmen die Dieselabgase der Busse und den Geruch des billigen Fetts der Imbissbuden ein. Ihnen fällt auf, dass dasselbe Taxi innerhalb von einer Stunde zweimal vorbeigefahren ist. Wenn in der Ferne ein Schuss fällt, wissen sie, woher er kam. Wenn ein teurer Wagen mit Kennzeichen aus Virginia oder Maryland am Bordstein parkt, behalten sie ihn im Auge, bis er wieder verschwunden ist.

Obdachlose bemerken auch den Polizisten in Zivil, der in einem unauffälligen Fahrzeug sitzt und wartet.

»Draußen sind die Bullen«, sagte einer unserer Mandanten zu Sofia. Sie ging zur Eingangstür, sah in südöstlicher Richtung über die Q Street und entdeckte den zivilen Polizeiwagen. Sie wartete eine halbe Stunde, sah noch einmal nach und ging zu Mordecai.

Ich wusste nichts davon, denn ich führte gerade einen Zweifrontenkrieg gegen die Staatsanwaltschaft und die Ausgabestelle für Lebensmittelgutscheine. Es war Freitagnachmittag, und die städtischen Behörden – auch an guten Tagen nicht gerade bürgerfreundlich – steuerten mit voller Fahrt dem Wochenende entgegen. Sofia und Mordecai überbrachten mir gemeinsam die Neuigkeiten.

»Ich glaube, die Polizei wartet auf Sie«, sagte Mordecai ernst.

Mein erster Impuls war, mich unter dem Schreibtisch zu verkriechen, aber das tat ich natürlich nicht. Ich versuchte, gelassen zu erscheinen. »Wo?«, fragte ich, als spielte das eine Rolle.

»An der Ecke. Sie beobachten das Haus schon seit über einer halben Stunde.«

»Vielleicht sind sie hinter Ihnen her«, sagte ich. Ha, ha. Die beiden verzogen keine Miene.

»Ich hab ein bisschen telefoniert«, sagte Sofia. »Gegen Sie liegt ein Haftbefehl vor. Wegen schweren Diebstahls.«

Ein Verbrechen! Gefängnis! Ein gut aussehender junger Weißer würde in den Kerker geworfen werden. Ich rutschte hin und her und tat mein Bestes, keine Angst zu zeigen.

»Das war zu erwarten«, sagte ich. Vollkommen alltäglich. »Na gut, bringen wir's hinter uns.«

»Ich versuche, einen Bekannten bei der Staatsanwaltschaft zu erreichen«, sagte Mordecai. »Es wäre eine freundliche Geste, wenn die Ihnen erlauben würden, sich selbst zu stellen.«

»Das wäre eine freundliche Geste«, stimmte ich ihm zu, als sei das gar nicht von Bedeutung. »Aber ich habe den ganzen Nachmittag mit der Staatsanwaltschaft gesprochen. Niemand hat mir zugehört.«

»Die haben über zweihundert Leute«, sagte er.

Mordecai hatte keine Freunde auf der anderen Seite der Straße. Polizisten und Staatsanwälte waren seine natürlichen Feinde.

Wir einigten uns rasch auf eine Taktik. Sofia würde einen Kautionsbürgen anrufen, der sich im Gefängnis mit uns treffen würde. Mordecai würde versuchen, einen freundlich gesonnenen Richter aufzutreiben. Das Offensichtliche blieb unausgesprochen: Es war Freitagnachmittag. Ein Wochenende im Polizeigefängnis würde ich vielleicht nicht überleben.

Sie gingen telefonieren, und ich saß wie versteinert am Schreibtisch und konnte nichts unternehmen, nichts denken, nichts tun, als auf das Quietschen der Eingangstür zu lauschen. Ich musste nicht lange warten. Um Punkt vier Uhr trat Lieutenant Gasko mit einigen Männern ein.

Bei meiner ersten Begegnung mit Gasko – als er Claires Wohnung durchsucht und ich gewütet und Namen aufgeschrieben und ihm und seinen Kollegen alle möglichen juristischen Konsequenzen angedroht hatte, als ich auf jedes seiner Worte mit beißendem Sarkasmus geantwortet hatte, als ich ein hartgesottener Rechtsanwalt und er nur ein kleiner Polizist gewesen war, hatte ich mir nicht vorstellen können, dass er eines Tages vielleicht das Vergnügen haben könnte, mich zu verhaften. Doch da war er, aufgeplustert wie ein alternder Star, und brachte es fertig, zugleich höhnisch und triumphierend zu lächeln. In der Hand hielt er ein paar zusammengefaltete Papiere, die nur darauf warteten, mir gegen die Brust geklatscht zu werden.

»Ich will zu Mr. Brock«, sagte er zu Sofia, und in diesem Augenblick trat ich lächelnd aus meinem Zimmer.

»Hallo, Gasko«, sagte ich. »Suchen Sie noch immer diese Akte?«

»Nein. Heute nicht.«

Mordecai kam aus seinem Büro. Sofia stand an ihrem Schreibtisch. Die Blicke gingen vom einen zum anderen.
»Haben Sie einen Haftbefehl?«, fragte Mordecai.

»Ja. Für Mr. Brock«, sagte Gasko.

Ich zuckte die Schultern und sagte: »Na gut, dann gehen wir.« Ich trat auf Gasko zu. Einer der Polizisten nahm ein Paar Handschellen vom Gürtel. Ich wollte wenigstens nach außen hin cool bleiben.

»Ich bin sein Anwalt«, sagte Mordecai. »Zeigen Sie mal her.« Er nahm den Haftbefehl an sich und studierte ihn, während man mir die Hände auf den Rücken fesselte. Kalter Stahl schnitt in meine Handgelenke. Die Handschellen waren zu eng oder jedenfalls enger, als sie hätten sein müssen, aber es war zu ertragen, und ich war entschlossen, mir nichts anmerken zu lassen.

»Ich bin gern bereit, meinen Mandanten zur Wache zu fahren«, sagte Mordecai.

»Vielen Dank, zu freundlich«, erwiderte Gasko, »aber diese Mühe wollen wir Ihnen ersparen.«

»Wohin bringen Sie ihn?«

»Zum Präsidium.«

»Ich folge Ihnen«, sagte Mordecai zu mir. Sofia telefonierte, und das war noch beruhigender als der Gedanke, dass Mordecai irgendwo hinter mir war.

Drei unserer Mandanten waren Zeugen der Aktion, drei harmlose Obdachlose, die nur kurz mit Sofia hatten sprechen wollen. Sie saßen dort, wo die Mandanten immer warteten, und als ich an ihnen vorbeiging, starrten sie mich ungläubig an.

Einer der Polizisten zerrte an meinem Ellbogen und stieß mich hinaus auf die Straße, wo ich bereitwillig in ihren schmutzigen, weißen Wagen stieg, der an der Ecke geparkt war. Die Obdachlosen hatten alles gesehen: wie der Wagen vorfuhr, wie die Polizisten hineinstürmten und mich in Handschellen abführten.

»Ein Anwalt ist verhaftet worden«, würden sie einander zuflüstern, und die Nachricht würde sich in Windeseile auf den Straßen verbreiten.

Gasko saß neben mir im Fond. Ich ließ mich tief in den Sitz sinken, starrte ins Leere und versuchte, den Schock zu verdauen.

»Was für eine Zeitverschwendung«, sagte er und machte es sich bequem, indem er seinen Fuß, der in einem Cowboystiefel steckte, auf das andere Knie legte. »In dieser Stadt sind hundertvierzig Morde noch nicht aufgeklärt, Drogen gibt es an jeder Straßenecke und sogar auf Schulhöfen, und wir müssen ausgerechnet mit Ihnen unsere Zeit verschwenden.«

»Soll das der Auftakt zu einem Verhör sein?«, fragte ich.

»Nein.«

»Gut.« Er hatte sich bisher nicht die Mühe gemacht, mich über meine Rechte zu belehren, und das brauchte er auch erst zu tun, wenn er begann, Fragen zu stellen.

Der Wagen raste ohne Blaulicht und Sirene und offenbar auch ohne Rücksicht auf Verkehrsregeln und Fußgänger auf der 14th Street in Richtung Süden.

»Dann lassen Sie mich doch laufen.«

»Wenn's nach mir ginge, würde ich das auch tun. Aber Sie haben ein paar Leuten böse ans Bein gepinkelt. Der Staatsanwalt hat mir gesagt, dass er einigen Druck bekommen hat.«

»Druck von wem?«, fragte ich, obwohl ich die Antwort bereits kannte. Die Kanzlei Drake & Sweeney verschwendete ihre Zeit nicht mit Polizisten, sondern sprach lieber Juristenchinesisch mit dem Leiter der Staatsanwaltschaft.

»Von den Opfern«, sagte Gasko sarkastisch. Ich konnte seiner Einschätzung nur zustimmen: Es fiel schwer, sich eine Bande reicher Anwälte als Opfer eines Verbrechens vorzustellen.

Viele berühmte Leute waren in ihrem Leben verhaftet worden. Ich versuchte, mir ein paar in Erinnerung zu rufen. Martin Luther King war mehrere Male im Gefängnis gewesen. Ich dachte an Boesky und Milken und andere Börsengauner, an deren Namen ich mich nicht erinnerte. Und was war mit all den berühmten Schauspielern und Sportlern, die man wegen Trunkenheit am Steuer, Erregung öffentlichen Ärgernisses oder Kokainbesitz verhaftet hatte? Sie alle waren auf den Rücksitz eines Polizeiwagens verfrachtet und wie gemeine Kriminelle abgeführt worden. Ein Richter aus Memphis hatte lebenslänglich bekommen; ein ehemaliger Kommilitone saß eine Gefängnisstrafe im offenen Vollzug ab; ein früherer Mandant war wegen Steuerhinterziehung zu einer Haftstrafe verurteilt worden. Sie alle hatte man verhaftet, ins Polizeigefängnis gebracht, vernommen, erkennungsdienstlich behandelt und mit einer Nummer unter dem Kinn fotografiert. Und alle hatten es überlebt.

Ich hatte den Verdacht, dass auch Mordecai Green bereits den kalten Stahl der Handschellen gespürt hatte.

Irgendwie war es eine Erleichterung, dass es endlich passiert war. Ich konnte aufhören, Versteck zu spielen und mich ständig umzusehen. Das Warten war vorbei. Und es war keine Mitternachtsaktion, bei der ich keine Chance gehabt hätte, vor dem Morgen wieder freizukommen. Nein, die Uhrzeit war nicht das Problem. Mit etwas Glück konnte ich die Einlieferungsprozedur hinter mich bringen und auf Kaution freigelassen werden, bevor die Wochenendfestnahmen erfolgten.

Dennoch empfand ich eine Angst, die ich noch nie zuvor gehabt hatte. Im Gefängnis konnte vieles schief gehen. Unterlagen konnten zeitweilig unauffindbar sein. Dutzende von Verzögerungen waren möglich. Die Festsetzung der Kaution konnte am Samstag, am Sonntag oder vielleicht sogar erst am Montag erfolgen. Ich musste damit rechnen, mit aggressiven Straftätern in eine überfüllte Zelle gesperrt zu werden.

Meine Verhaftung würde sich herumsprechen. Meine Freunde würden den Kopf schütteln und sich fragen, was ich als Nächstes tun würde, um mein Leben zu verpfuschen. Meine Eltern würden am Boden zerstört sein.

Ich war mir nicht sicher, was Claire denken würde, besonders jetzt, da sie einen Gigolo hatte.

Ich schloss die Augen und versuchte, es mir bequem zu machen, was aber, da ich auf meinen Händen saß, praktisch unmöglich war.

Die Einlieferung nahm ich nur verschwommen wahr: Ich bewegte mich wie im Traum von einem Punkt zum anderen, wobei Gasko mich führte wie ein zugelaufenes Hündchen. Sieh diese Leute nicht an, sagte ich mir immer wieder, sieh auf den Boden. Zuerst musste ich meine Taschen leeren und ein Formular unterschreiben. Dann ging es durch einen schmutzigen Korridor zur Fotostelle: Schuhe aus, vor der Messlatte aufstellen, Sie brauchen nicht zu lächeln, wenn Sie nicht wollen, aber bitte sehen Sie in die Kamera. Das Ganze noch einmal im Profil. Dann Fingerabdrücke: Hier waren die Beamten so beschäftigt, dass Gasko mich wie einen Geisteskranken an einen Stuhl auf dem Korridor fesselte und sich auf die Suche nach einer Tasse Kaffee machte. Verhaftete in verschiedenen Stadien der Aufnahmeprozedur schlurften vorbei. Überall Polizisten. Ein weißes Gesicht, kein Polizist, sondern ein Beschuldigter wie ich – jung, in einem gut geschnittenen marineblauen Anzug, offenbar betrunken und mit einer Prellung auf der linken Wange. Wie schaffte man es, sich an einem Freitag vor fünf Uhr nachmittags zu betrinken? Er war laut und aggressiv, seine Stimme klang undeutlich und hart, und alle ignorierten ihn. Dann war er verschwunden. Die Zeit verging, und ich geriet langsam in Panik. Draußen war es dunkel, das Wochenende hatte begonnen. Bald würde es die üblichen Festnahmen geben, und die Beamten würden alle Hände voll zu tun haben. Gasko kehrte zurück, brachte mich zur erkennungsdienstlichen Behandlung und sah zu, wie Poindexter routiniert die Farbe auftrug und meine Fingerkuppen auf das Formular drückte.

Ich brauchte nicht zu telefonieren. Mein Anwalt war irgendwo in der Nähe, auch wenn Gasko ihn nirgends gesehen hatte. Auf dem Weg hinunter in den Zellentrakt wurden die Türen immer massiver. Wir gingen in die falsche Richtung: Der Ausgang war hinter uns.

»Wie sieht's mit Kaution aus?«, fragte ich schließlich. Ich sah Gittertüren, vergitterte Fenster und geschäftige Wachen.

»Ich glaube, Ihr Anwalt arbeitet daran«, sagte Gasko.

Er übergab mich an Seargeant Coffey, der mich zur Wand stieß, meine Beine auseinander trat und mich abtastete, als suchte er nach einer 10-Cent-Münze. Nachdem er keine gefunden hatte, zeigte er mit einem Knurrlaut auf einen Metalldetektor. Ich ging unbeanstandet hindurch. Ein Summen, eine Tür schob sich zur Seite, und ich sah einen Gang mit Gittern auf beiden Seiten. Die Tür fiel hinter mir ins Schloss, und meine Hoffnung auf eine schnelle Entlassung schwand.

Hände und Arme reckten sich durch die Gitter in den schmalen Gang. Die Männer beobachteten uns. Ich betrachtete wieder meine Füße. Coffey sah in jede Zelle; ich nahm an, dass er die Insassen zählte. Bei der dritten auf der rechten Seite blieb er stehen.

Meine Zellengenossen waren schwarz und allesamt viel jünger als ich. Ich sah zunächst vier, doch dann entdeckte ich auf dem oberen Bett einen fünften. Es gab zwei Betten für sechs Personen. Die Zelle war ein kleines Rechteck, das auf drei Seiten von Gittern begrenzt wurde, sodass ich die Häftlinge nebenan und gegenüber sehen konnte. Die Rückwand bestand aus Beton. In einer Ecke stand eine kleine Toilette.

Coffey schlug die Tür hinter mir zu. Der Bursche auf dem oberen Bett setzte sich auf und schwang die Beine über die Bettkante, sodass seine Füße neben dem Gesicht des Mannes baumelten, der auf dem unteren Bett saß. Alle fünf starrten mich feindselig an, während ich an der Tür stand und versuchte, furchtlos und gelassen zu wirken. Ich suchte verzweifelt nach einem Platz auf dem Boden, damit ich nicht Gefahr lief, einen meiner Zellengenossen zu berühren.

Zum Glück hatten sie keine Waffen. Zum Glück hatte man einen Metalldetektor installiert. Sie hatten keine Messer und Pistolen, und ich hatte, abgesehen von dem, was ich am Leib trug, keinerlei Wertgegenstände bei mir. Uhr, Brieftasche, Bargeld, Handy und alles andere hatte man mir abgenommen und quittiert.

Der vordere Teil der Zelle war sicherer als der hintere. Ich ignorierte ihre Blicke und setzte mich mit dem Rücken zur Tür auf den Boden. Aus einer anderen Zelle ertönten Rufe nach der Wache.

Zwei Zellen weiter kam es zu einer Schlägerei, und zwischen Betten und Gitterstäben hindurch sah ich, wie zwei große Schwarze den betrunkenen Weißen mit dem marineblauen Anzug in eine Ecke drängten und auf seinen Kopf einschlugen. Andere feuerten sie an, und im ganzen Flügel herrschte eine Atmosphäre der Gewalttätigkeit. Es war kein guter Augenblick, um weiß zu sein.

Eine Tür wurde geöffnet, ein schriller Pfiff ertönte, und Coffey erschien und schwang seinen Gummiknüppel. Der Kampf war sofort vorbei, der Betrunkene lag reglos auf dem Bauch. Coffey ging zu der Zelle und fragte, was los sei. Niemand wusste etwas, niemand hatte etwas gesehen.

»Ich will hier Ruhe haben!«, sagte er und verschwand wieder.

Minuten vergingen. Der Betrunkene begann zu stöhnen; irgendwo übergab sich jemand. Einer meiner Zellengenossen stand auf und kam zu mir herüber. Seine nackten Füße berührten fast meine Beine. Ich blickte auf und sah dann wieder zu Boden. Er starrte mich an, und ich wusste nun würde es losgehen.

»Hübsche Jacke«, sagte er.

»Danke«, murmelte ich und gab mir Mühe, nicht sarkastisch oder in irgendeiner Weise provokativ zu klingen. Es war ein alter Blazer, den ich jeden Tag trug, mit Jeans und Khakihemd – meine Armenanwaltsverkleidung. Jedenfalls war er es nicht wert, sich dafür zusammenschlagen zu lassen.

»Hübsche Jacke«, wiederholte er und stubste mich mit dem Fuß an. Der Bursche auf dem oberen Bett sprang herunter und kam näher, um besser sehen zu können.

»Danke«, sagte ich noch einmal.

Er war achtzehn oder neunzehn, groß und schlank und ohne ein Gramm Fett – wahrscheinlich ein Bandenmitglied, das sein ganzes bisheriges Leben auf der Straße verbracht hatte. Er war großspurig und wollte die anderen mit seinem Selbstbewusstsein beeindrucken.

Ich würde das leichteste Opfer sein, das er je gefunden hatte.

»So 'ne Jacke hab ich nicht«, sagte er und stupste mich noch einmal, kräftiger diesmal, um mich zu provozieren.

Weil du eben nur ein mieser kleiner Straßenganster bist, dachte ich. Stehlen konnte er sie nicht – wohin hätte er damit verschwinden sollen? »Soll ich sie dir leihen?«, fragte ich.

»Nein.«

Ich zog die Beine an, sodass die Knie mein Kinn berührten. Es war eine Abwehrhaltung. Wenn er mich schlagen oder treten sollte, würde ich mich nicht wehren. Jeder Widerstand würde sofort die anderen auf den Plan rufen, und es wäre für sie eine wahre Wonne, diesen Weißen zusammenzuschlagen.

»Der Typ hat gesagt, dass du 'ne hübsche Jacke hast«, sagte der auf dem oberen Bett.

»Und ich hab danke gesagt.«

»Der Typ hat gesagt, dass er nicht so 'ne Jacke hat.«

»Und? Kann ich was daran ändern?«

»Du könntest sie ihm ja schenken.«

Ein Dritter kam hinzu und schloss den Halbkreis um mich. Der Erste trat gegen meinen Fuß, und alle drei kamen näher. Sie waren drauf und dran, sich auf mich zu stürzen. Einer wartete auf den anderen. Ich zog rasch den Blazer aus und warf ihn auf den Boden.

»Ist das ein Geschenk?«, fragte der Erste und hob ihn auf.

»Es ist, was du willst«, sagte ich. Ich starrte noch immer vor mich hin und vermied jeden Blickkontakt, und darum sah ich seinen Fuß nicht. Der Tritt traf mich an der linken Schläfe und stieß meinen Kopf gegen die Gitterstäbe. »Scheiße!«, schrie ich und betastete meinen Hinterkopf

»Du kannst das verdammte Ding haben«, sagte ich und machte mich auf den Angriff gefasst.

»Ist das ein Geschenk?«

»Ja.«

»Danke, Mann.«

»Keine Ursache«, sagte ich und fuhr mir mit der Hand über das Gesicht. Mein ganzer Kopf fühlte sich taub an.

Sie zogen sich zurück. Ich saß zusammengekrümmt da.

Minuten vergingen, auch wenn ich kein Zeitgefühl mehr hatte. Der betrunkene Weiße versuchte, zu sich zu kommen, und wieder rief jemand nach der Wache. Der Kerl, der mein Jackett genommen hatte, zog es nicht an. Es verschwand irgendwo in der Zelle.

Mein Gesicht pochte, blutete aber nicht. Wenn ich keine weiteren Verletzungen davontrug, konnte ich mich glücklich schätzen. Ein Leidensgenosse in einer anderen Zelle rief, er versuche zu schlafen, und ich dachte darüber nach, was die Nacht bringen würde. Wir waren zu sechst und hatten nur zwei sehr schmale Betten. Sollten wir auf dem Fußboden schlafen, ohne Kissen und Decke?

Der Boden fühlte sich immer kälter an, und während ich dasaß, versuchte ich mir auszumalen, welche Vergehen sich meine Zellengenossen hatten zuschulden kommen lassen. Ich hatte mir eine Akte ausgeliehen, in der Absicht, sie wieder zurückzubringen. Und doch war ich hier, auf der untersten Sprosse der Leiter, unter Drogendealern, Autodieben, Vergewaltigern und wahrscheinlich sogar Mördern.

Ich war nicht hungrig, aber ich dachte an Essen. Ich hatte keine Zahnbürste. Ich musste nicht aufs Klo, aber was würde geschehen, wenn ich musste? Gab es hier etwas zu trinken? Die elementaren Bedürfnisse rückten in den Vordergrund.

»Hübsche Schuhe«, sagte jemand und riss mich aus meinen Gedanken. Ich sah auf. Einer der Kerle stand vor mir. Er trug schmutzige weiße Strümpfe, keine Schuhe, und seine Füße waren ein paar Zentimeter länger als meine.

»Danke«, sagte ich. Es waren alte Joggingschuhe, keine Basketballschuhe, und ich hielt es für unwahrscheinlich, dass sie ihm wirklich gefielen. Zum ersten Mal wünschte ich mir, ich trüge die Slipper, in denen ich als gut situierter Anwalt in die Kanzlei gegangen war.

»Welche Größe?«, wollte er wissen.

»Vierundvierzig.«

Der Bursche, der meine Jacke an sich genommen hatte, kam näher; die Botschaft war klar.

»Das ist meine Größe«, sagte der Erste.

»Möchtest du sie gern haben?«, fragte ich und zog sie aus. »Hier, ich möchte dir eine Freude machen und schenke dir meine Schuhe.« Ich schob sie ihm hin, und er nahm sie.

Am liebsten hätte ich gefragt: Und was ist mit meiner Jeans und meiner Unterhose?

Gegen sieben Uhr hatte Mordecai alle nötigen Formalitäten erledigt. Coffey holte mich aus der Zelle. Als wir zum Ausgang gingen, fragte er mich: »Wo sind Ihre Schuhe?«

»In der Zelle«, sagte ich. »Die anderen haben sie mir abgenommen.«

»Ich werde sie holen.«

»Danke. Ich hatte auch noch einen Blazer.«

Er musterte die linke Seite meines Gesichts. Mein Auge schwoll langsam zu. »Alles in Ordnung?«

»Mir geht's prima. Ich bin frei.«

Meine Kaution war auf zehntausend Dollar festgesetzt. Mordecai wartete mit meinem Kautionsbürgen. Ich gab ihm tausend Dollar in bar und unterschrieb ein paar Formulare. Coffey brachte mir meine Schuhe und meinen Blazer, und damit war meine Gefängniszeit fürs Erste vorbei. Draußen wartete Sofia im Wagen.

27

Körperlich bezahlte ich einen Preis für meinen Wechsel vom Hochhausbüro auf die Straße. Die Prellungen, die ich mir bei dem Unfall zugezogen hatte, waren fast verheilt, aber die Schmerzen in den Muskeln und Gelenken würden mich noch einige Wochen lang begleiten. Ich hatte außerdem abgenommen, und zwar aus zwei Gründen: Ich konnte mir die Restaurantbesuche, die mir einst selbstverständlich erschienen waren, nicht mehr leisten, und ich hatte das Interesse am Essen verloren. Mir tat der Rücken weh, weil ich im Schlafsack auf dem Boden schlief, und ich war entschlossen, das auch weiterhin zu tun, nur um zu sehen, ob ich mich je daran gewöhnen würde. Ich hatte da meine Zweifel.

Und dann hatte ein Straßengangster mir mit dem nackten Fuß beinahe den Schädel gebrochen. Ich kühlte die Stelle mit Eis, aber jedes Mal, wenn ich in dieser Nacht erwachte, schien die Schwellung größer geworden zu sein.

Dennoch schätzte ich mich glücklich, dass ich lebte und diesen Abstieg in die Hölle einigermaßen unversehrt überstanden hatte, auch wenn ich schon nach einigen Stunden gerettet worden war. Ich hatte keine Angst mehr vor dem Unbekannten, jedenfalls fürs Erste nicht. Es lauerten keine Polizisten in den Schatten.

Schwerer Diebstahl war keine Kleinigkeit, wenn man wie ich schuldig war. Die Höchststrafe waren zehn Jahre Gefängnis, doch darüber würde ich mir später den Kopf zerbrechen.

Kurz vor Sonnenaufgang verließ ich meine Wohnung, um mir rasch eine Zeitung zu kaufen. Das nächste

Café in meiner neuen Nachbarschaft war eine winzige, von einer streitsüchtigen pakistanischen Familie betriebene und die ganze Nacht geöffnete Bäckerei an der Kalorama Road, in einer Gegend von Adams-Morgan, in der man innerhalb eines Blocks von sicherem in gefährliches Territorium wechseln konnte. Ich setzte mich an die Theke, bestellte einen großen Milchkaffee, schlug die Zeitung auf und fand eine kleine Meldung über die Geschichte, die mich den größten Teil meines Schlafs gekostet hatte.

Meine Freunde bei Drake & Sweeney hatten die Sache gut geplant. Auf Seite zwei des Lokalteils sah ich mein Foto. Es war vor einem Jahr gemacht worden, und zwar für eine Broschüre, mit der junge Jura-Absolventen geworben werden sollten. Das Negativ befand sich im Besitz der Kanzlei.

Es waren nur vier kurze, knappe Absätze – hauptsächlich Informationen, die der Reporter von der Kanzlei erhalten hatte: Ich sei nach dem Studium in Yale sieben Jahre lang in der Abteilung Kartellrecht tätig gewesen und bislang nicht vorbestraft. Die Kanzlei sei die fünftgrößte des Landes, mit achthundert Anwälten in acht Städten, und so weiter. Es wurde niemand zitiert, und das war auch gar nicht nötig. Der einzige Zweck des Artikels war, mich zu demütigen, und das war ihnen gelungen. ANWALT WEGEN SCHWEREN DIEBSTAHLS VERHAFTET lautete die Überschrift neben meinem Foto. Das Diebesgut wurde als ›Unterlagen‹ bezeichnet: Bei meinem kürzlich erfolgten Ausscheiden aus der Kanzlei seien Unterlagen verschwunden.

Es klang ein wenig albern – ein Haufen Rechtsanwälte stritt sich über Papierkram. Wer außer mir selbst und denen, die mich persönlich kannten, würde sich schon darum kümmern? Bald würde Gras über die Sache gewachsen sein; es gab so viele wichtigere Meldungen.

Das Foto und die Hintergrundinformationen waren

an einen willigen Reporter weitergegeben worden, der seine vier Absätze geschrieben und dann gewartet hatte, bis meine Verhaftung bestätigt worden war. Ich konnte mir gut vorstellen, wie Arthur, Rafter und ihre Mitarbeiter stundenlang die weiteren Schritte geplant hatten. Die Zeit würde zweifellos RiverOaks in Rechnung gestellt werden, einfach weil das der Mandant war, der von dieser Sache am meisten betroffen war.

Was für ein Public-Relations-Coup! Vier Absätze in der Samstagsausgabe.

Bei den Pakistanis gab es keine Donuts mit Fruchtgeleefüllung. Ich kaufte stattdessen Kekse und fuhr zum Büro.

Ruby lag vor dem Eingang und schlief, und als ich näher kam, fragte ich mich, wie lange sie wohl schon da war. Sie lag unter zwei oder drei alten Decken und hatte den Kopf auf eine große Einkaufstasche aus Segeltuch gebettet, in der sich ihre Habseligkeiten befanden. Ich räusperte mich und machte ein paar Geräusche, und sie erwachte und sprang auf.

»Warum schlafen Sie hier?«, fragte ich sie.

Sie sah die Tüte mit den Keksen an und sagte: »Irgendwo muss ich ja schlafen.«

»Ich dachte, Sie schlafen in einem Wagen.«

»Tu ich auch. Meistens.«

Wenn man sich mit einer Obdachlosen darüber unterhielt, warum sie hier oder dort schlief, konnte dabei nicht viel herauskommen. Ruby war hungrig. Ich schloss auf, machte Licht und setzte Kaffeewasser auf. Gemäß unserem Ritual ging sie auf dem kürzesten Weg zu dem Schreibtisch, den sie mittlerweile vermutlich als den ihren betrachtete, und wartete.

Wir tranken Kaffee und aßen Kekse, und dazu las ich ihr aus der Zeitung vor – immer abwechselnd eine Meldung, die mich interessierte, und eine, die sie hören wollte. Den Artikel über mich ließ ich aus.

Ruby hatte gestern Nachmittag bei Naomi die Gruppensitzung verlassen. Die Morgensitzung hatte sie noch durchgestanden, aber am Nachmittag war sie geflohen. Megan, die Direktorin, hatte mich etwa eine Stunde vor Gaskos Erscheinen angerufen.

»Wie geht's Ihnen heute Morgen?«, fragte ich Ruby, als wir mit der Zeitung fertig waren.

»Gut. Und Ihnen?«

»Bestens. Ich nehme keine Drogen. Wie steht's mit Ihnen?«

Ihr Kinn klappte herunter. Sie sah zur Seite und zögerte gerade so lange, dass ich die Wahrheit ahnte. »Ja«, sagte sie. »Ich nehme keine Drogen mehr.«

»Nein, das stimmt nicht. Lügen Sie mich nicht an, Ruby. Ich bin Ihr Freund und Rechtsanwalt und will Ihnen helfen, damit Sie Terrence wieder sehen können. Aber das kann ich nur, wenn Sie mich nicht anlügen. Also, sehen Sie mir in die Augen und sagen Sie mir, ob Sie noch Drogen nehmen oder nicht.«

Irgendwie gelang es ihr, sich noch kleiner zu machen, als sie ohnehin schon war. Sie sah zu Boden und sagte: »Ja, ich nehme noch Drogen.«

»Danke. Warum haben Sie die Gruppensitzung gestern Nachmittag verlassen?«

»Hab ich doch gar nicht.«

»Die Direktorin sagte, Sie wären gegangen.«

»Ich dachte, sie wären schon fertig.«

Ich wollte mich auf eine Diskussion einlassen, die ich nicht gewinnen konnte. »Gehen Sie heute zu Naomi?«

»Ja.«

»Gut. Ich werde Sie hinbringen, aber Sie müssen mir versprechen, dass Sie an beiden Sitzungen teilnehmen.«

»Ich verspreche es.«

»Sie werden die Erste sein, die kommt, und die Letzte, die geht, okay?«

»Okay.«

»Und die Direktorin wird ein Auge auf Sie haben.«

Sie nickte und nahm noch einen Keks, ihren vierten. Wir sprachen über Terrence und Entziehungskuren, und wieder einmal wurde mir bewusst, in welche Hoffnungslosigkeit die Sucht führte. Schon allein die Aufgabe, vierundzwanzig Stunden keine Drogen zu nehmen, stellte für Ruby eine fast unüberwindliche Hürde dar.

Ihre Droge war Crack, wie ich vermutet hatte. Spottbillig und hochgradig Sucht erzeugend.

Als wir zu Naomi fuhren, sagte sie unvermittelt: »Sie sind verhaftet worden, stimmt's?«

Beinahe hätte ich eine rote Ampel überfahren. Sie hatte vor der Tür zu unserem Büro geschlafen und konnte kaum lesen. Wie war sie an diese Information gekommen?

»Ja, das stimmt.«

»Hab ich mir gedacht.«

»Woher wissen Sie das?«

»Auf der Straße hört man so allerlei.«

Natürlich. Wozu Zeitungen lesen? Die Obdachlosen hatten ihr eigenes Nachrichtensystem. Der junge Anwalt drüben bei Mordecai ist verhaftet worden. Die Bullen sind einfach reinspaziert und haben ihn mitgenommen, wie einen von uns.

»Es war ein Missverständnis«, sagte ich, als wäre das für sie von Bedeutung.

Sie hatten schon ohne sie angefangen zu singen – wir hörten sie, als wir bei Naomi die Stufen zum Eingang hinaufgingen. Megan öffnete uns die Tür und lud mich auf eine Tasse Kaffee ein. Im Gemeinschaftsraum, der früher sicher ein hübscher Salon gewesen war, sangen die Frauen und erzählten einander von ihren Problemen. Wir sahen ihnen ein paar Minuten lang zu. Als einziger Mann kam ich mir wie ein Eindringling vor.

Megan schenkte mir in der Küche eine Tasse Kaffee ein und führte mich kurz durch das Haus. Weil die Frauen nicht weit entfernt beteten, flüsterten wir. In der Nähe der Küche im Erdgeschoss gab es Toiletten und Duschen; hinter dem Haus befand sich ein kleiner Garten, in den sich Frauen, die an Depressionen litten, gern zurückzogen. Im ersten Stock waren Büros, Beratungsräume und ein mit Stühlen ausgestatteter Saal, in dem sich die Anonymen Alkoholiker und Drogenabhängigen trafen.

Als wir die schmale Treppe hinaufgingen, ertönte von unten fröhliches Singen. Megans Büro befand sich im zweiten Stock. Sie bat mich herein, und als ich mich gesetzt hatte, warf sie mir eine Ausgabe der Post auf den Schoß.

»Sie haben eine harte Nacht hinter sich, was?«

Ich betrachtete noch einmal mein Foto. »Hätte schlimmer sein können.«

»Was ist das?«, fragte sie und zeigte auf ihre Schläfe.

»Ein Zellengenosse wollte meine Schuhe haben. Er hat sie bekommen.«

Sie musterte meine abgetragenen Turnschuhe. »Die da?«

»Ja. Chic, nicht?«

»Wie lange haben die Sie dabehalten?«

»Nur ein paar Stunden. Dann hab ich mein Leben in die Hand genommen und mich resozialisieren lassen. Jetzt bin ich ein neuer Mensch.«

Sie lächelte abermals, ein wunderbares Lächeln. Unsere Blicke trafen sich für einen Moment, und ich dachte: Mein lieber Mann! Kein Trauring. Sie war groß und ein bisschen zu dünn. Ihr Haar war dunkelrot und so kurz geschnitten, dass die Ohren frei blieben. Sie hatte hellbraune, sehr große und runde Augen, in die ich gern für ein, zwei Sekunden hineinsah. Ich fand diese Frau sehr attraktiv und wunderte mich, dass mir das nicht schon früher aufgefallen war.

Hatte sie etwas mit mir vor? War ich mit Hintergedanken hierher geführt worden? Wie hatten mir diese Augen, dieses Lächeln gestern entgehen können?

Wir tauschten unsere Lebensläufe aus. Ihr Vater war ein Pfarrer der Episkopalkirche in Maryland, ein Redskins-Fan, dem Washington gefiel. Als Teenager hatte sie beschlossen, für die Armen zu arbeiten. Eine höhere Berufung gab es in ihren Augen nicht.

Ich musste gestehen, dass ich bis vor zwei Wochen keinen Gedanken an die Armen verschwendet hatte. Sie war fasziniert von der Mister-Episode und ihrer läuternden Wirkung auf mich.

Sie lud mich ein, zum Mittagessen zu kommen und nach Ruby zu sehen. Wenn die Sonne herauskam, würden wir im Garten essen können.

Armenanwälte sind ganz normale Menschen. Sie können sich an den seltsamsten Orten verlieben, zum Beispiel in einem Heim für obdachlose Frauen.

Nachdem ich eine Woche lang Washingtons übelste Viertel erkundet, viele Stunden in Notunterkünften verbracht und ausgiebig mit Obdachlosen gesprochen hatte, war mein Bedürfnis, mich jedes Mal hinter Mordecai zu verstecken, verschwunden. Er war ein guter Schutz, aber wenn ich auf den Straßen überleben wollte, musste ich den Sprung ins kalte Wasser wagen und schwimmen lernen.

Ich hatte eine Liste von etwa dreißig Unterkünften, Suppenküchen und Hilfszentren für Obdachlose. Und ich hatte eine zweite Liste mit den Namen der siebzehn Menschen, die von Drake & Sweeney auf die Straße gesetzt worden waren, darunter auch DeVon Hardy und Lontae Burton.

Mein nächster Halt an diesem Samstagmorgen war die Mount Gilead Christian Church in der Nähe der Gallaudet University. Nach meinem Stadtplan war es die Suppenküche, die der Kreuzung New York Avenue und

Florida Avenue, wo das Lagerhaus gestanden hatte, am nächsten lag. Die Leiterin war eine junge Frau namens Gloria, die, als ich um neun Uhr dort eintraf, allein in der Küche stand, Sellerie schnitt und sich ärgerte, weil bisher keine Freiwilligen gekommen waren. Nachdem ich mich vorgestellt und sie davon überzeugt hatte, dass meine Referenzen in Ordnung waren, zeigte sie auf ein Schneidebrett und bat mich, Zwiebeln zu hacken. Wie konnte ein Armenanwalt das verweigern?

Ich erklärte, ich hätte das schon einmal getan, und zwar in Dollys Küche, während des letzten Schneesturms. Gloria war höflich, aber in Eile. Ich hackte Zwiebeln, wischte mir die Tränen ab, beschrieb den Fall, an dem ich arbeitete, und rasselte die Namen der Leute herunter, die zusammen mit DeVon Hardy und Lontae Burton aus dem Lagerhaus vertrieben worden waren.

»Wir sind keine Sachbearbeiter«, sagte sie. »Wir geben ihnen nur etwas zu essen. Ich kenne nicht viele Namen.«

Ein freiwilliger Helfer brachte einen Sack Kartoffeln. Ich machte Anstalten, wieder zu gehen. Gloria bedankte sich bei mir, schrieb sich die Namen auf und versprach, sich umzuhören.

Ich hatte einen Plan, und der sah viele weitere Stationen vor. Dabei hatte ich wenig Zeit. Ich sprach mit einem Arzt in der Capitol Clinic, einer privat finanzierten Einrichtung für Obdachlose. Hier hatte man Unterlagen über jeden einzelnen Patienten. Heute war Samstag, und der Arzt versprach mir, seine Sekretärin werde am Montag die Computerdateien nach den Namen auf meiner Liste durchsuchen. Wenn einer dieser Leute ärztliche Hilfe in Anspruch genommen hatte, werde sie mich anrufen.

In der Redeemer Mission von Rhode Island trank ich Tee mit einem katholischen Priester. Er las die Liste aufmerksam durch, kannte aber keinen der Namen. »Zu uns kommen so viele«, sagte er.

Der einzige Zwischenfall ereignete sich vor der Freedom Coalition, einer großen Versammlungshalle, die von einer längst vergessenen Vereinigung erbaut, inzwischen aber in ein Nachbarschaftszentrum umgewandelt worden war. Gegen elf Uhr hatte sich vor dem Haupteingang eine lange Schlange gebildet. Da ich nicht vorhatte, dort etwas zu essen, ging ich direkt zur Tür. Einige der Wartenden dachten, ich wollte mich vordrängen und begannen, mich zu beschimpfen. Sie waren hungrig und plötzlich auch wütend, und die Tatsache, dass ich weiß war, machte die Sache nicht besser. Aus mir unerfindlichen Gründen hielten sie mich für einen Obdachlosen. Auch der freiwillige Helfer an der Tür dachte offenbar, ich sei einfach unverschämt. Er stieß mich grob zurück – ein weiterer Akt körperlicher Gewalt gegen meine Person.

»Ich will doch gar nichts essen!«, rief ich. »Ich bin Armenanwalt!«

Das schien alle zu beruhigen; mit einemmal war ich ein Bruder im Geiste und durfte das Gebäude betreten, ohne weiter beschimpft oder angegriffen zu werden. Der Leiter war Reverend Kip, ein hitzköpfiger kleiner Mann mit rotem Barett und schwarzem Kragen. Wir kamen nicht gut miteinander zurecht. Als ihm klar wurde, dass ich a) Anwalt war, b) die Burtons vertrat, c) an einer Klage in ihrem Namen arbeitete und d) möglicherweise ein Schadenersatz ins Haus stand, begann er an Geld zu denken. Ich verschwendete eine halbe Stunde mit ihm und versprach ihm, Mordecai zu ihm zu schicken.

Anschließend rief ich Megan an und sagte die Verabredung zum Mittagessen ab. Ich entschuldigte mich damit, dass ich mich am anderen Ende der Stadt befände und noch eine lange Liste von Leuten hätte, mit denen ich sprechen müsse. In Wirklichkeit wusste ich nicht, ob sie mit mir geflirtet hatte oder nicht. Sie war hübsch und intelligent und ausgesprochen liebenswert – und sie war das Letzte, was ich im Augenblick brauchte. Ich hatte seit zehn Jahren nicht mehr geflirtet. Ich kannte die Regeln nicht mehr.

Aber Megan hatte gute Neuigkeiten: Ruby hatte nicht nur die morgendliche Gruppensitzung durchgestanden, sondern auch hoch und heilig versprochen, in den nächsten vierundzwanzig Stunden keine Drogen zu nehmen. Es war eine anrührende Szene gewesen. Megan hatte hinten im Saal gestanden und konnte es bezeugen.

»Sie darf heute nicht auf der Straße übernachten«, sagte sie. »Es ist der erste Tag seit zwölf Jahren, an dem sie kein Crack genommen hat.«

Ich war natürlich keine große Hilfe, aber Megan hatte ein paar gute Ideen.

Der Nachmittag war so fruchtlos wie der Morgen, auch wenn ich jede einzelne Obdachlosenunterkunft in Washington kennen lernte und Kontakte mit Leuten knüpfte, die ich vermutlich bald wieder sehen würde.

Kelvin Lam war das einzige Opfer der Zwangsräumung, das wir hatten ausfindig machen können. DeVon Hardy und Lontae Burton waren tot. Die übrigen vierzehn waren wie vom Erdboden verschluckt.

Hartgesottene Obdachlose tauchen von Zeit zu Zeit in einer Unterkunft auf, um eine Mahlzeit, ein Paar Schuhe oder eine Decke zu ergattern, aber sie hinterlassen keine Spuren. Sie wollen keine Hilfe. Sie haben kein Bedürfnis nach zwischenmenschlichen Kontakten. Doch es war schwer zu glauben, dass diese vierzehn Menschen so hart gesotten waren. Noch vor einem Monat hatten sie ein Dach über dem Kopf gehabt und Miete dafür bezahlt.

Mordecai mahnte mich zur Geduld. Armenanwälte mussten Geduld haben.

Bei Naomi erwartete mich Ruby an der Tür, mit einem strahlenden Lächeln und einer Umarmung, die mir die Luft nahm. Sie hatte beide Sitzungen überstanden. Megan hatte bereits die Parole für die nächsten zwölf Stunden ausgegeben: Ruby durfte unter keinen Umständen auf der Straße sein. Damit war sie einverstanden.

Sie und ich ließen die Stadt hinter uns und fuhren in westlicher Richtung nach Virginia. In einem Einkaufszentrum außerhalb der Stadt kauften wir eine Zahnbürste, Zahnpasta, Seife, Shampoo und so viele Süßigkeiten, dass sie für eine Schulklasse gereicht hätten. Wir fuhren immer weiter, bis ich in dem kleinen Ort Gainesville ein nagelneues Motel entdeckte, das Einzelzimmer für zweiundvierzig Dollar pro Nacht anbot. Ich zahlte mit meiner Kreditkarte – wahrscheinlich würde ich eine Möglichkeit finden, die Rechnung von der Steuer abzusetzen.

Ich ließ Ruby dort und gab ihr strenge Anweisung, die Tür verschlossen zu halten, bis ich Sonntagmorgen nach ihr sehen würde.

28

Samstagabend, 1. März. Ich war jung, allein stehend, gewiss nicht so wohlhabend, wie ich es vor nicht allzu langer Zeit gewesen war, aber auch nicht vollkommen pleite. Ich besaß einen Schrank voll guter Kleidung, die ich im Augenblick nicht brauchte. Ich lebte in einer Stadt mit einer Million Einwohnern, darunter zahllose attraktive junge Frauen, die sich zu Macht und Einfluss hingezogen fühlten und, so hieß es jedenfalls, für ein bisschen Vergnügen immer zu haben waren.

Ich trank Bier, aß eine Pizza und sah mir im Fernsehen Basketballspiele an. Ich war allein in meiner Wohnung und nicht unglücklich. Hätte ich mich an diesem Abend in der Öffentlichkeit gezeigt, dann hätte ich wahrscheinlich früher oder später zu hören bekommen: »He, sind Sie nicht der Typ, der verhaftet worden ist? Ich hab's heute Morgen in der Zeitung gelesen.«

Ich rief Ruby an. Das Telefon läutete achtmal, bevor sie abnahm, und ich war kurz davor, in Panik zu geraten. Ihr ging es prächtig: Sie hatte lange geduscht, ein Pfund Süßigkeiten gegessen und sah ununterbrochen fern. Sie hatte das Zimmer nicht verlassen.

Sie befand sich zwanzig Meilen entfernt in einer kleinen Stadt weitab der Schnellstraße, irgendwo auf dem Land in Virginia, wo weder ich noch sie eine Menschenseele kannten. Dort würde sie keine Drogen auftreiben können. Ich klopfte mir in Gedanken abermals auf die Schulter.

Während der Halbzeit im Spiel Duke gegen Carolina läutete das Handy, das neben der Pizza auf der Plastikbox lag. Eine freundliche weibliche Stimme sagte: »Hallo, Knacki.«

Es war Claire, und sie sprach ohne bissigen Unterton.

»Hallo«, sagte ich und schaltete den Ton des Fernsehers aus.

»Alles in Ordnung?«

»Alles ganz wunderbar. Und bei dir?«

»Prima. Ich hab dein lächelndes Gesicht heute Morgen in der Zeitung gesehen und mir Sorgen um dich gemacht.« Claire las grundsätzlich nur die Sonntagsausgabe; wenn sie die traurige kleine Geschichte gelesen hatte, dann hatte sie ihr jemand gezeigt. Wahrscheinlich derselbe heißblütige Kollege, den ich bei meinem letzten Anruf am Apparat gehabt hatte. War sie samstags abends etwa ebenso allein wie ich?

»Es war eine neue Erfahrung«, sagte ich und erzählte ihr die ganze Geschichte, angefangen bei Gaskos Besuch im Büro bis zu meiner Freilassung. Sie wollte reden, und während des Gesprächs kam ich zu dem Schluss, dass sie tatsächlich allein war und sich wahrscheinlich langweilte. Möglicherweise fühlte sie sich auch einsam. Und es bestand auch noch die entfernte Möglichkeit, dass sie sich tatsächlich Sorgen um mich machte.

»Wie schwerwiegend sind die Anschuldigungen?«, fragte sie.

»Auf schweren Diebstahl stehen bis zu zehn Jahre«, sagte ich ernst. Mir gefiel die Vorstellung, dass sie um mich besorgt war. »Aber darüber zerbreche ich mir nicht den Kopf.«

»Es geht nur um eine Akte, oder?«

»Ja, und es war kein Diebstahl.« Das war es sehr wohl gewesen, doch ich war noch nicht bereit, das zuzugeben.

»Könntest du deine Zulassung verlieren?«

»Ja. Wenn man wegen eines Verbrechens verurteilt wird, verliert man automatisch die Zulassung.«

»Das ist ja schrecklich, Mike. Was würdest du dann tun?«

»Ehrlich gesagt, darüber hab ich mir noch gar keine Gedanken gemacht. So weit wird es nicht kommen.« Ich war tatsächlich ganz ehrlich: Darüber, dass ich meine Zulassung verlieren könnte, hatte ich noch nicht ernsthaft nachgedacht. Vielleicht sollte ich mich bei Gelegenheit damit befassen – im Augenblick fehlte mir jedoch die Zeit dazu.

Jeder erkundigte sich höflich nach der Familie des anderen, und ich vergaß nicht, sie nach ihrem Bruder James und seiner Hodgkin-Krankheit zu fragen. Die Behandlung hatte bereits begonnen, und die Familie war optimistisch.

Ich dankte ihr für den Anruf, und wir verabredeten, in Verbindung zu bleiben. Als ich das Handy wieder neben die Pizza gelegt hatte, starrte ich auf den stummen Fernseher und gestand mir widerstrebend ein, dass Claire mir fehlte.

Ruby war frisch geduscht und eingecremt und trug die sauberen Kleider, die Megan ihr gestern gegeben hatte. Ihr Motelzimmer lag im Erdgeschoss, und die Tür ging auf den Parkplatz. Sie erwartete mich, trat hinaus in die Sonne und umarmte mich. »Ich bin clean!«, sagte sie mit breitem Lächeln. »Ich bin seit vierundzwanzig Stunden clean!« Wir umarmten uns noch einmal.

Ein Paar in den Sechzigern trat aus der Tür des übernächsten Zimmers und starrte uns an. Weiß der Himmel, was sie dachten.

Wir fuhren zurück in die Stadt, zu Naomi, wo Megan und ihre Mitarbeiterinnen auf Neuigkeiten warteten. Als Ruby ihren Erfolg verkündete, brachen alle in Jubelrufe aus. Megan hatte mir gesagt, die ersten vierundzwanzig Stunden würden immer am lautesten gefeiert.

Es war Sonntag, und ein Pfarrer aus der Nachbarschaft erschien, um eine Bibelstunde abzuhalten. Die

Frauen versammelten sich im Gemeinschaftsraum, um zu singen und zu beten. Megan und ich tranken im Garten Kaffee und machten einen Plan für die nächsten vierundzwanzig Stunden. Außer Gebeten und Gottesdienst würde Ruby zwei Gruppensitzungen durchstehen müssen. Unser Optimismus war noch verhalten. Megan war mit allen Aspekten von Sucht vertraut und überzeugt, dass Ruby einen Rückfall haben würde, wenn sie wieder auf der Straße landete. So etwas kam täglich vor.

Das Motel würde ich mir noch ein paar Tage leisten können, und ich war auch bereit, diesen Preis zu bezahlen. Aber ich würde um vier Uhr nach Chicago aufbrechen und mich auf die Suche nach Hector machen, und ich wusste nicht, wie lange ich fort sein würde. Ruby gefiel es im Motel, ja sie schien den Aufenthalt dort regelrecht zu genießen.

Wir beschlossen, nicht weiter als einen Tag im Voraus zu planen. Megan würde Ruby zu einem Hotel in einem Außenbezirk fahren, das ich bezahlen würde, und sie Sonntagnacht dort lassen. Am Montagmorgen würde sie sie wieder abholen, und dann würden wir uns überlegen, wie es weitergehen sollte.

Megan würde sich auch daranmachen, Ruby zu überzeugen, dass sie von der Straße verschwinden musste. Die erste Station war eine Entzugsklinik, und danach brauchte sie einen Platz in einer Unterkunft für obdachlose Frauen, wo sie ein halbes Jahr lang ein geregeltes Leben führen und auf das Berufsleben vorbereitet werden konnte.

»Vierundzwanzig Stunden sind ein großer Schritt«, sagte sie, »aber vor ihr liegt noch immer ein ganzer Berg.«

Ich verabschiedete mich, sobald ich konnte. Sie lud mich zum Mittagessen ein. Wir konnten in ihrem Büro essen, nur wir beide, und wichtige Dinge besprechen.

Ihre Augen blitzten und sahen mich herausfordernd an. Also sagte ich zu.

Wer als Anwalt bei Drake & Sweeney arbeitete, flog immer erster Klasse – das war man sich schuldig. Man stieg in Vier-Sterne-Hotels ab und aß in teuren Restaurants, doch Limousinen mit Fahrern galten als zu extravagant; stattdessen mietete man einen Lincoln. Alle Spesen wurden auf die Rechnung des Mandanten gesetzt, und da dieser die besten Rechtsanwälte der Welt bekam, hatte er keinen Grund, sich zu beklagen.

Auf dem Flug nach Chicago saß ich in der Touristenklasse, und da ich außerdem Last Minute gebucht hatte, landete ich auf einem der gefürchteten Mittelplätze. Auf dem Fensterplatz saß ein dicklicher Mann mit Knien, so groß wie Basketbälle, und am Gang ein verschwitzter, etwa achtzehn Jahre alter Teenager mit pechschwarzem Haar, einem perfekten Irokesenschnitt und einer erstaunlichen Kollektion von Leder und verchromten Stacheln. Ich machte mich möglichst schmal, schloss für zwei Stunden die Augen und versuchte, nicht an die Breitärsche in der ersten Klasse zu denken, wo ich früher einmal gesessen hatte.

Mein Ausflug nach Chicago war ein klarer Verstoß gegen meine Kautionsauflagen: Ohne Genehmigung des Richters durfte ich Washington, D.C., nicht verlassen. Mordecai und ich waren allerdings zu dem Schluss gekommen, dass es sich um einen weniger schweren Verstoß handelte, der keine weiteren Folgen haben würde, sofern ich wieder nach Washington zurückkehrte.

Ich nahm ein Taxi vom Flughafen zu einem billigen Hotel in der Innenstadt.

Sofia hatte die neue Adresse der Palmas nicht herausfinden können. Wenn es mir nicht gelang, Hector in der Chicagoer Kanzlei von Drake & Sweeney aufzustöbern, saßen wir in der Tinte.

Die Chicagoer Kanzlei von Drake & Sweeney beschäftigte einhundertsechs Anwälte und war damit die drittgrößte nach Washington und New York. Die Immobilienabteilung war überproportional groß und mit achtzehn Anwälten besetzt, mehr als in der Washingtoner Kanzlei. Aus diesem Grund hatte man Hector nach Chicago versetzt: Hier gab es viel Arbeit für ihn. Ich erinnerte mich dunkel daran, am Anfang meiner Karriere bei Drake & Sweeney etwas von der Übernahme einer gut gehenden Chicagoer Immobilienfirma gehört zu haben.

Am Montagmorgen um kurz nach sieben traf ich am Associated Life Building ein. Der Himmel war düster und grau, und vom Michigansee wehte ein schneidender Wind. Es war das dritte Mal, dass ich in Chicago war, und bei meinen anderen beiden Besuchen war das Wetter ebenso unfreundlich gewesen. Ich kaufte mir einen Becher Kaffee und eine Zeitung, hinter der ich mich verstecken konnte, fand einen geeigneten Tisch in einer Ecke des riesigen Atriums und legte mich auf die Lauer. Die Rolltreppen gingen im Zickzack hinauf zur ersten und zweiten Ebene, wo Dutzende von Aufzügen warteten.

Gegen halb acht wimmelten zahllose Menschen geschäftig durch das Erdgeschoss. Um acht, nach drei Bechern Kaffee, war ich angespannt und glaubte, es müsse jeden Augenblick so weit sein. Auf den Rolltreppen standen Hunderte von Angestellten, Anwälten und Sekretärinnen, die allesamt dick vermummt waren und einander erstaunlich ähnlich sahen.

Um zwanzig nach acht trat Hector Palma zusammen mit anderen Pendlern von der Südseite des Gebäudes in das Atrium. Er fuhr sich mit den Fingern durch das windzerzauste Haar und steuerte auf eine Rolltreppe zu. So unauffällig wie möglich schlenderte ich zu einer anderen und folgte ihm. Oben sah ich, wie er um eine Ecke bog und auf einen Aufzug wartete.

Es war eindeutig Hector, und ich beschloss, mein Glück nicht überzustrapazieren. Wenn meine Vermutung stimmte, hatte man ihn bei Nacht und Nebel von Washington nach Chicago gebracht, wo man ihn im Auge behalten, bestechen und notfalls auch massiv unter Druck setzen konnte.

Ich wusste, wo er war und in den nächsten acht bis zehn Stunden sein würde. Von der zweiten Ebene des Atriums aus hatte ich eine herrliche Aussicht auf den See. Ich rief Megan an. Ruby hatte auch diese Nacht überstanden – jetzt war sie schon achtundvierzig Stunden clean. Dann wählte ich Mordecais Nummer und erzählte ihm von meiner erfolgreichen Suche.

Laut dem Drake & Sweeney-Handbuch des vergangenen Jahres gab es in der Chicagoer Immobilienabteilung drei Teilhaber. Auf dem Wegweiser im Atrium waren sie aufgeführt, in der einundfünfzigsten Etage. Meine Wahl fiel auf Dick Heile.

Um neun Uhr fuhr ich hinauf in die einundfünfzigste Etage und trat aus dem Aufzug in eine vertraute Umgebung: Marmor, Messing, Walnussholz, indirekte Beleuchtung, teure Teppiche.

Als ich auf die Empfangsdame zuschlenderte, sah ich mich unauffällig nach Toilettentüren um, konnte aber keine entdecken.

Sie trug einen Telefonkopfhörer mit Mikrofon, in das sie gerade sprach. Ich runzelte die Stirn und tat, als hätte ich Schmerzen.

»Ja, Sir?«, sagte sie lächelnd zwischen zwei Anrufen.

Ich biss die Zähne zusammen, holte zischend Luft und sagte: »Ich habe für neun Uhr einen Termin bei Dick Heile, aber ich fühle mich gar nicht gut. Wahrscheinlich habe ich etwas Falsches gegessen. Gibt es hier in der Nähe eine Toilette?« Ich presste die Hände auf den Magen, ging ein bisschen in die Knie und vermittelte offenbar erfolgreich den Eindruck, als müsste ich mich gleich auf ihren Schreibtisch übergeben.

Das Lächeln verschwand, als sie aufsprang und auf einen Gang zeigte. »Dort entlang, um die Ecke und dann rechts.«

Ich setzte mich in Bewegung, noch immer zusammengekrümmt, als würde es im nächsten Augenblick aus mir herausbrechen. »Danke«, stieß ich hervor.

»Kann ich irgendwas für Sie tun?«

Ich schüttelte den Kopf. Es ging mir so schlecht, dass ich nicht sprechen konnte. Auf der Toilette schloss ich mich in eine Kabine ein und wartete.

So häufig wie ihr Telefon läutete, war sie viel zu beschäftigt, um sich über mich Gedanken zu machen. Ich sah aus wie ein Anwalt aus einer großen Kanzlei und würde niemandem auffallen. Nach zehn Minuten verließ ich die Toilette und ging weiter den Gang entlang. Vom ersten unbesetzten Schreibtisch nahm ich ein paar zusammengeheftete Papiere, auf die ich im Gehen etwas kritzelte, als hätte ich Wichtiges zu tun. Ich warf unauffällige Blicke nach links und rechts: Namensschildchen an den Türen und auf den Schreibtischen, Sekretärinnen, die zu beschäftigt waren um aufzusehen, grauhaarige Anwälte mit aufgekrempelten Hemdsärmeln, junge Anwälte, die hinter angelehnten Türen telefonierten, Phonotypistinnen, die auf ihren Schreibmaschinen tippten.

Es war alles so vertraut!

Hector hatte ein eigenes Büro. Es war ein kleiner Raum ohne Namensschild. Ich sah ihn durch die halb offene Tür, trat sogleich ein und schlug sie hinter mir zu.

Er fuhr auf seinem Sessel zurück und hob abwehrend die Hände, als wäre ich bewaffnet.

»Hallo, Hector!«

Keine Waffe, kein Angriff, nur ein schlechtes Gewissen. Seine Hände fielen auf den Schreibtisch, und er brachte sogar ein Lächeln zustande. »Was machen *Sie* denn hier?«, sagte er.

»Wie ist Chicago denn so?«, fragte ich und setzte mich halb auf seinen Schreibtisch.

»Was machen Sie hier?«, wiederholte er.

»Dasselbe könnte ich Sie fragen.«

»Ich arbeite«, sagte er und kratzte sich am Kopf. Hundertzwanzig Meter über der Straße, versteckt in einem kleinen, fensterlosen Raum, abgeschirmt durch viele wichtige Leute. Und er war ausgerechnet von dem Mann aufgestöbert worden, vor dem er davongelaufen war. »Wie haben Sie mich gefunden?«

»Das war sehr einfach. Ich bin jetzt Armenanwalt und kenne alle Tricks. Wenn Sie noch einmal davonlaufen, werde ich Sie wieder finden.«

»Ich werde nicht mehr davonlaufen«, sagte er und wandte den Blick ab, und zwar nicht nur, um mich zu überzeugen.

»Wir werden morgen die Klage einreichen«, sagte ich. »Gegen RiverOaks, TAG und Drake & Sweeney. Sie können sich nirgends verstecken.«

»Wer sind die Kläger?«

»Die Hinterbliebenen von Lontae Burton. Später auch die anderen Betroffenen – sobald wir sie ausfindig gemacht haben.«

Er kniff die Augen zusammen und massierte seine Nasenwurzel.

»Sie erinnern sich doch an Lontae, oder? Sie war die junge Mutter, die den Polizisten bei der Zwangsräumung Widerstand leistete. Sie haben alles gesehen, und Sie fühlen sich schuldig, weil Sie die Wahrheit wussten: dass diese Leute nämlich an Gantry Miete bezahlten. Das haben Sie in Ihrer Aktennotiz vom 26. Januar auch geschrieben, und Sie haben dafür gesorgt, dass die Notiz im Journal eingetragen wurde. Und zwar deshalb, weil Sie wussten, dass Braden Chance die Notiz irgendwann verschwinden lassen würde. Was er dann ja auch getan hat. Und darum bin ich hier, Hector. Ich will eine Kopie dieser Aktennotiz. Ich habe den Rest der Akte und werde ihren Inhalt demnächst offen legen. Jetzt will ich diese Aktennotiz.«

»Wie kommen Sie darauf, dass ich eine Kopie haben könnte?«

»Sie sind zu intelligent, um keine Kopie zu haben. Sie wussten, dass Chance das Original entfernen würde, um sein Vorgehen zu decken. Aber jetzt kommt alles ans Licht. Passen Sie auf, dass Sie nicht zusammen mit Chance untergehen.«

»Wo soll ich denn hin?«

»Sie sollen nirgends hin«, sagte ich. »Sie können nirgendwo hin.«

Das wusste er. Da er die Wahrheit über die Zwangsräumung wusste, würde er irgendwann zu einer Aussage gezwungen werden. Diese Aussage würde Drake & Sweeney schwer zu schaffen machen und sein Ende in dieser Kanzlei bedeuten. Mordecai und ich hatten darüber gesprochen. Wir hatten nicht viel zu bieten.

»Wenn Sie mir eine Kopie der Aktennotiz geben«, sagte ich, »werde ich nicht verraten, woher sie stammt. Und ich werde Sie nur als Zeugen benennen, wenn ich absolut keine andere Wahl habe.«

Er schüttelte den Kopf. »Ich könnte ja auch lügen«, sagte er.

»Sie könnten. Aber Sie werden nicht, denn Sie wissen, dass man Sie überführen würde. Es ist kinderleicht zu beweisen, dass die Notiz in der Akte war und später entfernt worden ist. Sie werden nicht leugnen können, dass Sie sie geschrieben haben. Außerdem haben wir die Aussagen der Leute, die Sie auf die Straße gesetzt haben. Vor einer Jury aus lauter Schwarzen werden die eine großartige Figur machen. Und wir haben auch mit dem Mann vom Sicherheitsdienst gesprochen, der Sie am 27. Januar begleitet hat.«

Jeder Schlag war ein Treffer, und Hector hing in den Seilen. In Wirklichkeit hatten wir den Mann vom Sicherheitsdienst nicht finden können – sein Name war nicht in der Akte aufgeführt.

»Ich an Ihrer Stelle würde nicht mal daran denken zu lügen«, sagte ich. »Das würde die Sache nur noch schlimmer machen.«

Hector war zu aufrichtig, um zu lügen. Immerhin war er es gewesen, der mir die Liste der Betroffenen und die Schlüssel zugespielt hatte. Er hatte eine Seele und ein Gewissen, und solange er sich hier in Chicago versteckte und vor seiner Vergangenheit davonlief, konnte er nicht glücklich sein.

»Hat Chance den anderen die Wahrheit gesagt?«, fragte ich.

»Ich weiß es nicht«, sagte er. »Wahrscheinlich nicht. Dazu braucht man Mut, und Chance ist ein Feigling … Die werden mich rausschmeißen.«

»Kann sein, aber Sie werden einen wunderschönen Prozess gegen sie führen. Ich werde das in die Hand nehmen. Wir werden sie verklagen, und ich werde Ihnen dafür keinen Cent berechnen.«

Es klopfte. Wir beide schreckten hoch; unsere Unterhaltung hatte uns in vergangene Zeiten zurückversetzt. »Ja«, rief er. Eine Sekretärin trat ein.

»Mr. Peck erwartet Sie«, sagte sie und musterte mich.

»Ich komme sofort«, sagte Hector, und sie ging langsam hinaus und ließ die Tür offen.

»Sie entschuldigen mich«, sagte er.

»Ich werde erst gehen, wenn ich die Kopie der Aktennotiz habe.«

»Wir treffen uns um zwölf am Brunnen vor dem Gebäude.«

»Einverstanden.«

Als ich durch das Foyer ging, nickte ich der Empfangsdame zu. »Vielen Dank«, sagte ich. »Jetzt geht es mir schon viel besser.«

»Gern geschehen«, sagte sie.

Vom Brunnen gingen wir in westlicher Richtung die Grand Avenue entlang zu einer gut besetzten jüdischen Sandwich-Bar. Während wir in der Schlange warteten, steckte er mir einen Umschlag zu. »Ich habe vier Kinder«, sagte er. »Bitte beschützen Sie mich.«

Ich nahm den Umschlag und wollte gerade etwas sagen, als er sich umdrehte und in der Menge verschwand. Ich sah noch, wie er sich durch die Tür drängte und vor dem großen Fenster vorbeiging. Er hatte den Mantelkragen hochgeschlagen und rannte fast.

Ich ließ das Mittagessen aus, ging vier Blocks weit zum Hotel, bezahlte und lud meinen Koffer in ein Taxi. Ich ließ mich tief in den Rücksitz sinken. Die Türen waren verriegelt, der Taxifahrer nahm mich kaum wahr, niemand wusste, wo ich mich in diesem Augenblick befand. Ich öffnete den Umschlag.

Die Aktennotiz hatte das typische Drake & Sweeney-Format, das Hector auf seinem Computer gespeichert hatte. Unten links standen in kleiner Schrift die Mandantennummer, das Aktenzeichen und das Datum: 27. Januar. Die Notiz war von Hector Palma an Braden Chance und betraf die Zwangsräumung in Sachen RiverOaks/TAG, Lagerhaus an der Florida Avenue. An diesem Tag war Hector Palma in Begleitung eines bewaffneten Wachmanns (Jeff Mackle von der Firma Rock Creek Security) von 9 Uhr 15 bis 12 Uhr 30 in dem Lagerhaus gewesen. Das Haus hatte drei Etagen; und nachdem er die Bewohner im Erdgeschoss bemerkt hatte, war Hector in den ersten Stock gegangen, wo jedoch nichts darauf hindeutete, dass hier jemand wohnte. Im zweiten Stock fand er nur Abfall, alte Kleider und die Asche eines Feuers, das hier vor Monaten angezündet worden war.

Im Erdgeschoss, am westlichen Ende des Gebäudes, fand er elf provisorische Wohnungen mit ungestrichenen Wänden aus Sperrholz und Spanplatten, offenbar von ein und derselben Person etwa gleichzeitig und in dem Bemühen um eine gewisse Ordnung errichtet. Die Wohnungen waren, soweit man das von außen beurteilen konnte, ungefähr gleich groß; Hector konnte keine von innen begutachten. Die Türen waren alle gleich: ein leichtes, hohles Türblatt, vermutlich aus Kunststoff, ein Türknauf und ein Riegel.

Die Toilette war benutzt und schmutzig. Hier waren in letzter Zeit keine Reparaturen vorgenommen worden.

Hector begegnete einem Mann, dessen Name offenbar Herman war, doch Herman zeigte keine Lust, sich zu unterhalten. Hector fragte ihn, wie viel Miete diese Wohnungen kosteten, und Herman antwortete, er zahle keine Miete, sondern habe sich einfach so hier eingerichtet. Die Anwesenheit eines Uniformierten verlieh dem Gespräch einen sehr frostigen Unterton.

Am anderen Ende des Gebäudes stieß Hector auf zehn weitere Wohnungen ähnlicher Bauart. Hinter einer der Türen weinte ein Kind, und Hector bat den Mann vom Sicherheitsdienst, sich im Hintergrund zu halten. Auf sein Klopfen öffnete eine junge Mutter; sie hatte ein Baby auf dem Arm, drei Kleinkinder drängten sich hinter ihr. Hector sagte ihr, er arbeite für eine Anwaltskanzlei. Das Gebäude sei verkauft worden, und sie werde in einigen Tagen ausziehen müssen. Anfangs sagte sie, sie wohne ohne Wissen des Eigentümers hier, doch dann ging sie schnell zum Angriff über. Es sei ihre Wohnung. Sie habe sie von einem Mann namens Johnny gemietet, der jeden Monat um den fünfzehnten herum vorbeikam und hundert Dollar kassierte. Nichts Schriftliches. Sie habe keine Ahnung, wem das Gebäude gehöre, sie habe nur mit Johnny zu tun. Sie sei seit drei Monaten hier und könne nicht weg, weil sie nichts anderes habe. Sie arbeite zwanzig Stunden pro Woche in einem Lebensmittelgeschäft.

Hector sagte ihr, sie solle ihre Sachen packen und sich darauf gefasst machen, dass sie die Wohnung würde räumen müssen. Das Gebäude werde in zehn Tagen abgerissen. Sie war verzweifelt. Hector versuchte sie zu provozieren, indem er sie fragte, ob sie beweisen könne, dass sie Miete zahle. Sie fischte ihre Handtasche unter dem Bett hervor und gab ihm ein Stück Papier, den Kassenzettel eines Supermarkts. Auf die Rückseite hatte jemand geschrieben: 100 $ Miete erhalten von Lontae Burton, 15.1.

Die Aktennotiz war zwei Seiten lang, doch es war noch eine Seite angeheftet: eine Kopie der kaum zu entziffernden Quittung. Hector hatte sie an sich genommen, sie kopiert und das Original seiner Aktennotiz beigefügt. Die Handschrift war krakelig, die Rechtschreibung stimmte nicht, die Kopie war verschwommen – und doch war es eine wunderbare Überraschung. Ich musste einen kleinen Freudenschrei ausgestoßen haben, denn der Taxifahrer wandte den Kopf und musterte mich im Rückspiegel.

Die Aktennotiz war eine nüchterne Beschreibung dessen, was Hector gesehen, gehört und gesagt hatte. Er zog keine eigenen Schlüsse, er äußerte keine Warnungen an seine Vorgesetzten. Gib ihnen genug Seil, hatte er sich vermutlich gedacht und sie hängen sich vielleicht selbst auf. Er war nur ein untergeordneter Gehilfe, dem es nicht zustand, einen Rat zu erteilen, eine Meinung zu äußern oder einem Geschäftsabschluss im Wege zu stehen.

Am Flughafen faxte ich die Aktennotiz an Mordecai. Für den Fall, dass das Flugzeug abstürzte oder ich überfallen und ausgeraubt wurde, wollte ich sicher sein, dass sich eine Kopie dieses Schriftstücks im Besitz des Rechtsberatungsbüros in der 14th Street befand.

29

Da Lontae Burtons Vater weder uns noch wahrscheinlich sonst irgendwem bekannt war und ihre Mutter und Geschwister allesamt hinter Gittern saßen, trafen wir die taktische Entscheidung, die Familie zu umgehen und als Mandanten einen Treuhänder einsetzen zu lassen. Während ich am Montagmorgen in Chicago war, beantragte Mordecai beim Familiengericht in Washington die Einsetzung eines zeitweiligen Treuhänders für den Nachlass von Lontae Burton und ihren Kindern. Das war eine Routineangelegenheit, die in einem Gespräch mit dem Richter, einem Bekannten von Mordecai, geregelt wurde. Dem Antrag wurde sofort stattgegeben, und somit hatten wir eine neue Mandantin. Ihr Name war Wilma Phelan, und sie war Sozialarbeiterin und ebenfalls eine Bekannte von Mordecai. Sie würde in dem Verfahren nur eine Nebenrolle spielen und, falls wir erfolgreich waren, ein sehr kleines Honorar erhalten.

Die Cohen-Stiftung mochte in finanzieller Hinsicht schlecht verwaltet sein, doch ihre Regeln und Bestimmungen deckten jeden erdenklichen Aspekt einer nicht profitorientierten Rechtsberatung und -vertretung ab. Leonard Cohen war Rechtsanwalt gewesen und hatte offenbar eine Schwäche für Details gehabt. Dass das Büro Schadenersatz- und Schmerzensgeld-Fälle auf Erfolgsbasis übernahm, wurde zwar nicht gern gesehen, aber toleriert. Allerdings durfte das Honorar in einem solchen Fall nur zwanzig Prozent der gezahlten Summe betragen und nicht ein Drittel, wie sonst üblich. Manche Anwälte nahmen sogar vierzig Prozent.

Von diesen zwanzig Prozent durfte das Büro die Hälfte behalten; die anderen zehn Prozent gingen an die Stiftung. In vierzehn Jahren hatte Mordecai nur zwei Fälle auf Erfolgsbasis übernommen. Den Ersten hatte er verloren, weil die Geschworenen gegen ihn gewesen waren. Beim Zweiten ging es um eine Obdachlose, die von einem städtischen Bus angefahren worden war. In einem Vergleichsverfahren hatte man sich auf hunderttausend Dollar geeinigt, und mit den zehntausend Dollar, die dem Büro zustanden, hatte Mordecai neue Telefone und Computer angeschafft.

Der Richter genehmigte widerwillig unseren Vertrag zu zwanzig Prozent. Und wir konnten die Klage einreichen.

Das Spiel sollte um fünf nach halb acht beginnen: Georgetown gegen Syracuse. Mordecai hatte irgendwie zwei Karten aufgetrieben. Mein Flugzeug landete pünktlich um zwanzig nach sechs, und eine halbe Stunde später traf ich mich mit Mordecai am Osteingang der U.S. Air Arena in Landover. Außer uns waren noch ungefähr zwanzigtausend andere Fans gekommen. Er gab mir meine Eintrittskarte und zog einen großen, ungeöffneten Umschlag aus der Manteltasche. Er war per Einschreiben zu meinen Händen an das Rechtsberatungsbüro geschickt worden. Absender war die Anwaltskammer.

»Das ist heute gekommen«, sagte Mordecai, der genau wusste, was in dem Umschlag war. »Ich sehe Sie dann bei unseren Plätzen.« Er verschwand in der Zuschauermenge.

Ich riss den Umschlag auf und suchte mir eine Stelle, wo ich genug Licht zum Lesen hatte. Meine Freunde bei Drake & Sweeney feuerten aus allen Rohren.

Es war eine formelle Beschwerde vor dem Standesgericht, in der man mir standeswidriges Verhalten vorwarf. Die Beschwerde war drei Seiten lang, man hätte sie allerdings auch in einem einzigen Absatz zusammenfassen können. Ich hatte eine Akte gestohlen und das Vertrauensverhältnis zwischen Anwalt und Mandant verletzt. Ich war ein böser Junge, der 1.) seine Zulassung für immer oder wenigstens für viele Jahre verlieren und/oder 2.) öffentlich gerügt werden sollte. Und da die Akte noch immer nicht aufgetaucht sei, sei die Angelegenheit dringend, und daher halte man eine schnellstmögliche Eröffnung des Verfahrens für geboten.

Der Umschlag enthielt außerdem Belehrungen, Formulare und andere Papiere, die ich nur überflog. Es war ein Schock. Ich lehnte mich an die Wand und dachte nach. Ja, ich hatte an eine Beschwerde vor der Anwaltskammer gedacht. Es wäre unrealistisch gewesen anzunehmen, die Kanzlei würde nicht alle Hebel in Bewegung setzen, um die Akte wieder zu beschaffen. Dennoch hatte ich angenommen, dass meine Verhaftung sie für eine Weile zufrieden stellen würde.

Offenbar war das nicht der Fall. Sie wollten Blut sehen. Es war die typische Strategie einer großen Kanzlei – harte Bandagen, Gefangene werden nicht gemacht –, und ich verstand sie vollkommen. Was sie allerdings nicht wussten, war, dass ich morgen früh um neun Uhr das Vergnügen haben würde, sie wegen des fahrlässig verursachten Todes der Burtons auf zehn Millionen Dollar zu verklagen.

Nach meiner Einschätzung der Lage gab es nichts, womit sie mir noch hätten drohen können. Keine weiteren Haft- oder Durchsuchungsbefehle. Keine eingeschriebenen Briefe. Alles lag auf dem Tisch, die Positionen waren klar. In gewisser Weise war es eine Erleichterung, dass ich diese Papiere jetzt in Händen hatte.

Aber es war auch beängstigend. Vor zehn Jahren hatte ich beschlossen, Jura zu studieren, und seitdem hatte ich einen anderen Beruf nie ernsthaft in Erwägung gezogen. Was würde ich tun, wenn man mir die Zulassung entzog?

Andererseits war Sofia keine Rechtsanwältin und mir durchaus ebenbürtig.

Mordecai erwartete mich an dem Aufgang zu dem Block, in dem unsere Plätze waren. Ich gab ihm eine kurze Zusammenfassung der Beschwerde. Er sprach mir sein Beileid aus.

Obgleich das Spiel spannend zu werden versprach, war Basketball nicht der wichtigste Grund, warum wir hier waren. Jeff Mackle hatte einen Teilzeitjob bei Rock Creek Security und war unter anderem für Veranstaltungen in der Arena eingeteilt. Das hatte Sofia im Verlauf des Tages herausgefunden. Wir nahmen an, dass er einer der Sicherheitsleute war, die im Gebäude verteilt waren und sich gratis das Spiel und die hübschen Studentinnen ansehen durften.

Wir hatten keine Ahnung, ob er alt oder jung, schwarz oder weiß, dick oder dünn war, aber alle Männer des Sicherheitsdienstes trugen Namensschildchen über der linken Brusttasche. Wir liefen bis kurz vor der Halbzeit über die Treppen und durch die Gänge, bis Mordecai ihn entdeckte: Er stand an Aufgang D – eine Stelle, an der ich bereits zweimal gewesen war – und flirtete mit einer Kartenabreißerin.

Mackle war groß, weiß und etwa in meinem Alter. Er hatte ein unauffälliges Gesicht, aber seine Nacken- und Oberarmmuskeln waren gewaltig, und seine Brust wölbte sich vor. Mordecai und ich hielten einen kurzen Kriegsrat ab und kamen zu dem Schluss, dass es am besten wäre, wenn ich es war, der mit ihm sprach.

Ich hielt eine meiner Visitenkarten in der Hand, als ich auf ihn zuging und mich vorstellte. »Mr. Mackle, ich bin Michael Brock, Rechtsanwalt.«

Er bedachte mich mit dem Blick, mit dem man bedacht wird, wenn man sich so vorstellt, und nahm wortlos die Karte. Ich hatte seinen Flirt unterbrochen.

»Dürfte ich Ihnen ein paar Fragen stellen?«, sagte ich in meinem besten Mordkommissionston.

»Sie dürfen. Ich weiß nur noch nicht, ob ich auch antworte.« Er zwinkerte der Kartenabreißerin zu.

»Haben Sie schon mal im Auftrag von Drake & Sweeney gearbeitet, einer großen Anwaltskanzlei hier in Washington?«

»Kann sein.«

»Haben Sie sie schon mal bei einer Zwangsräumung unterstützt?«

Ich hatte einen Nerv getroffen. Sein Gesicht verhärtete sich, und das Gespräch war praktisch beendet. »Ich glaube nicht«, sagte er und wandte den Blick ab.

»Sind Sie sicher?«

»Nein. Die Antwort lautet: Nein.«

»Sie haben die Kanzlei nicht unterstützt, als am 4. Februar ein Lagerhaus voller Obdachloser geräumt wurde?«

Er biss auf die Zähne, kniff die Augen zusammen und schüttelte den Kopf. Jemand von Drake & Sweeney hatte bereits mit Mr. Mackle gesprochen. Oder wahrscheinlicher: Die Kanzlei hatte seinen Arbeitgeber unter Druck gesetzt.

Jedenfalls war Mackle nicht sehr gesprächig. Die Kartenabreißerin beschäftigte sich mit ihren Fingernägeln. Ich war ausgeschlossen.

»Früher oder später werden Sie diese Fragen beantworten müssen«, sagte ich.

Seine Backenmuskeln zuckten, doch er sagte nichts. Ich hatte nicht die Absicht, den Druck zu verstärken. Er war ein rauer Bursche, einer von denen, die imstande sind, urplötzlich loszudreschen und kleine Rechtsanwälte niederzuschlagen. Ich hatte in den vergangenen zwei Wochen genug eingesteckt.

Ich sah mir noch zehn Minuten der zweiten Halbzeit an und ging dann nach Hause, denn ich hatte krampfartige Rückenschmerzen – Nachwirkungen des Autounfalls.

Das Motel war ebenfalls neu und lag am nördlichen Rand von Bethesda. Es kostete, wie das andere, vierzig Dollar pro Nacht, und nach drei Nächten konnte ich mir diese Therapie für Ruby nicht mehr leisten. Megan war der Meinung, dass es für sie an der Zeit sei, in ihre gewohnte Umgebung zurückzukehren. Wenn sie wirklich clean bleiben wollte, musste sie sich dem Test der Straße stellen.

Am Dienstagmorgen um halb acht klopfte ich an ihre Tür im ersten Stock. Zimmer 220, hatte Megan gesagt. Es rührte sich nichts. Ich klopfte noch einmal und versuchte, die Tür zu öffnen. Sie war verschlossen. Ich rannte zur Rezeption, um von dort aus anzurufen. Es meldete sich niemand. Es war auch niemand abgereist. Man hatte nichts Ungewöhnliches bemerkt.

Eine Direktions-Assistentin wurde herbeigeholt, und es gelang mir, sie davon zu überzeugen, dass hier ein Notfall vorlag. Sie rief einen Wachmann, und gemeinsam gingen wir zu Rubys Zimmer. Unterwegs erklärte ich, warum Ruby hier war und warum das Zimmer nicht auf ihren Namen gemietet war. Der Direktions-Assistentin gefiel die Vorstellung, dass ihr schönes Motel als Entzugsklinik missbraucht wurde, gar nicht.

Das Zimmer war leer. Das Bett war tadellos gemacht; es sah unbenutzt aus. Alles war an seinem Platz, doch von ihren eigenen Sachen hatte Ruby nichts zurückgelassen.

Ich dankte den beiden und ging. Das Motel lag mindestens zehn Meilen von unserem Büro entfernt. Ich rief Megan an und kämpfte mich dann zusammen mit einer Million Pendler in die Innenstadt. Um Viertel nach acht, als ich mitten im Stau stand, rief ich Sonia an, um sie zu fragen, ob sie Ruby gesehen habe. Sie hatte sie nicht gesehen.

Die Klageschrift war kurz und bündig: Wilma Phelan, Treuhänderin für den Nachlass von Lontae Burton und ihren Kindern, verklagte RiverOaks, Drake & Sweeney und TAG, Inc. wegen gemeinschaftlicher Zwangsräumung im Wege der Selbsthilfe. Die Logik war simpel, der kausale Zusammenhang offensichtlich. Wären unsere Mandanten nicht aus ihrer Wohnung geworfen worden, dann hätten sie nicht in einem Wagen leben müssen. Und wären sie nicht gezwungen gewesen, in einem Wagen zu übernachten, dann hätten sie nicht sterben müssen. Es war eine hübsche Haftungstheorie, die umso attraktiver wirkte, als sie so einleuchtend war. Jede Jury in diesem Land konnte sie nachvollziehen.

Die Fahrlässigkeit und/oder die vorsätzlichen Handlungen der Beklagten hatten zum absehbaren Tod unserer Mandanten geführt. Wer auf der Straße leben musste, dem widerfuhren schlimme Dinge, besonders wenn es sich um eine allein erziehende Mutter mit kleinen Kindern handelte. Wenn man sie gesetzwidrig auf die Straße setzte, und es stieß ihnen etwas zu, musste man die Konsequenzen tragen.

Wir hatten für kurze Zeit auch eine separate Klage in Misters Namen erwogen. Auch er war gesetzwidrig hinausgeworfen worden, doch seinen Tod konnte man wohl kaum als absehbar bezeichnen. Wenn jemand Geiseln nahm und dabei erschossen wurde, konnte man das vernünftigerweise nicht darauf zurückführen, dass ihm ein zivilrechtlich relevantes Unrecht zugefügt worden war. Außerdem würde er bei den Geschworenen nicht sehr gut ankommen. Also beerdigten wir Mister endgültig.

Drake & Sweeney würden sofort beantragen, dass ich

ihnen die Akte aushändigte. Der Richter konnte mich dazu zwingen, und das wäre dann ein Eingeständnis meiner Schuld. Es konnte mich außerdem meine Zulassung als Rechtsanwalt kosten. Ferner konnten alle Beweise, die auf der gestohlenen Akte beruhten, aus dem Prozess ausgeschlossen werden.

Am Dienstag gingen Mordecai und ich die Klageschrift noch einmal durch, und noch einmal fragte er mich, ob ich die Sache wirklich durchziehen wolle. Um mich zu schützen, wäre er bereit gewesen, die Klage fallen zu lassen. Wir hatten mehrmals darüber gesprochen. Beispielsweise konnten wir den Fall Burton ruhen lassen, mit Drake & Sweeney eine Vereinbarung treffen, um mich vor Schikanen zu schützen, ein Jahr warten, bis Gras über die Sache gewachsen war, und den Fall dann diskret einem Freund von Mordecai auf der anderen Seite der Stadt zuschieben. Doch das war eine schlechte Strategie, die wir sogleich wieder verworfen hatten.

Er unterschrieb die Klageschrift, und wir fuhren zum Gericht. Mordecai saß am Steuer, während ich die Klage noch einmal durchlas. Je weiter wir fuhren, desto schwerer wurde das Papier.

Alles hing von unserem Verhandlungsgeschick ab. Drake & Sweeney würde gedemütigt sein, eine Kanzlei, die unglaublich stolz auf ihre Glaubwürdigkeit, ihre Mandantenbetreuung und ihre Diskretion war. Ich kannte die Geisteshaltung, die Persönlichkeit der großen Anwälte, und ich kannte den Kult, der um sie, die niemals etwas Unrechtes taten, getrieben wurde. Ich kannte die Angst davor, in irgendeiner Weise negativ wahrgenommen zu werden. Ebenso groß wie die Schuldgefühle, die man empfand, weil man so viel Geld verdiente, war der Wunsch, mitfühlend gegenüber denen zu wirken, die weniger vom Glück gesegnet waren.

Drake & Sweeney hatte Unrecht getan. Ich hatte den Verdacht, dass man dort gar nicht wusste, wie groß dieses Unrecht war. Ich stellte mir Braden Chance vor, wie er sich hinter verschlossenen Türen verschanzte und betete, dass alles bald vorüber sein möge.

Aber auch ich hatte falsch gehandelt. Vielleicht konnten wir uns in der Mitte treffen und uns vergleichen. Wenn nicht, würde Mordecai Green das Vergnügen haben, den Fall Burton schon sehr bald einer freundlich gesinnten Jury vorzutragen und sie um viel Geld zu bitten. Und die Kanzlei würde das Vergnügen haben, meinen schweren Diebstahl unerbittlich zu verfolgen, und das bis zu einem Punkt, an den ich lieber nicht denken wollte.

Nein, der Fall Burton würde nie verhandelt werden. Ich konnte noch immer wie ein Drake & Sweeney-Anwalt denken. Die Vorstellung, in Washington vor ein Schwurgericht treten zu müssen, würde ihnen die Haare zu Berge stehen lassen. Die befürchtete Peinlichkeit würde schon dafür sorge, dass sie nach Möglichkeiten suchten, den Schaden zu begrenzen.

Tim Claussen, ein ehemaliger Kommilitone von Abraham, war Gerichtsreporter bei der *Washington Post.* Er wartete vor der Geschäftsstelle, und wir gaben ihm eine Kopie der Klageschrift. Er las sie, während Mordecai das Original einreichte, und stellte uns dann ein paar Fragen, die wir – mit der Bitte, ungenannt zu bleiben – nur zu gern beantworteten.

Der Fall Burton entwickelte sich in politischer Hinsicht rasant zu einer heißen Kartoffel. In erstaunlichem Tempo wurden die verschiedensten Schuldzuweisungen geäußert. In der Stadtverwaltung machte jeder Dezernatsleiter einen anderen für die Tragödie verantwortlich. Der Stadtrat schob die Schuld auf den Bürgermeister, der sie wiederum auf den Stadtrat und auch auf den Kongress schob. Ein paar Ultrakonservative im Repräsentantenhaus schwangen markige Reden und schoben die Schuld auf den Bürgermeister, den Stadtrat und die ganze Stadt.

Dass man nun ein paar reiche weiße Anwälte dafür verantwortlich machen wollte, gab eine erstklassige Story ab. Claussen war ein sarkastischer, abgebrühter Journalist, doch er konnte seine Begeisterung nicht verbergen.

Es störte mich nicht im Geringsten, dass die Presse aus dem Hinterhalt über Drake & Sweeney herfiel. Die Kanzlei hatte selbst die Regeln dieses Spiels bestimmt, als sie den Reportern bei meiner Verhaftung vor einer Woche einen Tip gegeben hatte. Ich sah förmlich vor mir, wie Rafter und seine Bande von Prozessanwälten am Konferenztisch saßen und sich vollkommen einig waren, dass es eine hervorragende Idee wäre, die Presse von meiner Verhaftung zu informieren und ihr obendrein ein Foto des Verbrechers zur Verfügung zu stellen. Das würde mich kränken und demütigen, ich würde meine Tat bereuen, die Akte herausrücken und tun, was immer sie von mir wollten.

Ich kannte diese Mentalität, ich kannte dieses Spiel.

Ich hatte keinerlei Gewissensbisse, als ich dem Reporter Auskunft gab.

30

Zum Beratungstermin im CCNV kam ich allein und zwei Stunden zu spät. Die Mandanten saßen geduldig auf dem schmutzigen Fußboden der Eingangshalle. Einige waren eingenickt, andere lasen Zeitung. Ernie, der Hausmeister, war nicht erbaut über meine Unpünktlichkeit – auch er musste sich an Termine halten. Er schloss den Beratungsraum auf und gab mir ein Klemmbrett mit einer Liste von dreizehn Mandanten. Ich rief den Ersten herein.

Es war erstaunlich, wie sehr ich mich innerhalb einer Woche verändert hatte. Vor ein paar Minuten hatte ich dieses Gebäude betreten, ohne dass ich Angst gehabt hätte, erschossen zu werden. Ich hatte in der Eingangshalle auf Eddie gewartet und nicht daran gedacht, dass ich weiß war. Ich hörte meinen Mandanten geduldig zu, ohne dass meine Effizienz darunter litt, denn ich wusste, was zu tun war. Ich sah inzwischen sogar aus wie ein Armenanwalt: Ich hatte mich seit mehr als einer Woche nicht mehr rasiert, mein Haar berührte die Ohren, und die Frisur verlor langsam ihre Form. Die khakifarbene Hose war ebenso verknittert wie mein Blazer, und den Krawattenknoten hatte ich nicht ganz festgezogen. Meine Turnschuhe sahen zwar immer noch teuer, aber auch etwas mitgenommen aus. Eine Hornbrille, und ich wäre der perfekte Bürgerrechtsanwalt gewesen.

Den Mandanten war das völlig gleichgültig. Sie wollten jemanden, der ihnen zuhörte, und das war ich. Die Liste wurde länger und umfasste schließlich siebzehn Namen. Die Beratung dauerte vier Stunden. Ich vergaß den bevorstehenden Kampf mit Drake & Sweeney. Ich vergaß Claire, auch wenn mir das traurigerweise leichter fiel. Ich vergaß sogar Hector Palma und meine Reise nach Chicago.

Doch Ruby Simon konnte ich nicht vergessen. Irgendwie musste ich bei jedem neuen Mandanten an sie denken. Ich machte mir keine Sorgen um ihre Sicherheit – sie hatte auf der Straße länger überlebt, als ich es gekonnt hätte. Aber warum hatte sie ein sauberes Hotelzimmer mit Bad und Fernseher zugunsten eines schrottreifen Wagens verlassen?

Weil sie süchtig war – das war die nahe liegende und unvermeidliche Antwort. Crack war der Magnet, der sie zurück auf die Straße zog.

Wenn ich sie nicht einmal dazu bewegen konnte, drei Nächte in einem Vorortmotel zu bleiben, wie sollte ich ihr dann helfen, von der Droge loszukommen?

Die Entscheidung lag nicht bei mir.

Am späten Nachmittag bekam ich einen Anruf von meinem älteren Bruder Warner. Er sei ganz unvorhergesehenerweise in der Stadt und hätte mich früher angerufen, leider aber meine neue Nummer nicht gleich herausfinden können. Ob wir uns zum Abendessen treffen könnten? Er wolle mich einladen, sagte er, bevor ich antworten konnte; er habe von einem tollen neuen Restaurant namens Danny O gehört. Ein Freund habe vor einer Woche dort gegessen und sei begeistert gewesen. Ich hatte schon seit langer Zeit nicht mehr an teures Essen gedacht.

Ich war mit Danny O einverstanden. Es war in, laut, überteuert und auf traurige Weise typisch.

Noch lange nach dem Gespräch starrte ich gedankenverloren auf das Telefon. Eigentlich wollte ich mich nicht mit Warner treffen, weil ich nicht hören wollte, was er zu sagen hatte. Er war sicher nicht geschäftlich in der

Stadt, auch wenn das ungefähr einmal im Jahr der Fall war. Ich war ziemlich sicher, dass meine Eltern ihn geschickt hatten. Sie saßen in Memphis und trauerten über eine weitere Scheidung und die Tatsache, dass ich von der Karriereleiter gefallen war. Jemand musste nach mir sehen. Und dieser jemand war immer Warner.

Wir trafen uns in der überfüllten Bar des Danny O. Bevor wir uns die Hand schütteln oder uns umarmen konnten, trat er einen Schritt zurück, um meine neue Erscheinung zu mustern. Bart, Frisur, Khakihose, alles.

»Ein echter Linksliberaler«, sagte er mit einer Mischung aus Witz und Sarkasmus.

»Schön, dich zu sehen«, sagte ich und versuchte, seine theatralische Eröffnung zu überhören.

»Du bist dünner geworden.«

»Du nicht.«

Er tätschelte seinen Bauch, als hätte er im Verlauf des Tages unbemerkt zugenommen. »Das wird schon wieder.« Er war achtunddreißig, sah gut aus und war noch immer ziemlich eitel. Allein die Tatsache, dass ich eine Bemerkung über sein Gewicht gemacht hatte, würde ihn dazu motivieren, diese Pfunde innerhalb eines Monats wieder loszuwerden.

Warner war seit drei Jahren geschieden. Frauen spielten eine wichtige Rolle in seinem Leben. Während des Scheidungsprozesses war von Ehebruch die Rede gewesen; allerdings hatten sich das beide Seiten gegenseitig vorgeworfen.

»Du siehst gut aus«, sagte ich. Und das stimmte. Hemd und Anzug waren maßgeschneidert, die Krawatte war teuer. Ich hatte einen ganzen Schrank von diesem Zeug.

»Du auch. Ist das deine neue Arbeitskleidung?«

»Mehr oder weniger. Manchmal lasse ich die Krawatte weg.«

Wir bestellten Bier und tranken es im Stehen.

»Wie geht's Claire?«, fragte er. Das Vorgeplänkel war offenbar vorüber.

»Gut, nehme ich an. Wir werden die Scheidung im beiderseitigen Einvernehmen einreichen. Ich bin ausgezogen.«

»Geht es ihr gut?«

»Ich glaube, sie war erleichtert, mich los zu sein. Ich würde sagen, es geht ihr besser als vor einem Monat.«

»Hat sie einen anderen?«

»Ich glaube nicht.« Ich musste vorsichtig sein, denn das meiste, wenn nicht alles, was wir hier besprachen, würde Warner meinen Eltern erzählen, insbesondere irgendwelche verwerflichen Scheidungsgründe. Sie würden Claire nur zu gern die Schuld geben, und wenn sie glaubten, dass sie mir untreu gewesen war, würden sie die Scheidung ganz logisch finden.

»Und du?«, fragte Warner.

»Nein. Ich hab meine Hosen anbehalten.«

»Warum wollt ihr euch dann scheiden lassen?«

»Aus vielen Gründen, die ich eigentlich nicht erörtern möchte.«

Damit war er nicht zufrieden. Seine eigene Scheidung war ein regelrechter Krieg gewesen, in dem beide Parteien um das Sorgerecht für die Kinder gekämpft hatten. Er hatte mich so oft an allen Einzelheiten Anteil nehmen lassen, dass er mir regelrecht auf die Nerven gegangen war. Jetzt erwartete er von mir dasselbe.

»Ihr seid eines Tages aufgewacht und habt beschlossen, euch scheiden zu lassen?«

»Du hast das doch auch hinter dir, Warner. Du weißt, dass es nicht so einfach ist.«

Der Oberkellner führte uns zu unserem Tisch am Ende des Restaurants. Wir kamen an einem Tisch vorbei, an dem Wayne Umpstead mit zwei Männern saß, die ich nicht kannte. Umpstead war derjenige gewesen, den Mister an die Tür geschickt hatte, damit er das Essen hereinholte, und den die Kugel des Scharfschützen knapp verfehlt hatte. Er sah durch mich hindurch.

Um elf Uhr, als ich im CCNV gewesen war, hatte man dem Vorstandsvorsitzenden Arthur Jacobs eine Kopie der Klageschrift übergeben. Umpstead war kein Teilhaber, und so fragte ich mich, ob er überhaupt von der Klage wusste.

Natürlich wusste er davon. Am Nachmittag hatte man in eilig einberufenen Besprechungen die Bombe platzen lassen. Man musste eine Verteidigungsstrategie entwerfen, Marschbefehle erteilen, eine Wagenburg bilden. Kein Wort zu jemandem, der nicht zur Kanzlei gehörte. Nach außen hin würde man die Klage einfach ignorieren.

Glücklicherweise konnte Umpstead unseren Tisch nicht sehen. Ich blickte mich um, ob noch irgendwelche anderen bösen Buben im Restaurant waren. Warner wollte zwei Martinis bestellen, doch ich unterbrach ihn. Für mich bitte nur Mineralwasser.

Bei Warner hieß es immer volle Kraft voraus – ob es nun um Arbeit, Spiel, Essen, Trinken, Frauen, Bücher oder alte Filme ging. Auf einem Berg in Bolivien war er in einem Schneesturm beinahe erfroren, und in Australien war er beim Tauchen von einer giftigen Wasserschlange gebissen worden. Die Phase unmittelbar nach der Scheidung hatte er bemerkenswert leicht hinter sich gebracht, und zwar hauptsächlich deshalb, weil er gern reiste, Drachen flog, auf Berge stieg, mit Haien kämpfte und überall Frauen fand, die ihm gefielen.

Als Teilhaber einer großen Kanzlei in Atlanta verdiente er viel Geld. Und gab viel aus. Bei diesem Abendessen würde Geld ein Thema sein.

»Mineralwasser?«, sagte er verächtlich. »Na komm schon. Bestell dir einen richtigen Drink.«

»Nein.« Warner würde nach dem Martini zu Wein übergehen, es würde ein langer Abend werden, und er würde um vier Uhr schon wieder vor seinem Notebook sitzen und den leichten Kater als kleines, alltägliches Ärgernis betrachten.

»Feigling«, murmelte er. Ich überflog die Speisekarte. Er musterte jede Frau, die vorbeiging.

Der Ober brachte seinen Martini, und wir bestellten. »Erzähl mir von deiner Arbeit«, sagte er und gab sich redlich Mühe, den Eindruck zu erwecken, als interessierte er sich dafür.

»Warum?«

»Weil sie faszinierend sein muss.«

»Warum sagst du das?«

»Du hast ein Vermögen ausgeschlagen. Dafür musst du schon einen verdammt guten Grund haben.«

»Es gibt Gründe, und für mich sind sie gut genug.«

Warner hatte dieses Treffen geplant. Es gab einen Zweck, ein Ziel und eine Taktik, die ihn zu diesem Ziel führen würde. Ich wusste nur nicht, wie dieses Ziel lautete.

»Letzte Woche bin ich verhaftet worden«, sagte ich. Es war ein Ablenkungsmanöver. Die Nachricht war schockierend genug, um ihn zu irritieren.

»Du bist was?«

Ich erzählte ihm die Geschichte in allen Einzelheiten, denn solange ich das tat, hatte ich dieses Gespräch unter Kontrolle. Er hieß meinen Diebstahl nicht gut, aber ich versuchte auch gar nicht, mein Tun zu verteidigen. Die Akte war ein weiteres schwieriges Thema, auf das sich keiner von uns einlassen wollte.

»Dann hast du also alle Brücken zu Drake & Sweeney abgebrochen?«, fragte er, als das Essen gekommen war.

»Ja, für immer.«

»Wie lange willst du Armenanwalt bleiben?«

»Ich habe ja gerade erst angefangen und noch nicht darüber nachgedacht, ob und wann ich damit aufhören will. Warum?«

»Wie lange kannst du umsonst arbeiten?«

»So lange, wie ich überleben kann.«

»Dein Maßstab heißt also ›Überleben‹?«

»Im Augenblick ja. Wie heißt deiner?« Es war eine lächerliche Frage.

»Mein Maßstab heißt ›Geld‹. Wie viel ich verdiene, wie viel ich ausgebe, wie viel ich irgendwo bunkere, damit ich zusehen kann, wie es sich vermehrt, und damit ich eines Tages einen ganzen Haufen davon habe und mir keine Sorgen mehr machen muss.«

Das kannte ich bereits. Schamlose Gier galt als etwas Bewundernswertes. Es war eine etwas gröbere Version dessen, was man uns als Kindern beigebracht hatte: Arbeite hart, verdiene viel Geld, dann wird auch die Gesellschaft als Ganzes irgendwie davon profitieren.

Er forderte meine Kritik heraus, und das war nicht der Kampf, den ich wollte. Es konnte dabei keinen Gewinner geben, nur ein hässliches Unentschieden.

»Wie viel hast du?«, fragte ich ihn. Warner war gierig und stolz auf seinen Reichtum.

»Mit vierzig werde ich eine Million in irgendwelchen Investmentfonds haben. Mit fünfundvierzig werden es drei sein. Und mit fünfzig habe ich zehn Millionen. Und dann höre ich auf.«

Wir kannten diese Zahlen auswendig. Alle großen Kanzleien waren gleich.

»Und du?«, fragte er und zerlegte sein Freiland-Hähnchen.

»Hm, wollen mal sehen. Ich bin zweiunddreißig und habe als Rücklage so um die fünftausend. Wenn ich hart arbeite und sparsam bin, werden es in drei Jahren zehntausend sein. Mit fünfzig könnte ich zwanzigtausend Dollar in irgendwelchen Investmentfonds haben.«

»Na, dann hast du ja was, worauf du dich freuen kannst. Achtzehn Jahre in Armut.«

»Was weißt du schon von Armut?«

»Vielleicht mehr als du denkst. Für Leute wie uns ist Armut eine billige Wohnung, ein Gebrauchtwagen mit Dellen und Schrammen, schlecht sitzende Kleidung, kein Geld für Reisen, kein Geld zum Sparen oder Investieren, keine Rente, kein Sicherheitsnetz, nichts.«

»Wunderbar. Du hast gerade bewiesen, dass du keine Ahnung hast, was Armut bedeutet. Wie viel verdienst du in diesem Jahr?«

»Neunhunderttausend.«

»Bei mir werden es dreißigtausend sein. Was würdest du tun, wenn jemand dich zwingen würde, für dreißigtausend Dollar im Jahr zu arbeiten?«

»Mich umbringen.«

»Das glaube ich. Ich glaube wirklich, du würdest dir eher eine Kugel durch den Kopf jagen, als für dreißigtausend Dollar zu arbeiten.«

»Nein, stimmt nicht. Ich würde Tabletten nehmen.«

»Feigling.«

»Ich könnte auf keinen Fall für so wenig Geld arbeiten.«

»O doch, du könntest für so wenig Geld arbeiten. Aber du könntest nicht mit so wenig Geld auskommen.«

»Das ist dasselbe.«

»Und das ist der Punkt, in dem wir verschieden sind«, sagte ich.

»Da hast du verdammt Recht. Aber wie sind wir so verschieden geworden, Michael? Vor einem Monat warst du noch wie ich und jetzt sieh dich an: dieser alberne Bart und die zerknitterte Hose und dieser ganze Blödsinn von ›den Menschen dienen‹ und ›der Menschheit helfen‹. Wo bist du vom Weg abgekommen?«

Ich musste tief Luft holen, ehe ich den Witz in seiner Frage würdigen konnte. Auch er entspannte sich. Wir waren zu wohlerzogen, um uns in der Öffentlichkeit zu streiten.

»Weißt du was?«, sagte er und beugte sich zu mir.

»Du bist ein Idiot. Du warst kurz davor, Teilhaber zu werden. Du bist intelligent und talentiert, allein stehend, ohne Kinder. Mit fünfunddreißig hättest du eine Million im Jahr verdienen können. Du kannst es dir selbst ausrechnen.«

»Das habe ich schon, Warner. Ich habe meine Liebe zum Geld verloren. Geld ist des Teufels.«

»Wie originell. Ich will dich was fragen: Was wirst du tun, wenn du eines Tages aufwachst und, sagen wir mal, sechzig bist und auf einmal merkst, dass du es leid bist, die Welt zu retten, weil die nämlich gar nicht gerettet werden kann. Und du hast nichts, keinen Cent auf dem Sparbuch, keine Kanzlei, keine Teilhaber, keine Frau, die als Gehirnchirurgin das große Geld verdient, keinen, der dich auffängt. Was wirst du dann tun?«

»Tja, darüber habe ich auch nachgedacht, und ich glaube, ich werde einen großen Bruder haben, der geradezu ekelhaft reich ist. Also werde ich dich anrufen.«

»Und wenn ich dann tot bin?«

»Du kannst mich ja in deinem Testament bedenken. Den verlorenen Bruder.«

Wir widmeten uns wieder dem Essen, und die Unterhaltung stockte. Warner war überheblich genug zu glauben, dass eine einfache Zurechtweisung mich wieder zur Vernunft bringen würde. Ein paar klare Worte über die Konsequenzen meines Fehltritts, und ich würde diesen Armutstrip aufgeben und mir einen richtigen Job suchen. Ich konnte geradezu hören, wie er zu meinen Eltern sagte: »Ich werde mal mit ihm reden.«

Er hatte noch ein paar kleine Genickschläge auf Lager. Beispielsweise erkundigte er sich, wie hoch die Jahresprämie sei, die das Rechtsberatungsbüro in der 14th Street zahle. Recht klein, war meine Antwort. Und wie es mit dem Rentenplan aussehe? Soviel ich wusste, gab es keinen. Schließlich meinte er, ich solle ruhig ein paar Jahre lang ›den Menschen dienen‹ und anschließend wieder in die wirkliche Welt zurückkehren. Ich dankte ihm. Dann gab er mir noch den hervorragenden Rat, mich nach einer gleich gesinnten Frau mit Geld umzusehen und sie zu heiraten.

Wir verabschiedeten uns auf dem Bürgersteig vor dem Restaurant. Ich versicherte ihm, dass ich wisse, was ich täte. Ich würde schon zurechtkommen, und sein Bericht an unsere Eltern solle optimistisch ausfallen. »Sag ihnen nichts, worüber sie sich Sorgen machen würden, Warner. Sag ihnen, bei mir ist alles in Ordnung.«

»Ruf mich an, wenn du Hunger bekommst«, sagte er in dem Bemühen, witzig zu sein.

Ich winkte ab und ging.

Der Pylon Grill war ein die ganze Nacht geöffneter Coffeeshop in Foggy Bottom, nicht weit von der George Washington University. Es war ein Treffpunkt für Schlaflose und Nachrichtensüchtige. Die erste Ausgabe der *Post* kam kurz vor zwölf, und dann ging es hier zu wie in einem Restaurant zur Mittagszeit. Ich kaufte mir eine Zeitung und setzte mich an die Bar, die einen eigenartigen Anblick bot, weil jeder, der dort saß, in die Zeitung vertieft war. Mir fiel auf, wie ruhig es hier war. Die *Post* war gerade ausgeliefert worden, wenige Minuten, bevor ich eingetroffen war, und dreißig Leute studierten die neue Ausgabe, als wäre ein Krieg erklärt worden.

Die Story war wie gemacht für die *Post*. Sie begann unter einer großen Schlagzeile auf Seite eins und wurde auf Seite zehn fortgesetzt, wo auch die Fotos abgedruckt waren: eins von Lontae (dasselbe wie auf den beim Trauermarsch mitgeführten Plakaten), eins von Mordecai (zehn Jahre jünger) und drei, die die obere Etage bei Drake & Sweeney besonders demütigen würden. In der Mitte war ein Bild von Arthur Jacobs, rechts und links davon Polizeifotos von Tillman Gantry und DeVon Hardy, der nur deswegen in der Story vorkam, weil er von der Zwangsräumung betroffen gewesen und auf spektakuläre Weise ums Leben gekommen war.

Arthur Jacobs und zwei Verbrecher, zwei afroamerikanische Kriminelle mit kleinen Nummern vor der Brust, einträchtig nebeneinander auf Seite zehn der *Washington Post.*

Ich sah sie vor mir, wie sie sich in Büros und Konferenzräumen versammelten, hinter verschlossenen Türen. Die Telefone waren ausgesteckt, andere Besprechungen abgesagt. Sie würden überlegen, wie sie reagieren sollten, sie würden hundert verschiedene Strategien entwickeln, sie würden ihre Public-Relations-Leute rufen. Es würde ihre dunkelste Stunde sein.

Der Fax-Krieg würde bald beginnen. Die Fotos würden im ganzen Land von Kanzlei zu Kanzlei geschickt werden, und überall würde man herzlich lachen.

Gantry sah äußerst bedrohlich aus, und bei dem Gedanken, dass wir uns mit ihm angelegt hatten, war mir unbehaglich zumute.

Und dann war da noch ein Foto von mir, dasselbe Foto, das man letzte Woche bei meiner Verhaftung gedruckt hatte. Ich wurde als die Verbindung zwischen der Kanzlei und Lontae Burton bezeichnet, auch wenn der Reporter nicht wusste, dass ich Lontae persönlich gekannt hatte.

Der Artikel war lang und ausführlich. Er begann mit der Zwangsräumung und nannte die Betroffenen, darunter auch DeVon Hardy, der eine Woche später bei Drake & Sweeney aufgetaucht war und zu dessen Geiseln unter anderem ich gehört hatte. Von mir leitete er über zu Mordecai und weiter zum Tod der Burtons. Auch meine Verhaftung wurde erwähnt, obgleich ich dem Reporter nur sehr wenig über die umstrittene Akte gesagt hatte.

Er hatte Wort gehalten und uns nicht als Quelle preisgegeben. In dem Artikel war nur von ›informierten Kreisen‹ die Rede. Ich hätte ihn nicht besser schreiben können.

Kein Wort von den Beklagten. Es hatte den Anschein, als hätte sich der Reporter wenig oder gar nicht bemüht, sie zu erreichen.

31

Warner rief um fünf Uhr morgens an. »Bist du wach« fragte er. Er war in seiner Hotelsuite, lief auf Hochtouren und sprudelte über von Fragen und Bemerkungen zu unserer Klage. Er hatte die Zeitung gelesen.

Ich zog meinen Schlafsack enger um mich und hörte mir an, wie ich den Fall weiter verfolgen sollte. Warner war Prozessanwalt, und zwar ein sehr guter, und bei dem Gedanken daran, wie man den Fall Burton vor den Geschworenen ausbreiten könnte, lief ihm das Wasser im Mund zusammen. Wir hatten nicht genug gefordert – zehn Millionen waren viel zu wenig. Die richtige Jury, und wir konnten jeden beliebigen Betrag bekommen. Ach, wie gern hätte er den Fall selbst übernommen! Und was war mit Mordecai? War der ein guter Prozessanwalt?

Und das Honorar? Wir hatten doch sicher einen Vierzig-Prozent-Vertrag? Vielleicht gab es doch noch Hoffnung für mich.

»Zehn Prozent«, sagte ich. Ich lag noch immer im Dunkeln.

»Was? Zehn Prozent? Bist du verrückt?«

»Wir sind nicht profitorientiert«, versuchte ich zu erklären, aber er hörte mir gar nicht zu, sondern verfluchte mich, weil ich nicht gieriger gewesen war.

Die Akte sei ein großes Problem, sagte er, als hätten wir noch nicht daran gedacht. »Kannst du den Fall auch ohne sie gewinnen?«

»Ja.«

Er brüllte vor Lachen beim Anblick des alten Jacobs zwischen zwei Verbrechern. Seine Maschine nach Atlanta gehe in zwei Stunden – um neun werde er an seinem Schreibtisch sitzen. Er könne es kaum erwarten, die Fotos herumzuzeigen, und werde sie gleich an die Westküste faxen.

Mitten im Satz legte er auf.

Ich hatte drei Stunden geschlafen, und obwohl ich mich noch ein paar Mal umdrehte, konnte ich nicht mehr einschlafen. Mein Leben hatte sich so radikal verändert, dass an sanfte Ruhe nicht zu denken war.

Ich duschte, trank bei den Pakistanis Kaffee, bis es hell wurde, und kaufte Kekse für Ruby.

Als ich um halb acht am Büro eintraf, standen an der Ecke 14th und Q Street zwei fremde Wagen. Mein Instinkt riet mir weiterzufahren. Ruby war nirgends zu sehen.

Wenn Tillman Gantry glaubte, Gewalt könne irgendwie zu seiner Verteidigung beitragen, würde er nicht zögern, sie anzuwenden. Mordecai hatte mich gewarnt, auch wenn das nicht nötig gewesen war. Ich rief ihn zu Hause an und sagte ihm, was ich gesehen hatte. Er wollte um halb neun ins Büro kommen, und wir verabredeten, uns dort zu treffen. Er würde Sofia anrufen. Abraham war nicht in der Stadt.

Seit zwei Wochen hatte ich mich intensiv mit der Klage befasst. Es hatte natürlich auch noch andere wichtige Dinge gegeben. Claire und ich hatten uns getrennt, ich war ausgezogen und hatte neue Fertigkeiten erlernen müssen –, aber ich hatte mich immer wieder mit dem Verfahren gegen RiverOaks und meine ehemalige Kanzlei beschäftigt. Bei jedem großen Fall gab es vor Einreichung der Klage hektische Aktivitäten – wenn die Bombe dann eingeschlagen war und der Staub sich setzte, konnte man tief durchatmen und die Ruhe genießen.

An dem Tag, nachdem wir gegen ihn und seine beiden Mitbeklagten vor Gericht gegangen waren, brachte Gantry uns nicht um. Im Büro lief alles normal. Die Telefone läuteten nicht öfter als sonst. Es kamen so viele Mandanten wie sonst. Da die Klage nun eingereicht war, konnte ich mich leichter auf meine anderen Fälle konzentrieren.

Ich konnte mir die Stimmung in den mit Marmor ausgekleideten Hallen von Drake & Sweeney lebhaft vorstellen. Kein Lächeln, keine Klatschgeschichten an der Kaffeemaschine, keine Witze und Gespräche über Sport in den Korridoren. In einem Beerdigungsinstitut würde es ausgelassener zugehen.

In der Abteilung für Kartellrecht würden alle, die mich gut kannten, besonders niedergedrückt sein. Polly war sicher stoisch, distanziert und effektiv wie immer. Rudolph würde sein Büro nur für Besprechungen mit den hohen Tieren aus den oberen Etagen verlassen.

Der einzige traurige Aspekt dieses Angriffs gegen vierhundert Anwälte war die Tatsache, dass fast alle nicht nur unschuldig waren, sondern auch keine Ahnung hatten, worum es überhaupt ging. Niemand interessierte sich dafür, was in der Immobilienabteilung geschah, und nur wenige kannten Braden Chance. Nach sieben Jahren hatte ich ihn kennen gelernt, und das auch nur, weil ich ihn aufgesucht hatte. Die Unschuldigen taten mir Leid – die Altgedienten, die eine großartige Kanzlei aufgebaut und uns alles beigebracht hatten, meine Altersgenossen, die die Tradition hervorragender Leistungen fortsetzen würden, und die Neulinge, die zu ihrer Bestürzung erfuhren, dass ihr verehrter oberster Chef durch gesetzwidrige Machenschaften irgendwie für den Tod von Menschen verantwortlich war.

Für Braden Chance, Arthur Jacobs und Donald Rafter empfand ich allerdings kein Mitleid. Sie hatten mir an die Kehle gehen wollen. Nun sollten sie schwitzen.

Megan machte eine Pause von der anstrengenden Arbeit, Ordnung in einem Haus zu halten, das achtzig obdachlose Frauen beherbergte, und gemeinsam fuhren wir eine Weile durch Northwest. Sie wusste nicht, wo Ruby lebte, und wir rechneten eigentlich auch nicht damit, sie zu finden. Es lieferte uns jedoch einen guten Grund, ein paar Minuten miteinander zu verbringen.

»Dass eine obdachlose Frau untertaucht, ist nichts Ungewöhnliches«, versicherte sie mir. »Obdachlose sind einfach unberechenbar, besonders die Süchtigen.«

»Kennen Sie das?«

»Ich habe schon so einiges erlebt. Man lernt, damit zurechtzukommen. Wenn eine von den Drogen loskommt und einen Job und eine Wohnung findet, spricht man ein kleines Dankgebet. Aber man gerät nicht aus dem Häuschen, denn irgendwann kommt die nächste Ruby und bricht einem das Herz. Es gibt mehr Täler als Berge.«

»Wie schaffen Sie es, keine Depressionen zu bekommen?«

»Man schöpft Kraft aus seinen Klienten. Es sind bemerkenswerte Menschen. Die meisten hatten seit ihrer Geburt keine Chance, und trotzdem überleben sie. Sie stolpern und fallen, aber sie stehen wieder auf und machen weiter.«

Drei Blocks vom Rechtsberatungsbüro kamen wir an einer Reparaturwerkstatt vorbei, hinter der ein paar demolierte Autos vor sich hin rosteten. Ein großer, bissig wirkender Kettenhund bewachte den Eingang. Ich hatte nicht die Absicht, zwischen den alten Wagen herumzustöbern, und der Hund beschloss, jemand anderen zum Weitergehen aufzufordern. Wir nahmen an, dass Ruby irgendwo zwischen dem Büro an der 14th Street und Naomi an der 10th, nicht weit von der L Street, lebte, also in einem Gebiet zwischen Logan Circle und Mount Vernon Square.

»Aber man weiß es nie genau«, sagte Megan. »Ich staune immer wieder, wie weit diese Leute herumkommen. Sie haben jede Menge Zeit, und manche gehen kilometerweit zu Fuß.«

Wir fuhren langsam, beobachteten die Leute auf der Straße und musterten jeden Bettler. Wir gingen durch Parks, suchten nach Obdachlosen, warfen Münzen in ihre Becher und hofften, jemanden zu sehen, den wir kannten, doch wir hatten kein Glück.

Ich setzte Megan bei Naomi ab und versprach, sie am Nachmittag anzurufen. Ruby war eine wunderbare Ausrede, in Verbindung zu bleiben.

Der Abgeordnete stammte aus Indiana, und dies war seine fünfte Legislaturperiode. Er war Republikaner, hieß Burkholder und hatte eine Wohnung in Virginia, joggte aber am frühen Abend gern in der Umgebung von Capitol Hill. Seine Mitarbeiter sagten den Medien, er habe immer in einem der selten benutzten Fitnessräume, die auf Wunsch der Abgeordneten in den Kellern eingebaut worden waren, geduscht und sich umgezogen.

Als Mitglied des Repräsentantenhauses war Burkholder einer von 435 Abgeordneten und somit auch nach zehn Jahren in Washington praktisch unbekannt. Er war einundvierzig, mäßig ehrgeizig, ein Gesundheitsfanatiker, der auf Sauberkeit hielt. Er saß im Landwirtschaftsausschuss und war Vorsitzender eines Unterausschusses für die Beschaffung von Spendenmitteln.

Burkholder war am frühen Mittwochabend beim Joggen in der Nähe der Union Station angeschossen worden. Er hatte einen Jogginganzug getragen – keine Brieftasche, kein Bargeld, keine Taschen, in denen sich etwas Wertvolles hätte befinden können. Es schien kein Motiv zu geben. Er war mit einem Obdachlosen zusammengestoßen; vielleicht war er angerempelt worden. Ein Wort hatte das andere gegeben, und dann waren zwei Schüsse gefallen. Die eine Kugel verfehlte den Abgeordneten, die andere traf ihn in den linken Oberarm, durchschlug die Schulter und blieb in der Nähe des Halses stecken.

Es war kurz nach Einbruch der Dunkelheit geschehen, auf dem Bürgersteig an einer Straße voller Berufsverkehr. Es gab vier Zeugen, denen zufolge der Täter ein Schwarzer gewesen sei, der wie ein Obdachloser ausgesehen habe – eine Beschreibung, die auf ziemlich viele zutraf. Bis der erste der Zeugen ausgestiegen und Burkholder zu Hilfe gekommen war, hatte sich der Mann mit der Pistole längst aus dem Staub gemacht.

Der Abgeordnete war zum George Washington Hospital gebracht worden, wo man die Kugel in einer zweistündigen Operation entfernt hatte. Sein Zustand war stabil.

Es war lange her, dass man in Washington auf einen Abgeordneten geschossen hatte. Einige waren überfallen worden, hatten aber keine größeren Schäden erlitten. Diese Überfälle gaben den Opfern eine hervorragende Gelegenheit, Fensterreden gegen die zunehmende Kriminalität und den Verfall der Gesellschaft und ihrer Werte zu halten. Die alleinige Schuld lag natürlich beim jeweiligen politischen Gegner.

Als ich den Bericht um elf Uhr sah, war Burkholder nicht imstande, irgendwelche Reden zu halten. Ich saß in meinem Sessel, las, sah mir einen Boxkampf an und döste ein bisschen. An diesem Tag gab es aus Washington nicht viel zu berichten – bis Burkholder niedergeschossen wurde. Der Nachrichtensprecher gab atemlos das Ereignis bekannt und verlas einen knappen Bericht – im Hintergrund war ein Foto des Abgeordneten eingeblendet –, und dann wurde live zum Krankenhaus geschaltet, wo eine Reporterin vor den Türen der Notaufnahme fror, in die Burkholder vier Stunden zuvor eingeliefert worden war. Aber im Hintergrund stand ein Rettungswagen mit Blaulicht, und da die Reporterin weder Blut noch eine Leiche vorweisen konnte, musste sie sich mit dem Vorhandenen behelfen, um eine möglichst sensationelle Story daraus zu machen.

Die Operation sei gut verlaufen, sagte sie. Die Ärzte hätten ein sehr allgemein gehaltenes Kommuniqué veröffentlicht. Vor kurzem seien einige Kollegen Burkholders zum Krankenhaus geeilt, und es sei ihr gelungen, sie vor die Kamera zu bekommen: Drei Abgeordnete standen nebeneinander und machten angemessen ernste Gesichter, obgleich Burkholders Leben zu keinem Zeitpunkt in Gefahr gewesen war. Sie blinzelten in die Scheinwerfer und gaben sich den Anschein, als betrachteten sie die Fragen der Reporterin als eine dreiste Verletzung ihrer Privatleben.

Von keinem der drei hatte ich je gehört. Sie zeigten sich besorgt um ihren Freund, erweckten den Eindruck, als sei sein Zustand weit kritischer, als die Ärzte zugaben, und brauchten kein Stichwort, um ihre Ansichten über Washingtons Niedergang zu äußern.

Dann kam eine weitere Liveschaltung zum Tatort. Eine zweite unbeholfene Reporterin stand an der Stelle, wo ES passiert war. Jetzt gab es tatsächlich etwas zu sehen: einen großen Blutfleck, auf den sie mit dramatischer Geste zeigte, genau hier. Sie kniete nieder. Es fehlte nicht viel, und sie hätte mit den Fingerspitzen über den Bürgersteig gestrichen. Ein Polizist kam ins Bild und gab eine ungenaue Zusammenfassung des Tathergangs.

Es war ein Livebericht, und im Hintergrund flackerten die roten und blauen Lichter von Polizeiwagen. Das fiel mir auf, der Reporterin allerdings nicht.

Es war eine Säuberungsaktion im Gange. Die Washingtoner Polizei sammelte Obdachlose ein und nahm sie mit. Die ganze Nacht hindurch suchte sie die Gegend um Capitol Hill ab und verhaftete jeden, der auf einer Bank schlief, in einem Park herumsaß, auf einem Bürgersteig bettelte und offenbar kein Dach über dem Kopf hatte, wegen Belästigung, Wegwerfens von Abfall, Trunkenheit in der Öffentlichkeit und Bettelns.

Nicht alle landeten im Gefängnis. Zwei Gefangenentransporter fuhren zur Rhode Island Avenue in Northwest und luden die Insassen auf einem Parkplatz neben einem Gemeindezentrum mit einer durchgehend geöffneten Suppenküche ab. Ein anderer mit elf Obdachlosen hielt an der Calvary Mission in der T Street, fünf Blocks von unserem Büro entfernt. Die Männer wurden vor die Wahl gestellt, entweder auszusteigen oder ins Gefängnis zu gehen. Der Wagen leerte sich.

32

Ich beschloss, ein Bett zu kaufen. Ich schlief zu wenig und zu schlecht auf dem Boden, und wem außer mir selbst wollte ich damit etwas beweisen? Lange vor Morgengrauen saß ich in meinem Schlafsack und gelobte mir, etwas Weicheres zum Schlafen zu finden. Außerdem fragte ich mich zum tausendsten Mal, wie Menschen überlebten, die auf dem Bürgersteig schlafen mussten.

Im Pylon Grill war es warm und stickig. Schon an der Tür roch man das Aroma der Kaffeebohnen aus aller Welt, und der Zigarettenrauch hing dicht über den Tischen. Um halb fünf morgens saßen hier die üblichen Nachrichtenjunkies.

Burkholder war der Mann der Stunde. Sein Gesicht war auf der Titelseite der *Post*, und es gab mehrere Berichte über seine Person, die Tat und die polizeilichen Ermittlungen. Kein Wort über die Säuberungsaktion. Die Einzelheiten erfuhr ich später von Mordecai.

Im Lokalteil erwartete mich eine angenehme Überraschung. Tim Claussen war offenbar ein Mann mit einer Berufung. Unsere Klage hatte ihn inspiriert.

In einem ausführlichen Artikel nahm er unsere gegnerischen Parteien unter die Lupe. RiverOaks bestand seit zwanzig Jahren und befand sich im Besitz einiger Investoren. Einer davon war Clayton Bender, der an der Ostküste mit Immobilien handelte und angeblich zweihundert Millionen Dollar besaß. Fotos von Bender und dem Hauptsitz der Gesellschaft in Hagerstown, Maryland, waren ebenfalls abgedruckt. In den vergangenen zwanzig Jahren hatte RiverOaks elf Bundesgebäude in Washington und zahlreiche Einkaufszentren in den Vororten von Washington und Baltimore gebaut. Der Wert der Anteile wurde mit dreihundertfünfzig Millionen Dollar beziffert. Die Gesellschaft hatte zahlreiche Bankkredite aufgenommen, deren Höhe allerdings nicht bekannt war.

Die Geschichte der geplanten Postbearbeitungsstelle in Northwest wurde in allen Details geschildert. Dann ging es weiter mit Drake & Sweeney.

Es überraschte mich nicht, daß die Kanzlei sich bedeckt gehalten hatte. Claussen war telefonisch nicht zu den wichtigen Leuten durchgedrungen und brachte nur die allgemein zugänglichen Informationen: Größe, Geschichte, berühmte Teilhaber. Zwei Tabellen, beide aus dem *U.S. Law Magazine,* verglichen die führenden zehn Kanzleien des Landes nach ihrer Größe und dem durchschnittlichen Teilhaber-Bonus des vergangenen Jahres. Mit achthundert Anwälten war Drake & Sweeney die fünftgrößte Kanzlei, und mit 910 500 Dollar pro Teilhaber stand sie an dritter Stelle.

Hatte ich tatsächlich so viel Geld ausgeschlagen?

Das letzte Mitglied dieses eigenartigen Trios war Tillman Gantry, dessen wechselvolles Leben für einen Journalisten ein gefundenes Fressen war. Polizisten äußerten ihre Meinung über ihn. Einer seiner Knastbrüder sang ein Loblied auf ihn. Ein Pfarrer aus Northeast erzählte, Gantry habe Ringe für den Basketballplatz gestiftet. Eine ehemalige Prostituierte erinnerte sich an die Prügel, die er ihr verpasst hatte. Er hatte zwei Gesellschaften – TAG und Gantry Group – und besaß durch sie drei Gebrauchtwagenhandlungen, zwei kleine Einkaufszentren, ein Apartmentgebäude, in dem zwei Menschen erschossen worden waren, sechs vermietete Reihenhäuser, eine Bar, in der eine Frau vergewaltigt worden war, einen Videoverleih und verschiedene unbebaute Grundstücke, die er für einen Spottpreis von der Stadt erworben hatte.

Gantry war der Einzige der Beklagten, der bereit war, sich zu äußern. Er gab zu, das Lagerhaus an der Florida Avenue im Juli des vergangenen Jahres für elftausend Dollar gekauft und am 31. Januar dieses Jahres für zweihunderttausend Dollar an RiverOaks verkauft zu haben. Er habe eben Glück gehabt, sagte er. Das Gebäude sei wertlos, doch das Grundstück weit mehr wert gewesen als elftausend Dollar. Darum habe er es ja gekauft.

Im Lagerhaus hätten sich schon immer so viele Obdachlose herumgetrieben, sagte er, dass er sich gezwungen gesehen habe, sie zu vertreiben. Das Gebäude oder Teile davon seien nie vermietet gewesen, und er könne sich nicht erklären, woher dieses Gerücht stamme. Er habe viele Rechtsanwälte und werde sich energisch dagegen wehren.

Ich war in dem Artikel nirgends erwähnt. Es stand auch nichts von DeVon Hardy und der Geiselnahme darin und nur sehr wenig über Lontae Burton und die Anschuldigungen in unserer Klage.

Das war nun schon der zweite Tag, an dem die altehrwürdige Kanzlei Drake & Sweeney als Komplizin eines ehemaligen Zuhälters bezeichnet wurde. Der Ton des Artikels legte sogar den Eindruck nahe, dass die Anwälte schlimmere Verbrecher waren als Tillman Gantry.

Für morgen wurde eine weitere Folge versprochen: ein Blick auf das kurze, traurige Leben von Lontae Burton.

Wie lange würde Arthur Jacobs noch zulassen, dass der Name seiner geliebten Kanzlei in den Schmutz gezogen wurde? Sie war ein so leichtes Ziel, und die *Washington Post* stand in dem Ruf, hartnäckig zu sein. Der Reporter machte offenbar Überstunden. Und eine Geschichte würde zur anderen führen.

Es war zwanzig nach neun, als ich mit meinem Anwalt am Carl Moultrie Building in der Innenstadt eintraf, an der Ecke 6th Street und Indiana Avenue. Ich war nie auch nur in der Nähe dieses Gebäudes gewesen, in dem die Zivil- und Strafsachen im District of Columbia verhandelt wurden. Vor dem Eingang stand eine Schlange, die langsam vorrückte, während Anwälte und Kläger, Beklagte und Verbrecher durch einen Metalldetektor gingen und sich nach Waffen durchsuchen ließen. Im Gebäude herrschte reger Betrieb: Die Eingangshalle war voller nervöser Menschen, und darüber erhoben sich vier Stockwerke mit Korridoren und Gerichtssälen.

Richter Norman Kisner saß in der ersten Etage zu Gericht, in Raum Nr. 114. Eine Prozessliste an der Tür führte mich unter ›Erstmaliges Erscheinen‹ auf. Außer mir standen noch die Namen elf anderer Krimineller darauf. Die Anklagebank drinnen war leer, und Anwälte eilten geschäftig umher. Mordecai verschwand im Richterzimmer, und ich setzte mich in die zweite Reihe, blätterte in einer Zeitschrift und bemühte mich, einen äußerst gelangweilten Eindruck zu machen.

»Guten Morgen, Michael«, sagte jemand im Mittelgang. Es war Donald Rafter, der seine Aktentasche in beiden Händen hielt. Hinter ihm stand ein Mann aus der Prozessabteilung, an dessen Namen ich mich jedoch nicht erinnerte.

Ich nickte und brachte ein ›Hallo‹ heraus.

Sie gingen weiter und setzten sich auf die andere Seite des Gangs. Sie vertraten die Opfer und waren daher berechtigt, in jedem Stadium des Verfahrens anwesend zu sein.

Es war mein erstes Erscheinen als Angeklagter. Ich würde vor dem Richter stehen, während er mir die Anklage vorlas. Ich würde mich für nicht schuldig bekennen und unter den bereits ausgesprochenen Kautionsbedingungen entlassen werden. Was wollte Rafter hier?

Es dauerte eine Weile, bis mir die Antwort dämmerte. Ich starrte auf die Zeitschrift, versuchte, ganz ruhig zu bleiben, und kam zu dem Schluss, dass seine Anwesenheit lediglich eine Erinnerung sein sollte. Die Kanzlei betrachtete den Diebstahl als ernste Angelegenheit und wollte mich im Auge behalten. Rafter war der gerissenste und gemeinste Prozessanwalt von Drake & Sweeney, und sein Anblick im Gerichtssaal sollte mich erzittern lassen.

Um halb zehn erschien Mordecai und winkte mich zu sich. Der Richter erwartete mich in seinem Zimmer. Mordecai stellte mich vor, und dann setzten wir uns an einen kleinen Tisch.

Richter Kisner war mindestens siebzig. Er hatte buschiges, graues Haar, einen schütteren grauen Bart und braune Augen, die mich zu durchbohren schienen, wenn er mit mir sprach. Mein Anwalt und er kannten sich seit vielen Jahren.

»Ich habe gerade zu Mordecai gesagt«, begann er und machte eine Geste zu meinem Anwalt hin, »dass dies ein sehr ungewöhnlicher Fall ist.«

Ich nickte. Vor allem für mich war dieser Fall ungewöhnlich.

»Ich kenne Arthur Jacobs seit dreißig Jahren. Ich kenne eine Menge der Anwälte in dieser Kanzlei. Es sind gute Anwälte.«

Das waren sie wirklich. Sie stellten nur die besten ein und gaben ihnen den letzten Schliff. Dass der Richter, der meinen Fall verhandelte, die Opfer so sehr bewunderte, war mir unbehaglich.

»Der finanzielle Wert einer aktiven Akte aus dem Büro eines Anwalts ist schwer einzuschätzen. Sie besteht aus lauter Papieren, die nur für den Anwalt einen Wert haben. Man kann sie nicht auf der Straße verkaufen. Das soll natürlich nicht heißen, dass ich Sie beschuldige, die Akte gestohlen zu haben.«

»Natürlich.« Ich war mir nicht sicher, ob ich verstand, was er meinte, aber ich wollte, dass er fortfuhr.

»Angenommen, die Akte befindet sich in Ihrem Besitz, und angenommen, Sie haben sie aus der Kanzlei entfernt. Wenn Sie sie jetzt, unter meiner Aufsicht, zurückgeben würden, würde ich ihren Wert auf etwas weniger als hundert Dollar festsetzen. Dann wäre der Diebstahl ein Vergehen, das mit ein bisschen Papierkram erledigt wäre. Selbstverständlich dürften Sie keinerlei Informationen aus dieser Akte in irgendeiner Form verwenden.«

»Und wenn ich sie nicht zurückgebe? Vorausgesetzt natürlich, dass ich sie überhaupt habe.«

»Dann steigt der Wert der Akte. Die Anklage wegen schweren Diebstahls bleibt bestehen, und wenn die Staatsanwaltschaft schlüssige Beweise liefert und die Geschworenen Sie für schuldig befinden, werde ich Sie verurteilen.«

Die Falten auf seiner Stirn, die Härte seines Blicks und der Ton seiner Stimme ließen wenig Zweifel daran, dass sein Urteil etwas war, das ich besser vermeiden sollte.

»Wenn die Geschworenen Sie wegen schweren Diebstahls schuldig sprechen, werden Sie außerdem Ihre Zulassung als Anwalt verlieren.«

»Ja, Sir«, sagte ich zerknirscht.

Mordecai hörte zu und nahm alles in sich auf.

»Im Gegensatz zu den meisten meiner anderen Fälle spielt die Zeit hier eine wichtige Rolle«, fuhr Richter Kisner fort. »In dem Zivilverfahren könnte man sich dem Inhalt der Akte zuwenden. Die Frage der Zulässigkeit als Beweismittel muss der dafür zuständige Richter beantworten. Ich möchte diese Strafsache erledigt haben, bevor das Zivilverfahren zu weit fortgeschritten ist. Immer vorausgesetzt natürlich, Sie haben die Akte überhaupt.«

»Wie bald?«, fragte Mordecai.

»Ich denke, zwei Wochen sollten ausreichen, um Sie zu einem Entschluss kommen zu lassen.«

Dieser Meinung waren wir ebenfalls. Mordecai und ich kehrten in den Gerichtssaal zurück und warteten eine weitere Stunde, in der sich nichts ereignete.

Tim Claussen von der *Post* erschien in Begleitung einiger Anwälte. Er sah uns, kam aber nicht zu uns herüber. Mordecai stand auf und näherte sich ihm unauffällig. Er erklärte Claussen, es seien zwei Anwälte der Kanzlei Drake & Sweeney – Donald Rafter und ein anderer – anwesend, die vielleicht bereit seien, ein Interview zu geben.

Claussen ging sofort zu ihnen. Man hörte Stimmen von den hinteren Bänken, wo Rafter gewartet hatte. Die drei verließen den Gerichtssaal und setzten ihre Auseinandersetzung draußen fort.

Mein Erscheinen vor Kisner war wie erwartet kurz. Ich bekannte mich nicht schuldig, unterschrieb ein paar Formulare und machte, dass ich wegkam. Rafter war nirgends zu sehen.

»Worüber haben Sie und Kisner gesprochen, bevor Sie mich ins Richterzimmer geholt haben?«, fragte ich Mordecai, als wir wieder im Wagen saßen.

»Über das, was er Ihnen gesagt hat.«

»Er ist ein harter Bursche.«

»Er ist ein guter Richter, aber er war viele Jahre Anwalt. Ein Strafverteidiger, und zwar einer der besten. Er hat keine Sympathien für einen Anwalt, der die Akten eines anderen stiehlt.«

»Wenn er mich verurteilt, wie viele Jahre kriege ich dann?«

»Das hat er nicht gesagt. Aber Sie werden eine Weile sitzen müssen.«

Wir standen an einer roten Ampel. Glücklicherweise

war ich es, der am Steuer saß. »Na gut, Herr Rechtsanwalt«, sagte ich, »was machen wir jetzt?«

»Wir haben zwei Wochen Zeit und lassen es langsam angehen. Jetzt ist nicht die rechte Zeit für Entscheidungen.«

33

In der *Washington Post* stieß ich auf zwei Artikel, beide mit Fotos und an herausgehobener Stelle.

Der Erste war in der gestrigen Ausgabe bereits angekündigt worden: die lange Geschichte des tragischen Lebens von Lontae Burton. Die Hauptquelle war Lontaes Großmutter, doch der Reporter hatte auch mit zwei Tanten, einem ehemaligen Arbeitgeber, einer Sozialarbeiterin, einer ehemaligen Lehrerin sowie mit Lontaes Mutter und ihren beiden Brüdern gesprochen, die im Gefängnis saßen. Mit ihrer typischen Hartnäckigkeit und ihren unbegrenzten Mitteln leistete die Zeitung hervorragende Arbeit und sammelte die Fakten, die wir für unseren Fall brauchten.

Die Mutter war bei Lontaes Geburt sechzehn gewesen. Lontae war das zweite von drei Kindern, die allesamt unehelich waren und von verschiedenen Männern stammten, auch wenn die Mutter keine Angaben über den Vater machen wollte. Lontae wuchs in einer üblen Gegend in Northwest auf. Ihre Mutter zog häufig um, und hin und wieder lebte Lontae bei ihrer Großmutter oder ihren Tanten. Immer wieder musste ihre Mutter ins Gefängnis, und nach der sechsten Klasse ging Lontae nicht mehr zur Schule. Von da an ging es mit ihr, wie nicht anders zu erwarten, bergab. Drogen, Jungen, Banden, kleine Diebstähle – das gefährliche Leben auf der Straße. Sie arbeitete in verschiedenen Mindestlohnjobs und erwies sich als vollkommen unzuverlässig.

Die amtlichen Akten erzählten den Rest der Geschichte: eine Verhaftung mit vierzehn wegen Ladendiebstahls, Jugendgericht. Drei Monate später Trunkenheit in der Öffentlichkeit, Jugendgericht. Mit fünfzehn Besitz von Marihuana, Jugendgericht. Sieben Monate später dasselbe. Mit sechzehn wegen Prostitution festgenommen und nach Erwachsenenstrafrecht verurteilt, aber keine Gefängnisstrafe. Verhaftung wegen schweren Diebstahls (eines tragbaren CD-Spielers aus einer Pfandleihe); verurteilt, aber keine Gefängnisstrafe. Mit achtzehn Geburt von Ontario im Central Hospital, auf der Geburtsurkunde war der Name des Vaters nicht vermerkt. Zwei Monate nach der Geburt Verhaftung wegen Prostitution, verurteilt, aber keine Gefängnisstrafe. Mit zwanzig Geburt der Zwillinge Alonzo und Dante, ebenfalls im General Hospital. Auch hier war kein Vater angegeben. Und Temeko, das Baby mit der nassen Windel, das Lontae mit einundzwanzig bekommen hatte.

Doch in dieser traurigen Geschichte gab es einen Hoffnungsschimmer. Nach Temekos Geburt landete Lontae im House of Mary, einem Tagesheim für Frauen ähnlich dem Naomi, und lernte eine Sozialarbeiterin namens Nell Cather kennen. Miss Cather wurde in dem Artikel ausführlich zitiert.

Nach ihrer Schilderung von Lontaes letzten Monaten war diese entschlossen gewesen, die Straße hinter sich zu lassen und ihr Leben in Ordnung zu bringen. Sie hatte gewissenhaft die Anti-Baby-Pille genommen, die vom House of Mary ausgegeben wurde, und sich mit aller Kraft bemüht, die Finger von Alkohol und Drogen zu lassen. Sie hatte an den Gruppensitzungen teilgenommen und tapfer gegen ihre Süchte angekämpft, auch wenn sie immer wieder Rückschläge erlitten hatte. Ihre Lese- und Schreibfertigkeiten hatten sich rasch verbessert, und sie hatte davon geträumt, eine feste Arbeit zu finden, mit der sie ihre kleine Familie ernähren könnte.

Miss Cather hatte ihr schließlich einen Job als Packerin in einem großen Lebensmittelgeschäft vermittelt, zwanzig Wochenstunden für 4 Dollar 75 pro Stunde. Lontae hatte nicht einen einzigen Tag gefehlt.

Eines Tages im vergangenen Herbst hatte sie Nell Cather zugeflüstert, sie habe eine Wohnung gefunden, doch es dürfe niemand davon wissen. Da das zu ihrem Aufgabenbereich gehörte, hatte Nell die Wohnung besichtigen wollen, aber Lontae hatte sich geweigert. Die Wohnung sei nicht legal, hatte sie erklärt. Es sei eine kleine Zwei-Zimmer-Wohnung mit einem intakten Dach und einer verschließbaren Tür. Bad und Toilette seien in der Nähe, und sie zahle hundert Dollar pro Monat, in bar.

Ich notierte mir die Namen Nell Cather und House of Mary und lächelte bei dem Gedanken daran, wie sie im Zeugenstand stehen und den Geschworenen die Geschichte der Familie Burton erzählen würde.

Lontae hatte schreckliche Angst, man könnte ihr die Kinder wegnehmen, wie es ja oft geschah. Die meisten obdachlosen Mütter im House of Mary hatten ihre Kinder verloren, und je öfter Lontae diese furchtbaren Geschichten hörte, desto mehr wuchs ihre Entschlossenheit, ihre Familie zusammenzuhalten. Sie lernte noch eifriger, machte sich sogar mit den Grundzügen der Bedienung von Computern vertraut und schaffte es einmal, vier Tage ohne Drogen zu bleiben.

Dann wurde sie aus ihrer Wohnung vertrieben, und das bisschen, was sie besaß, wurde zusammen mit ihren Kindern auf die Straße geworfen. Miss Cather sah sie am Tag danach: Sie war ein Wrack. Die Kinder waren hungrig und schmutzig, und Lontae hatte Drogen genommen. Eine der Regeln des House of Mary besagte, dass niemand aufgenommen wurde, der offensichtlich betrunken war oder unter dem Einfluss von Drogen stand. Die Leiterin musste Lontae bitten zu gehen. Miss Cather sah sie nie wieder und hörte auch nichts mehr von ihr, bis sie aus der Zeitung von ihrem Tod erfuhr.

Als ich diesen Artikel gelesen hatte, dachte ich an Braden Chance und hoffte, dass er ihn ebenfalls gelesen hatte, in der behaglichen morgendlichen Wärme seines hübschen Hauses in einem Vorort in Virginia. Ich war sicher, dass er bereits auf den Beinen war. Wie konnte ein Mensch, der derart unter Druck stand, überhaupt schlafen?

Ich wünschte mir, dass er litt, dass ihm bewusst wurde, wie viel Unglück und Elend er mit seiner zynischen Nichtachtung der Rechte und der Würde anderer über diese Menschen gebracht hatte. Du hast in deinem schönen Büro gesessen, Braden, du hast hart und gut bezahlt gearbeitet und den Papierkram für deine reichen Mandanten erledigt, du hast die Aktennotizen der Gehilfen gelesen, die für dich die schmutzige Arbeit gemacht haben, und mit kalter Berechnung die Entscheidung getroffen, eine Zwangsräumung durchzuziehen, mit der du hättest warten müssen. Es waren ja bloß ein paar Hausbesetzer, nicht wahr, Braden? Unbedeutende schwarze Obdachlose, die wie die Tiere lebten. Es gab nichts Schriftliches, keine Verträge, nichts, und darum hatten diese Leute auch keine Rechte. Schmeißt sie raus. Jeder Aufschub hätte das ganze Projekt verzögert.

Am liebsten hätte ich ihn angerufen und mit der Frage: »Na, wie geht's Ihnen jetzt, Braden?« von seinem Morgenkaffee aufgeschreckt.

Der zweite Artikel war eine angenehme Überraschung, jedenfalls aus juristischer Sicht. Er war allerdings auch beunruhigend.

Ein Freund von Lontae war aufgetaucht, ein neunzehnjähriger Krimineller namens Kito Spires. Sein Foto würde jedem gesetzestreuen Bürger Angst und Schrecken einjagen. Kito hatte eine Menge zu sagen. Er behauptete, der Vater der drei jüngsten Kinder Lontaes zu sein. Er sei in den letzten drei Jahren hin und wieder mit ihr zusammen gewesen – mehr hin als wieder.

Kito war ein typisches Kind der Innenstadt: ein arbeitsloser junger Mann ohne Schulabschluss und mit einem langen Vorstrafenregister. Seine Glaubwürdigkeit würde in Frage gestellt werden.

Er habe in dem Lagerhaus mit Lontae und den Kindern gelebt, sagte er. Er habe sich an der Miete beteiligt, wann immer er konnte. Irgendwann nach Weihnachten hätten sie sich gestritten, und er sei ausgezogen. Gegenwärtig lebte er bei einer Frau, deren Mann im Gefängnis saß.

Er wusste nichts von der Zwangsräumung, fand aber, dass sie nicht rechtens gewesen war. Als er über die Verhältnisse im Lagerhaus befragt wurde, erwähnte er genug Details, um mich zu überzeugen, dass er tatsächlich da gewesen war. Seine Beschreibung deckte sich im wesentlich mit der in Hectors Aktennotiz.

Er habe nicht gewusst, dass das Lagerhaus Tillman Gantry gehört habe. Ein Typ namens Johnny habe die Miete kassiert, immer am fünfzehnten des Monats. Hundert Dollar.

Mordecai und ich würden ihn bald finden. Unsere Zeugenliste wurde länger, und Mr. Spires konnte sich zu unserem Star entwickeln.

Kito war tieftraurig über den Tod seiner Kinder und ihrer Mutter. Ich hatte bei dem Trauermarsch die Augen offen gehalten – Kito war mit Sicherheit nicht dort gewesen.

Unsere Klage bekam mehr Publicity, als wir uns hätten träumen lassen. Wir wollten nur zehn Millionen, eine hübsche, runde Summe, über die jeden Tag geschrieben und diskutiert wurde. Lontae hatte mit Tausenden von Männern geschlafen. Kito war der erste mögliche Vater. Wenn es um so viel Geld ging, würden bald weitere Väter auftauchen, gramgebeugt über den Verlust ihrer Kinder. Auf den Straßen von Washington gab es Kandidaten genug.

Das war das Beunruhigende an diesem Artikel.

Doch wir sollten nie Gelegenheit bekommen, mit Kito Spires zu reden.

Ich rief bei Drake & Sweeney an, um mit Braden Chance zu sprechen. Man stellte mich zu einer Sekretärin durch. Ich wiederholte meine Bitte. »Und wer spricht dort, bitte?«

Ich nannte einen erfundenen Namen und gab an, ich sei ein möglicher Mandant, der auf Empfehlung von Clayton Bender von RiverOaks anrufe.

»Mr. Chance ist im Augenblick nicht erreichbar.«

»Dann sagen Sie mir, wann ich ihn erreichen kann«, sagte ich schroff.

»Er ist im Urlaub.«

»Na gut. Und wann wird er zurück sein?«

»Das weiß ich nicht genau«, sagte sie. Ich legte auf. Der Urlaub würde einen Monat dauern und sich dann in ein Sabbatjahr verwandeln, und irgendwann würde man schließlich zugeben müssen, dass man sich von Chance getrennt hatte.

Ich hatte den Verdacht gehabt, dass er nicht mehr da sein würde; mein Anruf hatte den Verdacht bestätigt.

In den vergangenen sieben Jahren war die Kanzlei mein Leben gewesen, und so fiel es mir nicht schwer, die weiteren Reaktionen vorauszusehen. Man war zu stolz, zu hochmütig, um diese öffentliche Entwürdigung hinzunehmen.

Sobald die Klage eingereicht war, hatte man aus Braden Chance die Wahrheit herausgebracht. Ob er freiwillig damit herausgerückt war oder ob man ihn hatte unter Druck setzen müssen, war unerheblich. Er hatte sie von Anfang an belogen, und nun wurde die Kanzlei als Ganzes verklagt. Vielleicht hatte er ihnen das Original von Hectors Aktennotiz gezeigt, zusammen mit der Quittung für Lontae, doch wahrscheinlicher war, dass er diese Schriftstücke bereits beseitigt hatte und beschreiben musste, was er in den Aktenvernichter gesteckt hatte. Die Kanzlei – Arthur Jacobs und der Vorstand – kannte nun die Wahrheit. Die Zwangsräumung hätte nicht durchgeführt werden dürfen. Die mündlichen Mietverträge hätten von Chance im Namen von RiverOaks schriftlich und mit einer Frist von dreißig Tagen gekündigt werden müssen.

Ein Aufschub von dreißig Tagen hätte das Geschäft zwischen der Postdirektion und RiverOaks gefährdet.

Ein Aufschub von dreißig Tagen, und Lontae und die anderen Mieter hätten die härteste Zeit des Winters hinter sich gehabt.

Chance war also gefeuert worden und hatte zweifellos einen goldenen Händedruck für sein Teilhaberpaket bekommen. Hector war vermutlich zu Besprechungen eingeflogen worden. Nun, da Chance nicht mehr da war, konnte Hector die Wahrheit sagen, ohne unangenehme Konsequenzen befürchten zu müssen. Er würde allerdings nicht verraten, dass er Kontakt mit mir gehabt hatte.

Hinter verschlossenen Türen hatte sich der Vorstand schließlich der Wahrheit stellen müssen. Es sah nicht gut aus für die Kanzlei. Rafter und sein Team hatten eine Verteidigungsstrategie entworfen: Sie würden mit Nachdruck darauf hinweisen, der Fall Burton beruhe auf Material, das aus der Kanzlei Drake & Sweeney gestohlen worden sei. Und da gestohlene Beweisstücke vor Gericht nicht zulässig seien, müsse die Klage abgewiesen werden. Aus juristischer Sicht war gegen diese Argumentation nichts einzuwenden.

Doch bevor Rafter sie hatte vorbringen können, hatte die Presse sich eingeschaltet. Es waren Zeugen aufgetaucht, die das, was in der Akte stand, bestätigen konnten. Wir konnten den Fall auch ohne die von Chance beiseite geschafften Schriftstücke beweisen.

Bei Drake & Sweeney herrschte jetzt das Chaos. Dort arbeiteten vierhundert aggressive Anwälte, die nicht bereit waren, ihre Meinung für sich zu behalten – die Kanzlei befand sich vermutlich am Rande des offenen Aufstands. Wenn ich noch dort gearbeitet hätte und mit einem ähnlichen Skandal in einer anderen Abteilung konfrontiert gewesen wäre, hätte ich wahrscheinlich Himmel und Hölle in Bewegung gesetzt, damit die Sache unauffällig abgeschlossen wurde und aus der Presse verschwand. Die Option, die Schotten dichtzumachen und den Sturm vorüberziehen zu lassen, existierte einfach nicht. Die Artikel in der *Post* waren nur ein Vorgeschmack auf das, was Drake & Sweeney in einem öffentlichen Verfahren blühte. Und bis zu diesem Verfahren würde noch ein ganzes Jahr vergehen.

Und auch aus einer anderen Ecke würde es Druck geben. Aus der Akte ging nicht hervor, wie viel RiverOaks von den Bewohnern des Lagerhauses gewusst hatte. Überhaupt hatten Chance und sein Mandant nur sehr wenige Briefe gewechselt. Ich hatte den Eindruck, dass man ihm gesagt hatte, er solle das Geschäft möglichst schnell zum Abschluss bringen. RiverOaks hatte Druck gemacht, und Chance hatte alles niedergewalzt.

Angenommen, RiverOaks hatte von der Gesetzwidrigkeit der Zwangsräumung nichts gewusst – dann konnte die Gesellschaft Drake & Sweeney wegen Verletzung der Sorgfaltspflicht verklagen. Sie hatte der Kanzlei einen Auftrag erteilt, den diese gründlich vermasselt hatte. Der Fehler der Kanzlei hatte dem Mandanten geschadet. Mit dreihundertfünfzig Millionen in Beteiligungen konnte RiverOaks genügend Druck ausüben, um die Kanzlei zu zwingen, den Schaden wieder gutzumachen.

Auch andere wichtige Mandanten würden sich so ihre Gedanken machen. »Was ist bei euch eigentlich los?« war eine Frage, die wahrscheinlich jeder Teilhaber von denen hörte, die die Rechnungen bezahlten. In der knallharten Welt des Geschäfts würden die Geier der anderen Kanzleien bereits kreisen.

Die Kanzlei Drake & Sweeney vermarktete ihr Image, ihr öffentliches Ansehen. Das taten alle großen Kanzleien. Und keine davon hätte die Schläge verkraften können, die auf Drake & Sweeney einprasselten.

Der Abgeordnete Burkholder erholte sich schnell. Am Tag nach seiner Operation ließ er sich in einem sorgfältig geplanten Auftritt der Presse vorführen. Man schob ihn in einem Rollstuhl auf eine improvisierte Bühne in der Eingangshalle des Krankenhauses. Mit der Hilfe seiner hübschen Frau erhob er sich und trat vor, um eine Rede zu verlesen. Zufällig trug er ein leuchtend rotes Sweatshirt mit dem Aufdruck INDIANA. Sein Hals war verbunden, und den linken Arm trug er in einer Schlinge.

Er erklärte, es gehe ihm den Umständen entsprechend gut, und er werde seine Arbeit in einigen Tagen wieder aufnehmen. Hallo, liebe Leute daheim in Indiana.

Der schönste Teil seiner Rede befasste sich mit der Straßenkriminalität und dem Niedergang unserer Städte. (Seine Heimatstadt hatte achttausend Einwohner.) Es sei eine Schande, dass sich die Hauptstadt des Landes in einem so erbärmlichen Zustand befinde, und nun, da er dem Tod knapp entgangen sei, werde er seinen erheblichen Einfluss geltend machen, damit unsere Straßen wieder sicherer würden. Er habe ein neues Ziel gefunden.

Dann sagte er noch einiges über Waffengesetze und den Bau von Gefängnissen.

Durch die Schüsse auf Burkholder sah sich die Washingtoner Polizei einem enormen, wenn auch nur zeitweiligen Druck ausgesetzt, die Straßen der Stadt von

Obdachlosen zu säubern. Senatoren und Abgeordnete verbreiteten sich den lieben langen Tag über die Gefahren, die in der Innenstadt von Washington drohten. Also wurde nach Einbruch der Dunkelheit wieder aufgeräumt. Man entfernte jeden Betrunkenen, Bettler oder Obdachlosen aus der näheren Umgebung des Capitols. Manche wurden verhaftet. Andere lud man einfach auf Lastwagen und karrte sie wie Vieh in andere Gegenden.

Um zwanzig vor zwölf wurde ein Streifenwagen zu einem Schnapsladen in der 4th Street unweit der Rhode Island Avenue geschickt. Der Besitzer des Ladens hatte Schüsse gehört, und Anwohner hatten gemeldet, auf dem Bürgersteig liege ein Mann.

Auf einem unbebauten Grundstück neben dem Laden fanden die Polizisten hinter einem Schutthaufen die blutüberströmte Leiche eines jungen Schwarzen. Das Blut stammte von zwei Einschusslöchern im Kopf.

Er wurde später als Kito Spires identifiziert.

34

Am Montagmorgen tauchte Ruby wieder auf und brachte einen Riesenhunger auf Kekse und Neuigkeiten mit. Sie saß auf der Schwelle und begrüßte mich mit einem Lächeln und einem freundlichen Hallo, als ich um acht Uhr, ein bisschen später als sonst, vor dem Büro eintraf. Solange Gantry irgendwo da draußen war, zog ich bei meiner Ankunft helles Tageslicht und einen belebteren Bürgersteig vor.

Sie sah unverändert aus. Ich dachte, ich könnte vielleicht von ihrem Gesicht ablesen, ob sie Crack genommen hatte oder nicht, aber dort war nichts Ungewöhnliches zu entdecken. Ihre Augen waren hart und traurig, aber sie war guter Stimmung. Wir gingen gemeinsam hinein und legten unsere Sachen auf dem gewohnten Tisch ab. Es war beruhigend, dass außer mir noch jemand im Haus war.

»Wie geht es Ihnen?«

»Gut«, sagte sie und steckte die Hand in eine Kekstüte. Wir hatten allesamt vorige Woche Kekse nur für Ruby gekauft, obgleich Mordecai eine Spur von Krümeln hinterlassen hatte.

»Wo schlafen Sie?«

»In meinem Wagen.« Wo sonst? »Ich bin froh, dass der Winter bald vorbei ist.«

»Ich auch. Sind Sie bei Naomi gewesen?«, fragte ich.

»Nein. Aber ich gehe heute hin. In letzter Zeit ging es mir nicht so gut.«

»Ich fahre Sie hin.«

»Danke.«

Die Unterhaltung war ein wenig steif. Sie erwartete,

dass ich sie nach ihrer letzten Nacht im Motel fragen würde. Das wollte ich auch, hielt es aber für besser, es nicht zu tun.

Als der Kaffee fertig war, schenkte ich zwei Becher ein und stellte sie auf den Schreibtisch. Sie war bei ihrem dritten Keks angelangt, an dem sie herumknabberte wie eine Maus.

Wie konnte ich mit jemandem, der so bemitleidenswert war, streng sein? Also weiter mit den Neuigkeiten.

»Soll ich ein bisschen aus der Zeitung vorlesen?«, fragte ich.

»Das wär schön.«

Auf der Titelseite war ein Foto des Bürgermeisters, und da Ruby Artikel über die Kommunalpolitik gefielen und der Bürgermeister immer etwas Farbe ins Spiel brachte, las ich diesen Beitrag zuerst vor. Es handelte sich um ein Interview, in dem der Bürgermeister und der Stadtrat, die eine zeitweilige, wackelige Allianz eingegangen waren, das Justizministerium aufforderten, den Tod von Lontae Burton und ihren Kindern zu untersuchen. Waren irgendwelche Bürgerrechte verletzt worden? Der Bürgermeister deutete an, dass er diese Vermutung hege, doch das letzte Wort sollte die Justiz haben.

Seit unsere Klage in den Mittelpunkt des Interesses gerückt war, gab man einer ganz neuen Gruppe von Beteiligten die Schuld. Kein Finger zeigte mehr auf die Stadtverwaltung, und der Austausch von Beleidigungen zwischen Stadtrat und Kongress hatte fast aufgehört. Diejenigen, die anfangs Zielscheibe der Vorwürfe gewesen waren, waren froh, die Verantwortung auf eine große Kanzlei und ihren reichen Mandanten abwälzen zu können, und taten das auch nach Kräften.

Ruby war von der Burton-Geschichte fasziniert. Ich erzählte ihr in groben Zügen von der Klage und den Dingen, die sich seit ihrer Einreichung ereignet hatten.

Die Zeitung drosch wieder auf Drake & Sweeney ein. Meine ehemaligen Kollegen mussten sich fragen, wie lange das noch so weitergehen würde.

Wohl noch eine ganze Weile.

Am Fuß der Titelseite stand eine kurze Meldung, nach der die Postdirektion beschlossen hatte, die Errichtung einer Verteilstelle in Northeast zu verschieben. Die Kontroverse um den Erwerb des Grundstücks und des Lagerhauses sowie die Klage gegen RiverOaks und Gantry hatten diese Entscheidung beeinflusst.

RiverOaks war ein Zwanzig-Millionen-Projekt durch die Lappen gegangen, und die Gesellschaft würde tun, was jede zielstrebige Immobilienfirma tun würde, die eine Million Dollar für ein wertloses Innenstadt-Grundstück ausgegeben hatte: Sie würde sich an der Kanzlei schadlos halten.

Und der Druck würde noch ein bisschen zunehmen.

Wir wandten uns den Ereignissen in aller Welt zu. Ein Erdbeben in Peru interessierte Ruby, also las ich ihr die Meldung vor. Weiter zum Lokalteil, wo die ersten Worte, auf die mein Blick fiel, mein Herz stocken ließen. Unter demselben Foto wie zuvor – nur dass es doppelt so groß und doppelt so bedrohlich war – stand: KITO SPIRES ERSCHOSSEN AUFGEFUNDEN. Der Artikel führte aus, welche Rolle Spires in dem Burton-Drama gespielt hatte. Weiter hieß es dann, er sei in der Nacht zum Samstag erschossen aufgefunden worden. Keine Zeugen, keine Spuren, nichts. Er war nur irgendein toter Straßengangster.

»Alles in Ordnung?«, fragte Ruby und weckte mich aus meiner Trance.

»Äh, ja«, sagte ich und holte tief Luft.

»Warum lesen Sie nicht weiter?«

Weil ich zu bestürzt war, um laut lesen zu können. Ich überflog den Artikel, um zu sehen, ob Tillman Gantry irgendwo erwähnt war. Er war nicht erwähnt.

Und warum nicht? Was geschehen war, lag für mich auf der Hand: Der Junge hatte es genossen, einmal im Rampenlicht zu stehen, und zu viel gesagt. Er war für die Kläger (für *uns!*) zu wertvoll geworden, und er war ein leichtes Ziel gewesen.

Ich las Ruby den ganzen Artikel vor. Ich lauschte dabei auf jedes Geräusch, behielt die Eingangstür im Auge und hoffte, Mordecai würde bald kommen.

Gantry hatte gesprochen. Andere Zeugen von der Straße würden entweder den Mund halten oder verschwinden, nachdem wir sie aufgestöbert hatten. Dass Zeugen umgebracht wurden, war schlimm genug. Aber was würde ich tun, wenn Gantry beschloss, auf die Anwälte der Gegenseite loszugehen?

Mitten in diesen ängstlichen Gedanken wurde mir mit einemmal bewusst, dass diese Geschichte auch einen positiven Aspekt hatte. Wir hatten einen potentiell wichtigen Zeugen verloren, dessen Glaubwürdigkeit uns ohnehin Schwierigkeiten bereitet hätte. Drake & Sweeney wurde abermals erwähnt – zum dritten Mal an einem einzigen Morgen, und das auch noch im Zusammenhang mit dem gewaltsamen Tod eines neunzehnjährigen Kriminellen. Die Kanzlei war von ihrem Thron gestoßen worden und lag in der Gosse: Ihr Name stand in demselben Absatz wie der eines ermordeten Straßengangsters.

Ich versetzte mich um einen Monat zurück in die Zeit, vor Misters Überfall und den darauf folgenden Ereignissen und stellte mir vor, dass ich vor Sonnenaufgang an meinem Schreibtisch saß und diese Zeitung las. Und ich stellte mir vor, dass ich die anderen Artikel ebenfalls gelesen hatte und wusste, dass die schwerwiegendsten Anschuldigungen, die in der Klage vorgebracht wurden, tatsächlich zutrafen. Was würde ich tun?

Keine Frage: ich würde Rudolph Mayes, meinem leitenden Teilhaber, zusetzen, und der würde dem Vorstand zusetzen. Ich würde mich mit meinen Kollegen besprechen, mit den anderen Anwälten, die noch keine Teilhaber waren. Wir würden fordern, dass die ganze Angelegenheit gütlich bereinigt und begraben wurde, bevor noch mehr Schaden entstand. Wir würden darauf dringen, ein Verfahren um jeden Preis zu verhindern.

Wir würden alle möglichen Forderungen stellen.

Und ich vermutete, dass die meisten Mitarbeiter und sämtliche Teilhaber in diesem Augenblick genau das taten, was ich getan hätte. Bei so viel Unruhe wurde sicher nur wenig gearbeitet, und das bedeutete, dass nur wenige honorarfähige Stunden abgerechnet wurden. Die Kanzlei war ein Chaos.

»Lesen Sie weiter«, sagte Ruby und riss mich abermals aus meinen Gedanken.

Wir gingen den Lokalteil durch, unter anderem, weil ich wissen wollte, ob ich auf eine vierte Geschichte stoßen würde, doch ich hatte kein Glück. Stattdessen fand ich einen Artikel über die Säuberungsaktionen der Polizei als Reaktion auf den Burkholder-Anschlag. Ein Anwalt der Obdachlosen kritisierte die Aktion heftig und drohte mit einer Klage. Ruby gefiel der Artikel. Sie fand es wunderbar, dass so viel über Obdachlose geschrieben wurde.

Ich fuhr sie zu Naomi, wo man sie wie eine alte Freundin begrüßte. Die Frauen umarmten sie und reichten sie von einer zur anderen weiter, sie drückten sie an sich, und einige weinten sogar. Ich verbrachte ein paar Minuten in der Küche und flirtete mit Megan, doch im Grunde stand mir der Sinn nicht danach, mich zu verlieben.

Als ich ins Büro zurückkehrte, hatte Sofia alle Hände voll zu tun. Es herrschte ein reges Kommen und Gehen; bereits um neun Uhr saßen fünf Mandanten im Wartebereich. Sofia telefonierte und terrorisierte jemanden auf

Spanisch. Ich ging in Mordecais Büro, um ihn zu fragen, ob er schon die Zeitung gelesen habe. Er war bereits in sie vertieft und lächelte mich an. Wir verabredeten, in einer Stunde eine Besprechung über unser weiteres Vorgehen abzuhalten.

Ich schloss leise die Tür zu meinem Zimmer und nahm mir die Akten vor. Innerhalb von zwei Wochen hatte ich einundneunzig Fälle übernommen und nur achtunddreißig abgeschlossen. Ich war in Verzug und brauchte einen produktiven Vormittag am Telefon, um den Rückstand aufzuholen. Aber es sollte nicht sein.

Da die Tür nicht richtig schloss, stieß Sofia sie schon mit ihrem Klopfen auf. Kein ›Hallo‹, kein ›Entschuldigung‹.

»Wo ist die Liste der Leute aus dem Lagerhaus?«, fragte sie. Sie hatte hinter jedes Ohr einen Bleistift gesteckt, und ihre Lesebrille war auf die Nasenspitze gerutscht. Diese Frau war ungeheuer beschäftigt.

Ich hatte die Liste immer zur Hand und reichte sie ihr. Sie warf einen kurzen Blick darauf »Treffer«, sagte sie dann.

»Was?« Ich stand auf.

»Nummer acht, Marquis Deese«, sagte sie. »Der Name kam mir gleich so bekannt vor.«

»Bekannt?«

»Ja, der Mann sitzt an meinem Tisch. Wurde gestern Abend im Lafayette Park gegenüber dem Weißen Haus eingesammelt und am Logan Circle ausgesetzt – bei einer von diesen Säuberungsaktionen. Anscheinend ist heute Ihr Glückstag.«

Ich folgte ihr in den Eingangsraum, in dessen Mitte Mr. Deese vor Sofias Schreibtisch saß. Er hatte bemerkenswerte Ähnlichkeit mit DeVon Hardy: Ende vierzig, graues Haar, grauer Bart, dunkle Sonnenbrille, viele Kleiderschichten übereinander, wie die meisten Obdachlosen Anfang März. Ich musterte ihn kurz, während ich zu Mordecai ging, um ihm die Neuigkeit mitzuteilen.

Wir näherten uns ihm vorsichtig. Mordecai sollte ihn befragen. »Entschuldigen Sie«, sagte er sehr höflich, »ich bin Mordecai Green, einer der Anwälte hier. Darf ich Ihnen ein paar Fragen stellen?«

Wir standen neben ihm und sahen ihn an. Deese hob den Kopf und sagte: »Von mir aus.«

»Wir arbeiten an einem Fall, in dem es um ein paar Leute geht, die in einem alten Lagerhaus an der Ecke Florida und New York Avenue gewohnt haben«, erklärte Mordecai langsam.

»Da hab ich auch gewohnt«, sagte Deese. Ich holte tief Luft.

»Sie haben dort gewohnt?«

»Klar. Bin rausgeschmissen worden.«

»Ja, und genau darum geht es. Wir vertreten einige der Leute, die aus diesem Haus vertrieben wurden. Wir sind der Ansicht, dass die Zwangsräumung nicht rechtens war.«

»Das seh ich auch so.«

»Wie lange haben Sie dort gewohnt?«

»So ungefähr drei Monate.«

»Haben Sie Miete bezahlt?«

»Klar.«

»An wen?«

»An einen Typen namens Johnny.«

»Wie viel?«

»Hundert Dollar im Monat, bar.«

»Warum bar?«

»Er wollte nichts Schriftliches.«

»Wissen Sie, wem das Lagerhaus gehörte?«

»Nein.« Er antwortete ohne Zögern, und ich konnte meine Freude kaum verbergen. Wenn Deese nicht wusste, dass das Gebäude Gantry gehört hatte, konnte er auch keine Angst vor ihm haben.

Mordecai zog einen Stuhl heran und machte Nägel mit Köpfen. »Wir möchten Sie gern als Mandanten haben, Mr. Deese.«

»Wozu?«

»Wir klagen gegen die Zwangsräumung. Nach unserer Ansicht wurde Ihnen und den anderen Unrecht getan. Wir möchten Sie vertreten und in Ihrem Namen auf Schadenersatz klagen.«

»Aber die Wohnung war illegal. Darum hab ich ja bar bezahlt.«

»Das spielt keine Rolle. Wir können Ihnen zu Geld verhelfen.«

»Wie viel?«

»Das wissen wir noch nicht. Aber was haben Sie zu verlieren?«

»Nichts.«

Ich tippte Mordecai auf die Schulter. Wir entschuldigten uns und zogen uns in sein Büro zurück. »Was ist?«, fragte er.

»Nach dem, was Kito Spires zugestoßen ist, halte ich es für besser, seine Aussage aufzunehmen. Und zwar jetzt.«

Mordecai kratzte sich am Bart. »Keine schlechte Idee. Wir machen eine eidesstattliche Erklärung. Er unterschreibt sie, Sofia beglaubigt sie, und wenn ihm irgendwas zustößt, können wir beantragen, dass sie zugelassen wird.«

»Haben wir einen Kassettenrecorder?«, fragte ich.

Sein Blick irrte durch den Raum. »Ja, irgendwo.«

Da er nicht wusste, wo das Gerät war, würde es Monate dauern, bis es gefunden war. »Und eine Videokamera?«

»Nein.«

Ich dachte einen Augenblick nach und sagte: »Ich hole meine. Sie und Sofia beschäftigen ihn so lange.«

»Wir werden ihn nicht weglassen.«

»Gut. Ich brauche fünfundvierzig Minuten.«

Ich eilte hinaus, sprang in meinen Wagen und jagte in westlicher Richtung nach Georgetown. Beim dritten Versuch gelang es mir, Claire zwischen zwei Seminaren zu erreichen. »Was ist los?«, fragte sie.

»Ich muss mir die Videokamera ausleihen. Es ist eilig.«

»Sie ist immer noch da, wo sie immer war«, sagte sie sehr langsam und versuchte, meine Bitte zu analysieren. »Warum?«

»Für eine eidesstattliche Erklärung. Kann ich sie haben?«

»Ja.«

»Liegt sie immer noch im Wohnzimmer?«

»Ja.«

»Hast du die Schlösser auswechseln lassen?«

»Nein.« Aus irgendeinem Grund freute mich das. Ich hatte noch immer einen Schlüssel. Ich konnte kommen und gehen, wie ich wollte.

»Was ist mit dem Code der Alarmanlage?«

»Ich hab ihn nicht geändert.«

»Danke. Ich rufe dich später noch mal an.«

Wir setzten Marquis Deese in einen Raum, der nur mit Aktenschränken möbliert war. Er saß auf einem Stuhl, hinter sich eine weiße Wand. Ich war der Kameramann, Sofia war die Notarin, und Mordecai stellte die Fragen. Deeses Antworten hätten nicht besser ausfallen können.

Nach einer halben Stunde waren wir fertig. Mordecai hatte alle erdenklichen Fragen gestellt, und Deese hatte sie beantwortet. Er glaubte zu wissen, wo zwei der anderen Opfer lebten, und versprach, sie aufzutreiben.

Wir wollten für jedes der Opfer eine separate Klage einreichen – immer eine nach der anderen, damit unseren Freunden von der *Post* genug Zeit zum Recherchieren blieb. Wir wussten, dass Kelvin Lam beim CCNV war, aber er und Deese waren bisher die beiden einzigen, auf die wir gestoßen waren. In ihren Fällen stand nicht viel Geld auf dem Spiel – wir würden uns gern mit je fünfundzwanzigtausend zufrieden geben –, aber die zusätzlichen Klagen würden die Beklagten noch mehr in Bedrängnis bringen.

Ich hoffte beinahe, dass die Polizei eine weitere Säuberungsaktion durchführen würde.

Bevor Deese ging, schärfte Mordecai ihm ein, mit keinem Menschen über die Sache zu sprechen. Ich setzte mich an einen der Schreibtische im Eingangsraum und tippte im Namen unseres neuen Mandanten, Marquis Deese, eine drei Seiten umfassende Klage wegen gesetzwidriger Zwangsräumung. Als Beklagte nannte ich RiverOaks, TAG und Drake & Sweeney. Dann tippte ich eine Klage im Namen von Kelvin Lam. Anschließend speicherte ich die Klageschriften auf der Festplatte. Wenn wir einen neuen Kläger fanden, brauchte ich nur noch seinen Namen einzugeben.

Kurz vor zwölf läutete das Telefon. Sofia telefonierte gerade auf dem anderen Apparat, also griff ich zum Hörer und sagte, wie gewöhnlich: »Rechtsberatung.«

Eine würdevolle alte Stimme am anderen Ende sagte: »Hier ist Arthur Jacobs von Drake & Sweeney. Ich würde gern mit Mr. Mordecai Green sprechen.«

»Einen Augenblick«, brachte ich heraus und legte den Anruf in die Warteschleife. Ich starrte das Telefon an, stand langsam auf und ging zu Mordecais Tür.

»Was ist?«, fragte er, ohne von dem Bundesgesetzbuch aufzusehen, das aufgeschlagen vor ihm lag.

»Arthur Jacobs ist am Telefon.«

»Wer ist das?«

»Drake & Sweeney.«

Wir starrten einander ein paar Sekunden lang an, dann lächelte er. »Das könnte der Anruf sein«, sagte er. Ich nickte nur.

Er griff nach dem Hörer, und ich setzte mich.

Es war ein kurzes Gespräch, bei dem Arthur das meiste sagte. Offenbar wollte er ein Treffen, um über die Klage zu verhandeln, und zwar je früher desto besser.

Danach erzählte mir Mordecai alles noch einmal genau. »Sie wollen sich morgen mit uns treffen und über die Rücknahme der Klage verhandeln.«

»Wo?«

»Bei ihnen. Um zehn Uhr morgens, und ohne Sie.«

Ich hatte nicht erwartet, eingeladen zu werden.

»Sind sie besorgt?«

»Natürlich sind sie besorgt. Sie haben zwanzig Tage Zeit, um sich zu der Klage zu äußern, und rufen jetzt schon an, um über einen Vergleich zu verhandeln. Sie sind sehr besorgt.«

35

Den nächsten Morgen verbrachte ich in der Redeemer Mission und beriet Mandanten mit der Finesse eines Anwalts, der sich seit Jahren mit den juristischen Problemen von Obdachlosen herumschlug. Die Versuchung war zu groß, und um Viertel nach elf rief ich Sofia an, um zu fragen, ob sie schon etwas von Mordecai gehört habe. Sie hatte nicht. Wir hatten damit gerechnet, dass das Gespräch bei Drake & Sweeney lange dauern würde. Ich hoffte, er habe vielleicht angerufen, um zu sagen, alles laufe wie geschmiert. Doch ich hatte kein Glück.

Natürlich hatte ich nur wenig geschlafen, und das nicht wegen körperlicher Beschwerden. Meine Nervosität vor den Vergleichsverhandlungen hatte sich als stärker erwiesen als ein langes, heißes Bad und eine Flasche Wein. Ich war zu angespannt.

Ich beriet meine Mandanten, doch es fiel mir schwer, mich auf Lebensmittelgutscheine, Wohngeldanträge und zahlungsunwillige Väter zu konzentrieren, während es an einer anderen Front um meine Zukunft ging. Als das Mittagessen ausgegeben wurde, ging ich. Meine Gegenwart war weit weniger wichtig als das tägliche Brot. Ich kaufte mir zwei Bagels und eine Flasche Wasser und fuhr eine Stunde lang auf dem Beltway herum.

Als ich zum Büro zurückkehrte, stand Mordecais Wagen neben dem Gebäude. Er erwartete mich in seinem Zimmer. Ich schloss die Tür.

Das Gespräch fand in Arthur Jacobs' persönlichem Konferenzraum in der siebenten Etage statt, einem heiligen Bezirk der Kanzlei, dem ich nie auch nur nahe gekommen war. Empfangsdamen und Angestellte behandelten Mordecai wie einen Staatsbesuch: Sein Mantel wurde ihm eilends abgenommen, der Kaffee war genau richtig und wurde mit frischem Gebäck gereicht.

Er saß auf einer Seite des Tisches, ihm gegenüber Arthur Jacobs, Donald Rafter, ein Anwalt der Gesellschaft, bei der die Kanzlei versichert war, und ein Anwalt von RiverOaks. Tillman Gantry hatte ebenfalls einen Anwalt, den man jedoch nicht eingeladen hatte. Für den Fall eines Vergleichs war kaum zu erwarten, dass Gantry auch nur einen Cent dazu beisteuern würde.

Eigenartig war nur, dass RiverOaks ebenfalls vertreten war, doch auch das hatte einen guten Grund: Die Interessen dieser Gesellschaft standen im Gegensatz zu denen der Kanzlei. Mordecai sagte, die gegenseitige Abneigung sei mit Händen zu greifen gewesen.

Die meiste Zeit führte Jacobs das Wort für die Gegenpartei; Mordecai konnte kaum glauben, dass dieser Mann tatsächlich achtzig war. Er kannte die Fakten auswendig und hatte sie sofort parat, und sein extrem scharfer Verstand hatte den Fall von allen Seiten durchleuchtet.

Zunächst einigte man sich darauf, das alles im Verlauf dieses Gespräches Gesagte oder Gesehene streng vertraulich behandelt wurde; jede Schuldanerkenntnis würde, sollte die Gegenpartei damit an die Öffentlichkeit gehen, sofort widerrufen werden; kein Angebot würde vor Unterzeichnung der entsprechenden Dokumente juristisch bindend sein.

Jacobs eröffnete das Gespräch, indem er sagte, die Beklagten, insbesondere Drake & Sweeney und RiverOaks, seien von der Klage vollkommen überrascht gewesen – sie seien erschüttert und irritiert durch die ungewohnte Herabsetzung und die schlechte Behandlung durch die Presse. Er sprach sehr freimütig über die Kränkungen, denen seine geliebte Kanzlei ausgesetzt war. Mordecai hörte, wie während des größten Teils des Gesprächs, einfach nur zu.

Jacobs wies darauf hin, dass es um eine ganze Reihe von Themen gehe. Er begann mit Braden Chance und sagte, dieser sei nicht mehr für die Kanzlei tätig. Er sei nicht auf eigenen Wunsch gegangen, sondern hinausgeworfen worden. Jacobs zählte Chances Verfehlungen auf: Er habe alle Angelegenheiten, die RiverOaks betrafen, persönlich bearbeitet, er habe jeden Aspekt des TAG-Geschäfts gekannt, alle Einzelheiten geregelt und mit seiner Anweisung, die Zwangsräumung durchzuführen, wahrscheinlich eine Verletzung der Sorgfaltspflicht begangen.

»Wahrscheinlich?«, sagte Mordecai.

Nun ja, mehr als wahrscheinlich. Chance habe es an der notwendigen professionellen Verantwortung fehlen lassen, als er seine Anweisung zur Räumung des Lagerhauses gegeben habe. Er habe die Akte manipuliert. Er habe versucht, die Sache zu vertuschen. Er habe sie alle schlicht belogen, gab Jacobs mit deutlichem Unbehagen zu. Hätte Chance nach der Geiselnahme die Wahrheit gesagt, dann hätte die Kanzlei die Klage und die daraus resultierende schlechte Presse vermeiden können. Chance habe sie bloßgestellt und sei entfernt worden.

»Wie hat er die Akte manipuliert?«, fragte Mordecai.

Die Gegenpartei wollte wissen, ob Mordecai die Akte gesehen habe. Ob er wisse, wo das verdammte Ding sei. Er schwieg.

Jacobs erklärte, gewisse Unterlagen seien aus der Akte entfernt worden.

»Kennen Sie die Aktennotiz, die Hector Palma am 27. Januar verfasst hat?«, fragte Mordecai, und sie erstarrten.

»Nein«, antwortete Jacobs.

Chance hatte also die Aktennotiz und Lontaes Quittung entfernt und vernichtet. Mit großer Gebärde – er genoss jeden Augenblick – entnahm Mordecai seiner Aktentasche einige Kopien der Aktennotiz und der Quittung und schob sie über den Tisch. Hartgesottene Anwälte nahmen sie entgegen und waren so bestürzt, dass es ihnen die Sprache verschlug.

Es trat ein langes Schweigen ein. Die Aktennotiz wurde gelesen, auf ihre Echtheit untersucht, noch einmal gelesen und schließlich analysiert, in der verzweifelten Hoffnung, ein Schlupfloch zu finden oder auf eine Formulierung zu stoßen, die, aus dem Zusammenhang gerissen, das Blatt zugunsten der Gegenseite wenden könnte. Umsonst. Hectors Worte waren unmissverständlich, seine Schilderung ließ keinen Zweifel zu.

»Darf ich Sie fragen, woher Sie das haben?«, fragte Jacobs höflich.

»Das ist unwichtig, jedenfalls im Augenblick.«

Es war offensichtlich, dass die Aktennotiz ein schwerer Schlag für sie war. Vor seinem Hinauswurf hatte Chance ihren Inhalt preisgegeben, und das Original war vernichtet worden. Aber was, wenn es Kopien davon gab?

Sie konnten nicht fassen, dass sie die Kopien in Händen hielten.

Aber weil sie erfahrene Anwälte waren, fingen sie sich schnell wieder und legten die Notiz beiseite, als wäre sie etwas, mit dem sie sich zu gegebener Zeit befassen würden.

»Ich nehme an, damit wären wir bei der fehlenden Akte«, sagte Jacobs in dem Bestreben, wieder festeren Boden unter den Füßen zu bekommen. Sie hatten einen Augenzeugen, der mich in der Nacht des Diebstahls in der Nähe von Chances Büro gesehen hatte. Sie hatten meine Fingerabdrücke. Sie hatten den mysteriösen Aktendeckel auf meinem Schreibtisch, in dem die Schlüssel gewesen waren. Und ich war bei Chance gewesen und hatte die RiverOaks/TAG-Akte einsehen wollen. Ich hatte also ein Motiv.

»Aber es gibt keinen Augenzeugen für die Tat«, erwiderte Mordecai. »Das sind alles bloß Indizien.«

»Wissen Sie, wo die Akte ist?«, fragte Jacobs.

»Nein.«

»Wir haben kein Interesse daran, Mr. Brock ins Gefängnis zu bringen.«

»Warum drängen Sie dann auf einen Strafprozess?«

»Es liegt alles auf dem Tisch, Mr. Green. Wenn Sie Ihre Klage zurückziehen, ziehen wir unsere Anzeige zurück.«

»Wunderbar. Was schlagen Sie vor, damit wir unsere Klage zurückziehen?«

Rafter schob ein zehn Seiten umfassendes Papier voller mehrfarbiger Tabellen und Diagramme über den Tisch, die das Argument stützen sollten, Kinder und junge, allein stehende Mütter ohne Ausbildung seien in Schadenersatzprozessen wegen fahrlässiger Tötung nicht viel wert.

Mit der typischen Gründlichkeit einer großen Kanzlei hatten die Gehilfen in stundenlanger Arbeit die Datenbanken der Nation durchsucht und den neuesten Trend in der Schadenersatzrechtsprechung herausgefiltert. Den Trend des letzten Jahres. Den Trend der letzten fünf Jahre. Den Trend der letzten zehn Jahre. Aufgeschlüsselt nach Regionen. Aufgeschlüsselt nach Bundesstaaten. Aufgeschlüsselt nach Städten. Wie viel sprachen Schwurgerichte für den Tod eines Vorschulkindes zu? Nicht sehr viel. Der Bundesdurchschnitt lag bei fünfundvierzigtausend – im Süden und mittleren Westen war die Summe weit kleiner, in Kalifornien und den größeren Städten etwas größer.

Vorschulkinder arbeiteten nicht, sie verdienten kein Geld, und die Gerichte ließen im allgemeinen keine Hypothesen über das zu erwartende Einkommen zu.

In Lontaes Fall war man bei der Berechnung des Verdienstausfalls nicht kleinlich gewesen. Angesichts der Lücken in ihrem beruflichen Werdegang war man von optimistischen Annahmen ausgegangen: Sie war zweiundzwanzig gewesen und hätte sehr bald einen Vollzeitjob zum Mindestlohn gefunden. Das war großzügig, aber Rafter wollte sich nicht lumpen lassen. Sie hätte eine Entziehungskur gemacht, wäre clean geblieben und nicht mehr schwanger geworden – eine weitere wohlwollende Theorie. Sie hätte schließlich irgendeine Ausbildung nachgeholt, die ihr einen Job mit dem doppelten Verdienst eingebracht hätte, und diesen Job hätte sie bis zum Rentenalter behalten. Unter Berücksichtigung der zu erwartenden Inflation kam Rafter für Lontaes Verdienstausfall auf eine Summe von fünfhundertsiebzigtausend Dollar.

Sie waren im Schlaf gestorben, ohne Verletzungen oder Verbrennungen, ohne Schmerz und Qualen.

Um den Fall beizulegen, sei die Kanzlei großzügigerweise bereit, fünfzigtausend Dollar pro Kind sowie Lontaes vollen Verdienstausfall zu bezahlen, insgesamt also siebenhundertsiebzigtausend Dollar – was aber keinesfalls als Schuldeingeständnis aufzufassen sei.

»Das ist viel zu wenig«, sagte Mordecai. »So viel kriege ich von den Geschworenen für ein einziges totes Kind.« Sie sanken in ihren Sesseln zusammen.

Mordecai nahm Rafters hübsche kleine Aufstellung auseinander. Es sei ihm vollkommen egal, wie Gerichte in Dallas oder Seattle entschieden hätten, und er sehe auch keinen Zusammenhang mit dem vorliegenden Fall. Er interessiere sich nicht für die Feinheiten der Rechtsprechung in Omaha. Er wisse, was er aus einem Schwurgericht in Washington, D.C., herausholen könne, und allein darauf komme es an. Wenn sie dächten, sie könnten sich mit ein bisschen Kleingeld freikaufen, sei es wohl besser, wenn er jetzt gehe.

Während Rafter noch nach einem Schlupfloch suchte, sagte Arthur: »Darüber kann man verhandeln.«

Rafters Aufstellung hatte die zu erwartenden Zivilstrafen außer Acht gelassen, und darauf wies Mordecai jetzt hin. »Da hat ein reicher Anwalt aus einer reichen Kanzlei mit vollem Wissen zugelassen, dass eine ungesetzliche Zwangsräumung durchgeführt wird, und die direkte Folge davon ist, dass meine Mandanten auf der Straße sitzen, wo sie bei dem Versuch, sich zu wärmen, sterben. Ein wunderschöner Fall für eine Zivilstrafe, meine Herren, besonders hier, im District.«

»Hier, im District« konnte nur heißen: eine schwarze Jury.

»Darüber kann man verhandeln«, sagte Arthur noch einmal. »An welche Summe hatten Sie gedacht?«

Wir hatten darüber gesprochen, mit welcher Forderung wir beginnen sollten. In der Klageschrift hatten wir zehn Millionen verlangt, aber diese Zahl war aus der Luft gegriffen. Es hätten ebenso gut vierzig oder fünfzig oder hundert Millionen sein können.

»Eine Million für jedes verstorbene Opfer«, sagte Mordecai. Die Worte waren wie Keulenschläge. Die anderen hörten sie wohl, doch es dauerte einen Augenblick, bis ihnen ihre Bedeutung aufging.

»Fünf Millionen?«, fragte Rafter fast unhörbar.

»Fünf Millionen«, donnerte Mordecai. »Eine Million für jedes verstorbene Opfer.«

Alle vier wandten sich ihren Notizblöcken zu und schrieben einige Sätze auf.

Nach einer Weile meldete Arthur sich wieder zu Wort und erklärte, unsere Beweisführung sei nicht schlüssig: Eine höhere Gewalt – der Schneesturm – sei zumindest teilweise für die Tode verantwortlich. Es folgte eine lange Diskussion über das Wetter im Allgemeinen und besonderen, die Mordecai mit den Worten beendete: »Die Geschworenen wissen, dass es im Februar kalt ist, dass es im Februar schneit und dass es im Februar auch Schneestürme geben kann.«

Jedes Mal wenn er das Wort »Jury« oder »Geschworene« gebrauchte, verstummten die Gegenparteien.

»Sie haben eine Heidenangst vor einem Prozess«, sagte er.

Er erklärte ihnen, unsere Beweisführung sei stark genug, um ihren Angriffen zu widerstehen. Die Zwangsräumung sei vorsätzlich oder grob fahrlässig durchgeführt worden. Diese wunderbar einfache Beweisführung werde jeder Jury im ganzen Land einleuchten, doch hier, im District, werde sie besonders gut ankommen.

Arthur gab es auf, das Verschulden der Kanzlei zu bestreiten, und spielte die stärkste Karte aus: mich. Insbesondere die Tatsache, dass ich die Akte aus Chances Büro entwendet hatte, nachdem man mir gesagt hatte, ich dürfe sie nicht einsehen. In diesem Punkt gab es keinen Verhandlungsspielraum. Sie seien bereit, die Anzeige gegen mich zurückzuziehen, sobald man im Zivilverfahren einen Vergleich erzielt habe, doch dem Disziplinarverfahren aufgrund ihrer Beschwerde würde ich mich stellen müssen.

»Was wollen sie?«, fragte ich.

»Eine zweijährige Aberkennung der Zulassung«, sagte Mordecai ernst.

Ich brachte kein Wort heraus. Zwei Jahre, kein Verhandlungsspielraum.

»Ich hab ihnen gesagt, dass sie verrückt sind«, sagte er, allerdings nicht so nachdrücklich, wie ich es mir gewünscht hätte. »Das kommt nicht in Frage.«

Es war leichter zu schweigen. In Gedanken wiederholte ich die Worte: *Zwei Jahre, zwei Jahre.*

Sie sprachen noch eine Weile über Geld, ohne zu einer Einigung zu kommen. Abgesehen von der Vereinbarung, möglichst bald wieder zusammenzukommen, einigten sie sich eigentlich über gar nichts.

Zum Schluss überreichte Mordecai ihnen eine Kopie der im Namen von Marquis Deese verfassten Klage, die wir demnächst einreichen würden. Darin wurden dieselben drei Beklagten benannt und die bescheidene Summe von fünfzigtausend Dollar gefordert. Es würden noch weitere folgen, versprach Mordecai. Wir wollten jede Woche ein paar Klagen einreichen, bis alle Opfer der Zwangsräumung ihre Forderung geltend gemacht hatten.

»Wollen Sie damit zur Zeitung gehen?«, fragte Rafter.

»Warum nicht?«, sagte Mordecai. »Sobald die Klage eingereicht ist, ist sie ein öffentliches Dokument.«

»Ich frage nur, weil wir schon genug Presseberichte hatten.«

»Wir haben nicht angefangen mit dem Wettpinkeln.«

»Was?«

»Sie haben die Story von Mr. Brocks Verhaftung an die Presse weitergegeben.«

»Das haben wir nicht.«

»Woher hatte die *Post* dann sein Foto?«

Arthur sagte Rafter, er solle den Mund halten.

Ich saß allein in meinem Büro, starrte die Wand an und brauchte eine Stunde, um zu begreifen, dass dieser Vergleich vernünftig war. Die Kanzlei war bereit, eine Menge Geld zu bezahlen, um weitere Demütigungen sowie das Spektakel eines Prozesses zu vermeiden, der ernsthaften finanziellen Schaden anrichten konnte. Wenn ich ihnen die Akte aushändigte, würden sie die Anzeige zurückziehen. Alles würde friedlich beigelegt werden können – doch in einem Punkt forderte die Kanzlei Satisfaktion.

Ich war nicht nur ein Verräter, sondern in ihren Augen auch für den ganzen Schlamassel verantwortlich. Ich war die Verbindung zwischen ihren gut gehüteten schmutzigen Geheimnissen und der Bloßstellung durch ein öffentliches Verfahren. Die Schande allein war Grund genug, mich zu hassen, und die Aussicht, sich von einem Teil ihres geliebten Geldes trennen zu müssen, verstärkte nur ihren Hunger nach Rache.

Und das alles hatte ich, zumindest ihrer Meinung nach, mit Insiderwissen erreicht. Offenbar wussten sie nichts von Hectors Beteiligung. Ich hatte die Akte gestohlen, ihr die Informationen entnommen, die ich brauchte, und daraus die Klage formuliert.

Ich war ein Judas. Schweren Herzens musste ich zugeben, dass ich sie verstand.

36

Noch lange nachdem Sofia und Abraham gegangen waren, saß ich im Halbdunkel meines Büros. Mordecai trat ein und setzte sich auf einen der Klappstühle, die ich für sechs Dollar auf dem Flohmarkt gekauft hatte. Sie passten sogar zusammen – der Vorbesitzer hatte sie dunkelbraun gestrichen. Sie waren sehr hässlich, aber ich brauchte wenigstens nicht mehr zu befürchten, dass Besucher oder Mandanten mitten im Satz plötzlich auf dem Boden saßen.

Ich wusste, dass Mordecai den ganzen Nachmittag telefoniert hatte, doch ich war nicht in seinem Büro gewesen.

»Ich habe viel Zeit am Telefon verbracht«, sagte er. »Die Dinge entwickeln sich schneller, als wir gedacht hatten.«

Ich hatte nichts zu sagen und hörte zu.

»Ich habe hin und her telefoniert, mit Jacobs und mit Richter DeOrio. Kennen Sie DeOrio?«

»Nein.«

»Er ist einer von der harten Sorte, aber gut, fair und einigermaßen liberal. Er hat vor vielen Jahren bei einer großen Kanzlei angefangen und dann aus irgendwelchen Gründen beschlossen, lieber Richter zu werden. Hat das große Geld ausgeschlagen. Er erledigt mehr Fälle als jeder andere Richter in der Stadt, und zwar, weil er die Anwälte klein hält. Sehr autoritär. Er will alles beigelegt haben, und wenn ein Fall nicht beigelegt werden kann, setzt er das Verfahren so schnell wie möglich an. Er hat die fixe Idee, dass seine Prozessliste kurz sein soll.«

»Ich glaube, ich habe seinen Namen schon mal gehört.«

»Das will ich hoffen. Sie sind seit sieben Jahren Anwalt in dieser Stadt.«

»Ich war Anwalt für Kartellrecht. In einer großen Kanzlei. Irgendwo dort oben.«

»Jedenfalls haben wir uns auf Folgendes geeinigt: Wir treffen uns morgen um eins in DeOrios Gerichtssaal. Es werden alle Beteiligten anwesend sein: die drei Beklagten mit ihren Anwälten, ich, Sie, die Treuhänderin – alle, die irgendwie an diesem Fall beteiligt sind.«

»Ich?«

»Ja. Der Richter will, dass Sie anwesend sind. Er sagt, Sie können sich auf die Geschworenenbank setzen und zuhören, aber er will, dass Sie dabei sind. Und er will, dass Sie ihm die Akte geben.«

»Mit Vergnügen.«

»In gewissen Kreisen ist er dafür bekannt, dass er die Presse hasst. Reporter werden regelmäßig aus dem Saal gewiesen, Fernsehteams müssen dreißig Meter Abstand zur Tür halten. Er ist bereits verärgert über den Wirbel, der um diesen Fall gemacht wird, und will nicht, dass irgendetwas an die Presse weitergegeben wird.«

»Eine Klage ist ein öffentliches Dokument.«

»Ja, aber er kann sie zeitweilig sperren, wenn er will. Ich glaube nicht, dass er das tun wird, aber er hat uns gewarnt.«

»Und er will eine Beilegung?«

»Natürlich will er das. Er ist schließlich Richter, oder? Jeder Richter will, dass sein Fälle beigelegt werden. Dann hat er mehr Zeit zum Golfspielen.«

»Wie denkt er über unseren Fall?«

»Er lässt sich nicht in die Karten sehen, aber er hat darauf bestanden, dass die Vorstandsvorsitzenden der drei Beklagten persönlich anwesend sind – nicht bloß irgendwelche Befehlsempfänger. Es sollen die Leute im Saal sein, die an Ort und Stelle Entscheidungen fällen können.«

»Gantry?«

»Gantry wird ebenfalls kommen. Ich habe mit seinem Anwalt gesprochen«

»Weiß er, dass er am Eingang durch einen Metalldetektor gehen muss?«

»Wahrscheinlich. Er ist nicht das erste Mal vor Gericht. Jacobs und ich haben dem Richter von dem Angebot erzählt. Er hat nicht reagiert, aber ich glaube nicht, dass er beeindruckt war. Er hat schon einige teure Urteile gefällt. Und er kennt die Geschworenen.«

»Und was ist mit mir?«

Mein Freund Mordecai suchte nach Worten, die ehrlich und tröstlich zugleich sein sollten. »Er wird die harte Linie vertreten.«

Daran war nichts Tröstliches. »Und was wäre eine faire Entscheidung, Mordecai? Es geht um meinen Kopf. Ich habe nicht genug Abstand zu der Sache.«

»Es ist keine Frage der Fairness. Sie haben die Akte an sich genommen, um ein Unrecht aufzudecken und wieder gutzumachen. Sie hatten nicht die Absicht, sie zu stehlen – Sie wollten sie nur für eine Stunde ausleihen. Es war eine ehrenwerte Tat, aber es war trotzdem ein Diebstahl.«

»Hat DeOrio es als Diebstahl bezeichnet?«

»Ja. Einmal.«

Der Richter war also ebenfalls der Ansicht, dass ich ein Dieb war. Das schienen langsam alle zu denken. Ich hatte nicht den Mut, Mordecai nach seiner Meinung zu fragen. Vielleicht hätte er mir die Wahrheit gesagt, und die wollte ich nicht hören.

Er verlagerte sein erhebliches Gewicht. Der Stuhl knackte, hielt aber stand. Ich war stolz auf meine Erwerbung. »Ich will Ihnen was sagen: Ein Wort von Ihnen, und wir blasen die ganze Sache ab. Uns liegt nichts an einem derartigen Vergleich – eigentlich liegt niemandem daran. Die Opfer sind tot. Ihre Erben sind entweder unbekannt oder im Gefängnis. So oder so – mein Leben wird sich durch einen schönen Vergleich nicht im Mindesten verändern. Es ist Ihr Fall. Wenn Sie zum Hörer greifen wollen, tun Sie's.«

»So einfach ist das nicht, Mordecai.«

»Warum nicht?«

»Ich habe Angst vor dem Strafverfahren.«

»Das sollten Sie auch. Aber sie werden die Anzeige zurückziehen. Sie werden die Beschwerde bei der Anwaltskammer zurückziehen. Ich könnte Jacobs anrufen und ihm sagen, dass wir alles zurückziehen, wenn sie ebenfalls alles zurückziehen. Beide Seiten vergessen die ganze Geschichte. Er wäre sofort einverstanden. Ganz klar.«

»Die Presse würde uns in der Luft zerreißen.«

»Na und? Was kümmert uns das? Glauben Sie, unsere Mandanten geben etwas darauf, was die *Washington Post* schreibt?«

Er spielte den Advocatus diaboli und vertrat Standpunkte, an die er selbst nicht glaubte. Mordecai wollte mich schützen, aber er wollte auch Drake & Sweeney bluten lassen.

Manche Leute kann man nicht vor sich selbst schützen.

»Na gut, stellen wir uns mal vor, wir blasen die ganze Sache ab«, sagte ich. »Was haben wir dann erreicht? Sie kommen mit einem Mord davon. Sie sind allein verantwortlich für die gesetzwidrige Zwangsräumung und letztlich auch für den Tod unserer Mandanten, und wir sollen sie davonkommen lassen? Wollen Sie darauf hinaus?«

»Es ist die einzige Möglichkeit, Ihnen die Aberkennung Ihrer Zulassung zu ersparen.«

»Es geht doch nichts über ein bisschen Druck, Mordecai«, sagte ich ein bisschen zu bitter.

Aber er hatte Recht. Es war meine Beerdigung, und so war es nur recht und billig, dass ich es war, der die grundlegenden Entscheidungen traf. Ich hatte die Akte an mich genommen – und das war nicht nur dumm, sondern auch moralisch und rechtlich falsch gewesen.

Mordecai Green wäre schwer enttäuscht gewesen, wenn ich plötzlich kalte Füße bekommen hätte. Er hatte sein Leben der Aufgabe gewidmet, bemitleidenswerten Menschen zu helfen, wieder auf eigenen Beinen zu stehen. Er fühlte sich den Obdachlosen und Hoffnungslosen verbunden, denen, die nur wenig bekamen und nur die grundlegenden Dinge des Lebens wollten: eine Mahlzeit, ein trockenes Bett, eine anständig bezahlte Arbeit, eine kleine, erschwingliche Wohnung. Es geschah nicht oft, dass man die Probleme eines Mandanten so unmittelbar zu den Machenschaften großer Unternehmen in Beziehung setzen konnte.

Geld bedeutete Mordecai nichts. Da sich eine große Schadenersatzsumme wenig oder gar nicht auf sein Leben auswirken würde und die Mandanten, wie er gesagt hatte, entweder tot oder unbekannt oder im Gefängnis waren, hätte er, wäre ich nicht gewesen, niemals einen gerichtlichen Vergleich in Erwägung gezogen. Mordecai wollte einen Prozess, ein riesiges, lautes Spektakel mit Scheinwerfern und Kameras und vielen Zeitungsartikeln, und im Mittelpunkt würde nicht er selbst, sondern das Elend seiner Mitmenschen stehen. In Prozessen geht es nicht immer um individuelle Verfehlungen; manchmal ist ein Prozess auch eine Tribüne, von der aus man Reden an ein größeres Publikum hält.

Meine Anwesenheit machte alles nur komplizierter. Mein zartes, bleiches Gesicht konnte hinter Gittern landen. Meine Zulassung als Anwalt und damit mein Lebensunterhalt standen auf dem Spiel.

»Ich bin dabei, Mordecai.«

»Das hatte ich nicht anders erwartet.«

»Mal angenommen, wir überreden sie, eine Summe zu zahlen, mit der wir leben können, die Anzeige wird zurückgezogen, es ist alles geklärt bis auf die Frage meiner Zulassung. Und wenn ich mich mit einer zeitweiligen Aberkennung einverstanden erkläre? Was passiert dann?«

»Erstens werden Sie dann die Demütigung eines Disziplinarverfahrens über sich ergehen lassen.«

»Was, so unangenehm es auch klingt, nicht das Ende der Welt wäre«, sagte ich und versuchte, stark und unerschütterlich zu klingen. In Wirklichkeit machte mir die Vorstellung schreckliche Angst. Warner, meine Eltern, meine Freunde, meine ehemaligen Kommilitonen, Claire, all die guten Leute bei Drake & Sweeney – vor meinem geistigen Auge sah ich ihre Gesichter in dem Augenblick, in dem sie die Nachricht erhielten.

»Zweitens können Sie für die Zeit der zeitweiligen Aberkennung nicht als Anwalt tätig sein.«

»Verliere ich in diesem Fall meine Stelle?«

»Natürlich nicht.«

»Was werde ich dann also tun?«

»Tja, Sie behalten dieses Büro. Sie machen Beratungen beim CCNV, im Samaritan House, in der Redeemer Mission und den anderen Häusern, die Sie bereits kennen. Sie bleiben Teilhaber des Rechtsberatungsbüros. Sie sind dann eben kein Anwalt mehr, sondern Sozialarbeiter.«

»Dann bleibt also alles beim Alten?«

»So ziemlich. Sehen Sie sich Sofia an. Sie hat mehr Mandanten als wir anderen zusammengenommen, und die halbe Stadt denkt, sie sei Rechtsanwältin. Wenn ein Fall vor Gericht geht, übernehme ich ihn. Und genauso werden wir es bei Ihnen machen.«

Die Regeln des Rechts der Straße wurden von denen geschrieben, die dieses Recht praktizierten.

»Und wenn man mich erwischt?«

»Keiner kümmert sich darum. Die Grenze zwischen Sozialarbeit und Sozialrecht ist nicht immer ganz klar.«

»Zwei Jahre sind eine lange Zeit.«

»Einerseits ja, andererseits nein. Und wir müssen ja nicht mit einer zweijährigen Aberkennung einverstanden sein.«

»Ich denke, da gibt es keinen Verhandlungsspielraum.«

»Morgen wird es ihn geben, in jedem Punkt. Aber Sie müssen ein bisschen nachforschen. Suchen Sie ähnliche Fälle, wenn es welche gibt. Finden Sie heraus, wie andere Gerichte in ähnlichen Fällen entschieden haben.«

»Sie glauben, so etwas ist schon einmal vorgekommen?«

»Vielleicht. In Amerika gibt es inzwischen eine Million Anwälte. Und Anwälte waren schon immer sehr einfallsreich, wenn es darum ging, Mist zu bauen.«

Er hatte noch eine Verabredung und war bereits spät dran. Ich dankte ihm, und wir gingen hinaus und schlossen ab.

Ich fuhr zur juristischen Fakultät der Georgetown University in der Nähe des Capitol Hill. Die Bibliothek war bis Mitternacht geöffnet. Es war ein idealer Ort, um sich zu verstecken und über das Leben eines ungeratenen Anwalts nachzudenken.

37

DeOrios Gerichtssaal befand sich in der ersten Etage des Carl Moultrie Buildings, und auf dem Weg dorthin kamen wir an Richter Kisners Gerichtssaal vorbei, in dem mein Fall von schwerem Diebstahl auf den nächsten Schritt im mühseligen Prozess der Wahrheitsfindung wartete. Die Korridore waren voller geschäftig hin und her eilender Anwälte – Strafverteidiger und arme Schlucker, die im Kabelfernsehen oder auf den Bänken in Bushaltestellen warben. Sie berieten sich mit ihren Mandanten, die fast allesamt aussahen, als wären sie schuldig. Ich konnte nicht glauben, dass mein Name zwischen den ihren auf einer Prozessliste stand.

Der Zeitpunkt unseres Eintreffens erschien mir wichtig. Mordecai fand das eher albern. Wir hatten nicht vor, zu spät zu kommen – DeOrio war ein Pünktlichkeitsfanatiker –, doch ich wollte um keinen Preis zehn Minuten zu früh dort sein und mich den Blicken und dem Geflüster aussetzen, und schon gar nicht dem vor Prozessbeginn üblichen banalen Geplauder von Donald Rafter und Arthur Jacobs und den Leuten, die sie möglicherweise mitgebracht hatten. Und ich wollte nicht mit Tillman Gantry in einem Raum sein, es sei denn, der Richter war ebenfalls anwesend.

Ich wollte mich auf die Geschworenenbank setzen, mir alles anhören und von allen in Ruhe gelassen werden. Um zwei Minuten vor eins traten wir ein.

DeOrios Gerichtsgehilfin gab Kopien der Verhandlungspunkte aus und wies uns die Plätze an: Ich setzte mich allein und zufrieden auf die Geschworenenbank, und Mordecai nahm daneben, am Tisch der Klägerpartei, Platz.

Dort saß bereits Wilma Phelan, die Treuhänderin, die ein gelangweiltes Gesicht machte, weil sie über nichts, was hier verhandelt werden sollte, im Bilde war.

Der Tisch der beklagten Partei war ein anschauliches Beispiel für eine strategische Anordnung. Die Anwälte von Drake & Sweeney saßen am einen Ende, Tillman Gantry und seine beiden Anwälte am anderen, und dazwischen, als Puffer sozusagen, hatten zwei Vorstandstypen von RiverOaks und ihre drei Anwälte Stellung bezogen. Auf der Liste der Verhandlungspunkte waren auch die Namen aller Anwesenden aufgeführt. Für die Verteidigung zählte ich dreizehn.

Da Gantry ein ehemaliger Zuhälter war, hatte ich angenommen, er werde viele Ringe an den Fingern und im Ohr haben und auffallend gekleidet sein, doch er trug einen gut sitzenden dunkelblauen Anzug, und sein Erscheinungsbild war besser als das seiner Anwälte. Er war in Unterlagen vertieft und beachtete seine Umgebung nicht.

Ich sah Arthur, Rafter und Nathan Malamud. Und Barry Nuzzo. Ich war fest entschlossen, mich nicht verblüffen zu lassen, doch mit Barrys Anwesenheit hatte ich nicht gerechnet. Indem die Kanzlei zu dieser Verhandlung drei ehemalige Geiseln entsandte, ließ sie mir eine subtile Nachricht zukommen: Keiner der anderen Anwälte, die in Misters Gewalt gewesen waren, hatte durchgedreht. Was war mit mir? Warum war ich ein Weichei?

Der fünfte in ihrer Gruppe war L. James Suber, ein Anwalt ihrer Versicherungsgesellschaft. Drake & Sweeney war gegen Verletzungen der Sorgfaltspflicht selbstverständlich hoch versichert, doch ich bezweifelte, dass dieser Fall gedeckt war. In der Police waren vorsätzliche Handlungen – wie der Diebstahl durch einen

Mitarbeiter oder die mutwillige Verletzung der standesrechtlichen Richtlinien – ausdrücklich ausgeschlossen. Fahrlässigkeit war gedeckt, Vorsätzlichkeit nicht. Braden Chance hatte nicht einfach ein Gesetz, eine Klausel oder eine vorgeschriebene Verfahrensweise übersehen, sondern die wohlerwogene Entscheidung getroffen, die Zwangsräumung vornehmen zu lassen, obwohl er darüber informiert gewesen war, dass die Bewohner juristisch betrachtet Mieter waren.

Auf einem Nebenkriegsschauplatz, vor unseren Blicken verborgen, würde es noch einen bösen Kampf zwischen Drake & Sweeney und der Versicherungsgesellschaft geben. Sollten sie kämpfen.

Um Punkt ein Uhr erschien DeOrio und ging zu seinem Platz. »Guten Tag«, sagte er barsch und setzte sich. Er trug eine Robe, und das erschien mir eigenartig, denn es handelte sich nicht um ein formelles Gerichtsverfahren, sondern um eine inoffizielle Vergleichsverhandlung.

Er stellte sein Mikrofon ein und sagte: »Mr. Burdick, bitte halten Sie die Tür verschlossen.« Mr. Burdick war der uniformierte Gerichtsdiener, der an der Tür stand. Die Zuschauerbänke waren vollkommen leer. Es war eine sehr private Verhandlung.

Ein Gerichtsschreiber begann, alles Gesagte mitzuschreiben.

»Meine Gehilfin hat mir gesagt, dass alle Parteien und ihre Anwälte anwesend sind«, sagte DeOrio und sah mich an, als wäre ich irgendein Vergewaltiger. »Der Zweck dieser Verhandlung ist die Beilegung des Falles. Nachdem ich gestern ausführlich Gelegenheit hatte, mit den beteiligten Anwälten zu sprechen, bin ich zu dem Schluss gekommen, dass eine Verhandlung wie diese zu diesem Zeitpunkt möglicherweise hilfreich sein könnte. Ich habe noch nie so kurz nach der Klageeinreichung eine Vergleichsverhandlung geführt, aber da alle Parteien einverstanden waren, ist die Zeit vielleicht nicht verschwendet. Der erste Punkt betrifft die Vertraulichkeit. Nichts von dem, was hier gesagt wird, darf, auf welche Weise auch immer, an die Presse weitergeleitet werden. Habe ich mich klar ausgedrückt?« Er sah Mordecai und dann mich an. Die Köpfe der Männer am Tisch der Verteidigung wandten sich ebenfalls uns zu. Ich wäre am liebsten aufgestanden und hätte sie daran erinnert, dass sie damit angefangen hatten, Informationen an die Presse durchsickern zu lassen. Wir hatten zwar die schwersten Schläge gelandet, aber sie waren es, die den ersten geführt hatten.

Die Gehilfin reichte uns eine kurze Erklärung, in der wir uns verpflichteten, Stillschweigen zu bewahren. Es war ein Vordruck, in den nur unsere Namen eingesetzt waren. Ich unterschrieb und reichte sie ihr zurück.

Ein Anwalt, der unter Druck steht, kann keine zwei Absätze lesen und eine schnelle Entscheidung treffen. »Gibt es da ein Problem?«, fragte DeOrio die Vertreter von Drake & Sweeney. Sie suchten nach Schlupflöchern. Das hatte man uns beigebracht.

Sie unterschrieben, und die Gehilfin sammelte die Vordrucke ein.

»Wir werden die Verhandlungspunkte nacheinander durchgehen«, sagte der Richter. »Zunächst also die Zusammenfassung der Fakten und der Haftungstheorie. Da Sie, Mr. Green, die Klage eingereicht haben, dürfen Sie beginnen. Sie haben fünf Minuten.«

Mordecai erhob sich. Er sprach frei, mit den Händen in den Taschen, und wirkte ganz entspannt. In zwei Minuten hatte er den Fall in klaren, knappen Worten geschildert und setzte sich. Richter DeOrio schätzte Leute, die sich kurz fassten.

Für die Beklagten sprach Arthur. Er erkannte die Fakten an, bestritt aber irgendeine Haftung seitens der Beklagten. Die größte Schuld hatte nach seinen Worten der

»unverhoffte« Schneesturm, der über die Stadt hereingebrochen sei und allen Einwohnern das Leben schwer gemacht habe.

Er stellte auch Lontae Burtons Handlungen in Frage. »Es gab doch Orte, an denen sie Zuflucht hätte suchen können«, sagte er. »Die Notunterkünfte waren geöffnet. Die Nacht zuvor hatte sie mit vielen anderen Menschen im Keller einer Kirche verbracht. Warum ist sie nicht wieder dorthin gegangen? Ich weiß es nicht. Es hat sie, soweit wir wissen, niemand dazu gezwungen. Ihre Großmutter hat eine Wohnung in Northeast. War Mrs. Burton nicht wenigstens teilweise für diese Tragödie verantwortlich? Hätte sie nicht mehr tun können, um ihre kleine Familie zu beschützen?«

Es war Arthurs einzige Gelegenheit, der toten Mutter eine Schuld zuzuschieben. In etwa einem Jahr würden Leute auf der Geschworenenbank sitzen, die anders aussahen als ich, und vor diesem Publikum würden Arthur und jeder andere Anwalt, der Herr seiner Sinne war, sich hüten, auch nur anzudeuten, Lontae Burton sei zumindest teilweise für den Tod ihrer Kinder verantwortlich.

»Warum musste sie überhaupt auf der Straße übernachten?«, fragte DeOrio scharf, und ich lächelte beinahe.

Arthur ließ sich nicht aus dem Konzept bringen. »Im Interesse eines Vergleichs sind wir bereit einzuräumen, dass die Zwangsräumung gesetzwidrig war, euer Ehren.«

»Danke.«

»Nichts zu danken. Wir möchten nur betonen, dass unseres Erachtens ein Teil der Verantwortung bei der Mutter liegt.«

»Ein wie großer Teil?«

»Fünfzig Prozent.«

»Das ist zu viel.«

»Das glauben wir nicht, euer Ehren. Mag sein, dass sie durch unsere Schuld auf der Straße gelandet ist, aber dort war sie bereits eine Woche, bevor sich die Tragödie ereignete.«

»Mr. Green.«

Mordecai erhob sich und schüttelte den Kopf, als wäre Arthur ein Erstsemester, der sich die elementaren Grundsätze der Rechtsprechung erst noch aneignen musste. »Es geht hier nicht um Menschen, die sich jederzeit eine Wohnung mieten könnten, Mr. Jacobs. Darum bezeichnet man sie ja als Obdachlose. Sie geben zu, dass Sie es waren, die diese Frau und ihre Kinder auf die Straße gesetzt haben, wo sie dann gestorben sind. Diesen Punkt würde ich gern in Anwesenheit von Geschworenen diskutieren.«

Arthur ließ die Schultern hängen. Rafter, Malamud und Barry lauschten auf jedes Wort, und ihre Gesichter verrieten ihr Entsetzen bei dem Gedanken an Mordecai Greens möglichen Auftritt vor Geschworenen seinesgleichen.

»Eine Haftung ist gegeben, Mr. Jacobs«, sagte DeOrio. »Sie können die Frage, ob die Mutter fahrlässig gehandelt hat, natürlich den Geschworenen vorlegen, wenn Sie wollen, aber ich würde es Ihnen nicht empfehlen.« Mordecai und Arthur setzten sich.

Wenn wir im Verfahren die Haftung der Beklagten nachweisen konnten, würden die Geschworenen über die Höhe des Schadenersatzes beraten. Das war also der nächste Verhandlungspunkt. Rafter präsentierte den Bericht über die neuesten Trends in der Schadenersatzberechnung, den wir bereits kannten. Er sprach darüber, wie viel ein totes Kind nach gängigen Berechnungen wert war. Doch als er Lontaes beruflichen Werdegang und ihren zu erwartenden Verdienstausfall schilderte, wurde er sehr weitschweifig und machte dasselbe Angebot wie am Tag zuvor: siebenhundertsiebzigtausend Dollar. Diesen Betrag ließ er ins Protokoll aufnehmen.

»Ich nehme an, das ist nicht Ihr letztes Angebot, Mr. Rafter«, sagte DeOrio. Sein Ton ließ keinen Zweifel daran, dass er sehr hoffte, dies möge nicht das letzte Angebot sein.

»Nein, euer Ehren«, sagte Rafter.

»Mr. Green.«

Mordecai stand auf. »Wir lehnen das Angebot ab, euer Ehren. Diese so genannten Trends sind für uns unerheblich. Mich interessiert nur die Summe, von der ich die Geschworenen überzeugen kann, und die wird, bei allem Respekt vor Mr. Rafter, sehr viel höher sein, als das, was er hier angeboten hat.«

Niemand im Gerichtssaal zweifelte an seinen Worten.

Er bestritt die Behauptung der Gegenpartei, ein totes Kind sei nur fünfzigtausend Dollar wert, und deutete an, in diese Berechnung seien die gängigen Vorurteile über obdachlose und obendrein schwarze Kinder eingeflossen. Gantry war der Einzige am Tisch der Beklagten, der sich nicht wand. »Ihr Sohn geht in St. Alban's zur Schule, Mr. Rafter. Würden Sie für seinen Verlust fünfzigtausend Dollar akzeptieren?«

Rafters Nase war noch zehn Zentimeter von seinem Notizblock entfernt.

»Ich kann jede Jury in diesem Gerichtssaal davon überzeugen, dass die beklagte Partei für jedes dieser drei kleinen Kinder mindestens eine Million bezahlen muss – genauso viel wie für irgendein Kind, das in Virginia oder Maryland in einen teuren Vorschulkindergarten geht.«

Das war ein Tiefschlag. Jeder wusste, in welche Schulen die Kinder unserer Gegner gingen.

Rafter war in seinem Vortrag nicht auf das Leid der Opfer eingegangen, und darum erzählte Mordecai nun ausführlich, wie die Burtons die letzten Stunden ihres

Lebens verbracht hatten. Er schilderte ihre Suche nach einem warmen Unterschlupf und Essen, er schilderte den Schnee, die bittere Kälte und die Angst vor dem Erfrierungstod, er schilderte, wie sie sich verzweifelt bemüht hatten, nicht getrennt zu werden, und wie sie den Schrecken erlebt hatten, mitten in einem Schneesturm in einem klapprigen Wagen mit laufendem Motor zu sitzen und die Tankanzeige im Auge zu behalten.

Es war eine beeindruckende Vorstellung, aus dem Stegreif dargeboten von einem begnadeten Geschichtenerzähler. Als Geschworener hätte ich ihm einen Blankoscheck gegeben.

»Erzählen Sie mir nichts von Leid«, sagte er barsch in Richtung Drake & Sweeney. »Davon haben Sie nämlich keine blasse Ahnung.«

Er sprach über Lontae, als hätte er sie jahrelang gekannt. Sie sei eine junge Frau gewesen, die von Anfang an keine Chance gehabt und alle vorhersehbaren Fehler gemacht habe, die aber – und das sei weit bedeutsamer – ihre Kinder geliebt und verzweifelt versucht habe, der Armut und dem Leben auf der Straße zu entkommen. Sie habe sich ihrer Vergangenheit und ihrer Sucht gestellt und sei dabei gewesen, ein Leben ohne Drogen zu führen, als sie von den Beklagten auf die Straße gesetzt worden sei.

Der Ton seiner Stimme hob und senkte sich, schwoll an, wenn Mordecai seiner Verachtung Ausdruck gab, und wurde leiser, wenn er von Schuld und Scham sprach. Kein Wort zu wenig, kein Wort zu viel. Er gab ihnen einen kleinen Vorgeschmack auf das, was er den Geschworenen vortragen würde.

Arthur hatte das Scheckbuch, und es brannte ihm wahrscheinlich gerade ein Loch in die Tasche.

Das Beste sparte Mordecai für den Schluss auf. Er erläuterte den Sinn und Zweck von Zivilstrafen: Sie seien dazu da, Übeltäter zu bestrafen und Exempel zu statuieren, damit diese Menschen von weiteren Übeltaten absahen. Er legte die Verfehlungen bloß, die sich die Beklagten hatten zuschulden kommen lassen – reiche Leute, die keinen Gedanken an Menschen verschwendeten, denen das Schicksal weniger freundlich gesonnen war. »Das sind bloß ein paar Hausbesetzer!«, rief er. »Schmeißen wir sie raus!«

Ihre Gier habe sie dazu getrieben, Recht und Gesetz außer Acht zu lassen. Eine rechtmäßige Räumung hätte das Projekt um mindestens dreißig Tage verzögert und das Geschäft mit der Postdirektion platzen lassen. Aber dreißig Tage später wären die schweren Winterstürme vorbei und die Straßen ein wenig sicherer gewesen.

Es sei ein typischer Fall für eine Zivilstrafe, und er habe keinen Zweifel daran, dass die Geschworenen das auch so sehen würden. Ich jedenfalls sah es genauso, und weder Arthur noch Rafter oder irgendein anderer Anwalt am Tisch der Gegenpartei wollte von Mordecai noch mehr zu diesem Thema hören.

»Wir wären einverstanden mit einer Summe von fünf Millionen«, sagte er schließlich. »Keinen Cent weniger.«

Als er geendet hatte, schwiegen alle. DeOrio machte sich ein paar Notizen und wandte sich dann der Liste der Verhandlungspunkte zu. Als Nächstes sollte es um die Akte gehen. »Haben Sie sie?«, fragte er mich.

»Ja, euer Ehren.«

»Sind Sie bereit, sie auszuhändigen?«

»Ja.«

Mordecai öffnete seine abgewetzte Aktentasche und entnahm ihr die Akte. Er übergab sie der Gerichtsgehilfin, die sie dem Richter übergab. Wir sahen zehn Minuten lang zu, wie DeOrio jede Seite überflog.

Ich fing ein paar böse Blicke von Rafter auf, aber das

störte mich nicht weiter. Er und die anderen brannten darauf, die Akte endlich wieder in Händen zu halten.

Als der Richter fertig war, sagte er: »Die Akte ist ausgehändigt, Mr. Jacobs. Ein paar Türen weiter ist deswegen ein Strafverfahren anhängig. Ich habe mit Richter Kisner darüber gesprochen. Was beabsichtigen Sie zu tun?«

»Euer Ehren, wenn wir alle anderen Streitfragen klären und beilegen können, werden wir unsere Anzeige zurückziehen.«

»Ich nehme an, das findet Ihr Einverständnis, Mr. Brock«, sagte DeOrio.

Allerdings fand das mein Einverständnis. »Ja, euer Ehren.«

»Dann also weiter zum nächsten Punkt. Wir wollen über die Beschwerde sprechen, die Drake & Sweeney vor der Anwaltskammer gegen Mr. Brock vorgebracht hat. Mr. Jacobs, würden Sie das bitte erläutern?«

»Gewiss, euer Ehren.« Arthur sprang auf und begann eine Rede, in der er meine standesrechtlichen Verfehlungen anprangerte. Er war nicht übertrieben streng, er fasste sich kurz, und das Ganze schien ihm keinen Spaß zu machen. Arthur war ein Anwalt alter Schule, der ein bestimmtes Berufsethos predigte und praktizierte. Er und die Kanzlei würden mir meinen Fehltritt nie verzeihen, aber immerhin war ich einmal einer der ihren gewesen. Mein Verstoß gegen gewisse Regeln hatte, ebenso wie Chances vorsätzliche unerlaubte Handlung, Auswirkungen auf die ganze Kanzlei gehabt.

Er schloss mit der Erklärung, ich müsse auf jeden Fall für den Diebstahl der Akte bestraft werden, da dieser einen unerhörten Vertrauensbruch gegenüber den Mandanten – RiverOaks – darstelle. Ich sei kein Verbrecher, und sie seien durchaus bereit, die Anzeige wegen schweren Diebstahls zurückzuziehen. Doch ich sei Anwalt – und sogar ein verdammt guter, wie er zugeben müsse –, und darum müsse ich zur Verantwortung gezogen werden.

Sie seien unter keinen Umständen bereit, die Beschwerde zurückzuziehen.

Seine Argumente waren vernünftig und gut vorgetragen. Sie überzeugten mich. Die Anwälte von RiverOaks würden besonders hartnäckig auf eine Bestrafung dringen.

»Mr. Brock«, sagte DeOrio. »Haben Sie etwas zu erwidern?«

Ich hatte nichts vorbereitet, doch ich hatte keine Scheu aufzustehen und zu sagen, was mir durch den Kopf ging. Ich sah Arthur an und sagte: »Mr. Jacobs, ich hatte und habe den größten Respekt vor Ihnen. Es gibt nichts, was ich zu meiner Verteidigung vorbringen könnte. Es war falsch, die Akte an mich zu nehmen, und ich habe seitdem tausendmal gewünscht, ich hätte es nicht getan. Ich habe nach Informationen gesucht, die, wie ich wusste, geheim bleiben sollten, aber das ist keine Entschuldigung. Ich möchte mich bei Ihnen, den anderen Anwälten und Mitarbeitern der Kanzlei und Ihrem Mandanten RiverOaks entschuldigen.«

Ich setzte mich und brachte es nicht fertig, sie anzusehen. Mordecai sagte mir später, meine Zerknirschung habe die Temperatur im Saal um drei Grad ansteigen lassen.

Dann traf DeOrio eine kluge Entscheidung: Er ging zum nächsten Punkt über, nämlich zu den Schadenersatzzahlungen in den Fällen, die noch nicht behandelt worden waren. Wir wollten im Namen von Marquis Deese, Kelvin Lam und jedem anderen Opfer klagen, das wir finden konnten. DeVon Hardy und Lontae Burton waren tot, also gab es noch fünfzehn weitere potentielle Kläger. Das hatte Mordecai angekündigt, und auch der Richter wusste es.

»Wenn Sie eine Haftung ihrerseits einräumen, Mr. Jacobs«, sagte DeOrio, »müssen wir über Schadenersatzzahlungen sprechen. Wie viel bieten Sie zur Beilegung der fünfzehn anderen Fälle an?«

Arthur beriet sich flüsternd mit Rafter und Malamud und antwortete dann: »Nun, euer Ehren, wir nehmen an, dass diese Leute seit nunmehr einem Monat ohne Wohnung sind. Wenn wir ihnen fünftausend Dollar geben, können sie sich eine neue Wohnung suchen, wahrscheinlich sogar eine wesentlich komfortablere.«

»Das ist wenig«, sagte DeOrio. »Mr. Green.«

»Das ist viel zu wenig«, pflichtete Mordecai ihm bei. »Auch hier gilt: Ich beurteile einen Fall danach, was die Geschworenen vermutlich dazu sagen werden. Dieselben Beklagten, dieselbe Klage, eine ähnliche Zusammensetzung der Geschworenen – ich kann mit Leichtigkeit fünfzigtausend pro Fall bekommen.«

»Und mit wie viel wären Sie zufrieden?«, fragte DeOrio.

»Fünfundzwanzigtausend, euer Ehren.«

»Ich finde, Sie sollten annehmen«, sagte der Richter zu Arthur. »Die Forderung erscheint mir nicht überhöht.«

»Fünfundzwanzigtausend für jeden der fünfzehn Betroffenen?«, fragte Arthur. Er befand sich in einem Zweifrontenkrieg, und seine Unerschütterlichkeit geriet ins Wanken.

»Sehr richtig.«

Sie steckten die Köpfe zu einer Besprechung zusammen, bei der jeder der vier Drake & Sweeney-Anwälte sein Votum abgab. Es war bezeichnend, dass die Anwälte der anderen beiden Parteien nicht befragt wurden. Offenbar würde die Kanzlei die Rechnung bezahlen. Gantry war vollkommen gelassen – sein Geld stand nicht auf dem Spiel. RiverOaks hatte vermutlich damit gedroht, eine eigene Klage gegen die Kanzlei anzustrengen, wenn der Fall nicht beigelegt werden sollte.

»Wir akzeptieren fünfundzwanzigtausend«, sagte Arthur leise, und Drake & Sweeney war um dreihundertfünfundsiebzigtausend Dollar ärmer.

DeOrios Klugheit bestand darin, dass er wusste, wie man das Eis brach. Er wusste, dass er sie zwingen konnte, kleinere Forderungen zu akzeptieren, und wenn das Geld erst einmal floß, würde es nicht mehr aufhören, bis wir fertig waren.

Im Jahr zuvor hatte ich nach Abzug meines Gehalts und meines Bonus, und nachdem man ein Drittel des durch mich eingenommenen Honorars für die laufenden Kosten beiseite gelegt hatte, vierhunderttausend Dollar zu dem großen Topf beigetragen, aus dem die Teilhaber bedient wurden. Und ich war nur einer von achthundert gewesen.

»Meine Herren, damit sind nur noch zwei Punkte ungeklärt. Der Erste betrifft das Geld: Wie viel davon wird nötig sein, um einen Vergleich zu erzielen? Der zweite betrifft Mr. Brocks Disziplinarverfahren. Wie es scheint, hängt das eine mit dem anderen zusammen. Wenn die Verhandlungen an einem solchen Punkt angelangt sind, spreche ich gern vertraulich mit beiden Parteien. Ich werde mit den Klägern beginnen. Mr. Green und Mr. Brock, würden Sie bitte ins Richterzimmer kommen?«

Die Gehilfin führte uns durch den Gang hinter dem Richtertisch in ein schön ausgestattetes Büro mit getäfelten Wänden, in dem DeOrio gerade die Robe ablegte und bei seiner Sekretärin Tee bestellte. Er bot uns auch welchen an, doch wir lehnten dankend ab. Die Gehilfin schloss die Tür, und wir waren mit Richter DeOrio allein.

»Wir kommen gut voran«, sagte er. »Ich muss Ihnen allerdings sagen, Mr. Brock, dass das Disziplinarverfahren ein ernstes Problem ist. Ist Ihnen klar, wie ernst?«

»Ich glaube schon.«

Er ließ die Finger knacken und begann auf und ab zu

gehen. »Es gab mal einen Anwalt hier im District, der was Ähnliches gemacht hat – das muss vor sieben, acht Jahren gewesen sein. Er kündigte bei seiner Kanzlei und nahm etliche brisante Unterlagen mit, und die tauchten geheimnisvollerweise in einer anderen Kanzlei auf, die diesem Anwalt einen hübschen Job angeboten hatte. Der Name des Anwalts ist mir entfallen …«

»Makovek. Brad Makovek«, sagte ich.

»Stimmt. Was ist mit ihm passiert?«

»Seine Zulassung wurde ihm für zwei Jahre aberkannt.«

»Und genau das strebt Ihre Gegenpartei an.«

»Auf keinen Fall, Richter«, sagte Mordecai. »Auf gar keinen Fall werden wir zwei Jahre akzeptieren.«

»Was würden Sie denn akzeptieren?«

»Höchstens sechs Monate. Und darüber lassen wir nicht mit uns reden. Diese Burschen haben die Hosen voll, Richter – das wissen Sie. Die haben die Hosen voll, wir nicht. Warum sollten wir uns überhaupt auf einen Vergleich einlassen? Mir wäre eine Verhandlung vor einem Schwurgericht viel lieber.«

»Er wird keine Schwurgerichtsverhandlung geben.« DeOrio blieb vor mir stehen und sah mir in die Augen. »Wären Sie mit einer sechsmonatigen Aberkennung Ihrer Zulassung einverstanden?«, fragte er.

»Ja«, sagte ich. »Aber sie müssen bezahlen.«

»Wie viel?«, fragte er Mordecai.

»Fünf Millionen. Von den Geschworenen würde ich mehr kriegen.«

DeOrio trat, tief in Gedanken, ans Fenster und kratzte sich am Kinn. »Es könnten ebenso gut sieben Millionen sein«, sagte er, ohne sich umzudrehen.

»Oder zwanzig«, sagte Mordecai.

»Wer soll das Geld bekommen?«, fragte der Richter.

»Das wird ein Albtraum«, gab Mordecai zu.

»Wie viel davon ist Ihr Honorar?«

»Zwanzig Prozent. Die Hälfte davon geht an eine Stiftung in New York.«

Der Richter drehte sich abrupt um, faltete die Hände hinter dem Kopf und begann wieder auf und ab zu gehen. »Sechs Monate sind wenig«, sagte er.

»Mehr gestehen wir nicht zu«, erwiderte Mordecai.

»Na gut. Lassen Sie mich mit der anderen Partei sprechen.«

Unsere Unterredung mit DeOrio hatte nicht einmal fünfzehn Minuten gedauert. Die bösen Buben brauchten eine Stunde. Aber sie waren ja auch diejenigen, die sich um das Geld stritten.

Wir tranken Cola auf einer Bank in der geschäftigen Eingangshalle und betrachteten schweigend die zahllosen Anwälte, die auf der Jagd nach Gerechtigkeit und Mandanten vorübereilten.

Wir gingen in den Korridoren auf und ab und sahen die verängstigten Menschen, die wegen der verschiedensten Vergehen vor den Richtertisch geführt wurden. Mordecai unterhielt sich mit ein paar Anwälten, die er kannte. Ich kannte niemanden. Die Anwälte der großen Kanzleien verbrachten nicht sehr viel Zeit im Superior Court.

DeOrios Gerichtsgehilfin holte uns in den Gerichtssaal zurück, wo die anderen Beteiligten bereits versammelt waren. Die Atmosphäre war gespannt. DeOrio schien erregt, Arthur und die anderen machten einen erschöpften Eindruck. Wir setzten uns und warteten darauf, dass der Richter das Wort ergriff.

»Mr. Green«, begann er, »ich habe mit den Anwälten der Beklagten gesprochen. Hier ist ihr Angebot: drei Millionen Dollar und eine einjährige Aberkennung von Mr. Brocks Zulassung.«

Mordecai hatte sich gerade erst gesetzt und sprang wieder auf. »Wir verschwenden unsere Zeit«, sagte er und nahm seine Aktentasche. Ich folgte seinem Beispiel und erhob mich ebenfalls.

»Bitte entschuldigen Sie uns, euer Ehren«, sagte er. »Wir haben Besseres zu tun.« Wir gingen zum Mittelgang.

»Sie sind entschuldigt«, sagte der Richter deutlich verärgert.

Wir verließen eilends den Gerichtssaal.

38

Ich schloss gerade den Wagen auf, als das Handy in meiner Tasche vibrierte. Es war Richter DeOrio. Mordecai lachte, als ich sagte: »Ja, euer Ehren, wir sind in fünf Minuten da.« Wir ließen uns Zeit und brauchten zehn Minuten – wir wuschen uns in der Toilette im Erdgeschoss die Hände, wir gingen langsam und benutzten die Treppe –, damit DeOrio Gelegenheit hatte, die Gegenpartei noch ein wenig zu bearbeiten.

Das Erste, was ich beim Betreten des Gerichtssaals sah, war, dass Jack Bolling, einer der drei RiverOaks-Anwälte, sein Jackett ausgezogen und die Hemdsärmel aufgekrempelt hatte und den Drake & Sweeney-Anwälten den Rücken kehrte. Ich bezweifelte zwar, dass er sie geohrfeigt hatte, aber er sah aus, als sei er dazu willens und in der Lage.

In einem Schwurgerichtsprozess würde die große Schadenersatzzahlung, von der Mordecai träumte, allen drei Beklagten auferlegt werden, und die Vergleichsverhandlungen hatten RiverOaks offenbar einen großen Schrecken eingejagt. Vielleicht hatte es Drohungen gegeben, vielleicht hatte die Gesellschaft beschlossen, sich lieber jetzt mit einem kleineren Betrag zu beteiligen – wir würden es nie erfahren.

Ich setzte mich nicht auf die Geschworenenbank, sondern neben Mordecai. Wilma Phelan war gegangen.

»Wir haben's fast geschafft«, sagte DeOrio.

»Und wir erwägen, unser Angebot zurückzuziehen«, erwiderte Mordecai in barschem Ton. Wir hatten nichts besprochen, und weder die anderen Anwälte noch der Richter hatten diese Möglichkeit in Betracht gezogen. Sie zuckten zusammen und sahen einander an.

»Setzen Sie sich«, sagte der Richter.

»Ich meine es ernst, euer Ehren. Je länger ich hier sitze, desto mehr bin ich davon überzeugt, dass diese Schmierenkomödie vor einem Schwurgericht verhandelt werden sollte. Was Mr. Brock betrifft, so kann seine ehemalige Kanzlei die Strafsache gegen ihn getrost durchziehen – das ist sowieso keine große Sache. Die Kanzlei hat ihre Akte, und Mr. Brock ist nicht vorbestraft. Jeder weiß, dass die Gefängnisse mit Drogendealern und Mördern überfüllt sind, und die Anklage gegen ihn ist ein Witz. Er wird also nicht ins Gefängnis gehen müssen. Und das Disziplinarverfahren soll ruhig seinen Gang gehen. Ich werde eine Beschwerde gegen Braden Chance und vielleicht ein paar andere beteiligte Anwälte einreichen, und dann können wir ein Wettspucken veranstalten.« Er zeigte auf Arthur und sagte: »Wenn Sie zur Zeitung gehen, gehen wir auch zur Zeitung.«

Dem Rechtsberatungsbüro in der 14th Street könne es egal sein, was die Zeitungen schrieben, fuhr er fort. Wenn Gantry sich über seinen Ruf Gedanken mache, so zeige er es jedenfalls nicht. Auch RiverOaks werde trotz schlechter Presse weiterhin gute Geschäfte machen. Nur die Kanzlei Drake & Sweeney sei auf eine gute Reputation angewiesen.

Mordecais Ausbruch kam ganz unvermittelt, und sie waren vollkommen überrumpelt.

»Sind Sie fertig?«, fragte DeOrio.

»Ich glaube schon.«

»Gut. Das Angebot ist auf vier Millionen erhöht worden.«

»Wenn sie vier Millionen zahlen können, können sie auch fünf Millionen zahlen.« Mordecai zeigte wieder auf die Drake & Sweeney-Anwälte. »Diese Kanzlei hat im letzten Jahr fast siebenhundert Millionen Dollar eingenommen.« Er hielt inne und ließ die Worte wirken. »Siebenhundert Millionen, allein im letzten Jahr.« Er zeigte auf die RiverOaks-Anwälte. »Und diese Gesellschaft besitzt Immobilien im Wert von dreihundertfünfzig Millionen Dollar. Ich will ein Schwurgerichtsverfahren.«

Als er schließlich schwieg, fragte DeOrio noch einmal: »Sind Sie fertig?«

»Nein, euer Ehren«, antwortete er und wurde mit einemmal ganz ruhig. »Wir sind einverstanden mit einer sofortigen Zahlung von zwei Millionen: eine Million für die Erben, eine Million für unser Honorar. Der Rest von drei Millionen kann über die nächsten zehn Jahre verteilt werden – dreihunderttausend Dollar pro Jahr, zuzüglich der üblichen Zinsen. Ich bin sicher, die Beklagten können einen Betrag von dreihunderttausend Dollar im Jahr verschmerzen. Sie werden vielleicht Mieten und Honorarsätze erhöhen müssen, aber wie man das macht, wissen sie ja.«

Ein gegliederter Vergleich mit einer über Jahre gestaffelten Zahlung erschien vernünftig. Wegen der mangelnden Verlässlichkeit der Erben und der Tatsache, dass die meisten von ihnen noch gar nicht gefunden waren, würde das Gericht mit Argusaugen über das Geld wachen.

Mordecais Vorschlag war geradezu genial. Die Drake & Sweeney-Anwälte entspannten sich sichtlich. Er hatte ihnen einen Ausweg gezeigt.

Jack Bolling beriet sich mit ihnen. Gantrys Anwälte hörten zu, waren aber fast ebenso gelangweilt wie ihr Mandant.

»Wir sind einverstanden«, verkündete Arthur. »Doch wir bleiben bei unserer Forderung bezüglich Mr. Brock. Wir wollen eine einjährige Aberkennung seiner Zulassung, oder es gibt keinen Vergleich.«

Plötzlich hasste ich Arthur wieder. Es war ihr letzter Trumpf, und in dem Versuch, ihr Gesicht zu wahren, wollten sie so viel wie möglich herausschlagen.

Doch Arthur befand sich nicht in einer Position der Stärke. Er war verzweifelt, und man sah es ihm an.

»Was für einen Unterschied würde das machen?«, schrie Mordecai ihn an. »Er ist bereit, die Demütigung einer Aberkennung seiner Zulassung hinzunehmen. Was haben Sie davon, wenn es sechs Monate mehr sind? Das ist doch absurd!«

Die beiden Vorstände von RiverOaks hatten genug. Sie besaßen eine natürliche Scheu vor Gerichtssälen, und drei Stunden Mordecai hatte ihre Angst auf neue Höhen getrieben. Einen zwei Wochen dauernden Prozess wollten sie um jeden Preis vermeiden. Sie schüttelten verärgert den Kopf und flüsterten miteinander.

Selbst Tillman Gantry war Arthurs Unnachgiebigkeit leid. Ein Vergleich war zum Greifen nahe – das Ding musste jetzt unter Dach und Fach!

Eben hatte Mordecai geschrien: »Was für einen Unterschied würde das machen?« Und er hatte Recht. Es machte wirklich keinen Unterschied, jedenfalls nicht für einen Armenanwalt wie mich, dessen Tätigkeit, Status und Gehalt diese befristete Aberkennung der Zulassung nicht im Mindesten berühren würde.

Ich erhob mich und sagte sehr verbindlich: »Wir könnten uns auf halbem Weg entgegenkommen, euer Ehren. Sie fordern zwölf Monate, wir bieten sechs. Ich bin mit neun Monaten einverstanden.« Dabei sah ich Barry Nuzzo an. Er lächelte.

Hätte Arthur in diesem Augenblick Einwände erhoben, dann hätten die anderen ihn zu Boden geschlagen. Alle, auch der Richter, waren erleichtert. »Dann ist ja alles geregelt«, sagte er, ohne die Beklagten nach ihrem Einverständnis zu fragen.

Seine wunderbar tüchtige Gerichtsgehilfin hatte sich an den vor dem Richtertisch aufgebauten Computer gesetzt und präsentierte uns schon nach wenigen Minuten einen nur eine Seite umfassenden Vergleichsvertrag. Wir beeilten uns, ihn zu unterschreiben, und gingen.

Im Büro gab es keinen Champagner. Sofia tat, was sie immer tat. Abraham war nach New York zu einer Tagung über Obdachlosigkeit gefahren.

Wenn es in Amerika eine Kanzlei gab, die fünfhunderttausend Dollar ausgeben konnte, ohne dass man es groß merkte, dann war es das Rechtsberatungsbüro in der 14th Street. Mordecai wollte moderne Computer und Telefone anschaffen und spielte mit dem Gedanken, eine neue Heizung einbauen zu lassen. Der größte Teil des Geldes sollte auf ein Konto gehen, Zinsen tragen und zur Überbrückung schlechter Zeiten dienen. Es war eine schöne Rücklage, die unser mageres Gehalt für mehrere Jahre sichern würde.

Wenn es ihn ärgerte, die anderen fünfhunderttausend an die Cohen-Stiftung überweisen zu müssen, dann verbarg er es gut. Mordecai war kein Mensch, der sich über Dinge, die er nicht ändern konnte, den Kopf zerbrach. Er schlug nur Schlachten, die er gewinnen konnte.

Es würden mindestens neun Monate harter Arbeit nötig sein, um die Schadenersatzsumme zu verteilen, und den größten Teil dieser Arbeit würde ich erledigen. Erben mussten festgestellt und gefunden werden, und wenn sie gemerkt hatten, dass viel Geld im Spiel war, würde man sich mit ihnen auseinandersetzen müssen. Es würde kompliziert werden. So würden beispielsweise die Leichname von Kito Spires sowie von Temeko, Alonso und Dante exhumiert werden müssen, um durch eine DNA-Analyse die Frage der Vaterschaft zu klären. Sollte Kito sich tatsächlich als Vater der Kinder erweisen, dann war er ihr Erbe, denn sie waren vor ihm gestorben. Und dann mussten eine Treuhänderschaft eingerichtet und seine Erben gesucht werden.

Auch Lontaes Mutter und Brüder stellten uns vor große Probleme. Sie hatten Freunde im Milieu und würden, wenn sie in ein paar Jahren auf Bewährung freikamen, lautstark Anspruch auf ihr Erbe erheben.

Mordecai verfolgte noch zwei andere äußerst interessante Projekte. Das Erste war die Rekrutierung von Gratis-Anwälten. Das Büro hatte vor Jahren ein solches Programm organisiert, es aber wieder einstellen müssen, weil die öffentlichen Zuschüsse gekürzt worden waren. Damals hatten zeitweise hundert Anwälte freiwillig einige Wochenstunden geleistet, um Obdachlosen zu helfen. Mordecai bat mich nun, dieses Programm wieder zu beleben. Der Gedanke gefiel mir. Wir würden mehr Menschen erreichen, bessere Kontakte zu den etablierten Kanzleien unterhalten und eine breitere Basis für unsere Spendensammlung haben.

Das war das zweite Projekt. Aufgrund ihres Naturells waren Sofia und Abraham nicht imstande, erfolgreich um Geld zu bitten. Mordecai konnte einem das letzte Hemd abschwatzen, brachte es aber nicht über sich zu betteln. Ich war der intelligente, junge, weiße, wohlerzogene Anwalt, der sich mühelos unter seinesgleichen bewegen und die Leute überzeugen konnte, jährlich etwas zu spenden.

»Wenn Sie es geschickt anstellen, könnten Sie zweihunderttausend pro Jahr zusammenbekommen«, sagte Mordecai.

»Und was würden wir damit machen?«

»Ein paar Sekretärinnen und Gehilfen einstellen, vielleicht sogar einen weiteren Anwalt.« Sofia war nach Hause gegangen. Wir saßen im vorderen Raum, und Mordecai begann zu träumen. Er sehnte sich nach den Tagen zurück, als noch sieben Anwälte im Büro gearbeitet hatten. Jeden Tag hatte Chaos geherrscht, aber das Büro war eine Macht gewesen. Es hatte Tausenden von Obdachlosen geholfen. Politiker und Bürokraten hatten ein offenes Ohr gehabt. Das Büro hatte mit lauter Stimme gesprochen und war meist gehört worden.

»Seit fünf Jahren sind wir auf dem absteigenden Ast«, sagte er. »Und die Menschen auf der Straße leiden. Das ist der richtige Augenblick, das Ruder herumzureißen.«

Und diese Aufgabe fiel nun mir zu. Ich war das frische Blut, das junge Talent, das Schwung in das Büro bringen und es zu neuen Höhen führen sollte. Ich würde Dutzende neuer Freiwilliger gewinnen. Ich würde die Spendensammlung so organisieren, dass wir genug Mittel hatten, um mit anderen Kanzleien mitzuhalten. Wir würden expandieren, die Bretter aus den vernagelten Fenstern im ersten Stock entfernen und viele talentierte junge Anwälte beschäftigen.

Die Rechte der Obdachlosen würden verteidigt werden – die Menschen brauchten nur zu uns zu kommen. Wir würden ihnen Gehör verschaffen.

39

Am Freitagmorgen saß ich an meinem Schreibtisch und ging fröhlich meiner Arbeit als Anwalt und Sozialarbeiter nach, als plötzlich Drake & Sweeney in der Person von Arthur Jacobs in der Tür stand. Ich begrüßte ihn freundlich, aber zurückhaltend, und er setzte sich auf einen meiner braunen Stühle. Er wollte keinen Kaffee. Er wollte mit mir reden.

Arthur hatte Sorgen. Fasziniert hörte ich dem alten Mann zu. Die letzten Wochen waren die schwersten seiner immerhin sechsundfünfzigjährigen Karriere gewesen. Der Vergleich war kein großer Trost. Die Kanzlei war nach diesem kleinen Unwetter wieder auf Kurs, doch Arthur schlief schlecht. Einer seiner Teilhaber hatte ein schreckliches Unrecht begangen, wodurch unschuldige Menschen gestorben waren. Drake & Sweeney würde immer für den Tod von Lontae Burton und ihrer vier Kinder verantwortlich sein, ganz gleich, wie viel Schadenersatz man bezahlte. Und Arthur bezweifelte, dass er darüber hinwegkommen würde.

Ich war zu überrascht, um etwas sagen zu können, also hörte ich nur zu. Ich wünschte, Mordecai könnte es ebenfalls hören.

Arthur litt, und es dauerte nicht lange, bis ich Mitleid mit ihm empfand. Er war achtzig und dachte schon seit Jahren daran, sich aus der Kanzlei zurückzuziehen, doch jetzt wusste er nicht, was er tun sollte. Er war es leid, dem Geld nachzujagen.

»Mir bleibt nicht mehr viel Zeit«, sagte er – dabei hatte ich das Gefühl, dass Arthur noch meine Beerdigung erleben würde.

Er war fasziniert von unserem Rechtsberatungsbüro, und ich erzählte ihm, wie ich hier gelandet war. Er wollte wissen, wie lange dieses Büro schon existierte, wie viele Mitarbeiter wir hatten, woher das Geld kam und wie wir arbeiteten.

Er hatte das Stichwort gegeben. Da ich in den kommenden neun Monaten ohnehin nicht als Anwalt praktizieren dürfe, erklärte ich ihm, hätten wir beschlossen, dass ich ein Programm zur Rekrutierung von Freiwilligen aus den großen Kanzleien der Stadt entwerfen solle. Seine Kanzlei sei die größte, und daher hätte ich schon erwogen, dort zu beginnen. Die Freiwilligen würden unter meiner Supervision einige Wochenstunden Gratisarbeit leisten, wodurch wir für Tausende von Obdachlosen tätig sein könnten.

Arthur wusste von diesen Programmen, wenn auch nicht sehr viel. Er habe seit zwanzig Jahren keine Gratisarbeit mehr geleistet, gestand er traurig. Das sei etwas für die jüngeren Mitarbeiter. Ich konnte mich gut erinnern.

Aber der Gedanke gefiel ihm. Je länger wir darüber sprachen, desto umfangreicher wurde das Programm. Nach ein paar Minuten erwog er bereits, alle vierhundert Anwälte der Washingtoner Kanzlei zu verpflichten, einige Wochenstunden zugunsten der Armen zu leisten. Das erschien mir nur recht und billig.

»Können Sie die Arbeit von vierhundert Anwälten koordinieren?«, fragte er.

»Natürlich«, antwortete ich, obgleich ich keine Ahnung hatte, wie ich das anstellen sollte. Doch meine Gedanken rasten. »Ich bräuchte allerdings Hilfe.«

»Welche Art von Hilfe?«

»Wie wäre es, wenn es bei Drake & Sweeney einen Mitarbeiter gäbe, der ausschließlich für die Koordination der Gratisarbeit zuständig wäre? Er würde in allen Fällen, in denen es um Obdachlose geht, eng mit mir zusammenarbeiten. Ehrlich gesagt: Bei vierhundert Anwälten brauche ich einen Ansprechpartner.«

Er dachte darüber nach. Alles war neu, und alles klang gut. Ich setzte nach.

»Und ich wüsste auch schon den richtigen«, sagte ich. »Er muss kein Anwalt sein – ein guter Anwaltsgehilfe könnte das ebenso gut.«

»An wen denken Sie?«

»Sagt Ihnen der Name Hector Palma etwas?«

»Kommt mir irgendwie bekannt vor.«

»Er arbeitet in der Drake & Sweeney-Kanzlei in Chicago, aber er ist ursprünglich aus Washington. Er war für Braden Chance tätig und wurde versetzt.«

Arthur kniff die Augen zusammen und versuchte sich zu erinnern. Ich war mir nicht sicher, wie viel er wusste, bezweifelte aber, dass er mich belügen würde. Er schien diesen Prozess der Läuterung zu genießen.

»Versetzt?«

»Ja, versetzt. Bis vor drei Wochen wohnte er noch in Bethesda – dann ist er plötzlich mitten in der Nacht umgezogen. Eine schnelle Versetzung nach Chicago. Er wusste alles über die Zwangsräumung, und ich habe den Verdacht, dass Chance ihn irgendwo verstecken wollte.« Ich wählte meine Worte mit Vorsicht, denn ich wollte das Versprechen, niemandem etwas von Hectors Beteiligung an dem Diebstahl zu sagen, nicht brechen.

Das brauchte ich auch nicht. Arthur hörte, wie immer, auch das, was ungesagt blieb.

»Er ist aus Washington?«

»Ja, und seine Frau ebenfalls. Sie haben vier Kinder. Ich bin sicher, dass sie gern wieder zurückkehren würden.«

»Und will er sich überhaupt für Obdachlose engagieren?«

»Warum fragen Sie ihn nicht selbst?«, antwortete ich.

»Das werde ich tun. Eine ausgezeichnete Idee.«

Wenn Arthur wünschte, dass Hector Palma nach Washington zurückkehrte, um die neuentdeckte Leidenschaft der Kanzlei für die Rechte der Obdachlosen zu unterstützen, würde das innerhalb einer Woche geschehen.

Das Programm nahm Gestalt an. Jeder Anwalt bei Drake & Sweeney würde verpflichtet sein, pro Woche einen Fall zu bearbeiten. Die jüngeren Mitarbeiter würden unter meiner Supervision beratend tätig sein, und wenn die Fälle bei Drake & Sweeney eingingen, würde Hector sie an die Anwälte verteilen. Manche Vorgänge erforderten nur fünfzehn Minuten Arbeit, erklärte ich Arthur, andere aber einige Stunden pro Monat. Das sei kein Problem, sagte er.

Bei dem Gedanken daran, dass in Kürze vierhundert Drake & Sweeney-Anwälte mit Eifer für die Rechte von Obdachlosen eintreten würden, hatte ich beinahe Mitleid mit Politikern, Bürokraten und Sachbearbeitern.

Arthur blieb fast zwei Stunden und entschuldigte sich, als er merkte, wie viel von meiner Zeit er in Anspruch genommen hatte. Seine Stimmung war jedoch sehr viel besser. Er hatte ein neues Ziel, er war ein Mann mit einem Anliegen. Ich begleitete ihn bis zu seinem Wagen und eilte dann hinein, um es Mordecai zu erzählen.

Megans Onkel hatte ein Haus an der Atlantikküste, in der Nähe der Insel Fenwick an der Grenze zwischen Delaware und Maryland. Sie bezeichnete es als ein heimeliges altes Haus, zweistöckig, mit einer großen Veranda, die fast bis zum Meer reichte, und drei Schlafzimmern – ein ideales Haus für einen Wochenendausflug. Es war Mitte März und noch kalt, aber wir konnten ja am Kamin sitzen und lesen.

Sie betonte die Tatsache, dass drei Schlafzimmer vorhanden waren: Es war also genug Platz vorhanden, sodass jeder seine Privatsphäre hatte, ohne dass es zu irgendwelchen Komplikationen kam. Sie wusste, dass die Verletzung durch die Trennung noch nicht verheilt war, und nachdem wir zwei Wochen lang vorsichtig miteinander geflirtet hatten, hatten wir gemerkt, dass wir ein langsames Tempo würden anschlagen müssen. Es gab allerdings noch einen anderen Grund, warum sie die drei Schlafzimmer erwähnt hatte.

Am Freitagnachmittag ließen wir Washington hinter uns. Ich lenkte, Megan lotste mich, und Ruby saß auf dem Rücksitz, knabberte Kekse und freute sich wie ein Kind darauf, ein paar Tage nicht in der Stadt und auf den Straßen, sondern am Meer zu verbringen, clean und sauber.

Sie hatte seit Donnerstagabend keine Drogen genommen. Mit den drei Tagen in Delaware würden das schon vier sein, wenn wir sie am Montagnachmittag ins Easterwood, eine kleine Entzugsklinik für Frauen in der East Capitol Street, bringen würden. Mordecai hatte bei jemandem seinen ganzen Einfluss geltend gemacht, und Ruby würde dort für mindestens neunzig Tage ein kleines Zimmer mit einem warmen Bett haben.

Bevor wir losgefahren waren, hatte sie bei Naomi geduscht und sich umgezogen. Megan hatte ihre Garderobe und die Reisetasche gründlich nach Drogen durchsucht und nichts gefunden. Es war eine Verletzung der Privatsphäre, aber bei Süchtigen galten andere Regeln.

Bei Sonnenuntergang kamen wir an. Megan fuhr ein-, zweimal im Jahr hierher. Der Schlüssel lag unter der Matte.

Ich bekam das Schlafzimmer im Erdgeschoss, was Ruby erstaunte. Die anderen beiden Schlafzimmer waren im ersten Stock, und Megan wollte nachts in Rubys Nähe sein.

Am Samstag regnete es. Es war ein kalter, windverwehter Regen, der vom Meer hereinkam. Ich saß unter einer dicken Decke allein auf der Verandaschaukel, schwang leise vor und zurück und lauschte, verloren in eine Traumwelt, auf das Geräusch der Brandung. Die Verandatür fiel ins Schloss, die Fliegentür klappte, und Megan setzte sich neben mich, hob die Decke an und schmiegte sich an mich. Ich hielt sie fest; hätte ich das nicht getan, dann wäre sie von der Schaukel gefallen.

Sie war leicht zu halten.

»Wo ist unsere Mandantin?«, fragte ich.

»Sie sieht fern.«

Eine Bö trieb Sprühregen in unsere Gesichter, und wir schmiegten uns enger aneinander. Die Ketten, an denen die Schaukel aufgehängt war, quietschten lauter und verstummten, als unsere Bewegung fast zum Stillstand kam. Wir sahen den Wolken zu, die über das Meer heranzogen. Zeit spielte keine Rolle mehr.

»Woran denkst du?«, fragte sie leise.

An alles und nichts. Fern der Stadt konnte ich zum ersten Mal zurückblicken und versuchen, in dem, was geschehen war, einen Sinn zu entdecken. Vor zweiunddreißig Tagen war ich mit jemandem verheiratet gewesen, hatte in einer anderen Wohnung gewohnt, in einer anderen Kanzlei gearbeitet und hatte die Frau, die ich jetzt in den Armen hielt, noch gar nicht gekannt. Wie konnte sich das Leben innerhalb eines Monats so grundlegend verändern?

Ich wagte nicht, an die Zukunft zu denken; die Vergangenheit war noch nicht vorbei.

Danksagung

Bevor ich dieses Buch schrieb, hatte ich mir nie viele Gedanken über Obdachlose gemacht. Und ich kannte niemanden, der mit ihnen arbeitete.

In Washington stieß ich auf die *Washington Legal Clinic for the Homeless* und lernte Patricia Fugere, die Leiterin, kennen. Sie und ihre Kolleginnen – Mary Arm Luby, Scott McNeilly und Melody Webb O'Sullivan – führten mich in die Welt der Obdachlosen ein. Ich möchte ihnen herzlich für ihre Mühe und Unterstützung danken.

Bedanken möchte ich mich auch bei Maria Foscarinis vom *National Law Center on Homelessness and Poverty,* bei Willa Day Morris von *Rachael's Women's Center,* bei Mary Popit von *New Endeavors by Women* sowie bei Bruce Casino und Bruce Sanford von *Baker & Hostetler.*

Will Denton hat das Manuskript gegengelesen und Änderungen bezüglich der juristischen Feinheiten vorgeschlagen. Jefferson Arrington hat mir die Stadt gezeigt. Jonathan Hamilton hat recherchiert. Danke!

Für die echten Mordecai Greens und ihre Arbeit an der vordersten Front.